48

# 创造社资料（上）

CHUANGZAOSHE ZILIAO

饶鸿竞 陈颂声 李伟江
吴宏聪 张正吾 董修智 王佩娟 编

中国社会科学院
文学研究所 总纂

## 中国文学史资料全编

现代卷

知识产权出版社

**内容提要：**

创造社是中国现代文学史上著名的文学团体，对中国新文学的建立和发展做出过重大的贡献。本书分社章与执委名录，文学主张，对外国文艺的评介，出版部，丛书与刊物，回忆录，评论和其他等八个部分，全面收集了创造社文学活动方面的资料，真实地反映了创造社的历史面貌。

**责任编辑：** 马 岳　　**装帧设计：** 段维东

**图书在版编目（CIP）数据**

创造社资料 / 饶鸿競等编. —北京：知识产权出版社，2010.1

（中国文学史资料全编・现代卷）

ISBN 978-7-80247-614-1

Ⅰ. 创… Ⅱ. ① 饶… Ⅲ. ① 创造社—史料 Ⅳ. ① I206.6

中国版本图书馆 CIP 数据核字（2009）第 202067 号

中国文学史资料全编・现代卷

**创造社资料（上）**

饶鸿競　陈颂声　李伟江　吴宏聪　张正吾　董修智　王佩娟　编

出版发行：知识产权出版社

| | |
|---|---|
| 社　址：北京市海淀区马甸南村 1 号 | 邮　编：100088 |
| 网　址：http://www.ipph.cn | 邮　箱：bjb@cnipr.com |
| 发行电话：010-82000860 转 8101/8102 | 传　真：010-82005070/82000893 |
| 责编电话：010-82000860 转 8171 | 责编邮箱：mayue@cnipr.com |
| 印　刷：北京市兴怀印刷厂 | 经　销：新华书店及相关销售网点 |
| 开　本：720mm × 960mm　1/16 | 印　张：63.5 |
| 版　次：2010 年 1 月第一版 | 印　次：2010 年 1 月第一次印刷 |
| 字　数：940 千字 | 定　价：127.00 元（上、下） |

ISBN 978-7-80247-614-1 / I・107（2738）

# 汇纂工作小组名单

（按姓氏笔画排列）

王润贵　刘跃进　刘福春　严　平

张大明　杨　义　欧　剑　段红梅

# 编辑说明

中国社会科学院文学研究所向来重视文学史料的系统整理与深入研究，建所50多年来，组织编纂了很多资料丛书，包括《古本戏曲丛刊》、《古本小说丛刊》、《中国现代文学史资料汇编》、《近代文学史料汇编》、《当代文学史料汇编》以及《文艺理论译丛》、《现代文艺理论译丛》、《古典文艺理论译丛》等。其中，介绍国外文艺理论的3套丛书，已经汇编为《文学研究所学术汇刊》9种30册，交由知识产权出版社出版。该书出版后，国内一些重要媒体刊发评介文章，给予充分肯定。为满足学术研究的需要，2007年初，中国社会科学院文学研究所与知识产权出版社商定继续合作，编辑出版《中国文学史资料全编》，将以往出版的史料著作汇为一编，统一装帧，集中出版。

这里推出的《中国文学史资料全编·现代卷》就是其中的一种。本卷主要以《中国现代文学史资料汇编》为基础而又有所扩展。《中国现代文学史资料汇编》的编纂工作启动于1979年，稍后列入国家第六个五年计划社科重点项目。该编分为《中国现代文学运动、论争、社团资料丛书》、《中国现代作家作品研究资料丛书》、《中国现代文学书刊资料丛书》即甲乙丙3种，总主编陈荒煤，副主编许觉民、马良春，编委有丁景唐、马良春、王景山、王瑶、方铭、许觉民、刘增杰、孙中田、孙玉石、沈承宽、芮和师、张大明、张晓翠、杨占陞、陈荒煤、唐弢、贾植芳、徐迺翔、常君实、鄂基瑞、薛绥之、魏绍昌，具体组织主要由徐迺翔、张大明负责。此项目计划出书约200种。至 20世纪末，前后20多年间，这套书由数家出版社陆陆续续出版了80余种，还有数十种虽然已经编就，由于种种原因，迄今尚未出版。“现代卷”包括上述已经出版的图书和若干种当时已经编好而尚未出版的图书。

这项工作得到了中国社会科学院文学研究所和知识产权出版社的高度重视，为此成立了汇纂工作小组。杨义、刘跃进、严平、张大明、刘福春等具体负责学术协调工作，于2007年11月，向著作权人发出《征求〈中国文学史资料全编·现代卷〉版权的一封信》，很快得到了绝大多数编者的授权，使这项工作得以如期顺利开展。为此，我们向原书的编者表示由衷的谢意。为尽快将这套书推向社会，满足学界和社会的急需，除原版少量排印错误外，此次重印一律不作任何修改，保留原书原貌，待全部出齐，视市场情况出版修订本。为此，我们也诚挚地希望广大读者能给予充分谅解。

《中国文学史资料全编·现代卷》出版后，我们将尽快启动“古代卷”、“近代卷”和“当代卷”的编纂工作，希望能继续得到专家学者的大力支持和热心参与。

现代卷汇纂工作组

# 目　录

## 创造社资料（上）

### 一　社章与执委名录



### 二　文学主张

## 三　对外国文艺的评介

## 四　出版部

## 五　丛书与刊物

## 创造社资料（下）

### 六　回忆录

## 七　评论



## 八　其他

## 附　录

# 一　社章与执委名录

# 创造社社章

第一章　社员

第一条　创造社不分性别凡志愿加入本社努力文化运动依时缴纳社费者均得为本社社员

第二条　社员入社时须有本社社员二人以上介绍经本社总社执行委员会认可方得为本社社员

第三条　凡本社社员由总社执行委员会发给证书及徽章各一

第四条　社员移居时须随时通告总社执行委员会

第二章　组织

甲　总社组织

第五条　总社设一总社执行委员会由全体社员大会选出社员六人组织之

第六条　本社之权利机关为社员全体大会但闭会时为总社执行委员会是本社长期最高机关

第七条　总社执行委员会之组织

一　总务委员一人

二　编辑委员二人

三　会计委员一人

四　监察委员二人

乙　分社组织

第八条　本社所在地以外各地之社员经总社执行委员会认可得依本社另定之章程组织分社由该地分社社员全体大会选出

社员三人组织分社执行委员会归总社执行委员会统率

第九条　分社执行委员会之组织

一　总务委员一人

二　会计委员一人

三　监察委员一人

丙　出版部

第十条　由本社发起募股组织出版部出版本社社员之著作及其他之刊物出版之章程另定

第十一条　出版部由股东组织股东会并选出理事四人与总社执行委员会所派委员四人组织理事会理事会主席另由总社执行委员会选任其监察委员会由股东推举二人与总社执行委员会所派委员二人组织之

第三章　职务

第十二条　总社执行委员会有监督及处理本社一切社务全权其各委员职责如左

一　总务委员督理本社一切事务

二　编辑委员编辑本社定期或不定期刊物及审查其他一切稿件

三　会计委员管理本社总分社一切出入财物

四　监察委员考查本社一切进行及稽核出入账项

第十三条　总社执行委员会以总务委员为主席

第十四条　分社执行委员会承总社执行委员会之计画经理各该地一切社务其各委员职责如左

一　总务委员经理该地分社一切社务

二　会计委员经理该地分社一切出入账目

三　监察委员监察该地分社一切进行及出入款项

第十五条　出版部各职员之职责由出版部之章程另定

第四章　会务

第十六条　本社最高机关为社员全体大会常会每年举行一次但总社执行委员会认为必需时或有社员三分之一以上之请求得召集临时大会

第十七条　社员全体大会开会日期地点及重要议案须在三个月以前通告各社员召集临时大会不在此例

第十八条　社员全体大会之职权如左

一　接纳及采行总社执行委员会及各分社出版部之报告

二　修改本社章程

三　决定对于本社各种进行事项应取之方法

四　选举总社执行及监察委员

第十九条　总社执行委员会委员遇故不能履行职责时由票数次多者依次补充

第五章　任期

第二十条　总社执行委员会分社执行委员及出版部理事会各员任期二年但得连任

第六章　纪律

第二十一条　本社领有文化的使命而奋斗凡社员入社后须严守本社社章社内各问题各得自由讨论但一经决议后即须一致进行

第二十二条　凡不执行本社决议者破坏本社章程者及二年以上不缴社费者经总社执行委员会议决后追缴本社证书及徽章

第七章　经费

第二十三条　本社社费以社员所纳之入社金常年社费特别资助金及其他收入为基金

第二十四条　社员在入社时须缴入社金三圆常年费二圆

第八章　权利

第二十五条　社员有选举及被选举为本社各项委员之权

第二十六条　社员对于本社事务皆有建议及否决权

第二十七条　社员对于本社出版部所出书籍与刊物购买时与出版部股东享有同等廉价之权利但一年以上未缴常年费者停止此项权利

第二十八条　本社及分社各委员概不支薪

附则

第二十九条　本章程解释之权在总社执行委员会

第三十条　本章程从公布日起即发生效力

第三十一条　本章程有不适宜处经社员三分之一之提议随时可以修改

原载1926年12月1日《洪水周年增刊》

# 总社第一届执行委员名录

| | |
|---|---|
| 总务委员 | 郭沫若 |
| 编辑委员 | 成仿吾 |
| | 郁达夫 |
| 会计委员 | 成仿吾 |
| 监察委员 | 张资平 |
| | 王独清 |

原载 1926 年 12 月 1 日《洪水周年增刊》

# 二 文学主张

# 艺文私见

郁达夫

文艺是天才的创造物，不可以规矩来测量的；所以严沧浪的诗话，是第二义的文艺。有了杜甫的“酒债寻常行处有，人生七十古来稀”，才有“流水对”的一个名目，断不是因为有了“流水对”那一个对法，杜甫才来做这两句诗的。近来科学发达到了高度，无论研究什么学问，都有用了 Scientific method 来研究的倾向，所以各种批评家，每为了一定义 What is art? 之故，生出许多争论来；这些争论，都是假批评家的用具，恐怕在天才的眼里，未必能有什么意思，因为天才的作品，都是abnormal，eccentric，甚至有 unreasonable 的地方，以常人的眼光来看，终究是不能理解的。

依此而论，文艺批评，竟是与文艺没有干涉的了。这也不是的。文艺批评有真假的二种，真的文艺批评，是为常人而作的一种“天才的赞词”。因为天才的好处，我们凡人看不出来，必待大批评家来摘发出来之后，我们才能知道丰城狱底，有绝世的龙泉；楚国山中，有和氏的美玉，所以有了 Lessing 的 Laokoon，我们才知道古典艺术的精华，有了 Ruskin 的 Modern Painters，我们才知道各派绘事的精致。

世人的才智，大约都是在水平线以下，或与水平线齐头的。

中国的古人也说，天才必五百年一生，所以古今中外毕竟是天才少庸人多。文艺批评在天才眼里，虽没有什么价值，在庸人的堆里，究竟是启蒙的指针。勃兰特斯说：

Derjenige, welcher auf der Reise eio Bergwerk besucht, laesst sich von einem Manne mit einer Taterne in einen unteridischen Schacht hinabwinden und sieht sich dann beim unsichern Schein des Laempchens in der Grubeum Zu elner aehnlichen Fahrt moechte ich den Leser einladen, wenn er sich meiner Fuehrung und meiner Fackelanvertrauen Will

(Aus Brandes "Hauptstroemungen der Literatur des 19. Jahrhunderts", uebersetzt von Adolf strodtmann。)

"旅行的时候，去看矿山的人，要一个人擎了灯笼引著，曲曲折折的走到地下去；用了隐约不明的那灯光，方能看见那地下的矿坑。现在也是这样的，若读者愿意跟了我的指引和我的火把来，我却很愿意领他到这一条路上去。"

这就是批评家的天责呀！用了火把来引导众人，使众人在黑暗不明的矿坑里，看得出地下的财宝来。这譬喻虽然简单，然而我想批评家的责任，已经被他说尽了。

目下中国，青黄未接。新旧文艺闹作了一团，鬼怪横行，无奇不有。在这混沌的苦闷时代，若有一个批评大家出来叱咤叱咤，那些恶鬼，怕同见了太阳的毒雾一般，都要抱头逃命去呢！

Mathew Arnold 也好，Walter Pater 也好，Thomas Carlyle，H. A. Taine，G. E. Lessing，Belinsky，Georg Brandes 等无论那一个，能生一个在我们目下的中国，我恐怕现在那些在新闻杂志上主持文艺的假批评家，都要到清水粪坑里去和蛆虫争食物去。那些被他们压下的天才，都要从地狱里升到子午白羊宫里去呢！

真的天才，和那些假批评家假文学家是冰炭不相容的，真的天才是照夜的明珠，假批评家假文学家是伏在明珠上的木斗。木斗不除去，真的天才总不能放他的灵光，来照耀世人。除去这木斗的仙手是谁呀！就是真正的大批评家的铁笔！我们目下中国所要求的，就是一位真有识见的批评家。因为真的批评家出来之后，这一笔混账，才开消得明白。

《艺文私见》第一项完

原载1922年3月15日《创造》季刊第1卷第1期

# 论国内的评坛及我对于创作上的态度（摘录）

郭沫若

……

我对于国内评坛的感想只能说这上面的几句话，以下我要说及我从事于创作上的态度。

我是一个偏于主观的人，我的朋友每肯向我如是说，我自己也很承认。我自己觉得我的想像力实在比我的观察力强。我自幼嗜好文学，所以我便借文学来以鸣我的存在，在文学之中便借了诗歌的这只芦笛。

我又是一个冲动性的人（Impulsivist），我的朋友每肯向我如是说，我自己也很承认。我回顾我所走过了的半生行路，都是一任自己的冲动在那里奔驰；我便作起诗来，也任我一己的冲动在那里跳跃。我在一有冲动的时候，就好象一匹奔马，我在冲动窒息了的时候，又好象一匹死了的河豚。所以我这种人意志是薄弱的。要叫我胜劳耐剧，做些伟大的事业出来，我没有那种野心，我也没有那种能力。

我既晓得我自己性格的偏颇，意志的薄弱，但是我也很想从事于纠正与锻炼。我对于我不甚嗜好的科学也从事研究，我更决意把医学一门作为我毕生研究的对象。我研究科学正想养成我一种缜密的客观性，使我的意志力渐渐坚强起来。我研究医学也更想对于人类社会直接尽效点我对于悲苦的人生之爱怜。

反乎性格去从事纠正与锻炼，也不能完全无补，我近来对于客观的世界也渐觉得能够保持静观的态度了。不过我对于艺术上的见解，终觉不当是反射的（Reflective），应当是创造的（Creative）。前者是纯由感官的接受，经脑筋的作用。反射地直接表现出来，就譬如照相的一样。后者是由无数的感官的材料，储积在脑筋中，更经过一道滤过作用，酝酿作用，综合地表现出来。就譬如蜜蜂采取无数的花汁酿成蜂蜜一样。我以为真正的艺术，当得是属于后的一种。所以锻炼客观性的结果，也还是归于培养主观，真正的艺术品当然是由于纯粹充实了的主观产出。

至于艺术上的功利主义的问题，我也曾经思索过。假使创作家纯全以功利主义为前提以从事创作，上之想借文艺为宣传的利器，下之想借文艺为糊口之饭碗，这个我敢断定一句，都是文艺的堕落，隔离文艺的精神太远了。这种作家惯会迎合时势，他在社会上或者容易收获一时的成功，但他的艺术（？）绝不会有永远的生命。这种功利主义的动机说，从前我也曾怀抱过来；有时在诗歌之中借披着社会主义的皮毛，漫作驴鸣犬吠，有时穷得没法的时候，又想专门做起稿子来卖钱，但是我在此处如实地告白：我是完全忏悔了。文艺是苦闷的象征，无论它是反射的或创造的，都是血与泪的文学。不必在纸面上定要有红色字眼才算是血，不必在纸面上定要有三水旁边一个戾字的才算是泪。个人的苦闷，社会的苦闷，全人类的苦闷，都是血泪的源泉，三者可以说是一根直线的三个分段，由个人的苦闷可以反射出社会的苦闷来，可以反射出全人类的苦闷来，不必定要精赤裸裸地描写社会的文字，然后才能算是满纸的血泪。无论表现个人也好，描写社会也好，替全人类代白也好，主要的眼目，总要在苦闷的重围中，由灵魂深处流写出来的悲哀，然后才能震撼读者的魂魄。不然，只抱个死板的概念去从事创作，这好象用力打破鼓，只是生出一种怪聒人的空响罢了。并且人的感受力是有限的，人的神经纤维和脑细胞是容易疲倦的，刺激过烈的作品容易使人麻痹，颠转不发生感受作用。

总之，我对于艺术上的功利主义的动机说，是不承认他有成立的可能性的。我这种主张或者有人会说我是甚么艺术派的艺术家的，说我尽他说，我更是不承认艺术中会划分出甚么人生派与艺术派的人。这些空漠的术语，都是些无聊的批评家——不消说我是在说西洋的——虚构出来的东西。我认定艺术与人生，只是一个晶球的两面，只如我们的肉体与精神的关系一样，他们是两两平行，绝不是互为君主臣仆的。而有客气未除的作家或者批评家，更揭以自我标榜，在口头笔下漫作空炮的战争，我觉得只是一场滑稽悲喜剧罢了。

有人说："一切艺术是完全无用的。"这话我也不十分承认。我承认一切艺术，她虽形似无用，然在她的无用之中，有大用存焉。她是唤醒人性的警钟，她是招返迷羊的圣箓，她是澄清河浊的阿胶，她是鼓舞生命的醍醐，她是……她是……她的大用，说不尽，说不尽。

我这篇文字的动机，是读了沈雁冰君《论文学的介绍的目的》一文而感发的。雁冰君答复我的这篇评论的态度是很严肃的，我很钦佩。不过在落尾处有一段论作家的文字，我还嫌稍微隐约含糊了一点。至于括号中"猪"的一句骂詈语，因为我读书太少，我还不知道出处。但是骂我国的同胞是"猪"，这是我们听惯了，见惯了的。倚资本主义为爪牙，倚物质文明为武器的东西洋人，骂我们无抵抗能力的中国人是"猪"，这是我们听惯了，见惯了的。我觉得我们中国的现状，混沌到不可名状的地步，并不是"猪"的人太多，实在是"非猪"的人太多了的缘故。一些买些东西洋人的烂枪旧炮来在我们头上蹂躏着的军阀，一些采仿资本主义来在我们心坎上吸吮着的财东，这些都是"非猪"的东西洋人的高足弟子，我们中国的糜烂都是他们搅出来的。我在此诚恳地劝告沈雁冰君：这些"非猪"的人尽可以诅咒，不要再来诅咒我们可怜的同胞，我们可怜的失了抵抗能力的一群羊儿——或者可以说是猪儿。这种骂法觉得使我们伤心得很！雁冰君的答辩，本来再想从事谈论，不过我在短促的暑假期内，还想做些创作出来；我就暂且认定我们是意见的相违，不再事枝叶的争执了。我们彼此在尊重他人的人格的范围以内，各守各的自由罢。

十一年八月二日，上海

原载1922年8月4日上海《时事新报》副刊《学灯》

# 未来之艺术家

## ——破除“自然”底迷信

王独清



前天有一位新相识的朋友，问起去年我译的太戈尔底《新月集》，我说，这都是过去的事业，现在我对于太戈尔底艺术，已不十分满意了。

我不满意太戈尔底艺术，就在他过于依赖自然。

本来这种依赖性，也不止一个太戈尔，近代的艺术家多是如此。故有人认自然为产生艺术底原料，甚至于说自然是艺术底制造厂。其实这都是错误，这都是迷信底病的状态。

自然实在不能制造艺术；能制造艺术的是人生，是艺术家底本身，是艺术家本身底情感。

老实说，自然是没有美丑的。我们说自然美，都是用艺术底眼光去看自然，你试对野蛮人谈自然底美，我敢说他是一定不懂的。艺术底发生，全在个人底情感，若不向自己本身求艺术，只去依赖自然，这不是错误是什么？

“颠狂柳絮随风舞；轻薄桃花逐水流。”这把自然写的多美！但是我们要知道这两句诗决不是全由“柳絮”与“桃花”产生出来的；若是诗人底心中未曾有“颠狂”“轻薄”两个观念，写出来就不能这样美了。柳絮遇了风，是一种无意识的摆动，诗人却偏要说他是“舞”；桃花落在水上，被水力冲动，诗人却偏要说他是“逐水”；若是没有诗人这种感情，只是柳絮与桃花，那里能生出这样的好诗？

你觉得韦应物底《滁州西涧》美么？你觉得杜牧底《金谷园》美么？但是你不要忘了他所寄托的情绪！

你觉得 Verlaine 底 La bonne Chanson 第六章美么？你觉得 Dehmel 底 Ueber Den Sümpfen 美么，但是你不要忽略了他底 Mood！

还有，你携着你底爱人在花前散步，你就见那花也向你表示快意，这时候你要做诗，写这花定是含羞、微笑；明日你底爱人变了，你偶自独游旧地，一见昨日迎你的花，便不能抑忍，吟出几句极失望的悲歌，你便不得不说这花是含愁、欲泣；——花不曾更改，你底情绪改了。

哦，“芙蓉如面柳如眉，对此如何不泪垂？”这真是一个情绪与自然底说明呵！“Tout suffocant et blême，quand sonne I’heure，je me souviens des jours anciens et jepleure；”这就是诗人底亲口供状呵！若心中没有那个“面”和“眉”，一见芙蓉和柳，决不能垂泪的。若没有“jours anciens”，就是听见 sonne I’heure，也决不能 pleure 的。

“自然”，我承认他能容受我们底情感；我承认他能帮助我们创造艺术。但我决不承认他能给我们情感；我决不承认他能产生艺术。——“情化的自然”，是要用我们人底情去化他哟！

Gods，这是过去艺术家底错误。因为他们不懂的自然容受人底情感，故以为自然有一种不可思议的力量。现在我们既知道一切都起于自己本身底情绪，自然不过仅负容受与帮助底责任，那么我们若再蹈过去艺术家底错误，那就是自欺的艺术家。用自欺的方法创造艺术，还有什么价值呢？

过去的错误，就是不知道自然与情感，如同人在船中看岸一样；船虽移动，人却只见岸离船而去，其实只是人底本身走了。

过去的错误，就是不知道自然与情感，如同人与镜一样；镜中底人忽笑忽啼，看去毫无假饰，其实只是人本身底影子！

未来之艺术家，与其“作自然底赤子”（太戈尔语），不如作情绪底赤子罢！我愿未来之艺术家再不要依赖自己本身以外底事物，再不要陷于过去的 Illusion——快破除“自然”底迷信罢！

（附言）这篇文字，本是我与同志华林研究中底谈话，因自信这个意思颇有发表底价值，故节要写出。我希望国内愿作未来之艺术家的人，不要看轻了这件事，还得给一个切实的讨论。

一九二二，五，三一草于法国

原载1922年10月1日《学艺》月刊第4卷第4号

# 歧　　路

仿　吾

新造的葡萄酒浆
不能盛在那旧了的皮囊。
——《女神》五面



我们一个人日常所做的事情，若不特别注意看起来，真是平常得很，真是寻常茶饭事一样。然而假使我们仔细看起来，人生才真是比在一个广漠的平原里行路，还要人思量，还要复杂。我们的一举一动，不仅碰着了一些层出无穷的歧路，不仅由他们中间取了唯一的一条，与其余的分别了，而且我们取这一条，同时就在我们面前，新创了无穷的歧路。一件件的事情，一个个的地方，没有一分钟，在我们的面前，不形成一些层出无穷的歧路；没有一分钟，不要求我们当紧急的思考，与适当的选择。然而我们日常所做的事情，却少有经过我们的思考与选择的。这有点似乎不是合理的事情，然而确是事实，并且我们的社会，为的这种事实，已经受苦不少了。

譬如手里闲着没有事情，随便抽抽烟卷，却不道几千万个的袁头，轻轻地跳进了外国人的袋子里。

譬如在小店子里买得出来的东西，偏要往大洋货店里去多孝敬孝敬；譬如坐黄包车可以了事的地方，偏要往大车行里雇一头汽车挥阔挥阔，一方面却含着雪茄，皱着眉黛去思索："社会的分配之不平均，怎的只管是一天比一天厉害呢？"

我们中国人现在一齐都站在一个很重要的分歧点！守旧呢，还是革新？向尊贵的军阀拍马屁呢，还是与污秽的同胞一路走？甘愿穷苦终身呢，还是去伴火打劫？甘愿埋头去研究呢，还是出出风头，学学时髦？……

现在的时代，一天天跑到我们的门口，催促我们为紧急的选择。顽皮，愚蠢，懦弱无能的同胞们，却还没有十分的勇气，当面把这问题来思考，只想一天天把他延挨下去。然而我们纵然可以糊涂一时，这笔账总是逃不了的；我们的将来，在那边作了抵押品，这笔账若不完清，我们不可不知道我们的将来一定是不能再为我们所有的！

这是对于一般的人说的话，现在的时代，还在我们新的青年面前，设了一条更费人思考，更加重要的歧路。关于这歧路的选择，我们新时代的青年，应当如何重视，应当如何急起——这便是我在这里所觉得不能不说的话。

这是怎样的一条歧路呢？



世间不少奇怪的事情，然而最奇怪的，莫过于我们文学界的现状。象革命时的满清督抚一般，一时抱头鼠窜，逃得无影无踪了的《礼拜六》自从去年复炽以来，几个月的工夫，就把她的一些干儿干女，干爹干妈之类的东西，差不多布满了新中国的全天地，到了现在，我们的出版物之中，一天天增加的，几乎尽是这些卑鄙寄生虫拿来骗钱的龌龊的杂志。我亲爱的青年同胞们，这是何等的时代错误！复辟真的成功了么？

我说他们卑鄙，我说他们的出版物误人，除了少数自觉了的青年之外；多数的不自觉的青年，与一般老妖恶少，还许说我是说过了火，我们知道这些卑鄙的文妖，不仅有一般老妖恶少，为他们的中坚，他们还用种种下贱龌龊的文字，专门迎合一般人盲目的浅薄劣等的心理，把多少无知的纯洁的青年蛊惑了。然而我们对于他们，是不惜最后的一弹的。

这些《礼拜六》《晶报》一流的东西，虽然也是应运——应恶浊的社会之要求而生的，然而他们已经积成应运以上的流毒了。他们的罪恶，可比天上的繁星，我现在只略举其大一点的：

第一，他们是赞美恶浊社会的，他们阻碍社会的进步与改造。

第二，他们专以鼓吹骄奢淫佚为事，他们破坏我们的教育。

第三，他们专以丑恶的文章，把人类往地狱中诱惑，他们是我们思想界与文学界的奇耻。

我亲爱的青年同胞们！只就这三项之中，你们能宽容那一项？

现在的时代在你们面前设了的，一条重要的歧路，就是这里！

你们能赞成他们么？你们能宽容他们么？

现在的时代要求你们火急的决断：

“往他们的路上走么？不然就断断乎反对他们吧！”

这些卑鄙的文妖所出的恶劣的杂志，我因为不甘糟踏了宝贵的光阴，所以从来没有仔细看过，然而我们只要把他翻一翻，就可以得到一个确切的评语——就是“该死”二字。

他们的流毒，我已经说过了，我现在专就他们的文字谈谈。

他们的文章，固然不是文学的作品，只能说是文字的游戏，本来没有何等的真价，值得我们来批评，然而若有人问我“他们的文字到底那些地方不好？”我却也不妨略举几点出来说说。

第一，文学是批评人生的，他们不仅没有高级的批评的眼光，颠倒把人生最贫乏的种类，社会最丑恶的地方，只就表面描写，尽力去赞扬，尽力去美化。这是思想的缺乏与态度的“不诚”。

第二，文学的真价在有特创（Originality），象他们这等思想上手腕（Technique）上都是千篇一律、没有特创的东西，当然是没有价值的。新的文学作品，纵令如何不好，作者的个性总会看得出来，只有这些先生们的东西，不论是谁作的，就好象一块印板印出来的，不差一点，这是因为他们甘愿把自己埋灭了，去迎合社会一般人的浅薄的心理之结果。那些为妓女们做起居注的先生们，就是这种卑劣得最可怜的心迹之皮囊吧。

第三，这些皮囊除了种种中国人固有的缺点与他们特有的丑恶之外，别的东西是一点都没有的；换一句话，就是他们没有文学家应有的素养，够不上冒充文学家，他们的无聊的作品，也够不上冒充文学的作品罢。

我亲爱的青年同胞们！这些文妖在社会上的流毒既然那般大，在文学上的价值又那般少，你们还要天天去买他们的东西来看么？那么，你们毕竟也是不经思考，就决定同他们一路去不惜阻碍我们社会的进步么？

你们多以为国语的文学，是应该人人看了都能了解的。我们的新作家的作品，有许多人说看了不甚透彻，你们把这一点做理由，就把新的创作丢了，去着旧的皮囊么？那么，我大胆在这里叫一声“这是你们自己的学识不充足罢！”

我们现在的新作品，或许不能满足你们的要求（这里面当然也有许多的理由存在），然而时间是要使将来的新作品与将来的你们互相接近的，并且你们切不可忘了，你们是站在一个很重要的分歧点上，你们不要不加思考，顺势同那些老妖恶少，走上那条歧路，因为新中国的将来，也是依你们的决断而左右的啊！

还是替那些无耻的文妖，多销一分么？

那么，我劝诸君想起把害人的文字换了钱，吃得猪一般肥的作家们，想起他们那油滴滴的厚脸，想起他们那快心的冷笑，想起他们无时不在笑语：“铜香的宝贵的字儿！现出来，一个一个连贯起来，给那些不尽的蠢东西们拿去读来吧！”

我还劝诸君一想：诸君丢钱给他们，他们更要加胖，排泄作用的结果，更会产出一些《礼拜五》《晶报》《绿》等类的东西来，诸君纵或甘心同他们一路走，至少对于诸君的子弟教育上的影响，怕应当把一点良心出来负责任吧！

我还劝诸君一想：我们现在的青年，随便把外国任意一国的青年来比，不论学问、精神、体格，没有那一点不教我们放声痛哭的。他们的青年作的是什么事，读的是什么书？我们的青年读的是什么书，作的是什么事！堕落到了这层光景，还不去饱享精神的粮食，还要去嚼猪粪么？那么，我们最亲爱的东方的文明古国，终不能不止于是时代错误的象征么？

我亲爱的青年同胞们！现在的时代在你们面前设了这样的重要的一条歧路。

现在的时代要求你们即时的决断，禁止你们助恶的行为！

现在的时代要求你们去读更有益更有价值的书，万一你们不能读，要求你们去打开你们的黄金时代很丰富的典籍！

现在的时代要求你们唱的诗歌是这般的：

“趁着我们的血浪还在潮，
趁着我们的心火还在烧，
快把那陈腐了的旧皮囊
全盘洗掉！
新中华的改造
正赖吾曹！”

——《女神》一〇〇面

十一年十月十九日

原载1922年11月25日《创造》季刊第1卷第3期

# 诗之防御战

成仿吾

文学是直诉于我们的感情，而不是刺激我们的理智的创造；文艺的玩赏是感情与感情的融洽，而不是理智与理智的折冲；文学的目的是对于一种心或物的现象之情感的传达，而不是关于他的理智的报告——这些浅近的原理，我想就是现在一般很幼稚的作家，也无待我来反复申明的必要。文学始终是以情感为生命的，情感便是他终始，至少对于诗歌我们可以这样说。不仅诗的全体要以他所传达的情绪之深浅决定他的优劣，而且一字一句亦必以情感的贫富为选择的标准。假使

F 为一个对象所给我们的印象的焦点（focus）或外包（enVelope），

f 为这印象的焦点或外包所唤起的情绪，那么，这对象的选择，可以把 F 所唤起的 f 之大小来决定。用浅显的算式来表出时，便是我们选择材料时，要满足一个条件。如果

$$\frac{df}{dF}>0$$

这微分系数小于零时，那便是所谓蛇足。这算式所表出的意思，如用浅近的语言说出，便是诗中如增加一句一字，必是这一句一字能增加全体的情绪多少。

这些都是很显而易见的道理。由鲜美的内容与纯洁的情绪调和了的诗歌，是我们所最期待的。我们即不主张感伤主义（Sentimentalism）的文学，而情感在诗歌上的重要与他的效果，我们是不能不赞赏的，

尤其当我们想起过量的理智怎样把诗歌的效果打坏了的时候。理智是我们的不忠的奴仆，至少对于诗歌是这般。他是不可过于信任的，如果我们过于信任他，我们所筑成的效果，就难免不为他所打坏。而最可恶的叛徒，便是浅薄的理论（reasoning）。诗的职务只在使我们与感（to feel）而不在使我们理解（to understand）。使我们理解，有更明了更自由的散文。诗的作用只在由不可捕捉的创出可捕捉的东西，于抽象的东西加以具体化，而他的方法只在运用我们的想象，表现我们的情感。一切因果的理论与分析的说明是打坏诗之效果的。固然，真的智慧是直观的，是诗的，而且是我们所希求的；然而凡智的欢喜只是一时的，变迁的，只有真情的愉悦是永远的，不变的。象吃了智慧之果，人类便堕落了一般，中了理智的毒，诗歌便也要堕落了。我们要发挥感情的效果，要严防理智的叛逆！

现在试把我们目下的诗的王宫一瞥，看他的近情如何了。

一座腐败了的王宫，是我们把他推倒了，几年来正在重新建造。然而现在呀，王宫内外遍地都生了野草了，可悲的王宫啊！可痛的王宫！

空言不足信，我现在把这些野草，随便指出几个来说说。

1　胡适的《尝试集》

你心里爱他，莫说不爱他。  
要看你爱他，且等人害他。  
倘有人害他，你如何对他？  
倘有人爱他，更如何待他？

——《他》

这简直是文字的游戏，好象三家村里唱的猜谜歌，这也可以说是诗么？《尝试集》里本来没有一首是诗，这种恶作剧正自举不胜举。又譬如

“车子！车子！”车来如飞。  
客看车夫，忽然中心酸悲。

客问车夫，“你今年几岁？拉车拉了多少时？”
车夫答客，“今年十六，拉过三年车了，你老别多疑。”
客告车夫，“你年纪太小，我不坐你车。我坐你车，
我心惨凄。”
车夫告客，“………………”

——《人力车夫》

这简直不知道是什么东西。自古说：秀才人情是纸半张。这样浅薄的人道主义更是不值半文钱了。坐在黄包车上谈贫富问题，劳动问题，犹如抱着个妓女在怀中做了一场改造世界的大梦。

雪色满空中，抬头忽见你！
我不知何故，心里很欢喜；
踏雪摘下来，夹在小书里；
还想做首诗，写我欢喜的道理。
不料此理很难写，抽出笔来还搁起。

——《三溪路上大雪里一个红叶》

胡君做诗原来是想写道理呀！

我实在不要儿子，
儿子自己来了。
“无后主义”的招牌，
于今挂不起来了！

——《我的儿子》

这还不能说是浅薄，只能说是无聊。

“这棵大树很可恶，
他碍着我的路！
来！

快把他斫倒了，
把树根也掘去。——
哈哈！好了！”

——《乐观》

哈哈！好了！不要再抄胡适之的名句了。

2　康白情的《草儿》

“我们想，所贵乎做同学的应该怎么样？不是说要互劝道德，互砥学问，互助事业么……我呢——更该万死！我受同学的厚爱以当全国学友的重托，而我诚还未足以感人，学还未足以济用，致酿成今日底危局而前功几于尽弃。……”

——《别北京大学同学》



这实是一篇演说词，康君把他分成“行子”便算是诗了！无怪乎《草儿》那么多，那么厚。

往熙去了；
少荆来了。
少荆去了；
舜生来了。
舜生去了；
葆青绛霄终归在这里。

——《西湖杂诗》

这确如梁实秋君所说是一个点名簿。我把他抄下来，几乎把肠都笑断了。还有那篇《卅日踏青会》，我从头看去，总以为是一篇序文，后来才又发见了那七十一人的点名录。

如厕是早起后第一件大事；
劳动是日间第一件大事；

少用心是晚上第一件大事；
打拳，看星子，是临睡前第一件大事。
——《律己九铭》

这些确是每天应做的大事，亏他想得周到，写得出来。

3 俞平伯的《冬夜》(及《雪朝》第三集)

飞——飞他底，
滚——滚他底；
推——推他们底。
有从来，有处去，
来去有个所以。
尽飞，尽滚，尽推；
自有飞不去，滚不到，推不动的时候。
——《仅有的伴侣》



这是什么东西？滚，滚，滚你的！

留你也匆匆去，
送你也匆匆去；
然则——送你吧！
——《山居杂诗》

这真未免过于匆匆了；然则——不成其为诗罢！

“朋友！说你是愚人，可是吗？”
恭恭敬敬的回答，
“先生正是呢！”
——《愚的海》

朋友，说你的不是诗，可是吗？恭恭敬敬的回答，先生，正是呢！

4　周作人（《雪朝》第二集）

三座门的底下，
两个人并排着慢慢地走来。
一样的憔悴的颜色，
一样的戴着帽子，
一样的穿着袍子，
只是两边的袖子底下，
拖了一根青麻的索子。
我知道一个人是拴在腕上，
一个人是拿在手里；
但我看不出谁是谁来。

——《所见》

这不说是诗，只能说是所见，倒亏他知道了。

5　徐玉诺的《将来之花园》

"你们为什么不把那一回加入呢？……那一回，苍前山一所茶楼的上边，街上正在迎神，……不是我一个人赢了！王三五十元，张桂二百元，我赢了一共七百五十元……你们怎能忘记呢……

这些赌棍们——就是王三张桂等——向来没有和他表过同情；他们总是忙囟着，轻灭嘲骂他一顿：'贼东西，不做梦吧！'"

——《失败的赌棍底们》

这样的文字在小说里面都要说是拙劣极了。徐君何不把其余的人所输的钱也一齐写出呢？

我现在手写痛了，头也痛了！读者诸君看了这许多名诗，也许已经觉得眼花头痛，我要在这里变更计划，不再把野草一个个拿来洗剥了。我只把近来在《觉悟》栏上发见的一首小诗写在下面，聊与读者诸君解颐：

雄鸡整理他底美丽的冠羽，
在引吭高歌后，
飞到邻园里去强奸了！

我们的诗坛自从摆脱了词调，再进而洒脱了白话以来，像取了两种新的方向：

1　所谓小诗或短诗，

2　所谓哲理诗。

这两种因为他们的外样比前面的那些野草来得漂亮一点，他们的蔓延颇有一日千里之势。我现在要进而一窥他们的真相。

讲起小诗二字，我们便联想到周作人介绍的所谓日本的小诗。最初我听了这个名字时，很有点不明白周君所指的是什么；后来才知道就是日本的和歌与俳句。本来俳句是从和歌蝉蜕出来的，而和歌日本人通称为歌（uta），原是可歌的民谣，以音乐为他的生命的，后来虽渐变为可读的抒情的词，而严格地说起来，可称为抒情诗的究是极少数——至少俳句是这般。日本语是多音节的，往往一个名字占四五个音，如杜鹃一个名字，在日语占五个音，莺一个名字，占四个音之类，和歌一首为五七五七七的三十一音，俳句更只五七五的十七音。以这样少数的语音，要写出抒情的诗句，在和歌或犹易为，在俳句却实很困难的。我觉得俳句要成为抒情诗，至少有下面的几层困难：

1　音数既经限定，字数自然甚少，结果难免不陷于极端的点画派（Punktierkunst）。

2　同时又难免不陷于极端的刹那主义（Momentalismus）。

3　容积既小，往往情绪的负载过重。

4　刹那主义与点画的结果，最易陷于轻浮。

和歌的首数几比俳句多到一半，他的困难自然也小，可是音数间的限制，即五七五七七总得严守，比俳句实在笨重，倒不如俳句轻快而新鲜，然而俳句的轻快与新鲜，同时也是他的致命的病毒。他每每不是些轻浮的感情，便是些浅薄的“洒落”（Share）。芭蕉这人是一个例外，他确留下了几首好点的俳句。然而别的人便少有好的了。土居光知在他们那本《文学序说》上说：

“俳谐由最初的滑稽洒脱的趣味和语言的游戏，渐进为芭蕉那样的从心底发出来的静调而近于抒情诗，然犹不外是自然情趣之客观的表现，不是以恋爱为主题而出之以滑稽，便是使与自然同等而加之以客观化。”

和歌虽则音数较多，而他的笨重与呆板，实令所得不偿所失。而且一个固定而呆板的铸型，久后必归无用，和歌与俳句，在日本早已成了过去的骨董，正犹如我们的律诗与绝句。周君把他们介绍了过来，好象是日本的新诗的样子，致使我们多少羽翼未丰的青年，把他们当做了诗的王道，终于把我们的王宫任他蹂躏了。这是我不解周君所以介绍什么日本的小诗的第一点。

其次，俳句既多是轻浮浅薄的诙谐，在文艺上便没有多大的价值，至少没有普遍的价值，譬如周君所译出的

风冷，破纸障的神无月。
给他吮着养育起来罢，养花的雨。

在作者是利用纸与神，饴与雨的同音，显他的小巧，可是译出来的东西，却连一点意义也没有了。又如芭蕉的名句

古池，——青蛙跳入水里的声音。

照周君这样译出来，简直把他的生命都丢掉了。古池之下原有一个感叹的呀字，是原文的命脉，周君却把他丢了。而且这古池呀在日文是 Furuike-ya 的五音，并且是二二一的关系，周君译作古池两个字，把原有的音乐的效果也全失了；不过这倒是两国文字不同的地方，怎么也没有办法的，青蛙的“青”字是周君添的蛇足。俳句以粗略（Simple or rough）见长，添上一个青字，亦不能于全体的情绪有所增加，倒把粗略的好处都埋没了。水里的声音的“里”字，也是周君添的蛇足，把原文的暗昧的美点也全失了。我也为俳句既以音节的关系来暗示一种文字以外的情调，则译他时当然也应保留原有的音节才好。所以我想

芭蕉这首可以译作

苍寂古池呀，小蛙儿蓦然跳入，池水的声音。

以保存二二一，三二二二一二的音节的关系。然而这里面不免也加了些无益的蛇足。

一个这样短短的句子，周君那样译出来，既是呆板；我这样译出来，也是干燥无味。这样好一点的，尚且如此；其余差一点的，怕难免都要如前面所引的那两句，弄得不成话了。从这地方我们可以得到一个判断，就是，俳句是日本文特长的表现法，至少不能应用于我们的言语。外国也有许多好事的文人，仿做了一种俳句。然而一是因为外国文本有做短诗的可能，如法国的 P. Verlaine 便有把一句短话分行为诗的，二是因为外国人在他们本国文字的运用上，已经用尽了他们的技巧，所以他们模仿俳谐，为的是要满足他们的异乡情调（exoticisme）。在我们的文坛，却没有这样的可能与必要。中国人老是易于误解外国人的言行。梁任公听见外国人研究东方思想，便喜得眉飞色舞。这种浅薄的观察，我们只可把来当作笑柄。所以西洋人模仿俳谐，实在不能成为我们也可以模仿的理由。而且俳谐之不足模仿，还有两个理由：

1　抒情诗的真谛在利用音律的反复引我们深入一个梦幻之境，俳句仅一单句，没有反复的音律，他实在没有抒情的可能。

2　如土居光知所说“歌人的理想是闲雅，俳人的理想是洒脱，幽玄，静寂，……闲雅是一生安于游乐的贵人的境地，静寂是离脱人生之苦恼的隐士的境地”。所以我们如果甘与时代精神背道而驰，则已，否则我们是不能不把他当做骨董看待。

俳谐之不可模仿，也有两个理由：

1　我们的新文学正在建设时代，我们要秉我们的天禀，自由不羁地创造些新的形式，与新的内容，不可为一切固定的形式所拘束了。善于模仿的小孩，长大了也是无用的，我们不可任我们的小孩模仿。

2　我们的新文学要有真挚的热情做根底，俳谐那种游戏的态度，我们决不可容许。

关于俳谐所说的话，大抵都可以应用于和歌，总之这两件臭皮囊，即日本人——与俳谐一样浅薄无聊的日本人，已经早为他们奏了薤露之歌，不知周君为甚拾得他们的残骸，偏要为他们大吹大奏。这是我不解周君所以介绍什么日本的小诗的又一点。

现在流行的小诗，不必尽是受了周作人的影响，然而我关于俳句所说的话，是可以应用于别的短诗的，我已经侵犯了别人的篇幅，我暂不多说了。

与小诗凑成一对的所谓哲理诗，我们现在要把他拿来审定一下了。国内哲理诗的作者，大概以宗白华与冰心女士为代表。他们自称是受了太戈尔的影响。

哲理诗！这是多么冠冕堂皇的名字。然而在我们现在的诗坛——哲学大家滔滔者天下皆是的时代的诗坛；我们只一听这个名字，而这名字里面所含蓄的滑稽，就足以令我们破颜而大笑了。

我在这里论及哲理诗，要请读者诸君恕我不抄录宗白华与冰心女士的大作了，因为我只在报章上看过几回，随时随地把他们与电闻通信一齐丢了。他们对于别人，似乎具有不可当的引力，然而我只觉得宗君不过把概念与概念联络起来，而冰心亦不过善于把一些高尚的抽象的文字集拢来罢了。本来哲理如果硬要加入诗中，我们先要求他不是哲理。如果带上了诗形而又自称哲理，我们只好取消他的诗的资格。太戈尔的《迷途之鸟》终于不过是些迷途之鸟罢。

我在前面已经预先把理智的叛逆说过了，把抽象的东西须加以具体化也说过了。所以理论的或概念的，与过于抽象的文字，纵列为诗形，而终不能说是诗，大约可以不消多说了。而且如果目的在阐明哲理，我们可以取更严肃的论理，可以用更自由的散文；如果想利用诗的形式希图增加哲理的效果，那必自陷于冗长的叙事诗的失败。我们赏玩诗歌，是为诗歌自己，他自有他内存的目的。如果哲理可以诗传，则科学的论文也可以诗来代替，教科书也可以用诗的形式写出了。这样的梦是很愉快的，然而毕竟是一个梦啊！伽莱尔（T. Carlyle）教人说理不要用诗形，称那些铿锵的假诗是一些打木板的嘈响（wooden noise）。

固然，古人的诗中往往含有不少的哲理，然而那不外是偶成的现象，决没有人预先怀着说理的心去做诗的。我们现在的所谓哲理诗人，往往有专为发泄他的所谓哲理而做出许多诗来（譬如冰心女士在她《繁星》的附白中便说明了她是借《迷途之鸟》的形式来记载的零碎的感想），然而结果却不外一些畸形的概念与抽象的文字，使我们看了，如象在读格言，如象看了一些与我们不常会面的科学书籍，引不起兴致来。诗也要人去思索，根本上便错了。我们读诗，与我们对画听音乐，原则上是一样的。我们只是要由诗的内容，与诗人共赏内容所具有的情调，内容间的理论（reasoning），我们是不必去多事的。现在要我们劳心的理论一天天多起来了，诗也要我们去劳心，至少已经失去了他的存在的根据之一部。

太戈尔做出了一部《迷途之鸟》，大家便一齐争着传诵，争着翻译，争着模仿，犹如文艺复兴时代的人得着了一部古典的稿本，这固然是饥不择食，却也可以证明我们现代的青年易于盲从了。周作人介绍了他的所谓日本的小诗，居然就有数不清的人去模仿，也是一件很奇怪的事。我们不由得要想起《浮士德》中的

> So schwaetzt und lehrt man ungestoert;
> Mer will Sich mit den Narrn befassen?
> Gewoehnlich glaubt der Mensch，wenn er nur worte hoert,
> Es muesse Sich dabei doch auch was denken lassen.
> （大意）
> 人总是胡言乱讲神气泰然；
> 谁去和那些傻子们纠缠？
> 听了一句话便做天启一般，
> 这本是一般庸人们的习惯。

我把我对于现在的小诗与哲理诗的反对的意见约略说了：我把小诗的缺点指出，证明了他是犯不着去制造的，一种风格甚低的诗形；我说了诗是不当拿去讲哲理的。可是我并不说小诗与哲理诗决不能成诗。有些天成的句子，天然的是一个字也不能增减的小诗；有些天才的诗人，于优美的诗中，写出了不少的哲理。而且诗是天才的创造，

天才是能征服一切的困难，不为所限的，所以如果真是出自天才，则小诗变为优美的抒情诗，哲理与真情调和，亦并非不可能之事。不过这是进一步的说法，就一般言，我在上面所说的话，是可以成立的。没有内心的要求勉强去做诗，已经是不对的；而以小诗为标的去做，便更不对了。把哲理夹入诗中，已经是不对的；而以哲理诗为目的去做，便更不对了。目下的这两种倾向，很使我们感着不安，多少朋友们的活力已经消耗在这两种倾向之下了！我们如不急起而从事防御，我们的新文学运动，怕不要在这两种倾向之间沉滞起来了？而且文学只有美丑之分，原无新旧之别，如果现在的那些似是而非的文字可以称诗，则那些文妖的游戏诙谐，也可以有称诗的权利。现在的那些小诗实在令人作呕，我真不知作者怎样能泰然发表出来，我真不知提倡者看了这层光景，心中应当怎样。

至于前面的那些野草们，我们应当对于他们更为及时的防御战。他们大抵是一些浅薄无聊的文字；作者既没有丝毫的想象力，又不能利用音乐的效果，所以他们总不外是一些理论或观察的报告，怎么也免不了是一些鄙陋的嘈音。诗的本质是想象，诗的现形是音乐，除了想象与音乐，我不知诗歌还留有什么。这样的文字也可以称诗，我不知我们的诗坛终将堕落到什么样子。我们要起而守护诗的王宫，我愿与我们的青年诗人共起而为这诗之防御战！

这篇一路写来，不知不觉写得太长了，有些地方写得过多，有些地方容有未尽。我只暂把这篇做一总纲，有暇当更分别讨论。

五月四日　仿吾附识

原载 1923 年 5 月 13 日《创造周报》第 1 号

# 新文学之使命

成仿吾

文学上的创作，本来只要是出自内心的要求，原不必有什么预定的目的。然而我们于创作时，如果把我们的内心的活动，十分存在意识里面的时候，我们是很容易使我们的内心的活动取一定之方向的。这不仅是可能的事情，而且是可喜的现象。



一讲到文学上的目的，我们每每立刻感着一种可惊的矛盾。原来世上的东西，没有比文学更加意见纷纷，莫衷一是的。有些人说他是不值一文钱的东西，有些人简直把他当做了自己的一切。即在一样肯定文学的人，都有人生的艺术（l'art pour lavie）与艺术的艺术（l'art pour l'art）之别。艺术的价值与根本既然那样摇摇不定，所以我们如把他应用在一个特别的目的，或是说他应有一个特别的目的，简直是在砂堆上营筑宫殿了。

然而这种争论也不是决不可以避开的。如果我们把内心的要求作一切文学上创造的原动力，那么艺术与人生便两方都不能干涉我们，而我们的创作便可以不至为他们的奴隶。而且这种争论是没有止境的，如果我们没头去斗争，则我们将永无创作之一日。文学没有创作，是与没有文学相等。所以我们最好是把文学的根蒂放在一个超越一切无用的争论之地点。这与科学家取绝对的静止点（absolute rest）意义是一样的。因为我们从此可以排去一切的障碍与矛盾，而直趋我们所要研究的事物。

文学既是我们内心的活动之一种，所以我们最好是把内心的自然的要求作他的原动力，一切嘈杂的争论，只当是各种的色盲过于信任了自己的肉眼，各非其所非而是其所是。譬如对于红色是色盲的人，只能感到红色的补色，虽然原来是一样的白光。如果我们承认光是白色的，那么，那些色盲的是非，我们可以了悟是他们各人所认识的只限于一小部分而不是全部的原故。我们又可以由他们各人的争执，约略可以知道白光有些什么成分。我们由各成分的性质，又可以确定我们对于全部的见解。这样研究起来，我们不仅不怕什么矛盾，而且我们可以征服他们，利用他们。

我们既能由一个超越的地点俯视一切的矛盾，并能在这些矛盾之中，证出文学的实在，那么，我们对于我们的内心的活动，便不难看出他应取的方向，也不难自由自在地使取我们意中的方向了。

我们说文学有目的，或是有使命，是从这些地方说的。

然而文学的目的或使命却也不是很简单的东西，而且一般人心目中的文学之目的，实在说起来，已经离真的文学很远了。他们不是把时代看得太重，便是把文艺看得太轻，所以我们的新文学中，已经有不少的人走错了路径，把他们的精力空费了。我在这里想由那个根本原理——以内心的要求为文学上活动之原动力的那个原理，进而考察我们的新文学所应有的使命。

我想我们的新文学，至少应当有以下的三种使命：

1. 对于时代的使命，

2. 对于国语的使命，

3. 文学本身的使命。

而这三种以外，我想却也不必贪多了。

我们是时代潮流中的一泡，我们所创造出来的东西，自然免不了要有他的时代的彩色。然而我们不当止于无意识地为时代排演，我们要进而把住时代，有意识地将他表现出来。我们的时代，他的生活，他的思想，我们要用强有力的方法表现出来，使一般的人对于自己的生活有一种回想的机会与评判的可能。所以我们第一对于现代负有一种重大的使命。

现代的生活，他的样式，他的内容，我们要取严肃的态度，加以精密的观察与公正的批评，对于他的不公的组织也因袭的罪恶，我们要加以严厉的声讨。

这是文学家的重大的责任。然而有些人每每假笑佯啼，强投人好，却不仅软弱无力，催人作呕，而且没有真挚的热情，便已经没了文学的生命。一个文学家，爱慕之情要比人强，憎恶之心也要比人大。文学是时代的良心，文学家便应当是良心的战士。在我们这种良心病了的社会，文学家尤其是任重而道远。

我们的时代是一个弱肉强食，有强权无公理的时代，一个良心枯萎，廉耻丧尽的时代，一个竞于物利，冷酷残忍的时代。我们的社会的组织，既与这样的时代相宜，我们的教育又是虚有其表，所以文学家在这一方面的使命，不仅是重大，而且是独任的。我们要在冰冷而麻痹了的良心，吹起烘烘的炎火，招起摇摇的激震。



对于时代的虚伪与他的罪孽，我们要不惜加以猛烈的炮火。我们要是真与善的勇士，犹如我们是美的传道者。

我们的时代已经被虚伪、罪孽与丑恶充斥了！生命已经在浊气之中窒息了！打破这现状是新文学家的天职！

我们的新文学运动，自从爆发以来，即是一个国语的运动，然而由这几年的结果与目下的趋势看起来，似乎我们的这个运动，有点换汤不换药便满足了的样子。就形式上论，有人说不过加了一些乱用的标点，与由之乎也者变为了的底吗啊。就内容论，有人说不过加了一些极端抽象的语言如生之花，爱之海之类，其实表现的能力早愈趋而愈弱了。

我们新文学的运动，决不能这样就满足了。我们这运动的目的，在使我们表现自我的能力充实起来，把一切心灵与心灵的障碍消灭了。表现能力薄弱的语言，莫如我们的国语。多人相会的时候，他们谈话的取材，不是些日用的起居饮食，便是些关于时事的照例的唏嘘，而这些关于时事的唏嘘，便是他们最高尚的话题，与最丰富的表现。如果他们谈到了更难的问题，便要感到自己的表现力太薄弱了。

我们在外国文学中所能看出的那种丰富的表现，在我们的生活中，在我们的文学中，都是寻不出来的。是数千年来以文章自负的国民，也入了循环的衰颓的时代了？还是数千年来的宏富的文章终于不过是一些文字的游戏？

我们从前的枯燥的生活，使我们的心灵都干涸了，我们从前的文章，使我们的精髓都焦灼了。这些确是使我们现在的生活与文学贫乏到这般光景的原因，而且是使我们益发感到新文学的使命之重大的。然而我们现在新兴的文学究竟如何了？

在这样短少的期间，我们原不能对于他抱过分的希望。而且只要我们循序渐进，不入迷途，我们的成功原可预计。然而我们的新文学，不幸于他的第一步就踏入了迷途了。

我们知道我们的文学，还不可以过于苛求，但是我们一翻现在的出版物，几于文法清通不令人作呕的文字都不多有，内容更可以无须多说。这真未免太令人失望了。我们的作家大多数是学生，有些尚不出中等学堂的程度，这固然可以为我们辩解，然而他们粗制滥造，毫不努力求精，却恐无辩解之余地。我们现在每天所能看到的作品，虽然报纸杂志堂堂皇皇替他们登出来，可是在明眼人眼里，只是些赤裸裸的不努力。作者先自努力不足，所以大多数还是论不到好丑。最厉害的有把人名录来当做诗，把随便的两句话当做诗的，那更不足道了。大抵年轻的学生不知天高地厚，徒以多多发表为荣，原是有的，然而我们新文学的真价，便多少不免为他们所湮没了。今后我们的作者如仍不对于自己的作品为更大的努力，我们新文学的真的建设家，恐怕要求之于异代了。

民族的自负心每每教我们称赞我们单音的文字，教我们辩护我们句法的呆板。然而他方面卑鄙的模仿性，却每每教我们把外国低级的文字拿来模仿。这是很自相矛盾而极可笑的事情，然而一部分人真把他当做很自然的事了。譬如日本的短歌我真不知何处有模仿的价值，而介绍者言之入神，模仿者趋之若鹜如此。一方面那样不肯努力，他方面这样轻于模仿，我真不知道真的文学作品，应当出现于何年何月了。

上述的两条歧路，还不过略举其大者。本来我们的先锋队中，多不懂文学为何的人物，所以他们最初便把我们带上了歧路了。聪者觉而知返，愚者迷而失道，归根起来，真不能不归咎于我们的前导者。

然而现在的作者们自己也应当负全责之一半，而且今后如不早自觉悟，我们的文学，我们的国语，怕暂时不能不停顿于这可怜的现状了。

我们要在我们的语言创造些新的丰富的表现！我们不可忘记了新文学的使命之一部分即存在这里！为不辱这一部分的使命，我们今后要有意识地多多在表现上努力，要不轻事模仿！

我今要进而一说文学本身的使命了。

不论什么东西，除了对于外界的使命之外，总有一种使命对于自己。

文学也是这样，而且有不少的人把这种对于自己的使命特别看得要紧。所谓艺术的艺术派便是这般。他们以为文学自有他内在的意义，不能长把他打在功利主义的算盘里，他的对象不论是美的追求，或者极端的享乐，我们专诚去追从他，总不是叫我们后悔无益之事。……

艺术派的主张不必皆对，然而至少总有一部分的真理。不是对于艺术有兴趣的人，决不能理解为什么一个画家肯在酷热严寒里工作，为什么一个诗人肯废寝忘餐去冥想。我们对于艺术派不能理解，也许与一般对于艺术没有兴趣的人不能理解艺术家同是一辙。

至少我觉得除去一切功利的打算，专求文学的全（Perfection）与美（Beauty），有值得我们终身从事的价值之可能性。而且一种美的文学，纵或他没有什么可以教我们，而他所给我们的美的快感与慰安，这些美的快感与慰安对于我们日常生活的更新的效果，我们是不能不承认的。

而且文学也不是对于我们没有一点积极的利益的。我们的时代对于我们的智与意的作用赋税太重了。我们的生活已经到了干燥的尽处，我们渴望着有美的文学来培养我们的优美的感情，把我们的生活洗刷了。文学是我们的精神生活的粮食。我们由文学可以感到多少生的欢喜！可以感到多少生的跳跃！

我们要追求文学的全！我们要实现文学的美！

我在上面把我所觉得新文学应有的使命约略说了。我现在再来添上数言，作为全体的收束。

有人说中国人欢喜趋易避难，所以近数年来，最难的科学少有人学，稍易的哲学便有不少的人，而最易的文学便滔滔者天下皆是了。这种议论本来错得不成话，然而却也可见一般青年的心理，恐怕不仅说这种话的人与这种话里面的人相信科学哲学与文学有这样显著的难易之差，即我们现在大多数的青年之中有这种误解的，怕也要占大多数。我们的新文学运动固然是自我表现的要求之结果，然而这种误解，至少总有了一点不小的帮助。

科学比哲学难，比文学更难——这种离奇的议论，使我又想起了新文学界的粗制滥造了。我们的青年作者之中，说不定有些人怀了这种误解，真个把文学认做了一件极容易的事。如果真是这般，我们的新文学运动真不知将来更要闹出一些什么笑话了。

我不能在这里详说科学哲学与文学的孰易孰难，我只想在这里顺便警告我们的青年作者几句：

“科学决不比哲学与文学难，文学决不比科学与哲学易。

我们要做一个文学家，我们要先有十分的科学与哲学上的素养。

文学决不是游戏，文学决不是容易的东西。

我们要知道多少文学的作品，是古人用一生的心血换来的——与他们换得一种机关，换得一种原理一样。

我们要先有充分的修养，要不惜十分的努力。

要这样我们才能履行新文学的使命。”

五月九日

原载 1923 年 5 月 20 日《创造周报》第 2 号

# 我们的文学新运动

郭沫若

中国的政治生涯几乎到了破产的地位。野兽般的武人之专横，破廉耻的政客之蠢动，贪婪的外来资本家之压迫，把我们中华民族的血泪排抑成黄河扬子江一样的赤流。



我们暴露于战乱的惨祸之下，我们受着资本主义这条毒龙的巨爪的蹂弄。我们渴望着平和，我们景慕着理想，我们喘求着生命之泉。

但是，让自然做我们的先生罢！在霜雪的严威之下新的生命发酵，一切草木，一切飞潜蠕匍，不久便将齐唱凯旋之歌，欢迎阳春之归至。

更让历史做我们的先生罢！凡受着物质的苦厄之民族必见惠于精神的富裕，产生但丁的意大利，产生哥德许雷的日耳曼，在当时是决未曾膺受物质的惠恩。

所以我们浩叹，我们懊恼，但是我们决不悲观，决不失望！我们的眼泪会成为生命之源泉，我们的痛苦会成为分娩时之产痛，我们的确信是如此。

我们现在于任何方面都要激起一种新的运动，我们于文学事业中也正是不能满足于现状，要打破从来的因袭的样式而求新的生命之新的表现。

四五年前的白话文革命，在破了的絮袄上虽打上了几个补绽，在污了的粉壁上虽然涂上了一层白垩，但是里面的内容依然还是败棉，依然还是粪土。Bourgeois 的根性，在那些提倡者与附和者之中是植根太深了，我们要把这根性和盘推翻，要把那败棉烧成灰烬，把那粪土消灭于无形。

我们要自己种棉，自己开花，自己结絮。

我们要自己做太阳，自己发光，自己爆出些新鲜的星球。

中国的现状指示我们以两条道路。

我们宜不染于污泥，遁隐山林，与自然为友而为人生之逃避者；

不则彻底奋斗，做个纠纠的人生之战士与丑恶的社会交绥。

我们的精神教我们择取后路，我们的精神不许我们退撄。我们要如暴风一样唤号，我们要如火山一样爆发，要把一切的腐败的存在扫荡尽，烧葬尽，迸射出全部的灵魂，提呈出全部的生命。

黄河与扬子江系自然暗示于我们的两篇伟大的杰作。承受天来的雨露，摄取地上的流泉，融化一切外来之物于自我之中，使为自我之血液，滚滚而流，流出全部之自我。有岩石的抵抗则破坏！有不合理的堤防则破坏！提起全部的血力，提起全部的精神，向永恒的平和之海滔滔流进！

——黄河扬子江一样的文学！

这便是我们所奉的标言 Motto。

光明之前有浑沌，创造之前有破坏。新的酒不能盛容于破旧的革囊。凤凰要再生，要先把尸骸火葬。我们的事业，在目下浑沌之中，要先从破坏做起。我们的精神为“反抗”的烈火燃得透明。

我们反抗资本主义的毒龙。

我们反抗不以个性为根底的既成道德。

我们反抗否定人生的一切既成宗教。

我们反抗藩篱人世的一切不合理的畛域。

我们反抗由上种种所派生出的文学上的情趣。

我们反抗盛容那种情趣的奴隶根性的文学。

我们的运动要在文学之中爆发出无产阶级的精神，精赤裸裸的人性。

我们的目的要以生命的炸弹来打破这毒龙的魔宫。

〔附白〕

日本的《大阪每日新闻》在本月二十五日要出一次英文的“支那介绍专号”，该报驻沪记者村田氏日前来访，要我做一篇关于我国新文学的趋向的文章。我得仿吾的帮助做了一篇"Our New Movememt in Literature"的短论寄去。我现在把他自译成中文，把初稿中意有未尽处稍补正以发表于此，我想凡为我们社内的同志必能赞成我们这种主张，便是社外的友人我们也望能多来参加我们的运动。

五月十八日译后志此

原载 1923 年 5 月 27 日《创造周报》第 3 号

# 文学上的阶级斗争

郁达夫

（一）

风光明媚，空气澄清的奥灵泊斯（Olympus）山，自古相传为诗神游乐之地。习风纯朴，政治修明的有托譬耶（Utopia），是现世中外的文人在脑里创建之国。古今来这些艺术家所以要建设这无何有之乡，追寻那梦的青花的原因，究竟在什么地方呢？约而言之，不外乎他们的满腔郁愤，无处发泄；只好把对现实怀着的不满的心思和对社会感得的热烈的反抗，都描写在纸上；一则在生前可以消遣他们的无聊的岁月，二则在死后可以使后起者依了他们的计划去实行。所以表面上似与人生直接最没有关系的新旧浪漫派的艺术家，实际上对人世社会的疾愤，反而最深。不过他们的战斗力不足，不能战胜这万恶贯盈的社会，所以如卢骚，佛儿太尔（Voltaire）等，在政治上唱导了些高尚的理想，就不得不被放逐，又如凡尔伦（Verlaine）淮尔特等在道德上宣传了些自由的福音，反而要被拘囚。

到了最后，这些艺术家对现实的社会绝了望，觉得他们的理想是不能行了，只好逃到艺术的共和国里，造些伟大的斯芬克斯（Sphinx），留给后人；以表明他们对当时的社会怀抱着的悲愤。谁知没出息的后起者，不能看破前人的苦衷，反造了些什么“为艺术的艺术”和“为人生的艺术”的名词出来，痛诋他们，以为他们是于人生无补的。依我看来始创这两个名词的法国文艺批评家，就罪该万死。因为艺术就是人生，人生就是艺术，又何必把两者分开来瞎闹呢？试问无艺术的人生可以算得上人生么？又试问古今来哪一种艺术品是和人生没有关系？

（二）

思想是随时势而进化的，当浪漫主义盛行的十八世纪末至十九世纪初期的那些艺术家所怀抱的漠然的不满和反抗，到了十九世纪中叶以后，就渐渐的具体化起来了。他们所攻击的目标，起初不过是漠然的对于人世的一般，后来渐渐成了一个或是专门攻击国家的政治，或是专门攻击社会的一种制度，或是专门攻击为恶社会作爪牙的一群同类的态度。



凡是一种运动起来之后，必有一种反对运动起来的现象，即不必假海盖尔（Hegel）的哲学来证明，我们在历史上也可以看得出来。这一种艺术家的热心的攻击出来之后，不消说同时又一班有名利熏心的艺术家出来作反对的运动，于是艺术史也同社会运动史一样，就分出许多阶级来，互相斗争。我这一篇小论文里，就想把艺术中间的一部分的文学上的阶级斗争，指点出来说明的。

（三）

“自有文化以来的政治社会史，所记录者不过是人类的阶级斗争而已”，这句话，我们现代读海盖尔的哲学，研究马克思的学说的人，谁也知道，谁也承认的。文学上的阶级斗争，若要追求它的渊源，也与人类一样的古，但我在此短篇幅中，不想把希伯来或希腊罗马的文学拿出来夸我的渊博。我只想把反抗古典主义的浪漫主义起后的文学上的变迁约略来说一说，最后就好把我们现在从事于文学的青年的态度来说明一下。

文艺复兴以后盛行着的拟古主义的文学，是君主和堕落的贵族社会的玩弄物，断不许无产阶级者参加进去的。对于这一种文学上的暴君，揭竿而起的就是浪漫主义的运动。浪漫主义者的反抗心和对于现实的绝望并他们所走的路径，我在第一节里已经约略说过了。他们当时怀抱着的郁愤，受了一班名利薰心的伪文学家的反对，到了他们的几代后的后起者的时候，才从实际上发现出来。法国的大革命，美国的独立战争，德国的反拿破仑同盟，意大利的统一运动，都是些青年的文学家，演出来的活剧。即是前代的理想主义者散播下的种子的花果。

空中的楼阁，在实际上建设出来，一半成功，一半还没有根底的时候，这些曩时少年气锐的浪漫主义者，都变了文学上的 Veteran，暮气颓唐，差不多也踏了前人的旧辙，成了一种文学上的贵族，压制后起，拥护起恶化不已的现实来。于是一班读他们少年时候的著作的青年，也对了他们揭起叛旗，同他们宣战，正同他们的祖先于对拟古主义的战斗一样。到这时候，老朽的阶级，防御不坚，天下独步的浪漫主义，就不得不授首请降。于是代他们而起的新进阶级，就分道扬镳，走他们各人所走的路。



一时自然主义得了势力，几乎有包括万象之概。然而它的宿命观，它的没有进取的态度，不能令人痛快的发扬个性。于是一群新进的青年，取消极的反抗态度的，就成了所谓颓废派和象征派的运动；取积极的反抗态度的，便成了今日的新理想主义及新英雄主义的运动。在后者的运动里，色彩更鲜明一点，反抗心更热烈一点的，就与实际运动联结成一气，堂堂地张起他们无产阶级的旗鼓来，把人生和艺术合在一处，他们愿意用了他们的艺术，用了他们的生命来和旧派的文人宣战。而守着自然主义的残垒，在那里虚张声势，扬言改造的一辈人，大抵以俯伏在资本阶级有权阶级的脚下，作这两阶级的装饰品者居多，所以二十世纪的文学上的阶级斗争，几乎要同社会实际的阶级斗争取一致的行动了。

## （四）

我们且向各国文坛最近的趋势一看，更可以证明上节所说的话。

第一法国的文坛里继鲍特来尔（Baudelaire）凡伦尔（Verlaine）而起的颓废派的作品里头，表现虚无主义，无政府主义的色彩最为浓厚。

其他各国的颓废派的作家，差不多可以说都是虚无主义者。他们否定生命，否定自我，所以否定一切。无聊的政治社会，钳制个性发展的目下的政府法律和道德，为他们攻击最烈的目标，当然是可以不必说了。梅特林的戏剧和洛顿罢哈（Rodenbach）的小说，表面上虽则没有攻击社会制度的调子，然而仔细研究起来，那一篇不是对现实表示不满的？那一句不是对已成社会表示反抗的？主张积极的进取，非到鞠躬尽瘁，死而后已的地步不止的罗曼罗兰；提倡光明运动，欲以一点烈火，烧尽天下恶社会的巴比色（Barbusse），他们的想打破现时制度的热望，更是显而易见了。两三年听说文坛的耆宿阿娜督儿弗兰斯（Anatole France）也在实行社会运动，发表了许多为无产阶级申诉的文字，对他的热诚，我们是不得不佩服的。其他如已故的泻亚儿·路易·菲立泊（C. L. Philips）的悲痛的小说和乔其提由亚美儿（Georges Duhamel）的 Dolorisme（痛苦主义）的文字，可以说无一字不是对现世社会的厌弃与反抗。



第二德国是表现主义的发祥之地，德国表现派的文学家，对社会的反抗的热烈，实际上想把现时存在的社会的一点一滴都倒翻过来的热情，我们在无论何人的作品里都可看得出来。虽则还有几个文坛的遗老如赫尔曼罢尔（Herrmann Bahr）等在那里抱守遗经，但是不待人的时势与潮流，已经倾向到少年诗人麦克斯罢尔退儿（Max Barthel）弗兰此凡尔弗儿（Franz Werfel）来因哈尔特贵林（Reinhard Coering）等人的身上去了。这些少年的文人，因为实际上在那里与既成阶级战斗，所以他们的作品中所取的材料，差不多都是些阶级斗争的对照。譬如葛奥尔格喀衣直儿（Georg Kaiser）的戏剧《喀来的市民》（Die Bürger Von Calais）是表现正义和残虐的斗争。弗利兹丰乌恩鲁（Fritz Von Unruh）的悲剧《一代》（Ein Geschlecht）是表现母与子的斗争。代尔泰哈才克来弗尔（Walter Hasenclever）的杰作《儿子》（Der sohn）是表现父与子的斗争的。其他如 Erinst Toller 的戏剧《转变》（Die Wandlung），《机器破坏者》（Maschin-enstuermer）等，都是热烈的以阶级斗争为内容的文学。

第三俄国的文学上的阶级斗争，已成了过去的现象，现在正是那些无产阶级者用了血肉的人生在实际上模仿艺术的时候了。奥勃洛莫夫

（Oblomov）的无为，萨宁（Sanin）的冷酷，却是对社会上的有产阶级，有权阶级的最大的攻击。你们看哟！庄严伟大的泊洛来塔利亚（Proletariat）的王国，不是为他们的子孙所创建了么？伟大的俄国人呀，你们不要以一时的失败，摧残了你们的勇志。须知“成功可以不必，我们只要伟大好了”。（“Peumous importe le succe's ils'agit d'être grand.”）

俄国现代的文学家所创造的作品，都是近代精神的结晶，我们但须把墓草方新的亚力山大勃洛克（A. Block）的

> “后面是饥饿的犬，前面是血染的旗，哦哦！烈风，铁弹石穿，何言乎痛，脚下是柔嫩的雪，真珠似的雪片儿，先驱者是谁呀？戴蔷薇装着的白冠的——耶苏基督。”
>
> （《十二人》Twelve Apostles 里的一节）

几句诗，看就可以知道了。

第四要讲到世界上最顽固，最喜妥协的英国文坛了。英国文坛里流动着的还是千年前的沉腐的空气，我们青年所希望的刺激物是在英国的皇家文人的著作里是寻不出来的。浅薄的 Bernard Shaw 浅薄的 H. G. Wells 他们所讲的社会主义，不晓得是为富者作的辩词呢？抑或是唱给无产阶级听的诱睡的儿歌。我们若是定要于英文写的书里，看取点近代精神，不得已只好把美国已故的 Jack London 的著作和 Upton Sinclair 的小说拿出来作英文的解嘲了。

此外南欧北欧及欧亚交界的中心的各国里的青年文士，没有一个不在对传统的思想宣战的。他们对于庇护传统的思想的有产有权阶级，攻击得尤其厉害。我确信这些诚挚的青年的理想总有一日实现的，我知道现在的我们正同革命前的俄国青年一样，是刚在受难的时候。但这时候我们非要一直的走往前去不可，我们即使失败了，死了，我们的遗志是可以永久生存下去的。所以最后我想学了马克斯和恩及耳思（Engels）的态度，大声疾呼的说：

> “世界上受苦的无产级阶者，
> 在文学上社会上被压迫的同志，

凡对有权有产阶级的走狗对敌的文人，
我们大家不可不团结起来，
结成一个世界共同的阶级，百屈不挠的来实现我们的理想！
我确信‘未来是我们的所有’。”

十二年五月十九日

原载1923年5月27日《创造周报》第3号

# 艺术与国家

郁达夫

现在的国家，大抵仍复是以国家为本位的国家。军国主义，国家主义，仍复同从前一样的在流行着。表面上虽则有什么国际联盟，军备限制会议等虚文，但现在实际上在那里从事于政治，思为国家竭忠诚的人，那一个不想把国家弄强大来？所以国富的堆积和兵力的增加，在开明的今日，还依然是国家的唯一理想。国家因为要达到这兵强国富的目的，就不惜牺牲个人，或牺牲一群人，来作它的手段，所以在国家之前，个人就不能主张他的权利。我们生来个个都是自由的，国家偏要造出监狱来幽囚我们。我们生来都是没有污点，可以从心所欲，顺着我们的意志作为的，国家偏要造出法律来，禁止我们的行动。我们生来都是平等，可以在一家之内如兄如弟的过去的，国家偏要制出许多令典来，把我们一部分的同胞置之上位，要求我们的尊敬和仕奉，同时又把我们一部分的同胞，置之极处，要我们拿了刀去杀他们，或者用了刑具去虐待他们；终究使我们本来是平等的同胞里头，不得不生出许多阶级来。

斯巴达的尊崇蛮武，是国家主义侵食艺术的最初的记录，近世如克郎威儿（Cromwell）的清教徒式的专制，俾斯麦克（Bismarck）的铁血政治，都是表明国家主义与艺术的理想取两极端的地位。因为艺术的理想是赤裸裸的天真，是中外一家的平和，是如火焰一般的正义心，是美的陶醉，是博大的同情，是忘我的爱。

第一我们先把真字拿出来讲罢。艺术的价值，完全在一真字上，是古今中外一例通称的。无论是文学，美术，或音乐，当堕入衰运，流于淫靡的时期，对此下一捧喝的就是“归向自然”，“回到天真”上去的一个标语。大凡艺术品，都是自然的再现。把捉自然，将自然再现出来，是艺术家的本分。把捉得牢，再现得切，将天真赤裸裸的提示到我们的五官前头来的，便是最好的艺术品。赋述山川草木的尉迟渥斯（Wordsworth）的诗，描写田园清景的密莱（Millet）的画，和疾风雷雨一般的悲多纹（Beethoven）的音乐，都是自然的一部分，都是天真，没有丝毫虚伪假作在内的。真字在艺术上是如何的重要，可以不用再说了。现在要说到国家是怎么样呢？在我们日常所知道的情形上看来，国家为要达到它的目的，最忌的是说真话。明明国民是瘦弱得不堪了，偏要使肥者应客，示以绰绰的态度。明明是兵残矢尽了，偏要大开城门，使敌人疑有伏兵，不敢进来。马克阿凡利（Machiavelli）的君主论，孙子的兵法，所力说的，就是欺诈两字。号召中原，得天下于马上者，大抵是善用欺诈的无赖之徒。外国史不必去说它，把中国的历史上大家所知道的事实来一看，我们就可以知道真诚者都不得不失败，而成功的都是些虚伪的人，以项王之直率痛快而自刎于乌江，市井无赖的亭长刘季倒得了天下。以仁慈忠厚之刘璋而安身无地，狡狯诈假的刘备，反得独霸西川。宋太祖以狡诈而得天下于孤儿寡妇之手。陈友谅以欺诈不如朱元璋而败死于鄱阳湖上。真诚与诈伪，这便是古代与现代的国家主义和艺术不能融合的最大要点。

第二爱平和，是艺术的内包性，艺术与平和实互相为因果的。艺术之发育，大抵在太平之世，艺术的理想是永久的平和。但当黑暗时代，因艺术的复兴，每有惹起大战的惨剧者，这又怎么说呢？是的，这是最易混乱我们视听的一点，不过我们须知战争是黑暗时代的整理，是由黑暗而趋向光明的过渡波浪，艺术是引到光明路上去的一颗明星，所以表面上观察起来，好象这颗引路的明星，倒与兴乱的林擒一样，但实际上战争是必不能免的一种整理事业，却与艺术的理想相反的。因文艺复兴而惹起的宗教战争，因启蒙哲学而发动的革命战争，并不是艺术的理想，不过是艺术为要达到彼岸去的原因，不得不过的一个过程。并且在这过程之中，实际促成战争的主因，还是国家主义的野心。所以战争与平和，便是国家与艺术所持的两极端的理想。

第三就正义说来，国家所标榜的正义，并不是亘古不变的普遍的正义，不过是一种以国家为中心的偏见。两国开战的时候，参战者互相诋斥的根据，不消说是虚伪的正义的呼声了。就是一国之内的法律道德，和本来是为保持正义而创设的制度，那一种不完全是欺诈，繁文？我们读过《南华经》的人，大约都该注意到的，庄子不在说么？“窃钩者诛，窃国者侯，侯之门仁义存焉”，盗国的大盗，反而受世人的尊敬，为饥饿所迫，窃取一块面包，倒要被法律问罪。啊啊，现在的法律，都是国家为自家的便利而设的禁令，那里有丝毫正义在内呢？我们读到于俄（Victor Hugo）的《哀史》（Les Miserables），和告儿斯渥西（John Galsworthy）的戏剧《正义》（Justice），就可以知道国家的法律和法律所标榜的正义为何物了。象这样的法律，象这样的正义，是艺术断不能容认，非要打破不可的。

最后我们要讲到艺术的最大要素，美与情感上去了。艺术所追求的是形式和精神上的美。我虽不同唯美主义者那么持论的偏激，但我却承认美的追求是艺术的核心。自然的美，人体的美，人格的美，情感的美，或是抽象的悲壮的美，雄大的美，及其他一切美的情素，便是艺术的主要成分。德国人至定美学定义为“Wissenschaft des Schoenen und der Kunst”（美与艺术的科学），即此我们就可以看出美与艺术的关系如何了。艺术对于我们所以是这样重要者，也只因为我们由艺术可以常常得到美的陶醉，可以一时救我们出世间苦（Weltschmerz），而入于涅槃（Nirvana）之境，可以使我们得享乐我们的生活。艺术的第二要素，就是情感，同情和爱情，都是包括在情感之内的。艺术中间美的要素是外延的，情的要素是内在的，拉弗爱儿（Raphael）的 Madonna 的丰丽的肉体，光艳的色彩，是美的要素的实现；她的灵通透彻的瞳神，由这瞳神而表现出来的情热，是情的要素的结晶。美与情感，对于艺术，犹如灵魂肉体，互相表里，缺一不可的。然则国家对它们的态度如何呢？

国家对于“美”完全是麻木的。不管它是达文齐（Da Vinci）的建筑，或是罗潭（Rodin）的雕刻，战争的时候，炮弹飞来，便玉石俱焚，不留灰烬。天然的美景和丛残的古迹，国家因为要达到它自家的目的，掘椠壕，装炮架，便一扫而尽，也有所不辞。现代的国家，虽也注意到都会的美观，设立起美术院博物馆公园等装饰品来，但在阿房宫里起居的政治家，那里能够想到在同猪圈似的Slum里的一道阳光，便是美的极致，和平寂静的乡村的午后，便是一幅古今来最大的图画呢？与近代的国家主义相依为命的资本主义，更是自然的破坏者。好好的一处山水，资本家要用了他们的恶钱来开发，或在山水隈中，造一个巨大的Tank，或在平绿的原头，建一所压人的工场。这工场Tank的腹中，不但要把天然的美景，吸收得无馀，就是附近的居民的财帛和剩余的劳银，也要全部被吸收过去，卒至许多的居民，就不得不妻离子散，变成 Pauper（贫贱民）？小家庭的和爱的美感，和父子，兄弟，姊妹，夫妻，朋友中间流贯的热情，同时都不得不被一网打尽。所以资本主义和艺术是势不两立的。

艺术是弱者的同情者，是爱情的保护者。没有国境的差别，不问人种的异同。这博大的爱在近代的艺术界上所现出的活剧如何，是大家所知道的，但是国家对于这博大的爱，如何的在逼迫仇视，却是大家所不知道的。国家的法律，系为保护少数强者而设，多数的弱者反不得不受法律的压制。拿破仑杀死了数千万人，人还称他作英雄，Dostojewski 的小说里的主人公 Raskolnikov 为遂纯洁的爱情，杀死了一个人面兽心的动物，国家要罚他的罪。古代的国家且有禁止两国间男女结婚的法律，违反者要处以死刑（参看莎士比亚的戏剧）。我们试思神圣的男女中间的爱情，是不是可以用几条腐朽的法律来规定的？现在幸而这种无常识的法律日渐稀少了，但是以文明先进国自命的英美，在国籍法上，仍有这种条例。这些爱情上的枷锁，都是因为有国家存在在那里，才能发生出来的国际的偏见。要是现在地球上的国家，一时全倒毁下来，另外造成一个完全以情爱为根底的理想的艺术世界的时候，我怕非但这种不通的法律不能存在，就是许多因国际的偏见而发生的误解，也可以一扫而尽哩！国际间的事情，且不必去说它，我们就以中国的情形说罢，"天理国法人情"是中国的传统的概念。大抵的执法者多以情在法后为言，"执法如山"，"铁面无情"，便是执法者的招牌。我们试思在这保护少数强者的法律之下，要完全把我们的情感杀死，顺凭这万恶的法律来处置我们，是不是可通的事情？又何况乎现在的中国，法律堕落得比前更甚的时候呢？

综以上所说，现代的国家是和艺术势不能两立的。目下各国的革新运动，都在从事于推翻国家，推翻少数有产阶级的执政，我确信这不断的奋进，必有实现的一天。地球上的国家倒毁得干干净净，大同世界成立的时候，便是艺术的理想实现的日子。

一九二三，六月十七日

原载1923年6月23日《创造周报》第7号

# 文艺赏鉴上之偏爱价值

达　夫

有一种货物，对于一般人，并没有什么价值，而对于一定之个人，却有绝大的价值的。这一种价值，在经济学的价值论里，有一个专门名词，即所谓偏爱价值（Affektionswert）者是：例如祖先的图像，对于社会上之最大多数者，并没有什么价值之可言，但对其子孙则可成为无价之宝。这一种偏爱价值，在文艺赏鉴上也有之，不过我在此地所说的，是广义的偏爱价值，它的意义并不是同经济学上那么范围狭小。

我们没有讲到偏爱价值之先，要把各派对于文艺赏鉴的心理和标准的意见来介绍一下。

从来讲艺术赏鉴的心理者，可分两派。一派主张认识与自觉为美的赏鉴的不可分的要素，吾人之意志与意欲，当赏鉴艺术的时候，非绝对排除不可的。叔本好惠儿（Schopenhauer）的主张，就是如此。他所说的认识，并非是个个物象之认识，乃是泊拉东（Platon）所说的概念（Idea）的纯粹认识，而自觉便是不把意志混入的纯粹认识的主体。这一派的主张，再简单一点译述出来，就是说吾人的意志意欲，是贪婪无厌，打算利害，俗不可耐的一种作用。吾人因外的原因或内的兴调（Stimmung）的影响，完全脱离了这一种意志意欲的作用，纯粹没入于一种美的对象之内，现出一种平静，安快，无苦的状态时，才是美的赏鉴的真境地。换一句话说，这就是“忘我”的主张，要把“我”忘了，使他完全浸溶于纯粹客观的对象之中，才可说到艺术的赏鉴。譬如我们看《桃花扇》的时候，要完全把我们自家忘了，使我们自家先变成了多情多感的侯公子，返到明末的时候，往来于秦淮水榭，与侯生丝毫不变的感到那些悲欢离合的时候，方可说是赏鉴了《桃花扇》。这种主张也可以说是以对象为标准的客观的艺术赏鉴说，确有一面的真理包含在里头。但是我们平时赏鉴艺术，总不能完全把自我忘了，总不能达到这个恍惚之境。并且同是一本《桃花扇》，有人看之能同李香君侯朝宗一样的哭一样的笑，但另一个人看了觉得远不如《琵琶记》的可歌可泣。因此近代的美学家立泼斯（Lipps）又唱了一种主观的感情移入（Eifuehlung）说，来代替这种纯客观的主张，这一派的主张可说是以自我为中心的主观的艺术鉴赏论。它的大意是说，一切的对象，都须经自我的陶冶才有生命，我们之所以能够感得对象的生命和活动者，因为是我们有生命有活动的缘故。譬如我们在快乐的时候，看一切事物，都觉得快乐，反之我们觉得忧郁的时候，看一切快乐都是忧郁。所以非薄命的女子，不能为冯小青陨伤心之泪，非落托的文人，不能为韦痴珠兴末路之悲。一种风雅的古董，贩卖古董的商人见之，并不能起美感，而专嗜古玩者见之觉得要距跃三百。总之依这一派说来，艺术品的赏鉴，要把我们的主观参入于对象之中，不使我们的主观消灭，而使我们的主观在对象内生活着，活动着，方能完成赏鉴的本职。至于利害关系，现实观念，在艺术赏鉴上，当然是大有害的，断不能在纯粹的艺术赏鉴的心里，留剩些儿影子。若叔本好惠儿所说的意志意欲的排除，也意尽于此，那这一点的主张，却是两派所共通的。

这两派的主张，依我看来，都是真理，我不能说谁是谁非。因为叔本好惠儿所说的境地，却是吾人时时感到的境地，而立泼斯的主张，也是吾人日常所经验着的。我这一篇文字并不想来讨论艺术赏鉴的心理和标准，所以我在此地，不下断语了，马上就讲到木题上去。

文艺赏鉴上的偏爱价值，完全是一种文艺赏鉴者的主观的价值。这种价值并不能作文艺批评的标准的，但在爱好文艺的赏鉴者中却是很普通的一种心理。我在此地所要说的，不是对于这种价值的批判，却是这种价值的心理的研究。

文艺赏鉴上的偏爱价值可分三种，一是病的心理的偏爱，二是趣味性格上的偏爱，三是一般的偏爱。第一种偏爱的发生，与神经衰弱症，世纪病，有同一的原因，大凡现代的青年总有些好异，反抗，易厌，情热疯狂及其他的种种特征。因这几种特征的结果，一般文艺爱好者，遂有一种反对一般趣味，走入偏僻无人的路里去的倾向，偏爱价值就于是乎生出了。

好异和反抗的心思是人人都有的，伊甸园里的亚当，偷吃智慧树的果子，就是这种心思的流露。不过现代的人，藏有这种心思，更加热烈，所以我们老有与一般大势逆行的举动。譬如大家都在读《红楼梦》，读《儒林外史》的时候，我们就不愿意去接近这两部书，想另外去找一部新异的书来代替它们。万一在另外寻着了一本倾向完全都与那两部书相反，而能满足我们的欲望于十分之一者，我们就马上把这一部书的价值看得很高。当清朝亡国的时候，北京六部的员司，在朝房里所讲的只是黛玉怎么怎么，宝钗怎么怎么，而西洋小说的译本却盛行于此时，就是这种现象。

喜新厌旧也是一般的心理，不过现代人的易厌，喜变换，却是一种世纪末特有的现象。所以平时我们所习见，而一般人在那里诵读的文艺，我们因为听得不耐烦了，每不喜欢去看，要另外去求新奇的作品。这一种心理，非但于偏爱价值之发生，有绝大的关系，就是于促进新文学运动的方面，也有绝大的供献。譬如自然主义极盛的时候，大家觉得平铺直叙的作品太多了，就生了厌烦的心思，想去另辟一个途径，于是乎新浪漫派，颓废派，象征派的艺术，就生出来了。



热情的亢进和疯狂的症候是现代人谁也免不了的，一边我们虽有同木偶那般无感觉的时候，但一边我们的情热若得了对象，就热狂起来，有移山倒海之势。所以我们看到了一种文艺作品，觉得这作品的气脉有与我们的心灵吻合的地方，就一往情深的称赞个不了，实际上这一部书的价值也许不十分大的，而我们非要置之荷马，莎士比雅，莫里哀等的著作之上不可。

第二种的偏爱价值是由于吾人的趣味性格而发生的。譬如放浪于形骸之外，视世界如浮云的人，他视法国高蹈派诗人，和我国的竹林七贤，必远出于《神曲》的作者及屈原之上。性喜自然的人，他见了自然描写的作品，就不忍释手。喜欢旅行的人，他的书库里，必多游记地志。贫苦的人当然爱读描写贫苦的作品，贵族当然爱读幽雅的创作，这一种偏爱价值是显而易见，且是吾人日常所经验的一定的倾向，我在此地不多说了。

第三种的偏爱价值是一般的偏爱现象，严格的看起来，本不能称为偏爱的，譬如我们因为年龄和周围的关系，有时喜欢这一流，有时喜欢那一流的作品。这一种倾向当一定的年纪，在一定的范围内谁也是一样的，所以与其说是偏爱，还不如说普通的好。现在我把几个重要的现象举在下面：

栖息于二十世纪的地球上的人类，大抵以对现状抱着不满者居多，而此不满之发生，又是因于现在经济社会组织之不良。所以对现实社会反抗的文艺作品，描写被压迫者及贫人的生活的作品，而偏爱价值比绝对价值大。

我们的习性，大抵昵近而疏远，凡与我们有时间与空间的隔阂的作品，其偏爱价值比绝对价值小。

悲剧比喜剧偏爱价值大。因为这世上快乐者少，而受苦者多，且现代人都带有厌世的色彩，而以血气方刚的青年为尤甚。

性欲和死，是人生的两大根本问题，所以这两者为材料的作品，其偏爱价值比一般其他的作品更大。俄国的小说，差不多没有一篇不讲恋爱和死，所以我们见到俄国的小说，就想翻开来读。

以年龄为标准，吾人一般的倾向，偏爱对象，一生中有三四次的移易。第一少年时代爱侦探冒险的作品，第二青年时代爱恋爱的作品，第三中年时代爱描写人生疾苦的作品，最后老年时代爱回忆的哲学的神秘的作品。

以人性为标准，女性所爱的是和平优美的作品，男性所爱的是深刻彻底的艺术，这并不是由于教育的区别而生的偏爱，却是性格不同的缘故。

文艺赏鉴上的偏爱价值，在正则的文艺批评上，本来是有害而无益的，不过我们当读坎坷不遇的批评家所作的坎坷不遇的文人的批评时，每有不得不为感动，甚至有为流涕太息的地方，因此我们可以知道偏爱价值是情意的产物，不是理智的评定。例如贾生的评屈原，喀拉衣儿的评彭思（Carlyle：Essay on Burns），都是如此。所以我敢说对于文艺作品，不能感得偏爱者，就是没有根器的人，象这一种人是没有赏鉴文艺的资格的。

八月二十六日

原载1923年8月12日《创造周报》第14号

# 自然与艺术

## ——对于表现派的共感

郭沫若

艺术家应该做自然的儿子，不应该做自然的孙子。

这是十五世纪意大利文艺复兴期中的一个伟大的代表达文齐（Leonardo da Vinci）在他《绘画论》中所说的一句话。

他的意思是说：艺术家宜效法自然，不宜效法别人的作品。

他的意思是尊重描写而贱视摹仿。

但是他的精神终还未脱掉摹仿的圈域，他的论旨不过是亚里士多德的“艺术乃自然的摹仿”而已。

十九世纪的文艺是受动的文艺。自然派，写实派，象征派，印象派，乃至新近产生的一种未来派，都是摹仿的文艺。他们都还没有达到创造的阶级，他们的目的只在做个自然的肖子。

自然派和写实派是善于守财，他们是把他们父亲的财产，无论破铜烂铁，黄金白镪，一文不舍地炫示给人们。

象征派和印象派是顾影自怜的公子，他们是把他们父亲的财产来做些装饰的外观，装饰得一个翩翩出世，他们是值得年青的姑娘们赞美。

未来派只是彻底的自然派，他们是只有魄没有魂的痴儿，他们把他们父亲的财产东零西碎地铺满了一堂，没有丝毫处理的手腕。

中世纪的欧西文艺成了教会的奴隶，十五世纪的复兴运动把她解放了出来。

但是到了近代，文艺又成了科学的奴隶了。

自然派的末流，他们的目的只在替科学家提供几个异常的材料。

凯撒的应该还他凯撒，上帝的应该还他上帝。

近代的文艺在自然的桎梏中已经窒死了。

二十世纪是文艺再生的时候，是文艺从科学解放的时候，是文艺从自然解放的时候；

是艺术家赋与自然以生命，使自然再生的时候，是森林中的牧羊神再生的时候，是神话的世界再生的时候，是童话的世界再生的时候；

艺术家不应该做自然的孙子，也不应该做自然的儿子，是应该做自然的老子！



德意志的新兴艺术表现派哟！我对于你们的将来有无穷的希望。

你们德意志的最伟大的诗人将又要复活转来，在舞台上高唱了：

“自然空自缫长丝，
百世不易地在纺锤头上运转，
万汇只是噪杂的集团，
百无聊赖地相互击攒。
是谁区分出这平匀灵动的节文
永恒生动着一丝不乱地动颤？
是谁唤集万散而成一如
调和音雅地鸣弹？
是谁使狂风暴雨惊叫怒号？
是谁使落日残晖散成绮照？
是谁投美丽的春花
于彼情人并步的中道？
是谁组织无谓的碧叶

使成荣誉之冠冠彼人豪?
是谁奠定峨岭普司之山聚集神祇?
啊，人生之力，全由我们诗人启示!”

八月二十一日夜

原载 1923 年 8 月 26 日《创造周报》第 16 号

# 新文学之警钟

郑伯奇

中国社会上的种种现象，没有一件不使人不抱悲观的。三四年来声势煊赫的新文学运动，也有与政治革命，社会改造趋于同一方向的危险了。一般旁观是对此现象早露不满之色，而所称为文坛的作者诸君，反大多数晏然自得；这算是一件不祥的事件。

当新文学运动发生之初，有的提倡平民文学，有的鼓吹人生艺术，自艺术上立脚，这颇有讨论的余地；但是那种峥嵘卓荦的革命精神，实在足为一时代的光彩。到现在不过相去数年，我们试看看文坛的现状，竟成了什么模样。

创作也出了十多本了，翻译也添了数十种了。书店所陈列的新文学杂志也为数不少了，各地方各学校的文艺团体，更如雨后春笋，簇生不已；就表面上说，现在文坛的成绩，实远胜数年以前。但是让我们看看内容吧。翻译界，除了为误译打笔墨官司而外，没有可以引人注意的事情。在草创时代的现在，这还不必悲观。文艺团体的簇生，自然是一件很好的现象，但是它们对于自己的使命，若不明瞭地意识，那与以前的诗社文社有什么区别呢？我不是故作矫激的论调，徒快己意的，观察现在出版的各作品，我不由得要抱这种“杞忧”。实在说，现在文坛的收获，太难令人满意了；不仅不能满意，并且使人不能不忧虑新文学的前途。且就诗说罢，这两年来，流行所谓“小诗”，其形式好象在来的绝句，小令，而没有一点音调之美。至于内容，又非常简陋，大都是唱几句人生无常的单调，而又没有悲切动人的感情。在方生未久的新诗国中，不意乃有这种沉靡单简的“小诗”流行，真可算是“咄咄怪事”！听说这流行是由翻译太戈尔和介绍日本的和歌俳句而促成的；那么更令人莫明其妙了。太戈尔诗的中国译本，本没有好的，又都是由英文间接译来的，更与原文相左，遑论音节之妙。太戈尔的诗，读英文译本，往往不能领略它的音调之美，这正如读海涅诗的法文译本，不能感受他那娓娓动人的音调是一样的。太戈尔的诗，所以能风行印度者，以它的原文——Bengal 语——音调很和美的。我的朋友黄仲苏君曾听印度的文人给他朗诵过，他告诉我那音节之美就是最重音调的法国诗人 P. Verlaine 的作品，也不过如此。就这样讲来，模仿中国恶劣译本去学太戈尔做诗，不仅是大错，实在是笑话了。和歌与俳句固然不讲押韵，但也很讲音节，并且字数的限制，很是一种特色。新体的和歌俳句，不过对于“七五”等成调，略有通融，对于字数的限制，并不完全打破。“我们的小诗比那些是更进一步的”，我想那些小诗的作者必定这么说。在事事好突辟的中国人中，也许有对此说表同意的，但是这种说法实在不能成立。形式上的种种制限，都是形式美的要素，新文学的责任，不过在打破不合理的制限，完成合理的制限而已。就诗而言，绝律试帖之类不合理的制限，是应该打破的，流动的 melodie，铿锵的 rithme，乃至相当调和整齐的 forme，都是应该更使之完美的限制。况且“小诗”的形式美是更必要的，因为形式的限制越完美，其传达感情更深，动人的力量更大。现在一般“小诗”的作者，可惜把这一节忘了。然而这还不过是枝节的问题，根本的失败，就是内容太单调，太空泛，没有活泼现实的人生作背景。

至于小说界呢，除过《冲积期之化石》之外，都是些零星短篇。《沉沦》的作者常自叹身世，嘲世骂俗，落了个“牢骚派”的美名，然而青年文学家中，颇有许多追随者来称赞他的。这是因为他的作品还有现实生活的深刻经验作背景。其余的作者不是悯人悲天的大慈善家，便是红情绿意的新“礼拜六”派。慈善家的人道主义也好，但须直接体验于现代社会，而更须有一种油然不能自上的悲愤，自然发露，才足以感动人，不然便是劝善，便是作伪，那作品只可与宣教师的传道书、太上老君的《感应篇》相媲美，配不上叫艺术的作品。恋爱文学本是文学的上乘，况且现在从事文学的青年，若有热烈的要求和切实的经验，自然可以有很好的作品供献。可惜现在所有的恋爱文学，依然不脱“礼拜六”派的旧套。并且那种 Sentimentalisme 实足令人齿冷。妇女问题，婚姻问题，闹了这么多年，恋爱文学的作品还没有一篇深刻动人的，传统势力太大么，还是现在青年太无能力呢？我想还是作者的罪过。作者对于人生不作深刻的体验，那里会有动人的著作？我们并不要求怎么动人听闻的 romantic 的作品。最平凡的现象，都可以作最深刻的经验的。这不在客观的实质而在乎主观的感受性。中国社会上男女问题的悲剧不知有多少，而没有一篇深刻的作品，这毕竟是作者的感受性太钝太弱了。而这种感受性钝弱的原因，不是由于思想的不纯真，便是由于不能脱离传统的支配。实在说，我看《红楼梦》，《花月痕》等这类旧恋爱文学支配现在的青年文学家太利害了，这样在传统拘束之下，那里会有生新的创作出现？

若说到剧作界，更使人添寂寞空虚之感。自易卜生的社会剧输入中国以来，中国也有了社会剧的脚本，可惜作者富于独创性的不多，作品的内容大半是千篇一律。也有作历史剧的，但又失之太偏于主观，缺乏时代的彩色和心理的要素。剧作界的情形和小说界相同而不振较小说更甚者，由于演剧界的程度太低和一般观者对于新剧的要求太冷的原故。非从舞台革命下手，剧作界的将来比之小说更要迟哩。

总而言之，现在的新文坛，表面上似乎尚热闹可观，其内容则实是贫弱空虚。就情理而言，才不过有了三四年生命的新文学，不能有大满人意的著作，这原不足怪。但是现在没有好作品的原因，实在由于作家之不自觉与好模仿。或以号召一种主义，沾沾自喜；或以摭拾古人牙慧，隐然自足。一种乐小成的气息弥漫于生气活泼的文坛，把三四年来开拓的境地，撒下的种子，要一举而破坏窒灭。这是新文学的真正的最大的危机。自革命以来，偷安的精神，浅尝自得的思想深入于人心，一切革新运动的失败，都由于此。现在这毒瓦斯要弥漫了新文坛，我们能不起而疾呼为扑灭的运动么？

现在的青年太不自觉了。现在的青年作家太不自觉了。惟其不自觉所以一天怎么生活着，自己也莫明其妙。他们的周围怎样变动，也毫不关心。所以他们的作品没有现实的人生作背景。在他们的作品中，找不出时代精神和社会思潮。否，就是他们的生活也怕没有生命的跃动！平凡的空气重重的压得使人窒息欲死。

我敢奉劝新文坛的作者诸君，把模仿外国追随古人的奴性丢了罢！忠实地省察赤裸裸的自我，真切地体验现实的社会生活。艺术是艺术家自我的表现，再无别的。文学家的自我建筑，是现在文坛最切迫的第一要求！

一九二三，一二，四，上海

原载1923年12月9日《创造周报》第31号

# 国民文学论

郑伯奇

## 上

国民文学（National Literature）据我看来，是我们中国新文坛目下最紧切的要求。

我们自有文学革新运动以来，已有四五年了。其初，也颇有些新鲜气象，到了四五年后的今日，早已暮气深沉，日趋衰运。一种萎靡不振的空气重重地压被在方兴未艾的新文坛上。要从此继续下去，新文坛只有堕落之一途。这固然是很可悲观的现象，但是我们既抱了个打破数千年病腐的传统文学的决心，当然不能因这点小挫折，丧失勇气。并且文学界的衰运，不一定全是从学文学的人们所招致的。第一呢，提倡新文学的人，对于文学的使命，不大了解，其提倡的态度，颇有些不很好的。再呢，新文学的兴衰，实在与新思想是相关连的，而现在的思想界是消沉极了。但是我们不能始终受新文学提倡者的支配，我们也不能使新文学作思想界的应声虫。我们应该认定新文学的使命，自己决定新文学应走的方向。劈头第一最切要的，我们不得不提倡国民文学。

自来文学艺术方面有几种倾向，我们要提倡国民文学，各方面必定攻击非难的。这非难的论调大约有以下五种。

第一，提倡纯粹艺术，主张“为艺术的艺术”的，他们排斥一切功利主义，必定也排斥国民文学国民艺术，说这是功利主义的流毒。

但是这话错了。凡忠实于艺术的人——无论是个作家，或是个批评家，或单是个爱好者（Amateur）——谁都不赞成艺术上的功利主义。“为人生的艺术”一派所主张的，就社会或文化上着眼，固然不无是处，若立在艺术的宫殿上说话，那当然是错的。艺术只是自我的最完全，最统一，最纯真的表现，再无别的。“人生派”把艺术看作一种工具，想利用来宣传主义，那是他们的根本错误。一个文学家的作品，决不与宣教师的说道书相同。艺术家对于那些“劝善戒恶”“有功于世道人心”的话头，完全超越的。他们的唯一的责任，就是忠于自己，忠于自己的艺术。

艺术只是自我的表现，我们说了，但是这“自我”并不是哲学家的那抽象的“自我”，也不是心理学家的那综合的“自我”，这乃是有血肉，有悲欢，有生灭的现实的“自我”。这“自我”既然是现实的，当然不能超越时间空间而存在，并且也不能单独的孤立的存在。这自我乃是现实社会的一个成员，一个社会性的动物。而艺术家乃是表现这么一个“自我”的。所以艺术虽不如“人生派”所主张，是“为人生”的，然而艺术却也不能脱离人生，并且不能脱离现实的人生。我们不赞成为人生派的说话，因为他们想把艺术引到一个空虚的概念的人生上去。然而我们决不信艺术可以超越人生的。现实的人生正是艺术的绝好资料。不，这话还有隔膜，艺术只是自我的表现，我们说了，我们现在也可以说“艺术是表现人生的”。这话并不矛盾，不冲突，实在也很一致的。一个赤裸裸的自我，堕在了变化无端的社会中，其所怀的情感，所受的印象，一一都忠实地表现出来：这便是艺术。一个艺术的作品，只是一个灵魂的冒险记。这冒险记上，不仅可以看出主人公的悲欢离合的情感，并且告诉那经过的险状是如何变化。所以我们读一个文学家的创作或看一个美术家的作品，我们不仅发见作者个人的性格和他生活状态，同时并发现作者所生的那时代的时代精神和社会风习。所以艺术不但与人生不能分开，就是和社会和时代都有很密切的关系。艺术主张艺术是自我的表现，对于此点当然是无异议的。

那么国民文学当然不是艺术派所反对的。艺术派所要求的是艺术的独立，所力说的是忠于艺术——乃至耽溺于艺术——的感情，所排斥的是蔑视艺术为一种工具想来利用的主张。提倡国民文学丝毫不损害艺术的独立，一样地反对视艺术为工具的主张。国民文学绝对不是利用艺术来鼓吹什么国家主义或新国家主义的。主义的信从是各人绝对的自由。现存的艺术家中如 Kiplin 如 D'Annunzio 都是极端的国家主义者，乃至军国主义者。但他们都是艺术派，而 D'Annunzio 差不多是艺术派极左翼的唯美派呢。我引这例，不是想证明艺术派与国家主义有什么关系，来灭他们的口，使不反对国民文学。国民文学与国家主义，毫无必然的关系，而提倡国民文学，更不一定要赞成国家主义的。国家主义的是非善恶，我不愿意在这里论列，在白玉砌成的艺术宫殿，而作剑拔弩张的政治论争，未免太煞风景了。

艺术是一个独立的浑一的东西，不容有丝毫不纯的东西参杂其间。提倡国民文学绝不是给艺术添什么彩色，或是加什么原料的。艺术只是艺术家的自我表现；这话我们根本承认。但是艺术家既然也是人，一样地在社会上做现实生活，对于现实生活利害最切的国家，对于自己血液相同的民族，他能毫无感觉么？伟大的艺术家，都是于现实生活体验最深切的。许果（Victor Hugo）对于社会贫富的不正是怎样愤激？雪勒（Schiler）对于民族的不自由不平等是怎样的慷慨？脱尔斯泰（L·Tolstoy）对于物质文明的腐败是怎样的诅咒？左刺（Emile Zola）对于劳动阶级的痛苦是怎样的同情？罗曼罗兰（R. Rolland）对于德法两民族的斗争是怎样的批评？就是反对人生派最利害的耽美派的王尔德（Wilde），他对于庸俗和富者是怎样的痛骂？现在中国高唱艺术派的先生未免过于 Dilettante 了。中国是怎样的国家？中华民族是负有怎样的运命？他们心头未尝想到过。他们深深躲在极窄小的文人社会里头，抱了一肚皮鸳鸯蝴蝶的梦想，做几句无音律无形式美的短诗，或几页把之乎也者换为啊呢的罢的短篇小说，他们便自视为新文学家，而人人也以新文学家称之。唉！这样的新文学，怎能不堕落呢？这样的新文学那有存立的价值呢？

简单结一句话：我对于艺术派的见解，是赞成的，但是对于这样空疏无修养，不自觉悟的艺术家是不赞成的。我看国民文学是萎靡不振的现文坛的唯一救济良方。

第二，所谓人生派的主张艺术是为人生的，必定排斥国民文学，国民艺术，说这有背人道主义而提倡其所谓人生文学。

人生派有两个大缺点：就是认艺术为工具，高唱空汎的抽象的理想人生。他们的代表，不是鼓吹去抵抗主义的圣者，便是乌托邦（Utopia）的作者。他们的色彩虽各不相同，但是艺术，就他们看来，实在是第二义的东西。这是我们根本不敢承认的。在艺术的王国，我们应该是艺术至上主义的信徒。就艺术的王国的市民看来，艺术是绝对的，超越一切的。把艺术看做一种工具，这明明是艺术的王国的叛徒。提倡国民文学绝不是利用艺术作一种工具来宣传什么主义的。实在说艺术的王国里，只应有艺术至上主义，其他的主义都不能成立。Romantisme和Realisme，ldéalisme和Naturalisme都不过是时代色彩和个人性格的Nuance，实际不能成为绝不相容的主义。试看好以主义排列区分的文学史家，对于Flaubert，Zola，Ibsen，Strindberg的地位是何等为难哟。总之，艺术上的主义之争，就忠于艺术的人看来，是不该容许的，而所谓人生派乃是对于主义争持的人们。他们大约把国民文学也当作一种什么流派，所以，这样论法可算是望文生义的流弊罢。



他们又说了：“我们就不把艺术当工具看，承认艺术只是自我的表现。然而人生总有个最高的目的，艺术应有永久性。国民文学实在没有永久性，也不能表现人生最高的目的；这不应该提倡。”

这话正是人生派第二缺点的暴露。人生最高的目的是人生哲学领域内的事情，不干艺术的什么事。若有个艺术家是人生最高的目的追求者，他的作品，自然即有他追求了的痕迹。Dante的Comedia Divina和歌德的Faust便是这类的代表作。然而不能把所有的艺术作品，都入了一个模型内，艺术的永久性不在乎他所表现的是永久现象与否，而在乎作者的心情（Heart）与手腕（Technique）。伟大的艺术家之所以伟大，不在乎他能选择有永久性的题目（Thema），而在乎他的伟大的心情和精巧的表现。荷马的叙事诗，莎士比亚的史剧所以能流传久远正是这个原故。我们是有血肉，有神经，有冲动的动物，做着有悲欢离合的现实生活。我们要忠实于一切现实的东西，不能如中世纪的人们作那种灰色的寺院生活去追求永久的。国家生活国民感情，实在是我们今日现实生活的差不多一大部分。我们不能说毫不关心的话。国民文学这四字，似乎不是含有永久性的题目，但是那使我们的纯真的心情充满，不见得这艺术不能永久。英法德俄各国的国民文学，成绩昭然，流传于今何以能没永久性？劝善戒恶的说教书，鼓吹主义的应声文学，早已被人投入字纸篓去了。

第三，鼓吹世界文学（Welt-literatur）的一定反对国民文学。

这似乎是一定的道理。其实不然，我看不出这两者何以有必得冲突的缘故。“世界”这两个字比“人生”容易捉摸点儿，但是一说到实际，世界依然是空虚的，若是把种族，国家这些具体的东西去了。我们有个世界，但是行止坐卧之间所想所见的都是那世界的生活么？是的，我们也可以说是世界的，其实并不是世界的生活，这都是一个民族的生活。世界在我们现在的现实生活中，还只如 Phantom 一般是一个散集体，不可捉摸的。我们的心理上，经济上，还未曾超越国家一步，虽然，“世界”为一般所听惯了。所以一篇小说或一个雕刻，我们可以说是世界的，但是只有国民的色彩。国民文学，国民艺术，在今日并未成过去的陈物，而在新文学新艺术初兴的中国，正是很需要的。就使我们听从了世界文学的话，在中国提倡世界文学然而结果仍然是中国的文学。中国的三个字是我们千万遍都涤洗不下来的。而其实也没有洗下来的必要。我们是世界市民，我们是 Cosmoplitans，这是我们的理想，我们是中国人，是汉人，这是现实。我们不是宗教家，不能空耽理想。文学家，艺术家要深切地体验现实。是个中国人，他便要观照中国人的生活，感触中国人的性情，关心中国人的运命；这才是真正的艺术家、文学家。伟大的艺术，就从这里筑起。

世界文学在今日还不能成立，若要以提倡世界大同为世界文学，那就无待再辩驳，我前面已讲过了。这与提高人生的人生文学，鼓吹生命的生命文学同样犯了把艺术当工具的毛病。

第四，平民文学与国民文学。

“平民文学”是新文学建设当初最流行的标语。很有些人说了，“旧文学是贵族的，所以是坏的；新文学是平民的，所以是好的”。这话，至少就现在看来，可以说是不大错的。旧文学确是受旧社会组织和旧经济生活的余毒太深，已到末路了，这“平民文学”四字至少可以指示新文学的使命和归趋，虽说不甚完全。可惜当时文坛的流行儿对于四字的解释不能一致。有些人故意做了些同情于贫民的诗或小说，以为这便是平民文学了。这真使观者肉麻得很。胡适之的《车夫》一诗算是最恶的恶例了。这种极不自然，矫揉造作的平民文学，渐渐失了一般人的信仰和同情。现在的新文坛，文学形式虽变了，内容差不多复了革新以前的原状。平民文学可算是失败了。但是我们与其欢迎作伪的平民文学不如满足现在的文学。现在文学的作者，虽不能发见伟大的心情，然而作者个人的性情和文人社会的生活与思想尚可以看出。假使当初提倡平民文学的人们，对于平民真有同情，深深地观察下级社会的同胞生活，加意描写，至少可有几部有价值的著作存留下，可惜他们入了迷途了。现在的文学家是依然孤居于他们文人的那狭小的社会中，照例作些有闲阶级的梦想，写些冗长而无内容的诗或小说或剧本。新文学的进境便如此逆转了。我现在不学当初提倡平民文学的先生们那样办法，劝人做那样不自然的同情。我只劝艺术家各人仍忠实于自己的生活。但是我望他们于忠实于自己生活之外，须把自己的生活范围——至少把自己的生活意识——扩张。但是扩张到什么地方呢？人生么？太抽象了，世界么？依然是不可捉摸的名辞。我只劝我们的作家和批评家把生活意识扩张到国民的境界上去。国民？是的，这是我们的感情和经济的最明确的一个单位。我们只意识到国民上，我们对于贫民和被压迫的阶级，自然有一种同情。站在堂上讲风凉话的平民文学家实在没有意识到国民的文学家同情的真切。



第五，主张阶级文学的人们，听了这话，便说："既是这样想法，那么与其你提倡国民文学，不如你提倡阶级文学更为直截了当些。"

艺术与阶级，是一个最大的争论点。有些人不承认这论争的；这话我不以为然。我们既然承认"艺术是自我的表现"，我们对于文学上有阶级精神的存在，当然不能否认的。因为自我是不能超越现实生活而存在的，那么不仅国民性时代精神和社会风习能在自我表现的艺术中发见，就是阶级——现实生活的最明确的成分——感情与思想也可以在此中发见的。主张阶级文学的人们的论理，就这一点看下来是可以成立的。

但是阶级文学也犯了想利用艺术宣传的病。这是忠实于艺术的人们所不能容许的。作者若真同情于被压迫的阶级，发为自然流露的呼声，这是很好的。若进一步而为虚伪的同情或夸张的宣传那便根本错误了。艺术家一要忠于自己，虚伪和夸张是最不能被容许的。

从这更进一步，我们可以承认有岛武郎一部分的议论了。当去年日本文坛进行艺术与阶级的论争最剧烈的时候，有岛氏做了《一个宣言》。那篇文章的大意是绝对地承认阶级斗争；而他结论到第三阶级绝无能参预第四阶级革命的资格。这议论未免趋于极端，使他犯了自杀的惨剧。然而他说“第三阶级不能感受第四阶级的感情和思想，所以绝对不能表现第四阶级”的一段话，据我看，确是不磨之理。主张阶级文学的人们往往强第三阶级的人替第四阶级作无谓的呻吟，这确是错了。我也承认第三阶级的自觉的人可以替第四阶级的抱不平，但是代抱不平绝不是现身说法。第四阶级的痛苦，只有第四阶级的人们自己感受过，自己可以表现。其他的阶级，虽不隔岸观火，那所表现的，总不免隔靴抓痒。这不仅第三阶级和第四阶级的关系是这样，凡一个阶级与他阶级的关系都是这样。

所以我们不主张阶级文学而先提倡国民文学。凡同属于一个民族，对于自己的民族都有同一的感情——不管他是属于那一阶级。由这国民的自觉，慢慢可以进而为阶级的自觉。并且可以促进异阶级间的共感和同情。这样说来，国民文学实是阶级文学的先导。而因为国民文学之故可以引起各异阶级的好奇心和研究，这更是促进阶级文学的大动力。

总而言之，阶级文学在今日的中国还太早，中国所要求的，正是国民文学。

以上一大篇，都是些应难之辞，然而国民文学的轮廓也约略勾画出来了。既属假设的应难之辞，其中不无无的放矢的地方。但是为答辩完密不能不尔。国民文学的性质，我将于次论更明显地，更系统地说出。

十二月十七日

## 中

那么，什么是国民文学呢？

为解答这问题，有先将“国民”的轮廓明显地画出来的必要。但是什么是“国民”？这在社会科学中，已有了概括的定义和说明，我们不必再去做这种工作。我们宁从具体的现象抽出几个可以理解的成分（Elements）来，表明它的性质。

一国民成立的主要成分可以分为有形无形两种。无形的就是说精神的成分也有两种：一种是爱乡的感情，二是类似的意识。我们先说明这两个成分的性质，再说及它们在文学上的价值。

无论什么人，虽然性有男女之别，年有老幼之差，无论什么人对于故乡的土地，都有执着的感情。离乡井的时候，泪湿襟袖的，固然多是妇孺之流，丈夫所不屑为，但是一旦重归故乡的时候，就是不甘槁首乡井的莽男儿，也禁不得要热泪迸出。爱乡心的表现，不仅在这冲动的，一时的感情上。在微妙的感情里，也渗入了不少的爱乡心。故乡的山川草木亭园常常萦绕着我们的梦想里。不要紧的一种特别的食物也可以引起我们很丰富的故乡的记忆。这种爱乡心，这种执着乡土的感情，这种故乡的记忆，在文学上是很重要的。莫泊桑（Guy de Maupassant）对于诺尔曼（Normandie）的自然，洛底（Pierre Loti）对于不达业（Bretagne）的海岸，巴散（Ren Bazin）对于阿尔萨斯劳兰（Alsace-Loraine）的民情，阿那托尔佛郎士（Anatole France）对于色奴河（La Seine）两岸的风景，都是他们作品中牢不可拔的成分。俄国的作家对于广漠的平原，北欧的文学家对于森林和海，或抱亲密的爱着，或怀神秘的感情，我也不一一列举了。至于中国的旧文学上，这种成分更是很重要的。诗人把这些成分很直截地，然而很深切地表现在诗歌里。“天地为庐”“四海一家”固然这是诗人、艺术家应具的达观，然而爱乡心也是天赋的感情。人们绝不能抑压感情的自然去迁就抽象的理想，并且这也是办不到的事情。因为这种自然的感情，据我看来，是绝对不能“化为乌有”（Anéantir）的。这种爱乡心不仅是文学上的主要成分，实在是一部分文学作品的泉源。所谓乡土文学，乡土艺术，便是这种。国民文学不是这样狭小，它是把乡土感情提高到一个国民共同生活的境地上去。乡土文学固然是很必要的，但是国民文学与写实主义结合到某程度上，它自然也可以发达。所以在现在提倡乡土文学，不如先建设国民文学；这是顺序上必然的道理。

在社会学上有很重要的一个观念，就是类似意识。这类似意识在我们的生活上占重要的地位，给我们的精神很大的影响。社会的成立基因于类似意识者很多很多，至少就纯正社会学立脚说话的时候，是这样的。原始民族把自己的同族，看做同等的人，把与自己不同族的人们，便看做劣等的民族，乃至作禽兽待遇。类似意识这么样不发达，所以社会范围很少。文化进步了，类似意识也逐渐发达到今日“人类”这个名字成了社会范围的最大限。现实生活虽尚做不到那里，但是人人都有了那种理想——至少朦胧地意识到了那里。而我们文化的进步，也受了这类似意识发达的影响。譬如科学和德谟克拉西在西洋各国发达了百数十年，中国人从前——就是二十年前——都视之漠然，到了今日一般人对于科学和德谟克拉西的热心，已不待论，就是社会主义，劳动运动也成了青年最憧憬的理想。这便是类似意识扩张的一个明证。因为中国人已不把欧美各国人当“红毛洋鬼”“犬羊余类”看待了。从小处发达到大处的类似意识，因发达之先后，颇有浓淡密疏之分。对于同家、同族、同国、同种，类似意识的密度（Density）（若是可以借用的时候）可以说是大些。这种发达先后的原因以外，我们现在的社会组织也是一个很大的原因。现代社会组织成就的结果，我们对于“人类”这个社会，涵养类似意识的机会很少，并且就现在的风俗、习惯、人情、气质看来，各国民间，显然有很明确深刻的差异，类似意识更不容易发达了。所以我们的类似意识之发达，实际上，是以“国民”为最大限。同一民族的人们大都属于同一组织的国家，习用同一的语言，具有同一的气质（所谓国民性），风俗习惯相同，利害关系相同，并有共同的历史和传说；所以类似意识发达到极致了。历史与文学，大约都是这种国民的类似意识发达了以后才发生的。最古的历史记录，虽然偏重酋长的家族事业，实际上，并不是一人一家的记录。因为原始民族的酋长，其地位很特别，他的家世是一民族信仰的中心，他的事业是一民族利害休戚之所在。所以畸形的那种历史记录，实是古代的社会组织的特别产物。至于文学的发达，与民族意识的关系，更为明显。荷马的 Iliad 和 Odyssey 是希腊民族与他民族接触，民族意识发达以后的巨作。这种例，那一国的文学史上，都可以找出的。民族意识及于文学的影响不止于此。就是近代文学，也不能完全脱离它的影响。人类大同的思想在近代文学占有很重大的意义；但是这种思想都是根据于作者自己的民族而发生的。俄国的文学家在他们的农奴和劳动者的阶级观念上胚生了人类平等的思想。北欧文学家的思想是由他们自己民族的腐败社会所养成的。无论什么思想家或社会运动家，他们的思想主张都在自己所生活的社会中有很深的根据；文学家也不能免这个例。“国民”是我们社会生活的最主要的单位，也是我们类似意识的最明瞭的范围，我们的文学自然不能不受它的影响了。

爱乡心与类似意识，是“国民”成立的精神的可以说是心理的——要素。此外还有物质的要素，如地理的形势与经济生活，我不想在这里论列了。我们虽信物质的要素，给文学家的影响也是很大的，但对于文学，毕竟是间接的，并且物质的要素，是可以变更的，它对于国民文学不是第一义的东西，所以置之不论。

据上面看来国民文学是什么，大约多少可以晓得。我现在不去总括地下定义，只把国民文学的要素列举在下面：

一、国民文学含有乡土的感情，

二、国民文学潜伏着国民意识，

三、国民文学以国民生活为背景。



照上面所讲的话，国民文学的作品，在中国并非没有。旧文学中，颇有许多合于国民文学的资格。但是中国的文人，自来受惯了权力的卵羽，成了一种特殊阶级。他们对于国民的信念，国民的感情，都是非常隔膜。有些人称旧文学为贵族文学，怕也是这个道理。可是他们的贵族文学不过是优孟衣冠，并没有贵族的那种征服的精神和权力的意志在他们的作品里可以发现出来。新文学勃兴当时要打破旧文学的流弊，然而不去高声提起新文学家的国民意识，燃起他们的国民感情，却劝他们做不自然的平民文学。结果无根底的平民文学依然是优孟衣冠，而这种优孟衣冠还不敌旧文学的历史远长，所以毕竟没有成立。现在的新文坛虽然是用新的工具，所表现的依然是旧文学所衍遗下来的传统精神。以前的平民文学提倡了些浅薄的同情心，现在却完全被无谓呻吟的感伤（Sentimentalism）取而代之了。我们为变换文坛的新空气，提倡国民文学；对于新文学家，我们极希望他们早自觉醒。

因为特殊环境的原故，中国人的爱乡心和民族意识成了畸形的发达，差不多到了病态的程度。爱自己的生地（Paysnatal），是中国人爱乡心的极限，社会生活最重要的国家，反被他们视之度外。招致了现在各省割据的时局便是这种变态的爱乡心发达的结果。中国人的民族意识也很发达，可惜没有脱原始民族的遗习。对于异民族，他们就独断地视为劣等，加以犬羊的贱称。但是庚子年八国联军的绿气炮把中国人的妄想打破了。中国人的民族意识又向他方向作了变态的发达，由自尊自大的妄想变成了自卑自小的气象。现在差不多的中国人都把外国人——很笼统的名辞——崇拜为优等民族，甘心自己承认为半开化的野蛮民族了。我不是唱什么爱国高调，在二十世纪的我们都有作世界人的义务和权利，谁还肯做时代错误的梦想。但是爱乡心与国民意识病态发达到了这样程度的中国人，有做世界人的资格没有？我们现在的新文学却又早被厌世（Pessimism）和感伤（Sentimentalism）的毒瓦斯窒息了，没有照顾他们同胞的余裕。他们的第一问题是怎样从这乌烟瘴气自救出来，回复他们的国民的意识。



回复了国民意识的文学家，第二步便要深入到现实的血海里去，探索国民的苦痛之所在。中国人，至少在现在，无论什么阶级，还都在同一运命之下呻吟。一般人对于内外的二重压迫是怎样疾首？敏感的文学家早应有所感触了。可是现在的作家有几人把这痛苦和愤怒交织成的国民感情体验一番，深刻地描写出来过？他们只照顾一己的苦乐，他们下了悲观的结论，他们便高唱了自己的哀歌。国民同他们是隔绝了的。人类社会在他们的眼前，现了溺人的汪洋大海的样子，他们不敢跳下去。溺在这大海的人们的呼救的悲鸣，他们是装做听不见的。国民的痛苦和愤怒，没有口子发泄，只待着爆发，他们却不管。这样的新文学我不知异于旧文学处在那里？这样的新文学家我不知异于旧日的文人处在那里？所以我急切的劝告新文学家先从那孤立的“象牙之塔”下来，在那巨浪汹涌的社会的浊流去游泳一番。若是你发现了一个小小的 Oasis，然后再另建你的“象牙之塔”罢。

从来中国的文人对于国民的生活是很隔膜的。他们只依在权力的肘下，不是颂扬贵族的生活，就是叹息人生的无常。一般国民的生活，他们是不过问的。新文学运动的当初，提倡平民文学的人，想来是救济这种流弊的意思。但是国民意识未经唤醒，国民感情未经燃着的新文学家，对于一般国民的生活依然不起研究的兴味。结果只生出了几篇浅薄的人道主义的作品，新文学运动的第一期就闭幕了。现在的新文学家，若是有了国民的自觉以后，我希望他们对于国民的生活能仔细去研究，中国的社会是很复杂的，研究的材料是很多的。只要有明敏的眼光和冒险的精神，研究必得良好的结果。然后作者再凭他敏锐的良心去把分析研究的结果综合起来下很公正的批评。新国民的萌芽总可以在此中发见的。

何畏君所译 Moissaye j. Olgin 的《俄罗斯文学便览》上说："俄国文学是为一种强烈的欲望——理解国民性的欲望所激动了。直到 Pushkin 差不多没有一个作家曾试写过俄国人民与俄国情状如它实是。十九世纪的俄国文学所应做的事情，为数甚巨。破题儿第一次，我们的作家们要描写俄国气质的根本与俄国精神的大要。（中略）有许多的作家差不多是一些新领土的发见者：Aksakov 发见了农奴制度之下家长制度的俄国，Gogol 发见了一个衰灭的封建制度的混乱，Ostrovsky 介绍了俄国的中流阶级，Turgenief 发见了一个人在农民身上，Lyeskov 最先模写了俄国的僧侣生活与俄国人大多数的信仰，Koltsov 他自己是国民精神的一个默示，Gontcharov 叙述了国民的惰性在 Oblomov 里；他们大家都发见了俄国风景的美处，和平民的传来的知力与俄国魂底下的神秘。（下略）"（见《创造》季刊第一卷第四期）

自我分析（Self-analysis）是自我觉醒后第一大事，自我建筑的第一步工夫，国民生活的研究是国民自觉后的第一件大事，新国民建设的第一步工夫。俄国文学家已做了他们的事业，中国的作家也不当妄自菲薄。由研究国民生活而解释中国这个 Sphinx，怕不是世界上一个大惊异么？

据上面所讲的，真正的国民文学家须具有以下的几项资格：

（一）国民文学家要有深刻的国民意识；

（二）国民文学家要有热烈的国民感情；

（三）国民文学家要忠实地研究一般国民生活；

（四）国民文学家要有批评社会的勇气；

（五）国民文学家要能用深刻而富于同情的文字发表他所体验的结果。

一九二三年十二月二十六日上海

## 下

有人说："新文学方兴未久，正宜多取法他国，以广其范围，固其基础，何必急于提倡国民文学，以故步自封呢？大约一国文化发达到了某程度，一般国民的生活与文学能融成一片，国民文学自然发生。现在新文学的荆榛未辟，藩圉未固，便来提倡国民文学，怕不能免揠苗助长之讥吧。"

我知道这人错会了我的意思。固然从文学史上看来，国民文学似乎是自然发生的，但这不过是纸上的观察罢了。若我们能化身在那时代，我们便知道那些作者们是怎样艰难创造的。"文学是太平的精华"这思想早过去了。"文学是苦闷的象征"，这是现代文学的标语。一作家的作品，是作者自己苦闷的象征；一民族的国民文学，也不外这民族自己苦闷的象征。所以，国民文学决不是文明烂熟的自然结果，乃是少数创造者努力的结晶。德意志的国民文学是德国的文学家在拿破仑的铁骑蹂躏之下所创造的，俄罗斯的国民文学也是俄国的文学家创造在查尔（Tsar）的专制淫威之下的。在内乱外患，两重压迫，国如累卵，民不聊生的今日，有自觉的文学家正好创造中国的国民文学。

新文学正当草创之初，固宜多多输入近代思想，移植外国文学，但是建设新文学的事业决不止于此。纯真的作家和划分时代的epoch-making创作，也是我们所热心跂望的。但是照现在的情状看来，前途非常惨淡。现在文坛上所出现的作品依然是与实生活不相接触，与旧文学同样。移植外国文学，就这点看来，可给我们些观摩的机会，益处确是很多。但是与现代精神隔绝，与欧美人生活绝异的中国人，对于翻译的作品，所得的感铭，终竟是很鲜少，终竟不免隔岸观火的气息。在没有世界化以前，中国人毕竟没有许多人可以享受现代外国作家陶冶的资格，我不敢武断说没有，我想没有许多人可以享受，就使少数人享受了，中国的文坛依然是荒凉的，中国的民众依然是饥渴的。我不是不赞成移植外国文学，不，我毋宁是一个很热心的赞成者，但是我不敢承认移植外国在今日有多大的效力。移植外国文学可给文学家或未来的文学家以多大的观摩之益，但那对于中国文坛的影响毕竟是间接的。所以我仍然很恳切地希望中国文坛有伟大的作家和伟大的作品出现。

中国在来的文学是怎样与一般人的实际生活相隔离，上文已经说过了。中国的文坛上从来没有开过“浪漫”的奇花，也没有结过“写实”的美果，这都因为中国的文学没种在“生活”的肥田上。新文学发生的当初，颇有使文学与“生活”相接触的好机会，可惜种种主义的美名迷了人们的耳目，文学与“生活”中间的隔膜，依然没有穿破。现在的国民文学要求文学家唤醒国民感情，体验各社会的生活，是使文学与“生活”接触的第一步工夫。这步工夫做了，真正的作家和真正的作品才可以出现。提倡国民文学不过为将来的辟荆棘开新路的一种事业。



若国民生活——一国民中各阶级各社会各地方的实际生活——能成为我们文学家好奇心的对象，中国的文坛上才有发生浪漫主义或写实主义的可能。

我们试一观察近代文学的历史便可以知道了。

真正的浪漫主义发生于法兰西大革命以后。开山始祖的斯达埃尔夫人（Madame de Staël）和夏多布良（Chateaubriand）都是被逐放在外国的法兰西政治犯。当时王权既倒，共和政体又被推翻，拿破仑以外攘内治之功勋，行前古未有的专制，有心人痛心疾首极了。他们都是王党的后裔，痛恨拿破仑的专横，追慕旧政治的遗风，攻击政府，卒被逐放。他们一面自悲身世，疾首暴君，但是，一面怀念祖国之情也流露在他们的作品里。这种厌世，愤俗，怀古，爱乡的作品遂开了浪漫主义的先河，后来浪漫主义运动（le mouvement romantique）的中坚，如拉马丁（Lamartine），如许果（Victor Hugo），如微尼（A. de Vigny）等或参加政治或列身军伍，都是一部国民的代表人物。许果的悲天悯人的心情，拉马丁的遗世高举的气象，微尼的艰苦卓绝的思想：这都是他们从“象牙之塔”跳到“现实之海”里，所体验得来的。他们的思想无论是积极或消极，厌世或乐天，绝不是一个人空洞洞地在书案上想出来的。当时大部分法兰西人的心理和感情在他们后面支配着。他们都是十九世纪前半混乱不安时代的法兰西国民的代言者。然而同时他们也成为千古的大诗人大作家了。

至于写实主义与国民文学的关系更是彰明较著的。福禄倍尔（Flaubert）是写实主义的始祖，他攻击浪漫派作家把艺术牵扯到社会与人生上去，他极力主张为艺术的艺术。他否定社会，否定人生，甚至怀疑艺术的永久性，他悟到“虚无”上去，宜乎他的作品应该超越一切了。但是他依然是十九世纪中期的法兰西人，他的作品依然脱不了民族，社会和时代的色彩。他作品中所现出的人物依然是当时的法兰西人，他作品中所表示的思想感情依然是当时法兰西国民的思想感情之一片。他并毫没有意识到要做国民文学，而他的作品反带有浓厚的国民文学的色彩。可见作者只要忠实于他的艺术，忠实于人生——虽然如福禄倍尔是厌弃人生否定人生的——终竟可以成为国民的作家，不过他自己不意识罢了。左剌（Zola）对于艺术的态度，与福禄倍尔不同。他是个社会主义者，并且很热心于政治。他的著作的动机都含有国民的社会的意识。都德（Alphonse Daudet）的著作富有国民的情调，莫泊桑（Guy de Maupassant）的小说多带地方的色彩。其他的例，我更不一一例举了。

法国的文学自来富于国民的情调与社会的意义。读基约（Guyau）的大著 L'art au point de vue Sociologique 便可晓得。德俄两国的国民文学是时代作家于短时期内努力创造成的。因为时代和地方的不同，两者各有特殊的色彩和倾向。德国人本富于玄想，而他们的国民文学运动又发生于十九世纪的初期，所以颇有浪漫主义的色彩。俄国的国民文学受了写实主义的洗礼，颇富于人道的倾向，因之蔚然成为近代文学的大宗了。此外还有爱尔兰的国民文学运动，这是最近的事。因为凯尔特（Celt）民族的特性和现代思想的倾向，爱尔兰的国民文学便带了神秘之色彩和静寂的情调。

中国的国民文学怎么样呢？浪漫主义么？写实主义么？象征主义么还是表现主义（Expressio nismne）呢？在新文学发生的当初，就有关于这些主义的争论。有些人提倡写实文学，有些人鼓吹浪漫主义，有些人说表现主义合于东方艺术的原理，急急地介绍过来。这争论到现在似乎无声无臭了，但是，到现在恐怕在许多人的心里，它依然潜伏着在。

既然主张了艺术是自我的表现，对于这争论，我们当然不愿妄赞一辞。自我的内容因作家不同，表现自我的艺术自然不能——并且不可纳诸一轨。在富于冲动，耽于空想，好奇心发达的作家，他的作品自然是偏于浪漫的。在敏于感觉，长于观察，求真心强烈的作家，他的作品自然是偏于写实的，就是同一作家，因年龄境遇思想的变迁，他的作品中，可以前后有不同的倾向。为尊重作家的特性和好尚，我们不愿以一主义强责他人，为使后进的中国文坛发达，我们宜兼收并蓄，更不能去做一主义的运动来自画。我们只排斥假的……主义 pseudo——，希望真正的……主义；为达这希望，我们觉非提倡国民文学不可。

新文学的工具是怎样不完备，这是很昭著的事实。

新文体的组织应该怎样创造？单音文字应该怎样补救？怎样建设新的文法？怎样讲究新的技巧？这都是新文学建设以来所未解决的问题。但是就令一日解决了这些问题，新文学的工具就完备了么？不！不！新文学工具的完备要在国民文学成就了以后。

中国在来的文学是怎样与一般人的实际生活相隔离，上文已经说过了。中国文坛上，已死了的文言能维持一千多年的势力，就是受了文学与生活相隔离的余荫。宋元时代白话虽稍稍抬起了头，并未尝扩大领土。文言的势力未尝因之稍减，并且不久把白话固有的领域反侵蚀了。试把明曲与元曲一比较，便可明白。五年以前的新文学运动，是白话的复活运动。文言在今日虽未全灭，然已日暮孤城奄奄待毙了。白话文学现在已入建设时代。但是这建设的完成终有待于国民文学。

第一，国民文学要求文学与实生活相接触，空疏的，抽象的文言的余骸——现在的白话文藏了不少的这余骸——便不敷用。国民文学家因而不能不从事于创造新的语言。

第二，国民文学以国民生活为背景，作家须将一民族中各阶级、各社会、各地方的生活仔细研究，忠实描写。所以某地方的方言，或某阶级的私用语，他也须理解，表现在他的著作里。新文学的语汇，便当由此更加丰富了。我想现在我们的白话，若用妥当的优美的方言补充，必可成为很好的文字。而这种材料实有待于国民文学和地方文学的供给。

第三，新文学的文体尚未完全脱离旧日文言的体裁。若文坛上发生了写实的倾向，这种拘束人的体裁，自然要被打破。而真正的写实主义实与国民文学相待而发生的，上文已说过了。为描写国民生活，作家必用很精细的描写，绵密的文体。将来的新技巧就从这里发生。俄国文学的进化已经很明白地告诉了我们这路程。

新文学发生以后，已经有了好些作品现在我们的眼前。可惜除过极少数的优秀作品以外，它们不仅内容空疏，并且连好的白话文都不能供给我们。这实在由于作家未曾接触国民的现实生活。他们只由自己心里想出与自己相同的人物说些自己心里想说的话，自然不必要丰富的语汇了。就使他们感觉语汇之不足，古人的文章有不少的材料可供他们用。因为他们的思想与感情丝毫未脱旧文人的积习，那么旧文学的陈材腐料当然是他们的宝山了。实在说，新文学实在空疏得可怜。在它里面找象元曲上所用的那些活的言语和优美的方言，都是很不容易的事。这毕竟是因为元曲的作者们还深深地把国民的现实生活接触了，我们的新文学家却并未曾做过这回事。只就这一点——完成白话文的这一点讲，我们也不能不急急地提倡国民文学。

最后，我想把国民文学与国学运动的关系论列一番。

新思想与白话文学发生不一两年，国学运动就隐隐地抬起头来了。到现在，国学运动的声浪一天高似一天。随声附和的固然很多，而持强烈的反对意见的亦颇不少。我以为我们于此当持一种批评的态度。

本来“国学”二字是很笼统的名辞，而国学运动云云更令人不易解。是一种劝人研究古籍的运动呢？还是劝人研究一切中国的——不论古今新陈，只要是中国的——文化，思想，学术，文学，历史，地理，政治，经济，乃至中国的国民性，各地方的风俗习惯的一种运动呢？若是前者，范围失之太狭，顶好不过劝人用新眼光读古书罢了。若是后者，范围又失之太广，我不敢武断这就是发起这种运动的先生们的本意。现在不愿去想象或推测它的内容，我只简单地把它和国民文学的关系和我的希望叙述在下面。

我以为，国民觉醒了以后必对于它自己先下一番研究工夫。或由历史回顾既往，或用理智解剖现在，其目的都是一样的。国学运动的先生们，其本意是怎么样的，我本不敢妄测，但我确不愿他们徒只为反动而反动，因为这种不幸的滑稽，是我不希望的。我愿——我并且假定——这国学运动也和国民文学同样是中国国民自觉后的一种反省，研究，或自己解剖的运动，然后我便可以述一述我对于它的希望了。

国民文学决不是国学运动的分体，但是它有待于后者的地方。国民文学固然是以表现一国民的现实生活为主眼，但它的任务决不止于此。一国民也如一个人一般是个生命的持续体。生命之流是前波注入后波的。我们先民的传说，神话，都是先人所遗精神上很丰富很宝贵的遗产，是国民文学家许多感动的源泉，但这些传说和神话都须待国学家的整理。现在流行的也许不必如此，但是埋没在时间的暗窟中的，全待国家把它显放出来。历史上的伟大人物是一国民精神的支配者。国民文学家在这已死了的人物中发现国民灵魂，而把它们再现出来。但这人物的真正评价却有待国学家的研究。历史上的大事件亦复如此。



其次为使白话文的语汇丰富，我们有待于国学家的也正不少。创造新的语言固是必要的，但先人的宝库若有优美瑰奇的遗产，我们又何必不利用呢。这事业之有待于国学家是不待讲的。再如地方的方言，我们视为白话文的最优先的补充队，而这方言的搜集和研究也属国学家分内的事。

国学家可以补益国民文学的，尚不至此。即各地方风俗之研究也是一例。国民文学家固要研究国民生活，但是他们研究，仅凭直接经验是很不易的。国学家的研究，可以给他们不少的光明。

总之国学家若不仅以抱残守缺为职志，则他们与国民文学家可以合作的事业正自不少。所以，我不仅不反对国学运动，我反很希望国学运动在正当的路径为很圆满的发达。

国民文学在今日的中国文坛是怎样重要，由上面这几篇不完全的论文，也可晓得了。

至于中国的文化运动有待于国民文学，试一倾耳于一般人对于新文学不平的声音，便可了然。中国的文化运动与新文学运动同时发生，历史虽有五年之久，至今还未脱离抄译与空谈的时代。以外患交至，内乱延长的原故，思想界现在虽颇有沉寂的景象，但是也因此渐渐露出了转换方向的微光，若我的观察不误，真正的国民觉醒运动决不在远的将来。

中国文化运动与新文学同样，没有把基础放在国民生活上。真正的国民运动则以国民生活为背景，与国民文学相同。中国社会上急切待解决的问题决非高谈主义与学说所能解决的。这些问题都非一一向中国社会自身下研究的工夫去求解决不可。国民文学的作家着意体验国民生活而把它表现出来，促醒国民自觉的力量必不鲜少。这虽然是国民文学所生的副作用，就文化史家看来，也是很重要的。

*　　　*　　　*

国民文学本来有广狭两种意义。就广义说，作家的作品，无论有意识地，或无意识地，多少总带有国民的色彩。譬如上面所举的福禄倍尔便是一例。本文的主旨不是这种广义的，而是狭义的国民文学。就是说，作家以国民的意识着意描写国民生活或发抒国民感情的文学。自然，作家虽有国民意识，却丝毫没有功利观念或利用文学的动机存在心里。

总括本文的论旨：

（一）我们希望文学家解放自己小我的感情和传统的思想。

（二）我们希望文学家受国民的洗礼。

（三）我们希望文学家体验国民感情，观察各阶级，各社会，各地方的现实生活。

（四）我们希望文学家把自己所体验，所观察的，用温醇的态度——无关心的态度是不可能的，矫激的态度是不艺术的——去表现出来。

（五）我们希望文学家这样有意识地努力建设中国的国民文学。

一九二四年元月上海

原载 1923 年 12 月 23 日、30 日、1924 年 1 月 6 日
《创造周报》第 33、34、35 号

# 建设的批评论

成仿吾

破坏了一切偶像的近代人，炸穿了一切迷信的近代人，他们的惟一的急务是这破坏后的新的创造。他们不能再向废墟中寻他们的“美的昔日”的迷梦，他们也不能长在废墟中踯躅徘徊，他们要创造一个新的世界来维持他们对于人生的信仰。



在这创造的工程中，有与创造的工作一样重要而有重大关系的另一种工作。我们称这另一种工作为批评。批评是创造的指南针，它是判别善与恶，美与丑和真与伪的努力。

批评是判别善与恶，美与丑和真与伪的努力——我这样把它的界说定下了，我想只要不是带上了着色眼镜的人，大抵不至于觉得不满足。然而我们如果为公允起见，暂时倾听那些不满足的文学家的发言，那么，我们可以听到几种反对的说话：

第一，有人说：“批评只是欣赏。”这种人的意思大约以为批评只应当在正的方向（Positive Direction）工作，不当向负的方向（Negative Direction）工作。我们且不必论这种主张的是否，然而这种主张当先有一个假设（Assumption），那便是须先得着可以欣赏的好的作品。这样看起来，他们所谓批评，不过是判别之后的工作，究竟判别他们总少不了。

第二，有人说：“世上没有客观的真理使我们能判别。”这种主张亦似是而非的。假使我们弄弄诡辩，我们可以因为它主张世上没有客观的真理，说它自己承认了一个真理。然而我们不必强弄诡辩，我们日常所下的判别并不要有客观的绝对的真理——这种事实我们也不必拿来相诘，我们不难从正面打破它。我们也可以否认客观的绝对的真理，但是合于科学精神的真理，是谁也不能否认的。我们研究美学，不是知道了关于美的真理而去到事实中求应用的方法的，倒是想从事实中求出关于美的真理。这样的真理欠少普遍性，然而在一定的范围内是有绝对性的。我们不能因为它的绝对性有制限，便不承认它是真理，反之，在它实用的范围内，它是与吾人理想中之绝对的真理一致的。所以这样的真理实是吾人理想中之绝对的真理之一部，譬如这样的真理是曲线甲，吾人理想中之绝对的真理是曲线乙，现在甲与乙有一部分互相重合（Coincide），则甲的这一部分，同时是乙的一部分。所以绝对的真理的全部我们纵不能求，而它的一部是可以求得的。而实际上我们对于真理的需求，亦决不出实用的范围以外。

最后，有人说："判别终不外是一种主观的活动。"这句话亦似是而非。两物之差极小时，它们的判别自不容易，然而它们相差既极小，则对于差大之物，它们可以视为同等。若二物相差颇大，便可以用客观的方法判别出来，无凭主观妄测之必要。在实用的范围之内，批评的对象相差常大，我们不患没有方法判别出来，丝毫用不着主观的判断。

对于批评的反对的意见，此外还有，只是不如这几条重要。这几条之中实有几点足致批评的死命，然而这多是批评的内部的问题，于它的存在是无影响的，精明的批评家自能建立在坚固的基础之上，不受何等重大的影响。要之，我们研究批评，不是要拥立一个既成的原理而分植它的势力，我们是要由所有的事实之中筑起一个合理的标准，换一句话，便是要求出一个原理来。

世人大抵把批评误解了。便是欧美近代的批评家之中，也多把批评误解了的；他们不是拘守着形式的批评（Formal Criticism），便是过于信用了自己的印象。申徒白吾（Sainte-Beuve）是最能理解批评的一个，然而这位"没拿有法典的评判者"的批评，诚如 Prof. Dowden 所说，是一种消极的批评（Negative Criticism），他的自然主义的批评缺少积极的建设的努力。瓦特裴德（Malter Pater）也是最能理解批评的一个，然而他所谓"在审美批评中达到如实地观察物象的第一步，是如实地审悉自己所得的印象，辨别它，明白地实现它"只是一种逆的工作，因为我们由对象所得的个个的印象，须先把它们合成（to compose）起来，才能说到审悉上去；至于他谓批评家是“强烈地经验得这些印象，而直去追求其辨别和分析的人”（He who experiences these impressions strongly，and drives directly at the discrimination and analysis of them），直是跳出了轨道。别的人更多把批评误解了。

批评的工作决不止于辨别自己所得的印象，也决不止于由事实中求出个个的法则，我们要进而求出事实中的统率的普遍的原理。最后的一种工作，我称为批评之建设的努力。有这种努力的批评，我称为建设的批评。

我在前面说过了批判是判别善与恶，美与丑和真与伪的努力；所以建设的批评的课题是在求出判别善恶美丑和真伪的普遍的原理。这种课题也许是艺术学者与美学家，或形而上学者与哲学家的分内事，但若一个批评家，当他工作的时候，能常为这种求心的运动，这不仅是可以使他免入迷路的指南针，而且是阐明真理的有效的工作。批评的究竟的意义是在阐明真理，所以这种建设的批评才是第一义的批评的努力。

然而我们要怎样才能为建设的批评？我以为方法既难于概论，而我们目前所急要的又只在十分理解什么是建设的批评，所以愈其孜孜于繁杂的方法论，不如暂就所要的条件作一番思考。

我以为我们如果要为建设的批评，至少要能满足下面的两个条件：

a．我们要常有建设的意识——不论做什么事情，我们若没有十分的意识，便得不到良好的效果。我们为批评时亦当时时意识到自己的使命，务使自己的工作不离求心的建设的宗旨。

b．我们要常为自我的批评——譬如我们建筑一屋，凡一梁一栋，我们皆须加以详细的检查。又譬如试验材料的试验机，当我们使用时，皆须时常矫正（to adjust）。同样，我们为批评时，应当时常把自己作对象，为客观的批评。我们的态度对否？我们的方法对否？我们不曾为不确的概念所误否？这些都是我们所应当时时反省的。

我们如果希望我们的工作既不走入迷途，而又能对于真理的树立与阐明一回有一回的贡献，我们至少非满足这两个条件不可。这两个条件便是建设的批评之必要的条件。

批评的工作是在对象中的不断的反省，自我批评是在反省中的反省，我们可以称它为再反省。没有这种再反省的批评决不能是正确，对于真理的阐明相去尤远。我们对于一种物象为一次批评，一是为的判别物象之善恶美丑和真伪，一是为的阐明真理；我们的工作不止于物象之判别，我们要进而求出或阐明真理。我们为一次批评，当使真理因此而益显现，益坚稳。我们的批评当一次有一次的贡献。

我们现在的批评界真可谓幼稚极了。幼稚本是成人的一个阶级，我们原用不着悲观；但是现在一方面有人否认批评，他方面又有人滥用批评，却是使我们不能不为我们新兴的文艺运动悲观的。否认批评为一种误解，犹不难徐徐解释，惟有一知半解，胡说霸道的文字，也假冒批评的美名，颠倒是非，惑人耳目，却足使批评界的前途更加暗怛。在我们现在这种万端急待创造的时期，批评是与创造同样重要的工作，我愿从事批评的人们再三考究批评的意义，共起而为建设的批评，以求不辱他们的重大的使命。

附白：作者在《创造》季刊二卷二号上发表了《批评的建设》一文，文中曾说及“建设的批评”，惟甚简约，故特再申论于此。

二月二十五日，上海。

原载1924年3月9日《创造周报》第43号

# 文艺之社会的使命

## ——在上海大学讲

郭沫若讲　李伯昌　孟超合记



我不会讲话，又没有预备。今天上午我特意走到法国公园，本想预备一点材料。但是恰遇两位朋友，谈谈笑笑，所以又没有机会。我许久未到法国公园去，现在美丽的花都开放了，黄莺儿和许多不知名的鸟儿歌唱得特别好听，春风轻轻地拂来，那稀疏的几点雨珠儿跳在池中，做出几个波圈又渐渐消灭了。呵！烂漫的春！一切都使我感觉着说不出的美！春天是最快乐的，倘若没有和暖的春日，只让冷酷的冬天占领着宇宙，则我们只能披着很笨重的衣服，囚困在房子里，偶然走出门外，也只有灰色的天空，板起那无情的面孔：这样还有什么生趣？我们还能生活下去吗？只有美丽的春天是我们所欢迎的！历来描写仙境总爱说“有四时不谢之花；百世长青之草”，这是世人所希望春的常在。就是但丁在《神曲》里所想象的“地上乐园”，也不过是一年四季都是春天罢了。

要讲的稿子虽没有预备好，但已带来了春的消息。文艺也如春日的花草，乃艺术家内心之智慧的表现。诗人写出一篇诗，音乐家谱出一个曲，画家绘成一幅画，都是他们感情的自然流露；如一阵春风吹过池面所生的微波，是没有所谓目的。我还可举几个例子来证明。小孩的游戏乃成人艺术的起源，一种内心智慧表现的要求，从孩子们的用小石建筑，唱歌舞蹈等可以看出。他们将全个自我贯注于游戏，有时甚至跌伤流血，还是不休止不退缩；但他们并没有所谓目的。婴孩每天吃着母亲甜蜜的乳，睡在温暖的摇床中，不饥不寒，生活是很满足的了，但那红嫩的小口中仍要不时发出呀呀的歌声，但他有什么目的呢?

所以艺术的本身上是无所谓目的。

人类原始时代的艺术的生活，现在虽不能充分证明，但我们可从遗留着的原始民族特质的现代野蛮民族中考察出来。知道他们是特别着重艺术的，除却艺术则生活一天也难维持下去，达尔文（Darwin）曾到 Fuegia 一种野蛮民族中去考察他们的生活状况，那种蛮民还不知道穿衣服，达尔文赠他们一块红布，他们却拿来撕成小条分赠同伴作装饰品，并不拿着作衣服穿。这很可相信人类的婴孩时代，就有美的要求。

不过凡是一种社会现象发生，对于周遭必生影响；譬如一池平静的水，投进一块石子，——不管那石子是怎样小，水面必生波圈，而且波及全体的水面。文艺乃社会现象之一，故必发生影响于社会。



有人说文艺乃有目的的，此乃文艺发生后必然的事实。为艺术的艺术与为人生的艺术这两种派别大家都知道是很显著的争执着。其实这不过是艺术的本身与效果上的问题。如一株大树，就树的本身来说并非为人们要造器具而生长的，但我们可以用来制造一切适用的器物，科学亦如此：如自然科学，纯粹科学的研究，是在探讨客观的真理，人类即使不从而应用之，其所研究之真理是仍然存在的。

艺术对于人类的贡献是很伟大的。我今天就想专讲这个问题。现在先举例来说明艺术的力量：楚霸工兵败被逼垓下，张良一支箫在清风明月之夜吹出那离乡背井的哀怨凄绝的调子，霸王的兵上皆思乡念家，为之感动泣下，终至弃甲曳兵而逃散。呵!

音乐的势力是多么伟大！汉王兵多将勇，而最后的成功乃是一支箫！还有日本古时候有一个妙年的尼姑，名字叫作慈门。有一次群盗掩入，缚之柱上，抢劫财物。慈门不能反抗，很超然地唱出一首和歌：

“Yashikaki mo
moto wa Naniwa no
Ashi nareba,

Kosu mo kotowari nari,
Yoru no shiranami。”
编织就的篱栅，
本来是难波地方的芦苇，
逾过来也是当然的道理呀，
夜里的白波。

白波在日本文又是强盗之意。这首和歌的表面虽是指波浪逾过了芦草，真意是说：庵中所有的东西都是从外面取来的，强盗来拿去也是当然的道理。这几句诗所生的效力怎样？把她从柱上解下，财物一点不拿，那几个强盗各自逃走了。这完全是因慈门超然的情感而引起强盗们超然的情感。我们可以知道，艺术可以统一人们的感情，并引导着趋向同一的目标去行动。此类的事实很多，一时也说不完：如意大利未统一前，全靠但丁（Dante）一部《神曲》的势力来收统一之效果；法国革命以前福禄特尔、卢梭的著作影响很大。从前德帝国之成立，Treitschke 说，歌德的力量不亚于俾士麦（Bismarck）；俄罗斯最近的大革命，我们都晓得是一些赤诚的文学家在前面做了先驱的呢。



本来艺术的根底，是立在感情上的，感情是有传染性的东西，中国有句话说，“一人向隅满座为之不欢”。这完全是受感情的传染而生的同情心。大人向小孩假哭，小孩却真哭起来，我们看电影看到悲惨处，亦为之挥泪。这样看来，这从心理学上也可找得出证明来的了。

再从个人方面来说，艺术能提高我们的精神，使我们的内在的生活美化。譬如法国大戏曲家 Moliere 每完成一部戏曲，便念给家中老仆妇听，仆妇听了总说很好。莫里哀以为她的话是不大可靠。有一次乃以他人所著的不成功的戏曲念给她听，孰料仆妇听了说这不是他自己的著作。这位老仆妇是平日受了莫里哀的感化，无形中养成了批评的能力。又譬如我国郑康成研究《诗经》，他用的使女该知道《诗经》。一次有位侍女被罚跪，其余的使女们拿《诗经》中的“胡为乎泥中？”来嘲笑她，她却也用《诗经》中的“薄言往诉，逢彼之怒”来回答。这段雅事至今还流传着。艺术既能提高精神，美化生活，所以从历史上考察，艺术兴盛的民族必然优美。如欧洲的雅典便是个适例。再就我国讲，周朝是我国文化史上的一个黄金时代，那时的一般平民皆会作诗，一部《国风》就是民间收集的无名诗人的作品。唐代是文学最盛时期，譬如我们常说的白香山的诗，村妪能解。这在一般人以为是白诗易懂，其实也不尽然。假如我们把白诗念给现在的村妪听，恐怕不会懂吧。就是研究诗学的人恐怕也不见得能够完全了解。这在我看来，是因当时一般人对于艺术的了解力很高，浓厚的艺术空气已充满了社会。又如温飞卿的诗，妓女都能暗诵，这要求诸现在的妓女，岂是能够的吗？

艺术有此两种伟大的使命——统一人类的感情和提高个人的精神，使生活美化——已经够有永远不朽的价值了，那怕一般头脑简单的人盲目地向它下攻击，说它是装饰品，是无用的，而且将来只有一天一天发达。

欧洲各国的政府，想许多方法来提倡艺术，如文学奖金，如美术陈列馆，如建筑国立戏院等，一些也不遗余力。就是受人误解为暴徒的俄国，自革命以后也极力提倡，艺术家由政府特别供养。回头看我们中国：古时候倒还好些。譬如周代有采诗之官，采集民间的诗歌。政府得以明了民间的疾苦。而且对于音乐也特别注重，利用音乐来统一天下。汉唐之世，艺术的空气也还很浓厚。不过到了现代呢？政府固不顾及，社会上对于艺术也看得很轻。古乐古舞都已失传，存留者多是些粗俗不堪，如各舞台上所演奏的，几全失了艺术的真价值。即就建筑上说，已全失却了美的意味。试走到上海华界去，空气的恶臭，房屋的杂乱，几乎可以说是一些垃圾堆。

我们中国现在弄得这般糟，大局不能统一，一般的国民，无论那一阶级的分子，都怀着自私自利，因循苟且的精神，我们中华民族实在是丑化到不可思议的地步了。政治的不完美，科学的不发达……固然是很重大的原因，不过艺术的衰亡、堕落，也怕是最大的原因之一。美的意识麻痹的，世界上无论那一种民族，无论那一种民族的那一个时代，都怕没有我们现在这样厉害的罢。

我们知道艺术有统一群众的感情使趋向于同一目标能力，我们又知道艺术能提高人们的精神，使个人的内在的生活美化，那在我们现代，这样不统一，这样丑化了的国家之中，不正是应该竭力提倡的吗？

我觉得要挽救我们中国，艺术的运动是决不可少的事情。我们希望于社会的，是要对于艺术精神的了解，竭力加以保护，提倡，我们应该使我们日常的生活，日常生活的用具，就如一只茶杯，一张邮票，都要具有艺术的风味。至于艺术家的本身，我们也希望他要觉悟到这种种艺术的伟大的使命。我们并不是希望一切的艺术家都成为宣传的艺术家，我们是希望他把自己的生活扩大起来，对于社会的真实的要求要加以充分的体验，要生一种救国救民的自觉。从这种自觉中产生出来的艺术，在它的本身不失其独立的精神，而它的效用对于中国的前途是不可限量的呢。

原载 1925 年 5 月 18 日上海《民国日报》副刊《文学》第 3 期

# 文艺上的冲动说

张资平

二十年前，日本有个文学家高山樗牛氏曾唱“本能满足论”和“美的生活论”一类的议论。在当时的社会，此等议论还没有十分成为实生活上的问题；都当高山氏的议论，是种梦话。不仅二十年前的人们，就连现在也还很多人都以“本能满足论”和“美的生活论”为一种梦想的。

但最近在文艺思潮以外的思想界也有发表和高山氏的“本能满足论”及“美的生活论”相似的议论的人了，例如以政治家或经济学家的资格批评社会的人们，后是比论文艺的思潮人更多和实社会的活动接近的评论家们也发表出类似“本能满足论”和“美的生活论”的议论来了，经济学家福田德三氏是主张“弃欲望的经济学而树立本能（或冲动）的经济学”的。福田氏之意，谓十九世纪的文明是以欲望为根基的文明，人类都堕落了，常受着欲望的支配；所以人类非回复到本能不可。想达到本能的生活，就不能不树立以本能或冲动为基础的经济学。福田氏之主张，是种经济学上的“本能满足论”。

不论它在二十年前，或二十年后，这种“本能论”，可以说，不论在什么时代都是枝助堕落的思潮的重路的东西。释迦从前早就主张禁断五欲，曾把本能生活教我们了。

本能和欲望两者是自有人类以来就在循环起伏的问题，不算是个新的问题。现在只把文学上的本能和欲望思考一思考。要怎么样思考呢？志望文艺的诸君，当执笔时要这样的反省一反省。就是：“自己现在是在努力研究文艺。但这种努力到底是由本能的冲动而起的呢，还是由一种欲望而起的呢？”

文学的本能，据美国的某心理学家说，有七八种。但其总类只有一个，就是创造的本能。今略把哲学者罗素的本能论偷过来说。据罗素氏谓人类的冲动大别之有二。一谓创造的本能，一为所有的本能。更详言之，就是人类有想制作，想产生，想繁殖，想给与等本能和想捉取，想所有的本能。这两种本能始终在战斗。由所有本能表现出来的是国家，战争等的人类活动。由创造本能表现出来的是结婚，教育，文学，艺术等东西。罗素的意思是，欲人类趋向真正的文明使创造的本能强盛，非把所有的本能打倒不可。

文学原来是由创造的本能而生的产物。若其中潜伏有一点所有的本能的冲动，就要变成不纯物的。例如由创造的本能的激发，感兴所至写出来的伟大的艺术。但若有为稿费而执笔，为卖名而执笔，或竟至为欲向女性或友人矜夸而执笔等所有的本能冲动存在时，其结果就不成为艺术，变为一种不纯物了。医生当疗治病人的疾病时是伟大的创造的冲动在活动着。若多要求诊察费或药价时，就变为不纯的所有的本能的产物了。医生有所有的本能，本不足深责。最难解决的本能问题还是在文学者身上。一般的文学者对此创造本能和所有本能要如何的解决呢？这真是个大问题。也是我们不能不努力把它解决的问题。以文学为生活的人和其他生活者的面目本来不同。就连同是文学者中也还有真伪的差别。

说到这里我对罗素的议论有些怀疑起来了。罗素谓人类愈趋近文明，则所有本能的活动愈减少，创造本能的活动愈增多，要言之，所谓文明，是在打倒所有本能的活动。这是过于蔑视所有本能的活动。他的缺点就是全舍弃所有而专从事创造，同是本能，若把一方绝对的抹杀，结果是和否定人类之存在一样了。所以对此二冲动最少要使它们两立，要使它们相调和。若不能达到“为所有而创造及为创造而所有的形式”，是不能完满解决的，复杂的文学生活也就由此发生出来。

罗素所设创造的冲动和所有的冲动的冲突，若用他一种说法来表示时，就是以“do”为旗号的军队和以“have”为旗号的军队的战争。譬如前述的经济学者福田氏就是对“do”军和“have”军的战事很担忧的人，很想研究出一种调解的方法来。更进一步说，他想毛遂自荐的当“do”军队的参谋总长，想把“have”军打得全军覆没；福田氏以为在这世界中只有“do”和“have”两队军队，这完全是福田氏的观测错了，他以为这两军队到最后是一定一胜一败的。他并没有留心到在这世中还有一队第三者的强有力的军队呢！这第三队的强有力的军队是什么军队呢？他们用的是什么号旗呢？因为“do”和“have”两个字的关系，我们就称这第三军队为“be”军吧。“be”军的强力就在“存在”两个字里面。这队“be”军对“do”军和“have”军的战争常作壁上观，到了“do”军和“have”军两败俱丧时，他们就跑出来得渔人之利。

法文里面有“Raison d'eur”一句，是近来很流行很时髦的一句成语。译为英文就是“Reqson of be”勉强译成中文，就是“存在理由”吧。这就是“be”军所抱持的主义，他们所主张的是“肯认万物的存在”。他们都信世中的万物各有他的存在的理由。窃盗是警察的恩人，因为没有窃盗，警察就无存在的理了，所以“窃盗”就是警察的“存在理由”。同时窃盗亦有作“窃盗”而存在的理由了。象“警察”这种东西当然不配属“do”军方面的，但也不能完全说是属“have”军方面的人。更举一个明白的例来说明，就是教会的存在了。牧师们口口声声说要做很高尚很堂皇的“do”军队，但“be”军队在他后面袭来了，他还没有觉着。再举个例来说明罢，就是当代的功利主义的教育家了。对当教育家的人，谁敢说他是“have”军队的部下卒呢？不但不敢说他是“have”军的部下卒，还要称他是个热心的“do”军队的部下卒。他自己也以“do”军的部下卒自命！但问当代的功利主义的教育家有一个不于不知不觉间向“be”投向的吗？“be”军之强就在这一点！结局不论为“do”军不论为“have”军全被“be”军吸收去了。所以完全以纯粹的创造本能而从事文学者先要和“have”军宣战，战胜了后，又要向“be”军宣战，他的战争就常继续着而无瞬间的休憩。世中象伯夷叔齐的宁有几人！？象介之推的又宁有几人？可以说绝对没有吧！他们很奋勇的和 have 军热斗，但中途还是受“be”军的袭击，给“be”军战败了！

今日的大文学家大声疾呼的扯起他的“do”字的旗号，但他早做了"have"军的奴隶还不自觉呢!

大多数的文士最初都抱着"do"军的意气结局是要做"be"军的捕虏的，但不致为"have"军所败北就算很难得了。始终作"do"军，而能得最后的胜利的人是很罕有的。我们从事文学的人要始终有"do"军的意气而对"be"军又要有相当的谅解才可。

原载1925年9月30日《晨报副刊》

# 斥《国家主义与新文艺》

（原文见《醒狮》第五十九号，胡云亦作）

为 法

前些时我看见顾仲起的《革命文学论》后，总叹息如今国中的文艺批评者脑经之混沌不清，直不可以理喻，曾写了几句话请教请教他，不想我们不长进的中国，越是不通的言论，越是层见叠出，越是大吹大擂。我们既不是瞎子，有两眼便终于有机会看到；我们又不是聋子，有两耳也终于有机会听到。一朝听到了，又看到了，我们虽不必就是上智，也不能就甘于为白痴，于是更不能不去用用心思。啊啊！你这鬼蜮的文艺批评界，如何不使我们吭喉高呼呢？——胡君的近作《国家主义与新文艺》，我认为是文艺批评界新生的鬼蜮之一，骨鲠在喉，也只有再来讲几句。

在如今“好读书不求甚解，不读书好求甚解”的中国社会之中，提倡国家主义，总算是最时髦而且是最安妥的了。譬如你同情共产主义，你便是罪大恶极，你便是苏俄的走狗，你必受苏俄的津贴，你必甘心做亡国奴的，无十分判别力的青年或十分不得志的穷汉，妄想共人家的产啊，杀不足惜！至于提倡国家主义便大有不同了。国家主义就是救国主义。我们中国危险到这样地步，谁不想救他一救呢？尽管提倡者一天到晚还是寄托在外人势力下过华人与狗的生活，却要高唱外抗强权；尽管提倡者钻营军阀的狗窦，藉着军阀的势力去宣传主义，却又要高唱内除国贼，不过这个我们原也不能责备他们，因为他们的一颗为国为民的爱国心，其功总不在尼山木铎之下呀！至于他们的手段，说是“全民革命”，好！全民革命！这种手段总算是光明磊落极了，简截了当极了，不过如何才能使“全民革命”实现呢！一班教育家到底思虑周密些，居然想到百年树人的大计上去，于是什么国家主义的教育说便盛行一时了，如今胡君思虑却更周密，又想使文学上染上国家主义的色彩，提倡什么国家主义的新文艺，无怪《醒狮》的编辑先生为之一路圈儿圈到底了。

胡君之文，就表面上看去，总不愧为渊博。他为使他言论有根据起见，从我国四千余年的历史上寻找证据，由周以前寻到周末，由秦汉寻到南北朝，由唐寻到五代，由宋初寻到宋末，源源本本，象煞有介事，以为他言论是颠扑不破了，而不知在实际上也同顾君一样的浅薄，反授人以许多利矛，下面便以此矛攻他自家造成的盾。

胡君说，“假如我们不能否认‘文学是时代精神的射影’，不能否认‘文学是环境的产儿’这种浅显的话，那末，为什么现在文坛的创作，离开时代与环境这样远呢？”“文学是时代精神的射影”“文学是环境的产儿”，胡君以为这是浅显的话，诚然，诚然，倘使你稍稍研究过文学，这浅显的话自然不会否认，但是胡君又为什么就疑惑现在的文坛创作，离开时代与环境那么远呢？胡君对于现在文坛的创作，“并不是想贬毁它在文学上的艺术价值，也并不是说这种作品根本是不应该有”，是则还认他们是文艺作品了，但又“为什么”便“离开现实太远了，离开时代太远了，尤其是不吻合于现在环境的中国”？大约现在的文学作品都是从天上一朝掉下来的了。然而胡君已经说过“文学是时代精神的射影”，“文学是环境的产儿”，那末，从天上一朝掉下来的文学显然是不会有的。而对于现在的文学却又认为例外，实不知从何说起？



文学本是依据着当代的生活和思想，不论是浪漫也好，自然也好，神秘也好，象征也好，乃至唯美颓废，都没有不和那个时代有密切的关系的，时代精神的特征，就是能左右各个作家。不论谁个作家要摆脱去他那时的时代，教育，宗教，政治，习尚等等，去做他独立无依的作品，这是万万不可能的。换一句话说，就是有了如何样的时代，才有如何样的文学之发生。不过各作家对于时代观感，其中有正面来接受时代一切的，又有反面来反抗时代的一切的，更有故作矜高要摆脱时代的一切而不得的种种罢了。现在文坛的作品，如胡君所说，《呐喊》“只是滑稽，只有讽刺”，《超人》“只限于母亲的爱，小孩子的爱的描写”。《沉沦》，《茑萝集》，结果只使得“许多青年的作品，都成了颓废的模拟者了”，《春水》《繁星》，“只表现女性的温柔”，“湖畔社的几位诗人，更沉迷于恋爱的天国，觉得宇宙之大，只是爱人，只有泪珠，只有月姊花妹”等等，也都不过是时代精神的射影，环境的产儿，“只是离开现实太远了，离开时代太远了，尤其是不吻合于现在环境的中国”，胡君！这是什么话呢？

至于从历史上寻到的论证，我反复看了几次，更不能看出那些能做他论证的理由在那里，倒是帮助我得了一些意外的论证。所谓周末哪，南北朝哪，五代哪，宋末哪，就是有享乐的颓废的，讴歌自己的天国的作品，也应由周末，南北朝，五代，宋末的扰攘不堪的时代去负责，说他们是亡国之音或者可以，若责他们是亡国的祸首，则文学作品之本身，又岂敢受此宠赐！他们终还不过是“时代精神的射影”与“环境的产儿”罢了。或者胡君以为在扰攘不堪的时代，不应写那么享乐的，浪漫的，颓废的作品，应写一些“血和泪的，战争的，悲壮的，祈战死的爱国文艺”。那我忍不住要请问胡君：胡君！你是不是在讲文艺？你是不是承认“文学是时代精神的射影”与“文学是环境的产儿”？若是你在讲文艺，则你要先了解文艺的独立性与超越性，若是你承认“文学是时代精神的射影”与“文学是环境的产儿”，则你要先了解文学只是时代精神的射影与环境的产儿，至于射如何的影，产如何的儿，文艺作者自有他不受任何限制的权威，总不应迫其写些“血和泪的，战争的，悲壮的，祈战死的爱国文学”吧？

说到这里，我们不难看出胡君洋洋半万字之大文，其中自以为坚固的壁垒其实不过一些败瓦与颓垣；受他攻击最烈的，自是现在文坛的作品，然亦未曾攻到要害。现在文坛的作品，其应攻击之处，我以为还不在“沉醉于象牙之塔”“据洪炉而高歌”“失恋的，花妹妹月姊姊的靡靡之音”，而在那些东西是不是真正的文艺作品上。若果是真正的文艺作品，那花姊姊也好，月妹妹也好，悲观也好，殉情也好，一切都好，总不会“离开时代与环境这样远”的。至于说这些作品，便是现在国家衰败的祸水，非“猛肆攻击”不可，我又以为应受攻击的，也不在作品的本身，而在作品背后的一切。胡君说，“此外实际生活的贫乏，民族的根性，国民性的平和，和青年的生活欲求所起的烦闷，都是造成现在文坛疲靡的原因”，是胡君也未尝不知道现在文坛的作品，不是天生出来的，不是与时代环境乃至国民性没有关系的。胡君要“猛肆攻击”现在的文坛吗？请先去攻击“实际生活的贫乏”“民族的根性”“国民性的平和”“青年的生活欲求”吧！

——啊啊！我想起了，我想起来了！我在一层层与胡君辩难现在的文坛上作品，是不是时代精神的射影与环境的产儿，胡君不将笑我为迂阔？胡君之文，原是一种宣传；并且进一步要藉文学宣传，宣传他们的什么国家主义。换一句话说，就是想将文艺染上他们的国家主义的色彩，这正和一般所谓革命文学家想将文艺染上革命主义的色彩一样，于是我只好按下别的不讲，再将文学与宣传一论。

文艺是什么？这是不易简单以言之。然而无论如何总不能认是宣传思想或学术之工具罢？自古及今，自然也有许多浅见而且鄙陋者流，将文艺作为工具，然而那总不是文艺，真正的的文艺。文艺作家为着内心之压迫之要求，而创作，而表现自己，这是真正的文艺产生之Alpha，也就是他的Omega，他不容给他人作政治运动或社会运动之工具，即是他自己在他创作时，也不会梦想到藉以为宣传品。惟其如此，他才是伟大的艺术家，也才是伟大的宣传者。

真正的文艺，自有他不朽的生命。他那不朽的生命，便蕴藏在他那一句一句甚至一字一字中间。假如在创作的时候，作家如即想藉作品中所写的有意写的某种思想与学术以维持作品之生命，则其结果反是使其夭丧短命，因为他所依赖者仅仅为某种思想与学术，而思想与学术终必随年华而演进，于是思想与学术日变，他的生命也日渐消失了。古人说，哀莫大于心死，这种依赖某种思想与学术以流传的作品，我以为便是心死，终无长生久视之可能。易卜生一生做了许多问题剧，浅见者或以他是在宣传，然而他自己却说他在做诗，这种浅显的意思，胡君当不能否认吧！

胡君的脑中，好似只横亘了一个时髦而且安妥的国家主义，所以什么“文学是时代精神的射影”“文学是环境的产儿”，文学不是宣传思想与学术的工具这种浅显的文学常识，都不能彻头彻尾的了解，他将现在文坛上的作品狗血喷头的痛骂了一阵，以为那是“不吻合于现在环境的中国”，然而我已说过，如今文坛上的作品并不是天上掉下来的，而是中国人写出来的，何以便不吻合于现在环境的中国，真使我百思不得其解。妄揣作者之意，大概因为那些与爱国无关，与兴国无补。可是我更不得其解了！文学既不是宣传的工具，更无功利之可言，何以迫着作家一定要做些“波澜壮阔的，乐观的，猛进的，讴歌祖国超于一切的，鼓吹民族思想的，带强烈的反抗性的文艺”，“血和泪的，战争的，悲壮的，祈战死的爱国文艺”？

假如我们是人，我们有我们的灵感，见到国外一切的侵凌，国内一切的扰攘，尽管有时悲愤，然而有时也会如胡君所说“颓废的，病狂的，在梦里，在醉中，高唱他们的恋歌和葬歌”。因为他只知道表现他内心的一切，至于这“一切”合不合宣传家的口味，他是无暇顾问。（局外人亦无干涉之余地与能力。）他不能先想到什么爱国，什么亡国，什么颓废，什么猛进，什么靡靡之音，什么血和泪，一一辨其轻重是非，而后再执笔写他的作品。假如是如此，他已不是文艺作家。他只是主义宣传家；他的作品，已不是文艺，只是不能永在的一些混珠的鱼目。胡君！你若宣传国家主义，谁都不能禁止你，但是你又为了什么要来统一文坛，使他们的作品必为混珠的鱼目呢？胡君！在你以为在如今的中国，文学作家不是讲恋爱的时候，不是在梦中醉中的时候，但是，到了什么时候才能讲呢？即你希望“今后的文坛，应该是盛唐，应该是北宋”，然而那时作家，也不乏在梦中在醉中的人啊！那也算是亡国之音吗？再贴近一点讲，你是提倡国家主义的新文艺者，你自家的作品，是不是合乎“波澜壮阔的，血和泪”的条件呢？

胡君说，“国家是有机体，是完整的民族，自有它悠久的历史和文化，有它的环境和时代；由那历史，文化，环境，时代，形成民族意识与国民感情；这种民族意识和国民感情，就是国家文学的渊源。”又说，“我们觉得每一个国家，都表现着他们国家文学的特色，于此我们更应该从民族性上，发展我们的国家文学，以求世界文学的现实。”此论通极通极。准此以推，由那历史，文化，环境，时代，民族性既能形成我国过去的文学，一样也可以形成现在的文学，所以现在的文学，胡君说他离现实时代太远，是不对；说他“非国民的生活与人生观”

更是不对。何况胡君更曾说“此外实际生活的贫乏，民族的根性，国民性的平和，和青年的生活欲求所起的烦闷，都是造成现在文坛疲靡的原因。”则胡君也明明承认现在的文学是符合时代，环境，民族性的，这正是我国的文学了，何以又要痛责现在的文学是不合乎时代，环境，民族性呢？

综上所说，我们不难知道胡君文中之大谬处：一，妄欲藉文学以宣传他那狭隘的国家主义；二，未能彻底了解文学与时代环境等等之关系；三，引用论证都倒果为因；四，侵凌文学之尊严。此外他说现在文学疲靡（？）之原因，一是自由文艺的流弊，二是中国文人的因习；其任意诬蔑，不根学理处，阅彼文者当更易知之，我将不再刺刺了。

十五年一月十九日夜

此文既作竟，作者应与阅者声明的便是胡君原也是我友人，甚且极熟。然而自分别以来，乃使我于《醒狮》见此不伦不类之论文，我不能不为他慨叹，驳论几句，倘胡君有端整之反响，我亦愿再与周旋。胡君！请了！

作者又志

原载1926年3月1日《洪水》半月刊第1卷第12期

# 文艺家的觉悟

沫　若

我最近在《洪水》上做了几篇关于社会思想上的文章，赞成我的人不消说是很多，而反对我的人也有一小部分。

在这小部分的反对者里面，有的在思想上根本是和我立在敌对方面的人，如象有一派迷恋于英雄思想的国家主义者和一派无政府主义的青年，他们在口头笔上都在向我中伤。他们说："你是一个文学家，你写写诗，做做小说也就够了，要谈什么主义哟！"这样的话我觉得真是好笑：好象一种主义是应该有一种什么包办的人才来专卖的一样，而他们的国家主义或者无政府主义也好像只该得由他们一些包办的人才来谈谈，是应该把"文学家"摒诸化外的了。真是笑话。他们有的把国家主义者的克莱曼梭奉为先生，有的把无政府主义者的克鲁泡特金奉为神明，然而克莱曼梭是做过小说的人，克鲁泡特金是做过诗的人，他们好象是不曾哓得的一样。他们以一点浅薄的学识，狭隘的精神，妄想来做民众的指导者，一有人指摘了他们的不是，他们便弄得耳烧面热，手忙脚乱，逢人便信口弄其雌黄，真是可怜可悯。这类的人我不愿意和他们饶舌，我始终劝他们多读两本书，把自己的见识稍稍恢宏了一点，然后再来鼓吹，也免得徒是欺人欺己呢。

还有是很表同情于我的人，他们看见我近来莫有做小说，莫有写诗，只是埋头于社会思想的论述，他们很在替我悲哀。他们觉得我的天职是在做个文人，我一把文学的生活抛弃了，就好象我们中国的文学界上也遭了一个很大的损失的一样。这样亲切的同情不消说我是非常感谢，但我自己也实在有点不敢拜领。我在文学上究竟有了多少造就，我自己实在很惭愧，我不敢夸一句大口。我从前是诚然做过些诗，做过些小说，但我今后也不曾说过就要和文艺断缘。至于说到我的思想上来，凡为读过我从前作品的人，只要真正是和我的作品的内容接触过，我想总不会发见出我从前的思想和现在的思想有什么绝对的矛盾的。我素来是站在民众方面说话的人，不过我从前的思想不大鲜明的，现在更加鲜明了些，我从前的思想不大统一的，现在更加统一了些罢了。但是要说从事于文艺的人便不应该发表些社会思想上的论文，这是无论在那一国的法律上都不会有这样的规定的。要说从事于文艺的人便不应该感染社会思想，这简直是根本上的一个绝大的错误。这个错误的观念在社会上很有巨大的势力，而在一般嗜好文艺的青年的心里，尤为容易先入以搅乱他们的志趋。我觉得这不是一个等闲的问题，所以我在这儿很想来讨论一下。



第一，一个人的精神活动决不是单方面的。他有道德的情操而同时也有审美的情操，他有感情的活动而同时也有智识的活动。这种种的活动既是同出于一人，他们的因果总是互为影响的，这在推论上是理所当然，而在实际上也是事所必然。并且一个人的种种精神活动能够彻底融洽，互为表里，就是一个人的智情意三方面的发展均能完满无缺而成为一个整然的谐和，这在一个人的成就上可以说是最为理想的。那么一个人虽已从事于文艺的活动，又何尝不可以从事于思想上的探讨呢？假使他思想上的信条和他文艺上的表现尤能表里一致时，那么他这一个人的思想我们可以说不至于蹈虚，而他这个人的文艺是有他整个的人格作为背境的。这样的文艺正是我们所理想的文艺，怎么能够说从事于文艺的人便不应该感染社会思想呢？

而且一个人生在世间上，只要他不是离群索居，不是如象鲁滨逊之飘流到无人的孤岛，那他的种种的精神活动，无论如何是不能不受社会的影响的。他的时代是怎么样，他的环境是怎么样，这在他的种种活动上，形成一些极重要的决定的因素，他又不能和这些影响脱离，犹如不能和自己的呼吸运动与血液循环脱离是一个样子。便单就文艺而论，所以一个时代便有一个时代的文艺，一个环境便有一个环境的文艺。生在影戏还未发明的时代的诗人，他不会做出捧电影明星的诗；

时常和电影明星相往还的人，他自然还做出什么"亲王"、什么"女士"的文艺了。这是必然的因果，不是人力所能左右的。

固然人的气质各有不同，人的经验也各有不同，即使同一时代，同一环境的人，他们所受的社会的影响是不能完全一致的，譬如青年人和老年人，粘液质的人和神经质的人，他们的感受性便是各有不同的。但这所谓不同只是量的不同，不是质的不同。就是在同一的时代，同一的环境之下当然感受同一的影响，只是这影响的程度有深有浅，意识到这种影响的程度有明有暗而已。

那么生在社会思想已经发生了的时代和环境里面的作家，怎么能够不感染社会思想的影响呢？

本来从事于文艺的人，在气质上说来，多是属于神经质的。他的感受性比较一般的人要较为锐敏。所以当着一个社会快要临着变革的时候，就是一个时代的压迫阶级把被压迫阶级凌虐得快要挺而走险，素来是一种潜伏着的阶级斗争快要成为具体的表现的时候，在一般人虽尚未感受得十分迫切，而在神经质的文艺家却已预先感受着，先把民众的痛苦叫喊了出来，先把革命的必要叫喊了出来。所以文艺每每成为革命的前驱，而每个革命时代的革命思潮多半是由于文艺家或者于文艺有素养的人滥觞出来的。譬如一七八九年的法兰西大革命，这是欧洲第三阶级的市民对于第一阶级第二阶级的王族和僧侣的阶级斗争之最具体的表现，而在一七八九年之前有意大利文艺复兴之思潮以为先导，而在法兰西本国亦有卢梭，佛鲁特尔等文艺家作为自由思想的前驱。第三阶级革命成功以后，资本家逐渐发展起来，世界的财富逐渐集中于少数人的手中，于是又产生出无数的无产的第四阶级的民众。资产阶级日日榨取无产阶级，现在已经又达到第四阶级革命的时候了。主张第四阶级革命的思想，现在我们就简称为社会思想。这种社会思想的前驱者，如象马克思，他年青的时候本是想成为一个诗人，如象早死了的雪莱（他的早死马克思很替他悼惜，称他为无产阶级革命的前驱），在我们中国怕只有晓得他是诗人的；更如象一九一七年俄国革命的大头，列宁与突罗次克，他们对于文艺的造诣比我们中国任何大学的文科教授，任何思想界的权威者还要深到，决不象我们专靠主义吃饭的人（不仅是共产主义者）只能做几句"之乎也者"的闱墨式的文章呢。

我们所处的时代是第四阶级革命的时代，我们所处的中国尤为是受全世界的资本家压迫着的中国。全世界的资本家把他们自己的本国快要榨取干净了，不得不来榨取我们，每年每年把我们的金钱榨取二万万海关两去，而且他们把他们的机器工业品来，同时又把我们旧有的手工业破坏了，于是民穷了，业失了，平地添出了无数的游民了，而在这个食尽财空的圈子里又不能不争起糊口的资料来，于是才发生出无数循环不已的内争。一些丧尽天良的军阀，一些狗彘不如的匪兵，我们都要晓得，这就是外国资本家赐给我们的宏福，这就是资本主义赐给我们的宏福呀！我们现在什么人都在悲哀，我们民众处在一个极苦闷的时代，我们要睁开眼睛把这病源看定！我们自己是不能再模糊的了，我们是已经把眼睛睁开了的人，究竟该走那一条路，这是明明白白的。我们虽然同是生在一个时代，不消说也有许多不自觉的人，有的是托祖宗的宏福生下地来便是资产家，有的愿做资产家和外国人的走狗，有的在做黄金的迷梦想于未来成为一个资产家，有的是醉生梦死的冗人，这些人不消说他是不会感受甚么痛苦的；他所感受的痛苦宁是反面的痛苦，他是怕革命时期的到来要破坏他们的安康，所以社会思想在他们看来完全是洪水猛兽。他们在我们中国是新生的第三阶级，他们根本上和外国资本家是一鼻孔出气的人。中国的革命对于外国的资本家是生死关头，对于本国的资本家也是生死关头，他们的利害是完全共通的，要他们这样的人才是没有祖国的，他们的国家就是一个无形的资本主义的王国。只要他们的资产家的地位能够保持，中国会成为怎样，中国人会成为怎样，他们是不管的。你不相信吗？中国人谁都希望着关税的独立，然而上海滩上的靠着买空卖空吃饭的大商人，大买办，正在极力反对呢。哼，哼！真是在做梦！有人还要闹什么全民革命，有人还要闹什么反对阶级斗争！阶级斗争他要反对，他说阶级是没有的。阶级真个是没有的吗？外国人拼命地在榨取我们，我们也眼睁睁地在受人榨取，军阀们在拼命地屠戮民众，民众也眼睁睁地在受人屠戮，坐汽车的老爷们在坦坦的马路上大事其盘旋，而马路的工人们在辘轳前汗流浃背，有钱的人随随便便地吹掉了几筒“加里克”的香烟，做香烟的工人们一天做了十六点的工辛辛苦苦地还做不上半筒“加里克”的烟钱，阶级真个是没有的吗？喝醉了酒的人要说他自己没有喝醉，发了疯的人要说他自己没有发疯，明明看着两个阶级在血淋淋地斗争着的人，要说是没有阶级，要起来反对阶级斗争，这种喝醉了酒的英雄，发了狂的“三 K 党”，你把他有什么法子呢！

总之我们现代是社会思想磅礴的时代，是应该磅礴的时代，我们生在现代的人，尤其是生在现代的文人，看你该取一种什么态度？

你生下地来就是资产家的儿子，你生下地来就是一位“Happy Prince”吗？那你要去建筑你的象牙宫殿，你要把文艺当成葡萄酒，玫瑰花，鸦片烟，你要吟吟风弄弄月，你要捧捧明星做做神仙，你尽管去，尽管去，你的工作和我们全不相干，可你要晓得，你的象牙宫殿不久便会有人来捣蛋！

你生下地来不一定就是资产家的儿子，而且你假如还是饱尝过人生苦世界苦的人，只要你没有中黄金毒，你不梦想做未来的资产家，你不是酒精中毒者，你没有发疯，你没有官瘾，你不是什么“棒喝团”“三 K 党”的英雄，那你谦谦逊逊地只好来做一个社会思想的感染者。你的文艺当然会是感染了社会思想的文艺，你的文艺当然会含着革命的精神。

这儿没有中道留存着的，不是左，就是右，不是进攻，便是退守，你要不进不退，那你只好是一个无生命的无感觉的石头！一个超贫富的超阶级的彻底自由的世界还没有到来，这样的世界不能在醉梦里去寻求，不能在幻想里去寻求，这样的世界只能由我们的血，由我们的力，去努力战斗而成实有！这样的世界不是乌托邦，不是死后的天堂，不是西方的极乐，这是实际地在现实世界里可以建设的，我们正要为这个理想而战！你们同情于我的青年朋友哟，你们既同情于我便请不要为我悲哀，你们如要为我悲哀，那你们顶好是和我对敌！真正的友人我是欢迎的，真正的敌人我也是欢迎的，我不高兴的是半冷不热的这种无理解的同情——不消说无理解的敌对，我也是不敢恭维的（北京城里有些比较有进步思想的先生们说我是国家主义者，我真不知道是何所见而云然）。我在这儿可以斩金截铁地说一句话：我们现在所需要的文艺是站在第四阶级说话的文艺，这种文艺在形式上是写实主义的，在内容上是社会主义的。除此以外的文艺都已经是过去的了。包含帝王思想宗教思想的古典主义，主张个人主义自由主义的浪漫主义，都已过去了。过去了的自然有他历史上的价值，但是和我们现代不生关系，我们现代不是赏玩骨董的时代。我们现代不消说也还有退守着这些主义的残垒的人，这些人就是一些第三阶级的斗士，他们就是一些不愿沾染社会思想，而且还要努力扑灭社会思想的。这是我们的敌人。还有一些嗜好文艺的青年，他们也大多是偏袒于这一方面的。他们年纪既轻，而且还有嗜好文艺的馀暇，大约总是资产家或者小资产家的少爷公子。他们既没有尝历过人生的痛苦，也没有接触过社会的暗黑面，他们的环境还是一个天堂，他们还不晓得甚么叫社会思想。不过他们的不晓得，和不想晓得乃至晓得而视为危险物的不同，他们只要有接触的机会，只要想有接触的机会，他们总有一天会觉悟的。本来我们现在从事于文艺的人，怕没有一个可以说是纯粹的无产阶级的。纯粹的无产阶级的文艺家中国还没有诞生。我们是稍能懂得一两国的语言，至少能自由操纵这些四方四正的文字的人，都可以说是祖宗有德，使我们读了十年二十年的书在前面去了的。所以有人说我不穷，我也不想作些无聊的辩护，不过我自己就算没有穷到绝底，社会上尽有比我穷到绝底的人，而且这种人还占社会上的大多数，那就无论他是怎样横暴的人，他不能来禁制我替这些穷到绝底的人说话——他要禁制我说话，除非是把我杀了！所以我们所争的就要看你代表的是那一方面。你是代表的有产阶级，那你尽管可以反对我，我们本来是应该在疆场上见面的人，文笔上的饶情我是不肯哀求，我也是不肯假借的。在现代的社会没有什么个性，没有什么自由好讲，讲什么个性，讲什么自由的人，可以说就是在替第三阶级说话。你假如要说“不许我有个性，不许我有自由时，那我就要反抗”，那吗刚好，我们正可以说是同走着一条路的人。你要主张你的个性，你要主张你的自由，那你要先把阻碍你的个性，阻碍你的自由的人打倒。而且你同时也要不阻碍别人的个性，不阻碍别人的自由，不然你就要被人打倒。象这样要人人能够彻底主张自己的个性，人人能够彻底主张自己的自由，这在有产的社会里面是不能办到的。那吗，朋友，你既是有反抗精神的人，那自然会和我走在一道，我们只能暂时牺牲了自己的个性和自由去为大众人的个性和自由请命了。这样堂堂正正的大路，我们有什么悲哀的必要，我们有什么畏缩的必要呢？

朋友们哟，和我表同情的朋友们哟！我们现在是应该觉悟的时候了！我们既要从事于文艺，那就应该把时代的精神和自己的态度拿稳。

我们现在所需要的文艺是站在第四阶级说话的文艺，这种文艺在形式上是写实主义的，在内容上是社会主义的。——我在这儿敢断金截铁地说出这一句话。

民国十五年三月二日夜

原载1926年5月1日《洪水》半月刊第2卷第16期

# 革命与文学

郭沫若

我们现在是革命的时代，我们是从事于文学的人。我们所从事的文学对于时代有何种关系，时代对于我们有何种要求，我们对于时代当取何种的态度，这些问题是我想在这儿讨论的。



我们先来讨论革命与文学的关系。

革命与文学一并列起来，我们立地可以联想到的，便是有两种极端反对的主张。

有一派人说：革命和文学是冰炭不相容的，这两个东西根本不能并立。主张这个意思的人更可以分为两小派：一派是所谓文学家，一派是所谓革命家。

所谓文学家，尤其是我们中国人的所谓文学家，他们是居住在别外一种天地的别外的一种人种。他们的生涯是风花雪月，他们对于世事是从不过问的。世事临到清平的时候，他们或许还可以讴歌一种泰平，但一临到变革的时候，他们的生活便感受着一种威胁，他们对于革命，比较冷静的，他们可以取一种超然的态度，不然便要极力加以诅咒。这种实例无论是旧式的文人或者新式的文人，我们随处都可以看见，在他们看来，文学和革命总是不两立的。

的确也会是不两立的，文学家对于革命极力在想超越，在想诅咒，而革命家对于文学也极力在想轻视，在想否认。我们时常听着实际从事于革命的人说：文学！文学这样东西于我们的革命事业究有什么？她只是姑娘小姐们的消闲品，只是堕落青年在讲堂上懒爱听讲的时候所偷食的禁果罢了。从事于文学的人根本是狗钱不值的。

文学家极力在诅咒革命，革命家也极力在诅咒文学，这两种人的立脚点虽然不同，然而在他们的眼光里，文学和革命总是不能两立的。

文学和革命根本不能两立，这是一种极普遍的主张，事实上是如此，而且理论上也的确是如此。然而和这种主张极端反对的，是说文学和革命是完全一致！

文学是革命的前驱——在革命的时代必然有一个文学上的黄金时代——这样的主张我们也是时常听见的。

我们且先从历史上来求它的证据罢。譬如一七八九年法国革命之前产生了不少的文学家，如象佛尔特尔，如象卢梭，他们都是划时代的人物，而且法国革命许多批评家和历史家都是说由他们唤起来的。又譬如一九一七年的俄国革命也是一样。在俄国革命未成功之前，俄国正不知道产生了多少文豪，这其中反革命的当然不能说是没有，然而勇敢地作为革命的前驱，不亚于法国佛尔特尔和卢梭的也正指不胜屈。

回头再说到我们中国罢。譬如周代的变风变雅和屈子的离骚，都是在革命时期中所产生出的千古不磨的文学。而每当朝代换易，一些忠臣烈士所披沥的血泪文章，至今犹传诵于世的，我们也可以说是指不胜屈的了。

是这样看来，文学和革命也并不是不能两立，而且是互为因果，有完全一致的可能。主张这种见解的人，自然不能说是全无根据。

那吗我们对于这两种不同的主张，怎样才可以解释呢？

同时一个问题而发出两种不同的主张，而且这两种主张都是证据确凿，都是很合理的，我们要怎样才可以解释呢？

这个问题好象是很难解决的问题，但是我们只要把革命的因子和文学的性质略略讨论一下，便不难迎刃而解了。

革命本来不是固定的东西，每个时代的革命各有每个时代的精神，不过革命的形式总是固定了的。每个时代的革命一定是每个时代的被压迫阶级对于压迫阶级的彻底反抗。阶级的成分虽然不同，反抗的目的虽然不同，然而其所表现的形式是永远相同的。

那吗我们可以知道，每逢革命的时期，在一个社会里面，至少是有两个阶级的对立。有两个阶级对立在这儿，一个要维持它素来的势力，一个要推翻它。在这样的时候，一个阶级当然有一个阶级的代言人，看你是站在那一个阶级说话。你假如是站在压迫阶级的，你当然会反对革命，你假如是站在被压迫阶级的，你当然会赞成革命。你是反对革命的人，那你做出来的文学或者你所欣赏的文学，自然是反革命的文学，是替压迫阶级说话的文学；这样的文学当然和革命不两立，当然也要被革命家轻视和否认的。你假如是赞成革命的人，那你做出来的文学或者你所欣赏的文学，自然是革命的文学，是替被压迫阶级说话的文学；这样的文学自然会成为革命的前驱，自然会在革命时期中产生出一个黄金时代了。

这样一来，我们可以知道文学的这个公名中包含着两个范畴：一个是革命的文学，一个是反革命的文学。

我们得出了文学的两个范畴，所有一切概念上的纠纷，都可以无形消灭，而我们对于文学的态度也就可以决定了，文学是不应该笼统的反对，也不应该笼统的赞美的。这儿我们应该要分别清楚，我们无论是创作文学的人或者研究文学的人，我们是应该要把自己的脚跟认定。每个时代的每种文学都有她的赞美人和她的反对人，但是我们现在暂且作为第三者而加以察观的批判的时候，究竟那一种文学真是应该受人赞美？那一种文学真是应该受人反对呢？我们要解决这个问题，在先有探求社会构成的基调和社会发展的形式之必要。



文学是社会上的一种产物，她的生存不能违背社会的基本而生存，她的发展也不能违背社会的进化而发展，所以我们可以说一句，凡是合乎社会的基本的文学方能有存在的价值，而合乎社会进化的文学方能为活的文学，进步的文学。

社会构成的基调究竟是在什么呢？我敢相信，我们人类社会的构造是在求最大多数人的最大幸福。假使最大的幸福是被少数人垄断了的时候，社会生活是无从产生，而已成的社会也会归于瓦解。在这已成的社会中，最大多数的不幸的人一定要起而推翻这少数的垄断者，而别求一合乎这个构成原理的新的社会，这就是该个社会中的革命现象。

但是社会中的革命现象，自从私有财产制度产生以后是永远没有止息的，社会中的财富渐次垄断于少数人的手中，所以每次革命都要力求其平，而使大多数人得到平等的机会。所以社会进展的形式是辩证式（dialectics）的。就是甲的制度失掉了统制社会的权威，必然有乙的一种非甲的制度出而代替，待到时代既久非甲的乙渐次与甲调和而生出丙来，又渐次失掉了统制社会的权威，又必然有非丙的丁出而代替。如此永远代替，永远进展起去，其根基都在求大多数人的幸福的生活。所以在社会的进展上我们可以得一个结论，就是凡是新的总就是好的，凡是革命的总就是合乎人类的要求，合乎社会构成的基调的。

据这样看来，我们可以说凡是革命的文学就是应该受赞美的文学，而凡是反革命的文学便是应该受反对的文学。应该受反对的文学我们可以根本否认她的存在，我们也可以简切了当地说她不是文学。大凡一个社会在停滞着的时候，那时候所产生出来的文学都是反革命的，而且同时是全无价值的。我们中国的八股，试帖诗，滥四六调的文章之所以全无价值，也就是这个原故了。

那么我们更可以归纳出一句话来：就是文学是永远革命的，真正的文学是只有革命文学的一种。所以真正的文学永远是革命的前驱，而革命的时期中总会有一个文学的黄金时代出现。

所以我在讨论文学和革命的关系的时候，我始终承认文学和革命是一致的，并不是不两立的。

文学和革命是一致的，并不是两立的。

何以故？

以文学是革命的前驱，而革命的时期中永会有一个文学的黄金时代出现故。

那吗文学何以能为革命的前驱，而革命的时期中何以会有一个文学的黄金时代出现呢？这儿是我们应该讨论的第二步的问题。

大凡的人以为文学是天才的作品，所以能够转移社会。这样的话太神秘了，我是不敢附和的。天才究竟是什么，我们实在不容易摸捉。我看我们在这儿不要在题外生枝了，我们让别人拿去作恭维的话柄，我们让别人拿去作骂人的工具罢。我们要解决这个问题，另外当求一种比较不神秘的合乎科学的根据。

我们人类的气质（Temperament）是各有不同的，从来的学者大别分为四种：一种是胆汁质（Choleric），一种是神经质（melancholic），一种是多血质（Sanguinic），一种是粘液质（Phlegmatic）。神经质的人感受性很锐敏，而他的情绪的动摇是很强烈而且能持久的。这样的人多半倾向于文艺。因为他情绪的动摇强而且持久，所以他只能适于感情的活动而且是静的活动。因为他的感受性锐敏，所以一个社会临到快要变革的时候，在别种气质的人尚未十分感受到压迫阶级的凌虐，而他已感受到十二分，经他一呼唤出来，那别种气质的人也就不能不继起响应了。文学能为革命的前驱的，我想怕就在这儿。文学家并不是能够转移社会的天生的异材，文学家只是神经过敏的一种特殊的人物罢了。

文学在革命时代能够兴盛的原故也可以同用心理学上的根据来说明。

我们知道文学的本质是始于感情终于感情的。文学家把自己的感情表现出来，而他的目的——不管是有意识的或无意识的——总是在读者心中引起同样的感情作用的。那吗作家的感情愈强烈愈普遍，而作品的效果也就愈强烈愈普遍。这样的作品当然是好的作品。一个时代好的作品愈多，就是那个时代的文学愈兴盛的表现。革命时代的希求革命的感情是最强烈最普遍的一种团体感情，由这种感情表现而为文章，来源不穷，表现的方法万殊，所以一个革命的时期中总含有一个文学的黄金时代了。

更进，革命时期是容易产生悲剧的时候，被压迫阶级与压迫者反抗，在革命尚未成功之前，所有一切的反抗都是要归于失败的。阶级的反抗无论由个人所代表，或者是由团体的爆发，这种个人的失败史，或者团体的失败史，表现成为文章便是一篇悲剧。而悲剧在文学的作品上是有最高级的价值的。革命时期中容易产生悲剧，这也就是革命时期中自会有一个文学上的黄金时代的第二个原因了。

以上我把革命和文学关系略略说明了。这儿还剩着一个顶大的问题，就是所谓革命文学究竟是怎么样的文学，就是革命文学的内容究竟怎么样。

这个问题我看是不能限制在一个时代里面来说话的。社会进化的过程中，每个时代都是不断地革命着前进的。每个时代都有每个时代

的精神，时代精神一变，革命文学的内容便因之而一变。在这儿我可以得出一个数学的方式，便是

革命文学═══F（时代精神）

更简单地表示的时候，便是

文学═══F（革命）

这用言语来表现时，就是文学是革命的函数。文学的内容是跟着革命的意义转变的，革命的意义变了，文学便因之而变了。革命在这儿是自变数，文学是被变数，两个都是XYZ，两个都是不一定的。在第一个时代是革命的，在第二个时代又成为非革命的；在第一个时代是革命文学，在第二个时代又成为反革命的文学了。所以革命文学的这个名词虽然固定，而革命文学的内函是永不固定的。

我们现在请就欧洲的文艺思潮来证明革命文学的进展罢。

欧洲的文艺思想发源于希腊，希腊的人本主义输入罗马而流为贵族的享乐主义，在五九〇年，罗马法王格雷戈里一世即位之前，罗马皇帝及其贵族们的专擅，淫奢，使一般的民众不能聊生，而生出厌世的倾向，应时而起者便是基督教的禁欲主义。所以在当时的革命是第二阶级的僧侣对于第一阶级的王族的革命，而在文学上的表现便是宗教的禁欲主义的文学对于贵族的享乐主义的文学的革命。宗教的禁欲主义的文学在当时便是革命文学。

宗教渐渐隆盛起来，第二阶级的僧侣和第一阶级的王族渐渐接近，渐渐妥协，渐渐狼狈为奸，禁欲主义与享乐主义苟合而产生出形式主义来。形式主义在文学上最鲜明的表现便是所谓古典主义。在这时候与第一阶级和第二阶级的联合战线相反抗的，便是一般被压迫的第三阶级的市民。当时一般的市民失掉了个性的自由，在两重的压迫之下行将窒息，所以一时个人主义和自由主义的思潮应运而起，滥觞于意大利之文艺复兴，而爆发于一七八九年之法兰西大革命。这时候在文艺上的表现便是浪漫主义对于形式主义的抗争。浪漫主义的文学便是最尊重自由，尊重个性的文学，一方面要反抗宗教，而同时于别方面又要反抗王权。意大利文艺复兴期中的诸大作家，英国的莎士比亚，米尔顿，法国的佛尔特尔，卢梭，德国的歌德，许尔雷，都可以称为这一派文学的伟大的代表。这一派文学，在精神上是个人主义自由主

义，在表示上是浪漫主义的文学，便是十七八世纪当时的革命文学。

然而第三阶级抬头之后，以个人主义自由主义为核心的资本主义渐渐猖獗起来，使社会上新生出一个被压迫的阶级，便是第四阶级的无产者。在欧洲的今日已经达到第四阶级与第三阶级斗争的时代了。浪漫主义的文学早已成为反革命的文学，一时的自然主义虽是反对浪漫主义而起的文学，但在精神上仍未脱尽个人主义与自由主义的色彩。自然主义之末流与象征主义神秘主义唯美主义等浪漫派之后裔均只是过渡时代的文艺，她们对于阶级斗争之意义尚未十分觉醒，只在游移于两端而未确定方向。而在欧洲今日的新兴文艺，在精神上是彻底表同情于无产阶级的社会主义的文艺，在形式上是彻底反对浪漫主义的写实主义的文艺。这种文艺，在我们现代要算是最新最进步的革命文学了。

我们这样把欧洲文艺思潮的进展追踪起来，可以知道革命文学在史实上也的确是随着时代的精神而转换的。前一个时代有革命文学出现，而在后一个时代又有革革命文学出现，更后一个时代又有革革革命文学出现了。如此进展以至于现世，为我们所要求的革命文学，其内容与形式是很明瞭的。凡是表同情于无产阶级而且同时是反抗浪漫主义的便是革命文学。革命文学倒不一定要描写革命，赞扬革命，或仅仅在文面上多用些炸弹，手枪，干干干等花样。无产阶级的理想要望革命文学家点醒出来，无产阶级的苦闷要望革命文学家实写出来，要这样才是我们现在所要求的真正的革命文学。

现在再说到我们自己本身上来。我们自己处在今日的世界，处在今日的中国，我们自己所要求的文学是那一种内容呢?

我看我们的要求和世界的要求是达到同等的地位了。资本主义逐渐发展，看看快要到了尽头，遂由国家的化而为国际的。资本主义的国际化便是我们现刻受着压迫而力谋打倒的帝国主义。随着资本主义的国际化而发生的，便是阶级斗争的国际化，所以我们的打倒帝国主义的要求，同时也就是对于社会主义的一种景仰。我们现在除反抗帝国主义的工作外，当然也还有许许多多的国民革命的工作，但在我看来，我们对内的国民革命的工作，同时也就是对外的世界革命的工作。

譬如我们中国的军阀，他们完全是由帝国主义派生出来的，他们的军饷是帝国主义的投资，他们的军火是帝国主义的商品，他们的爪牙兵士是帝国主义破坏了我们中国固有的手工业，使一般的人陷为了游民，而为他们驱遣去的鱼雀。所以我们要彻底打倒军阀，根本也非彻底打倒帝国主义不行；所以我们的国民革命同时也就是世界革命。我们的国民革命的意义，在经济方面讲来，同时也就是国际间的阶级斗争。这阶级斗争的事实（须要注意，这是一个事实，并不是什么人的主张！）是不能消灭的。我们中国的民众大都到了无产阶级的地位了，表同情于民众，表同情于国民革命的人，他们根本上不能不和帝国主义反抗。不表同情于民众，不表同情于国民革命的人，如象一些军阀，官僚，买办，劣绅等等，他们结局会与帝国主义联成一线来压迫我们（实际上已经是做到这步田地的了）。那吗我们的革命，不根本还是以无产阶级为主体的力量对于他们有产阶级的斗争吗？所以我们的国民的或者民族的要求，归根是和他们资本主义国度下的无产阶级的要求完全一致。我们要要求从经济的压迫之下解放，我们要要求人类的生存权，我们要要求分配的均等，所以我们对于个人主义的自由主义要根本铲除，我们对于浪漫主义的文艺也要取一种彻底反抗的态度。

青年！青年！我们现在处的环境是这样，处的时代是这样，你们不为文学家则已，你们既要矢志为文学家，那你们赶快要把神经的弦索扣紧起来，赶快把时代的精神提着。我希望你们成为一个革命的文学家，不希望你们成为个时代的落伍者，这也并不是在替你们打算，这是在替我们全体的民众打算。彻底的个人的自由，在现代的制度之下也是求不到的，你们不要以为多饮得两杯酒便是什么浪漫的精神，多谄得几句歪诗便是什么天才的作者，你们要把自己的生活坚实起来，你们要把文艺的主潮认定！你们应该到兵间去，民间去，工厂间去，革命的漩涡中去，你们要晓得我们所要求的文学是表同情于无产阶级的社会主义的写实主义的文学，我们的要求已经和世界的要求是一致，我们昭告着我们，我们努力着向前猛进！

民国十五年四月十三日草成于广州

原载 1926 年 5 月 16 日《创造月刊》第 1 卷第 3 期

# 个人主义艺术的灭亡

何　畏

聪明的文明史家对我们说学艺复兴（Renaissance）是个性的解放运动。学艺复兴以后在中世的教会哲学之下昏睡的灵魂“个性”遂醒过来猛然反抗压制他们个性的权威而尊重创造——个性便大发展了。个人主义，个性主义，自我主义等主义是反抗压迫个性的标语，而这反抗一切旧时权威的个人主义自我主义，遂在学艺界得最大的权威发展到极端了。

“艺术是个性的表现”——“艺术是个人的产物”——“艺术是自我的创造”——艺术甚至变了“艺术的艺术”，“艺术家自己的艺术”，除了该艺术的艺术家自己以外没有人能理解能感受的艺术了。马拉儿美（Mallarme）的诗，抗腾思格异（kandenski）的画便是这个倾向的好例，即未来派，立体派，构成派，观念画派，“大大意思脱”（Dadaiste），表现派的作品等虽是异流异派都是极端个人主义的表现。

学艺复兴以来直到现代的初起，个人主义艺术一方面对于中世教会的独断（Dogma）反抗，一方面表现自己的灵性，表现自我的自由，自我的活力，从弥伽爱儿·安极乐（Michael Angelo）到歌德，悲多汶到现代的托尔斯泰，斯脱令堡，罗丹等个性主义作家常留光耀的作品，使人赞美个人的能力，个人的伟大，因之我人亦不惜献一声赞辞称他们为伟大的艺术家。并在艺术上下一断语说艺术是天才的创造，是自我的表现。于是个性的独创遂成为美学上的铁则了。有了这铁则之后艺术家便一意专心于个性的独创，一意求表现与众不同特出新才的独创而欲得鉴赏家的赞叹。但现代的艺术家都群集于大都会，而现代的大都会便是资本主义的大巢窟，在此大巢窟之中，资本主义发挥它机械的大生产方法，在此大生产主义的威势之下，个人主义艺术家们群集在一堆而各自表现各自的个性，各和各竞争独创性，于是不得不行大生产主义的独创了。在这儿个人主义个性主义的艺术家们撞着一个深刻的矛盾了。艺术的创作却象间歇的喷泉，时喷时歇，莫有定数，不能象机械一样可以随便制造的，故个性艺术家的专门化职业化已是破坏个性艺术的事情，何况在资本主义的大巢窟中，受了大生产主义的威迫而营个性艺术的生存竞争呢？无怪现代的艺术家在资本主义之下，生起“创造的苦闷”来了。

然而“创造的苦闷”能诞生新艺术么？究竟新艺术能完全和既成艺术别异么！我们知道欧洲有许多新艺术的宣言，但新艺术的创作却是寥寥，或是简直没有创作，只有宣言作为招牌——现代的艺术只有艺术论而没有艺术品了。即有作品出陈，这作品毕竟只表示了现代艺术家的“苦闷”而已。“创造的苦闷”虽不能诞生新异的艺术，但“创造的苦闷”自己在现代艺术家心里变成一种艺术，而这苦闷的个性的表现即成艺术品了。故在美学之中不得不新添一种“苦痛的美学”而感伤的评论家亦以苦闷为现代的象征了。依他们的言说，现代的文艺若不表示人生苦社会苦，则必表示个性主义，“自我”“个人”的苦闷，或个人主义作家的创作苦。

象征主义已是美丽的苦闷，美丽的忧郁，到表现主义，苦闷便露出它的本来面目，到未来主义，大打主义（Dadaism）现代艺术已不堪具苦闷甚至发狂了。分析的艺术即是事物的崩解状的分析，破坏状态的表现，是破坏欲狂暴性的艺术的表现。读过未来派宣言书的人，一定会看出他们未来派的破坏欲，狂暴性和他们赞美狂暴的破坏的行动。马利纳格异（Malincci）的五分钟剧即是这狂暴性破坏欲的发挥，看过未来派、表现派、立体派、分析派、观念画派、大打派的绘图，倘没有看见过狂人的绘图时，或会信用这些画派的宣言而以为他们是神圣的现代艺术的创造者，但倘看过狂人的绘图之后，我们决不会再象未见狂人绘图以前那样神圣视那些流派而至少会发见那些流派的绘图和狂人的绘图有极度的相似。譬如，麻娜丽若（Monna Lisa）的面上生德意志皇帝的八字须，或在舞台上爬来爬去爬算是绘图算是戏剧——这不是狂人心里的表现么？

艺术既是“个性的表现，自我的创造”，那末个人主义的“艺术良心”不得不表现与众不同的个性创造与众不同的自我。即做了个性艺术的选手之后，仍不得不常常特出新才表示自我的创作。现代的艺术家竟象运动会的竞技家破了别人的记录之后还要打破自己的记录。但“艺术的良心”愈坚洁则愈觉自己的个性不能超脱别人的个性，更不能超脱古来伟大的个性。一方面，不耐烦现代个性独创的竞争，厌恶现代市侩的灵魂市场，情愿高筑象牙之塔，而耽溺艺术的艺术，只有艺术家自己能意会的艺术了。其不能进象牙塔的艺术家们便穷极无途，遂想打破他们的偶象，破坏古来伟大的权威了。超脱古来伟大的自我却不是易事，但打破是很容易。于是他们以为麻娜丽若面上生八字须是侮辱大文济的麻娜丽若，在舞台上倒爬是侮辱戏曲家。但既成的权威却象“死寂”一样泰然自若，群小的自我无论如何激烈，如何猖狂竟无可如何这死样的权威，他们不过在永远的偶象之下侮辱了自己，而把侮辱自己的为自己的艺术，为自己的独创，仅仅满足那个人主义的艺术良心而已。



现代的“自杀主义”也是个人主义没落的征据，而这种自杀者以文学青年居多，故他们常常有悲壮的文学的遗书，在书中，往往赞美“死灭”的崇高壮丽，称自杀为艺术，个人主义艺术的最后就恐是这种样子。自杀是艺术，艺术的最后是自杀。

（下续《大众（主义）艺术的复兴》）——何畏

原载1926年5月16日《创造月刊》第1卷第3期

# 写实文学论

木　天

写实不是一种随随便便的东西；写实是一种深刻的哲学，是一种真挚的态度。必在自我意识最强的时候，必在哲学思索最深的时候，才会有写实文学的发生。写实文学是静者的产物，是理性的艺术。写实是人间性的一种内的要求。

现在中国的文学家对于这个问题，好象不十分深想，他们以为写象了即是写实。于是他们写了些什么风花雪月，他们写了些什么老幼男女；他们有时描写的倒很详细，他们以为这就是写实。但是读了他们的作品，感不出什么写实味来。这是因为他们误会了写实。

写实并不是要写得象，写实是要写得实。象未必准是实，实不必准要象，但写实并不是事实对不对的问题，这是事实实在不实在的问题。不管他真不真，只要是一种实在的世界，令我们感出写实味来，那就是好的写实文学。Rabelais 的《大人故事》，本来是一本荒唐无稽的怪谈，但我们在其中可感出许多写实味；所以它有它的写实小说的价值。Salammbô 的里头，虽然包有很多浪漫的分子，然因为 Flaubert 用真挚的态度写了它，所以它也不失为写实的一本好小说。

我们知道 Flaubert 是一个虚无主义者。但，他在他的虚无的世界中道出了他的写实的文学。虚无主义是虚无主义；写实文学是写实文学：在虚无的世界里，尽可创造他的写实的文学。并且，在又一面里观察时，写实文学的发生是根据于虚无思想。高蹈派的诗人们——那些虚无的先生们——的作品，亦不失为写实。

无论是什么的世界，只要是一个“实在”，作者把他实在的写出来，那就是写实，能给我们一种写实的滋味。

如艺术的画象与照相馆的照像不同，写实的作品与写真的东西也是不一样。写实是心理的要求，而写真则完全是物理的结果。写实是艺术的，而写真是科学的。写实是主观的，而写真是客观的。写实是具体的，而写真则是概念的。写实是人的，而写真是物的。因为写实是要求即是“人间性”。写实味的深感即是人间性的满足。写实是一种人的要求。人不住的要认识自己。从要认识自己的内意识里发生出的东西就是写实的要求。写实文学就是这种内意识的结晶。

写实味毕竟是一种人间味。人们要求人间味时，才能感到这种滋味。人们降到自我的内意识里，要深尝了人生，要认识了自我，这时候，才有写实的要求，才有写实的实感。夸张自我而不认识自我的浪漫诗人，谈不到什么写实。因为他们内意识不发达。维尼（A. de Vigny）在象牙的塔里，能创造写实的诗歌，确因为他是“自我崇拜”的先祖。人在冷静的时候，懂透了人生，才能写实。写实的程度，是比例于他所懂得的人生的多少。懂得真的人生的人们，写实的把它写出来，自然能给我们一种写实味，令我们感出真的人生滋味。所以只要在我们的内意识上妥当时，就是空想，就是虚无，那都可以称为写实的作品，因为他们让我们感出了写实味。

或者有人以为奇怪，要问我为什么荒唐的东西，可令我们感出写实味来。因为人的要求，要把非人的东西人化，一方面要把人化成非人。人究竟是一个“黄金的炉子”。只要是含有人间味的创作，不论是荒唐的东西，不论是虚无的东西，都会给我们一种写实味。如同 Jules Renard（1864—1909）的 Les Histoires naturelles 中的 le Coq，虽然是一个木鸡，但令我们感出无限的人生滋味。他令我们感出无限的 me’taphysique 的世界来，但那种形而上学的世界，不是空的观念，是真的实感。令我们感出一种沉默来，沉默感是写实味的一种。

读写实小说，感出很多的写实味，有时令我们笑，有时令我们哭，有时令我们微笑，有时令我们沉默；我们尝出无限的人生滋味，体验出无限的人生实感来。在平凡的人生中，发现出真的意义，表现出平凡的深刻。拉车的人夫，作婆的老人，他们的平凡的人生中，都有无限的神秘世界，应把它发现出来，写实的把它写出。我们应把如平凡而实深刻的人生捉住，作成 Renard 一流的剧与小说，Synge 一流的戏曲。因为写实的真挚是平凡的深刻。

不过写实，究竟是一种态度，这种态度的发生是出于庶民阶级。从法国中世纪 Roman de Renart，Fabliaux 及 Farce 等的发生，我们可以看出来，因为庶民阶级，最喜欢看自己，最喜欢看人，最喜欢嬉笑怒骂，饭后，事余，最好看出人生的不调和，最好鉴赏人生的滑稽味：从这种庶民精神，写实文学得到他的发生。在镜子前，看自己的面孔，嘲骂自己；在镜子前看社会的面影，冷讽社会；写实文学的发生即根据于这种精神。中国上流文学，看不到什么多少写实的东西。在中国的下流的读物上，写实的作品反到很多。因为上流的作家目安居于大雅之堂，生活非常安乐。自无心去寻什么人生滋味；下来的民众，日接近人生，并且一步也出不了人生，他们的暗怛的人生，所以对于人生味非常痛感。就是如《笑林广记》一类的书，恐怕都有不少的人生滋味。不过这种庶民精神，在中国未得随其发展，故中国散文的写实的作品只有《水浒传》,《儒林外史》,《西游记》几种，但还怕不是纯粹的写实的作品。

自我是扩大的，是进化的。因自我无断的进化，所以写实文学亦无断的发展。经过了多少年代，所以他就产出了近代的写实文学。近代写实文学的发生，固然有很多时代的原因，但他所承继的传统，我以为还是最初的庶民的气质。Balzac 的 La Comedie Humaine 就根据这种精神。写实派的作家们所努力的，就是要认识这种人性，表现这种人性，这种人性的深刻。究竟人性是什么，是很难说，究竟人性是什么，是很难认识，写实作家的末路，是因为把人性虽然一时捉住，但随即又把他丢了，以致入了邪路。他们检查了一气，他们把人性的枝叶看重过了人性，把第二次与第三次的东西，与第一次的东西混同起来；这是他们的大错误。于是出了左拉。左拉真算太脱线了，他的小说——或者不是全体——简直不是文学，是科学的记录。于是宣告了写实主义的灭亡。如 Huysmans 一流的人物，竟弃了 Medan 的团体，作他的宗教的写实小说去了。他在伽蓝中体验了宗教的自我。

文学家不是一个作文学的机械。文学家第一得是一个人。把人生用解剖的方法去剖开，不算写实作家的能事；在我看，就绝对不能算是写实。解剖学者研究到什么地方不懂得什么是一个人，左拉写到什么地方，恐怕也写不出什么是一个人。要想懂什么是一个人，得在人里生活，用自己的心理去理解他，用主观去认识他。主观的认识，心理的认识，固然或是靠不住的，但没有比较再可靠的了。所以，写实的要诀，得用体验的工夫，Huysmans 是对的了。Durtal 的世界，是宗教的世界，是神秘的世界，是 Huysmans 体验过的，那是一种实在的世界；所以 Huysmans 的小说是纯粹写实的了。神秘的世界自能为写实的世界，只要经过作者一番忠诚的体验。由浅的写实进到深的写实，由外面的写实进到心理的写实，这种进化，或是写实小说的当然的过程。如不是自己曾体验过的东西，虽写自以为实的事情，也不能为写实；如果是体验过的，虽一般人以为不实，仍是实在世界，仍是写实的文学。

写实文学里的人物，尽可是虚无主义的人物，尽可是浪漫的人物；只要作家用写实的态度认识了他，他尽可作写实文学中的人物。Bovarysme 不能妨 Madame Bovary 为写实小说：这是很明显了。例如 Jules Renard 的剧作，Poil de Calotte，及 Monseiur Vernet 等里头的人物，浪漫的尽管是浪漫，但他们的人间味因之越厚，给我们的写实味因之越浓，如《水浒传》里的李逵，鲁达，武松等，怕是《水浒传》里的最浪漫的人物，但因为作者用写实的方法，写出他们的浪漫的世界来，所以他们的写实味最浓。因为浪漫究竟是人间性的一面。其次，如读过《西游记》，恐怕最令我们感写实味的是猪八戒那位人物。因为猪先生很可代表中国人的一面的世界。猪八戒吃人参果时，读者大概没有不笑的，并且他的斯斯文文的地方亦令人可玩。这正是《西游记》中的写实味。觉出笑也是感写实味之一种。如同 Molière 的 Alceste 的重复相说的“Je ne dis pas celal”引人发笑，如 Rabelais 的引人发笑，是因为人们感出一种写实味来。因为写实味的一种是让人笑。人们看猪先生吃人参果发笑，因为人们总是有时候曾当过猪先生，被写的东西，只要是被体验的，什么人物都好，什么自然都好，只要人性上妥当即成为写实。

客观的人物怎么都好。写实最要是主观的态度，写实态度是一种哲学，写实的方法是科学的方法。但是，最要紧的一点我们得知道。

歌德说过：大的作品背后得有大的哲学，但作品里不可有哲学。这样推来：写实的态度，得是一种哲学，而写实的作品不得是哲学，写实的方法尽管是科学，但写实的作品不可是科学。作品是要受科学洗礼，作品受过洗礼便越发是人生的，是艺术的：这是写实文学所要守的信条。态度与方法是创造者的方面的——是造文学的资助，不是被创造的方面的——被创造的方面的是作品。作品是人间性的结晶，是作者的体验的反映，方法态度，决不能反映成为作品。厨师是厨师，炉灶是炉灶，酒菜是酒菜，三者不要弄混了。作品是写实不是写实，作品写实性的大小，完全是作者的问题。那是与作者的诚实（Sincerity）成比例的。所以我说写实是一种诚挚的态度。因为写实文学是一种主观的有妥当性的人生的创造。

从写实文学的本质看，从写实文学的变迁上看，我们都可以知他是人性的表现，也就是自我表现的一种形式。虽然，Madame de Staël 与 Stendhal 等人说文学为社会的表现；但社会究竟是自我的 image 而我们看社会即是看自我。因为人是对自己以外是什么也不认识的东西。人只能认识——而且还是有的时候——自己，并且还是自己的一部分。要问写实文学与自我有什么关系？我可以说写实文学是自我进化之一形式上的产物。自我把眼睛睁大了，看自我，自我被看大了，已经不是以先的小我了。自我的一面，是人性的自我，人性的自我创造出的东西是写实文学。如说纯粹诗的世界是自我的神性的游离，写实文学的要求，是由于自我的人性的欲望。由神性的游离生出的纯粹诗歌，是一种超现实的升华，写实的作品是一种现实的实现。诗的欲求是憧憬无限的心，写实的要求把憧憬无限的心的实现 re'alisation。re'alisation 即是写实，把日本的武士 Samurai，re'aliser 起来，所以 Héridia 那首 Sonnet 自然是写实诗了。写实不是被写的东西的问题，是写东西的人的问题，从此我们越可看出了。那完全是自我认识的表出是自我的实现。

有人说：写实文学不要自我，写实文学又不要感情。impersonnalite 与 impassibilite 为写实文学两大要件。从表面看固然如此。但再细细观查，作者不要自己，是不是要求比自己还大的自己，作者不要感情，是不是要求更大的感情。写实作者出了自我为得是找到自我，那即是大我；写实作者压下自己的浅浮的感情，为得找着大的感情，那即是人间性的感情。勿论什么写实作品，都是作者的人格的化身；从里头都可以看出作者的生命。无论是 Flaubert，是 Maupassant，是 F. Fabre 是 J. Renard 是 Daudet，是什么人，只要是真的写实作家作品中都会有自己的人格。近代写实主义文学的发生，宁可说是个人主义的发展，不能说是自我的灭亡。我以为高蹈派的先生比浪漫诗人认识自我认识得多。

对于写实的写法，我们对时间，空间的关系，务要认清。因排列与写实有很大的关系。时空的关系不对，没有实在性，不能在人性上妥当。我们把实在的世界认清时，把它规则的写起来，这是写实时要特特注意的一项。

以上，很不得要领的，胡胡乱乱的，重重复复的，把写实文学说了一下。至于写实文学的种类，当然也是很多。有历史的写实文学，有社会的写实文学，有农民的写实文学，有乡土的写实文学，有工场的写实文学……分目细举，不一而足，我亦不想繁赘了。总之，写实的文学，在中国现在，非常要紧。中国现在很缺能写国民生活的作品，很少能认识中国人的人性的作家，我很喜欢中国能出一个能写 La Flandre 的诗人 Emile Verhaeren，能写爱尔兰岛民生活的 Synge，能写 Comedie humaine 的 Balzac，能写俄国的凄惨生活的 Dostoevski。因为中国人得深深的认识自己。

总之，写实文学，在中国，非常要紧。我希望一般作家努力作这一方面的工作。但不要误解了写实的真义，把创作艺术品的精神空费了，作成些写真的无生命的记录。我们一方面要作真的写实，一方面要打倒自命为写实的假的作品。

六. 十.

原载 1926 年 6 月 16 日《创造月刊》第 1 卷第 4 期

# 无产阶级专政和无产阶级的文学

曰 归

革命的最终理想，在使全人类得享到幸福，在使无论那一个人，能享受他或她的本来的生存权，在打破一切私人的压迫和解放全民众的束缚。然而这最后的理想，实现颇非容易，所以在革命的过程中，有许多人不得不因此而失去幸福，失去生存权，并且也不免时时受点压迫，或受点束缚。这事实是谁也知道，并且是谁也承认的。譬如我们身上有了疮毒，要想医治它，使全身得保有健康，就不得不吃一刀痛，把这一处的疮毒来割掉。

可是为了一处疮毒的医治，而使更大的地方，同时受到比疮毒更痛苦的不自由，那我们当然不能承认这一种医治方法是对的。所以英国有几个狡猾的哲学家就创制了一种名目来骗人，叫作谋“最大多数的最大幸福”。这虽是一句不彻底的骗人的话，然而在革命还没有彻底的过程中，此话至少也可以通用。

在头上我们已经说过，革命的最后的目的，是在谋绝对全体的绝对幸福，不能说少数人就可以牺牲不顾的。可是想把过去几千年的积弊，一朝推翻，马上就达到这一个目的，是不可能的事情，所以在革命未完成的过程中，也就不得不依英国资本主义的经济学家的所说，至少总须求一个最大多数者的幸福才行。

中国自古以来，帝王封建的制度，行得太久，全体的民众，都只有为一个人而牺牲，从没有见过少数人肯为民众全体而牺牲的事情。辛亥的革命，把帝政推翻，总算增加了几个享幸福者，然而以四万万人来比这几个革命投机家，还是无穷小的小数。所以结果，就弄得这几个人和外国的资本主义者结合起来，造成了目下的军阀官僚和外国资本家专政的局面。

这局面当然不能持久，到现在就有多数的民众，起来工作，想要把大多数的民众的幸福利益，仍复夺回来由大多数的民众自己来主张。殊不知事有不巧，到了这工作将走上完成的初步的路上去的现在，又有一批新的军阀官僚和资产阶级出来了。当然这一次的新军阀新官僚和新资产阶级，比起从前的旧军阀旧官僚旧资产阶级来，数目要增加一点，头脑也新鲜一点，说话也漂亮一点，然而试问我们的牺牲的目的，改造的目的，是否仅仅只止于此？

所谓人类的幸福，由目下的社会状态看起来，根本问题，就在经济。当社会组织没有改善以前，我们的能不能享受幸福，简直可以说就在你一个人的有没有资产。在目下的中国社会里，最明显的一件事实，就是有资产的富人少而无资产的穷人多。那么即使依英国资本主义的经济学家的主张说来，现在中国，至少也该是入于无产阶级专政的一个时期了，然而实际上却还是相差很远。

现在中国在政治舞台上专政的人物，和握有兵权的人物，大抵是以出于小资产阶级而受过前期资本主义的训练者为多。他们要利用民众的时候，不妨造出很动听的话来打倒比他们更大更有实力的旧阶级。而万一事功成就之后，或竟至事功半就的时候，他们的根性，就会发露出来，要压迫大多数的民众了。这虽是无论那一国的革命史上必见的事实，也是全民革命的过程中必经的道路，然而不幸我国的革命，在未熟的初期，就发现了这一种险象。

真正彻底的革命，若不由无产阶级者——就是劳动者和农民——来作中心人物，是不会成功的。这又是什么原因呢？一，若这领袖人物，从小就没有无产阶级的思想经历，那么无产阶级的痛苦，他是不会了解的。二，他若不是出于无产阶级的人，那么他的左右前后，当然只是和他一样的小资产阶级的人物，真正无产阶级的自觉意识，他是不会有的。三，有了上举的两层原因，结果他就会把小资产阶级的根性培植增长起来，终究要一样的陷入于被他所打倒的旧资产阶级的荒谬之中。所以在这一个革命的过程之中，我们所希望的，第一就是无产阶级的专政。反过来说，就是现在的那一种新军阀新官僚新资产阶级的打倒。

当然在无产阶级专政的期中，社会上就有一小部分的人，要失掉他们的利益，幸福。然而若社会上的最大多数，可由此而得享生存的权利，那么这牺牲也是有价值的牺牲，而这少数人的痛苦束缚，在最近的将来，到了革命的最后目的达到的时候，也马上可以免除的。

在无产阶级专政的时期未达到以先，无产阶级的文学是不会发生的。

这是什么缘故呢？第一，无产阶级的专政还没有完成之先，无产阶级的自觉意识就不会有。（因为若有了这自觉意识的时候，无产阶级的专政就成功了。）没有自觉意识的阶级文学是不会成立的。第二，文学的产生，须待社会的薰育的，在无产阶级专政没有完成的时候，社会的教育，社会的设施和社会的要求，都是和无产阶级文学相反的东西，在这一种状态之下产生的文学，决不是无产阶级的文学。

现在中国，虽然有几个人在那里抄袭外国的思想，大喊无产阶级的文学；或者竟有一二人模仿烧直，想勉强制作些似是而非的无产阶级的作品出来，然而结果毕竟是心劳手拙，一事无成，是不忠于己的行为。我在此地敢断定一句，真正无产阶级的文学，必须由无产阶级者自己来创造，而这创造成功之日，必在无产阶级专政的时候。

原载1927年2月1日《洪水》半月刊第3卷第26期

# 文艺战的认识

仿　吾

苏俄决定了他们的外交政策及经济政策的时候，同时他们也决定了一种艺术政策。他们认定了文艺为第三战线的主力。听说他们这第三战线也已经充实到了相当的程度，他们的政策已经着着成功，数年来的文艺作品的成绩已经大有可观了。

文艺在人类社会素来有一种伟大的努力，这种事实从前是很少有人注意到的，不过这种事实是不论那一个时代都很明显的。现在我们是应该看清这一点，应该用了十分的意识来发挥这种伟大的势力。

但是这第三战线的战略与目标是与第一第二战线上的完全不同的。我们这种征战的目的不仅在击破而在于获得，我们要获得人类一颗颗的赤心。这是我们这种文艺战的特色，也是他所以能有如此伟大的势力的原故。

我们要获得人类一颗颗的赤心，我们是在为达此目的而作战。但是我们要如何下手，我们把什么去达到这个目的——这里我们遇着了一个当面的难题。

当然，我们要先击破这旧的世界，扫除一切的障碍，我们要尽量吸取着自由的空气，保持自由的精神，而且我们也要联合起来造成一条联合战线，也要泅入大众恢复大众的意识。

然而这些仍不免是枝叶的。我们是要以我们的赤心去获得人类一颗颗的赤心。我们是再无别的方法，也无别的工具。这是对于我们的使命有相当的认识的人必然达到的结论，而且我们前进愈深愈会确信不疑的。

只有心能够获得心。我们的艺术要以我们的心之鼓动为原动力。一切舞文弄墨从头脑而非从赤心出来的制作，我们要加以鄙弃，从这里我们可以知道应当如何去努力修养，应当在什么地方用力。

我们要看清楚第三战线的目标，要明白我们的着力处。

原载1927年3月1日《洪水》半月刊第3卷第28期

# 艺术家与农民革命

许幸之



亲切的农民来告诉我们：你们艺术家们，你们莫要再替贵族和资产家们做宣传工作了。他们在社会上已经作了许多不可掩饰的罪恶，现在是我们平民是无产阶级向他们革命的时期。你们文学者诗人应该丢下了你们的笔，你们画家也应该丢下了你们的画板，雕刻家也应该丢下了你们钻子来帮助我们革命。——我们应该很喜欢的答应他：是的，我们应该参加你们的革命——

亲切的农民又来告诉我们：现在是我们革命的时候，你们诗人文学者，你们画家雕刻家必须参加我们的农民革命，你们的诗和小说画和雕刻，也必须描写我们农民的生活，必须以我们农民的风俗习惯来做你们艺术的题材，你们描写出来的诗和小说，绘画和雕刻，也必须教我们农民们都能了解。要不然，你们的作品便是贵族的艺术，你们也都成了反革命的艺术家。——我们许是这样的回答他：是的，我们描写出来的作品必须教你们农民都能了解，可是——

可是我们在这里先要求你们都能了解我们：因为我们知道艺术不是为少数的贵族们做装饰的功利品，艺术是要使大多数的农民共同享玩的艺术，我们并知道艺术是具有普遍美的东西。然而同时我们又感到艺术是独自存在的艺术，它的本质是纯粹艺术的，并且是无目的而具有主观性的东西。

于是我们便不能强勉使艺术脱离了它的独自存在性，而勒逼它做有目的的工作，并且艺术除却以艺术自身为内的观照的目的之外，是不能如道德或宗教等以外界的某种作用为目的的东西。所以在此地我们不得不把艺术的本质和外壳分析开来：在外壳上说：艺术本来在社会组织中如同轮盘中的辐一般，和经济宗教哲学等同立于轴辋之上，并且和它们占着同样的范畴的一个物体，所以只要社会转动起来，艺术自然也会跟着社会转动的。反转来说：无论它轮盘怎样的转动，然而辐依旧是个辐自身，辐自身的成立不会因为社会的转动而变异了它的本质的。

我们所要求的艺术，象过去的画家 Millet，便是我们农村艺术的代表者，Millet 的艺术是人间的，是农民的，是人生生活的，是具有普遍价值的，是纯粹独立而具有主观性的，并且是伟大的农民革命的艺术。只因为 Millet 自家是个农民，是个荷锄的耕作者，是个无产阶级的良民，所以他的艺术有如许的庄严伟大。

我们要要求更新更进步更深刻的艺术，我们便不得不和农民们一样的去工作；乡村粗俗的歌谣，未始不能作成我们美丽的韵诗，民间有趣的俚言神话，未始不能作成我们新奇的小说，牧羊的少女，灌花的园丁，未始不能作成我们深刻的绘画，赶牛的童子，铁道的工人，未始不能作成我们力美的雕刻。艺术家自家是农民，他创造出来的艺术自然是农民的；以农民生活的情感描写出来的艺术，农民自然也都能理解那艺术的价值之所在，从这里产生出来的艺术，便不是单单为革命宣传的那种勉强无味的艺术了。

现在既是农民向贵族资产家革命的时代，我们为我们的艺术适合于时代性的要求，我们为我们的艺术外壳和社会有密切的关系，我们为保持我们纯粹艺术永远存续的缘故，凡在和农民们有同一的要求或同一的 Conditions（条件）上，我们诗人和艺术家们都可以和他们作共同的工作。我们只要不把艺术的本质和外壳混同，一方面尽管参加农民的革命，工作农民的工作，而一方面要创造出壮大的有内容的农民生活的纯粹艺术来，我们所要求的绝不是空泛的无意义的伪造的无产阶级的形式艺术。

在这里我们要快快活活的回答我们亲切的农民们：——我们为适合于时代的要求，我们为保持我们纯粹艺术的自由永续，我们为要把我们整个的艺术和你们共同享玩的原故，所以农民们！我们是很喜欢很快乐的参加你们的革命。

25. 3. 1927. 革命军占领上海的第三日写于上海

原载 1927 年 3 月 26 日《新消息》周刊第 2 号

# 艺术与社会生活

冯乃超

（一）



这篇小论文或许不能给学校里的教授们以满足的意见，因为他们或许暗记着Plato，Aristotle，Kant，Croce，Lipps等等，诸如此类的美学学说，然而，我们用不着拉他们来到这里装成严肃的学者的样子。

这篇小论文或许不见许于当代堂堂的大艺术家，因为Michelangelo是怎么样的崇高，Raphael是怎么样的优美，这些骨董商人的知识，在这里完全用不着。

那么，我们不能不快点进本文去。

（二）

人类只能提出自己可以解决的问题，因为可以解决的物质的条件已经存在之故。我们不去勾引古人的名章大论来粉饰思想的幽玄，只因为我们的言论不能不给社会所提出的活生生的问题以切实的解答之故。

那么，我们的社会在艺术的分野提出什么问题呢？为究明问题之所在，我们不能不研究中国的文艺与社会二者目前的状态，——这个研究又非从历史的过程上着手不成。

文学革命以来——白话文运动以来，封建思想的代言者——旧文学——确定地衰替了。然而，这个文化上的新运动获得了什么东西呢？白话文底确立！然而，不上两年，《红楼梦》的考证，《儒林外史》的标点，风靡天下了。这又有什么意义？我们不能不把潜伏着的根本的社会的根据裸露出来，这却也是可能的吧。

自从中国各地的重要商港化为了殖民地以后，中国的资产阶级虽然落后得很远，渐渐有了微弱的发生，加以受过自由思想的洗礼的知识阶级——东西洋留学生，对着窒息的封建制社会的拘束，发生如荼如火的改革的热忱。在这个时候，胡适博士的《文学改良刍议》——新文学运动，正所谓对症施方的良药，适应社会的切实的要求。从这个观点，博士在历史上演了很重大的革命的任务，然而，白话运动的元勋——新文学运动的健将，我们的胡适之博士不久却又引导它没落到泥泞的湖沼里去了。考古！疑古!！动地般敲着退军的鼙鼓，博士革命的责任就此告终了，博士的历史的使命就此完结了，不太仓惶了么？

但是，从这个时候以来，在文艺的分野中，试炼这白话文的新武器的新作家的簇生，蓬蓬勃勃，大有春雷新笋一般的现象，何故呢？因为上海滩上有了商务印书馆（——注意！这不过是一个代名词，原不必指定四马路棋盘街那间商务印书馆），泰东书局等等，就是说——中国的资本家的魔手伸到出版界来了，同时又说中国的社会生活渐向近代文明国家的社会生活接近了。

其次，我们有分析文学革命以后的中国文坛的必要，但是，对于这个问题，在这里我们不能——也没有必要作详细的批判，只抽出几个代表作家并指出他们的倾向和社会的关系便足。

从主张提倡自然主义的一派——文学研究会的团体中，可以抽出叶圣陶。他是一个静观人生的作家，他只描写个人（——当然是很寂寞的有教养的一个知识阶级）和守旧的封建社会，他方面和新兴的资产阶级的社会的“隔膜”。他是中华民国的一个最典型的厌世家，他的笔尖只涂抹灰色的“幻灭的悲哀”。他反映着负担没落的运命的社会，别一方面他的倾向又证明文学研究会标榜着自然主义的口号的误谬，这是非革命的倾向！

鲁迅这位老生——若许我用文学的表现——是常从幽暗的酒家的楼头，醉眼陶然地眺望窗外的人生。世人称许他的好处，只是圆熟的手法一点，然而，他不常追怀过去的昔日，追悼没落的封建情绪，结局他反映的只是社会变革期中的落伍者的悲哀，无聊赖地跟他弟弟说几句人道主义的美丽的说话。隐遁主义！好在他不效 L. Totstoy 变作卑污的说教人。

郁达夫的悲哀，令一般青年切实地同感的原因，因为他所表现的愁苦与贫穷是他们所要申诉的，——他们都是《沉沦》中的主人公。但是，他对于社会的态度与上述二人没有差别。

我们若要寻一个实有反抗精神的作家，就是郭沫若。《王昭君》《聂荌》《卓文君》里面的叛道的热情就是作者对于社会的反抗的翻译。创造社的 Romanticitsm 运动在当时确不失为进步的行为。

其次，我们可以举出一位通俗作家张资平，他自从写了一本暴露中国基督教信徒的内幕的小说《上帝的儿女们》以后，一向不见有会心的名作，只给一般人描写学生的平凡生活，小资产阶级的无聊的叹息和虚伪的两性生活。他的任务在革命期中的中国社会当然会没落到反动的阵营里去。



以上举了五个作家，当然他们五个人可以代表五种类的有教养的知识阶级的人士。他们以敏感的感受性，圆滑的技巧，描写尽中国的悲哀，但是小资产阶级（Petit Bourgeois）的特性是可以倾向保守也可以倾向革命的。时代忙快地流换，地球不绝地回转，他们没落的没落，革命的革命去了。

那么，当时的文坛与社会的关系是怎样呢？

在似是而非的共和制的中国社会上，把握政权的阶级就是封建遗制的军阀。他们肥私腹的榨取与外国的经济的掠夺，弄得中流以下的各阶级不聊生地感受生活的困苦。这样乌云密布的“中国的悲哀”，当然反映到文学的作品上。所以中国的艺术家多出自小资产阶级的层中，是当然的事实，——中国还没有雄健的资产阶级，在此社会层中不会诞生伟大的艺术家，这也是一个事实。那些小资产阶级的文学家，没有真正的革命的认识时，他们只是自己所属的阶级的代言人。那么，他们历史的任务，不外一个忧愁的小丑（Pierotte）。

我本来没有意思呶呶滔滔地讲谈历史的事实的，然而，理解当时的历史的事实和社会的关系，也可以作理解现在中国的艺术与社会的关系的基础。

（三）

由以上的分析，我们的讨论已经达到本问题的核心了。

那么，现在中国的艺术与社会的关系应该是怎么样，换言之——在转换期中的中国的艺术的分野上，应该怎样建设我们的指导理论？

讨论这个问题，我们不能不细心把中国社会的现状更作全面的分析，这却也是可能的。

这个问题的分析，不能不自资本主义底社会的经济的国际的过程说起。那么，我们可以想起一节很重要的文章，就是：

> “资产者团，因一切的生产工具底急激的改良及无限地容易化的交通，把一切的国民——连极野蛮的——也牵入文明的队里了。
>
> 资产者团底价格低廉的商品，是——粉碎一切万里长城，征服蛮人底对于外国人的顽固的憎恶心的——重炮。
>
> 资产者团强逼一切的国民，假使他们不愿意灭亡，他们也不能不采用资产者团底生产样式。
>
> 资产者团强逼一切的国民，输入所谓文明这个东西而变成资产者。一言以蔽之，资产者团仿着自身的形象，创出一个世界。”

这个照心彻背的卓论，是否适当地，是否明确地把资产社会波及于后进国的真相裸露出来，谁人可以怀疑它？

对于这个资产者团的重炮，再有第二世的秦始皇么？没有！农村零落了，都市普罗列搭利亚特（Proletariat）发生了。谁人能说中国依然是

（封建的）文明之邦，礼教之国？封建老人不常叹世风日下，人心浇薄么？这就是中华民族的精神渐向市民的气习同化了的左证。别的方面我们可以从大学教授们的“欧化”问题中寻活生生的铁证。然而，“欧化”——这个变革的意识断不能从人类自身的想象上求它的判断的，而它们底想象（意识）反要在物质生活的矛盾——生产力与生产关系间所发生的牴触上说明去。所以讨论“欧化”这个问题的适当与否的喧嚣，简直是群瞽的瞎闹。再进一步说，他们站在自由主义的立脚点，希求建设近代的文明国家的欲念，不外暴露自家的阶级的本质罢了。

以上我们可以明白世界资本主义的正体及中国资本主义的发生，因此，中国的社会从根本上翻覆了旧形态，而变革的欲念亦酝酿其中。

## （四）



自从北伐军进出扬子江以来，中国国民革命的一特征，就是大众的政治运动的炽烈化，然而，观察目前的情状，革命的势力在表面上似呈一种停顿的样子，而事实上，社会的各方面亦正受着乌云密布的势力的支配，那么，生息在这窒息的重压之下的青年们受着怎样的影响呢？除了少数有觉悟的人们以外，他们只感着失望，无聊，悲观，厌世！他们晨昏视听着的，不是啾啾的封建残渣的什么智仁勇一类的“告青年”，就是君子啦，小人啦一类的“放屁”话。同时无政府主义，虚无主义的跳梁，淫荡文学，性欲丛书的跋扈，等等……埋目障耳地监禁着青年们的视听。

但是，我分担的任务是在艺术的分野上讲话。那么，我们再把中核的命题大书一遍。我们在转换期的中国怎样建设革命艺术的理论呢？我们切实的问题不能不是这样，但是，具体的解答，当让次号李君的论文——《如何建设革命文学？》，本文只就中国浑沌的艺术界的现象作全面的批判。

我们都知道，艺术史上的两种对立的争论，就是，艺术的艺术和人生的艺术的主张，这种争论的过程，没有我来说明的必要，但是，他们这种论争的社会的根据在那里，我们不能不究明，这却也是可能的。

关于第一个见解，我们不妨借 G. Plechanow 的说明如下：“艺术家及对于艺术的创作有直接兴味的人们，他们底‘艺术的艺术’的倾向发生于他们和周遭社会的环境之间绝望地不调和的上面。”这是中肯的说明，然而，诸君，艺术家诸君，对于艺术有直接兴味的诸君，你们不感觉社会和你们之间，发生一种莫名其妙的不调和么，就是说，你们不感着生活的困苦，无聊，绝望么？你们不曾希望过回避了现实的社会投身在麻醉的安慰里么——就是说，你们不曾——或想象——埋头在象牙的宝塔中，满足你一个人的幸福么？若果你们多少有这样的行为，——不论你们有意识或无意识地——这不外证明你们的怠慢与懦弱。何故呢？你们的不幸就是社会的缺陷，然而，你们底幸福不是回避现实的苦痛可以获取的，事实上你们的幸福只有根本的铲除社会的矛盾才可以获得的。



那么，我们把第二的见解批判吧。

在这里我们只把 L. Tolstoy 的艺术论的阶级的性质指摘出来便可以了事。

伟大的人道主义者，天才的大艺术家，又是挂着“世界最可鄙贱的宗教的说教人”的招牌的托尔斯泰的艺术观，诸君都知道了。他排斥一切世纪末期的——颓废派，象征派，耽美派的——诸倾向，换上一个欺瞒大众的宗教代言者的艺术。

为何他不对呢？

我们晓得的，人类的思想是受着生活过程底规定和制约的，不论任何思想也不能超越时间和空间底制限，历史上怎样伟大的思想也不能脱离该当时代的生产关系的制约。一般人以为托尔斯泰的思想，给人类的将来以光明。其实不然！

“托尔斯泰一方面毫无忌惮地批判资本主义的榨取，剥去政府的暴力，裁判与行政的喜剧的假面，暴露着国富的增大，文化的结果与贫困的增大，劳动大众的痛苦间的矛盾；他方面很愚蠢地劝人不要以暴力反抗罪恶。一方面站在最觉悟的现实主义上，剥去一切的假面；他方面却靦颜做世界最卑污的事——宗教的说教人。”

然而，托尔斯泰的见解的矛盾并非偶然的，它表现十九世纪后半的俄罗斯的生活所经验的矛盾。

“拒绝公共的教会，地主，政府，破坏土地所有的一切旧形式，除去阶级的警察的国家，做成自由的小农的共同体等等努力——这是一九〇五年革命时代中贯通农民底历史地步的红线的努力。而托尔斯泰的著作的精神内容，在适应农民这个努力，形成抽象的‘基督教的无政府主义’。”

这是托尔斯泰的思想的阶级的性质。他主张的农民那种独善态度是反动的，同时他自身的思想在社会进步的观点，在历史进行的观点上看来也是反动的。

在这里，托尔斯泰的艺术观的误谬，大抵可以明白了，然而，托尔斯泰以外还不乏大同小异的见解，他们不是资产者社会的阿谀人，就是 Don Quixote 一类的人道主义者。



诸君，艺术家诸君，关于艺术有直接兴味的诸君！譬如你们关心到十字街头时，你们去宣传基督教么，宣传三爱主义么，宣传无政府主义么？把这一类的思想注入艺术的内容中，送给民众作鸦片吗？中国已经中了八十年的烟瘾，再不能受这样的麻醉剂了。

## （五）

革命的艺术家是那一种类的人物？

我们知道，艺术家在社会上所享受的待遇不是最高的崇拜就是最大的侮辱。一般的人不是这样说：“他（艺术家）是我们的伟大的艺术家，时代的预言者。”搜尽美丽的辞句，表示他们的景仰；就是这样说：“他是社会的寄生虫，不事生产的流氓”，穷极他们污秽的漫骂犹恐不足。为什么在同一艺术的田地工作的同一样的人，会受相反的舆论呢？我们晓得社会发展的现象是这样的，一社会的新兴就是一社会的没落。在历史的舞台上，有新兴社会出现之时，属于新兴阶级的哲学者与文学家负有批判旧社会制度与旧思想的任务。他们所以伟大的原因就是在他们这革命的任务上，然而，没落的社会也有他们的艺术家，他们的任务除了制造新兴的刺激与颓废的欢乐以外，（亦有制造辩护自己阶级的作品的，这可以除外）再没有可做的事情，这是他们所以受恶评的原故。我们把十九世纪前后的法兰西的美术——即 David 等的古典主义运动和贵族阶级的 Rococo 的流行——比较看来，就明白了。

伟大的艺术家，他们所以伟大的缘故，并不在发明何种流派，而在他们代表同时代的一种社会的伟大的人格，就是说他们以热烈的革命精神，熔铸表现时代的 Tempo 的作品。

## （六）

以上我们大体明白新兴艺术的方向了。若果提出结论来就是这样：艺术是人类意识的发达，社会构成的变革的手段。但是，这个见解若没有严正的革命理论和科学的人生观作基础，仍不过是一条空文的宪法，抽象的理论。

然而，现在中国文坛的情况，堕落到无聊与沉滞的深渊，虽是革命文学的议论嚣张，而无科学的理论的基础，及新人生观和世界观的建设，毕竟问题依然作问题存在，总不能给它一个解决。为什么呢？他们把问题拘束在艺术的分野内，不在文艺的根本的性质与川流不息地变化的社会活的关系分析起来，求他们的解答。

这篇文章，除论序散漫外，主要问题还没有明确的答案，作者深感不满。但是，里面多少已把真相暗示出来，细心的读者若有所参证是作者无上的希望。

18 th，Dec. 1927.

原载 1928 年 1 月 15 日《文化批判》月刊第 1 号

# 从文学革命到革命文学

成仿吾

## 1. 文学革命的社会的根据



一个社会的现象必定有它所以必然发生的社会的根据。那么，我们这十余年来的文学革命的社会的根据究在那里？

据我的考察，应该是这样的：——

A．辛亥革命，民主主义对于封建势力的革命的失败，及帝国主义的急进的压迫，使一部分与世界潮流已经接触着的所谓知识阶级一心努力于启蒙思想的运动。（所谓新文化运动）

B．这种启蒙的民主主义的思想运动势必要求一种新的表现的手段。（国语文学运动）

但是，当时那种有闲阶级的“印贴利更追亚”（intelligentsia＝智识阶级）对于时代既没有十分的认识，对于思想亦没有彻底的了解，而且大部分还是些文学方面的人物，所以他们的成绩只限于一种浅薄的启蒙，而他们的努力多在于新文学一方面。所以后来新文化运动几乎与新文学运动合一，几乎被文学运动遮盖得无影无踪；实际上，就可见的成绩说，也只有文学留有些微的隐约的光耀。

## 2. 文学革命的历史的意义

历史的发展必然地取辩证法的方法（Dialektische Methode）。因经济的基础的变动，人类生活样式及一切的意识形态皆随而变革；结果是旧的生活样式及意识形态等皆被扬弃（Aufheben　奥伏赫变），而新的出现。

近代的资本主义激潮的来侵，早把我们旧日的经济的基础破坏，欧战中我们更有了近代式的资产阶级及一部分小资产阶级的“印贴利更追亚”，文学这意识形态的革命渐不能免，而解决这一切的关键也已伏在“文”和“语”的对立关系。

文学在古时和当时的语言没有分离互异的道理。后来渐由修词的工夫，因袭的固执与特创的废话（如秦始皇之“朕”等）等的合作，“文”和“语”才逐渐分离至于互异。但是“语”的成分及它在“古文”以外的势力是不可抹杀的。

佛典的翻译，大约是因为问答法和普及的关系，使语体显然形成了一大流脉。后来更由词曲的发达与小说的勃兴，使这里的“质的变化”的发生只缺少了些微的“量的变化”。他方面，文体逐渐发展到了尽头，对于新的内容的表现成了一种桎梏，只坐待时钟的高响——文体永远被“奥伏赫变”的时刻。

最后这些微的量来了，由外国文与新思想的方面；于是这桎梏被粉碎了。新发展的内容取新的形式翱翔于新开的天地。

### 3. 文学革命的经过

文学革命的史实可以不须在这里多写。我现在只略述大概的经过，而且与新文化运动对照着，因为前者在理论上是后者的一个分野，它们有许多共同的趋向。

新文化运动的第一种工作为旧思想的否定（Negation），第二种工作为新思想的介绍。但这两方面都不曾收得应有的效果。这是因为从事这两种工作的人们对于旧思想的否定不完全，而对于新思想的介绍更不负责。我们只要一说运动开始不久就有所谓国学运动的出现，胡适之流才叫喊了几声就好象力竭声嘶般逃回了老巢，猛吸着破旧了的酒瓶想获得一点生命的力，其余一些半死的大妖小怪也跟着一齐乱喊；我们只要一看研究系共学社张东荪等所翻译的那些要通不通的译本；我们只要一看梁漱溟著的不三不四的《东西文化及其哲学》。

但是最不幸的是这些“名流”完全不认识他们的时代，完全不了解他们的读者，也完全不明了自己的货色，这是为什么新文化运动不上三五年就好象寿终正寝的原故。他们不知道那时候的觉悟的青年已经拒绝了他们的迷药，他们本应该背着药笼到资本主义安定的国家去讨饭吃的呀！

文学运动在它的初期大致与新文化运动有同样的倾向。胡适之流始终不能摆脱旧的腔调，文学研究会的翻译也大可与共学社媲美。与“国学运动”相对的有“新式标点”派，其实他们只是乱点。

维持文学革命的运动使它不至于跟着新文化运动同归于尽的是民十以后的创作方面的努力。这时候，创造社已正式登台，不断地与恶劣的环境奋斗。它的诸作家以他们的反抗的精神，以他们的新鲜的作风，四五年之内在文学界养成了一种独创的精神，对一般青年给与了不少的激刺。他们指导了文学革命的方针，率先走向前去，他们扫荡了一切假的文艺批评，他们驱逐了一些蹩脚的翻译。他们对于旧思想与旧文学的否定最为完全，他们以真挚的热诚与批判的态度为全文学运动奋斗。



有人说创造社的特色为浪漫主义与感伤主义，这只是部分的观察。据我的考察，创造社是代表着小资产阶级（Petitbourgeois）的革命的“印贴利更追亚”。浪漫主义与感伤主义都是小资产阶级特有的根性，但是在对于资产阶级（bourgeois）的意义上，这种根性仍不失为革命的。

是这种创作方面的努力救了我们全文学革命的运动。创造社以反抗的精神，真挚的热诚，批判的态度与不断的努力，一方面给与觉悟的青年以鼓励与安慰，他方面不息地努力完成我们的语体。由创造社的激励，全国的“印贴利更追亚”常在继续地奋斗，文学革命的巨火至今在燃，新文化运动幸而保存了一个分野。

### 4. 文学革命的现阶段

我们的文学革命现在究竟进展到了怎样的阶段？

A．我们的文学运动现在的主体——

主体——智识阶级的一部

B．我们的文学运动现在的实况——

内容——小资产阶级的意识形态（Ideologie　意德沃罗基）

媒质——语体，但与现实的语言相去尚远

形式——小说与诗居多数，戏剧甚少

实地分析的结果如此，理论上亦应如此。这都是由小资产阶级的根性发源出来的。

创造社素来对于完成我们的语体非常努力，它的作家们没有一刻忘记这一方面的努力，实际上他们的成功由于这一方面的努力的亦不少，但他们以前的三个方针：

A．极力求合于文法，

B．极力采用成语，增造语汇，

C．试用复杂的构造。

他们在应用这三个方针的时候，做梦也没有想到他们会与现实的语言相离那么远！

离开文学本身，在文学可以影响的范围内，也有几宗现象可以注意：

甲．各大书店现在还出文言教科书，

乙．许多国语教科书尚多不通的语句，

丙．新式标点还在流行，依旧在乱点。

关于文学革命的现阶段的考察还有北京一部分的特殊现象必须一说。这是以《语丝》为中心的周作人一派的玩意。他们的标语是“趣味”；我从前说过他们所矜持的是“闲暇，闲暇，第三个闲暇”；他们是代表着有闲的资产阶级，或者睡在鼓里面的小资产阶级。他们超越在时代之上；他们已经这样过活了多年，如果北京的乌烟瘴气不用十万两无烟火药炸开的时候，他们也许永远这样过活的罢。

### 5．文学革命今后的进展

由以上历史的考察，我们就可以决定文学革命今后的进展么？

不，这断乎不可以。

文学在社会全部的组织上为上部建筑之一；离开全体我们不能理

解一个个的部分，我们必须就社会的全构造考究文学这一部分，才能得到真确的理解。

我们要研究文学运动今后的进展，必须明白我们现在的社会发展的现阶段；要明白我们的社会发展的现阶段，必须从事近代资产阶级社会全部的合理的批判（经济过程的批判，政治过程的批判，意识过程的批判），把握着唯物的辩证法的方法，明白历史的必然的进展。

我们可以简单地这样申述：——

资本主义已经发展到了最后的阶段（帝国主义），全人类社会的改革已经来到目前。在整个资本主义与封建势力二重压迫下的我们，也已经曳着跛脚开始了我们的国民革命，而我们的文学运动——全解放运动的一个分野——却还睁着双眼，在青天白日里找寻已往的迷离的残梦。

我们远落在时代的后面。我们在以一个将被“奥伏赫变”的阶级为主体，以它的“意德沃罗基”为内容，创制一种非驴非马的“中间的”语体，发挥小资产阶级的恶劣的根性。



我们如果还挑起革命的“印贴利更追亚”的责任起来，我们还得再把自己否定一遍（否定的否定），我们要努力获得阶级意识，我们要使我们的媒质接近农工大众的用语，我们要以农工大众为我们的对象。

换一句话，我们今后的文学运动应该为一步的前进，前进一步，从文学革命到革命文学！

### 6. 革命的“印贴利更追亚”团结起来！

资本主义已经到了他的最后的一日，世界形成了两个战垒，一边是资本主义的余毒法西斯蒂的孤城，一边是全世界农工大众的联合战线。各个的细胞在为战斗的目的组织起来，文艺的工人应当担任一个分野。前进！你们没有听见这雄壮的呼声么？

谁也不许站在中间。你到这边来，或者到那边去。

莫只追随，更不要再落在后面，自觉地参加这社会变革的历史的过程！

努力获得辩证法的唯物论，努力把握唯物的辩证法的方法，它将给你以正当的指导，示你以必胜的战术。

克服自己的小资产阶级的根性，把你的背对向那将被奥伏赫变的阶级，开步走，向那龌龊的农工大众！

以明瞭的意识努力你的工作，驱逐资产阶级的“意德沃罗基”在大众中的流毒与影响，获得大众，不断地给他们以勇气，维持他们的自信！莫忘记了，你是站在全战线的一个分野！

以真挚的热诚描写在战场所闻见的，农工大众的激烈的悲愤，英勇的行为与胜利的欢喜！这样，你可以保障最后的胜利；你将建立殊勋，你将不愧为一个战士。

革命的“印贴利更追亚”团结起来，莫愁丧失了你们的镣铐！

23，11，16于修善寺

原载1928年2月1日《创造月刊》第1卷第9期

# 怎样地建设革命文学

李初梨

## 一 导　言



一九二六年四月，郭沫若氏曾在《创造月刊》上发表了一篇《革命与文学》的论文。据我所知道，这是在中国文坛上首先倡导革命文学的第一声。

自此以后，革命与文学几成为文坛上议论的中心题目：什么革命的情绪，革命的同情，革命的作品……等等字样，也逐渐地活跃于各种刊物之上。到了一年后的今天，革命文学已完全地成了一个固定的熟语。

革命文学！革命文学！声浪尽管大，议论尽管多，然而究竟什么是革命文学？它的内容如何？形式又如何？它的必然性在那里？我们要如何地去建设它？除了一些空疏的抽象论而外，我们还没有看过一个明了的解答。

可是中国目下的客观情势，不仅在逼促我们观念地解答这个问题，而且在要求我们现实地去建设我们的“革命文学”。

这是中国的革命青年应该担当起来的一个重大任务，而且，的确，我们已经具有了完成这个任务的能力。

那么，革命文学应该怎样地，现实地去建设？

我们要知道怎样地建设革命文学，应该知道革命文学是什么？

我们要知道革命文学是什么，尤应该知道什么是文学？

## 二　什么是文学

现在，如果有人发问，“什么是文学？”他一定要遭绝大的嘲笑。因为在中国，“文学”是一个自明的东西，“文学”就是“文学”。在他们，注解“文学”二字，是不可能，而且是不必要的事。

不过，在我们，从新来定义“文学”，不惟是可能，而且是必要。

因为，我们不惟应该把我们对于文学的见解，与有产者的对立起来，而且非把有产者文学论克服，实无从建设我们的革命文学。

现在，让我们来把从前挂在文学上面的重重的神秘的帐幕揭开，还它的本来面目。

那么，我们冒渎地问：什么是文学？

关于这个质问，我们在中国文坛上，可以找出两个天经地义的答案来。一个是创造社当年崛起时的口号，现在适成为一般反动作家的旗帜。一个是现在自称为革命文学家的流行的标语。

前一派说：文学是自我的表现。后一派说：文学的任务在描写社会生活。一个是观念论的幽灵，个人主义者的呓语；一个是小有产者意识的把戏，机会主义者的念佛。

那么，文学的本来面目是什么？

Upton Sinclair 在他的《拜金艺术》（Mammonart）里面，大胆地宣言说：

All art is propaganda.It is universally and inescapably propaganda, sometimes unconsciously, but often deliberately propaganda.

“一切的艺术，都是宣传。普遍地，而且不可逃避地是宣传；有时无意识地，然而常时故意地是宣传。”

文学是艺术的一部门，所以，我们可以说：

> 一切的文学，都是宣传。普遍地，而且不可逃避地是宣传；有时无意识地，然而常时故意地是宣传。

我们这样说来，是把文学的尊严冒渎了么？否！否！我们这样说，是有充分的科学的理由，事实的证据。

文学，与其说它是自我的表现，毋宁说它是生活意志的要求。

文学，与其说它是社会生活的表现，毋宁说它是反映阶级的实践的意欲。

因为无论什么文学，都有它的主张。一个作品越是伟大，它的主张的魄力愈强。

然此主张，实出于作家的生活意志；而决定此生活者，则为作家所居之阶级。

所以，我们可以说，一切的作品，有它的意志要求；一切的文学，有它的阶级背景。

关于这样见解的详细的论证展开，当让之于别的适当的机会，现在只请中国文坛的两个大家，来作我们的证人。

第一，《雨天的书》的作者周作人先生，在他这本大作的序言里，有一段忏悔谈。他说：

> “我平素最讨厌的是道学家，岂知这正因为自己是一个道德家的缘故；我想破坏他们的伪道德，不道德的道德，其实却同时非意识地想建设起自己所谓的新的道德来。我看自己一篇篇的文章，里边都含着道德的色彩与光芒，虽然外边是说着流氓似的土匪似的话。我很反对为道德的文学，但自己总做不出一篇为文章的文章，结果只编集了几卷说教集，这是何等滑稽的矛盾。也罢……还是‘从吾所好’，一径这样走下去罢。”

你看，一个“很反对为道德的文学”的周先生，尚且“做不出一篇为文章的文章，结果只编集了几卷说教集”。那么，我说文学是生活意志的要求，又有什么不对。那么，我说文学是生活意志的要求，又有什么不对。那么，我说文学是宣传，更不是我的独断。

可是，周先生，你放心，这并不算“何等滑稽的矛盾”。因为在现在资本主义的社会里面，比这个更要滑稽而且悲惨的矛盾，正不知凡几。不过你若“在江村小屋里”靠玻璃窗，烘着白炭火钵，喝清茶，同友人“谈闲话”的时候，那就看不见，听不着，想象不到了，而且你说的话，外面越似流氓，越似土匪，那你里边所含着的道德，就越有色彩，越发光芒。

“也罢”，周先生，还是请你“从吾所好，一径这样走下去罢”。不过，你要当心，当心你前面有个很大的泥沼。

那么，现在，再请我们的第二个证人，成仿吾氏来，说明文学的阶级的背景。

成氏在他的《完成我们的文学革命》里面，论及所谓“趣味文学”——文学的法西谛主义。他说：

“文艺是生活基调的反映，我们由文艺可以知道产生这种文艺的生活基调，（即阶级生活。笔者注）……。我们由现在那些以趣味为中心的文艺，可以知道这后面必有一种以趣味为中心的生活基调，换句话，就是必有一种有特别嗜好的作者，有同类嗜好的刊行者与读者，他们的同类的特别嗜好成为了一种共同的生活基调，才有了这样以趣味为中心的文艺。它所暗示着的是一种在小天地中自己骗自己的自足，它所矜持着的是闲暇，闲暇，第三个闲暇，我们知道，在现代的资本主义社会，有闲阶级，就是有钱阶级。”

成氏对于产生这个趣味文学的社会根据，更有一段杰出的描写；我现在不客气地引用在后面，想来读者诸君，不致见怪罢。因为他这段文章，比“趣味文学”还更有趣些。

他说：

“事实上我们现在寻得着这文艺上的三宝，看得到他们所谓趣味的真相，而他们的福地我们访得着是那个讨赤的首都，一个白化的都会。那儿有我们的周作人先生及他的Cycle，那儿有我们的北新书局，那儿有我们的无数的，没有课上的大学堂里念书的，未来的文人学士。景象萧条的白都，连学校的门都是紧闭着的，城外的战云是密布着，城内的居民是伤尸般的呆望着，这时候我们的周作人先生带了他的Cycle悠然而来，扬着十目所视的手儿高叫道：

做小诗罢！俳句罢！

使心灵去冒险罢！

读《古事记》罢！《徒然草》罢！

……

这时候刘半农博士不知道几时跑了回来，扬着鞭儿，敲着他的瓦釜，大叫了一声

读《何典》罢！

在这时候，我们的鲁迅先生坐在华盖之下正在抄他的‘小说旧闻’，而我们的西滢先生却在说他那‘闲话’……”

好，我们不必再往下抄录了，《完成我们的文学革命》的论者，在这一小段文章里面，已经把文学的阶级的背景，写得活现。

不过成氏在这篇论文里，虽把“趣味文学”的社会根据曝露出来，而对于这种文学在社会上所玩的把戏，却未曾说及。



因为无论什么文学，从它自身说来，有它的阶级背景，从社会上看来，有它的阶级的实践的任务。

我们知道，一切的观念形态（Ideologie），都由社会的下层建筑所产生。然而此地有一种辩证法的交互作用，我们不能把它看过。就是，该社会的结构，复为此等观念形态所组织，所巩固。

文学为意德沃罗基的一种，所以文学的社会任务，在它的组织能力。

所以支配阶级的文学，总是为它自己的阶级宣传，组织。对于被支配的阶级，总是欺瞒，麻醉。

现在我们就以“趣味文学”为例。所谓“趣味文学”的社会根据，既如上述，那么，它的社会效能，又在那里。

第一，以“趣味”为中心，使他们自己的阶级更加巩固起来。

第二，以“趣味”为渔饵，把社会的中间层，浮动分子，组织进他们的阵营内。

第三，以“趣味”为护符，蒙蔽一切社会恶。在中国社会关系尖锐化了的今日，他们惟恐一般大众参加社会争斗，拚命地把一般人的关心引到一个无风地带。

第四，以“趣味”为鸦片，麻醉青年。

以上是“趣味文学”在社会上所玩的把戏。

好，闲话休提，书归正传。

现在我们对于文学，得了以下的结论：

文学，是生活意志的表现。

文学，有它的社会根据——阶级的背景。

文学，有它的组织机能——一个阶级的武器。

## 三　文学革命底历史的追迹

“人的表象，见解，概念，简单说，人的意识，是随着他的生活关系，他的社会的联络，他的社会的存在而变化的。”“观念的历史所证明的，是精神的生产随着物质的生产而变化，一个时代的支配观念总是那个时代的支配阶级的观念。”

中国近代的文化史是中国近代社会史的反映。中国近代的社会史，又决定了我们的文学革命史。

如果我们要知道我们现在所提倡的革命文学是什么，我们就应站在这个历史的观点，来追迹一番文学革命的历史的意义。

中国自南京条约以来，我们闭关自守的万里长城，已为帝国主义者的商品所粉碎，封建社会于此起了动摇。

民国革命成功，封建体制的外形虽然崩坏，而封建的核心，残物，仍是根深蒂固，牢不可拔。

欧战中，帝国主义者忙于军事，对于中国的政治的压迫，经济的榨取，不得不暂时松手。而我国内的资本遂得乘此千载一时之机，顿形发达。因之，布尔乔亚的意识，于此亦得其发生的社会根据。

中国十年前的文化运动，实为当时资本与封建之争，反映于社会意识者。杂志《新青年》就是这个斗争的勇敢的先锋队。他们的口号是：

塞先生（Science）

德先生（Democracy）

因为塞德二先生，是资本主义意识的代表。

一方面，布尔乔亚意识的内容，既与封建的意德沃罗基对立，所以它的表现形式当然不能一致。因为封建的文言实在说不出塞德二先生的话；而且这封建意德沃罗基的表现形式，适成了布尔乔亚意识的桎梏；这种矛盾，于是酿成了一个革命，——文学革命——白话文学的运动。

这是我们的文学革命的历史的意义。

欧战告终，帝国主义列强的魔手又复伸到东方的中国。中国资本主义的发达因之又停滞起来。国内的布尔乔亚汜（Bourgeoisie）对外既不能与帝国主义列强竞争，对内又不能与封建势力对抗；在这样困难的状态当中，他们为自存起见，遂不得已向封建势力投降——妥协；而他们的革命能力，从此消失。

当时这样的社会关系，立刻反映到向封建思想进攻的《新青年》。于是《新青年》内部，就起了分化作用。一派，深深地潜入于最后的唯一的革命阶级。一派，遂官僚化，与封建势力合流起来。文化运动的《新青年》时代于此终止。以后的《新青年》，又有它的别的社会根据。这是中国文学革命的前期。



这以后，中国的文学革命，顿呈出一个反动局面来。与封建势力合流，——官僚化了的《新青年》右派，他们

第一，占领各官僚大学，各文化机关。

第二，鼓吹“好人政府”，参加“善后会议”。

第三，提倡国故，标点《儒林外史》，做小诗，讲趣味。

国内的布尔乔亚，既失了他的革命机能，复与封建势力合流——妥协，来压迫一般大众，于是首先感觉痛苦的是小有产者。

站在小有产者的立场，承继中国文学革命的正统，除了向封建遗制进攻之外，复执拗地反抗着官僚化了的新兴资本，毅然崛起的，是当时的“创造社”。

我们知道，“创造社”是在这光荣的斗争中产生，在当时它是一个革命势力。

他们的战线，由封建势力，延长至官僚化了的新兴资本，所以当时一切的既成势力都成了他们的敌人，后来除了革命的广东而外，他们在偌大的一个中华，几无一所安身之地。

至于他们当时文学上的标语，是“内心的要求”，“自我的表现”，

这的确是小布尔乔亚意识的结晶。

然而，我们知道，在资本主义社会里面，小布尔乔亚阶级，是浮动在有产者与无产者之间，他们的地位顶不安定，而且陆续地有坠落到无产阶级里去的运命。

加之，近几年来，封建势力的跳梁，帝国主义的榨取，更把一般的小有产者，急速地贫困化了。于是，小有产者的文艺，遂失其发达的阶级根据。

"创造社"把他最后的三个诗人——穆木天，王独清，冯乃超，送出社会来以后，已完全地失了它革命的意义，它前期的历史的使命，已经完结。这是文学革命的后期。文学革命运动，亦于此告一段落。以后当为文学革命到革命文学的酝酿期。

中国一般无产大众的激增，与乎中间阶级的贫困化，遂驯致智识阶级的自然生长的革命要求。这是革命文学发生的社会根据。

一九二六年，郭沫若氏的《革命与文学》，正是这种自然生长的革命意识的表现。因为他对于"革命"与"文学"，只作为一般的范畴，而不从一定的历史的形态去把握。这是当时客观的社会条件所决定的必然的结果。可是，一九二八年的今天，社会的客观条件，完全变了。

据以上的历史的追迹，我们知道：中国的文学革命，经了有产者与小有产者的两个时期，而且因为失了他们的社会根据，已经没落下去了。

然而一个历史运动，绝对不能中断。那么，新兴的革命文学，在历史运动上的必然性是什么？

> 革命文学，不要谁的主张，更不是谁的独断，由历史的内在的发展——连络，它应当而且必然地是无产阶级文学。

## 四　革命文学底建设的展开

我们既认定了现在的革命文学必然的是无产阶级文学，那么这无产阶级文学又是什么？

有人说：无产阶级文学是写穷的文学。不是。因为我们可以在有产者文学里面，找得出许多写穷的杰作来。

有人说：无产阶级文学，是无产者自身写出的文学。不是。因为无产者未曾从有产者意识解放以前，他写出来的，仍是一些有产者文学。

有人说：无产阶级文学，是写“革命”“炸弹”的文学。不是。因为某博士也可做出“炸弹炸弹，干干干”的诗来。

有人说：无产阶级文学，是写出无产阶级的理想，表现他的苦闷的文学。不是。这可让那些同情于无产阶级的自称革命文学家去做。

有人说：无产阶级文学，是描写革命情绪的文学。这不如去读当年梁启超，章太炎的诗文。

无产阶级文学是：为完成他主体阶级的历史的使命，不是以观照的——表现的态度，而以无产阶级的阶级意识，产生出来的一种的斗争的文学。

我们为要产生——建设这样的斗争文学，应该解决以下的两个问题。

（1）无产阶级文学的作家问题。

（2）无产阶级文学的形式问题。



## （1）无产阶级文学的作家问题

两个问题之中，这一个算最难解决。因为无产阶级文学的作家，不一定要出自无产阶级，而无产阶级的出身者，不一定会产生出无产阶级文学。

关于这个问题，我们文坛上已有了许多的议论，我们试列举一二出来，加以分析。

《北新》的第二卷第一号里，有一篇甘人君的《中国新文艺的将来与其自己的认识》。他说：

“……无奈文艺须完全是真情的流露，一有使命，便是假的，（他简直不知道文艺有阶级性——梨）以第一第二阶级的人，写第四阶级的文学，与住在疮痍满目的中国社会里，制作惟美派的诗歌，描写浪漫的生活一样的虚伪。”这是等于说：我是第一第二阶级的人，所以有做第一第二阶级的文学的权利，我要是写了第三阶级的文学，这就虚伪了。尤可笑的，他说：

“鲁迅从来不说他要革命，（不错——梨）也不要写无产阶级的文学，（不错——梨）也不劝人家写，（不错——梨）然而他曾诚实地（未必——梨）发表过我们人民的苦痛，为他们呼冤，他的是泪里面有着血的文学，所以是我们时代的作者。”

我要问甘人君，鲁迅究竟是第几阶级的人，他写的又是第几阶级的文学？他所曾诚实地发表过的，又是第几阶级的人民的痛苦？“我们的时代”，又是第几阶级的时代？甘人君对于“中国新文艺的将来与其自己”简直毫不认识。

其次，在新诞生的《太阳》创刊号上，有一篇蒋光慈君的《现代中国文学与社会生活》的论文；蒋君在这里面说：

“革命的步骤实在太快了，使得许多人追赶不上，文学虽然是社会生活的表现，但是因为我们的社会生活被革命的浪潮推动得太激烈了，因之起了非常迅速的变化，这弄得我们的文学来不及表现，——我们的文学家虽然将笔运用得如何灵敏，但当他的这一件事情还未描写完时，而别一件事情却早已发生了，文学家要表现社会生活时，有意识地或无意识地，必定要经过相当的思考的过程，但是我们的社会生活之变化，却没有这样从容的顺序的态度，如此，我们的文学就不得不落后了。”

蒋君好象在此地大发牢骚，以为我们的文学的落后却是因为“革命的步骤实在太快”！

蒋君在此地却犯了与甘人君正相反对的毛病，他以为只要革命的步骤稍为慢一点，经过了“相当的思考过程”，有了“从容的顺序的态度”，那么，不管他是第几阶级的作者，张三李四，老七老八都可以写出几篇革命文学来。如果事情是这样简单，那么一切的不是，真要怪革命的步骤太快了。

我知道，蒋君有一片婆心，想把文坛的一切众生都超度到“革命文学”的天堂。我要劝蒋君不必，而且也是不可能。

我们分析蒋君犯了这个错误的原因，是他把文学仅作为一种表现的——观照的东西，而不认识它的实践的意义。

那么一个作家，要怎样才能产生无产阶级文学的作品，一个无产阶级文学者，要具备怎样的资格？

我们的蒋光慈君，在同上的论文里，奉了“革命情绪的素养”，“对于革命的信心”，“对于革命之深切的同情”（？），为“革命文学家所必有的条件”。

我觉得这些条件，诚然一点也不错。但是，只是抽象地说些素养，信心，同情，（？）未免过于含混；问题是：要怎样才能获得革命的素养，信心，与乎同情（？）？

我以为一个作家，不管他是第一第二……第百第千阶级的人，他都可以参加无产阶级文学运动；不过我们先要审察他的动机。看他是“为文学而革命”，还是“为革命而文学”。

他如果为保持自己的文学地位，或者抱了个为发达中国文学的宏愿而来，那么，不客气，请他开倒车，去讲“趣味文学”。



假若他真是“为革命而文学”的一个，他就应该干干净净地把从来他所有的一切布尔乔亚意德沃罗基完全地克服，牢牢地把握着无产阶级的世界观——战斗的唯物论，唯物的辩证法。

不过，仅是这样还不够。这诚如光慈君所说的“徒在理性方面承认革命，还不算完事，一定要对于革命有真切的实感，然后才能写出革命的东西。”

所以，第二步，他就应该把他把握着的理论，与他的实践统一起来。这样，他就可以把“革命情绪的素养”，“对于革命的信心”，“对于革命之深切的同情（？）”，一齐都得着了。换句话说：他就有了无产阶级的阶级意识。

所以，我们的文学家，应该同时是一个革命家。他不是仅在观照地“表现社会生活”，而且实践地在变革“社会生活”。他的“艺术的武器”同时就是无产阶级的“武器的艺术”。所以我们的作品，不是象甘人君所说的，是什么血，什么泪，而是机关枪，迫击炮。

在此地，我们知道，社会上，一定有一些常识的煽动家，向我们发出嘲笑，他们说：你们既口口声声在革命，何以不去直接行动，却来弄这样咬文嚼字的文学？

我们要看出他们的奸诈来：这是他们的退兵计；有产者差来的苏秦的游说。

我们知道，社会构造的上层建筑，与下层建筑是互相为用的，挖墙脚是我们的进攻，揭屋顶也是我们的办法。有产者既利用一切艺术为他的支配工具，那么文学当然为无产者的重要的战野。所以

我们的作家，是
"为革命而文学"，不是
"为文学而革命"，
我们的作品，是
"由艺术的武器
到武器的艺术"。

在这个地方，我要对于最近的《创造月刊》上，麦克昂君所作的《英雄树》，关说几句。自郭沫若氏发表了《革命与文学》以来，中国文坛上关于"革命文学"的议论，也颇有所见，不过他们都象"嘴巴里含得有什么东西"一样，半吞不吐，总哼不出一个所以然。麦君这篇文章，在我们"革命文学"进展的途上，可算一篇划期的议论。不过，它中间有一段，我以为是不十分妥当的地方。或者，麦君有一片苦心，想为中国的文艺青年留一条生路。但我觉得这反害了他们，而且对于革命文学的将来，恐怕会发生不好的影响。他说：

"当一个留声机器——这是文艺青年们的最好的信条。
你们不要以为这是太容易了，这儿有几个必要的信条：
第一，要你接近那种声音，
第二，要你无我，
第三，要你能活动。
……"

我以为"当一个留声机器"，是文艺青年最宜切戒的态度。因为无论你如何接近那种声音你终归不是那种声音。

我现在把这段文章，删改如下，商之麦君，以为如何？

“不当一个留声机器，——这是文艺青年们最好的信条。

你们不要以为这是太容易了，这儿有几个必要的条件：

第一，要你发出那种声音，（获得无产阶级的阶级意识）

第二，要你无我，（克服自己的有产者或小有产者意识）

第三，要你能活动。（把理论与实践统一起来）”

这么，很简单地，就把我唠唠叨叨在本章里所说的大旨，括约起来了。

## （2）无产阶级文学的形式问题

关于这个问题，我们不能在此详细地讨论，因为一件事物的形式，是随它的内容的发展而决定。现在我们只能就各国无产阶级文学所达到的发展阶段，来规定它的大约的样式。

第一，讽刺的

第二，暴露的

第三，鼓动的（Agitation）

第四，教导的

讽刺的无产文学——是要把有产者极端地戏化出来；它的功效，譬如在“菩萨面上泼大粪”一样，从此菩萨就会不灵验起来。例如上期本志所译载的《伟大的创造主》。不过这不是一个好例，因为他里面的小有产者气味太浓厚。

暴露的无产文学——这是要把一切有产者的黑幕揭开，把它一切的欺瞒，虚伪，真相，赤裸裸地呈现于大众面前。例如 Sinclaire 的《王子哈梗》。

鼓动的无产文学——这是向着一个目标，组织大众的行动。例如 Mantinet 的《夜》。

教导的无产文学——例如 Bogdanow 的《赤星》，Wittvogel 的《逃亡者》。

以上，约略地，把我关于无产文艺的意见写出来了，不过，我知道，其中还不免有很多的误谬。现在从中国文坛的一角上，出现了许多新的文艺斗士，我希望这些同志们，踊跃地来参加这个议论，我这篇文章，权且作一个“理论斗争”的开始。

斗争的过程，

即是革命文学发展的过程！

一九二八，一，十七

原载1928年2月15日《文化批判》月刊第2号

# 全部的批判之必要

## ——如何才能转换方向的考察

成仿吾



革命运动停顿了，革命文学运动的空气却高涨了起来。有些人以为这是投机，也有些人以为这是堕落。这两种人的见解虽然不同，但他们不明白历史的必然性却是一样的。

当然，不论那一种运动总免不了有多少投机的分子与蹩脚的追随派，而在运动的初期也免不了有幼稚的分子与不良的成绩。不过这正是历史的必然的经过。

文学的变革过程应由意识形态与表现方法两方面联合说明。

“随经济的基础之变动，巨大的上层建筑之全部或稍徐徐，或较激烈地变革。”

一种表现的方法，在它已经发展到了尽头的时候，必被高级的表现方法所扬弃（aufheben）。

我们的经济的基础之变动已经决定文学这意识形态的必然的变革。只有变革的迟速可以由表现方法的发展去决定。

由这样的考究，我们不仅可以明白我们的革命文学的必然的发生，并且还可以附带地答复一个疑问，就是：我们的革命文学为什么落在革命运动这样远的后面?

有人以为这是因为我们的革命运动发展得太速，致使一般的作者没有考察（？）的时间，因而落在了后面。不过这可以说是一个答案么？他不过把问题申述了一遍，说这个跑得太快，所以那个没有赶得上。这是一定的，甲在乙的前面一定是甲跑得快而乙跑得慢。这种回答只可以骗过三尺的孩子。那么，这个现象的所以然究在那里？

我们的革命的发展，因为有以下的三种事情，进展非常顺利。

第一，我们的革命是一种国民的解放运动，帝国主义与走狗军阀是我们的共同的敌人，布尔乔亚汜与农工大众皆在同一的战线上。

第二，我们的旧布尔乔亚汜的政治的能力非常薄弱；近代的布尔乔亚汜的年龄与我们的新文学运动不相上下，但是欧战后欧美资本主义的卷土重来与封建势力的重压，却使我们这新兴的布尔乔亚汜夭殇了。布尔乔亚汜的无力与早夭使普罗列塔利亚特自然而然成为革命的指导者（普罗列塔利亚特的 Hegemony）。

第三，俄国革命的成功给我们以不少的革命的经验与教训，使我们对于帝国主义与封建残骸的斗争容易发展。

有了这种种事情，我们的革命才能在仅仅一二年之内有这样长足的进展。

但是我们的新文学运动却在最近一二年才渐渐入了固定的过程；表现手段才渐渐确立，表现样式才渐渐圆熟，还有人相信它的更丰饶的收获。

一种运动非在已经发展无余之后，决不消亡；并且更高级的运动非有可以实现的条件在旧的运动中怀胎而且发达到相当的程度，是决无从实现的。这是辩证法的唯物论所昭告我们的。

我们的新文学在最近半年以前已经发展无余了么？创造社在十五年春已经高唱革命文学的口号，但是就能成为了一种运动么？

实在，我们的新文学，除了《语丝》等早已固结而反动之外，直到最近一年才渐渐显出了衰惫的形容，表现内容才渐渐陈旧，表现形式才渐渐陈腐。并且社会的条件也直至最近才尖锐化，神经迟钝的文人方在十字街头建起象牙的高塔。在这种状况之下，我们如果希望革命的文学出现，我们反而应该得到相反的结果。

但是我们却又时有一二断片的革命的诗歌，时有幼稚而热烈的革命的作品——这又是什么道理呢？

关于这个问题，除了作者个人受外国文学的影响之外，还可以提出两个答案。

第一，在世界上文明的国家之中，我们的这个古国，我们的这群生人可以说是受愚昧与贫困的刑罚最是惨痛。不仅外国的资本主义（帝国主义）的发展象吸血鬼一般吸取我们的鲜血，而我们本国的资本家的生产的不能发展，也使我们加倍的受愚昧与贫困的笞罚。不仅近代的贫困压迫我们，而且时代错误的社会的及政治的生活也在压迫我们，不仅国内的封建势力，军阀，地主迫害我们，而且帝国主义的长枪短剑在屠杀我们。在这种状况之下，偶发的革命的作品是不足多怪的。

其次我们应该褒奖文艺理论方面的努力。我们的新文学运动才渐渐入了固定的过程的时候，我们就有理论上的提倡，使作者有了激励而读者能够接受，这也是对于革命的文艺作品的发生有极重大的关系的。

关于这一点——文艺理论方面的努力，有不少的人不曾了解。他们以这种努力为不足轻重；在他们的意思，革命文艺的作品运动才是今日的急务。



这种议论的荒谬，我们先就现在这样的黎明时分一说。在现在这样——社会的条件已经尖锐化而表现的方法才渐入固定的过程的时分，我们应该由批判的努力，将布尔乔亚意德沃罗基（Ideologie）与旧的表现样式奥伏赫变。这是作者与读者同样不可少的努力。作者没有这种努力，便不能向上发展；读者没有这种努力，便不能完全接受。替作者与读者充向导的，就是从事文艺理论的研究的人。

农夫在播种之先，必定把田土翻过一次，这是他的批判的努力，假使他有更高的知识的时候，他还应该把去年的收成与今春的雨量等等考究一番，那么，他便可以完全达到批判的目的。

文艺的田土，在旧的表现内容与样式没落的时候，我们应该清算——批判——一次；在旧的内容与样式才开始固定的时候，我们也应该由批判把它奥伏赫变。必有批判的努力，旧的才能奥伏赫变至于新的——才有革命。

我们更就正在发展中的文艺运动说时，批判的重要也丝毫不会减少。批判指出一种文艺的必然的发展与必然的没落，并且阐明它的内在特质。由这种批判的努力的结果，我们可以把握它的历史的必然的发展，认识它的必然性；我们可以自由地走向我们的目的（“必然”向“自由”的辩证法的转化）。由这种努力，文艺可以脱离“自然生长”

的发展样式而有意识地——革命。

这种轻视批判——文艺理论一般的荒谬的议论，我们时常可以耳闻目见。也正因为这种轻视，我们的文艺运动才在饱受许多无知与反动的言论的病毒。这许是当面的受罚！

有许多的人在口口声声高呼着“革命的情绪”。他们以为这就是革命文学家所应努力修养的 Alpha 与 Omega。这是怎样的无知，怎样的肤浅！

这种人，老实说，既不曾究明什么是革命，也不曾了解什么是情绪。一个无政府主义者可以很激昂地说这样的话，他说：我要不把人当人。在这种人的见解，这大约也是革命的情绪的结晶吧。这种高呼老老实实地是反唯物论的 unmarxistisch，而反动的。

又有许多的人（譬如最近的《泰东月刊》）还在提起“革命文学家到民间去”的口号，在我们的革命的急速的发展中，我们的文艺界，同我们的政界一样，真有不少的人在很远的后边气喘喘地追着。他们有时候昏倒途中，会发出些奇怪的议论来使你莫明其妙，这种可怜的追随派，他们的艰难的追随，我们不难想象，也不难谅解。

但这是怎么弄起来的？这便是他们轻视理论的当然应受的刑罚。假使他们的意识稍微明瞭，多少做过批判的努力，他们可以不至于走向反动的阵营，也可以不至于这样追随不上。

不过我们从前的理论还只是一些讨论与提倡，还没有尽批判的能事。这是无从隐讳的；而且正因为这个原故，我们的文艺运动迟至今日才有转换方向的可能性；也正因为这个原故，我们才不能不赶做全部的批判。

我们目前所要的批判必然地是我们的文艺的良心的总结算。没有这种全部的总结算，我们的文艺的方向转换是不能实现的。

但是，我们要如何才能做到这样的批判？要通过如何的过程才能够做到？

我们要知道这种全部的批判所应完了的诸过程，我们得先明白文艺这对象所由构成的诸过程。

“依他们的物质的生产样式而形成‘社会的关系’的人，又依他们的社会的关系而形成诸原则，观念，范畴。”

所以文艺这种精神的生产过程可以简单地表示如下：

1. 纯经济过程（物质的生产过程）

2. 生活过程（政治过程，精神的生活过程一般）

3. 意识过程（精神的生产过程）

4. 这些过程的再生产

社会的下部建筑的矛盾之发展终必出现于意识，这矛盾被意识着到一定程度的时候，先起意识形态的批判，这种批判的要求终要下降到经济过程的批判。在经济过程的批判完了之后，从前的意识形态的批判被修正，深化而形成一种轮廓。再经生活过程的批判与意识过程的批判，这轮廓的内容逐渐充实而决定。

我们的批判要完了这种种的过程才能是全部的批判。但是除了这种文艺＝意识形态的批判之外，我们也要顾到文艺的特殊性——表现手段与表现样式等；这些当然也是社会的关系，所以也是物质的生产力所决定的，不过在一定的范围内它们是有自己的发展的法则的。



现在，社会的下部建筑的矛盾已经尖锐化，我们现在的文艺已经不合于革命的知识阶级的要求（新兴的革命的阶级我们素来不曾接近，现在愈加隔膜），越发证明了它不是革命民众的生活的反映；我们要究明文艺发展的过程，阐明它的历史的关联，对于一定的时代的必然性，与它的必然没落的所以然，也要知道革命的民众现在趋向什么地方，对于我们的要求是什么——这是我们的批判要求的内容。

由这样的批判的要求，我们首先要就文艺的分野做一番批判的工作，但是最后我们的这种批判非沉入有产者社会的批判不可，就是，终非一度沉潜到经济过程的批判不可。在经济过程的批判之中，最初的批判才获得全面性的修正与深化而成为整个的。再上升经生活过程与意识过程的批判，这全体的内容才逐渐充实。

这意识形态的全面的批判再加一番表现方法的批判的考究，我们的全部的批判才完结了它所应该完了的诸过程。

我们的文艺现在已经到了应该实行方向转换的阶段。在这个分野认定自己的天职的人们应该起来做一次文艺的良心的总结算，而获得革命的意识。

过去的十余年中，在大体上，我们可以说是完成了我们的使命（在历史的必然性的观点上）。但是一切都是自然生长的。今后，我们应该由不断的批判的努力，有意识地促进文艺的进展，在文艺本身上，由自然生长的成为目的意识的，在社会变革的战术上由文艺的武器成为武器的文艺。

文艺决不能与社会的关系分离，也决不应止于是社会生活的反映，它应该积极地成为变革社会的手段。为文艺的文艺是布尔乔亚的麻醉药，在十字街头竖起象牙之塔的人是有产者社会的走狗。

我们应该由批判的努力，消灭这种布尔乔亚的麻醉药在青年中的影响，打倒一切的象牙与犬牙之塔在革命中的障碍。

这是千载一时的辰光。我们现在急起直追已嫌不早，我们决不能再踌躇犹豫。我们由批判的努力把旧的意识形态奥伏赫变，把旧的表现样式奥伏赫变，我们有意识地革命。

我们已经是过于迟钝了。不革命的人，我们让他去没落。我们要求大家做一番全部的批判。反对这种工作的人，我们给他以当头的一击。



原载1928年3月1日《创造月刊》第1卷第10期

# 桌子的跳舞

麦克昂

（解题）



China und die Tische fingen zu tanzen en，als alle uebrige Welt still zu stehen sehien—um die andern zu ermuntern.

（其余的世界都好像静止着的时候，中国和桌子们开始跳舞起来——想去鼓舞别人）

我在《资本论》的脚注里面发现出引用了这一句有趣的话。我不知道这句话是从甚么地方引用来的。“China”有人译成“陶器”的，但德文没有这个含义，而且又没有冠词，觉得怕还是我们“支那”贵国。

我这篇东跳西跳的文章，目的就在鼓舞静止着的别人。

最妙的是我们中国老早就在跳舞了。

我这张桌子跟着我们中国一齐跳舞。

〔1〕

我们中国处在一个很伟大的时代，这几年来不知道起了多少伟大的历史的事变。

象五卅惨案及其随伴着起来的伟大的民族的抗争，象三一八的屠杀，象1925年以来的民族革命及其转变，象上海工人的几次空前的大暴动……

这在我们文艺上反映出了些甚么来呢?

——唉，反映出了的是——一张白纸!

我们找不出半个作家注意到了这些上来，我们也找不出半篇的记述足以为我们历史的夸耀。

我们的作家们都好象磨坊里的马,蒙着眼睛在固定的圈子上打来回。

我们的作家们都好象田螺永远拖着自己的坚壳在道路上慢慢地移动，稍微一接触着外界的激刺，便把浤腻腻的软塔塔的身子缩进去了。

我们的作家们都好象反刍动物，只得抱自己嗉囊里面所储蓄的陈腐的食物嚼来嚼去。

我们的作家们都好象养在食料不足处的乌贼一样，只好自己吃自己的脚。

啊，你们真是太可怜了！时代赤裸裸地摆在我们的面前，我们为甚么总把它把捉不住呢?



〔2〕

没有时代精神的作品是没有伟大性的。

作品的伟大性当然不能在量上决定，然而也包含得有量的因子。

要把捉一个时代的大潮流，决不是随便的几行文字所能办到。

作家也要费无限的心血然后才能成功。

在这儿我发现了我们中国文坛不能产生伟大的作品，不能把捉着时代精神的毛病。

〔3〕

中国文坛大半是日本留学生建筑成的。

创造社的主要作家都是日本留学生，语丝派的也是一样。

此外有些从欧美回来的彗星和国内奋起的新人，他们的努力和他们的建树，总还没有前两派的势力的浩大，而且多是受了前两派的影响。

就因为这样的原故，中国的新文艺是深受了日本的洗礼的。而日本文坛的害毒也就尽量的流到中国来了。

譬如极狭隘，极狭隘的个人生活的描写，极渺小，极渺小的抒情文字的游戏，甚至对于狭邪游的风流三昧……一切日本资产阶级文坛的病毒，都尽量的流到中国来了。

这些病毒便是使日本文坛生不出伟大作品的重要原因。

在我们中国呢？不消说草花的种子生不出松柏的大树。

中国新文艺闹了已经十年，除了有几篇短篇还差强人意之外，到底有甚么东西呢？

文艺市场上也有几部长篇小说在流行，但是甚么三角恋爱啦，四角恋爱啦，闹得一塌糊涂，而且还脱不掉剿袭，脱不掉摹仿，我们真是应该惭愧了。

我们振作一下罢，我们奋发一下罢，一面把别人的影响丢掉，一面改造自己的生活，努力做一个社会的人罢！



〔4〕

我们中国的一些作家呢？就我所知道的（不过我所不知道的恐怕也就没有了），我敢大胆的说，都是些中等资质的人，但他们所过的生活可以说都是天才以上的生活。

他们真是懒惰，懒惰得要命！

他们的一天，你真不知道他们在做些甚么。

他们一点也没有研究心，一点也没有计划；只是如象草里的秋虫一样，应时的叫叫，拖着悲哀的声音叫叫，这就是算尽了他们的天职。

他们还说：这是甚么 Inspiration 咧，甚么纯粹艺术咧，甚么创造的冲动咧，甚么主观主观主观咧，这真是叫人肉麻了。

他们都是些很舒散的很舒散的个人无政府主义者。他们只是想绝对的自由。他们一点也吃不得苦——稍微吃了一点苦，嗳呀，不得了！鼻脓鼻涕都流出来了。啊，我是受人虐待了！我是受人虐待了！我真孤独哟！我真悲哀哟！……便甚么都叫出来了。他们的奢侈欲望非常之大，他们的自负心非常之强，然而又不努力，结果在这社会上只是成了一个虚飘的纸人，社会上的事情也就和他们分离了。

啊，象这样的“天才”怎么能够做得出伟大的作品出来呢？

中国的天才未免太多了！

我们应该改悔了罢！

我们应该下点苦工研究，再来综合地立体地创造出些甚么新的作品来罢。

譬如我们要表现“五卅”，我们即使没有跳在那个漩涡之中，我们可以去访问那时的当事的人，可以考核当时的文献，经过相当的缜密的研究，我可以相信我们一定可以生出一个的伟大的直观，激刺我们的创作欲。

又譬如我们要表现工人生活也是一样，我们率性可以去做工人，去体验那种生活。象 Upton Sinclair 的“King Coal”一类的作品，那没有到炭坑里面去研究过是绝对写不出的呀。

我们下一番苦工有计划地研究一下罢！即使作品写不成器，至少历史是写得成器的。有计划的历史叙述赛过你 Pseudo 天才的行状五百万倍。



〔5〕

我们最悲观的是中国没有继起的新的作家。

虽然有人说文坛被一些旧人占领了，但是新人不行实在也没有办法。

尽你说得天花乱坠，总要拿点实在的新货出来看看。

我们所得的新货怎么样？不要说创作力是异常的薄弱，就是文学上的技术能够弄来无瑕疵的也就少见。

Pseudo 天才病已经受了传染了。

一样的“悲哀，悲哀，悲哀；倦怠，倦怠，倦怠。”

病瘵的呻吟布满了全中国！

春笋在地里储材，笔直地射出天界。

我们的青年中是不是也有人埋着头，努力地，拚命地，正在准备着做一篇惊心动魄的划时代的创作的呢？

是我们奢望太大，不是我们看得你们太小。

我希望你们不要小视了你们自己，但是也要真实的努一番力才行呀。

文艺是生活战斗的表现，决不是 Taugenichts 怠惰者的逋逃薮呀。
天才是努力生活的结晶，也决不是 Taugenichts 怠惰者的冒牌货呀！
我们的时间不待；
不要以为春天去了，永远会要再来！

〔6〕

你们以为我骂了你们吗？我以不美的文字来骂了你们吗？
那我没有办法，我也不和你们争辩。
不过即使是骂，我是有所为而骂。
我不是主张“为艺术而艺术”的艺术家，所以我也不是“为骂而骂”。

〔7〕



我们的文学家假如有无产阶级的精神，那我们的文坛一定会有进步。
单从生活的形态来说：
你看，那普罗列塔利亚特是如何受苦？他的生活是一刀是一刀，一枪是一枪的明火战争。他们是非常严肃；他们是不敢怠惰——除非是有计划的怠业；他们是日日站在生死关头与死神奋斗；他们的生产力，爆发力，是以全生命全灵魂为保障的。
文学家的态度有这样严肃吗？

〔8〕

小资产阶级的根性太浓重了，所以一般的文学家大多数是反革命派。
他们爱说：文学是为全人类的，文学是无阶级性的，文学是没有甚么革命不革命的。
当然！他们的“人类”原是把无产阶级的“牛马”除外了的；你们根本不承认无产阶级，当然是没有阶级——“牛马”那能和“人类”对立而成为阶级呢？你们根本是反对革命，当然是没有甚么革命不革命。
哼！“为全人类！”这样的大语我们暂且不要谈，我们让一点价说一个“为大多数的人类”罢；这样的时候你的立脚点怎么样？

我们的文艺是要为大多数的人类的时候，那我们就不能忽视产业工人和占人数最大多数的农夫；但这些又是你们的仇敌，你们还能说：文艺是无阶级性的吗？

老实说一句：你们的所谓为全人类的文艺就是不革命甚至反革命的文艺，我们只为大多数的人类的就是革命的文艺；不消说我们是低你们一级啦。

你们还是要反对吗？

唔，那你们最好是说我们的不是文艺。

一切都被你们占有了，一切都被你们垄断了，单纯的“文艺”这个名词我们倒不吝啬的，就让你们占领了去，就让你们垄断了去罢。

我们要加上我们的荣冠——和你们表示区别，就是：我们的文艺是“普罗列塔利亚的文艺”。



〔9〕

无产者的文艺也不必就是描写无产阶级。

因为无产阶级的生活，资产阶级的作家也可以描写；

资产阶级的描写，在无产阶级的文艺中也是不可缺乏的。

要紧的是看你站在那一个阶级说话。

我们的目的是要消灭布尔乔亚阶级，乃至消灭阶级的；这点便是普罗列塔利亚文艺的精神。

〔10〕

普罗列塔利亚特中有革命的工贼存在。

从普罗列塔利亚特出身的文士中也不能保无“文贼”。

所以无产者所做的文艺不必便是普罗列塔利亚的文艺。

反之，不怕他昨天还是资产阶级，只要他今天受了无产者精神的洗礼，那他所做的作品也就是普罗列塔利亚的文艺。

——“在阶级快要决裂的时候……有一小部分的权力阶级竟脱离

旧的关系，投入革命阶级——掌握将来的阶级。从前有一部分贵族投向有产阶级，现在也有一部分有产阶级投向无产阶级，那一部分能够了解这种运动的有理想的资本家便是如此。”

（10th，Jan. 1928）

〔11〕

——文艺的变易性和永远性：

这是一个很值得讨论的问题。

文艺随着时代变化，甚至于在时代前头跑，他的变易性的确是很大的。

但他也好象有一种不变的甚么东西存在。

譬如古代的作品到现代也还有有一谈的价值的。

不错，这是一个事实。

不革命和反革命派里面，我们不能说没有美人。

但这美人于你有甚么益处呢？不惟没有益处，而且反转有害。

文艺的创作有时是出于无意识的冲动而且有满足人爱美的本能的一方面，这是它对于社会的经济基础呈出不变易性——所谓永远性——的原因。

但纯粹代表这一方面的作品就是不革命乃至反革命的作品。

不革命的作品还勉强可以宽恕。

反革命的作品是断乎不能宽恕的。

——“现在我们假定在我们的面前有这样的作品，虽然是艺术的，天才的，然而于政治上是不能满足的作品：就譬如脱尔斯太或者达士多奕夫斯基一类的大家在现在写了一篇在政治上与我们隔离的天才的小说。这样的小说假如是反革命的，在我们的斗争的各种条件上，我们虽然很感觉着遗憾，然而不得不挥泪而杀此小说，这我们不消说是能够了解的。但是，假如这种反革命性并没有，只是在行文上有些不好的倾向，或者就譬如对于政治上的冷淡之类，那我们不消说是不能不许这样的小说存在的。”（鲁那查尔斯基《文艺领域内的党的政策》）

这可以说是最公平的态度。但是不革命的作家们哟，你们不要欢喜，以为得了一个护符：须要晓得我们所能听其存在的不革命的作品，那是有限制的，那是要“艺术的，天才的作品”才行呀！你们要有脱尔斯太或者达士多奕夫斯基那样的天才。而且写的还要是“天才的小说”！

〔12〕

鸦片烟谁个不可以吸？Morphin 谁个不可以注射？

欧洲人最怕捉 Euphorie 这个字。

假如你要吸，你要注射，只要你不怕受毒，不怕死！

普罗列塔利亚特的文艺是最健全的文艺。

〔13〕

最勇猛的斗士大概是最健全的。

文艺是阶级的勇猛的斗士之一员，而且是先锋。

他只有愤怒，没有感伤。

他只有叫喊，没有呻吟。

他只有冲锋前进，没有低徊。

他只有手榴弹，没有绣花针。

他只有流血，没有眼泪。

……

……

（18th，Jan. 1928.）

〔14〕

感伤主义是一条歧路，它是可以左可以右的。它是中间阶级（Intelligentsia）的动摇现象。

所以一样的反对感伤主义，也有有产者和无产者的态度的不同。

有产者享乐之不暇他们无所用其感伤，而且感伤主义者对于他们是一种暗暗的威胁：因为后者已经感觉着社会的动摇，这是有产者的致命伤。虽然只是蚁穴，但结局可以溃堤，所以他们要反对。

我们的反对不消说是很明瞭的。我们希望他从那半醒的迷梦中彻底的觉醒转来。我们希望他从那迟疑不决的态度里面斩钉截铁地表示一番。

永远立在歧路口子上是没有用处的；不是到左边来，便是到右边去！

〔15〕

文坛上的斗争渐渐到了一个第二的阶段了。从前的斗争只是封建式的斗争，是以人或地理上的关系为背境。

目前的斗争是更进了一步，我们是以思想，行动及一切阶级的背境为背境。

拜金主义派的群小是我们当前的敌人。



〔16〕

我们应该认清楚我们的敌人。

——大众的同盟者虽然是一时的，动摇的，不安定的，而且是难于信赖的东西，但为确保其与无产者的联盟，就是最小限度的可能性我们都要无条件的利用。(《左翼小儿病》)

这是伟大的战略，我觉得在文艺战上也可以应用。

我们应该组织一个反拜金主义的文艺家的大同盟。

〔17〕

中国老早就在跳舞了。

桌子也在跳舞了。

朋友们，大家起来罢！跳舞！跳舞！跳舞！

（19th，Jan. 1928.）

原载1928年5月1日《创造月刊》第1卷第11期

# 冷静的头脑

## ——评驳梁实秋的《文学与革命》

冯乃超

### 一　小　引

从真正的认识看来，思想不能不是经验的现实之成就。然而从现实的地盘浮游在半空的市民阶级或小市民阶级的学者，他们不走这条大路，却以自身制造的幻影来韬晦现实。我们的梁实秋教授的暴论——请看他的《文学与革命》，载《新月》第四期——就是属于这范畴的东西。

“革命是什么，我们不但是听说过，并且似曾目睹了。”无论他怎样谦逊地措词，他所能理解的客观的现实，并不是肤浅的社会现象的表皮以外的东西。以这样的态度，赝造了一大堆的假洋银，恶用他的批评家大招牌的信用，欺瞒一般学识还未牢固的青年。我们不能不彻底地给以激烈的抨击。

### 二　革命与人性

革命是什么！这并不是“听说”或者“似曾目睹过”的人可以理解的，耳听目睹以外，“头脑”的活动最为要紧。然而“头脑”若是“冷静”的一个，它当会把握革命于本质，不只以现象解释现象的，不然的话，“头脑”便不是“冷静”的一个。

他说：“革命运动的真谛，是在用破坏的手段打倒假的领袖，用积极的精神拥戴真的领袖。”这个革命真谛的认识，是否在革命的本质上的认识？真命天子就是“真领袖”，逆命天子——他是“平庸”而“恶劣”的人性的所有主——就是“假领袖”，把中国过去的易朝的历史事实，强加以革命的名称，这个说明未必是欠妥。然而，这样的说明虽然解释了易朝的现象，依然不妨碍它是非本质的说明。为简单起见，现在取例秦以后的历史事实，讨论这个问题。这时期的中国的政治是以“专制”君主为首领的官吏支配阶级的政治。这个社会制度也是有榨取性质的一种，这不能否认的。官吏的职守，从心理上看来是名誉的虚职，从物质的关系上看来，是敛财的机关，变乱发动的每次，可以发见平民的嗟怨的对象是苛捐重税。在这里是没有生产力和生产关系的矛盾，故没有要求社会制度的变革的特质。因此每次内乱的之后，便有清廉政治的施设。这些内乱的反复的根底没有经济关系——社会关系的变革，是当然的道理。然而，只晓得以现象说明现象的唯心论者们，却不肯费神去寻出根本的原因，却满足于肤浅的现象，那就不能不把革命的原因归根于“人性”了。



人性，它很微妙地响亮着。听来，它好象是高超在云霄的一个全能的主宰，一切现实的事象是它翻弄的一把鬼戏。易朝又易朝，内乱再内乱地连续的中国历史，说是人性的创造，那末，我们可以说“人之初，性本恶”，这儿才有唯心论的秘密所在。

一七八九年七月十四夜，路易正在拥襟高眠，忽的听得告急的警钟乱响，狼狈起床向侍臣们问：“这是叛乱么？”侍臣答曰：否，陛下，这不是叛乱（Revolte），这是革命（Revolution），这里，专制君王才晓得有革命这个字义。现在，我们晓得凡有革命动乱的所在的地方，其背后必潜伏得于老朽的制度不能自满的某种社会的要求。把革命的动机或其成败的功过归诸二三的天才或煽动者的双肩上，才有“英雄造时势”的古谚的发生。然而，历史的发展是离开人间的头脑而独立的。中国不少创造乌托邦的天才，然而，中国的社会愈是前进愈加和他们的理想相远。一九一一年中国的革命，民众不“以积极的精神拥护真的领袖"，却以如火的热诚希望共和政体的实现。法国大革命的先驱阶级，要打倒贵族阶级的全体，而且说他们"要恢复常态的生活"，无宁说他们要成就他们所希望的"新态"的生活（第三阶级的生活）。这革命的根本的原因不能归咎"太阳王"的子孙的"人性"的不善，也不能归功于二三革命家的"天才"，而是君主政治，它的特权和独占，它的法律，陈旧的 Guild 组织和半庄园的农民一同地变成发展着的产业的桎梏；产业的再加上的发展就需要这回的政治革命。革命的根本的认识要是这样，要用头脑的思索而不是目睹耳听就可以理解。

人性，它没有直接参加过这样的历史的任务。

## 三　天才是什么

人类的历史不绝地增加它自身以丰富的内容成为浩瀚的潮流流转着。这丰富的内容不消说是人类积蓄文化的过程。然而，这人类文化的创造主，他不是深居飘渺的彼方的谁人，也不是"极少数的天才"。宗教，法律，艺术，哲学，科学，经济学，一言以蔽之，所谓"精神科学"的对象——或者是梁教授所谓"一切的文明"，——无非是集团的人类之产物。文化是，以集团的劳动为媒介的，自然之改造。再进一步说，人类使自己的物质的生产发达着，在这行为的当中，又使自己的思惟及思惟的产物发达变化。思惟及思惟的产物——精神，它不是超越时间及空间的存在，而是在所与的各阶段的历史之产物。所以，文化是一定社会的"物质的产物"。

"一切的文明，都是少数的天才的创造。"没有思索的习惯的人们，当然可以低深地颔首。然而我们理解文化生产的根本法则的，却苦笑他知识的浅薄。

在这里，我们不能不究明历史上社会上的个人所演的任务。

社会的外面，没有社会，离开社会，不能想象个人，社会是个人的集团，然而，这里的个人并不是孤立的个人。超时代或超社会（阶级）的个人的幻影只配在空想家的脑中徘徊。我们说个人的时候，他是社会人的个人，历史上的个人，个人受着环境的决定，同时，又受着历史的制约。

天才是特别的个人。在社会及历史的当中，他的任务，因为占着特殊的地位，遂行特殊的劳动，有时是很大的。然而，我们知得人类的意志不是自由的，它常受外的关系的决定。但是，个人的外的关系是社会的关系，（在该瞬间的家族，团体，职业，阶级，总社会状态的生活关系，）因此，他的意志为外的境遇所决定，就是说他从外的境遇引出其活动的动机。诸葛孔明不会发明飞行机，只能做出木牛流马。爱迪生才能有种种电气机器的发明。这因为发明家计划一种新机器的时候，他不能离开当时已经存在的一切的材料，即既存的技术，既存的科学。他的天赋即使很厚，也不能在空洞的“无”中生出“有”来。他必定要从科学所提出的问题，实际劳动所指示的诸要求，才能出发他的研究。文艺领域的天才也何尝不是一样，若果莎士比亚没有偷了人家的鹿，不致逃走到伦敦充剧场的马丁，后来也没有和 Leicester 公爵剧场发生了关系，没有演过剧，也没有校对过剧本，那末，英国贵族社会阴谋，打架，决斗这一套年代记的戏曲集不会冠以莎士比亚的名字了。（不过当时有闲阶级的所谓“深刻的人性”并不因此而失传的。）

梁教授说：“天才的降生，（好象是从天上下来一样——乃超）不是经济势力或社会地位所能左右的。”在这里，我们贤明的梁教授的天才论和世间的宗教的见解，发生了贴肉的关系。因为，他忽视了社会注入“人格”中的社会的影响。离开社会的影响，把个人单独地评价的时候，才有这个独断的发生的根据。

以个人的现象说明社会的现象，——布尔乔亚学者喜欢用这个戏法——其结果不过是循环论。对于天才——不论他是革命的指导者，皇帝，总统，独裁官——的评价若果忽视了社会的对于他们的决定的力量，那末，他们的人格自身的力量，必然地变成“上帝”一样的力量。木匠老婆的私生儿也可以是上帝耶和华的儿子。Renaissance 的灿烂的文化也许是偶然的现象，——自我精神的发现。

这样的误谬的根本观念不特使我们的梁教授看不透社会现象一般，而且在文学的一分野中，竟使他的“冷静的头脑”变成头脑的混乱。

向下，我们会指摘他的不充足的认识，克服他的有意识的反动的文学理论。

## 四　文学的阶级性

文学，它依然是人类所需要的时候，谁能反对文学是人性的表现呢？这个定义是非常的妥当，同一样的程度，又是非常的空漠。一般俗众的批评家——这里面没有忘置我们的梁教授的一席位，——在说明一件事实时，最爱假设一种要素，在承认它的互相作用的名义下，拒绝它的根本的物质的根据。“文学是人生的表现”，“宗教是宗教思想的作用”，这样的说明简直等于没有说明，不外是同义语的迭用（Tautologie）。文学史上，我们晓得在一定的期间有一定的可以用“邑死木死”（Ismus 梁教授的音译）来概括的一种倾向。这个倾向的发生的根据在那儿，而且怎样地？贤明的文艺批评家应该有解决这疑问的义务。然而，我们梁教授却去翻弄惊人的警语：“古典主义者尊重人的头；浪漫主义者尊重人的心。”（看《浪漫的与古典的》P15）这是我所能收获的回答的一切，啊！你看这个滑稽的妙语，现在竟堂皇地装饰着许多书肆的饰窗。

“人性”，它微妙地响亮着。勿论是谈革命，或谈文学，梁教授的庞大的体系（System）中，它象一条红线贯通着。然而，讨论“文学是人性的表现”，这与黑人的皮肤是黑色的一样，同是无聊的问题。不过为拒绝革命文学的存在，这个态度就是他穷途的办法，这个文学理论不特是否认文学的阶级性，而且，封建制度的代言人可以利用它来保存国粹，市民社会的代言人可以利用它来拥护自己地位的安全。所以，我们再没有顾虑这样的说教，不能不从速把文学的阶级性分明地展开。

我们知道决定诗人，哲学家，或艺术家的活动方向的——他们的人生观或世界观，受他们的生存时代的，围绕他们的社会环境的规定；一部分是环境的传统的见解，而别一部分是与环境的冲突而发生的。所以，我们要研究历史上的文学的意义，不能不从社会环境，社会心理，世界观及人生观上出发。

一时代有一时代的共通的人生观或世界观，它从文学作品的身体上发现出来的特征，一般文艺史家就以“邑死木死”概括地称呼它。

Taine 在他的《艺术论》中，很正当地指示着：“为理解某种艺术作品，艺术家或艺术家的流派，不能不正确地写出他们所属时代之知能的及道德的发展之一般状态。这正是我们批评艺术的正当的方法。”然而，我们不能不再进一步，增加一句话补足他说有未尽的地方，时代之知能的及道德的标准，他自身又依据于物质的生产条件，所以，对于艺术的创造，这个条件虽然是间接的——也是影响的要素。

在阶级社会的里面，阶级的独占性适用到生活一般的上面。言语，礼仪，衣食住，学术，技艺，乃至一切的生活内容。这决不是德谟克拉西的是有阶级性的。贵族的王孙，他的“人性”就是“落花秋月”的一类的“感慨”，和晨昏囚在黑暗的工人不会发生任何的关系。这样看来，怪不得“德谟克拉西的精神在文学上没有实施的余地”，同时，要梁先生明白的，王孙们的人性，这就说不着是“全人类的公同的人性”了。“假如人人都有文学的品味与夙养”，（喂，先生，我们并没有意思和你胡闹，请你开眼看看现实的社会，）这是事实么？从少数人所有的艺术解放到全人类共有的艺术，这个假定在什么社会的条件之下可以实现呢，不能不烦他稍用脑筋想想了。



若果艺术是永远不会变化的话，就是艺术的感觉——和生理的感觉是绝对的范畴。然而，Orchestra 初兴的时候，它不是受欢迎的“人客”，现在，它是市民民众的宠物；而且，艺术形式的又一种，那古代的比喻谈（Parable），大早令古人讨厌了。若果艺术是没有阶级性的话，一定时代的，同一社会里的艺术——因此，又是当时的社会人的美意识，不能不是一样的。然而，十八世纪末叶法国王朝的好尚，所谓牧歌调，感伤主义，烦琐主义，为什么竟被不情热的合理主义的市民艺术的古典主义所驱逐？

这样的质问，“人性”能给我们以满足的解答么，不，绝对地不能！它的解答却在艺术的阶级性的里面。

离开生活感觉，没有决定艺术的标准的绝对的尺度。特定的生活感觉决定艺术感觉的标准，没有生活“生活一般”的生活的人，当没有保持“感觉一般”的感觉的人。“太阳王”的王朝贵族所有的纤细的感觉，不能勉强新兴气盛的第三阶级的人们去保持。法国的革命期的画家 David 的憎恶却向着“艺术除满足贪婪黄金的奢侈逸乐之徒的骄慢和轻佻以外再没有用处”的时代投射。虽说是社会人，然而世界没有生活着古今中外时代地，地理地，职业地，文化地各不相同的特定特会的生活，那末，超越的普遍的生活感觉，除了抽象的观念里面，当然没有它的存在！“全人类的公同的人性，这是伟大的艺术家要表现的东西”，可怜的，这架担子太重了。晓得“不能强制没有革命经验的人写革命的文学”，却不能明白没有生活全人类的生活的人绝对不会写全人类的人性。为什么呢？因为梁教授的犯了在抽象的过程中空想“人性”的过失。人间依然生活着阶级的社会生活的时候，他的生活感觉，美意识，又是人性的倾向，都受阶级的制约。“吟风弄月”，这是有闲阶级的文学。“剥除资本主义的假面，却又向农民大众说忍耐”，这是小资产阶级的文学。赞美资本家是雄狮，贬谪民众是分食余脔的群小兽类的文学，这是反革命的文学。这不是无端地加人身上的“罪名”，而是根据作品的内容的思想在阶级社会中所演的任务，引导出来的结论。而且事实上，这些文学是俨然的存在，况且，梁教授又说得好：“大多数就没有文学，文学就不是大多数的”，这句话的里面说尽“阶级性”支配到文学上来的秘密，因为他所能晓得的是奉侍上流阶级的文学。

文学，她和布尔乔亚汜的“俗物”（Philistine）离婚以后，却把人权，正义一类的阶级意识的武装解除了。布尔乔亚汜不与历史取同样的步武进行了，“他却徘徊乎中路”，守护自己阶级的利益。战斗的人生观，这是未得志时的武器，今日，他要的是麻醉的酒精，但是自己不饮的，饮的是他支配下的人群。奖励贮蓄的宣传剧本，基督教的宣传影戏。不满意这个的只是小资产阶级的知识阶级，他们修了很高的修养，能够鉴赏一般人所不能鉴赏的“高级艺术”。“鉴赏的自身就是一种艺术”。他们鄙夷“倦了的商人”，同时，就不能不否认“大多数的文学”。只因为“艺术的王宫”的门限很高，容不得铜臭的人，汗臭的人闯进去。然而却不晓得王宫的础石却是铜臭汗臭的结晶。

白鹅一般的上流妇人的胸膛，芳香郁烈的外国酒，这只限于是穿服高等趣味的西装，用漂亮英语的绅士才能感觉的“感觉的快味”。白浪宁夫人的情诗，曼殊斐儿的小说，或许是英国文坛上的重要文献，然而，英国的Lady们可是太高贵了，况且又是天选国民中的尤物，即东部伦敦的市民也不敢瞻仰。“有产者或无产者千万人聚于一堂，你一言我一说拼凑而成”的，或许侮辱艺术的尊贵的艺术作品，这或者是邪道，但是，俄罗斯有一位伟大的愚蛮的演导者却悉心研究这样似的野外剧。这为的什么？不是阶级的差别决定阶级的生活感觉么？生活感觉的不同，又是艺术感觉的差别的标准。艺术是有阶级性的！具体地引个例证，

是酒，是爱，是战争，
只要永远要人沉醉，
我情愿天亮就醒来，
我情愿到天黑就睡。
——闻一多译郝斯曼诗，见《新月》四期——



我不说译这诗的要负担原作者同样的责任，即便是郝斯曼自身对于自己的诗也是一样的没有责任。不过同样的生活感觉驱使东方诗人翻译西方诗人的同样感觉的诗，这篇诗告诉我们以冗长的人生的空虚，不流动的时间。不论他是失恋失职，或许厌倦了妇人，看厌了现存社会的制度，总之，要沉醉他的自我而奉仕自我，就是这篇诗的用意。这是小市民的好典型，因为没有空刻的工人们不被容许有这样胡思乱想的人。但是这是小市民性的自己陶醉惯用的手法。

反之，我们的诗人这样地歌唱。

我们的光明，
已有红的一线，
在世界那头浮涌。
去，快向那红的一线上冲！
我北方的民众，南方的民众！
——菀尔的《趋上前》，见《文化批判》四期——

这里，我们没有意思把曲线的一部推说全体。不过我们的未来，

希望生命的喜悦，尽在这数行里面发露出来。我们能够和未来相连络，才有我们的生命的发展。历史的本质是革命的，因为不绝地前进。能够赞美未来的只有我们的诗人，而且，这篇诗的沈雄的气息又是超越技巧的技巧。

这两篇诗的比较，虽是一对偶然的撮合，我们可以看出有历史保证的阶级是怎样的健康，和现实社会游离的阶级是怎样的病态。

在过去的青年的布尔乔亚汜的革命时期，我们发见"民众的非正式的代表"的文学家，然而，年老的布尔乔亚汜独擅威福的今日，我们只能发见非民众代表的文学家。

文学是有阶级性的！

## 五　浪漫主义与革命的文学

探访革命文学的来源，却不惜枉驾叩黄包车夫的破门，这是认错了门牌。同时，只晓得没有革命的文学，却又回去祭祀浪漫主义的坟墓，这是他去掘自己的坟墓。然而，两者的灵交却在这一点互相投合："没有一个第一流的文学家，一生的同情于革命。"这个结论也许是事实的一面。但是，为什么呢？我们会在批判浪漫主义文学的途上，寻究它的答复。

"浪漫主义文学"是"革命的文学"。这话是真的么？如果是真确的话，那末，我们不能不寻究它是怎么样的一种革命的文学——即从历史上究明它对于人类的解放尽了什么责任。我们的问题应该而且不能不是这样提出。不然的话不特连浪漫主义文学的正体不能分明，而且，因此引出如下的荒唐的结论："无论是文学，或是革命，其中心均是个人主义的，均是崇拜英雄的，均是尊重天才的，与所谓的'大多数'不发生若何关系。"（圈点的句子是梁教授的——乃超）

个人的自我意识，因文艺复兴期的飓风的人生的喜悦惊醒了。然而，通过都市的产业文明的镜面，这个人的自我意识消去了蒙晕的薄绡明晰地反映出来。产业文明不带来一般民众以幸福，反而增加他们的苦恼。看吧，资本主义登极以后，人类的迷妄，战争，苦闷的迷梦，有眼醒了么？“去日的权力”，又是“今日的权力”。丑恶的现实换上一个丑恶的新的现实。民众以前是上帝的贵族的奴隶，今日却是普遍的主人——商场的法则的奴隶，以前失去了心灵的主人的他们，今日却连肉体的自由也失掉。从这里，知识的普罗列塔利亚特——有教养的知识阶级，首先感觉这新制度的苦楚。然而，他们苦痛的解脱，他们不从社会制度的变革里面希望它，却在心灵的解放，精神的自由上找寻。滔滔的理想主义的潮流就从这里迸发。这个时期浪漫主义的发生，决不是偶然的事实。个人主义是 Romantique 的意识的反射，理想主义是他们的求解放的学理。这里，他们的反抗是无目的的挣扎，理想是彼岸的神秘的幻影。他们里面的斗士，不论怎样的威风凛凛，但是，时代的制限的围墙是这样的坚牢，对于人类解放的伟大的历史的任务，他们卒不能获到了必要的钥匙。

Romantique 或许是孤独的巡礼者，或许是情热的异端者，虽然，他们的寂寞和悲愤——也许是崇高的心情——是深刻不过的，然而，他不追求它的社会的根据，却在头脑中制造最高的审判官。他们也有发见民众的，然而，只发见他们的厌世精神，不能发见他们的历史的责任。他们的文学提出了许多的问题，然而，答案均悬在心灵的渺茫的世界里。他们也许发见了真理，然而，从历史的连续上看来，是伟大的幸运。他们对于社会的不调和拚命地抗争了，然而，他们却没有摆脱了什么羁绊。他们的无限的乡愁只能寄怀中世，罗马，超自然，加梭力教，或夙命去。他们的主观主义是可以发展到革命，破廉耻，独断论，反动等一切的事情身上的自己中心主义。卢梭的呼声好象革命的喇叭的远响，然而，事实上只不过敲了反动的鸣钟。理想中也许有完全的世界，也许有幸福的自然，然而，皈返完全，皈返自然，却是皈返天才，皈返个人。梁教授的结论，践踏这条路径。

那末，他们解决了什么？

浪漫的魔术的角笛吹奏革命的歌调，然而，它若“猎师吹角笛——音乐随风灭”的歌曲所唱的一样。( Des Knaben Wunderhorn )”

浪漫主义以奔狂的革命的热情要拖历史“向后走”，这就是它在历史上尽的责任。

以浪漫主义文学家为文学家的永远的范畴，这便引出鲁迅先生的谬论。

“文学家时时要理想革命，时时和现实冲突，所以革命之前，革命之后都不能舒服。”（鲁迅的《文学与政治的歧途》）好一个深刻的孤独的巡礼者！若果甘人的话是对的，这就是鲁迅先生的自画像。然而这是夸大妄想狂症的患者，不是健康的现代人。看鲁迅抬出神秘派的自杀文学家，实证“革命文学家”的性质。然而，这是真确的“革命文学家”么？“拍着手风琴的酩酊的乐音，我给死跳舞”，这是革命的诗歌么？浪漫文学家可以赞美革命的热情，然而，不能理解革命的现实。读者试观新俄还有不少比较自杀诗人爱宣尼还有名的革命文学家，日夕不息地为无产者的祖国的新社会制度，教他们献身的努力，那就明白我们的鲁迅先生向着青年们撒了很危险的谎。我们要“除掉”Romanticism不能不要“除掉”鲁迅的教训，这就是我在这里，不能不附带详驳的理由。

他们的误谬发生于对于浪漫主义的误解，同时不能把现象的本质在历史的发展的过程上捕捉。

“没有一个第一流的文学家，一生的同情于革命。”这句话有两种可能的解释：或许因为是第一流的文学家，就不能同情于革命；也或许同情只是同情，可以隔河观火的人却跑到当场弄火。同情，它说明了一切的秘密。然而革命文学是新兴无产阶级的文学，（现在我们没有区别这两个名称为两种，）这是阶级自身的文学，不是“涕泪”的结晶，也不是“商人”的“广告”。

那末，我们要讨论革命文学了。

## 六 革命文学

在这个小的论文的一节中，没有把革命文学的问题整个讨论的意思。不过在批判梁教授的误谬的文学理论的途上，我们可以涉及根本的二三问题，侧面地说明革命文学的特质，这是本文的企图。

A 生活组织的文学。

“文学是人性的表现”，这个话是没有意义的，上面已经指摘了。

文学即使是作家的“内心的命令”——这是限于个人主义作家的例——而产生的作品，也不能决定它“不曾负着什么改良生活的担子”。比如，象征主义的文学，一见和社会生活是没有关系，然而，这流派的发生的社会的根据却基础于失望于现实的生活，而在空虚的神秘的王国中找寻理想。神秘的理想主义当然不是实生活的理想，然而，也不能因此抹杀它的求生活的调和的“内心”的要求文学。若是它的自身可以离开人类生活，主张自己的独立性，那就不是人类所需要的东西。为议论的明快起见，我们引用下列的一段文章。

“我们看过，科学把人的思想系统化，秩序化，纯粹化，从矛盾解放，从知识的断片，从碎布缝成一件科学的观念及理论底衣裳。然而，社会的人间（Mensch）不单思索而且感情（Fuhlt）：他烦恼，快乐，希望，欢喜，悲哀，绝望等。他的感情可以是无限地复杂而纤细，他的精神的体验也可以有时以这个，有时以别个音叉谐和调子。艺术或以言语，或以音响，或以运动（比如跳舞）或以其他手段（这往往是‘非常地’物质的，如建筑上的），总之，以技巧的形态，表现这些感情，因而使感情系统化。这又可以换言如下：艺术是‘感情底社会化’，……。”——N. Bucharin: “Theorie Des Historischen Materialsmus” Kapt VI Pr 38.



艺术——文学亦然——是生活的组织，感情及思想的“感染”，所以，一切的艺术本质地必然是 Agitation-Propaganda（这不拘艺术家自身有意或无意）。中国的旧戏的作家，不论他是意识地无意识地，以“上京求名”的事实写脚本，这作品是官吏阶级的“升官发财”的思想的宣传：这是客观的，从批评家的主观独立的事实。这样中国的旧戏替以前社会的支配阶级尽了许多义务，然而，社会已渐次地变化，新戏要把旧戏责任取来负担。这事情说明艺术在社会上负有组织生活的秘密。空洞地主张学“文学的价值”，内心的要求不过要装面子。

B　革命文学的必然性。

民众正在“水深火热”的压迫里面挣扎着的当今，又得了多次的革命行动的实际的经验。他们有反抗的感情，求解放的欲念，如火如荼的革命的思想。把这些感情，欲念，思想以具体的形象表现出来的就是艺术——文学——的任务，也是主张革命文学家的任务。

然而，怎样地认识今日的革命的进展及其方向，这是优秀的文学家必先要解决的问题。关于“作家的态度”已经有别人论过，这里无庸再重复。

不过，梁教授的“无论是文学或是革命，其中心均是个人主义的，……与所谓的‘大多数’不发生若何关系”的一句话，我们不能缄默地看过。

革命绝对不是个人的解放，不论谁人都晓得的。文学，它若是新兴阶级所需要的文学，必然地是革命阶级的思想，感情，意欲的代言人。新兴阶级自有他的人生观，同时，也有他们的思想家和文学家；孟德斯鸠生在贵族的家庭，这事实不能妨碍他代表新兴市民阶级说话；福禄特尔（Voltaire）是法庭公证人的儿子，这也不能禁止他攻击僧侣贵族阶级。马克思生在“文化的家庭”，不是工人，他的学说却是无产阶级解放的唯一的人生观。

新兴艺术的要求是新兴阶级的自己意识的发扬，这并不是今日的新发见。在十八世纪法国的文学及文学批评中已有这个事实。博马舍（Beaumarchais）在关于悲剧的种类的论文上面说过：“Peloponnesus 的一个独裁君主的薨去或 Moeris 的王女的牺牲怎样会使十八世纪的王国的和平的一市民的我的心悲伤呢？这对于我没有一点的关系事情，这里面，对于我，没有些少教训的东西。”博马舍和他的门徒欲看当时的出自第三阶级的人们的生活及苦恼，在舞台上，以深的爱情及同情表演出来。他们虽然没说出革命文学，但是，对于阶级的文学的要求，我们可以看得到。无产阶级要求自己阶级的文学，这心理的动机是一样的。然而，不同的地方，在市民阶级的革命不是全人类解放的革命，人类解放的“历史的任务”却放在无产阶级的双肩上。

无产阶级的阶级斗争的目的以为只是在食欲的满足的见解是不正当的。这是“宇宙史的”斗争，它的实行是替全人类一切的文化的传统及替人类保证“人性”的全展开与确立的可能性。无产阶级文学是根据于无产阶级的艺术的憧憬，同时，无产阶级若没有自身的文学，也不能算是完成阶级的革命。在这一回“革命期中的文学”，它必然地是革命文学——无产阶级文学。

我们没有怀疑地认识能够从不合理的制度解放人类，从奴隶的桎梏解放劳动，从金钱的缚束解放艺术的 Prometheus 是无产阶级。在这同一的信念的旗帜下面，政治家，思想家，文学家，或其他的技术家同是一样的斗士。这里，鲁迅先生所疑惧的“文学与政治的歧途”，却是一条路。就是说：政治家该具有艺术家的心，艺术家也该具有政治家的头。

## 七 结 语

总束以上的批判的结果，我们可以决定梁教授那篇文章是很体面的谩骂，因为“冷静的头脑”当然不致糊涂到这个样子。“平心静气的研究”得来是什么东西，装着绅士的面孔，实行其“讥讽嘲弄”的事实。这就是漂亮社会的 Etiquette 么？

我们看破了“冷静的头脑”，却是“冷静的嘲讽”。

夜半，21，6，1928。

原载 1928 年 8 月 10 日《创造月刊》第 2 卷第 1 期

# 中国戏剧运动的苦闷

冯乃超

## （一）前　言

中国戏剧运动的理论家及实际家都有一种同样的苦闷，这又不能不是中国戏剧运动的很深刻的苦闷。为什么他们不能不苦闷呢，解剖分析他们的忧郁症的病因的所在，在我能力的可能的范围内提示我们对于今后演剧运动的见解及其方向：这是本文所企图的目的。

当然，我们和从前的中国戏剧运动没有发生过些少关系，同时也没有直接目睹过他们的实际的工作，所以，本文所能够涉猎的范围，不单是局限于文献上的讨论，而且，并不是全部的批判的工夫：这是要在入题以前不能不附带声明的。

## （二）所谓国剧运动

问题的出发点我们不能不回避追溯到稍远的过去里面去，就在最近的过去中值得我们的注意及研究的，而且又给我们以很好的教训的事实的上面找寻我们研究资料。

这是 1926 年的事情。

“剧刊始业”的时候，徐志摩很谦逊地自愿充作“一介摇旗呐喊的小兵”，而且很明晰地说明他们的《剧刊》的使命。“第一是宣传，给社会一个剧的观念，引起一班人的同情与注意，因为戏剧这件事没有社会相当的助力是永远不成器的。”[1]从这态度可以说是《剧刊》同人的共通的倾向，少少的相异我们暂时不去计较，就对这态度下个判断。为戏剧自身主张它的生存权，戏剧运动史上可以大书特书赞扬他们的这样的忠诚的功绩。然而，时代的制约及社会阶级的规限，无慈悲地对于个人或团体的自由意志加以残忍的蹂躏。他们的结局，我们可以从余上沅的叹息听出事实的真相。“啊，社会，象喜马拉雅山一样屹立不动的社会，它何曾给我们半点同情？《剧刊》的本身我承认并未失败（对的，不过只是《剧刊》的本身——乃超），可是我们第一个希望，社会的觉醒（这是对于戏剧运动的社会的觉醒——乃超）这是失败了的。社会既不要戏剧（？），你如何去勉强它。”[2]这当然是非常可悲哀的结论，但是，从我们看来，这是必然的结果。



“社会既不要戏剧”，若没有先把他们所称的戏剧弄个清楚，这不算得是可以相信的老实话。他们心目中的戏剧当然不是俗恶的文明戏，也更不是陈古的旧戏（即使有点远亲的姻缘），这是很明白的。所以，社会不要的是他们的戏剧，——这当然是高级艺术的戏剧——而不是别的。因为，社会虽然不要他们的戏剧，然而，事实上，社会很热烈地欢迎梅兰芳的唱做；社会对于他们的“理想的戏院”虽然是没有“理解和情感”，但是，社会对于上海舞台，天蟾舞台，用不着它们自己来“勉强”它，它居然要它们的存在。这不是矛盾么，他们要运动的是高级艺术的戏剧，他们要建设的是“理想的戏院”，加以他们的伟大的努力。——“摇旗呐喊”热心“宣传”，然而，结果社会依然要他们所鄙视的而不要他们所理想的！

所以，我说：他们的戏剧运动只替他们的戏剧主张了生存权，然而，社会没有这样的大量给这样高级戏剧以存在的空间。

为什么呢？

第一，他们的确“不应该只拿北京做国剧运动的中心”。不过理由

[1] 见余上沅编：《国剧运动》第9页，新月书店发行。

[2] 同上书，第277页。

并不因为局限于古风的都城的北京致不能普遍于中国全土，却因为古都的城池——也可说是全中国的万里长城——还是封建时代的遗物，不容易使资产者社会的趣味侵蚀进去。为谨慎起见我要说明一句话，虽然国剧的定义已由余上沅说明过的，就是："由中国人用中国材料去演给中国人看的中国戏"[1]。这老实是没有说明能力的说明！因为太过于普遍妥当了，又太过于正确了，然而，他们的要求的戏剧，虽然不因这个说明弄得清楚，我们也晓得他们的要求的所在。中国人并非永远的是没有变化的中国人，中国材料亦可由古今不同的作家的手腕使它变化，同时材料自身——社会的历史的事实也是刻刻变化，当然，以这些为骨肉为生命的中国戏也是常常变化的。以前满足于《拔头》《踏摇娘》的中国人，现在变成理解《樱桃园》《贫民窟》的中国人。所以，国剧运动正如"有了现代这样的人生，运会一到，自然要迸出一朵从前没有开放过的艺术鲜花"一样，它不能不是现代的欧美所实验过的戏剧的运动。国剧运动，它不是国粹主义，也更不是国家主义的戏剧运动，从他们的教养的程度——趣味及嗜好的要求——阶级立场——这些实践的要求，他们不能不特地要求"艺术的鲜花快开"，发着大致相同的"艺术虽不是为人生的，人生却不是为艺术的"的口吻，大踏步跑入审美戏剧的，小资产阶级的自己陶醉的泥沼里面去。

然而，就算是泥沼，在中国也没有美丽的这个。苦闷的秘密就是藏在这里。

第二，或许又如上沅所说："北京社会（是）很特别的，……能生活的不必做工，愈做工的愈难生活。"能生活的不必做工的官僚阶级及大地主阶级，他们自有他们的嗜好和趣味，古典书画，京腔秦腔……闹个不休，那里有空闲顾及我们肩负建设新趣味的中国国剧的志士们的宣传和呐喊。在这陈旧的榨取形式的社会制度之下，"愈做工的愈难生活"并不是"很特别"的事情，而且，上海北京的富豪不能象莫斯科的巨商，捐助他们以二十万元的资本，又在我们的光荣的志士的里面没有一个象巴黎的自由剧院创办人的安多恩，这更是显明而平常的事实。

---

[1] 见《国剧运动》序文。

社会在胚胎着重大的矛盾的时候，我们的志士们徒然闹着艺术长，艺术短，这应该而且不能不受社会的二重的挤踣：第一，中国社会的经济的基础还没有发达到令这样的从社会生活游离起来的艺术的戏剧能够主张它的生存权；第二，为破坏旧的意德沃罗基，他们的国剧运动完全是没有活动的可能性。

那末，社会不会跟着他们的理想"醒觉"起来，这不是必然的事情么？

## （三）旧剧评价的态度

以上，我以为中国戏剧运动的忧郁病的来源已经明白了。然而，他们的误算却不局限于窒息他们的国剧运动，对于种种的问题，他们都站在这个错误的基调上，提示许多不能自己解决的问题来。向下我们当会抽出二三较为重大的问题加以检讨。



填词成了官场的应酬文字。传奇，演义大受识字的人民的爱抚的时候，一般的大众（乡愚百姓）只有他们的村戏。这是他们的所能享受的艺术恩赐，虽然内容上只是上京求名，锄奸诛恶的一套人情的旧话，又是官僚支配阶级的意德沃罗基的迷魂药。旧剧，它的内容依然是这样的支配阶级的意德沃罗基的宣传人，社会感情的组织人，官僚阶级支配下的社会是必定要求它的。旧剧在社会上所演的任务不能不是这样。旧剧所以能够主张它的生存权的社会的根据又在这一点。没有理解这个，徒眩感于纯粹艺术的美丽的幻影，抹杀旧剧在阶级社会所演的任务，根本地这不能不是一个重大的误谬。

事实上，中国社会的封建的残存的要素，不限在乡村，即在城市，因旧剧而保存着，过去的感情，情绪依然丰富地变着旧剧的煽动与感染。可歌可泣的事情不是济南民众之受虐杀，不是农村的悲惨的零落，而是忠臣孝子烈妇的行为。纯粹艺术的中国戏剧，这不能不是美丽的毒草，非把一般的民众整个毒害不肯干休。

这里，在我们建设新时代的戏剧的途上，才有提起旧剧这件公案来批判的必要。然而，我们对于旧剧的态度，并不是"都该保存，都该整理”，而是怎样地扬弃（Aufheben）旧社会的意德沃罗基底组织者的旧剧。

### （四）怎样地扬弃旧剧？

事实上，中国旧社会一天一天的崩坏着，意德沃罗基急激地或缓慢地也在变革着。一般地，新兴阶级的意德沃罗基，从批判旧的这个把它克服。没有该阶级的意德沃罗基的确立，当没有该阶级的革命的成功。

一切的艺术，不把它高级化——不把它从社会生活游离化的时候，它是社会生活（感情、情绪、意欲等）的最良好的组织机关。其中，我们不能不特别地承认戏剧的煽动的及教化的价值——社会的学校底机能。所以，我们对于我们今后的戏剧运动不要求多一篇的《戏剧艺术辩证》的论文，也不要求五光十彩的“戏剧的概念”的规定。我们不能不以社会问题——社会教化的问题之一部分，接触这个问题。

所以“旧剧评论”的问题，在我们应该是而且不能不是“怎样地扬弃旧剧”的问题。

旧剧的生命所依存的地方，在上面我们已经究明过来了。旧社会的意德沃罗基，这是维持它的支持。阶级斗争激烈地展开的中国社会里面，我们看出一般大众的自然生长的阶级的醒觉，我们若要站在科学的社会观的地步，把社会发展的法则认识清楚的时候，在这个伟大的时机我们不能采取愚民政策，再使民众麻醉于新的迷魂药中，而不能不使他彻底的觉悟，使社会的进化不致逡巡于半路。从人类的进化的观点，我们的态度不能不是这样的。同时，从扬弃旧剧的问题身上，只有民众用自己的感情为感情，用自己的意欲为意欲，用自己的头脑来思索，才能有取替旧剧而生长的新剧的发生的可能性。同时，我们不致陷入主张民众戏剧的同一的过失。

一般的民众戏剧的主张者，他们只晓得利用戏剧的工具，宣传资产阶级的意德沃罗基，借为民众的美名，施行其麻醉民众之实。民众戏剧的革命化[1]只有一条路，这是建设民众自身的戏剧。（当然，这里所谓民众不是以前的奴隶的民众，他们不能不是有了革命的自觉，同时，客观的形势课他们以历史的使命）不然的话，除下“崇拜君权，迷信神权”的戏剧的旧假面，也不过只能换上崇拜金权，迷信国权的新假面。虽然是“民众要革命化”，然而，结果是民众的再度的麻木化。没有建设民众自身的戏剧，民众戏剧的革命化，这不过是一种废话。

民众自身的戏剧，在能够组织自己阶级的感情，抒扬自己阶级的意欲的限内，它不能不是革命的戏剧，又不能不是良好的艺术。除此以外，我们再没有别个“最高理想的戏剧”，更没有“暂时牺牲各种高调，屈尊降格”的必要。建设民众自身的阶级的戏剧，这是一切。然而，我们的民众戏剧家的心目中，用作宣传的戏剧和理想的戏剧是两样的。站在功利主义的艺术观上，他们主张民众戏剧；和先进产业诸国的俗恶的布尔乔亚汜的邮政贮金，生命保险的宣传映戏有什么区别？



民众戏剧的革命化只有一条路——反复地说，——这就是建设民众自身的戏剧。从此，旧社会的意德沃罗基才受彻底的批判，扬弃——因此又是旧剧的扬弃。

## （五）戏剧运动的歧途

戏剧家，他是人生的理解者，人生的研究家：这是从来对于戏剧家的定评。然而，离开了社会生活没有人生，社会生活又受制约于社会的物质的生产条件。“人类的意识没有决定他们的存在形态，反为社会的存在规定他们的意识形态”，这是布尔乔亚底文学的代表人们历过许多辛酸的经验之后不能不首肯的，唯物史观上的真理。最近以前经济底落后的诸国——半殖民地的中国也在内——说教着事实上已经终熄了的个人主义。若果取例自中国的剧坛，走到中国来的近代戏剧，它不会是 J. Racine 的法国古典戏剧，也不会是 W. B. Yeets 的象征戏剧，而是易卜生主义的戏剧。思想剧走到中国来，这并不是“碰巧”的一桩偶然的事情，也更不是中国戏剧家除了易卜生以外不晓得别的作家

[1] 见7月5日《时事新报》陈大悲的《民众戏剧的革命化》。

的缘故。在旧社会崩溃的过程上，有多少革命性的小布尔乔亚汜对于社会生活底严肃的问题，严肃的斗争，集中他们的全部的注意的时候，思想剧或问题剧积极地投合他们的要求，这是必然的结果，并不是“侥幸混进中国来的”一回事。[1]即使“把屈原，聂政，卓文君，许多的古人拉起来”，发挥作家个人的——同时又是社会共通的一种——内的要求，（对于旧社会制度，旧的观念形态一般加以痛烈的批判与攻击），若能理解思想剧的所以发生的社会的根据，我们不会以 Closetdrama 而奚落它，也更不能因问题剧而抹杀它们的价值。这样地，国剧运动的一班人——代表人闻一多——终竟不能认识戏剧运动的本来的目的之所在，却以“纯形”（Pure form）的艺术为艺术的最高目的，蹈入艺术至上主义的泥沼里。这不单是戏剧的歧途而是戏剧的末路！

在欧洲的戏剧的历史上，戏剧成为“纯粹艺术”的陈列品，压榨它的思想，心理的内容，这是资本家社会的产业的分工化，及阶级社会分化的结果。一般地艺术变成了感官的刺激的对象，——就是说艺术成为特权阶级的消遣品的时候，艺术不能不失掉它的社会的存在性，这是诱致艺术的颓废的根本原因。戏剧的兴衰也受这法则的驾驭。新兴布尔乔亚汜从前创造了他们的伟大的戏剧，博马舍及其弟子们要求“表现第三阶级的人们的幸福和悲哀”的戏剧，这个时候的他们的戏剧不能不是他们的阶级感情的组织工具，生活创造的艺术。但是，对于烂熟的布尔乔亚汜，——他们已经失掉了他们的革命的情热，搁置了急进的改革的精神，对于社会的伦理的问题再没有兴趣了，——戏剧又不能不为讨厌的东西。纯形戏剧，审美戏剧（Aestheticdrama）的根本的要求在排斥感情及理智的因素，只要是感觉的。在这里，一方面布尔乔亚汜可以不用镜子映照自己的贪婪的面相。无批判地安心做他们的榨取的强盗的行为；他方面，专门家们也可以钩心斗角满足于“为戏剧的戏剧”。Gorden Graig 的戏剧理论不能不达到傀儡戏（marionette drama）的主张，Max Reinbardt 又不能不在默剧（mimedrama）及舞戏（Dance drama）寻他的归宿。戏剧愈加成为纯形的艺术，对于社会愈形冷淡，内部的教化的要素愈受升华，结果失却戏剧的在社会上所肩

---

[1] 见《国剧运动》第55页闻一多的《戏剧的歧途》。

负的任务，——社会的意义。

以上，我们从经验的历史的事实，说明了戏剧和社会生活的关系。那末，我们今日所要求的戏剧是什么——怎样地使戏剧革命化——怎样地建设民众自身的戏剧，这不能不是中国戏剧家的当面的问题。

### （六）怎样地建设革命的戏剧？

民众戏剧的革命化，根本地，若不站在民众自身的社会的关系上，代表他们自己阶级的感情，意欲，思想，它永远不会成为民众自身的戏剧。中国的民众正挣扎在现代的社会制度之下，炽烈的感情要求着社会的变革。我们的新戏剧的运动——革命戏剧运动，根本地不能不是新的民众的戏剧运动。



怎样地可能呢？

在我们的现在的现实社会上，我们的民众保有丰富的，而且从来没有用过任何种类的戏剧形式表现过的生活内容。这内容发现于今日的生活的不安，社会的矛盾，伦理感情的斗争上。在这斗争的基础的上面，发生着复杂而纤细的无限的斗争及心理学底根本的变革，——就是说，这些社会的要素供给最适当于反映这斗争的艺术形式之戏剧以丰富的内容。对于我们的革命的戏剧，现实社会准备着这样的基础。

他方面，我们晓得从来的许多的政治运动派生了许多的白话剧。这些白话剧在表面上虽然和旧剧一样同受一般大众的支持。然而，在煽动及教化的一点——戏剧的内容上，截然是两种不同部类的艺术。而且，事实上，白话剧虽然没有多大的经济力的支持，依然保持着可以发展的势力，同时，艺术的专门的问题——政治的过度燃烧的情热——戏剧的幼稚的技术——戏剧的功利主义的利用——这一串的危险，卒之不能使白话剧的生存加以致命伤的打击。所以如此的理由是很简单的，白话剧的内容是现实社会的活生生的事实。因此，我们的问题只剩下下面的一点。

白话剧现在要求着适当的表演的及符合现代生活的律动的

（Rhythm）表现技术及民众戏剧的剧本。这些问题，当然是戏剧专门家的问题，同时，又不能不是我们对于今后戏剧运动的要努力的工作。

A．表演技术：

根本地表演技术要受社会的物质的条件的制约。在这个园地的里面，我们在中国所触目的完全是一带处女林。这方面的工作，供给我们以无限的研究的课题。然而，原则上，表演技术是创造适应深藏革命的要素的现代生活的律动（Rhythm）的戏剧表演的方法——换言之，借舞台表现的方法对于民众的社会生活供给以必需的精神生活的价值。所以，表演技术的研究，不论是演员，舞台美术家，导演者等的技术，不能不顾虑及革命时代所产生的现代生活原动力，不然，我们少有能够避免陷入“为戏剧的戏剧”的泥沼里，不可不慎的！

B．革命戏剧的剧本：

剧本的内容的标准，这是革命文学讨论的题目。我们只要求能够使民众容易理解的剧本，不论是创作或翻译，在可能的范围内，我们可以编制上演剧本的目录。

C．剧团的组织：

我们对于职业的俳优不能发生过大的希待。然而，象国剧运动一班人的伟大的企图——建设“理想的戏院”，这事若没有相当的物质的保证，当然不会发展。然而，问题的解决的关键，在下面的事实里。资本家社会里面，艺术家不能不以利益关系或流派关系而组织公共的团体，用以保证他们的劳动及生存的可能。这是经济地规定的艺术家的社会主义。然而，若能理解新艺术的理想的主要基调之所在　　艺术的创造作用之社会主义——的艺术家或艺术爱好者的人群，组织社会主义的团体，有二重的可能性：第一，经济地保证他们的劳动及生存；第二，理想地可以发挥他们共同的合作的精神。戏剧团体的组织，不要求巨商的保护及政府的补助，只有这一个办法是可以逃避社会的经济的制肘。然而，这许要要求伟大的牺牲的精神及坚忍的努力！

10，8月，1928

因期限的紧迫，下半节的议论实未经审慎的推敲，或者我会有更正的机会。本文合该和前期沈起予君的论文《演剧运动的意义》一起参看，读者当易明瞭一点。

原载1928年9月10日《创造月刊》第2卷第2期

# 怎样地克服艺术的危机

乃　超

前期文化运动，这是郁勃的民族感情的爆发，只因为没有发达了的经济的社会的基础，在硗瘠的土壤上不能怒开灿烂的百花，同时，却因此，它免掉了产业社会的交换法则的顽固的支配。



后期文化运动，这是阶级斗争的感情的暴风，只因为有了发达的经济的社会的基础，在沃饶的土壤上当会开放灿烂的百花；然而，资本家社会普遍的主人——交换法则——的绝对的意志，对于人类的觉悟——阶级的觉悟，非加以残酷的蹂躏不肯干休；却因此，它不能不遭逢着伟大的危险。

发展途上的中国社会的经济状态，渐次给布尔乔亚的趣味文学以相当发达的基础。

对于认识了社会发展的法则的我们这个危险不能不是我们的斗争的对象！

“大多数就没有文学，文学就不是大多数的”这样厚颜地宣言着的小布尔乔亚的文学家，奴颜婢膝地跪倒在他们的主人的支配下，为保持“稀有的幸福”的特权阶级的少数人，做他们的趣味文学。

艺术愈是商品化，愈与社会的现实相背走。我们不能不从这铁锁链解放我们的艺术。

其次，我们的斗争的对象不能不直向借革命艺术的美名密输布尔乔亚的意识的所谓“民众艺术”“农民艺术”，揭破它的美丽的面纲，暴露愚民政策的真相。

怎样地可能呢?

解决的答案在建设普罗列塔利亚艺术的问题里。我们的艺术是阶级解放的一种武器，又是新人生观新宇宙观的具体的立法者及司法官。革命的整个的成功，要求组织新社会的感情的我们的艺术的完成。

但是，革命的途上，我们的艺术不能不清扫斩除目前的危机与障碍。我们的路是荆棘的路!

12. 8. 1928

原载 1928 年 9 月 10 日《创造月刊》第 2 卷第 2 期

# 革命文艺与大众文艺

彭 康

## 一

在反动的文学阵营中，我们看到了种种的流派，如趣味主义，健康与尊严的原则，否认别的一切主义的创造的理想主义，从革命与文学的没理解而立论的天才主义及英雄主义等等。可是这些我们都批判过了，而且纯从个人主义出发的这些东西，只要稍有觉悟的便不会容易受它的欺骗，因为在现在中国这样的客观环境里，这些东西完全是将要消灭下去的社会组织底反映或意识的挣扎。可是社会上俨然的不能看过的事实也会使得这个阵营中有些人对于事实能增一分的认识，且因此提出了与革命文学似相接近而实相反的主张。

这个主张就是郁达夫的“大众文艺”。

大众文艺！这“大众”两字的确是漂亮，因为大众已不是“小我”，在现在正要大众斗争，大众团结的时候，拿出“大众文艺”这名字来是很可以迎合一般人的心理的。不过这只是迎合，其实还是从“小我”出发的“大众”，而其用意是在以这两字偷偷地替换“普罗列塔利亚”来攻击革命文艺。从前那种反对革命文艺的论调知道是很薄弱的了，于是用这种侧面的阴俏的替换法来打消普罗列塔利亚文艺。这很容易使一般青年受他的蒙蔽，对于现在所需要的真正的文艺是一个很大的障碍，因此我们有彻底地克服这种倾向的必要。

本来郁达夫是一个极端的个人主义者，堕落的享乐主义者，他那种 decadent 式的萎靡的生活使得他完全为小资产阶级的劣根性所支配，反映到文艺上成为一个专描自家的和生活及社会底畸形的部份现象的作家。他也主张过农民文学来了，现在又是什么大众文艺，然而始终不肯也不能认识及努力于普罗列塔利亚文艺。

这倒不管他了，只是所谓大众文艺是什么呢？

## 二

在《大众文艺》第一期里，郁达夫自己说是这个名字虽然取自日本现在正流行的“大众小说”；然并不如那种低级的迎合一般社会心理的通俗恋爱或武侠小说等的范围那么狭。我们也相信这或者要比那些低级的迎合一般社会心理的要好一点，而范围也或要广一点。但这并不算什么，范围的广狭并不足以定文艺的高低，它自有它的本质在。



但是不要惊奇！我们的文艺家竟因为范围的广而说文艺是大众的东西。这是怎样深邃的理论！他接着说：“我们的意思，以为文艺应该是大众的东西，并不能如有些人之所说，应该将她局限隶属于一个阶级的。”在这里，我们可以知道所谓“大众”的理论根据有两方面，从内容上讲，文艺应扩充范围，不仅是写恋爱及武侠小说就算了事，还要写别的什么什么；从对象上讲，文艺应是全民的，不应为某个阶级所专有。这个理论的错误是十分明显，看过了社会上的阶级的分化，因而想抹杀文艺的阶级性，这是与革命文艺根本地不能相容的地方，也就是郁达夫在文艺上之所以反动的根本原因，关于这点，我们在后段再讨论。

现在我们只问把内容的范围扩大，除了通俗的恋爱及武侠等外，还描写社会底别的现象和事实，就算是真正的文艺吗？就是描写了，如果作家的态度和技巧是卑劣的，尤其是里面的 Ideologie 没价值，那这样的作品也只是迎合一般社会心理的低级的文艺，何贵乎大众，又何劳郁达夫来提倡？我们相信还有别样意思，要不然，简直是使中国文艺界更要低级化了，我们相信郁达夫不是这样。

那末，他的根据在那里呢？不幸的很，我们在他的《大众文艺释名》里看出了他之所以有这样的主张为的是要挣扎自己在文艺界的位置，因为他以为现在的文艺给“有些文学团体”专卖垄断去了。要夺回给人家垄断去了的文艺，便提出这样的口号，文艺是大众的，不应该“为一团体或几个人的专卖特许的商品的”，你的是文艺，我的也是文艺，都是真正的文艺，不许人家来批判克服的。但是在革命的时期中，文艺上的分化也是必然的东西，而这种分化使得新兴文艺对于旧文艺不得不施以彻底的批判，在自己底发展过程中将它奥伏赫变。在这一方面，这是合理的必然的步骤，但在他一方面，旧文艺家却也不肯且不能转变自己的方向，还是在那里挣扎，来维持他的支配势力。不过这在社会的进展途中是不能做到的，于是就觉得有给人家垄断去的危机了。

我们的文艺家郁达夫对此危机便觉得“有起来振作一下的必要”，大众文艺也就此产生了。

大众文艺的理论根据，郁达夫自己也没有说出来，他只是觉得文艺应是如此的。不过我们也可以看出他的根本的立场在全民的民主主义，即所谓“By the People，for the People，of the People”，这是政治上的 Democracy，这种 Democracy 在实际上是否实现了，历史的具体的事实给我们一个否定的回答。本来这种全民政治思想当时是怎样地发生的，现在且不论，而它的理论是基于社会的错误的认识，实践的动机是想蒙蔽被压迫民族的耳目来缓和他们的反抗，这两点是很明显的。尤其是在现在社会对立尖锐化了的时代，还把这种古董抬出来，其用意是更不能粉饰了。

People！这是什么？是指社会的那 部分而言？社会的构成分子都是同样的生活状况及地位吗？如果是这样，那也用不着什么全民政治了，因为这种状况本来已经是 democratic 的。不过我们知道，在历史上是没有过这样的社会的。在历史过程中的社会不是单纯的一体的社会而是分化非常复杂的；许多生活条件不同的群集的总体。这种群集，因为它底生活条件不同，它底思想，感情也不同。思想不同，它底对于社会的认识及评价也两样；感情不同，美的要求及美的感受性当然也不一致。这些一切都不同的社会群集，在经济的基础上，即在生产手段的所有上，成为社会的阶级。社会是由阶级构成的，阶级的斗争促进社会的发展，这是自然的必然的本质上的真相。所以我们在社会里看到的只是阶级，People 这个抽象的东西只是一个空洞的名字。

所以 By the People，for the People，of the People 的理想，也只是社会中某一部分的 People 的理想，要实现的时候，也只是在这一部分中才能实现。这一部分是在经济上握着实权的阶级，所谓 Democracy 自然只是支配阶级的东西，在现在是资产阶级的东西，如果只是泛泛的乱叫全民政治，而没有一定的立场，那就等于替资产阶级说话。这点本是很简单的，然而是根本的，郁达夫没有的确地把握着，所以他在政治理论上是反动。

由这种反动的政治理论，他又抽出了他的文艺理论。我们再就这点来说。

## 三



文艺是什么？这是一个讨论文艺理论的根本问题。现在简单地一般地引用鲁那查尔斯基（Lunatscharsky）的话。

文艺是生产关系上的一定的上部构造；

文艺对于经济的基础为上部构造是有两方面的关系：第一它是产业即生产底一部，第二它是意识形态（Ideologie）。

这自然只是一般的原理，并没有指出文艺的特殊性。不过我们可以从这个根本原理推论纯文艺的理论。所谓意识形态，自然是受制约于社会底经济的基础，而它自身也有它自身底法则发展而将在这经济基础上面的社会生活组织化。这种生活的组织化是很重要的。因为社会生活为对于生产的关系所决定，对于生产是同样的关系人们当然他们的生活样式也大致是同样，在这同样的生活样式的上面更引发同样的思想，感情及趣味，这样，他们的生活已经是一致了。不过这只是散漫的刹那的断片的一些同样的东西，如果再将它体系化，理论化，则同样的生活样式更加可以在一定的意识形态之下统一，巩固起来，使同样地生活的人们因对于生产的同样的关系更能成为一个有意识的阶级，这样的统一的及组织的效能是意识形态所能有的，因为，意识形态虽然是社会底多样复杂的现象的反映，但不单是反映，这反映自身即成为社会的势力，旗帜及口号。

这是意识形态底实践性。文艺是它底一种，当然也是这样。

可是文艺与别种意识形态的区别即它的特殊性在那里？

我们知道意识形态是从社会发达来的，可是只不过是从现实社会受取唯一可能的材料及一定的特征，而能成为生活组织化的意识形态是要人类在一定的目的或倾向之下努力将这些材料体系化的。所以所谓生活的组织化，在大体上都是思想的组织化，即对于自然的认识，对于社会的认识及对于人生的认识等。

文学，艺术呢？一般地，文艺为意识形态的一部门，当然也是思想的组织化，但它为特殊的一部门，同时也是感情的组织化。

思想的组织化是对于现实社会的认识；每个时代的每个社会都有一定的迫切的关系全体的问题，这些问题，是急待解决而人们也不得不求解决的。文艺家认识了这些问题，在社会的具体的事实及人们底具体的生活里找寻问题的例证及问题的解决，因而构成人生观及世界观。伟大的文艺家同时又是伟大的思想家，在他们底作品中可以看出对于一个时代的正当的倾向及对于这些倾向的态度。Dante，Goethe，Schiller，Ibesen，Hugo，Tolstoi，Turgenev，Dostoivsky 从一直到现在的 Gorki，那一个不有他的世界观及人生观？那一个不是把握了当时社会底真正的问题？文艺家应有对于社会的正确的认识及真正的思想，只是迎合社会一般心理及没有一定的思想的立场的是不能成为文艺家的。

思想的组织化虽然是文艺的重要的效能，但这不与一般的思想所谓科学不同，科学自然是现实社会的认识，可是这还是一般的，抽象的。文艺里的思想是具现了社会底活生生的事实及具体的生活，且是用音调，色彩，形态，言语等表现出来的。这些艺术的要素是特别能刺激感觉，诱发感情的。而且文艺家对于社会不只是从纯智性的系统上去理解，还要确立一种一定的感情的，即道德的及美的关系。这种关系是纯思想家所没有的。思想家的认识还是一般的，抽象的，间接的，而没有实感；文艺家的认识是直接的，活生生的而在作品里形成一种生活感情。文艺与别的意识形态一样，虽然也是现实社会底反映，但以与内容相适合的音调，色彩，形态，言语表现出来格外使得文艺是感情的，强有力的。文艺是思想的组织化，同时又是感情的组织化。

文艺不仅是现实社会底热烈的直接的认识机关，还是文艺家对于现实社会的一定的见解及最期望的态度之宣传机关。这是一个宣传机关，不是为艺术的艺术，不是无病呻吟，更不是迎合社会的低级的通俗的东西了。这点是文艺的实践性。

郁达夫的大众文艺是这样的吗？

四

实践性是文艺的一般的性质，但还有一个更重要的要素，即革命文艺的阶级性。

郁达夫因为愤于文艺为某一个阶级所隶属，大声登呼地主张他的大众文艺。他却不知道文艺有阶级性，不但在现在应该这样，就是在历史上都是这样的。关于这点，从前说过的很多，现在不必详说。我们只需简单地问，文艺是社会底产物？文艺家能否离开现实社会？



我们知道，在文艺中所组织的思想及感情都是为现实社会底实际形态所支配。文艺所表现的内容生活样式，生活感情，固然是现实社会底反映，文艺用以表现的手段，音调，色彩，形态，言语，也必然地为社会的状势所制约。可是现实社会是一个阶级的社会，所谓为社会所规定，即是受制约于一个阶级。一个人的生活虽然很复杂，可以与别个阶级发生关系，但它底根本基调是属于他的阶级的。文艺家实感着这样的生活情调，更容易带有阶级的意味，从前的文艺不论从内容上，或从效能上看，不都是给某个阶级做享乐品吗？已经是被人家垄断了，所以革命文艺特别要高唱文艺的阶级性，把守阶级的立场。

从前的人们都是不肯也不愿说的，因为想瞒过文艺有阶级性的理论及抹杀文艺已为一个阶级所垄断的事实。郁达夫不愿文艺隶属于某一阶级因而否定它底阶级性，这不是对于理论的盲目，便是有意识的反动！

革命的文艺要把守阶级的立场，这是第一要件。在中国现在的社会，阶级的分化是很清楚，普罗列塔利亚特正要努力团结作解放斗争的时代，一切都须有这个意识，一切都须朝着这个方向。而从社会的结构上及中国的状况上看来，解放斗争必然地朝着政治解放的方向走，所以一切都受制约于此，因而革命文艺应有政治的意义。郁达夫尽管不想利用文艺来做官，尽管没有政治的野心，然而革命文艺应有而必然有政治的意义。

从阶级的立场及政治的意义两个要素来检讨中国现阶段所需要的革命文艺，我们可以得到一个明瞭的预图。

《大众文艺》要扩充它的范围，所以不仅局限于通俗恋爱或武侠小说。可是这没有一点重要，范围尽管大，描写妇人醇酒，讴歌颓废生活甚至可以有闲评，可以有游记，可以有诙谐多趣的 Essay，可以有清新俊逸的小品，这有什么关系呢！没有阶级的立场，则或者可以不至于低级，然而是反动，同样地要被克服的。

革命文艺，普罗列塔利亚文艺，在中国的现阶段，也不应仅限于描写无产阶级，更不必要无产阶级自身来写，中国的社会复杂，无产阶级的敌人众多，因此，他们要图解决，对于这些一切都要斗争。这个斗争的范围规定革命文艺的内容，描写什么都好，只要在一个一定的目标之下，就犹如斗争虽然多都是朝着一个目的一样。封建势力，军阀，帝国主义，工农生活，小资产阶级，知识阶级等等，都是革命文艺的内容。在阶级立场及阶级意识之下，思想的组织化使读者得到旧社会的认识及新社会的预图，感情的组织化使读者引起对于敌人的厌恶，对于同志的团结，激发斗争的意志，提起努力的精神，这是革命文艺的根本精神，也是它的根本任务。

## 五

在上面，我们简单地论述了革命文艺的特性，可是在大众文艺的理论上，没有一点是有这样的性质的。不但如此，从社会的构造及政治的立场上看来，大众文艺在理论上根本不能成立，在实际上就是欺骗青年。郁达夫说人家“转变无常的来欺骗青年而实收专卖的名声和利益”，而他自己却先前以个人主义的颓废文学来迷误青年，后来又提倡 Raymond 的农民文学来使青年走入歧途，现在又是什么大众文艺来缓和青年的阶级意识及革命精神。我们不必学他的同道鲁迅来阴骂阳讽，我们只明白说大众文艺是反动的东西，不管它是基于认识的错误，是有意识的或无意识的。革命文艺在现在反动势力猖獗的时候，为要谋它的发展及巩固，当然应有一个共同的战线，是同一倾向的文艺家当然在同一战线内。郁达夫说是信托公司也好，说是信托公司，不与我们同道的反动的文艺象大众文艺这样的东西，也只好请它站在信托公司之外。可是要清楚，这不是垄断，这是战线的巩固及展开！

原载1928年11月10日《创造月刊》第2卷第4期

# 对于所谓“小资产阶级革命文学”底抬头，普罗列塔利亚文学应该怎样防卫自己？

——文学运动底新阶段

李初梨

## （一）普罗列塔利亚文学运动底回顾

普罗列塔利亚文学在中国自从它意识地主张了它的存在，成了一个现实的运动以来，差不多已经有了一个年头的历史了。在这一年之中，它经了许多的斗争，受着不断的弹压，然而它正在这种种困难情形下面，却急速地在那儿发展着。据最近所发生的种种现象，我们可以说它是已经到了一个新的阶段了。这可以用几点来证明：

1. 直接的斗争对象底移动。

中国的普罗列塔利亚文学，必然地以中国的既成文学为它的斗争对象，所以在我们文学运动的初期，首先就引起了以鲁迅为先锋队的一联的激烈的争斗。这一联的争斗，使普罗列塔利亚文学确立了它的基础，同时在中国文坛上判然地划了一个阶级的界限。然而我们的运动却不断地在发展着，随着它的发展阶段，更形成了它的新的对立物。这一个新的对立物，及同它底对立斗争，就是今后普罗列塔利亚文学发展的重要契机，同时旧的对立物，及同它底对立斗争，显然减少了它的意义，它已退到斗争舞台的后面或傍面去了。我这样说，并不是宣告我们对于旧的对立物底战斗终止，事实上这样的战斗还在继续着，不过它已经不是我们的直接的斗争对象罢了。譬如郁达夫所提倡的“By the People，For the People，Of the People”的全民的民主主义的“大众文学”，因为他没有阶级的立场，我断定他是流产了。因为他反对“将文艺局限隶属于一个阶级”底时候，同时他就反对了他自己。因为他自己就是属于某一个阶级的，而且事实上并没有一个不属于任何阶级的“People”。这样观念上的幽灵文学，只能在郁达夫的脑筋里面才能存在，绝对不能成为一种现实的运动，我们对于他只暴露他的欺瞒和蒙蔽就够了，他不能成为我们的新的对立物。又如最近的《语丝》（44期）上，又有人把郁达夫所说的“无产阶级的文学，非要由无产阶级自身来创造不可”的一句话拉出来，拖长了声音，在那里阴一声阳一声地叫，然而这并不发生影响；因为这已经经了许多人叫过，也是为我们所彻底地论驳过的问题，我们实在没有许多“闲暇”再去管它了。



那么所谓新的对立物是什么呢？这就是茅盾所代表的所谓“小资产阶级革命文学”。本来茅盾在我们文学运动的初期，他是站在我们阵营里面的，至少他还没有同我们对立。（譬如他在《小说月报》上介绍了《太阳》，而钱杏邨君又在《太阳》上对于他的《幻灭》表示欢迎。）不过以后普罗列塔利亚文学运动底急速的发展，使得它自己内部所包含的矛盾，也急速地结晶成熟，自最近茅盾的《从牯岭到东京》出现以来，他已意识地同我们对立起来了，虽然他对于我们还装着一幅友人的面孔。这是一个辩证法的发展。犹之乎在我们革命的初期，民族资产阶级及小资产阶级的智识阶级，都是站在革命的阵营里面，而革命发展到了一定阶段的时候，他们都相继脱离革命战线而与革命对立起来一样。现在我们可以说我们的直接的斗争对象，已经移到这所谓“小资产阶级革命文学”来了。不过什么叫“小资产阶级革命文学”，我们应当在后段分析究明。

2．普罗列塔利亚文学视野之扩大及其特殊性底认识。

从来在我们阵营内，无意识地有一种错误的见解支配着：就是以为普罗列塔利亚文学，只应该写普罗列塔利亚自身的事情，这因此使得我们文学的视野，变得非常狭隘。而我们过去的作品，亦以写前卫底英雄的行为及普罗列塔利亚自然生长的反抗的为最多，这虽然有其他的原因，也可以说是我们作家的眼界过于狭小，或是无意识中受了上述的误谬的见解所支配。这在我们文学运动的初期，或许是一种不可避免的必然的现象，然而现在的客观的种种情形，是在要求着我们文学的视野底扩大。本来普罗列塔利亚特，是现社会的唯一的批判者，而他的阶级的观点，亦是现在唯一的客观的观点。所以普罗列塔利亚文学的作家，应该把一切社会的生活现象，拉来放在他的批判的俎上，他不仅应该写工人农人，同时亦应该写资本家，小市民，地主豪绅……凡是对于普罗列塔利亚特底解放有关系的一切，问题不在作品的题材，而在作家的观点。这是我们现在应该强调的。

其他一个错误的见解，——或许是大家疏忽了的一个问题——就是大家以为我们的普罗列塔利亚文学，只是资本主义或帝国主义的对立物，而放弃了对于封建遗制的斗争。这在其他先进各国底普罗列塔利亚的文学是这样的。然而因为中国革命的特殊情形，因此规定了我们文学的一个特殊性。本来中国的革命，其根本目标，就在于帝国主义底打倒与封建遗制底铲除。因为帝国主义之所以能支配中国，专赖封建遗制作其支柱，而封建遗制之所以能保其残喘，亦赖帝国主义作其后盾。所以要想打倒帝国主义，非同时铲除封建的遗物不可，要想铲除封建的遗物，同时亦非推翻帝国主义在中国的支配不行。这是一个密切的相互关系，我们不能舍一取他的。本来对于封建的斗争，原来是布尔乔亚汜的任务，不过在社会地落后的中国，我们的布尔乔亚汜无力担负这个任务，这一个任务遂落在普罗列塔利亚特底双肩上来；同样地，文学上对于封建底斗争，也应该是布尔乔亚自然主义文学底工作，然而在文学地落后了的中国，我们的布尔乔亚文学，没有把这一个工作完成。这一个工作，遂遗留下来作为普罗列塔利亚文学不得不承继的一个遗产。因此我们的文学，在它对于帝国主义及资本主义底的斗争以外，对于封建的斗争，也应该是它的特别的重大任务。这一点我觉得是中国的普罗列塔利亚文学与其他各国不同的一个特殊性，现在我们应该明确地认识。

3．新的问题底提出及其解决。

在我们第一期底斗争中，虽然解决了一些一般的问题，（如普罗列塔利亚文学底一般的规定及作者问题……等等）然而许多普罗列塔利亚文学自身的具体的问题，还是没有解决，或者可以说还没有解决它底客观条件底存在。可是我们文学运动底急速的发展，从新地提出了许多新的问题，同时又造成了解决它的客观条件。所以今后文学运动底发展，全系于这些问题底解决。最近茅盾在《小说月报》上所发表的《从牯岭到东京》的一篇文章，在这个意义上我认为很重要的。因为他在这篇文章里面，一方面主张了他的所谓“小资产阶级革命文学”，同时对于我们也提出了许多的问题；这些问题我们不应该把它抹杀，而应该正当地去解决它。不过他这篇文章，不仅是一个文学的主张，而同时是一个政见的发表。我们对于他的议论，应该从各方面去批判，不过我在此地，只从文学上，而且作为解决我们的问题的一个契机去批判究明它。

那么，我们先要看什么是他所主张的“小资产阶级革命文学”？



### （二）所谓“小资产阶级革命文学”！

值得我们注意，而且使我奇怪的，就是为什么茅盾提及“小资产阶级”的几个字，他立刻就会兴奋起来？

本来《从牯岭到东京》是一篇很优美的文章，拿他自己的话来说，就是很带着一点“缠绵幽怨的调子”。你且听他道来：

> “一九二七年夏，在牯岭养病；同去的本有五六个人，但后来他们都继续下山，或更向深山探访名胜去了，（这好象一曲《道情》，真使我飘飘乎欲仙了。——梨）只剩我一个病体在牯岭，每夜受失眠症的攻击。（这又写得多么孤伶——梨）静听山风震撼玻璃窗格格地作响，我捧着发胀的脑袋读梅德林克的论文集“The Buried Temple”，短促的夏夜便总是这般不合眼的过去。（这种境地与 Maeterlinck 的论文的内容，又是多么的调和！想来新从革命漩涡中归来的茅盾先生，一定在这“The Buried Temple”里面，发现了许多关于中国革命的真理——梨）……”

真是，“这在我听来，仿佛就是中世的 Romance!”然而多么奇怪哟，他一提到“小资产阶级”，就“象一个慷慨激昂之士”，他“素来不善于痛哭流涕剑拔弩张的那一套志士气概”，也现出来了。

他在前面费了一肚子的气力，证明了现在的普罗列塔利亚文学，“是最可痛心的矛盾现象”“是能力的误费”以后，继续着说：

“如果说小资产阶级都是不革命，所以对他们说话是徒劳，那便是很大的武断，（谁也没有这样武断过，——梨）中国革命是否竟可抛开小资产阶级，也还是一个费人研究的问题。（这已经是大家研究过而且得了结论的问题——梨）我觉得中国革命的前途还不能全然抛开小资产阶级。（亏他晓得了！——梨）说这是落伍的思想，我也不愿多辩；将来的历史会有公道的证明。（现在的历史已经证明了啊！——梨）也是基于这一点，我以为现在的‘新作品’在题材方面太顾不到小资产阶级了。（哈哈！太顾不到！——梨）现在差不多有这么一种倾向；你做一篇小说为劳苦群众的工农诉苦，那就不问如何大家齐声称你是革命的作家；假如你为小资产阶级诉苦，便几乎罪同反革命。这是一种很不合理的事！（也是值得“痛哭流涕剑拔弩张”的事！——梨）现在的小资产阶级没有痛苦么？他们不被压迫么？如果他们确是有痛苦，被压迫，为什么革命文艺者要将他们视同化外之民，不屑污你们的神圣的笔尖呢？（因此小资产阶级的“志士”茅盾要出来打抱不平了。——梨）或者有人要说，‘革命文艺’也描写小资产阶级青年的各种痛苦；但是我要反问：曾有什么作品描写小商人，中小农，破落的书香人家……所受到的痛苦么？没有呢，绝对没有！（起劲起劲！——梨）几乎全国十分之六，是属于小资产阶级的中国，（这个统计是从那里来的？——梨）然而它的文坛上没有表现小资产阶级的作品，这不能不说是怪现象吧！……所以现在为‘新文艺’——或是勇敢点说，‘革命文艺’的前途计，第一要务在使它从青年学生中间出来走入小资产阶级群众，在这小资产阶级群众中植立了脚跟。而要达到此点，应该先把题材移到小商人，中小农，等等的生活。不要太多的新名词，不要欧化的句法，不要新思想的说教似的宣传，只要质朴有力的抓住了小资产阶级生活的核心的描写！”（是的，越抓得紧越好！——梨）。

接连写了一大串“小资产阶级”，连我的手也写痛了。总之，他的意思是说：我们现在的普罗列塔利亚文学，“是最可痛心的矛盾现象”，“是能力的误费”。（你看他在此地偷偷地把普罗列塔利亚文学一笔勾销了。——梨）那么，小资产阶级呢，他们也有痛苦，也被压迫，因此也很革命的。而且“全国十分之六，是属于小资产阶级”“所以现在为‘新文艺’的前途计，第一要务，要在小资产阶级群众中植立了脚跟”，“要抓住小资产阶级生活的核心的描写”。这种文学，我们无以名之，名之曰“小资产阶级革命文学”。

**（三）“小资产阶级革命文学”发生底社会的根据**



本来中国的革命，是半殖民地被压迫民族的国民革命，所以在革命的初期，它有许多的同盟者——民族资产阶级——小资产阶级——等。然而民族资产阶级的革命性是有一定的限度的，以后革命的发展，超过了他们的限度以外，于是他们首先脱离战线而与革命对立起来。以后革命再往下发展，尤其是土地革命底扩大与深入，又使得小资产阶级的一部分——尤其是小资产阶级的智识阶级恐怖起来而开始第二的逃亡。茅盾把这一个过程解释得很好，他说：中国革命是“由左倾以至发生左稚病，由救济左稚病以至于右倾思想的渐抬头，终于为大反动”。什么是“左稚病”？这大概是指土地革命底扩大与深入，谁来“救济左稚病”呢？当然是封建势力与民族资产阶级及小资产阶级的智识阶级底共同工作。那么“救济”的结果怎样呢？结果是小资产阶级的先生们被一脚踢开，封建势力与民族资产阶级得了大胜利，“终于为大反动”。可怜他们竟分不得一杯羹，于是乎他们就“有痛苦，被压迫”了。他们“不满于现状，苦闷，求出路，是客观的事实”。那么对于普罗列塔利亚特底英勇的革命的实践呢，他们认为是“象苍蝇那样向窗玻片盲撞”，“不能自信……是有什么价值并且良心上自安的”。关于这一点他们很坚决，所以茅盾说：“人家说这是我的思想动摇，我也不愿意声辩，我想来我倒并没动摇过，我实在是自始就不赞成一年来许多人所呼号呐喊的‘出路’。”在这样“左”“右”为难革命与反革命之间，于是乎出现了政治上的中间党。这一个客观的现象反映到文学上来，就是“小资产阶级革命文学”。

关于这一点，茅盾也说得很清楚。本来他对于普罗列塔利亚文学，最初还有几分期望，不过后来他看到“我们的‘新作品’……走入了‘标语口号文学’的绝路”，（大概也是“左稚病”罢——梨）“发生了可痛心的现象：被许为最有革命性的作品却正是并不反对革命文艺的人们（茅盾一类的人们，——梨）所叹息摇头了”，这因为是“忽略于文艺的本质，或把文艺也视为宣传工具”，宣传也好吧，而我们“现在的‘新作品’在题材方面太顾不到小资产阶级了”。这使得他“最初……注意”其后……摇头，终至于“掉头不顾”。于是乎他毅然决然，要起来主张他的“小资产阶级革命文学”。

### （四）“小资产阶级革命文学”发展底今后的预测及其社会的任务

在现代社会生活的各方面——如政治，经济，文艺……等——有两个根本不同的意德沃罗基支配着；就是布尔乔亚汜的意德沃罗基与普罗列塔利亚特的意德沃罗基。这两个不同的意德沃罗基，是完全发源于现代资本主义社会的一个特征——阶级分裂上面，而且它们是根本地对立的，犹如普罗列塔利亚特与布尔乔亚汜是根本地对立的一样。在这两个根本地对立的意德沃罗基以外，还有个第三的意德沃罗基，——这就是所谓小布尔乔亚的意德沃罗基。这在外面上看来，似乎它是处于布尔乔亚汜与普罗列塔利亚特的两意德沃罗基之间，是超越以上两种倾向的，然而其实只不过是一种布尔乔亚意德沃罗基底特殊形态。这完全与它的阶级的主人——小布尔乔亚的阶级的立场一致。小布尔乔亚阶级虽然位于布尔乔亚汜与普罗列塔利亚特之间，然而它不能保持一个中立的地位，其实它是附属于一方的阶级或非与一方的阶级同盟不可。所以现在我们的小布尔乔亚政党——即所谓中间党，客观上只是支配势力的同伴者，只能追随他们，替他们演一个隐蔽阶级意识底任务。

这在文学方面看来，所谓“小资产阶级革命文学”，正是这小布尔乔亚意德沃罗基底具体的表现。（这在以后我们分析茅盾底作品底时候，当详细说明。）可是，犹如小布尔乔亚意德沃罗基不过是一种布尔乔亚意德沃罗基底特殊形态一样，所谓“小资产阶级革命文学”，也无非是末期布尔乔亚文学底一种现象，它实在没有什么根本特征，可以自别于布尔乔亚文学。因此我断定作为一个“革命文学”底“小资产阶级革命文学”根本不能成立。它不过是布尔乔亚文学的延长，尤其是在中国社会的特殊情况下面所发生的一种特殊形态。

我们虽然断定了作为“革命文学”底“小资产阶级革命文学”根本不能成立，然而作为布尔乔亚文学底延长，在中国小资产阶级，尤其是智识阶级“幻灭”“动摇”底时代，它还有它相当的发展的余地。现在茅盾的三部曲《幻灭》《动摇》《追求》，不是大有风靡一时之概么？在一部分堕落的青年中间，不是又在大闹着什么“孙舞阳主义”了么？他一方面利用他得意的性欲描写，可以迎合一部分颓废青年的嗜好，一方面假弄着他的似是而非的革命言辞，又可以迷惑一部分认识不清的分子。在现在中国普罗列塔利亚特的阶级意识正在结晶亢扬的时代，他与政治上的中间党派演着同一的任务，替我们的敌人来抹杀蒙蔽混淆普罗列塔利亚特底阶级意识。假若长此以往，我们置之不顾，他可以在文坛上出现一个小资产阶级意识洪水泛滥的局面来。对于这所谓“小资产阶级革命文学”底抬头，普罗列塔利亚特文学应该彻底地同它斗争。我们当面的直接的斗争对象，就是这所谓“小资产阶级革命文学”，不过我们对于它底斗争，单是理论一方面还不能达到目的，我们同时应该以作品行动同他对抗。我们的作家，应该把这一个任务担当起来！

## （五）茅盾怎样地理解了普罗列塔利亚文学？

所谓“小资产阶级革命文学”底发生，虽然有它必然的社会根据，然而其全理论的出发点，大半实基于它对于普罗列塔利亚文学底无理解。这一个“无理解”，就使得茅盾对于普罗列塔利亚文学下一个“是最可痛心的矛盾现象”“能力的误费”底结论，同时又引起他对于我们许多无谓的嘲骂攻击。那末，我们先看茅盾怎样地理解了普罗列塔利亚文学？

他说："好象下列的几个观点是提倡革命文艺的朋友们所共通而且说过了的：（1）反对小资产阶级的闲暇态度，个人主义；（2）集体主义；（3）反抗的精神；（4）技术上有倾向于新写实主义的模样。"

你看这是多么皮毛的认识！普罗列塔利亚文学顶重要的基本的条件——普罗列塔利亚特的阶级的立场，或普罗列塔利亚特的意德沃罗基，在他是不成问题了，或简直可以说是超越了他的认识范围了。这一点对于他是一个致命伤，因为他以外许多的错误，都是基源于这一点。

那末，什么是普罗列塔利亚的意德沃罗基？这当然是辩证法的唯物论。而辩证法的唯物论之所以优越于其他一切的世界观，就在它能把思想与意志，理论与实践锻炼成钢铁一般的统一。因此辩证法的唯物论亦谓之曰实践的唯物论或战斗的唯物论。普罗列塔利亚文学的作家，当然要是一个战斗的唯物论者。（Kaempfende Materialist）他这战斗的精神，只算是阶级意识的显扬，绝不是个人的"慷慨"。而我们的茅盾不能认识这一点，因此他对于普罗列塔利亚文学的进攻的态度，就肆口漫骂起来了。他说：



"我也知道，如果我嘴上说得勇敢些，象一个慷慨激昂之士，大概我的赞美者还要多些罢；（是啊，你的赞美者很多！何必再来自家广告——梨）但是我素来不善于痛哭流涕剑拔弩张的那一套志士气概，并且想到自己只能躲在房里做文章，已经是可鄙的懦怯，何必再不自惭的偏要嘴硬呢？"

你看他这小资产阶级根性是多么十足！而且他象鹦鹉一样学着鲁迅说：

"我就觉得躲在房里写在纸面的勇敢话是可笑的。想以此欺世盗名，博人家说一声'毕竟是革命的'，我并不反对别人去这么做，但我自己却是一百二十分的不愿意。所以我只能说老实话；我有点幻灭，我悲观，我消沉。”

这真是一个小资产阶级认识底典型！他不能把普罗列塔利亚文学当作一个阶级的实践，而把它看作“想以此欺世盗名”的个人的事业。我倒说：普罗列塔利亚特本来就是革命的，他无须“博人家说”；而一方呻吟着“我有点幻灭，我悲观，我消沉”，一方面又想“博人家说一声‘毕竟是革命的’”只有是“动摇”的小资产阶级！

茅盾对于普罗列塔利亚文学的另一个认识，就是他以为这是“为劳苦群众的工农诉苦”。所以他说：

“现在差不多有这么一种倾向：你做一篇小说为劳苦群众的工农诉苦，那就不问如何大家齐声称你是革命的作家；假如你为小资产阶级诉苦，便几乎罪同反革命。”



哈哈，“诉苦”！这真是把“小资产阶级革命文学”的全秘密暴露出来了。

我们在前面已经说过，小资产阶级根本不能独立，它只是一个社会的寄生虫，它的运命，完全掌握在别人的手中，他自己不能支配他自己，他只有向别人摇尾乞怜“诉苦”。的确，他如果向他的主人——资产阶级“诉苦”，有时也还可以得着一两片从资产阶级的筵席上面所投下来的骨头，他们一生只有这个希望。所以“小资产阶级革命文学”的全本领，也只有“诉苦”！

那末，普罗列塔利亚特也“诉苦”么？即或他们有了苦又向谁诉呢？向小资产阶级的先生们诉吗？他们自己正在“诉苦”之不暇，那里还能管别人的闲事。向资产阶级的老爷们诉吗？这等于向老虎口中挖肉吃！所以普罗列塔利亚绝不诉苦，解放普罗列塔利亚的只有普罗列塔利亚自己！

诚然，我们也写“劳苦群众”底非人的生活，然而这无非是要在那“非人的生活”底理论的必然底意识中，引起直接对于这生活条件底非人间性底叛逆，这并不是“诉苦”！

## （六）所谓“读者对象”问题

我们在上面很简单地分析究明了所谓“小资产阶级革命文学”底来源及其去路，现在我们应该再去检讨它对于我们所提出的问题。

茅盾首先对于我们所提出的，是“读者对象”底问题。

那么，这个问题提出底根据——条件是什么？它何以要在现在才能提出，而且何以一定到现在才能获得它的现实的意义呢？我们要先明白这一点，才能正当地理解这个问题的意义。

大凡一个主——客的问题，我们不能象观念论那样把它当成绝对地独立的东西，我们应该辩证法地从它的交互关系上去观察。

在文学运动的初期，可以说还是普罗列塔利亚文学底主体确立的阶段。这一个主体是由当时的客观所决定，所以在我们提出普罗列塔利亚文学的时候，我们首先由中国文学发展底历史的追迹着手。



在这一个时期，除了一些一般的问题而外，我们只谈到一个比较现实的作家问题。这一个问题，我们亦依照中国的客观情形，（因为中国现在还没有无产阶级出身的作家）得了一个理论的解决。（请参照拙文《自然生长性与目的意识性》——《思想》第二期）（这只能说是一个理论的解决，因为现实地我们的作家们还正在获得目的意识底过程中。）

到了现在，普罗列塔利亚文学（主）可以说大致确立了它的基础，而且已经同它的“读者对象”（客）发生了一定的交互关系或反应。这一个交互关系或反应，就是所谓“读者对象”问题提出的根据。

假若我们在运动的初期就把这个问题提出，结局还是一个抽象的问题，还没有它的现实的意义，因为我们考察这个问题的时候，不仅在规定——认识我们的读者是什么。我们的读者是什么，这无须乎茅盾之提出，我们老早就明白地认识了。现在我们之所要来研究这个问题，是要看我们的文学与它的“读者对象”发生了一个什么交互关系，这一个关系又怎样地影响了我们文学的本身。这才是我们考察这个问题底意义，而且这个问题是一定要到这一个交互关系已经存在了的今日，才能提出。

那么，我们先看茅盾怎样地把这个问题提出了？

他说：

“……其次有一个客观问题，即今后革命文艺的读者的对象。……什么是我们革命文艺的读者对象？或许有人要说：被压迫的劳苦群众。是的，我很愿意我很希望，被压迫的劳苦群众‘能够’做革命文艺的读者对象。但是事实上怎样？请恕我又要说不中听的话了。事实上是你对劳苦群众呼吁说‘这是为你们而作’的作品，劳苦群众并不能读，不但不能读，即使你朗诵给他们听，他们还是不了解。他们有他们真心欣赏的‘文艺读物’，便是滩簧小调花鼓戏等一类你所视为含有毒质的东西。说是因此须得更努力作些新东西来给他们么？理由何尝不正确，但事实总是事实，他们还不能懂得你的话，你的太欧化或是太文言化的白话。如果先要使得他们听得懂，惟有用方言来做小说，编戏曲，但不幸‘方言文学’是极难的工作，目下尚未有人尝试。所以结果你的‘为劳苦群众而作’的新文学只有‘不劳苦’的小资产阶级知识分子来阅读了。你的作品的对象是甲，而接受你的作品的不得不是乙；这便是最可痛心的矛盾现象！也许有人说，‘这也好，比没有人看好些。’但这样的自解嘲是不应该有的罢！你所要唤醒而提高他们革命情绪的，明明是甲，而你的为此目的而作的作品又明明不能达到甲的面前，这至少也应该说是能力的误费罢？……”

他这一大段文章，表面上看来很是论理的，然而只是一个形式的论理，使得他这形式的论理成立的，有三个前提：

1. 普罗列塔利亚文学只是“为劳苦群众而作”，——即只能以普罗列塔利亚特为对象。

2. 然而现在的“劳苦群众”，绝对没有作普罗列塔利亚文学的对象底可能。

3. 所谓“小资产阶级知识分子——一般地小资产阶级，绝对不能接受普罗列塔利亚文学。

有了这三个前提，才能得到他的结论：普罗列塔利亚文学，“是最可痛心的矛盾现象”，“能力的误费”。现在我们先把他这三个前提来一个个地分析。

I. 第一，普罗列塔利亚文学只是“为劳苦群众而作”的么？不是。这样的见解是起源于对于普罗列塔利亚文学的无理解，尤其是根本地对于普罗列塔利亚特底社会的历史的任务底盲目。

我们知道，在现今的资本主义社会里面，能够代表一切被压迫层的利益的，只有普罗列塔利亚特。

因为“普罗列塔利亚特非把它本身的生活条件扬弃，绝不能扬弃（解放）它本身。普罗列塔利亚特非把那集中于它的状态中之今日社会底一切非人间性的生活条件扬弃，绝不能扬弃它自身的生活条件。”

就是说：普罗列塔利亚特非把一切被压迫的民众解放，它不能彻底地解放它自己。因此普罗列塔利亚文学，不只是“为劳苦群众而作”，也是为一切被压迫层而作。

关于这一点，我们可以举出一个恰好的例来。在《小说月报》上与茅盾的《从牯岭到东京》同时登载的，有一篇辛克莱的《住居二楼的人》。你看，对于一个在小资产阶级里面可说是站最高层的律师，普罗列塔利亚文学还可以 Appeal 他呢。

的确，我也承认我们现在很缺少这一类的作品，但这是有它一定原因的，（关于这一点，我们在下面可以详说。）并不值得茅盾那样的愤慨不过，我们不应把这个当成茅盾个人的愤慨，而应把它作为社会的不满。因此，在现阶段，普罗列塔利亚文学，客观地是被要求着扩大它的视野。

II. 其次，果真现在的“劳苦群众”，绝对没有作普罗列塔利亚文学对象底可能么？

我可以大胆说，在中国现在的情形下面，几乎完全没有这样的可能。这不独中国为然，在其他先进的资本主义各国，虽有程度之差，也大致一样的，它的原因是：

1. 在资本主义社会的组织下面，普罗列塔利亚特是社会地被摈斥于文化圈外的阶级。

2. 普罗列塔利亚所得的工资，只仅仅足以——有时还不能——维持他们的生活，因此他们经济地没有享受文化的可能。（如购买书籍杂志，或观剧听音乐等）

3. 普罗列塔利亚所有的全部的时间，几乎完全被资本家们夺去造商品的剩余价值去了，他们时间地没有享受文化的余裕。

所以，如果我们的文学想获得“劳苦群众”为它的“读者对象”，就应该先替他们争得政治的解放。这是一个政治的Program，不仅仅是文学自身所能为力的。这一点对于小资产阶级群众也差不多是一样。茅盾以为只要“把题材移到小商人，中小农等等的生活”，那么我们的文学就会“走入小资产阶级群众，在这小资产阶级群众中植立了脚跟”，这是他的幻想。假使茅盾把他最近所发表的一篇少女小说《一个女性》改成《一个小商人》，不去写一个怀春期的小姐，去写一个渐次贫困化的小商人，那么，上海一切小商店的老板，掌柜，徒弟，都会人人去买一本《小说月报》来读么？不会的！因为这是一个整个的文化的社会的问题，不是仅仅把题材移来移去所能解决的。我们在文学地想获得“小资产阶级群众”之先，应该图政治地获得他们，这尽可以用其他的形式，不必一定要限于文学。茅盾把文学的Program来代替了政治的Program，这是一个文学万能论，文学至上主义者的幻想。我恐怕将来“小资产阶级革命文学”有一天也发生“最可痛心的矛盾现象”，成为“能力的误费”呢。

可是，我们现在的普罗列塔利亚文学，真是绝望地没有同“劳苦群众”接触的希望么？不！我们在一定的政治自由的条件，及一定的形式下面，是可以达到这个目的的，我们不应该把文学上剧曲这个形式忘记。

不过茅盾忠告我们说：“如果先要使他们听得懂，惟有用方言来做小说、编戏曲，但不幸‘方言文学’是极难的工作，目下尚未有人尝试。”茅盾遇着了这一个困难，就把他吓退了；他不敢去“尝试”，他立刻“向后转”，开倒车，去主张他的“小资产阶级革命文学”。

不过这在我们，并不是怎样的一回“极难的工作”，也是曾经“有人尝试”过来的。我们知道在其他的先进国，有所谓“工人俱乐部剧”；就是一个脚本，在某一地方上演的时候，立刻把它翻成那地方的“方言”，而且为得适应那个地方的情形，可以自由地把作品的内容改变的。普罗列塔利亚的作家，只要对于普罗列塔利亚特的解放有利益，他并不要求人家要忠于他的作品，普罗列塔利亚的演出者，也是只要对于普罗列塔利亚特底解放有利益，他对于作品是有绝对的解释权的。

不过这也要有一定的政治的自由为前提；因此我们当面的任务，一方面要坚决地要求言论出版上演的自由，一方面要加紧我们演剧运动底工作。

III. 第三，所谓“小资产阶级知识分子”，究竟能不能接受普罗列塔利亚文学——即他能否为普罗列塔利亚文学的“读者对象”呢？

我们在前面已经说过，普罗列塔利亚文学，不是仅为“劳苦群众而作”，也是为一切的被压迫层而作，当然它一部分的作品，是以小资产阶级知识分子“为直接的读者对象”而向他们 Appeal 的。

即或我们有一部分是完全以写“劳苦群众”的生活为内容的作品，然而这并不妨害“小资产阶级知识分子”为我们的“读者对象”。因为以知识分子底阶级的特性，对于普罗列塔利亚底非人的生活，是可以引起他的自己批判的。（这一点请参看拙文《自然生长性与目的意识性》）

我们以上对于茅盾这三个前提的分析，就可以证明我们现在的普罗列塔利亚文学并不是象茅盾所说那样“你的作品的对象是甲，而接受你的作品的不得不是乙，这便是最可痛心的矛盾现象！”不惟不是“矛盾现象”或“能力的误费”，现在我们的文学还有它几个积极的意义。

1　在同布尔乔亚文学底对立斗争中，夺回在布尔乔亚文学影响下面的大众。

2　普罗列塔利亚文学作为一个运动底意义。

3　他负有建设 Prolet Cult 的一个使命。

以上我们明白地认识了普罗列塔利亚文学俨然存在的意义，同时驳斥了茅盾想把我们的文学一笔勾消而代之以“小资产阶级革命文学”底理论的基础，一方面我们也大胆地承认我们现刻的“读者对象”几乎可以说 90%是“小资产阶级知识分子”。

那么，我们的文学与这样的“读者对象”发生什么的交互关系，引起了怎样的反响呢？

## （七）什么叫“标语口号文学”？

茅盾说：“革命文艺”底“主张是无可非议的，但表现于作品上时，却亦不免未能适如所期许。就过去半年的所有此方向的作品而言，虽然有一部分人欢迎，但也有更多的人摇头。为什么摇头？因为他们是小资产阶级么？如果有人一定要拿这句话来闭塞一切自己检查自己的路，那我亦不反对。但假如还觉得这么办是类乎掩耳盗铃的自欺，那么，虚心的自己批评是必要的。我敢严正的说，许多对于目下的‘新作品’摇头的人们，实在是诚意地赞成革命文艺的，他们并没有你们所想象的小资产阶级的惰性或执拗，他们最初对于那些‘新作品’是抱有热烈的期望的，然而他们终于摇头，就因为‘新作品’终于自己暴露了不能摆脱‘标语口号文学的拘囿’。”

如果对于“新作品”摇头的人，不是因为“小资产阶级的惰性或执拗”，而是“诚意地赞成革命文艺的”，我们当然不能“掩耳盗铃的自欺”，也承认“虚心的自己批评是必要的”。那么，什么叫“标语口号文学”呢？

关于这一点，茅盾自己也没有说明；即使我们翻遍了一切的文艺辞典，恐怕也不会找出这个术语来，我们根本不懂什么叫“标语口号文学”。

假若说这是因为我们的作品里面，往往发见着现在流行的标语口号；那么，一切过去的文学，也无往而不是“标语口号文学”了。因为我们在过去的文学里面，也不难发见当时所流行的口号标语。

所以，所谓“标语口号文学”，无非是茅盾对于我们的一种讥刺，我们根本不承认有这样的东西。不过，在我们“虚心地自己批判”的时候，应该把这个不通的术语，从另一方面去解释。

关于这一点，好在茅盾已经与了我们一个暗示，他说：“一九一八年至二二年顷，俄国的未来派制造了大批的‘标语口号文学’。”说到俄国的未来派，当然我们会想起马亚可夫斯基来。马亚可夫斯基的诗，大概是一种爆发的感情底表现，托罗茨基说他“应该说话的时候，却用叫喊”。现在回顾我们过去的作品，我在前面已经说过，是以写革命家底英雄的行为者为最多，而这一类的作品，是不免有主观感情底极端的夸张与粉饰的。对于这样主观感情底极端的夸张的作品，大概我们的茅盾就称之为“标语口号文学”。

然而这并不是就“走入了……绝路”，或“我们的革命文艺批评家……始终不曾预防到这一著”底“失败”。这只是一个必然的过渡的现象。因为我们现在的作家，大概都是新由战线归来的斗士，他们自身的体验（借茅盾的话来说）是“没有法子不流露出来”的。写革命家底英雄的行动，是他们最容易入手的“一著”。

那么，我们这样的作品，在我们读者的中间，发生了一个什么交互关系——反响呢？

我们在前面已经明确地认识过，我们现在的读者大多数是“小资产阶级知识分子”。他们在前一期的“革命壮潮中”的确曾经经过一番的“兴奋”和“幻灭”，尤其在现今这样冰天冻地的恐怖当中，使得他们的头脑极端地冷静下来，他们在这“革命与反革命”中间，对于一切有从新估价——更进一步的认识底必要。他们现在所要求的，不仅仅是空洞的感情的夸张，而是深刻的社会的认识，不仅是问题的结论，而是问题的证明。我们过去的作品，实在不能满足他们这种要求，因此就使得茅盾加上了我们一个“标语口号文学”的徽号，而一般读者对于我们的作品，也不免有几分“摇头”了。

我觉得所谓“标语口号文学”，应该作这样解释。

那么，我们今后的作品，应该要怎样才能适应于这样的客观环境呢？

这里就来一个形式问题。

## （八）形式问题

普罗列塔利亚文学的形式问题，是从前为我们所不能解决，而且是避免了讨论的一个问题。

不过现在我们解决它的客观条件已经具备，而且客观的环境也是在逼迫着我们不得不去解决它。

现在我们读者的要求，我们在前面已经分析过，不仅是空疏的几声叫喊，而是深刻的社会认识，不仅是问题的结论，而是问题的证明。

我们如果要满足他们这种要求，我们只有采取写实的形式。

不过我们也知道，茅盾的小说，也是一种写实的东西，他说过，他的作品“不把个人的主观混进去”，“是自己想能够如何忠实便如何忠实的时代描写”。那么，我们的写实有什么特征，能够区别于茅盾的写实呢?

我们知道，艺术是一种感情底组织化，或情绪传染的方法。然而艺术的作品所传染于读者底情绪的性质，是为艺术家的心理或意识形态底阶级的性质所规定。普通艺术家观察现实，艺术地表现它的时候，是常从一定的阶级的立场，或作为一定的阶级的代表，去观察表现他的阶级的性质所能达到的范围内的东西。所以问题是，在现今的社会里面，那一个阶级才是真正的批判的，从那一个阶级的观点，才能真正接近于客观的真实?

这我们可以引一句烈烈维奇的话来说:“以在那时代为历史地进步的阶级的眼光来观察世界底艺术家，才能最大限地接近于客观的真实。因为在这样时候，主观（前卫的阶级 Ideology 的主观）是一致于客观（社会关系）的发展的。……因此历史地抬头着的阶级底艺术家，比较更能接近于客观的真实，反之，历史地渐次灭亡的阶级底诗人，是不适宜于提示相应于客观现实底情景。……”

因此，为与其他的写实主义区别，我们称这样站在无产阶级立场上的写实为普罗列塔利亚写实主义。

关于普罗列塔利亚写实主义，林伯修先生曾经在《太阳》上译了一篇日本藏原惟人的《到新写实主义之路》。(原名是到《普罗列塔利亚写实主义之路》)茅盾只见了这一个题目，又不去读人家的文章，却牛头不对马颈地说了一大段。他说新写实主义是因为“当时俄国承白党内乱之后，纸张非常缺乏”，“把文学作品的章段字句都简练起来”的一种“电报体”。而我们的“小商人（他只晓得有小商人）说话是习惯于繁复拖沓的”，不宜于这种形式。真是，好一个伟大的无常识的“博识”!

藏原氏这篇文章，在当时似乎没有引起多大的反响，然而在现在是值得我们充分注意的。我且把他的内容简单地介绍出来。

他以为艺术上的写实主义，是与理想主义对立的东西，理想主义的艺术是主观的，空想的，观念的，抽象的；写实主义的艺术是客观的，现写的，实在的，具体的。一般地说来，理想主义是渐次没落的阶级的艺术，写实主义是渐次勃兴的阶级的艺术。

但是，同是对于现实极力保持客观的这种写实主义的态度，在现实的历史上，也不免为那时代的社会的状态及那艺术家所属的阶级的特殊性所规定，而各自形成了古代的，封建的及近代的写实主义了。

藏原氏把近代的写实主义分为三种：（1）布尔乔亚写实主义。（2）小布尔乔亚写实主义。（3）普罗列塔利亚写实主义。

第一，布尔乔亚写实主义是与自然主义同时发生，而文学上的自然主义，又是以浪漫主义的反动而出现。不过此之所谓反动，并不是因为人们厌弃了浪漫主义然后自然主义大勃兴起来的意思。一般地，文学上的巨大的流派的交替里面，常隐藏着那个时代的阶级的对立。十九世纪文学从浪漫主义向自然主义的转变底背后，也有着渐次没落的地主阶级与渐次勃兴的近代的布尔乔亚汜的阶级斗争。



浪漫主义是渐次没落的地主阶级的文学。它是空想的，观念的，传统的，这是没落阶级的意德沃罗基的常例。反之，自然主义文学，则以归于现实，打破因习，解放个性为标语而出现，那是完全和当时的新兴布尔乔亚汜的意德沃罗基一致，同时，和一切新兴阶级的意德沃罗基也有共通之点。

当时新兴布尔乔亚汜在人类史上所演的任务，在于“个人的解放”。个人主义是布尔乔亚汜贯彻物质的精神的生活底决定的原则。

因此，自然主义文学首先以个人为出发点。一方面又受着当时哲学上的观念的唯物论与自然科学——尤其是生物学生理学的发达的影响，他们在这个人之中，所发现的永远而且绝对的是“人的生活的本能”。自然主义的作家们，都是由这种观点去观察而描写一切的生活。他们把一切人的生活，都还元于人底动物的本能，性格，遗传等等。弗罗倍尔底《波瓦利夫人》，莫泊三底《妇人底一生》《美貌的朋友》，阿志巴绥夫底《沙宁》，便是这样的好例。总之，他们对于生活——现实的认识态度，彻头彻尾地是非社会的，个人的。那里既没有社会生活对于个人的支配，也不见到社会组织对于个人的压迫。他们虽然一方在要求着自然科学者底客观性，然而不曾有得社会科学者客观性，这一点就是布尔乔亚写实主义底不可飞越的界限。

第二，那么，什么是小布尔乔亚写实主义呢？布尔乔亚写实主义与小布尔乔亚写实主义不同的地方，就是前者彻头彻尾地出发于个人归结于个人，而后者虽于其终局有着个人主义的观点，然而终究取着社会的立场。恰如前者是反映着布尔乔亚汜的立场一样，这却比较地多反映着小布尔乔亚汜的立场。

小布尔乔亚汜在资本主义社会里的位置，是处于布尔乔亚汜和普罗列塔利亚特的中间，它跟着资本主义的发达，经济上政治上有日益被压迫下去的运命。而且，他们不能纯粹地站在布尔乔亚汜的立场，也不能积极地移于普罗列塔利亚的立场，于其思想和行动上不断地动摇于这两个阶级的中间。因此，他们的立场，在经济上政治上比较是多偏于阶级协调的；在思想上，道德上，则易成为博爱，正义，人道等的参加者。他们这种社会生活反映于他们的文学，就成为小布尔乔亚写实主义。左拉的《惹鲁密拿儿》，哈布特曼的《织工》，陀斯妥以夫斯基的《罪与罚》，易卜生的《傀儡家庭》《民众之敌》等等就是这一种的好例。



第三，那么，普罗列塔利亚写实主义和布尔乔亚及小布尔乔亚的写实主义所不同的在什么地方呢？

布尔乔亚写实主义，如上所说，是从抽象的"人的本性"出发，然而在现实里，不能有抽象的，和社会隔离的人，而那所谓"本性"者，如果从那个社会，那个时代，一言以蔽之，从那个环境分离开来思考的时候，那毕竟是一个抽象而不是现实。他们对于现实的认识不充分就在这里。即使他们能够描写人间的个人的本能生活，而不能把它当作为整个的社会生活的一部分去描写，这里就有着他们的写实主义的界限。因此普罗列塔利亚写实主义应该高调着把一切个人的问题也用社会的观点来观察的方法，去和那把社会的问题也归于"人的本性"的认识方法对抗。

小布尔乔亚写实主义，是在抽象的正义人道中去寻求一切生活问题的解决，它的社会立场是阶级协调的。然而社会发展的推进力，不在于阶级与阶级的协调，而在于公然或隐然的斗争，这是过去的历史所证明的。因此从这观点去观察社会问题，那是用自己的主观构成去观察，而不是客观地于其历史的发展去观察社会了。能够成为真正的写实主义的，只有是能于其全体性，于其发展中去观察现实的普罗列塔利亚作家。

因此，普罗列塔利亚作家，第一，应该首先获得明确的阶级的观点，所谓获得明确的阶级的观点者，毕竟不外是站在战斗的普罗列塔利亚的立场；多就是他应该用普罗列塔利亚前卫的“眼光”去观察这个世界而把它描写出来。普罗列塔利亚作家，只有获得而且高调这种观点，才能成为真正的写实主义者。为什么？因为在现在能真实地于其全体性，于其发展中去观察这个世界的，除了战斗的普罗列塔利亚特——普罗列塔利亚的前卫以外是没有的了。

其次，普罗列塔利亚的作家，用前卫的“眼光”去观察世界所得的结果，就应该用严正的写实主义的态度去描写。我们应该从过去的写实主义继承着它的对于现实底客观的态度。不过这里所谓客观的态度，决不是对于现实——生活的无差别的冷淡的态度。也不是超越阶级的态度。这是以现实为现实，不用主观的构成，不加主观的粉饰，去描写对于普罗列塔利亚特底解放有关系的一切，我觉得这种态度，是我们过去的作品所最缺乏的。



以上我大致把藏原氏的主要意思介绍了。（我几乎完全是借用林伯修先生的译文，希望读者能够参读他的全译）现在我们在一方面所谓“标语口号文学”的不满声中，一方面鉴于读者的要求，我认为今后我们的文学，应该采取这普罗列塔利亚写实主义的形式。

不过我们应该注意的，正因为我们的作家与读者都是些知识阶级的缘故，或许还有其他形式的发生或利用的可能，我们对于这样的优秀的作品，是不应该摧残的。然而，普罗列塔利亚写实主义，至少应该作为我们文学的一个主潮！

12，18，1928.

原载1929年1月10日《创造月刊》第2卷第6期“新年特大号”

# 三　对外国文艺的评介

# 《少年维特之烦恼》序引

郭沫若

近世意大利哲学家克罗采氏（Benedetto Croce）批评歌德此书，以为是首“素朴的诗”（Naive Dichtung），我对于歌德此书，也有这个同样的观念。此书几乎全是一些抒情的书简所集成，叙事的分子极少，所以我们与其说是小说，宁说是诗，宁说是一部散文诗集。

诗与散文的区别，拘于因袭之见者流，每每以为“无韵者为文，有韵者为诗”，而所谓韵又几乎限于脚韵。这种皮相之见，不识何以竟能深入人心而牢不可拔，最近国人论诗，犹有兢兢于有韵无韵之争而诋散文诗之名为无理者，真可算是出人意表之外。不知诗之本质，决不在乎韵脚之有无。有韵者可以为诗，而有韵者不必尽是诗，告示符咒，本是有韵，然吾人不能说他是诗。诗可以有韵，而诗不必定有韵，读无韵之抒情小品，吾人每每称其诗意葱茏。由此可以知道诗之生命别有所在。古人称散文其质而采取诗形者为韵文，然则称诗其质而采取散文之形式者为散文诗，此正为合理而易明的名目。韵文＝Prose in poem，散文诗＝Poem in prose。韵文如男优之坤角。散文诗如女优之男角。衣裳虽可混淆，而本质终竟不能变易。——好了，不再多走岔路了。有人始终不明散文诗的定义的，我就请他读这部《少年维特之烦恼》罢！

这部《少年维特之烦恼》，我存心移译已经四五年了。去年七月寄寓上海时，更经友人劝嘱，始决计移译。起初原拟在暑假期中三个月内译成，后以避暑惠山，大遭蚊厄而成疟疾，高热相继，时返时复，金鸡蜡霜倒服用了多少瓶，而译事终不能前进。九月中旬，折返日本，昼为校课所迫。仅以夜间偷暇赶译，草率之处我知道是在所不免，然我终敢有举以绍介于我亲爱的读者之自信，我知道读此译书之友人，当不至于大失所望。

我译此书，于歌德思想有种种共鸣之点，此书主人公维特之性格，便是“狂飙突进时代”（Sturm und Drang）少年歌德自身之性格，维特之思想，便是少年歌德自身之思想，歌德是个伟大的主观诗人，他所有的著作，多是他自身的经验和实感的集成。我在此书中，所有共鸣的种种思想：

第一，是他的主情主义：他说，“人总是人，不怕就有些微点子的理智，到了热情横溢，冲破人性底界限时，没有甚么价值或至全无价值可言。”这种事实，我们每每曾经经历过来，我们可以说，是一种无需乎证明的公理。侯爵重视维特的理智与材能而忽视其心情时，他说“我这心情才是我唯一的至宝，只有他才是一切底源泉，一切力量底，一切福祐底，一切灾难底。”他说，他智所能知的，甚么人都可以知道，只有他的心才是他自己所独有。他对于宇宙万汇，不是用理智去分析，去宰割，他是用他的心情去综合，去创造。他的心情在他身之周围随处可以创造一个乐园；他在微虫细草中随时可以看出“全能者底存在”，“兼爱无私者底彷徨”。没有爱情的世界便是没有光亮的神灯。他的心情便是这神灯中的光亮。在白壁上立地可以生出种种画图，在死灭中立地可以生出有情的宇宙。

第二，便是他的泛神思想：泛神便是无神。一切的自然只是神底表现，我也只是神底表现，我即是神，一切自然都是我的表现。人到无我的时候，与神合体，超绝时空，而等齐生死。人到一有我见的时候，只见宇宙万汇和自我之外相，变灭无常而生生死存亡之悲感。万物必生必死，生不能自持，死亦不能自阻，所以只见得“天与地与在他们围周生运动的力，除是一个永远贪婪，永远反刍的怪物而外，不见有别的”。此力即是创生万汇的本源，即是宇宙意志，即是物之自身—Ding an sich。能与此力瞑合时，则只见其生而不见其死，只见其常而不见其变。体之周遭，随处都是乐园，随时都是天国，永恒之乐，溢满灵台。“在‘无限’之前，在永恒的拥抱之中，我与你永在”。人之究竟，唯求此永恒之乐耳。欲求此永恒之乐，则先在忘我。忘我之方歌德不求之于静，而求之于动。以狮子搏兔之力，以全身全灵以谋刹那之充实，自我之扩张，以全部的精神以倾倒于一切！维特自从与夏绿蒂姑娘相识后，他说："自从那时起，日月星辰尽管静悄悄地走他们的道儿，我也不知道昼，也不知道夜，全盘的世界在我周围消去了。"如此以全部的精神爱人！以全部的精神陶醉！以全部的精神烦恼！以全部的精神哀毁！一切彻底！一切究竟！所以他对于疯狂患者也表极端的同情，对于自杀底行为，也绝不认为罪过而加以赞美。完成自我的自杀，正是至高道德——这决不是中庸微温者流所能体验的道理。

第三，是他对于自然的赞美：他认识自然是为一神之所表现。自然便是神体之庄严相，所以他对于自然绝不否定。他肯定自然，他以自然为慈母，以自然为友朋，以自然为爱人，以自然为师傅，他说：我今后只皈依自然。只有自然是无穷地丰富，只有自然能造就伟大的艺术家……一切的规矩准绳，足以破坏自然底实感，和其真实的表现！"他亲爱自然，崇拜自然，自然与之以无穷的爱抚，无穷的慰安，无穷的启迪，无穷的滋养，所以他反抗技巧，反抗既成道德，反抗阶级制度，反抗既成宗教，反抗浮薄的学识，以书籍为糟粕，以文字为死骸，更几几乎以艺术为多事；他说，"我忘机于幽居底情趣之中，我的艺术已无所致其用了。"（Ich bin so ganz in dem Gefuehle von ruhigen Dasein versunken, dass meine Kunst darunter leidet,）他说，"甚么是诗？是画？是牧歌？我们得享自然现象的时候，定要去矫揉造作吗？"不错，人到忘机于自然的时候，硬有时候连诗歌美术也还觉其多事，更何有于学问，道德，宗教，阶级呢！

第四，是他对于原始生活的景仰：原始人底生活，最单纯，最朴质，最与自然亲眷。崇拜自然，赞美自然的人，自然不能不景仰到原始生活去了。所以他于诗歌，则喜悦荷默和莪相；在井泉之旁，觉得古代之精灵浮动；岩穴幽栖，毛织衣，棘带，是他灵魂所渴慕着的慰安。他对于农民生活亦极表同情："自栽白菜，菜成拔以为蔬，食时不仅赏其佳味，更将一切种之植之时的佳日良晨，灌之溉之从而乐其生长之进行时的美夕，于一瞬间之内复同时而领略之。"他说，这种人底单纯无碍的喜悦，他的心能够感觉得，真是件快心事。要这种人才有极真实的至诚，极虔敬的努力，极热烈的恋爱，极能以全部精神灌注于一切，极是刹那主义，全我生活底楷模！

第五，是他对于小儿的尊崇：美国现代儿童心理学家和迩氏—Hall以为“儿童时期是人类之天国，成人生活是从此而堕落者”（Childhood is the Paradise to the race from which adult life is a fall。）此种言论，近今为保护儿童运动底先驱。儿童之可尊崇，在古昔数千年前之东西哲人已先后倡导。老子教人“专气致弱如婴儿。”孟子说：“大人者不失其赤子之心。”犹太底预言者以赛亚，说是预言者底黄金时代实现时，“狼要绵羊儿同居，豹要山羊儿同卧，小犊要与稚狮肥畜同游；一个小孩儿要牵引他们”（《旧约·以赛亚书》第十一章）。耶稣说：“小孩子是天国中之最大者。”小儿如何有可以尊崇之处？我们请随便寻一个对象来观察罢，你看他终日之间无时无刻不是在倾倒全我以从事于创造，表现，享乐。小儿底行径正是天才生活底缩型，正是全我生活底楷范！然我们成人对于小儿时无今古，地无东西，却同一地加以虐待，束缚，鞭笞，叱咤，不许有意志底自由，视之如奴隶囚徒。我们且听歌德替小儿们道不平罢！“小孩子是我们的模范，我们应得以他们为师，而我们现在才把他们当着下人看待。不许他们有意志！……这种特权定在那里？”

“《少年维特之烦恼》出版了！”

“艺坛底明星出现了！”

《少年维特之烦恼》在一千七百七十四年出版，一般之青年大起共鸣，追慕维特之遗风而效学其装束。青衣黄裤的“维特热”（Werthersfieber）流行于一时。苦于性的烦恼的青年读此书而实行自杀者有人，自杀之后在衣囊襟袋中每每有挟此小书以殉者。外马公国（Weimar）的一个宫女也因失恋之故溺死于依尔牟河（Ilm）中，胸中正怀藏着这本《少年维特之烦恼》！种种传说喧动一时，佛朗克府——（Frankfurt am Main）的二十四岁的青年作家，一跃而成为一切批评，赞仰，倾羡之的。

歌德之声誉日隆，一时知名之士，如宗教家之拉瓦特尔（I. C. Lavater）、教育家之白舍陶（J. B. Basedow）乃至当时德意志诗坛之明星克罗普徐克妥（Klopstock），均先后趋来，瞻仰此艺坛新星之光耀。

扛举德意志文艺勃兴之职命于两肩之青年歌德，如朝日之初升，光熊熊而气沸沸，高举决胜之歌，以趋循其天定之轨辙。歌德以前无文艺之德意志，随之一跃而成为欧罗巴十八世纪之宠儿。盖世雄才拿破仑一世远征埃及时，亦手此《少年维特之烦恼》一书，以起卧于金字塔与“司芬克司”间古代文明之废墟。外马公国夫人，佛里德里克大王（Frederick der Grobs）之妹，安娜亚玛利亚（Anna Amalia）亦遣其子克尔（August Karl）亲来拜访歌德，歌德不久（一七七五年）遂成为外马宫庭贵客，而外马遂成为德意志文坛之中心地点。

——一个 Intermesso——

时——一千七百七十四年夏。

地——莱因河畔都益司堡（Duisburg）某旅馆之食堂。

中年绅士数人，挟一青年文士，围桌畅谈，开放文艺与思索之奇葩。

中年绅士之一人（突向青年发问）足下，你便是歌德君吗？

青年　（颔首）……

绅士　你就是做那名扬四海的小说，《少年维特之烦恼》一书的吗？

青年　我是。

绅士　那吗，我觉得我有表示我对于那本有害无益的著作的恐怖之义务。我祷告上帝变换你那偏颇的邪心，因为有罪的人会遭横祸呀。

（一种不快的沈默，人人摒息凝气。）

青年　（和婉地）从你阁下底立脚点看来，你不能不如此批评我。我是了解你的，我敬受你诚恳的叱责。我求你在你的祈祷中别要忘记了我的名字罢。

（座中嘻笑复起，各从暴风雨之豫感解放——幕）

青年文士不消说便是歌德，耿直的中年绅士是牧师霍生康普（Rector Hosenkampf），就中有拉瓦特尔与白舍陶在座。有甚爱必有甚憎。维特一方面大受人士欢迎，一方面却又为多少道德忧世之家所反对，霍生康普正此中之一人。同时有著述兼出版家之尼可来氏（Christoph Friedrish Nicolai）更著一《少年维特之喜悦》（Die Freuden des Jungen Werthers）以对抗，叙述维特不曾自杀终至受婚成礼。如我国有《水浒传》必有《荡寇志》，有《西厢记》必有《续西厢》，有《石头记》必有《后红楼》《续红楼》《鬼红楼》……可怜的是功利主义的无聊作家之浅薄哟！续貂狗尾，究竟无补于世！文艺是对于既成道德，既成社会的一种革命的宣言。保持旧道德底因袭观念以批评文艺，譬之乎持冰以入火。可怜持冰的人太多。而天才的火每每容易被人浇息！啊！“天才底潮流何故如此罕出，如此罕以达到高潮，使你们瞠目而惊的灵魂们震撼哟！居在潮流两岸的沈静夫子们在提防流水泛滥，淹没了他们的亭园，花坞，菜畦，知道筑堤以抵御呢！”

关于歌德底生涯，在此本想有所叙述，但是歌德八十三年间光辉灿烂之一生，绝不是短简的序文内所能详尽。——歌德生于一七四九年八月二十八日，死于一八三二年三月二十二日。我在此处，只能把此书底本事略略叙述，以供读者参考。



歌德以一七七一年卒业于市堡大学（Strassburg）法科之后，翌年五月，游于威刺勒（Wetzlar am Lahn），此地有德意志帝国法院，当时年少的佛郎克府律师在本地创业出庭以前，照例当来此视习。

威刺勒帝国判官亨利布胡（Deutsche Ordens Amtmann Heinrich Adam Buff）有女名夏绿蒂（Charlotte），时年仅十九岁（一说十五岁）。母亲死去，即代母抚育十人之弟妹而经营家政。绿蒂金发碧眼，康健玲珑。六月九日夜赴离市二里福培好仁（Volperthausen）舞蹈会之途中，歌德与女友同车偶来寻访绿蒂，自此以后，两人十分相慕，然绿蒂已字人，其未婚夫克司妥纳（Johann Christian Kestner）乃翰诺威尔公使馆之记室，同时与歌德之交谊甚笃。

歌德为此无望之相思所苦，屡萌自杀的念头。一七七二年九月十一日留书绿蒂，毅然离去威刺勒而回佛朗克府。九月十日，克司妥纳日记中有下面一段纪事。

“十日　此日歌德博士与余同饮于园中。入夜，往‘德意志馆’（绿蒂之家），彼与绿蒂与余谈及来世事。绿蒂问他：已死的人能够回来么？三人相约谁先死者先报生者以死后之消息。歌德觉无精彩，怕是想到他明日要走的缘故。”

歌德回佛朗克府之后，不久便闻以鲁塞冷之自杀。

以鲁塞冷（Carl Wilhelm Jerusalem）以一七四七年三月二十一日生于屋尔分别堤（Wolfenb ü ttel），在莱卜其（Leibzig）大学曾与歌德同学。一七七一年为彭池危克(Brunswick)公使馆之书记,得忧郁之症(Melacholie)，对于耶稣教怀疑，与其友人公使霍尔德氏（Herdt）之妻生恋爱而失望，托辞旅行，借克司妥纳之手枪，以一七七二年十月三十日之夜自杀。死时着青色燕尾服，黄色肩褂，黄色腿裤，长靴，靴胴棕色。

以鲁塞冷一死,《少年维特之烦恼》于以诞生。歌德初有作成剧曲之计画，继以四礼拜之时日成此小说，以一七七四年三月初间脱稿。脱稿立即付印而风行一世。

《维特》出版了。“维特热”之流行日见猖獗了。“生的闷脱”的怨女怨男，以手枪自杀相随继。就中文人克来司德（Herr Von Kleist）与其友人妻之情死，尤为世所周知。一七七八年以后《少年维特之烦恼》卷头，歌德有弁首一诗刻在上面了。

“青年男子谁个不善钟情？
妙龄女人谁个不善怀春？
这是我们人性中的至圣至神；
啊，怎么从此中会有惨痛飞迸？

可爱的读者哟，你哭他，你爱他，
请从非毁之前救起他的名闻；
你看呀，他出穴的精魂正在向你目语：
请做个堂堂男子哟，不要步我后尘。”

一九二二年一月二十二—三日脱稿

郭沫若序于福冈

原载1922年3月15日《创造》季刊第1卷第1期

# 波斯诗人我默伽亚谟

郭沫若

## 第一　读 Rubaiyat 后之感想



人类的精神尚在睡眠状态中，对于宇宙人生的究竟问题，尚不曾开眼时，是最幸福的时代，是还在乐园中居住着的时代。不识不知的童稚，醉生梦死的俗人，他们正是这种最幸福的人，他们的乐园便是这眼前的天地。少吃两枚饼干，少得两种玩器，少掬一堆财物，少博一项功名，便足以使他们哭泣，但是他们终不会知道人生的最大的悲哀是何物。唯其不知道，正是他们的幸福处，正是他们的可怜而又可羡慕的特典。但是人终不是永远的童稚，人终有从醉梦之中醒来的时候，在这时候我们渐渐晓得把我们的心眼睁开内观外察，我们会知道我们才是无边的海洋上一叶待朽的扁舟，我们会知道我们才是漫漫的黑夜里一个将残的幽梦，我们会知道我们才是没破的监狱内一名既决的死囚。

科学对我们说，我们所居住的这个银河系统的宇宙，是有限而无限的；宇宙中一切的质与能，在辗转相变，一格兰母的质化为三亿四千万"马力时"的功量，宇宙中无数的太阳在发射无量的光能，在凝集成灿烂的螺旋星云而别成一新星系统……变化无论矣，但是为什么会有这宇宙存在？宇宙的第一原因，假使是有时，究竟是甚？

科学又对我们说，一切生物都是由于原始的单细胞生物进演而成，一切的个体不成于唯一之细胞则为唯一的胎原细胞之所分化；细胞的要素是蛋白质，炭水化物，脂肪；织成这三种的要素的原质；不外NHCOSP等简单的原子——其实这些原子已非简单，各个原子内容都是一种极复杂的宇宙；量子电子便是这宇宙中的恒星行星，N已可以分为H与Helium了。……然而量子电子究竟为甚么存在？他们的第一原因，假使是有时，究竟是甚？

科学不能答应我们。答应我们这种问题的权能，在他的职分之外，也怕是在我们人类智力的范围以外。

形而上学者假拟出一个无始无终的本体，宗教家虚构出一个全能全智的上帝，从而宗仰之，冥合之，以图既失了的乐园之恢复；但是怀疑尽了头的人，这种不兑换的纸币，终竟要失掉了他的效力。

于是对于既决囚所剩下的几条路径：

第一，便是自然的发狂，

第二，便是人为的自杀，

第三，便是彻底的享乐。

古今来的思想家，自茧自缚，终而至于发狂的人，不知道有多少了。

我国的大诗人屈原，他便是彻底怀疑派的一人，他在《天问》，《卜居》之中对于宇宙人生发了许多的疑问，他是知道上帝的名称的，他也是知道本体的悬拟的，你看，他在《远游》中假仙人王子乔的口歌道：

> “道可受兮而不可传，
> 其小无内兮其大无垠。
> 毋滑尔魂兮彼将自然，
> 壹气孔神兮于中夜存。
> 虚以待之兮无为之先，
> 庶类以成兮此德之门！”

他曾梦想上天，但升至中道又失了航路。形而上学的灰色的理论，也终竟于他无补，他终竟跳在汨罗里面死了。

他的后继者贾谊，也和他取了同样的路径。他知道：

“天地为炉，造化为工，阴阳为炭，万物为铜。
合散消息，安有常则，千变万化，未始有极。
忽然为人，何足控揣？化为异物，又何足患？”
（《服鸟赋》中语）

但是他终竟不能“知命不忧”，他终竟悲伤哭泣，以至于夭折。

幸而不至于发狂，对于生之欲望过于强烈，不能自杀，或不肯自杀的人，大悟一番后，他所能走的路径，便只有彻底享乐一途。或积极的享乐，或消极的享乐，想陶醉于一种对象之中，以忘却此至可悲怜的自我。司皮诺若（Spinoza）陶醉于神，歌德陶醉于业，便是积极的一种。歌德的化身《浮士德》，他在泯却了自杀的念头以后，他的宇宙观是“Im Anfang war die Tal”（泰初有业）。宇宙自有始以来，只有一种意志流行，只有一种大力活用。从这种宇宙观所演绎出来的人生哲学，便是



Du im Leben nichts verschiebe;
Sei dein Leben Tat um Tat!
（汝在生中无所用乎徙倚逶迤；
让汝一生成为业与业之连锁！）

所以浮士德与糜非时妥匪勒司契约时，他说：

Nur rastlos bestaetigt sich der Mann.
（堂堂男子只有孜孜不息。）

他要献身于陶醉之中，献身于至痛苦的受用，人生一切的痛苦都要在他内部的自我中领略，把一切的甘苦都积在胸中，把自身的小己推广成人类的大我。

我只从这世界之中跳过；
我把捉着一切欢乐的头毛，

不满心意的，我抛去了它，
不能持久的，我让它跑掉。
我只一面贪求，一面完成，
完成之后，我又贪寻，
我的生涯犹如暴风驰骋；
我初犹大力盘旋，
今则踌躕满志。
地上的事物我已尽知，
我终不能向天外逃去；
馋眼望天，幻想上帝的，
只是痴愚！
立定脚根且向周围看罢！
世界对于有为之人不是无语，
何用在永远之中盘旋去！



这便是歌德的“坚决地生活于全，善，真”（Im Ganzen，Guten，Wahren，resolute zu leben.）的注脚。把一己的全我发展出去，努力精进，圆之又圆，灵不偏枯，肉不凌辱，犹如一只帆船，既已解缆出航，便努力撑持到底，犹如一团星火，既已达到烧点，便尽性猛烈燎原，这便是至善的生活，这便是不伪的生活。这种生活，我说他是一种彻底的享乐主义，他的究竟是把我们这无可如何的生涯，百无聊赖的自我，趁心地消磨了去，趁心地忘却了去。这便是享乐主义的积极的一种。

但是人的体魄各不相同，人的意志也各有强弱，更想到身死之后，一切事业终归于已无有，于是可怜的既决囚，便不得不成为消极的Epicurian了。

蟋蟀在堂，岁聿其莫。
今我不乐，日月其除！

（《唐风·蟋蟀》）

山有枢，隰有榆。

子有衣裳，弗曳弗娄。
子有车马，弗驰弗驱。
宛其死矣，他人是愉！

山有栲，隰有杻。
子有廷内，弗洒弗扫。
子有钟鼓，弗鼓弗考。
宛其死矣，他人是保！

山有漆，隰有栗。
子有酒食，何不日鼓瑟？
且以喜乐，且以永日！
宛其死矣，他人入室！

（《唐风·山有枢》）



这是我们周代的无名诗人的享乐态度。

人生天地间，忽如远行客。
斗酒相娱乐，聊厚不为薄。

（《古诗十九首》中第三首）

驱车上东门，遥望郭北墓。
白杨何萧萧，松柏夹广路！
下有陈死人，杳杳即长暮，
潜寐黄泉下，千载永不寤。
浩浩阴阳移，年命如朝露。
人生忽如寄，寿无金石固。
万岁更相送，圣贤莫能度。
服食求神仙，多为药所误。
不如饮美酒，被服纨与素。

（《古诗十九首》中第十三首）

生年不满百，常怀千岁忧。
昼短苦夜长，何不秉烛游？

为乐当及时，何能待来兹？
愚者爱惜费，但为后世嗤。
仙人王子乔，难可与等期。

（《古诗十九首》中第十五首）

这便是我们汉代的无名诗人的享乐态度。

这些诗人，不必尽是哀伤时事的失意者，也不必尽是酒精中毒（Alcoholism）的病夫，他们的心灵正为一个永远不能解决的疑问所据，他们的生存日月为一种眼不能见的存在所剥削，他们不能睁着眼睛做梦，他们也不能无念无想冥合于自然，他们也不能恢宏意志没我于事业，永远不能消去的悲哀，只有即时行乐，以溺死一切于酒。所以酒便是他们的上帝，便是他们的解救者，便是他们唯一的爱人了。我们试读刘伶的《酒颂》罢。

“有大人先生以天地为一朝，万期为须臾，日月为扃牖，八荒为庭衢，行无辙迹，居无室庐，幕天席地，纵意所如，止则操卮执觚，动则挈榼提壶，唯酒是务，焉知其余？……”

我们试读李白的《春夜燕桃李园序》罢。

“夫天地者万物之逆旅，光阴者百代之过客，而浮生若梦，为欢几何？古人秉烛夜游，良有以也。……”

这种人的态度，不能以功利的尺度去测量，不能以道德的标准去批评，不能以酒精的毒害去威胁，他们正于饮酒的行为之中，发现出一种涅槃的乐趣。近代颓唐派的诗人，陶醉于 Hashish，陶醉于 Opium，陶醉于 Curacao，也正是这种消极的享乐主义的表现。他们的行为的动机和佛陀舍身出家是一样，没有那种愚蠢的释迦要向他们说教，即使有人要向他们说教，二豪只好遭蜾蠃的讥评（见《酒德颂》)，子产只好受朝穆的嘲笑了（见《列子·杨朱篇》)。

## 第二　诗人莪默伽亚谟

我在上面叙了一长篇的冒头，我的目的只是在想介绍一位波斯的诗人莪默伽亚谟（Omar Khayyam）。诗人的生日，迄今没有人知道，大概是生在十一世纪的后半。有人说他是死在一一二三年的，但是也不大的确。他的故乡是在可拉商州（Kharassán）的纳霞堡（Narshápúr），可拉商州在波斯的极东，为亚细亚大陆之所拥抱。气候温和，土地丰美，适于农业。绵类之栽培最盛。棉织物，绢呢等类自古驰名。更产突厥玉及其他诸种宝石。纳霞堡为州之首府，位于州之北部，在莪默当时，乃波斯文化的中心地点。

莪默的姓，伽亚谟（Khayyam），其意义为“天幕制造者”（Tentmaker）。有人以为莪默必以制造天幕为糊口之资，故以“天幕制造者”为其诗人的雅号（Professor Cowell，Fitzgerald 即主张此说）。此种雅号通行于波斯诗人之间，如阿塔尔（Attar）意为“药材师”，如阿塞尔（Assár）意为“榨油者”之类。有说恐系其父之职业。又有人说，诗人幼年所住的学校有点贵胄的性质，恐怕制造天幕的人，或者其子弟没有入学的希望，亚拉比亚族中有伽亚谟族，以制造天幕为业，莪默的祖先恐系由亚拉比亚迁入波斯者。



诗人幼年的学校便在纳霞堡，据他的学友尼让牟（NizamulMulk）的纪录，说是当时有一位最大的哲人野芒（Imam Mowaffak），在纳霞堡教书，尼让牟的父亲遣他来此就学。尼让牟在此遇着两个意气相投的学友，一个是奔沙伯（Ben Sabbáh），一个便是莪默伽亚谟，尼让牟是图司（Tús）的人，奔沙伯是阿里（Ali）的人，只有莪默是纳霞堡的土著。他们读的是《可兰经典》，研究的是古代传说——他们的学校大概是和我们中国往昔的散馆差不多了。有一天他们三人相聚，霍山（Hasan 即奔沙伯）向尼让牟和莪默说道：“世间一般的信仰，都说野芒先生的弟子会得幸福（当时的信仰凡读《可兰经》及古代传说者皆能得幸福，如我国以前读五经三传之类）。但是我们假使不能都得幸福时，那时我们将何以互相援助？”尼让牟与莪默答道：“随便怎么都好。”霍山便说：“那吗我们大家当盟立一誓，无论幸福落与谁人，他都应得均分，不能专享其利。”尼让牟与莪默都应承了。后来尼让牟入了宦籍，竟做到当时的教王阿尔士朗（Alp Arslan）的宰相。

尼让牟做了宰相之后，他的两个旧友来访他。尼让牟请于教王，授了霍山的官职。霍山嫌升进太迟，他把官职弃了，后来竟做了专以杀人为能事的依时美良派（Ismilians）的一种宗派的首领。他在一〇九〇年占据了里海南岸山国中的阿拉牟提城（Alamut），十字军时有名的“山中老人”（Old Man of TheMountains）便是他了。他的学友尼让牟，后来也是他刺杀了的。诗人阿塔尔叙尼让牟将死时说道：“啊，上帝哟！我在风的手中走去了。”——这正和莪默诗“来如流水去如风”句（见后译诗第二十八首）相类。

莪默去访他的学友尼让牟宰相的时候，他不要官职，只向他说道：“你能给我的最大的赐与，便是在你的福庇之下，使我得静居于一隅，扩展科学的利益，并祝你福寿康宁。”宰相便从纳霞堡的财库中每年赠他一千二百密（Mithkál 不知合中币多少，待考）的年金。



莪默居于纳霞堡以至于死，一生之中忙于各种智识之探绎，于天文学的智识之丰富尤为当时的白眉，在马利克夏（MailkShah）教王时，他得了多大的赏赐。改正蒋牟西古历的时候，他是委员八个学者中之一人。改正后的新历名叫 Jaláli，从一〇七九年三月十五日起施行。据英国史学大家 Gibbon 的批评：“时之计算比鸠良历（Julian year 以 $365\frac{1}{4}$ 日为一年，俄罗斯历即此）精确，与各列果良历（Gregorian Style——Gregory 十三世所改正，比鸠良历一年少十一日）相近。”他又做了些天文图谱，做了部亚拉伯文的代数。

诗人的外的生活，我们所能影影糊糊地知道的，便只有这么一点。关于他的临终时另外有种传说，说是从他的弟子宽雅（Khwájah Nizami of Samarcand）传说出来的。宽雅说：“我常常和我先生莪默伽亚谟在一园中会话；有一天他对我说，‘吾墓所在之地，北风会吹蔷薇花来覆罩。’我怪他所说的话，但是我知道他的话不是没有意思的。几年后，我偶尔去访纳霞堡，我走到他长眠的地方，啊，奇怪！那是恰在一座花园之外，果木带着果实把他们的树枝从园墙伸出，花片飞在墓上，墓碑是埋在花里。”——这种美化了的传说，恰合于诗人之永眠；正如李太白之死，人以为捉月骑鲸而去；印度诗人伽毗死后，尸化为白蓬（见太戈尔 One Hundred Poems of Kabir 的序传中）之类。然从此传说中我们可以晓得一种事实，便是我默有他的弟子。有人说他也是在纳霞堡教过书的。他是死在尼让牟之后（以上的叙述大抵取材于 Fitzgerald's "Omar Khayyam the Astronomer-poet of Persia" 一文中）

我默的诗名，在他本国却不甚著。他的诗集 Rubaiyat（四行诗集）据 Fitzgerald 所举，原文有四五种类，各种所含首数亦各不同。少者百五十八首，多者五百一十六首。其译为英文者以 E. Fitzgerald 为始。——Fitzgerald 以一八〇九年生于英国 Suffolk 州之 Bredfield。父姓本系 Purcell，父死后，改依母姓。生平与 Thackeray，W. H. Thompson，Tennyson 等为友，爱花，爱音乐，爱舟游，使之永远不朽，与我默伽亚谟之名如双子星座之 Castor 与 Pollux 二星者，便是他的 Rubaiyat 的英译。他是死于一八八三年。



Fitzgerald 的英译，是一八五七年正月十五日出版的，第一版只是一种小小的 Pamphlet，并且是没有记名的，出版书店伦敦 Quaritch 把它丢在四片尼均一的书匣里，甚至减价卖到一片尼，也还没有人要。一八六〇年 D. G. Rossetti 先发见了这部译诗的好处；接着 Swinburne，Lord Houghton 也极力称赞。一直到一八六八年又才出了第二版。其后七二年，七八年，出了三版四版。第一版只有七十五首，第二版最多，有百一十首，第三四版均百零一首。次第和语句均各有不同。我此处所译的是他的第四版。第一版我在 Henry Newbolt 所选的《英国诗钞》里看见过。第二版我看过竹友藻风的日文译本。只有第三版我还不曾得见。

Rubaiyat 本是 Rubai 的复数。Rubai 的诗形，一首四行，第一第二第四行押韵，第三行大抵不押韵，与我国的绝诗颇相类。我记得胡适之的《尝试集》里面好象介绍过两首，译名也好象是《绝诗》两字。Rubaiyat 的英译，在 Fitzgerald 之后，还有 E. H. Whinfield，N. H. Dole，J Payne 诸氏的译本。据说对于原文较为真实，可惜我都还没有见过。原文我不懂，我还读过荒川茂的日文译品（大正九年十月号的《中央公论》），说是直接从波斯文译出的，共有一百五十几首。我把它同 Fitzgerald 的英译本比较，它们的内容几乎完全不同，但是那诗中所流的精神，是没有甚么走转。翻译的工夫，到了 Fitzgerald 的程度，真算得与创作无以异了。

以下我据 Fitzgerald 英译的第四版，重译成汉文；读者可在那诗里面，寻出我国刘伶和李太白的面孔来。

原载 1922 年 11 月 25 日《创造》季刊第 1 卷第 3 期

# 雪莱的诗（摘录）

郭沫若

## 小　序



雪莱是我最敬爱的诗人中之一个。他是自然的宠子，泛神宗的信者，革命思想的健儿。他的诗便是他的生命。他的生命便是一首绝妙的好诗。他很有点象我们中国的贾谊。但是贾生的才华，还不曾焕发到他的地步。这位天才诗人也是夭死，他对于我们的感印，也同是一个永远的伟大的青年。

雪莱的诗心如象一架钢琴，大扣之则大鸣，小扣之则小鸣。他有时雄浑倜傥，突兀排空；他有时幽抑清冲，如泣如诉。他不是只能吹出一种单调的稻草。

他是一个伟大的未成品。宇宙也只是一个永远的伟大的未成品。古人以诗比风。风有拔木倒屋的风（Orkan），有震撼大树的风（Sturm），有震撼小树的风（Stark），有动摇大枝的风（Frisch），有动摇小枝的风（Maessig），有偃草动叶的风（Schwaeh），有不倒烟柱的风（Still）。这是大宇宙中意志流露时的种种诗风。雪莱的诗风也有这么种种。风不是从天外来的。诗不是从心外来的。不是心坎中流露出的诗通不是真正的诗。雪莱是真正的诗的作者，是一个真正的诗人。

译雪莱的诗，是要使我成为雪莱，是要使雪莱成为我自己。译诗不是鹦鹉学话，不是沐猴而冠。

男女结婚是要先有恋爱，先有共鸣，先有心声的交感。我爱雪莱，我能感听得他的心声，我能和他共鸣，我和他结婚了。我和他合而为一了。他的诗便如象我自己的诗。我译他的诗，便如象我自己在创作的一样。

做散文诗的近代诗人 Baudelaire，Verhaeren，他们同时在做极规整的 Sonnet 和 Alexandrian。是诗的无论写成文言白话，韵体散体，他根本是诗。谁说既成的诗形是已朽骸骨？谁说自由的诗体是鬼画桃符？诗的形式是 Sein 的问题，不是 Sollen 的问题。做诗的人有绝对的自由，是他想怎么样就怎么样。他的诗流露出来形近古体，不必是拟古。他的诗流露出来破了一切的既成规律，不必是强学时髦。几千年后的今体会成为古曲。几千年前的古体在当时也是时髦。体相不可分——诗的一元论的根本精神却是亘古不变。

（十二月四日暴风之夜。）



原载 1923 年 2 月 1 日《创造》季刊第 1 卷第 4 期

# 罗曼罗朗（Romain-Rolland）（摘录）

敬隐渔

罗曼罗朗底批评在欧洲差不多成了一种比欧战更厉害的争端，恍惚是几百年前的宗教问题一样，断不是我这一小篇说得尽的。

他的历史和思想有人述过了；我如今只从他的艺术方面讨论。

他最著名的作品是 Jean-Christophe(《若望克利司多夫》), 小说体，新奇的小说体，共三部，分十大本。第一部 Jean-Christophe 有四本 1 ‘Aube (《黎明》), 2 Le Matin (《清晨》), 3 I ‘Adolescent (《青年》), 4 La Revolte (《激抗》)。第二部 Jean-Christophe a Paris (《在巴黎的若望克利司多夫》), 分三大本：1 La Loiresurla Place (《都会》), 2 Antoinette (《安当蒂》), 3 Dans la Maison(《家居》)。第三部 La Fin du voyage(《旅行底结局》), 分三大本：1 Les Amies (《女朋友》), 2 Le Buisson Ardent (《烈茨》), 3 La Nouvelle Journée (《新时际》) ——从头至尾是写他理想中一个人（若望克利司多夫）底生命底现象和精神——他另外著得有 Theatre de la Revolution (《革命史》), Les Tragedie de la Loi (《信德底惨剧》), Le Theatredu Peuble (《平民底剧坛》), Musiciens la autrefois (《往时底音乐家》), Musiciens la nouveau (《今日底音乐家》), Viesdes Hommes illustres (《名人传》), Handel (《喊脱尔》), Michel-Ange (《弥涉尔安其》) ……等书。

我评罗曼罗朗，只是凭我自己的经验，不偏，不党，不盲从别人，不拾人牙慧。如今且从他的《黎明》入手。

《若望克利司多夫》( Jean-Christophe ) 底体裁是很新奇的。

Romain-Rallond 不注重在事实，只注重描写。犹如《黎明》这一本底小说式的事实，三四篇就可以括完，偏偏成了二百几十页的一本书；这真是天大的本事。Dumas pére（大仲马）派的小说，纯是故事，没有别的深味，只可以混时间，固不必论。从来注重描写的文豪也很多。最古，希腊底 Homerus，拉丁底 Virgilus，自然派的卢梭，Bernardin de Saint Pierre，Roman-tifues 的 Hugo（嚣俄），Realistes 派的 Flaubert，Daudet，Idea-listes 派的 Georges Sand 等等都以描写著名；但是大都写景致。我以为；"只为写景而写景便不是妙笔。" 有多少小说家用写景来点缀他们的作品，甚至于用来补他们完满的漏空，就未免滥用画笔了。犹如 Maupassant 每每未叙事以前先写一段长篇的景致与事实毫不相干的，不过说在这个地方某人叙出了某段故事，这一类描写法岂不是填篇幅吗？况且这一类的小说是汗牛充栋的，读者不知选那一个才好。一方面若是全无描写，老婆子谈话式的小说便更不足道了。——罗曼罗朗底小说全脱了这些俗气。他的描写笔最多，但是与众不同。他不学照像馆主人，随意处处摄影。他从来不无故描写。他不单顾描写。他不是写景，是写"动"；但看他的文字却是句句写景。他不是写景，是传播他的主义和思想；但看他的文字却是句句写景。他不是传情，是分析人底性质，是批评艺术，社会……；但看他的文字，却是句句传情。总之，兼写景，传情，创造人性，创造文体，罗曼罗朗主义，最是富于音乐底精神。音乐底精神在这一本《黎明》里边都讲完了。

Romain-Rolland 不是在叙事中间抽一个空出来把这一切楠下去的，乃是在人物，事景中融化了的，成了具体的。你念一句，不知道是文字吗，哲学吗，艺术吗那一门最引起你的兴味，这种融化底本事就难得了。Balzac（巴尔莎客）写景传情，创造，都算是第一流文豪；但是他每每在故事中间加一两句格言，他自己的批评，思想行文就呆板了。Voltaire 底小说是传播主义，甚致于专讥讽他的仇人的；但他的文里句句是主义，句句是讥讽，没有一句是小说。且看罗曼罗朗怎么样会把情节，性质，心理，景状底描写和自己的思想批评淘融在一句里。

"克利司多夫把颊儿衬在盘子上，好生享这一切幸福"，这是一幅小儿在餐桌上的心理和景况底写真。“幸福”这一个字里面含着多少不知是喜是悲的哲学思想，外表面却是极力写情景；这一个字岂止横扫五千人的笔力？他写景兼能写动，写情，并且能把死物如声色，阳光，钟铃等化成在人面前栩栩欲活的样子。若望，克利司多夫同祖父坐在马车上；祖父和一个乡人谈话，克利司多夫独自看风景，看到树影横斜在路上……罗曼罗朗写道：

> “它（树影）成为一个栅子横拦着路。它好象些古怪的凄惨的妖物，说道‘别走远了！’喇喇格格响着的车轴和马蹄重说道：‘不走远了！’……”

这种笔法平常是很蹊跷的，这里叙小孩子底印象却忽然变成很自然的了。

“书中人各有各的分明不紊的性质”，这是小说家用笔底要素。Romain-Rolland 写的人物可以和 Moliere（莫里也）、La Bruyere（拉普雷爱尔）媲美。Jean-Christophe 是怎样高傲，天真烂漫，富于感情，生气勃勃的！Jean-Michel（若望弥涉尔）老人是怎样忠厚，浮华，想成一个大艺术家，终不能达到目的，是怎样一个“老古董！”Melchior 梅尔曲（弥涉尔之子，克利司多夫之父）是怎样一个事不经心，为穿吃而生的人！Go-ttfried（哥特飞德）大音乐家底心地，他却平生常受人欺笑！Romain-Rolland 在写用情底句子里兼能批评社会道德，艺术，又不近于泛滥或抽象；这笔法古往今来却未见几个人能够的。祖父 Jean-Michel（弥涉尔）和孙子克利司多夫叙故事……

> “祖父不怕他青年听者底批评，恣意滥用他平常的浮华……当他在说话中间失了头绪，他把脑里所经过的一切都说出来，塞满他思想底漏缝。他要壮他的语气，用意义完全相反的手势点缀他的说话。小孩子恭恭敬敬地听着；他想祖父是很有辩才的，但是有点讨人厌烦……”

读这一段不知应称赞他的描写呢，或是艺术底批评呢。

我素来不注意音乐。我也学过琴，我也学过唱；都引不起我的兴味。如今译《黎明》这本小说，不觉音乐底爱如瀑布一般，不知从那一个源洞，忽然涌出来了！我这里不能举例，差不多每段都有音乐底精神让读者自己去理会罢了。

他的人生观是“动”，是勉励；极力抨击堕落的人；梅尔曲是这样人的模范。

读这本小说真足以使懦夫立，懒者勤……

书中底主人翁不是克利司多夫，乃是生命；Ramain Rolland 写生命直象活泼地一个人在纸上跳跃一样，我到如今不知什么是生命。或者如此的不止我一个人。往事恍恍惚惚地过了，不甚看得清白，有多少甚至于不十分记得清白了。人情事故又好象是真的，又好象是假的。如今看若望克利司多夫小孩子时代的生活倒比我自己经过的事情看得明白多了，更觉得有意思；方才知道了一点人与生命底观念。这更不是举一两个例可以说明的了。



> “他（克利司多夫）的身体和精神常是运动的，好象牵入了一团转旋得绝气的跳舞之中一般。好象一条小壁虎，他昼夜在火焰里踊跃着。万般不倦的高兴，事事都可以作它的养料。一片呓呓的梦，一股涌澎的泉，一个无穷的希望底宝库，一回笑，一曲歌，一次永远的醉。生命还没有捉着他；他时时从其间逃脱了；他在无限中浮荡。他好有福呀！他怎样是生成享福的！他身上没有一点不信仰幸福，没有一点不尽他猛热的小力攒到幸福里去！……
>
> 生命快要把他催到智识境了。……”

读者看这一段是诗吗？其实这一本都是诗。读者可取出嚣俄底 L'art d'etregrandépre（《当祖父的法子》）写儿童底天真玩笑……等的诗集并看，然后判二人底优劣。或者克利司多夫要有趣味些，要深厚些吧。我尝恨为 Henriade，这一种《三国志》底体裁，Voltaire 等为什么要处心集虑去做万言的诗；我却又希望《克利司多夫》这十大本完全译成诗……

读者又可以对照卢梭底 Emile（《爱米尔》）并看。他们俩都论的儿童底自然化的教育（不过，Rousseau 专论教育，Romain-Roland 并未谈及教育一事，却使读者与读 Emile 时受一样的影响。）

总之，Jean-Christophe 好比是采世人卫生必须的各种补品，药剂和着各种美味。一齐烹调，融成了一块儿；人们只寻它的滋味，不知不觉尽得了它的益处。

罗曼罗朗底造句，虽然不好译。却是很简短很自然的。人人赞他的原文，好象都懂得，其实只懂得皮面。他的意思好象都说得出来，其实若是没有看见他的，无论如何也表现不出来。看他行文恁简短，好象他只注意大纲节目，把不重要的话尽力避开一样；其实别人说不出，想不到的精细事情他都淋漓尽致地写完了。

一九二三，七，二五。

原载 1923 年 8 月《中华新报》副刊《创造日》，选自《创造日汇刊》，上海光华书局 1927 年 3 月初版

# 赫尔惨（Alexander Herzen）

郁达夫

关心于俄国革命，抱有无政府主义，主张以破坏为第一义的现代的青年，当不能忘记先觉者赫尔惨的事业。

赫尔惨于一八一二年生在俄旧京莫斯科（Moscow）的一家富家，他的母亲是德国人。赫尔惨所受的教育，完全是旧式的俄国贵公子的教育。教他法文的，是一个法国的移住者，教他德文的是一个德国的家庭教师。他的俄国的先生，却是一位爱自由的新思想家。除了这几位先生以外，平时作他的导师的，便是十八世纪德法两国的哲学家的著书，而尤以法国启蒙哲学家和百科辞典编纂诸家如提特罗（Diderot），达兰倍尔（D'Alembert）辈的感化为最深。所以到了后来，在他研究德国的纯正哲学的时候，他仍脱不了十八世纪法国哲学家的影响。

他在莫斯科大学里所习的是物理数学科。一八三〇年的法国革命，影响及于全欧，当时年未弱冠，还在学窗里研究的赫尔惨，当然逃不了这狂澜似的思潮的波浪，他和奥拿利约夫（Ogaryoff），拍赛克（Passek）诸人，很热心的开始议论政治问题社会问题和读法国圣西门（St. Simon）的著书，就在这个时候。

这些年轻的俄国的——否否，也可以说世界的——未来的革命家，在宿舍的楼上夜夜的谈论，便成了诗歌，吟咏了出来。神经过敏的当局，听得了风声，便来搜索，这些可怜的热情者，就不得不去尝铁窗的苦味了。当时年纪都还不过二十前后的这一群青年，有的被流到西伯利亚，有的被送到军队里去服苦役，有的被监禁在囚牢里。

但是我们的赫尔惨却被流在乌拉山下的一个名雾霞脱加（Vyatka）的小镇里，足足被放逐了六年。

一八四〇年他遇了赦免，回到莫斯科来的时候，正是俄国智识阶级致力于德国哲学研究的时候，当时德国的纯正哲学的抽象概念，在莫斯科流行极了。赫格尔（Hegel）的现实肯定说，支配着莫斯科的思想界，即是白苦吟（Michael Bakunin 1814—1876）白林斯基（Byelinsky）也承认说“俄国的专制是有意义的”。赫尔惨虽则一时也免不了赫格尔的研究，但是他的中心思想，却仍是不变。他终是法国百科辞书学家的崇拜者，绝对的赞成法国大革命的宗旨。

一八四二年以后，白苦吟在德国解脱了德国哲学的迷雾，奔往巴黎，和当时正在流行的社会主义接触之后，俄国的新进青年，受了他的影响，才渐渐的抱起近时的革命思想来，法国富利爱（Fourier）洛罗（Lerowx）辈的书着，遂成了他们的圣典。俄国的文学家如白林斯基，屠格纳夫（Turgueneff），喀凡林（Kavelin）等的激烈的思想，亦系于此时造成的。

一八四〇年回莫斯科住不几时，热情奔放的赫尔惨，又不得不被放逐，这一回却被流在诺芜格各特（Novgorod）。费了九牛二虎之力，在一八四二年，他才被赦回来。住了几年，他看看故国终不是他永住之乡，一八四七年遂出游外国。自从这一次去国之后，我们的勇猛的先驱者赫尔惨，就长离祖国，永久的变成了一个天涯的孤客，这时候白苦吟，奥拿利约夫已经在外国了，赫尔惨先上被澳国压迫的意大利跑了一次，回到巴黎来寻他的思想上的朋友的时候，正在一八四八年的大革命将起之前。

巴黎的热狂的革命，和无产者被有权有产阶级的虐杀，都是他所身历的经验。当时他和屠格纳夫所住的地方，被警察守住，不能出来。他们听了劳工被胜利的军阀官僚虐杀的枪声，只能在屋里狂跳愤激。我们要晓得他们当时的热情，但把他们描写当时的文字拿来一看就对了，赫尔惨作的《六月天》（June Days）实是俄国文学中的一篇杰作。

看看革命的希望如晓天残梦，被扫荡得干干净净，反革命运动，弥满了全欧。澳国的压制，仍复支配着意匈两国，而拿破仑三世的专制的根基，也已筑就。伤心失望的赫尔惨，只把他的一腔热泪，洒向简端，我们读到他的《异岸之声》，（From the Other Shore）谁能不为他所感动？这是对西欧文化绝望的判决，这也是大政治家借了诗人的美文所发的预言。

后来赫尔惨在巴黎和布鲁东（Proudhon）发了一种出版物，名《民众之声》（La Voix du peuple）。但是专横的拿破仑三世却每期都把它没收了。非但这热烈的出版物遭了厄运，就是赫尔惨自家也马上被放逐于法国之外。逃到瑞士，住了几时，入了瑞士的国籍，及他母亲儿子在船里遇险伤命之后，他就迁到伦敦去永住了，这是一八五二年的事情。

搬到伦敦去的一年，就是他的鼓吹自由思想的千古不灭的杂志《北辰》（The Polar Star）发行之岁。不几时这杂志陆续的秘密运入了他的故乡，俄国的上下，几乎没有一个新思想家不奉它为宝典。他在这杂志上发表的政治论文和可贵的当时的俄国时事之外，还有一篇回忆记，名《往事和杂感》（Past Facts and Thoughts）。

这一篇回忆记非但其中所记的事实很可宝贵，就是以文学而论，也是一篇名著。当时的凡他所晓得的人物大事，自四十年代起，至放逐时代止，都被描写得活跃如生，而且处处可以看出他的嫉恶如仇，渴仰自由的性格来。其中描写他对娜答丽（Nathalie）的爱情，和他母亲儿子伤失的几章，尤其是风光细腻，凄艳动人。屠格纳夫也对人说：

“俄国的作家没有一个人可以赶得上他，因为他的文字是以血和泪写的。”

名《洪钟》（The Bell）的新闻纸未几随《北辰》而出世。这《洪钟》发行之后，赫尔惨的影响，真普遍于俄罗斯的全国，乡村僻邑，也被他的热烈的吼声振动起来了。从他和屠格纳夫的通信中看来，好象后者在《洪钟》上也帮他的忙不少，当时的批评的材料和他所应取的态度，好象是屠格纳夫教给他的。

那时候正当俄国将解放农奴的时候，种种秕政，正在力图改革，有许多人在皇帝前上书献策，屠格纳夫将这些材料拿住了，送给赫尔惨，教他在《洪钟》纸上批评。赫尔惨以流利之笔，热烈之文，批评改革事业，揭露恶政黑幕，针针见血，就是当时的皇帝亚力山大二世和皇后马利亦为他所感动，非常爱读《洪钟》。

农奴解放之后，百事正待改革，当一八六三年的时候，波兰的独立事件起来了。俄国用了虐杀的手段，把波兰的独立运动压伏了下去，于是国内的自由运动，也绝了踪影。赫尔惨本来是对波兰的独立表同情的人，他的宣传，遭了这番顿挫，自然不得不失去他的势力，《洪钟》就不能在俄国维持它的地位了。赫尔惨转了方向，想到法国去宣传自由的福音，但是杂乱的法国，终没有容纳他的雅量。他于一八七〇年为贫病所迫，颠连孤苦，客死在巴黎。

赫尔惨没有出亡之先，在他故国的各种杂志上，曾用了伊势硕特（Lskander）的名字，做了许多讨论政治艺术哲学的文字。他更有一篇《是谁之罪》（Whose Fault is It？）的小说。他的全集被禁止了六十余年，到现在才见天日。德国的 Sperber（Leip.1894）有他的评论一篇。此外关于他的传记散见于俄国作家的著书者正复不少，我这一篇介绍是根据他的崇拜者克罗泡得金（Kropotkin）的《俄国文学史》（Russian Literature，Ideals and Realities）及《一革命家的回忆》（Memoirs of a Revolutionist）的两书而作的。



啊啊，先驱者的悲惨的身世！我不识造物者何以偏爱与思想家作对头人。热血的青年，有志的男子，我希望你们不要一面高谈革命，一面在资本家跟前卑称门下士。我们不做便休，若要动手，先要有赫尔惨那么的客死他乡的勇气。

十二年八月二十日

原载 1923 年 8 月 26 日《创造周报》第 16 号

# 未来派的诗约及其批评

郭沫若

## 上

### 未来派的意识

自从伟大的科学的发见出世以来，人的感觉已完全更新，未来派的基础便建设在这上面。我们现在用电信，电话，留音器，脚踏车，汽车，大西洋横航船，飞行船，飞行机，活动电影，大新闻（世界日的综汇）的人，我们不能用邮传，运搬，通告等种种的方法来，在我们的精神上生出一种确凿的效验。小小的乡村外田野空旷，日光，尘埃，风影，在静默中游戏，原始人可以仰一日的车行，便达到被光辉，动摇，呐喊所耸动着的大都会。……小胆而呆滞的乡下人在一场影戏中看见孔戈地方的大猎，他们能够生出这种冒险的陶醉。……这种可能，对于远见的观察者，如象一个赋形的，创造的影响，作用于我们的感觉，而生出下列的极彰明的现象：——

（1）生活之加速，现今的生活，几乎都有一个迅速的旋律。

（2）怕旧，怕陈腐。爱新，爱稀奇。

（3）恨静的生活。爱对于日常生活的英雄主义的冒险和诱引。

（4）破坏超世间的感情，增进有生存权的个性的价值。

（5）人的欲望和野心之增殖与无穷。

（6）对于人是不能证明，不能达到的事物的确智。

（7）男女平等，男女间社会的权利之差别减少。

（8）轻视恋爱。……纯粹的爱人，专一的爱人，失掉他一切的特权。恋爱失掉它绝对的价值。

（9）事务的狂热，技巧，与理想主义。一个纯粹的拿钱意识。

（10）人被机械所增添。新的机械的观念，本能与马力的混乱，与传达力的混乱。

（11）游戏的狂热，技巧与理想主义。纪录的概念与爱。

（12）大西洋横断与大旅馆（各种人种与民众的会合与综汇）的新的旅行意识。破坏距离与孤独的乡思。

（13）新的世界意识。……我们接连地战胜家庭的观念，乡井的观念，城市的观念，地带的观念，洲的观念。我们现在有一个世界心：我们求知祖先的历史的必要减少；我们求知全世界的近事的必要日增。

（14）曲线，螺旋线，旋转物的眩晕。爱直线与有限。怕详细的纡缓，怕冗长的分析，怕解释。爱速，爱减省，爱撮录，爱综合。

（15）爱对于一切心理的与精神的活动之深入与透视。

## 言 语 自 由

把教授们的一切愚蠢的定义和学说抛开，我告诉你，抒情主义只是能陶醉或所陶醉于生命的例外的才能；是变化我们周围的生命之狂水而成为葡萄酒的威力；是用我们变易无常的自我的异彩写出这个世界的威力。

比如你想，你有一个朋友，他赋有这样的抒情的才能，生在一个繁赜的生活圈里（譬如革命，战争，破船，地震），并且不久立刻便来，把他的印象告诉你。……文章论顾不及了……形容词是乱投的，句点法也没有，他想蔑视一切的形式主义或体裁的优越，他想搅成一个感觉和印象的混浑曲来刺激你的脑经。照他幻想的不规则的鼓舞，他想说，想满撒，一把一把的精粹语。说话者的专一的先入，发生出他的自我的一切的感激和波动。

假使在这种抒情的表现力之外，他还有一个心充满了普遍的观念时，他会自发地随时用他所知所觉的全宇宙的那些观念去连接他的感觉……他会创造一个类比的大网……他会电报式地再造一个生活的类似的基础。

简略法的必要，不仅是由于支配着我们的速律而来，并且是由于诗人与民众间的永恒的关系……这种同样的关系在两个旧友之间也存在，他们只消一言，一动，一瞬，便能互相了解……诗人的想象不用连线便可以连接远距离之物，只消用精粹语，并且这些言语绝对地自由。



### 无线的想象

无线的想象是说影象与类比的绝对自由，用不连续的言语表现，不依文法的连络。无线的想象与自由言语的运用会导引我们到物质的精髓……我们可以把文体动物化，植物化，矿物化，电气化，液体化，使他充量享受与物质的生命同样的生命。

### 信号式的形容法

我们随处都注意着去制服刻画的形容词，因为它惯能为直觉的障碍，直觉——实体的一个极简单的定义。……我们当得把形容词看成文体的线路或信号，足以限制类比的竞走的速度。

### 动词用不定形

强烈的，动态的抒情表现中，不定形是必要的，因为它……在它本身便把句的存在否定，使文体不滞，不凝坐于一点。不定形是圆而正整如象车轮，其他一切形态和时态是三角形，四边形，或椭圆形。

### 谐声字与数学的记号

谐声字能以实在的粗质和素材使抒情法生动，自从亚里士多方（Aristophanes）以至于泊士柯里（Pascoli），在诗歌中多少也偶尔被人利用。我们未来派开始它大胆而不断的运用。但是，这决不能依一定的统系。……凡古代的诗人用来把他们的影像和他们的句子相连接的明白连锁，……我们一概消掉。我们时常用短简而无名的数学上与音乐上的符号，并且用在括弧里面表示，譬如用（presto 速）（piu presto 更速）（rallentando 变缓）（due tempi 两倍的动率）以调节文体的速度。

### 印刷的革命

我们的革命是反抗所谓篇页的印刷的调和，印刷表不出变动与反动，文体的横冲直撞与文体的爆发。所以我们要在同一篇页里面，用三四种不同色的墨汁，如必要时，更可以用二十种不同样的字型。

### 自由而表现的造字法



我们的抒情的陶醉要自由地把言语打坏，使言语更新，或缩之使短，或延之使长，或强其中部，或强其两端，或增或减其母音与子音之数。由是我们乃得一新的造字法，我名之曰“自由表现”。我们随本能而改变字形，是与我们对于谐声字的自然的倾向一致。

## 下

以上是未来派关于诗歌方面的宣言（1912·IV）的节略，是从英国诗人兼诗论家的亨利纽波得（Henry Newbolt）著的《英诗新研》（A New Study of English Poetry）转译出来的。该书中的第十章便是论的《未来派与诗形》（Futurism and Form in Poetry）。据纽波得的自注，上面的宣言他也是节录别人的。在一九一三年九月号的《诗与剧》（Poetry and Drama）杂志上哈乐德孟罗氏（Harold Monro）曾经把全文翻译了。

未来派的运动在我们国人虽还觉得新颖，但是它已经有二十年的历史了。创始者意大利人玛利奈晉（Fillippo Tomasso Marinetti）以一八七八年生于埃及的亚历山大府，在那儿的一个教会学校毕业了后，游学法国，得了 Sorbonne 的法学博士。他多才多艺，有伟大的体魄和过人的精力，并且还是一个富有资本的大工场主。以他这样的人物而能创造未来派，我们是甚么人都能首肯的。初期的运动大抵限于造形美术方面，后来渐渐伸到了音乐，诗歌，前两年未来派的“飞行机舞蹈”也已经发明了。

关于未来派的画，我看过原画的要算是俄国的 David Burluk。他去年曾在日本各都市开过个人展览会，一面画画，一面卖钱。他画的画，无论着色构图笔触，我们都可以用最高比较级的下列的形容词去形容它，便是凶猛，粗暴，动乱，混沌，怪特，……（这并不是我的肆口漫骂，这正是未来派的精神。）我看了他的画，我只感受得一堆粗杂的原料，轮船出口或入口时的黄浦滩码头，虹口的小菜场，轮船停泊后接客先生跳上船时的三等客舱，上海的中国新闻纸，……

未来派毕竟只是一种彻底的自然主义，我们读前面的宣言便可以晓得。宣言的外貌虽是奇离，而它的精神只消用一句话便可以表尽，便是新的印象应该用新的表现。而印象至表现的过程，在未来派作家只是瞬间的，未来派之所谓“表现”只是“再现”，所谓“创造”只是“描写”。一个朋友经验一回繁赜的生活，立刻想把原型原样的混沌去刺激人的脑经。这只是绝对的客观描写，无意识的反射运动，这并不是由无而有的创造，并不是由内而外的表现。未来派只是没有精神的照像机，留音器，极端的物质主义的畸形儿。

彻底只是叙事的，并不是“抒情”的。他所说的“创造一个类比的大网”，这个类比作用只是象征派的象征作用。不过象征派的对象是静默，未来派的对象是叫骚，其实两派都是自然主义的嫡系，都是受动的艺术。人性的积极的创造精神，压伏在物质的重压之下还没有发芽，吃了桑拓的懒惰的蚕，只撤了些粪粒而没有吐丝。人类的“自我”还在摇篮中睡觉。

自然主义最隆盛的时候，它的势力也只能在比较以客观描写为主要生命的绘画及小说中占优胜。未来派的画比较有成绩的缘故也正是同一的道理。自然主义隆盛的时候，诗歌似乎破了产，音乐只是异端。诗和音乐的存在是人类的精神有创造能力的积极的证明。未来派的音乐，未来派的诗，我敢断言它莫有长久的生命。

未来派的基础只建筑在人类的感觉（Sensibility）上。它是对于现在的肯定，对于过去的反抗，一切旧的都是坏的，全威尼司城都可以破坏，全罗马的古代艺术品都可以毁弃，生存的艺术家只能限于二十年之内，艺术家过了四十便当随其作品而退位。新的感觉要用新的表现。现代人与骨董和古典主义没缘。只有现在，现在的一切都值得表现，人的一切欲望和野心都值得肯定，纯粹的拿钱意识也值得肯定，于是乎资本主义也值得肯定，战争也值得肯定了。

## 战　争

重　量＋臭　气

正午　3/4 笛　尖锐的叫声　拥抱　冬冬　哗噪　含嗽　破爆　前进　倒　囊　枪　蹄　钉　炮　鬣　车　辎重　犹太人果实　涂油面包　俗谣　小店　呼吸气　光辉　眼脂　恶臭　天竺肉桂　淡白气味　满潮　退潮　胡椒　喧嚣　跳蚤　旋风　倦怠的金丝网　象棋　牌　茉莉＋蔻仁＋玫瑰　东洋画　细工　兽尸　怒发上指＋敝履　机关枪＝辘轳＋回澜＋群蛙　剑声　矗枪　炮　铁屑　空气＝弹丸＋火山石＋百分之三的恶臭＋五十分的香　石臼　毛毡　遗骸　马粪　马尸　辟里拍拉　堆积　骆驼小马　混沌　污猪

我们读了玛利奈甯这首诗，只觉得有了这么一回事。照诗的形式上来说，他的宣言要算是实际做到了。不依文法的，信号式的，不定形的动词，谐声字，数学的记号，……应有尽有。但是它始终不是诗，只是一幅低级的油画，反射的客观的誊录。诗人在这个环境里面或者是感得了些甚么，但是我们终竟不知道他究竟感得了些甚么。我们只接到了一通脱码甚多的电报，晓得在甚么地方起了这么一场战争，如是而已，这儿没有人生的批评，没有价值的创造，没有作家的个性。

纽波得批评未来派说：与其说是未来派主义宁肯说是现在主义（A more appropriate name for it would be that of Presentism），因为他们所反抗的是过去，而所拥护的是现在。但是据我批评起来，与其说它是现在主义宁肯说是过去主义。未来派和它死了的老祖母自然主义是一样，已经是属于过去的了。

二十世纪是理想主义复活的时候，我们受现实的苦痛太深巨了。现实的一切我们不惟不能全盘肯定，我们要准依我们最高的理想去否定它，再造它，以增进我们全人类的幸福，半冷不热，不著我相，只徒看病不开方的自然主义已经老早过去了。未来派的肯定一切物质文明的态度，虽是免去了冷病而为狂热，但在这全地球绝了火种的时候，我们所需要是 Prometheus 的神手，不是 Pandora 的百宝箱。在最近的将来或许有真的未来派发生，但不是玛利奈査的过去派。

八月二十七日夜半

原载 1923 年 9 月 2 日《创造周报》第 17 号

# THE YELLOW BOOK 及其他

郁达夫

## 上



对于维多利亚朝（Victorian Age）文艺上流行著的道德观念及Formalism的最初的反抗，是Oscar Wilde所提倡的耽美主义（Aestheticism）。然而顽固的英国社会，对于这一种由他们顽固者看来是非常轻佻的倾向，当然要抱着反感的，所以十九世纪中叶，在英国的文艺上有绝大的势力的完全是一种条顿民族的情调（Teutonic Feeling and Inspiration），喀拉衣儿（Carlyle）所介绍的德国文学，暗暗里竟收了大好的结果；因此马修·亚诺儿特（Mathew Arnold）的法国文学的赞扬，就同时不得不功归乌有了。继承法国思想（French Ideals），发扬凯儿脱气质（Celtic Temperament）。在今日的英国艺术坛里，独霸一方焕放异彩的，是当年群集于Yellow Book（1894—1897）的一群青年作家。

Yellow Book——《黄面志》——是一种文艺季刊，1894年的春天由London的John Lane书店出版的时候，英国的文艺社会对于艺术与道德的界限还分不清楚，正在贪Victorian Age的晓天的残梦哩！然而第一期Yellow Book的二百七十余页的作品和十五张的插画，已经把近代的新倾向表现出来了。

《黄面志》的名字，大抵是因为每期的面纸是黄色的，所以有这个名称。志上的执笔者插画方面由Aubrey Beardsley担任，诗歌文方面系由 Henry Harland 担任编辑的。此外如 Cynic 的 Max Beerbohm，批评家的 Waugh，诗人的 John Daridson，Ernest Dowson，Arthur Symons. W. H. Yeats. Laurence Binyon，Mrs. Marriot Watson，Lionel Johnson，小说家的 George Gissing，Hubert Crackenthorpe，Henry James，诗人兼小说家的 Richard le Galienne.及 A. C. Benson，Saintsbury，Kenneth Grahame，George Egerton，George Moore，Edmund Gosse 等，差不多当时的投稿者，都成了今日英国文坛第一流的名家。他们中间的倾向虽则有属于浪漫派，写实派，耽美派的不同，然而他们对于艺术的忠诚，对于当时社会的已成状态的反抗尤其是对于英国国民的保守精神的攻击，是取一致的态度的。可怜这一群年少的天才，除了几个在今日的英国文坛里还巍然维持着他们特有的地位者外，都在三十岁前后或是投身在 Seine 河里，或是沈湎于 Absinth 酒中，不幸短命死了。关于他们的生活及作品，若详细研究起来，怕有一部绝大的丛书好做，我在此地，不过想把他们中间的几个我所敬爱的诗人，乱杂地来介绍一下，若我们中国的青年，因了我这一篇介绍，能够把他们的名字铭刻在心头，从此而更进一层，想研究起他们的作品来的时候，我的目的就可算是达到了。

文艺季刊 The Yellow Book，与那一群少年天才的命运一样，到了 1897 年，出了第十三期就绝命了，然而他们的余光，怕要照到英国国民绝灭的时候，才能湮没呢！

使《黄面志》的声价一时高贵的，第一要推天才画家 Aubrey Beardsley 的奇妙的插画。A. B.于《黄面志》出版的时候，还只有二十二岁年纪。他从七岁的时候起，就感染了肺疾，到 1895 年的夏天,《黄面志》的声誉，稍稍低落下去，Arthur Symons 同他计划出 The Savoy 志的时候，他已经病得不堪了。然而他在病中的热心创作的状态，他的把全生命都拿出来奉献于艺术的祭坛上的情形，我们在 A. Symons 的题他的画集的那篇序文里，就可以看得出来。他的对于音乐图画的嗜好，从小已经是很显着的了，在中学校的时候，他老把教员的面貌画在纸上，使他的同学惊叹他的妙技不置。并且对于文学的趣味，也是不浅，他的短短的二十六年的生命，虽则无一日不在病里，然而他读的文学书，却是不少。他在病中作的一篇散文断篇 “Under the Hill,”

（在 Savoy 志上一二期中发表的）的确是一篇杰作，A. Symons 批评这一篇东西说："Every sentence was meditated over，written for its own sake，and left to find its way in its own paragraph."若天假之年，使他得活到三十岁的样子，怕英国的文坛上，又要添设一个纪念碑哩！他所遗下的作品，都是在二十岁到二十六岁的六年中间画的，其中最有名是"Le Morte d'Arthur"及"Salomé"两书的插画，他的着想的灵奇，笔致的遒劲，恐怕在素描画（Picture in black and white.）中，要算空前绝后的了。

他肺病增进之后，便脱离了 The Yellow Book，到 Dieppe 去养病去，当时的 Dieppe 是青年艺术家会集之处。夏天在 Dieppe 避暑的人中，差不多十人有九人是歪戴着白色的软帽，披了乱长的头发，在海边上，或在凉亭内懒懒的躺着的。有时候有二三人相遇的时候，他们便光着了两眼，涨红了清瘦的脸，谈论起艺术的原理，表现的技巧来，到了晚上他们就穿了奇特的衣裳，各到公共舞蹈室，小酒馆，音乐堂，赌博场去。据 Arthur Symons 说，他与 A. B.的关于 Savoy 志的计划，全是在这样的空气中间作成的。当时的 A. B.虽则病已入了第三期，但在谐声流亮的音乐堂中，和感情激发最易看到的赌博场里，每晚总有他那同影子似的身体坐着。他在那里静静的观察，预备作他的杰作 The Little Horses，但是这画终究没有画成，他就于 1898 年死了。他的画里虽则也时有矛盾，时有时代错误的地方，但一味阴森之气，笼罩在画的面上。他的轻轻的几点，有使人看了永不会忘记的魔力，譬如 Le Morte d'Arthur 的插画中间的 Merlin，Salomé 的插画中间的 The Dancer's Reward，The Climax 等类，都是如此的。

The Yellow Book 的一群天才诗人里，作最优美的抒情诗，尝最悲痛的人生苦，具有世纪末的种种性格，为失恋的结果，把他本来是柔弱的身体天天放弃在酒精和女色中间，作慢性的自杀的，是薄命诗人 Ernest Dowson。

Ernest Dowson 的诗文，是我近年来在无聊的时候，在孤冷忧郁的时候的最好伴侣。我记得曾经在一篇小说里，把他的性格约略描写过的。大约是因为我的描写还没有力量，所以到了今日，仍不见有人称道他的清词丽句。但我对他的同情和景仰，反而因世人对他的冷淡，倒是日见增高了。

古今来的失恋诗人，也不知有几多，但是象这样沉痛的哀歌，怕除了这沉默的音乐（Silent Music）的作者之外，更没有第二人了。Ernest Dowson 于 1857 年生在英国 Kent 州的 Belmont Hill，祖父名 Alfred Domett，曾做过 New Zealand 的宰相，是 Ranolf and Amohia 的着者。Dowson 的父亲，也是一个富有文学趣味的人，因为纤细的病体，难耐英国寒烈的气候，所以常住在法国及理未爱拉（Riviéra）的，因此 Dowson 少时所受的，是很不规则的教育，他一时虽进了 Oxford 的 Queen's College，但在 1887 年，还没有得到学位，他就辍了学上伦敦去了。

是在伦敦的居停中，——他遇见了他的 Beatrice！这就是决定他一生蹇运的一颗有刺的蔷薇，这也是他日后在悲苦的时候吟出来的神韵飘逸的诗歌的发酵素！她本来是一个寄寓在伦敦的外国街区里的亡命客的女儿，Dowson 与她相遇的时候，她正与她的母亲，当那冷静的街角，在经营一家小小的酒馆（Café）。十七八的少女，Exotic 的情调，红绿的酒色和淡紫的烟香，惨白的处女的微笑，水绿的汽油灯光，这少女的迷阵，使 Dowson 一见倾倒，到死都不能解脱。虽则是这少女的凄艳，足以引 Dowson 的魂魄，但也许是 Dowson 的世纪末（Fin-de-siécle）的颓废的倾向，与他的恋爱“恋爱”（To love “love”）的自作的罗网（Self-deception）致他的死命的。

他自从遇了那少女之后，天天到那小酒馆去，据 A. Symons 说，在灯火微明的黄昏时候，你若走过那家小酒馆的门口，总能看见一个孤冷的影子，凄惨地坐在里头的角上，有时候拚命的在那里喝酒，有时候两手叉了头，在那里想他的优美的情诗。他作了许多从肺腑流出的 Dedicate 于她的诗，念给她听讲给她听，但只解欢娱没有灵性的这少女，又加是发育方盛，不知选择对象的这少女，那里能够知道 Dowson 的伟大，那里知道 Pure Love 之可贵，更那里能够了解诗人恋爱的优美的心情，她终究与一个下流的 Waiter（下男）有私了，后来就嫁给了这 Waiter，千古伤心人 Ernest Dowson，受了这一大打击，他的心房的鲜血，点滴到他的临终的时候才止，但他的诗里头的长恨，怕要与天地同其绝期哩！

Dowson 的对人无差别的倾向，是从小培养成的。因为他父亲在伦敦东端有一所船场，后来就遗给了他，所以他与贫民劳动者接触的时间很多。他的爱自由爱平等的天性，决不使他与那些社会的被压迫者中间，生出沟渠来。兴致到来，他就拉了那些劳动者，或到马夫出入的下等酒馆里，或竟在天底路上痛饮起来。Arthur Symons 的 Dowson 回忆记里头说有一次也被 Dowson 拉到这样的一家酒馆里去，他觉得 Dowson 在这样的 Atmosphere 里头，最为适宜，可见 Ernest Dowson 是一个近代的 Democratic 的人，不配拥皋皮，作成福，与世间的所谓成功者是不一样的。

Dowson 在清醒的时候，非常温和柔雅，比人一倍的谦谨，便一句粗暴的话也不能讲的，但是处酒精的势力之下，他的性格，竟会变成极端的反对，骂詈狂乱是不必说了，有时竟常有与人相打的时候。他的这种性情，或者是因为胸中抱着失恋的隐痛，所以如伤弓之兽，一受激刺，马上就拚命的杀上前来。但仔细讲起来，这失恋的打击不过是原因的一部，实际上他是天生成的一个世纪末的颓废诗人，他的厌世观，嫌人癖（Misanthropy），却是他的天性，即使他的恋爱成功了，他也决不会快乐的，所以 A. Symons 说，“他的恋爱的失败，却是他的幸运，否则我们决不能有那么些悲痛的抒情诗的”这句话，是我所不能信服的。不过我们可以绝对的断定说：“他的失恋，却添上了许多深刻的感化在他的诗上，——深刻的感化和惨伤的色彩。”



伤于失恋的毒箭，在伦敦住了几时，看他的情人与俗不可耐的那 Waiter 结了婚，他觉得两年来的梦幻都成了水泡了，伦敦的空气都变了窒素了，在细雨萧条的一天秋天的晚上，他就离开了他的不能容纳 Byron，不能容纳 Shelley，不能容纳柔和的 Keats 的故国，奔到秋色方酣的欧洲大陆去，以后就是他的飘泊的生涯了。

在灯火辉煌的巴里街上行走的时候，在车马喧嚣的 Brussels 市中独步的时候，或当春雨霏微的午后，在 Brittany 的乡间旅店，对窗呆坐，或于橙黄叶落的秋月，在 Normandy 的客舍闲居，细思身世的时候，他的心里的寂寥，对那伦敦酒馆的意大利的少妇情思，会把他的心肠绞割起来，到这样的时候，他的唯一的逃生之法，就是借酒浇愁了。从此之后，他就有意识的存了一种以酒色自戕的心思，他的许多沉痛的情诗，多半是在这时以后做成的。

Dowson 的诗并不是为人而做的，人家对他的批评如何，他的诗对于当时的潮流所处的地位如何，诗之好拙如何等等，他是不问的。实在他的不醉于酒便没于淫的脑筋，那里有工夫想到这些无聊的世事上去呢！他是生命也不要的人，还要什么名誉呢！身后的诗名，能够抵得生前的那少女的破颜一笑么？但是涌上心来的悲痛，间断偶发的空虚落寞的情怀，无论如何，不容他不求一个发泄之处，所以他留给我们的量并不多的几卷清诗，并不是他想作而作的，不过是自然的结果而已。

1896 年出的诗集 Verses，是他于无意中得来的果实。其后 1897 年出了一本有 Aubrey Beardsley 的插画的 The Pierrot of the Minute（白衣的奇人），最后于 1899 年出的一部《装饰》（Decorations）便是他的诗的全部。因为他不希求荣誉，所以他并不是闭门觅句的去做诗。因为他也不想流传，所以他并不努力去创造，作些规模雄大的长篇巨制，因此他的诗的量是很少的。唯其量不多，不苦苦的做诗，所以他的一言一句，都是从肺腑流出来的真真的内心的叫喊。有人因为他没有长篇的著作，没有几多的篇幅，就说他不是大诗人，就想减削他在英国诗坛上所占的地位，却是错了。试问 Thomas Gray 的诗量多不多？他的 Elegy 一首，或者竟可以说他的 Elegy 的第一 Stanza，不是就可以使他列入第一流的诗人而有余了么？

Dowson 的诗没有一首不是根于他的唯美的天性而来的，源于真挚之情，和谐微妙的音律，当然是可以不必说了。他的诗境是他所独造之处，别人断然不能摹仿。音乐上的美，象徵上的美，技巧上的美，他毫不费气力，浑然都调合在他的诗中。他以 Poe 的诗的“The viol, the violet, and the vine”的一句为诗的理想，因为他以 V 字为字母中之最美者，诗中用 V 用得愈多，诗亦因而愈美，我们就他这一种主张看来，即可以知道他的倾向了。他所出没的世界，是黄昏的世界，沉默的世界，哀愁的世界，我们且把他诗集里的诗举一二首出来作证罢：

Exceeding sorrow
  Consumeth my sad heart!

Because to-morrow,
　We must depart!
Now is exceeding sorrow
　All my part!

【译】

无限的悲哀
　烧着我的愁怀!
为因到了明朝呀
　你我便要分开,
此刻只无限的悲哀
　把我全身击汰!

Give over playing,
　Cast thy viol away:
Merely laying
　Thine head my way:
Prithee, give over playing,
　Grave or gay.



【译】

莫用挥弹呀,
　把你琴儿放下:
只将你的头儿呀
　放在我的心洼:
啊,请你莫用挥弹呀!
　欢乐也罢,咨嗟。

Be no word spoken;
　Weep nothing; let a pale
Silence, unbroken
　Silence prevail!
Prithee, be no word Spoken,

Lest I fail!

【译】

请莫开言呀；
　也莫伤心泪堕；
让这苍白的沉默，
　占领此间莫破！
请莫呀，请莫开言呀，
　言时令我难过！

Forget to-morrow!
　Weep nothing：only lay
In silent sorrow
　Thine head my way：
Let us forget to-morrw,
　This one day!

【译】

忘却明朝呀！
　切莫伤心泪堕：
只将凄切的头儿
　紧贴我的心窝：
让我们忘却明朝呀，
　乐享这一刹那！

细玩此诗何等的悲痛，何等的优美，何等的余韵悠扬！底下的一首 Non Sum Qualis Eram Bonae Sub Regno Cynarae（现在呀我不如西奈拉治下的时候了），热情如火，句句如黄钟大吕，音调朗朗，所表现的幻像消灭的悲哀，如千浔飞瀑，直向读者脑门上搏击下来，A. Symons 说：This lyric is certainly one of the greatest lyrical poems of our time，he has for once said every thing，and he has said it to an intoxicating and perhaps immortal music.（这是我们现代的最伟大的抒情诗中的一首，他已经说尽一切了，并且他把它说入到醉人的或者是永久的音乐里去。）

Last night, ah yesternight, betwixt her lips and mine
There fell thy shadow, Cynara! thy breath was shed
Upon my soul between the kisses and the wine:
Aud I was desolate and sick of an old passion,
　Yea, I was desolate and bowed my head:
I have been faithful to thee, Cynara! in my fashion.

All night upon mine heart I felt her warm heart; beat,
Night-long within mine arms in love and sleep she lay;
Surely the kisses of her bought red mouth were sweet;
But I was desolate and sick of an old passion,
　When I awoke and found the dawn was gray:
I have been faithful to thee, Cynara! in my fashion.
l have forgot much, Cynara! gone with the wind,
Flung roses, roses riotously with the throng,
Dancing, to put thy pale, lost lilies out of mind;
But I was desolate and sick of an old passion,
　Yea, all the time, because the dance was long:
I have been faithful to thee, Cynara! in my fashion,

I cried for madder music and for stronger wine,
But when the feast is finished and the lamps expire,
Then falls thy shadow, Cynara! the night is thine;
And I am desolate and sick of an old passion,
　Yea, hungry for the lips of my desire:
I have been faithful to thee, Cynara! in my fashion（啊，昨夜我与她接吻的时候，西奈拉呀，我想起了你来。我在那里喝酒接吻的时候，你的气息不离开我的心灵。我怀落寞，被旧情萦绕得倦了，是的，我怀落寞不得不垂下头去；西奈拉呀！依我的样子，我总算对你是忠诚的了。

我的心贴着她的心睡了一夜，一夜中我抱着了她睡。她的以金钱买来的血红的嘴唇的 Kisses 当然是甘美的；但是当我天明醒来的时候，我怀落寞，我被旧情萦绕得倦了；西奈拉呀！依我的样子，我总算对你是忠诚的了。下二节略）

他去近醇酒妇人，正是他对他情人的忠节，跟了群众，旋转回舞，撤着蔷薇，想忘记他情人的同白百合似的影子，但是终于不能。想用了狂噪的音乐，强烈的酒来忘记他情人的影子，但一到了酒阑灯炮，他终究忘不了他的旧情，绵绵的长夜仍不得不为情思所苦。象这样沉痛的失恋的诗，怕 Swinburne 的集里也寻不出来。他的诗剧 The Pierrot of the Minute 不过是一出华丽的幻想剧罢了，却没有他的诗那么好。此外他更有几篇短篇小说，文章的美丽，构想的不俗，可与法国上乘的短篇小说相颉颃；但无论如何，Dowson 的不朽的声名，是应该建设在他的诗上，不应该建设在散文上的。不过他自家却只以为他的散文，好似韵文。依我看来，这也是一种文人好胜的怪癖，是不足为则的。

Dowson 孤傲的性情，又是一种使我们不得不佩服他的美德。在伦敦虽则有许多愿意帮助他的亲戚朋友，但他从来不与他们来往。到了病重的时候，他还是不肯去见医生的面，不肯服药求治。等到他的一个贫苦的朋友，在一家小酒馆里把他寻出来的时候，他袋里只剩了几角角子了。受了饥饿和病的夹攻，他那时候已不能行动，那个贫苦和他一样的朋友，硬把他搬到了自家住的 Catford 郊外的草舍里，看视了他一月有余。这薄命的恋爱诗人，到了垂死的时候，还不晓得自家的升天节期近了，尽在那里打算将他的财产变卖后的一宗进款如何用法。临死的前几天，他开始读起 Dickens 的作品来。最后一晚，他还很有精神的谈话，一直谈到第二天的早晨五点钟。正当临终的 刻，他也不晓得自家是要死了，只是想咳嗽而咳不出来，他的脉息就渐渐的停止了下去。从生下地起，到 1900 年二月廿三日止，他的三十三年的生命，除了幼年时代的十三年外，怕没有一日得脱离过愁思，唉，古今来不少失恋的文士，但忧郁同 Dowson 似的，我敢断言说是文学史上所少见的了。

## 下

《黄面志》上执笔的诗人中间，性情最孤僻，诗格也离奇突兀与众不同的，是约翰·大卫生（John Davidson）。他于一八五七年生在苏格兰的 Renfrew-shire，他的父亲是那地方的一个牧师。可怜他十三岁的时候，为贫寒之故，就脱离了学校教育，在一个化学工厂里，服筋肉的劳役。唉！坎坷不遇，贫贱终身，原是诗人之分，但是象大卫生的身世，也未免太难了。我们平常每说，“造物忌才”，不过我想天既忌“才”，又何以要生“才”？实际上我敢说，忌才的并不是天，忌才的却是万恶贯盈的在现在的经济组织下的社会！

从小就受着卡儿未恩教派（Calvinist）的严格的训练的他，是一个百屈不挠的闯将。他的一生，是“力”的表现，是失败与奋斗的连续。一八七二与一八九〇年的中间，他流浪在伦敦，也教过书，也作过人家的记室；也曾作新闻记者，也曾作卖文字的生涯，但是吃尽了千辛万苦，受尽了虐待欺凌，结果所得，不过是一九〇九年的在贫苦里的自杀。



他是一个“自我”很强的人，当时正在流行的 Stephen Phillips 的戏剧，在他的眼里，也只平常。但是当他在日，他的诗文也一样的被人轻视，可是十余年后的现在，他的雄词伟句却一天一天的增起光辉来了。一时成功的世上的 Parvenu 哟，你们的眩光，只能欺同时代的人的耳目，“时间”的判决，会把你们的月桂冠换成狗头帽的呀！

我们且收住叹嗟，拭干眼泪，来谈 Davidson 的中心思想和他的表现人生强而有力的诗罢！

Davidson 是“力”的诗人，哲学的诗人。他的诗足以代表他的对于人生活动的忠实的意志。他的诗的取材，并不是那些空想的牧歌式的咏叹，也不是吟弄风花雪月的字韵的游戏。寻常百姓的言行生活，街坊巷陌的茶饭闲谈，以极简单的韵律来吟出，形式不嫌粗暴，用语务求精强，这就是他的作风，就是他的反抗维多利亚朝一般诗人的古典的浪漫的情调的特征。

他是尼采的查拉图司屈拉的徒弟，所以他非常嫌恶基督教。非但把基督教视为艺术的仇敌，就是一切宗教的制度及政治机关的组织，也为他所竭力攻击的。基督教以自杀为罪恶，但是他却主张：“人类之所可贵者，为其有意志之力。以此意志之力，人类可以生，可以死。凡有生之物，而有自杀之能力者，只有人类。对于生老病死，抱着极端的恐惧，而还想生存，是何等的愚事！如此之生，诚不如自杀之为愈。”他的诗的大部分，虽是有韵之诗，但是他晚年作的许多 Testaments，却是无韵的，一九〇一年出了 The Testament of a Vivisector. 一九〇八年出了 The Testament of John Davidson。在这卷 Testament 里，他早已把他自杀的豫言讲了：

…………………………………… “Who kills
Himself subdues the conqueror of Kings；
Exempt from death is he who takes his life；
My time has come.”
（唯自杀者为能制服诸王之征服者——死——，唯自戕其生者，得免于死亡。我之时期到了。）

他的这些 Testaments 当然不能作为纯粹的诗看，但是他的末卷诗的结尾，却是很有诗的价值的：

“I felt the world aspinning on it's nave,
I felt it sheering blindly round the sun；
I felt the time had come to find a grave：
I knew it in my heart.my days were done.
I took my staff in my hand；I took the road
And wandered out to seek my last abode.
Hearts of gold and hearts of lead,
Sing it yet in sun and rain,
Heel and toe from dawn to dusk,
Round the world and home again.”

单是这一段诗，虽然难免哲理之嫌，已足补救他全篇的豫言者的口吻所给读者的恶感了。

由他的思想，而讲入了他的自杀，所以把他的自杀之前年的一卷诗写出来了。（他患的是癌病，自杀之前，他的过敏的神经，时常为此病所威协，所以也有人说他以此病之故而致悲观自杀的。）现在我且按了他的著作的年代来介绍一下。

一八九一年出的诗集“In A Music Hall and Other Poems”是他的主张“‘现在’的叙述与‘将来’的创造，是诗的精神和实质”的实现，系以日常生活为材料，而以韵语来吟写成功的，觉得没有十分动人的地方。一八九三年到一八九六年间出的“Fleet Street Eclogue”（2 Series）却是成功之作。奇突的思想，精悍的描写，简单率直的体材，强而有力的表现，无一篇不足以证明他是一个天赋的诗人。一八九四年的“Ballads and Songs”是他的最有名的杰作，实际上也是为故事诗别开生面的创作，其中的名作如“Ballad of a Num”，“Ballad of Heaven”“A Cinque Port”等，实系Davidson的最大最美的创作。其他的诗集如New Ballads（1897），The Last Ballad（1899），Holiday and Other Poems（1906），Fleet Street and Other Poems（1909）等，都不很十分重要，不过处处可以看见他的特色来而已。



Davidson的描写都会景物的神技，实在是一般诗人所难企及的，我且举出一二个例来看罢！

Deep delight in volume, sound, and mass,  
　Shadow, colour, movement, multitudes,  
Murmurs, cries, the traffic's rolling bass,  
　Subtle city of a thousand moods!  
　　　（from Holiday and Other Poems）

量，音响，群集中之深喜，  
影，色相，运动，大众，  
柔语，高叫，低低的车马的辗音，  
种种情调错综之市廛！

只用了几个名词，就把市街的色彩，音响，动摇歌唱尽了。

From the muted tread of the feet,  
And the slackening wheels, I know

The air is hung with snow,
And carpeted the street.
(from Fleet Street Eclogue)
从闷哑的足音，
与倦钝的车轮的响声，
我知道空中飞满了雪花，
铺满了街衢。

都会雪夜的景致，历历如在目前。他非但以描写都会的景物擅长，就是都会中的贫民的生活，一经他来道出，我们觉得同情之心，油然而生。The Yellow Book的二号上所载的一篇名“The Thirty-Bob A Week”的诗，就是描写一个十五块钱一礼拜的薄薪的书记，于早晨天黑的时候，乘地下铁道进城去，勤勤兀兀的在一间黝黑的事务所里作工作到晚，再乘地下铁道回到市外的贫民窟里去的悲惨的光景的。



“I'm a clerk at thirty bob, as you can see,
…………
For like a mole I journey in the dark,
A-travelling along the underground,
From my pillar'd Halls and broad suburban Park,
To come the daily dull official round;
And home again at night with my pipe all alight,
A-scheming how to count ten bob a pound.
我是一个十五块钱的司书，你看得出的，
…………
因为我象一只鼹鼠在黑暗中旅行，
每天由地下铁道，
从公馆与市外的公园，
走上郁闷的事务所去。
晚上归舍，点着烟管，
要打算五块钱如何会变成十块。

他的“A Ballad of Heaven”竟是一段很哀切的故事。一个贫苦的音乐家，在坍败的屋顶间里，为饥寒所迫，竟使他的妻子饿死了。抱了瘦黄的他的妻子的残骸，他在悲号：

“We drop into oblivion,
And nourish some suburban sod;
My work, this woman, this my son,
Are now no more, there is no god.”
我辈死后终被忘却，
只能滋润市外的荒土，
我的事业，我的女人，我的爱子，
永归泉壤，啊啊，天帝究在何处。



无情的尘世，本只为吞噬穷人骨肉之场，这穷音乐家的悲号痛苦，亦只有自速其死之效力。当他死后，走到天门，第一个来迎他的，却是他所钟爱的妻子：

And then there ran a radiant pair,
Ruddy with haste and eager-eyed
To ment him first upon the stair——
His wife and child beatified.
光彩耀目的二人，
张大了眼，跑红了脸，
早跑上阶段前来迎接的，
是福祉被身的他的妻子。

生前零落不遇的这穷乐师，死后与其妻子同入天国。翱翔于上帝之左右前后，俯视银河雪浪，星月云霓。他的生前所作的乐谱，虽被弃于人间，然流传在天上。他听到了谐和微妙的乐音，反疑自家的听觉错误：

He doubted; but god said“Even so;

Nothing is lost that's wrought with tears；
The music that you made below
Is now the music of the spheres."
他不能信；但上帝开言："是呀；
和泪作成的，无物虚掷，
你在下界所作的金声，
已成了钧天的和律。"

《黄面志》当时的小说家中，首倡彻底的写实主义，引今日英国小说界之路的为薄命的 Hubert Crackanthorpe（1865—1896）。可怜他出了几卷非常有法国气味的小说，终究不为当时的社会所欢迎。在各地飘泊了几年，他终于沉在法国的 Seine 河里死了。他的小说集有 Wreckage（1893）Vignettes 等。一八九五年的 The Yellow Book 十月号里他有一篇散文名 Bread and the Circus，真是一首纤丽无比的散文诗，啊啊，天才薄命，千古同悲，我们对于他的尊敬颂赞，于坎坷不幸的他，却有何补？

《黄面志》发行当时执笔的青年艺术家中，至今还依然健在享受世界的盛名的，自然要推 Arthur Symons，Max Beerbohm 和 Housman 兄弟诸人了。这几个人的着书，都是我平常不离左右的消愁伴侣。本来我也想详细的介绍一下的，但是因为我几点钟后，就要乘车赴远处去，所以只好让待他日吧。至如与《黄面志》少微有点关系的 Austin Dobson，Vernon Lee，及爱尔兰出身的诸作家，我想另外换一个题目，再求介绍。

一九二三年九月二十五日午前三时

原载 1923 年 9 月 23 日、30 日《创造周报》第 20 号、21 号

# 太戈儿来华的我见

郭沫若

国家到了民穷财困的时候，大举外债以作生产的事业，这在经济的原则上原是可以奖励的事情，但是在我们凡百事情都是羊头狗肉的中国，一切原则都要生出例外。我们中国年年高举外债，抵押又抵押，让割复让割，在当事者亦何尝不是以作生产事业为名，但其实只养肥了一些以国家为商品的民贼，以人民为牛马的匪兵。

学艺本无国族的疆域。在东西诸邦每每交换教授，交换讲演，以枭汆彼此的文化；这在文化的进展与传播上，本亦极可采法的事情：我们中国近年来也采法惟恐不逮了。杜威去了罗素来，罗素去了杜里舒来，来的时候哄动一时，就好象乡下人办神会，抬起神像走街的一样热闹。但是神像回宫去了，它们留给我们的是些甚么呢？——啊，可怜！可怜只有几张诳鬼的符录！然而抬神像的人倒因而得了不少的利益。

借外债和请名人讲演，本是风马牛不相及，但是在我的脑精中总要生出这么一种联想。我相信我这或者不是病的联想罢？我相信生这种联想的人或者不仅我这一个罢？

外债问题不是我在这儿所想规论的，聘请名人讲演的一层，我们国内何以不曾得着甚么显著的结果，这是我们应得深加思索的一个社会现象。我们聘请一位名人来讲演，我们对于他的思想的轮廓，对于他的思想与己国的文化应生若何关系的要求，我们一般的国人究竟有若何明白的概念！已往的事实明教我们，我们所得的一个不幸的观察：

便是我们历来聘请的要求，可怜只不过是一种虚荣心的表现。对于一个人的思想本来没有甚么精到的研究，对于他的教训也没有甚么深切的必需，只是一种慕名的冲动，一种崇拜偶像的冲动，促使我们满足自己的虚荣，热热闹闹地演办一次神会。由这样的动机我们要望有甚么显着的效果，这是孟子所说的“缘木而求鱼”。往事具在，我们并不是要闭着眼睛任意诬人，我们所诚恳地要求于国人的是在以不忘的前事为后事的师表。

如今印度的诗圣太戈儿先生听说不久又要来华了。欢迎的声浪已如冬冬的社鼓一样震惊我们的耳膜，昨天有位友人拿了一本《小说月报》最近出的《太戈儿专号》来示我，我把内容粗粗翻阅了一遍，在我的心中不免生出了一种又要办一次神会的预感。太戈儿研究！太戈儿研究！这种标语，在我们国内已经喧传了多年，国内以太戈儿的研究家自任的亦颇不乏人，但是这次《小说月报》的内容亦何清淡若是呢？除几首诗篇的零译和几篇东西洋评论家的言论第二次的介绍之外，对于太戈儿的思想，能作一个系统的观察，对于以后的听者——国人——能给予一个明白的概念的，我这个逃荒的人可惜还没有听见跫然的脚响。

我们聘请太戈儿来，当然不能说是因为他是东方的诗人，我们是出于一种爱地方的私情；更当然不能说是他是得过诺贝尔赏金，是英国的爵士，是世界的诗人，是近时欧西所欢迎的说教者，我们是出于一种慕名的冲动。这些浅薄的动机，我们不愿以小人之心去度当事者的君子，但是他的思想是怎么样？我们对于他的要求是如何？究竟有人标示过明白的概念给我们没有？（我这说的不是专指《小说月报》，我想有一部分的当事者应该在事前负这番责任。）我们对于他的思想没有明白的概念，对于他的教训没有恳切的要求，只如小儿戏弄木偶一样，蓦然又请一个神像来，可怜的是被戏弄了的木偶的无聊了。

我对于太戈儿的作品，单是英译了的我也不曾全部读完，本加儿语我更不懂。我本没有出来谈他的资格，但是我有不能已于言的，就是我上述的几个疑问。

最近有朋友写信来问我们，说照我们向来的态度对于太戈儿来华当然是反对的，应该有甚么表现？我觉得这一层却是朋友们把我们误会了。我在此不妨先把我个人对于太戈儿的态度说一说罢。

我知道太戈儿的名字是在民国三年。那年正月我初到日本，太戈儿的文名在日本正是风行一时的时候。九月我进了一高的豫科，我和一位本科三年级的亲戚同住。有一天他从学校里拿了几张英文的油印录回来，他对我说是一位印度诗人的诗。我看那诗题是"Baby's Way"，"Sleep-Stealer"，"Clouds and Waves"。我展来读了，便生了好些惊异。第一是诗的容易懂；第二是诗的散文式；此外可还有使我惊异的地方，我可不记得了。从此太戈儿的名字便深深印在我的脑里。我以后便很想买他的书来读，但是他的书在东京是不容易买的，因为一到便要销完。我到买得了他的一本《新月集》("The Crescent Moon")的时候，已经是一年以后的事了。那时候我已经不在东京，我已升入冈山高等学校的本科去了。我得了他的《新月集》，看见他那种清雅的装订和几页静默的插画，我心中的快乐真好象小孩子得着一本画报一样。



宗教意识我觉得是从人的孤寂和痛苦生出来的。寄居异乡，同时又蕴含着失意的结婚之悲苦的我，把少年人活泼的心机无形中倾向在玄之又玄的探讨上去了。民国五六年的时候正是我最徬徨不定而且最危险的时候。有时候想去自杀，有时候又想去当和尚。每天只把庄子和王阳明和《新旧约全书》当做日课诵读，清早和晚上又要静坐。我时常问我自己：还是肯定我一切的本能来执着这个世界呢？还是否定我一切的本能去追求那个世界？我得读太戈儿的《曷檀伽里》《园丁集》《暗室王》《伽毗百吟》等书的时候，也就在这个时候了。

我记得大约是民国五年的秋天，我在冈山图书馆中突然寻出了他这几本书时，我真好象探得了我"生命的生命"，探得了我"生命的泉水"一样。每天学校一下课后，便跑到一间很幽暗的阅书室去，坐在室隅面壁捧书而默诵，时而流着感谢的眼泪而暗记，一种恬净的悲调荡漾在我的身之内外。我享受着涅槃的快乐。象这样的光景从午后二三时起一直要延到黄色的电灯光发光的时候，才慢慢走回我自己的岑寂的寓所去。

但是毕竟是这个世界的诱力太大了？或者是我自己的根器太薄弱了罢？我自杀没有杀成，和尚没有做成，我在民国六年的年底竟做了一个孩子的父亲了。在孩子将生之前，我为面包问题所迫，也曾向我精神上的先生太戈儿求过点物质的帮助，我把他的《新月集》，《园丁集》，《葛檀伽里》三部诗集来选了一部《太戈儿诗选》，想寄回上海来卖点钱。但是那时的太戈儿在我们中国还不曾行世，我写信去问商务印书馆，商务不要，我又写信去问中华书局，中华也不要。（假使两大书局的来往函件有存根时，我想在民国六年的八九月间，一定还有我和太戈儿的坟墓存在他们的存根簿里。）啊，终竟是我自己的堕落，我和太戈儿的精神的连络从此便遭了没大的打击。我觉得他是一个贵族的圣人，我是一个平庸的贱子，他住的是一个世界，我住的是一个世界。以我这样的人要想侵入他的世界里去要算是僭分了。

我和太戈儿接触的便是他这些初期的译本。他在民国五年渡日讲演的时候，我虽然不曾躬聆他的梵音，但是我在印刷物上看见过他从印度带去的使命。他的思想我觉得是一种泛神论的思想，他只是把印度的传统精神另外穿了一件西式的衣服。“梵”的现实，“我”的尊严，“爱”的福音，这可以说是太戈儿的思想的全部，也便是印度人从原始以来，在婆罗门的经典《优婆泥塞图》（“Upanisad”）与吠檀陀派（“Vedanta”）的哲学中流贯着的全部。梵天（Brahma）是万汇的一元，宇宙是梵天的实现，因之乎生出一种对于故乡的爱心，而成梵我一如的究竟。这种思想不独印度有，印度的太戈儿有，便是我们中国周秦之际和宋时的一部分学者，欧西的古代和中世的一部分思想家都有，不同的只是衣裳，只是字面罢了。然而太戈儿先生却颇有把它独占的倾向，他说欧西文明是城市文明，大有鄙夷不屑的态度，他从印度带给日本的使命就是叫日本恢复东洋的精神文明，以代西洋的物质文明。其实西洋文明的敝窦只是在用途上错了，在它纯粹的精神上，它的动态与万化无极的梵体观，梵我一如观，并不会发生甚么冲突。满足感情冲动与满足智识欲望，是道并行而不相悖的事情，动态与静观只是一片玻璃的两面。在西洋过于趋向动态而迷失本源的时候，太戈儿先生的森林哲学大可为他们救济的福音，但在我们久沉湎于死寂的东方民族，我们的起死回生之剂却不在此而在彼。

一个人的信仰无论他若何偏激，在不与社会发生关系的期间内，我们应得听其自由；但一旦与社会发生价值关系的时候，我们在此社会中人便有评定去取的权利。西洋的动乱病在制度之不良，我们东洋的死灭也病在私产制度的束缚，病症虽不同，而病因却是一样。唯物史观的见解，我相信是解决世局的唯一的针路，世界不到经济制度改革之后，一切甚么梵的现实，我的尊严，爱的福音，只可以作为有产有闲阶级的吗啡，椰子酒；无产阶级的人终然只好永流一身的汗血。平和的宣传是现世界的最大的毒物。平和的宣传只是有产阶级的护符，无产阶级的铁锁。太戈儿如以私人的意志而来华游历，我们是由衷欢迎；但他以公的意义来华，那我们对于招致者便不免要多所饶舌。我不知道今次的当事者聘请太氏来华，究竟是景仰的他那一部分的思想，要求的他那一种的教训？这是我们急于想要听闻的意见了。

末了我还申说几句：我们对于太戈儿个人并不反对，我们对于他的作品所不满意的最是他《迷途之鸟》的一种。他到日本去的时候，他带到日本去的使命，日本人虽还不曾奉行，但他从日本带回去的礼物却是这本《迷途之鸟》。《迷途之鸟》里面的诗都是在日本的收获。在日本那种盆栽式的自然中，发生了日本的俳句与和歌的动因，也就发生了他的《迷途之鸟》。他所献呈的此横滨的原某（T. Hara of Yokohama），是他当时的居停主人。他那第十二首的



"What language is thine，O sea？"
"The language of eternal question."
"What language is thy answer，O sky？"
"The language of eternal silence."

是刻在镰仓（Kamakura）海岸的一座岩石上的。此次日本大地震，镰仓受害最烈，他这首刻在岩石上的诗怕也归了"永远的沉默"了罢。

《迷途之鸟》里面也尽有许多好诗，象这上举的刻石一首，也可以说是不磨的佳作，但是他里面太平凡了的格言太多了，这是拒绝我们赞美他的一个动力。

太戈儿到了日本一次，变了他一次的作风。他此次来华，我希望

他不要久在北京或上海做傀儡，他能泛大江，游洞庭，经巫峡，以登峨眉青城诸山，我国雄大的自然在他的作品上定可以生些贡献，这怕是我们对于他远远来华的一个唯一的报礼罢。

十月十一日

原载1923年10月14日《创造周报》第23号

# 拜轮的精神（摘录）

徐祖正

## 二



拜轮是英文学中浪漫主义（Romanticism）时代撒但派或恶魔派（Satanic School）的一个健将，浪漫派是反抗拟古主义（Classicism）而起，以在死板枯涩的文学中贯注生命热为主旨，筑成近代文学基础工事的一个伟大的运动的总称；这大都是知道了的史实。原来英国文学直从英人的开祖安路尔撒格逊（Anglo-Saxon）人从北欧低地渡海而西，征服英兰以来就已表现一种沉痛壮烈，真挚敦朴的特色。这是阴霾沉郁的天候，荒寒硗薄的土地所造成的环境，使生长于此的人群去和自然奋斗养成一种刚勇沉毅的民族性的缘故。这种民族间的原始文学是以质胜于文为它的特色。降到十八世纪前半，拟古主义最盛的 Pope 时代，那种特色却完全消灭。工整纤巧乃是诗家的唯一规约。英诗变成了文胜于质。诗材狭隘，甚之缺乏抒情分子；自然界的美，人类间的爱因为会破坏典雅，遂此摈而不录。最好在诗里说性理说哲学来自衒所得。兢兢在诗语格律上用尽雕磨刻划工夫，全篇没有生气而还不自觉得的澹乏枯味似 Pope 的《人间论》（Essay on Man）的诗题已可示喻那种性质。从诗形上论，Iambic 五音脚体就是所谓 Heroic couplet 体几是千篇一律。拟古主义的流弊至此已极，于是有浪漫主义突起，诗风亦随之变动。第一期的 James Thomson，William Collins，Thomas

Gray，第二期的 Thomas Chatterton，William Cowper，William Blake，Robert Burns 等在英诗的内容形式上都大有改革。继之有湖畔派（Lake School）出现；尤其是 1798 年 Wordsworth 和 Coleridge 两人合作的《抒情诗集》（Lyrical Ballads）出版后拟古派的地盘为之荡尽。英诗到了 Wordsworth，完全面目一新了。在形式上他运用种种体制的诗脚和韵律；尤其爱用无韵诗体（Blank Verse）。在言语上，他主张不用 Pope 以来粉饰过甚的词句，代以日常惯用的口语，恰和中国白话诗运动相仿。在《抒情诗集》第二版的序文中，他们标明这个主张。在取材的内容上，他不取十八世纪以来诗人所惯用的市街，风俗，道德，政治为诗题，他把目光注到自然界的母怀里去。在 Thomson，Cowper，Burns 诸诗人中已有这个倾向，而他们只从审美的见地，Wordsworth 是深入自然的内部去体得藏在自然内部的神秘；就此，他以宗教的眼光去对自然。

到了拜轮，英诗又转换了一个局面。如果湖畔派的 Wordsworth 在英诗上的功绩说是加入了“自然”（Nature），那末恶魔派拜轮的功绩可说加入了“人性”（Personality）。拜轮在英诗中复了干涸已久的情热。在拜轮出现以前，民众早已饱餍于湖畔派寄怀风月一类微温的诗风；承继湖畔派的诗风的 Sir Walter Scott 的幽美幻丽也已失掉了引力。拜轮奋其椽大之笔溅洒处处的都是他生命的火星。拜轮诗中的“人性”就是他自己。拜轮再现了英国原始民族的精神，原始民族的诗风；实在也就开了近代文学——浪漫主义以来的文学上的正道。广一层的说，近代文艺唯一的特质就是人类觉醒的呼声，人类在自身的生活上好生凝视，深切回顾之后反省再现出来的产物，就是近代文艺，近代的文学作家都有拟古主义时代以前的作家们所少有的一种真挚的态度。他们决不仅仅满足于咏叹风月雕虫末技那一类的艺术；他们的目光常常注视在自身的生活上。他们在自身的生活上面发见种种矛盾，发见不合理性的种种生活样式。他们在生活是过于紧张的去状述客观的事物；他们的精神是过于焦燥的去体得客观的心理。他们的内心动荡迸裂出来后就成为艺术；他们的艺术的奔放无羁束是情热的熔岩。他们的情热泄成一种艺术形式；他们的艺术不能溶泄到范铸的形式里去。在艺术形式上的缺点那是无可逃免并且也是当然的。

从文学的发生上论：人智蒙昧时代，最初有客观的叙事诗；到了人智发达，自己意识丰富，有了自己反省的能力后方才有宣述诗人自身情绪的主观的抒情诗。这个主观态度再进一步，就是作家内生活表现或是再现的自传体了。在英诗中开发自传体的最先而又最显著的首推拜轮。固然 Wordsworth 已有，Burns 更多这种倾向，要皆属于不意识的；都不曾有拜轮那样直截明瞭尤其是大胆的歌咏过自己。“Childe Harold” 不过是拜轮第二个名称。

艺术和生活，到了拜轮时代方才体得到两者间关系的密切。艺术和生活一向是界线分明的两条路径；怎样能把这两条开辟到一条上去，或者至少的并行前进，这在湖畔的诗人中已经感到。Coleridge 和 Southey 两人不满足于当时的社会生活，于是组织一个理想社会名 “Pantisocracy”，这就是理想生活化的一个例证。理想生活化是同义于艺术生活化。到了拜轮又开生活艺术化的先例。

拜轮的功绩在乎发掘生命。他是盛进生活到艺术里去的引路人。拜轮初期的作品还不曾摆脱 Pope 的余韵。《英国诗人和苏格兰评论家》一诗是 Heroic Couplet 体，全篇不脱 Pope 的影响，说是 Pope 的 Dunciad 的模仿；Brook 论拜轮诗人的位置说“他一半在过去的，一半在现在的地位上。他有 Pope 派的余韵，却没有那一个能够如此完全打破旧的法度旧的体制而去产生他独有的不模仿的诗作”。Saintsbury 说：“拜轮许是 Scott 的半个弟子，（妙在他和 Scott 一起被认为全欧浪漫派的领袖，）但他更多眷恋于文学上的古典观念。”我们假设拜轮发见不到发掘生命，把生活来艺术化的一条路径的话，那末他决没有 “Childe Harold” 以下十几篇的长诗和三四篇的诗剧那些巨大新奇的作品，他决不能做一个大诗人（Great Poet），也许局踏于刻划章句满足去做一个辞人（Versifier）了。

在艺术的纯正批评上论，拜轮的失败，或者不能被掩盖于他的成功。Lafcadio Hearn 评拜轮“没有自制力”（Without Self-control）；Mathew Arnold 说“他自己支配力不足”（……Nor enough of self-command）。Saintsbury 竟说把拜轮的诗和别家的来并读时，足以破坏“醇良的诗的趣味”（Good poetic taste）。然而拜轮在英诗上的功绩可分两面：破坏的与建设的。各家的评论只在他所建设的一面上着眼。改革期间的诗人和守成期间的不同，他们在建设功绩上表示的劳力又可以表示有相等以上的劳力消耗于无形的破坏事业里去。他们的使命一面在抵御前一期的影响，一面又须为后起者开路；以致他们自身完成的力量不足，结果只有暴露自身的厄运。所以文学革命的尝试者大多不免成为牺牲者。拜轮生前的盛名一时，乃是狂热民众自己满足的表示，我们也不必为他喜；拜轮殁后遗剩在建设上的缺点正足以资后起者的借鉴，我们也无须为他悲。要之在各国文艺改革期间的作家中都有同样的范例。法国浪漫主义开始时代，和英国“恶魔派”（Satanic School）名称相吻合的有名“怪异派”（Grotesque）的一群诗人。例如 Theophile De Viau，Cyrano de Bergerae 等，都受过给与拜轮同样的评语。Emile Faguet 评 De Viau 说缺少“自制”（Self-master）；评 Cyrano 说是“著名的狂人”（A brilliant madman）。总之他们都做了文艺改革期的牺牲者；他们都遭了暴露自身的厄运。然而他们的功绩在辉煌一代的文艺复兴史上不会消灭；他们的精神在深明文艺兴替的鉴赏家前不会看过。一时代的新兴文艺大都是反抗固有的传统的旧文艺而起的。新兴文艺的特质是“真”多于“美”。在价值上论，也是“真”贵于“美”。足以制胜旧文艺的也在这一点上。我们深信拜轮所以能做风卷一时的欧洲新文学运动的主力也在“真”的一点。Saintsbury 说“他是法国浪漫主义运动的中心势力，确实原因之一；……在德国有伟大力量及于绝异的天才海涅（Heine）；他差不多是青年俄国，青年伊大利，青年西班牙诗坛唯一的大师。俄国近代文学开祖的 Pushkin 有“俄国拜轮”的称呼。他受“拜轮主义”（Byronism）之深，不单是诗作上的影响，据 Kropotkin 说如果他能脱离俄土，或者早已投奔当时在希腊的拜轮那里去了。日本主情文学的中心人物北村透谷受拜轮的感化极多。主情运动继承者，人生派的国木田独步尤是热心崇拜拜轮者。中国自从苏曼殊先生以来方有拜轮。从曼殊的性行风格上可以看取他所以倾倒拜轮精神，介绍拜轮诗作的意义了。他《拜轮诗选》的序文内说在光绪三十二年（1906年）。初版发行刊明在戊申（光绪三十四年）九月。手边所有的乃甲寅（民国四年）的三版。总之曼殊在十七八年以前已有介绍拜轮精神的业绩；距日本国木田独步在明治二十八年（1895 年）八月十六日的《不欺的记录》内说读拜轮“Childe Harold”为之下泪云云相去只不过十一年。试把从国木田独步以后到今日为止的日本的文坛来比看一下中国从曼殊以来的文学情况，我们觉得只好没有话说。今年又须为拜轮百年纪念了。许多许多的人谈到拜轮的事迹；翻谈拜轮的诗集；再高兴奋发一点的人，提笔特为他撰著论文或者努力翻译心好的诗篇；这都是渴仰文艺，钦慕诗人的高热的表示；我们也肃然的对于百年前拜轮的死胸中感到怦动，同时又对于百年后纪念拜轮的现象觉得欣喜。然而我们还希望趁此机会大家深深地体会一下拜轮的精神——生活艺术化的精神。我们不是也希望中国急起直追高扬新文学运动么？我们不是也要取东西各国新文艺蹶起时的态度，舍弃前一时代文艺上种种传统的约束和体制么？新文艺是打破形式主义，尊重内容主义，那末我们的努力应该倾向在那里呢？自然是生命的发掘这件大工事了。尤其在好生凝视一下自己的 Life。我们的事业正是前程遥远在那里呢。然而我们必须发见正道，大家努力的走去。我想拜轮所走的道途也许就是我们必须经过的路程。要理解参入一个大诗人的真天地决不是一椿容易事。有力量，有工夫，有兴味去读拜轮固然是最好；不然的话，好生体会一下拜轮的精神。

一九二四年四月三十夜　北京

原载1926年6月1日《创造月刊》第1卷第4期

# 维尼与其诗歌（摘录）

木 天

## 一

作拿翁，作伯伦，作诗人，作将军：这是诗人维尼（Vigny）的最大理想。外生活的光荣，内生活的神秘，在维尼的一生中，作了很大的矛盾。在这矛盾的弦上，维尼作了他的不调和的灵肉的苦斗，开了他的苦闷之花。

维尼是一生苦闷，一生孤独。他是一个生来的悲哀者。他具有高慢的性格。他是法国浪漫时代一个意识最强的人。

他的悲哀的发生，是无限的欲望，与无限的幻灭。我们从他的生活中，可以看得出来。

维尼的家门，世为军人。虽然没有特别的功绩，但世仕王家，深具有军人的气质，坚忍甘苦的精神。维尼的父亲，在七年战争时，曾充军役，负伤，因作了他的隐居的生活。在一七九七的三月二十七日，在法国中部的Loches生了维尼。维尼是他们的第四个孩子，他上边的三个是已经死去。他生的时候，他的父亲已经是六十岁。他的母亲已经是四十。他的父亲是一个可爱的，有趣的老人，时常给他的儿子讲些好的先年的故事，讲给他先年的贵族，特别是维尼一族的堪叹美的事迹，他把他们当作上帝的选民讲给他听。他的母亲也是军人门第的出身。她是一个好的音乐家，而且又能绘画。维尼的教育，都是从他的母亲受的。她养成了他的艺术的趣味，给他看画，引他到 Louvre 去观瞻，教给他唱歌，并且注意他的体育。她应用着卢梭的方法。在维尼投身到社会的时候，她又教给他斯特以克的道德。所以维尼一面是一个坚忍耐苦的，憧憬先年的，有自尊心的，爱荣誉的，受军人血统的，刚强的青年，一面却是一个很温柔的，软弱的女性。所以他一面憧憬外的生活，一面他则具沉思的特质。幼年的教育，总是给了他很多的矛盾，也就是他的厌世主义的发源。

使维尼很感痛苦的，是他的学校生活。他从学校得的最初的印象，是哀愁，是恐惧。同学的利己，恶戏，先生的无情，纪律的严苛，一切的冷淡，凄凉，使他感出忧郁的情调。但，这时，他的想象力，给了他无限的安慰。他因梦想着军队的生活。所以，他在十八岁的时候，竟入了军队。但是，军队生活，同样也给了他幻灭的悲哀。他并未享到什么军队的光荣，军队的生活，只给了他无穷的倦怠。军队生活的无聊，因此使他越法作了内面的人，越法完成了他的思索的素质。一八二八他因此退伍，专作他的艺术的生活。他的 Moraliste épique 的生涯，因之越法扩大了。

维尼的性的生活，也是不幸。他同女诗人代芬盖 Delphine Gay（1804—1855）的恋爱，如有结果，或者他的生活，也可得些安慰。虽然 Delphine 的母亲，想要把他们结合起来，但维尼的母亲看重自己的门第，儿子的天才，未有许可。而维尼正在青年气壮，性的要求尚不甚强的时候，所以也任他无结果了。他后来追忆，自当痛苦。他与英国女人 Bunbury 的结婚是在一八二五的二月。这种结合，给了他最大的不幸，虽然他们的家庭生活表面上是很圆满。维尼是永远的诗的，那位低能的女性是永远的散文的。他们的中间讲不出什么道德的生活。他们的生活，竟是同床异梦。维尼认为沙翁，伯伦，米尔敦，穆尔等的作品中的女主人公，面帷已经脱落了，美貌不久亦就没了，只余了一个病躯。维尼以后的家庭生活，只是侍病。而他同 Madame Dorval 的热火般的恋爱，亦只换得了一首陈痛的苦的诗歌。

一切的幻灭，一切的失败，越法使他作了内面的人了。沉思，默想，直引他入了象牙之塔。引他入了象牙之塔，作他的沉默的生活。他在象牙之塔中读书静想，时时在沉默中吐出一点言语，那便是他晚年的几首诗作。

他死在一八六三的九月十七日。他的生活，是永远孤独，永远沉默。他的生活是永远的诗人的幻梦。

## 二

维尼不象 Hugo，Lamartine 那样的流露，奔放。他不是一泻千里的作家。他有最高的情感，但他的情感不是怎样的丰富。他是一个哲人，他是一个纯粹的诗人。他的艺术的意识最强。所以，他一生中，只留了不多的作品。这正是维尼所以为维尼的地方。

维尼的作品，计起来，不过十种，但他在他这很少的作品中表出了他的独创的天才。在他的最初的作品中已表出他的很强的个性，他的天才的悲哀，他的傲慢的性格，他的堕落的天使的面孔。因为维尼是永远要求独创的一个人。因为维尼的要求是要作一个诗人。

因为维尼的生活，是诸多的不调和，诸多的矛盾，他的生活中自然有很多的神秘，很多的隐情。维尼的心情，好象是永久不可知。他的沉默的伟大，好象永久是神秘。他的冷静的外壳里头，确是盛着热滚滚的大海。他的贵族的外貌里边，确藏着救世济民的怜悯的情肠（十八世纪的传统）。他的要在文坛上成功的心非常的强，而他确又有深刻的文学的意识。他一方面是非常的强，而一方面却是非常的软弱。这种种的关系，使维尼的作品上，被盖了一重覆幕，使维尼成了一个象征诗人。

维尼的作品，不是，象一般浪漫诗人似的，表出一种冲动的感情，他所表现的，是一种思想。他把感情化成一种思想，他的思想自成一种象征。这是维尼异于一般浪漫作家的。因为维尼虽然生在浪漫的时代，但一方面他却承袭十八世纪的传统，一方面，他却要超脱了浪漫的潮流。维尼在法国文学史上的地位，甚是问题。卜冷提叶尔（F. Brunetiére），在他的《法国文学序说》上，把他列在自然主义里头；我以为也是疑问。维尼不谈自己。他把自己的苦闷，自己的伟大的心情，化成客观的实在。他把自己化成摩西，耶稣。这正是他的特长的地方。

维尼的哲学，是一种苦痛的宗教，是一种 Pessimisme。他的反抗，是一种斯脱以克的精神。他很象十七世纪的巴斯卡儿（B. Pascal）。他认识人间的不幸，他认识人间的伟大。他的能事，就是把这种不幸的人生的苦痛的伟大表现出来。他的能事，就是把灵的世界与肉的世界的不调和表现出来。维尼一方面是纯洁的圣者，一方面却是一个贪欲的恶魔，他的身上两者不断的争斗。如果法国文学的本质是拉丁精神（I'esprit latin）与高尔精神（I'esprit gaulois）的永远的不调和，维尼完全是这种本质的代表，是纯粹法国的诗人。维尼的身上是永远的争战。这种争战，越法完成他的人间苦的伟大，越法使他的苦闷的宗教升华。

维尼的艺术意识是最深的。他不是一个即吟的诗人（Improvisateur），他是一个思想家（Penseur）。他的诗，都是经过若干思索的结晶。因为他是最忠诚的人。他的诗的内容与形式是经过想而又想，是有持续而有统一的东西。他的诗的世界，是一个纯粹诗歌的世界，是经过多少沉默后才出来的东西。他是在当诗人，他不是在开工场。他的诗是真珠，不是商品。他的作品都是一个东西。他的意识最强，这也是他的少作的原因。他自命为 moraliste épique；实在，他是一个诗人，同时又是一个诗的批评者。他是一个爱美家的态度。

维尼用他的思索，他的理智，在法国诗歌史上造成了新的诗歌，那就是哲学诗。他把他的哲学的思索，具体化成了史的戏曲的内容，作成一种世界。他自命为 moraliste épique 的理由，就是在此。他是一个理想主义者。他象征化了他的思想。他把他的思想象征化起来，化成了一种实在的世界。他的哲学诗，自然与陈腐的抽象的教训诗不可同日语而了。这样看来，维尼是高蹈派的先驱。

维尼一方面是一个恶魔，一方面却是一个人。维尼一方面是一个选民，一方面却是一个宿命的人。从这种不调和里，他完成了他的诗人。因为他是一个堕落的天使。

维尼的晚年的作品里，厌世主义的彩色，一点一点的脱去。他好象在象牙塔中睹见了光明。他信了人间的进步。究竟是他的人的方面战胜了。人究竟得是一个人。如《投到海上的浮瓶》《万达》《野人》等，都可语这方面的消息。

原载 1926 年 7 月 1 日《创造月刊》第 1 卷第 5 期

# 法国文学的特质

穆木天

Ferdinand Brunetière 在他的《十九世纪法文学史》中，对于法文学的变迁，设了两个定理：一个是社会连带的原理（Le Principe de la solidarité sociale），一个是个人特权的原理（Le Principe du droit intégral de L'individu）。或者为社会的连带牺牲了自己，或者为个人的特权牺牲了社会：这两种思潮是交流在十九世纪的文学史中。据 Brunetière 的意见，法国文学的正流，在社会连带的文学，最足代表的是十七世纪的古典文学与十九世纪的写实文学。他认定“社会的”（Social）是法文学的特质。因之，他认定了非社会的，个人主义的文学，是法文学的傍流。所以，他说文艺复兴时代的文学是伊大利的结晶，十九世纪的浪漫文学是完全外国的输入品。的确，Brunetière 的这种见地，有他的独创，有他的根源。他的博学，他的卓见，总使他不失为十九世纪法国第一流的批评家。但是，他所见的只法国文学的一面，法国文学的又一面，他并未曾见到。他对于法文学社会的方面，外的方面，确是深深的了解，他对于法文学的内的方面，心理的方面，简直是等闲了。他把十七世纪的古典文学与十九世纪的写实文学混同，这是他根本的错误。十七世纪的古典文学，是一种天下太平的文学，其所表现的是抽象的人间性；而十九世纪的写实文学则是个人主义的发展。虽然在某一方面看，全是 Bourgeois 的文学，但他们发生的心理的过程完全是差异的。十九世纪的写实文学的发生是根据于沉痛的悲哀，虚无的思想；在心理方面观查，与十七世纪古典文学迥然不同。十九世纪的写实文学本是浪漫派的持续。并且，浪漫主义，在法国文学史中，亦是一个原有的潮流，决不是在十九世纪偶然拨发的。中世纪亦有这种精神，十七世纪的前半，亦深露这种精神的彩色。Brunetière 对于这种方面，似未有看到。Brunetière 的这种错误，是发生于他的独断的批评，他的一偏的 L'evolutionisme，他从 H. Taine 得来的实证的影响。他把文艺批评，弄成了判断；他忘却了文艺批评即是鉴赏。文艺批评，并不是比较甲乙作品的高下；文艺的评价是作作品的生命的欣赏。若是文艺批评的结果，仅仅得了几个公式，几个原理，那文艺的生命即是死了。Brunetière，因为犯了这种错误，所以结果仅观得了法文学的外形，决定了"社会的"是法文学的特质。"社会的"，本来是所有文学的一个 fonction，固然法文学与实生活有密切的关系，若决定那即法文学的特质，恐怕就是错误了。然则，法文学的特质是什么？或者有人说，法国人最爱艺术，"艺术的"（artiste），即是法文学的特质。不错，法国人最爱文章，法国人最爱欣赏，法国人最爱艺术。"文即是人"（Le Style c'est l'homme），十八世纪的 Buffon，曾这样说过。但，"艺术的"，究也是外形的特色，而且比法文学还艺术的文学也不是没有。这怕也不能算是法文学的特质。有人说，法文学的特质，是"人道的"，但俄国文学还要"人道的"。有人说，法文学的特质是"明白"，但"明白"也不过是法文学的外形，也不过代表法文学的一面，究竟不足称为法文学的特质。我们想要观查法文学的特质，我们须在他的发生的心理的方面着眼，观查法国人的血的潮流，观查法国人的根本的气质。因为文学是民族性的结晶。原始高尔人（Les Gaulois）的气质，现在在法国人身上清清楚楚地看不出来了。经过多少拉丁的教化，经多少年基督教的薰陶，原始的高尔人的气质与他们自然而然的混合起来。他们的混合，即是法国人的气质。法国文学的特质，我们由这种法国的气质是可以判决的。要决定文学的特质以先，我们得先决定高尔人的气质是什么，他所受的外来气质又是什么。原来高尔人的气质，因为受了多少的混合，在现在的法国人的精神中，虽然是不能明明晰晰地判别出来，但我们要搜求诸古来的典籍中，亦可以观得其大概。Jules Cesar 在他的《高尔亚战记》（Commentaires sur la guerre des Gaules），对高尔人曾有很相当的记述。据 Lanson 综 Cesar 的所记，高尔人的气质是 le courage bouil lant et inconsidéré，le manque de patience et de tenacité，la soudainité et la mobilité des résolu tions，l’amou，de la nouveauté un certain sens pratique et la pente á se mêler des affaires d’autrui pour la justice，la gout de la parure et de l’ostentation，celui de la parole et de l’eloquence。以这种简单的总合，我们可以看出高尔人的长处与短处了。现在我们要设个提问，若是原始的高尔人，不受拉丁的教化，又该怎样。爱新奇，嗜雄辩，富于常识，好关心他人事，如此等等不能说是他们的好处，但是没有坚倔的勇敢，不挠的意志，没有忍耐，没有坚持，轻举易动，优柔寡断，若是没有别一种气质加在他们的身上，恐怕不但不能开后来数百年的文华，就是他们的民族，亦怕流到劣败的地域。所幸高尔人受了拉丁化的洗礼。罗马人侵入了高尔亚，他们的文化征服了高尔人，高尔人承受了他们的文化，他们的言语，因之原来的高尔气质（L’esprit Gaulois）与新得的拉丁气质（L’esprit Latin）一点一点的混合起来。高尔人承继了理想的，情热的，坚决的，殉教的，与高尔气质正相反的这种拉丁的气质，正正的补了自己的不足；这两种气质，混合起来，作了法国人的血肉，所以才能产出后日的法国的民族，后日的法国的文学。这两种气质是根本极端相反。高尔的气质是嘲笑的，怒骂的，拉丁的气质则是庄严的，沉重的；高尔气质是平民的，拉丁气质是贵族的；高尔气质是没理想的，拉丁气质是理想的；高尔气质是无神的，拉丁气质是有神的；高尔气质是现实观查的，拉丁气质是英雄崇拜的，高尔气质是肉的，是异教的，拉丁气质是灵的，是基督教的；高尔气质是无国界的，拉丁气质是有国界的。他们混合起来，作成法国人的血肉，但他们在法国人的身上，永不化合。他们不住的混合，他们不住的分离，他们不住的冲突。他们是在法国人的血中，永远的交流。他们在法国的文学史中，造成了无数的波澜，无数的浪涛。法国文学的变迁，即是这种不住的争斗，不住的矛盾的表现的持续。法国文学的潮流，即与这两种矛盾的气质的不调和的波浪共同消长。无论在什么时代，无论在什么作者，这两种气质的矛盾冲突是都可以看出的。在中世纪，在文艺复兴的十六世纪，在黄金时代的十七世纪，在怀疑的论辩的十八世纪，在批评的科学的十九世纪，以至现代，这两种思想不住的争斗，是到处可以发现的。如在中世求两者的先祖，拉丁气质可以拿《罗兰之歌》（La Chanson de Roland）为之代表，高尔气质的代表，即是《狐狸的话》（Le Roman de Renart）。前者是忠勇的，骑士的，爱国的，殉教的，基督教的，热烈的精神，后者是刺讽的，观查的，写实的，没理想的，狡猾的，庶民的态度。往下去观查，可为前者代表的，譬如 P. Corneille，Bossuèt，Buffon 等等。堪为后者代表的譬如 Antoine de la Salle Molièr，La Fontaine，Voltaire 等等，不一而足。如在现代想找几个代表，前者是 Paul Bourget，Maurice Barrès 等等，后者总可推 Anatole France。但是，无论在那个时代的那个作家，虽然某一种的气质，可为他的代表，但是两种的气质，仍是不住的在他的身上争斗，不过某一种稍为优越是了，要找纯粹的那一种气质的代表的作家是不可得的。Corneille 虽可为拉丁气质的代表，但他的身上是仍有高尔的气质。“Cinna”中的 Auguste 露着很多 bourgeois 的面孔，或即是这个原因。Anatole France 虽堪为高尔气质的代表，但他仍具拉丁的气质，他仍有庄严的 moraliste 的一面。总之，这两种气质，在法国人的身上，是不住的争斗，是同时显现在某一个作家的身上。在法国文学史上，到处有他的实例。我们顺便引 Gustave Flaubert 可以作他一个明证，Flaubert 在他的 Salammbô，他的 Madame Bovary 中是何等庄严，但若是我们打开他的《书信集》看，我们在那里总可以看见他的嘲笑怒骂了。这两种气质不住在 Flaubert 身上苦斗。这种观查，我们知道法文学潮流的活动，即是这两种不调物的气质作他的根本的动力。若从法国文学的内面着眼，总可以看见这灵肉的不调和，异教精神与基督教精神的不调和，这高尔气质与拉丁气质的不调和，作他的基调核心。而 Brunetière 所谓“社会的”一面形质，不过是这两种气质不调和的潮流的外面的一种面相而已。我们细细观索，自不能不承认这高尔气质与拉丁气质的不调和是法文学的本质，是法文学的特征。这两种气质的不调和作成了法国人的外生活表现的散文世界，与法国人内生活表现的诗歌世界。这两种气质的交流的变迁划出了个个的时代。特在这两种气质一合一离的时候，法文学史上散出了灿烂的火花，生出了 Rabelais，Pascal，J. J. Rousseau，Chateaubriand，Stendhal，H. de Balzac 等等的特殊的人物，造出了伟大的文学。法文学的光华永远持续的原同，就因为这两种思潮的交流不住的流动。这样着眼，我们可以看出不仅古典派写实派是法文学的嫡派，浪漫派象征派的文学亦是法文学的正流了。这种的法文学的特质，这样的法文学的潮流，我们细细的去观查法国的文学的变迁，就可以一点一点的了解。

原载1927年2月1日《创造月刊》第1卷第6期

# 日本的普罗列塔利亚艺术怎样经过它的运动过程

沈绮雨



（一）

中国的文坛的大部分，是由几个日本留学生支配着的事实，老早就是没有人否定的。一直到现在，普罗艺术挺身起来，这个现象还莫有变更。但这两句话并不是在为日本留学生夸功，乃是使大家知道日本的文坛影响于中国之深刻，中国的普罗艺术运动，与日本实有不可分离的关系；而我这篇小介绍，亦借此得有所根据故也。

还有两句话不得不说的，就是在日本的某大学时，曾与几个日本学生，共同组织过一个“无产文艺研究会”，我们有一次的研究题目，就是《日本无产艺术运动的过程》。所以我这次的介绍中的大部分，就是根据当日研究的结果。又因为无有多余暇的时间，内容恐有犯不简洁的地方。

（二）

我们追迹日本普罗艺术运动所踏过的路程时，在它未形成一个“有意识的运动”以前，可以看出有一个前史时代。这即是在明治四十年前后，堺利彦，荒畑寒村等或创作社会主义文艺，或从事翻译的时期，及其后尤杉荣，山川菊荣等创作杂志《近代思想》以唯物史观的立场来向着当时的文坛暴露及批评的时代，我们要从历史上去看日本的文艺运动，当然不得不从这个时期始。

那末，在这个前史期的日本的社会特质是怎样呢？这是正当日俄战争之后，日本的资本主义向着发展及成熟的阶段起了一个大飞跃，同时日本的资产运动亦渐次的萌芽，发行《平民新闻》是这个时期，有工会的最初形态之组织亦是这个时期。但是支配阶级的明显的压迫，亦是在这个时期开始。所以这个前史期的艺术活动，是与支配者之压迫极有关联的，当时的创作者的与翻译者的心理之根底上，虽有一种文学的要求潜在着，但其活动则不外是借文学之形式，以普及社会主义之思想而已。

其次，在这期中的“社会思想”现象如何呢？我们把当时的直接参与无产艺术的人们综合起来看时，可以知道是各种潮流的混合型。自然有马克思主义的思想，而自由主义，无政府主义，乃至Syndicalisme的思想，亦杂存其中。其哲学上的根据，亦不出于哲学的唯物论之范围。故其欲以文者来普及之思想之内容，亦不外乎是启蒙的东西，及漠然的社会主义的斗争观念。这外是我们在当时的《近代思想》上可以看得出来的。

因此，在这期中的艺术理论，自然亦局限于普通意思的“宣传艺术”，所谓开拓普罗列塔利亚的感情之艺术的解放道路，及创造普罗列塔利亚艺术等问题，在他们的基础意识上，全然没有顾及着，他们所主张的，就是艺术不外是支配阶级陶醉民众的一种鸦片，在无产阶级说来，完全是无用的。其所以要翻译及创作无产艺术者，不过系借艺术的形式，将社会主义的思想浸透到民众的头脑，在避去支配者的压迫上，比较便宜而已。

我们在此地不可看过的事实，就是他们在意识的方面，是如上所述，但他们却于无意识中，承认了艺术之社会的感染力，即是艺术虽是可以奉仕支配阶级的意识形态，但因艺术的性质，内容不同，亦可以把它的社会的感染力，用来奉仕无产阶级的。到了这个时候，艺术方不是民众的鸦片，而反可以成为民众的武器，即是在艺术中有资产阶级的艺术与无产阶级的艺术两种的事实，他们无形中已承认了。在此期中，除了堺利彦氏翻译了萧伯讷等欧洲的社会主义文艺而外，创作则有荒畑寒村的《舰底》，木下尚江氏的《火柱》《劳动》等。

日本的艺术运动，经过这个前史期，复摸索过一个过渡的时代，才踏上了隆盛的第一期的运动。在这个过渡期中，发生了近于专门的创作者及批评家，所谓余技的创作，及宣传艺术的范畴，已渐被除去，“黑烟”这个团体，即成立于此时者。但这时期的艺术理论，及其使命等仍不有积极的意识，故与前史期实不过五十步百步之差而已。现在我们直接来鸟瞰它的第一期罢。

这个第一期的过程,始于大正十年前后而终于大正十二年的大震灾。

当时日本底社会特质，是受世界大战的影响，资本主义大为发展的时期。在这期中，大小的富豪续出，资本集中的程度亦增高，而一方无产者运动亦起了一大飞跃，社会主义的思想，亦深浸于劳动阶级了。但是资本主义始终是走着凸凹的路，到了大正九年时，大恐慌的时期便轮回而来，事业之休止与缩小，不得不使劳动阶级受着工钱低下及失业不安的威胁。换言之，日本因大战中所占的特殊利益之结果，到此时已完全达到帝国主义的段阶，帝国主义的矛盾底尖锐化的结果，又使日本的资本主义急速的走入没落的过程了。在这个资本的攻势期及劳动阶级的受难期，日本第一期的普罗列塔利亚艺术运动即抬头而起，它的急速的 Tempo 底发展，颇足以使吾人注目的。

那末，为明了这个时期底艺术理论起见，我们不得不先看当时底社会思想。当欧洲大战底前后，日本的思想界一时为民主主义所支配，这种德摸克拉西的思想，把从来束缚于国家主义的思想界完全解放出来了。但到了此时因劳动者的抬头，民主主义的支配，遂推移到社会主义的时代，堺利彦，山川均，大杉荣等，一切的向着德摸克拉西开始斗争。故这期的初期的社会主义思想的内容颇为复杂，革命的 Syndicalisme 的色彩既为浓厚，而无政主义思想底支配力亦颇强韧。但到了这时期的中叶及末期，因俄国无产阶级革命底大胜利，布尔塞维克的思想，遂深深地侵入日本的思想界，山川均遂首先倡导方向转换论，而要求社会主义运动底无产大众化是这个时期；劳动总同盟底合同主义与无政府主义及 Syndioalisme 所主张之劳动组合之自由联合主义发生大冲突亦是这个时期。这种 Syndicalisme，无政府主义，布尔塞维克主义的对立的现象，遂反映到文艺运动上面，所以当时文艺运动的理论，实具有以上三种对立的特征。

在此期的艺术理论，一切都在与布尔乔亚汜相斗争的过程上展开，所有其后各期的一切论点，几乎在这个时期中讨论过，这是值得注意的。普罗列塔利亚艺术一惹起文坛的注意而最初成为问题的，就是关于艺术的本质论。资产阶级的作家，批评家对于这个新兴艺术底唯一的攻击武器，就是站在这个本质论上底艺术超阶级论，而酿成两阵营底论争的焦点。

在这时期底普罗列塔利亚批评，即站在辩证法上来观察讨论，以暴露阐明了艺术底阶级的规定性；对于无产阶级艺术之独自的存在权，亦遂建筑了理论上的基础。其中尤以大正十年十一月底平林初之辅底《唯物史观与文学》一文颇明快的说明了艺术文学底历史性。

又在此时期中，文艺运动与实际运动之联关性的问题，文艺运动自身所有的特殊性的问题，无产文艺的样式问题，亦曾惹起无产文艺作家及批评家的关心，而对此各种问题都有两样见解的明白的对立。第一，关于实际运动与文艺运动底关系问题，则有认后者为前者之一翼底见解，与认两者无直接关系而为独自运动底见解相对立；第二，关于文艺运动底特殊性底问题，则有文艺运动为并不限于作品行动之见解，与认局限于作品行动乃艺术运动之特殊性之见解相对立；其次，文艺的样式论，则有写实主义的样式论与表现派，构成派等的样式论相对立；关于读者问题，则有不外乎知识阶级底见解，与最初为知识阶级，渐次应发展其指标于劳动阶级之见解相对立。在此地我们应当注意的，就是这种种的对立，结局不外是当时的社会思想之反映，即一方为 Communist 他方为 Anarchist，Syndicalist 之对立而已。而且这期底现论虽讨论了一切的问题，但实不过强烈的把问题提出罢了。理论由实践来证明，或从实践以取得理论，则实属二期三期以后的事。

第一期的文艺运动，更有与前史期所不同者，则于此时成立了一个文艺运动底主体，这个团体，即系小牧近江，村松正后，佐佐木孝丸等所组织，《播种人》即系此团体的机关杂志，但组织内面仍反映得有当时社会底特质，即除了 Communist 而外，亦杂居得有 Liberalist，

Syndicalist, Anarchist 等。这个团体，当时曾参加“对苏联非干涉运动”与“国际青年运动”相结与无产者思想团体常取同一样的行动。所以站在非艺术至上主义的非艺术行动底规定，在此期中已漠然的意识了。

至于作品行动的方面，亦与批评活动相并行，在这个时期中算是极旺盛的了。总括其内容起来看，我们可以知道表现劳动体验的体验小说，要占其大部分，其次站在普罗列塔利亚底立场上以作启蒙的作品亦多。其表现形式，则不外乎继续自然主义的传统，而支配着自然生长的要素；但唯其所以如此，则方被欢迎为完成了艺术，而容易的产生出作品来，前田河广一郎底《三等船客》，金子洋文底《地狱》即为此期中的代表作品。

这个第一期底运动，尚未达到它当然底发展，即遇着大震灾底袭来，而第一期的帷幕，遂亦降下了。

日本无产艺术运动底第二期，始于大正十二年末而终于十五年秋，其物质，一方可说是一个消沉期，一方又可以说是次期发展的准备期。其原因，则因大正十二年之震灾，把所有一切的发表机关全破坏，艺术运动底主要武器，几被完全强夺，这时它不得不归于消沉的现象。其次，合流于世界资本主义之崩坏底日本资木主义，因大震灾之打击，而愈加其崩坏底速度，劳动阶级之不安，亦愈渐增加，所以其政治运动之方向转换过程，亦不得不取一个急速的 Tempo；与这种种原因相关联起来，艺术运动，当然亦必有一个飞跃的时期，第二期底艺术运动，所以可说是准备这个飞跃的了。

到此，我们不得不回把当时文坛底现象回顾一下。第一期底文坛之沉滞，由无产艺术之主张而揭破，到了现在，则有新感觉派之运动抬头起来。这的确对于当时沉滞的文坛，输入了一种新鲜的空气，但一方对无产艺术，则又多添了一个斗争的阵营了。新感觉派底本质，颇受法国 Paul Morand 一派的影响，可以说是一种颓废的技巧主义，与武者小路氏之人道派，菊池宽氏之理智派相对立而带有一种新感情派之内容。但新感觉派之所以发生，不过是世纪末的一种流派的倾向——如有余暇，对此拟另作专论——到了此期之末，这派人底艺术，已渐为变质而失其艺术运动的意义，到无产艺术运动再为重振旗鼓时，斗争的对手，则仍只有布尔乔亚的文艺理论罢了。

这一期无产艺术之理论，其中心的关念，则不外整理，或发展第一期所提出之一切问题，而最惹人注目的则有藤森成吉底《无产阶级艺术论》及《社会问题讲座》等。总之这期的艺术理论，仍终于一种准备的理论，第一期的展开之理论，并不曾推进若干。其次，这期的文艺运动之主体，则为《播种人》之后身的《文艺战线》，其构成分子，仍与前期无异。发刊的当时，虽曾宣言用其主力于理论之建设及作品行动，但这不过是震灾后的恐怖不安时之一种必要的过程，所以这种消极的现象，经过不久，遂复踏上了大众活动的舞台，而组织了一个“日本普罗列塔利亚文学联盟”的团体。这个团体之组织，因为当时有一种构成共同战线的意图，所以仍然是Syndicalist，Communist及无政府主义者所杂居，但在其发展的过程上，已经明白地知道以集团主义为行动之Communist与始终以个人的自由为基础底无政府主义者，在同一个团体之中，是不能共同活动的；所以“日本普罗列塔利亚文学联盟”发生不久，即行分裂而改称为“日本普罗列塔利亚艺术联盟”，同时《文艺战线》底构成要素之间，亦起分化，无政府主义者及Syndicalist完全退出组织之外，到此，艺术运动底阵营内，运命上不得不对立之两种分子，始完全分立了。

在第二期底中期及末期时，创作行动方面，可以说是人才辈出，极一时之盛了。我们中国所最知道的林房雄，叶山嘉树，村山知义，久板荣二郎，山田清三郎，里村欣三，小堀甚二等，都是在这个时期，开始展开其创作的活动的。在此期的创作之特质，可以说是脱出了从来专门注重体验小说底范围，在形式上及内容上都开始了各种的创试，其中虽有归于失败，或半途中辍者，但其中亦生出了集中全文坛之注意的作品。

在这期的读者对象上，颇有一极有意义之进展。即是，在第一期时底读者，尚完全属于智识阶级，到了此时，读者底重要部分，已有移于劳动阶级之倾向。这一方面是《文艺战线》中底艺术作品之内容，努力地向着劳动阶级开了进路，一方面是社会上底劳动问题高涨，发生了无产阶级自身的新闻如《无产者新闻》等，使普罗列塔利亚艺术之存在及作品，容易介绍于无产阶级。至于日本底无产者是根本具有读书的教养，这是不待说的了。总之，普罗列塔利亚艺术，在文坛上确立了存在权的事实，是第一期所努力底结果，能够使艺术接近劳动阶级，以浸透劳动者底心脏，则是第二期后半的事实。

至此，日本的艺术运动，又进展到了第三期了。

在第三期中的特征，可以算是内部的理论斗争最剧烈的时候，亦可以说是组织分裂底最利害的时候。在社会运动上有福本和夫一派与山川均一派之斗争，而在艺术运动内，则有青野季吉一派与中野重治一派之对立。因此，《文艺战线》遂分裂为两个团体，一为"劳农艺术家联盟"，一为"日本普罗列塔利亚艺术联盟"，前者以《文艺战线》为其发表机关，而以青野季吉等为代表，后者则以《普罗列塔利亚艺术》为其发表机关，而以中野重治等为领袖。

其后"劳农艺术家联盟"，又复分裂为《前卫》、《文艺战线》两派，不久，《前卫》即与《普罗列塔利亚艺术》合并，而共同组织为《战旗》。

所以现在日本无产艺术运动之阵营内，只有《文艺战线》与《战旗》两团体之对立了。对此，本拟作详细之介绍，但来年一月中将出之《世界杂志》上将有何大白君之介绍，而《创造月刊》之一月特大号内，亦拟有《一九二八年之日本无产艺术运动》的文章，所以本文为免重复起见，即在此告终结了。尚希望读者参照将出来的两种介绍！

原载 1928 年 11 月 25 日，12 月 5 日、15 日
《日出》旬刊第 3、4、5 期

# 他们怎样地把文艺底一般问题处理过来？

冯乃超



## 1 导　言

俄国的普罗列塔利亚特经验了世界史的重大的体验以后，对于他们的社会的生活及教化的改革，怎样地设立他们的文化上的理论及行政上的政策呢？这个问题当然是富于示唆的一种问题，同时，又是非常广泛的问题。这里只站在文化革命的范围内，追迹他们对于文化及文艺的理论发展的经过，对于文化上起了很大的变动的中国的现况，能够有些参考的贡献，这是笔者的奢望。

政治上的“十月”乂是俄国社会生活上的“十月”。在这个伟大的社会的变革期间，革命的波动震荡到一切的领域里去。社会生活的发现之文艺的领域上，作家自身的启发及读者一般的要求，当然会惹起许多艺术上的创作的问题——内容，形式，样式等。同时，意识地计划新文化的建设的马克思主义者之间，对于新文化的建设的问题，——运动问题，组织问题，政策问题，——当然又是一种重大的讨论目标。这篇文章，当然双方并重地使它们平行地进展。

## 2　革命后的社会与文艺的关系

一九一七年自三月至十一月的俄国社会完全陷入了混乱的状态里，革命后的初期简直不能有着手于建设的事业的犹预。“同胞战，外国的干涉及这些事实所引起的饥荒，破坏”，这是革命初期的一切，所以文艺亦陷于假死状态。马克思莫夫在他的《革命后之文艺一般问题》上面很明确地指摘出“文艺的假死状态”的理由。他以为文艺的假死状态不能一概归因于社会经济学的性质，变革期中的不均衡的社会心理，——纯心理学的性质也是诱致文艺的假死状态的一种极大的原因。革命的狂飙一般使文艺家的心理从根本上动摇起来（当然是一时的），对于客观现象的纯抒情诗的反响以外，完全失了艺术的创造性。这事实的根本的原因，就因为许多的艺术家大都是小资产阶级的知识阶级，看“Imaginist”一派的浪漫诗人们宣告自己是“布尔塞维克党”的事实也可以晓得。俄国劳农大众的这个历史所未曾有的自己牺牲的精神及英雄的行动，恰巧投合浪漫主义的小资产阶级的诗人之情热的反抗的要求。

> “和从前一样，今日还是粗暴的我，
> 突进到四面八方。
> 不论何时，不论何时常受打魅的我，
> 灵魂染着鲜血。”（大意）

爱宣尼的诗歌能以伟大的势力，影响广泛的革命青年的原故，就在革命期中的反抗的情热和浪漫主义的破坏的热情，能够互相应和。爱宣尼的“粗暴”的抒情诗却适当于表白革命的情绪。

革命的第二期，从社会经济的方面看来，已有建设的余裕，一切的施设渐趋完备，文艺亦开始活动，同时，革命之破坏的情热不能不变为革命之建设的情热。浪漫的心情的跳动不能休竭了。抒情诗歌的范围到底不能囿限文艺家的心理。因此，他们对于文学作品的形式及内容不能不发生疑问了。在这怀疑的过程中，他们不能不感觉现实是太过黑暗。“旧的俄罗斯已成为废墟”，新的还是酝酿中的胚胎。然而，神秘主义的诗歌不能不潜气收声了，新的意识——发生于为获得××主义的生活样式的斗争中的新意识，——就是他们的掘墓人。

同时，错杂着的社会的各阶级层之变化与没落，形成读者阶级的分化与对立。对于生活舞台上的广泛的农民的一部分及普罗列塔利亚特的生活及感情，决非一般民主主义的作家们所能理解。“大多数就没有文学”这个今日的中国小布尔乔亚作家的思想又是当时俄国的民主主义的作家的悲哀。听他们的悲鸣罢！“仕奉多数人不如先仕奉被选的少数的听众”。他们以为自己的文学的不受理解，是大众的罪过，这不是一出悲剧么？

然而，关于工农大众的教化，不能不是工农国家的最大的问题。怎样地建设普罗列塔利亚艺术这不单是作家自身的关心的问题，又是一般为政者及学者的关心的事体。

在新社会的组织上面，一切要求着有意识的建设。所以“大众文学”乃至广泛的学术，这不单是历史潮流上面的“知的修业”的问题，而是为新社会的建设上，所需求的关于社会的特性的研究。这研究的里面，关于文学或艺术的社会学的研究，不能不是显目的特征。

这方面的研究之具体的发现就是一九一八年七月成立的普罗列塔利亚文化协会（Proletcult）。他们晓得普罗列塔利亚对于社会革命的未来的成功，负有极大的任务，因为教化，这是劳动大众要从榨取人求解放的一种斗争工具。

在第一回全俄普罗列塔利亚文化开发编制会议上承认了 A. Bogdanoff 所提出的议案：“为新社会的事业，斗争，建设，普罗列塔利亚必需有自己的艺术。劳动集团主义是艺术的灵魂，阶级艺术不能不以此接受及反应世界，而表示感情，斗争或创造的意志的联络。”❶

普罗列塔利亚文化国际事务局执行委员会对于 A.Bogdanoff 的提议也加以注意。在俄，英，法，德，意，瑞诸国的委员会代表者所署名的公布《给万国的普罗列塔利亚同胞》里面，有“借助于新艺术以联络劳动阶级的感情”，“这种事业不容旧文学家或艺术家的参加”，这

❶ 见马克思莫夫的《革命后的文艺一般问题》。

“新兴艺术”当然要摄取过去及现在所达到的文化，然而这不是徒然的摄取而是集团劳动的新文化的建设。

据以上的决议案分明是：

1. 普罗列塔利亚不能不创造自己的阶级的艺术。

2. 劳动的集团主义是艺术的灵魂。

3. 对于过去的艺术的继承不能取无批判的态度。❶

这样地，普罗列塔利亚之社会主义文化的研究具体地发展了。伊理奇在关于国民的问题之论文中力说着国际的社会主义之文化的存在及这文化之必要和必然性。然而，这文化的建设决不能是温室性，研究室性的东西。所以，对于普罗列塔利亚文化协会（Proletcult），之存在虽然有了许多反对的议论，但是，对于普罗列塔利亚特之社会主义文化之原则的，一般的历史的诸问题之研究是没有异议的。

社会主义文化之建设不是一普罗列塔利亚独裁国家的问题，国际地今日已成为具体的运动。



### 3　普罗列塔利亚文学的发展

政治的及社会经济的基础有了相当的发展之时，文艺的领域中开始积极的活动。一九二〇年五月普罗列塔利亚作家的机关杂志《铁匠》第一号的卷头语有这样的话：“我们的《铁匠》是艺术的铁匠，——密接地结合于伟大的普罗列塔利亚铁匠的部分之一。我们在昨日的基础的材料上锻炼新的生活，而且现在要用齐整的活着的文学的形象筑起新的内容。”要在一种明确的计画上，做他们的工作；对于组织化的要求；为巩固新制度，在斗争力的体系上要求相当的地位，这些问题可算是文艺史上创见的文艺家的要求。中世的艺术家（无宁说是工人）虽有他们的组合，但是在明确的目的之下树起鲜明的旗帜，复以艺术的势力转化为实行的社会的势力：这值得我们的注目。《铁匠》团体的艺术论可在一九二三年所公布的宣言里面发见。他们的宣言中主张着：“普罗列塔利亚艺术是使各阶级集中于一点的 Prism（三棱镜）一样的东西，又是映

❶ 见马克思莫夫的《革命后的文艺一般问题》。

照工人自己，观看他们的工作，独创及未来的镜子。”“其目的及问题是创造及表现共产主义社会建设者的形式（Form）”，而且“锻炼新人的革命的 Type”，“以劳动所产生的言语为武器，助长新存在的条件，耕耘未垦地”，“发见新生活”，“指示主张纯理革命之马克思主义者的世界观底艺术的型式（Form）”，“艺术地破坏布尔乔亚意德沃罗基”，“给革命做一个总算帐，设立前途的目标”。这些都是他们的纲领。

一九二〇年开全俄普罗列塔利亚作家会议时，有廿五都市的代表作家约百五十人出席，五月十四日的会议上，组织了作家联盟。这组织的工作没有中绝地继续着。其后虽有斗争及分裂，依然有多数的作家的参加。这个统一团体愈与文学的下层——劳动通信员结合起来。关于民众文学运动的组织，世界上没有见过这样的活动。这些事情对于看惯文学中之天才的不可思议的现象底历史的人，当然是不可解的事情，夭折了的艺术学者 F. Kalinin 对于这个事情说得很清楚。



“艺术是——他在《普罗列塔利亚文化》第一号上这样写——一切人之根本的要求。艺术发现于征服人在实生活上所撞着的矛盾。这矛盾在劳动者方面，发现于对于外部的自然之劳动生活上；在思想方面发现于理论的连锁破灭之时。然而，艺术界之祭司阶级当然向我们提出质问：‘那末，你的意见不是说天才与劳动者之间没有什么差别的存在么？’我们可以说：‘对了，本质地没有什么区别，只有脑髓机关之感受性的多少及紧缓的区别。’天才自身也不晓得以外有什么差别。哥德解释天才说是丰富于紧张的注意之人。达尔文以为天才是忍耐。从这个观点，艺术的过程不论在克服日常劳动的矛盾的时候或在艺术方面的各种发现及发明之复杂的创造，其本质是一样的。”这意见又当然是劳动集团主义的一个发现，主张艺术只是天才的所有物的人们，或许要惊讶的。

新经济政策实施的结果，不可避免地有新布尔乔亚汜之诞生及成育。同时更有新德沃德基在社会的深处分泌出来。《铁匠》团体不能忍耐这个。他们的诗人的精经次第受白肌的妇人及卖淫妇的烦扰，拍车的声音成为敌人的嘲骂一样。革命的欢乐梦过去了，现实社会要求不动摇的信仰时，他们的情热消褪了。他们有些沉湎于忧愁之中，有些脱离了普罗列塔利亚文学团体成为超阶级的诗人，有些埋头于自己之技巧的完成接近美学派或形式派去。

为理解这不是革命的埋葬而是胜利的行列上之确实的演习，要有新鲜的旗帜的出现及理解新经济政治的必要。可是，对于革命发展的这个新阶段之没有理解，遂使《铁匠》一派失去现实的地盘。一九二二年在杂志《青年近卫兵》的编辑室内诞生了《十月》一派的新团体。一九二三年六月为对《铁匠》一派的厌世主义及艺术至上主义宣战，高张着普罗列塔利亚文学新运动的旗帜，于是杂志《哨所》出版了。

那杂志的第一号上的 Ingroff 的论文，对于《铁匠》一派的诗人加以猛烈的打击。“有些普罗列塔利亚诗人包围于浪漫的谢肉祭而狼狈了，对于到来的革命的劳动日之伟大的意义，不能看出也不能理解。”“他们一向对于我们继续着 Boycott。这因为现在比较十月革命时代不是眩惑的。”这个新团体的精神到底是新社会——又是新政体的拥护者及理解者。他们对于《铁匠》的抽象的浪漫主义的诗要求活着的人间的诗来替代。这可以说，一方面是艺术上的形式的变换，同时，他方面这个倾向说明着革命的情热转化为建设的情热。马克思主义文学家之中对于普罗列塔利亚艺术与布尔乔亚艺术的关系，有了两种相反的意见，他们的情热便迸发到这问题的争论上来。

### 4 普罗列塔利亚文化的问题

《文学与革命》的著者，又是普罗列塔利亚的一个指导者托罗茨基（Trotsky）及倭浪斯奇（Voronsky）对于普罗列塔利亚文化取着否定的态度。

托罗茨基的《普罗列塔利亚文化及其艺术》一文底根本的见解以为普罗列塔利亚特身临社会的重大的变革期——由资本主义推移到社会主义的纪元——已从普罗列塔利亚阶级的性质解放出来，不再是普罗列塔利亚特当能融和于一般社会生活中。在这样的前提之下，他复提出一个问题：普罗列塔利亚特还没有融和于一般社会生活以前有创造自己的文化的时间么？他的答案是否定的。他以为变迁的时期最长不过十年，但是，成为支配者的阶级之新文化的构成，据历史所证明需要百年千年的岁月。他的见解不单是否定普罗列塔利亚文化的存在，而且，以为普罗列塔利亚特之没有自己阶级的文化反为是阶级文化的寿终，又是全人类的文化的开始。他抱着很安闲的乐观态度。

A．倭浪斯奇的意见和托罗茨基的这个，是互相表里的。这可以从他的著书《为生活认识底艺术及现代》和《普罗列塔利亚艺术与我党的艺术政策》之中看出来。

“普罗列塔利亚艺术没有存在着，在普罗列塔利亚特独裁的过渡期中也没有存在的理由。在文化的领域中这时代的课题归结于普罗列塔利亚特首先要获得过去几世纪之技术，科学，艺术这个事情。所以，当面的问题不在创造普罗列塔利亚艺术而在以获得过去的一切及批判地摄收其结果，然后确立翼助普罗列塔利亚特对于布尔乔亚汜维持自己的胜利一样的革命的过渡的艺术。问题在为普罗列塔利亚特的利益起见的对于布尔乔亚文化及艺术的适应的上面，但是，这个事情当然没有意思反对很适当于我们时代的新形式（Form）及式样（Style）之探求。”〔引自第一回普罗列塔利亚作家全联邦大会（1925年1月）所决议中的引用文〕A．倭浪斯奇的根本的见解可用这节文章代表。然而，在大会的决议文上他们怎样地受了批判呢？



大会的决议把文艺理论的托罗茨基主义（倭浪斯奇也在内）的Menshevik的倾向指摘出来，纠正了没有通过过渡的阶段，未来的社会主义艺术可以从旧的阶级及现代布尔乔亚文化发生出来的误谬。“在由资本主义社会到社会主义的过渡的时代没有普罗列塔利亚文学的存在，具体地这是什么意义呢？这连结于生活时，涵义着没有正确地反映这生活的文学之存在。没有有机地连结于独裁阶级及革命的文学之存在，普罗列塔利亚特就没有引导社会到××主义去的积极的援助的文学之存在。这个时候艺术站在生活之外，阶级斗争之外，于是布尔乔亚汜能够以完全的权利从政治，——艺术与政治同样的理论，——主张艺术独立的理论。在他方面，若果普罗列塔利亚特不作自己的文学，自己的影戏，戏剧，那末，对于非普罗列塔利亚层（首先是农民）的意德沃罗基的影响，必然地归于布尔乔亚文化及艺术之代表者的手。指导农民，引他们到××主义去的方法，只有靠普罗列塔利亚特从各方面——即Soviet，协同组合，学校，电化，军队，文学，影戏，戏剧等等，给他们以作用，方是可能的。在这些全领域上，普罗列塔利亚特不能限定于同化于新阶级的旧时代的成果。他不能不说新鲜的言词，他不能不依据新时代及匹敌于站在他们面前的课题之雄伟的，向来所未有过的新成果上。……”

普罗列塔利亚文化及艺术的可能及必需，从以上的批判可以明白了。伊理奇对于文化的内的发展，很明白地确言着：“普罗列塔利亚文化发现于人类在资本主义社会，地主社会之重压下所做出下来的它的知识积蓄之合理的发展。”我们要晓得普罗列塔利亚文学不能不从古典的，和近代布尔乔亚文化及艺术，取出一切有价值的，进步的东西。这样地才有具体地建设普罗列塔利亚文化；同时社会主义文化不是抽象的存在，在普罗列塔利亚文化的发展的途上，才有社会主义文化的发生。

### 5 艺术的左倾派底理论



在普罗列塔利亚文化及艺术问题的紧张的声浪之中，对于现在艺术之事业及其意义的问题，出现了统一艺术底左倾战线的新作家的团体。这团体为研究艺术底一般问题，艺术作品之形式及种类等问题的共产派小说家们所组织而成。发行机关杂志《左翼》。

“左翼”为什么斗争呢，在这样的课题下，揭载着下面的大纲。

“列夫”（即左翼）不能不团集左倾派的势力。“列夫”不能不连结战线以破坏要反对建设新文化的阶级。只有“列夫”晓得这个，也只有“列夫”才能做到。在十月革命的斗争产生出来的工作中，“列夫”开拓着通于明日的艺术之路，在Commuism的理想之下，不能不使艺术变动起来。“列夫”能用我们的艺术获得组织于群众里面的力量，因此当能够感动大众。“列夫”当会使艺术提高着以至成为最高劳力的权能，证明我们的理论。“列夫”当为人生之艺术化而战斗。……

这样的“左翼”宣告新艺术的出现了。并且，不用从来的普罗列塔利亚特的名称而用左倾艺术。“列夫”对于所谓“普罗列塔利亚”艺术——即《铁匠》及《十月》等的艺术加以攻击。说“他们一部分的人反复着事务的修辞变为官吏的作家。”又有些人只回想着《十月》以组织的名目而屈伏于Academism的势力下。而“列夫”则以为自己的工作，虽或不能期待于现在，也可以期待于将来。

文艺的技术上的变革当然是重大的问题，左倾艺术在这一点是很必要的：这不因为它排斥一切的其他的艺术，却因为以前的普罗列塔利亚艺术多少仍然脱不了过去的圈套，不能对于新社会的要求提供新的形式。然而，他们在理论与实际仍有很大的距离。在自己启发的首途，他们不能遇着许多的矛盾。他们的纲领的特色，可以归纳于以下几点：（1）××主义理想的饱和，（2）实际艺术与理论的一致，（3）对于群众的左倾艺术的效果，（4）对于生活组织之积极的参加等。这当然是很重要的。

这不过是广泛的艺术理论上的一种见解，然而普列塔利亚艺术之建设的途上，问题不是简单的而是复杂的。左倾艺术不能不受严重的批判，"列夫"所主张的所谓"机械艺术"，从组织生活的机能上看来，是否适应于现代的现实社会？在目前的经济的及文化的组织上，这是不能实现的问题。普罗列塔利亚艺术的目前的任务不能不是建设新社会所需要的阶级的武器。这个事情当然不是"为普罗列塔利亚的利害起见，给以布尔乔亚文艺的适应"这样的机会主义的见解所能达到的，但是，对于新艺术的建设途上决不能象"左翼"一派一样，否认一切其他的艺术。因为社会是无限地复杂的，这就是一切的理由。党的文艺政策中，充分地能够理解这事情。"虽然正确地认识文学的诸潮流之社会的阶级的内容，但是党在全体上不能够结合于文学的形式领域上之某一种倾向。"这样的态度是正当的，因适合于新时代的艺术形式之创造，未必仅限于一种方法而且艺术的长久的历史又即是我们的财产，我们的这个文化的财产也是多样的而复杂的。然而"左翼"对于技术的创见的功绩是不能抹杀的，新社会要求着一切新艺术的形式的发生。

## 6 政策上的诸问题及其实际的意义

普罗列塔利亚文化及文艺的理论的过程，以上虽然是一种观相学（Physionomy）的叙述，大体的问题已经涉猎过来了。文艺运动这要是一种社会的运动时，不能自囿于文艺理论的自身上，许多组织上的问题及政策上的问题要求我们给以细心的注意。

“普罗列塔利亚文学的第二期之特色的现象，是对于团体组织的倾向。”哥根教授在普罗列塔利亚文学论上这样地说明了。这因为晓得俄国，研究“在其中不能不行动的无限的空间”，——为描写触于眼帘的一切，这不是很容易的事体。这个“一切”决不是一个天才的力量所能征服的，这需要多数人的集团的工作。这样地在普罗列塔利亚国家里面，文艺家之组织问题成为重要的一种政治上的问题。《哨所》一派的观念，是以普罗列塔利亚为中心整理全俄国的文学。这不能不要求党的艺术上的统一战线的确立。从普罗列塔利亚特之阶级意识上认为没有组织能力的其他诸团体，不能不受他们排斥。我们在党的文艺政策上，首先要注意的不能不是这问题，—— 就是文艺领域上的 Hegemonie 的问题。

这问题的发生的社会的根据，又依存于新经济政策实施以后的社会的经济的条件上。文艺政策上第二、三两项说明这个现象的根本的原因。试引用于下面：



“2. 成为大众的文化的发达之一部分者，是新文学——第一自其萌芽的，同时是包括着空前地广大的范围之形态，（劳动通信，农村通讯，壁报，其他，）以至意德沃罗基地有了意识的文艺作品之普罗列塔利亚及农民文学——的发达。

3. 他方面，经济过程的复杂性有矛盾的，甚至互相敌对的经济形态之同时的发达；因这个发展惹起新布尔乔亚汜之诞生及成育，新旧知识阶级之一部向它的不可避的——初时未必是有意识的——结合；从社会的深处有替这个布尔乔亚汜之最新的意德沃罗基的代辩人之化学的分出，——这些的一切，不可避地发现到社会生活之文学的表面来。”

这个分析的结果，党的政策不能不赞成《哨所》一派所主张的文艺上的 Hegemonie。然而，文艺领域上的指导的地位，决不能轻率地委任于某一作家的团体。这因为指导的地位和一切物质的，意德沃罗基的富源一样全体属于劳动阶级，党只能而且不能不对于这些普罗列塔利亚作家的这个 Hegemonie 之历史的权利给以援助。

对于“同路人”和“老人群”——即同盟阶级的新旧作家，“老人群”中如高尔基等——的态度，政策的方针多少采用了 Voronsky 的意见。然而，却不象 Voronsky 一样把他们看作文学上的中心，当然《哨所》的宗派主义的意见也不适于采用。所以，对于“同路人”的关系，不能不是对于他的利用及指导。他们对于文学上的自由主义，国民主义，大国家主义，神秘主义等倾向，不容赦地加以斗争。同时对于和普罗列塔利亚特一起进行着，而且能够进行去的一切的文学作家层，不能不取忍耐慎重的态度。这因为普罗列塔利亚文化之发生不能不是浩瀚的文化的历史的发展。在已经强健的普罗列塔利亚特的国家内，普罗列塔利亚文化的形成或创生，不能不依存于数百万大众的对于文化的获得。普罗列塔利亚文化的新类型，文学的不同的类型之具体的创造不能不排斥纯温室的“普罗列塔利亚”文学的试验。因此对于旧文学的遗产及艺术的言藻之专门家不能轻率地加以侮辱。

这样地，今年中的俄国盛大地迎接“老人群”中高尔基回国去，又对于伟大的指导者伊理奇曾冠以“卑污的说教人”的名称的托尔斯泰，给以热闹的纪念日。它的意义要求我们以细心的理解，盲目地在中国拖出屠格涅夫的人们更不可不注意。

对于从事文艺工作的人们，有区别批评家及艺术家的必要。分辨种种文学作品之阶级的意义，克服文学上的反革命的发现，这不能不是批评家的任务，这批评的任务又是教育的手段。对于作家的态度及文艺形式的领域上之倾向不能加以偏倾的态度。这样地作家艺术家才能专心在文学作品的上面利用现代的巨大的材料。根本的原则，他们的普罗列塔利亚文学的目的，不能不是替世界普罗列塔利亚的真实的胜利而斗争，它的文化史的使命的完成的时候，才是人类真确的解放的时候。

## 7 结　语

俄国的社会主义的建设，这不单是经济的乃至政治的形态之问题，而文化一般的诸问题也包含于其建设的事业之内。伊理奇说过：“当苏维埃权力之成立，我们所缺乏的，是使社会主义现实之民众的充足的教养。”政治，经济及文化是互相关连而不能分开的。可是这里只把文艺及其所关连之文化问题之一部分的一般理论提示出来，我晓得有许多未尽的地方。

我们不能不注意的，就是俄国的“十月”的世界的意义。他们的文化的建设又是世界的文化的建设。国际地现在对于马克思主义的学术的研究及建设已成为一种具体的发现。这个学术的建设的计划及创造的事业，必然地能够成为世界的潮流，这是无容疑议的。今后的学术当能脱离“阶级的中世纪”之布尔乔亚汜底利己的偏见，愈加向着人类的真正的认识的途上发展去的。

草成这篇文章，给我最丰富的材料及示唆的不能不算《新俄文艺论战》这本小册子，（中国译本，前有画室氏的翻译，最近有鲁迅氏的翻译连载于《奔流》杂志），这是很好的书，俄国哥根教授称奖为“文艺生活的纪念碑”，这是正鹄的话。多少给我参考的，就是马克思莫夫的《革命后的文艺一般问题》一论文，（萧林氏移植成中文，《未明》杂志创刊号），读者请自去参考。

5th，Nov，1928，

原载1928年11月《思想月刊》第4期

# H. Barbusse 之思想及其文艺

沈起予

## （一）前　言

我们知道法兰西一方面是内乱频发，阶级争斗最汹涌的国家，而一方面则有极端保守的沉滞的倾向。这个现象，我们在其知识运动的内面，亦可以同样的看取得出。

“二十世纪最初的二十五年间，法兰西之知的中心，有最名誉的三十九个文学的装饰家集成一团（作者按：此系指法国学士院 L' Académie Française）在那里作反革新的古典的宣传”，使战后的法兰西之思想世界，亦顽强的弥漫着反动的国家主义的倾向，致令人发出“法国不行了，是死的！”等类的叹声，但在这样氛围气的里面，猛勇前进，似晶闪般的冲斥着，以与一切恶势力相混战的，则有巴比塞（Henri Barbusse）。

## （二）文 艺 生 涯

巴比塞于一八七四年生于法兰西，据说因为他的母亲是英国人的原故，所以他的风彩，颇有 Anglo—Saxon 人的特征：鼻高身长，俊敏而聪明。锐利的眼光，带有诗人的睿智的情感，使人一见知其为急进的革命家。

巴比塞的文学家的名声，始于他投稿于《巴黎杂报》(Echo de Paris)而得一等赏时，其后出了一本诗集名《哭泣》(Pléureuses)，复时在其他的杂志上作戏剧评论的文章，据说他曾担任过一次《无不知》(Je sais tous)杂志的编辑主任。但在这个时期中，我们都不曾见着他有好作品出来。

《哭泣》的诗集出世过后，复创作了二三短篇，才有他的第一个名作《地狱》(L'Enfer)出现。在这篇小说中，他用精细深刻的心理描写，以浮雕出人性所发生的悲剧的葛藤，为左拉以来的自然主义中所不可多得的作品。所以在法国竟能获得最多数的读者，版次竟重到二百以上，而世界各国，亦渐次的翻译过去，巴比塞的文名，亦遂从此大盛。

其后欧洲大战起，巴比塞遂从军到战场，复因得病的关系，曾几次的往返乡土与战场之间。在这个时期中，巴比塞亲身经验了帝国主义战争的残酷，竟使他的思想突然趋于急进，而他的文学上的作风，亦遂从此改变了。他的名作《炮火》(Le Feu) Journal d'une Escouade即在欧战中完成，而获得贡古尔的赏金(Prix Goncourt)。于一九一八年，再有他的划时代的作品《光明》(Clarté)出现。

《光明》不但是巴比塞自身的重大的作品，亦实是近世世界文坛上的稀有名著。我们在内面可以看得出欧洲的帝国主义战争中的巴比塞之苦闷，及其由苦闷而跃起之途径，以及他终于变为社会革命思想家的急先锋之必然。《光明》于一九一八年在法国社会党多数派的机关报上发表过后，欧美的思想界及艺术界皆大受其冲动，一九一八年巴比塞遂结合各国的思想家，知识阶级起来共同组织一"光明团"(Le Groupe Clarté)。参加者，法国则有佛郎士(A. France)敌亚墨尔(G. Duhamer)沙尔几德(Charles Gide)等，其他美国的辛克来(A. Sinclair)西班牙的衣巴勒(Ibanez)瑞典的叶轮客(E. Key)女士……等，亦先后加入。巴比塞组织这个团体的企图，系欲把全世界底否定旧思想，破坏军国主义的知识阶级，及新思想家统一联合起来，以求阶级的打破，及社会的平等化。其根本的宣言，及其具体的组织，实行方法等，暂把它放在后面，再为详细介绍。

《光明》出版过后的名篇，则要推他于一九二六年所完成的《耶稣》(Jésus)。这篇小说出现过后，基督教底教主之影象，又经过一次的化身了。因为中世纪以前的耶稣，常是给我们一种神圣的，超人类的影象，到了十九世纪时，才由尔浪（Renan）在《基督教之起源》（Les Origines du Christianisme）等书中，把他化为普通人的影象。但在巴比塞的《耶稣》中，我们则更可以看得见这位教主完全是一个无产阶级的斗士了。

巴比塞是个社会主义的文艺作家，这是我们早知道的。但他却不是个蛰居书斋中高谈阔论的书斋派，他的言论与行动，早是统一了的。除了最注目的“光明团”的运动而外，我们可以见得他，或向着法西斯蒂斗争，或向着人道主义者攻击，或参加各处的一切反帝运动会议，真正的同志是不休息的，巴比塞简直作了一切的榜样。

一九二七年的春季，万国反帝国主义反殖民地压迫同盟，在比利时的京城开第一次创设大会的时候，巴比塞正在病中，但他亦极力的撑持病躯，赶到比京，在大会场中痛论帝国主义者之对于殖民地的经济压迫，向着弱小民众高呼团集起来，道破“弱小民族”相互支持之时，即成为“万能民族”之日。他既是第三国际的正式会员，所以到了十一月的俄罗斯十周年纪念日，他又在莫斯科组织了一个“苏俄的友人会”。



现在是法西斯蒂横暴世界的时候，所以在监狱中受残酷的拷问，及警察的私刑者，实不知凡几。对此巴比塞一方面向着强暴者斗争，一方面组织一“法西斯主义的牺牲者防卫会”而自为此会的委员长。在今年四月中，巴比塞即以此委员长的名义，向着驻在巴黎的意大利大使要求：（1）公表主义者卡斯登，索齐在监狱中惨死的理由。（2）意大利政府，须允许自由人的代表，去客观的公平的调查意大利的监狱制度。

巴比塞在这个抗议文中，更暴露了意大利政府对于反法西斯蒂者的一切非人道的酷刑，如：为诱发囚人的急性炎症而以针刺其睾丸，对于女子则拔其耻骨上的阴毛，更或在囚人的脐上放一甲虫而罩以小杯……等，把资本主义社会中的文明的假面剥去无余。

### （三）光明团运动

光明运动，算是巴比塞的实际工作中的最显著者，但这亦是最足以代表他的思想的行为，所以不得不特别的提出来述说。

我们知道巴比塞不是一个辩证法的唯物论者，但他对于社会一切现象的解释及结论，则完全是一样。光明团即是根据他的思想的结晶，欲把全世界的知识阶级及民众结合起来，以作为社会变革运动的国际团体。这个团体最初既是完全的知识阶级的结合，所以旧来的知识阶级，就成了他们攻击的对象。他们具体的指出旧来的文豪，思想家等，不外乎是既成社会的一种装饰品，对于支配着彼等的事物的状态，不是极力避免不言，就是去阿谀奉迎。因此旧学者们的批评，只能及于人类的恶习，缺点或弱点等而极端的不去沾染现存的法律及制度。但是经过欧洲底深刻的大战后，这种情势渐渐的变了。一部分的作家，觉悟了柔顺的迎受事物的某种状态，只有使他们变为浅薄，所以从来完全模仿的叙述的文学生产之领域中不得不引入批评的科学的精神。

光明团的阶级打破，军国主义反对，社会的平等化，劳动爱重等思想纲领，最初仿佛只是知识阶级的运动，但其后则与共产主义运动合流了。所以他们改造社会的手段，亦排斥从来的“温和平和主义”。他们认定平和主义思想之发源，完全置其根柢于布尔乔亚文化上，把布尔乔亚与普罗列塔利亚上面的俨然的对立忘去，而在其上另外立一个“人类”的概念，以倡道人类之平和。但这种主张，不外是被布尔乔亚的巧妙的宣传的利用，以灭杀普罗的攻势之精神，其结果仍不外乎是布尔乔亚的走狗。所以现实上，有志改造社会者的路只有两条，——不是同志，就是敌人，不信认阶级争斗及其必然的结果——革命——的平和主义者，是参加光明运动者所宜极端排斥的。

光明团的根本思想，既纯粹的站在普罗列塔利亚底见地上，所以对于社会批判，亦极客观而彻底。他们认定现存社会中的一切罪恶，皆系布尔乔亚所招来者。他们也知道最使他们——不然，全人类的——痛心的悲惨的欧洲大战，是在资本主义社会中必然发生的，战争既是布尔乔亚为其特殊利益所引起，故靠着布尔乔亚的慈悲心是决不能消灭的。“欲实际的与战争相战，则非先看破其原因不可”。资本主义所产生的社会秩序与文化，既不能使普罗列塔利亚参与，而反使其受横暴的屈辱与苦恼。故“对于布尔乔亚底战斗，阶级争斗的动的音乐，才真正是告普罗列塔利亚之新生的黎明底壮大的进行曲”。所以“光明团为阐明本质的理论与实现的建设，特别与社会改良主义的倾向相战”。

以上既把光明团运动的思想背景概说了，但是它的实行的方法手段，是我们所不得不知的。光明团既认定资本主义社会的组织，完全是一种国际的东西，所以欲对这种社会斗争，亦不得不作一种国际的组织。所以光明团是先设一总部，然后在各国组织分部。对此巴比塞告诉我们说：“光明团的支部，存在于欧罗巴底各个大都市，或正在渐次的建设。这个世界的组织，是各个人及各小团体底有组织的潜势力，有秩序的结束，以其坚固的有权威的方法，而实现一种百科全书般的大事业为目的。这个事业，由杂志的刊行，各种讲演，及几多的小册子与书籍，以传播‘光明’的主要思想，一切时事，都从这种意思去研究或矫正之。……各小团体，在原则上只研究特殊之一点，因此凡百事业循回于各团体，转瞬间即成为各团体的事业。……把无智的或欺瞒的舆论领导到正确的方向，使真实的庄严的正义底理想，更为明瞭，更为显近者，即光明团之使命。”



但是这种伟大的事业，光明团并不想去单独的去负担，而不与其他的政治运动一致的。所以巴比塞更具体的告诉我们说：

“在某一点时，光明团是与社会主义的政治团体，尤其是与其政党底最有理论的党派之倾向与宣传一致的。”

## （四）巴比塞与罗漫罗兰之论争

巴比塞与罗漫罗兰之论争，不特是近时文坛上底伟观，而亦是近时社会思想之两大潮流底代表。所以这个论争底介绍，不特是为明瞭巴比塞之思想所必要，而且对于有心于革命问题及社会问题者不无补益的。

那末，这两位底论争之对立点在那里呢？我们简单的，可以说一个是站在人道主义上，代表一种空想的社会主义思想，一个是站在现实上，代表一种科学式（因为巴比塞不是纯粹的社会科学论者，所以此处用了“科学式”三字。关此容后详言。）的社会主义思想。所以前者只主张精神革命，后者则赞成暴力革命；前者主张自由，后者则主张平等。关此，我们简单的把他们论争底内容及经过序述去罢。

这个论争底开始，先由于巴比塞在《光明》底第二期上，发表了一篇《罗兰主义论》起。

我们知道罗漫罗兰在人道上底道德的勇气，及文学的才能是极伟大的。在欧洲帝国主义大战时，连一般从事劳动底人，都在保护祖国之美名下面去参加杀戮，而独有罗兰一人嘶声反对，并且道破战争之由来，并非出自民众及人类底大多数，不过系国际间的少数者——资产者——之作祟。这种勇敢底态度，对于精神之独立，及思想之权利确有裨益的。

"但是仅止于此就对了么？断然不行！万事依然是一样的。英雄们站在正义与怜悯之上所发底咒诅，无论如何的引起反响，如何的漂亮，但诅咒一去而战争仍然要再发的。为什么？因为战争之社会的原因依然存在，表现精神底语言自身，对于直接生活是不有何等效力的。相关联而起之诸种事件，与伟大底抗议者之公然质问的，傲然的否定之间，没有真的接触点。""于此，知识阶级有他底第二种之义务。即是反对这个现实底社会秩序，而另自把理想的秩序——最初不过是理想的真理，精神之一作用底理想的秩序——如科学——固执的，实证的而且应用的底科学——一样的去建设底任务。"



所以，在此，巴比塞是承认以暴力革命来实现社会之改造的。他以为暴力革命之目的，不外是一种武装解除，并非如一般所卑贱丑视底东西。单是议论与主张，究不能实行真正的改造，暴力才是变更社会底最神圣的手段，最神圣底标语；故消极底精神的改造主义者，不外是真正的改造主义之敌，而无形的增进即成权力维持者之力而已。所以他说：

"先有革命的精神，才可以见得反逆精神之完全。人类之思想，有保持其自身之独立之必要者，乃为其实行，而非单为其独立者。

所以罗兰主义者，不过仅履行其思想家之第一部底义务罢了。……”

以上就是巴比塞攻击罗兰主义之大要，对此，罗漫罗兰于一九二二年一月号底《自由艺术》上，开始与巴比塞答辩了。

罗漫罗兰以为“巴比塞等之注意，常拘泥于社会之表相，而过于极端的企图生活之合理化，其光明运动之倾向，仿佛是以犹克里德（Euclide）之几何问题来解破人类进化之谜一样。但是自身既不信这种社会几何学之法则底确实性，所以也不想主张它。其理由，第一，共产主义，新马克思主义之学说，在现在所表现之绝对形式之下，与实际底真正人类之进化是不一致的。第二，因为俄罗斯之社会主义之适用，在实际底事实上，是陷于可悲的残忍之误谬中（对于这个底最重大底责任，是欧美底联合资产阶级政府之过所应负的）的。并且当共产主义施行之际，新组织底指导者们，常在重大的时机时，把最高之道德的价值，即人道，自由，以及一切最高贵底真理牺牲了。……这不过是以暴易暴，其间并不曾有一点进步。”

罗漫罗兰最后复言明彼与巴比塞之两种活动，同是寻踏着人类革命及不断底更新之道，而并非互相违斥者。对于罗漫罗兰底这个公开状，巴比塞复在《光明》杂志底第六期上作了第二次底攻击。

“罗兰氏以为我自身系主张以一暴力而代一暴力，这是很大的误解。自然我们是真正的尊重以一实际底状态代替他一种状态，以另一种组织来代替他种组织的。因为要改造一种社会而更正其缺陷，除此而外，实无他途故也。如果凡百事件，都可以用言语或批判那样底口头来改造，自然完善无缺，但无限的期待这种缓慢底变化，是我们所不可能的。代替法则以法则，变更制度以制度，这才有将来底普罗列塔利亚所应走之路。共产主义并不是罗兰氏所想像底那样种类底东西，而并不是何人所发明者。马克思不过是洞察着现实底趋势，而指示出共产主义革命之明确罢了……其根源仍然是普罗列塔利亚多数民众之长期劳作之所产。”

巴比塞更言明他之所以称罗漫罗兰为“超脱”者，系指其避免现实的行动而安居于精神的劳动及批评。对此，罗兰氏复在《自由艺术》上发表其辩驳云：

“革命不是单以暴力所能完成的，它必待真正的精神的改革。为救民众而欲取实际行动之心，固然可贵，但是我们欧洲已是一个受了伤底大兽。革命不是在这已伤之战上更加一伤么？——自然我们共通底敌人，是社会之压制的暴力，但对此而以他种革命底武器的暴力以作对抗，这不过是徒招相互之破坏罢了。”

人道主义者底罗漫罗兰，这样的辩驳过后，必然的拿出他的改革手段出来。



“但是，此处有一个更强力底，适合于万人底武器……即现在甘地欲用以颠覆英帝之支配底武器。这即是‘非承认’（Non Acceptation）。我不说‘无抵抗’（Non Résistance），因为这就是最高底抵抗。”

受托尔斯泰的影响最深底罗漫罗兰，这种变名的无抵抗主义，当然是他用来改造社会之唯一的手段。其次，在此文中，彼复引用爱因斯坦以反驳巴比塞所说之“科学底真理是无误谬”底话。

“法则底实在是什么？自然界是无法则的。自然只有指示事实间之关系，法则只有我们自身才能造出。如果相信自然法则有具体的存在，那即是无意识底神秘家。”

罗兰氏最后复云：“亲爱的巴比塞君，我归结你是个信仰的人。我亦是信仰的人。我们底神，同是系于‘共和国’之车上的。如果我不错误，则你底神名曰‘平等’，我底神名曰‘自由’。”

对于罗兰氏底反驳，巴比塞在《光明》上发表了他第三回底公开状。

"你以为革命是暴力，是以新强制来代一强制，所以不可，但无论从何种底社会概念及未之社会组织，是能理论的把强制除外的么？无有强制而社会可以成立的么？你说过甘地底非承认运动。这种非承认运动底思想，与同盟罢工底思想是同一倾向，而光明创立之时所发表底原理中亦有这种思想的。但是，象这样需要多数之全体的一致时，才有可能之运动，是没有何等之强制亦能行的么？如罢工之时，工会不联合，工人或指挥工人，亦可以完全的举行的么？这是断然不行的……你以为我是平等底选手，那末，你即是自由底选手。但是，不幸自由在本质上是空想的东西，是诗人底财富。真底自由，完全底自由是不能成问题的。既是自由之'最大限'才能成问题，所以自由是莫有绝对的价值的。悲惨与战争之煽动者底帝国资本主义，因为过越立脚于自由上之故，人类努力之一束，竟由少数的个人榨取，独占，以致为个人之目的而被利用，这个事实是不待若大底才能，亦能指示出来的。"

罗漫罗兰底自由学说，与资产阶级所常用之反动学说很相似，而为欲维持现存之社会制度之人所常言者。所以巴比塞有如上之痛驳的名文。

以上即是两人争论点之大概。

## （五）巴比塞与马克思主义

统据以上看来，巴比塞无论在实行方面或言论方面，都是比一般底文艺思想家更进一步的，但是，在此不得不注意的，就是巴比塞之思想与马克思学说之关系了。巴比塞是正统派的马克思学说么？我们可以答应不是的。他的议论，虽比较进步，但他并不是一个战斗的唯物论者。在他的近著《耶稣》上面，只能见得着他把耶稣化到了无产阶级，而其饶有诗意的言辞中，则散在有无数底神秘主义及观念论底倾向。他在《耶稣之犹太》中说：

“现代文化底野蛮，由任随少数底寄生者之蹂躏底多数者之无知及无自觉之结果。已达到了具有等于法则之力量。大众在此只是充当盲目的成分，但这不过是一个极大的变则罢了。因为大众是最大的力强者，他们一时虽被遮视，但他们决不是本来就盲目的。”

但是劳动阶级之革命，是根于经济发展之关系，而为历史发展底必然过程，并不是如巴比塞所说的“多数者之无知，及无自觉之结果”，及“盲目的成分”或“变则”等。如果据巴比塞底假说而言，则俄罗斯之革命，是由于一九一七年之俄罗斯底无产阶级教育之水准极高所致；反之，一九一七年之美国底劳动组合之反动精神，是由于卑屈底“多数者”之“无知”罢了。

所以巴比塞之理论底归结地方，仍不外是以为普罗列塔利亚之物质的隶属，是由于精神隶属之反映，所以革命之初步，即在于精神革命了。这恰是马克思在《神圣家族》上所严格地批评过底鲍耶尔（Bauer）兄弟一类之观念论了。



巴比塞最近复在 Revue des Vivants 上发表了一篇《关于共产主义》（Sur le Communisme）底文章，更可以使我们明白他所理想底共产主义是什么了。现在不妨把他的有特色的定义及个处引用二三来看罢。

（一）“事实上，人类底集团是建筑在一个有调和底整顿，有思虑之配分上——约言之，它是以有益底努力来相互支持，总体的所组织之共同团体。论理是这样的要请它的。”

这就是巴比塞对于普罗列塔利亚底革命的努力之见解。

（二）“这个事态，根本是不合理的。因为榨取生产劳动底人们，是把它当为自身底特殊利益，对于一般底利益，则毫不放在眼中故也。这是以不自然底手段，才把它延长到现在底一个变则。所谓不自然底手段者，即劳动者被扣留着底强制，无知；人们尽量地给与彼等之幻灭，在彼等间所宣传中伤与虚伪，及某种之迷信与传统之魔术的幻灭。”

这就是巴比塞对于社会分裂为阶级及由其结果而来之斗争底批判。

（三）其次，巴比塞批评了这个反“公平”底“变则”底社会过后，才以“合理行事”底共产主义来代替它。而最后对于共产主义之定义，以为是“社会主义之忠实底，理论的底固有财产之标语”。

由以上看来，巴比塞对于阶级争斗之历史的发展全无理解，而对于自然的发展之辩证法的意义及经济的决定论是全无关心的。所以他对于普罗列塔利亚之解放过程，是如何进行，全无洞见之能力，而对于劳动者之斗争，争议之动态，资本家抵抗之性质是无知的。

本来对于巴比塞之文艺，亦豫定稍事介绍其内容，但以忙于他事之故，只有待诸后日。现将他的重要底作品列于后面，本文即告终了。

巴比塞之著作表

（一）Poésie

Pleureuse.

（二）Romans.

Les suppliants，epuisé

L’ Enfer.

Le Fell.

Clarté

Les Enchainements，2 Vol mas.

（三）Nouvelles

Nous autres…

Quelques coins du coeur.

Force.L’au-dela.Le Crieur.

（四）Etudes Sociales

Paroles D’un combattant，Articles etdiscours.

La Lueur dans L’Abime.

Le coutean entre les dents

Les bourreanx（Dans les Balkans.——La Terreur Blanche.

原载 1929 年 1 月 10 日《创造月刊》第 2 卷第 6 期

# 四 出版部

# 创造社出版部章程

第一章　总则

第一条　本部系创造社发起组织故定名为创造社出版部

第二条　本部组织之目的在打破出版界恶习谋社内外优良刊物发行之便利

第三条　本部系创造社事业之一故应按照创造社社章及经营事业规定办理以本社总社执行委员会为最高机关

第四条　本部暂设办事处于创造社总办事处内

第二章　经费

第五条　本部经费为国币五万元正分期募集

第六条　第一期事业费（简称股本）额定国币五千元分作一千股每股五元正一次缴足

第七条　本部之事业费规定官利年息五厘

第八条　本部因情形须扩充时得由总社之议决募集第二第三……期事业费

第三章　业务

第九条　本部业务暂分左列各种

一　发行创造社定期刊物及不定期刊物

二　发行创造社丛书

三　发行社外委托书籍及刊物

第十条　关于发行书报之规约临时商订之

第四章　组织

第十一条　依据创造社社章规定本部设立左列各机关

（一）　股东会

（一）　理事会

（一）　监察员会

第十二条　股东会由认股人组织之每年召集大会一次但不论股款大小每人只有一选权

第十三条　理事会有经营事业之全权由股东会公推四人及创造社总社委员四人组织之理事会主席由创造社总社执行委员会选一委员充任任期概为二年

第十四条　本部理事会各理事须有股东全数三分之二投票方能产出股东投票未达全数三分之二时本部各理事改由本社总社执行委员会委任

第十五条　理事会为办事上之便利得随业务之种类设置左列各人员其系统如次

理事会主席 ——
- 总务理事一人
- 编辑理事一人
- 会计理事一人

第十六条　理事会主席及各常务理事任期概为二年但得连任各课职员由理事会主席雇用其职员人数暂定为五人

第十七条　监察员会有监查本部事业之全权由股东会推举二人及创造社总社执行委员会所派委员二人组织之股东会未选出监察员时各员概由本社总社执行委员会选任

第五章　职务

第十八条　股东会之职权规定如左

一　接纳理事会及各分部之报告

二　建议对于本部各种进行应取之方针

三　选举理事及监察员

第十九条　理事会之职权规定如左

一　接纳及施行股东会建议及本社总社执行委员会之决议

二　决定本社营业方针暨建议修改本部章程事项

三　审定分部之组织及营业状况

第二十条　监察员会之职权规定如左

一　稽核本部财物之出入

二　审查部务之进行状况及职员之勤惰

第二十一条　理事会各常务理事及其余各理事之职权规定如左

一　总务理事受理事会主席之监督经营本部一切事务

二　编辑理事编辑及审查本部各种书籍刊物

三　会计理事保管本部一切财物及出入账目

四　其余各理事襄助本部各项事务

第六章　股东特权

第二十二条　本部股东除选举权被选举权及股息外对于本部出版物有左列之特权

一　定期刊物凡股东预定本部发行一切定期刊物全年只须半价

二　丛书及社外委托之刊物凡股东购买时按实价八折计算

三　股东委托本部代印书籍经本会编辑委员审定合格出版时其版税初版时暂定为百分之十五再版时暂定为百分之二十书籍出版后赠送五册非股东委托本部代印书籍临时酌定之

四　代售书籍临时随种类酌定

第二十三条　除上述之规定特权外本部当先视力所能及谋股东购求出版物之一切便利

第七章　预算及决算

第二十四条　本部理事会应于每年度始编制预决算提出报告于本社总社执行委员会及股东会

第八章　结算

第二十五条　本部出入账目于每月终公布一次每半年结算公布每

年于股东会详细报告

第二十六条　本部结算后除股息及开支外纯利作二十份分派规定分派法如左

（一）以四份为本部公积

（一）以三份为创造社基金及事业扩充费

（一）以三份为办事人酬劳

（一）以十份为股东红利

附则

第二十七条　本章程解释之权在本社总社执行委员会

原载 1926 年 12 月 1 日《洪水周年增刊》

# 理 事 名 录

## 总部第一届

理事会主席　郭沫若
常 务 理 事　成仿吾（会计兼总务）
　　　　　　王独清（编辑）
理　　　事　郁达夫
　　　　　　张资平
　　　　　　周全平
　　　　　　周灵均
　　　　　　穆木天
　　　　　　李初梨

# 监察委员名录

**总部第一届**

何　畏
王独清
张资平
郑伯奇

原载1926年12月1日《洪水周年增刊》

# 漆黑一团的出版界

霆　声

为法先生在本刊第一期上把我们底漆黑一团的创作界，翻译界，批评界数说得痛快极了！可是，我觉得他还遗漏了更重要的一点，那就是我们底漆黑一团的出版界。

说起我们现在底出版界，那真得把人笑死，愤死。本来出版界在一国的文化上是负有极大的职责的。说得简单一些：出版界该负培养著作界底成长之责，同时又应担任解除读书人底困难之职，出版家在著作家和读者底中间象是两岸间的一条渡船。著作家必须有出版家的帮助才能把自己底工作普遍宣示大众，读者也要得出版家的帮助才能很便利地获得著作家底工作。三者合力同心，一国底文化才能日日上进。但我们现在底出版界，著作家，读者，是否能同心合力成为一个密集团体而努力向前进呢？啊啊，这可难说了。真正诚恳的著作家并不多，真正热心的读者也很少。这里面底原因，我们若细细推究，自然不止一端，可是出版界底放弃职责，惟利是图，实为致此恶象底最大的动力。实在说：我们现在底出版界对著作家和读者两方都未能尽力；非特不尽力，反一面刻薄诚恳的著作家，一面欺骗热心的读者。我们试把几家有名的书店底书目翻出来看。由书名上批判起来，我们底出版物已经不算贫乏了；可是，你再去一检它底内容，啊，你的失望将要比你起先所得底欢喜大上至少二倍。差误的翻译，不通的创作，抄袭的编纂，胡乱的标点。已经有许多热心的人细细地把这种荒谬的出版物指摘过了，可是他们所摘出的荒谬，还只是荒谬全体的千万分之一。而且他们的错误被指摘了依然不改，反而再用广告来助长他们底卑劣。广告本是用来使人知道商品底真价值的，而习惯性成的虚伪的商人反利用它来淆乱社会上底耳目。书贾当然不能例外。明明是一本蹩脚的翻译，偏说是译笔畅达；明明是一本不通的创作，偏说是空前巨制；总之，诚实两字在书贾中本来是找不到的，于是读者苦了！照了广告所说，几乎没有一种不是好的出版物；于是你也买，我也买，且不说这种臭东西吃了要坏肚子，即使人家拿去后发见了它底臭而不吃，可是他们书已卖出，赚钱目的早已达到了，你将奈何？

书店一面出版坏书，倘若同时仍能出版好书，我们还可以原谅他只是一个钱是命式的商人。可是他们常常因为特殊阶级的利害关系或其他无聊的原因而把人家的好稿子拒绝了。于是我们到书店去时，真如入鲍鱼之肆——这使我们不能不深恨他是故意欺骗读者了。

尤是可恶的便是他们对于著作家的刻薄。我们一向以为劳工被资本家剥削是太不人道的事，可是出版家对于著作家底刻薄也并不亚于此。一部书底印刷成本，照我所知，只是书价底三成；印得多，还要便宜；装订和纸张粗劣些，更要便宜；著作家只拿了一成五（商务中华底版税例）；余下底五成多，便都被出版者取去。固然，还有发行费，但我知发行费多不过二成许，而直接卖出时所费更轻。这样，呕尽心血的著作家底利益大都被资本家掠夺了。这还是抽版税。假若卖稿，那更要令人伤心。五元千字几乎是最最高的价值，而真正好的作品，终著作家一生究能有几，于是著作家要靠作品的收入来维持生活便不是易事了。这还是稿子能卖。假若你只是一位未成名的著作家，假若你又没有名人给你吹嘘介绍，那么你的作品便只能在书局底编辑所中旅行，而决不能在书局底发行所里占得一席，于是你底著作家生活便只好宣告终结了。——这便是我们底出版界对于我们底著作家底刻薄。



出版界既这样地欺骗读者，刻薄著作家，其结果便是：一，摧折真正的著作家底成长——真正的著作家一定是忠实于著作而不会阿奉名人与资本家的，也一定不肯为了易于卖稿而把作品随波逐流的，也一定不忍为了要增加作品的量而把作品的质减低的，于是真正的著作家不是饿死便只能改行；二，引起真正的读者底反动——斐复恒先生在《现代评论》上说得好：国内缺乏专做书评的出版物，而新出的作品又混乱不堪，爱读书而审择力不精的人往往觉得无所适从。富于同情和希望的读者只得将新书都买来，花了钱，费了时间，而得的结果是爱读书的反动，读书的厌恶。这样，没有好读者，也没有好作家，于是我们底出版界便更一日日地滚入黑漆一团的魔洞而不可救药了。所以，如果我们想促进全国的文化，不可不先把这一团漆黑打破！

——作者附识：本篇所论，还只是对几家较为革新的书店而言，至于那些下流的文人的机关，我是不忍写来占去《洪水》底篇幅的。再本篇有未尽的地方，请读者参看《现代评论》三九，四一及《京副》二七五——一九二五，九，二九上海。

编者按；本篇原名《出版界的混乱与澄清》，分上下两章，上章论出版界的混乱，下章论怎样澄清出版界，因全文太长，故先刊登上半，易以今名。

原载1925年10月16日《洪水》半月刊第1卷第3期

# 怎样去清理出版界

霆　声

现在的出版界的混乱情形，我在上面（按即《漆黑一团的出版界》）已讲了一个大概了。我想出版界如果这样继续下去，直接固然只是摧残著作家的成长，遏抑读书人的热心，而间接直是使一国的文化渐渐没落。这不见得是我故甚其辞，你想：一个国假如没有一本好书可读，那么对于这一国里的人的思想上学问上要发生怎样的影响？我们无庸张扬，中国青年现在的堕落，不良的出版物至少是要负一份责任的。

出版界所以会如此混乱，别的人当然也要分任其咎：譬如著作家的滥制作品，读书人少鉴别力，学者放弃指导和纠正出版物的工作；但所以致此之最大的原由，总还是由于出版家的放弃职责。

出版家的职责，如前所述是应该为沟通著作家和读者的一条渡船的，但现的出版家都是些只知发财主义和苟安主义的大小资本家，于是这条渡船一变而为关卡，反成为两者间的阻碍了。

看出了出版的发财和苟安主义，便可恍然于出版界的混乱是必然的结果。壮学先生在《现代评论》上曾把出版物不良的原由写出三项而统归之于出版家的发财主义，实在是不差的。现在我不妨再重说一次：

（一）不专力于正式的出版物。因为出版家只知发财，所以他们的心力全注意于容易赚钱的印刷品如公司的广告之类的身上去。招揽着几家大公司的广告生意的利益要比出版十数部正经书大得多，也就难怪他们，他们对于专门书籍的出版是只为点缀门面之用了。

（二）利用时机，投合社会上的卑劣心理。他们不问某种著作究竟有否价值，怎样粗制滥造，但能适应某种时机或配合社会上一般人的卑劣心理时，总肯热心出版；下焉者譬如直奉战后的江浙战史，齐燮元历史以及第一奇书，秘诀千种等等内容极无聊不堪的东西；上焉者譬如近来忽然风行的性生活的书，——据我知有一友人前年持《夫妇的性生活》译稿求售，无应者，但现在也有别人译了出了版了。

（三）看情面收稿。出版家为点缀门面计，有时也不能不收几部比较正式的稿子，可是他们收稿的标准不是作品的好坏而是送作品者的情面的大小。许多无名作家常常愤说：你的著作，只要经过名流博士介绍吹嘘，那怕是糟粕臭屎，定会帮你出版；否则，饶你是鲜花丽草，总只求得一个不睬。这话似乎太过火，但与事实相去实在并不甚远。

（四）拒绝有革新精神的佳作。因为出版家是大小的资本家，是抱着苟安主义的，所以赶在时代前面的，和带着反抗的色彩的有价值的稿子一概被他们摈诸门外，他们怕资本主义的地位摇动，怕得罪旧势力，他们是甘愿随着社会走而不肯走在前面为社会的领导的。



（五）不肯出相当的报酬。他们只知赚钱，可是因为资本的利息和销路不大——由于出版物不良——的缘故，要使成本减轻，多获利益，除了使印刷粗劣或定价增高外，就只有在稿费方面盘算了。在前面已经说过，他们对于无名作家的刻薄是无所不用其极的。同时，设有编辑所的书局，对于编辑员的报酬也非常菲薄，所以他们不易请到有学问的人，就是请到了也不能尽心著述的。

上面的五种情形是发财主义和苟安主义的结果，再以此果为因，便引起著作界的堕落。像郎弗罗、太戈尔等的贵族富豪著作家本是很少的，大半的著作家不能不用自己的佳作来易得物质的生活。但出版界的情形使他们不能专心著作而且也不必专心著作。三年五载苦心研究的作品或许反不及经名流吹嘘过的或投合时机的随意滥译来得易卖易销，这又何怪乎真正著作家不屑与邻伍而宁愿饿饭，宁愿改行，以致无聊的虚伪的著作家起而与出版家狼狈为奸呢？

或许有人问：他们的出版物既如此的不良，社会上的知识阶级为何不起而监督？是的，这是一个疑问：学者为何不起而指摘，读书人为何不加以鉴别？但这也还是出版家的手腕。他们一面用贿赂主义来敷衍名流和教育机关（这便是壮学先生所说的密封政策），一面用广告政策来欺骗热心的读书人（这便是陆稿荐式的所谓招牌主义）。他们是商人，他们只知用商业手段来达到赚钱的目的，更不用管这不良的出版物会闹成怎样一个恶果。

总之，无论什么事情夹了发财主义和苟安主义的资本家在里面的时候，一定要弄成一个漆黑。所以我们要清理这混乱已到不堪的出版界，不可不由负文化发展责任的知识阶级自己起来去做。我现在想着我们可取的二个步骤。

第一，对于目前，应由知识阶起来把目下的出版物严格的审定一下；痛快地指出他们的荒谬，同时也把有价值的东西提出来，让出版界晓得一些畏惧，让读书人有个选择的标准。

第二，对于以后，应当由读者和著作家合作出版事业；同时再由真正有学问的学者在旁作建设的批评，求出版物的进步。读者和著作家合作时，一方书价可以减轻，一方著作家的酬报可以较多，这因为少了一个资本家从中剥削的缘故。合作的法子，当然要详细研究。但我也粗粗想到两个法子：一个是预约法，著作家的作品经真正学术团体审定后，便招募预约，由预约款来印刷；一个是贷款法，先由喜读书和愿著述的人集些股子起来，组织一个出版机关；凡某作品审定后，便贷款于该作品的著作者，助其出版，助其发行，出版机关仅取些微的手续费。这两个法子都是轻而易举的，只要有几个真正热心的人起来举行，一定可以收效。这样，出版界的力量在读者和著作家自己手里，那种混乱情形当然无由再发；同时著作家因为作品有了真价，自然可以更专心于著作，作品的量、质一定有长足的进步，而读书人的兴趣自然也随着来了，出版物的功效才真正显来了。

九，二九

这篇东西我自觉对于目下出版界的混乱情形已说出了一些，我想真正爱读书愿著作的人也已看出了。趁便我还要加上几句，便是这里的二个办法，《洪水》都是十分赞同的。不量力的《洪水》本来就想参加这第一个工作，但是力量太弱，很希望热心的读者来帮助这个工作的实现，不论评译，评创作，我们都是欢迎的，只要是真诚的批评。第二个工作，我知道创造社今年曾想实现过，但后来为了别的关系而中止。现在我颇想知道同情于这个工作的人有多少，假如是还不少的时候，我想我们可以合力使它实现。

十一月一日作者又志

原载1925年11月16日《洪水》半月刊第1卷第5期

# 报告两个动听的消息（摘录）

## 出版部的组织

创造社的出版部组织的动机远在去年周报休刊时，但其后我们一干人都为衣食所驱，东西的飘泊，始终不曾把它实现。现在沫若达夫都在上海，便“一口气”把它也组织起来了，出版部的事业除发行社内的作品外，社外的朋友如有好的作品也可以代为出版，代为发行。它不是一个商业化的书局，它是读者和作家的公开的合作机关。它将来的成就要看两方面合作的程度如何而定，但它的这一个空前的主张，是值得我来报告一下的。至于它的详细情形，他们另有报告，现在不多说了。

（编者）

原载1925年12月1日《洪水》半月刊第1卷第6期

# 末了的几句话

## 再谈谈创造社出版部

我们国里的习惯，指摘别人的谬误的人常常是不肯自己去动手干；自然，指摘是一件事，动手干又是一件事，并非指摘的人也一定就是动手干的人。不过，指摘的人假如肯动手干时，我以为，他的勇气就很可佩服了。我们国里能指摘别人的都很聪明，他们是知道自己动手干时未必会一定不受指摘的，为了保全令名起见，他们是宁肯缩手冷观而决不肯去扛那湿了的木梢。这种“深思远虑”的持重态度，有勇气的青年是不愿采取的，所以虽有“打倒别人，抬出自己”的嫌疑，但既然认为要务，便依旧毫无顾忌地干了起来，创造社出版部这种勇气，我以为就是我所谓很可佩服的了。将来他的成就谁也不能说定，也许还不及现在的书贾，也许就成为我们理想中的出版者。不过他的动机和态度我以为是无可訾议的。他把股额定得极小，就是想使许多爱读书的人都有认购的力量，好达到读者和著作家合作的目的。他是想不借资本家的力量来经营。他是预备将来爱读书的人可以廉价从那里取得有保证的良好的书籍。他的希望是如此。尚祈表同情的朋友赶速助成这空前的事业！（欲认股的朋友，即请投函上海阜民路二九五号本刊编辑部转）

原载1926年12月16日《洪水》半月刊第1卷第7期

# 创造社出版部北京分部成立启事

本部已于本月念三日成立，地址暂设在现代评论社（北京大学第一院二楼东头）内，爱读《创造》诸君，如欲购买股票，预订《创造月刊》，及预约创造社丛书者，请速来本部与蓁雯君接洽。

原载1926年3月16日《创造月刊》第1卷第1期

# 创造社出版部广州分部成立启事

本分部已经组织就绪，营业地址已择定广州昌兴新街四十二号。爱读《创造》诸君，如欲购买股票，预订《创造月刊》、《洪水》半月刊，及预约创造社丛书者，请来本分部与周灵均君接洽。

附告：本分部除发行上海总部出版之书报外，并代售国内各种优良文学读物。

原载1926年4月16日《创造月刊》第1卷第2期

# 广州分部的第一周年

那时是民国十五年的春天，从东南的海边飘来一阵忽忽的薰风，稣拂着这荒漠的南国的苦热，在缥渺的空中，陡来了一个佳音：

——忠实的文艺创作家来了！

自这个消息传到我们的耳鼓后，许多爱好文艺而又敬慕那几位青年创作家，都争先恐后地盼望着一见他们文人的面影。

果然！隔了不久的时间，成仿吾先生来了，郭沫若先生来了，郁达夫先生，王独清先生，联翩地来了，来了！

他们来了之后，会场就请他们演说，个人间就替他接风，那种融融洽洽的景象，实是一片和淑的天幕，顿使一个枯亢的南国，变成了大有趣味的乐园。

是一个刚才饭罢的晚上。校院里大草场植着的高壮的木棉树梢，早挂上了晕黄的夜月。绵绵变幻的霞彩，是广州临海的黄昏时特有的景色。——这是他们新到广州来的人同声赞赏的。我们那时都在一间宿舍的三层楼上郭先生的房里。灵均因为与郁先生及成先生是旧识，说话都不是零碎的问题。在畅谈中，他们谈及设立分部的事情，于是灵均就肩承了这个担子。

算来费了两天的工夫和一点手续，我们便在现在的昌兴新街四十二号的二楼，定下了这不宽不窄的两房一厅的部所。灵均那时因为是在政治部办事，所以手头也还松动，拿了两百块钱薪水出来做开办费，算就支撑起了到今已有一年的这个广州分部。

在这迅逝的一年中，我们回忆着过去，颇有值得纪念纪念的事体。但我们为时间经济起见，在这儿只能作一个简略的记载。

那是最可惭愧的！分部初开幕的时候——四月十二日，我们都还没有把房子布置得十分妥备，各种书籍都还没有寄来（两个小小的书架子，只放着两百多本的《洪水》及《创造月刊》），便承许多读者的欢迎与光顾。在这许多的顾客中，我们从他们的衣服上形容上及言语上，可以看出他们是散居各校的和我们一样的青年同学。他们，我们相信，他们都是很敬爱创造社的人。所以他们一来到我们这出版部也起了一种敬心：入门时点首为礼，临走时鞠躬而别。这，他们实在未免太客气了！这或许是因为他们不知道我们也正是从学校里跑出来在此打踮的伙计，而不是创造社正式的人员的缘故吧。我们对于这诚敬的“致礼”，是应该万分地向许多亲爱的顾客道歉的！

时代造成革命的热潮，我们都知之且稔。

六月间，灵均便随着大军北伐去了；分部是仅留了曼华和一个煮饭的佣人。这时要不是有个我们的挚友曼弦从学校放了暑假出来给曼华帮忙，这是难免曼华的寂寞孤单和感受身心两方面的疲劳痛苦的，我们在此，深深地感谢曼弦！

这短短的一年中，我们还有一件事是值得讲给大家听的，那就是分部的营业状况，平均每日都有七八百元的收入。以这间小小的铺子，有此良好的景况，已是使我们十分安慰，况且现在本版的书报，日益发达了，我们更不能不十分欣喜！

我们谨祝“创造”的成功！

4，13，1927. 灵均曼华合记

原载1927年3月26日《新消息》周刊第3号

## 附一：创造社出版部各分部简表*

| 分部名称 | 成立时间 | 地　址 | 联系人 | 备　注 |
|---|---|---|---|---|
| 北京分部 | 1926.2.23. | 初设北京大学第一院二楼现代评论社，后迁北河沿46号，景山东街中老胡同17号，亮果厂5号。 | 初署　赵其文<br>后署　綦　雯 | 1927.8.因成绩不佳而暂行歇业。 |
| 广州分部 | 1926.4.12 | 惠爱中路昌兴街42号二楼 | 初为　周灵均<br>后增　张曼华 | |
| 武昌分部 | 1926.3. | 武昌大学 | 张资平 | 1927.9.又筹办武汉分部。 |
| 绥定分部 | 1926.3. | 绥定大北街82号 | | |
| 扬州分部 | 1926.3. | 扬州第五师范学校 | 洪为法 | |
| 日本分部 | 1926.3. | 东京帝国大学文科<br>京都帝国大学文科 | 穆木天(后改冯乃超)李初梨 | 一作经售处，不作分部。 |
| 长沙分部 | 1926.3. | | 成仿吾 | |
| 安庆分部 | 1926.7.前 | 安庆第一师范学校 | 郁达夫 | |
| 济南分部 | 1926.7.前 | 济南第一师范学校 | | |
| 汕头分部 | 1927.4. | 汕头外马路张园15号二楼 | 梁淘生 | 1927.4.15.被国民党反动派查封。 |
| 南京分部 | 1927.9. | 南京花牌楼成贤街（一作太平街）11号 | 陈艾藜 | 1927.11.被国民党反动派搜查。 |
| 重庆分部 | 1927.9. | 重庆商业场话雨楼对门 | 陈攸序 | |

## 附二：创造社出版部各经售处*

上海光华书局
江湾江湾书店
南京启明书局
北京北新书局
武昌时中书社
长沙文化书社
长沙泰东图书局分局
杭州民智书局
天津华英书局
宿县群星书社
开封国民书社
开封春蕾社
安庆第一师范
扬州志成书局
济南第一师范
厦门集美师范
云南高等师范
潮州青年书店
成都华阳书报流通处
温州民新书局
汕头汕头书店
宁波世界书局
宁波宁波书局
无锡光华书局
日本东京帝大文科
日本京都帝大文科
新加坡露珠派报处

* 本表由本书编者根据有关材料整理而成。

# 创造社出版部第一次营业报告

——自开幕日至七月三十一日

## （一）营业概况

本部营业课于中华民国十五年三月一日在上海宝山路三德里 A11 号租得半洋式的弄堂房子一幢，略略布置，便开始营业。那时本部的出版物只有《洪水》半月刊一种，系新由光华书局收回自印者。三月十五日，批发部门市部开始营业，因本版书籍太少，便兼售本外埠各新书局的新书，同时在各地筹设分部及经售处。迄今在各地成立分部者有上海，广州，安庆，济南四处，经售处已遍及国内各大埠及日本，南洋群岛。

本部上海门市部最初数月因本版新书太少，营业状况不佳。但一半也因本部营业课地址太僻，读者往返不便的缘故。其后《创造月刊》及《落叶》,《飞絮》等新书出版，因内容及装帧都较杰出的缘故，门市营业便日有起色；但仍限于地址，不能尽量发展。所以本部将来有在闹市另设发行所的计划。

从三月至七月，为时不过五个月，然而本部的事业，已经可以说有了相当的进步，把后面的两张表看来，小小的出版部的营业总额已超过万元了。这自然是读者和股东们的帮忙，我们服务出版部的伙计实在也很觉光荣的。

（帐表见后面）

## （二）资产负债对照表

（第一次，一九二六年七月三十一日止）

**资 产 项 下**

| | |
|---|---|
| 1．未实收股金 | $6200.000 |
| 2．存书 | 2032.305 |
| 3．现金 | 4242.307 |
| 4．应收股东欠帐 | 693.901 |
| 5．应收分部欠帐 | 1724.030 |
| 6．应收各户欠帐 | 982.334 |
| 7．生财 | 250.000 |
| | 16124.877 |

**资 债 项 下**

| | |
|---|---|
| 1．资本金 | 10000.000 |
| 2．预定书款 | 1002.624 |
| 3．印刷未付金 | 1100.000 |
| 4．未付办事员薪 | 771.000 |
| 5．未付版税 | 285.750 |
| 6．未付编辑费及稿费 | 1380.000 |
| 7．未付各户书帐 | 1301.326 |
| 8．未付股息 | 76.000 |
| 9．本届应提公积金 | 100.000 |
| 10．本届余利入次期 | 108.177 |
| | 16124.877 |

〔附注〕

第一二期股额，各地分部本已认足，惟因北京及广州两分部到如今还未把股东名录寄来，所以该两地股额，暂作未实收股算。本部上海方面办事人因事业伊始，基础未固，故多数未正式支薪，仅每月略支零用，第四项未付薪，即是本部应付而办事员尚未收取者。

第五六项版税及编辑费等，已由理事会议决，暂不支付现金，即请应得该项版税编辑费者将该款尽量认购本部股票或债票，以免本部或有现金缺乏的恐慌。

## （三）现金收付帐

（第一次，一九二六年七月三十一日止）

（收　方）

| | |
|---|---|
| 资本金 | 3800.000 |
| 预定书款 | 1718.790 |
| 函售书款 | 105.581 |
| 门市书款 | 986.073 |
| 现批 | 167.081 |
| 各户帐款 | 3692.269 |
| 溢收 | 4.510 |
| 其他 | 82.000 |
| | 10556.304 |

（付　方）

| | | | |
|---|---|---|---|
| 开办费 | 特　支 | 366.300 | 912.060 |
| | 生　财 | 261.610 | |
| | 文　具 | 57.400 | |
| | 刷　品 | 70.100 | |
| | 广　告 | 135.620 | |
| | 杂　支 | 21.030 | |
| 营业消耗 | 房租等 | 251.510 | 529.040 |
| | 伙食等 | 277.530 | |
| 营业正项 | 特支等 | 65.608 | 371.101 |
| | 广告等 | 305.493 | |
| 邮寄发包费 | | | 569.170 |
| 印刷、装订、制版 | | | 3078.500 |

| | | |
|---|---|---|
| 现配 | | 852.371 |
| 损失 | | 1.755 |
| | | 6313.997 |
| | 现金 | 4242.307 |
| | | 10556.304 |

**（四）将来的计划**

本部这次结算的结果，办事的几个人，都很有点喜出望外。并不是为了办事人可以分着花红，实在以几个毫无商业经验而又多半是年青的初出茅庐者来办这新创的事，在短短的五个月中，居然不特未曾失败，反有了相当的成功了，这能不令小伙计们“雀跃”吗？



可是本部这半年，毕竟还因为种种的不完善，未能把这些资金充分运用。从这半年起，本部当更为努力：

1. 迅速出书　除定期刊当尽力设法按期出版外，每月当至少出单本新书一册。

2. 整顿股务　本部现已有股东五百余，但除半数股东曾享受半价定阅期刊及少数股东曾频向本部八折记帐购书外，还有许多股东都不曾，也许是不肯来本部享受这种特价和记帐的利益，本部觉得是很抱歉的，以后当努力使本部股东享受利益的机会更多些。

3. 扩充门市部　本部现在门市部，地址太僻，对于本埠读者及股东购书甚为不便，在可能的情形下，若能得多数的读者和股东的帮助了，本部当设法在四马路一带觅一发行所。

4. 添设各地分部　本部已在广州及北京两地设有模规比较齐备之分部，济南安庆两地亦设有友谊的分部两处。现在为本部事业之发展及各地股东享受特价利益之便利起见，当更陆续在各大埠添设分部。

一九二六年，八月一日，创造社出版部上海总部

原载 1926 年 12 月 1 日《洪水周年增刊》

# 创造社出版部<br>发给正式股票　招募三四期股

本部第一届理事，已经正式举出。本年九月在广州分部楼上开第一次理事会，互推郭沫若君为理事会主席，成仿吾君为总务兼会计理事，王独清君为编辑理事。同时因本部基础已经稳固，理事会又已成立，亟应发给正式股票，以昭郑重。并议决再增加事业费以资发展。现正式股票完全印就，第一次营业报告业已印订完成，凡我股东，即希检出股据，亲交至上海宝山路三德里A字十一号本部股务课，并另纸盖章签名随同股据交存本部，并索取报告书为荷。其外埠股东，即请将股据及盖章签名之纸由邮挂号寄下，本部当将股票编号填就寄奉。而记帐诸股东同时并应将欠项清还，以便发给本部特备之记帐单。（此单须纳记帐费洋一角，此费亦可记帐）凭此单可向上海总部及各地分部记帐购书。

创造社出版部谨启

原载1927年2月1日《创造月刊》第1卷第6期

# 附：日记九种（摘录）

郁达夫

## 劳生日记

（1926年11月3日—30日，广州）



**十一月十七日**

仿吾要我去上海，专办出版部的事情，我心里还没有决定，大约总须先向学校方面交涉款子，要他们付清我的欠薪之后，才能决定。接上海蒋光赤来信，他也是和仿吾一个意见，要我在上海专编《创造》，作文学生涯，然而我心里却很怕，怕又要弄得精穷。

**二十一日**

午前仿吾自黄埔来，要我上东山王独清那里去等他。等到十一点钟，他来了。大家谈了一些改组创造社内部的事情。创造社本来是我和资平沫若仿吾惨淡经营的，现在被他们弄得声名狼藉了。大家会议的结果，决定由我去担当总务理事，在最短的时间内，去上海一次，算清存帐，整理内部。我打算于二礼拜后，到上海去一趟。现代青年的不可靠，自私自利，实在出于我意料之外，我真觉得中国是不可救药了。

**二十七日**

去沙面看书，《改造》十一月号还没有来，途中遇仿吾就，同他上“清一色”去吃午饭。席间谈到创造社出版部的事情，真想得没有办法。人心不良，处处多是阴谋诡计，实在中国是没有希望了。这一批青年，这一批下劣的青年，真不晓得如何才能改善他们。

我决于二三天之内启行，到上海去一趟。不过整理的事情，真不知道从何处说起。……

晚上见了周某的信，心里又气得不了，他要这样的诋毁我，不晓得他的用意何在。

## 病闲日记

（1926年12月1日—14日，广州）

**十二月一日**

一早就有一位不相识的青年来，定要我去和他照相，不得已勉强和他去照了一个。顺便就走到创造社出版部广州分部去坐谈，木天和麦小姐，接着来了，杂谈了些闲天，和他们去别有村吃中饭。……

回到分部，仿吾也自黄埔返省，谈了些整理上海出版部的事情，一直到夜间十时，总算把大体决定了。

**八日**

午后三四点钟，去访薛姑娘，约她出来饮茶，不应，复转到创造社的分部坐了一会。

**十一日**

仿吾于晚上来此地，和他及木天诸人在陆园饮茶。接了一封北京的信，心里很是不快活，我们都被周某一人卖了。

武昌张资平也有信来，说某在欺骗郭沫若和他，弄得创造社的根基不固，而他一人却很舒服的远扬了。唉，人心不古，中国的青年，良心丧尽了。

## 村居日记

（1927年1月1日—31日，上海）

**一月一日**

去年十二月十五日，自广州上船，赶回上海，作整理创造社出版部及编辑（半）月刊《洪水》之理事。开船在十七日，中途阻风，船行三日，始过汕头。第四天中午，到福建之马尾，……直至福州开行后的第四日，始到上海，已经是一年将尽的十二月二十七日了。

到上海后，……那一天午后到创造社出版部，在出版部里住了一宵。……

今天是一九二七年的元日，我很想于今日起，努力于新的创造，再来作一次创世纪里的耶和华的工作。

中午上出版部去，谈整理部务事，明日当可具体的决定。

二日

十时左右上出版部去，略查了一回账，又把社内的一个小刊物的问题解决了。

三日

起火烧茶，对窗外的朝日，着实存了些感叹的心思。写了三数页文章，题名未定，打算在第六期的月刊上发表。十时左右，去出版部，议昨天未了的事情。总算结了一结过去的总纠葛，此后是出版部重兴的时机了。

《洪水》第二十五期的稿子，打算于后天交出，明日当在中伏处一天。

在出版部吃中饭，饭后出去看蒋光赤、徐葆炎兄妹，及其他的友人，都没有遇见。

六日

有人来访，谈到创造社出版部内部整理事宜，心里很不快乐，总之中国的现代青年，根底都太浅薄，终究是不能信任，不能用的。

吃饭后去创造社出版部，又开了一次会，决定一切整理事情自明朝起实行。

七日

早晨醒来，觉得头脑还清爽，拿起笔来就写《广州事情》，写了四千多字，总算把《洪水》二十五期的稿子写了了。一直到午后一点多钟，才拿了稿子上创造社出版部去，和同人开会议新建设的事情，到三点钟才毕。……

晚上看来看去，读了许多杂书，想写小说，终觉得倦了。明朝并且要搬回创造社出版部去住，所以只能不做通宵的夜工，到十二点就睡了。

八日

本欲于今日搬至创造社出版部住，因天雨不果。午前读日人小说一篇，赴程君演生招宴，今晚当开始编《创造》第六期。

……

和华林在浴室洗了澡，又上法界去看徐葆炎兄妹，他们的杂志《火山月刊》停刊，意思要我收并他们到《创造》《洪水》中来，我马上答应了他们。

**十一日**

今天起来，已经是很迟了，把《创造月刊》第六期的稿子看了一遍，觉得李初梨的那篇戏剧《爱的掠夺》很好，月刊稿一共已合有六七万字了，我自己又做了一篇《关于编辑，介绍，以及私事等等》附在最后，月刊第六期，总算编好了，午后二点多钟，才拿到出版部去交出。

在出版部里，又听到一个恶消息，说又有两三人合在一处弄了我们出版部的数千块钱去不计外，还有另外勾结一家书铺和我们捣乱的计划。心里真是不快活，人之无良，一至于此。我在出版部里等候了好久，终没有人来，所以于五点前后，郁郁而出，没有办子，只好去饮酒。



**十二日**

……四点前后，上出版部去，看了信札，候人不来，就又出去上徐葆炎那里，把他们的稿子拿了，和一位旧相识者上法大马路去喝酒。

酒后又去创造社，和叶某谈判了一两钟头，心里更是忧郁，更觉得中国人的根性的卑劣，出来已经是将戒严的时候了——近日来上海中国界戒严，晚上八九点钟就不准行人往来——勉强的同那一位旧相识者上新世界去坐了半夜，对酒听歌，终感不出乐趣。

**十四日**

午后三四点钟，上出版部去看信。听到了一个消息，说上海的当局，要来封锁创造社出版部，因而我去徐志摩那里，托他为我写了一封致丁文江的信。晚上在出版部吃晚饭，酒还没有醒。月亮好极了，又和华林上野路去走了一回。……

从明天起，当做一点正当的事情，或者将把《洪水》第二十六期编起来也。

**十五日**

午前打算迁入创造社出版部去住，预备把《洪水》二十六期来编好。

十时前后去创造社出版部，方见梁君拿了在君的覆信回来。在君覆信谓事可安全，当不至于有意外惨剧也。饭后校《洪水》第二十五期稿，已校毕，明日再一校，后日当可出版。

**十七日**

午前即去创造社出版部，编《洪水》第二十六期，做了一篇《无产阶级专政和无产阶级的文学》，共有二千多字。编到午后，才编毕。

**十八日**

饭后至创造社，看信件，得徐志摩报，说司令部要通缉的，共有百五十人，我不晓得在不在内。

郭爱牟昨有信来，住南昌东湖边三号，有余暇当写一封长信去覆他。张资平亦有信来，住武昌鄂园内。

**二十五日**

早晨仍复是不能安睡，到八点钟后就起了床。上创造社出版部去，看了许多的信札。太阳不暖不隐，天气总算还好，正想出去，而叶某来了。就和他吵闹了一场，我把我对青年失望的伤心话都讲了。

办出版部事务，一直到晚上的七时，才与林徽音出去。

**二十六日**

午饭前到出版部，办事直到晚上的五点。

**二十七日**

十二点前到出版部去，看了许多信札，午饭后，跑上光华去索账。管账的某颇无礼，当想一个法子出来罚他一下才行。

**二十八日**

我在创造社吃午饭，看了许多信，午后真觉得寂寥之至。仿吾有信来，说我不该久不作书，就写了一封快信给他。

**二十九日**

午前十点从周家出来，到创造社出版部。看了几封信后，就打算搬家，行李昨天已经搬来了，今天只须把书籍全部搬来就行。

午后为搬书籍的事情，忙了半天，总算从江湾路的艺术大学，迁回到了创造社出版部的二楼亭子间里。此后打算好好的做点文章，更好好的求点生活。

晚上为改修创造社出版部办事细则的事情，费去了半夜工夫。十点后上床就寝，翻来复去，终究睡不着，就起来挑灯看小说。看了几页，也终于看不下去，就把自己做的那一篇《过去》校阅了一遍。

## 穷冬日记

（1927年2月1日—16日，上海）

**二月四日**

晚上在出版部，和他们谈了些关于出版部的事情。

**七日**

……

今天出版部里的酒也完了，营业也开始了，以后我只有一个法子可以逃出种种无为的苦闷——就是拼命的做事情，拼命的干一点东西出来，以代替饮酒，代替妇人，代替种种无为的空想和怨嗟。

**九日**

今天天气很好，早晨十点前后起来，看床前有一缕日光照着。周太太亲到厨下去为我烧煮年糕，吃了两碗，就回到出版部来。又遇到了不愉快的事情，有几个不知道义的青年，竟不顾羞耻，来和我拌嘴。

**十一日**

午后三点钟回到创造社出版部来，内部的事情愈弄愈糟了。有许多办事的人，都要告假回去，从明日起，我是寸步不能移开的了。

**十二日**

接到了郭沫若的一封信，是因为《洪水》上的一篇《广州事情》责备我倾向太坏的，我怕他要为右派所笼络了，将来我们两人，或要分道而驰的。

晚上月亮很好，出版部的一个伙计回家去了，只剩下了我一个人在家。想了许多将来的计划，不晓得能不能够实行。

……

自阴历正月十五日起，我想把我的放浪行为改变一下，锐意于创造社的革新。将来创造社出版部的发展计划，也不得不于这几个月内定一定。

好久不写信到广东武昌南昌去了，大约明后天当写它一天的信，去报告出版部的计划和将来发展的步骤。

## 新生日记

（1927 年 2 月 17 日—4 月 2 日，上海）

**二月十七日**

午饭后，在出版部计划整理事宜，发见了许多阴事，难怪创造社出版部要亏本了。几个伙计，都自然而然的跑出去了，清冷的午后，剩得我一个人在书斋里闷坐。

办事人有将公款收入私囊的，被我发见了一件，懊恼之至。

**十八日**

……

午前在家里整理出版部的事务。午后开部务会议，决定以后整理出版部的计划，并且清查存货，及部内器具什物，登记入清册。



晚上清理账目，直到十点多钟。

**二十日**

午前起来，回出版部看了一回，上了几笔账。

**二十四日**

傍晚四五点钟，冒雨回到出版部来，左右的几家人家，都以不白的罪名被封了，并且将金银财物，抢劫一空，还捕去了好几个人。大家劝我避开，因为我们这出版部，迟早总要被封的。明天早晨，若不来封，我想上法界去弄一间房子，先把伙计们及账簿拿去放在那里。

《创造月刊》六期，已于昨日印出，然不能发卖，大约这虐杀的恐怖不去掉，我们的出版品总不能卖出去的。

**二十七日**

早晨一早，就醒了不能再睡。八点多钟，回到出版部里。几日来的事情，都还积压着没有办理。今天一天，总想把许多回信复出，账目记清，《洪水》二十七期编好，明天好痛痛快快地和映霞畅谈一天。

午后将《洪水》二十七期的稿子送出，我做了一篇《打听诗人的消息》，是怀王以仁的。稿子编好后，心里苦闷得很……

**三月三日**

早晨十点钟起床，和两位朋友上城隍庙去喝茶吃点心，到午后一点钟才回家来。办了许多出版部的事情，……

晚上查出版部的账，开批发单子，今天的一天，总算这样的混过去了，……

**七日**

早晨冒雨回出版部来，办了许多公事，写了许多催款的回信。

**八日**

……

八点多钟回闸北创造社出版部，雨犹未歇，接仿吾来信，说沫若亦有信给他，骂我做的《洪水》二十五期上的那篇《广州事情》。沫若为地位关系，所以不得不附和蒋介石等，我很晓得他的苦处。我看了此信，并仿吾所作一篇短文名《读〈广州事情〉》，心里很不快活，我觉得这时候，是应该代民众说话的时候，不是附和军阀官僚，或新军阀新官僚争权夺势的时候。



**十三日**

九点后，正在做一篇《创造社出版部的第一周年纪念》，她（按指王映霞）和陈女士却来了。

……

晚上回来，精神很好，做完了那篇早晨未做毕的文章，……

……

十二点后才上床，从明天起，我一定要努力于自己的工作了。第一先要把《创造月刊》第七期编好，然后再做长篇的东西。

**十六日**

午后两点多钟，她和陈锡贤女士来了。我请陈女士来创造社办事……

**二十日**

午前在家里候映霞来。并且因出版部同人中有意见冲突的两人，竭力为他们排解。午后，他们大家都出去了，只剩我一个人在家里看守残垒。

二十三日

午前一早就起来，到闸北去。爬过了几道铁网，从北火车站绕道到了三德里的出版部内，才知道昨晚的消息不错。但一路上的尸骸枕藉，有些房屋还在火中，枪炮的痕迹，党军的队伍和居民的号叫哭泣声，杂混在一块，真是一幅修罗地狱的写生。

在出版部里看了一看情形，知道毫无损失。

二十四日

早晨十点钟从旅馆出来，幸而走进了中国界内，在出版部里吃午饭。烧断的电灯也来了，自来水也有了，一场暴风雨，总算已经过去，此后只须看我的新生活的实现，从那一方面做起。

阅报，晓得沫若不久要到上海来，想等他来的时候，切实的商议一个整顿出版部，和扩张创造社的计划。

二十五日

早晨六点钟就起了床，天终于放晴了。上印刷所去看了《新消息》周刊，又回到创造社来办了许多琐碎的小事，将本月份的账目约略付了一付。……

……

今天在周文达那里，看见了日本报《上海每日新闻》的文艺栏里，有一封日本记者山口慎一氏给我的公开状，内容系评《创造月刊》第六期的，同时又说到了应该要同情于无产阶级的话。我不知这一位记者是什么人，并且因为还没有看到昨天那段上段的文章，所以摸不出头脑来。明天打算去查一查清，做一篇答覆他的文章，在《创造》第七期上发表。……好几日不在出版部睡了，以后想好好的来做一点监督清理的工作。

二十八日

回到闸北出版部，已经是午后六时，雨还是下得很大，从前出版部里用过的几个坏小子，仿佛正在设法陷害我，因为我将他们所出的一个不成东西的半月刊停止了的原因。

现代的青年，实在太奸险了，我对于中国的将来，着实有点心寒。万一中国的教育，再不整顿起来，恐怕将来第二代的人物，比过去的军阀政客，更要变坏。

**三十一日**

晨起就回到创造社出版部里来，因为二天不返，在这两天内，又有许多事情和函件堆积着了。清账，批阅文件，一直弄到午前十二点钟才算完事。

## 闲情日记

（1927年4月2日—30日，上海）

**四月八日**

早晨起来，头就昏痛得很，因为《洪水》二十九期的稿子不得不交了，所以做了一篇《在方向转换的途中》。

……

三点多钟回家来，又作了一篇批评蒋光赤的小说的文章，共二千多字。今天的一天，总算不白度过去。晚上将《洪水》全部编好了。

**九日**

午前一早就起来了，早晨就在家积极整理创造出版部的事情。十点前去银行邮局取钱，付清了许多印刷所的账。

……

晚上办理创造社公务，至十一点半就寝。

**十日**

早晨一早，又积极的整理创造社的事务，一直到午饭后止，总算把一切琐事告了一个段落。……

……

晚上发仿吾，资平，及映霞三封快信，办公务至十二点后就寝。

**十一日**

午前一早就出去，至印刷所催印刷品……

中午返闸北出版部，天寒又兼以阴雨，午后在家做了一篇《答日人山口某的公开状》。……

晚上将出版部事情托付了人，预定明晨一早就去南站趁车赴杭州。

**二十一日**

天明六时出车站，走回闸北的出版部里。大雨之后，街上洗得很干净。寒风吹我衣裾，东方的太阳也在向我微笑，我感到了一种不可思议的力量，大约是生命的力量。到出版部里坐了一忽，就出去洗澡并办创造社的公务。回来又上内山书店去了一趟，买了许多关于俄国的书来。

午后又办了许多创造社的公务，寄款给张资平，付新亚印刷所的印书款等。

**二十二日**

午后把创造社积压下来的社务弄了一弄清，并将几日来的日记补记一下，总也算是我努力的一种表白。

**二十三日**

……

先上四马路各家书馆去催账……

中午回家，午后作账单，直到五时前方出去，……

晚上回来，清了这一个月的本部部员的开销，啊，这创造社出版部，今年实在支撑不过去了，我怕要因此而生大病……



**二十六日**

昨晚发烧昏乱，从梦中惊醒者数次，发了一身大汗，方才觉得好一点。然而头昏眼晕，一动也动不来，早晨不得已只好依旧起来管理出版部事务，我觉得这一回的病很沉重，似乎要致命的样子。

**二十七日**

病加剧，然仍不得休息，因为出版部里没有人可托付的原因。

**二十八日**

昨天回出版部去，看到了日本文艺战线社的代表小牧近江，和里村欣三来谒的名片，所以去回看了他们一次，并且于晚上请他们在一家广东酒馆内喝了一点酒。他们约我今早午前十一时去，所以一早就赶回出版部里，为他们做了一篇文章，名《诉诸日本无产阶级同志》，并且检了许多《洪水》，《创造月刊》，预备去送给他们。……到了十一点半钟，才和田汉到他们寄寓的孟渊旅馆。

**二十九日**

午后回出版部，遇见了自广东逃出来的伯奇。和他谈了一阵，就一道出来上内山书店去，遇见了做那封公开状给我的日本人山口慎一氏。

**三十日**

午前十一时返闸北，出版部里坐满了客人，不得已陪他们出来，上五马路来吃午饭。

饭后催对账目，回家后，又开了一次部务会议，决定了些关于创造社出版部的大计。

## 五 月 日 记

（1927 年 5 月 1 日—31 日，上海——杭州）

**五月二日**

……

回来遇见出版部里来的两个人和自广东来的王独清，陪他们去吃晚饭后，又谈了一忽，到十点钟就寝。

**三日**

早晨一早就去出版部，见了一种荒废的空气，弥漫在出版部里。中午从法科大学会计处取了些钱来，请伯奇独清等吃饭。

午后出去走了半天，晚上回来，又听见出版部伙计们中伤我的谤毁。

**四日**

早晨也于六点钟起床，觉得病已经好了八九分了，因为昨晚上听见的消息，所以和独清一道去闸北出版部开了一次全体职员大会。

对他们披沥尽了肺腑，教他们好好的为创造社尽一番力，我几乎自家的眼泪都吊下来了。

**五日**

回到出版部里，见了一位新自日本回来的学生，他和我谈了许多艺术问题。我教他不要先决定目的，应该多致力于创作。旁晚上新亚印刷所去，告以印全集的次序。

**六日**

十点钟前回到出版部里，知道内山书店昨晚着人来叫我去。到了内山书店，却见郭夫人和她的四个小孩来了。为她找旅馆，弄行李，忙了一天。午后王独清又来，同在虹口跑到晚上，……

**十日**

中午去赴宴，会见端六杏佛诸人，据说当局者可以保证创造社的不封，但要我一个交换条件，去为他们帮助党务，托病谢绝了。

**十二日**

觉得病加剧了，午前将《洪水》第三十期编好，后出去为张资平侄事冒雨跑了半天，终没有结果。

**十六日**

午后回到闸北，觉得人更难堪了，就把创造社里的事情，全部托付了出去，一个人跑回新华来。

**二十三日**

在闸北出版部里煎了一剂药，服后去商务印书馆找郑心南问资平的版税事，又去访婀娜。晚上有人请我，当去赴宴。

在新新酒楼吃晚饭，遇见胡适之，王文伯，周鲠生，王云艇，郭复初，周佩箴诸人。主人李君极力想我出去做个委员，我不愿意。后来他又想请我教周某及其他几个宁波新兴权势阶级的儿子的书，我也没有答应。



**三十一日**

得上海信，前天果有人去出版部搜查了，且在调查我的在杭住址。作覆信一，要他们再为我们登报声明已到日本的事情。

今早把那篇评曼殊的文章寄出，又要做月刊的文章了，……

## 客杭日记

（1927年6月1日—24日，杭州）

**六月八日**

接上海来信，中间附有上海小报一张，五月三日的小报上记有《郁达夫行将去国》一条，记载得还不很坏，小报名《福尔摩斯》。

**十四日**

午后在家不出，做了一篇文章，名《日记文学》，供《洪水》卅二期的稿子，自午前十一点半做起，做到午后三点钟止，……

**十七日**

来杭州已经二十天了，而成绩毫无，不过病体稍愈。早晨睡在床上读法文名人短篇集，很想做一篇小品，为《创造》七期撑撑门面，不晓得今明两天之内，也能够写成功不能。

**二十日**

昨天早晨，又寄了一篇《劳生日记》去。可以作《创造》七期稿用的，信也已经发出了。

## 厌炎日记

（1927 年 6 月 25 日—7 月 31 日，上海—杭州—上海）

**六月二十八日**

早晨五点钟就起来梳洗，送映霞上火车站去，买了票，送她上车去坐好，我就回到出版部去看了些信和书。又过各旧书铺，买了几本不必要的小说和诗集。午后有暇，当去访适之及他们的新月书店。

**二十九日**

晨起就往虹口，看了些新出的日本杂志，买了一本《文艺春秋》。在一家日本馆子里吃了一顿饱饭，走上出版部去。

有许多函件来稿，带了到旅馆里来。

**三十日**

早晨八点前，送保童上沪杭车站去了一趟。就跑上出版部去。在虹口走了一圈，买了些日文旧小说，回来到旅馆，遇见了独清。他来警告我行动须秘密一点，不要为坏人所害。

**七月五日**

到中午的时候，天晴了半刻，就上创造社出版部去，遇见独清也在那里。

早晨做了一篇仓田百三的《出家及其弟子》译本的序文，总算是这一次到上海来后，做的第一篇文章，共有二千字内外。

和独清出来，在美丽川菜馆吃饭。饭后又上出版部去了一趟，办理了些杂务，……

**十九日**

午前八点钟起床，就上出版部去取了商务印书馆送来的四十块钱。弄到午前十一点半，才把振华旅馆里的帐算清，并且把行李搬出，搬上出版部去。

**二十一日**

午前为创造社公务忙了半天，午后在家里整理来稿，……

**三十一日**

早晨八点钟就起了床，听见仿吾已经来上海，因即去大东看他。谈到了中午，回到出版部午饭。饭后去访佐藤夫人，四点多钟，和她们去城隍庙玩，回到陶乐春吃夜饭。饭后回出版部，谈整理部务计划。

夜十时谈到了北京分部的事情。决计于二星期后北去。一则略略料理一点家务，可以安心去国，作异国永住之人。二则可以将创造社出版部事务全部交出，亦可以从此脱手。

选自郁达夫著《日记九种》，上海北新书局 1927 年 9 月 1 日初版

# 五　丛书与刊物

# 创造社的丛书目录

## 几点说明

（1）这份目录是编者根据一些单位的藏书，创造社各种期刊和当时一些报刊的出版广告，以及某些作家著译编目等有关资料整理而成的。除已正式出版者外，凡未确知该书是否出版或后来改版者，均在附注中说明。

（2）本书目以创造社出版部出版的书籍为主，亦收入部分创造社成立前后泰东图书局出版的，创造社活动期间光华书局出版的，以及创造社被查封后江南书店出版的有关书籍。

（3）创造社的丛书，就编者所见，已有十四类之多，各类的先后次序系编者根据其影响大小编次的。凡未能确定其类别者，均划归第十五类“其他”之内。

（4）在同一类丛书内，按原书编号顺序排列。凡异书同号者，并列编排。个别丛书因出版者不同而各成系统者，则按其系统分别顺序排列。凡未确知其编号者，则按其初版日期的先后顺序排列。

（5）凡同一书先后隶属不同类之丛书者，采用互见的方法处理。若同一书在同一类丛书中的编号前后有所变动者，则加注说明。

（6）出版时间，如缺初版期的，则尽可能补上已知的最早版次之版期。

（7）由于时间匆促，掌握的资料有限，这份丛书目录肯定很不完备，错漏在所难免，诚挚地希望得到有关单位和同志的指正和补充。

本书编者

## 1. 创造社丛书

### A. 上海泰东图书局出版

| 编号 | 书名 | 著译者 | 初版期 | 附注 |
| --- | --- | --- | --- | --- |
| 1 | 女神 | 郭沫若 | 1921.8.5 | |
| 2 | 革命哲学 | 朱谦之 | 1921.9.1 | |
| 3 | 沉沦 | 郁达夫 | 1921.10.15 | |
| 4 | 冲积期化石 | 张资平 | 1922.2.25 | |
| 5 | 无元哲学 | 朱谦之 | 1922.10.16 | |
| 6 | 星空 | 郭沫若 | 1923.10 | |
| 7 | 爱之焦点 | 张资平 | 1923.12.10 | |
| 8 | 烦恼的网 | 周全平 | 1924.3.10 | |
| 9 | 玄武湖之秋 | 倪贻德 | 1924.4 | |
| 10 | 少年维特之烦恼 | 〔德〕歌德著<br>郭沫若译 | | 1922年4月1日上海泰东图书局初版列为“世界名家小说第2种”，1932年1月15版时始列为本丛书“第10种”。此外，1926年3月16日《洪水》半月刊第2卷第13期广告列为“创造社丛书（增订本）第1种”，1926年7月1日上海创造社出版部增订初版列为“创造社世界名著选第1种”,亦曾列为“创造社丛书第5种”。 |
| 14 | 蜜蜂 | 〔法〕法朗士著<br>穆木天译 | 1924.6 | 上海泰东图书局又曾列为“世界儿童文学选集第3种”，上海创造社出版部列为“世界名著选”之一。 |
| 19 | 茵梦湖 | 〔德〕施笃谟著<br>郭沫若、钱君胥译 | | 上海泰东图书局1921年7月1日初版列为“世界名家小说第1种”,1929年5月12版始列为本丛书“第19种”。上海创造社出版部1927年9月20日初版则列为“世界名著选第5种”。 |
| | 鲁森堡之一夜 | 〔法〕葛尔孟著<br>郑伯奇译 | 1922.5.1 | 上海泰东图书局又曾列为“世界名家小说第2种”。 |
| | 雪莱诗选 | 郭沫若译 | | 上海泰东图书局1926年3月初版时列为“辛夷小丛书第5种”，列为本丛书之版期待查。上海创造社出版部曾列为“明日小丛书第1种”，1928年又列为“世界名著选第13种”。 |

## B. 上海光华书局出版

| 编号 | 书名 | 著译者 | 初版期 | 附　注 |
| --- | --- | --- | --- | --- |
| | 聂　嫈 | 郭沫若 | 1925. 9. 1 | 创造社出版部广州分部 1926 年 7 月再版时列为“创造社丛书第 42 种”。 |
| | 梦里的微笑 | 周全平 | 1925. 12. 24 | |
| | 三个叛逆的女性 | 郭沫若 | 1926. 4 | |
| | 文艺论集 | 郭沫若 | 1925. 12. 27 | |
| | 文艺论集 | 郁达夫 | 1926. 6 | 1927 年 7 月 15 日《创造月刊》第 1 卷第 7 期广告、列为“待收回”书目，编为“创造社丛书”之一。 |

## C. 上海创造社出版部出版

| 编号 | 书名 | 著译者 | 初版期 | 附　注 |
| --- | --- | --- | --- | --- |
| 1 | 落　叶 | 郭沫若 | | 上海创造社出版部 1926 年 4 月初版时定为“落叶丛书第 1 种”。1927 年 9 月 6 版始列为本丛书第 1 种。 |
| 2 | 飞絮 | 张资平 | 1926. 6. 1 | 上海创造社出版部曾列为“落叶丛书第 2 种”。 |
| 3 | 橄　榄 | 郭沫若 | 1926. 9. 1 | |
| 4 | 木　犀 | 陶晶孙等 | 1926. 6. 1 | 1926 年 3 月 16 日《洪水》半月刊第 2 卷第 13 期广告列为“创造社小说选第 1 集”。 |
| 5 | 灰色的鸟 | 成仿吾等 | 1926. 6. 1 | 1926 年 9 月 1 日《洪水》半月刊第 2 卷第 23、24 期合刊广告列为“创造社小说选第 2 集”。 |
| 7 | 瓶 | 郭沫若 | 1927. 4. 1 | |
| 8 | 旅心 | 穆木天 | 1927. 4. 1 | |
| | 寒灰集 | 郁达夫 | 1927. 6. 1 | 《达夫全集》第 1 卷。 |
| 9 | 苔　莉 | 张资平 | 1927. 3. 1 | |
| 12 | 死　前 | 王独清 | 1927. 8. 15 | |
| 13 | 使　命 | 成仿吾 | 1927. 7. 16 | |
| 14 | 流　浪 | 成仿吾 | 1927. 9. 1 | |
| 15 | 杨贵妃之死 | 王独清 | 1927. 9. 20 | |
| 16 | 音乐会小曲 | 陶晶孙 | 1927. 10. 5 | |
| 17 | 鸡肋集 | 郁达夫 | 1927. 10. 20 | |

续表

| 编号 | 书名 | 著译者 | 初版期 | 附注 |
|---|---|---|---|---|
| 18 | 圣母像前 | 王独清 | 1927.12.1 | |
| 19 | 抗　争 | 郑伯奇 | 1928.2.15 | |
| 20 | 红纱灯 | 冯乃超 | 1928.4.20 | |
| 21 | 沫若诗集 | 郭沫若 | 1928.6.10 | |
| 22 | 前　茅 | 郭沫若 | 1928.2.10 | |
| 23 | 恢　复 | 郭沫若 | 1928.3.25 | |
| 24 | 从文学革命到革命文学 | 成仿吾、郭沫若 | 1928.4.20 | |
| 25 | CURACAO（蔻拉梭） | 张资平 | 1928.8.1 | |
| 26 | 水平线下 | 郭沫若 | 1928.5.20 | |
| 28 | 冲积期化石 | 张资平 | 1926.12.1 | |
| 29 | 威尼市 | 王独清 | 1928.8.15 | |
| 29 | 黎明之前 | 龚冰庐 | 1928.9.10 | |
| 30 | 暗　夜 | 华　汉 | 1928.12.15 | |
| 39 | 磨坊文札 | 〔法〕都德著 成绍宗、张人权译 | 1927.3.1 | 上海创造社出版部又曾列为“世界名著选第2种”。 |
| 42 | 聂嫈 | 郭沫若 | | 上海光华书局1925年9月1日初版时列为“创造社丛书”，1926年7月创造社出版部广州分部再版时始列为本丛书第42种。 |
| | 出家及其弟子 | 〔日〕仓田百三著　孙百刚译 | 1927.10.20 | |
| | 野祭 | 蒋光慈 | 1927.10.20 | |
| | 俄罗斯文学 | 蒋光慈 | 1927.12.11 | 上海泰东图书局后来出版，易名《俄国文学概论》，著者署“华维素”。 |
| | 沫若创作集 | 郭沫若 | 1928.8.19 | |
| | 最后的幸福 | 张资平 | | |
| | 一班冗员的生活 | 张资平 | | 1922年8月25日出版之《创造》季刊第1卷第2期广告，列为“创造社丛书”八种之一，属“印刷中”书目。 |
| | 日本名家小说选 | | | 见1926年2月5日《洪水》半月刊第1卷第10、11期合刊启事，为“已印”书目。 |

续表

| 编号 | 书名 | 著译者 | 初版期 | 附　注 |
| --- | --- | --- | --- | --- |
| 42 | 梅岭之春 | 张资平 | | 见 1927 年 7 月 15 日《创造月刊》第 1 卷第 7 期广告：“待出版”书目。 |
| | 葬列 | 王独清 | | |
| | 埃及人 | 王独清 | | |
| | 塔 | 郭沫若 | | 见 1927 年 7 月 15 日《创造月刊》第 1 卷第 7 期广告：“待收回”书目。《文艺论集》上海光华书局 1926 年 6 月初版，列为“创造社丛书”之一。 |
| | 文艺论集 | 郁达夫 | | |
| | 吞泪集 | 王独清译 | | |
| | 散花集 | 黄药眠译 | | |
| | 无产阶级文艺论 | 张资平译 | | |
| | 恋爱洄竭时 | 陶晶孙 | | 见 1928 年 1 月 1 日《创造月刊》第 1 卷第 8 期“明年的新计划”预告。 |
| | 代尸 | 王独清 | | |
| | 时代印象 | 郑伯奇 | | |

## 2. 辛夷小丛书

### 上海泰东图书局出版

| 编号 | 书名 | 著译者 | 初版期 | 附　注 |
| --- | --- | --- | --- | --- |
| 1 | 辛夷集 | 郭沫若等 | 1923. 4 | |
| 2 | 卷耳集 | 郭沫若译 | 1923. 8 | 上海创造社出版部又曾列为“世界名著选”之一。 |
| 3 | 茑萝集 | 郁达夫 | 1923. 10 | |
| 4 | 鲁拜集 | ［波斯］莪默伽亚谟著　郭沫若译 | 1924. 1. 1 | 上海创造社出版部 1927 年 11 月 10 日另作初版时列为“世界名著选第 7 种”。 |
| 5 | 雪莱诗选 | 郭沫若译 | 1926. 3 | 上海创造社出版部曾列为“创造社丛书”和“明日小丛书第 1 种”，1928 年又列为“世界名著选第 13 种”。 |

## 3. 世界名家小说

### 上海泰东图书局出版

| 编号 | 书名 | 著译者 | 初版期 | 附　注 |
| --- | --- | --- | --- | --- |
| 1 | 茵梦湖 | 〔德〕施笃谟著　郭沫若、钱君胥译 | 1921. 7. 1 | 上海创造社出版部 1927 年 9 月 20 日另作初版时，列为“世界名著选第 5 种”。 |

续表

| 编号 | 书名 | 著译者 | 初版期 | 附注 |
|---|---|---|---|---|
| 2 | 少年维特之烦恼 | 〔德〕歌德著郭沫若译 | 1922. 4. 1 | 1932年1月15版时列为"创造社丛书第10种"。此外，1926年3月16日《洪水》半月刊第2卷第13期广告列为"创造社丛书（增订本）第1种"，1926年7月1日上海创造社出版部增订初版列为"创造社世界名著选第1种"，亦曾列为"创造社丛书第5种"。 |
| 3 | 鲁森堡之一夜 | 〔法〕葛尔孟著郑伯奇译 | 1922. 5. 1 | 上海泰东图书局又列为"创造社丛书"之一。 |
| 4 | 虚无乡消息 | 〔英〕毛利斯著邓均吾译 | | 见1922年8月25日《创造》季刊第1卷第2期广告："印刷中""创造社世界名家小说集"六种之三。 |
| 5 | 杜莲格来 | 〔英〕淮尔特著郁达夫译 | | |
| 6 | 贫民 | 〔俄〕杜斯妥以夫斯基著邓均吾译 | | |



## 4. 世界名著选

### 上海创造社出版部出版

| 编号 | 书名 | 著译者 | 初版期 | 附注 |
|---|---|---|---|---|
| 1 | 少年维特之烦恼 | 〔德〕歌德著郭沫若译 | 1926. 7. 1 | 上海泰东图书局1922年4月1日初版时列为"世界名家小说第2种"，1932年1月15版列为"创造社丛书第10种"。1926年3月16日《洪水》半月刊第2卷第13期广告列为"创造社丛书（增订本）第1种"，亦曾列为"创造社丛书第5种"。 |
| 2 | 磨坊文札 | 〔法〕都德著成绍宗、张人权译 | 1927. 3. 1 | |
| 3 | 银匣 | 〔英〕高尔斯华绥著郭沫若译 | 1927. 7. 1 | |
| 4 | 法网 | 〔英〕高尔斯华绥著郭沫若译 | 1927. 8. 15 | |
| 5 | 茵梦湖 | 〔德〕施笃谟著郭沫若、钱君胥译 | 1927. 9. 20 | 上海泰东图书局1921年7月1日初版列为"世界名家小说第1种"。 |

续表

| 编号 | 书名 | 著译者 | 初版期 | 附　　注 |
| --- | --- | --- | --- | --- |
| 6 | 德国诗选 | 〔德〕歌德等著 郭沫若、成仿吾译 | 1927. 10. 15 | |
| 7 | 鲁拜集 | 〔波斯〕莪默伽亚谟著　郭沫若译 | 1927. 11 | 上海泰东图书局 1924 年 1 月初版时列为“辛夷小丛书第 4 种”，上海创造社出版部 1927 年 11 月另作初版时始列为本丛书第 7 种。 |
| 8 | 浮士德 | 〔德〕歌德著 郭沫若译 | 1928. 2. 1 | |
| 10 | 沫若译诗集 | 〔印度〕伽里达若等著 郭沫若译 | 1928. 5. 25 | |
| 11 | 查拉图斯屈拉钞 | 〔德〕尼采著 郭沫若译 | 1928. 6. 15 | |
| 12 | 商船“坚决号” | 〔法〕维勒德拉克著　穆木天译 | 1928 | |
| 13 | 雪莱诗选 | 郭沫若译 | 1928 | 上海泰东图书局 1926 年 3 月初版时列为“辛夷小丛书第 5 种”，又曾列为“创造社丛书”之一。上海创造社出版部 1928 年始列为本丛书第 13 种，又曾列为“明日小丛书第 1 种”。 |
| 14 | 和影子赛跑 | 〔德〕苏尔池著 潘怀素译 | 1928. 11 | |
| | 蜜蜂 | 〔法〕法郎士著 穆木天译 | | 上海泰东图书局 1924 年 6 月初版列为“创造社丛书第 14 种”，又曾列为“世界儿童文学选集第 3 种”。上海创造社出版部收入本丛书之版期，待查。 |
| | 卷耳集 | 郭沫若译 | | 上海泰东图书局 1923 年 8 月初版时列为“辛夷小丛书第 2 种”，上海创造社出版部收入本丛书之版期，待查。 |
| | 王尔德童话集 | 〔英〕王尔德著 穆木天译 | | 上海泰东图书局 1922 年 2 月 10 日初版时列为“世界儿童文学选集第 1 种”。上海创造社出版部收入本丛书之版期，待查。 |
| | 威廉退尔死 | 〔德〕席勒著 ？译 | | 见 1928 年 1 月 1 日《创造月刊》第 1 卷第 8 期“明年的新书计划”预告。 |

## 5. 世界儿童文学选集

### 上海泰东图书局出版

| 编号 | 书名 | 著译者 | 初版期 | 附　注 |
|---|---|---|---|---|
| 1 | 王尔德童话集 | 〔英〕王尔德著<br>穆木天译 | 1922. 2. 10 | 上海创造社出版部又曾列为“世界名著选”之一。 |
| 2 | 新月集 | 〔印度〕泰戈尔著<br>王独清译 | | 1923年9月30日再版。1926年出版时又改为本丛书第1辑。 |
| 3 | 蜜蜂 | 〔法〕法郎士著<br>穆木天译 | | 上海泰东图书局1924年6月初版列为“创造社丛书第14种”，上海创造社出版部又列为“世界名著选”之一。 |
| 4 | 沉钟 | 〔德〕霍特曼著<br>郁达夫译 | | 见1922年8月25日《创造》季刊第1卷第2期广告：“印刷中”的“创造社世界少年文学选集”六种之三。 |
| 5 | 人鱼 | 〔丹麦〕安特生著<br>何道生译 | | |
| 6 | 圣诞节歌 | 〔英〕狄更思著<br>张资平译 | | |



## 6. 落 叶 丛 书

### 上海创造社出版部出版

| 编号 | 书名 | 著译者 | 初版期 | 附　注 |
|---|---|---|---|---|
| 1 | 落叶 | 郭沫若 | 1926. 4. 10 | 上海创造社出版部1927年9月1日6版时列为“创造社丛书第1种”。 |
| 2 | 飞絮 | 张资平 | | 1927年10月第5版。上海创造社出版部又曾列为“创造社丛书第2种”。 |

## 7. 明日小丛书

### 上海创造社出版部出版

| 编号 | 书名 | 著译者 | 初版期 | 附　注 |
|---|---|---|---|---|
| 1 | 雪莱诗选 | 郭沫若译 | | 上海泰东图书局1926年3月初版时列为“辛夷小丛书第5种”。上海创造社出版部1928年列为“世界名著选第13种”，1927年9月16日《洪水》半月刊第3卷第34期“印刷中”广告列为本丛书第1种。 |

续表

| 编号 | 书名 | 著译者 | 初版期 | 附　注 |
| --- | --- | --- | --- | --- |
| 2 | 墓畔哀歌 | 郭沫若译 | | 见 1927 年 9 月 16 日《洪水》半月刊第 3 卷第 34 期广告：“印刷中”书目。 |
| 3 | 广寒宫 | 郭沫若 | | |
| 4 | 喀尔美梦姑娘 | 郭沫若 | | |
| 5 | 抒情诗选 | 创造社编 | | |
| 6 | 一个流浪人的新年 | 成仿吾 | | |
| 7 | 吊罗马 | 王独清 | | |

## 8. 创造社小说选

### 上海创造社出版部出版

| 编号 | 书名 | 著译者 | 初版期 | 附　注 |
| --- | --- | --- | --- | --- |
| 1 | 木犀 | 陶晶孙等 | | 上海创造社出版部 1926 年 6 月 1 日初版时列为“创造社丛书”之 4，1926 年 3 月 16 日《洪水》半月刊第 2 卷第 13 期广告列为本丛书第 1 集。 |
| 2 | 灰色的鸟 | 成仿吾等 | | 上海创造社出版部 1926 年 6 月 1 日初版时列为“创造社丛书第 5 种”，1926 年 9 月 1 日《洪水》半月刊第 2 卷第 23、24 期合刊广告列为本丛书第 2 集。 |

## 9. 名 曲 丛 刊

### 上海泰东图书局出版

| 编号 | 书名 | 著译者 | 初版期 | 附　注 |
| --- | --- | --- | --- | --- |
| 1 | 西厢 | 郭沫若改编 | 1921. 9. 1 | |

## 10. 白 鸥 丛 书

### 上海创造社出版部出版

| 编号 | 书名 | 著译者 | 初版期 | 附　注 |
| --- | --- | --- | --- | --- |
| | 白鸥 | 邓均吾 | | 1926 年 2 月 5 日《洪水》半月刊第 1 卷第 10、11 期合刊的《创造社出版部启事》说明为“已印”书目。 |

## 11. 社会科学丛书

### 上海创造社出版部出版

| 编号 | 书名 | 著译者 | 初版期 | 附注 |
|---|---|---|---|---|
| 1 | 科学的社会主义底基本原理 | 〔美〕萨克斯著 彭芮生译 | | 见1928年《思想月刊》第5期广告:“在排印中”节目。 |
| 2 | 前奏曲 | 彭康 | | |
| 3 | 旧唯物论底克服 | 林伯修译 | | |
| 4 | 历史的唯物主义 | 〔德〕弗兰茨摩棱著 屈章译 | 1929.1 | |
| 5 | 无神论 | 林伯修译 | | |
| 6 | 社会主义的发展 | 朱镜我译 | 1928.5 | 1928年5月15日《流沙》半月刊广告列为本丛书第1种。 |
| 7 | 社会变革底必然性 | 〔日〕河上肇著 沈绮雨译 | 1928 | |
| 8 | 世界史纲 | 柳岛生译 | 1928 | |
| 9 | 金融资本论 | 〔日〕猪保津南雄著 林伯修译 | 1928.10.20 | |

## 12. 江南文库

### 上海江南书店出版

| 编号 | 书名 | 著译者 | 初版期 | 附注 |
|---|---|---|---|---|
| 1 | 唯物辩证法入门 | 〔苏〕德波林著 凌应甫译 | 1930.3 | 见1930年4月15日《新思潮》月刊第5期广告。 |
| 2 | 费尔巴哈与古典哲学之终末 | 〔德〕恩格斯著 向省吾译 | | |
| 3 | 马克思、恩格斯关于唯物论的断片 | 向省吾译 | | |
| 4 | 西方底文化与苏联底文化 | 〔苏〕卢那察尔斯基著 成嵩译 | 1930.5 | |
| 5 | 怎样建设革命文学 | 李初梨 | 1930.5 | |
| 6 | 辩证法学说概论 | 张如心 | 1930.8 | |
| 7 | 辩证法的唯物论 | 李铁声译 | 1930 | |

## 13. 科学丛书

### 上海创造社出版部出版

| 编号 | 书名 | 著译者 | 初版期 | 附　注 |
|---|---|---|---|---|
| 1 | 科学概论 | 张心沛 | | 均见1923年2月1日《创造》季刊第1卷第4期出版广告。除《科学概论》未有说明外，其余九种属“印刷中”书目。 |
| 2 | 近代物理学概论 | 张心沛 | | |
| 3 | 生物哲学 | 费鸿年 | | |
| 4 | 海洋学 | 张资平 | | |
| 5 | 漩转汽机 | 成仿吾 | | |
| 6 | 社会学 | 郁达夫 | | |
| 7 | 杂种及遗传 | 汪厥明 | | |
| 8 | 放射能 | 刘文艺 | | |
| 9 | 工业数学 | 成仿吾 | | |
| 10 | 地球史 | 张资平 | | |

## 14. 新智丛书

### 上海创造社出版部出版

| 编号 | 书名 | 著译者 | 初版期 | 附　注 |
|---|---|---|---|---|
| 1 | 天文讲话 | 沈璿 | | 均见1923年2月1日《创造》季刊第1卷第4期出版广告，属“印刷中”书目。 |
| 2 | 人类之进化 | 欧阳恒 | | |
| 3 | 新农村 | 丁颖 | | |
| 4 | 人力论 | 龚学遂 | | |
| 5 | 世界活力之起源 | 刘文艺 | | |
| 6 | 人类之起源 | 张资平 | | |
| 7 | 人生与微生物 | 汪厥明 | | |
| 8 | 图书馆学 | 滕固 | | |

## 15. 其　他

### A. 上海泰东图书局出版

| 编号 | 书　名 | 著译者 | 初版期 | 附　注 |
|---|---|---|---|---|
| | 沫若书信集 | 郭沫若 | 1924 | |
| | 新俄诗选 | L. 与郭沫若译 | 1929. 8 | 上海光华书局后来又曾出版此书。 |

## B. 上海创造社出版部出版

| 编号 | 书名 | 著译者 | 初版期 | 附　注 |
|---|---|---|---|---|
| | 创作小说集 | 郭沫若等 | 1926 | |
| | 山中杂记 | 郭沫若 | | |
| | 黄花岗上 | 黄药眠 | | 见有1928年版。 |
| | 花圈 | 杨正宗 | | |
| | 堪克宾 | 〔法〕法郎士著 曾仲鸣译 | | |
| | 文艺论集 | 郭沫若等 | 1929.5 | |
| | 11Dec | 王独清 | | 见1928年《思想月刊》第4期广告。 |
| | 烟 | 〔俄〕屠格涅夫著　黄药眠译 | | |
| | 文艺新论 | 张资平 | | 见1928年4月1日《流沙》半月刊第2期广告。 |
| | 春 | 英诗黄药眠译 | 1928.2.15 | |
| | 周年 | 马仲殊 | 1928.2.15 | |
| | 结局 | 汪锡鹏 | | |
| | 灵隐 | 许杰 | | 见1928年4月15日《流沙》半月刊第3期"新书要目出版预告"。 |
| | 炭矿夫 | 龚冰庐 | | |
| | 希腊神话 | 邓均吾 | | 见1928年5月1日《创造月刊》第1卷第11期预告。 |
| | 迷娘 | 陶晶孙 | | 见1928年4月15日《流沙》半月刊第3期"新书要目出版预告"。 |
| | 牺牲 | 郑伯奇 | | |
| | 爱与死之游戏 | 夏莱蒂等译 | | |
| | 一只手 | 郭沫若 | | |
| | 抒情的希腊 | 王独清译 | | 见1928年《思想月刊》第4期"重要新书出版预告"。 |
| | 寂寞的人们 | 赵伯颜译 | | |
| | 欧克赖 | 穆木天 | | |
| | 飞露 | 沈起予 | | 见1928年9月15日《思想月刊》第2期"新出版物鸟瞰"。 |
| | 文艺史概观 | 张资平 | | 见1928年7月10日《创造月刊》第1卷第12期广告："排印中"书目。 |
| | 紫绢记 | 周灵均 | 1927 | 见1927年3月1日《洪水》半月刊第3卷第28期广告。 |
| | 普罗文学论 | 张资平译 | | 见1929年1月10日《创造月刊》第2卷第6期广告。 |
| | 海战 | 李铁声译 | | 见1929年1月10日《创造月刊》第2卷第6期广告："在排印中"节目。 |

续表

| 编号 | 书名 | 著译者 | 初版期 | 附　注 |
|---|---|---|---|---|
| | 嫫娜嫫娜 | | | 见 1927 年 7 月 15 日《创造月刊》第 1 卷第 7 期预告："印刷中"书目。 |
| | 工钱劳动与资本 | 〔德〕马克思著 李一氓译 | | 见 1928 年 12 月 10 日《创造月刊》第 2 卷第 5 期广告："在准备中"书目。 |
| | 世界无产阶级政党概论 | 高希圣译 | | |
| | 辩证法唯物论入门 | 李初梨译 | | |
| | 农业问题底理论的基础 | 朱镜我译 | | |

## C. 上海江南书店出版

| 编号 | 书名 | 著译者 | 初版期 | 附　注 |
|---|---|---|---|---|
| | 社会形式发展史 | 陆一远译 | | 见 1929 年 8 月《新兴文化》月刊创刊号广告。 |
| | 拿破（仑）第三政变记 | 〔德〕马克思著 陈仲涛译 | | 见 1930 年 4 月 15 日《新思潮》月刊第 5 期广告。 |
| | 世界经济与帝国主义 | 〔苏〕布哈林著 向省吾译 | | 见 1930 年 4 月 15 日《新思潮》月刊第 5 期广告："即将出版"书目。 |
| | 俄国农村问题 | 刘正刚译 | | |
| | 世界经济之泉源 | 〔？〕巴图邪支著 王林乡译 | | |
| | 近代帝国主义概略 | 梁正戈译 | | 见 1929 年 8 月《新兴文化》月刊创刊号"新书预告"。其中《史的唯物论》见有 1929 年江南书店版。 |
| | 俄国劳动运动史 | 黄芝葳译 | | |
| | 马克思昂格斯传 | 〔苏〕李阿萨诺夫著 李一氓译 | | |
| | 马克思主义底根本问题 | 〔苏〕蒲力汗诺夫著 彭康译 | | |
| | 转形期的经济学 | 王学文译 | | |
| | 史的唯物论 | 〔意〕拉伯里约拉著 黄药眠、郑空性译 | | |
| | 龙二老爷 | 顾仲起等 | | |
| | 貂蝉 | 王独清 | | 见 1929 年 8 月《新兴文化》月刊创刊号"两大预约"已出版广告。 |
| | 政治经济学 | 〔苏〕阿斯托罗和维将诺夫合著　陆一远译 | | |

# 创造社丛书

本丛书自发行以来，一时如狂飙突起，颇为南北文人所推重，新文学史上因此而不得不划一时代。各书之已出者，皆将三版，未出者亦已多有定购。余书无几，购者从速。

（书目略）



原载 1923 年 2 月 1 日《创造》季刊第 1 卷第 4 期

# 创造社出版部启事

本部自组织以来，积极进行，各事均已粗具规模，现丛书已开始排印，书目列举于下：

一、创造社丛书……………………………已印者…少年维特之烦恼
…日本名家小说选

二、创造社作品分类汇刊…………………已印者…小说选第一集
…诗选第一集

三、落叶丛书……………………………………已印者…落叶

四、白鸥丛书……………………………………已印者…白鸥

以上已印各书在三月内可陆续出版，以后月出至少两册。详细请阅卷末。

原载 1926 年 2 月 5 日《洪水》半月刊第 1 卷第 10、11 期合刊

# 编辑纵谈（摘录）

成仿吾

我们现在又发起了一个“创造社科学丛书”。我们想从今年起，每年弄出几部。国内出版的科学书，差不多把中学程度，做了他们的最高点，我们想把这种界碑打碎，把程度渐次提高。又现在专门以上的学生，能看英文原本的颇多，而能看德法文原书的很少，我们如果有时间，还想把德法文的科学上的文献（literature）多多翻译出来，以饷我们一天天进步的青年学子。

资平开了一张很长的单子来，并且提议把这丛书扩张，叫做“新智丛书”。我想最好还是把内容是科学的做科学丛书，内容是通俗的做新智丛书。

沫若说科学丛书的第一种要一本科学概论，我看这话倒很不错。如果暂时没有人敢担任这种苦工，我想就选译一本，也不妨事。

原载 1927 年 8 月 25 日《创造》季刊第 1 卷第 4 期

# 创造社出版部明年的新计划

1. 文艺书籍：

A. 创造社丛书：编印中的有成仿吾编的《从文学革命到革命文学》，郭沫若的《水平线下》，《译诗集》，王独清的《埃及人》，《尸》，郑伯奇的《抗争》，《时代印象》，陶晶孙的《恋爱涸竭时代》，张资平的 Curacoa，麦克昂的《一只手》等。

B. 世界名著选：编印中的有 Goethe 的《浮士德》，Schiller 的《威廉退尔》，Heine 的《新春》，此外尚有《迷娘》、《死》等等名著。

C. 其他新著译：印刷中的有黄药眠的《黄花岗上》，许杰的《灵隐》等等，译品则有 France，Turgeniv 等名作。

2. 科学书籍：

A. 社会

B. 哲学

C. 经济

D. 艺术

E. 政治

此项著作，系由创造或抗流同人分任，现正在编译中，已及二三十种，详细书目，待下期刊布。

原载 1928 年 1 月 1 日《创造月刊》第 1 卷第 8 期

# 创造社出版部敬告读者诸君

我们深深地相信：伟大的事业是有必然的进展的。

因此，我们对于我们的出版事业，也自信不敢不力求它的伟大，同时又认定它是有进展底必然性的，证之以几年来的成效，我们更加深了一重信心。这在我们是一个非常的惊异，在股东诸君也定会引以为一种慰藉。

虽然，在不断的进程中，暗礁似的恶势力使我们经过了好几次的磨折，如各分部底无理的被封，代派处底停业或倒闭，这种种时局的影响所及，有时竟使我们作暂时的停顿，但我们的信心克服了我们的灰念，终于鼓励着我们来到现在的过程。

这全过程中所需的全部经费，纯然是由于股东诸君的热心认股，至于书籍的所以风行一时，则亦非我们的读者和著者诸君的助力不能臻此地步。这一点，我们应向以前给我们以助力的朋友们表示感谢的意思。

在明年底出版新计划中，我们已经决定要举办下列的几项工作：

第一，我们不能忘掉世界社会文艺底介绍，因有该丛书之辑集，就中所选的，代表俄，德，法，美等国，包含诗，文，小说诸类，原著不消说是杰构；译本也很可与之媲美，第一集《阶级社会底艺术观》一书，决从三月底发行，以后陆续出版，按月一册。

第二，我们不能忘掉社会科学底输入，因有大批书籍，除入门书外，还拟印行大思想家专集多种。

第三，创造社世界名著选，我们要把它扩大范围，以后不只局限于文学一门，凡是名著，无不准备编入。此外另刊选集一种。

第四，至于创造社丛书与小丛书，这两种我们决定把它从新整理，改良印刷，美化装帧。诸如此类，我们从明年起实行。

但是，这种更伟大的工作，决定我们要用更多量的精神，和更充分的经济能力来维持它，因此，新股的募集是一件刻不容缓的事情。我们盼求我们的新同志踊跃加入，并望旧朋友多添股额，来促进我们的事业底进展。这一点，我们应向日后，愿为我们尽力的朋友们表示欢迎的意思。

原载 1928 年 12 月 15 日《日出旬刊》第 5 期

# 纯文学季刊《创造》出版预告

第一期十一年一月一日出版

社址马霍路德福里三百念号



自文化运动发生后，我国新文艺为一二偶象所垄断，以致艺术之新兴气运，澌灭将尽。创造社同人奋然兴起打破社会因袭，主张艺术独立，愿与天下之无名作家共兴起而造成中国未来之国民文学。

创造社同人

田汉成仿吾郁达夫郭沫若张资平郑伯奇穆木天　上名以笔画简繁为次

创刊号内容一斑：

| | |
|---|---|
| 棠棣之花（诗剧） | 郭沫若 |
| 圆明园之秋夜（小说） | 郁达夫 |
| 离婚（戏剧） | 成仿吾 |
| 怅望着祖国之天野（小说） | 张资平 |
| 咖啡店之一夜（戏剧） | 田　汉 |
| 初之一课（小说） | 郑伯奇 |
| 一个流浪人之新年（小说） | 成仿吾 |
| 春潮（小说） | 郁达夫 |
| 诗若干首 | |
| 文艺批评 | |

读书杂记
读者俱乐部（专供新进作家发表创作及交换智识之用）

原载1921年9月29—30日《时事新报》

# 创　造　者

郭沫若

海上起着涟漪，
天无一点纤云，
初升的旭日，
照入我的诗心。
秋风吹，
吹着庭前的月桂。
枝枝摇曳，
好象在向我笑微微。
吹，吹，秋风！
挥，挥，我的笔锋！
我知道神会到了，
我要努力创造！

我唤起周代的雅伯，
我唤起楚国的骚豪，
我唤起唐世的诗宗，
我唤起元室的词曹，
作《吠陀》的印度古诗人哟！
作《神曲》的但丁哟！
作《失乐园》的米尔顿哟！

作《浮士德悲剧》的哥德哟！
你们知道创造者的孤高，
你们知道创造者的苦恼，
你们知道创造者的狂欢，
你们知道创造者的光耀。
昆仑的积雪北海的冰涛；
火山之将喷裂宇宙之将狂飙；
如酣梦，如醉陶，
神在太极之先飘摇。
伟大的群星哟！
你们是永不磨灭的太阳，
永远高照着时间的大海，
人文史中除却了你们的光明，
有甚么存在的价值存在？

我幻想着首出的人神，
我幻想着开辟天地的盘古。
他是创造的精神，
他是产生的痛苦。
你听，他声如丰隆，
你听，他吁气成风，
你看，他眼如闪电，
你看，他泣成流泷。
本体就是他，上帝就是他，
他在无极之先，
他在感官之外，
他从他的自身，
创造个光明的世界。
目成日月，
头成泰岱。
毛发成草木，

脂膏成江海，
快哉，快哉，快哉，
无明的浑沌，
突然现出光来，
月桂哟，你在为谁摇摆？

婴儿呱呱坠地了，
盆在那儿？
汤在那儿？
淋漓的血液，
染成一片胭脂。
红的玛瑙哟！
血的结晶哟！
风在贺歌，鸟在贺歌，
白云涌来朝贺。
滚滚不尽的云流哟，
把清莹无际的青天流遍了！
产生你的是谁？我早知道。
窗外飘摇的美人蕉！
你那火一样的，血一样的，
生花的彩笔哟，
请借与我草此《创造者》的赞歌，
我要高赞这最初的婴儿，
我要高赞这开辟鸿荒的大我。

（一九二一，一〇，八）

原载1922年3月15日《创造》季刊第1卷第1期

# 编辑余谈

郭沫若

我们是最厌恶团体之组织的：因为一个团体便是一种暴力，依恃人多势众可以无怪不作。

自《创造》第一期出版后，有多少朋友写信来要求加入，问及入社的程序等等；我们能得多少朋友为我们表同情，这是我们所由衷感悦的了。

但是我们这个小社，并没有固定的组织，我们没有章程，没有机关，也没有划一的主义。我们是由几个朋友随意合拢来的。我们的主义，我们的思想，并不相同，也并不必强求相同。我们所同的，只是本着我们内心的要求，从事于文艺的活动罢了。朋友们！你们如是赞同我们这种活动，那就请来，请来我们手儿携着手儿走罢！我们也不要甚么介绍，也不经甚么评议，朋友们的优秀的作品，便是朋友超飞过时空之限的黄金翅儿，你们飞来，飞来同我们一块儿翱翔罢！

国内出版杂志，在卷首多有插上几页美术插画的，最近有朋友写信来也要求我们插上。这个我们觉得没有意思。我们即使要加上插画也只想加上我们同人自己的作品。同人中能画的人虽有，但是能有自信的作品可惜还未产出。插上名人画幅只徒作为一种装饰品时，就譬如一位乡姑娘向着贵妇人借了一只金钗来插在头上的一样，究竟配合不起；倒不如不加修饰，荆钗布裳的好得多了。

第一期的编辑，纯是出于达夫之手，我们觉得甚是得体。这一期的编辑，也是希望达夫主裁的，因为他最近事忙，所以不得不暂时由我编纂了。我只是守着萧规曹随的主义，努力趋承着第一期的步武，至于印刷方面，我觉得横行要便利而优美些，所以自本期始。以后拟一律横排；第一期不久也要改版，以求其画一。本期里封面及各栏栏面，系出陶晶孙兄之手。

我们同人都是散处四方，集起稿来，很费周折，所以杂志的出版，每每不能如期。我觉得今后集稿的方针，不能不定一个中心的地点。达夫资平已由帝大卒业，今后行踪未定。寿昌亦有归国之意。今后同人稿件以及外来稿件，就请直交日本福冈市箱崎海岸抱洋阁，由我暂时集收罢。

目下暑假期中正是我们同人得以自由创作的时候，我在此希望朋友们努力，并希望第三期的作品务于阳历九月内交卷，以好汇齐付印。第一卷的四册，总想于今年年内出齐。

本期的编辑，算是告了终结了。此期中的作品，觉得比第一期的更形踊跃。仅此虽不必便能餍足爱读者诸君之期望，然我们同人也算是各已尽其至善之努力；我在搁笔之际，向我们同人诸友表示诚恳的敬意。

十一年七月十一日夜，沫若志于沪上

原载1922年8月25日《创造》季刊第1卷第2期

# 创造社启事

《创造》本来是同人为研究文艺，大家合力弄出来的一种出版物，创刊以来，各种作品都是由同人分任，没有报酬。但现在高级文艺的杂志，实在不多，而且一部分颇有点象我们的党同伐异的政党；作者苟不是现在的名人，或不是他们的同党，就不论作品如何出类超群，要想发表出来，是万办不到的。我们都是一些被压迫的无名的作者，所以我们极愿意为全国的青年朋友们，把我们的小庭园——我们这些无产阶级者的唯一的财产，也实行开放，请他们来自由地栽种。我们用不着请学法律的先生来替我们制定条例，我们只有约法三章：

一、我们欢迎一切关于文艺的创作，批评与研究。

二、对于登出之稿件，暂定每千字一元至五元的酬金。

三、若因稿子过多，不能为发表时，当一一寄还。

（稿件请寄交上海四马路泰东图书局转）

原载 1923 年 2 月 1 日《创造》季刊第 1 卷第 4 期

# 我们的花园

郭沫若

一

创造！我们的花园！
你随着你的姊姊，地球，
环绕了太阳一周了！
我们在过去了的四季之中，
虽说不曾种得甚么鲜美的好花，
不曾获得甚么硕大的甘果，
可是Muses之神幸还不弃我们，
她们肯时来欣赏。
她们来时，弹着Lyra之琴，
在你花果丛中歌舞，
她们那蹁跹的舞姿，
她们那悠飏的声韵——
啊！那是永远在我们的心里！

二

创造！我们的花园！

我们为了你也膺受了无数的创痛。
风雨时常嫉妒我们；
霜雪时常欺侮我们；
杂草四处散布它们的爪牙，
害虫四处振鼓它们的羽翼，
时来侵凌你，蹂躏你；
我们为了你——眼泪是不曾干过。
我们的眼泪是灌溉你的源泉。
我们的报酬便是些新鲜的花果。
你为我们开了，谢了，结了，落了，
可是 Muses 之神幸还不弃我们，
她们肯时来欣赏！

三

创造！我们的花园！
伟大的园丁又催送着阳春归来，
地上的百木抽芽，
群鸟高唱着生命的凯旋之歌。
我们感谢的泪泉喷涌。
我们要灌溉你，灌溉你，
虽说仍将不免有风霜雨雪，
不免有侵凌你，蹂躏你的杂草害虫，
但是它们的权威终不过是日出之前的磷火。
我们相信永远的阳春会有来时，
我们愿把 Muses 之神永远留伴着你，
你欣欣地随着你姊姊，地球，
从新又去绕那新鲜的太阳去罢！

（一九二三年二月十九日夜）

原载 1923 年 5 月 1 日《创造》季刊第 2 卷第 1 期

# 预告《创造周报》

阳春已到绚烂的时分，地上的百木都各繁枝竞秀。我们同人也从新要发出这种枝条来了。

我们这个周报的性质，和我们的季刊是姊妹，但他们却微有略轻略重之点，季刊素来偏重于创作，而以评论介绍为副。这回的周报想偏重于评论介绍而以创作副之。

我们这个周报在最近一月之内准可以诞生，我们在此预先报告渴望着的同人，同时并望社内外的朋友快来培护我们这枝苗条繁茂。

创造社启事

四月三十日

原载 1923 年 5 月 1 日《创造》季刊第 2 卷第 1 期

# 创世工程之第七日（发刊词）

沫　若

上帝，你最初的创造者哟！
我至今呼你的名，不是想来礼赞你。
古代的诗人说：你创造世界的工程只费了七天的劳力。
你在第一天上造出了光明。
你在第二天上造出了分水的天宇。
你在第三天上造出了大地和海洋，
大地之上你更造出了青蔬和果木。
你在第四天上造出了日月与星辰。
你在第五天上造出了游鱼与飞鸟。
你在第六天上同时把走兽昆虫和我们人类一齐造出了。
你在第七天上便突然贪起了懒来。
上帝，你如果真是这样把世界创出了时，
至少你创造我们人类未免太粗滥了罢？
你最后的制作，也就是你最劣等的制作，
无穷永劫地只好与昆虫走兽同科。
人类的自私，自相斫杀，冥顽，偷惰，
都是你粗滥贪懒的结果。
你在第七天上为甚便那么早早收工，
不把你最后的草稿重加一番精造呢？
上帝，我们是不甘于这样缺陷充满的人生，

我们是要重新创造我们的自我。
我们自我创造的工程，
便从你贪懒好闲的第七天上做起。

（五一纪念日作此）

原载1923年5月13日《创造周报》第1号

# 一年的回顾

成仿吾

时辰好象东流的江水，它很缓缓地从我们面前流去，然而它是永远由我们离去；一波逐着一波，转瞬已成过去，而且是永远不可复回的了。

在这样的时辰的黑潮中，我们的周报匆匆已经满了一岁。眼看自己的儿子一天一天的长成，这是很可以使我们自慰的。然而我们这个可爱的婴儿，正当它可望长成的时候，我们忽然不能不忍心任它在春风之中枯萎，啊，亲爱的读者诸君，我们的伤心只好请你们设身处地替我们想想！

常常在电影中见到贫寒的父母流着泪把自己的爱儿遗弃在路旁或街上，便不觉也泪倾如雨。现在不知是幸还是不幸，我们更得到了这种景况所特有的切肤的悲感。

临到一年的尽头，回顾年来的陈迹，决不是没有意义的事情。而一述年来抚养的苦心与我们的不幸的爱儿在这短短的征途上所备尝的艰楚，也是对于我们的爱儿的一种纪念的方法。

去年的劳工纪念日，那是晴和的初夏的一天，我不知为什么缘故，起来比平常迟了一点。我起来恰好洗漱过了的时候，后门的铃声一响，沫若穿了他那件象西式大衣的，技师们在工场中常穿的黑衣从外面回来。他的头发是蓬松而散乱的，一见便知道他今早也不曾梳头，并且在晨风中跑了不少的时候。他砰的一声把门关上的时候，我从他的轻快的动作与快活的表情，早知道他一定带回了一点可喜的消息，他不使我有猜想的烦劳，还隔着几步就向我说：

喂，我们的周报干起来罢！我在电车上得了一首诗，倒可以当发刊词。

本来我们想出一种周报，这件事已经说了许久，达夫没有回家去的时候就商量过几次的，总是因为人数太少，不敢贸然弄出，对于出一种周刊，沫若达夫与我的意见完全一致，只是没一个人能毅然决定一个发刊的时日。老实说，我是一个好事的，然而也觉得未免过于冒险。日子一天一天的挨过，不久达夫回家去了，我们的纪念日——五月一号——也一天一天的接近了。四月底的这几天，我同沫若差不多每天只是商量怎样纪念我们的这个纪念日，办周报的事情倒有许久不曾提及了。所以沫若这一早从外面回来，我实不想他会忽然提及周报的。

——不错，对于我们的季刊的出版纪念日，我们再创造一种出版物来记念它，这是最有意义的纪念的方法。



沫若在写他的发刊词时，我心里这样想。

名称是早已定好了的。我们由发刊词的意思，定为每礼拜日出版。形式也是商量过的，我们决定依季刊的样式，只不截开。再加几行，每行加几个字。内容注重翻译与批评。沫若决定翻译尼采的《查拉图司屈拉》。我誓要扫荡新诗坛上的妖魔，写几篇批评近日的新诗的文字。我们差不多同时这样讲：

我们快点弄出来吓达夫一跳。

这样，以旭日东升的气概，我们匆匆于五月十三日把第一号弄了出来。这一回的广告，我现在还留下了一张，我顺便抄在下面。

> 画家 Millet 是没有礼拜日的。
> 我们在这犹太人的安息日上只有努力创造。
> 我们也是没有礼拜日的。
> 朋友哟，我们只有努力创造。
> 我们没有可以礼拜的偶像。
> 请看我们造出的这个新的创世纪！

这便是我们的周报降生时的实况，我们永远不能忘记的。

生诞以后暂时之间，不曾尝过困苦的我们的爱儿，在金钱万恶的我们的时代，便也不能不在生后第十二个礼拜上第一次感受了经济上的痛苦。我们忍着泪依了泰东书局的计划，承认了为《中华新报》创造我们第三的一个爱儿。然而我的不时的奔走，我的彻夜校对的劳力，毕竟不能在冷酷的恶浊的环境内使我们的爱儿好好生长，《中华新报》的无诚意，报馆干部的虐待工人，致使愚昧的工人为发泄他们的反抗，无端涂毁了我们的周报。这是一种过重的打击，是我们所决不能容忍。于是从第十四号上仍改由泰东书局印出。

外来的投稿虽然天天增加，然而可以用的很少，从二十号以下便渐渐感到稿乏的痛苦了。这种稿荒一直闹到了四十号。最后的这十几期，因为大家特别努力，倒每期绰有余裕，现在还剩下不少的稿子。

这是我们的爱儿这一年来所经过的路径的概况。我这样约略陈述出来，不过是要留为他日的纪念。至于我们的成绩与瑕疵早在亲爱的读者诸君的明察之中，我本不想在这里多说，说起来恐益足招起无穷的悲感。



我们的生活是很不好的，这差不多已是周知的事实。我们不曾拜倒在资本家与权贵的门首，不曾妄用了诗神的灵香去敬那些财阀与豪贵的妖神，这是应当受罚的。现在我们东西零落，一定已有许多人站在资本家的墙脚下向我们遥露他们的得意的冷齿。

这一年来的新文学，在作品的质的一方面，不能不说进步了一点，然而同时却把作者的质一方面的丑态也显露给我们看了。我们中国人素来富有所谓东方文化的思辨的精神，所以不论自己如何行动，总能说出一个很冠冕堂皇的道理，纵然骨子里实在只是为自己的名利。我们现在的许多的文学家当然也是富于这种精神的，这一层我们也许应为他们谅解。然而从事精神的活动的文学家，以唤醒世人的病了的良心为职务的文学家，也只争逐自己的名利，不惜颠倒是非，这是决不容宽许的。这一年间，我们目击不义的以利相结的文学团体一天天肥大起来，并且利用他们的财力与机关，专门假造一些时人所深忌的名称加在别人的头上，这种种现象所暗示于我们的是什么？

环顾我们的国事，是非的论争闹得天昏地暗，此一是非，彼亦一是非，几乎使我们不能不信希腊诡辩学者的“人为万事的尺度”。真没有是非可论么？否！全国的人民在渴望平和的生活，凡帮助人民得到平和的生活即是，妨碍的即非。同样，新文学的使命在给新醒的民族以精神的粮食，使成为伟大。以伟大的心情从事的即是，以卑鄙的利欲从事的即非。没有比这个更显然易见的。

我们秉着这种精神，一年以来，对于卑鄙的人们曾张过几次杀伐，然而我们毕竟势孤力弱，托荫在资本家的高墙下的他们，依然在肆行无忌，在暗咒而静待我们的疲惫而死。我们死不足惜，只是想到新文学的前途，未免心中要顿时愁惨。

假使有人问我们为什么要把周报停办，我们必先请他详察我们心里的悲哀，然后我们将对他说：“我们固然很愿意竭力于新文学的建筑，然而我们自己也要生活。”我们都很年轻，我们热爱青春的生活，我们不能把我们的有限的生命一齐都丢在一个无底的洞里。伴着一群妖鬼赴无限远的前程时，诚如达夫所说：“我们即使在半路上气绝身死，也同野狗的毙于道旁一样，却是我们自家寻得的苦恼，谁也不能来和我们表同情，谁也不能来收拾我们的遗骨的。”我们爱生活，我们还年轻，我们不愿忘记了自己的生活。



在我们这一年——很长很长的一年的工作之中，我们深幸得到了几个同心的朋友，他们给了我们不少的气力，他们是一个维系我们的希望的星斗。他们之中，我们尤其感激倪贻德，周全平，淦女士和敬隐渔四位。这四位好朋友的作品虽然还不能就使我们满足，然而他们是以一日千里之势在向完善之域猛进，他们的成就一定不小。敬隐渔君富有天才，一向没有时间，不曾创作小说，这回因周报就要停办，尽数日之力写了两篇；他的国文虽然远不及他的拉丁文和法文，然而毕竟才高，出马便已高人一等。

有将近三十位朋友一德一心，原是愉快不过的，然而我们负责编辑的人的疲惫，却也不是局外人所能悬想。生活的困难，环境的恶劣，先在我们的双肩加上了一对死重（dead weight），对于我一个人，没有爱的生活便是一个榨碎全心身的水压机器。每从梦寐中醒来，但愿我的心儿能顿时粉碎，我的四肢能顿时瓦解。数年来疯狂一般的把自己的爱情献给了文艺的女神，然而环顾我的周围，又不禁悲愤而羞悔。

我的世界到底还只是一个无限大的空虚与一片漫无着落的悲感。

然而我们既然带了这样顽恶的运命而来，我们决不是卑怯的逃避者，我们也决不愿意放弃我们的工作。我们的文学革命，和我们的政治革命一般，须从新再来一次。我们休息一时，当是一种准备的作用。不等到来年，秋风起时也许就是我们卷土重来的军歌高响的时候。亲爱的朋友哟，请等待着，等待我们卷土重来的雄壮的鼙鼓！

国耻纪念日

原载1924年5月9日《创造周报》第52号

# 《创造周报》优待定户

编辑委员　　成仿吾　王独清　郑伯奇　段可情

特约撰述员　鲁　迅　麦克昂　蒋光慈　冯乃超　张资平

陶晶孙　赵伯颜等三十余人。

原定每期五分。全年二元五角。现为优待定户起见。凡在月内预定。全年八折。只收二元。另加寄费二角五分。半年一元一角。加邮一角三分。平时预定。全年二元二角。半年一元二角。邮费照加。本部股东。凡在月内预订。全年只六五折。只须一元六角二分五。半年只须八角二分。邮资亦照加。平时预定。全年七折。一元七角五分。半年九角。邮资亦须照加。准一月一日出版。

原载 1927 年 12 月 3 日《时事新报》

# 《创造周报》复活了

## 一 复活预告

时辰滚滚地流去，转瞬之间，在我们的文艺界瞌睡着的当中，时代又已经前进得离我们很远了。文艺应该站在时代的前头，至少也得跟在时代的尾后前进。可诅咒的瞌睡，可耻辱的落伍！我们不甘于任凭我们的文艺界长此消沉，任凭我们的文艺长此落后的几个人，发愿恢复我们当年的，不幸在恶劣的环境中停顿了的《创造周报》，愿以我们身中新燃着的烈火，点起我们的生命于我们消沉到了极点的文艺界，完成我们当年未竟的志愿。我们的文学革命已经告了一个段落，我们今天要根据新的理论，发扬新的精神，努力新的创作，建设新的批评——我们将在复活的《创造周报》开始新的简册。我们在这里正式宣布，我们的休息已经告终，我们决在十七年的第一个星期日再与诸君相见。亲爱的朋友们哟，请听，请听，我们卷土重来的雄壮的鼙鼓！

## 二 编辑委员

成仿吾　郑伯奇　王独清　段可情

## 三 特约撰述员

鲁　迅　蒋光慈　张资平　陶晶孙　穆木天　赵伯颜

潘怀素　麦克昂　李初梨　冯乃超　彭　坚　李白华
李声华　袁家骅　许幸之　倪贻德　敬隐渔　林如稷
夏敬农　黄药眠　杨正宗　孟　超　张牟殊　杨邨人
黄鹏基　张曼华　高世华　聂　觭　邱韵铎　成绍宗等

原载 1928 年 1 月 1 日《创造月刊》第 1 卷第 8 期初版本

# 特别启事

最近上海《中华新报》将扩张篇幅，愿专辟一栏以登载我们的文字，我们是乐于承应了。我们定名为《创造日》，一周之内将与爱好我们的读者诸君相见。

我们除季刊，周报仍照常进行外，于今又添此日刊，我们一方面虽感受着责任之艰巨，然于别方面亦乐得多辟一片荒场，足供天下的无名作家们栽种。

朋友们哟，梅雨期快要过了，“自然”的威势已经达到了最高潮，我们的精神不是沉潜的时候。

朋友们哟，来！来！我们每日地开荒播种。

原载1923年7月14日《创造周报》第10号

# 《创造日》发刊的预告

思想是同潮流与时间一样的不待人的，想筑成新时代的基础，非有新思想的资养不可。本馆有鉴于此，特请创造社诸君在本纸上出一日刊，名《创造日》，专以学理为根据，对文艺社会政治，下严正的批评，同时并发表他们的划分时代的创作。他们是严正的批评者，是不偏不傥的被压迫者的代言者，是新时代的创设者。全国的青年，若对他们抱同感的，不妨来投些稿子，和他们协力创造。反对他们的也不妨来投些稿子，和他们互相讨论。《创造日》是公开的讲坛，凡有协于真善美的文字，皆可自由来上演的，本刊自本月二十一日起，每日印行，星期日停刊，创造社诸君所编辑的《创造周报》，以后由本报于星期日附送，不取分文，零售仍照原价。来稿请寄本馆转交。

中华新报启

原载 1923 年 7 月 16—19 日《时事新报》副刊《学灯》

# 《创造日》宣言

郁达夫

山川草木，鸟兽虫鱼和世界万物，都是由无而有，由黑暗而光明，渐渐的被创造者创造出来的。我们不信受天惠特厚，人数众多的中华民族里，就不会现出光明之路来。

不过我们不要想不劳而获，我们不要把伊甸园内天帝吩咐我们的话忘了。我们要用汗水去换生命的日粮，以眼泪来和葡萄的美酒。我们要存谦虚的心，任艰难之事。我们正在拭目待后来的替民众以圣灵施洗的人，我们正预备着为他缚鞋洗足。

现在我们的创造工程开始了。我们打算接受些与天帝一样的新创造者，来继续我们的工作。

同人皆各有别业，不能日日担任稿件，本栏文字，除外来稿件外，都由我们几个心爱的弟兄姊妹负责。读者若能指正错误，赐以教训，是我们莫大的光荣。

我们想以纯粹的学理和严正的言论来批评文艺政治经济，我们更想以唯真唯美的精神来创作文学和介绍文学。现代中国的腐败的政治实际，与无聊的政党偏见，是我们所不能言亦不屑言的。

我们这一栏是世界人类共有的田园，无论何人，只须有真诚的精神和美善的心意，都可以自由来开垦。

王母的蟠桃，不是一日结得成，罗马的城堡，不是一人筑得就，纵使我们的努力，不过和沙上的足印一般旋即消去，然而投在太平洋东岸的一石，也许有微波传到太平洋的西岸去，我们的希望，原不过如此而已。

朋友们哟，梅雨期过了，“自然”的威势已经达到了最高潮，我们的精神不是沉潜的时候。

朋友们哟，来！来！我们每日地开荒播种。

七月二十一日

原载1923年7月21日《中华新报》副刊《创造日》第1期

# 《创造日》停刊布告

郭沫若

《创造日》出到一百期了，报馆方面因为别有重大的经营，要求我们暂作收束，我们不能不在这一百期上摇出他的葬钟。

寄稿者的兄弟们哟，全靠你们的努力使《创造日》得以诞生，但你们听到今天的这个消息时，你们的悲哀，一定要比我们深刻，我们不得不感谢你们，同时也不得不向你们求恕。

爱读者的兄弟们哟！全靠你们的厚爱使《创造日》得以长育，最近绥远的朋友尤有人写信来要求合订本的出世，你们听到今天的这个消息时，你们的失望，一定也比我们突兀，我们不得不感谢你们，同时也不得不向你们求恕。

我们的《创造日》本来是在荒漠中生出的一株小花，自开自谢，本来少人过问，本来无所关心，但我们深恨没有力量可以使荒漠成为良田，我们也没有力量可以使它独立以至于永远。我们只好忍心，我们只好听他在荒漠中萎谢。

但是，朋友们哟！一种潜能在宇宙中发为事功以后，永没有消灭的时期。我们的《创造日》虽只这一百余日的生涯，但我们相信在我们小部分的关系者心中，在我们小部分的爱读者心中，他如象种子含的胎芽一样，他是依然活存，而且必有一日迸出地层，奋发参天的时候。朋友哟！我们请暂抑着悲哀，同声唱他的薤露。

凤凰虽已化成灰，

凤凰不曾死。
秋菊虽已凋残尽，
花已成种子。
创造日哟！创造日哟！
你是不死，不死，
永远不死！
这儿摇着的葬钟，
唱着的悼诗，
是你复活的预期，
再生的颂词。
创造日哟！创造日哟！
你是不死，不死，
永远不死！

十二年十月三十一日《创造日》停刊之前二夜



**原载1923年11月2日《中华新报》副刊《创造日》第100期**

# 终刊感言（代序）

成仿吾

仅仅出到了一百期，似乎历程很短，然而我总觉得也是很长很长的。这几天我们时常说：居然出到一百期了。

开辟这块新土地，本来是我们的一个小小的冒险。真的，我们自己手中待做的事情太多了。而且我们所恃的，仅我们的几个好朋友的一德一心，我们是手无寸铁的。

关于我们这工程的成绩，我想没有比我们自己更不满意的。无论如何，我们当初的计划，决不是只如此而已的。只我们的人数太少，事情太多，与外来的投稿太少，“小诗”太多了，使我们终于不曾把当初的计划实现。

我们当初的几种计划之中最重要的——可以说是使我们突然高兴着手开辟这块新土的原因的——是对于新旧出版物的一种监察与批评的工作。我们的所谓新文化运动以来，虽然也造就了不少的名人博士，究竟当此凶年，不仅良莠不齐，而且败类实占多数。一知半解之徒，装出一副大哲学家大文学家的面孔，市井无聊之辈，也弄出一些有名无实的翻译与著述出来，这种种的颓风，我们实在不能沉默。终我们这一百天的工程，我们不曾忘却我们的这层天职。然而毕竟我们力量太弱了，毕竟我们的嫉恶之心还没有修养到十足，而不辨黑白的群众对于我们的诬枉倒使我们每期作呕三日了。

这种工作我们既不能力行，我们这开辟的新工程，本来对于我们早已失了它原来的意义，我们的努力全是第二义的东西了。然而在我们这种第二义的努力之中，多少可以使我随时想起了都可以感到一点慰安的，是我们所择登的仅仅几十首的新诗。我说我随时想起都可以感到一点慰安，也许是因为我这一百天的努力，大半都消磨在这新诗的选择里。真的，我每天一到下午，便至少也得把我们这两年来接到几堆诗稿翻来复去地搜寻几遍；每当寻不着好一点的诗，便又忙着向别的方面去寻找。这几十首诗，那一首首是怎样怎样得来的，我此刻还能一一想起。我对于这几十首诗所以特别感觉一种亲爱，也许是因为有了这种因缘，然而我自信这点溺爱决不是不当的。

关于我们所选登的几篇小说，我也可以保证它们是水平线以上的作品。几个作者之中，尤以周全平与倪贻德二君为最有望。二君是这半年以来的最杰出的新进作家，我们便只介绍了这两位无名的新进作家，也可以说没有空费了这一百天的努力。

均吾的神话与《歌德传》都是空前的壮举。《歌德传》不曾登完，真是可惜。



回顾我们这一百天的工程，我们自信已经尽了我们的心力，我们暂时只得以此自慰了。至于我们在这边没有做完的工程，我们在季刊与周报上当更努力做去。

报馆街也跑够了，望平街，我们再会！

十二年十月三十一日

原载1923年11月2日《中华新报》副刊《创造日》第100期

# 撒但的工程

全　平

有人声喊着说：
在旷野预备主耶稣的路，在沙漠修平我们上帝的道，
一切山洼都要填满，大小山冈都要削平，
高高低低的要改为平坦，崎崎岖岖的必成为平原。
——《旧约·以赛亚书》第四十章第三节第四节

上帝创世以后，见人在地上罪恶很大，终日所思想的尽都是恶；就后悔造人在地上，心中忧伤。上帝说：他们的尽头已经来到我的面前！因为地上满了他们的强暴。看哪！我要使洪水泛滥在地上，毁灭天下！于是洪水泛滥在地上，凡在地上有血肉的生物都死了。——见《旧约·创世纪》

啊！上帝真是全能的：浑沌的时候便创造，创造的不好便毁灭，一些没有顾虑。本来恶劣的创造就是破坏，真正的破坏便是创造。这其间没有什么积极的差别。不过世人都把创造的工程归于上帝而赞美之，把破坏的工程归于撒但而咒诅之；所以我们不妨说：美善的创造是上帝的本能。真正的破坏是撒但的天职。

美善的创造是难能的而且是必需的，因为他会从空虚浑沌的无物中变幻出光明灿烂的世界；没有创造，便没有世界。真正的破坏也是难能的而且也是必需的，因为他是在虚伪丑恶的社会中，扫除去冷酷贪婪的怪物；没有破坏，怪物便要大施猖獗。

技巧的匠师，不能在旧屋没有拆去的基地上筑造巍峨的巨厦；真正爱花的人们，也决不肯袖手让荆棘丛生在自己心爱的花园里，把心爱的花儿凌践致死。所以破坏比创造更为紧要。不先破坏，创造的工程是无效的；真正的破坏，一切固有势力的破坏，一切丑恶的创造的破坏，恰是美善的创造的第一步工程！

寂寞凄凉的文艺花园里的创造之花，美艳不凡的创造之花，不幸在破坏工程尚未开始的时候，已萌芽于根深蒂固，无理可喻的荆棘中了。这好象一个晴天的霹雳，惊醒了游人的迷梦，他们才恍然知道：除了素所习见的，丑恶无状的满园荆棘之外还有这种不凡的花朵；虽然也有少见而以为怪的，但是真实的价值毕竟要渐渐得到公道。相形之下，刚在成长的花朵，便已引起包在她四围的自惭形秽的荆棘的嫉妒。

荆棘藉了它们的地盘与伙伴，来压迫这不与众同的花朵。它们恶狠狠的把她的阳光遮了；急巴巴的把它的养分夺了。不凡的花朵枯萎了！这是荆棘的愉快，也是爱花的游人的悲伤！

爱花的人们啊！不要失望！花儿的憔悴，不是花儿的能力薄弱，也不是荆棘的不可抵抗。这因为花儿的工作，只是她自己的创造；花儿的要求，只是她的创造的美善与伟大。她不希望世俗的成功，憔悴而死她也毫不失望，丑恶卑劣的创造，才是花儿真正的悲伤。

爱花的人们啊！应当记得！创造的工程是必需的，没有创造便没有花；没有美善的创造，便没有美善的花。然而不先做破坏的工程，不先破坏创造的一切障碍，那么，固有的恶势力，恰会把创造的工程破坏。

现在第一次创造之花的发育已停止了。荒园里的荆棘愈生愈茂了。所以我们不能不起来尽一些微力，来做我们的破坏的工程，撒但的工程，来砍除荆棘，扫去石砾，让花儿得以自由创造而发育。

我们知道撒但是最被世人憎恶的，撒但的工程是最被世人咒诅的；然而正义的上帝何尝不为以色列人所怨谤？世人本是盲目的啊！上帝的唯一美善而伟大的创造——他的独生子耶稣基督。不是因为宣传爱与义，便被他自己的选民——犹太人钉死于十字架上么？

所以我们固然不愿抹去良心，做假守祖宗律法，立在街头祈祷的法利赛人；但也没有那种伟大的愿力去学牺牲一己，钉死十字架，为恶人赎罪的救主。我们只凭着我们的良心，顺着我们的感情，来做被人咒诅被人憎厌的撒但，我们更愿意因为世人所加于我们的罪而把我们投入焚着永火的硫黄湖。

我们要定下我们的目标，我们的目标是一切社会的丑恶；我们要定下我们的要求，我们的要求是一切丑恶的破坏，没有调和，永无妥协的破坏！我们要凭着良心的指挥，永远为正义与真理而战！待把秽浊的尘寰依旧变成纯洁的白地，再来创造出美善伟大的世界。

原载1924年8月20日《洪水》周刊第1期

# 《洪水》复活宣言

美善的创造是难能的而且是必需的，因为他能从空虚浑沌的无物中，变幻出光明灿烂的世界；没有创造，便没有世界。真正的破坏也是难能的而且是必需的，因为他是在虚伪丑恶的世界上，扫除去一切顽劣的怪物；没有破坏，怪物就要大施猖獗。

技巧的匠师，不能在旧屋没有拆除的基地上筑造巍峨的巨厦。真正爱花的人们，也决不肯袖手让荆棘丛生在自己心爱的花园里，把心爱的花儿凌践致死。所以，破坏是比创造更为紧要。不先破坏，创造的工程是无效的。彻底的破坏，一切固有势力的破坏，一切丑恶的创造的破坏，恰是美善的创造的第一步工程！

上面的两段是去年发刊的《洪水》第一期上《撒但的工程》里的两节。现在我们便再拿来作为《洪水》复活宣言的引子。

《洪水》本是我们几个年青的人在情火浇不息，懊恼排不开，羞辱忍不住，愤恨扫不去时大胆地不顾一切而产生的一个婴儿。产生的当时，正是国内思想界上最最沉默的时候；几种有力量的刊物，都收敛了她的光芒。于是浑沌包在我们的周围了！青年人的热烈的情绪在这黑漆漆的浑沌中感着莫大的苦闷。为解除自己苦闷，宣泄自己热情的缘故，不能不破坏这黑漆漆的混沌；于是，未曾成熟的《洪水》便于十分匆忙之中产生了。但这准备不足，组织不坚，力量不多的我们的《洪水》，毕竟因为冲不破周围的旧势力而不曾支持下去。

匆匆便是一年。这一年中，发表思想的刊物如春笋般怒茁起来。

有谈政治的，有论社会的，有讨论主义的，有研究问题的，科学的，哲学的，文艺的，美术的，一切都备。似乎我们的周围可以逐渐光明了，我们感着的苦闷可以渐渐淡薄了，我们的热情有了宣泄的通路了。他们替我们说了应该说的话，我们可以缄默了。

可是，这新生的光明中，仍未能除去“派别”和“成见”两个恶鬼。这两个恶鬼操纵着他们的思想，因之他们的说话虽然有不少可以使我们点头，而令人作呕，令人愤慨的荒谬的话也仍是很多。

所以我们还是不能缄默，而且要永远不能缄默，倘使我们的思想没有绝灭。自己的话只有自己能说，别人说的终究还是别人的话。让我们摆脱一切派别，抛去一切成见，为自己努力吧。——努力求思想和感情的自由发展。

我们并没有什么远大的计划，也没有什么巨大的野心，更没有什么伟大的主张，只是因为看不惯眼前的丑态，遏不住自己的感情而又找不到可以让我们自由地发表思想的地方，才把这小小的《洪水》复活。

和我们有同感的朋友们，你难道肯使自己的生命躲闪在别人的影子下面默默无闻的消灭去吗？

一九二五，八，二二夜半

原载1925年9月16日《洪水》半月刊第1卷第1期

# 我们同声叫喊

全　平

让我们同声叫喊吧，死了的《洪水》又汹涌起滔天的巨浪来了。

《洪水》，是我们几个手无寸铁的青年人自己所有的一个发表自由思想，并与恶势力争斗的唯一的工具。不善逢迎，不能妥协的青年人在现在的社会上本来是找不到开口的地方的。钱势，两层坚韧的封皮，紧紧的封住了青年人的嘴。然而不自量的我们偏想用这一点点钱势也没有的《洪水》来毁坏这两重坚韧的封锁。但不幸《洪水》在去年只发行了一期便停刊了。停刊的原因是很复杂的。总括起来说时——由于我们的力量太弱小了；换句话说时——由于我们的经济力太微薄了。

我们的发刊《洪水》，一点组织也没有，一点准备也没有，纯由于青年的一腔愤火。我们愤于社会的黑暗太浓密了！我们愤于阶级的压迫太残酷了！我们愤于人们的思想太混浊了！我们尤愤的是：我们的乐园——文艺的花园里的罪恶也一天天的增长起来。身处其间的我们，实在不能再忍耐了。我们还是青年，我们的感情是暴烈的。我们的器量是偏狭的。我们的耳朵不能再听丑恶的叫嚣。我们的眼睛不能再看伪诈的做作。青年人的愤火快要烧穿我们的狭窄的胸腔！

我们不再吞声，我们要毫不顾忌的叫喊，喊出青年人的全部的羞辱和愤慨！但是，要叫喊，先要有自己的嘴；要是自己的嘴，才能毫无顾忌的叫喊。因此，《洪水》便匆匆产生了，一些组织也没有，一些准备也没有，只凭着我们的一腔愤火。

第一期出版后，齐卢战事骤起。担任发行《洪水》的书局因为交通阻碍，全融紧迫，不肯继续了。拿了契约和他交涉也依然无效。没有一些组织和准备的我们便只能眼看着自己的爱儿被人生生杀死而不能加以救援，虽然我们胸中的愤火还是炎炽如初。

停刊的一年间，我们是刻刻的想把《洪水》复活，然而经济的魔手扼住我们的咽喉。办《洪水》的经费并不十分大，但在衣食不周的我们穷人看来，实在是无可设法的了。

幸而现在又找到了出版的机会，我们便又刻不及待的把他复活起。我们自然不能说《洪水》自此便永无灾难，可是我们敢说，出版方面没有阻碍时，我们是决不肯中途停止。

我们的感情还是暴烈的，我们的器量还是偏狭的。我们喜欢老老实实的说出心中要说的话，虽然我们的话不一定是真理；我们喜欢爽爽快快的指出人们的短处，虽然我们也一样有许多短处。我们要一洗从前“思前顾后”“隐恶扬善”等等儒怯的伪君子态度。

一重美丽的黑幕遮在现在的世界上，好象是一枚蒙着绚烂的果皮的烂果子。人们只是掩着鼻子在赞颂这果皮的鲜艳，但我们却要挑破这果皮而露出里面的一囊臭肉。

这种工作显然是不受欢迎的，甚至是招怨树敌的，但既想做了，便也不再来顾虑到这些。“我们愿意凭着良心，顺着感情，来做被人咒诅，被人嫌恶的撒但。我们更愿意因为世人所加于我们的罪而把我们投入焚着永火的硫黄湖。”

一九二五，八，三，夜于上海

原载1925年10月1日《洪水》半月刊第1卷第2期

# 编 辑 后

《洪水》停了几个月，第二十五期，到现在才出世，因而外面很有许多谣言。其实呢，不过是我们几个人觉得努力不足，想增进一步的预备。而实际上，几个同人，都出去作实地的工作去了，剩下来的就只有几个人，在这里保守残垒，重谋复兴。这并不是我们的分散，也不是统一的破裂，不过工作方向，变更了一点而已。

此后的《洪水》，大约总可以按期出版，不过稿子方面，因为有种种关系，有的不敢用，有的不敢说。万一天从人愿，把我们头上的高压力除去了的时候，读者诸君或者可以认识真正的《洪水》的本体。

《洪水》的编者，本来没有党派，没有颜色，但也不能说没有一点主张。总之现代的社会缺感很多，若《洪水》能够在这一个缺憾很多的社会里，补上一两个窟窿，或者将外面的纸糊的表面，打破一两个，那《洪水》的使命，就完成了。寄稿的诸君，请本了此意，大家来加一点一滴的水势，好使它泛滥于天下。

编者志

原载1927年1月16日《洪水》半月刊第3卷第25期

# 《洪水》终刊感言

仿　吾

享寿一年有半的《洪水》，虽然历程很短，然而它在创造社的进展上是有重大的意义的。

《洪水》的全经过可以分为三个时期。

它本来应当是一个暴露资本主义社会的各种矛盾现象的战野，但是在创刊的当时，我们的意识不甚明瞭，所以初期只是一些空空洞洞的叫喊。这是时代的关系，当时还是国民革命的前夜，热与力虽然有余，可是还不曾将问题切实地把握着。

中间曾稍及社会思想，不过集中在国家的理论（这也是时代的关系）。随这第二期的进展，意识稍见明瞭，直到对于英国智识阶级公开的一封信，开始了我们的智识阶级对于国民革命应有的参加；然而始终是一种智识阶级的运动。不过就是这样泛泛的思想运动，在当时的文艺界（也许竟可以说全学术界），已经是“凤毛麟角”。

后来因为情况的变化，我们又不得不集中于纯文艺的制作。在这第三期，随时代的进展，我们更觉到了文艺这分野的重要。

回顾起来，我们这一年半以来所成就的是怎样的微小！

现在，我们的国民革命已经到了一个新的阶段；社会的条件已经尖锐化，《洪水》应该停止出版。

在出版当时的情况之下，在国民革命的现阶段，《洪水》可谓完成了它的使命。

功成者去，丝毫用不着迟疑与伤感。但是我们回顾过去的遗踪，注视茫茫的前路，我们深深感觉任重而道远。

我们自从以青春的热血与朝气和一切旧的恶势力搏战以来，我们常是革命势力的战友，我们给青年的战士们以援助与鼓舞，为他们的先导。但是年轻的我们自己，在当时全身为愤怒的烈火所焚烧，只是反抗，也教人反抗；我们不曾有观察与推考的余暇，我们忘记了这种种旧的恶势力的批判。

《洪水》的出版，一方面扩大了我们的战斗的局面，他方面也诱起了我们对于各种旧的恶势力的观察与批判。

国民革命的急促的进展，使我们不能不更就全面做一番批判的工夫；就在这个时期，我们就被抛弃在很远很远的后面，我们的后面排列着一大堆蹩脚的分子。

现在我们已经应该赶上前去，我们赶上前去，我们向觉悟的青年战士招手，不觉悟的分子，我们让他们去没落。

这是何等重大的一个契机，我们现在当面正对着。

《洪水》已经完成了它的使命；新的使命从此开始。

我们在停刊的当儿，我们感谢本刊作者诸君的努力，与读者诸君的爱护，我们预约我们今后的奋斗，也切望青年诸君同上前走。

去罢，《洪水》，你完成了你的使命！

十六年十二月十四日

原载 1927 年 12 月 15 日《洪水》半月刊第 3 卷第 36 期

# 《洪水》停刊以后——怎样呢？

诚如《洪水》同人所言，《洪水》已经完成了它的使命，此刻读者对它作怎样的感想，同人们虽然是不得而知，但是编辑部同人，和出版部同人自己着实要替它祝福。

我们要向爱读者正式宣说，《洪水》的休刊是一个必经的时期，决不是编辑部和出版部两同人的休工。我们以后努力的成绩，可在这下列的几种刊物中看出：

（一）《创造月刊》准定按期编印，每月一号出版。

（二）《文化批判》月刊每月十五号出版。

（三）出版部半月刊，刊名《火星》，一俟编纂就绪，即行付印，每月逢五号及二十号出版，编辑者出版部同人。

上海北四川路麦拿里创造社出版部谨启

原载 1927 年 12 月 15 日《洪水》半月刊第 3 卷第 36 期

# 自己纪念自己

与其说这一册小小的周年增刊是为了纪念《洪水》，不如说是为了纪念我们自己。

看了《洪水》的名称和《洪水》的封面画，我们已经可以知道这半月刊《洪水》是负了怎样的使命了。但是这一年来，这幼小的《洪水》果然曾愉快地完成了它的使命了么？

啊，一点也不要自饰！《洪水》的本身就并不曾成为如同人们所想望的《洪水》，那么，那么它对于它所应及的使命究竟完成了多少，我们也就“可想而知”了。

说是要清理出版界，但目前所有的只是一个连自己也不甚惬意的创造社出版部；而其余的出版部的黑暗，还是如故。说是要向那种看不惯的一切丑恶挑战，但这些顽的梗的黑漆漆的丑恶还在包围着我们的周遭；几乎使自己也要变成自己所要的挑战丑恶了，啊，惭愧啊，要是想起了这些。

象这样的一个不成器的刊物——这是我们在“情火烧不息，懊恼排不开，羞辱忍不住，愤恨扫不开”时对于《洪水》的一个评语——在这样的一个更丑恶、更黑暗的目前的社会，有什么可以值得纪念呢？

然而我们竟然把这册周年增刊编起来了。我们编这册增刊的第一个原因是纪念同人们的努力竟然满了一年，虽然这一年的努力是只出了这样一个不成器的刊物。编辑《洪水》的几个人都是很年轻的人，年轻的人办事是少有长性，——老辈的人常常这样说——但我们居然持续了一年，这实在是我们的欢喜。而且这一年来，虽然在《洪水》

上所显出的我们的成功并不多，但在这样的一个黑暗的，丑恶的，最易令青年走入歧途的社会中，我们居然还能找着青年们应走的大路不息地向前进，这实在也是我们的欢喜。这两点，在同人自己确以为是值得纪念的。

其次，我们编这册增刊是为了纪念帮《洪水》的忙的几百个赠稿者和几千个爱读者。投稿《洪水》者之多和《洪水》销售之广，都是出于同人们的意外的。许多不曾相识的朋友，从远道寄来他的诗篇，他的心爱的处女作，他的论文，他的《洪水》定阅单，而且还夹着率真的，诚挚的长信。同人们接受着这样的友谊时是怎样的感动啊，虽然同时也会感着惭愧；——《洪水》的内容的欠佳是觉得对不起读者；《洪水》的篇幅不够是觉得对不起投稿者。同人们能有这么多的勇气来持续《洪水》的一年，确大半是由于这些不曾相识的朋友的友谊的鼓励。对于这可敬佩的友谊，不含作用，不要收回的纯洁的友谊，同人们是十分感谢着，而且永远纪念着的。



第一年的《洪水》已经过去了，不甚汹涌地在我们的面前过去了，依旧留着不少的工作待我们去干。我们一面要纪念着这已经过去了的朋友的友谊和自己的努力，一面更要充分准备自己的新的力量，同时也望朋友们能加以更多的鼓勇；因为我们必须使未来的《洪水》能有比过去的《洪水》更大的力量，更多的成就！

一九二六、一〇、一八，《洪水》的编者

原载1926年12月1日《洪水周年增刊》

# 关于这一周年的《洪水》

全　平

《洪水》的编辑者并不止我——全平一个，然而不敢自诩，对于这幼稚的《洪水》的养育和爱护曾有了更多的热望，更大的辛苦的，总应该数着全平——即我的吧。



在这幼稚的《洪水》竟能满了一周年的今日，对于她的历史比较关切着的保姆出来报告了下面这一些，实在是不能称作僭越的。倒是自己太关切了，说的时候未免有些偏心，可是那也是没有办法的了。

### (一)《洪水》的动议，贝勒路和天寿里，昙花一现的老《洪水》

今年是民国的十五年了，但是我们要说及《洪水》产生的原来时，我们不能不追溯到民国十三年，即曾震撼全国思想界的《创造周报》停刊的那一年。

民国十三年的春间，《创造周报》的“巨头”郭沫若因为物质生活的侵凌，不能不暂时离去这可憎的上海而再漂流到他所不愿久留的异国，日本。达夫是早离开上海的了，仅仅仿吾一个在独力支撑，实在是难以为继的。友朋团聚在一起时，便穷苦些又何妨，可是那时只仿吾一人独自啊！于是经了一次的函商，《创造周报》便于满一年的一天停刊了！——这实在是南方，不，是全国思想界的一个多么重大的损失啊！

那时仿吾也离了那被我永远记忆着的民厚里 692 号而搬入贝勒路

的一间市房去了，伴着他的有我们的尼特和我们的天才——敬老先生隐渔。我，在那时是在一个教会的编辑所里做莫名其妙的英文圣经校对，拿着还比较可羡的薪水而一人独自住在北四川路的一家后楼里。

那时仿吾也预备离沪，所以我们这一群因为分别的时候已近，便一个机会也不肯错过地常常聚集在贝勒路的市房里。

不记得是几月几日的事了，几个人聚在贝勒路的楼上，谁在清理着《创造周报》的余稿，一捆捆的，一包包的。

——这许多稿子都没用了？不太可惜么？

——是哟，但也没法呢！一则是容不下，二则有许多也实在不能用。

——我看有许多都还不差，刊在周报上虽然觉得是差些，可是现在一般的作品还都比不上他哩。弃了不可惜么？

——让我们来办一个刊物来补足这个缺憾吧。本来周报停刊对于我实在是太伤心，我们应该努力，我们应该弥补周报的缺憾而准备周报的再来。

——好的，好的，我们来办一个刊物……

——……

《洪水》的胚胎便在那时种下了。其后经了几次的商议，便决定由留在沪上的我们的一群：尼特，隐渔，良才，我，四个人办理这件事。

待仿吾动身离沪的一晚，在豫丰泰的酒筵上，《洪水》的产生便决定了。

1　定名为《洪水》——这是我题的，因为那时我正在校对《圣经》上的 flood 一章，我渴慕着那能毁坏一切的洪水。

2　也是周刊，格式也和周报一样。但篇幅是周报的一半。

3　内容偏于批评，（那时恰巧有几位朋友趁周报停刊而在《文学》上对创造社大施攻击，所以有这么一个决定。）并尽量容纳周报上容纳不下的好稿子。

4　仍归泰东发行，那是泰东的“小开”忠贤先生自告奋勇的。

一九二四年九月一日，《洪水》周刊第一期出版了，三十二开大小，报纸，横排。第一期的目录是

1　撒但的工程　　　全平

2　盲肠炎与资本主义　　沫若
3　迷离的幻影　　贻德
4　对于梁俊青的意见　　全平
5　通信　　仿吾

五个。沫若的稿子是新寄来的，那时他在日本福冈，他很希望我们能努力，《洪水》的封面字便是他用破笔蘸了蓝墨水写好寄来的，因为那时他没有毛笔和墨。

第一期的稿子是在天寿里编成，但第一期出版时，齐卢战事起了，我们好几个人都寄寓在贝勒路尼特的房子里。

那时贝勒路某号房子的客堂楼上有一簇青年争在翻阅着一折薄薄的刊物，而且十分高兴地议论着的，便是我们这一群和我们的《洪水》了。

接着第二期付排了，目录是：

1　永远的道路　　仿吾
2　天召　　守章
3　灵魂的哀歌　　以仁
4　终究不免要写的信　　争安
5　养兔记　　沫若



五个。其后，校样送清了，三校完了，出版期近了，忽然，那位忠贤先生来说：因为战事关系，账收不进，书销不出，第二期《洪水》只得停印了。

*　*　*　*

——怎么办，他们说近来经济周转不灵，不能出了！

——那里，这一些钱都周转不来么！况且印刷所又可以欠账。这明明是推托。

——我们去和忠贤办交涉！

——但是，依人篱下终究不是长策！我们应该觉醒了，什么都要靠自己，我们耐着准备着我们的实力吧。

*　*　*　*

把泰东的无理的拒绝拿来自己议论了一阵，便且忍着气让我们的《洪水》受了死刑的宣告。

## （二）沉默的冬天和春天，大新旅馆和天韵楼，新的同人

秋间，齐卢战争暂告结束时，我的在南翔的家已被毁了，暂时寄寓在一个友人的家里。同时沫若又从日本回来，同了他的安娜和三个儿子。这其间的一切对于我，在我的生命史上实在是很多可以值得渲染地写起的，然而对于《洪水》，实在还只有沉默，虽然沫若那时从日本带回了一大堆原稿，而且还怀着一个终究未能实现的幻想。

从冬天到了春天，《洪水》的消息依然是沉默着。那时我已住在阜民路的亭子楼里了，母亲住在厢房里。我赋闲着，沫若也赋闲着，《洪水》的消息当然只是默默地。

在此我应该提起我们的友人沈松泉，虽然近来也因为一些商业上的纠葛而和我不甚融洽，可是我不能不说他是帮忙《洪水》得了一个复活的机会。老实地说来，光华书局曾利用了《洪水》和创造社，而造成了他现在的地位，但《洪水》确也曾利用了光华而得着复活的机会。

用了沫若的一册《文艺论集》和我的一册《梦里的微笑》作了互惠的条件，光华书局答应出一个定期刊物。

*　　*　　*　　*

民国十五年的夏间的一个午后，南京路永安公司屋顶花园临着路边的一个亭子的栏杆上，对坐着一个穿夏布长衫的和一个穿灰布长衫的，面色都很憔悴，然而都很高兴。

那时他们已互相把他俩写的几篇小说看完了。

——全平，你这篇东西写得好，写得大胆，顶好是那一段心理的变态描写，不是亲历过的一定写不出！（这是穿夏布衫的说的，扬州音，手里一束用蓝格纸写的稿子，一挥一挥的。）

——嘻，写得还好么？那确是真的，就是我住在四川路时的故事。你的，我看是这篇写得更好，人世间的无可奈何终是这样的，这里面找不出善恶，找不出是非。（这是灰布衫的回答，蹩脚的普通话，手里也卷着一束稿纸，但是红格子的。）

——那不兴，我自己觉得是这篇好。

——实在批评一个小说要比较出好坏来是很窘的事。沫若也曾说

过，他以为满意的作品别人倒不甚提起。所以评论是非实在是难得有标准的。

——是呵！近来的一些刊物上便满是些颠倒是非的东西，看了就令人生气，最好我们也来办一个刊物和他们捣乱。

——说起刊物现在倒有了好机会，我正想把《洪水》复活哩。可是我因为没人，有一点胆小。

——你愁没人作稿子么？那不算什么事，我们两个也可以写起呢！有机会不可错过，我们决定来干一下吧。

* * * *

永安公司屋顶花园亭子栏上的明天的上午，四马路大新旅馆的某号房里夏布长衫和灰布长衫对坐着。外面下着雨。

——为法，你今天就要回扬州么？这么大的雨！

——不能再耽搁了，那边还有事。



——稿子呢？

——《林中》的序已经做好了。《漆黑一团》也写完，可是写得还不曾透，好在这只算是一个开头，以后正好慢慢做呢。

——那么决定照昨晚的话，九月出版，可是你的稿子不能拆我的烂污啊！

——那自然！

——那么我今天不送你上车了，本想请你玩一二天的，可是实在太穷了，昨晚复盛居的二两原梁，便算是请你吃的酒吧！

……

* * * *

《洪水》的复活便在这两次谈话和这两次谈话中间的一次复盛居大宴中而决定了。

于是我开始把编辑的职责加在自己的身上，再开始招集稿件。

那时敬隐渔已到法国去了，（他说是去找罗曼罗兰的）在上海的除了沫若已在学艺大学教课外，还有在尚公小学的严良才，在上海美专的尼特和新近认识起来的陈尚友和LF。

统是沫若给我介绍的。最奇怪的便是LF。有一次我到环龙路，闲谈中，沫若忽从他的黑文书夹中捡出几张小纸片，说是一个青年画的画。我拿来看时，立刻觉得这小小的画都很新鲜，很多趣。没有一片纸是方方正正的，同样大小的，而且纸质也不一律，甚至有许多是画在很粗的火纸上的。而且也不象是认认真真画的东西，颠倒横竖错乱着在一片大的纸上，有的纸片还乱抹着颜色。然而就在这乱七八糟中，你便找得了你一看就爱不释手的东西。分析起来很简单，很随便，但全体确很匀称，很精细，而且很耐人寻味。

兴匆匆地怀着这些可爱的纸片就走回阜民路，也忘了问沫若：这青年姓甚名谁。我只看出画上有个象“正”字的符号，我不知道他就是 LF。

后来便知道这聪敏的画画的青年便是我们已经认识过的叶灵凤，便是在贝勒路居住时常常来吃面的穿蓝衫的少年。可是我从不知道他能画。当然是更不知道他能画这样好的画了，而且我更不想起这象“正”字的署名便是灵凤的简名 LF。

不特 LF 是《洪水》的新同人，LF 的画更是《洪水》中的新作品。



### （三）自创刊号到第十二期，阜民路二九五，组织出版部和自己出版

民国十四年九月一日，画着一个奇怪的封面的《洪水》半月刊创刊号陈列在四马路的书肆里了。这奇怪的封面和封面里面的一些新的人名使上海的读者们吃了一惊。于是《洪水》便缓缓地从上海而泛滥到各处了。从第一期到第十二期，《洪水》的定户从五十增加到六百；《洪水》的印数从一千增加到三千。

《洪水》的销行并不是偶然的，意外的。《洪水》确有《洪水》的特点，那就是年青人的率直。《洪水》始终是一个青年，他从不曾畏缩过，扭捏过，作伪过，虽然他有时象还幼稚。

而且《洪水》也确有为当时一般所不及的作品。在此我不愿意自己来介绍，我要请读者们再回头把《洪水》的合订翻阅一过，让那些可贵的作品自己证实我的说话。

第一卷的《洪水》有五十七个执笔者，有一百三十五篇文字，大约有三十万字。

《洪水》的内容有一个缺点，便是没有一个标准的主义，所以《洪水》的内容似乎是很庞杂的。但是我们若仔细一步分析时，我们也依然可以找出他的一贯的地方。即倾向社会主义和尊重青年的热情。

《洪水》是有一个信条，即尽量容纳外面的来稿，然而他的一贯依然可以找出。

《洪水》的文艺方面的作品，无论在技巧上有怎样的缺点可说，但是他里面所含蓄的青年的热情实在是值得尊重的。有热情的人才是有生命的人，有热情的人才能不息地猛进，才能掀起世界的波澜。在这一点上，《洪水》的销行便不太欺骗读者了。

至于《洪水》的倾向社会主义，更是不须多说。其实这不是《洪水》特有的现象，这乃是一切有热情的，肯猛进的刊物所共有的现象，这是无可避免，也不须避免的。

* * * *



小小的一间方形的亭子楼，沿西北两壁设着两只没有帐子的床。东壁有一扇单门临着扶梯。靠南窗是一张用架子撑起来的没抽屉的黑漆方台——到后来这只方台便进化而为一只用十二元买来的西式写字台了。原先只是一个人独坐着，后来便是两人对坐着的了。淡淡的冬日斜躺在楼板上的午后，昏黄的火油灯危坐在窗前的夜晚，年少的两个默默地对坐着，翻着原稿，涂着校样，只很少的时候，才偶有工作疲倦后的一声叹息，一次欠伸，一次对语；接着又默然了。有时也曾轮流着或者并倚着到西窗去闲眺，怅望着灰蓝色的西半的天空，默默地待夜的女神来抚慰他们的半天疲劳。

这样的简陋，这样的单调，一期一期的《洪水》便在这里产生了。

在那时的单调生活中，有一件事应得在此提及的，便是创造社出版部的组织和进行。

组织出版部的动机，追溯起来又是多年前的事，但因为他实现的欲望向来是很淡的，便一直不曾设法去谋他的实现。直到在《洪水》出了第四期的时候，谋出版部的实现的欲望忽然强烈地来袭着我。这大概有几个原因：

第一个原因当然还是为了自己没有出版机关的不便利。虽然光华书局因为是朋友和其他等等的关系已经给了我们许多便利，然而总还觉得不够。

第二个原因是为了许多不曾认识的朋友的怂恿。自从《洪水》上刊了一篇《漆黑一团的出版界》的杂感文后，有不少的朋友写信来商榷自己组织出版部的计划。

但第三个，就是最大的原因，恐怕还是为了自己的"办事欲"忽然炽盛了的缘故。任别人笑骂我为野心的妄人，为好大喜功的浮浅者，我还是承认自己在那时的确抱着一种计划，一种要被人视为空想的计划；——这种超过我的能力的计划现在依然存在我的空想里。敢于奋勇地把《洪水》的集稿责任担在一个仅仅受着中等教育的青年肩上者，无非也是这个"办事欲"在里面鼓动着。《洪水》出版后的意外的收效，是我的近乎空想的计划的第一步成功，也就是催促我把出版部实现的第一个动力。

一个独自在这间小小的亭子楼里草拟了章程，规定了办法，计划着进行的手续；其后，章程印起了，股据备好了，收股处指定了，广告也刊出了；于是，络绎不绝的挂号信便来在这间小楼里。

每一封挂号信能使我的空想的计划更近现实一些，所以那时我虽然为了许多琐屑的事务而"耽搁"自己读书和写作的功夫，也一点不觉得可惜。

在年底将近，加入出版部的朋友已经不少了，为了事实上的关系，我们便匆忙地把出版部成立起来了。同时《洪水》也就从光华收回作为出版部发行的第一种刊物。

### （四）新生活的一幕，《洪水》第二卷，移到广东

新生活开始了。我们在宝山路三德里十一号租了一所价廉的洋房——可是已经很破败了——几个人便在里面开始办起"公"来。那时我们这一处是四个人：预人，毓英，灵凤，我，不久又加入了汉年和樱岛。

新生活的开始也可以说是我们的商人化。除灵凤，他是依然继续着学校的生活；此外，都成为处理簿籍的商人了。起初是想不到事情会这般麻烦的，尤其是我们都是毫无商业经验的，便格外忙得厉害。

东一本，西一本，左一本，右一本的大小中外各式帐簿，把我们几人弄得“神魂颠倒”“手足无措”。外表上看来已很有样子了，翻着爬满了红蓝数字的簿子，滴搭地打着算盘；然而事情是这样可笑，往往打了半天的算盘还打不出一个得数，结果依然用笔算把他一个个的加起来——现在可是不同了，每人桌上有一把算盘，十三档的，大概至多三遍，总归可以打出得数了。

那时的生活当然不仅打算盘一项。除了打算盘，我们的事务也还有许多。什么校对稿子，收发信件，当然格外比从前多了，然而不能算是新生活。可以算作新生活的应该是卷寄《洪水》,《创造》和打邮包。这实在是奇观！不巧，也就是凑巧的时候,《创造月刊》和《洪水》齐出了，于是几个人便无休息地忙碌起来。结果是将近二千卷的邮件堆满在台上，架上和地上，霉臭的面浆风乾在大家的手上。另外还有方方的小包，每个重量是四磅，是用一台从旧货店里买来的磅秤磅的，因为是旧货，所以指示数字的指针没有了，剪了一枚硬纸挂在上面，所以秤磅的重量实在是不准确。然而邮局里倒并未因分量不准确而生麻烦。这些工作大半是我们的邮务长预人办理的，后来仲平也曾帮过一些忙。



在这种商人化的生活中,《洪水》的集稿者仍然是我。同时沫若等都离了上海，为法在扬州为生活所窘，良才在苏州作小学教员，贻德又忙于作画，都少执笔为《洪水》写作了。这时帮了不少忙的当然要先数着灵凤，那时他不大作画而另外努力于他的《白叶杂记》；可是我更不能忘却的还是许多外间的投稿者。

虽然第二卷《洪水》的篇幅从三十万字增加至四十余万字，虽然第二卷《洪水》的文学同人们自己的较少，但未能刊出的外稿总和起来至少还有《洪水》的全卷那么多。

小小的《洪水》能得读者们这样的拥护，实在是同人们所深深感谢的，而且也正惭愧，因为篇幅和别的一些关系，辜负了许多作者的热望。

二卷《洪水》七十余万字中，有大半是外来的稿子，即大约是四十万字，再加上未曾刊出的五六十万字，那么一年来《洪水》所收得的投稿为一百万字。这一百万字，我们从量上说，实在是个可惊的数字。而且从作者的发信地址上看，我们更可以看出虽然僻远如绥远，闭塞如甘肃，也还有喜欢创作的青年在。但我们若从质上来看，我们便立时会有一个感觉，这个感觉即是中国现在写作的青年还是软性的多，硬性的少。

一百万字的外来稿中文学的作品是十分之九，虽然《洪水》的征稿启事中是标明愿接受一切写作的。十分之九的文学作品中，若以篇数而论，诗歌稿约也是占了十分之九。青年的感情是浓重的，而诗歌是感情的流露；《洪水》的投稿者多半是青年，所以《洪水》的来稿是以诗歌为最多了。——这是我对于外来的诗歌多得令人出奇的一个解释。

这里有几个很希奇的现象，即是社会主义的思潮逐渐澎湃了，阶级争斗的事实愈益显明了，而足以代表自己的思想的文学作品，为何还都这般灰色？许多青年都在要求《洪水》成为更猛进的，更鲜明的刊物，而收到的稿子都全不是这些青年所要求的，难道读《洪水》的青年不就是投稿《洪水》的青年么？广东方面爱读《洪水》的人是很多的，然而从广东来的稿子并不多，硬性的稿子更不多，难道爱读刊物的就不爱写作么？

看了这些希奇的现象，难怪有人在高呼“我们要一个革命文学家”了。可是革命文学家是不是因为有人高呼便立地会产生出的？那些写爱情小诗的诗人把诗的题材换用了革命的，是不是也就成为革命诗人？我想这还是很待考虑的事。我在《洪水》一卷439页中曾说到现在的作家喜欢谈穷谈女人是由于这些作家仅仅是在一个小范围的智识阶级中产生出来的缘故，我觉得这句话依旧可以用来解释上面这几个问题。

所以我对于目前的现象：作品太软性的现象并不抱悲观，这正是思想生激变时一些徬徨者应有的表现。这些作品与其说是不好，宁说是他已表现了一些游离在时代潮流中的小资产阶级青年。倒是那些应时的革命文学家，他们并未曾有真的革命的情绪，只是用一个冠冕的题材来掩护他的浅薄的思想和拙劣的艺术，那才是坏的现象呢！

在现在的一些作者中，我们只能看到现在的一些作品，真的革命文学，革命诗人，在不久的将来，在那些真的革命群众中自然会得产生的。到那时你就不要求，甚至抗议他的产生，他也自然会得产生的。我们只要认定谁是真的艺术，谁是假的艺术。不被假的革命文学淆混自己的目光，真的革命文学便更易产生了。

说话说得过分了，说的《洪水》来稿，却论到文学与艺术。可是文学是自己的思想的表现，一代的文学作品是足以代表这一代的思想的。

因为这个缘故，我也是一个在时代潮流中的游离者的缘故，对于这已经被革命的青年要求着的《洪水》便不敢再滥骂了。而且商人化的生活也太不相宜再兼刊物的编辑。于是经过几次商议之后，《洪水》便移到广州去编集了。

《洪水》已移到广州去了。从产生到现在，我是整整地抚育了一年。这一年中，《洪水》为我们总算做了一些事了。直接是光华书局的发展，出版部的成立，间接是上海的刊物的蜂起。从这里，我更相信“动手干”的值得称许了，虽然不免有自己称许自己之讥。这么浅陋的我，居然也使《洪水》继续了一年；这么不像样的《洪水》，居然能使上海的出版界兴起一时；“动手干”的值得称许不是故意的了。我忆念着我们的小宝贝，我更希望比我力量更大的许多青年大家都自己起来“动手干”！



一九二六，一〇，一，B22。

原载1926年12月1日《洪水周年增刊》

# 卷头语

达　夫

天地若没有合拢的时候，人生的缺陷，大约是永远地这样的持续过去的吧！啊啊，社会的混乱错杂！人世的不平！多磨的好事！难救的众生！

回想起来，《创造》季刊的出世，去今已有四五年，周报的废刊，到现在也有两三个寒暑了！

我们觉得生而为人，已是绝大的不幸，生而为中国现代之人，更是不幸中之不幸，在这一个熬煎的地狱里，我们虽想默默的忍受一切外来迫害欺凌，然而有血气者又那里能够！

我们过去的努力，虽不值得识者一笑，然而我们的一点真率之情，当为世人的共谅。现在我们所以敢卷土重来，再把创造重兴，再出月刊的原因，就是因为（一）人世太无聊，或者做一点无聊的工作，也可以慰藉人生于万一。（二）我们的真情不死，或者将来也可以招聚许多和我们一样的真率的人。（三）在这个弱者处处被摧残的社会里，我们若能坚持到底，保持我们弱者的人格，或者也可为天下的无能力者被压迫者吐一口气。

我们的志不在大，消极的就想以我们无力的同情，来安慰安慰那些正直的惨败的人生的战士，积极的就想以我们的微弱的呼声，来促进改革这不合理的目下的社会的组成。至于创造社的脱离各资本家的淫威而独立，本月刊为大家公开的园地等等可以不必再说，想早已为诸君所察及，以后每期的稿子如何，执笔者何人，更不必自吹自捧，预先来引诱诸君。不过有一点我们可以请诸君安心的，就是“我们所持的，是忠实的真率的态度!”《创造月刊》，从今日起，又得每月与爱护创造的诸君相见了。

（一九二六，二月二十一日）

原载1926年3月16日《创造月刊》第1卷第1期

# 新的开场

独　清

一

时期到了，我们要切实努力于我们艺术底解放的时期到了！

目前，在这种混乱的状态之下，个人主义的妖氛正迷漫着我们底大陆，我们底一切都快要被这种空气所窒死，我们底艺术也被加上了重重的桎梏而不能有一步的前进。

我们认清了艺术底职务是要促社会底自觉，艺术决不能为少数者所私有，决不能只作少数特权者底生活和感情的面镜。我们认清了艺术若不去到多数者底大队里面，它底根本便不能成立。

所以，在这个重大的时期，我们要切实努力于我们艺术底解放！

二

时期到了。我们要从艺术中解放的时期到了！

这是无容讳饰，过去我们多陷在一个错误的深渊里：我们曾经把艺术当作了一个泥塑的菩萨，在所谓艺术至上主义的声浪中我们曾经作过些无意义的膜拜。

这个是因为被一向排斥多数者的艺术底本质所迷惑，结果自然成了艺术底奴隶。我们现在的要求是要破坏那种艺术底本质，要使艺术来隶属于我们底生活而不要使我们底生活为艺术所隶属。

所以，我们要努力于艺术底解放，还得努力使我们从艺术中解放出来！

## 三

但是，我们目前的世界已经分裂成了两个整个的团体；一个是在尽情地榨取，一个是在血淋淋的苦斗。这两个团体底激战将要愈进愈猛，而决没有一点可以融和的余地。

在这血淋淋地苦斗的阵营中的我们，誓要夺回我们被剥夺的自由，恢复我们被压禁到呻吟地步的言论，要把我们底屈辱除去，要使我们有新的生活底到临。

在这儿，我们底艺术有一个新的开场了。

“那不是解剖刀而是武器”。这句话我们便用来作了我们今后艺术底制作的唯一信条！

## 四

我们要切实努力于艺术底解放，我们要努力使我们从艺术中解放出来，我们要把艺术作为我们苦斗的武器，——我们有一个新的开场了！

原载 1928 年 8 月 10 日《创造月刊》第 2 卷第 1 期

# 编辑后记

从这一期起，我们重新开始我们的步武，编辑的大致是跟着文学部决定的方针，从商品化，奴隶化的今日艺术求我们的真正的艺术的解放，建设解放的艺术，建设人类解放的艺术，建设无产阶级的艺术，这是我们的原则；同时，我们不能不廓清一切俗流的批评家的见解，克服一切反动的艺术的污秽的存在，这是我们的责任。

本志以后不再以纯文艺的杂志自称，却以战斗的阵营自负。我们在这阵营中，对于敌人加以袭击，对于同志希求互助。我们晓得我们的势力很孤单，同时我们决不因此气馁。然而，我们要前进的方向，当然是读者诸君的方向，我们希望于诸君是很厚的。

艺术和我们的身体的发育一样，同是很普通的事实。我们对于艺术的爱好，不应该是了不得的难事。目前的状态不容许如此的，就因为艺术独占于少数的人。这是艺术堕落，我们不能不在战斗的过程中，恢复它的本来的作用。我们的文学理论再不是玄妙不可解的东西，而是战争的“指导理论”的文学理论。有人以为谩骂，因为他自己觉得被骂。

我们觉得新兴文学的作品多数脱不了一向的杵臼——这是技术上的问题——脱不出前人的技巧，以致把革命的热情凋萎于纤细的容器中，所以海外新兴文学有介绍到中国的需要，故有翻译栏的新设。这期不能介绍海外的名篇实因不得已的事情。对于海外翻译文学，或许因为中国人的生活，知识，感情等范畴的不同，不能充分理解亦是意中事，然而，我们不能不向世界文化的水准线，努力恢复我们落后了数世纪的文化，这里才有我们对于文化运动的热烈的希望与期待。

本社的工作不局限于文艺，他如美术，音乐，尤其是演剧都是我们提倡的事业。这些工作，当在进展的途中，把它们实现，以后本志亦特别注重关于演剧问题或美术、音乐等问题的文章。

从前，本志由个人来编辑，所以个人的关系就不能不直接影响到杂志来。这实因同人四散各方，又没有巩固的组织。以后，若没有外间的变故，本志再不会延误的。

本期原拟定为戏剧专号，以广介绍各国戏剧运动的近况，复以刺激及促进中国戏剧运动，后因欲使本部各种计划作平行的进行，再因本社演剧部还没有具体地成立，不得不作罢。

本期新辟文艺时评一栏，以批评国内作品及文艺界的倾向。大白的本期的批评完全是外在的对于文坛的批评。

关于外来投稿，这里要写点意见。近来用信笺或抄簿纸寄稿的不少，为我们便利起见，来稿至望用新式原稿纸。还有一件事，近来来稿很多，均有登录（已达二百多号），不合用稿件如要退还的必定退还，但是，合用稿件因杂志篇幅及体裁的关系不即发表而留下的也有。这事要投稿诸兄理解，不要常常去信催促。来稿要退回的至望声明。

近来外间对于本社造了许多谣言，这无非出自他们的个人主义的打算的心机，这是污俗的商人的行为。但是，我们相信读者诸君不至为这套无聊的煽动所瞒蔽，仍将以深厚的同情援助我们的工作。

文学部

一九二八年，六月，二十六日

原载 1928 年 8 月 10 日《创造月刊》第 2 卷第 1 期

# 《A. 11.》

潘汉年

在这个小小不成样的刊物出版的时候，我们没有雅情别致来做什么发刊词，宣言，卷头语……现在我只想说我们为什么用《A．11.》来做这个刊物的名字。——其实我来解说也是多事。

当我们决定题本刊名字叫《A．11.》就有几个朋友左猜右疑我们如此命名的用意，他们有的以为很象三K党的一样可怕；有的以为和606差不多；有的把A. 11. 读做a11；还有个好赌的朋友，一看见A. 11.就说："好一个，鸡心"！——不错，他告诉我扑克牌里的A字包涵着十，十一，二十一，三个数目，假如拿到它，不论算它是十也好，十一也好，总是Twenty-One；还有几个神经过敏的朋友，以为像五一，五四，五九，五卅，八月十三的八一三等等的一种有史可征的纪念口号；倒绞了不少朋友的脑汁，罪过！罪过！

朋友们，我们这个命名，毫无深长的意味在内，因为我们这几个伙计，——创造社出版部的小伙计，——都是住在亡国的上海宝山路三德里A11号，四周的亡国气，妖气，奴气，乌气，包蔽得沉闷异常，时常想伸出头来联合着"狂叫""狂喊""胡言""乱语"，加大我们的声音，打破那亡国气，妖气，奴气，乌气，扫除那四周围沉闷的炭酸气。我们出版部的老板，肯把每周的广告和启事的刊物留一片空白让我们"狂叫""狂喊""胡言""乱语"，这个刊物不能无名，因题之曰《A．11.》。

朋友们，我们这个命名原来是如此，你们可以别猜疑了吧？它决没有三K党的危险；606的意味；也不是碰赌运当它 Twenty-One；也不是象五一，五四，五九，五卅，三一八等等纪念，某种事项的口号；更没有侦探小说《八一三》的意味，这个《A. 11.》只是我们住址门牌号数，也就是我们这个刊物的名字了。

我们这个刊物没有什么 ism，也不是国家主义，也不是孙中山主义，也不是马克思主义，我们除掉我们的日常工作以外，只晓得吃饭和说话，因此我们心上说什么，笔下就写什么，这个刊物所载，只是我们要说的话。我们所说的话也不想借此扶持弱小民族，也不想救国救家，也不想整顿风化，……只晓得说我们要说的话，——不管他是狂叫狂喊，胡言乱语，……甚而至于人家“听”之为放屁！

本刊是公开的，有话不妨大家说，然而不是无条件的公开，假如是靠说话——文雅一点叫作文或著作，而卖钱的，请不要光顾，我们这几个小伙计没有这许多铜子儿，小角子，大银元，以及卢布，金镑，……来买诸君的大作。还有来稿要预备我们把它充军到字纸篓里去，——在我们认为来稿不合本刊“放屁”资格的时候，又是芾甘先生说的一旦有了编辑刊物的时候就要向投稿者人施威权了吧？管他，好在我们这个刊物尽是狂叫狂喊胡言乱语，甚至于人家视之为放屁的大作，愿者来，不愿者去，不求学者先生们的同情和谅解的。

一五，四，一四。

原载1926年4月28日《A. 11.》第1期

# 请阅小周刊《A. 11.》

《A. 11.》周刊是创造社出版部小夥计们所组织，除刊登小夥计们尽情的说话以外，关于本部的重要消息和启事，广告都在这个刊物上发表。凡是觉得工作疲劳，生活烦闷的青年，都当定一份看看，它会给你一点愉快和兴奋。定价：每份铜元两枚，预定半年收洋三角，全年六角，国内日本邮费在内。定报处：上海宝山路三德里 A 字十一号。

四月二十八日创刊，各书局分派报处及报贩均有售。

原载 1926 年 5 月 16 日《创造月刊》第 1 卷第 3 期

# 《A. 11.》周刊紧要启事

本刊出版才五期，为时不过一月，然而这个小小的刊物倒受了不少挫折，——敌人暗中放冷箭，警厅扣留，要求邮务管理局认为新闻纸类，“未便照准”，自联军宪兵司令部禁止邮寄，……直到今天止，我们不得在我们一阵冷笑中宣告这个放屁刊物最后的命运——停止出版。

这是我们对读者十二分抱歉，对自己廿四分内疚的！没有狡猾如兔的手段，说话没有模棱两可的本事，弄到有今日的结果！但是我们闷居在黑暗里总得要追寻光明的，埋身在疲乏苦闷中，总得要企求兴奋，愉快的。朋友，请你等着吧，我们还要找其他说话的机会的。对于预定本刊诸君，我们有下面几条办法，请斟酌：

1. 出版部同人编辑的《幻洲》（OAZO）不日出版，预定《A. 11.》者如无需将报费退还，我们即将《幻洲》小周刊按期寄上，（预定诸君，没有来信表明，就照此条办理。）

2. 如不愿转定别种刊物，请来函声明，俾将报费退还。

原载1926年6月1日《洪水》半月刊第2卷第18期

# 《A. 11.》的故事

叶灵凤

《A. 11.》是当年创造社出版部刊载新书消息的一个小刊物，八开四面。这个有点古怪的刊物名称的由来，是因为当时出版部是开设在上海闸北宝山路三德里A十一号的，因此，就采用了这个门牌号数作刊物名称。

提议出版这个刊物，以及对这件工作最热心，并且实际负编辑责任的，是潘汉年。他那时也是出版部的小伙计之一，负责刊物订户的工作，同许多读者联络得很好，因此，感觉到有出版这样一个刊物的需要，所以一直对这件工作非常热心。

这是三十年代的事情。那时新文艺出版事业正在开始，即使在上海，专门出版新文艺书籍的新书店还很少，更没有“出版消息”这一类的半宣传小刊物出版。不象后来那样，多数较具规模的书店，都有自己编印的宣传刊物，按期报道本版新书消息，分赠读者。因此《A. 11.》出版后，颇受读者欢迎。

这个小刊物是非卖品，最初好象是个半月刊。到门市部来买书的人，可以随手拿一份。若是外埠读者，只要寄了邮费来，就可以按期寄奉。第一期印了二千份，就这么一销而空。

《A. 11.》的内容，并非是纯粹的新书消息，它还刊载一些短小精悍的杂文，以及读者的来信，因此，很快就变成了一个正式的小刊物。这正是它受到读者欢迎的原因。

除此之外，当时创造社几位巨头的通信，以及他们译作的片段，也偶尔会出现在上面，但主要的还是那些《语丝》式的杂文，以及泼妇骂街式的社会短评，这些都是出自潘汉年的手笔。北方的胡适，刘半农，还有当时正在受人注意的张竞生，都是经常被攻击的对象。

当时上海出版刊物，是不必登记备案，更无须送检查的。然而这并不是说就没有人在暗中注意。因此这个小刊物就由于锋芒太露，很快就被人认为是另有背景的，在“黑名单”上有了名字。有些外埠读者开始写信来说邮寄收不到，有些在校的学生为了看这个小刊物发生麻烦。

一九二六年八月间，创造社出版部被上海警察厅下令查封，这个小刊物也成了罪状之一。

启封后，《A. 11.》就不曾再继续出版，但它后来又以另一面目与读者相见，成了一个正式的刊物，那就是在光华书局出版的《幻洲》半月刊。



选自叶灵凤著《晚晴杂记》，香港上海书局 1970 年 11 月初版

# 我们的《幻洲》

骆　驼

（一）

虽然是繁华的都会，但环绕在周遭的却象是一片荒凉干枯的沙漠。没有水，没有花，没有香，也没有绿。火一般的炎日下负着重担的骆驼在灰黄色的流沙上蹒跚着，流着汗，吐着白沫。

——找一个休息一下的地方吧！只要能休息一下就好。而且也得要有一株青棕，一眼清泉便足够了。啊，找一个休息的地方吧！

然而环绕在周遭的只是没有水，没有花，没有香，也没有绿的沙漠。

并不是全部的沙漠都没有花香水绿，远远的那边的绿洲中，另一个世界的人们支着天幕，卧着软纱，悠悠地喷着雪茄，接吻，拥抱，把一切享用着。成荫的青棕树上，鸟儿飞鸣着，树下流着一湾清泉，泉边点缀着娇嫣的野花。

咖啡，葡萄酒，香水，红艳的肉，颤动着，娇喘着……

啊，空是干咽着唾液，另一个世界终究不是你的！

可怜的骆驼啊！不要痴想着那边的绿洲了！收回你的希望，从空幻的世界里找一个安适的藏身所吧！

（二）

——空幻的世界！可羡慕的 Oazo（幻洲）哟！

当我们的幻洲渐渐地在沙漠中建设完成时，徬徨在 A11 中的一群骆驼都欢叫起来了。

A11 中的一群骆驼，一群独身的“男爵”（男爵，这是我对于和我同样的青年鳏夫的尊称，直截些说时，一群，啊，一群……也不用说了，总是这么一群而已）。

自从这娇艳的五月把成熟的春意带到这荒凉的沙漠中来以后，烦闷益发象毒蛇一样把这水平线下的爵士们纠缠住了，死了的热情在这媚人的五月中又甦醒了转来。桃色的悲哀，咖啡店的春梦，黄金的诱惑，啊啊，家国的悲感，民族的痛苦。

辗转在烦恼的网里强饮着苦闷的酸酒；硬性的，单调的，重复的行动持续着，没有钱，没有爱，没有变化；这便是 A11 中的我们的生活。

我们的生活是如此的寂寞，无聊，而我们的友人却常常的来慰藉我们，骄傲我们，诱惑我们。啊！关不住了，让我造了一个幻洲来消遣这无聊的岁月吧！

（三）

小小的幻洲便在这一群枯鱼一般的爵士的期望中产生了。

这是一片公开的，平等的自由的土，这是一片软性的，多趣的，热狂的花圃。你所希望的一切，从这里可以源源不竭的享用着。

啊，被苦闷并熬着的青年，请携手同来一游我们的幻洲。

《幻洲》中有视富贵如敝屣的女郎，

《幻洲》中有红如血，白如雪的玫瑰烧和百干酒，

《幻洲》中有奋不顾身的传奇式的英雄，

《幻洲》中有谈笑风生的无碍的辩士，

《幻洲》中有挥霍不尽的金穴，

《幻洲》中有无邪的工人高唱着法国的马赛曲，

《幻洲》中有令人悠然的催眠歌。

男爵们，请不要再把心力白费，渴想着远处的天边的幻洲了，最理想的乐土，便在骆驼们的理想中。

可怜的都会中的骆驼啊，假使你们孤零零地在烈日下奔驰着觉得有些厌烦，请莫忘来我们的《幻洲》遨游一下。

原载 1926 年 6 月 12 日《幻洲》周刊第 1 期

# 又要谈自己的事情了（摘录）

编　者

## 1. 我们的幻洲



我并没有到过沙漠，但我想沙漠中的枯燥荒凉决不会再超过这繁华的上海。在别的一组人群里，也许上海是最可留恋的仙境吧。然而，我们，寒酸的倔强的小伙计们，却比彳亍在茫无边际的大戈壁中还觉得无聊寂寞。为减少为消除这寂寞，我们曾经刊印过一张小小的刊物《A. 11.》，在这《A. 11.》的小周刊上，我们放胆呼喊，尽情哗笑，虽然戈壁中的荒凉枯燥不会因我们几个人的呼喊哗笑而减少分毫，然而我们自己的寂寞，已渐渐消融在这《A. 11.》里面了！

但是，让我来喊一声不幸吧！不幸这才满五周的小孩儿因为意外的意外而不能不让他夭折了。啊啊！可爱的小宝贝，请饶恕你的无能的"爸妈"吧！

寂寞又象毒蛇般在啮我们的心灵了！啊啊！比死还可怕的无聊哟！我们是忍耐不住的，我们要奔逃，要奔逃，要在这荒凉的沙漠中找一片幻洲！

"幻洲"是世界语"OAZO"的译音兼译意。其实就是绿洲（Oises）。这个名词的涵义是不用解释的，我现在所要介绍的是我们的《幻洲》。

我们的第一个《幻洲》是另一个小小的周刊。这个周刊的目的不用说，除了出版部的重要消息，报告，启事，广告外，依旧是留出一半地位供伙计们在“工余”时作为娱乐地的。而且格式改成了册子。另外加了一个封面，封面画不消说，除了本部的客卿伙计灵凤而外，别人是不敢落笔的。封面画上有一片沙漠，沙漠中一只骆驼高耸着他的峰脊，在追逐一株青棕。不知道我们能不能有骆驼的脚力，更不知道我们能不能进求着一株青棕，然而且迈步向前吧！便是空幻的绿洲，也聊胜于僵立在炎炎的烈日下。

我们的第二个“幻洲”是一个小小的冰店。现在说起时好象是在做广告，而且象是儿戏；但是的确的呢。原先是几个朋友们想起夏天近了，遵照冬日饮汤的例便应该饮冰。但宝山路一带是没有冰店的，跑到马路上饮冰又未免太不经济。商议的结果是成立一个饮冰组合，而且把他公开了，让闸北的友人也享一些便利。这是我们的两个幻洲，我们不愿自秘，我们愿有同病的朋友都来这幻洲中领略一些趣味。

原载1926年6月16日《洪水》半月刊第2卷第19期

# 《幻洲》周刊展期出版申明

我们在上海的出版部同人们因为耐不住寓所的寂寞，先曾借了出版部的通告书上空白出了一个《A. 11.》小周刊。虽是一个很无聊的，不值学士先生们一噱的小刊物，可倒也受着许多读者热烈的欢迎，但不幸后来这《A. 11.》小周刊因为宪兵司令部的禁止发行，在五期上便停刊了。这自然是可惜的。于是我们为解除自己的重袭来的寂寞起见，便又设法出了这个《幻洲》小周刊。原先我们对于这个《幻洲》很抱着一种希望的，但结果又因为印刷所的关系，把我们的计划打破。印得不好，印得不快，承印《幻洲》的印刷所实在使我们生出极大的不高兴。

现在，出版部同人们和另外的几位年青朋友，忽然高兴，便在这沙漠似的上海胡搅了一个幻社。这社没有目的，宗旨；他只是把几个气味相投的年青人团在一块，同作高兴作的事，同说高兴说的话，消消气，解解闷而已，但因为我们比较都是喜欢绕笔头的人，所以幻社的事业当然也倾向于出刊的一方面：现在，决定《幻洲》暂时停刊，同时并预告九月十六日（即去年的《洪水》诞生日）要出一个新《幻洲》。新《幻洲》的详细计划，待以后要再露布，现在要想说的是：新《幻洲》是一个真真的小周刊，大小只有《落叶》那么大。但页数倒有九十。新《幻洲》是一个奇怪的定期刊，他的本身每半月出版一次，但他另外有一个五日刊的附刊。新《幻洲》的内容分文艺和其他二部，一部叶灵凤编，一部潘汉年编。其余俟以后再说。至于预定的诸君，预定款暂保存在此地，俟新《幻洲》出版后再算。

原载 1926 年 6 月 1 日《创造月刊》第 1 卷第 4 期

# 小消息（摘录）

12．就近有人评论这个小刊物，把“思想不正，文字浅陋”八字加在本刊物的头上。这种评论在于我们，无论它是好意或恶意，我们都愿意一例表示相当的谢忱。因为我们根本的使命是在消息的流通，并不在思想或文学的宣传。不过为要郑重作稿起见，以后的本刊是势必至于变成不定期的东西了。

原载1927年3月26日《新消息》周刊第3号

# 《创造周报》改出《文化批判》月刊紧要启事

本报原定一月一日复活起来，重做一番新的工作，但目前因为本报同人拟一心致志于《创造月刊》的编辑关系，故议决先将周报停办，同时改出《文化批判》月刊一种。该刊从十七年元月起，按月逢十五日出版，全年十二期，零售每期二角八分，预定全年三元，半年一元六角，国内寄费不加，国外另加全年八角，半年四角；股东定购，连邮全年计洋二元六角，半年一元三角五分，已预定周报者，得改订《文化批判》，无须补费，以示优待。（不愿者请示办法）

创刊号要目预告

1．艺术与社会生活

2．理论与实践

3．哲学的任务

4．科学的社会观

5．宗教批判

6．满蒙侵略之社会的根据

7．上海（诗两首）

8．伟大的创造者（小说）

9．同在黑暗的路上走（剧）

10．祝词

上海创造社出版部

（附注）后面关于《创造周报》定价广告一则，显系误印，当即声明取消。

原载1928年1月1日《创造月刊》第1卷第8期

# 《创造月刊》的姊妹杂志《文化批判》月刊出版预告

本志为一部分信仰真理的青年学者，在鬼气沉沉，浊流横溢的时代不甘沉默而激发出来的一种表现，其目的在以学者的态度，一方面介绍最近各种纯正的思想，他方面更对于实际的诸问题为一种严格的批判的工作。它将包含哲学，政治，社会，经济，艺术一般以及其余有关系的各方面的研究与讨论。

本社受《文化批判》同人诸君的委托，谨预告《文化批判》月刊将于民十七年元月中与诸君相见。预定函购等概依《创造月刊》办法。

我们深信《文化批判》将在新中国的思想界开一个新的纪元，我们切望海内外觉悟的青年同志们一致起来拥护这思想界的新的生命的力。

创造社谨启

原载1928年1月1日《创造月刊》第1卷第8期

# 祝　词

成仿吾

一睡千余年的我们，睁眼醒来，凡事落在他人很远很远的后面。

百余年来的世界史上，我们“中华大国”只是被榨取与被笑骂的对象；一叶一叶的历史上堆着的，尽是我们全民族说不出的耻辱与痛苦。

这是时候了，我们应该来算一笔总账。

但是，干什么？从那里干起来？

“没有革命的理论，没有革命的行动。”

现社会的构成，现世界的趋向，自己的历史，自己的形势——这些都是我们必须明了的问题。

问题的简化，问题的把握，在动的状态中——这些尤其是我们必须有的努力。

《文化批判》当在这一方面负起它的历史的任务。它将从事资本主义社会的合理的批判，它将描出近代帝国主义的行乐图，它将解答我们“干什么”的问题，指导我们从那里干起。

政治，经济，社会，哲学，科学，文艺及其余个个的分野皆将从《文化批判》明了自己的意义，获得自己的方略。《文化批判》将贡献全部的革命的理论，将给与革命的全战线以朗朗的光火。

这是一种伟大的启蒙。

全国觉悟的青年，大家起来拥护《文化批判》!

原载1928年1月15日《文化批判》月刊第1号

# 编辑初记

本来这样的刊物在中国还是一种创试。我们这几个埋头窗下、不知世事的同人所以敢于不畏艰险，冒昧地开始这种启蒙运动的原因，一是因为时代已经需要这样的干粮，二是因为我们预期全国觉悟的青年必将起来，在精神与物质两方面，长为我们的后盾。

我们志愿把各种纯正的思想与学说陆续介绍过来，加以通俗化。但我们豫先假定了我们的读者诸君中的大部分是一些“想要知道一点新的东西而且愿意自己去思索的”青年。几何学不曾为王者辟有王道，凡学问都是如此。怕用头脑的人们不妨仍去终日拥被高卧，或仍去捧读礼拜六派的小报与小杂志。

新的思想自有它的思考法与表现法，初入门的人最初或者有点看不惯，但是觉悟的读者当能耐烦去接近而理会新的思考法与表现法。

这期是开天辟地的第一声，各方面都多少有一点，以后不一定是这样（当然我希望常能是这样），但是编者一定设法使大家满足。

时事是不宜多谈的东西。因为现在这种分南分北分东西的时代，我们既不能象那些什么评论的记者诸君一样说得甲方也好，乙方也好，老爷不错，太太更对，万一千不该，万不该得罪了一方，那一方的势力范围内你就不能挑去叫卖，或者他们的雷霆大发了，竟把你的货没收起来，我们这几个穷小子岂不是活活的要折本吗？但是眼前排演着的东西，你既非盲非聋又非哑，怎么能不感觉，能不说话呢？编者为了这个问题筹思了不只三两夜，结果是用点手法，把大家的视线集中在国际情况的上面，当然以与我国直接或间接有关系为条件。

本期的文稿，编者不愿在这里滥用特权来自夸自赞，不过我要警告读者诸君的是:《宗教批评》及《理论与实践》等或者不易看懂，要用心细看，其余几篇好象容易看明白，可是不要“不求甚解”。

在我们这个学术落后的国家，有许多用语这回还是第一次的输入，所以除随时随地附记意译之外，我们还另辟“新辞源”一栏，备初学诸君的查考。这一栏排在《编辑初记》之前，请大家留意。以后想每期编几条，将来或汇成专册。

本刊欢迎投稿。报酬仿《创造月刊》的办法，就是：创作与论说最低每千字二元，翻译与杂纂最低每千字一元。我们希望大家接受我们公开的诚意，共同来培植些新生命的种子。除了以上所说几种之外，我们可以特别申明，我们极欢迎各种实际生活（尤其是农民与工人的实生活）的调查的稿子。

我们决定每月十五日出版，我们欢迎预定。对于预定诸君，我们最先寄出。



下期是二月十五日出版，要目排在表纸后面。

末了，我们在这里致谢于出版部的小伙计诸君，没有他们的绝大的帮助，本刊不能弄得这般好。

十二月二十三日记

原载1928年1月15日《文化批判》月刊第1号

# 前　　言

同　人

我们在这里就用极简单的话来，向读者诸君宣告。

二十世纪的中国的新文学家，不是闲散的中国式的文人，不是浪漫时代的歌者，不是发梦的预言家，更不是忧时伤世的骚人，而却是新生活中的战士；自然，我们不敢自命为文学家，但我们只愿做这斗争中的走卒。

读者诸君，你们在我们这里或者不能发现你们爱看的风花雪月的小说，不能听见你们爱听的情人的恋歌——而所有的只是粗暴的叫喊！但你听，霹雳一声的春雷何曾有什么节奏？卷地而来的狂风何曾有什么音阶？我们所处的时代是暴风骤雨的时代，我们的文学就应该是暴风骤雨的文学。

我们都是初出茅庐的小孩子，自然就 Technique 说，或者还不如老作家，但我们有的是热和力，我们相信惟有无产阶级才最能知道他自己的生活，惟有受了科学洗礼的无产阶级才最能有明了的意识！——这是我们的自信。

近代的文艺只是思想之一种形态（Literature as a mode of thinking），有了思想，然后才有文学，思想上错误了的文学，我们根本上就不需要它。所以我们在思想上有一致的倾向，在文学上亦同样的应有一致的倾向，——唤起阶级意识的一种工具。我们对于艺术的手法的主张，是 Simple and Strong，愿同我们携手的，请一道来！

全国的爱好文艺的青年们，想你们现在亦正抱着满腔的热情无处宣泄罢，来，我们大家一齐举起鹤嘴斧打倒那些小资产阶级的学士和老爷们的文学，转过方向来，开辟这文艺的荒土！

一月二十五日

原载1928年3月15日《流沙》半月刊第1期

# 两个启事（摘录）

## 一

本刊觉得现代的文艺作家，或者说一般的青年，与现实的下层社会太隔膜了，就是本刊同人自己亦是一样。因此本刊决定辟“水平线下”一栏专门登载工人和农人自己的话，并且预备了一点稿费（每千字约一元以上），以助兴趣。就是非工人和农人，只要接近他们，而了解他们的，也不妨动笔写出来，本刊亦一样的乐于登载。至于这种生活的记载，似乎不必规定一个公式，由劳动者的本身，而及于工厂，农村及其家庭，平面的或侧面的叙述，只要明白的叙述，都可以。青年们，除了你自己的世界，这里还有一个世界。于是：

欢迎投稿！——这是一个启事。

流沙编辑部

原载 1928 年 4 月 1 日《流沙》半月刊第 2 期

# 介绍《畸形》半月刊

畸形这个团体是几个文艺青年的无组织的集合。他们因为没有纪律和宗旨，尤其是在这文艺的方向转换的途中，当然无从掩饰他们的矛盾，他们也无需用什么主义或派别来遮盖他们的丑恶，他们只是这时代的畸形儿。至于他们这个刊物里面的作品，由你们读者的主观去找求它们的意义去罢。



现将第一第二两期要目，分录如下。

创刊号要目预告

（五月三十日出版）

苦口（若干则）　　同　人

每期售大洋一角。现代书局总发行

原载1928年5月15日《流沙》半月刊第5期

# 致《畸形》同人书

独　清

敦庆，启煦，冰庐，韵铎，绍宗：

你们要我给你们要出版的《畸形》作一篇论文，我因为一时想不出什么题目，故写这封信来作代替。



“畸形”！这个名字是很有意思的。

我们先说我们所处的这个时代。军阀假借革命的招牌在肆行杀虐，土豪劣绅卖身给帝国主义在维持他们底地位，一般智识阶级在做着资本的黄金迷梦，一般文人——哦，可怜！虚无主义者也有，个人主义者也有，夸大狂的也有，都在乱跳乱舞地奏着他们不三不四的丑技……我们底时代便是这样，站在历史的观点上来说，像这种杀虐，像这种溷乱，正是真正革命暴发的机运，这确是一个伟大的时代；但是我们若只单纯地去观察这些军阀，土豪，劣绅，智识阶级，特别是我们底文人等等，那我们底眼前便要映出来一群半人半兽的怪物！这个给我们的印象是甚么呢？便是表面上一个整个的“畸形”！

其次我们来说我们自己。实实在在地说一句话：我们现在努力于无产阶级文学的人都是些小资产阶级。我们目前固然也还没有产生出几篇无产阶级的文艺作品，但是只就我们很少很少的（可以说是一鳞一爪罢）成绩看来，终还不能消除我们现居住的这个阶级的气氛。这个，我个人也不能不认为是一种“畸形”。

啊，“畸形”，“畸形”！——我们真好象是站在一个畸形的世界上了。

所以，“畸形”这个名字是很有意思的。

不过，我们却要知道这种畸形的世界决不会常久存在。不怕现在我们眼前的那般怪物在怎样的猖狂，终归敌不住真正革命底巨浪，到那时他们就要被淘洗净尽，我们底时代就要化畸形而为健全。现在虽然我们还不能产生真正的，瑕疵的无产阶级的文艺，但是只要我们能极力克服自我，极力去获得无产阶级的意识，那我们总能把我们这种腐败的阶级底衣裳脱去，裸裸地站在无产阶级底战队里面，到那时阶级便已经消灭，我们底文艺作品也就要化畸形而为健全。

啊，到那时，朋友们，你们底“畸形”，也就应该一变而为“全形”了呢！

现在，在这种“畸形”的过程中，这个名字很可以使我们常常警惕，我们要努力向“全形”的方面走去。

我们应该免除 Spieltrieb 的创作，我们要把我们底意志锻炼得坚定又坚定，我们不伤感，我们不愁叹，我们不畏缩，我们不倦怠，我们不看马路上坐包车的太太，我们要看炭坑里和生死奋斗的工友……

要这样，我们才能向“全形”方面走去。

要这样，我们才能化“畸形”而为“全形”。

……

前进吧，我亲爱的朋友们。

独清一七，五月，一九二八

原载 1928 年 5 月 30 日《畸形》半月刊第 1 号

# 编辑后记

在这低压重重，淫雨霖霖的霉天期中，我们把这《思想》送到世上去——愿它去做受困于这阴闷而无发泄的青年们底伴侣。

我们以为在现今的时代，无论那个国家，那样社会，如它要想存续发展下去，第一的前提条件是在于确信及拥护科学的真理！现在是二十世纪，我们不能祷求上帝底奇迹，也不能希望英雄来解倒悬！科学的真理，这是唯一的救世主！

尤其是我们中国，物质地，精神地，在在都是落后的中国，如若我们不愿我们民族永远地贪生于次殖民地的状态，受帝国主义者底侵害与剥削，而想振作起来，真正地解放起来的时候，那末，对于热诚地探求科学的真理，赤心地护持科学的理论底一切的企图，应该而且不可不加以助长和促进。

《思想》这诚是一个微小的企图，站在这样的立场和这样的精神之上，想把纯正的，科学的思想，在合理的形式之下，介绍给青年们；并以这样的态度和科学的方法去研究及解剖中国底过去的及现存的社会现象，指出一个正确的答案给青年们做参考。

因此，《思想》当面的任务，除了唤起青年们去探求科学的真理与吹动他们起了一种拥护科学的真理底心理以外，没有别种的野心；因而我们相信社会的人士亦能了解这《思想》的存在理由给与我们以一种相当的声援！

这期是开端的第一声，种种方面都不能有周到的预备：内容方面，或者也不能使读者得到充分的满意，这是我们自惭的地方；同时，我们祈望读者原谅我们所处的境遇，并期待我们此后的努力。

《思想》虽然是本社同人所组织的，但同时极希望海内外同志的寄稿，我们决不愿以这样的机关自私起来，却愿它做一个公众底喉舌工具，为未来的时代开一条羊肠鸟道。又从下期起，我们拟另设一“批判栏”或类似的名目的东西专登载短少的论文或创作，所以极希望我们的读者踊跃地寄给我们稿件，使我们这个计划可以实现。——至于登载的稿件，依字数之多少，拟酌赠本志或书券，聊当酬谢。

本志在末尾开辟“新术语”一栏，专解释科学上——社会科学上——种种的术语；为初学者读各种书籍作一个预备的阶梯，希望不要忽过。

29，6，1928，编者志

原载 1928 年 8 月 15 日《思想》月刊第 1 期

# 校后补记

中国的启蒙的刊物太少，——虽然现在的刊物是不少。本刊以启蒙的目的，就想做几件小事情：

1. 介绍一点系统的浅近的政治，经济，社会的理论。2. 对现在的社会科学出版物（如杂志，书籍）作点批评的工夫——这说不定有时也会旁及于其他书籍（如文学一类）。3. 零琐的，但是重要的国际事件，也按期介绍。

总之是使读者得点正确的远大的观念，或许会失败的，但是我勉力向这方向做去。

本期的《政治经济讲话》将由初梨按期译下去，每期可登三四千字；一氓的（说不定还有别人愿意写）《一些国际事情》，将作为一个总题目，在可能范围的材料之内，每期登出三四节。

没有什么了，文艺的作品我们也愿意登出，只要有的时候。读者的赞助我们是希望同感谢！

编者　十月二十二日

原载1928年11月5日《日出旬刊》第1期

# 编辑后记

在目前的中国，特别在全国的文化中心地的上海，一个拥护并主张真理的言论机关是应该而且必须存在的！

这是毫无疑义的！

只是事实上还没有这样的一个机关；既成的论坛又这么萧条，这么颓废。

这一萧条和颓废，固然，是由外部的物理的强力所诱致的，然而外部的物理的强力决不是不可抗的，是可用人力来转移的，而且只有由人力才可把它转移的。用不着引古哲的正理名言，斗争的确是打破旧势力恶制度，建立新的合理的状态之唯一的手段。斗争就是一切！

被压迫者是谁也不给他解放的，除去他自动手起来干，无权利者是谁也不给他权利的，除非他自动手的起来战取！从前是如此现在也是如此。

真理必能到达胜利之域，正因为必然的有人必死地努力使它实现故！

我们这几个人，很坦白的说吧，是这样想而且想这样做。

《新兴文化》就是在目前这样的环境和在这样的动机之下产生出来的一个婴儿。

我们确信，这婴儿必有它自己的热烈的爱护者和同情者，我们确信它决不至于孤立无援而任人欺凌。

在这一确信之下，我们把它送到强权暴力的凶险的社会来的。它底爱护者和同情者们，培养，保护及训练它底健全的生长之责任就在于你们了。

现在，再来说一说它所担负的任务。它将站在一个视角，唯一正确的科学的视角来介绍学说思想，批评过去现在的俗恶的破廉耻的理论，并分析解剖国内及国际所生起的一切重要的事件来给它一个正确的解答。这样的任务因而只由新兴阶级的立场才能遂行的，所以我们也就名命它为《新兴文化》。

这一期的内容如何，我们想不必来说明的，因为只有热烈的拥护者和同情者底鞭挞和指示才能使它不住的改善起来的，最完全的开始不必一定能保证其最完全的终结，相反的，只有在实践的过程中才能不住的丰富而美好起来。共鸣及支持我们的读者应该不客气地来督促我们，我们诚恳地预备着接受读者们底忠告。

五、八、二九. 向 明

原载 1929 年 8 月《新兴文化》月刊创刊号

# 编辑后记

编　者

要理解中国革命的性质，因而为了解现代中国的实际社会底阶段性，必须分析中国社会底经济的构造及其特殊的性质，这，要是知道社会学的人们，相信唯物的历史观的人们，无论谁都是承认的，而且是不得不承认的！假若只看见上海市场底资本主义化，因而只看见商品交换之统治农村，而不深究这资本主义化的原动力，不追究这商品底特质，不分析这个形式的资本主义化在整个中国社会经济上的作用，而慢然地下了这样的断语：中国社会已经是资本主义的社会，当然的中国革命是社会主义的革命。我想，稍稍知道中国的实际情形的人——即使没有充分的经济学的知识的人们——也必惊走而骇告曰：噫，是何言欤？

然而，事实上竟有一派自命为理论家的人们，竟非主张中国是资本主义的社会，因而说现在的统治阶级是资木家的民族资产阶级，目前的军阀混战的局面是甲派资本家集团与乙派资本家集团的对战；他们竟认定中国封建势力已经扫除，帝国主义已经对民族资产阶级让步，所谓资产阶级性的民权革命已经完成其任务，目前没有任何的革命征兆，一切农民底反统治阶级底行动只不过是大革命后的“余波”，工人运动之非合法的斗争行动，只不过是一种盲动。于是，他们一齐地反对中国革命的十大政纲，一齐地破坏工人群众之政治斗争，一齐地取消学生群众以及城市小资产阶级底为自由而斗争的运动，而自命为真正的革命党人，这就是今日中国的所谓取消派的中国革命论，同时也就是他们一派的政治路线之根本观点及其实际行动之总策略之中心。

虽然，他们说费了数年的研究，证明了中国商业资本底发达，没有人身买卖，没有象西欧那样的农奴制度，没有土地卖买底不自由，没有移住底束缚性等等，等等；假使历史的社会的发展没有一般性中的特殊点，假使社会底制度风状不因环境之不同而有其殊别的变态，万事只有一个呆板的公式，则一切的科学的研究不消说的是多此一举，只要暗记一个公式就可解决万事了！又假使我们可以不细细的究明生产方法的形式，因而剥削关系之真相，而可由几种表面的事实来确定社会之发展阶段，则什么马克思主义都可以不要的！

反之，苟有人以为中国还完全是封建制度的社会，一点没有资本主义的色彩，这也是完全错误的，都是见个个的树木而不曾看到全体的森林的见解，完全是不正确的理论！

这二种见解都是为中国革命的障碍，都是为中国民族解放运动的敌人。我们对这种敌人，尤其是前一种敌人，必须坚决地由实践来克服他们，来证明其理论底误谬，同时，分析中国经济之实状，阐明经济生活之本质，指摘他们底错误之来源去向，也为当前必不可少的工作。

在这种见地之下，我们早就想干一中国经济研究专号，已因种种的事故，只得挨到现在，方才能够实现这一计划之一部分，这是我们感到缺点的地方。

这一期固然收集了不少的这项文章，然而我们却不说中国的经济问题就止于此了的，尤其因临时的几种打击，使我们连预定的计划都不充分的实现，我们痛恶敌人底残暴，同时我们更感觉到人手底太少。

但是，我们相信这一期的文字至少能帮助读者对于中国经济之理解，并能指示中国革命的前途给读者看了。我们希望有志者之更进一步的研究及参加解放中国民族之大运动。

个别的文章，恕我不在这里作简略的介绍，我想一般的读者都应通读这一期的文字。

前期我们本来发表了征文，也接得了几篇应征的稿件，大概因期限太促的缘故吧，不曾有踊跃的寄稿。对于惠稿的诸君，我们要想个别的通讯，请将现在的通讯处告知我们！

再我们因感觉到科学上的术语之翻译底不统一，有许多不方便的地方，所以编辑部想从事整理一番，每期或隔期的在本志上发表，一方面希望读者底指示，他方面也希望读者底采用，使我们这一计划能普及于一般。

我们极力欢迎一般读者底投稿，无论是何种类的文字，我们必尽力尽可能地登载出来。

热闹的时期到了，祈读者们向前努力！

1930. 4. 14.

原载 1930 年 4 月 15 日《新思潮》月刊第 5 期
“中国经济研究专号”

# 本刊特别启事

本刊出世以来，夙为顾全读者起见，定价极廉。深得读者爱护，无任欣慰。本应长此继续，以符初衷，无奈近因金价暴涨问题，帝国主义者操纵金融，致整个中国之经济，发生绝大之危机，而纸张印刷各方面，亦因受影响而涨价，当然在我们的穷集团中，负不起一切的损失，因此以后每期实售大洋三角，实是万不得已的事，此期因内容字数超出太多，特售大洋四角，更望读者原谅。

原载 1930 年 7 月 1 日《新思想》月刊第 7 号

# 创造社期刊总目

## 说　明

这份总目包括创造社出版的十八种刊物的全部篇目。编者根据所能看到的原刊，并参考阿英编的《中国新文学大系》第十集《史料索引》（上海良友图书公司一九三六年二月十五日初版）、上海古旧书店编的《创造社期刊目录》（载《中国现代文艺资料丛刊》第二辑，上海文艺出版社一九六二年八月出版）及伊藤虎丸编的《创造社资料》别卷《创造社研究》（东京亚细亚一九七九年十月出版）等资料重编而成。

所收刊物以创刊日期先后为序（《洪水周年增刊》例外，置于《洪水》半月刊之后），而出版日期则以封面或版权页所署为准。

本总目在编排上不设栏目，一般不注体裁，不附补白、广告，同一作者的总题下也不列细目，以求划一。

编　者

**创造（季刊）**

（1922年3月15日—1924年2月28日）

**第1卷　第1期**

（1922年3月15日出版）

创造者　郭沫若

棠棣之花（第二幕）　郭沫若

她怅望着祖国的天野　张资平

咖啡店之一夜　田　汉

诗六首　王怡庵

最初之课　东　山

诗一首　何　畏

茫茫夜　郁达夫

诗十六首　成仿吾

上帝的儿女们　张资平

一个流浪人的新年　成仿吾
诗五首　郭沫若
《少年维特之烦恼》序引　郭沫若
艺文私见　郁达夫
出版物道德　张资平
“创作”　张资平
《杜莲格来》的序文　淮尔特原作　达夫译
海外归鸿　郭沫若
写给谁的信　张资平
编辑余谈　达　夫

### 第1卷　第2期

（1922年8月25日出版）

湘累的歌六曲——赠郭夫人安娜　陶晶孙
广寒宫（童话剧）　郭沫若
风铃　郁达夫
诗二首（附郭沫若诗）　成仿吾
午饭之前　田　汉
木马　张资平
诗五首　洪为法
恋爱初期之失败者　黄业初
心潮篇　邓均吾
黑衣人　陶晶孙
残春　郭沫若
星空　郭沫若
可怜的侣离雁　田　汉
读了《女神》以后　谢　康
批判《意门湖》译本及其他　郭沫若
夕阳楼日记　达　夫
今津纪游　郭沫若
一双鲤鱼　王独清
编辑余谈　郭沫若

### 第1卷　第3期

（1922年11月25日出版）

未央　郭沫若
复活日（散文诗）　木　天
一班冗员的生活　张资平
壁画　滕　固
徬徨（诗十首）　郭沫若
木犀　陶晶孙
秋江（剧诗）　袁家骅
疟疾　方光焘
孤独的悲哀　郁达夫
诗境　王怡庵
过洞庭湖　王怡庵
溪边　王怡庵
夏午　王怡庵
Beethoven赞——赠郭沫若兄　何　畏
梅雨　郑伯奇
拜月词　郑伯奇
断章　郑伯奇
无题　郑伯奇
蝴蝶儿和百合　郑伯奇
问月　郑伯奇
隔阂　洪为法
知心　洪为法
投向自然　洪为法
静夜　洪为法
最后的赠与　洪为法
天地为炉　洪为法
归舟　洪为法

**第 1 卷　第 4 期**

**——雪莱纪念号**

（1923 年 2 月 1 日出版）

**第 2 卷　第 1 期**

（1923 年 5 月 1 日出版）



**第 2 卷　第 2 期**

（1924 年 2 月 28 日出版）

林中　周全平
《呐喊》的评论　成仿吾
批评的建设　成仿吾
批评之拥护　郑伯奇
La Forteresse de Han Ko　敬隐渔
英国诗人葛雷的《墓畔哀歌》　郭沫若
中途　郁达夫
南欧消息　王独清
编辑余谈　沫若

## 创造周报

（1923年5月13日——1924年5月19日）

### 第1号

（1923年5月13日出版）

创世工程之第七日　沫若
诗之防御战　成仿吾
《查拉图司屈拉》之《狮子吼》　尼采原著　郭沫若译
迷娘歌　歌德原著　沫若译

### 第2号

（1923年5月20日出版）

新文学之使命　成仿吾
上海的清晨　郭沫若
道德之讲坛——《查拉图司屈拉》第一部第二节　尼采原著　郭沫若译
中国文化之传统精神　郭沫若

### 第3号

（1923年5月27日出版）

文学上的阶级斗争　郁达夫
致青年的一封信　林灵光
励失业的友人　郭沫若
遁世者流——《查拉图司屈拉》第一部第三节　尼采原著　郭沫若译
我们的文学新运动　郭沫若

### 第4号

（1923年6月3日出版）

士气的提倡　成仿吾
《女神》之时代精神　闻一多
《悲多汶传》序　罗曼罗兰原著　成仿吾译
肉体之侮蔑者——《查拉图司屈拉》第一部第四节　尼采原著　郭沫若译
力的追求者　郭沫若
通信四则　徐志摩　洪为法　成仿吾

### 第5号

（1923年6月10日出版）

写实主义与庸俗主义　成仿吾
《女神》之地方色彩　闻一多
快乐与热狂——《查拉图司屈拉》第一部第五节　尼采原著　郭沫若译
论中德文化书　郭沫若

### 第6号

（1923年6月16日出版）

新的修养　成仿吾
致青年的第二信　林灵光
Max Stirner的生涯及其哲学　郁达夫
苍白的犯罪者——《查拉图司屈拉》第一部第六节　尼采原著　郭沫若译
黑魆魆的文字窟中　郭沫若

### 第7号

（1923年6月23日出版）

艺术与国家　郁达夫

读梁任公《墨子新社会之组织法》 郭沫若

暗无天日的世界——答复王从周 郭沫若

**第8号**

（1923年6月30日出版）

青烟 郁达夫

致青年的第三信 灵 光

东方艺术研究会春季习作展览会印象记 成仿吾

朋友们怆聚在囚牢里 沫 若

**第9号**

（1923年7月7日出版）

鹓鸰 郭沫若

读郑振铎译的《飞鸟集》 梁实秋

评《创造二卷一号创作评》 成仿吾

关于各列果良历之计算 张资平

论道德与良心 郭沫若

**第10号**

（1923年7月14日出版）

批评与道德 郁达夫

致青年的第四信 灵 光

一群鹅 张资平

寄生树与细草 沫 若

论翻译的标准 郭沫若

**第11号**

（1923年7月22日出版）

《科学之价值》的序论

〔法〕H. Poincare原著 成仿吾译

Charles Louis Philippe——寄给在乡下的三个弟弟 何 畏

读书与著作——《查拉图司屈拉》第一部第七节 尼采原著 郭沫若译

**第12号**

（1923年7月29日出版）

争斗观 何 畏

《繁星》与《春水》 梁实秋

魔鬼的夜歌 周赞襄

山上树——《查拉图司屈拉》第一部第八节 尼采原著 郭沫若译

**第13号**

（1923年8月5日出版）

批评与同情 成仿吾

呆子和俊杰 全 平

死之说教者——《查拉图司屈拉》第一部第九节 尼采原著 郭沫若译

海滨之晚 邓均吾

通信二则 梁实秋 仿吾

**第14号**

（1923年8月12日出版）

文艺赏鉴上之偏爱价值 郁达夫

下弦月 倪贻德

战争与战士——《查拉图司屈拉》第一部第十节 尼采原著 郭沫若译

诗二首 郭沫若

作者与批评家 成仿吾

**第15号**

（1923年8月19日出版）

函谷关 郭沫若

苦雨凄风 梁实秋

秋河 郁达夫

**第 16 号**

（1923 年 8 月 26 日出版）

自然与艺术——对于表现派的共感　郭沫若

烦恼的网　全　平

新偶象——《查拉图司屈拉》第一部第十一节　尼采原著　郭沫若译

赫尔惨（Alexander Herzen）　郁达夫

译诗一首——唐人金昌绪的《春怨》　敬隐渔

**第 17 号**

（1923 年 9 月 2 日出版）

未来派的诗约及其批评　郭沫若

牧夫　成仿吾

市蝇——《查拉图司屈拉》第一部第十二节　尼采原著　郭沫若译

月蚀　郭沫若

**第 18 号**

（1923 年 9 月 9 日出版）

艺术家与革命家　郭沫若

论译诗　成仿吾

贞操——《查拉图司屈拉》第一部第十三节　尼采原著　郭沫若译

月蚀（续前）　郭沫若

**第 19 号**

（1923 年 9 月 16 日出版）

文艺上的节产　郭沫若

落日　郁达夫

朋友——《查拉图司屈拉》第一部第十四节　尼采原著　郭沫若译

通信一则　王独清

**第 20 号**

（1923 年 9 月 23 日出版）

THE YELLOW BOOK 及其他（上）　郁达夫

诗一首　敬隐渔

白滨的灯塔　资　平

**第 21 号**

（1923 年 9 月 30 日出版）

THE YELLOW BOOK 及其他（下）　郁达夫

秋的诗歌　成仿吾

千有一个的目标——《查拉图司屈拉》第一部第十五节　尼采原著　郭沫若译

昧爽　郭沫若

**第 22 号**

（1923 年 10 月 7 日出版）

天才与教育　郭沫若

圣诞之夜　全　平

邻人爱——《查拉图司屈拉》第一部第十六节　尼采原著　郭沫若译

中华全国艺术协会宣言

**第 23 号**

（1923 年 10 月 14 日出版）

太戈儿来华的我见　郭沫若

艺术与社会　田　汉

创造者之路——《查拉图司屈拉》第一部第十七节　尼采原著　郭沫若译

东京　成仿吾

**第 24 号**

（1923 年 10 月 20 日出版）

国家的与超国家的　郭沫若

业障　方光焘

老妇与少女——《查拉图司屈拉》第一部第十八节 尼采原著 郭沫若译

海上通信 郁达夫

**第25号**

（1923年10月28日出版）

批评——欣赏——检察 郭沫若

波斯新诗人Gibram的散文诗 张闻天译

蝮蛇之啮——《查拉图司屈拉》第一部第十九节 尼采原著 郭沫若译

乡愁 滕固

**第26号**

（1923年11月4日出版）

瓦特裴德的批评论 郭沫若

儿女与结婚——《查拉图司屈拉》第一部第二十节 尼采原著 郭沫若译

乡愁（续） 滕固

《创造日》停刊布告及感言 同人 成仿吾

**第27号**

（1923年11月11日出版）

真的艺术家 成仿吾

神话的世界 郭沫若

自由的死——《查拉图司屈拉》第一部第二十一节 尼采原著 郭沫若译

秋祭——呈亡母的灵前 滕固

**第28号**

（1923年11月18日出版）

国学运动的我见 成仿吾

被摈弃者 白采

赠贻的道德——《查拉图司屈拉》第一部第二十二节 尼采原著 郭沫若译

**第29号**

（1923年11月25日出版）

艺术的评价 郭沫若

最后的安慰 严良才

诗画家Dante G. Rosstti 滕固

新鲜的呼声——读《小说月报》“太戈尔号”内高滋君译的夏芝的《太戈尔观讨论》 张非怯

**第30号**

（1923年12月2日出版）

雅言与自力——告我爱读《查拉图司屈拉》的友人 郭沫若

最后的安慰（续） 严良才

郑译《新月集》正误 成仿吾

百合与蕃茄 郭沫若

**第31号**

（1923年12月9日出版）

新文学之警钟 郑伯奇

玄武湖之秋 倪贻德

持镜的小孩——《查拉图司屈拉》第二部第一节 尼采原著 郭沫若译

百合与蕃茄（续） 郭沫若

**第32号**

（1923年12月16日出版）

惠施的性格与思想 郭沫若

玄武湖之秋（续） 倪贻德

百合与蕃茄（再续） 郭沫若

通信一则 梁实秋 郭沫若

**第33号**

（1923年12月23日出版）

国民文学论（上） 郑伯奇

《小物件》译文的商榷　敬隐渔

秦淮暮雨　贻德

第 44 号

（1924 年 3 月 16 日出版）

炼狱　郭沫若

太湖落日　倪贻德

晨起　袁家骅

第 45 号

（1924 年 3 月 24 日出版）

旅行　淦女士

太湖纪游　成仿吾

《乌鸦》译诗的讨论　露明　沫若

第 46 号

（1924 年 3 月 28 日出版）

北国的微音——寄给沫若与仿吾　郁达夫

慈母　淦女士

读王靖译的《泰谷儿小说》后之质疑　华清

林中早行　王以仁

第 47 号

（1924 年 4 月 5 日出版）

民众艺术　成仿吾

十字架　郭沫若

雪莱译诗之商榷　田楚侨

第 48 号

（1924 年 4 月 13 日出版）

嫩笋　全平

赛因河边之冬夜　王独清

江南的春讯　成仿吾

矮丑的说道者　成仿吾

读《星空》后片断的回想　焦尹孚

第 49 号

（1924 年 4 月 19 日出版）

隔绝之后　淦女士

澄清村　张资平

瞿译《春之循环》的一瞥　唐汉森

第 50 号

（1924 年 4 月 27 日出版）

文学界的现形　成仿吾

初恋　倪贻德

瞿译《春之循环》的一瞥（续前）　唐汉森

第 51 号

（1924 年 4 月 27 日出版）

苍茫的烦恼　敬隐渔

春游　成仿吾

初恋（续前）　倪贻德

第 52 号

（1924 年 5 月 19 日出版）

玛丽　敬隐渔

人体习作（素描）　鲁少飞

批评与批评家　成仿吾

一年的回顾　成仿吾

通信一则　沫若

创造日（日刊）

（1923 年 7 月 21 日—1923 年 11 月 2 日）

第 1 期

1923 年 7 月 21 日

创造日宣言　创造社同人

破晓（诗） 敬隐渔
体验与艺术（论说） 滕　固
江边（小说） 倪贻德

**第2期**

1923年7月23日

还乡记（纪行） 郁达夫
怆恼的葡萄（诗） 郭沫若
江边（小说） 倪贻德

**第3期**

1923年7月24日

还乡记（纪行） 郁达夫
读《辛夷集》 郭锡光
牧羊者哀歌 成仿吾
牧童的悲歌 郭沫若
文艺消息

**第4期**

1923年7月25日

还乡记（纪行） 郁达夫
面包（诗） 邓均吾
读《科学大纲》第一册后（批评） 周全平
通讯 记　者
一点火 张友鸾

**第5期**

1923年7月26日

还乡记（纪行） 郁达夫
猎狗庸奴（童话） 诵　邺
五月歌 郭沫若
读《科学大纲》第一册后（批评） 周全平

**第6期**

1923年7月27日

还乡记（纪行） 郁达夫
绿泪莱歌（译诗） 邓均吾译
随感录 张友鸾

**第7期**

1923年7月28日

还乡记（纪行） 郁达夫
我谈国风 洪为法
在落霞里 怡　庵
随感录 张友鸾

**第8期**

1923年7月30日

还乡记（纪行） 郁达夫
无限的悲哀（诗） 郭沫若
我谈国风 洪为法
通信一则 张资平

**第9期**

1923年7月31日

还乡记（纪行） 郁达夫
歌德的诗 郭沫若
心野杂记 潘漠华

**第10期**

1923年8月1日

还乡记（纪行） 郁达夫
新制矿物学教科书 张资平
通信 梁端廉

**第11期**

1923年8月2日

还乡记（纪行） 郁达夫
诗三首 王　珏

新制矿物学教科书　张资平

心野杂记　潘漠华

**第12期**

1923年8月3日

希腊罗马神话略述　邓均吾

松　邓均吾译

汽笛声　沈松泉

艺术家的午睡（杂谈）　郁达夫

**第13期**

1923年8月4日

读波花并答孙君　梁俊青

汽笛声　沈松泉

落花　陈醉云

通信一则　梁俊青



**第14期**

1923年8月6日

希腊罗马神话略述　邓均吾

读波花并答孙君　梁俊青

责罚　徐蘧蘅

**第15期**

1923年8月7日

希腊罗马神话略述　邓均吾

松沪车上（诗）　邓均吾

责罚　徐蘧蘅

**第16期**

1923年8月8日

罗曼罗朗　敬隐渔

诗二首　洪为法

责罚　徐蘧蘅

盲从　陈醉云

**第17期**

1923年8月9日

希腊罗马神话略述　邓均吾

想（诗）　王怡庵

罗曼罗朗　敬隐渔

责罚　徐蘧蘅

**第18期**

1923年8月10日

希腊罗马神话略述　邓均吾

清晨（诗）　倪懋芬

罗曼罗朗　敬隐渔

责罚　徐蘧蘅

文艺消息

**第19期**

1923年8月11日

立秋之夜（小说）　郁达夫

无望的希望（诗）　成仿吾译

罗曼罗朗　敬隐渔

责罚　徐蘧蘅

**第20期**

1923年8月13日

希腊罗马神话略述　邓均吾

读成仿吾的《欢迎会》　翟秀峰

心野杂记　潘漠华

**第21期**

1923年8月14日

希腊罗马神话略述　邓均吾

所见　邓均吾

读成仿吾的《欢迎会》　翟秀峰

诗人的末路（随笔）　郁达夫

**第 22 期**

1923 年 8 月 15 日

希腊罗马神话略述　邓均吾

燕子（诗）　张海鳌

读成仿吾的《欢迎会》　翟秀峰

A 与 B 对话　郑伯奇

**第 23 期**

1923 年 8 月 16 日

希腊罗马神话略述　邓均吾

读成仿吾的《欢迎会》　翟秀峰

A 与 B 对话　郑伯奇

**第 24 期**

（原刊误编 23 期）1923 年 8 月 17 日

还乡后记（纪行）　郁达夫

希腊罗马神话略述　邓均吾

A 与 B 对话　郑伯奇

特别启事　创造社

**第 25 期**

（原刊误编 24 期）1923 年 8 月 18 日

还乡后记（纪行）　郁达夫

希腊罗马神话略述　邓均吾

A 与 B 对话　郑伯奇

特别启事

**第 26 期**

（原刊误编 25 期）1923 年 8 月 19 日

还乡后记（纪行）　郁达夫

希腊罗马神话略述　邓均吾

A 与 B 对话　郑伯奇

特别启事　创造社

**第 27 期**

（原刊误编 26 期）1923 年 8 月 20 日

还乡后记（纪行）　郁达夫

别后　闻一多

希腊罗马神话略述　邓均吾

A 与 B 对话　郑伯奇

特别启事　创造社

**第 28 期**

（原刊误编 27 期）1923 年 8 月 21 日

还乡后记　郁达夫

初夏一夜底影象　闻一多

A 与 B 对话　郑伯奇

关系（随感录）　张友鸾

**第 29 期**

（原刊误编 28 期）1923 年 8 月 22 日

希腊罗马神话略述　邓均吾

A 与 B 对话　郑伯奇

夜咳病（随感录）　张友鸾

**第 30 期**

（原刊误编 29 期）1923 年 8 月 23 日

希腊罗马神话略述　邓均吾

孤独（译诗）　敬隐渔译

小瑞宝　周全平

服从　张友鸾

**第 31 期**

（原刊误编 30 期）1923 年 8 月 24 日

希腊罗马神话略述　邓均吾

小瑞宝　周全平

末了的一点光　张友鸾

**第 32 期**

（原刊误编 31 期）1923 年 8 月 25 日

希腊罗马神话略述　邓均吾

小瑞宝　周全平

孤寂的高原刈稻者　成仿吾译

**第 33 期**

（原刊误编 32 期）1923 年 8 月 26 日

希腊罗马神话略述　邓均吾

诗二首　倪贻德

小瑞宝　周全平

海上　敬隐渔译

**第 34 期**

（原刊误编 33 期）1923 年 8 月 27 日

希腊罗马神话略述　邓均吾

论雪莱的郭译　孙铭传

海上　敬隐渔译

**第 35 期**

（原刊误编 34 期）1923 年 8 月 28 日

希腊罗马神话略述　邓均吾

论雪莱的郭译　孙铭传

海上　敬隐渔译

通信一则

**第 36 期**

（原刊误编 35 期）1923 年 8 月 29 日

希腊罗马神话略述　邓均吾

论雪莱的郭译　孙铭传

海上　敬隐渔译

**第 37 期**

（原刊误编 36 期）1923 年 8 月 30 日

希腊罗马神话略述　邓均吾

论雪莱的郭译　孙铭传

海上　敬隐渔译

**第 38 期**

（原刊误编 37 期）1923 年 8 月 31 日

希腊罗马神话略述　邓均吾

答孙铭传君　郭沫若

海上（小说）　敬隐渔译

沉闷　陈醉云

**第 39 期**

（原刊误编 38 期）1923 年 9 月 1 日

希腊罗马神话略述　邓均吾

艺术底忠臣　闻一多

海上（小说）　敬隐渔

守旧的农人（小说）　周全平

**第 40 期**

（原刊误编 39 期）1923 年 9 月 2 日

希腊罗马神话略述　邓均吾

红荷之魂（诗）　闻一多

守旧的农人（小说）　周全平

胜利的失败（杂感）　张友鸾

**第 41 期**

（原刊误编 40 期）1923 年 9 月 3 日

希腊罗马神话略述　邓均吾

醉了的帆船（诗）　沈松泉

守旧的农人　周全平

《茑萝集》自序　郁达夫

**第 42 期**

（原刊误编 41 期）1923 年 9 月 4 日

希腊罗马神话略述　邓均吾

森林之声（诗）　郭沫若译

守旧的农人（小说）　周全平

《卷耳集》序文　郭沫若

**第 43 期**

（原刊误编 42 期）1923 年 9 月 5 日

希腊罗马神话略述　邓均吾

卷耳（诗）　郭沫若

《卷耳集》自跋　郭沫若

艺术上的道教主义　傅彦长

## 第 44 期

（原刊误编 43 期）1923 年 9 月 6 日

希腊罗马神话略述　邓均吾

静女（诗）　郭沫若

艺术上的道教主义　傅彦长

学徒（小说）　何道生

## 第 45 期

（原刊误编 44 期）1923 年 9 月 7 日

希腊罗马神话略述　邓均吾

卫风新台（诗）　郭沫若

艺术上的道教主义　傅彦长

学徒（小说）　何道生

## 第 46 期

（原刊误编 45 期）1923 年 9 月 8 日

希腊罗马神话略述　邓均吾

墉风松舟（诗）　郭沫若

艺术上的道教主义　傅彦长

学徒（小说）　何道生

徵募本刊启事　创造社

## 第 47 期

（原刊误编 46 期）1923 年 9 月 9 日

希腊罗马神话略述　邓均吾

郑风女曰鸡鸣　郭沫若

学徒（小说）　何道生

## 第 48 期

（原刊误编 47 期）1923 年 9 月 10 日

希腊罗马神话略述　邓均吾

大车之歌　庐冀野

学徒（小说）　何道生

故乡之游　周全平

## 第 49 期

（原刊误编 48 期）1923 年 9 月 11 日

希腊罗马神话略述　邓均吾

郑风有女同车（诗）　郭沫若

穷途（小说）　倪贻德

故乡之游　全　平

徵募本刊启事　创造社

## 第 50 期

（原刊误编 49 期）1923 年 9 月 12 日

希腊罗马神话略述　邓均吾

郑风狡童（诗）　郭沫若

穷途（小说）　倪贻德

故乡之游（纪行）　全　平

启事　创造社

## 第 51 期

（原刊误编 50 期）1923 年 9 月 13 日

希腊罗马神话略述　邓均吾

郑风丰（诗）　郭沫若

穷途（小说）　倪贻德

故乡之游（纪行）　全　平

启事　创造社

## 第 52 期

（原刊误编 51 期）1923 年 9 月 14 日

希腊罗马神话略述　邓均吾

郑风子衿（诗）　郭沫若

穷途（小说）　倪贻德

故乡之游（纪行）　全　平

启事　创造社

## 第 53 期

（原刊误编 52 期）1923 年 9 月 15 日

希腊罗马神话略述　邓均吾

郑风溱洧（诗） 郭沫若
穷途（小说） 倪贻德
故乡之游（纪行） 全 平

**第 54 期**

（原刊误编 53 期）1923 年 9 月 16 日

希腊罗马神话略述 邓均吾
齐风鸡鸣（诗） 郭沫若
穷途（小说） 倪贻德
故乡之游（纪行） 全 平
启事 创造社

**第 55 期**

（原刊误编 54 期）1923 年 9 月 17 日

希腊罗马神话略述 邓均吾
齐风东方之日（诗） 郭沫若
魏风十亩之间（诗） 郭沫若
穷途（小说） 倪贻德
故乡之游（纪行） 全 平
启事 创造社

**第 56 期**

（原刊误编 55 期）1923 年 9 月 18 日

希腊罗马神话略述 邓均吾
唐风扬之水（诗） 郭沫若
穷途（小说） 倪贻德
故乡之游（纪行） 全 平
启事 创造社

**第 57 期**

（原刊误编 56 期）1923 年 9 月 19 日

希腊罗马神话略述 邓均吾
唐风绸缪（诗） 郭沫若
遗嘱（小说） 敬隐渔
苏州烟雨记 郁达夫
启事 创造社

**第 58 期**

（原刊误编 57 期）1923 年 9 月 20 日

希腊罗马神话略述 邓均吾
唐风葛生（诗） 郭沫若
遗嘱（小说） 敬隐渔
苏州烟雨记 郁达夫
启事 创造社

**第 59 期**

（原刊误编 58 期）1923 年 9 月 21 日

希腊罗马神话略述 邓均吾
秦风蒹葭 郭沫若
遗嘱（小说） 敬隐渔
苏州烟雨记 郁达夫
启事 创造社

**第 60 期**

（原刊误编 59 期）1923 年 9 月 22 日

希腊罗马神话略述 邓均吾
陈风宛丘（诗） 郭沫若
遗嘱（小说） 敬隐渔
苏州烟雨记 郁达夫
启事 创造社

**第 61 期**

（原刊误编 60 期）1923 年 9 月 23 日

希腊罗马神话略述 邓均吾
陈风东门之池（诗） 郭沫若
陈风东门之杨（诗） 郭沫若
市声（小说） 全 平
苏州烟雨记 郁达夫
启事 创造社

**第 62 期**

（原刊误编 61 期）1923 年 9 月 24 日

希腊罗马神话略述　邓均吾
陈风墓门（诗）　郭沫若
市声（小说）　全　平
苏州烟雨记　郁达夫
启事　创造社

**第 63 期**

（原刊误编 62 期）1923 年 9 月 25 日

希腊罗马神话略述　邓均吾
陈风防有鹊巢（诗）　郭沫若
市声（小说）　全　平
苏州烟雨记　郁达夫
启事　创造社

**第 64 期**

（原刊误编 63 期）1923 年 9 月 26 日

希腊罗马神话略述　邓均吾
陈风泽波（诗）　郭沫若
市声（小说）　全　平
苏州烟雨记　郁达夫
高等矿物学讲义的批评　张资平
启事　《创造日》编辑者启

**第 65 期**

（原刊误编 64 期）1923 年 9 月 27 日

希腊罗马神话略述　邓均吾
湖边的少女（诗）　倪贻德
莫男这条猪（小说）　敬隐渔译
高等矿物学讲义的批评　张资平

**第 66 期**

（原刊误编 65 期）1923 年 9 月 28 日

希腊罗马神话略述　邓均吾
孤雁（诗）　闻一多
莫男这条猪　敬隐渔

**第 67 期**

（原刊误编 66 期）1923 年 9 月 29 日

希腊罗马神话略述　邓均吾
孤雁（诗）　闻一多
秋深了（诗）　闻一多
莫男这条猪（小说）　敬隐渔译

**第 68 期**

（原刊误编 67 期）1923 年 9 月 30 日

希腊罗马神话略述　邓均吾
色彩烂果（诗）　闻一多
小溪（诗）　闻一多
莫男这条猪（小说）　敬隐渔译

**第 69 期**

（原刊误编 68 期）1923 年 10 月 1 日

希腊罗马神话略述　邓均吾
废园（诗）　闻一多
秋之末日（诗）　闻一多
稚松（诗）　闻一多
莫男这条猪（小说）　敬隐渔译

**第 70 期**

（原刊误编 69 期）1923 年 10 月 2 日

希腊罗马神话略述　邓均吾
月的恋歌（诗）　闻均天
湖上（诗）　倪贻德
莫男这条猪（小说）　敬隐渔译

**第 71 期**

（原刊误编 70 期）1923 年 10 月 3 日

希腊罗马神话略述　邓均吾
我是一个流囚（诗）　闻一多

莫男这条猪（小说） 敬隐渔译

邹夏千的死（小说） 全 平

**第 72 期**

（原刊误编 71 期）1923 年 10 月 4 日

希腊罗马神话略述 邓均吾

晴朝（诗） 闻一多

邹夏千的死（小说） 全 平

**第 73 期**

（原刊误编 72 期）1923 年 10 月 5 日

希腊罗马神话略述 邓均吾

记忆（诗） 闻一多

播种（诗） 金炳章

邹夏千的死（小说） 全 平

**第 74 期**

（原刊误编 73 期）1923 年 10 月 6 日

希腊罗马神话略述 邓均吾

秋（诗） 成仿吾译

邹夏千的死（小说） 全 平

一个母亲的故事 何道生译

**第 75 期**

（原刊误编 74 期）1923 年 10 月 7 日

希腊罗马神话略述 邓均吾

龙山顶上放歌（诗） 楼建南

一个母亲的故事 何道生译

**第 76 期**

（原刊误编 75 期）1923 年 10 月 8 日

希腊罗马神话略述 邓均吾

晚步（诗） 顾 庆

读《卷耳集》 洪为法

一个母亲的故事 何道生译

文艺消息

**第 77 期**

（原刊误编 76 期）1923 年 10 月 9 日

希腊罗马神话略述 邓均吾

舜江晨（诗） 楼建南

读《卷耳集》 洪为法

一个母亲的故事 何道生译

文艺消息

**第 78 期**

（原刊误编 77 期）1923 年 10 月 10 日

希腊罗马神话略述 邓均吾

背着两个十字架 郭沫若

我的伴侣（诗） 施若皇

读《卷耳集》 洪为法

一个母亲的故事 何道生译

**第 79 期**

（原刊误编 78 期）1923 年 10 月 11 日

希腊罗马神话略述 邓均吾

日出之晨（诗） 叶宗泰

寒士 倪贻德

**第 80 期**

（原刊误编 79 期）1923 年 10 月 12 日

希腊罗马神话略述 邓均吾

邶风北门（诗） 郭沫若

寒士 倪贻德

**第 81 期**

（原刊误编 80 期）1923 年 10 月 13 日

希腊罗马神话略述 邓均吾

图画中奏乐的女神（诗） 袁家骅

寒士 倪贻德

**第 82 期**

（原刊误编 81 期）1923 年 10 月 14 日

希腊罗马神话略述 邓均吾

少年与磨坊的小溪（诗） 成仿吾译
寒士 倪贻德

第 83 期
（原刊误编 82 期）1923 年 10 月 15 日
希腊罗马神话略述 邓均吾
幻景（诗） 成仿吾译
寒士 倪贻德

第 84 期
（原刊误编 83 期）1923 年 10 月 16 日
曹锟篡国与艺术家的态度 田 汉
希腊罗马神话略述 邓均吾
秋之早瞰（诗） 袁家骅
寒士 倪贻德

第 85 期
（原刊误编 84 期）1923 年 10 月 17 日
希腊罗马神话略述 邓均吾
雪融（诗） 袁家骅
江影（诗） 袁家骅
寒士 倪贻德
他的忏悔（小说） 全 平

第 86 期
（原刊误编 85 期）1923 年 10 月 18 日
写完了《茑萝集》的最后一篇 郁达夫
印象（诗） 闻均天
寒士 倪贻德

第 87 期
（原刊误编 86 期）1923 年 10 月 19 日
歌德传 均吾译
秋凉之夜（诗） 楼建南
寒士 倪贻德

第 88 期
（原刊误编 87 期）1923 年 10 月 20 日
歌德传 均吾译
白玫瑰（诗） 郭沫若
寒士 倪贻德
他的忏悔 全 平

第 89 期
（原刊误编 88 期）1923 年 10 月 21 日
歌德传 均吾译
登剑门放歌（诗） 倪贻德
他的忏悔 全 平
代征本刊启事

第 90 期
（原刊误编 89 期）1923 年 10 月 22 日
歌德传 均吾译
小溪（诗） 王 珏
郊外池塘（诗） 王 珏
他的忏悔 全 平
代征本刊启事

第 91 期
（原刊误编 90 期）1923 年 10 月 23 日
歌德传 均吾译
屠勒国王（诗） 郭沫若译
他的忏悔 全 平

第 92 期
（原刊误编 91 期）1923 年 10 月 24 日
歌德传 均吾译
泪痕（诗） 赵邦杰
他的忏悔 全 平

第 93 期
（原刊误编 92 期）1923 年 10 月 25 日
歌德传 均吾译

火之洗礼（诗） 朱公垂
糖果儿和酒 若愚
他的忏悔 全平
正误

**第94期**

（原刊误编93期）1923年10月26日

歌德传 均吾译
孤城（诗） 默声
糖果儿和酒 若愚
他的忏悔 全平

**第95期**

（原刊误编94期）1923年10月27日

歌德传 均吾译
心欲（诗） 穆木天
他的忏悔 全平
恐怖 敬隐渔译

**第96期**

（原刊误编95期）1923年10月28日

歌德传 均吾译
迷失的心灵 倪懋芬
恐怖 敬隐渔译

**第97期**

（原刊误编96期）1923年10月29日

歌德传 均吾译
啊！我要创造一个新的（诗） 绍宗
恐怖 敬隐渔译

**第98期**

（原刊误编97期）1923年10月30日

歌德传 均吾译
河漠中哀歌（诗） 蒋傍川
船上（小说） 沈宰白
通信 傅彦长

**第99期**

（原刊误编98期）1923年10月31日

歌德传 均吾译
白云（诗） 仿吾
船上（小说） 沈宰白

**第100期**

（原刊误编99期）1923年11月1日

歌德传 均吾译
灯光（诗） 洪为法
泥污里的花（诗） 洪为法
船上（小说） 沈宰白
对酒（诗） 默声

**第101期**

（原刊误编100期）1923年11月2日

创造日停刊布告 同人
歌德传 均吾译
终刊感言 成仿吾

## 洪水（周刊）

**第1期**

（1924年8月20日出版）

撒但的工程 全平
盲肠炎与资本主义 沫若
迷离的幻影 倪贻德
对于梁俊青君的意见 全平
通信一则 仿吾

## 洪水（半月刊）

（1925年9月16日—1927年12月15日）

**第1卷 第1期**

（1925年9月16日出版）

《洪水》复活宣言

**第 1 卷　第 2 期**

（1925 年 10 月 1 日出版）



**第 1 卷　第 3 期**

（1925 年 10 月 16 日出版）



**第 1 卷　第 4 期**

（1925 年 11 月 1 日出版）



**第 1 卷　第 5 期**

（1925 年 11 月 16 日出版）

**第1卷　第6期**

（1925年12月1日出版）



**第1卷　第7期**

（1925年12月16日出版）



**第1卷　第8期**

（1926年1月1日出版）



**第1卷　第9期**

（1926年1月16日出版）

红流（独幕剧） 翟秀峰
讨论《马克思进文庙》附陶其情信 沫若

第1卷 第10、11期合刊

（1926年2月5日出版）

社会革命的时机 沫若
人的尸 汪静之
万雷白（Ch.Van Lorberghe）的两首诗 穆木天试译
自杀 文子慧
静晚 袁家骅
评田汉君的莎译——《罗密欧与朱丽叶》（续前） 焦尹孚
红流（续前） 翟秀峰
国家资本主义 民治
送朋友之广东从军 梓人
轭下的悲歌 玲
无题 曹钧石
且哭且骂且咒且狂歌 周毓英
我对于《忆》 谷凤田
不平衡的偶力 张资平
卷末 编者

第1卷 第12期

（1926年3月1日出版）

无抵抗主义者（对话） 郭沫若
斥《国家主义与新文艺》 为法
哀歌 王独清
到底谁共谁的产 洪衡石
心灵的安慰——白叶杂记之三 叶灵凤
我的生命流 杨正宗
姊姊的死 夏伯训
梅岭纪游 梅玉龙
不死的爱情 C. T.
让咱们来说几句和平话 黎锦明
《几句和平话》的回声 全平
卷末 编者

第2卷 第13期

（1926年3月16日出版）

上海滩上 仿吾
自序《圣母象前》 王独清
小说论及其他 郁达夫
游罢 曹钧石
杀敌 钟隐
长征 柯仲平
钱之可贵 周毓英
担负 为法
芳邻——白叶杂记之四 叶灵凤
活尸 胡孟平
关于《忆》 以仁 全平
卷末 编者

第2卷 第14期

（1926年4月1日出版）

悼北京十八日的死者 编者
卖淫妇的饶舌 沫若
可怜的上海报纸 柳克述
孙中山周年祭 齐南
爆裂的思想 长弓
制驯鸽标本之前 朱则赤
仙境 全平
《光明之路》的序引 全平
街路里 小川未明著 张资平译
弱的幻境 倪懋芬

马克思到底不能进文庙（附沫若复信） 陶其情
废话二则 霆声
卷末 编者

**第2卷 第15期**

（1926年4月16日出版）

新的教训 霆声
光明之路 全平
在黑夜里——致刘华同志之灵 光赤
写在《法国安那其党人的故事》的前面 全平
法国安那其党人的故事 芾甘
迁居——白叶杂记之五 叶灵凤
长虹 裘柱常
大庆里之一夜 叶鼎洛
向自己挑战 为法
哀求 马士瑛
对于《忆》的公道话 均石 全平
洗一洗不白之冤 李芾甘 全平

**第2卷 第16期**

（1926年5月1日出版）

文艺家的觉悟 沫若
“五一”给我们的教训 为法
藤椅 倪贻德
绝望 胡开瑜
三月十八 柳克述
群星之鼓噪 曹钧石
夜之颂歌 丘韵铎
懊恼曲 陈翔冰
黑影 许杰
绝句四首 陈尚友
共产瞎谈 先愚
自己制造自己享乐 周毓英
凄颤之声 迺骅
特选留学生 陶晶孙
夜雨不寐 佚名
法国安那其党人的故事（续前） 芾甘
惜别——白叶杂记之六 叶灵凤
人去后——白叶杂记之七 叶灵凤
五一歌 加爹也夫著 光赤译
五一节与中国劳动运动 民治
五一节与中国农民运动 欧阳华汉
劳动艺术运动 何畏
六尾小鲤鱼 何畏 全平 景云 郑鹤翔
卷末 编者

**第2卷 第17期**

（1926年5月16日出版）

光明之路（续前） 全平
读了《罗兰罗曼评鲁迅》以后 敬隐渔
航海者之悲吟 楚鸣
我要喝加料的白干酒与红葡萄 柯仲屏
模糊 凤田
偷生——白叶杂记之八 叶灵凤
失了心的人 安淇生
足迹 顾仁铸
在法的华人消息 苏桥
无定着的夜天 刘绍先
大革命快要来了——给全平 悟真

**第 2 卷　　第 18 期**

（1926 年 6 月 1 日出版）

红瓜　郭沫若

不朽的人豪——纪念孙中山先生　成仿吾

道上的话　木　天

哀歌　以　仁

“反赤”的“救国”　徐活萤

忆葡萄　丘韵铎

“当”的滋味　文子慧

五卅快到的呻吟　长　弓

废话一串　霆声　全平

归来——白叶杂记之九　叶灵凤

光明之路（续前）　全　平

**第 2 卷　　第 19 期**

（1926 年 6 月 16 日出版）

伟大的批评者　为　法

自由再生　杨正宗

反赤救国论　霆　声

自慰歌　梓　人

今日之北京　胜　华

此图书馆大约以蟋蟀多而著名——王统照的胡译　皑　岚

春蚕——白叶杂记之十　叶灵凤

血——白叶杂记之十一　叶灵凤

谢忱——白叶杂记之十二　叶灵凤

今后的生涯——白叶杂记之十三　叶灵凤

夹袍　周毓英

工作之余——别曲中之一　柯仲平

我要拒绝一切　全　平

从日本来的消息　沈宰白　全平

又要谈自己的事情了　编　者

**第 2 卷　　第 20 期**

（1926 年 7 月 1 日出版）

《少年维特之烦恼》增订本后序　沫　若

五卅节的上海　陆定一

哀飘萍之死　李剑华

乌鸦的埋藏　洪为法

中国式的，科学的，无抵抗主义　霆　声

毕业者的日记　景　云

无题——白叶杂记之十四　叶灵凤

圣诞歌　裘柱常

兰顺之死　曹石清

夜　冯乃超

卷末　全　平

**第 2 卷　　第 21 期**

（1926 年 7 月 16 日出版）

长跪——哭父之后　为　法

爸爸你为谁做工　张家辅

自我的觉悟　史伯允

灵魂的归来——白叶杂记之十五　叶灵凤

生离——白叶杂记之十六　叶灵凤

微光　萍　心

拟拟曲　苏鹤田

小诗　胡开瑜

落叶一束　张耀南

她是依旧在我的身边　翰　哥

澡堂里的悲哀　张学武

### 第3卷 第27期

（1927年2月16日出版）



### 第3卷 第28期

（1927年3月1日出版）



### 第3卷 第29期

（1927年3月16日出版）



### 第3卷 第30期

（1927年4月1日出版）



### 第3卷 第31期

（1927年4月15日出版）

## 创造月刊

（1926年3月16日—1929年1月10日）

### 第1卷 第1期

（1926年3月16日出版）



### 第1卷 第2期

（1926年4月16日出版）

野庙及其他　穆木天

孤鸿　郭沫若

编辑者言　达　夫

**第1卷　第3期**

（1926年5月16日出版）

革命与文学　郭沫若

个人主义艺术的灭亡　何　畏

文艺批评杂论（续）　成仿吾

畸人　赵伯颜

十月革命与俄罗斯文学（续）　蒋光赤

埃及人　王独清

植树节　张资平

拜伦与浪漫主义　梁实秋

南行杂记　郁达夫

编辑后话　仿　吾

**第1卷　第4期**

（1926年6月1日出版）

革命文学与他的永远性　成仿吾

写实文学论　穆木天

杨贵妃之死　王独清

曼陀罗华　郭沫若

死的摇篮曲　冯乃超

十月革命与俄罗斯文学（续）　蒋光赤

蜃楼　郁达夫

玫瑰花　王独清

深林的月夜　成仿吾

拜轮的精神　徐祖正

拜轮与浪漫主义（续）　梁实秋

诗人谬塞之爱的生活

〔法〕摩南作　独清译

通信　段可情

编辑余话　仿　吾

**第1卷　第5期**

（1926年7月1日出版）

文学与情绪　方光焘

旅心　穆木天

苔莉　张资平

听歌（画）　关良作

《达夫全集》自序　郁达夫

生命的哀歌　冯乃超

Alfred de Vigny及其诗歌　木　天

一个人在途上　郁达夫

非编辑者言　郁达夫

**第1卷　第6期**

（1927年2月1日出版）

法国文学的特质　穆木天

后悔　郭沫若

红纱灯　冯乃超

苔莉（续）　张资平

爱的掠夺（三幕剧）　李初梨

诗选　李白华　周灵均

过去　郁达夫

关于编辑、介绍，以及私事等等

郁达夫

**第1卷　第7期**

（1927年7月15日出版）

音乐会小曲　陶晶孙

旅行列宁格勒　段可情

危机（独幕剧）　郑伯奇

牧歌　许幸之

维尼及其诗歌（续）　穆木天

伤离（独幕剧）　倪贻德

十月革命与俄罗斯文学（续） 蒋光赤
两姑娘 陶晶孙
劳生日记 郁达夫
死前 王独清
三年以后 王独清
去雁 王独清
编辑后 王独清

**第1卷　第8期**

（1928年1月1日出版）

英雄树 麦克昂
抗争（一幕剧） 郑伯奇
一封退回的信 段可情
青春 张资平
凋残的蔷薇 冯乃超
牛 赵伯颜
十月革命与俄罗斯文学（续） 蒋光慈
维尼及其诗歌（续） 穆木天
石膏习作（插图） 许幸之作
弹琴者（插图） 方君璧作
貂蝉 王独清
余谈 王独清

**第1卷　第9期**

（1928年2月1日出版）

从文学革命到革命文学 成仿吾
一只手——献给新时代的小朋友们 麦克昂
牺牲（三幕剧） 郑伯奇
铁汁 段可情
维尼及其诗歌（续） 穆木天
菊芬 蒋光慈
我归来了，我底故国！ 王独清
今后的本刊 王独清

**第1卷　第10期**

（1928年3月1日出版）

全部的批判之必要——如何才能转换方向的考察 成仿吾
兵荒 张资平
一只手（续） 麦克昂
牺牲（续） 郑伯奇
维勒得拉克 穆木天
查票员 段可情
诗 沈起予
菊芬（续） 蒋光慈
编辑事项及其他 王独清

**第1卷　第11期**

（1928年5月1日出版）

桌子的跳舞 麦克昂
为什么褒姒哈哈地大笑——一篇木头戏脚本的草案 冯乃超
一只手（二续） 麦克昂
牺牲（二续） 郑伯奇
波浪 潘怀素
诗三篇 李果青
黎明之前 龚冰庐
诺托的左页 沈起予
毕竟是“醉眼陶然”罢了 石厚生
编辑后记 石厚生

**第1卷　第12期**

（1928年7月10日出版）

什么是“健康”与“尊严”——《新月的态度》底批评 彭　康
慧珍 赵伯颜

第2卷　第4期

（1928年11月10日出版）



第2卷　第5期

（1928年12月10日出版）



第2卷　第6期

（1929年1月10日出版）

资本轮下的分娩　李白英
绑票匪的供状（续）　段可情
母亲的千金　汪锡鹏
陈老四的故事　实　味
红色的爱　弱　萍
慰恤金　冯乃超
最大方向　柯　南
忧愁的中国　冯乃超
H. Barbusse之思想及其文艺　沈起予
德布士的梦　贾克·伦敦著　芮生译
关于马克思主义文艺批评底任务之大纲　A. Lunatcharsky著　朱镜我译
编辑后记　文艺部



## A. 11.（周刊）

（1926年4月28日—1926年5月26日）

### 第1期

（1926年4月28日出版）

A. 11. 新闻小报
A. 11.　潘汉年
记四月四日夜半 A 字 11 号楼上之火　全　平
国家主义与外国化　亚　灵
告少女　Robert Herrick原作　蕙君译
“还魂主义”　尹　孚
陈启天和曾琦该打屁股　迪　可
不成话（不成话之一）　下流人
赞“党派的软化与中国前途”（不成话之二）　毓　英
编完以后的废话　汉　年

### 第2期

（1926年5月5日出版）

A. 11. 新闻小报
这是什么世界——悼邵飘萍　庚　生
邵振清算有了归根　毓　英
高等华人　下流人
一点子消息——访孙伏园记　潘汉年
要打曾琦的屁股　迪　可
原来如此“内除国贼”（不成话之三）　亚　灵
本刊内容及我是穿山甲的问题（不成话之四）　汉　年

### 第3期

（1926年5月12日出版）

A. 11. 新闻小报
可怜，中国人的命！　后　决
请国家主义教育家先学后说　不　党
那位西装先生（附亚灵按语《一条猫尾巴》）　菲女士
肥肉与主义　毓　英
放屁及外国化问题——致后觉先生　汉　年
代放屁小报宣言——致景云先生　汉　年
同济大学风潮愤言（不成话之五）　汗　牛
《正论报》的天助论（不成话之六）　亚　灵
苍蝇钉着臭虾头（不成话之七）　下流人

第4期

（1926年5月19日出版）

A. 11. 新闻小报

放屁的幸与不幸　汉　年

南下　黎锦明

亚茄尼丝　Lyte原作　苇君试译

坑蛆——A致B的信

校完《青烟》以后　毓　英

无聊人的无聊话　木　天

都要捕！（不成话之八）　迪　可

洪深先生与菱清女士（不成话之九）　下　淋

第5期

（1926年5月26日出版）

A. 11. 新闻小报

退出国家主义团体，便有生命危险的问题　潘汉年

要说的话　灵　凤

由口淫而变为手淫——汉字改革的真义之一　汗　牛

丁西林须知　黎锦明

台湾和尚语录

幻洲（周刊）

（1926年6月12日—1926年6月18日）

第1期

（1926年6月12日出版）

我们的《幻洲》　骆　驼

幻想中的OAZO　潘汉年

白日的梦　叶灵凤

平凡　木　天

六毛钱的威风　毓　英

格雷　Tennyson原作　樱岛译

编者的哓舌　汉　年

第2期

（1926年6月18日出版）

血的周年　长　风

我为什么要叫骆驼　骆　驼

两鬓蓬松　匹梅选录

青鸟馆　潘汉年

雨夜的哀韵　启　煦

哓舌　汉　年

新消息（周刊）

（1927年3月19日—1927年7月1日）

创刊号

（1927年3月19日出版）

创造社出版部的第一周年　达　夫

进献于做梦的诗人之前　风　铃

春的再见　绍　宗

啊！星星！　韵　铎

小消息（1—4）　同　人

火山剧社宣言

火山剧社招股简章

第2号

（1927年3月26日出版）

“一切权力归于党”　灵　均

艺术家与农民革命　许幸之

海涛社宣言

春之暮　绍　宗

告浙江的教育当局　达　夫

断歌　曼　华

### 第3号

（1928年3月15日出版）



### 第4号

（1928年4月15日出版）



### 第5号

（约1928年5月出版）

时代作家的修养　另　境
港粤"亲善"（？）之由来　潘明秋
琐事感言　周　隐
初到上海　孤　凤
牺牲　爱　光
我们的恐怖　章瑞元
惊呼？狂歌　张飞瀑
读者底回声　吴耀南　会赤　编者
新辞源　同　人
编辑余谈　编　者

## 流沙（半月刊）

（1928年3月15日—1928年5月30日）

### 第1期

（1928年3月15日出版）

前言　同　人
知道你的时代！　独　清
改良主义是不是在中国行得通　李一氓
新帝国主义战争的危机与中国　高振清
我们的态度（游击一）　氓
非个人主义的文学　黄药眠
凤凰　STRINDBERG著　韵铎译
争权和夺利（游击二）　心　光
血笑　龚冰庐
拉车曲　黄药眠
马林英　华　汉
后语　编　者

### 第2期

（1928年4月1日出版）

文艺思潮的社会背景　华　汉
社会科学与社会科学名词　李一氓
茅（矛）盾（游击三）　氓
中国革命之预图　唐　仁
倚锄的人　Edwin Markham原作　仿吾译
马林英（一续）　华　汉
"提倡农民文学"（游击四）　氓
握手　黄药眠
解放的囚徒　许幸之
联想的进程（游击五）　氓
毒焰　药　眠
公夫主义　心　光
贼　龚冰庐
后语　编　者
蜉蝣撼大树，可叹不自量　氓

### 第3期

（1928年4月15日出版）

中国革命和世界资本主义　高振清
"拖住"Upton Sinclair传　李一氓
游击（八）　氓
我怎样成为个社会主义者——贾克·伦敦的自述　丘韵铎译
革命与文学（游击九）　氓
两条路　纪　秀
崇明岛之黎明　韵　译
革命文学（游击十）　氓
春之奠——献给亡友纪君　L
引车卖浆者流（游击十一）　氓
A教授的家庭　药　眠
现代（游击十二）　氓
夜　失　名
死　失　名

**第 4 期**

（1928 年 5 月 1 日出版）



**第 5 期**

（1928 年 5 月 15 日出版）

"Iguorant"（游击） 二 流

头山满与山东出兵 克 兴

在畜生道上走（游击） 心 光

后语 华 民

**第6期**

（1928年5月30日出版）

打倒日本帝国主义 钱 翰

鲁迅投降我了（游击） 泯

政治制度简说 李一泯

过早（游击） 莎

泛太平洋殖民地运动的发展 马公越译

历史剧的对话（游击） 泯

社会思想家与社会运动家（续）

振清 唐仁

小资产阶级革命的自己供招（游击）

莎

血之沸腾（独幕剧） 储安平

夺回我们的武器 N. C.

哈哈！真难兄难弟也！（游击） 泯

纪念牌 L

死人 高尔斯华绥著 唐锡如译

承不承认的可怜（游击） 莎

我的答复——给新评论社 一 泯

后语 华 民

**畸形（半月刊）**

（1928年5月30日—1928年6月15日）

**创刊号**

（1928年5月30日出版）

The Educated Dog（画） 敦庆作

吸血鬼（画） LILIEN作

致《畸形》同人书 独 清

我在沙基路畔低徊 药 眠

情绪 冰 庐

海水 梅 川

酒醒时 韵 铎

试车 冰 庐

农民之歌（画） MEHEUT作

伤心人（画） BIESBROECK作

海滨 冰 庐

恋底运命 韵 铎

五月与文艺 弱 苇

红一白 龚冰庐

肥皂箱——美国新诗人底介绍

辛克莱尔原著 丘韵铎译

文学家与乌托邦

Henri Barbusse作 绍宗译

意大利饭店

〔英〕W. I. George原著 柱常译

朋友，你是死了！ 启 煦

博董先生不懂 冷 水

抄安那琪者的"艺术论" 浅 原

发排后记

**第2号**

（1928年6月15日出版）

幻灭（画）——梦与眼泪三部曲饰画之一 一榴作

炭矿夫对停业之应付（画） Ellin作

另一种被压迫者 山田平作 张资平译

不平之鸣

Emile Vandervelde作 一榴译

革命文学的战野 何大白

不平之鸣——录 Ecclesiate　一榴译
红灯　冯乃超
不平之鸣　一榴译
艺术家当面的任务——检讨《检讨马克思主义的阶级艺术论》　谷荫
不平之鸣——Ernile Patand & Emile Pouget　一榴译
生与死　龚冰庐
不平之鸣——Max Mordoau　一榴译
运货车　韵铎
她的情人〔俄〕高尔基原著　赞月译
不平之鸣——Frederic Harrison　一榴译
肥皂箱（续前）
辛克莱尔原著　丘韵铎译
《血笑》——冰庐的短篇创作杂评
钱杏邨
杀头的研究　话线
不平之鸣——Charles Maurice de Telleyrand　一榴译
发排后记
不平之鸣　一榴译

**思想（月刊）**

（1928年8月15日—约1929年1月）

**第1期**

（1928年8月15日出版）

社会与个人底关系　朱镜我
思想底正统性与异端性　彭康
社会底自己批判　李铁声
群众底音乐（画）　一榴作
金融资本与帝国主义　傅克兴
苏俄教育研究（一）　柳岛生译
矿夫及其暗影（画）　一榴作
凭吊　冯宪章
晨安哟！（画）　一榴作
泄漏　龚冰庐
整步（画）　一榴作
瞬间　冯乃超
Silk Stockings　冯乃超
机械化的劳动者（画）　Krinsky 作
流血的日曜日
达尼烈夫斯基作　李初梨译
机械崇拜者的殿堂（画）　Krinsky 作
新术语　同人
机械化的个人与机械式的群众（画）
Krinsky 作
编辑后记　编者

**第2期**

（1928年9月15日出版）

自然生长性与目的意识性　李初梨
中国社会底研究　朱镜我
意识形态的变革与唯物辩证法　克兴
大战将临之国际现势　扶助
社会与国家　石英译
《哲学底贫困》底拔粹
马克思著　李铁声译
干！　伊林
赴战的火车　伊林
被收买的生命　冯乃超
莘庄镇（三幕剧）　龚冰庐
“非战条约”么？　马哲
社会与自杀　未明
社会的真实基础　郐孟辉
真理的探求者　宪章　孤凤

第3期

（1928年10月15日出版）



第4期

（约1928年11月出版）



第5期

（约1929年1月出版）



日出旬刊

（1928年11月5日—1928年12月15日）

第1期

（1928年11月5日出版）

**第 2 期**

（1928 年 11 月 15 日出版）

从道德说到尊孔　华　汉
校《茵梦湖》谈到翻译　厚　生
出路——到东京　孔　德
革命种种　李世争
破了尾巴的麻雀　藤森成吉作　傅克兴译
一些国际事情　李一氓
校后补记　编　者

**第 3 期**

（1928 年 11 月 25 日出版）

日本的普罗列塔利亚艺术怎样经过它的运动过程　沈绮雨
资本主义没落期底三阶段　龚士彬
罢工权之范围　孔　德
政治经济讲话（一续）
史威特罗夫　伯尔德尼罗夫共著
李初梨译
欢迎汤谟士——介绍一位国际的劳动
叛逆　孔　德
突变与渐变　华　汉
通信　少　怀
校后补记　编　者

**第 4 期**

（1928 年 12 月 5 日出版）

苏俄教育学底根本原则　葛埃朋译述
日本底普罗列塔利亚艺术怎样地发展它的过程（二）　沈绮雨
化装跳舞会　李一氓
青年智识分子底失业问题　华　汉
尼亚林及其著作　孔　德
自由的公道的选举　尼亚林著　一氓译
关于评《社会主义底发展》　田　中
来函　李初梨
校后补记　编　者

**第 5 期**

（1928 年 12 月 15 日出版）

社会变革底心理的基础　何大白
日本底普罗艺术怎样发展它的运动过程（续）　沈绮雨
产业合理化与苏俄　李一氓
英美日帝国主义对华之角逐　振　青
法商电水工会第二次罢工感言　华　汉
流转　龚冰庐
通信　李白英
校后补记　编　者
创造社出版部敬告读者诸君

**文艺生活（周刊）**

（1928 年 12 月 1 日—约 1928 年年底）

**第 1 号**

（1928 年 12 月 1 日出版）

文艺与生活——代发刊辞　葛埃朋
社会科学的艺术观　长谷川讲
国内文坛消息（二则）　记　者
俄国教化的发展　N. C.
移动剧场　N. C.
长谷川如是闲　记　者
长谷川氏　叶　沉
超等船客挥 TAP 底姿势　叶　沉
戏剧运动　樱　影
人潮　柴　味
汪静之如是说　子　昂
现在的江苏　叶　沉

**第2号**

（1928年12月8日出版）



**第3号**

（约1928年12月出版）



**第4号**

（约1928年12月出版）



**新兴文化（月刊）**

**创刊号**

（1929年8月出版）

《经济学大纲》（河上肇著　陈豹隐译）　汪水滔
资本主义的运动法则　汪水滔
东西南北（世界消息）　得　麈
编辑后记　向　明

## 新思潮（月刊）

——第7期改名《新思想》

（1929年11月15日—1930年7月1日）

### 第1期

（1929年11月15日出版）

中国教育状况的批评　柳岛生
民族轻工业的前途——从反日运动中所看到的华商纺织业　雷　林
资本主义的运动法则　王　昂
小资产阶级论　狄而太
一九二八年的世界经济——一九二九年第一季世界经济与政策的第一部　E. Varga著　李一氓译
苏联的大学生　阿欠钦扬著　柳岛生译
评《政治之基础知识》　子　开
新英译文的《资本论》　一　氓
国际情况　博　文

### 第2、3期合刊

（1929年12月15日出版）

一九二九年的中国　潘东周
一九二九年之世界　吴黎平
革命底一个根本问题　谷　荫译
苏联与和平　〔法〕亨利·巴比塞著　孔德译
中国教育现状的批评（续）　柳岛生
评郭任远博士的《社会科学概论》　郑　景
资本主义的运动法则（续）　王　昂
希腊哲学发展之三阶段　〔德〕麦林著　林非译
读《中国封建社会史》　杜　荃
二本国家论底介绍　谷　荫
A《家族私有财产及国家之起源》
B《国家与革命》
《一九〇五年至一九〇七年俄国革命史》　李德谟
列宁小传　谷　荫
李布克奈西与卢森堡之精神——纪念两人死难之十一周年　李德谟
《政治经济学》　孔　德
《中国劳工问题》　孔　德
关于马克思及马克思主义中文译著书目试编　李德谟
一九二九年中国关于社会科学的翻译界　君　素

### 第4期

（1930年2月28日出版）

中国的社会到底是什么社会？——陶希圣错误意见之批评　丘　旭
反科学的马克思主义？还是反马克思主义的"科学"？——驳郭任远的《反科学的马克思主义》　王　昂
新文化运动与人权运动　彭　康
马克思主义精粹　吴黎平
领事裁判权之"自动的撤销"　谷　荫
银价暴落的原因及其影响　郑　景
评《学生团体组织原则》　牛　犇

## 附：创造社出版刊物一览表*

| 刊名 | 出版时间 | 出版期数 | 开本 | 编者 | 发　行 | 备　注 |
|---|---|---|---|---|---|---|
| 《创造》季刊 | 1922年3月15日—1924年2月28日 | 第1卷4期，第2卷2期，共6期 | 16开本 | 郁达夫、郭沫若、成仿吾 | 上海泰东图书局 | 创刊号实际出版日期为1922年5月1日，直排（1926年6月20日再版改横排），以后各期横排。 |
| 《创造周报》 | 1923年5月13日—1924年5月19日 | 共52号 | 16开本 | 郭沫若、郁达夫、成仿吾等 | 上海泰东图书局 | 1927年12月3日及1928年1月1日曾联合鲁迅发表复刊预告，因故终未成事。 |
| 《创造日》 | 1923年7月21日—1923年11月2日 | 共101期 | 大报副刊 | 成仿吾、郁达夫、邓均吾 | 上海中华新报社 | 《中华新报》副刊，每日刊行，最初四个星期日停刊，从第五个星期日起连续出版。因第23期编号重复，故最后一期编号误为第100期。1927年3月光华书局出版32开汇刊。 |
| 《洪水》周刊 | 1924年8月20日 | 仅1期 | 32开本 | 周全平、倪贻德等 | 上海泰东图书局 | 第2期编校完毕，因故未出版。 |
| 《洪水》半月刊 | 1925年9月16日—1927年12月15日 | 3卷，每卷12期，共36期 | 1-12期16开本，13-36期23开本 | 周全平、郁达夫等 | 1-12期上海光华书局，13-36期创造社出版部 | 曾几次登广告说第3卷迁广州分别由郭沫若、成仿吾、郑伯奇、穆木天编辑，实际上仍由上海的郁达夫等负责编务工作。 |
| 《洪水周年增刊》 | 1926年12月1日 | 仅1册 | 32开本 | 周全平等 | 创造社出版部 | 附录有创造社及出版部的章程、名录等文献资料。 |
| 《创造月刊》 | 1926年3月16日—1929年1月10日 | 第1卷12期，第2卷6期，共18期 | 32开本 | 郁达夫、成仿吾、王独清、冯乃超 | 创造社出版部 | 从第2卷起改革内容。第2卷第7期仅登要目预告，因创造社被封未出版。 |
| 《A. 11.》周刊 | 1926年4月28日—1926年5月26日 | 共5期 | 4开小报 | 潘汉年、叶灵凤 | 创造社出版部 | 刊名为当时创造社出版部门牌A字11号之意。每期4版。 |

* 本表由本书编者根据有关材料整理而成。

续表

| 刊名 | 出版时间 | 出版期数 | 开本 | 编者 | 发行 | 备注 |
|---|---|---|---|---|---|---|
| 《幻洲》周刊 | 1926年6月12日—1926年6月18日 | 共2期 | 32开本 | 周全平、潘汉年 | 创造社出版部 | 刊名为世界语“OAZO”的音译，意谓绿洲。后有《幻洲》半月刊，声明不属创造社刊物。 |
| 《新消息》周刊 | 1927年3月19日—1927年7月1日 | 共5号 | 32开本 | 成绍宗、邱韵铎等 | 创造社出版部 | 第2、第3号出版时间都署1927年3月26日。第4、5号为合刊。 |
| 《文化批判》月刊 | 1928年1月15日—约1928年5月 | 共5号 | 32开本 | 朱镜我、冯乃超 | 创造社出版部 | 原拟名《抗流》，后改今名，编者化名丁悊。成仿吾作代发刊辞《祝词》。第5号封面易名《文化》，未署出版日期。 |
| 《流沙》半月刊 | 1928年3月15日—1928年5月30日 | 共6期 | 32开本 | 李一氓、华汉 | 创造社出版部 | 刊名为潮汇地区的一个地名，南昌起义部队撤退时曾到此地。 |
| 《畸形》半月刊 | 1928年5月30日—1928年6月15日 | 共2号 | 36开本 | 邱韵铎、龚冰庐、成绍宗、王敦庆、王启煦 | 上海现代书局 | 王独清作代发刊辞《致〈畸形〉同人书》。有说《畸形》不属创造社刊物，只是它的外围刊物。 |
| 《思想》月刊 | 1928年8月15日—约1929年1月 | 共5期 | 25开本 | 思想社朱镜我等 | 创造社出版部 | 前身是《文化批判》。第4、5期未署出版日期。 |
| 《日出旬刊》 | 1928年11月5日—1928年12月15日 | 共5期 | 4开小报 | 日出社华汉、李一氓 | 创造社出版部 | 每期8版。 |
| 《文艺生活》周刊 | 1928年12月1日—约1928年年底 | 共4号 | 16开本 | 郑伯奇 | 创造社出版部 | 葛埃朋作代发刊辞《文艺与生活》。第4、5号未署出版日期。原刊未全睹，希藏有该刊的单位或个人提供材料，特别是代发刊辞。 |
| 《新兴文化》月刊 | 1929年8月 | 仅1期 | 25开本 | 新兴文化社向明 | 新兴文化社发行，上海江南书店总代售 | 编者化名向明，真实姓名待考。 |
| 《新思潮》月刊 | 1929年11月15日—1930年7月1日 | 共7期 | 25开本 | 新思潮社朱镜我等 | 1-4期新思潮社，5-6期江南书店，7期新思想社 | 第2、3期合刊。第7期易名《新思想》。 |

# 48

# 创造社资料（下）

CHUANGZAOSHE ZILIAO

饶鸿竞 陈颂声 李伟江
吴宏聪 张正吾 董修智 王佩娟 编

## 中国文学史资料全编

现代卷

中国社会科学院
文学研究所 总纂

知识产权出版社

**内容提要：**

创造社是中国现代文学史上著名的文学团体，对中国新文学的建立和发展做出过重大的贡献。本书分社章与执委名录，文学主张，对外国文艺的评介，出版部，丛书与刊物，回忆录，评论和其他等八个部分，全面收集了创造社文学活动方面的资料，真实地反映了创造社的历史面貌。

**责任编辑：**马　岳　　　　**装帧设计：**段维东

**图书在版编目（CIP）数据**

创造社资料 / 饶鸿競等编. —北京：知识产权出版社，2010.1

（中国文学史资料全编·现代卷）

ISBN 978-7-80247-614-1

Ⅰ. 创…　Ⅱ. ① 饶…　Ⅲ. ① 创造社—史料　Ⅳ. ① I206.6

中国版本图书馆 CIP 数据核字（2009）第 202067 号

中国文学史资料全编·现代卷

**创造社资料（下）**

饶鸿競　陈颂声　李伟江　吴宏聪　张正吾　董修智　王佩娟　编

出版发行：知识产权出版社

社　址：北京市海淀区马甸南村 1 号　　邮　编：100088

网　址：http://www.ipph.cn　　邮　箱：bjb@cnipr.com

发行电话：010-82000860 转 8101/8102　　传　真：010-82005070/82000893

责编电话：010-82000860 转 8171　　责编邮箱：mayue@cnipr.com

印　刷：北京市兴怀印刷厂　　经　销：新华书店及相关销售网点

开　本：720mm × 960mm　1/16　　印　张：63.5

版　次：2010 年 1 月第一版　　印　次：2010 年 1 月第一次印刷

字　数：940 千字　　定　价：127.00 元（上、下）

ISBN 978-7-80247-614-1 / I · 107（2738）

# 六回忆录

# 创造社出版部的第一周年

达　夫

创造社的历史并不长，记得是在六七年前。（大约是一九二〇年前后的事情吧？）那时候我还在东京帝大的经济学部念书，资平在同校的地质学系，仿吾在造兵科。有一天春天的下午，我们三人，约了田汉到我的寓楼上来谈天，打算合起来出一个文学杂志。当时我和资平住在不忍池边上的池之端一位同学的二楼上，官费正在闹荒的时候，所以我们穷也穷到了极点。那一天午后，我和资平，二人合起来出了一块钱买了一块钱的橘子，打算开会的时候，大家吃的。等到午后二点多钟，仿吾如约来了，而田汉终究不到。我们把橘子吃完，看电灯上了火，田汉还是不来。我与资平，只好自认晦气，白化了一块钱，会终究开不成功。仿吾背上书袋，临走的时候，也只叫了几声“马鹿！马鹿！”

这时候，沫若在九州帝大的医科，他时常有信和诗寄来，竭力的促成我们结一个团体，来出一种杂志。所以那一天他虽然没有从几千里路跑来参预这一块钱的橘子会，但仿吾却把他的信和诗稿，一齐带来，作他对于我们的提议。

第一次的会，终于是这样的流了。到了第二年的春天，仿吾回国，在上海一家书局里当编辑。三四月间，他仍复想回日本，函促沫若来上海代他的职，这时候我因为肠胃不好，进了东京的一家病院。沫若接到了仿吾的来信，犹豫不定，且同时又听见了我的病，他就从日本的西南，跑了几千里路，到东北来看形势，同时也来看看我的病，他在西京停留了一日，和京都帝大的同学郑伯奇等接洽了一次。把出杂志，出丛书的计划，约略和大家谈了一谈。到东京之后，也会了田汉，徐祖正等。在病院里住了一夜，第二天早晨，他就匆匆的回去了。

这一件事情我曾经做过一篇《友情和胃病》的短篇小说，文笔拙劣，而且只在一个小报的末尾上登了几天，所以没有人注意过。我现在已经把它修改了一遍，编在全集第二卷的《鸡肋集》里了。

到了夏天，沫若决意回国，到上海的时候，就把我的《沉沦》，和资平的《冲积期化石》催去付印。先此，他已经把他在报上杂志上发表过的诗歌剧曲收集起来，出了一本《女神》(《女神》和后出的《星空》，现在我们在请他修改付排，大约本年年内，可以合起来出一本沫若的全诗集)。

他在上海住到了秋天，似乎厌起来了，想回日本去，一边在促我回上海来替他的职，我于那一年的九十月之交回国，一边转赴安徽去教书，一边就担负了沫若交下来的《创造》季刊编辑的重责。



这时候创造社的旗帜，已经张起。创造社丛书一两册，也已经在市场上销售了。(前后的详细情形当另外撰文记述。)

在安庆住了半年，日日编讲义，忙于授课，把《创造》季刊编辑的事情搁起。中间又遭了几个军阀摧残学校的惨事，年底下同逃难似的回到了上海。在上海住了两个月，才把季刊第一期的稿子交出。急忙赶到东京，去提出论文，受毕业考试，急急乎殆哉，我在东京车站下车的第二日，学校就开始考了。

这一年的夏天，仿吾赴湖南教书去了，沫若于暑假中回上海，暑假后又返日本，编了一期第二期的季刊。

我在日本住到第二年的春天，因为留日学生官费问题回国，在杭州住了一个月，办了一点小小的交涉，正想折回东京去的时候，安庆又来攉我去教书了。

这时候沫若也已回国，我在安庆住得不久，就也回来到了上海，仿吾也从长沙，赶到上海来和我们同住。嗣后两年，我们一边在饮书局的薄醴，一边更在受社会上已成名的诸人的反对，苦战恶斗，拼命的吃苦，拼命的做文章。这中间就出了几期季刊，一年周报，和一百日的《创造日》。这中间我们的苦况，在沫若的作品里，我的作品里和仿吾的大刀阔斧的论战文里，都可以看得出，此地不再说了。

两三年的苦战之后，矢穷弦尽，再也不能支持了，我们三人就一哄而散，仿吾回湖南，沫若去日本，我也逃往北京去，依靠我的哥哥。

其后沫若又回到上海来，做了一年的穷文士，我去湖北，在武昌大学教了半年书，仿吾也在长沙一个有名无实的铁工厂里当厂长。

这中间过得最安适的，是僻处在广东焦岭的矿山中的资平。他老先生在那里娶了老婆，生了儿子，受了一般人的尊敬，一面在矿山当技师，一面还在一个中学里教书。后来不知怎么的风色一转，他辞了矿山的技师，跑上武昌当时的师大去教书了。

我于一九二四年的冬天，和一位北大的朋友去武昌的时候，第一个来接我的，是领着小孩的资平，三四年不见，他竟长得胖胖，象一个小资本家了，虽然他的衣服穿得很蹩脚。

武昌的改设大学，是我们去了以后的事情，当时我和校长石先生，是主张聘沫若去当文科学长的，那里知道一位卑污狗贱的李什么蛋和一位同样的什么什么，从中捣鬼，硬想把师大改国立大学的计划打破，并且因为饭碗问题，就暗中阻止沫若的来武昌就职。我们在武昌，又和这些狗仔苦战了半载，终于被它们咬走。这一年的夏天，却逢仿吾也自湖南来武昌，我和资平二人，就竭力怂恿他出来办出版部。我们三人只在武昌印章程，拉股子，一边在上海计划奔走的，却是沫若和全平。

一九二五年的冬天，我自武昌下来，到了上海，和沫若等议决，将创造社出版部弄起，一面编印《创造》和《洪水》，一面再来出书。可是事不凑巧，这一年的冬天，染了吐血病，所以只好到杭州病院里去养了两个月病。这中间，为出版部出力奔走的，只有全平和沫若两人。

到了一九二六年——就是去年的春天——我从杭州肺病医院出来到上海的时候，出版部已经租下了闸北宝山路三德里的房子，一块小小的招牌，也已经挂上了。

其后我们去广州，担负编辑筹股等事，全平等在上海作印刷门市批发等工作。不幸去年一年中间出书不多，又因年终时局不靖，创造社被封了一次以后，风鹤时惊，弄得一般办公者，无心专业，所以结算下来，却只够开销伙食，而一般出资股东的红利，到现在还没有分发。

现在我们出版部的事情，由我一个人负责来办了，却又当一周年将满之期，我们虽则能力薄弱，然也想尽我们的至善，为社会谋一点福。然而大事须从小事做起，光吹大炮是没有用的，所以我们当这周年纪念的时候，先出这一张小小的周报，一边奉送给拥护我们的股东，爱读者，及同情者，作一个秀才的人情，一边也想以粗浅的文字，低廉的价目，来灌输些较新较彻底的知识。朋友诸君，我们大家应该联合起来，要干什么便干什么，先从这暗无天日的上海做起。

3. 13. 1927.

原载1927年3月19日《新消息》周刊创刊号

# 文学革命之回顾（摘录）

麦克昂

## 四

末了我们来批判创造社的一团。

创造社这个团体一般是称为异军特起的。因为这个团体的初期的主要分子如郭，郁，成，张对于《新青年》时代的文学革命运动都不曾直接参加，和那时代的一批启蒙家如陈，胡，刘，钱，周，都没有师生或朋友的关系。他们在当时都还在日本留学，团体的从事于文学运动的开始应该以一九二〇年的五月一号《创造》季刊的出版为纪元（在其一两年前个人的活动虽然是早已有的）。他们的运动在文学革命爆发期中又算到了第二个阶段。前一期的陈，胡，刘，钱，周主要在向旧文学的进攻，这一期的郭，郁，成，张却主要在新文学的建设，他们以“创造”为标语，便可以知道他们的运动的精神。还有的是他们对于本阵营的清算的态度。已经攻倒了的旧文学无须乎他们再来抨击，他们所攻击的对象却是所谓新的阵营内的投机分子和投机的粗制滥造，投机的粗翻滥译。这在新文学的建设上，新文学的价值的确立上，新文学的地位的提高上是必经的过程。一般投机的文学家或者操觚家正在旁若无人兴高彩烈的时候，突然由本阵营内起了一支异军，要严整本阵营的部曲，于是群议哗然，而创造社的几位分子便成了异端。他们第一步和胡适之对立，和文学研究会对立，和周作人等语丝派对立，在旁系上复和梁任公，张东荪，章行严也发生纠葛，他们弄到在社会上成了一支孤军。

其实他们所演的脚色在《创造》季刊时代或《创造周报》时代，百分之八十以上仍然是在替资产阶级做喉舌。他们是在新兴资本主义的国家，日本，所陶养出来的人，他们的意识仍不外是资产阶级的意识。他们主张个性，要有内在的要求，他们蔑视传统，要有自由的组织。这内在的要求，自由的组织（大意见《创造》季刊二期的《编辑余谈》）无形之间便是他们的两个标语。这用一句话归总，便是极端的个人主义的表现。个人主义就是资本主义社会中的根本精神。他们在这种意识之下，努力行动了，努力创造了，然而结果是同样受着中国的资产阶级的文化不能遂其自然成长的诅咒，他们所"创造"出来的结果，依然不外是一些不具体的侏儒，划时代的作品在他们的一群人中也终竟没有产出！



然而天大的巨浪冲荡了来，在五卅工潮的前后，他们之中的一个，郭沫若，把方向转变了。同样的社会条件作用于他们，于是创造社的行动自行划了一个时期，便是"洪水"时期——《洪水》半月刊的出现。在这时候有潘汉年，周全平，叶灵凤等一批新力军出头，素来被他们疏忽了的社会问题的分野，突然浮现上视界里来了。当时的人称为是创造社的"剧变"，其实创造社大部分的分子，并未转换过来，即是郭沫若的转换，也是自然发生性的，并没有十分清晰的目的意识。（这个目的意识是规定一个人能否成为无产阶级真正的战士之决定的标准，凡摆脱不了这个自然生长的意识的，他不自觉的会退出革命战线。）

然而在这时期中他们内部便自然之间生出了对立，便是郭沫若和郁达夫的对立。明白的说便是无产派和有产派的对立。郁达夫在郭沫若参加了实际革命的期中，他把创造社改组了，把周，叶，潘诸人逐出社外，实际上就是这个对立的表示。一方面郭在参加革命，另一方面郁偏在孙传芳的统治期中骂"广东事情"。一方面郭在做《文学与革命》，另一方面郁便在骂提倡无产文学的人是投机分子。郁对内部取出清算的态度，对外部却发挥出他的妥协的手腕。他一方面做着创造社的编辑委员，另一方面又在参预以胡适之为主席的新月会议；以后更在《小说月报》中做《二诗人》的小说来嘲骂创造社的同人，那时候一批读着郁达夫所编的《洪水》的人，他们异口同声的说，这是创造社的《现代评论》化！

郁达夫一人的反动，敌不过的依然是整个的中国社会的潮流，他的行动在不久之间受了不甘反动的创造社同人的反对，他自己便不能不退出了创造社的队伍，并且率性专以嘲骂创造社为能事了。

不久之间到了一九二八年，中国的社会呈出了一个“剧变”，创造社也就又来了一个“剧变”。新锐的斗士朱，李，彭，冯由日本回来，以清醒的唯物辩证论的意识，划出了一个《文化批判》的时期。创造社的新旧同人，觉悟的到这时候才真正的转换了过来，不觉悟的在无声无影之中也就退下了战线。创造社是已经蜕变了，在到一九二九年的二月七日他便遭了封闭。

这是创造社一派的十年的回顾，它以有产文艺的运动而产生，以无产文艺的运动而封闭。它的封闭刚好是说无产文艺的发展，有产文艺的告终。

有水龙飞驰的地方总是有火灾的，朋友，你如看见有多数的水龙在拼命的飞驰，你可以知道燎原的火灾是已经逼近！

一九××，一，二六。

原载 1930 年 4 月 10 日《文艺讲座》第 1 册

# “眼中钉”

郭沫若

L. 兄把《萌芽月刊》第二期中鲁迅先生的《我和〈语丝〉的始终》一篇文章剪寄了给我，我读了。

这篇文章虽是随意的叙述，却颇有意义。因为我们在这儿可以看见一个小团体内起了自我批判，鲁迅先生对于“语丝派”的以往的关系，及“语丝派”的各个成员在社会上所演的脚色，我们算得到了一个具体的认识，虽然有些地方还不免朦胧。而且鲁迅先生要算是超克了“语丝派”的这个阶段得到了一个新的发展了。

我现在要来写这篇文章不是要来批评，却是要来辩正一个事实。

鲁迅先生说：

> “经我担任编辑之后，《语丝》的时运就很不济了，受了一回政府的警告，遭了浙江当局的禁止，还招了创造社式‘革命文学’家的拚命的围攻。”（原刊第四七页）

这句话可是事实，但他对于这“警告”、“禁止”、“围攻”的社会的意义，却不曾认明，特别是他对于“围攻”的认识，是使我草出这篇文章的动机。

鲁迅先生说：

> “至于创造社派的攻击，那是属于历史底的了，他们在把守

‘艺术之宫’，还未‘革命’的时候，就已经将‘语丝派’中的几个人看作眼中钉的，叙事夹在这里太冗长了，且待下一回再说罢。”（原刊第四八页）

鲁迅先生的“下一回再说”是否已经写出，我还不曾看见，不过便单就这简单的几行字句看来，便可以知道鲁迅先生于认识上不免有错误，于事实上不免也有错误。“艺术之宫”的把守者的“攻击”和“革命”者的“攻击”，意义是两样的。老实说前期的创造社的几个人要谥以“艺术宫守”的尊号，他们的资格还不配，这话说来也未免太长，暂时寄放在这儿，让我追溯一些创造社的几个人对于“语丝派”的几个人所发生过的文字上的关系吧。

一口说创造社的几个人，其实所谓创造社的人并没有几个。拿前期的来说，顶着创造社的担子在实际上精神上都发生过一些作用的，仅仅郁达夫、成仿吾和我三个人而已。



就在这三个人里面，据我所知道的，达夫对于“语丝派”的人便从没生过恶感。

仿吾批评过鲁迅的《呐喊》，批评过周作人的小诗。

我呢，对于周作人之介绍小诗略略表示过不满的意思（见《创造》季刊二期批评《意门湖》的文字里面），对于他提倡印象批评也说过不赞成的话头。（见《创造周报》一篇谈批评的文字里，连题名我都不记得了。）关于鲁迅呢，我只间接的引用过他的一句话，便是“中国还没有一个作家”（见《文艺论集》中《天才与教育》），而且我还承认他的并不是“傲语”。

前期创造社的几个人和“语丝派”的几个人所发生过的关系就只有这一点（其实当时《语丝》还没有出现）。

结果还只是成仿吾和我谈驳过周作人或鲁迅而已。所谓“历史”就只有这样一点历史。

再说到我们的谈驳是否是有意的“攻击”？

在这儿要夹叙一下。“攻击”这个字在一般人是很忌避的。大抵被批评者总爱把“攻击”这个字样去谳定批评家，而批评家总兢兢于要辩护，说“我不是攻击”。但在我们现在看来，凡是站在不同的阶级的立场上所施行的战斗的批评，实质上就是“攻击”。所以“攻击”在我们现在的立场上说来是批评的要素。“攻击”是美名，“攻击”是无须乎忌避的。

但是我们前期的那一些谈驳文字可以配得上称为“攻击”吗？

在当时的所谓“语丝”也，所谓“创造”也，所谓周鲁也，所谓成郭也，要不过一丘之貉而已！说得冠冕一些是有产者社会中的比较进步的“因迭里根治”的集团，说得刻薄一些便是旧式文人气质未尽克服的文学的行帮和文学的行帮老板而已。成郭对于周鲁自然表示过不满，然周鲁对于成郭又何尝是开诚布公？（例如周作人先生便刻薄过成仿吾是苍蝇。）始终是一些旧式的“文人相轻”的封建遗习在那儿作怪，这是我自己在这儿坦白地招认的。

自然我对于周作人先生的鼓吹小诗和提倡印象批评，就到现在我也还是反对，不过认识更明瞭了一些，不再是那种意气的反对，为反对而反对的反对了。

仿吾的《〈呐喊〉批评》，我不能说什么话，因为《呐喊》我并未曾读完，仿吾的文章也没在我的手里。不过我相信仿吾站在现在的立场来，恐怕他的批评又不同。那些以往的批评我们是用不着再去批评。就在当时，他的见解也不见得和我们几个就是一致。

拿我自己来说吧。

我所读的鲁迅先生的第一篇小说是《发的故事》，是民国九年在《学灯》的双十节增刊上看见的。这可以说也是我第一次看见的中国的近代小说。我当时很佩服他，觉得他的观察很深刻，笔调很简练，大有自然主义派的风味。但同时也觉得他的感触太枯燥，色彩太暗淡，总有点和自己的趣味相反驳——这话是我一点加减乘除也没有的表白，这假如值得说上“批评”，我对于鲁迅先生的批评，截到他的《呐喊》为止，就是这样。

《呐喊》我是没有读完的。在初出版时（民国十二年），我曾请泰东书局买过一本（当时我寄居在泰东的编辑处）。有一天礼拜日我带着孩子们到吉司菲尔公园时，是带着《呐喊》同去的。我睡在草地上从前面翻读起，读了三分之一的光景。我得的印象依然还是前几年读《发的故事》时是一样。但终因和自己的趣味有点反驳的原故，所以读了三分之一之后终竟没有读完。达夫虽曾对我说过，《故乡》很不坏，《阿Q 正传》也很有一读的价值，但我终是怠慢了，失掉了读的机会。以后的著作便差不多连书名都不清楚了。

这便是我以前对于鲁迅先生的模糊的认识，我相信和仿吾的见解，一定有多少不同。

至于说到最近两三年来“创造社式‘革命文学’家的围攻”，那情形完全是两样的。

中国的文艺运动在最近两三年来完全进展到了另一种新的阶段，这是不能否认的事实。

创造社已经不再是前期的创造社了。便宜上我们称那最后一两年的为后期的创造社吧。后期创造社的几位主要的成员，如彭康，朱磐，李初梨，冯乃超诸人，他们以战斗的唯物论为立场对于当前的文化作普遍的批判，他们几位在最近的新运动上的成绩是不能否认的。

他们的批判不仅限于鲁迅先生一人，他们批判鲁迅先生，也决不是对于“鲁迅”这一个人的攻击，他们的批判对象是文化的整体，所批判的鲁迅先生是以前的“鲁迅”所代表，乃至所认为代表着的文化的一个部门，或一部分的社会意识。

所以后期创造社的批判和前期创造社的驳斥，在意识上完全不同。新的批判自然是历史的成果，是一般社会的历史的成果，然而在狭隘的小团体的范围之内决没有什么“历史底”或传统的关系。

最好又拿我自己来说吧。

当在一九二七年的年末，那时鲁迅先生在上海，我也从广东回到了上海。伯奇光慈诸人打算恢复《创造周报》，请鲁迅先生合作，这个提议我是首先赞成的，记得在报上还登载过启事，以鲁迅先生为首名。我当时并曾对伯奇不止说过一次，有机会时很想和鲁迅先生面谈；但不久我病了，所以这件事情竟没有实现。至于《创造周报》的没有恢复是因为大家的意思以为不足以为代表一个新的阶段的标帜，所以废除了前议，才有《文化批判》的出世。

这些往事我现在把它写了出来，可以证明创造社的几个人对于鲁迅先生是并没有什么成见。

然而批判之实质就是战斗。在后期创造社的批判一开始，在内部便生了分化，如张资平先生便是这样分裂出去了。在外部便形成了对于鲁迅先生的“围攻”——但与其说是“围攻”，宁可说是激战。因为鲁迅先生守着“语丝”的城垒是在努力应战的。

以往的情形大抵就是这样。总归成一句话，便是创造社的几个人并不曾“将语丝派的几个人看成眼中钉”。

好在创造社这个小团体老早是已经失掉了它的存在的，“语丝派”这个小团体现在已由鲁迅先生的自我批判把它扬弃了。我们现在都同达到了一个阶段，同立在了一个立场。我们的眼中不再有什么创造社，我们的眼中不再有什么语丝派，我们的眼中更没有什么钉子——自然站在新的立场上来的“眼中钉”是会有的，我们就不必把别人看成钉子，别人是要把钉子钉在你的眼里——然而以往的流水账我们把它打消了吧。



原载1930年5月10日《拓荒者》月刊
第4、5期合刊（又名《海燕》）

# 创造社（摘录）

## ——我和它的始终与它底总账

王独清

### 前　言

创造社是被封了，现在虽然表面上可以说是已经消灭，但是它过去在中国底文化史上无论如何是占有非常重要的一页的。现在我们回顾它底过去，给它本身一个真正的评价，这是一件最有意义的事体。不过这儿须要注意，必得客观的眼光才能达到这个目的。我们常常看见每当一个比较有价值的团体或一种有历史意义的运动一成为过去的时候，便会跳出一些英雄们在标榜自身对于该团体或运动的功绩，以期争得历史上的光荣。创造社这个团体自然也不能例外。我们看，目前已经有许多的英雄们在作着这种工作，并且还有许多英雄们底雇佣者也在努力地窜改着历史的事实。象这种情形，无论如何决不能给这个团体一个真正的评价的。我觉得在这儿实在有把那些被一般英雄们及他们的雇佣者所掩盖了的事实报告出来的必要。我个人总算是在创造社负重要责任的一个人，现在我来把我亲历过的事实很坦白地写出，我觉得这是我底责任应尽的地方。要是容许我说句大胆的话时，或者我底直白的记录可以作一部分将来的史料，这个，便是我来写这篇文字的重要因素。

凡是信仰马克西斯姆的人莫有不尊重历史的事实的。改窜历史，那是资产阶级卑劣的阴谋政策。我在这儿并不想用理论的分析作详细地评价过去的工作，我想借这篇文字把我个人和创造社发生关系后亲历的事实一件一件都公布出来，我自己有错误的我当然自动地承认错误，别人底行为我也要不客气地叙出。——对不起我过去的那几位朋友！我在拥护历史事实的这一种义务心之下不得不这样作了！

好，下面便是正文。

## 一

创造社底活动谁也知道有三个时期：第一是《创造》季刊和《周报》的时期，第二是《创造月刊》与《洪水》的时期，第三是转变方向后的《创造月刊》与《文化批判》（后改名《思想》）的时期。第一时期我参加很少，那时我在欧洲，仅仅因了郑伯奇底介绍，发生了通信和寄文字的关系。——这儿，很象一个奇迹：我从前在日本的时候并不曾和郭沫若、郁达夫等见面，而以后发生关系却是由于一个在创造社内部一向最被人不信任并且不重要的郑伯奇底介绍。并且创造社底前前后后凡是重要角色都是日本帝国大学底出身，而独有我是一个例外。

虽然我很少参加，但因为给《创造》季刊的撰稿，和郭沫若的通信却是不曾间断过。这第一时期底创造社，我们可以肯定它是一种“浪漫运动”。它底产生是在五四运动以后，五四运动不消说是资产阶级底思想上的革命运动，在五四运动底机关杂志《新青年》把全盘的思想予以从新解放和建立以后，创造社底文学运动便在历史的必然性之下应运而生了。当时歌德底介绍，雪莱底移译，确是一个“风飙时代”（Sturm und Drang）。但是我们不要忘记，在半殖民地的国家历史底发展，决不能用机械论去分析。创造社底开始崛起，自然是资产阶级底文艺运动，但因为在中国，资本主义底逼来已经是在欧洲最高峰的发展以后，这就是说，无产阶级底队伍已经在世界露出头角来了。所以在中国不怕文艺上的浪漫运动一直到一九二二年（创造社开始活动的一年）才行开始，但是终久不能产生象雨果、摆伦那种彻头彻尾的资产阶级底作家。这是很明白的：作家才要提起笔来创造象雨果、摆伦等那种作品的时候，不料他底后背便来了无产阶级底鼙鼓。在这种情形之下，便会有一部分作家把它底作品转变为小资产阶级底形式，——不消说这是再进一步到革命文学的一个桥梁。在创造社内边表示这路线最明显的是郭沫若。李初梨在《怎样建设革命文学》(《文化批判》第二期）一文中把我同穆木天冯乃超并列为后期底三个人，这在大体上自然是没有什么错误，但是我却是在浪漫运动中过了一下身的。我的作品一直到第二时期《创造月刊》时代还有不少浪漫谛克的成分，这却为穆木天冯乃超所没有。

创造社底开始不怕是一个浪漫运动，但是这在本身几个原动力的人物却都并不是有计划的或有意识的。郭沫若在《创造》季刊第二期底《编辑余谈》中明明自诩地说不管主义怎样，只要是能创造出好的作品的人都可以携手同行。当时这种“以形式决定内容”的文学主张确是创造社共同的倾向。因为是这样，所以在那很少的几个重要分子之中已经早蓄着各人有各人底前途的成分，所以后来的分化是特别的厉害，虽然这是社会起了变革的期间智识分子底必然现象。



## 二

创造社底第一时期，我因为没有很多参加，所以许多历史的事实是无从说起的。不过创造社第一时期底告终，据我看就是为了那种浪漫运动再不能继续下去的缘故。那时正是“五卅”事件底前夜，革命空气底酝酿是一天加紧一天，无产阶级底队伍在中国已经成了一个重要的势力，在上海（不要忘记！上海是一个帝国主义直接行使其压迫的区域，是一切斗争首先显露的区域。）几个创造社底中坚便感觉到了矛盾的苦闷。当时郁达夫住在北京，张资平住在广东乡间，所以都不曾有什么不安的表现，而在上海的郭沫若与成仿吾便因为这种矛盾的苦闷自动地把第一时期的运动告了结束。

创造社第二时期底复兴决不是一回偶然的事体。这第二时期底开始是恰在“五卅”以后，我们且看当时几个中坚分子底行动吧：郭沫若是第二次由日本回来，目击了“五卅”的事变；成仿吾首先到了那时革命发动地的广东；郁达夫也脱离了北京的生活；我那时为了“五卅”竟然不愿再在外国流浪而回到了中国。——这些不管是有意识的或无意识的，总之都是把这些分子逼到了接近实际和行动的道路上的证据。在《创造月刊》第一期出世的时候，恰是这几个人连袂到广东参加实际活动的时候。自然，《创造月刊》所登载的作品大部分还具着旧的内容，但是比较《创造季刊》却是进了一步；对于作品的精选，对于理论文字的注重，革命文学口号的提出(郭沫若:《革命与文学》)，个人艺术底攻击（何畏:《个人主义艺术底灭亡》)，写实主义底提倡（穆木天：写实主义文学论）等等都是《创造季刊》时代所没有的。不管那些主张有没有错误，不管写那些论文的人同时又在创作着和自己主张极相反的创作（譬如穆木天一面写《写实主义文学论》的论文一面却做着 Samain 与 Gourmont 式的象征诗歌），但是这些畸形的表现却正是证明了这个集团努力向新的方面倾向的事实。同时还出版了《洪水》半月刊，也是一个很有意义的表现。《洪水》这个刊物若仅仅在文学运动的意义上来说时，或者有人以为它比不上第一时期附属于《创造季刊》的《创造周报》，不过《洪水》底特点却在另外的一种意义上；它所登载的文字并不限于文学，一切政治，经济的论文都一齐登载；并且它是接近一般青年的公共会场，对于外边的投稿几乎十有八九是不拒绝的；还有当时与国家主义的“醒狮”派和“独立青年”派的论战都由它当了先锋。所以《洪水》虽然表面上象是一个芜杂而没有系统的刊物，其实它所发生的影响却是异常的广大，这是怎样也不能够否认的。



我们要是很客观地来比较创造社第一时期和第二时期的活动时，那我们可以说创造社在社会上的基础大部分是第二时期建立起来的。这并不是象创造社内部一向所解说的理由，说是因为这时出版部的成立，免去一般商人书贾底压迫。——要是仅仅以这个为创造社这个时期发展的理由时，那也不过是站在“营业竞争”方面，要是没有一种思想来作核心，在资本主义社会下面作这种“营业竞争”的活动是很平常的事体，怎样也不会造出一种势力出来的。创造社之所以能在第二时期造出一种势力的原因便正在它所能够倾向到当时社会需要的思想方面。而那时几个中心分子之奔赴广东，愈使它底倾向实践化起来。到广东后第一步在广东大学文学院底革新运动便表示了创造社左倾的行动。当时在革命澎勃的广东，所有左倾的智识青年大都聚会在广东大学底文科，所以创造社之主办广大文科是很有意义的一件事体。后来郭沫若是参加北伐，我主持文学院一直到广东底政治右倾，才算把那个使命放弃。

在这个时候，有一件事情是值得很客观地说明的：便是郁达夫底脱离创造社。

这一个事件，当时郁达夫曾在别种杂志上做过几篇很愤激的文章，一直到现在，还有人把这件事发表在文章中充实自己清算创造社过去的材料。现在还有人在文章中说郁达夫当时把创造社底职员潘汉年等赶走和他在《洪水》上发表的那篇《广州事情》为他反动的根据。这个，我不能不在这儿很客观地讲几句公正话以明这事的真像。

我们应该首先承认，郁达夫这人是老早已经等于死了的，并且当时创造社之和他决裂，我便是主动者之一。但是当时创造社在上海的两个中心分子——成仿吾和我——对郁达夫的不满，只是为了他负了社内编辑的重责，却一年来只编了一期月刊，一点工作都没有进行。说老实话，当时创造社同人虽然是思想左倾，但是说到怎样一个坚决的明瞭的意识却是任何人都没有的。譬如郁达夫和胡适周旋，当时固然同人都不满意，但是那种不满意仅仅是为了自己团体中的人不应该去加入另一团体，这只是站在友谊上对郁达夫的一种责备，实实在在当时创造社内部谁也没有一个明确的阶级的立场。我们应该坦白地承认，创造社不怕过去的影响很大，但是终竟是一个智识分子底同人团体，一切几乎都以这个团体底本身为出发点。胡适在当时固为创造社所反对，但是沈雁冰很早便参加了前进的政党，却也为创造社所反对，所以我们应该现在坦白地承认我们从前许多表现都是直觉的为多，怎样明确的意识却是没有。——我们要很虚心地承认了这点，才能客观地批评郁达夫底事件。

先说赶走创造社职员潘汉年等的那件事。创造社出版部底成立，无论如何，要算周全平底功劳，因为当时一切奔走之劳全是由他担任。周全平这人是一个很好的实际事务家，他对于创造社出版部的尽力，我们是不应该忘记的。当时创造社底中心人物都集中到广东，出版部概由周全平负责，潘汉年等人都是由周全平招引到出版部作技术工作的。可是这时便发生了一个问题，便是在广东底几个中心人物和在上海出版部底所谓“小伙计”的隔阂。当时我在广东，关于出版部中人底情形不大知道，可是在广东的人都以为出版部底“小伙计”怠工，那时所引为中心的证据似乎是因为他们自己在出版部中出了一种小刊物。这个老实说，就是所谓“小伙计”底小组织的形成，惹起对于几个上层分子底不利，所以便非要设法解决不可。适逢这时在广东大学文学院底使命已经告终，郁达夫首先要回上海，大家便公举他去解决这个问题。郁达夫到了上海果然便依了这个决议，彻底同所谓“小伙计”分家，——这便是当时的事实。我们在这儿要明瞭的是郁达夫底这种行动实在是得了当时创造社几个中心人物底同意的。谁要说那时周全平潘汉年等是有革命的表现而郁达夫因为反革命便驱逐他们时，那只是过后的欺人之语。潘汉年在出版部翻印无聊的书籍，郭沫若还自动地说这样非驱逐不可；以后发生了小组织的问题，成仿吾屡次骂周全平是“拆桥派”，这自然用的是“过河拆桥”的成语，意思是说周全平底“叛乱”。不消说我既是上层分子之一，这种意识自然我也是不能免掉，对于这问题的应该解决，当时我也是积极主张的一个人，总之这件事决不能放在郁达夫一人底身上，更不能因为潘汉年等目前的转变，便故意把过去的事实颠倒。当时创造社无论是上层分子和所谓“小伙计”都是想把持出版部，这只是利害之争，谈不到什么革命与反革命。

同样，我和成仿吾以后在上海又和郁达夫分家，也并不是革命与反革命的问题。郁达夫当时也曾做过几篇似通非通的无产阶级与文学的文字，在当时，创造社同人除了几个人倾向实际方面和郁达夫不相同而外，理论方面谁也谈不到有相当的成熟，所以与郁达夫的决裂全是站在出版部底工作上。这正同第一步整个上层分子和所谓“小伙计”分家一样，不过所谓“小伙计”底怠工，在当时上层分子以为是小组织的关系，郁达夫底怠工，完全是懒惰与浪漫所致。当时创造社同人除了郭沫若还在武汉而外，其余都又回到上海，大家都想把创造社发展下去，对郁达夫底不进行工作自然要同声地不满。——自然，我们不能否认创造社这几个中心人物内部一向的冲突。但是那些冲突都是小资产阶级底脾气，就是所谓“文人相轻”的恶习。这个或者也是当时几个人和郁达夫分裂的成分之一。但是无论怎样，我们不能现在把这件事涂改成一件好看的尸衣，来装饰我们底过去。

其次，郁达夫在《洪水》上用化名发表的《广州事情》，曾引起了郭沫若和成仿吾底指摘，成仿吾还做过一篇驳这篇文字的文章也登在《洪水》，替郁达夫所反对的广东政府辩护。这个我们现在也用不着站在整个的政治立场上来批评（因为用我们整个的政治立场来说时，那在很早以前已经应该反对了！），只就当时底情形而论，郁达夫所反对的正是广东政治右倾后的政府。那时创造社底同人几乎已不能在广州立脚（广东大学很高的墙头上张贴的打倒我的标语大概现在还有的罢？），清党的风雨已经渐渐地露了信息，郁达夫大概就是仅仅只凭了他底直觉才回到上海后写了那篇文字的。自然，要说根据那篇文字便说郁达夫有什么政治主张，那是胡说，因为郁达夫这人根本就是不懂政治的，但是当时因这个不满郁达夫的人，那也是糊涂，若是再到现在还用这事作为张本时，那简直是故意歪曲事实了。



郁达夫这人老早是已经等于死去了的，我们决不象鲁迅，在所谓左翼作家底会席上说他底颓废是可以原谅的。——听说鲁迅说了这句话以后，那般参加创造社第二时期运动，并且曾经坚决地反对过鲁迅和郁达夫的人竟都一致地鼓掌赞同，第二天便邀请郁达夫参加所谓左翼作家的联盟了。我们决不象这样，我们始终应该承认：郁达夫是无可原谅的。我以上所说，只是为明过去的事实，并不是替郁达夫充当律师。郁达夫底自甘堕落，谁也不能替他辩护。

还有郁达夫做小说骂我的一件事，现在也还有人做文章提起，这个，正同张资平和一位名为杨骚的作家做小说骂我一样，都是以个人底利害为出发点的（张也是后来因为同创造社决裂，杨则是为我没有接收他底投稿）那种无意识的举动，实在没有详细分析的必要，在这儿也再不必论列下去了。

## 三

这儿我应该对我个人作一番清算。

创造社底第二时期，可以说是由我结束的。我过去的倾向是经过浪漫谛克而转成狄卡丹的，不消说我过去的生活多是浸在了浪漫与颓废的氛围里面。我自己应该很坦白地自承：不怕过去我也曾常常愿意接近政治，但是我底行为有时总露着有“放浪文人”（Boheme）的气氛。我在广东时的左倾完全是直觉的作用，同时是团体推动的结果；及至清党事件发生才算把我底意识渐渐地唤醒了起来，可是那个只根据于一时感情而来的意识是很靠不住的，我曾因此陷入了一个非常苦闷的状态，并且更增加了我作品上的伤感。

在这个时候，《创造月刊》是由我担任编辑，我本身底矛盾状态也就反映在刊物上边。第一卷第八至第十各期的《创造月刊》实是代表创造社转变的过渡期：成仿吾底《从文学革命到革命文学》等论文已经发表（虽然那些论文在现在看去是有可议的地方），而同时穆木天底没有批判性的《维勒得拉克（Ch.Vildrac）的介绍》还占着很多的篇幅，——这现象曾作当时反对创造社的人们底口实，不消说，这是应当由我负责的。这个，怎样也再不能发展下去，说老实点，便是那样的编辑，我再担任不下去了。适逢那时李初梨，冯乃超，彭康，朱镜我，——这般创造社后期的人物都由日本回国，事实上要组织编辑委员会进行一切事务，《创造月刊》便交给了编辑委员会去另订编辑的方针。

这样，创造社底第二时期便由我告了结束。

……

关于这第三时期，有许多内部底事实应该公布。

很客观地说：第三时期底开始，成仿吾是有功劳的，当时他担任创造社出版部事务方面的职务，而李初梨等一般后期的新进分子都是由他招致到上海来的。不过这儿成仿吾却作出了一点很不好的工作，便是他故意把后期底分子和前期底分子划了一道界限。他向李初梨等再三地说郭沫若和我这些人是既成作家，表示转变新的方向底困难，并且有时还宣明地说新的分子底加入了创造社，等于共产党加入了国民党；但是在我和郭沫若面前却说这般新分子将另有作用，将来若是他们要把持创造社时便叫他们“滚蛋”（的的确确是用了这两个字的），——这种使团体分裂的行动，或者也并不是出于他底恶意，不过这个的确是使双方隔阂了很短的时间。打破这个隔阂的局面，便是我底彻底转变方向的态度。

前面已经说了，在我把创造社第二时期告了结束的时候，我是完全陷在了一个苦闷的状态里。在社会变革的期间，文学家底艺术的苦闷，决不是没有亲自尝过这滋味的人所能够了解的。绝大的难关便是自己要把自己过去心血的创造予以扬弃（Aufheben），这决不是一回容易的事体！许许多多的文学家底自杀都是因为跳不过这一难关的原因。然而我算好，算是当时终在努力之中转变过来了。这个使创造社一旦统一了起来，新的工作遂从新开始。

这时郭沫若到日本去了，成仿吾也远渡重洋去度巴黎的生活。在上海还有一个张资平，算是第一时期底人物，而就是为了这一位人物，我同郭沫若争持，辩论，以至决裂。

创造社一向几个中心分子都有一种倾向，便是对于新进分子加入的防制，表面上虽然是取着公开的态度，其实却总是无形地维持着原来的几个中心分子底小组织的。自然，这种倾向假使是以政治为出发点的时候，那还是必要的事体，但是创造社过去却完全是以这个团体底本身——甚至是以个人为出发点的。张资平始终不能同李初梨等相融洽的就是这个习惯底作梗。不消说要打破这种习惯，就在一个前提的政治的认识而能切实地转变方向，但是张资平这人是不会转变方向的，这样，所以当时弄得起了许多纠纷。有一次为了出版部经济公开的问题，全体都不满张资平底行动：他在会场中本已服从了全体经济公开的决议，而散会后却又否认这件事情，并且自动地和创造社底一切事务隔离。当到全体认定了不能因为一个人底行动而妨碍整个的工作，无形中依了他自动的意旨，算是解放了他个人，全体仍继续着工作的时候，郭沫若给我连二连三的质问的信来了。在那些信中郭沫若是露出了许多的盛气，不断地替张资平辩护，说他是很可以做同志的，又不断地要我监视李初梨，冯乃超等底行动，说是他们要破坏创造社底前途。实在说，在过去创造社底同人中，除了成仿吾和郭沫若是在特别历史上个人间的关系很深而外，要算我同郭沫若最接近的。过去我和他底友谊是站在同调（过去是谈不到什么同志的）与所谓知己上边，因此，我比较知道他底性情，他是往往受着别人底包围而不自觉的。当时我曾详细为他解释，总想把他对个人的意识移到整个工作方面去。但是不料我底计划失败，他连二连三地不了解，使我最后取了比较坚决的态度，我表示了创造社后期新进分子底纯洁为前期分子所不及，我指摘他对他们的怀疑是非常不正当的。这样，我便同郭沫若个人间起了裂痕，便再没有通信。

现在呢？郭沫若听说已与可认为同志的张资平决裂，而对于所谓应该监视行动的李初梨一般人又成了很好的同志。那么对于我呢？是不是认为我从前的话是正当的呢？——不，“总之大家合起来不提，不提，第三个不提！不管怎样，王独清始终是错误的！”

对于创造社第三时期内部的事件也再不必烦琐地叙述了，现在我们还是来回顾一下这第三时期底工作罢。

不怕我们承认这第三时期底工作只做了第一步，并且第一步工作还不曾做得充分，但是同时我们不能不承认这时期工作成绩底伟大。——这并不是因为这时期我是个主要负责的人，所以便来夸大这件事实，实实在在是在中国底文化运动，《新青年》以后，便要算创造社这个时期底文化运动是最伟大的了。一直到现在，虽然还有人不把这时期底运动作为十分重要的看待，但是这不是成见便是不明瞭事实！这时期底运动第一便是对于“布尔乔亚汜”底“意德沃罗基”予以根本地批判，其次是建立起“普劳列塔利亚”底人生观与世界观。——自然，我们决不否认，这种工作在以前中国是有人做过的，但是无论如何，象这次这样全部的批判和在一般文化上显明地提出新的口号和树起新的基础的却是还没有过。这次工作成绩底具体表现便是：社会科学书籍普遍地流行，普劳列塔利亚革命文艺占领了文坛底首位。只是这两点，这次的运动已经表示了它底重要了。

这次把《创造月刊》完全转变成一个为普劳列塔利亚革命斗争的刊物，我在这转变的第一期（第二卷第一期）《卷头语》上提出“不是解剖刀而是武器”的文艺创作的信条，冯乃超在第一篇论文中间对于“新月派”底梁实秋给了深刻的批判。从此《创造月刊》成了全国新兴文艺的中心杂志。

同时《文化批判》底出版，在这时期是特别的重要。这是个一般文化理论的刊物，在这上面曾登载许多划分时代的论文（李初梨：《怎样建设革命文学》，彭康：《科学与人生观——近几年来中国思想界底总结算》等）及许多基本理论的介绍，在青年中发生了很大的影响，后来因为被当局禁止，遂改名《思想》，一直刊行到创造社被封，才跟着《创造月刊》底命运敲了葬钟。

丛书方面，刊行了创造社从来没有刊行过——老实说，以前中国整个出版界也没有这样有系统计划地刊行过——的社会科学丛书。文艺方面虽然多是在刊物上发表，丛书中新的作品比较的稀少，但是谁也不能否认当时努力的情形，象我底《11. Dec.》（这是鲁迅在《未名》半月刊上惊骇地认为“为电影字幕和上海的酱园招牌所感动”的作品）底出版便是一个明证。

但是这个时期的创造社却决不是只抱着文字工作的，并且同时还从事于实际的教育工作：这便是上海艺术大学因我底主持教务，全体一致地参加。这个活动的成绩是教育了无数的革命青年。一直到现在，前进政党中的许多青年干部分子都是由这儿出身的。

回顾这次运动，几个动力的分子，我们应该提出李初梨，冯乃超，彭康，朱镜我，李铁声，沈起予诸人。一向“学艺好玩家”（Dilettante）兼“消遣文笔者”（Amateur）的郑伯奇也跟着加入了这个运动。

当时随着创造社而产生的刊物几至多不胜举，现在能想起的有《太阳》，《我们》，《洪荒》，《战线》，《澎湃》，《摩洛》等等。创造社除了本身主要的刊物而外，还附出了许多小的刊物，如《流沙》，《畸形》，《日出》等等。——这些刊物，自然有些不大成熟的，但是我们据此可以看出当时底一种势力。算是到了创造社被封，这种势力遂突然地低落了下去。

创造社被封的时间是一九二九年一月，这是中国文化史上的“血的纪念”！

## 四

创造社第三时期在文艺界上有一个事件，我们不应该忘记，那便是反对鲁迅的事件。这事一直到现在还有人不知道其中的内容，以为当时创造社是有意逼鲁迅反动的。其实事实决不是这样。这事发源于创造社底一篇论文，是对于中国文艺界整个的批评，连创造社底同人都一起在内；可是就是这个，惹起了鲁迅底虚荣的脾气，他在挑字挑句地说那篇文字中有“醉眼陶然”的四字是因为他是生长在出酒的绍兴，所以故意骂他。这个，只有鲁迅那种脑筋才可以想出，这要不是他以后说出时，当时连我也还不知道他是绍兴人的。就是这样，才惹起了一场论战。当时凡是意识明瞭的人都莫不认为鲁迅那种不接受批评的态度是应该反对，那时虽然有些文字流于谩骂，是不很正当，但是这一场论战底结果，却是在青年面前打破了具有布尔乔亚意德沃罗基的文学家底偶像，而使新兴文艺的战线加紧起来。

……

因为一走上了机会主义的政治路线，所以后来的工作形式都成了曲线的表现了。所以反对鲁迅郁达夫的人现在又去自动地同鲁迅郁达夫联合！——自然，作这种工作的人是借口于“策略”两个字的，但是这给一般青年的影响是什么呢？是自己混乱了战线，是给不健全的文人扩充了市场（注意！鲁迅等之所以相当接受这个联合的也就为的是市场）。真的鲁迅郁达夫转变方向了吗？听说郁达夫被请到某处讲演，表示他对当局不满，主要的是为了因为生活高涨使他没有烟吸和没有酒嗑；鲁迅一面同联合他的人敷衍，一面在杂志上不断地骂联合他的人（见《萌芽月刊》），并且还带着许多的嘲笑和恶意，但是我们去联合鲁迅和郁达夫的人怎样呢？郁达夫底那种表示是只有认为正确，鲁迅底恶骂是只有置之不答了（听说在一次会议席上，有一个人提出鲁迅态度的问题，负联合工作重责的潘汉年回答说：“因为鲁迅要试验我们年青人之能不能忍耐的缘故。”真不成话！）。当创造社批判鲁迅的时候，朱镜我在《文化批判》第三期《编辑余谈》中说鲁迅“似是而非的议论，不但混淆听闻，而且还是一部分自鸣得意的智识阶级底思想之典型”，现在朱镜我已是联合鲁迅者之一，这话当然可以取消，不过，我们真没有发现《萌芽月刊》上鲁迅底文章曾经跳出“似是而非”的圈子以外。

……

好，我们现在给创造社一个总评。

创造社在中国近代文化史上是非常重大的。它担负了好几个时代的任务。它底开始本只是以文艺为主体，最后却扩大到一般文化的建设。它之所以能造成一种势力的是因为它在每个时代都不脱离斗争。它出版了许多刊物，许多书籍。文学作品底内容上形式上都给了文学界留下不少的影响。理论，批评，介绍，翻译，它都担负了前驱的责任。

并且不止是这样，创造社除了全国间接受影响的不知数的青年而外，还有直接教育出来的人才。它第一次的参加广东大学，第二次的参加上海艺大，造出了许许多多左倾的青年。

……

现在，创造社虽然被封，可是它所播下的种子却是尽管在繁殖着。我可以在这儿预言，等到中国第三次伟大的火灾来临时，这些创造社底种子都要成为那火焰中的燃料，会帮助那火光底扩大，帮助那火光蜿蜒。——创造社是不死的！



## 结　论

听说不久以前在所谓左翼作家联盟底某种杂志的计划会上，钱杏村曾提议“对于王独清，最好以后不提”。——这是什么意义呢？因为一提到我，便要提到许多历史事实。现在正是在互相包庇过失，委曲改窜历史事实的时候，当然是“最好以后不提”。

可是现在我自己来“提”了，我相信我以上所说都是非常客观，除了怀了资产阶级底卑污政策鬼胎的人总不会对我这个叙述表示不满。我来再重说一句：凡是信仰马克西斯姆的人莫有不尊重历史的事实的。

我知道我底缺点，我是一切都爱讲实话，不会掩护，不会曲改事实，这或者就是我不断地失败和受罚的原因。现在我又来发挥我底缺点，把创造社许多内部底事实都直白地暴露在这儿了。从前卢梭在他《忏悔录》底结尾曾说道：

“我是说的实话：若有人对我这放了许多证据的叙述还以为

不对，那他便是谎骗，若有人在我还生存的时候不肯讨论以解决他不明白之点，那他便是不爱公理与真理。”

我借用这段话来告诉看我这篇文章的人。

九月，一九三〇

原载1930年12月20日《展开》半月刊第1卷第3期

# 创造社与中国文化过程

王独清谈

五月七日夜，记者于途中遇见久无消息的王独清，当即相约赴酒馆寒暄，谈话中记者提起创造社，王乃雄辩滔滔，畅论创造社之过去。以下记载，即王言之概略。后又叩其近日生活如何，则答谓闭户读书，住址无定。是他不愿以地址语人，以便利于读书也。至于其精神如何，读者可于下刊谈话中求之。

创造社，在中国文化的过程中，是有它特殊的历史价值。假如我们现在要估量创造社在中国文化过程的意义，必须先要考察中国近代文化过程的几个大的段落，然后根据这时代的背景去探求创造社的本身的过程。

## 中国文化之二大时期

中国近代文化的过程，是有两个大的时期，一、即由戊戌政变康梁的改良主义以到五四的《新青年》运动；二、一九二八年的创造社文化运动。不过我们须要明白，戊戌政变是五四运动的一个序幕，而五四运动则为戊戌政变这一运动的交响曲。我们看：康梁所采取的改良主义正和法兰西大革命前夜的一般政治家一样，可是他们给中国近代初步的文化打了一个雏形。因为他们是改良主义者，所以在用“托古改制”的学说还去提倡孔教。有了这种对封建政治的反抗的运动，才有当时"立宪"与"革命"的辩论，这结果是使当时有"权利收回"的运动。可是因为它自身的矛盾，故和当时直接革命的集团对抗了起来。在那种激烈的斗争中辛亥革命便突然发生了。不过一个革命的兴起，许多的成分之中，意识的斗争是占着重要的因子。辛亥革命的失败原因固多，其中主要的一种也还是因为革命前的意识斗争太不充分的缘故，所以在五四运动的时期便有大规模的文化运动产生了。我们看，戊戌政变时的维持孔教，到五四运动便一变而为彻底的反对孔教。这个承戊戌政变文化运动的交响曲，结果竟使中国更继换了政治的形式。——第一时期的文化运动便这样告终。一九二八年创造社的文化运动却为另起的一种新的运动。

## 创造社文化之由来



为什么创造社在一九二八年要发生新的文化运动呢？要解答这个问题决非一二语所可回答。简言之：一九二七年的大革命给予一般民众许多教训，前进的智识分子便露了一个对过去革命检讨的企图。不过要达到这层目的，却非先有一个基本理论的建立不可。这样一来，便产生了一个文化运动，不过这次的文化运动却也正同戊戌变政时的文化运动一样，也只是一个大时期的文化运动为序幕。在这个序幕之中，我们可以看见它演了一出很好的"前奏"。但是以后呢？以后便是要用序幕中所提出的方法，对于现实有一个积极的分析，对于过去有一个切实的检讨，再建起实践的指导理论。——这个交响曲必然会有的。创造社却给它打了一个雏形（请参看《展开》第三期我的《创造社》一文）。

## 创造社本身历史的意义

在中国一切的转变是异常的迅速。创造社开始是浪漫运动，那是不用说的。一切都跟着社会的变改行程前进，创造社也是不能例外。所以以承接五四运动而兴起的创造社（浪漫运动的创造社）竟能到后来担负那样新文化运动的序幕。而创造社中的分子除了几个不前进的而外，主要分子的转变也是可惊。这原因便是资本主义到中国来已在它在欧洲的最高发展以后，所以在欧洲一百余年的变化在中国几乎十年左右便完全演尽。

## 我们应有之努力

我可以预言：一个文化运动还会起来的。那便是承继一九二八年的交响曲。等到它一起来，将有很大的意义。我们应该准备——准备作那交响曲的演奏者罢。

（记者执笔）

原载1931年5月25日上海《文艺新闻》周刊第11期

# 读《创造社》

张资平

（一）

——给王独清漏了几件历史的事实的补遗。

——给王独清改窜了的几项历史事实的订正。



昨夜和几位友人外出散步，在书店偶翻阅《展开》第三期，发见有王独清的《创造社》一篇。于是化了半个钟头把这篇王独清自信为完全是实话的《创造社》读下去了。不幸的是，我在这篇内发见了有许多给王独清遗漏及改窜的史实，今特为之补遗并订正如下。

我觉得王独清的那篇文章，除了一部分须待我来补订之外，都是废话，其甚者，王独清对事件之经过，不根据经济的关系去分析解剖，而只写了许多似唯心的论调，把他写成煞象一个创造社的领袖。更进而夸大地说，第三期的创造社是由他统一起来，开始了新的工作的。那不单使我会喷饭，即令给他统一起来了的分子，冯李彭朱诸人读后，也会哈哈大笑吧。但这些是我不欲讨论的。我想要说的话是在后面。

王独清把我放在创造社的第一期人物里面，这未免太客气了，其实我当第一期（假定照王独清的分期法）的人物的资格还不够呢。当民十在东京第二改盛馆郁达夫的房子里开《创造》季刊及“创造丛书”编辑会时（注一），我只承认应担负的稿件外，一切都信任达夫和沫若。

其次是民十一年五月，由东京回粤，带了几篇短篇小说稿件（注二），送到福冈给沫若审查一下，后至上海即交给泰东书局。我便回广东乡间采矿去了。一直到民国十七年春三月由武昌到上海时为止，我对于创造社事务都没有过问，我不愿意过问（注三）。故我最多只是一个创造社的准第一期的人物。

我因为负担太重（不单小孩子太多，并且须负担亲戚族人的一部分生活费），弄得我精神十分颓丧，对于一切积极的事情都抱悲观，并且也觉得自己实在凡庸，不会有什么能力，所以常对沫若仿吾说了许多消极悲观的话。仿吾屡次骂我“妄自菲薄”，“自己评价过低”。我还和他说笑：“我只有四两的价值，那能够自去骗人是半斤呢。”

沫若也有几句话写给我，我认为是十分中肯的，即他于民国十八年春，给我的一封信里面说：

> “……我可以说一句开诚布公的话：我们都是因为有了老婆和很多的孩子。假使我们是单身，无论怎样冲，我们都冲得来的，而且不仅是在口头。不过我们尽管不能作怎样轰轰烈烈的活动，我们的志趣操守总是正确的。……”



的确，如照王独清所说的第一期的人物中，除我和沫若各有小孩四人之外，仿吾，独清，伯奇，都是独身者。沫若如何，非我所知。我在武昌住了三年余，实在受生活压迫太苦了。到上海来后，看见社友各人的生活都比我好。查出版部欠我的版税，竟达三千元之多，而各社友向出版部支过的钱，没有一个人比我少的。本来这些都是关于私人生活的问题，可以不提，不过与后来整理簿记之事有关，不能不略为提及而已。

在上海住了一个多月，才知道出版部内容之糟。仿吾只挂总经理之虚名，事务异常弛缓。故我对于出版部，更不敢过问，只和仿吾约了一个条件，每月给我八十元的生活费，不足之数，由我自己向他方面活动。恰好这时候有一个广东友人，约我到《新宇宙》当编辑，我便答应了。

我进了《新宇宙》，更不常到创造社去了。但是仿吾每天到我家里来，要我振作起精神来干社的事务。不过我总是提不起兴趣来干。仿吾便疑我和乃超，初梨等不能融洽。这其实我到上海来后，很早就跟着仿吾去拜访过子劼，铁声，初梨诸人。我后来也和镜我乃超会过面。他们给我的印象都很好。与他们相形之下，我更觉得自惭老朽（注四）。

独清是我到上海初会面的。诚如沫若所说，他是个感情家。他向我所谈的话，都是极其有趣而痛快。最初给我的印象也是极好的。他常来我家里谈，也曾和我一同去上馆子喝茶，进戏院看电影。

仿吾每次来，都是长吁短叹，象有许多话要说不能说出口般的。他那样的神气，非常可笑，我有时多方地去揶揄他，他便骂我太不庄重。

和独清交游了一个多月，我才知道他常是在担心仿吾会和冯，李，彭，朱诸人联合起来，把他送入冷宫。他又告诉我，在我未到上海来以前，乃超，镜我，初梨等如何地批评我，如何地骂我。我便说：

“我和他们见面好几次了，一切误解都消融了。我和他们是新认识的，本来没有大不了的误解，最多，只是为我那几本小说的问题吧。若以为是不革命的时，把纸版烧毁了就完事了。”



独清还告诉我，镜我当他的面骂过去创造社有这长的历史却没有养成出半个作家来。我听见也只是一笑置之。

总之，我终不为独清所动去反对冯，李，彭，朱诸人而使仿吾陷于困难的地位。于是独清更对我批评仿吾做事如何之专断。当然，我有时也会帮着他批评仿吾的缺点，即仿吾常重形式而不顾事实。独清又对我说：

“他们迟早是要排斥我们的。他们（指冯李朱等）先要打倒你，其次打倒我，最后打倒仿吾。”

接着又骂仿吾之无自觉，我因为仿吾只骂我不积极做事，而不顾我的生活之困难（我在《新宇宙》的薪额仍不能照数实支），于是我也陪他发了几句牢骚。

“假定他们排斥我们，我们也乐得退社。但是版税是要清算的。我们不可以再组织一个社一个会么？”

独清以为“创造社”有相当的历史，不能完全舍去（注五）。我便说：

“我们组织一个创造新社不可以么？最好再请达夫回来一同干。”

独清赞成最后一步，组织创造新社。（当然他是无此勇气的，因为他的性质根本上没有半点创造能力。无论在什么时候，只有坐享他人的成果。这是我对他的批评。）但他不赞成再与达夫合作。后来才知道达夫在《北新》上做小说骂过他。

第二天仿吾盛气地跑来责备我，不该把自己的不满隐着不说，而教唆独清破坏我们千辛万苦创造起来的“创造社”。我一时摸不着头绪。后来才知道独清把我昨天所发的牢骚及说起组织创造新社之事，通告知仿吾了。但我当时一点不怪独清的冲动，反感到有点痛快。于是我对仿吾又发了一阵脾气，责备他对独清的确太冷淡了。仿吾便告诉我：

“独清一点不努力。近来因对新进者抱不满——尤其是对朱镜我，——竟消极的连月刊也不编了。只好我自己来编了。他每天只是查看由外面的青年有多少恭维他的信寄来，他每天都是忙作复这类的信。……”



当然仿吾也是在讥诮我。我们又一同走到独清家里来，要他出来同到东亚小馆子里吃晚饭。这当然是仿吾做东。往后有许久的期间，我们表面上是安静下去了。

但是独清无论如何不能原谅仿吾，事事都要和他抬杠。而我又因为生活关系，赶替商务印书馆译《海洋学》，对于创造社事仍然很冷淡。仿吾对于我们两人的态度，似极痛心。因为他为人忠厚，又以调停我们和李朱冯彭之间的合作自任。今不见圆满的结果，当然有些消极，因有出国之表示。很奇怪的却是仿吾表示下台之后，独清对他的态度突地转变好些了。嗣后我们三人又常常相聚谈话了，有 次我们无意中谈论到李，冯，彭，朱之有小组织，难保他们今后不篡夺创造社。仿吾的意思是：

“我们务必化除成见，努力研究，对新进者常保持指导的责任。（仿吾的缺点即在此点，但是可嘉的缺点。）我们若努力前进，他们仍想拆我们的台，这只有叫他们滚蛋了。”

不过我们要知道仿吾是拙于措词的人，据独清自己说，仿吾在广大教课时曾当堂骂学生“混蛋”。但这是仿吾的率直，我们不能加以恶意的解释，独清《创造社》这篇文章中，对“滚蛋”二字，特别引用号下面又还加括弧说："的的确确是用了这两字的。"由此观之，独清之爱用挑拨离间的手段，至现在还没有改变。我想他对于"滚蛋"二字那样用劲去解释，适足以使读者怀疑那篇文章除"滚蛋"二字以外，是不十分的的确确的了。在我则以为仿吾之惯说"滚蛋"二字，只能作"走开去"的解释，因为仿吾临动身赴欧的前夜，也曾说出叫我和独清"滚蛋"过来。这不能加以怎样深刻的注释的。关于此段趣史，以后再述吧。

记得有一次创造社和太阳社开联席会议，我本不愿出席，仿吾定要我去，我便去旁听了一个多钟头。问题是太阳社骂创造社的作家只会抄书不知行动（大意如此）。对太阳社态度最愤慨的是朱镜我，而钱杏邨则大骂他们抄书的主犯。我当时只发表了一句话：

"骂人抄书也可以。但是不可空空洞洞地骂，最好提出真实的证据来。"



我因为带了小女儿来出席，给她闹昏了，中途确退了席。我抱着小女儿临走时，没有把会议室的门关好，这是我的错误。但随后听见那门扉碰地一响关回去了。我对此事没有半点芥蒂的，也不当它是一回事。第二天独清又走来告诉我昨天我出去时没有把门关好，冯乃超恨恨地伸出只脚踢那扇门，关回去了。但我不相信独清的话了。

其次有一天开编辑会，又谈到理论与行动的问题。我是不甚了解的。不过我曾发表了一点意见，即是不能徒讲理论，要理论和行动双方并重。仿吾以为我诉说错了，有几次不准我发言，我便不说了，心里很觉好笑。此次独清没有出席。他因反对仿吾的专断，常有这样消极的态度。

第二天独清又来向我说，仿吾骂你什么都不懂，又爱说话。不过他们新进，对你还客气，没当场驳倒你。但是我想，我昨天就没有说什么话，值得他人来驳倒我的，我当时也因忙于翻译《压迫》，再管不到那些闲事了。

又有一次开月刊编辑会，仿吾把独清拉来了。但在会场中我和独清都没有话说，由冯乃超主席。冯说了一通广东腔的正音后，仿吾便问大家听懂了没有。大概他还没有听懂。我想仿吾那样不客气的态度，不使乃超难为情么？于是我反驳仿吾：

“他的普通话比你的新化的土话好懂得多呢。”

独清听见大称快。仿吾反有点不好意思了。关于文艺理论，初梨发表最多，我不能一一记着。我只听得他说：

“今后写创作，应当是使它成为马克思主义通俗教科书。”（大意如此）

我当时觉得这个定义似有斟酌的必要。但自己没有相当的研究，不敢再出来说什么话了，只是缄默而已。

宣布散会后，我就要走。独清留我再坐一刻再走，我说我忙，不能不走。独清和他们说话不来，只好和我一同先出来。但走到弄堂口，独清忽然要我一同再回去看看他们在讨论些什么事。我觉得独清太可怜了，于是我说：

“何苦呢？”

“他们一定在批评我们。”

“你在那边守着他们一回，就可以保证他们往后无机会说我们的闲话了么？”

独清沉吟了一会，我看他真是太苦了。过了一忽，他说：

“那我一个人回去再看看他们。”

“也好，听见有什么新奇的话，明天告诉我啊。”

我笑着和他告别。

第二天，独清又到我家里来了。他说，他们不走，是因为要向仿吾支钱用，迫得仿吾没有办法，下了几张支条给他的侄子（注六）。独清说了后还哈哈地大笑。

独清是这样 Sensitive 的一个人（注七）。

## （二）

以上所述，并不是批评独清个人，而只是在检举他对于创造社所论之有偏而已。独清的性情有时是脱落不拘慷慨淋漓，但有时又胸地狭隘，常因友人的“无心之言”而挹郁不快者数日。在先，对于仿吾有所误解，必欲去之；在后，对于我亦有所误解，而联合李、朱、冯、郑诸人，破坏创造社出版部（不是创造社，而只是一个营业机关）规则，而反对我之整理出版部的计划，亦是由于他的胸地狭隘妄猜疑他人而以“宁我负人毋人负我”为得意。我以诚待他，而他反来暗算我，其实这样的暗算，真不值我之一笑。

仿吾既决意出国，但他并不是如独清所想象是个不聪明的人。他明知道创造社出版部事情既如乱丝，而创造社的分子亦极复杂，难于统一，由失望而绝望，故决意出国，免日后负一切责任。他不会象独清那样笨，希望在某一期作统一的领袖。独清曾对我说：“仿吾懂得什么！不但不了解社会科学，即文学理论又何尝知道。他只想利用彭，李，冯，朱写文章；他自己却在篇首写几句开场白，而高踞他们之上，作革命文学的领袖。……”（大意如此）人们都是明以责人，闇于责己的。不料仿吾走后，独清又蹈了仿吾的覆辙。（假如独清对仿吾的猜想是真的说话。）

有一天晚上仿吾约我同到大马路天发池去洗澡，并要求我在他走后须出来负经理出版部之责。我才到上海来就真觉着创造社出版部之前途无望，当然不愿意负责，故我力谢不敏，并推举独清，因为独清对于出版部情形无论怎样，比我熟悉些。仿吾的意思是他并不是不赞成独清干，因为独清性质太脱落，对于事务之整理怕不适宜，我又举伯奇，仿吾忙摇首，我问何故。他说，伯奇难靠。但我无论怎样不愿个人负责。因又提出彭康。我是十分佩服彭君的。此君真是一个不可多得的人物，唯他易受虚荣心最重的冯，朱，李诸人的包围。仿吾大概也有见及此，故说他资格尚浅。（指与创造社的关系，但此系仿吾的错误。）最后我才提出从理事会举出三人为常务理事管理出版部的办法，仿吾则说待去信商之沫若。



沫若不知道仿吾的苦衷，听见我的报告时（即行常务理事制后），尚不十分赞成仿吾放弃出版部事务，写了一封信来给仿吾。信到时仿吾已赴日本去了，仿吾曾嘱我，沫若处到某时即须寄生活费去，有信可以代拆。据这封信，我知道沫若是最赞成由仿吾负一切责任的。——否，大概社中只有王郑二人赞成仿吾“滚蛋”吧。沫若的信中的一段是：

“……什么缘故啊？最近张资平君来信说，社务由张君和王君负责了（我报告是王郑张三人。沫若的信是用日本文写的，大概是怕文句太长，口调不顺，把郑君省略了），这真是完全如堕五里雾中。什么缘故啊！……”

但是后来仿吾到了日本，把一切情形告诉了他。从前系由仿吾经手寄生活费给他的，现在只好由我来尽义务了。其实也只是催收支的人按期寄款而已。

所谓常务理事亦如仿吾之当经理，徒挂空衔，因为一切事务还是由成绍宗负责办去。伯奇常来说，出版部的事务要整理，尤其是会计。我当然不反对，但对于解除成绍宗职务一层，未十分同意。因为仿吾才出国未久，即除去绍宗的职务，对仿吾的面子上不好看。我是和仿吾相信他的侄儿一样相信绍宗的。我素来主张是，相信人要相信到底。至于被相信者之倒戈或无信，那是被相信者的无人格。从前仿吾和达夫提出周全平的问题来时，我是如此主张，后来对绍宗，仍不变我的主张。不过我没有拿出十二分的精神来整理出版部，虽然说是在《新宇宙》及其他方面事务太忙，但是仍不能辞躲懒怕事的罪，我是承认这个错误的。

不过社中诸位都想做好人，要由我一人先发难去得罪绍宗，纵令有人骂我只会独善其身，我也是不能干的。绍宗对独清特别好，独清向他要款，即叫即应，故独清当然也不愿意提出清理会计之事。有一次我们三人——王，郑，张——在麦拿里四一号二楼会同出版部小伙计，——即职员们，如成绍宗，邱韵铎，梁预人等——开了一次常务会议，分配职务，结果还是绍宗掌收支。伯奇似欲有所提议，但看见我和独清都是这样麻糊潦草而不耐烦，也就不提了。这确是我和独清之过。

大概是营业收入减少吧，各人所需的生活费不能按数照支了。问绍宗，绍宗则说大家都支过了。他的意见是：大家应按照自己的稿费版税支款，不可规定某人每月应支多少生活费。譬如李声华（即李铁声，是李书城的公子，当然不是普罗阶级。但他是只向创造社出版部要钱，老不供给稿件。有一次伯奇对我说，他曾劝李声华编书，李声华回答说，我不是为编书回上海来的。他的意思大概是为革命回来上海的。但到后来，他欠了创造社出版部不少的钱，看见无钱可领后，又回东京领庚款去了）只按月领款，不供给稿件。那末谁该吃谁的剩余价值呢。我是赞成绍宗的主张。但是积习难反，并且王郑也不能赞成这个办法的。故我不敢提出来说。绍宗嗣后就不能应他们的要求即付款了。于是全体都对绍宗不满意了。

有一天早上，独清跑到我家中来说："初梨要钱搬家，决不能答应他。不可为他催绍宗付款，我也嘱过了绍宗。"我问独清为什么不许初梨搬家。独清说："初梨要搬去和××同住。怕他和××同住后，长了他的气焰。"我听见后，一时无语可答。我真可怜独清事事都这样用心深刻，徒自苦耳。独清走后，初梨来了，他问我："你们三人中到底谁负经济上的责任？"（当选出三个常务理事时，以我负经济的部分，独清负编辑的部分，伯奇负庶务的部分。）我问有什么事体。他说："向绍宗要不着钱，只要三十元搬家。"我当下真惭愧难过。仅仅三十元，不单创造社应该给他，他的搬家理由也是使我十分表同情的。我便答应负责叫绍宗付款。初梨去后，我即赴麦拿里找绍宗。但绍宗不在，我还留了一张条子嘱劝绍宗的，搁在他的台面上。但后来听见初梨忽然不搬家了。我想独清一定因此次的事件，对我又抱了一番的反感。



**（三）**

在仿吾决定于五月初旬的一天赴日本了。一天独清忽然走来我家里说：

"仿吾要走了。我们要叫他交下一点钱来给我们，作创造社的准备金。……"

我想，仿吾已经把出版部交下来给我们负责了，据绍宗的报告，又约有二千元的款存在银行里，还有什么钱要仿吾交下来给我们呢。我便把我的意思说了出来。

"不，仿吾还有五万多块钱。"

独清这样说。

"他何能有这些钱呢。"

我有点惊异，但无论如何不相信。独清便告诉我，仿吾为黄埔军校采办军事化学用品的款没有用出，还存在银行里。他又说仿吾曾把银行札寄存在他家里过来，他看见有 50000 的字数。他这样的硬证，我当然不敢为仿吾辩护了。不过我当时想，天下有多少军阀，贪官污吏，从广大的劳苦贫民身上刮削得多量的脂膏存贮在帝国主义银行里，而无人敢指摘半句，仿吾因为替黄埔军校采购军事化学用品，到日本去，而广东政府在他动身不久之后，即解除了他的职务，他不但无半点怨言，并且一批二批地把化学用品寄回广州去，但广东政府仍加他以种种的罪名；所以在上海的社友如沫若等都写信去叫仿吾不必再卖气力了。（据仿吾亲口对我说的）但是仿吾在日本已经付了款，并且在上海时，也已经向某德商购了一批化学用品。所余五千元左右，仿吾即以之为失业后之生活费。我想这是受之无愧吧。但是“匹夫无罪，怀璧其罪”。仿吾因为经手了这件事，不单社外的人疑心暗鬼加以种种的臆测，诬仿吾的侵吞公款。即社内的人亦虎视眈眈群思染指。呜呼！此即所以为支那人乎！譬如我年中无间歇地写二三部小说，获得稿费二三千元，仅敷家人一年生活，小孩子教育费尚无从出，而一般嫉妒者便说我得了多量的稿费，有十余万之贮蓄。象这些人全无推理作用的头脑，怎样有资格谈革命呢？诚如绍宗所说，他们太把出版部的收入看重了，而妨害了他们在人生上应做的工作。独清的确是想一手把持创造社及出版部，才借用革命的问题（至少在 1927 年夏，我的直观是这样的），决不是因对革命（？）有诚意才欲统一创造社或占领出版部的。

绍宗去职后，在嘉兴写了一封信来，虽则刻薄一点，但亦可以证明他们当日在创造社之作鸡鹜争食。绍宗的信内容是：

“创造社出版部整理会诸先生：对不起，说是靶子路的话，却一跳，跳到此地来了。我现在谨以十二分的诚意谢谢你们，虽然身边只有险些给××××拿了去的二百余洋，却也可以乐得安闲活一二日。钱完了，可以做工了。会饿死，不必同苍蝇逐臭一般的死钉住出版部这一块肥肉。凭你们说是我舞弊罢。我用却用掉了出版部千把元。如果你们查出来了，敢请你们同××××的八个月千二百元干薪，和如××××先生一般的挂名不理事的五十元大洋一月的理事薪比比，也算在我的薪水上面吧。虽然他们是明支，我的是暗算，有伪君子和真小人之分，然而问起良心来，我倒不必有愧呢。后会有期，祝诸君长健。成绍宗，七月廿三日。”

这封信封面写上海北四川路虬江路北首一〇一号创造社出版部理事会收，嘉兴成寄，后面封口贴四分邮票，有嘉兴邮局的邮戳。

我在这里要申明的有几项。

（1）我从来就没有希望出版部接济我一家的生活费。即在失业来上海后，亦自寻生计。故出版部欠我的版税如此之多。

（2）我挂名过短期理事，但从未支过理事薪水，所以绍宗信内无我的名字。

（3）我没有死钉着出版部那块肥肉，把它吃干了后，仍不肯走。我也决不做这样无聊的人。

（4）我决不借革命招牌以吃他人的剩余价值。

言归正传。我听了独清的话后，半说笑般地对他提议：

“假如仿吾真有这末多钱，我们敲敲他的竹杠吧。”

“好的，好的！要怎样敲呢？”

独清只是会写点文章，对于什么事体不会做，也不会筹划什么方法，连如何地向仿吾启口敲竹杠都要取决于我的。

“对他说，出版部每月给我们的钱不够我们生活，要他给些钱给我们作准备金，以防不时之需。”

“好的，好的！”

独清紧攒起他的厚双唇，双脚似乎要跳起来般地那样喜欢。那种小孩子的神气真有点可爱。

到了晚上，仿吾来了，我问他是不是有五万元存在银行里。仿吾听见后，长叹一声。过了好一会，他才说：

“外面人造我的谣，不要紧。连社内的人都这样疑我，所以我灰心了。……管他妈的，放一炮（出几本必禁的书之意），出版部给他们封了算了。”

他发了一阵牢骚后，才告诉我，他由黄埔动身时，领到 50000 元毫洋是真的。但是里面须拨出 7000 元给一个姓李的收管，作仿吾不在时的兵器化学研究所的一切开支。这个姓李的也是留日帝大的同学，应用化学科出身，仿吾走后，由他代理主任。他亲笔（他是我的小同学，并且在民国元年和我一同考得留日官费，赴日本的，所以我认识他的笔迹。）所写的7000毫洋收据，仿吾给我看了。到香港后，把43000元毫洋改汇金，便不满日金40000了。除在上海日本两次购买化学用品，去了三万左右，仿吾说，他借给友人并在日本时的用费也共去了数千，所存的只有五千日金而已。在那时的日金汇价只当国币的95%左右，再换回国币，实不满四千元了。他还把日本津岛会社的收据及上海德国某公司的收据给我看了。事实既然这样明白，仿吾当然没有50000元的私蓄了。我想，或许是独清把5000误认成50000了吧。仿吾又说，他要两千到欧洲去走走，其余三千作出版部的准备金。他并且说，他已把这个意思告诉了独清。

次日，我见了独清，又把仿吾的话告诉了他。但他无论如何不相信。他说，仿吾存款一定有两本存摺，他的的确确看见是一个5字，下面有四个圈儿。

"不管他有多少钱，他已经有意为出版部留二三千元。我想，出版部的现状并无须加资，我们两人各要求他给一千元来畅用畅用吧。"

这是我的提议。独清觉得一人一千元，仿吾是无论如何做不到的。

"仿吾是个吝啬鬼，向他要不到这许多。"

"那末，各人向他要500吧。"

"尽管向他说说。要得到二三百元都可以了哟。"

独清露出他的当门那两个大牙板来在嘻嘻地笑。于是我和独清间成立了一个密约，决意不给伯奇知道，一个人向仿吾敲五百元的竹杠。

独清走后，我的妻来问我，你们商量什么事情，那样笑得有味。我也当做一件趣事般地把这件事告诉了妻。但是妻表示反对。

"你不必去妄贪他人所有的，也莫把你所有的胡乱给人家用。要用自己的力量换来的饭才吃得甘美，也受之无愧。你还是向出版部算一算版税，要一部分回来吧。仿吾先生走后，知道他们给钱我们不给。到那时候，怕饭都没有得吃了。自己有版税不敢向他们要，还说敲他人的竹杠！"

预想不到妻这样地板起脸孔来骂我。我想把这件有趣的事说给她听，叫她开心开心的，反给她揩了一鼻子灰。但是过后一想，一般虽然说"妇人之言切不可听"，不过妻这回的见解实在堂皇而冠冕，舍正当的版税于不顾，而贪图非分之钱，的确不对。我便写了一封长信去要求仿吾，在动身之前，和绍宗商量在出版部存款分下拨五百元给我，作清我的一部分版税。难得仿吾绍宗都同意了。我只把图章交给仿吾，第二天仿吾便送了一本界路上海银行存款摺来给我，并将图章交回来。我的就算到了手。但不是敲仿吾的竹杠而是我应得的版税。我这样地要了$500来，而每月又还向出版部要百元的生活费，把这$500搁在银行里生息。这不单激怒了独清，并且激怒了出版部的小伙计吧。他们到现在还借用革命的口实来向我放冷箭，在小报上投稿诬陷我，都是起因于那时候对我的恶感吧，然而我并没有得罪他们啊。

因为我姑妄求之，而仿吾竟姑妄与之的五百元拿过手后，和独清所约的向仿吾敲竹杠当然不能实践了。独清天天来摧我要赶快下共同的总攻击，而我好象是给总经理收买了的，不肯向仿吾动手，又不敢向独清说我已经支了$500的版税。我在那时候真感着一种矛盾，精神上颇为痛苦。关于这点，我算对不住独清了。然而，在道理上说，我是没有什么错处啊。



独清还是尽催促我，要我象某军阀要饷般地向仿吾先发难，他便好跟着来。

“你先向他说吧。你说了后，我可以从旁帮忙。”

但是独清无论怎样决不愿意先向仿吾开口要钱。我也尽拖延不愿意先说。以后有好几天，独清不来我家里了。我又疑心独清莫非是单独向仿吾进行了么。我想，如果是真的，那也好，让仿吾也给他$500吧。

仿吾动身的日期一天一天地迫近了来，独清很殷勤地陪着他东奔西走，到公司里去买旅行箱，买草帽，法国人的银行里去替他汇款往法国，因为仿吾打算先赴法国，而独清是熟悉法国情形，并且会说法国话的。

“这位出版部的总座真有本领。独清也给他抚摸得乖乖地听命，替他奔走买办物事了。”

我当下这样感叹着对自己说。我疑心仿吾至少出了两百元把他买收了吧。

仿吾动身的前两晚，在北京路功德林请我们吃素菜，表示辞行。次晚，我们在爱多亚路都益处，为他饯行。大家把仿吾灌醉了。独清忽然走到我面前来，拉了拉我的衣袖，要我到厅外去。

“什么事？”

我低声地问他。

“他们真糟！尽是这样闹！我们还有重要的话没有向他说呢。”

“$500 的话么？”

“是呀，此刻不向他要，没有时候了。”

这叫我真是无办法了。假如仿吾肯给钱我们，但也是晚间十点多钟了，怎么能向银行支款呢，而仿吾又是明早一早就要走了。但我只好听命，作早散会，叫了汽车一同赶回永安里来，近十二点钟了。我们三人之外，还有仿吾的哥哥，四个人，坐在永安里 128 号的三楼上，象讨论军国大事那样地作鸠首会议。但是仿吾酒意还没有清醒，疯疯癫癫地东扯西拉。独清则是异常心焦的样子，尽提出些出版部今后应当怎样振作，怎样扩充的话来说。他的用意是想由此促动仿吾联想到准备金之尚未交下。



“你们要努力呀!”

仿吾摆了摆他的猴儿脸，说了后，又在狂笑。独清向我作了一个手势，意思是要我向仿吾要钱。但我尽坐着不动，不言也不笑，因为我实在疲倦了。

“要回去歇息了。”

我立起身来要走。

“不忙！不忙!”

独清忙止住我。

仿吾还是疯疯癫癫地把一知半解的法国话说出来和独清谈，过了一忽，仿吾忽然向独清说：

“你把夏亢龙君的住址写下来给我吧。到法国后要找他。……”

仿吾拿出一张名片来，叫独清写了二三行我不认识的法文，他又把它塞进衣袋里去了。独清再向我作手势，我无论怎样不愿先启口，我只答复了一个手势给独清，他在他脸上登时表示出一种不高兴的神气。

因为他的哥哥还有话要向他说，仿吾回他哥哥的室内去了。我们看看时钟又快到十二点了。

"要锁弄堂了。我要走了。"

我立起身来说。独清无可奈何地跟着我下来。才下了楼梯，忽然听见仿吾在楼上叫：

"独清！独清！"

独清听见，推了一推我，脸上登时表现出一种喜色，忙跑上楼，到仿吾的哥哥房里去。

"真地仿吾有几百元给我们也说不定。"

我这样想着，也跟了上来。利益应当均沾啊。

"我叫你把夏君的住址写下来，写了没有？"

仿吾坐在他哥哥的床沿上，醉眼朦胧地向着站在一边的独清问。我立在房门首，要笑出声来了，忙极力忍住。

"刚才不是写了？你搁在衣袋里了？"

独清的不高兴的声气。仿吾探手进衣袋里去，摸了一摸，果然有那张名片。



"好了！好了！有了，有了！你们滚蛋吧！"

仿吾猴子脸上又堆着笑，一面说一面向我们挥手。

"岂有此理！"

塔地一响，独清在仿吾的左颊上打了一掌。

"噫！……噫！……噫！"

仿吾呶着嘴唇在苦笑。

"呵，呵，哈，哈，哈！"

我一面笑一面走下楼来了。

第二天，我，独清，伯奇和仿吾的哥哥在汇山码头看着仿吾乘长崎丸走了后，我向独清说：

"我们一路回去吧。"

"……"

独清满脸不高兴地不理睬我，也不答应我。我只好一个人走回家来。（待续）*

---

* 1932年9月15日《絮茜》月刊第1卷第2期有《特别启事》一则，说张资平《读〈创造社〉》一文续稿，在上海"一二八"战火中被毁。

（注一）当时出席的，有沫若，达夫，田汉，及我四人。又杨正宇先生，虽不是社员，但当时亦在座。决定以我的《冲积期化石》为丛书，并担任第一期的《她怅望着祖国的田野》（这题名是沫若代拟的）。及第二期的《雁来鸿》（后改名《爱之焦点》）及《东游十年》（此稿至今未整理，今拟改为《失了轨道的星球》）。

（注二）其中有我的《木马》、《一班冗员的生活》两篇，滕固君的《壁画》（上面还题“送资平兄回家纪念”字样，我把它涂去了。）及方光焘君的一篇（忘记了题名，好象是叙小猫的故事）。

（注三）在这期间内，我只为季刊撰些稿。最受苦的还是仿吾。社务最初是由沫若打理，由第三期季刊以后，一直到民十七，都是以仿吾为中心。他的功劳是不能抹杀的。即他在广东，亦常关心于社务，大小事件多由通信解决。有时也写信来武昌和我商议。又因为那篇半翻案的小说《飞絮》，他还来信责备了我许多。

（注四）冯乃超在《文化批判》第一期中批评我写《飞絮》、《苔莉》一类的小说，将来一定会落在反动（？）的阵营里。因此我曾向仿吾提议停印我那几部小说。但因为营业关系，仿吾不允我的要求。由那时起，我才知道他们有许多矛盾，不能自为解决的。

（注五）沫若，仿吾，独清对于创造社的过去历史非常尊重，常视为一个神圣的独立的存在。当然我也尊敬创造社之过去的光荣历史。但不欲把“创造社”三字偶像化以束缚各人的自由及思想。至达夫是视创造社为敝屣的。又独清所称的第三期人物，如李、冯、彭、朱则只以创造社为一个工具，对于“创造社”三个字并没有象郭成那样地留意。

（注六）当时管收支的是成绍宗，仿吾的侄儿。绍宗去职后，则由彭康管收支。所以独清在《创造社》那篇文章中说我反对经济公开，不单不是实话，并且是有意伤人。因为我从没有直接管过收支。我只提出限制各人滥支钱的方法，因此得罪了多数的社友。我遂辞常务理事，但不是辞理事。王独清说，我自动地和创造社的一切事务隔离。我和社务隔离是事实，至于“自动地”，或“被迫”，或“被陷”，那在我是无关重要。要度量狭小的人才斤斤以此为问题。不过我要注意的是：王独清在《创造社》第三节里面（《展开》第三期 P. 17）说：“……在上海……有一个张资平……。”其意若曰：沫若不敢出面，仿吾又被人迫往欧洲去了，伯奇是“一向最被人不信任，并且不重要的”（参看同篇文章之第三页），只还“有一个张资平”在阻碍着我不能做领袖，不能统一创造社啊。

（注七）下节当续述关于李初梨搬家事我和独清的争议，及两人商议敲仿吾的竹杠未遂之经过。

原载 1932 年 1 月 15 日《絜茜》月刊第 1 卷第 1 期

# 曙新期的创造社

张资平

《现代》编者要我写篇关于创造社的回忆。我虽然愿意写，不过郭沫若氏既经有《创造十年》出版了，其中论创造社经过颇为详尽，我如再来写，不单赶不上《创造十年》，并且也是多余的工作。无已，我只将创造社将形成之前的史实，就所能记忆者，写出来以塞责吧。



在郭，成，郁三位旧友中，我认识郁达夫最早。那是在民国三年春夏之交的时候。

谈到这里，不能不略述一下我国留学生在日本竞争考官费的事情了。清末与日本订有收容中国留学生的条约，要求日本开放官立学校五所，特别收容中国青年。所谓五校，即东京第一高等（帝国大学预科），东京高等师范，东京高等工业，千叶医科专门，及山口高等商业。山口高商因中国学生闹风潮退学以来，便无形停止招收中国学生了。当我们到达日本的时候，只有四校可投考了。

我记得，我和郁达夫认识，是在民三考高等工业的时节。但结果我们都落选了。在那时候，留学生只想获得官费，对于专门是否适合于自己的本性，却罕有人加以注意。考过了高工，便有千叶医科可考。我早听见，习医必要解剖死尸，所以我不愿意投考。但郁达夫，据他对我说，在那年也跑到千叶去投考过医科。并且说他在旅馆中，还题有“不为良相当良医”那类的诗，但他还是没有考上。

第一高等的入学考试最迟，在七月初旬。当一高考试时，我又在一高校庭里看见了郁达夫。彼此只点点头，相视而笑后，便各人跑开，或在树荫之下，或在校门首的石段上，暗诵各科的表解了。

当然，在这三四百人中，郭沫若也在里面，不过我们不认得他而已。

到七月下旬，一高考试的结果发表了。我们都入了选。这是由各省经理处可以查看得到的。我才知道那个小小的郁文是志望第三部（医科）的。

在一高特别预科同学一年间，我和郁文虽曾谈过几次话，说过几次笑。但也因为不同级，很少接触。至对于郭开贞，不单没有交谈过一句话，还不知道名叫郭开贞的是那一个人！

我们虽不同级（因为文，医特别预科编为一级，理工农特别预科又另编为一级。），但理化博物是特别在该科的阶段教室里合班上课的。所以有时候也可以在同一教室里看见他们。

教授一跨上教坛，我们便要立起身来致敬。过后，教授要点名，出席者要回答一个 Hai 字，意即“有”或“到”也。有一次，先生点到郭开贞的名字，我便回转头来一看，我才知道那个头发剃得光光，脸色苍白，态度有几分高慢而又常作豪笑的四川同学便是郭开贞。



郁文常常在教室里吃小食。有一次，他刚把一小块饼干丢进嘴里，那个一团和气的化学教授管沼先生恰恰叫到他的名字，他忙把嘴里的饼干吐出到手掌上来。引得许多同学都大笑起来。和气的管沼先生也只当没看见。

“一团和气”亦是郁文替化学教授所下的评语。他对我说，化学教授的试题出得很大体。至于物理教授山川先生，真是诡计多端，专出疑难的应用问题来为难我们。

一年的预科，总算读完了。日本的教育当局便把我们分配到各地方的高等学校去和日本的学生一同肄业。我被派到九州熊本县的第五高等。郭开贞被派到冈山县的第六高等。郁文则被派到名古屋的第八高等。

在我们未赴各地方之前，我和郭开贞得着一个说话的机会，并且觉得他并不是如自己一年来所想象的那样傲慢不通人情的人。

在我赴九州的前一星期某天下午，我和一个同学姓余的，为诺贝尔的奖金而争论起来了。因为那时候，日本东京《朝日新闻》登出一个消息说，日本的高峰博士有得诺贝尔化学奖的希望。余君极力称赞日本科学的进步，及日本学者的有为。我听见讨厌起来了，便反驳他，纵令中国有比高峰博士更强的学者，诺贝尔奖金也不会临到中国人头上来的。我和余君两人所持的理由都很勉强，但都年少气盛，相持不下。到后来，给郭开贞听见了，他忙走过来调解，他说的话，我此刻想不起来了，但双方都为他折服了。这时候，郭君穿着渔家所穿的浴衣，似乎是刚从房州或其他海水浴场回到东京来。

又在这年暑假，我住在大塚，郁文住在神田美丰馆下宿屋。我因为同乡多住神田，常出来玩。所以常会得着郁文。于是我们更加熟悉了。

在神田研数学馆的附近有一家很不象样子的中国共和党东京支部。我有一个小同乡在这支部里当干事吃饭。所以郁文和我都常来这支部里看看中国报纸。郁文有时跑来说，他做的诗在上海的某报已经登出来了，并将他剪了下来的拿给我看。有时又仓仓忙忙跑来说，他患了肺病，刚才又吐了一口血呢。他那时的态度是很无邪得可爱。他身上常只穿一件很破旧的日本浴衣，我们朋友都怪他过于不修边幅。

进了凉秋九月，各人都赴各人的目的地求学去了。在开学后，曾和在名古屋的郁文通过一二次信。老气横秋的郁文竟批评我信里面的文章说，"清脆可读"。我当然不单不感着快感，并且觉得郁文太岂有此理了。

嗣后便信音杳然。

匆匆地又读满了一年，快到了欧战第二周年纪念了。

我于那年（民五，即 1916）暑期，早和在东京的同乡约好了，一同到房州去洗海水浴，准备在那边租一所房子，住一二个月以锻炼我们的孱弱的身体。凡中国留学生，进了日本的正式学校后，都会感觉着自己的体格的衰弱。

在房州我刚从海里爬起来，只穿着一件短裤，还是水淋淋的，就由一个朋友的介绍，认识了那个有名的猴儿脸成灏。他的最初印象，在我，比郭、郁两人更好。因为他的谈吐和态度无一不是自然而真挚的。

当我和一位姓温的同学从熊本上东京时，途中在冈山站下了车，打算到六高和医专看看朋友，并游览后乐园。在冈山有一位姓屠的同学告诉我们说：

“我们六高的中国留学生中，有一位天才，过目成诵，不单对语学有天才，连数理化也非常之好，他此刻上东京去了。”

后来我问这位天才的姓名，原来就是成灏。说天才或许过分些，也腐败些，但成灏的语学确实比我们来得进步。也是最努力读书的青年。

那天晚上，我便到成灏的寓里去看他们。看见他的书桌上，摆着一本 Hollemann 的化学英译本。

“你这本书摆在这里做什么？”

我的意思是，现在是假期中，该休养的时候，不应当读这样枯涩的书籍。

“读呀!”

成灏说着笑了起来，好象在笑我质问得那样笨。

“不难懂么？”

看着那部厚书，想到下学期自己就要读那本书了，有些害怕。但成灏说，他已经念完了这本“无机”，下学期进三年级，要念“有机”了。

过了几天又在这海岸上，遇着了郭开贞。大家就在沙滩上谈了些关于高等学校的功课繁重的话。以后便没有在这地方再见面了。郭开贞好象就是在这年暑假，在这海岸等候他的安娜。他正在追求安娜追求得很厉害。这要参看《三叶集》和《落叶》。

嗣后，我们两年间都没有会着面。

到了一九一八年的初夏，我们中国留学生因为反对段祺瑞和寺内所订的军事协约而罢课回国。在上海泰安栈里住每天六角钱的小房子，又暗又臭，卧病了两个多星期。其间，到徐家汇的李公祠开过两次会，到公共体育场去参加请愿行列过一次。到后来，知道我们的罢课终归水泡了，便又赶回日本来。那正是在暑假期中。我就在福冈的箱崎湾洗了两个多月的海水澡。

恰好这时候，郭开贞由六高毕业出来，进了福冈的医科大学。他和安娜已经有一个小孩子了。我们就在箱崎海岸会着了。

当时我们的发表欲都很强，也写了些文章。但无刊物可以发表。

我那时候已经进了丙辰学社（即中华学艺社前身），因劝郭也加进去，有文章可在《学艺季刊》发表。但郭不愿即时加入。

郭在那时候写了很多诗，都拿来给我看。又好象是由宗白华的介绍，在《时事新报》登有许多短篇戏曲，他也拿来给我批评。我在这时候才认识郭确是有文学上的天才，而觉得自己的随笔及短篇小说等存稿，完全不成东西。郭几次要求我写的东西给他看，我因相形见绌，只有完全拒绝。

的确，我在那时候还不知道看日本的文艺杂志。幸由郭介绍我看《早稻田文学》。以后我才会买《文章世界》等杂志来读了。

我因为罢课休了一年的课，所以到了九月，仍然回熊本去补习。在熊本时，郭还寄有许多诗来给我。（后来大部分都编入《女神》里面。）但我因为功课忙，虽然开始写了一二万字的小说（即《冲积期化石》的前头数节），很想寄给郭看。但终于没有勇气寄出。



岁月匆匆地过去，又到了一九一九年的暑假了。我赴东京考理科大学入选之后，又住在东京了。在暑假期中，搬了几次家，为的是想写点东西，但终不成功。

在东京重会了郁文和成灏。在未见成灏之前，郭曾把成在东渡途中的诗抄来给我看，说成君真有诗的天才。我见成灏时，便把他的这首诗提出来问他。他很兀突地回答说：

“那不算什么。无聊的。”

由我的介绍，郁和成也认识了。我们三个便常常有论及办同人杂志的计划。

在大学的一年级第一学期，我把《冲积期化石》的前数节寄去请教郭，题名《他的生涯》。郭回信说，《他的生涯》太俗。我便改为《冲积期化石》了。郁，郭在一高特别预科时，原相认识的，不过没有来往。又我和郁每谈到文学，我便提出郭来说，郁还笑我，过于为郭提灯笼了。但是，因我和成的关系，郁和郭也常常通信了，并且是用日本文写的。住在日本地方，有些地方似乎用日文能获得更真切的传达。

我们三个人也常相约，把自己所写好了的文章都拿出来公评。汇集得相当的量时，即设法刊行同人杂志。我们三个人有一次在夜深风冷中站在日本皇城的外濠边为同人杂志的进行而相对叹息。此情此景真是不堪回首。

由一九一九至一九二〇间，大概是田汉和郭沫若来往很密的一年。由郭的介绍，成灏和田汉也很熟了。所以我们相聚时，成灏常说：

“我还约了田汉。”

但不见田汉来过一次。

成灏进的是造兵科。欲在造兵科取得学位，方法有两途。一是设计，二是论文。成灏自寻烦恼，以《飞机与风力》命题，欲写成一篇惊人的论文出来。故他每天在工科大学的地窖里吃着冷辨当，实验风力。在他的实验台上，摆着三四架大大小小的电风扇。我在星期一二下午，没有功课。（不是无功课，因为定量分析是随意科，可以随意。）读法科的郁文更为空闲。所以我和郁文常到地窖室中去看成灏。他看见我们来后，也无心实验了。我们的谈话仍然是以急办同人杂志为焦点。

我在第一学年末，即一九二〇年第二学期，放弃了地史学的三学分而写成了我的处女作《约檀河之水》，于一九二〇年秋在《学艺杂志》上发表出来了。我忙把它寄给郭看。郭回信说，最后的赞美歌是多余的，不要最后一段还好些。又当校样由郑贞文兄自上海寄来的时候，我心里有无限的欢喜，于是告诉了郁文。郁文恰恰要上大学图书馆去，便要了一份去看。到后来他走来对我说：

“文章印出了后，好象更加好了。”

他又称赞我描写 head light 那一点，写得很好。

后来我才听见成灏已经放弃了学位，回上海泰东当编辑去了。当然，最大目的还是在办我们的同人杂志。

一九二一年春，忽然接到郭给我一张明片。我注意了一下印邮，并不是由福冈寄来的，而是由本东京市寄来的。大意说，昨天到地质学教室来看我，进教室后，好象入了一座迷宫，由这头进去，那一头出来，找不着我。并约我于第二天正午到郁的寓里——第二改盛馆——去会他。郁文是知道我的研究室在三楼上。郭没有和郁同来，所以没有找着我。但是第二天我刚走进研究室，便看见郁，郭两人跟着走入来。于是我也不再研究了，便伴他们同到郁的寓里来。不一刻，田汉也来了。我们只坐着瞎谈，话题都不出异性和电影。郭研究神经病最得意的，把《喀利克利博士》的电影情节讲给我们听。我记得我们四人之外，还有杨正宇君也在座。

我在这时候才知道成已经回长沙去了，由郭回上海代替了他的位置，继续我们的文化工作，决定组织文学团体，名叫创造社，出季刊及丛书。丛书经决定了的有郭的《女神》，郁的《沉沦》，朱谦之的《革命哲学》。我的尚未脱稿的《冲积期化石》便编为第四种丛书了。其实一切都是由郭一人的决断才见成功的。

大家再商议季刊第一期的内容。在这间六铺土席的房里，我们不单决定了季刊第一号的内容，也约略拟定了第二三期的内容。我自已拟定的有短篇《雁来红》(后改名《爱之焦点》)及随笔《蓬岛十年》。

郭走后，我因为急于完成我的学位论文，对于同人杂志及写文，都不能不暂置不问。所以对于在上海的他们的工作非常隔膜。大概是在这年的秋季吧，郭回到福冈继续他的学业，上海编辑换达夫去干了。总之，丛书及季刊之出版，以郁，郭两人所费的劳力为最大。



十一月，我的《冲积期化石》脱稿了，寄至福冈给郭阅看，再由郭寄回上海交郁付印。郭在那时的来信，对于社事忽然表示有些灰心的样子，我并不知道那时他有什么的苦衷。

一九二二年的春初，郁由上海赶回东京来赴毕业考试。他一看见我便说："你的书出版了，我带了两本来了。"他并且说，还要回上海去编辑季刊。他又把由郭，成转寄给他的种种文稿拿出来给我看。郭的《残春》和《广寒宫》的原稿，都是在这时候读到的。

五月杪，我决意回国去了，——回一别十年的故国去了。船泊门司，我便搭车来福冈看郭。一踏进门，便看见郭穿着大学的制服在灶角里生火，我在这时候，也认识了陶晶孙。我把《一班冗员的生活》和《木马》给郭看。他略看了一会，便说带到上海去交给泰东好了。同时带来的还有两篇文章，一篇是滕固的《壁画》，一篇是方光焘的描写小猫之死的短篇，也一并交给泰东了。

第二天一早，郭陶两人还特事搭车送我到门司来。我就在这时候和郭一别四五年，一直到武汉时代才再会着面。其间只是通通信而已。

那年冬我在蕉岭矿山中工作，忽然接到成仿吾来信说，要重振季刊，并拟办一种周刊，要我多多写文章来。他还说笑，"假如没有文章，就你们矿山里的铅也可以搬些来。"

我对于季刊每期都写了一篇短篇。但对于《创造日》和《周报》则全未尽力。第一因为我在那时的生活不适于写文艺，第二住在深山里看不见一本新书，纵欲搜索枯肠，也写不出好的文章来。在这期中，——由一九二二至一九二四一年余间——郭，郁，成都在上海很热烈地谋社的发展，就中以成个人的努力为最大。当然，在文章方面，还是由郭撑大旗啊。

不知道是什么因缘，我每过上海，总会不着他们三人。一九二四年秋，我应武昌大学之聘，经过上海，只会见全平，灵凤，贻德，良才，隐渔，诸社友。据他们说，郭回日本去了，成赴广州去了，郁则北上了。希望能会见他们的，不图又落空，很觉失望。幸喜郑心南兄走来和我说，我的高中《地矿教科书》出版了，这才安慰了我不少的旅愁。

全平，灵凤等都来泰安栈看我，并说及有自行组织出版部的必要。我当时觉得这计划真不错，很佩服全平的见解。他真不愧为一个事业家。



那年冬，在武昌忽然接到仿吾从汉口寄来一信，约我过江去谈谈，我和几个学生同去访他。原来他是由广州运他哥哥的遗柩回长沙去的。谈及创造社事，他象很疲倦的样子。他说，他在广州中山大学担任了物理和德文。

一九二五年春，达夫也由北京来武昌大学当教授了。三月间，仿吾由长沙出来。我们三人又在武昌相会着了。我们专为进行出版部而商议了几次。达夫拉股拉得最努力，连胡庶华都给他拉来做五十元大洋的股东了。记得是下雨的一天下午，我们冒雨走到察院坡的一家印刷店里去，定印了几册临时收据，沫若和全平一方面也在上海进行募股。于是出版部遂告成立。

此外，在我，是无可记述的了。恐怕在我们四人中，对于创造社的经过，以我为最不详悉。至关于文艺方面的事情可参看《创造》季刊，《创造日刊》，《创造周报》，《创造月刊》以及《洪水》等。创造社之有具体的章程，还是在出版部成立之后，载于《洪水》特刊内。

我以为创造社的黄金时代是在《日刊》和《周报》同时进行的时代。后因经济压迫，都停刊了。达夫有一篇《离散之前》，是纪念这时代的杰作吧。又沫若在学艺大学教授国文时，选了韩退之的《祭十二郎文》作教材之后，便接着选达夫的《采石矶》。这也是值得我们追忆的一件事。

以后的事，读者大概都比我详悉。我的追忆，就在这里作一个结束吧。

一九三三，五，十，脱稿。

**原载 1933 年 6 月 1 日《现代》月刊第 3 卷第 2 期**

# 《中国新文学大系·小说三集》导言

郑伯奇

## 一

美国心理学家史丹莱·霍尔（Stanley Hall）提倡发生心理（Genetic Psychology）的学说。他以为人类的进化，是将以前已经通过了的进化过程反复一番而后前进的。文明人的儿童反复着野蛮人的过程，人类的胎儿又反复着动物的过程。这不过是一种臆说，而在教育思想上曾经发生过相当的影响。

若把这个臆说大胆地应用在文化史上面，我们也可以说，人类文化的进步，是将以前已经通过了的进化过程反复一番而后前进的。在文化落后的国家或民族，这种现象更为显著。十九世纪后半纪勃兴的国家和民族，如日木，如德意志，如爱尔兰，不是都把英法各先进国所通过了的过程很迅速地反复过一遍吗？

这当然只能作为现象的说明，因为霍尔氏的学说本是为说明现象而成立的。在这现象背后，我们不能忘记了社会演进的必然性。

如今，让我将这学说试应用在文学史的上面吧。

文学不过是文化的一部门。因为它是生活和思想底交错的具象表现，它的进展也就容易看出反复的形迹来。近代资本主义文化成立以后，浪漫主义，现实主义，象征主义等，文学史上的几个巨大潮流，在不同的国度里，用不同的姿态发生出来。文化落后的国家或民族，它的文学虽在一个新的潮流之中产生，而先进国所通过了的文学进化过程，它还要反复一遍，虽然这反复的行进是很快的。

日本的已故作家坪内逍遥曾经慨叹过，日本没有象英法德各国那样强盛的浪漫主义的文学运动。因为日本新文学的兴起是在明治三十年代，那时西欧各国已经进展到自然主义的全盛时代了。但据近来的研究，日本也有过强烈的浪漫文学运动，不过时期非常短促罢了。日本文学的进化过程也免不了将西欧各国已通过的陈迹，作一番匆促的反复。

中国新文学的产生比日本相差还将近半个世纪。《新青年》才开始提倡白话文的时候，在西欧是象征主义已经到了末期，即在日本，自然主义早已失了威权。而《新青年》诸君子所提倡的，和十八世纪法国的启蒙文学，英国的湖畔诗人所抱的思想并没有大的差异：我们欢迎赛先生和德先生，我们要用自己讲的话来写自己的文学。

但进化过程中的反复是很快的。而这快速的度率和落后的程度可说是反比例的。越是落后的国度，这种进化中的反复来得越快。在日本，浪漫派的健将会一变而成为自然主义的开山祖师，象岛崎藤村，象田山花袋，象德田秋声都是有这样经历的人物。在中国，这反复是更快了。由《新青年》的白话文学运动到五卅事件，约略不过十年光景，在这短短的十年中，中国的新文学曾经过怎样的飞跃，这是留心文学动向的人谁都晓得的。

现在，回顾这短短十年间，中国文学的进展，我们可以看出西欧二百年中的历史在这里很快地反复了一番。这不是说中国的新文学已经成长到和西欧各国同一的水准。落后的国家虽然急起直追也断不能一跃而跻于先进之列。尤其是文学艺术方面，精神遗产的微薄常常使后进国暴露出它的弱点。我们只想指出这短短十年中间，西欧两世纪所经过了的文学上的种种动向，都在中国很匆促地而又很杂乱地出现过来。

假使把这短短的十年分成两期再下观察的时候，这杂乱的经过也许可以理出一点眉目来罢。茅盾说：

“现在我们回顾民国六年（一九一七）到民国十年（一九二一）这五年的期间，（这是中国新文学史上第一个‘十年’的前半期），总算觉得那时的创作界很寂寞似的。作者固然不多，发表的机关也寥寥可数。然而再看看那时期的后半的五年（一九二二到一九二六），那情形可就大不同了。从民国十一年起（一九二二），一个普遍的全国的文学的活动开始到来！”（《中国新文学大系·小说一集·导言》）

这观察大致是准确的。前半期创作界的“寂寞”，正表示出那期间中国的新文学还在启蒙运动时期。“不多”的几个作者，大概也都保持着启蒙运动者的态度。当然，“后半的五年”，“普遍的全国的文学活动”是在这里胚胎着。后来的许多作者已经在那里练习身手，许多文学团体已经在暗中准备队列。

由一九二二到一九二六这后半的五年，情形的确“大不同了”。不仅是“一个普遍的全国的文学的活动开始到来”，而且十九世纪到二十世纪这百多年来在西欧活动过了的文学倾向也纷至沓来地流入到中国。浪漫主义，现实主义，象征主义，新古典主义，甚至表现派，未来派等尚未成熟的倾向都在这五年间在中国文学史上露过一下面目。

从来一般人认为中国的新文学运动的两种最大的倾向是“人生派”和“艺术派”，这差不多已经成了一种常识。但若加以更细的分析，所谓“人生派”实接近帝俄时代的写实派，而所谓“艺术派”实包含着浪漫主义以至表现派未来派的各种倾向。这种倾向的混合并不是同时凑成的，这里自然有个先来后到，但这些倾向有个共同的地方所以能够杂居，确是不容否认的事。在这些倾向中比较长远而最有势力的当然是浪漫主义了。

在五四运动以后，浪漫主义的风潮的确有点风靡全国青年的形势。“狂风暴雨”差不多成了一般青年常习的口号。当时簇生的文学团体多少都带有这种倾向。其中，这倾向发挥得最强烈的，要算创造社了。

## 二

中国新文学团体中，组织较广，历史较久，影响最大而对立也最强烈的，要推文学研究会和创造社。

文学研究会的性质，据茅盾说："这个团体自始即不曾提出集团的主张，后来也永不曾有过。它不象外国各时代文学上新运动初期的一些具有确定的纲领的文学会，它实在正象它宣言所'希望'似的，是一个'著作同业公会'。"(《新文学大系·小说一集·导言》)茅盾先生是文学研究会的发起人的一个，会章具在，这话当然是不错的。但，文学研究会，诚如茅盾先生所说，"决不是'包办'或'垄断'文坛，象当时有些人所想象"，然而久而久之，文学研究会的成员渐渐固定了，变成了一个同人团体，那却是不容否认的。

创造社成立之初，也有过同样的表示。郭沫若在《创造》季刊第一卷第二期的《编辑余谈》里面说：

"自《创造》第一期出版后，有多少朋友写信来要求加入，问及入社的程序等等；我们能得多少朋友为我们表同情，这是我们所由衷感悦的了。

但是我们这个小社，并没有固定的组织，我们没有章程，没有机关，也没有划一的主义。我们是由几个朋友随意合拢来的。我们的主义，我们的思想，并不相同，也并不必强求相同。我们所同的，只是本着我们内心的要求，从事于文艺的活动罢了。朋友们！你们如是赞同我们这种活动，那就请来，请来同我们手儿携着手儿走罢！我们也不要什么介绍，也不经什么评议，朋友们的优秀的作品，便是朋友超飞过时空之限的黄金翅儿，你们飞来，飞来同我们一块儿翱翔罢！"

接着，成仿吾在同刊第一卷第三期的《编辑余谈》上也说：

"关于我们这个小社，沫若在第二期中，已经说得很明显。

我们是没有何等制限的。朋友们！请说：这是我们大家的公有。”

但，话虽是这样说，创造社实际上是一种同人团体，《创造》季刊以下各种刊物，实在是同人杂志。这差不多已经成了定说了。

那么，创造社是怎样成立的？我们且看创造社方面的文献。

成仿吾先生在《创造社与文学研究会》（《创造》季刊第一卷第四期）上说：

“沫若与我，想约几个同志来出一种文艺上的东西，已经是三四年以前的事。那时候胡适之才着手提倡国语的文学，文学研究会这团体还没有出世。”

这里只不过简单地提了一句。在《创造十年》中，郭沫若有更详细的叙述。

首先，他写一九一八年夏天，在日本福冈的海岸上碰见了张资平。他们是高等学校预科的同学，因为高等学校不同（资平是五高，沫若是六高），却有三年不见面了。沫若已经进了大学，资平因罢课归国失败，刚刚由国内回来。话题容易接触到国内的情形。那时正是五四运动的时代，他们自然又多谈到国内的文化界。他们感觉到国内没有纯文学的刊物，于是郭沫若说：

“其实我早就在这样想，我们找几个人来出一种纯粹的文学杂志，采取同人杂志的形式，专门收集文学上的作品。不用文言，用白话。……”

张资平却担心没有人：

“‘出文学杂志很好，但你那里去找同人呢？’

‘据我所晓得的我们预科同班的有一位郁达夫……’

‘哦，不错，不错，老郁是会做诗的，听说他常常做旧诗到《神州日报》上去发表；听说他也在做小说呢。’

‘对的，我想他是可以来一个。我还晓得一位我们在冈山（注：即六高）同过学的成仿吾，他去年进了东大的造兵科，恐怕他今年也回了国，他也是很有文学趣味的，他的英文很好。他似乎也可以来一个。你可还认得些什么文学上的朋友吗？’”

然而资平却举不出来，沫若又问：

“‘在大高同学（原注：指日本的帝国大学及高等学校之出身者而言）的系统以外怕还有些人材罢？’

‘有或许有，但我们可不知道。’

数来数去可以作为文学上的同人的还是只有四个人，便是郁达夫张资平成仿吾和郭沫若。

‘我想就只有四个人，同人杂志也是可出的。我们每个人从每月的官费里面抽出四五块钱来，不是便可以做印费吗？’

资平很赞成这个办法，他约定就以我这儿为中心，待学校开课了以后，访确了仿吾和达夫的消息再策进止。”

这可说是创造社的受胎期。不久，成仿吾由国内到福冈去，和郭沫若同住了一时，创造社的进行上却发生了一段顿挫。郭沫若说：

“和仿吾同居在一处，我把月前和资平二人的拟议不消说是向他提说过，他也很赞成，但他觉得是人手不够。据他的意见，东京的留学生能把中文写通顺的都没有好几个人，更说不上什么文学。他主张慢慢地搜集同志，不必着急。”

同人杂志的提议就这样一时搁浅，但最初发起的几个同人却个别的活动起来了。郭沫若在《时事新报》的《学灯》上发表诗作，张资平在《学艺》上发表小说，郁达夫也向上海各报上投稿，只有成仿吾默默地写了些诗和小说给同人传观而已。

因为《学灯》编者宗白华的介绍，郭沫若田汉两人成了朋友。他们三个人的交游，后来留下了一部《三叶集》作为纪念。而且郭田两人的接近，为后来组织同人杂志也添了一个推进的因子。

在一九二一年，正月十八日郭沫若寄给田汉的信上，有这么一段话：

“成仿吾君你近来会过没有？他去年有信来，说有几位朋友（都是我能信任的）想出一种纯文艺的杂志，要约你和我加入。他曾经和你商榷过莫有？（中略）京都方面底朋友也可有三四人加入。我在二月间拟往京都——我昨天写到此处便住了笔，今天往校内去取信，成仿吾君竟有一封信来！我才知道他已经和你商量过来。其后的进行怎么样了？

我等你来信，再商量以后的办法。”

其实，这封信，沫若写得很客气。他说，“要约你和我”，实际上，他是“想出一种纯文艺的杂志”的第一个发起人。大概那时候东京方面的朋友更加热心一点，因为仿吾和达夫同在东大，张资平那时候也在东大的地质科。沫若说的“能够信任的几位朋友”，便是指他们。那个“想出一种纯文艺的杂志”的计划，便是博多湾上的旧议的复活了。“京都方面底朋友也可有三四人加入”，据沫若说，“便是说的郑伯奇穆木天张凤举徐祖正诸人。”

东京方面想出纯粹文艺杂志的计划到底怎样了呢？郭沫若在《创造十年》上说：

“据仿吾先后写来的信，说他们在东京在达夫的寄宿处开过两三次会，第二次寿昌出了席，讨论的结果是寿昌自行担任在国内找出版处，并要邀约些国内的朋友来参加。第三次开会时寿昌没有出席，出版处的消息也没有下文。”

事实的真相后来明白了。据左舜生说：

“寿昌在二月间有信来，托我在找出版处，我也奔走了几家，中华书局不肯印，亚东不肯印；大约商务也怕是不肯印的。”（郭沫若著：《创造十年》）

寿昌和舜生同是少年中国学会会员，他所以托他代找出版处。但既无人肯印，同人杂志也只好无期延期了。

一九二一年四月，沫若仿吾同回到上海，和泰东书局打了许多周转之后，才决定出一本纯文艺的杂志。仿吾回湖南去了。沫若再转到日本去报告同人。先到京都会见了郑伯奇，穆木天，张凤举；到东京，会见了郁达夫，田汉，都没有确切的结果。临走的前一天，他又去见达夫，才得到具体的决定。据沫若说：

> “这一次才会见好些朋友。会见了资平和何畏，是别的东大同学们在学校里把他们找了来的。无心之间也会见了徐祖正，他在我到京都的时候，已到了东京，那时好象是和达夫同住一个馆子里。就在那天的下午，在达夫的房间里聚谈了一次，大家的意思也都赞成用《创造》的名目，暂出季刊，将来能力充足时再用别的形式，出版的时期愈早愈好，创刊号的材料，就在暑假期中准备起来。这个会议或者可以说是创造社的正式成立，时候是一九二一年七月初旬，日期是那一天我不记得了。”（同上）

暑假中，郭沫若，郑伯奇，郁达夫先后回到上海，郭沫若的诗集《女神》，郁达夫的小说集《沉沦》编为创造社丛书，由泰东出版。郭沫若译了《少年维特之烦恼》，郑伯奇译了《鲁森堡之一夜》，也编入创造丛书。但杂志还没有弄好。郭沫若回日本去后，杂志编辑归郁达夫担任。本来报上登出预告，宣称《创造》季刊于一九二二年元旦出版，因为稿子没有凑齐，直迟到那年五月一日才出了版。

虽然经了许多波折，《创造》才这样正式在社会上露面了。

## 三

创造社的倾向，从来是被看做和文学研究会所代表的人生派相对立的艺术派。这样的分别是含混的，因为人生派和艺术派这两个名称的含义就不很明确。若说创造社是艺术至上主义者的一群那更显得是不对。固然郁达夫在他的《艺文私见》中曾有过“文艺是天才的创造物，不可以规矩来测量的。”这样的语句。郭沫若成仿吾诸人也常用“艺术之神”这样的字眼，其实这不过是平常的说话，并不足以决定他们是自称天才，或者自诩为“艺术之神”的宠儿。真正的艺术至上主义者是忘却了一切时代的社会的关心而笼居在“象牙之塔”里面，从事艺术生活的人们。创造社的作家，谁都没有这样的倾向。郭沫若的诗，郁达夫的小说，成仿吾的批评，以及其他诸人的作品都显示出他们对于时代和社会的热烈的关心。所谓“象牙之塔”一点没有给他们准备着。他们依然是在社会的桎梏之下呻吟着的“时代儿”。

他们被认为艺术派，大概由于他们对于写作态度主张得严格了一点。尤其是，成仿吾在《新文学的使命》里面有如下的一段，十分有被误解的可能：

> “我今要进而一说文学本身的使命了。
>
> 不论什么东西，除了对于外界的使命之外，总有一种使命对于自己。
>
> 文学也是这样，而且有不少的人把这种对于自己的使命特别看得要紧。所谓艺术的艺术派便是这般。他们以为文学自有他内在的意义，不能长把他打在功利主义的算盘里，他的对象不论是美的追求或者极端的享乐，我们专诚去追从他，总不是叫我们后悔无益之事。……
>
> 艺术派的主张不必皆对，然而至少总有一部分的真理。不是对于艺术有兴趣的人，决不能理解为什么一个画家肯在酷热严寒里工作，为什么一个诗人肯废寝忘餐去冥想。我们对于艺术派不能理解，也许与一般对于艺术没有兴趣的人不能理解艺术家同是一辙。
>
> 至少我觉得除去一切功利的打算，专求文学的全（Perfection）与美（Beauty）有值得我们终身从事的价值之可能性。”（下略）

这好象是倾向于艺术至上主义的表示，其实，不过是不满于“粗制滥造”而发出的一种高调。他们排斥模仿，鄙视不努力，要求对于艺术的严肃态度，不料旁人却给他们戴上“艺术派”的帽子了。

最近这几年来，五四时代的文学曾经有过一番新的估价。文学研究会被认为写实主义的一派，创造社是被认为有浪漫主义的倾向。

这也不过是个大概的区分。文学研究会里面，也有带浪漫主义色彩的作家；创造社的同人中也有不少的人发表有写实倾向的作品。但若就集团的主要倾向来说，这样的区别还相当正确。

茅盾说：

“文学研究会这个团体从来不曾有过对于某种文学理论的团体的行动，而且文学研究会对于它的会员也从来不加以团体的约束；会员个人发表过许多不同的对于文学的意见，然而‘团体’只说过一句话，就是宣言里的‘将文艺当作高兴时的游戏或失意时的消遣的时候，现在已经过去了’。”(《新文学大系·小说一集·导言》)



茅盾并下了一个解释，他说：

“这一句话，不妨说是文学研究会集团名下有关系的人们的共通的基本的态度。这一个态度，在当时是被理解作文学应该反映社会的现象，表现并且讨论一些有关人生一般的问题。”(《新文学大系·小说一集·导言》)

这里，“反映社会的现象”，当然要求着客观的态度和比较写实的手法；“讨论一些有关人生一般的问题”，自然崇尚理智的活动。这在先进国的写实主义作家是这样，文学研究会的作家当然也希望这样。

创造社也自称“没有划一的主义”，并且说：“我们是由几个朋友随意合拢来的。我们的主义，我们的思想，并不相同，也并不必强求相同。”但是接着就表明：“我们所同的，只是本着我们内心的要求，从事于文艺的活动吧了。”这，“内心的要求”一语，固然不必强作穿凿的解释；不过，我们也不应该完全忽视。这淡淡的一句话中，多少透露了这一群作家对于创作的态度。

《创造》季刊第一卷第一期卷首，郭沫若的《创造者》一诗中有这样的诗句：

“吹，吹，秋风！
挥，挥，我的笔锋！
我知道神会到了，
我要努力创造！”

在末尾，他又高唱道：

“我要高赞这最初的婴儿，
我要高赞这开辟鸿荒的大我。”

《创造周报》第一号卷首，郭沫若的诗《创造工程之第七日》上，也有这样的诗句：

“上帝，我们是不甘于这样缺陷充满的人生，
我们是要重新创造我们的自我。
我们自我创造的工程，
便从你贪懒好闲的第七天上做起。”

这里，神会，大我，自我，都和内心的要求相同，是充满浪漫谛克的气氛的。

在《少年维特之烦恼》的序引中，郭沫若曾说：

“我在此书中，所有共鸣的种种思想：
第一，是他的主情主义；
第二，便是他的泛神思想；
第三，是他对于自然的赞美；
第四，是他对于原始生活的景仰；
第五，是他对于小儿的尊崇。”

这些都正是歌德所以成为罗曼谛克的地方，而对于这种思想的共鸣，恰可以证明他也是个罗曼谛克。

歌德而外，海涅，拜伦，雪莱，基慈，恢铁曼，许果，斯宾挪莎，太戈儿，尼采，柏格逊，这些浪漫派的诗人和主观的哲学家也是他们所最崇拜的。其次，因为各人的偏向，有人喜欢淮尔特，也有人喜欢罗曼罗兰。这虽似乎偏向到两个极端，然而，在尊重主观，否定现实上，却有一脉相通之点。象征派，表现派，未来派，也都经创造社的同人介绍过。这些流派，实在和浪漫主义在思想上，是有血缘的关系。

创造社的作家倾向到浪漫主义和这一系统的思想并不是没有原故的。第一，他们都是在外国住得很久，对于外国的（资本主义的）缺点，和中国的（次殖民地）病痛都看得比较清楚；他们感受到两重失望，两重痛苦。对于现社会发生厌倦憎恶。而国内国外所加给他们的重重压迫只坚强了他们反抗的心情。第二，因为他们在外国住得很久，对于祖国便常生起一种怀乡病；而回国以后的种种失望，更使他们感到空虚。未回国以前，他们是悲哀怀念；既回国以后，他们又变成悲愤激越；便是这个道理。第三，因为他们在外国住得长久，当时外国流行的思想自然会影响到他们。哲学上，理知主义的破产；文学上，自然主义的失败，这也使他们走上了反理知主义的浪漫主义的道路上去。

然而，以上所说的不过是作家的个人环境；这不能造成一个文学运动的影响。创造社几个作家能造成当时那么广大的影响，当然还有它的社会的原因。

五四运动是中国的知识阶级对于近代文明发生了自觉的一种运动。这后面有欧战期间发芽开花的中国产业社会作背景。但是，中国的产业敌不住欧战以后重行进攻的列强的资本。所以，五四运动势不能不变成一幕悲剧。当时所标榜的种种改革社会的纲领到处都是碰壁。青年的智识分子不出于绝望逃避，便得反抗斗争。这两种倾向都是启蒙文学者所没有预想到的。创造社几个作家的作品和行动正适合这些青年的要求。创造社所以能够获得多数的拥护者也是这个原故。

中国的启蒙文学运动以后，创造社的浪漫主义和文学研究会的写实主义的对立的发展是值得注意的有趣的现象。同时，文学研究会的写实主义始终接近着俄国的人生派而没有发展到自然主义；创造社的浪漫主义从开始就接触到“世纪末”的种种流派。这当然是当时的社会环境所限制。若就现象来讲，这可以证明越是落后国家，反复作用越是急促而复杂的。霍尔的发生学说，在中国的新文学的发达史上，也可以应用了。

不过，在这里，我们应该加以注意，创造社的倾向虽然包含了世纪末的种种流派的夹杂物，但，它的浪漫主义始终富于反抗的精神和破坏的情绪。用新式的术语，这是革命的浪漫主义。它以后的发展在它的发端就豫约了的。

## 四

创造社初期的主要倾向虽说是浪漫主义，因为各个作家的阶层，环境，体格，性质等种种的不相同，各人便有了各个人独自的色彩。只就最初四个代表作家来看，各个的特色便很清楚。郭沫若受德国浪漫派的影响最深，他崇拜自然，尊重自我，提倡反抗，因而也接受了雪莱，恢铁曼，太戈儿的影响；而新罗曼派和表现派更助长了他的这种倾向。郁达夫给人的印象是“颓废派”，其实不过是浪漫主义涂上了“世纪末”的色彩吧了。他仍然有一颗强烈的罗曼谛克的心，他在重压下的呻吟之中寄寓着反抗。成仿吾虽也同受了德国浪漫派的影响，可是，在理论上，他接受了人生派的主张；在作品行动，他又感受着象征派，新罗曼派的魅惑。他提倡士气，他主张刚健的文学，而他却写出了一些幽婉的诗。在这儿个人中，张资平最富于写实主义的倾向，在他的初期作品还带着人道主义的色彩。

这部选集只限于创造社作家的小说——并且是短篇小说；在这里，我也只能讲些关于小说这一方面的话。以下，我要做更具体的说明。

郭沫若是以诗人著称的，但他写小说也很早。在创造社成立以前，他已经在《学灯》上发表过《鼠灾》，在《新中国》上发表过《牧羊哀话》。以后他还发表了十多篇短篇和一部中篇。他的小说可以分作两类：一类是寄托古人或异域的事情来发抒自己的情感的，可称寄托小说；一类是自己身边的随笔式的小说，就是身边小说。在后一类中也有用第三人称而比较客观化的，象《落叶》,《万引》,《叶罗提之墓》等，但依然是抒情的色彩很浓厚。这两类比较下来，寄托小说是更成功的，这里选了三篇：《牧羊哀话》,《函谷关》，和《Löbenicht 的塔》。《塔》和《函谷关》，作者也认为满意；《牧羊哀话》是他试作期的作品，他会感到意外吧。他自己曾经这样说过：

> “概念的描写，科白式的对话，随处皆是；如今隔了五年来看当然是不能满足。”（见《沫若小说戏曲集》）

但是，如今，隔了十七八年了，编者却将它选入，这也有原故：第一，自然是因为“其中的情趣尚有令人难于割舍的地方”；第二，因为这是作者最初发表的小说，我们可以看出作者发展的足踪。身边小说和他的诗很相近，主观的燃烧强烈地吸引读者。这里只选了《歧路》来代表。其实，粗豪奔放要推《湖心亭》，恢奇诡异要推《喀尔美萝姑娘》；因为篇幅关系，未能收入，是编者觉得遗憾的。

郁达夫的出世作是《沉沦》，因此他便被人送上了“颓废派”的称号。其实，《沉沦》,《银灰色之死》,《南迁》三篇只是特别环境中的一个青年的生活纪录。可是，从《茫茫夜》以后，他意识地写了一些变态性生活的短篇。到了北京，他便开始写狭邪小说了。这些小说的主人公大概是作者自己。他赤裸裸地将自己暴露出来，有时还要加上一点“伪恶者”的面目。他的大胆的描写，在当时作者中，是一个惊异。他也写了几篇寄托小说：象《采石矶》是很成功的一篇。富于社会问题的短篇，他也写过，可是作者依然是其中的主要人物，而且，写作态度也是很主观的，非常富于伤感的情调。这里，《沉沦》、《茑萝行》，代表他描写个人生活的作品；《春风沉醉的晚上》代表他的社会性的小说；《采石矶》代表他的寄托小说的倾向；《过去》是他的狭邪小说的代表作，也是他早年技巧成熟的作品。

张资平的作风，和沫若达夫迥不相同。他们两人都偏于主观，资平的写作态度是相当客观的。因此便有人称他是写实主义的作家。不错，他常常是写实的，但他所“写”的“实”只是表面的现象，不曾接触事实的核心。郭沫若在《创造十年》中曾记述着和他在福冈初次会面时的一段逸话：

“进了他的住房，六铺的草席上连矮桌也没有，只是有一条藤手箧，在手箧旁边散着几册书本。我顺手拿了一册来看时，是当时以淫书驰名的，《留东外史》。

‘你怎么在看这样的书呢？’

‘怎么，不好吗？我觉得他那写实手腕很不坏啦。’”

这句话就限定了他的艺术观；至少可以看出他的这种写实的倾向是很早的。后来又有一段谈话可作证明。郭沫若说：

“‘我们在研究自然科学，’我一面走着，一面这样说。‘只是在教我们观察外界的自然；我只想由我们的内部发生些什么出来，创作些什么出来。’

‘要创作，不也还是先要观察吗？’

资平这样地回答了我，我当时觉得他似乎没有懂得我的话，但到现在想来，这两句话正是两人当时的态度不同的地方。资平是倾向自然主义的，所以他说要创作先要观察，我是倾向浪漫主义的，所以要全凭直觉来自己创作。”

资平所说的“观察”，为一个文学家诚然必要。但文学家所要表现的人生社会，不比自然科学，光凭观察是不能够理解的。这一点似乎他当时还没有觉得吧。

后来，进了郭沫若的寓所，沫若把他的夫人介绍了，他才知道沫若是娶日本女子的，他回头用中国话对沫若说：

“你把材料提供给我罢，老郭，我好写一部《留东外史》的续篇。”

《留东外史》的续编当然没有写，但资平初期的作品大都是写当时留东学生的生活的。《学艺》上发表的他最初的小说《约檀河之水》，

《创造》上发表的《一班冗员的生活》,《她怅望着祖国的天野》,《孤军》上所发表的《银踯躅》等，都是这样性质的作品。我取了《她怅望着祖国的天野》，作为这时期的代表。回国以后，他最先找到职业，但因为他的负担太重，也不免对生活发生诅咒。他的一联的身边小说，便是这时期写出的。我们看见主人公为着家庭拖累，受了不少的气，发了不少的牢骚。这里，他虽然也还用客观的手法去写，可是主观的情感不时爆发。后来，他竟有时借题谩骂了。一个写实作家而有时免不了这样的态度，这证明了仅凭观察是抓不住现实的。描写两性间的纠葛是他最擅长的地方。在初期，他描写两性关系的小说，还提供一些社会问题。或者写义理和性爱的冲突，或者写因社会地位而引起的恋爱悲剧。《梅岭之春》是这种倾向中最好的作品。可是，性生活的观察渐渐地引他入了歧路。他写了不少的恋爱游戏的小说，他也发表了不少的变态性欲的作品。最深刻最悲惨的，我觉得是《约伯之泪》了。用悱恻的情调写儿童生活，也是他的长处，只可惜这样的作品并不多。《小兄妹》虽是一篇身边小说，我们也可以看出作者这样的一面：这里又选了《木马》一篇，代表他初期的人道主义的倾向。



资平和达夫的小说都很多，沫若虽不专写小说，可是为数也不少，并且他们都已出了全集，我在这里只能选入最有特色的几篇。

成仿吾是以批评著名的。他的小说只有四篇。《深林的月夜》是新浪漫派的小说。其余三篇都可算是身边小说,《灰色的鸟》是客观化了的作品,《牧夫》在收场加上了一个尾巴,《流浪人的新年》是随笔式的小说。这里选录了《流浪人的新年》和《灰色的鸟》两篇。

## 五

陶晶孙，何畏，方光焘，张定璜这四人都是最初参加的同人。滕固和创造社发生关系比较在后，可是在季刊第三期上已经有他的小说了。他们当时都在日本留学，陶，何，张三人的参加是因同学关系，方，滕两君大约是田汉的介绍。

陶晶孙在日本住得最长久。小学就是在日本读的。他用日本文写作恐怕比用中国文字还要方便些。他的第一部创作《木犀》，就是用日文写的。当时，留日学生中，几个爱好文艺的同学，组织一个同人杂志，名叫《格林》(Green)，《木犀》便在那上面发表。郭沫若觉得写得很好，才翻译过来，登在《创造》季刊。在创造社初期几个同人中，他的艺术才能最丰，而这才能又是多方面的。他能写作，他又通音乐；他对于美术有理解，他又能自己设计建筑；他是学医的，他又能观测天文。回国以后，他参加过戏剧运动，无论编剧，导演，照明，效果，他都可以干得；而他又是最初倡导木人戏的一个。他是这样多才多能的人，可惜他留下的成绩并不多。创造社的初期，他正在大学读书；后期的活动，他曾经参加，可是不久他又回到医学的研究室去了。他的创作，大约都收在《音乐会小曲》的一部小说集里面。在文学的理论，他并没有主张什么主义；但就他的作风看来，当然属于浪漫派。不过，他没有沫若仿吾那样的热情，也没有达夫那样的忧郁。在初期，他有点艺术至上的倾向。他保持着超然自得的态度。生活的苦闷，至少，在他的学生时代是不会有的。所以，他的初期的创作找不出个人的呻吟和对于社会的反抗。他自小离开了中国，他的言语表现颇富于异国的风趣。他的作品，因此颇带上了一种特独的香气。这里选了《木犀》和《音乐会小曲》两篇。

何畏，在同人中，也是很奇特的一个。没有出国以前，还是个小孩子，他曾在印刷所作过工。他在日本也住得很久。进了大学以后，他研究美学那样似乎很玄妙而实际干燥无味的学科。结果他不能满足，又转到社会学。社会学的各派学说，他都孜孜地钻研过一遍。和陶晶孙相反，他是喜欢理论的。在《创造周报》上，他曾发表过几篇论文。他的论文与其说是推论的，毋宁说是近乎独断。文章也很奇特，常多警语。他写的小说不多。这篇《黄昏》是他早年的作品，可是已经可以看出他对于社会问题的关心。

同样，在作品中显示着对于社会的关心的是方光焘。他的作品不多，大约他好研究学问，早把创作生活牺牲了。可是，只就《创造》季刊和《周报》上所发表的几个短篇，已经可以看出他是一个相当写实的人道主义的作家。我在这里选录了《疟疾》和《曼蓝之死》两篇。前者是写无知的贫苦人家的妇女在疟疾的暴威之下的挣扎，而唤起读者同感的是女主人公的母性爱。后者是写一只小猫的偶然的横死引起了钟爱它的几个小孩的悲哀。作者的虔诚的态度，朴实的作风，能在这些平凡的事实中唤起读者深刻的共鸣。

滕固也有比较写实的作风，他的题材却只限于自己周围的知识阶级。因为取材的切近，他的作品使人感到相当圆熟。人物的性格，事件的推移都很真实似的。可是主观的燃烧微嫌不够，因而缺乏迫力。《壁画》写一个美术学生单恋的失败。主人公的孤僻的性格描写相当成功，最后的自杀近于有意布置。在《二人之间》里面，作者想表示一种人生观，多少类乎不抵抗的哲学：弱者的胜利，强者的败北，在故事的结尾明白指出；可是在中国的社会，这未免太得理想。不过强者受了弱者的同情反而疑心暗鬼，益发故形孤僻，这段心理描写是成功的。

张定璜的《路上》是值得珍视的作品。这只是短短的一篇身边小说，也是他在《创造》上发表的唯一的创作。在创造社的同人中，张定璜和徐祖正两人，当时是专攻文学的。徐祖正潜心创作，在《创造》上发表了许多诗；后来写《兰生弟日记》的时候，已经和创造社隔离了。张定璜志愿批评，在机关杂志上却发表了这篇小说。只这短短的五千字的一篇中，作者简洁素朴的笔致显示出他在这方面也是擅长的。



这里可以附带提及的是郑伯奇。他虽然在创造社成立之初就是参加的一个，可是他始终自认是一个 amateur，从来没有为同人团体尽过力。对于文学，对于文学家，对于文学家的生活，他都抱着疑惧，更谈不到潜心写作了。同人给他的鼓励督促，都不能使他奋起。他却关心在一些不可捉摸的幻象。现在留下的几篇不成东西的短文章，都是在同人面前感觉到不能规避的义务，汗流浃背，勉强写下来的。《创造》季刊第一期发刊的时候，郭沫若郁达夫先后担任编辑，惨淡经营的苦状，他在旁亲眼看到，感到义不容辞，他才用东山的笔名，写了一个短篇《最初之课》。他要用笔名，十足地表示他当时对于文学的冷淡。后来，他又一次回到上海，看见郭沫若成仿吾诸人为《创造周报》劳碌，他又感到义不容辞，写了几篇论文和《忙人》一个短篇。在前期创造社的五年间，他所做的工作就是这一点。因此被他拉拢到创造社的人都要骂他没出息，不重要了。这些闲话当然是更不重要的事。可是，如今回想起来，他虽极力要避开文学，却始终在文学的周围兜圈子。就以从前写的东西来看，《最初之课》多少有反帝的意义，《忙人》不失为讽刺的作品。以后他意识到要从事文学，写出来的东西依然不脱这两种倾向。因一并收在这部选集里，来纪念既往的足迹。

## 六

创造社成立之初，不过十来个同人，其中最活跃的只有四个。虽然《创造》季刊出版，也有人注意，但影响毕竟还不很大。郁达夫的《夕阳楼日记》惹下了祸，郭沫若成仿吾迫得出来应战；这一场笔墨官司引起了许多人的注目，而同时创造社几个活动的同人也因此成了一部分人的标的。从此以后，笔墨官司打得更多了。他们有时，也由防御转成攻击，几次恶战的结果，使多少的青年团聚在他们的周围。本来，创造社的几个发起人都是留日学生，他们的活动不免有点“移民文学”的彩色；及至，国内发生了影响，多数青年参加了以后，创造社的基础也就更加稳固了。

《季刊》时代，后来已经有了几篇外来的投稿，但因刊行的不活泼，不能吸收多数的新的同人。后来，《创造周报》发刊了，接连着又出了《创造日》，创造社的活动顿形活跃起来，参加的人也就加多了。在那些刊物上，常常发现新的名字。在《周报》的《一年的回顾》里面，成仿吾曾说“有将近三十位朋友一心一德，原是愉快不过的”，这数目大致不会错的。在这“将近三十位朋友”的中间，也有写诗的，也有写批评的，也有写杂文的，也有几位小说写得不坏。成仿吾在《一年的回顾》里面说：

> “他们之中，我们尤其感激倪贻德，周全平，淦女士和敬隐渔四位。这四位好朋友的作品虽然还不能就使我们满足，然而他们是以一日千里之势在向完善之域猛进，他们成就一定不小。”

这是他在民国十三年国耻纪念日写的。在半年以前，他在《创造日》的《终刊感言》上，曾经这样说过：

"关于我们所选登的几篇小说，我也可以保证它们是水平线以上的作品。几个作者之中，尤以周全平与倪贻德二君为最有望。二君是这半年以来最杰出的新进作家；我们便只介绍了这两位无名的新进作家，也可以说没有空费了这一百天的努力。"

大约，在《创造日》的时候，周全平和倪贻德首先被发见了。到了《周报》后期（自《创造日》停刊以后至《周报》终刊为止）淦女士和敬隐渔两位最为活跃。此外，严良才，白采，洪为法也都发表过小说。我想在这里一并谈谈。

周全平和倪贻德差不多同时在创造社的刊物上发表作品。好象当时有人说周全平的作风近乎张资平，倪贻德有点象郁达夫。这大约是指周全平的手法比较写实，而倪贻德的作品富于感伤情调。然而这不过他们初期的作品的一种倾向吧了。后来，周全平埋头于事务，倪贻德专心于美术；给我们留下的只是他们初期的作品。现在我们也只能就这些留下的作品来作评价。



周全平的小说相当写实，并且还带着点人道主义的色彩，他又写过几篇关于小孩子的作品，这些都和张资平有点接近，但他毕竟年青，他的主观的情绪常常妨害他的客观的写实；他又常常受他的几个先进作家的影响，弄得他的作风不甚统一。象《林中》，象《爱与血的交流》都是在当时的浪漫的倾向之下产生的；但如《呆子和俊杰》和《落霞》，他却很想保持写实的态度。假使能把这两个倾向统一了，也许可以生出更好的力量，可是，这并不是容易的事。《烦恼的网》，就思想讲，虽无什么特点，可是写作品的态度很安详，不失为一篇好的童话。

和周全平比较下来，倪贻德的作风相当是一贯的。他始终保持着他的感伤情调。他也带着欷歔叙述自己的身世，有时还带点低调的愤慨。在这里我选进了他的《花影》，《零落》。《玄武湖之秋》是他的出头的作品，因篇幅关系只得删去。《花影》是写两小无猜时代的恋爱，充满着回忆的悲调。《零落》写一个旧家的没落，在伤感的情调中还运用着写实的笔致。

严良才的作品也富于伤感，可是他的笔致比较质朴一点。他的小说并不多，取材的范围也不广，他写了他的周围的人们的悲哀和一些无告的人们的苦痛。在浪漫主义高潮的时代，他的作品不会引人注目。他本还有发展的可能，可是以后他便不大写作了。《周报》上所发表的《最后的安慰》，可以代表他的作风。

白采在《创造周报》上只发表过三篇小说，可是他有他的特色。他精于心理描写，更好描写变态心理，而性的变态心理，他更大胆地做深刻的描写。他的主人都是变态的人物：不是偏执狂，就是被虐狂。《病狂者》不仅是他的一个短篇的题目，简直可作他的一切人物的总称。《被摈弃者》是一篇失恋的故事，主人公的病态的心理描写，在当时已算够深刻的了。

一样是欢喜写性的变态心理，叶灵凤便和白采大不相同。白采所刻画的是主人公的性格，那种变态性格的描写是有迫人的力量；叶灵凤所注意的是故事的经过，那些特殊事实的叙述颇有诱惑的效果。所以白采的作品比灵凤的深刻，而灵凤的小说比白采来得有趣。《女娲氏之遗孽》是写一个既婚的中年妇人对青年男子的爱欲生活。他把妇人诱惑男子的步骤和周围对于他们的侧目都一步一步地精细地描写出来。这和白采的《微青》相比，就可以看出两人创作态度不同。灵凤写小说是在《洪水》发刊以后，这《女娲氏之遗孽》更后，大约是在《幻洲》上发表的。



王以仁和创造社的关系，我不大知道，他的遗著（大约可以称为遗著吧）《孤雁》又编在文学研究会丛书之内；但他的思想，他的作风颇和创造社同人相近。在《孤雁》的《代序》上，他自己曾明白地表示过：

> “你说我的小说很受达夫的影响；这不但你是这般说，我的一切朋友都这般说，就是我自己也觉得带有达夫的色彩的；而且我在《流浪》那篇小说里面，写到在旅馆中经过困难的情形，竟然毫不留神的写了一段和达夫的《还乡记》中相同的事情。”

他又说：

> “仿佛是达夫说过的，——我又提达夫来了，这是我的嗜痂之

病呢。——孤单的凄清就是艺术的酵素；仿吾说，艺术是因为反抗这种孤单的凄清而生出来的。我觉得他们的话给我一个很深刻的印象。”(《我的供状》)

只就这两段话，我们就可以看出他的倾向，他的作风了。所以我觉得应该将他选入这部集子内面。

他的小说集《孤雁》，包含着六个短篇，完全是书翰体，都是写给径三（不知是不是蒋径三先生）的信。据他自己说：

“我的几篇不成材的小说便是我们幻想被现实打碎以后飞下来的水点。(中略)《孤雁》的事实，你猜说是我自己的事迹，我就承认是我自己的事迹吧。在前年暑假出来的时候，我实在是穷得这般利害的。《落魄》的事实却不是我自己的事迹了。不过写《落魄》的时候，我的心的确是非常的难受的。(中略)《流浪》和《还乡》是幻想着失业以后在外面飘泊着的情形；《沉缅》是幻想着回家以后在家中沉溺于酒精和赌博的堕落生活；结末的一篇《殂落》便是写到临死的情形了！在这六篇作品之中，我自己以为是有一贯的线索可寻的。KP 君，假如我的命运到了最恶劣的地步，我的幻想的结局，怕就是我真正的结局了！”(同上)

“真正的结局”究竟怎样，可怜竟没人知道：不幸的作者以后就失踪了！

这六篇作品之中，《流浪》和《还乡》两篇最深刻而又有真实之感，《还乡》的心理描写尤见成功。我选取了《流浪》，因为这可以代表他的整个倾向。

《父子》是洪为法在创造社时代所发表的唯一的小说，后来收在他的小说集《呆鹅》里面。初发表的题目是《他们是父子》，登在《洪水周年纪念增刊》上；大约收入集子的时候，改成了现在的题目，我便沿用了。他自己说：“自己想想，也真可笑，在这小说集中的几个主人公，实在无一不是呆鹅，不过呆的方面各有不同而已。”他的这篇《父子》也就写的这样可怜的人物。

楼建南的《爱兰》，曹石清的《兰顺之死》，都是在《洪水》上发表的。《洪水》已经不是一个纯粹文艺的刊物了，但时常也发表些诗和小说。这两篇小说都是写不幸的女儿的不幸的一生。前者的女主人公爱兰是一个年轻女仆，受了少主人的诱惑而失身，遂至被逐，堕胎，以至于死。这有点象托尔斯泰的《复活》的前半，颇有点罗曼斯的风味。作者的才笔在这里已经露了锋芒。后者的女主人公兰顺是“饱尝了一遍小媳妇以至卖淫妇等惨无人道的痛苦”（镒泉君语，见《洪水》）的一个不幸的女子。这里没有罗曼斯，只有赤裸裸的悲惨的现实。作者曹石清，似乎再没有发表过第二部作品，但他的素朴遒劲的写实手法使读者得到深刻的感动。

此外，还有在《创造周报》上发表过作品的淦女士和敬隐渔两位。关于敬隐渔，成仿吾曾说过：“敬隐渔君，一向没有时间，不曾创作小说，这回因《周报》就要停办，尽数日之力写了两篇。”他写小说很迟，后来的作品都收在文学研究会丛书内的他的小说集《玛丽》里面，所以茅盾将他的作品选入《小说一集》去了。淦女士也以同样理由，由鲁迅选入《小说二集》。这里用不着重复，只交代一句就够了。



## 七

以上所举的，并不是创造社的全部。创造社同人还有其他方面的成就。象郭沫若，王独清，穆木天，冯乃超的诗；田汉，郭沫若，李初梨的戏剧；成仿吾，郭沫若的评论；郁达夫，郭沫若的散文，在第一个丨年中，也都值得提及的。但，这当然不在本书范围以内。本来一个有浪漫主义倾向的文学团体，小说也许不是他们的所长。试拿郭沫若的诗，成仿吾的批评和他们自己的小说相比，当然他们的特长是不在后一方面。就以郁达夫而论，他的散文，抒情的直截真挚，有时还要突过他的小说。他们既然尊重主观，主张自我表现，自然不能冷静地观察事实，描写客观现象了。

可是到了《洪水》发刊的时候，情形就不同了。社会的动荡使作者不得不放弃一已的主观。郭沫若在他的创作集《塔》的前面，写着这么几句话：

"无情的生活一天一天地把我逼到了十字街头，象这样幻美的追寻，异乡的情趣，怀古的幽思，怕没有再来顾我的机会了。

啊，青春哟！我过往了的浪漫时期哟！我在这儿和你告别了！

我悔我把握你得太迟，离别你得太速，但我现在也无法挽留你了。

以后是炎炎的夏日当头。"

这段文章是一九二五年二月间写的。大约是他"到宜兴去"调查战迹，深深和惨酷的现实接触以后而下了决心。当时"中国的大势"，诚如他所说，"竟生出了一日千里的剧变"。这影响到下一代的青年更要利害。当时在《洪水》所刊载的，不仅是论说杂文都迫切地接触到现实。就是小说，也是社会性的成分，渐渐加多，并且在故事的里面，隐隐地提示出一些问题。曹石清的《兰顺之死》就是一个很好的例子。

为着种种原因，《洪水》以后各刊物的作品，这里所选的特少。不过下面的四篇，虽以篇幅关系删去，我觉得有补说一番的必要。



何道生的《学徒》，顾仁铸的《足迹》，在题材方面是值得注意的。创造社的作者取材于身边的居多，比较客观一点的也只描写知识阶级的生活。这两篇却不同。《学徒》，如题名所示，是写学徒生活的。福寿，一个没有父亲的穷苦人家的孩子，到一家帽子店去做学徒，受不了师父师母的虐待，借个机会逃走了。作者用了一半篇幅，写他在逃走的途中所遇的事情；这段很成功，然而学徒生活和所受的虐待，反而比较是概括的描写。大约因为一个少年单身冒险的故事富于浪漫情趣吧。这篇是在《创造日》上发表的。《足迹》发表在《洪水》上，是写一个钱庄的小伙计因为生活困难而窃取公款的故事。大年夜的前一天，均龄，这可怜的主人公，受着母亲和妻子的责备，债权者的辱骂，无论怎么也不能渡过年关；经过了内心的苦斗，那天夜里，他偷了一笔款子，不料由于雪中的足迹，他的窃案终被发觉。作者在前段着重在描写环境，后段用力刻画他内心的矛盾，而收场处因足迹而发觉的一节，还有点侦探小说的趣味。

汪宝渲的《秋雁》，和窈窈的《慈爱毁灭后》虽都是抒情的随笔式的小说，却正可以代表当时青年的两种趋向。一种消极的趋向可以在

《秋雁》中看出。抱玄生来是富于感情的青年，为反对旧式婚姻，脱出家庭；可是在情场失意后，他又感觉到家庭的可恋了。作者使他的妹妹这样唤醒他：

“‘不能因天性的爱把自己的幸福完全牺牲，也不愿为了自己的幸福抛弃了天性的爱。’哥哥，记着记着，牢牢地记着呵！

哥哥，归来呵！归来呵，哥哥！”

主人公是否归去，虽不晓得，但至少他已经走到回归线上了。《慈爱毁灭后》是正反对的作品。因为思想的冲突和时代的不同，主人公是挥着泪和他的父亲一代苦斗的。这篇恰如它的副题所示，是《一个从事社会改造运动的青年的零碎日记》，但这零碎日记真可说是血和泪的记录。这里有一群热心青年的行动，有兄弟姊妹联合着向家庭的作战，有父母的悲叹，有夹在母与子之间的妻子的苦衷，有顽旧势力的冷酷的压迫和嘲笑。而篇中处处描写父子两代彼此暗中想相互谅解而终于不肯妥协，尤使人感动。中间弟兄们瞒着家庭偷回故乡去散发传单回来的一段，把当时青年的浪漫情趣写得淋漓尽致：

“今天足足粟六了二十四点钟。因欲趁船至硖赶特快车，天未晓就起身。外出走过三校邻近的保宁寺（这是他们反对的目标，编者注。）时，忽想入内盗取供在寺里的元始菩萨的首级。进去后见了菩萨的凶相，不敢接近，只取了佛台上一颗包好的宝印。此印带至船中后，打开一看，里面是只木匣。我商量好一个处置的办法。建弟立刻题了首诗道：

中秋前一夜，月落五更时，

行到保宁寺，神前取印归。

欲问阿堵何所用，他时留蓄贼人头。

下面建弟还题着两句，叙出他的名字。他把这诗抄在一张纸上，装在木匣内，仍用红布包好。舟至硖石上岸后，复用报纸将印包好，上面写着寄给劣绅的姓名，旁边还注着‘中秋礼物’四字。所以此印就在硖由航寄回。

午后抵北站，即换车至江湾。报告了我们这次回去的经过；但没有道出那件新奇的浪漫故事。今夜是中秋良辰，我们合着江湾的同志，举行月下旅行。我们晚餐后，相偕趁车至炮台湾，沿岸缓步东行。清风，明月，浪击岸声，月映水光，说不尽自然的美妙；并且我们有歌，有酒，有谈，有笑，更觉兴高彩烈。'盗印寄印'的故事就在我们喝着酒时由我指手划脚地讲出。这次我们一直走到宝山才返。在待车时，我走至近站的木桥上，独坐着。前面江水默然伴着孤悬在太空的明月，几处伏着幽缓的虫声。在这寂寂的氛围里我不禁百感交集，流了几滴泪。"

这一段文字把当时青年的反抗的活动的多感的罗曼谛克的气质完全描画出来了。



## 八

最后，关于编选的体制和范围，讲几句话。

本书只选"第一个十年"中，创造社同人的小说，就创造社来讲，是初期同人的小说，所以，后期创造社的作品，这里不能选入；小说以外的作品，也不能选入。

编选时注意作者的特色和发展的径路；所以，许多多产的作家，这里只选取了几篇足以代表他们的倾向的作品和最初的作品。他们的杰作不能全部网罗，这要请原作者并读者鉴谅。

创造社同人，除机关杂志外，在外边的杂志（如《学艺》,《孤军》,《民铎》,《少年中国》,《东方杂志》等）或报纸副刊（如《时事新报》的《学灯》,《北京晨报》的《副刊》等）上，也发表过不少作品。本书所选入的，大都取自同人杂志；有时也由单行本补充。副刊和外边的杂志没有去搜寻，但，主要的作品，自信是没有遗漏的。

创造社的机关刊物，最初是《创造》季刊（一九二二年五月——一九二四年一月）；在《季刊》的二卷一期之后，为《季刊》发刊的周年纪念，出了《创造周报》(一九二三年五月十三日——一九二四年五月十三日）；又在《周报》出版了十期之后，发刊了《创造日》(一九二三年七月二十一日——一九二三年十月三十一日）。结果是《创造日》先停刊，《季刊》也只出到二卷二期，最后，《周报》在满一年的时候也停顿了。在一年多以后，《洪水》才出现。第一年的《洪水半月刊》（一九二五年八月——一九二六年八月）由周全平，洪为法，叶灵凤几个人主编，是文艺和政治的混合刊物。在这中间，创造社出版部成立了。在一九二六年三月，《创造月刊》才又以纯文艺刊物的面目登场。但这时候新文学运动的第二个十年已经开始了。本书所选的范围以《洪水》第一周年为止。《月刊》以后的作品便没有选入。

选自《中国新文学大系·小说三集》，上海良友图书印刷公司
1935年8月15日初版

# 我的作诗的经过（摘录）

郭沫若

在这儿我顺便要插说两件事体，一件是我说“翻译是媒婆”，一件是郁达夫最初为《创造》季刊登预告时的广告文中有一句牢骚话，说“有人垄断文坛”。这两件故事，都是因李石岑而发的。我在上面已经说过，李君对我每每加以冷遇，有一次把我一篇自认为煞费苦心的创作登在了一篇死不通的翻译后面，因而便激起了我说“翻译是媒婆，创作是处女，处女应该加以尊重”的话。这话再经腰斩便成为“翻译是媒婆”。这使一些翻译家和非翻译家恼恨至今，一提起这句话来，就象有点咬牙切齿之痛。恨这句话的人有好些自然知道是出于我，但有大多数我相信并不明这句话的来源，只是人云亦云吧了。但其实“翻译”依然是“媒婆”，这没有过分的“捧”，也没有过分的“骂”。“媒婆”有好的有不好的，翻译也有好的有不好的。要说“媒婆”二字太大众化了有损翻译家的尊严，那就改雅致一点，改为“红叶”，为“蹇修”，或新式一点，为“媒介”，想来是可以相安无事的。单是说翻译，拿字数的多寡来说，能够超过了我的翻译家，我不相信有好几个。拿着半句话便说我在反对翻译，或创造社的人反对翻译，这种婆婆妈妈的逻辑，怕是我们中国的特产。

达夫的“断垄文坛”那句话也被好些多心的人认为是在讥讽文学研究会，其实是另外一回事。在一九二〇年前后，达夫在成为创造社同人之前，有一个时期是民铎社的社友。民铎社那时出着一种杂志就叫《民铎》，是李石岑在主编。李之于《民铎》颇有点独裁者的形势，因此他们社里人都对他啧有烦言。又加以李在编《学灯》，达夫在一九二一年初头做了那篇处女作（？）《银灰色之死》，寄给石岑，要他在《学灯》发表，然而寄去三个月，作品不见发表，连回信都没有。鼎鼎大名的郁达夫先生在未出名时也受过这样的冷遇，这是富有教训意义的一段逸事。这事是那年的六月我们为创造社的组织聚首在东京时，他亲自向我提起的，并叫我回上海后从李处把那篇小说稿取回。然而在我六月尾回上海后，不久那篇小说却在《学灯》上和世人见面了。这些便是使达夫先生写出了“垄断文坛”那句话的动机，那时李石岑还没入文学研究会，郁达夫也和文学研究会的人没有交涉。我相信他写那句话时，并不会有文学研究会存在他的意识里面。然而不幸达夫是初回国，对于国内的情形不明，一句无存心的话便结下了创造社和文学研究会的不解的仇恨。

一九三六年九月四日夜



原载 1936 年 11 月 10 日东京《质文》月刊第 2 卷第 2 期

# 二十年代的一面*

## ——郭沫若先生与前期创造社

郑伯奇

新文学的历史不过二十多年。但在这短短的过程中，作者的变迁，社团的盛衰，思潮的起伏，刊物的兴废，在在都已使人有恍若隔世之感。当年曾起领导作用，留下重要业绩，而现在依然孜孜不倦，向前迈进的作家，真是寥若晨星。在这寥落的晨星群中，郭沫若先生始终放着巨大的光芒，这该没有否认的吧。

从新文艺运动开始的时代起，沫若便是一个最努力最有成绩的作家，又是一种主要倾向的代表者。他先在新诗方面获得了空前的成功，然后由诗而戏曲，而小说，而文艺理论，在这些部门，他都留下了显著的作品。五卅以后，他的兴趣和活动早经超过了文艺的范围了。他直接参加了革命的队伍。近十年来，他埋头于中国古代社会的研究，为中国的历史科学开拓了一个新天地。回顾这二十五年间，沫若的精神活动实在是多方面的，而各方面的成绩又不容许轻易估价，所以，笔者的这篇芜文，只是将他的初期的文艺活动，就记忆所及，做一片段的叙述而已。

笔者最初发现沫若这个名字是由于日本报纸登载了他的《死的诱惑》一首短诗的日本翻译。当时的中国的新文化运动和新的文艺作品开始引起了日本少数知识分子的注意。沫若的那首诗，就被大阪《朝



* 本文经本书编者根据《文坛》及《参差集》作了校勘，择善而从，并订正了个别文字。

日新闻》（也许是大阪《每日新闻》吧）当做新诗的标本而首先介绍过去了。这中文日译诗使自己发生了意外的疑问：刚才萌芽的本国的新诗已经进步到这样程度了吗？这引起了自己寻读这位诗人的别的作品的兴趣。后来在上海《时事新报》的《学灯》栏里，发现了署名沫若的许多新诗，诗人的强烈的情感，伟大的想象，优美的韵律，丰富的辞藻完全使自己倾倒了。关于诗人的身世，由于篇尾所署的地名，仅仅能够推测他是住在日本福冈的中国人而已，此外则一无所知。

大约在《三叶集》出版前后，田寿昌兄到京都来看我。寿昌是震旦同学左舜生兄在长沙读书的老同学。因为舜生来信介绍，到东京的时候，我曾访问过他。那时，寿昌已经成了新文坛的活动分子。东京留学界中爱好文艺的青年大都和他来往。就在他那小石川区的寓所里，我初次会见穆木天兄。他又再给我介绍《咖啡店之一夜》的主人公，而引我和李初梨兄见面，这回他来京都，除了看我和游山水而外，还有一个主要目的，就是到福冈去看沫若。由于他的叙述，我才知道自己爱读的诗人沫若就是两三年前曾慕韩兄常常说起的那位郭开贞先生。



曾慕韩，左舜生，李幼椿，黄仲苏诸兄都是自己在上海震旦读书的旧同学。我们都讨厌当时教会学校的那种恶劣空气，又看不上上海同学的那种浮薄态度，便自然而然地形成了一个小集团。在预备班毕业的那一年，学校发生了几件令人不平的事件，尤其是开除了在自修时间看杂志的一位同学更引起了大家的公愤。风潮虽没有闹起来，可是我们这几个人都决意放弃这个学校了。慕韩、舜生、仲苏先后辍学，我和幼椿勉强毕业，也不愿再读高级班。学校对我虽有免费升学和将来派送法国的优厚条件，也不能动摇我的决心。从此大家星散了。自己回到了家乡。以后慕韩到了东京，屡次来信劝我去日本。当时因为欧战关系，留学日本成了唯一较好的途径，我在故乡几位老朋友的帮助之下，取道上海东渡。慕韩得到消息，冒雨到横滨来接我。后来，慕韩和我在东京郊外千驮谷同住过一个时期。他常常对我提起他的旧同学郭开贞是怎样聪明好学，而可惜无法为我介绍，因为他远在冈山的六高读书。我也觉得非常遗憾。有一次，他给他寄了一本德文的斯宾挪莎的《埃迪加》，他很得意地说，这位朋友只学了两年多的德文，已经能读这样艰深的哲学书了。这更提高了我的结交的愿望。可是如今自己明白了，现在自己爱读的诗人正是以前深愿结识的朋友，我将这段经纬说明了以后，寿昌自告奋勇，愿为我们居间介绍，这使自己感到意外的高兴。

寿昌住了三天，便去福冈。那天，天色微明，我便送他到车站去。看见载着他的列车出发了，我满怀着轻淡的别愁，慢慢地走了出来。天色还很早。街上只有三三两两的学生和劳动者。电车道上时而有一辆一辆的电车慢吞吞地走过。我不坐电车，沿着幽静的东山，穿过圆山公园，向自己住宿的吉田山走去，在冈崎公园的运动场上，看见几个店员模样的小伙子在打棒球，一种"力的感觉"袭击了我的身体，动的韵律和诗的辞句，在我的脑海中，起了发酵作用。我赶快回到下宿处，急忙展开了"卷纸"，将这些断断续续的言语录了下来，在这些长短不齐的行子前面，我加上了"别后"两个字，这是我冒渎"缪司"的第一遭。我马上把清写出来的稿子，加了一通信，寄给在沫若家中作客的寿昌。我希望他也给沫若看看，并望他们肯加以修改。回信很快就来了。诗中的字句有几个地方略经移动。沫若却直接附信给我，鼓励我发表。那首拙诗就在这种鼓励之下，送到《少年中国》上去登出来了。这可算作自己最初的文艺写作，而实际是这样开端的。



从此，自己和沫若便通起信来了。两人的结交意外地非常容易，而且，经了几次通信之后，相互的了解便很迅速地加深了。自己写点东西，总先求他指正，然后发表，他对于这未曾见面的新朋友，常常很恳切地予以批评和鼓励，有时候，他也寄来一些尚未发表的新作品，使我得先睹为快。

由于沫若的介绍，自己认识了成仿吾兄，沫若的来信对于成仿吾的人格学问非常推重。并寄来了仿吾的小说《流浪人的新年》，叫我读了以后，写一点感想，好在卷尾已经有了沫若，达夫和另外几个人的评语，我便大着胆子也写上了几句，这样的做法可能扩张成为一种回览式的同人杂志，可惜大家住得很分散，功课又很忙，这样业余的组织无法实现。

自己认识郁达夫兄也由于沫若的介绍。记得在上海会面以前，我们好象已经通过几次信了。

这样，以沫若为中心，创造社初期的几个朋友都发生连系了。——不，这话颇有语病。创造社初期的几个主要作家之间，本来自有连系：沫若，达夫和张资平是一高预科的同班，仿吾跟沫若是六高的同学；而大学时代，只有沫若在福冈的九洲帝大，其他三个人都在东京。同学而又趣味相投，比这更密切的连系怕再没有了。不过，自己跟创造社初期的这些朋友的连系，却完全由于沫若的介绍。

但是，创造社毕竟是以沫若为中心而建立起来的，这是不容否认的事实。本来，象创造社这样的团体，组织不拘形式，社员又无须拉拢，似乎应该很便当了，然而实际上却大不然。这种自由结合的组织，成立以前需要有人热心地去打基础，成立以后更需要有人耐心地去支持和推动。若没有一个中心，组织不易成立，成立后更难于维持。沫若对于创造社的功绩，不止是起草社章，号召同志，交涉杂志丛书的出版而已；充实刊物，处理人事，以至对于外来攻势的防御，这一切都有赖于沫若的苦心和努力。这样说法丝毫不是藐视其他朋友的才能或者抹煞其他朋友的业绩的，这只是正确地说明，沫若的工作对于创造社是如何的重要吧了，至于机关刊物的支持，《洪水》半月刊的产生，创造社出版部的成立，这些都是以沫若为中心而实现，那更是彰明较著的事实了。

沫若虽然对于创造社这样尽力，然而沫若的文坛地位并不仅仅依靠创造社而后获得的。事实上，创造社宣告成立，《创造》季刊尚未问世的时候，沫若在中国新文坛的活动已经有三五年的历史。这些年的写作已经给他建立了文坛的地位，他已经成为大众公认的第一个新诗人了。所以我们应该承认，创造社的建立和机关刊物的出版多少是由于沫若的文艺活动促成的。说句浅薄话，假使没有沫若在新文坛的成功，赵南公是否肯找他呢？没有泰东书局的合作，创造社杂志和丛书至少那时候是无由实现的了。

当然，创造社那样一个文艺团体的产生却也不能完全依靠沫若一个人在文坛上的活动。那时候，创造社初期的几个主要作家早已到了一显身手的时机了。在《创造》季刊出版以前，达夫先已在《学灯》上发表了《银灰色之死》而唤起一部分文坛人的注意，编辑丛书的时候，他拿出了他第一部短篇小说集《沉沦》，其中有大部分是早经写好尚未发表的成稿。同一丛书的《冲积期化石》也是张资平早经写成的长篇。仿吾虽然还没有发表过什么，可是他的《流浪人的新年》是大家公认为优秀的作品。而且，他老早就期待着能在自己的刊物上，将新文坛的种种不正确的倾向，毫不忌讳地痛下批评。大家早有了一个自己刊物的要求，所以一有泰东书局那样的机会，《创造》季刊便很快地出版了。

不过，《创造》季刊的出版却不是泰东书局的原来计划。其初，赵南公本想请沫若主持编辑部来改变泰东的整个作风。这计划固然很好，但却不易实现。因为，那时候，为了迎合潮流，泰东已经请了几位编辑，编印着两种"新"字牌号的杂志：一种是《新人》由王无为（后改为王新命）先生主编，一种是《新的小说》由张静庐，王靖两先生先后主编。沫若初到泰东，南公叫他将《新的小说》接手过来加以改革。这是不可能的，而且沫若的本意也并非如此。沫若主张以创造社同人为基础，另外从新编刊一种大规模的综合性的文艺杂志，南公却不免有点踌躇。季刊和丛书同时出版，乃是双方让步的结果。那时，仿吾已经回到湖南，资平远在广东，只有沫若一个人和书店折冲，不免有点孤独之感，所以他写信到日本去，叫达夫和我回国来商量。达夫本有回国计划，我在暑假中空闲无事，我们两人便先后回到上海来了。

在四马路泰东书局的总经理室里面，我第一次见了沫若。广额，方脸，一双神彩奕奕的眼，十足地表现出一个聪明而又富于热情的性格，方整的身材和广阔的胸围则又显示出他的体格的健康，这不是一个文弱的书生而是一个勇敢的斗士，我深深地得了这么一个印象。当时他住在马霍路德福里内泰东的编辑所，我也便搬到那里去住。在那里，还会到张静庐，王无为，王靖和沈松泉诸先生，当时，静庐主持出版事务，松泉担任校对，他们两个人对于沫若和我的态度都还不坏，沫若为了帮助他们，曾为他们翻译了一本安徒生的童话，不久静庐和松泉同时离开泰东，因此惹起了一点小小的误会。这事情，静庐在他的自传里面曾经辩明过。我也为静庐所编的杜威讲演集，代他写了一篇序文。王无为是寿昌的老朋友，对我们取着不即不离的态度，只有王靖因为《新的小说》问题，心中不免有些芥蒂。在编辑所内，我们坚持着闭关自守政策。

关于创造社的方针，沫若本同仿吾已经商妥了以后的步骤，我完全赞成。因为我们的人手不多，所以决定先出季刊。又因为季刊出版的距离太长会影响到书局的出版事业，所以决定同时编印丛书。沫若将这计划通知了达夫和其他朋友，希望多来些稿子。一方面，沫若在上海先着手工作了。他编好了他的诗集《女神》，校定了他翻译的小说《茵梦湖》，便开始翻译歌德《少年维特之烦恼》。我住定以后，也就着手翻译古尔孟的《鲁森堡之一夜》。

夏天，上海的弄房堂子本来很热，泰东的编辑所实际上又兼着宿舍和堆栈，我们初到那里更谈不到什么工作的设备。每天，我们两个人在会客，吃饭兼打包的厅房里面，对坐在一张饭桌，冒着炎暑，做着绞脑浆的工作。我遇到心思烦乱的时候，就跑出去游玩或看朋友，沫若却除了看报和吃饭以外从来不大休息。他翻译得很迅速却又非常仔细，往往为一个单字或一个熟语，会花费很多的时间。每日译好了一段以后，他还是反复地诵读几遍，三番五次地加以推敲，然后才肯罢手。他的细心和耐性使我佩服，他的精力更使我惊叹，看见他的工作态度，自己常常惭愧，觉得象自己这样羸弱而又缺乏耐心的人真不配作一个文艺工作者。

但是，实际上，我们的主要任务还是在于实现文艺刊物的计划。朋友们寄来的稿子渐渐地多了起来，沫若便着手编辑《创造》季刊的创刊号了。因为这是第一炮，大家都希望能够放得响亮一点；因此，沫若的编辑态度特别审慎，他的取舍的标准也比较严格。有些稿子，他曾经仔细地加以修改；有些稿子，也曾经再三地考虑而终于暂时放弃。这样严格选择的结果，创刊号的稿子显然不够了。为了充实篇幅，沫若一面写信给达夫，资平及其他住在东京的朋友再求寄稿，一面他自己在这大热天里赶写了几篇较长的稿子。笔者去上海时，只带了初次习作的一个短篇小说《最初之课》，沫若读了之后，没有说什么，便编进创刊号的目录里面去了。这样东西，与其说是小说，毋宁说是感想随笔之类；现在读去不禁汗流浃背。发表时署名为“东山”，只是纪念写作的地方而已，却没有怕难为情的意思。在大体上，《创造》季刊的创刊号就是这样由沫若在这暑假内编好了的，只等达夫由东京再带来一些新材料，共同作一番最后的决定，便可付印了。

当沫若的工作大致告一段落的时候，达夫由日本回来了。泰东编辑所内的创造社同人便由两个变成了三个。达夫在上海本有亲戚的家里可住，他搬到马霍路来完全是为了创造社和《创造》季刊的原故。后来，他在这编辑所内被偷去了一笔相当数目的款子，这却是起初没有想到的。

达夫给我的第一个印象，是一个绝顶聪明而又富于文士风趣的人。虽然性情不同，我们却谈得很投机。他的铺位安置在我的住房外面的客堂里，早晚见面谈话的机会比较多。沫若去日本以后，泰东编辑所的客人只剩下我们两个了，更添上了一种"惺惺惜惺惺"之感。我们两个人常沿着静安寺路一带散步。他带我到大马路的茶楼去吃茶，他引我到虹口的外国旧书铺去看过那巨眼褐发的犹太女郎。他的风度潇洒使人羡慕，他对于西洋文学的丰富知识使人佩服。他常常称赞英国浪漫时代的诗人来汗特的一生。他屡次表示他自己愿作文坛上的这样一个交游广阔的人物。就他在中国文坛上的交游和声誉来讲，他早年的这种素愿的确是已经圆满地达到了。



达夫到了以后，大家就商议《创造》季刊创刊号的内容。他既没有什么不同的意见，因此，只在沫若所拟的目录上，加上达夫带来的新稿，便作了最后的决定。

创造社丛书的编辑也是沫若负责的。他的第一部诗集《女神》是创造社丛书的第一种，也是中国新诗集出版的第一次。在出版的当时，大家都感到非常兴奋。笔者那时候曾在《学灯》上发表了一篇类似读后感之类的批评文字，居然也引起了一部分朋友的注意。甚至有人勉励自己多写点这类文章，这更提高了自己从事批评的妄想。这一点可以说明当时文坛对待批评的殷切了，然而笔者始终没有成为一个批评家。

达夫的第一部小说集《沉沦》也收在创造社丛书中，这虽然只收着三个短篇小说，当时的确曾经哄动过。达夫自己很兴奋，常常笑着说"沉沦以斯姆，沉沦以斯姆"。我答应给他写一篇批评，而终于没有实践，现在想起来，还觉得对不起他。

这暑假中，大家都忙于工作，但是谈话，散步，休息，游览的乐趣却也足以使人回忆，尤其是当我回上海不久，曾和沫若两人作过一次无锡镇江的短期旅行，至今犹有比较鲜明的印象。当时，朱谦之先生住在无锡惠山，我们的无锡之游一半也是为了他的邀约。他的住所是一家破旧的祠堂，我们便在他那里住了几宿。那里是绿水一泓，树木苍翠，的确不失为很好的消夏场所，但是蚊子太多，我们又没有避蚊的设备，因此后来沫若回到上海，竟害了一场很厉害的疟疾。谦之招待我们非常周到，并给我们介绍了许多朋友。我们在那里认识了袁家骅先生，一位富于情感的纯洁青年，以前有一个时期曾为创造社的刊物经常寄稿。又因袁家骅先生而认识了孙寒冰顾绶昌诸先生，当时家骅在师范学校的同学。沫若对于青年朋友，时时存着一种警惕，深恐对方期待过高，接触以后反而容易引起幻灭的感觉。因此，他有意地不去积极的和青年接近。但是，一般青年朋友却都愿意接近他；而且和他接近过的朋友对他都有很深的印象。这大概是他的热情和战斗性能够特别地吸引青年吧。在无锡住了几天，我们顺便乘车到镇江去。我们只游了金焦二山，却受尽了和尚的虐待：金山寺的和尚每开一道门便勒索一回“买路钱”；焦山的和尚在我们面前摆开一本大缘簿，并且列举了康南海等几个大善士，叫我们也照样布施。旅馆里是野鸡跳梁，我们这两个书呆子只有退避三舍了；却不料又招来了茶房的白眼。我们是眼中饱尝了山水的清景，心头却饱吃了人间的闷气。就这样抱着矛盾的心情，我们又挤上了煤黑的三等车，直接回上海去了。

《创造》季刊创刊号的内容决定了以后，沫若便把一切编排上未完的事务托给达夫，不久他就去日本了。达夫和我还在泰东编辑所内作了一个时期的食客。等到季刊编排就绪，《沉沦》出版问世已经是夏尽秋来的时节了。达夫乘轮西上赴安庆去教书。我将《鲁森堡之一夜》的译稿交给泰东，带了赵南公赠送的八十元的路费，也买轮东渡重到日本读书去了。

《创造》季刊的创刊号直到翌年五月一日才出版。不料达夫的《夕阳楼日记》和他所写的编辑后记，因为指摘了不良的翻译，竟触犯当时新文化运动的权威者胡适之先生。季刊一出世，招来了这批人物的恶意的谩骂。沫若仿吾两人为了应接这次挑战，曾花费了许多气力。他们的学识和论战的态度，博得了一般读者，尤其是青年朋友的好评。

这次论战虽由于对方的自尊心而未能发展下去，可是创造社和《创造》季刊的地位却因此得到了较高的评价。

《创造》季刊的编辑，以后便由沫若达夫仿吾三人轮流负担，而实际上负责最多的仍旧要算沫若。

也许有人要问，当初为什么不出月刊呢？这理由很简单，就是大家很慎重。第一，大家都怕自己力量单薄，担负不起一个月刊。其次，对于发表作品的态度，大家都很严肃，宁愿三个月发表一次，给编者以严加选择的余地。事实上，那时候，就是业经成名的沫若达夫仿吾资平也都还未曾由大学毕业，其他许多朋友，不是刚进大学，便是正在高等学校读书，既没有写作的时间，更缺乏发表的勇气。笔者便是这样的一个人。自己虽然在《创造》季刊上也露过几次面，但在这期间，一方面忙于学校的功课，同时又因为“少年中国学会”的朋友发起了一种通讯运动，自己便用“虚舟”的笔名，经常给《新闻报》撰写特约通讯了。这样匆促繁乱的生活当然杀害了文艺写作的情绪，结果，自己便成了一个有名无实的社员，对于这样的社员，沫若从来不加苛求，而只将工作的负责加在自己的身上。他的负担因此便更加重了，回想起来，如今犹觉惭愧。

新文艺运动的开展和创造社所引起的巨大影响，使沫若仿吾达夫诸人不能长此冷静下去。三个月才出版一册的《创造》季刊再也不能满足读者的希望。在这样的情况之下，《创造周报》便应运而生。本来，周报并不是用以代替季刊的，作为高级的理论和创作的杂志，季刊是依然存在着。周报不过是适宜于战斗的一种轻便的刊物而已。但是，因为周报的工作繁忙，加之不久继着周报又孳生出了《创造日》，更是忙上加忙，在这一个时期，《创造》季刊差不多是等于停顿了。

《创造周报》一经发刊出来，马上就轰动了。每逢星期六的下午，四马路泰东书局的门口，常常被一群一群的青年所挤满，从印刷所刚搬运来的油墨未干的周报，一堆又一堆地为读者抢购净尽，定户和函购的读者也陡然增加，书局添人专管这些事。若说这一时期是前期创造社中最活跃的时代，怕也不是夸张吧。

这时候，沫若仿吾达夫三人都在上海。沫若并且下了破釜沉舟的决心，把家小也搬回国了。周报这样受到社会的欢迎，大家都很高兴，可是生活依然是一块很重的石头压在各人的肩上，杂志销路固然很好，可是，为了维持一个千疮百孔的破落书店，这还感觉不够，至于作家的生活问题，老板那里会顾及呢。物质生活的困难迫得大家不得不接受一个外来的提议：就是给《中华新报》包办一种每日出版的副刊，这就是《创造日》。每月的稿费和编辑费一共是一百元。编辑由达夫承担。当时每月百元的收入对于达夫的确是不无小补。但是，达夫既然主编《创造日》，对于《创造周报》自难兼顾；仿吾又须处理编辑上的一些琐细事务；结果，写文章的重担子便又落在沫若的身上了。当时，沫若的活动真是值得惊异的。差不多每期周报上，都有他的文章，不是诗便是小说，不是创作便是评论，不然便是翻译。对外的笔战也都是由他一马当先。至于这场笔战，是由自己引起的，或是由别的朋友引起的乃至由于毫不相识的朋友所挑起的，这在他无甚关系。他之参加笔战，主要地是为了主张公道。不料，争论的对方，竟有假借名义虚构事实，俨然学村妇骂街的。现在偶一翻阅当时的旧报纸杂志，还会使人发生一种非常不愉快的感情。



周报和《创造日》上，出现了许多新作家的名字，周全平，叶灵凤，淦女士，倪贻德，严良才，白采，邓均吾，柯仲平及敬隐渔诸先生都是在这个时期中露出头角的新人。这些生力军的出现，给创造社的活动上，自然添加了不少的力量，扩大了不小的影响。这个事实又表明了创造社不只是一部分留学生出身的文艺作家的小组织，而是在中国的文艺青年中间已经生了根的文艺集团了。这是创造社在文艺运动上获得成功的具体表现。这些青年作家参加到创造社的阵营，十有八九是对于沫若个人发生了特别的联系。沫若的作品，尤其是沫若所表现的那种反抗的斗争精神，的确对于当时的青年有非常强大的吸引力。青年作家由于他的号召而参加到创造社的旗帜之下是极其自然的事。沫若对于青年作家的关心和帮助也异乎寻常。沈松泉在泰东当校对的时候，沫若因为他的诗还写得不坏，曾经计划带他到日本去读书。周全平的生活很引起了他的同情。记得有一次，为了周全平的一点稿费，他由哈同路步行到提蓝桥那边，给他亲自送了去。象这样的举动，在热情的沫若，是一点也不稀奇的。

当《创造日》刚告结束，《创造周报》渐近末期的时候，自己由北方到了上海。这是日本地震那一年的秋冬之际。那一年的暑假中，我和几个同学到刚从日本手中接收回来的青岛去消夏，暑假将满的时候，日本的东京及关东一带地方发生了大地震。东京几乎毁灭。各地的损失很重。情形虽不甚明了，开学似乎是延期了。我便趁这机会，先到北京会见了沈尹默张凤举诸先生，又到承德邯郸去探望胡笠僧刘允臣等多年不见的老朋友。后来便由京汉路取道去武汉，转乘轮船东下，到上海已经是深秋了。当时达夫已离沪北上。沫若和仿吾都住在哈同路民厚里。沫若的太太和小孩也住在那里。我仍然到马霍路的泰东编辑所去作寓公。在那里，我认识了邓均吾先生。均吾那时在泰东担任校对，可是他的音节美丽的抒情诗，很受沫若推重，已经成了《创造周报》和《创造日》的重要写稿者了。我们虽是初见，却处得很好。并由于均吾的介绍，我认识了沉钟社的陈翔鹤先生。均吾翔鹤都是川人。此次入川，都在成都遇到，偶而谈到当年上海的情形，彼此都有不堪回首之感。当时沉钟社是新兴起来的青年作家团体。他们的倾向跟创造社很相近，可说是创造社的一支友军。

这次到上海后，自己住的时间并不算长，但对于创造社没有尽过自己应尽和能尽的力量，确实是非常惭愧的事。那时候，经了长期战斗之后，沫若和仿吾多少不免有点疲劳。沫若正在翻译尼采的《查拉图斯特拉如是说》，继续在周报上发表。仿吾除了编排和跑印刷所以外，只有余力写点短小批评论文。达夫是到北京教书去了。自己一到上海，大家都很高兴，以为可以给周报上多写点文章了。在上海小住的那几个星期，仿吾常常到马霍路来等着我的稿子。说起来很惭愧。自己虽走过北京武汉各文化都市，并看见了许多文艺界的朋友，可是对于当时文艺界的情形和文艺运动应取的方向却十分茫然。因为给《新闻报》写了二三年的通讯，在北方又听了一些政局有关的消息，就凭自己一点单纯的政治感觉，发表了一篇论文:《国民文学论》，这篇论文是非常粗杂杜撰，可是在当时也并不是毫无时代的社会的根据。当时正是大革命的前夜，民族解放的浪潮渐渐高扬起来了。全国都热烈地期望着一种统一的革命势力来完成这民族解放的伟大事业。一般人对于文艺界的期待也在于提高这种情绪，促进这种革命的实现。“国民文学”是在这样的氛围气之中，预感着这样的期待，笔者在不完全的思索之中，所杜撰出来的口号。笔者没有正确地把握着时代思潮的主流和革命势力的动向，只提出这样空洞的名词，不仅意义含糊，且有妨害文艺运动正常发展的危险，这是非常遗憾的。这篇论文在周报上连续发表了三期，沫若仿吾二人对这主张都表示缄默。我曾征求过他们的意见，沫若以为“国民文学”一语缺乏明确的界说，作为文艺运动的口号，不大适当。后来，我不能不承认他的见解是对的。但这含糊的主张，在国外的朋友中间，却引起了相当的共鸣。木天首先发表赞成的意见，并因此和北京的文人发生过争辩。乃超初梨也表示过局部的赞同。王独清从法国来信，热烈地表示拥护。回国后，我们在广州会面的时候，独清还曾极力怂恿我发挥国民文学的主张。但笔者早已感到这个主张的空洞，没有接受他的鼓励而把这种议论再发展下去。

《创造周报》时代可以说是前期创造社的全盛期。但是创造社前期的活动却也以周报为发展的顶点而渐渐地不能不走向退却的道路。本来，沫若仿吾达夫三个人尽力来维持两种时间性最紧迫的刊物，是已经够忙了。而所得的报酬远不足以维持最低的生活。在这样情形之下，这样繁重的工作怎么可以持续下去？适逢其会，北京大学有一个讲师的位置，达夫便接受聘书北上了。《创造周报》从十一期以后就没有得到达夫的文章，《创造日》的编辑也只好由百忙中的仿吾兼代。三个人还忙不过来的工作，如今压在沫若和仿吾两个人的肩上，他们的劳碌是可想而知。但是他们二人没有表示过消极，也从未责备过不参加工作的留在国外的同人。当时文坛情形非常复杂，作家间和社团间彼此不甚和好。仿吾从事批评，那种严肃的态度和犀利的笔锋，得罪了许多人。外间给他送了“黑旋风”的绰号。文坛上的这种浅薄无聊的空气使他感觉不耐，而大革命前夜动荡不安的时局又使他不能安心于写作。他愿到南方的革命首都去做些更有意义的实际工作。他在大学本是专攻造兵科的。到广州后，他先作广东大学理工科教授，北伐时代，他曾主持过黄埔的修械所。不过这是后话。当时情形如此，必须早作退却的准备。《创造日》因他种关系先行停刊。同时，泰东书局又有编印文言教科书的计划，更使创造社同人下了断绝关系的决心。沫若的家眷跟我同船回到福冈。《创造周报》在仿吾离开上海之前也终于宣告停刊。达夫到北大后，跟现代评论社同人颇有往还。他很想拉拢两方面的朋友，使创造社跟现代评论社合作。得到《创造周报》停刊的消息，他由北京赶到上海。那时候，沫若已去日本，他同仿吾商量了一下，便在终刊号的前一期上，宣告了创造社与《现代评论》的合并。沫若在事前虽然一点也不知道，事后却也不便反对。后来达夫几次来信催稿，他还给《现代评论》寄过一二篇短文章。

当《创造周报》风行全国的时候，创造社曾引起各方面的注目。嫉视者固然不少，可是想跟这一群战斗的作家接近合作的也大有人在。《创造日》便是很好一个例子，《中华新报》是当时政学会反对曹锟贿选而创刊的报纸，由署名一苇的张季鸾先生主笔政。季鸾先生本是留日大高同学中的老前辈，爱好文艺，对于沫若的作品素抱好感。在一次同学会的席上，他向沫若提出了邀请创造社同人代编副刊的意见。沫若得到达夫仿吾的同意便接受了。《创造日》就是在这种情形之下发刊的。这当然不是政治上的合作，因为，当时创造社同人对手实际政治问题并不关心，对于政学会的主张和行动更是不闻不问。仿吾在该报副刊上发表了反驳章行严先生主张文言的文章颇使该报主持人感到棘手。及到章行严南下之后，该报社长殷铸夫先生提出停止《创造日》的要求。沫若和仿吾也感觉到人手单薄，难以应付两个刊期紧迫的刊物，乐得藉此下台。《创造日》出满了百期便自动停刊了。沫若在新文艺上的成绩也曾引起了商务印书馆的主持者的注意。高梦旦先生屡次托人探询过沫若加进商务编辑部的可能性，并且表示过愿请沫若主持《小说月报》。沫若坚决地辞谢了，为的怕惹起文艺界无谓的纠纷而妨害了整个的新文艺运动。不过从此以后，商务方面对于沫若和创造社同人算是开了大门，《东方杂志》曾发表过沫若几篇小说和散文。沫若和胡适之先生在上海的会见，也是由于高梦旦先生的周旋。当时笔者也曾忝列末席，觉得胡适之的谈吐丰彩都很不坏，不过他谈话的主题是以张孝若的政治活动为中心，却使沫若和我感到乏味。创造社与《现代评论》的联系大概是以达夫为主，仿吾也有点与闻。然而性质倾向两不相同的团体，合作当然是不可能的。所以达夫的宣言并没有能够完全实现。

《创造周报》停刊的时候，沫若已于一个月以前赴日本去了。在福冈的郊外，他写了不少的东西，如《橄榄》，《落叶》，《山中杂记》等，各在《学艺》，《东方杂志》，及《晨报》副刊上分别发表。但是日本的乡村生活并不能使沫若的心长此平静下去。中国是处在大革命的前夜。军阀混战政局混乱，住在虎视眈眈的日本帝国主义者的国土内，任何人的心中都感觉焦急，而况象沫若那样情感强烈的人如何能呆得下去。因此，不过半年，他又回到上海来了。不久，学艺社的朋友们，王宏实郑心南周颂久何公敢诸先生筹办学艺大学，沫若因友谊关系主持该校文科。又以同样的关系，给何公敢陈承侯诸先生主编的《孤军》杂志上，也写过稿。直到沫若在《洪水》上所发表的文章为孤军派的同人所攻击，他才离开学艺大学而到广州去。

《洪水》是潘汉年周全平叶灵凤等《创造周报》所发现的一群青年作家所发起的，而主要的推动力却仍是沫若。最初是一种小型的刊物，创刊号出版后便停顿了。第二次又改成十六开本而另出创刊号。在这一期上就登载了沫若的一篇论文。三期以后，每期都有沫若的文章。但沫若在当时所负的责任，不单是写稿看稿，而且还须在经济方面想办法。他常常拿商务或其他地方所得的稿费来应付《洪水》的急需。一直到后来有书店接受了，这方面的麻烦才减少了一点。这时候，创造社的老同人都不在上海，只有沫若跟一班青年朋友撑持着，其艰难困苦的情形是不用多讲了。

沫若此次回国，对于政治的关心已经超过了他对于文艺的兴趣。当时，北洋军阀已到末日，五卅事件又激起了全民族的公愤。革命势力已经在广东打定了基础。整个中国是在时代的浪潮中播动着。革命的大风暴就要袭来了。时代先驱者的诗人早已呼吸到这个大时代的气息。他在《洪水》上连续发表了许多关于政治社会的论文。自从《穷汉的穷谈》等几篇论文发表以后，旧势力及其代理人对他仇视，而在另一方面，革命势力却也注意到他了。广州的国民政府请他到中山大学去主持文科。就在三一八那一天，他同达夫独清三人同船去到广州。在整顿了中大文科之后，由于革命的热情他参加了北伐军的政治部，主持北伐的宣传工作。这以后，他的政治活动早已彰彰在人耳目，这里没有重加叙述的必要。

就在沫若去广州前后，由于他的号召，创造社终于成立了自己的出版部。出版部的业务由周全平潘汉年叶灵凤柯仲平等六七位青年朋友分头担任。而出版部的经济基础则全靠沫若达夫等几个成名作家的书籍，而沫若的著作和翻译尤其有决定的作用。出版部成立以后，首先收回以前泰东书局无版税出版的《女神》,《茵梦湖》,《少年维特之烦恼》,《沉沦》诸书由出版部自己印行。经济基础稳定以后，便着手恢复机关杂志。鉴于季刊太慢而周报太忙，这回便决定出《创造月刊》。因沫若仿吾达夫都在广州，就决定在广州编辑而在上海出版。虽然当时革命情势已经非常高涨了，《创造月刊》还很顺利地出了六期。及到沫若从军北伐，战事爆发，上海情势紧张，《创造月刊》不能不暂时停顿；但是出版业务并未遭受挫折。

沫若从军北上以后，木天和我先后到了广州。创造社同人，在这时候才团聚了。可惜沫若不在场，大家对于社务和战时工作没有能够好好地商讨。出版部的情形也因地域远离而不免发生了一点隔阂。达夫自告奋勇，首先回上海整顿出版部去了。中大改组以后，木天去到北方。年假中，我曾一度去日本，第二年春天回国的时候，情势却已经大变了。在广州小作勾留，我又匆匆回到上海。不久仿吾达夫也先后到上海来了。大家觉得应该恢复工作，虽也讨论过几次，而不能决定很好的作法。沫若由香港归来的时候，达夫已经宣告脱离创造社了。当时初梨乃超彭康镜我铁声起予诸兄正在日本读书。因为我回国以后屡次谈到他们对于创造社的批评和希望，仿吾便到日本访他们去了，此时正不在上海。恰好鲁迅先生也由广州回到上海。沫若和我都主张跟他合作，恢复周报，名称不定，由双方共同主持。蒋光慈也赞成。遂由我和光慈同去景云里访问鲁迅，提出合作办法。鲁迅先生很赞成，并主张仍用《创造周报》名义。于是《创造周报》复刊的预告曾出现于沪上各报，撰稿人还是由鲁迅领衔的。仿吾和留日诸同人不甚理解当时情形，不赞成周报复刊，遂致作罢。后来，创造社另出《文化批判》，对于文化运动的确推进了一步，但因批评了鲁迅，引起了以后无谓的纠纷，深觉可惜。

创造社重新出发以后，沫若依然积极地参加工作，并且在那种极端不安的生活中，他完成《浮士德》第一部的翻译，终于因为某种关系，他不得不悄然离开祖国的土地。不久，他的家小也追踪他而东渡了。

此后，将近十年的国外流寓，在物质上和精神上，都是极其艰苦的。但是，这种异常艰苦的生活并没有使沫若屈服，相反地使他在另一方面有了空前伟大的成就。他用科学方法整理了甲骨文和金文的宝贵资料，他站在新的观点去研究中国的古代社会，给中国上古史的研究上，指出一条新的正确的道路。他对中国历史研究的成果满可以跟他对中国新文艺的业绩相提并论。而在专攻历史的朋友们，认为沫若在历史方面的著作可以超过他的文艺作品而永垂不朽。笔者是门外汉，对此不敢妄赞一辞。

沫若治中国上古史的成绩，门外汉固然不敢多言，但是他研究中国古代社会的动机由来已久，笔者却敢加以证明。记得我们在上海初次见面的期间，他常常表示对于中国古代历史的兴趣。胡适的哲学史断自老子以下，他深表不满，认为这是偷懒和武断，他的丰富的古典知识使他相信中国古代社会已经有了相当的文化。然而他却不愿根据几部古书，就遽下结论。他当时屡次表示须用科学方法整理旧的资料，去研究古代的真正状况以匡正那种偷懒和武断的做法。在大革命前后，他找到了研究历史的科学方法。流寓国外的寂寞生活使他偿了十多年来的宿愿。他的研究工作是在非常不顺利的环境下进行的。日本宪警的压迫，研究设备的缺乏，且不用去说，物质生活的困难就使他的工作发生了许多曲折波澜。繁重的家庭负担及孩子们教育费用都须由他的一支笔担负起来。因此在研究工作的中间，他不能不从事翻译和写作来筹措一家大小生活上所必需的费用。在这样艰苦的条件之下，他能够十年如一日地，孜孜不断地继续研究，终于得到伟大的成就，这怕不是任何人所能做到的吧。



沫若的二十五年来的精神活动，简直是一部雄伟瑰奇的史诗。以伟大的中国革命为背景，这部史诗是交织着悲壮的诗，激烈的剧，遒劲的散文和深锐的思索，而上面还须加上鲜明浓厚的时代色彩。历史的车轮前进不停。这部未完成的史诗也将随着向前迈进。

原载 1942 年 3、4、5、6 月及 1943 年 4 月重庆《文坛》半月刊第 1、2、3、4、5 期及第 2 卷第 1 期；收入郑伯奇著《参差集》，西安大陆图书杂志出版公司 1946 年 6 月初版

# 创 造 三 年

陶晶孙

（本文赠呈日本丰岛与志雄前辈。——他前天来上海，要研究创造社的业绩，我劝他读《创造十年》，后来我回到上海，他已经不在了，觉得他真挚地问我们，应该给他回答，因此简单写成这一段文字。）



## 一

一九二二年二月，《创造》第一卷第一期出版，载着创作的作家有沫若，资平，田汉，仿吾，怡庵，达夫。编者达夫，封面横书，内容纵书，泰东出版，此时同人大都还没有渡海回国。

一九二二年九月，第二期出版，创作有晶孙，沫若，达夫，仿吾，田汉，资平，为法，业初，均吾。全书横排，沫若编辑。

一九二二年十一月，第三期出版，创作有沫若，木天，资平，滕固，晶孙，家骅，光焘，达夫，何畏，仿吾。仿吾编辑。

一九二三年一月，第四期雪莱纪念号，创作有沫若，资平，达夫，邦杰，一多，实秋，冷玲，定璜，友鸾，祖正，滕固。仿吾编辑。

一九二三年至二四年间，出第二卷第一二期，手头没有杂志，此刻不能记录。

沫若的《创造十年》，资平的《曙新期的创造社》，都没有论《创造》季刊的作家及作品，所以我在此地注重这一点，并指摘说，创造社初期同人作品之精华都在这三年间六本《创造》之中。

使得产生这一批文学同人，不可疑的是他们的日本留学，和日本文学界的影响（可是并不是日本文学或日本文学作家的影响），日本文学界的影响之中，学校功课的影响，大都在资平沫若同我的文章中有记述，一般文学界的影响，《创造十年》和《曙新期》中，双方都有记录散见，而此刻我也要来补充些。

使得这一批同人结合，第一在他们的没出息。当时大部日本留学生，仍免不了有科举思想，以为得了文凭回国可猎官，他们以为你们不务正业，仅和下女调笑，谈恋爱，算什么东西。可是这一辈子，爱读日本文学界当时为西洋哲学文学而进步的许多文艺作品，他们的内容都很丰富（但没有及到美术及音乐）。第二点要举沫若的组织力，他是感受力很大的人，有热情的人，他起初也是个素朴爱国者，他的《牧羊之歌》把他表示。他和达夫一样，素养很高，加以他学医学，对于科学的分析不会错误。他一次从九州福冈旅行到东京，找到资平田汉达夫仿吾祖正侃元定璜何畏伯奇等，商量出版《创造》，此刻把这些人的内容介绍，就同时能把创造社精神介绍，所以在此地仍从作家说起。

资平在学地质学，他是个实际家，他晓得地质学要是他的立身用具，但他并不会钻营，也不会在未毕业之前已经找到高就之路，看见沫若谈创作小说，他正好来试他的余技，他的余技就是长篇小说，他并不用功哲学及外国文学，所以能够靠他的实际性写出通俗文学，我看不起他的小说，说太卑俗，可是沫若一直相信他是真正会写小说者，直至后来在上海同他不好为止。

田汉是爱戏剧者，和资平一样，很有通俗性，也不用功于哲学及西文，专门在弄他的演剧，因他缺指导性，如果快将落伍就赶急追上来。他和资平两个人，因为他们有把握能多产，见沫若有意弄文学杂志，所以就即答应跟上来。

达夫原是文学上天才，他精通英德俄等一切文学，并不多弄哲学也全不弄科学，他又通中国古典而不溺其中，自己在生活于罗曼性中，但不象沫若之有苦闷，可以说是新罗曼主义生活之标本。有一次沫若召集开会，劝他不要上北京去，问他说你去了以后《创造》杂志怎样，他说“停办好了”，这句话给沫若长叹，这可表示他的性格。

仿吾是天生的书记长，他是被养着等有差司的样子，见有沫若来组织，他就能全幅合上了。祖正是个不多响的人，他是文学家，他的生活不是作家或艺术家，当然他的一二诗作是很优秀的。侃元答应合作，但没有作品，此刻不论；定璜也可以说是文学家，后来不但写作，连文学家的工作也停止，可以说他是个英国式 Gentleman。

何畏的社会批评高于他的文艺，虽说有他的很痛快的《上海幻想曲》，但是他不能久留在创造社。

沫若从东京京都之旅行回来，对我说，这一次有很多成绩，现在有把握出一个创作杂志了，他要同我讲上文学论，可是我多不响，因为我对文学文艺没有很多主张，我仅仅是我，我的生活从初至尾仅有一个 Sehnsucht，我并没有沫若的 Leiden Schaft，不象达夫之生活在实行新罗曼，不象资平之能多产适合社会之新文体作品，我小小的自己在写小说，不敢参加沫若之组织什么东西。



原来我到福冈，比沫若迟一年，不久有个同学，他说我们此地有一个特别人物，也和你一样，有点古怪的，现在我来介绍你。从此我初次见沫若，后来沫若来看我，我的房间不象别人，进来可见者只有数理的书籍，医学的书籍在衣橱之中，文学的东西在抽屉之中，有一次，沫若见我的桌上有一段小说，要拿去，结果他拿去了，后来他说，他不敢开口，如果开口，不得不用赞辞，用赞辞，好象说客气话。从此我加入同人，那怕要是《创造》发刊的前夜了。

至于沫若自己，他不可以算小说家，他自己也在说，因为他的组织力和感受力比较大，他的工作多用在那一面去，不过虽说自己在说不是小说家，但也写很平易的身边杂事，倒也成很好的小说。

《创造》的发刊时，沫若说要把新罗曼主义为《创造》的主要方针，后来社会都承认创造社为罗曼主义，但沫若的感受性很大，他不知何故爱起表现主义来了，在这中间，一直到底做新罗曼生活者为达夫，一直到底写新罗曼主义作品者为晶孙，一直到底写通俗小说者为资平。

但是对于文体，无可疑的大家在同一道路上，并不相互意识地向平易白话文进行，因为文体之改进，早已在北京有其提倡及实践，《创造》同人不过再来加以一个美吧了，至于定璜写信中连说到印刷上之美，那也可以表示字句之精炼，在那个时候《创造》同人很用功夫。

## 二

大家渡海回国了，回国时候的情形各有不同，达夫象个酒客，有人请酒一定去，所以还没有毕业他已经在安庆做教授，一下子又回来，在上海编一期《创造》，不久到北京去做教授了。沫若一次到上海去编第二期，回来又同晶孙同考毕业医学，这时候仿吾却很忠实的在上海编第三期《创造》。

《创造》四期编完，一九二三年后，除晶孙反向日本的东北去之外，同人都已渡海回国，不过这时候沫若的同人组织工作没有局限于留日回去的少数人，不把他结合起来，反想加入中国全文坛，并吸引新人。原来创造社并没有同人合议之制，不采用团体组织，随便什么人可以加入，不过新加入者不多，而分化者渐生。

在这时候，中国的情形当然有很多奇怪事体，沫若有领袖性，不肯成为《学艺杂志》之附录品，不肯成为大博士之下人，不肯成为大学教授等等，同人的作品倾向各有不同，而《创造》的指导精神也有变化，因回国后国内影响渐渐加重，不能把大家在《创造》之一点合一，那么初期同人就渐渐分离。

不害感情而去者有祖正定璜等，当然他们也可说原来没有参加，此刻说他“去”，或许不对。何畏一度同晶孙同上岸上海，同到民厚南里去看编辑部，见仿吾及沫若，后又折回，何畏后来到广东去了。田汉是第一个离开创造社的，因为他自办的南国社很兴隆之故。第二个离开者为达夫，达夫离开之时，和沫若略为有些文字上记录，大概不外于达夫之罗曼生活和沫若的进取主义所结果。

后来创造社出版《创造日》,《创造周报》,《创造月刊》, 有出版部，出版丛书等等。这时期，资平的小说因为很通俗，所以版税很多，但不久沫若的感受性给他转向革命文学，老同人已散，只有新进加入。那么在一瞬时间，陆续要清算旧思想，因此最后留着的资平也把他的版权一概带出去，另开书店了，旧同人除了晶孙还在日本弄医学之外，已经都不在内，上海社内有京都回来的许多主力同人之外，还有独清伯奇木天白薇等在。

## 三

到现在追忆创造社，我们可以想到说，他的主要成立力量在日本留学，但因为社内或社会不能给这些同人生活于文学，使各归各须要去做职业，而社内的组织没有给大家在创作之一项下合一，结果分散了。又为了沫若的感受性，大家没有象某种团体，特如日本之白桦派似的有一个主力，这也使大家分散的。在国内，有文学研究会，各种文士，文学界对创造社的进攻或创造社对外面之进攻，虽把《创造》之立场提高，但也给他短命的。京都的同人回来，因此进行革命文学，有其时代性，当然不是不妥当，不过因此弄得不能留着一个研究文体，研究通俗文学之机会，那是大众获得上之缺点。

不过，我们再从新文学运动立场，不象《创造十年》的详细，不从他的组织者立场，以文学史的立场来说，要说，新文学运动先在北京之大学教授开始，他们的功绩在白话文之普及，但因他们不再从事创作，就由日本回来的创造社来从事圆熟文体之创作，和进攻保守，保守者结果连牵着而也进步了，此间《语丝》等也可谓进步的文学工作，各种敌手，如强敌鲁迅，也是相互牵制地进步的。在这时期，文学革命走上革命文学，是非不论，但在意识青年前进之时，落后文学无人来刺戟改良，虽有达夫晶孙的《大众文艺》，但是罗曼者多不肯执拗地继续，因为俯就大众要受指弹，因此他们不能收编大众。至于现在的大众文学，成为没有指导力之通俗文学，全无理想，卑俗已极，被风雅文学者摈斥，文学往往离开大众而失败，往往走入大众而失败。

关于中期创造社的历史，通俗文学之出路，待别的机会。

原载1944年1、2月合刊，上海《风雨谈》月刊第9期

# 记创造社

陶晶孙

近来不看什么杂志，可是有许多朋友很亲切，往往送些杂志来给我看，所以倒也多少知道些社会上文学作品。

有一次，文友社送给我一本《文友》上面写着创造社的事体，作者很熟悉，所以得到知识不少。

我在创造社不是重要人物，原不敢多说，我老早说，吾辈老朽，青年之铁椎未下之前，早已酥倒，况且创造社已解体，我们要不可所从棺木中匐出来讨论，不过念到几个重要人物的学识，作品，成绩，又不得不从创造社外面来表彰一下。

## 一 张资平

有一天，郭沫若从东京回来了，因为我们是同学，我照例到他的住所去看他，原来我同他没有谈过文学，虽说他很欢喜把他的处女作登在《学灯》者给我看，把田汉和他的信件给我看，但我有十七岁少女似的害羞，没有使得他知道我写过几篇小说，此刻他从东京回来，很高兴的把他的一包东西拿出来，叫我看，一篇一篇都是小说，他很得意，强迫要我看，我没法，横卧在窗口，看了半天，他在旁给我说明，他说这些文章要去出一个杂志，杂志的名称还没有题好，他想把他叫做《创造》，有人说《创造》两个字太自负了，或许设法用更客气一些字，我急忙的说《创造》两个字最好没有了，不必客气，只要留心做些好点文章好了，我第一次开口我的文学话，就是向他说，那么有什么方针办，他说一句：新罗曼主义。我知道一切了，因为关于我的几篇文章，我自已能批评那是属于罗曼主义，但我不多响，他又说回来，问那些小说的意见了，这使我困难，因为我喜短篇，不爱长篇，长篇使我成为莫名其妙，现在几篇，都是长篇，虽说读完了，但没有一篇在读了四五页之后成为非读不可，读了一段即欲放下，不过沫若在解说说，这些文章中以张资平的为最好，我们把几个小说调查之后，决定资平是真正的小说家。这些原稿大部分登在《创造》第一期。第一期因为我没有应沫若的要求，所以没有稿子。这时候在东京的仿吾，资平，都没有晓得我。资平是真正小说家一句话，此刻我要说明一下，我也合意。第一，小说家要观察社会，资平把他办的，可是沫若达夫只讲自己的话。第二，小说家要写万人易读的文字，资平把他办的，可是达夫有许多古典文学字句之引用，沫若有医学或古典之引用。第三，小说家要耐心写作，不住生产，不然读书家要成如翘头待桑叶之蚕儿，资平也把他办的，所以，沫若在末了，说《创造》要能够编得成功，资平很须注意，因为字数不够时，非有他的文章不可，我就说对了，我们赞成那好象米饭与菜的关系。



## 二　郭沫若及成仿吾

第一期出版了，沫若有一天在我的桌上发见一篇小说，他定要拿去，我不给他，我好象害羞的十七岁少女，但是他拿去了。过两天，他给我看新出版之《女神》，我赞他文章之美，他不几天即去上海，之后，我在博多街道上，得一曲《湘累之歌》，把他抄在五线纸上了，在抱洋阁上试过几次，给安娜夫人听过，过几天沫若从上海回来了，我给他看，他正是急忙在编第三期，他说要把这歌曲登进去，结果登进去了，从这个动机，《创造》全本变为横排，我画了几张木刻图，那时候的创造社同人对于装订都没有什么意见，现在第二期有很多进步，我有一个小小高兴，其实那不值钱，重要的是中国文艺杂志成为横写的是以这第二期为初次，沫若说把第一期再版时也要改为横排，但我还没有看见，沫若是最初提议创造社者，当然他在博多海岸上与资平谈过文学后，一度到东京，京都，名古屋去劝诱，仿吾，何畏，达夫等人，表面上是大家合作，主力免不了是他，好象他的骨格上，不装资平之肉，不能成为人的样子，所以我们尝研究过创造社之解剖学说，沫若为创造社之骨，仿吾为韧带，资平为肉，达夫为皮。我正经说，沫若的文学素养在诸人中最为圆满而高深，第一他精通中国古典，不象主张以中学毕业程度中文来写小说者辈（如我），他通各国古典文学很平均，而早绝不引用老句子作老文章，所以指导地位终不得不让他了，他还有一个绝好帮手成仿吾，仿吾的事体不多讲了，一句话，韧带之譬喻，说得最对没有了。

## 三 郁 达 夫

希腊人说人之美，在乎人体，因此他们乃除去人的衣服，作许多不朽之美的作品，创造社中，文学之最美者，要算郁达夫了，他精通欧美德法文学作品，这是切不可以忘去记录的，他是真正的罗曼主义者，不过他的皮，只有美好于青春时代，青春过得太快，一下子谁都不理他的年老之皮了，不成创造社的装饰了。

我对一个年少者说过，你不要光以中学国文程度来弄文学，如果那样来弄，观察不能超过一点儿，描写不能出作文的范围，我自己，因为从中学读德文，很有经验晓得我偏着日耳曼文学，因此不喜北欧及俄国文学及南欧文学了，不过我乃精着一个德国文学者，我常佩服达夫，他能够把英德法文陆续的读，读得考究仔细，文学不比讲话，不是容易的事体。这句幼稚话至今觉得是真实。

## 四 何畏和陶晶孙

近视眼的何畏又是创造社的眼，他在第一期已有一段诗，沫若看见何畏，和陶晶孙一样，没有很期待于他们两个人，因为前者话多文章少，而所讲的话离开编杂志的话太远了，后者话少文章少，对于编辑出风头全无兴趣。

何畏学的是文学（？），但是后来以社会学毕业东京帝大，他不能全在文学之中，他爱论社会问题，可是因为他有些文学思想，不能成为政治家，所以他的谈论最为有趣，后来在中山大学教书，成为红教授，也有道理。

陶晶孙有个主张，中国文学如要普遍大众，须要减少字数，不用老句子，用浅近白话，因此他有意不读老文章，可是他不知道中国社会不合罗曼主义，自己的作品为不合中国大众胃口的罗曼主义作品，他往往见他的作品不受赞词。何畏和晶孙对于创造社，没有主人感觉，前者有社会科学的观察，后者有自然科学的观察，两者都有奇妙文章，如前者之《上海幻想曲》，后者之《木犀》，都有非古典的美，两者在日本时所做的恋爱，亦有奇特可报告之处。

两者对于社会，文学，同人的观察很犀利，离开创造社的中心，一个继续弄恋爱，一个远去弄科学，所以没有多参加，股份不能多领。

## 五　田汉和郑伯奇



《创造》第一期有田汉的戏剧，他和屠模等为演剧爱好者，对文学的创造，多少有距离了，沫若对他很知道，不过在沫若苦闷无文友之时，他们还有文学上信件的发表等等，田汉没有什么感觉，没有什么精神，只对于演剧的进步努力，所以他不能和《创造》精神相合，所以弃《创造》最早。

上面诸人，是创造社在日本还没有渡海回国时的人物，等到渡海，就有郑伯奇参加，他是有意识地要成作家的，努力作剧本送来的，所以不比渡海前作家之有日本明治文学影响，古典影响，那时《创造》已有名于国内青年，在这时候，沫若为创造社盟主，把田汉之发剃光之后，达夫编了一期，不管《创造》而专在映霞傍饮酒，资平去开乐群书店出版小说，何畏的近视眼不知去看什么，晶孙的耳听不见上海的事体，沫若把伯奇的冠忽戴忽脱，略为感觉寂寞。

## 六　王独清和穆木天和白薇

因为我不懂诗，很不敢谈诗，但我知道创造社最初的诗人为沫若，沫若的诗，重要点在他的形式之新及字句中古典之美。独清和木天，在这一点不及他，不过两个人之努力向诗人，都可指摘。他们诚如人体之交感神经迷走神经。

交感神经在人体中是个植物神经，说不出何处向何处作传达的作用，迷走神经制止着心脏，不如其名词之什么迷着，这两个不甚明瞭的神经在人体中虽不甚出风头，但也重要，象加在菜中之酱。

独清孤住着，因为有一个缘故，许多人不去交际他，他的最后数年，幸有个伴侣，我知之，怕他不喜发表，此刻讲正经话，也再不谈到了。木天也有些恋爱的话，但我也不敢讲话别人听了，怕要发表的。

一朵花，叫做白薇，白薇不是花花娇娇的，创造社头上的这一朵白薇，象征它不久要有丧事的样子，可是白薇是走向上的，有自我意识的一个罗曼主义者，因为创造社同人不很顾虑她，不如欧洲人之骑士服侍王女，她过着寂寞的日子，在苛烈之天日下，还静静的鞭她的肉体而弄文学，我们没有从她得女子的温和女子的美，但她也是唯一朵为创造社开花的象征。



## 七　几个新人

创造社渡海到上海，出了好几期，名誉海内，诸青年文士都知道他了，从此有许多人，抱各种不同的思想，有的热忱地，有的热闹地，有的功利的，来接近了，旧人之中田汉去办《南国月刊》，达夫出全集，渡海前之旧戚脱落之时，新爱人来了。这些名姓，论创造社者大都不忘举出之，此刻也不再多述。

创造社和那几个爱人，产生很多眷族，此刻不说，那几个爱人，是很好的少女，不过因此创造社为了生产而很可怜，因此停止他的性命了，当然关于生殖器的话，有碍治安不敢讲。

## 八　创造社的精神

创造社的肉体讲完了，还留着精神应把他诊断一下，创造社的精神为“意想奔放”。原来国人抱固定因循的思想，至多亦投稿二三于《学灯》等（沫若先投《学灯》），或模仿鸳鸯蝴蝶书《留东外史》之类。

可是创造社因为他们远离故国而生怀乡病，同时不象留欧美之不忘功利，创造社的幻觉，幻视应可注意。

原来，罗曼主义是国家意识昂扬时代的国民的热情之反映，所以罗曼主义者惯以飞跃的精神，走着向上之路，也不忘自我之意识。罗曼主义者对于永久和无限，有非功利的憧憬，有综合全体的欲求，他们不举空洞的理想，他们立在现实，但也知道现实之苛酷，因此作自己的架空，虽在逃避于架空之中，但也切实供给自己以出路。沫若为创造社提出罗曼主义，我此刻把他说明如右，这个真理永久能止于真理。同人之离合，不必把他约人来，亦不必规定创造社定须是罗曼主义，不过创造社中，论功利者去了，搁在现实者去了，不飞跃不向上者不能跟上去了，没有自我意识者亡了，空洞理想者翻了，到末了，精神云散了，你要找他，罗曼主义精神永不会亡，但创造社没有了。



现在创造社棺已盖，人已去，灵魂升天，仅留骨骼。我们现在可以不必从棺木中匐伏出来论创造，新闻报纸喜欢把他说说，好象谈谈光绪珍妃而论论清朝，那是一种生意经，凡是在创造社多少有过关系的人，谁都知道创造社可以不必把他说了，甚至于创造社热闹之时，功利的赶来者，不知逃避而知出风头，更不好的是创造社的两个开丧者。郑伯奇办艺术剧社，陶晶孙办《大众文艺》的时候，出来的同人，和创造社精神离开太远了，棺已盖，赶到已来不及了。

记得该赛的《转变》中仿佛有一段文章：

伊达：呀，是你么？

男：是我。

伊达：我们是从墓中出来，你知道么？

男：是的，我们到了夜里，就可以从墓中出来看一看苍空。

伊达：你为什么死的？

男：我为打仗刚死的，可是你为什么死的？

伊达：呀！你忘去了么？我本来是十八岁的美丽女子，那天你对我太过份了，你弄死我，你忘去了么？

男：给我们在晚上，向苍天憧憬，谈情乐，言热情。

已经死灭的创造社，似乎各位可不必再论他。

（本文因当时流行谈创造社被迫而写的）

选自陶晶孙著《牛骨集》，上海太平书局1944出版

# 创造社还有几个人

陶晶孙



前在《风雨谈》第四期上，龚持平（我不写惯敬称，这是十五年来的习惯，近日文章复古，我也感染，往往写先生兄公等了）有一篇介绍创造社诸人的文章，不久我写一段创造社正经话，以为大家可不必来打听创造了。但在他写的文章中，见还有几个人没有写齐，所以此刻想来添加几个人，又因为一本《风雨谈》给人拿去，此刻想不出谁是他所忘去介绍的，谁须补充的，所以本篇不能算是他的续篇，反成为我的另一个正经话。

## 一 张资平

清朝末期，中日有特约五校之设立，五校者，就是高师高工商千叶医专及一高，凡中国学生考取这五校者，概得官费，这五校都为中国学生特别设立一班，此中一高先读预科一年，使得程度能够与日人学生竞争，然后分配各高校，然后入帝大的，现在四十岁以上之真正毕业帝大者，都是经过这一条路。此中一高的课程很特别，如果看见张资平作《曙新期的创造社》者都可以仔细明白。

张资平也是其中之一个，他先在一高预科，后在熊本高等学校，大概他加入回国请愿袁世凯之团体，所以郭沫若入大学到福冈时，他还在高校，暑假他到箱崎海岸偶然在海岸与沫若相见，他大大的参赞沫若可办文学杂志，《创造》也从此产生，不过，假如没有资平的鼓励，沫若亦要创办文学杂志，沫若的苦闷，不会因此而罢，杂志也不至于不出。

不过总之，办杂志的风气，在那时日本留学生中很利害，《学艺》也是那时候的创办，同盟会的《民报》也早前在日本办过。

在这种基地上，资平到东京去进东京帝大地质学科了，他倒是个诚诚恳恳的大学生，他不同沫若，并没有苦闷，他有耐心地写作之热心。他的小说平易而通俗。

新文学运动渡海回国，就开始文学运动，有指摘误译，有新颖诗作，此间资平的通俗小说最能入一般青年。

现在想起来，创造社一辈人，都在高校饱读欧洲古典及思想，社会的素养也很高，留日时期又异常的长，他们渡海回来看国内情形，见欧洲回来者不过能谈话读报纸，希腊拉丁文不及他们，连哥德都弄不清楚，自命德国回来者译 Laube 成为树叶子，“鸟笼中有一群雌鸡”（？）等话，因此大大的在攻击欧洲回来的人了。这时期资平用他的不很高雅的中国文，默默写着小说，大家并不说他好，一方面不供给理想给资平，一方面不利用资平的通俗性去得通俗大众，仅在获取意识青年，这是一个错误。

为了这个缘故，资平从创造社收回他的版权去了，谁都怪他的金钱主义，意识青年跟上来，使得忘去不中用大众，不能包含得很大，留长久的生命，仍不免我国小团体主义的缺点，不过创造社之所以发达，也从小团体而开始，倒也不可忘的。

## 二 何 畏

稍过几年，进一高者为何畏及刘侃元，何畏戴一副近视眼镜，走路对前直冲，脑力异常之好，读文科，爱一少女，这少女住在中国公使馆，可是不是使馆官僚之小姐，却是一个裁缝师女儿，因为那时中日往来不便，使馆中带有裁缝师之故。有一次我与何畏走过公使馆，他说进去看看她罢，两人就进去，走到她家之前，我们两人在门外小便，然后进去，听见小便之声音，他们已晓得有人来了，谈了一会即回来，少女十分美丽，不过不是文学少女，对于何畏不能十分理解，仍有中国一般小姐的风气，能十分看懂恋爱，何畏正在弄美学，读Verlaine的诗，所以情书之中无非写些这种文字，这种情书使小姐莫明何畏的妙，为她一时悲观，一时乐观，我们朋友也急起来了，后来他换美学为社会学，毕业了后两人结婚。

何畏，《创造》之《上海幻想曲》是他的作品之一标本。

《上海幻想曲》：

1．赭色的波涟；
风，微眠。
淡紫和淡红，
描如意在淡粉的天空。……
2．“祖国”……呵“祖国”！——
土音惊破了我的梦魄……
只见——
各世界的强盗和小贼
从各世界打劫了财物，
都溷集到这永借的巢窟，……
3．电光叫鞭一揪，
春性的猫声四窜；
红头黑炭一吼
几百群丧家狗
东奔西走……
4．上海——中华第一大商场！
我要送Pokes一个黑徽章，
他替支那人和洋狗造了一个花烟间。
上海！我要做一曲恁样的吊亡歌，
贴在你火葬场的门背后？

可惜他不久就去广东当大学教授而不回上海来了，因为他的学识很可以引大学生之信仰，即成为红教授，不过他的学说，究竟向那，与刘侃元一样一直不易理解。

## 三　田　汉

剧戏爱好家为田汉，他学在高师，他爱剧戏，没有什么罗曼不罗曼，他爱实行演剧，他理解老式戏及文明戏等之一切，在日本时已在留学生界中演过好几次，后来投戏稿于《创造》，《咖啡店之一夜》等，他的戏当然顾虑到演出效果的，不过精神就往往不肯接受到创造的精神。

田汉是个美男子，他与夫人同在日本，所以不象别人的天天想念中国或文学，绰绰的在过乐天生活，写日记叫《蔷薇之路》，可是那不过是沫若所谓褴褛之路，不久闹出一次恋爱问题，回国后办《南国月刊》，不发出冲突而离开创造社，在南国社中，闻有桃色事件，不过我不知道。

## 四　郑　伯　奇

郑伯奇迟几年入一高，在京都大学听讲的是心理学，恐怕他的心理，成就不可以算好，或许可以说帝大系许多文人中，论专攻成就顺序要是：医学之陶晶孙，社会学的何畏，均能以本行吃饭，其次为医学之郭沫若及张资平的地质学，其次为造兵成仿吾经济郁达夫心理郑伯奇都不能应用专攻科目了。

或许因为伯奇迟到上海一点，或许因为他意识地要成文学家，或许因为他是老辈人之末一人，或许因为他胆小气小一点，虽说他到日本之某大杂志社去练习过编辑杂志而回来，那种大资本及读者层在中国是找不到的，所以他的文献书房也没有能够成立而散，不过他的胆小，可以不误他于过分的勇敢而出毛病。

## 五　徐　祖　正

日本伊豆半岛，海滨且有山，温暖，产生柑桔之处，我们留学生，谁都没有钱，不敢到那种地方去旅行。

在那个时代，我们可以发见徐祖正在学文学，因为他多苦闷，他遍游着那种地方，他的伊豆的歌：（很对不起他，我抄寄着一段）

呀，神经质的海！
请你暂莫如此澎湃。
满胸，我含着的悲哀，
也要象你澎湃。

他的日本旧都之歌：

呀！听呀！那 Violin 底芳香音调！
——
有个沈默的忧郁的青年经过，
——



他的汤田川村的诗：

消了我多少愁闷，复了我多少天真，
此外更发见了一个很可追怀的人。

这都是《创造》第四期的诗，《创造》的新罗曼主义期待着他很多，可是他回国时，没有到上海，直到北京去了，他在《创造》上的文字虽说不多，他是创造社可以敬爱的一个人。

## 六 穆木天

如果闭目一想，把所有创造同人的群像合成一个，那么这要一个完全的新罗曼主义，如果放散，却是一个个还不过是一个人。

木天到上海，已经是比较后期，因为他先到北京的缘故，他是一个放浪诗人，不过他的神经比较徐祖正，正是对极点，他很镇定的。他在北京和一女学生恋爱而结婚了，可是到了上海，他的夫人不幸生了精神病，在大家为他送她到精神病院之后，后来又听见他同别的女子结婚了，这一点我倒不十分确实，虽说他的夫人倒来到我家诉过木天怎样不理会她，不过木天看起来，不过他有放浪性罢了。诗作不多，常用东北口音“儿”“儿”的呐辩论着，创造群像中不可缺之一个。

## 七 张定璜

群像之一不可忘去张定璜，他的小说不过有一篇，可是他对于《创造》之文字体裁标点都有意见写到上海来，这虽说因为那时候正是日本之新罗曼派流行之模仿，再也是他个人生活趣味，但同时也表示创造社对于文学革命上，采用白话，不忘美，打破因循，试作，横写，排除老句子，排字写字都不忘去美的表现。张定璜在京都帝大，适有大学教授来，随即到北京去。可是现在，我们却不知他的去向，不，他不给我们知道他的去向罢了。

## 八 龚冰庐

忘去谁替我说，在创造社的三楼上，他说我国内的新青年，有个叫龚冰庐，不久会来，你可以看见他，其他几个人，却是有稿子而看不到人的。因此我也留心的看他了，有一天见到，一个很高兴谈话有劲的年轻人。后来知道，凡如逢到国外习惯，他的意见常同我不符，的确他不会是个新罗曼主义的，可是他的批评，常常出我意外，如果我要看我国青年的思想，我只要去同他谈论一下就好了，他一定下一个异常地神经过敏的判断，我也从此对于我国青年下一个凡是我国年轻人是多怀疑，爱用异常的方法，不用思索及素养来干事的，同时，他的理解及观察力的确是好，如用适者生存的话来讲，的确创造社的新罗曼主义是产生在日本，移植到中国，这衰弱美丽的花，不敢爱我国的风土，譬如这花为合群之花，一个个花靠唯一个花托上而开花，取其一朵就只不能成花的。

我从他得到这种教训，所以我常敲他的意见的。

末了，还有几个人应该写而还没有写，此刻光写到创造社为找出路而脱去新罗曼之衣裳，将改戎衣时之人们，别的机会，大概还会给我写还有几个人。

（本文原不必写的，自己说不要多谈创造社而自己来胡谈，对旧友有罪，骗我写的记者可是逃避去了。）

选自陶晶孙著《牛骨集》，上海太平洋书局1944年出版

# 记后期创造社

周毓英

关于记载创造社的文章，已有不少；不过大都只述些片段的印象，还有些长文仅记及创造社前期的情形。兹特约请曾在创造社内工作的周毓英先生也写一篇回忆录，为中国新文艺运动史留下一点文献。本文原题《创造社的回忆》，因其中所记，多为后期创造社的情形，故特改今题。按在北伐以后，创造社发生了大转向，即由过去的浪漫主义情调转向于新现实主义的作风，且由纯粹新文学运动转向于新思想的运动，即兼事新哲理与新社会科学工作。而其思想分野亦日见明显，除提倡普罗文学外，并介绍唯物辩证法等。当时创造社的内部也起了分化，除郭沫若及成仿吾始终为领导者外，更有彭康、李初梨、冯乃超等加入，至于张资平与郁达夫则先后淘汰，王独清最后也接近了托派。这一段史实，很希望创造社的高级干部能加以系统的追记。可惜这班作家现都不在上海，且都忙于政治工作耳。

编者附识

一

关于创造社，凡是从事文化以至于政治的人，大概都很注意，平常谈起的人也很多，有的人还不时向我探听她的历史，这在我真有些难于措词。创造社不能说是一个庸俗的团体，但也不是什么一群英雄的组织，可是那种自然机缘的凑合，其精神力量的活动，不单使中国的文艺文化发生巨大影响，就是对政治也有相当的影响。不过因为本身没有组织，所以不能有什么积极的政治上的表现，只能显露若干或隐或现的潜在力量。“秀才造反，三年不成”，创造社的人从来没有想造反，但他们在黑暗与不平的环境下，没有一天忘记革命，忘记抗争，因此也会常常受到造反者的待遇。郭沫若先生曾写过厚厚的一册《创造十年》，不过这里面解释鲁迅的误解部分重，关于他们自己参加文艺工作的话也很多，而对于创造社实在的事情却比较少。现在这本书一时找不到，我当时粗心读了一遍，现在都记不得了。此外如张资平、陶晶孙、龚持平先生等也都有过记述，各人观感所及，自然都是很有价值的，我在这里勉强的思索着，逼出一点“回忆”来，恐怕不三不四，会觉得可笑吧。

## 二



说实在话，据我所知，创造社是根本不曾有过组织。第一，创造社不曾有过什么社址；第二，创造社不曾有过什么章程简章，连章程草案都没有人想起过；第三，创造社不曾有过什么社员名册，甚至连“社员”这两个字也从没有人提起。所以我可以说，创造社不是一个组织，乃是一个运动，是五四新文艺运动中的一个较大的主流，与当时的文学研究会和语丝社鼎足而三。迩时文学研究会大概是有组织的，语丝社恐怕就没有组织了。所谓意气相投，见解相近的人，自然会集合到一起来，于是文学研究会、语丝社、创造社，自然而然的各成一流了。文学研究会有商务印书馆为他们做出版后台，语丝社有北新书局做他们的出版后台，创造社虽有泰东书局做他们的出版后台，可是泰东书局却经营的非常不合理，老板赵南公糊涂，经理人换了好几个都是揩油圣手，一个人只要做上半年泰东经理，马上自己去开书店了。同时外埠的烂账亦放得可惊，很少收得回来。因之，泰东书局出版创造社旧著作，名气做得很大，钱亦赚的不少，实在书店方面却是越做越空，作家方面的报酬便根本谈不到，郭、成、郁等人到了上海，在“北京同兴楼”喝酒吃饭可以挂账，临走旅费可以有着，但是谈到稿费版税的话便无法兑现，只好用言语支吾过去了。文学研究会靠商务印书馆生活的人很多，语丝社靠北新书局生活的人也不少，可是创造社靠泰东书局生活的人便一个也没有，连一点小小的贴补也没有，作家们在生活上与书店毫无关系，写作的兴趣自然不免淡下去，即使有作品，也不想交到书店去出版了。

塞翁失马，焉知非福。文学研究会的人靠商务印书馆生活，语丝社的人靠北新书局生活，生活所在，拘束随之。创造社靠不到泰东书局的生活，却也不受泰东书局的拘束，甚至反过来还可以批评批评书店方面的人，写作的态度比较自由，言论的胆量也大了。若象文学研究会的人，在大书店的供养之下，生活感到舒适，自然发生留恋之想，一有留恋的想头，凡事都唯平稳是重，进取的志气完全消失了。所以到后来创造社的人常常向文学研究会的人挑战，文学研究会的人总是默默的一声不响。鲁迅这个强项的汉子，似乎常常想对创造社进攻一下，但是没有用，他总是落在创造社的后头。



## 三

创造社靠不到一家书店以安定同人的生活，表面看来固然是祸，进一步去研究却实在又是福。原来他们不能靠写作生活，势必奔走奋斗求生，生活经验充实，这在写作上是直接的帮助。其次，他们靠不到书店出版他们的著作，结果在多年的挣扎之下便成立了出版部。创造社的有出版部，实在是创造社奋斗的重要基础，创造社所以没有象文学研究会和语丝社那样的流于空洞，流于无声无息，出版部的影响是很大的。创造社没有组织，没有机关，可是有了出版部，创造社的力量便无形中凝聚起来强大起来了。同时因为创造社出版部的成立，也开了作家自办书店的先声，例如当时的开明书店，太阳社等等，便多少是看了创造社出版部的经验而成立的。

创造社出版部的成立，应归功于周全平先生。全平原是学农艺的，在南翔的一个农场中办事，因为爱好文艺，和郭沫若先生混熟了。全平常由南翔乘脚踏车来上海，行动比较方便，可以常到上海看沫若，先在泰东书局出过一本《烦恼的网》，民国十三四年时《创造周报》《创造》季刊都已停止。全平那时一家都住在城内阜民路，办《洪水》半月刊，阜民路那个地方我去过一次。大概《洪水》出到半年，全平看看销路很好，但颇受经销书店的拘束和剥削，想自办出版发行，便想到为创造社办出版部了。那时我在泰东书局，全平要办出版部，以为我是书店的内行，要我帮忙，我答应了。为交通近便，在闸北宝山路三德里租下了A字十一号单开间二层楼的房子，我和梁预人先生先搬住楼下后间，叶灵凤则住一小亭子间，叫木匠在楼下做了许多书架，就此开起书店来了。同时来的有邱韵铎先生，后来潘汉年、戈〔柯〕仲平、成绍宗先生等也都来了。郁达夫先生也住过半个多月，有什么事情总唤"梁君梁君"，我们那位梁预人先生无可奈何的只好听他使唤，我们旁人却想为什么不叫"梁先生"，一定要叫"梁君"呢！

我们大家搬定了后，全平的母亲和妹妹等，也从城内阜民路搬了过来，住了前楼大间。老伯母喜欢看书，恐怕是十五年的春天或十四年的秋天，有一晚看书不当心，也许是睡着了，洋蜡烛倒了，蚊帐被头都烧光，全平为了救火，烧了两手的泡。我们楼下的人根本不知道有失火这回事，还是第二天的早晨看见全平的手灼伤了，问起来他才告诉了我。所以不久，全平就在后面第三弄租了一间房子，恐怕是二十七号，一家都搬过去了。



我们当时的得意情绪是很高的，连A字十一号的门牌也得意起来，写成A11，又特别出了《A11》周刊，只出了二三期，因为不发外埠，所以知道的人不多。至于《幻洲》，原由出版部出版，后来有别的书店愿意承受，并且稿费也优，于是灵凤汉年就把这个常常叫着的"沙漠中的幻洲"送出去了。（编者按：其后《幻洲》系由光华书局出版，叶灵凤编文艺方面，潘汉年编社会科学及杂文方面。）我们这几个小伙计，全平沉着，汉年是最不能安静的。我们大家什么事情都共同做，包书也要大家来，灵凤，汉年是能躲则躲，否则敷衍一下，戈仲平包书的时候骂人骂得最利害，连声"×他妈的，他们写的稿子要咱们打包！"但书却是仲平包得最多。

## 四

创造社的出版部在宝山路，一时如通信图书馆等也都在附近办事，又赤色济难会的一个机关便在出版部的斜对门。在无形中，人家看来，我们这个出版部好象是赤色的。出版部开门市，常常有赤足拖木屐的人来买书，他们都是在工厂中做工的。学生跑远路来买书的也很多。看看是偏僻弄堂，出进的人却多，所以警察局是早就注意了。民国十五年广州誓师开始北伐，沫若参加了总政治部的工作，当时的《新申报》便把我们的出版部和广东的誓师北伐联在一起，说我们是上海的联络机关，做着采办军火和经手经费等事情，我们当时不看《新申报》，所以没有注意。就在《新申报》刊载破坏创造社消息的当天中午，宝山路的警察局便派了十几个警探来搜查，楼上楼下，连马桶，保险箱，账簿等都查过了，查不到丝毫可疑的证据。实在，我们的确是办出版事业，绝没有想到以外的事情。警察查完了没有什么，不好意思似的走了。可是去了不久，却又回来了，不过警察人数减少，只有五人，形势松懈了许多。领头的那个警察抱歉地说，“局长请各位去谈话，对不起请跑一趟！”话说得非常客气。当时在出版部内的是戈仲平、成绍宗、叶灵凤和我，我们四个人自然不加抗辩，跟着走了。好在宝山路警察局离出版部很近，数十步就到；但到了宝山路警察局，局长却并不和我们谈话，等了约有一个钟点，由一辆非常漂亮的汽车（据说是警察局向商务印书馆借的）保护严密的把我们送到南市警察厅。那时的警察厅长不是李宝章便是严春阳，正是大刀队杀人最厉害的时候。警察厅的拘留地方，本来是污浊不堪，更加又是夏季最热天气，我们四个人关在里面，没有生病总算幸运。又当时全平和汉年因为在后面一个弄堂里，所以没有一同被捕；也正因为没有一同被捕，全平便可以奔走活动。全平十尢可奈何之中，最后找到了商务印书馆的总经理高梦旦先生，高先生写信给淞沪督办丁文江先生，丁先生再写信给警察厅说情，说我们这些文人不会有什么大不了的事情，意思之中他表示担保，警察厅自然只好放我们出来了。可是我们在警察厅已经关了五天，司法科也询问了一次，罪名是“共产党”，如果不是督办亲自写信解释，这次官司是不好办的。丁文江先生的信一送到警察厅，马上发生效力，全平就在中午叫了一辆很漂亮的汽车接我们出来，但警察厅还要一个随传随到的铺保，当时全平向承印创造社书籍的友文印刷所商恳，这家印刷所的主人姓陶，绍兴人，他竟一口拒绝了。后来还是警察厅的办事人和我和全平一同乘汽车到我哥哥的一家公司，哄骗式的盖了一张空白保单了案。不单公司的人莫明其妙，就是我哥哥也不知道我闹的什么事呢！

事后汉年研究这事情的祸根，说是和李芾甘（即巴金）吵架闹出来的。因为李是安那其，孙传芳当时利用他们办《新申报》，汉年是共产党，依附在创造社，他们两人吵架，李利用《新申报》破坏汉年，连累创造社，结果我们做伙计的吃了一场冤枉官司。不过关于李芾甘的话究竟是否事实，从来没有对证过，我想李芾甘后来在文艺方面能有那样大的成就，我个人对他也非常钦佩，我不相信真有其事，也许是附会而成的猜测之词吧。

## 五



创造社的被搜查和办事人之被拘禁，是民国十五年夏天的事情。国民革命军誓师北伐，沫若做了总司令部政治部的宣传科长，因而连累到上海的创造社出版部，连累到我们这批小伙计。当时我们在上海出事，他们在广州的人非但没有一句话安慰，甚至我们在上海吃冰淇淋，他们也来信责问。尤其达夫对全平进攻得最厉害，就在这年的秋末冬初，达夫将从中山大学结束回沪，全平先把社里的事情料理清楚；交叶灵凤代管，他便到北京去了。我那时候看着老大不自在，当然不想干了；仿吾从广州来信慰留，我连回信也没有写，糊里糊涂的就那样买了船票到天津，再到北京。到北京找到全平，全平的心绪似乎很乱——我现在却想到全平的老练，我那时做人太幼稚了。我那时被达夫看做周全平派，而我和全平却从没有一句涉及个人的约定，在北京住在出版部的分部约有一个月，据说全平到东北开垦去了，我把带去的钱用完了，举目无依的也就只好回到上海来。

我那次到北京去，有两个动机：一是下意识的跟全平跑，一是家里将给我结婚，想逃避到外地去。可是等我到了北京，全平并没有要我在一起的意思，在北京人地生疏毫无生存办法，家中来信逼令回去，否则父亲将到北京来寻我，说起来还是我做人幼稚，这样我又动摇了，又由北京回上海，再回到故乡，听着父亲的命令结婚了。结婚不到三个礼拜，又携了一个铺盖卷，一只小提箱出门了。这次出门虽说是到上海，但去上海也无目标，无非是家里住不安心，胡乱到外面去冲，但冲什么，则连自己也没有想到。十六年一月底回到上海，又是下意识的到了出版部，达夫叫灵凤来问我，好不好仍留在出版部做事。我当时的心理，留在出版部总是不愿意，我不服达夫。刚巧梁预人有安徽同乡要到江西南昌去找杨正宗，这个人的姓名恐怕是刘振声，我现在想不起了，我也正想着去找沫若，我对梁预人露了一点意思，他便一口劝我同去。我记得当时是把家里带出来的金戒当了，当票送了朋友，便和姓刘的朋友一起动身。动身的时候上海已经酝酿着罢工，空气极不稳，但我们竟能无阻难的到达了南昌。到南昌住下旅馆，叫茶房先送个信到总政治部，汉年便来找我们，就在第二天，我们便搬到百花洲的总政治部去，我担任的事是编国民革命军日报。我见了沫若没有多说话，他的耳朵是重听，我对不是极熟的人说话不用大声音，所以还是不多说话的好。

在南昌约二个月，正是酝酿宁汉分裂的时候，沫若对许多事情似乎都不能与总司令投合。譬如总司令封闭的工会农会，以至于逮捕的工人农人，沫若常常是相反的要求恢复，要求释放。又有一次总司令部做纪念周，沫若先报告批评当时的革命情势，军事发展得太快，政治发展得太慢，政治赶不上军事，对革命是很严重的危机。总司令当时便严重提出纠正，认为目前的中国革命信赖军事支持，不应当说政治赶不上军事，沫若与总司令在言论上，在行动上，常常针锋相对，发生矛盾，可是总司令对沫若绝没有采取任何压制的手段。等到总司令部开拔离开南昌的时候，竟没有通知政治部，无形中放弃了政治部了。直到第二天，大家才知道总司令部开拔了，我们便随着开拔，先到九江，再到安庆，可是到了安庆没有继续追随到南京去，最后仍回九江，沫若和一部分人便留在九江，我们一行八九个人便到汉口去听命令。在汉口住了不到十天，说是派到上海去。我们听说到上海去，自然非常兴奋，连夜买了船票东下，到南京换乘火车，火车到上海刚刚天明，转到南站下车，一行六个人雇了二辆汽车，兴高彩烈的驰向总政治部去，可是走进门，一个个的都被扣留着了。我们的政治经验都很浅，简直莫名其妙，问卫兵也说不出个道理来，等到把我们送到白崇禧的东路总指挥部，原来昨（四月十二日清党这天）晚总政治部的人便已全体捉了过来，我们第二天一早进去，真是自投罗网。有人说，我们好得是在总指挥部，如在陈群、杨虎的特务处，脑袋恐怕也会搬场的，后来陈杨临下台，忙乱中判我们监禁一年到二年不等，我则被判二年。

在漕河泾的监狱里，我遇到好几个创造社的小股东也被监禁着，我私下想创造社给予一般学生和工人的影响实在不小。

## 六

我被判监禁二年，但到一年四五个月的时候，军事委员会特别法庭重审，判决无罪开释了。这一年四五个月的监禁，自然只好算是吃的冤枉苦头。但因为这次监禁的关系，又连带的影响到一点创造社变化的小关系。当时与我一同被监禁的还有资平的一位侄儿张尚武先生，尚武和我同牢了一年多，日夕相处，感情自然很深，同时对革命失败的情绪也很厉害，两个人计划着出狱以后做什么事情，想到无事可做的时候，找资平一同来办书店也好，这样的每天谈着，脑经里面的印象都很深了。刚好尚武于十七年的五月底期满出去，而我则在六月初头重审出狱，到外面相会，更感兴奋。尚武说资平决定办书店要我合作。当时赵南公先生也对我很热心，想我到泰东书局去，独清则想我到出版部去，结果因为尚武早有约定，我们便办起乐群书店来了。



乐群书店成立，这便好象创造社分出来的一个小派别，沫若首先把他译的辛克莱巨著《石炭王》交给乐群出版，陈启修（豹隐）先生则译了河上肇的《经济学大纲》，有这两本大书，营业方面自然颇有声色。当时同样的小书店也颇不少，如远东图书公司、春潮书局、新宇宙书店、南强书店、春野书店等等。乐群书店在小书店中又好象是首屈一指似的，这当然是因为资平的关系，他在作家中的地位较高，又和许多作家都相熟，所以乐群书店的开办，总算是很顺利的。但后来不幸的是我和资平间感情发生裂痕，我退出了乐群书店，当时他召集了所谓股东会议，我虽也是股东之一，可是他招来的人总是为他说话，所以我当时一句话都不说，他要我怎么办我便怎么办。我想我的努力是无限的，前途是远大的，争亦争不出什么结果，顺从着资平的意思，一切股款和版税等都不取现金，拿了一些书作抵，便算退出乐群书店了。当时倒是一些第三者的刊物说了些抱不平的话，尤其资平在开头说办书店不为赚钱，书店办好后预备送我们到日本去留学，但等书店办成后却把人家赶走，这一点最受批评。可是我却一句话都不说，一个自以为被欺骗的人，事后噜嗦不休，表示吃不起亏，这不是有志气的汉子。即使真是欺骗了，欺骗者固然不应该，而被欺骗者也没有什么光荣啊！

我在乐群时，沫若有一次给信民治和汉年，大骂我混帐不肯付他的版税，汉年且把原信给我看，我自然只好苦笑。后来我离开了乐群，我不说一句话来解释，他们也可以明白我了。我在那时候得了一个深刻的经验，就是努力文艺的人，感情太会冲动，品格缺少修养，浅薄的作家，其可恶的程度实不下于奸商，于是我下了决心，回家闭门读书，几乎有十年的长期间与文艺绝缘。我不敢鄙视文艺，但我领略到了文艺的残酷性。狂暴的感情没有思想的力量来组织和支持，在反动的统治者之前只有自投阱陷，而对青年也等于自杀罢了。



我离开了乐群书店，不久乐群书店便收歇了。创造社出版部被封，改开江南书店，待江南书店再封，那时大概斩草除根，纸型一类的东西都被销毁，以后虽不见得已是声息俱无，不过我是不知道消息了。又大概在民国十八年的时候，全平再回上海，又做他的文化活动计划，给沫若印了几套书，在老西门开“西门书店”兼咖啡座，后来又搬到牛庄路一个地方的二层楼，便常常借这个地方开会。有一次全平要我拿几十万元钱办印刷所，我因为没有经验没有答应。不久之后，我以左联执委的资格到杨树浦一带的工厂区担任《红旗日报》的记者，全平的消息又断了。接着闹立三路线的斗争，各种工作都消沉下去，我由杨树浦搬回家去，听说全平把赤色互济会的公款帮了反动派的忙，无法交代，从此失踪了。有人说他又回东北种田去了，可是我却始终没有再听到他的消息。此外，梓年、汉年、灵凤等，在重庆、香港偶而碰过面，资平、晶孙、韵铎、持平等这几年来算是常常会面，但持平最近患肺病逝世了。想起来，创造社虽不是一个硬性组织的团体，但却是一个奋斗者的自然的群集，我们谁都没有强硬的拘束谁，但却有一种自然的向心力，互相吸引着向前行进。创造社的分子散布全国，每一个分子都是一个斗士，也许有人会说某人衰老了、颓废了，可是就把这所谓衰老的颓废的来说，他们的活力也还是一般人所不能企及的。

原载1945年5月16日《申报月刊》复刊第3卷第5期

# 论郁达夫

郭沫若

我这篇小文不应该叫作“论”，只因杂志的预告已经定名为“论”，不好更改，但我是只想叙述我关于达夫的尽可能的追忆的。

我和郁达夫相交远在民国三年（一九一四年）。那时候我们都在日本，而且是同学同班。

那时候的中国政府和日本有五校官费的协定，五校是东京第一高等学校，东京高等师范学校，东京高等工业学校，千叶医学校，山口高等商业学校。凡是考上了这五个学校的留学生都成为官费生。日本的高等学校等于我们今天的高中，它是大学的预备门。高等学校在当时有八座，东京的是第一座，在这儿有为中国留学生特设的一年预备班，一年修了之后便分发到八个高等学校去，和日本人同班，三年毕业，再进大学。我和达夫同学而且同班的，便是在东京一高的预备班的那一个时期。

高等学校的课程在当时分为三个部门，文哲经政等科为第一部，理工科为第二部，医学为第三部。预备班也是这样分部教授的。但因人数关系，一三两部是合班教授。达夫开始是一部，后来又转到我们三部来，分发之后，他是被配在名古屋的第八高等，我是冈山的第六高等，但他在高等肄业中，又回到一部去了，后来他是从东京帝国大学的政治经济学部毕业，我是由九州帝国大学医学部毕业的。

达夫很聪明，他的英文德文都很好，中国文学的根底也很深，在预备班时代他已经会作一手很好的旧诗，我们感觉着他是一位才士。

他也喜欢读欧美的文学书，特别是小说，在我们的朋友中没有谁比他更读得丰富的。

在高等和大学的期间，因为不同校，关于他的生活情形，我不十分知道。我们的友谊重加亲密了起来的是在民国七年以后。

一九一八年的下半年我已被分发到九州帝国大学，住在九州岛的福冈市。适逢第六高等的同学成仿吾，陪着他的一位同乡陈老先生到福冈治疗眼疾，我们在那时有了一个计划，打算邀集一些爱好文学的朋友来出一种同人杂志。当时被算在我们的同人里面的便有东京帝大的郁达夫，东京高师的田汉，熊本五高的张资平，京都三高的郑伯奇等。这就是后来的创造社的胎动期。创造社的实际形成还是在两年之后的。

那是民国九年的春天，成仿吾在东京帝国大学造兵科研究了三年，该毕业了，他懒得参加毕业考试，在四月一号要提前回国。我自己也因为听觉的缺陷，搞医学搞得不耐烦，也决心和仿吾同路。目的自然是想把我们的创造梦实现出来。那时候达夫曾经很感伤地写过信来给我送行，他规戒我回到上海去要不为流俗所染，而且不要忘记我抛别在海外的妻子。这信给我的铭感最深，许多人都以为达夫有点“颓唐”，其实是皮相的见解。记得是李初梨说过这样的话：“达夫是摩拟的颓唐派，本质的清教徒”。这话最能够表达了达夫的实际。

在创造社的初期达夫是起了很大的作用的。他的清新的笔调，在中国的枯槁的社会里面好象吹来了一股春风，立刻吹醒了当时的无数青年的心。他那大胆的自我暴露，对于深藏在千万年的背甲里面的士大夫的虚伪，完全是一种暴风雨式的闪击，把一些假道学假才子们震惊得至于狂怒了。为什么？就因为有这样露骨的真率，使他们感受着作假的困难。于是徐志摩诗哲们便开始痛骂了。他说：创造社的人就和街头的乞丐一样，故意在自己身上造些血脓糜烂的创伤来吸引过路人的同情。这主要就是在攻击达夫。

达夫在暴露自我这一方面虽然非常勇敢，但他在迎接外来的攻击上却非常的懦弱。他的神经是太纤细了。在初期创造社他是受攻击的一个主要对象。他很感觉着孤独，有时甚至伤心。记得是民国十年的夏天，我们在上海同住。有一天晚上我们同到四马路的泰东书局去，顺便问了一下在五月一号出版的《创造》季刊的创刊号的销路怎样。书局经理很冷淡地答应我们：“二千本书只销掉一千五。”我们那时则生了无限的伤感，立即由书局退出，在四马路上接连饮了三家酒店，在最后一家，酒瓶摆满了一个方桌。但也并没有醉到泥滥的程度。在月光下边，两人手牵着手走回哈同路的民厚南里。在那平滑如砥的静安寺路上，时有兜风汽车飞驰而过，达夫曾突然跑向街心，向着一辆飞来的汽车，以手指比成手枪的形式，大呼着：“我要枪毙你们这些资本家！”

当时在我，我是感觉着：“我们是孤竹君之二子。”

胡适之攻击达夫的一次，使达夫最感着沉痛。那是因为达夫指责了某君的误译，胡适帮忙误译者对于我们放了一次冷箭。当时我们对于胡适并没有什么恶感，无宁是怀着敬意的。我们是“异军苍头突起”，对于当时旧社会毫不妥协，而对于新起的不负责任的人们也不惜严厉的批评，我们万没有想到以开路先锋自命的胡适竟然出以最不公平的态度而向我们侧击。这事在胡适自己似乎也在后悔，他在当时只把我们当成了一批上海的洋场恶少，轻易地树下了一批敌人。但经他这一激刺，倒也值得感谢，使达夫产生了一篇名贵一时的历史小说，即以黄仲则为题材的《采石矶》。这篇东西的出现，使得那位轻敌的开路先锋也确切地感觉到自己的冒昧了。

胡适是开风气之先的人，我们并不否认。但因出名过早，而膺誉过隆，使得他生出了一种过分的自负心，这也是无可否认的实情。他在文献的考证上有他不可磨灭的成就，但要说到文学的创作上来，认真说，他始终是在门外。然而他的门户之见却是很谨严的，他对创造社从来不曾有过好感，对于达夫，他们后来虽然也成为了“朋友”，但在我们第三者看来也不象有过什么深切的友谊。

我在民国九年一度回到上海之后，感觉着自己的力薄，文学创作的时机并未成熟，便把达夫拉回来代替了我，而我又各自去搞医学去了。医学搞毕业是民国十二年春，回到上海和达夫仿吾同住，仿吾是从湖南东下，达夫是从安庆的法政学校解了职回来，当时我们都是无业的人，集中在上海倒也热烈地干了一个时期，《创造》季刊之后，继以《创造周报》，《创造日》，还出了些丛书，情形和两年前大不相同了。

但生活却是窘到万分。

十二年秋天北大的陈豹隐教授要往苏联，有两小时的统计学打算请达夫去担任，名分是讲师。达夫困于生活也只得应允，便和我们分手到了北平。他到北平以后的交游不大清楚，但我相信“朋友”一定很多。然以达夫之才，在北平住了几年，却始终是一位讲师，足见得那些“朋友”对于他是怎样的重视了。

达夫的为人坦率到可以惊人，他被人利用也满不在乎，但事后不免也要发些牢骚。《创造周报》出了一年，当时销路很好，因为人手分散了，而我自己的认识已开始转换，不愿继续下去，达夫却把这让渡给别人作过一次桥梁，因而有所谓创造社和太平洋社合编的《现代评论》出现。但用达夫自己的话来说，他不过是被人用来点缀的“小丑”而已。

达夫一生可以说是不得志的一个人，在北大没有当到教授，后来（十三年初）同石瑛先生到武大去曾经担任过教授，但因别人的政治倾向不受欢迎而自己受了连累，不久又离开了武汉。这时候我往日本去跑了一趟又回到了上海来，上海有了五卅惨案发生，留在上海的创造社的小朋友们不甘寂寞，又搞起《洪水》半月刊来，达夫也写过一些文章。逐渐又见到创造社的复活。直到十五年三月我接受了广州大学文学院长的聘，又才邀约久在失业中的达夫和刚从法国回国的王独清同往广州。



达夫应该是有政治才能的，假如做外交官，我觉得很适当。但他没有得到这样的机会。他的缺点是身体太弱，似乎在二十几岁的时候便有了肺结核，这使他不能胜任艰剧。还有一个或许也是缺点，是他自谦的心理发展到自我作贱的地步。爱喝酒，爱吸香烟，生活没有秩序，愈不得志愈想伪装颓唐，到后来志气也就日见消磨，遇着什么棘手的事情，便萌退志。这些怕是他有政治的才能，而始终未能表现其活动力的主要的原因吧。

到广州之后只有三个月工夫，我便参加了北伐。那时达夫回去到北平去了，我的院长职务只好交给王独清代理。假使达夫是在广州的话，我毫无疑问是要交给他的。这以后我一直在前方，广州的情形我不知道。达夫是怎样早离开了广州回到上海主持创造社，又怎样和朋友们生出意见闹到脱离创造社，详细的情形我都不知道。在他宣告脱离创造社以后，我们事实上是断绝了交往，他有时甚至骂过我是“官僚”。但我这个“官僚”没有好久便成了亡命客，我相信到后来达夫对于我是恢复了他的谅解的。

十七年二月到日本去亡命，这之后一年光景，创造社被封锁。亡命足足十年，达夫和我没有通过消息。在这期间的他的生活情形我也是不大清楚的。我只知道他和王映霞女士结了婚，创作似乎并不多，生活上似乎也不甚得意。记得有一次在日本报上看见过一段消息，说暨南大学打算聘达夫任教授，而为当时的教育部长所批驳，认为达夫的生活浪漫，不足为人师。我感受着异常的惊讶。

就在芦沟桥事变前一年（二十五年）的初头，达夫忽然到了日本东京，而且到我的寓所来访问我。我们又把当年的友情完全恢复了。他那时候是在福建省政府做事情，是负了什么使命到东京的，我已经不记忆了。他那时也还有一股勃勃的雄心，打算到美国去游历，就因为他来，我还叨陪着，和东京的文人学士们周旋了几天。



次年的五月，达夫有电报给我，说当局有意召我回国，但以后也没有下文。七月芦沟桥事变爆发了，我得到大使馆方面的谅解和暗助，冒险回国。行前曾有电通知达夫，在七月十七日到上海的一天，达夫还从福建赶来，在码头上迎接着我。他那时对于当局的意态也不甚明了，而我也没有恢复政治生活的意思，因此我个人留在上海，达夫又回福建去了。

二十七年，政治部在武汉成立，我又参加了工作。我推荐了达夫为设计委员，达夫挈眷来武汉。他这时是很积极的，曾经到过台儿庄和其它前线劳军。不幸的是他和王映霞发生了家庭的纠葛，我们也居中调解过。达夫始终是挚爱着王映霞的，但他不知怎的，一举动起来便不免不顾前后，弄得王映霞十分难堪。这也是他的自卑心理在作祟吧？后来他们到过常德，又回到福州，再远赴南洋，何以终至于乖离，详细的情形我依然不知道。只是达夫把他们的纠纷做了一些诗词，发表在香港的某杂志上，怕是最大的原因吧？那一些诗词可以称为绝唱，但我们设身处地替王映霞女士作想，那实在是令人难堪的事。自我暴露，在达夫仿佛是成为一种病态了。别人是“家丑不可外扬”，而他偏偏要外扬，说不定还要发挥他的文学的想象力，构造出一些莫须有的“家丑”。公平地说，他实在是超越了限度。暴露自己是可以的，为什么要暴露自己的夫人？这夫人假使是旧式的无知的女性，或许可无问题，然而不是，故所以他的问题弄得来不可收拾了。

达夫到了南洋以后，他在星岛编报，许多青年在文学上受着他的熏陶，都很感激他。南太平洋战事发生后，星加坡沦陷，达夫的消息便失掉了。有的人说他已经牺牲，有的人说他依然健在，直到最近才得到确实可靠的消息，他可能是已经不在人世了。

十天前，达夫的一位公子郁飞来访问我，他把沈兹九女士写给他的回信给我看，并抄了一份给我，他允许我把它公布出来。凡是达夫的朋友，都是关心着达夫的生死的，一代的文艺斗士假使只落得一个惨淡的结局，谁也会感觉着悲愤的吧？



“郁飞小朋友：

信早收到。因为才逃难回来，所以什么事情都得从头理起，忙得很，到今天才复你，你等得很着急了吧。

你爸爸是在日本人投降后一个星期才失踪的，到现在还没有回来，大约是凶多吉少了。关于你爸爸的事是这样：

在星加坡沦陷前五天，我们一同离开星加坡到了苏门答腊附近的小岛上，后来又溜进了苏门答腊。那时我们大家都改名换姓，化装了生意人，谁也不知道我们的来历。有一次你爸爸不小心，讲了几句日本话，就被日本宪兵来抓去，强迫他当翻译。他没有办法，用‘赵廉’这个假名在苏岛宪兵部工作了六个月。在这期间，他用尽方法掩护自己，同时帮忙华侨，所以他给当地华侨印象极好。他在逃难中间的生活很严肃。那时我们也在同一个地方，不过我们住的是乡下。他常常偷偷地来看我们，告诉我们日本人的种种暴行，所以他非常恨日本人。后来，他买通了一个医生，说有肺病不得不辞职，日本人才准了他。

一年半以后，星加坡来了一个汉奸，报告日本宪兵，说他在做国际间谍。当地华侨为这事被捕的很多，日本人想从华侨身上知道你爸爸是否真有间谍行为，结果谁也说没有；所以仍能平安无事。在这事发生以前，我们因为邵宗汉先生和王任叔伯伯在棉兰，要我们去，我们就去棉兰了。他和汪金丁先生和其他的朋友在乡间开了一间酒厂，生意很好，就此维持生活。

直到日本人投降后，他想从此可以重见天日了，谁知一天夜里，有一个人来要求他帮忙一件事情，他就随便拖了一双木屐从家里走出，就此一去不返。至于来诱他出去的人那是谁，现在还不清楚，大约总是日本人。我们为了这事从棉兰赶回苏，多方面打听，毫无结果。以后我们到了星加坡，又报告了英军当局，他们只说叫当地日本人去查（到现在，那里还是日军维持秩序），那会有呢？

问题是在此：日本降后，照例兵士都得回国，而宪兵是战犯，要在当地听人民控告的。人民控告时，要有人证物证，你爸爸是最好的人证，所以他们要害死他了。而他当时没有想到这一层；没有早早离开，反而想在当地做一番事业。

你不要哭，在这几年中间，你爸爸很勇敢很坚决，这在你也很有荣誉的。况且人总有一死的呀，希望你努力用功！再会。

你的大朋友沈兹九”

看到这个“凶多吉少”的消息，达夫恐怕确实不在人世了。这也是生为中国人的一种凄惨，假使是在别的国家，不要说象达夫这样的文学史上不能磨灭的人物，就是普通一个公民，国家都要发动她的威力来清查一个水落石出的，我现在只好一个人在这儿作些安慰自己的狂想。假使达夫确实是遭受了苏门答腊的日本宪兵的屠杀，单只这一点我们就可以要求把日本的昭和天皇拿来上绞刑台！英国的加莱尔说过“英国宁肯失掉印度，不能失掉莎士比亚”；我们今天失掉了郁达夫，我们应该要日本的全部法西斯头子偿命！……

实在的，在这几年中日本人所给予我们的损失，实在是太大了，大到不用说是不可计量的地步。但就我们所知道的范围内，在我们的朋辈中，怕应该以达夫的牺牲为最惨酷的吧。达夫的母亲，在往年富春失守时，她不肯逃亡，便在故乡饿死了。达夫的胞兄郁华（曼陀）先生，名画家郁风女士的父亲，在上海为伪组织所暗杀。夫人王映霞女士离了婚，已经和别的先生结合。儿子呢？听说小的两个在家乡，大的一个郁飞君是靠着父执的资助，前几天飞往上海去了。自己呢？准定是遭了毒手。这真正是不折不扣的“妻离子散，家破人亡”！达夫的遭遇为什么竟要有这样的酷烈！

我要哭，但我没有眼泪。我要控诉，向着谁呢？遍地都是圣贤豪杰，谁能了解这样不惜自我卑贱以身饲虎的人呢？不愿再多说话了。达夫，假使你真是死了，那也好，免得你看见这愈来愈神圣化了的世界，增加你的悲伤。

（三月六日）

原载1946年4月1日《人物杂志》月刊第3期

# 鲁迅与王国维（摘录）

郭沫若

在近代学人中我最钦佩的是鲁迅与王国维。但我很抱愧，在两位先生生前我都不曾拜见过，而认识了他们的伟大却都是在他们的死后。毫无疑问，我是一位后知后觉的人。

我第一次接触鲁迅先生的著作是在民国九年《时事新报·学灯》的《双十节增刊》上。文艺栏里面收了四篇东西，第一篇是周作人译的日本小说，作者和作品的题目都不记得了。第二篇是鲁迅的《头发的故事》。第三篇是我的《棠棣之花》（第一幕）。第四篇是沈雁冰（那时雁冰先生还没有用“茅盾”的笔名）译的爱尔兰作家的独幕剧。《头发的故事》给予我的铭感很深。那时候我是日本九洲帝国大学的医科二年生，我还不知道鲁迅是谁，我只是为作品抱了不平，为什么好的创作反屈居在日本小说的译文的次位去了？那时候编《学灯》栏的是李石岑，我为此曾写信给他，说创作是处女，应该尊重，翻译是媒婆，应该客气一点。这信在他所主编的《民铎》杂志发表了。我却没有料到，这几句话反而惹起了鲁迅先生和其他朋友们的不愉快，屡次被引用为我乃至创造社同人们藐视翻译的罪状。其实我写那封信的时候，创造社根本还没有成形的。

有好些文坛上的纠纷，大体上就是由这些小小的误会引起来了。但我自己也委实傲慢，我对于鲁迅先生的作品一向很少阅读的。记得《呐喊》初出版时，我只读了三分之一的光景便搁置了。一直到鲁迅死后，那时我还在日本亡命，才由友人的帮助，把所能搜集的单行本，搜集了来饱读了一遍。象《中国小说史略》一书，我只读过增田涉的日译本，一直到现在还没有读过原文。自己实在有点后悔，不该增上傲慢，和这样一位值得请教的大师，在生前竟失掉了见面的机会。

事实上我们是有过一次可以见面的机会的。那是在大革命失败后的一九二七年年底，鲁迅先生已经辞卸广州中山大学教务主任早回到了上海，我也从汕头香港逃回到上海来了。在这时经由郑伯奇蒋光慈诸兄的中介曾经有过一次切实合作的酝酿。我们打算恢复《创造周报》，适应着当时的革命退潮期，想以青年为对象，培植并维系着青年们的革命信仰。我们邀请鲁迅先生合作，竟获得了同意，并曾经在报上登出过周报复刊的广告，鲁迅先生列第一名，我以"麦克昂"的假名列在第二，其次是光慈伯奇诸人。那时本来可以和鲁迅先生见面的，但因为我是失掉了自由的人，怕惹出意外的牵累，不免有些踌躕。而正在我这踌躕的时候，后期创造社的几位朋友回国了，他们以新进气锐的姿态加入阵线，首先便不同意我那种"退撄"的办法，认为《创造周报》的使命已经过去了，没有恢复的必要，要从新另起炉灶。结果我退让了。接着又生了一场大病，几乎死掉，病后我又亡命到日本去，创造社的事情以后我就没有积极过问了。和鲁迅先生的合作，就这样不仅半途而废，而且不幸的是更引起了猛烈的论战，几乎弄得来不可收拾。这些往事，我今天来重提，只是表明我自己的遗憾，我与鲁迅先生的见面，真真可以说是失诸交臂的。

一九四六年九月十四日

原载1946年10月1日上海《文艺复兴》月刊第2卷第3期

# 一封信的问题

郭沫若

今天展读《人世间》第六号许寿裳先生所写的《亡友鲁迅印象记》，有这样一节：

“他又告诉我：罗曼·罗兰读到敬隐渔的法译《阿Q正传》说道，这部讽刺的写实作品是世界的，法国大革命时也有过阿Q，我永远忘记不了阿 Q 那副苦恼的面孔。因之罗氏写了一封给我的信托创造社转致，而我并没收到。因为那时创造社对我笔战方酣，任意攻击，便把这封信抹煞了。……鲁迅说罢一笑，我听了为之怃然。”

许先生叙述得很婉婉，而于措辞之中却严正地寓有春秋褒贬的笔法。鲁迅先生的“一笑”自然表尽鲁迅先生的宽大与不念旧恶，而寿裳先生的“抚然”则既悲文物之堙灭，复悯人性之卑劣，真是慨乎具难言了。

不过这个问题却是值得追究的一个问题。

在抗战前一年我还在日本亡命的时候，看见了增田涉的《鲁迅论》，发表在《改造》杂志上，也提出了这个问题。后来这篇文章被台湾的一部文艺青年翻译成了中文，登在他们的杂志《文艺青年》上，因为他们寄了一份给我，我便接触到这个问题的第二次的提出。我当时写了一封信给台湾的青年们，说明我相信，创造社的朋友们不至卑劣到这样的地步。当时敬隐渔还在，罗曼·罗兰也还在，我以为是可以弄得一个水落石出的。台湾的朋友们把我的信在他们的来志上发表了，惹得那位霸气十足的英雄增田涉又回骂了我一通，说：他就恭候着我的一个水落石出。

惭愧得很，芦沟桥事变发生后，我结束了十年的亡命生活逃回了祖国来。回到上海一探问，才知道敬隐渔先生得了狂疾从法国回来，不久便蹈海死了。糟糕，这算是死了一个证人。八年抗战当中，为着工作忙，也为着时局的不如意，把这个问题也就寄放着了。但不幸罗曼·罗兰先生在三年前又成了故人了。

半年前承一位朋友送我一册许广平先生编印的《鲁迅书简》，这是鲁迅先生手笔原稿的影印。我看到一九三三年十二月十九日答Y先生的信上，正由鲁迅先生的亲笔提出了这个问题来的。那儿这样说着：

> “罗兰的评语，我想将永远找不到。据译者敬隐渔说，那是一封信，他便寄给创造社——他久在法国，不知道这社是很讨厌我的——请他们发表，而从此就永无下落。这事已经太久，无可查考，我以为索性不必搜寻了。”

和许寿裳先生及增田涉的文章对照起来，可知这儿所说的“一封信”，也就毫无疑问，就是罗曼·罗兰批评过《阿Q正传》的那封信了。

真是可惜得很，一九三三年离信的寄出也并不“太久”，敬隐渔和罗曼·罗兰既都还健在，索性就严格地“查考”，“搜寻”，也并不就会“将永远找不到”的。不过，好在那“永远找不到”的评语，却在许寿裳先生的《印象记》中找到了一些，便是“这部讽刺的写实作品是世界的，法国大革命时也有过阿Q，我永远忘记不了阿Q那副苦恼的面孔”。这或许也可以说是不幸中之幸吧。

不过我对于这问题却想追究一下。罗兰的信究竟是那一年那一月写的呢？可惜各种资料上都没有明白地记出。但由这两句话中可以约略推得出一些线索。

（1）“那时创造社对我笔战方酣，任意攻击，便把这封信抹煞了。”

（2）“他久在法国，不知道这社是很讨厌我的。”

查创造社和鲁迅先生笔战，迹近于“很讨厌”先生的，是从一九二八年的年初开始的。这年的初头我害了一场大病，二月初便亡命到了日本。成仿吾是以当年的五月也经由日本，再渡往苏联，更经由西比利亚而往欧洲。在仿吾走后，王独清负过一次短期间的责任。不久王独清和陈独秀结合，便和创造社水火，因而脱离了。创造社本身呢？是以一九二九年二月七日被武力封锁了的。

说到“笔战方酣，任意攻击”，那当得是一九二八年二三月以后的事。我倒幸运得很，那时我已经不在上海，而且对于创造社的事务早就没有过问了。假使那封信的寄出是在五月以后，那吗仿吾也不能负责的。说不定是王独清起下了恶意。王独清是精通法文的人，而他那时又在创造社负责，他的嫌疑实在很严重。然而不幸得很，这王独清先生也成了故人了。

老实说，我到现在也并不想把这责任就推到王独清一个人身上，弄成一个死无对证。我对于问题却认为实在很有可疑的地方。

第一，这封信究竟是不是真实，“译者敬隐渔”回国时是发了狂的，他的话就绝对可靠吗？

第二，信即使真有，但由欧洲寄回国的信往往遗失或延期，谁能够证明它确切是寄到了创造社？

第三，谁能保证那信不是在一九二九年二月七日创造社被封闭后才寄到，因而失落了？

第四，创造社起下了那样的黑心肠，“把这封信抹煞了”，到底是谁的见证？

因此我对于这个问题，始终是保持着怀疑的态度。当然我并不是怀疑鲁迅先生，而是有点怀疑敬隐渔其人。

敬隐渔是我的同乡四川人，他本来是成都天主堂所收养的一个孤儿。他的天分高，后来便受了天主教的严格的教育，法文和拉丁文的教养都很深。我们在办《创造周报》的时候，他到了上海，住在徐家汇的一座天主教的学堂里面。他用法文翻译了我的《函谷关》和《鹓鸰》都先后登在《创造周报》上，因此便时常到我寓里来。后来他竟成为了创造社的中坚分子，自己也写小说，仿吾是十分激赏的，曾夸示为“创造社所发掘的天才”。

隐渔很瘦削，个子很小，但一双眼睛却极大而炯炯有光，每爱瞵视。日本语称瞵视为 Kiorori，因此我们也就给了他一个诨名叫“屈罗里”。他自己说他懂催眠术，我们虽不曾教他试验过，总觉得他是带着几分阴阳怪气的。

不久《创造周报》停刊，创造社一时呈瓦解之象。我那时候又朝日本去呆了半年回来，敬隐渔落魄在上海，是我劝他翻译罗曼·罗兰的《若望·克里斯妥夫》。他翻译了，并由我介绍到商务出版。因此他和罗兰通信，并得到了罗兰的劝诱与资助而游学法国。这以后的事我就不大知道了，只是听人说，罗兰待他很好，而他却是很有些荒唐的地方。再则，他往欧洲后，和创造社便疏远了，而和当时的文学研究会倒发生了更密切的关系。

我就根据这些，对于这位狂死了的“天才”，实在是不能相信的。请想想看：敬隐渔赴欧洲以后，创造社的刊物上便不再见他的文章，而他的文章却每每发表在文学研究会有关系的刊物上，罗兰评《阿Q正传》的信，他为什么不寄给文学研究会转致，或“请他们发表”，而要“寄给创造社”呢？鲁迅先生的对于文学研究会的关系更加亲密，你怕敬隐渔是不知道的吗？我敢于拿人格来保证，那位“天才”决不是那样迂阔的人！因此我敢于说：问题实在是有点近于莫须有。我对于鲁迅先生是尊敬着的，对于许寿裳先生也是尊敬着的。但我也爱我的朋友，我敢于相信，与创造社关系较深的一些朋友，如成仿吾、郑伯奇、冯乃超、李初梨、彭康、朱镜我等等，决不是那样“抹煞”别人的信件以图快意的那种卑鄙的人。因此，我虽然已经弄不出一个水落石出，而我对于这个问题，始终是怀疑着的。

至于鲁迅先生说：“这社是很讨厌我的”，在这儿也得稍稍申述一下。

创造社同人对于鲁迅先生并无怨嫌。成仿吾在当年从事批评的时候，他严烈地批评过周作人和文学研究会的某些朋友们，倒是事实，因此他被周作人讥谥为“苍蝇”，而被其他的人们斥骂为“黑旋风李逵”，凡是稍通文坛掌故的人，这些故事是容易回忆起来的。但仿吾对鲁迅的《呐喊》却是赞扬过的。郁达夫之于鲁迅，更有点近于崇拜了。

鲁迅先生对于创造社的一些人，起初也并不那么“讨厌”，《两地书》里面有一封给许广平先生的信上说过这样的话：

> “其实我也还有一点野心，也想到广州后，对于‘绅士’们仍然加以打击，至多无非不能回北京去。并不在意。第二是与创造社联合起来，造一条战线，更向旧社会进攻，我再勉力写些文字。”（第二集二二二页）

这是一九二六年十一月七日，鲁迅先生在厦门大学时写的信。那时候我已经参加北伐，就在那一天我正奉命离开武汉往九江南昌一带工作。这可见鲁迅先生也认创造社的同人们是在“向旧社会进攻”的，而不惜和他们“联合起来，造一条战线”。

更有趣的是，鲁迅先生这“第二野心”，恰恰和我当时所怀抱的见解，不期地巧合。第二年的十一月左右，我失掉了自由回到上海，那时鲁迅先生也是住在上海的。我曾同郑伯奇蒋光慈诸兄商议，把《创造周报》恢复起来，作为启发青年的言论机关，并请求鲁迅先生领导。他们两位去和鲁迅先生商量，鲁迅先生也就答应了。因此《创造周报》复活的广告便见诸报端，负责人是以鲁迅先生领头，我以“麦克昂”的变名居第二位。这是有报可查的。

但不久仿吾游历日本回来，还有继续回来的所谓“后期创造社”的几位朋友，他们那时候异常尖锐，都不赞成我的主张，因而便把成议打消了。这对于鲁迅先生的确是对不住的一件事。而更对不住的是《文化批判》出版，竟把鲁迅作为了批判的对象。

我那时候失掉了自由，在上海反正是不能久呆的。我的意见一受到多数同人的反对，我也就退让了。接着更害了一场斑疹伤寒，九死一生地算恢复了转来，我便逃到日本去亡命去了。

这些往事回忆起来，我想也并不是毫无意义。这一方面证明创造社并不“讨厌”鲁迅先生，而鲁迅先生也并不“讨厌”创造社，只是由于一部分朋友的认识不足，惹起了一场“笔战”，说遗憾倒也是值得遗憾的。不过我也还要替后期创造社的朋友们说几句公平的话。他们的批判鲁迅先生即使是出于错误的认识，以为鲁迅先生代表着封建意识的残余，但他们是对事不对人，存心在打击封建意识，并非打击鲁迅先生。后来那些朋友，一反而推戴鲁迅先生，不就是很明白的证明吗？

可惜得很，今天有好些朋友们，死的死了（如郁达夫、朱镜我），活的分散在四方（如成仿吾、何思敬、李初梨、冯乃超、彭康），更有的被关在监狱里（如郑伯奇），我得不到他们共同来证明这一件事——这一件“抹煞”罗兰来信的事，我实在不仅“抚然”，而且有点遗憾。

但我敢于相信这些朋友们并不那么卑鄙，这儿毕竟还是保留着一个问题。

一九四七年八月三十日

原载1947年10月1日《人世间》月刊第2卷第1期

# 附一：《鲁迅传》中的误谬

郭沫若

启者，承你们寄了一份《台湾文艺》的新年号来，实在多谢得很。台湾的声音藉诸位的喉舌放送了出来，我是感着十二分的喜悦，并怀着十二分的期待的。这次我要写封信给你们，除专诚表示我这番意思之外，我要顺便提到一件关于《鲁迅传》中所述的事体。

《鲁迅传》的作者增田涉君，我也曾有一面之识，他是鲁迅的弟子，他的《鲁迅传》在《改造》上发表时我不曾翻阅，到这次由贵志翻译了出来，我才看见。但一看却使我大吃一惊的是左列的一段话：

> "他的《阿Q正传》被翻译于法国，而登载在罗曼·卢兰所主宰的《欧罗巴》……这一个大文豪的卢兰，对他——鲁迅特地写了一篇很感激的批评，寄给中国去。然而很不幸，那篇历史的批评文字，因为落于和鲁迅抗争之'创造社'的手里，所以受他毁弃，那就不得发表了。"

这一节话真是莫须有的一段奇谈。据我所知道的《阿Q正传》是创造社的敬隐渔君（四川人）替他翻译介绍的，同时还介绍过我的几篇东西，时候是在一九二五年。那时候的卢兰、创造社、鲁迅，都还不是左翼，创造社和鲁迅的抗争是在一九二八年，其中相隔了三年，怎么会扯得出这样的一个奇慌？我现在敢以全人格来保障着说一句话："创造社决不曾接受过卢兰的'那篇历史的批评文字'。"卢兰和敬隐渔君都还现存着，可以质证。还有，诸君要知道一九二五年前后的创造社，它是受着语丝系，文学研究会系的刊物所挟攻的，卢兰批评鲁迅，为甚寄到创造社？创造社没发表，为甚卢兰不说话？鲁迅们的这一套消息又从何处得来？只稍略加思索，便知道是天大的奇事。将来我另有机会要来弄个水落石出的，现刻写这几句来报告诸位，可见得所谓传记历史是怎样靠不住的东西。

今天恰逢是元旦，天气很晴朗，虽然还是冬天，却大有春意。台湾想来是很暖和的，我很希望你们用新鲜的感觉，新鲜的笔致，把台湾的自然、风俗、社会、要求等等，如实地写出来给我们看，我们住在台湾以外的人是有这样的要求的。你们为什么现在还在转载《梁任公提诉老子时代问题一案判决书》那样的文字呢？那文字自然是有趣，但所讨论的问题却依然是梁任公占了胜利的。据我最近的研究，知道了《老子》那部书实在是战国中年的楚人环渊著的，《史记》的《孟荀列传》上有那一段史影。



"环渊楚人，学黄老道德之术，因发明序其旨意，著上下篇。"

这段话说起来很长，我另有一篇《老聃、关尹、环渊》的文章，不久在中国的杂志上可以发表。专此即祝
奋斗

（正月一日）

原载昭和十年（1935年）2月1日台中《台湾文艺》第2卷第2号

# 附二：给鲁迅的信

敬隐渔

鲁迅先生：

我不揣冒昧，把尊著《阿Q正传》译成法文寄与罗曼·罗兰先生了。他很称赞。他说："……阿Q传是高超的艺术底作品，其证据是在读第二次比第一次更觉得好。这可怜的阿Q底惨象遂留在记忆里了……"（原文寄与创造社了）。罗曼·罗兰先生说要拿去登载他和他的朋友们办的杂志：《欧罗巴》。我译时未求同意，恕罪！幸而还未失格，反替我们同胞得了光彩，这是应告诉而感谢你的。我想你也喜欢添了这样一位海外知音。

这海外的知音、不朽的诗人，今年是他的六十生年；他的朋友们要趁此集各国各种关于他的论文、传记、画像……成一专书，或者你也知道。但是你许我虔切地求你把中国所有关于罗曼·罗兰的（日报、杂志、像板……无论赞成他或反对他的）种种稿件给我寄来，并求你和你的朋友们精印一本论罗曼·罗兰的专书，或交瑞士或给我转交。我们为人类为艺术底爱，为友谊，为罗曼·罗兰对于中国的热忱，为我们祖国底体面，很有这一点表示。……请恕搅扰，并赐回音。

敬隐渔自法国里昂

1926.1.24.

录自戈宝权《谈〈阿Q正传〉的法文译本》一文，见《〈阿Q正传〉在国外》，人民文学出版社1981年9月第1版。标题为本书编者所加

# 附三：罗曼·罗兰写过信给鲁迅吗？他对《阿Q正传》是怎样评价的？

戈宝权



罗曼·罗兰写过信给鲁迅吗？罗曼·罗兰对《阿Q正传》是怎样评价的？这是多年来大家非常关心，同时也是长期存在着争论的问题。

早在一九二六年三月二日的《京报副刊》上，就发表了柏生写的《罗曼·罗兰评鲁迅》一文，其中说：

> "昨接全飞先生由法国来信，中有一节关于罗曼·罗兰论鲁迅先生的《阿Q正传》的：
>
> '鲁迅先生的《阿 Q 正传》，由一位同学敬君翻成法文，送给罗曼·罗兰（Romain Rolland）看，罗曼·罗兰非常称赞，中有许多批评话，可惜我不能全记，我记得两句是：
>
> C'est un art réaliste avéré d'ironie……La figure misérable d'Ah Q reste toujour dans le souvenir。（这是充满讽刺的一种写实的艺术。……阿Q的苦脸永远留在记忆中的）。
>
> 这篇译文将在杂志上发表，我当买来寄你一看。不过译者敬君中文不甚好，恐与原意有许多不合处。而且据他说他删了二、三页，这实在不是忠实的地方。"

据了解，写文章的柏生就是副刊的编者孙伏园，"全飞先生"是他的兄弟孙福熙，当时正在法国里昂留学，经常用全飞的名字给《京报副刊》撰写有关法国文学的文章。看来，他和敬隐渔当然是熟识的，而且最先从他那里听到罗曼·罗兰对《阿Q正传》的评语。这两句评语，同敬隐渔在写给鲁迅的信中所说的，大体上是一致的。又他听敬隐渔说在翻译《阿Q正传》时曾删了二三页，这当指第一章“序”而言了。

就在柏生的这篇短文发表之后不久，敬隐渔大发雷霆，写了一篇《读了〈罗曼·罗兰评鲁迅〉以后》的驳斥文章，刊登在一九二六年五月十六日上海出版的《洪水》半月刊第二卷第十七期上。文章中先说：“全飞君自称是我的同学；但是我自有生以来没有尊荣认识你这一位同学；我在法国的同学只有四五个人，其中并没有一位叫全飞的！……我认识的朋友一一问遍了，没有一个知道全飞其人者！原来你非人非鬼；你是乌有，你是全非！”接着他就写着：“第一：为人当负责任；要做播弄是非的文章，应有署真名真姓的胆量”；“第二：批评别人的译文或别人的‘东西’是一件很文明的事，但总要见了译文，见了‘东西’，然后加以批评，加以抨击，才是正理”；“第三，不要妄造谣言”。最后还说：“京报上的只是谣言，不是批评。”不用说，敬隐渔也自己承认他写的这篇文章“有些过火的地方”。《洪水》的编者曾因此写了按语：“《罗曼·罗兰评鲁迅》一文在一九二六·三·二的京报上。……原文是很短的一段消息，是柏生君介绍的全飞的一封信。照我匆匆一阅时所见，觉得没有什么大不然，朋友们写信是常常喜欢报告自家人的消息的。……隐渔文中有许多地方并不只是口角，虽然前半有许多带有愤怒的轻薄语。本来是想把许多无关重要的口角略去了的，但因为这几日实在太忙，只能照样刊出了。盼望读这篇文章的人不要只看里面的口角才好。”

从这两篇文章发表以后，我们才最初知道罗曼·罗兰对《阿Q正传》的评语。在二十年代和三十年代，又有几位外国作家提到罗曼·罗兰的评语的，如在北京大学教授西洋哲学和文学的巴特莱特（R. M. Bartlett），在一九二七年为美国《当代历史》（“Current History”）杂志十月号写的《中国革命的思想界的领袖们》一文中就讲到鲁迅：“我访问鲁迅，是在一九二六年夏天他离开北京去厦门之前。……他的最著名的小说《阿Q正传》已经翻译成法、俄、德、英等国文字。罗曼·罗兰在读了这篇小说之后曾说：'这是一篇充满讽刺的现实主义艺术杰作。阿Q的苦痛的面容将长久地留在我的记忆里。'"这是鲁迅小说中唯一已经译成英文的作品。鲁迅生前的日本友人增田涉，在一九三二年为《改造》杂志四月号写的《鲁迅传》中曾说："鲁迅的名字不仅在国内，就是在国外也是为人所知的，这是由于他的《阿Q正传》七、八年前在法国翻译出来，并且刊载在罗曼·罗兰主编的《欧罗巴》杂志上而开始的，罗曼·罗兰曾对此作了感激的批评寄到中国去。"美国进步作家和记者埃德加·斯诺，在一九三五年为美国《亚洲》杂志一月号写的《鲁迅——白话文的大师》一文中也说：鲁迅"在一九二一年发表的讽刺小说《阿Q正传》，使得他全国闻名。……这是当代中国人所写的被广泛译成外国文字的不多的作品之一。……罗曼·罗兰是鲁迅作品的一位伟大的赞美者，说他曾被这篇作品所深深感动以至流下泪来。"



到了一九三六年鲁迅逝世时，(王)钧初十月二十四日在为巴黎《救国时报》写的《鲁迅先生逝世哀感》一文中说："前些年当《阿Q正传》译成了法文出版时，法国当代大文豪罗曼·罗兰读了曾为之下泪，并有好评发表在《世界》杂志上。"

抗战胜利后，鲁迅生前的老友许寿裳在一九四七年为《人世间》第六期写的《亡友鲁迅印象记》的《杂谈著作》中说："鲁迅的著作，国际间早已闻名了。……他又告诉我：罗曼·罗兰读到敬隐渔的法译《阿Q正传》，说道，'这部讽刺的写实作品是世界的，法国大革命时也有过阿Q，我永远忘记不了阿Q那副苦恼的面孔。'因之罗氏写了一封给我的信托创造社转致，而我并没有收到。……"接着郭沫若在一九四七年八月三十日写了一篇《一封信的问题》[1]对许寿裳文作了解释和辨正，并且说："我对于这个问题，始终是保持着怀疑的态度。当然我并不是怀疑鲁迅先生，而是有点怀疑敬隐渔其人。"

但这个问题并没有结束，前些时偶然见到一九六一年香港出版的《新雨集》中，载有叶灵凤写的《敬隐渔与罗曼·罗兰的一封信》，其

[1] 郭沫若的文章见《天地玄黄》杂文集；并见《郭沫若文集》第十三卷。

中说："敬隐渔的名字，现在知道的人大约已经不会很多了。……但他同新文坛还有一个重大的关系，那就是他后来到法国去留学，再回到中国时，据说罗曼·罗兰曾托他带了一封信给鲁迅先生。当时敬隐渔在法国由于穷得无法生活才回国的，由于他生活孤僻耿介，而且精神衰弱，这封信竟被他不知抛到什么地方，未能到达鲁迅先生手中。……不料竟因了他误作'洪乔'，平空使早期中国新文坛增加了一宗不必要的纠纷。"

从上面这些简略的介绍中，我们就不难知道，围绕着罗曼·罗兰的一封信的问题，曾引起过不少争论和纠纷。为了弄清这些问题，我曾请法国国家图书馆协助查询，现初步可以澄清下面几个问题：

一、罗曼·罗兰写过信给鲁迅吗？

从上面不少引用的文字中，都提到罗曼·罗兰写给鲁迅的一封信的问题。如许寿裳回忆鲁迅的话："罗氏写了一封给我的信托创造社转致"；叶灵凤甚至说敬隐渔在从法国回国时误作"洪乔"，把罗曼·罗兰托他带给鲁迅的一封信，"不知抛到什么地方去了。"现从不少线索中查明，罗曼·罗兰并没有直接写过信给鲁迅，只不过在他复敬隐渔的信中谈到他对《阿Q正传》的评语，这从前面初次发表的敬渔隐在一九二六年一月二十四日写给鲁迅的信中的话，就是一个最好的证明。敬隐渔把有罗曼·罗兰评语的信寄给创造社，当是一九二六年初的事，不可能是以后的事，更不可能是在他回国时罗曼·罗兰托他带回来的。

二、罗曼·罗兰对《阿Q正传》的评语，曾在法国公开发表过吗？

据（王）钧初的回忆，罗曼·罗兰对《阿 Q 正传》的评语，曾发表在法国的《世界》杂志（"Monde"）上，据向法国国家图书馆查询的结果，无论是《欧罗巴》杂志还是《世界》杂志上，都未见发表过罗曼·罗兰对《阿Q正传》的评语。《世界》杂志是一九二八年才创刊的，更无可能。我曾因此事请教过王钧初同志，询问他是否见过发表罗曼·罗兰评语的《世界》杂志，承他复信说："当我听别人对我谈此事时，我也没有弄清楚。这是我的一个很大的疏忽"。看来，他也是听说的，并无文字上的根据。

三、罗曼·罗兰对《阿Q正传》是如何评价的？

由于这个问题传闻很多，又无罗曼·罗兰复敬隐渔的原信为据，我想还是以敬隐渔一九二六年一月二十四日写给鲁迅信中的话为准，这同柏生的文章中引用的全飞的话，大体上是一致的，看来，全飞的话并非“全非”了。为了澄清这个问题，我特别请教了当时和敬隐渔同在里昂留学的林如稷同志。一九七六年他已是七十四岁的高龄，半身瘫痪，双目有病，承他在当年四月二十至二十一日答复了我的问题，又承他在逝世（一九七六年十二月十日）不久以前，同意我引用他复信中的话，现把它引出来，作为对这个争论问题的结束：

“关于罗曼·罗兰对《阿Q正传》的评语问题，我记得敬隐渔曾把罗曼·罗兰的回信给我看过，罗曼·罗兰在信中除说决定把《阿 Q 正传》介绍给《欧罗巴》登载外，还有几句短短的评语：‘这是一篇富于讽刺的现实主义杰作。阿Q的形象将长久留在人们的记忆里。……在法国大革命的时期，也有类似阿 Q 的农民，……’据敬隐渔那时说，他已为此事写了一篇短文寄与上海创造社，内中主要是谈他译《阿Q正传》和罗曼·罗兰信中对他的译稿的评语。后来敬隐渔因此文未见登出，到巴黎后见着我时也发过牢骚……”

正象鲁迅所说：“此事已经太久，无可查考”，但根据近几年的努力查询的结果，至少把五十年来没有弄清的一些问题，特别是罗曼·罗兰是否写过信给鲁迅和罗曼·罗兰如何评论《阿Q正传》的问题，比较澄清了一些。

摘自戈宝权《谈（阿Q正传）的法文译本》一文，

见《〈阿Q正传〉在国外》，人民文学出版社 1981 年 9 月第 1 版

# 跨着东海（摘录）

郭沫若

创造社成立出版部，是在一九二六年的四月一日，是由五元一股的青年股东们凑合起来的。（前一向章靳以先生曾经告诉我，他也是当年的一位小股东。）成立虽然仅仅一年半光景，因受青年们的爱护，业务的发展蒸蒸日上。而出版部本身，差不多就是一个文学俱乐部，每顿开饭，连主带客常常是两大圆桌。但这盛况并不是春和景明的繁花，而是在暴风雨激荡中的海燕。因为我个人的政治关系，在孙传芳统治江苏的时代，它已经几乎遭了封闭，在孙传芳被打倒之后，它是更加危殆了。

我是爱护创造社的，尤其爱护创造社在青年中所发生的影响，因此我想一面加强它，一面也要为它做些掩护的工作。怎样去加强它呢？我在人事上发动了李一氓和阳翰笙来参加，同时又通过郑伯奇和蒋光慈的活动，请求过鲁迅来合作。鲁迅在那时也由广州回到上海来了，对于我的合作的邀请，他是慨然允诺了的。

怎样来掩护呢？我当时所拟定的办法是这样：第一是恢复《创造周报》专以青年为对象；其次是充实《创造月刊》使它从纯文艺的范围扩展而为综合性的；更其次是发行社会科学和自然科学的丛书。我们从第一步做起，曾经在报章上登过恢复《创造周报》的启事，在这启事上是以鲁迅的名字领衔，我以麦克昂的变名居第二，以次是成仿吾，郑伯奇，蒋光慈等。

但这计划却不料来了意外的挫折。我在订这计划的时候，仿吾到日本去了。我满以为他对于这个计划是会同意的，因为求其速成，我在事前并没有征求他的同意。而仿吾在日本方面，却又和另外一批朋友，订了一个新的计划，便是要把创造社作为明朗的思想战的基地，要尽力从事于辩证唯物论和历史唯物论的推阐工作。这一批朋友便是李初梨，彭康，朱镜我，冯乃超，李铁声。他们是少壮派，气锐非常，革命情绪火热地高涨，就为了推行这一计划，大都临到大学快毕业了，把毕业试验抛弃，陆续先仿吾而回到上海。

两个计划彼此不接头，日本的火碰到了上海的水，在短短的初期，呈出了一个相持的局面。我主张等仿吾回来，彼此谈好之后，再来一个抉择。打电报去催仿吾，仿吾也从日本回来了。他坚决反对《创造周报》的复活，认为《周报》的使命已经过去了，支持回国朋友们的建议，要出版战斗性的月刊，名叫《抗流》(后来这个名字没有用，是改为了《文化批判》)。对于和鲁迅合作的事情大家都很冷淡。到了这样，却是该我自己来抉择自己的态度了。我深深地知道，假如我要坚持我的主张，照当时的情形看来，创造社便可能分裂，这是我所极不愿意的。并且我不久便要出国，仿吾对于将来的创造社要负更多的责任，照着他所乐意的计划进行，精神上必然更加愉快而收到更大的效率。更何况新的主张，虽然危险得一点，说不定是更合理的办法，没有经过实验，我也不好凭空反对，因此我也就退让了。

……

由于成仿吾的来，我得以详细地知道创造社的工作情形，《文化批判》一出版之后，在文化界和思想界，燃起弥天的烽火，很热烈地受着了青年的拥护。我听了是很兴奋的，但朋友们的一种严烈的内部清算的态度，是由于我多活了几岁的关系吧，我始终认为总有点过火。我在上海时，邀请鲁迅、蒋光慈和其他朋友们结合起来，形成一种联合战线的打算，不仅完全被扬弃，反而把鲁迅作为了批判的对象，让蒋光慈也被逼得来和另一批朋友组织起太阳社来了。于是语丝社，太阳社，创造社，三分鼎立，构成了一个混战的局面。仿吾也开始感觉着矫枉有点过正了，他说他在动身之前，曾经提议过组织作家联盟，把分裂的局面再结合起来，抵御那可能到来的外界的压力。他这个建议我是极端赞成的，但我是身居海外的人，仿吾也要到远远的欧洲去了，我们对这建议的促成上都无能为力。——这个建议到后来——怕是在一年之后吧，是被采纳了。我当时曾经把《少年维特之烦恼》一书捐献给联盟，把那书的版税作为联盟的基金。凡是参加那初期活动的朋友们，对于这个小小的往事，应该还有人能够记忆吧。

一九四七年，上海。

原载 1947 年 10 月 30 日《今文学丛刊》第 1 本《跨着东海》

# 再谈郁达夫（摘录）

郭沫若

关于达夫，我已经写过一篇《论郁达夫》，收在《历史人物》里面了。

最近看见王任叔先生的《记郁达夫》（《人世间》第二卷第一期），有些地方提到我和达夫间的关系，然而显然有着错误，因此我想再来谈谈。



> “是他，这郁达夫，在日本《人名大字典》上，地位比郭沫若还高。‘郭沫若就是这样妒忌我郁达夫的’（达夫亲自对我这么说），谁还不知道郁达夫呢？”

我可不相信郁达夫果真说过这样的话，恐怕是王先生记错了吧？

第一、所谓日本《人名大字典》，我就不知道是什么人著的，什么书房出版的。第二、在字典上的地位的高低，我也不懂这意义。既是字典，应该郁达夫是一项，郭沫若是一项。郁达夫的郁，照日本的汉读是读为 lku 的，郭沫若的郭是读为 kaku 的。如依罗马字的顺次排列，l 在 k 之前，郁自然比郭会高。如依日本假名排列，无论依照“伊吕波歌”的顺序或“五十音图”的顺序，郁字都得在郭字之前。再说，依汉文的笔画吧，郁也当得在郭之前。我怎么幼稚到那样可怜，会因在字典上的地位的高低而“妒忌”达夫呢？达夫又何至于幼稚得那样可怜，要说我因为字典上的地位的高低而妒忌他呢？要吗，除非那字典的编法，就和班固的《古今人表》的编法那样，是分了上中下的等级的，不然这字典上的地位的高低，我实在有点不能理解。

或许是编字典的人在叙述我和达夫的项下，曾经为我们较量过高低，而加以评骘吧。这倒是可能的。事实上达夫是比我高，我向来都承认。关于这层，我比任何第三者的日本人认识得更清楚，达夫也是认识得很清楚的。他的天资比我高，学识比我高，外国文和外国文学的修养比我高，中国旧诗的成就比我高，小说是他的专长，当然更比我高。这些我都是一向承认的。我有达夫这样的朋友感觉过骄傲是实在，怎么能说我“妒忌”他呢？要说别种意义上的“地位”，创造社根本就没有过严密的组织，说不上谁高谁低。不过要拿学级来说，成仿吾要高我们一级，应该算他最高。达夫虽然和我同级，但他学的是经济，大学三年毕业，我学的是医学，四年毕业，我在中间为创造社的建立，曾回国休学一年，因此达夫的大学学程是早我两年毕业的，自然他就高过了我。创造社的各种刊物如《创造》季刊、《创造周报》、《创造日》、《创造月刊》，乃至《洪水》半月刊、《流沙》、《文化批判》、《思想》等等，我都没有负过主编的名义。初期的几种，主要是达夫和仿吾负责的，如要以主编者来定高低的话，我也得承认，达夫和仿吾都高过我。但我何至于因为这样的高低而生“妒忌”呢！

所以我不能相信达夫会对任叔先生说过那样的话，那一定是王先生记错了。

自然，我和达夫，也有过一些龃龉的地方，那是无可讳言的。这是没有办法的事情，普通的“兄弟”不是都还要“阋墙”的吗？但龃龉的动机也并不是出于“妒忌”，更说不上是因为地位的高低。本来这些往事，我在有些机会上都是叙述过的，为读者的方便起见，我不妨把来汇集在这儿。

第一次的龃龉：

这是一九二三年在编《创造日》的时候发生的，当时的政学会（即后来的政学系）有一个机关报在上海叫《中华新报》，由张季鸾在主笔政。季鸾和我们都是大高同学会里面的人（日本留学生毕业于帝国大学及各高等学校者合组为大高同学会），有一次就在同学会的聚餐上，季鸾向我提议，要创造社的朋友们替《中华新报》编一个副刊，我采取了慎重的态度，答应和大家商量。在我和达夫、仿吾商量的时候，我是不赞成出的。我的理由是政学会的倾向有问题，《中华新报》报格不高（当时在上海只是三四等报，销路百来份），我们也忙不过来（当时有《季刊》和《周报》）。但达夫和仿吾都赞成出，我也就退让了。于是我们分工，我对《周报》更多负些责任，仿吾和达夫对《创造日》更多负些责任。但我得承认，我们在情趣上是有些龃龉的。不幸《创造日》只出到一百期，由章士钊的来沪，而被报馆方面提议停刊了。

第二次的龃龉：

这是在《创造日》创刊后不久的事。北大教授陈豹隐要赴苏联，他所担任的统计学，一星期有两个钟点，他打电报来请达夫去担任，充北大的讲师。这时我是不赞成达夫去的。达夫应该把他的使命放在文学上，何必去教统计？讲师的地位不大冠冕，何必屈就？《创造日》刚创刊，达夫一走，如何维持？但达夫和仿吾都主张去，我也就退让了。不过我也得承认，我是感觉着有点不舒服的，特别是达夫去后一直不替创造社的刊物写文章，一时俨然把我们当成了路人一样。



第三次的龃龉：

这是一九二四年四月《创造周报》办了一周年要停刊的时候。达夫去北平后不写稿子，仿吾已决定赴广东大学任理科教授，我自己在意识上有了转变，《周报》便决定停刊，我跑到日本去搞社会科学去了。而达夫在这时却决计与太平洋社合作，由太平洋社与创造社合办《现代评论》，这是使我最伤感情的一件事。太平洋社的主要人物就是王世杰、周鲠生、杨端六、皮宗石、陈源那一批大学教授，我认为和他们合不拢来，而且把文艺拿去作并不进步的政论的附庸分明是一种后退。然而达夫和仿吾商议的结果，便在《周报》上登出了合办《现代评论》的预告。我在日本看见这预告时是伤心痛哭过的。结果达夫在《现代评论》的地位，后来自己认为是“小丑”，还惹起语丝社的误解认为我们帮凶，我和仿吾都还挨过骂。实在是大不值得的一件事。

第四次的龃龉：

这是一九二七年在北伐期中的事。我那时在南昌，达夫辞去了广州中山大学的教职回上海来专门负责经营创造社。他用“曰归”的笔名在《洪水》半月刊上发表了一篇《广州事情》，尽量暴露广东方面不满人意的地方。我认为不妥当，曾经分别写信与仿吾和达夫，表示意见。那时上海还在孙传芳的管制下，广东情形尽管不满人意，总还是革命的大后方，不好在敌人的管制区域去加以揭露。何况创造社的朋友们那时都集中在广州，而我又在前方，我们的步调这样不一致，会弄得大家难处。但就以这一封信为导线，后来竟惹得达夫登报声明脱离创造社了。当然也还有别的原因。那时候达夫和上海新月社的人们太接近了，那些人们是在孙传芳、丁文江的羽翼下的，因此便遭了创造社小朋友们的反对。达夫对这，或许曾有误解，以为是出于我的策动。达夫在前多少有过一些偏见，他总以为创造社的小朋友们多是我的私人，其实那完全是误解，达夫后来也当然是觉察了的。

就这样，龃龉又加龃龉，我们终至于闹到过绝交，这些都是事实，但决不是谁"妒忌"谁，也决不是谁的地位高低的问题。在达夫正式宣布绝交后，他公开地写过文章来骂过我，骂过仿吾，骂过创造社的其它的人，有达夫的文章可以复案。我也忍受不过，曾经隐讽地回答过一下，大约是写在《桌子的跳舞》里面的吧。我们那时都还年青，感情彼此都不容易控制，是值得遗憾的事。但我始终对达夫是怀着尊重和惋惜的意思的。我尊重他的天才，尊重他的学殖，尊重他的创作成绩，更尊重他的坦白直率，富于情谊，为了朋友每每不顾一切，把自己置诸度外；但我可惋惜他有时候比我更加轻率，做事情往往太不思前想后，过于冲动，而且他往往过分自贱自卑，这在我看来有点类似于自暴自弃或不自爱不自重的程度的。可今天我得承认，这些都正是达夫的美德。他那样容易忘我，实在是他的品格崇高的地方。我自己比起来，实在是庸俗得非常，我虽然也是一位冲动性的人，但比起他来，我要更矜持得多，更有打算得多了。我做一件事情，每每有点过分的思前想后，而采取保守。在表面看来，我好象是一位急进分子，而达夫倾向于消极，而在我们的气质上，认真说，达夫实在比我更要积极进取得多。但他的积极进取性没有得到充分的适当的展开，那是应该归罪于时代和环境的。

然而达夫行事尽管有时候过于轻率，有时候容易被人利用，但他本质上是一位善良而无私的人，他只要一发觉他的轻率，被人利用，他便能够立刻回头，不致陷入太深。他和太平洋社的关系，和新月社的关系，都是这样。但他和创造社的关系却是恢复了的。我们几位老朋友，尽管闹翻过一次，结果还是言归于好了。我们是和弟兄一样，虽然十年反目，但把目再反过来，依然又是兄弟。……

一九四七年十月十八日

原载1947年11月15日《文讯》月刊第7卷第5期“文艺专号”

# 忆创造社

郑伯奇

今年是五四运动四十周年，而创造社被反动派非法封闭也恰恰三十年了。因此，当纪念伟大的五四运动的时候，回忆一下创造社，倒也是应该的。

关于创造社，郭沫若同志的《创造十年》和《创造十年续编》是最直接而又最可靠的史料。他不仅忠实地叙述了创造社的历史事实，而且他还用历史唯物主义观点给创造社的活动作了实事求是的历史总结。但是他的叙述只到一九二六年去广州参加北伐为止。象他所说的："所缺的就是北伐以后，后期创造社的那一部分。"他认为"让仿吾、初梨、乃超来写，更要适当一点。"这是很有理由的。当创造社转变之初，他被反动派追迫不得不离开祖国；以后创造社的许多活动他没有亲自领导和参与。仿吾、初梨、乃超都是当时活动的中心人物，又都先后参加了党。创造社转变以后就接受了党的领导，从党的角度来看后期创造社的活动，认识、评价都会更加全面、正确。但是他们一直忙于其他重要工作，谁也没有把这一段严重的斗争写下来。而托派分子王独清，在创造社非法被封以后，趁机大做文章，幸灾乐祸，歪曲事实，挑拨离间，自我吹嘘，妄想破坏革命文艺战线的团结，增加反动政治资本。在反动统治时期，由于政治环境，不便公开揭发，致使谬说流传，真相蒙蔽，实可愤慨。事实上，后期创造社的许多纠纷，都是王独清在作祟。如今，太阳已经照耀天空，王独清的鬼蜮伎俩必须揭穿，大是大非必须明辨。因为创造社的内部斗争也是我国革命文艺战线上两条道路斗争的一部分。王独清是我引进创造社的，他的情况我知道也较多，自觉责无旁贷。因此，去年《文艺月报》要我写回忆创造社的文章，我就答应了。

我虽是创造社较早的成员之一，但前期的活动参加的很少。后期的活动虽然参加了，可是我不能从更高的角度去看问题。因此，关于创造社，只能结合着自己的经历和体会来谈，可能不全面也不深刻。就是这样，当一开手写起来，仍然遇到不少困难。譬如缺乏资料，以前的日记、信札、连同书籍杂志一道内迁的时候，留在上海，迄今毫无着落。其次，可以交谈当时情况的老友多在远方，见面不容易，通信也难详尽。而记忆力又渐衰退，回忆也有困难。所以时写时辍，久未完成，给《文艺月报》造成不少麻烦，深感抱歉。今当盛大纪念五四运动四十周年，三十年前被敌人扼杀的创造社，更引起我们的忆念。这篇文章，错误、遗漏，在所难免，以作纪念，实不相称。有沫若同志的著作在前，殊难免“狗尾续貂”之诮；但对仿吾、初梨、乃超、彭康诸同志，期其能起“抛砖引玉”之用。我切望有关诸同志写出更正确更全面的纪念文章来。



一

五四运动是中国人民，在伟大十月革命的影响下，所掀起的伟大的反帝反封建运动。五四时代的文学艺术团体一般都带有反帝反封建倾向。其中这种倾向表现的最鲜明、最尖锐、最强烈的要推创造社。

创造社的诞生，不用说也是受了《新青年》的影响，但它和五四运动的这个主导团体却没有直接关系。它和当时最大的文学团体“文学研究会”，还曾发生过一段小小的误会，一时形成了对峙的局面。至于资产阶级文学团体“新月派”就把创造社看作眼中钉，不断地加以造谣、侮蔑、分化、打击，成为不可调和的敌对力量。因此，在较长时期，创造社处于孤军奋斗的形势之中。这种形势的造成不能看作人和人的关系，而是有比较错综复杂的原因。

创造社是在日本的中国留学生中间酝酿、发起、成立起来的。创造社成员的阶级出身和生活环境对于他们的思想感情和创作倾向必然会发生一定的影响。一般来讲，留日学生既不象留美学生那样多属于达官富商的子弟，也不象留法的勤工俭学学生那样经过劳动锻炼，绝大多数是没落地主和城市小资产阶级出身。他们到日本留学无非利用少化钱少跑路等便利条件来求得些新知识为祖国效劳，可是冷酷的现实却给他们很大的刺激和教训。自从甲午战争一直到新中国成立，日本帝国主义始终是中国人民的最直接最凶恶的敌人。日本政府对中国的各个方面的露骨的侵略行为不断地激起中国人民的反抗。而中国留日学生每次都站在这些反抗运动的前列。中国留日学生的爱国主义思想感情从来是最敏锐最强烈的。同时，日本资本主义在第一次世界大战期间得到迅速的发展。随着资本主义的发展，民主主义和社会主义的新思想也在日本的工人阶级和青年知识分子中间开展起来了。中国的留日学生，在爱国主义的基础上，又接受了民主主义和社会主义的思想影响，受到国内五四运动的触发，反帝反封建的思想情绪很快地高涨起来。创造社的反帝反封建倾向所以表现得特别鲜明、尖锐、强烈，和上述的这种环境大有关系。这和以胡适、徐志摩等留美学生为首的新月派对比起来，就更加明显。在创作方法上，创造社也和文学研究会所揭橥的主张大不相同。一般人都称创造社为浪漫派。创造社的主要作家大都提倡浪漫主义或者追求自然主义以后的新流派，如新浪漫主义、象征主义、表现主义等等。这是受了十九世纪末期欧洲文学思潮的影响，而当时日本文学界的新思潮也起了一定作用。十九世纪末叶，欧洲资本主义进入帝国主义阶段，资产阶级文学就走上了反现实主义的道路，连自然主义也吃不开了，象征主义、唯美主义、新浪漫主义等新流派象雨后春笋一般簇生出来。日本由于大战中资本主义迅速发展的结果，急骤地伍于帝国主义行列，日本文学界也得到相应的反映，小资产阶级的自然主义文学突然衰颓下去，西欧所发生的各种新流派代之而兴。创造社的主要成员自然而然地受到了这种学习环境的影响。所以，惠特曼、王尔德、有岛武郎等人的名字曾经屡屡出现在创造社作家的笔下。由此可见，并不是创造社硬要标新立异，打出浪漫主义的旗子，故意和国内其他文学团体闹对立，而是这些作家的生活、学习环境造成的。应该承认，无论怎样采用浪漫主义的手法，创造社作家的作品仍然反映了当时的现实。我们甚至可以说：五四运动所掀起的反帝反封建的革命激情和青年知识分子的动荡情绪正需要浪漫主义创作方法来反映，来表现。创造社的刊物和作品受到当时广大青年的热烈欢迎，大概就是这个缘故。这就说明了，中国新文学运动中所以产生了浪漫主义是有一定的现实要求和时代背景的。

二

我参加创造社是由于郭沫若同志的引进，而我和沫若的结交乃是由于田汉同志的介绍。那时候，我和田汉同志都曾是少年中国学会的会员。这是五四时期比较广泛的青年团体，我们都因为同学的介绍而参加了。这个团体的成员绝大多数是国内各大学的学生和教员，在日本的会员很少。我们两个素不相识，又分处两地：一个在东京，一个在京都，见面的机会也不多。幸亏当时有一种风气，素不相识的青年，只要是属于一个团体或者有人介绍，便可以互相通信往来，成为亲密的朋友。我们既属同一团体，又有共同朋友，也就这样通起信来了。假期的时候，我到东京去看这位未见面的朋友。田汉同志非常热情地招待我，真象久别重逢的故人一样。他招待我去看当时刚刚上演的梅特林克的新剧《青鸟》，使我第一次接触到欧洲最新的象征主义艺术。这是东京的一群文艺家组织的爱美剧团演出的，扮演姐姐和弟弟的中条八重子和夏川静江，那时候都还是十来岁的小姑娘，后来都成了大红大紫的名演员了。前些时候，看见夏川静江在日本影片《混血儿》中扮演院长的那副温厚的中年妇人的形象，不免使人回想起当年她演《青鸟》中小弟弟的情景。在田汉同志的引导下，我还亲身欣赏了《咖啡店之一夜》的真实场面。他给我介绍了李初梨兄弟和东京一些其他爱好文学的朋友。通过他，我还认识了日本当时进步学生团体“新人会”的几个人物。但对我影响最大最深的是他介绍我认识的郭沫若同志。

一九二〇年三月间，就在《三叶集》出版前后，寿昌——这是田汉同志的大号，当时大家都这样称呼他——到京都来了。在先他曾写信告诉我，游览东京以后，他要去福冈访问“沫若兄”的。我那时已很熟悉“沫若”这个名字。最初引起我注意的是他的那首《死的诱惑》，并且是通过日文翻译的。因为当时日本报纸介绍中国新文学运动，以他的那首短诗为例，译成日文发表了。我觉得那首诗的情调、意境比当时许多诗人的名作要高超得多。以后我在国内的报刊上经常以敬佩的心情读到他的作品。但对于他的身世，却一无所知。寿昌和他经常通信，讨论文艺问题，这些书札已经编入《三叶集》了。虽然他们两人也还没见过面，可是书信往来，已经成为老朋友了。寿昌非常热情地要给我介绍他的这位未见面的老朋友。他说，他的学名叫郭开贞，就在九州大学医科读书。啊，原来还是“大高同学”（日本学制，高等学校毕业升入帝国大学，在这一系统的不管是否同校学习，统称大高同学），而且这个学名，我到日本不久，就听人说过，说他是怎样聪明好学，这样一来，就觉得好象很容易接近了。我非常希望通过寿昌的介绍能够认识他。

寿昌到京都以后，我们一道游览了岚山和琵琶湖等名胜古迹，他很感兴趣。在他的提议下，我们还访问了厨川白村。当时厨川正以崭新的文学评论家的姿态，批判自然主义文学，介绍西欧的新文学流派，在日本文坛上享有盛名。他的著作，象《现代文学十讲》《文艺思潮论》等书都先后译成中文，国内也很流行。我那时刚在高等学校一年级读书，去见这样一位大名鼎鼎的大学教授，自觉不太合适。结果，由田汉出名写信约定时间，我是作为东道陪同去见的。在一个春夜，在教授的寂静的客室里，田汉提出了不少文艺上的问题，宾主似乎还有异论，但详细情况现在一点也记不起了。从此，我和厨川总算认识了，以后，我为给《少年世界》写一篇有关日本妇女运动的稿子，还访问过他和他的夫人。后来，沫若来京都时，我曾想约他去看厨川，他没有同意。日本大地震那年，这位跛脚博士去海滨避暑，被大浪卷入海中，成了震灾的牺牲品。

我送寿昌从车站回来，看见一群青年在公园打棒球，球的撞击声划破了清晨的寂静。一种清新的力的感觉，激动着我，我便饥不择食似地，写了一篇分行而稍带韵脚的东西，寄给在福冈的寿昌，请他和沫若同志指教。寿昌的回信很快就来了，信中附有沫若鼓励我的短札。我和沫若就这样通起信来了。

寿昌的福冈之行，给我带来了和沫若相识的机会，间接地使我由此得以参加创造社，进而加入文艺运动的行列。回忆起来，寿昌的深厚友情，我是深深感谢的。

三

我认识沫若，正是他的创作活动日益旺盛的时期。他经常在《时事新报》的副刊《学灯》上发表新诗和散文，有时也在别的刊物上发表作品。我们通信以后，他常在信里寄来他的新作，让我先睹为快。他很虚心地征求读后的意见，可是我当时对文学艺术缺乏深刻理解，象样的意见提不出来。倒是我自己写的一些不高明的东西向他请教，他总是恳切地加以修改、指正，使我获益不少。有些东西，还是在他鼓励之下，发表出去的。

沫若当时正在日本九州帝国大学医科学习，旺盛的创作欲使他对于繁重的医学课程感到痛苦。他曾几次决心要休学或者转学，但考虑到家累和职业等问题，又下不了决心。他曾来信商量想转到京大来改学文科，我复信表示衷心欢迎。日本的文科只搞研究不管创作，我是知道的。不过我觉得，京都的环境幽静，文科的学习空气比较自由，对于搞创作也许会有好处。他经过考虑以后，还是决定不来。他的决定是对的。当时的京都是太沉寂了，对于他那样富于革命激情的人是不合适的。

沫若当时的创作活动也引起其他方面的问题。譬如发表问题，沫若似乎不感到什么困难。宗白华同志编辑的《学灯》给他提供了美好的园地，不断地刺激他的创作活动，使他写出了不少的优秀诗篇。但是《学灯》是《时事新报》的副刊，而《时事新报》则是研究系的机关刊物。五四时代的青年对于这样有关政治的问题一般还是比较严肃认真的。宗白华同志赴德留学，《学灯》编辑易人，沫若的投稿就逐渐地少了。

跟发表作品有关的还有作家的风格、流派和相互关系问题。

沫若开始创作，接受欧洲文学艺术思想，在《新青年》提倡新文学运动以前。五四新文学运动，特别是五四反帝反封建运动的政治影响，鼓舞、激发了他的爱国热情，特别鼓舞、激发了他的创作冲动。

他的狂风暴雨式的诗篇，倾泻了他自己热爱祖国、热爱人民的激情，因而激发了国内广大青年的革命热情，受到他们的热爱和拥护。但是他的浪漫主义的创作方法和风格在当时文学界内是相当孤立的。本来文学界内，可以有不同的风格和流派，其中志趣相同，风格相近的人结合起来，搞一块共同的园地，发挥自己的主张，发表自己的作品，这种结合，在旧社会里，是一种极其自然的趋势。这样，就会在文学史上形成一种流派，甚至形成一种运动，对于文学发展上往往发生一定促进的作用。沫若在他的创作发展的道路上，随着自己的风格的形成，对于战友的响应和支持，日益感到需要，也是合乎情理的事。况且，当时文学界的情况比较复杂，反动派的复古文学伺隙而动，胡适之流的买办文学还很猖狂，这就更需要集合志趣相同的人来共同奋斗。恰好，当时在日本学习的留学生中，有不少人受了五四运动的影响，积极投身于文学事业，特别是在沫若的先后同学中，就有一些人已经从事创作，由于学习条件和文学修养的关系，他们的文学见解和沫若比较接近，这就给结成一个文学团体创造了有利条件。“创造社”就是在这样情况下酝酿、成立起来的。

“创造社”最初的成员，除少数几个人以外，几乎都是沫若当时在“大高”的同期同学，也就是他在“一高预科”的同班（当时日本有高等学校八所分设全国各地区，第一高等学校设在东京，特别给中国留学生成立预科，每年招收一班新生，一年结业后，分发各高等学校，毕业后再升大学）。仿吾同志虽比他早一期，但他们两人却是“六高”（第六高等学校的简称，在冈山）的同学，相处的时间较长，相知也较深。达夫在“一高预科”的时候，已经显示了出色的文学才能，分到“八高”（第八高等学校的简称，在名古屋市）以后，他经常写些旧体诗文，在这方面，他是有家学渊源的。仿吾的外国语文造诣颇深，他曾参加过英文字典的翻译工作，在学校读英文书，差不多可以不翻字典，并且因为熟悉英文，他学德文又快又好。沫若的文学修养和外语程度更不须多讲了。他们几位，年纪相若，时代相同，学习环境又一样，文学修养和文艺思想比较接近，他们要在文学战线上结合起来，共同奋斗，那真是所谓“势有必至，理有固然”的了。

但是，“创造社”并不是一下子就搞起来的，而是经过相当长时期的酝酿。沫若的创作活动和他在文坛上的成功无疑地曾给当时留日学生，特别是他最接近的同学中间发生了一定的影响。仿吾的诗和达夫的短篇小说接着也在《学灯》上先后刊出了。大家一方面在热情地创作，一方面对于新文学运动很想发表意见。这样，组织团体和开辟发表园地的要求就更感到迫切。但是，当时大家都在国外，又都正在求学时期，要结成团体办刊物，那是非常困难的。记得大约在一九二一年上半年，曾经把仿吾的短篇小说《流浪人的新年》和其他作品，钉成一个小册子传阅，大家在后面空白上写评语或感想，这可以说是一种具体而微的同人刊物。不过这样传阅的同人刊物并没有继续办下去。以后，大家曾经讨论过和国内书店合作办刊物的问题。寿昌曾为此事向国内有关方面联系过，但毫无结果。直到仿吾由于他的朋友李凤亭先生的介绍和上海的泰东书局发生关系以后，“创造社”的组织和出版刊物的问题才逐渐具体化了。



仿吾是读到大学三年级，快要毕业的时候，坚决退学回国，准备专办刊物的。这当然是一种很大的牺牲，但在仿吾本人无疑是经过剧烈的内心斗争才痛下决心的。“创造社”初期几个主要作家，无论沫若、仿吾或达夫，他们在大学，谁也没学文科。沫若在“九大”（九州帝国大学的简称，设在九州岛上的福冈市）学医，知道的人很多。达夫学的政治经济科，比较跟文学还接近些；仿吾学“造兵”科，就是制造大炮机关枪之类的专业，离文学简直是十万八千里。他们所学的和以后所从事的行道为什么相差这么远呢？如果了解当时中国的情况，那就会毫不奇怪了。他们去日本留学的时候，正当中国辛亥革命以后，富国强兵的思潮风靡一时，他们自然不能不受这时代潮流的影响。他们三人的哥哥都曾留学过日本，都和辛亥革命有关系。他们年纪青青，就在自己的兄长的同意和帮助之下去日本留学，入学志愿自然不能不受这种社会环境和家庭的影响。当初入学的时候，他们年纪很轻，按照当时社会要求和家庭希望所选报的专业，自己也颇为满意。但是在相当长的学习期间（由“一高预科”到大学毕业，正规学习需要七年至八年，加上预备时期就更多了），国内外的形势在变化，时代思潮也在不断变化，他们不能不受相当的影响。特别是伟大的十月革命和五四运动对他们的思想影响是深刻而剧烈的。这就是他们对于自己以前所选择的道路不能不发生矛盾和苦闷。等到他们的创作活动日益频繁的时候，这种矛盾和苦闷达到了不可调和的程度，继续以前的专业学习简直成为很大的痛苦了。仿吾的情况尤其是这样。他到日本去的时候，年纪很小，是跟他的哥哥成劭吾先生同去的，而他的哥哥又是一位老同盟会员，仿吾选择“造兵科”可能是受了这样环境的影响。但是他在学校期间，由于学习德文而接近了歌德、席勒，又由于时代潮流的影响而热爱托尔斯泰；这些文学方面的精神力量不断冲击他选择“造兵科”的那种思想基础。开始创作活动以后，他的内心的矛盾更加剧烈了。他和沫若有相同的苦闷。他们都愿意半途退学，从事文学事业。恰好仿吾有位同乡李凤亭先生来信叫他担任泰东书局的文学方面的编辑主任，他就毅然决然抛弃学业而归国了。沫若得到仿吾归国的消息，立即下定决心抛掉医学，离开家庭，跟仿吾一道回国，共同战斗。但是他们回到上海以后，情况完全出乎意料之外：约请仿吾回来的李凤亭先生已经他去了，泰东书局的计划只是纸上空谈，而所谓文学主任者还另有人在。他们投奔泰东，等于上了一个大当。泰东经理赵南公看见有人投上门来，可以利用，而沫若的声誉更可资号召，便高兴地留下他们。仿吾觉得泰东这样局面容纳不下两人，他便自动地回长沙去了。

沫若在上海待了一个时期，得到泰东出文学刊物的诺言以后，他又返回日本纠合同人。他回到福冈的家里，匆匆只住了一天，便到京都来了。这是我们第一次见面（我在《二十年代的一面》中，把我们的第一次会面，说成是在泰东书局经理室，那是完全误记了）。他那广额、巨颅、宽阔的胸围、方整的身材都表示了健康的精神和坚强战斗的性格。尤其通过近视镜放射出来的那一双炯炯的目光，更给了我极其深刻的印象。我深深感觉到，他不是一个感伤的诗人，而是一个勇敢的斗士。这印象我以后对他当面谈过。可惜当时我正在学年考试，没有和他畅谈，更没有陪他游览山水。我向他介绍了当时在京都求学的几个朋友，他向大家谈了在上海出版刊物的计划，大家都表示愿意支持，但谁也没有拿出已成的作品来。以前在通信中，我就表示可以回去帮助，这次又当面应承了暑假中回上海。沫若看清了京都的情况不会有更具体的结果，便匆匆忙忙又上东京去了。在东京，他会见了田汉和郁达夫等人，得到了大家的热烈赞成，尤其是得到了达夫慷慨支持的诺言，决定了刊物的名称，形式及创刊号的筹备计划。“创造社”就这样在沫若的积极奔走之下，终于一九二一年七月初旬正式成立了。

## 四

一九二一年暑假期中，我回到上海。

上海是我在民国初年读中学的地方，可说是我的第二故乡。别来五年，又经过了五四时期的轰轰烈烈的罢学、罢工、罢市运动，我渴望能早看见一个面目一新的新上海。轮船一进入吴淞江口，我心里就不禁激动起来。及到上了码头，看到街道上嘈杂、凌乱的情形，依然如故，不禁又发生了幻灭似的情感。

我先到四马路泰东书局，会见了经理赵南公，他从烟榻上翻起身来殷勤招呼，说沫若刚才来过，知道我今天会到的。不久，沫若果然从外边来了。简单地寒暄了几句，我便搬到泰东书局编译所和沫若同住。

所谓编译所，是在当时跑马厅西边马霍路福德里内一所两楼两底的旧式弄堂房子。这里与其说是一个书局的编译所，不如说是堆栈兼宿舍。楼下除了沫若住的一间厢房以外，前前后后，包括吃饭用的堂屋，都堆积了泰东出版的旧书和旧杂志，在这些堆积的空隙，支着一些校对和职员的床铺。楼上两间房子，有几位编辑先生住在那里。原来泰东老板办了两个投机性的杂志，各有一个编辑负责；现在虽说已经决定跟创造社合作，另办新的文学刊物，可是局面似乎还未完全明朗化，那二位编辑还未离开。我被安置在楼上，早晚不免要和这些先生打交道。自己一直过着单独的学生生活，如今夹在这些人中间，显得应付为难，格外不便。譬如，沫若在《创造十年》中一再提到的那位王先生，我一搬来，就听说过他的种种行为，而他本人却对我格外客气、殷勤，这就更引起我的警惕。他明明知道我是沫若的朋友，我们要办创造社的刊物，和他利害直接冲突，而他对我却似猫一般的温和，我真不知怎样对待才好。

沫若从东京回国时，曾带来了一些朋友的稿子，准备在《创造》

季刊的创刊号上登载，急须进行修改。另一方面，泰东老板希望先把他已发表的作品印成单行本，以广招徕，他还得忙着整理旧稿。此外，报刊上要他写稿，文艺界的朋友也常来访问，其他社交往来也不少。因此，他深感环境嘈杂，不能安静地写作，而苦恼异常。我在日本过惯了京都那样寂静的学生生活，住在这样又炎热又混杂的所谓编译所也很不习惯。在沫若的提议下，我们曾到无锡、镇江去过一趟，想找个较为清静的写作环境，结果是失败而归。关于这次旅行，我的记忆和沫若在《创造十年》所叙述的，先后顺序有点不同，很可能是我的记忆有错误的地方。我记得我们是应朱谦之先生的邀约先到无锡惠山去的。不料我们到那里，朱谦之不在，由他的几位青年朋友——无锡中学（或者师范）的同学热情招待。无锡的惠山虽不高，却有天下第一泉，而且附近还有许多幽静的园林式的祠堂可以供人消夏。这当然是理想的写作环境了，可是巨蚊成阵，夜不能眠，我们仅仅住了两三夜，便不得不仓皇逃去；等回到上海，沫若还因此害了一次厉害的疟疾。镇江的金、焦、北固，风景宜人，但是和尚的“善缘簿”却威胁太大，我们只瞻拜了金、焦两山，连甘露寺都没有敢去，就赶忙上火车，逃回上海了。记得归途在无锡车站上还遇见以前招待我们的那几位同学，所以我总觉得无锡是先去的。



回到上海以后，我们只好冒着炎暑，死心塌地地加紧工作。沫若继续翻译歌德的《少年维特之烦恼》，这是当年在德意志青年中引起狂热的名著，沫若的译本也曾经风行一时，对当时反封建礼教的中国青年也发生过强烈的影响。我开始翻译法国近代作家古尔孟的小说《鲁森堡之一夜》，这也许是第一部译成中文的象征主义的作品。我当时译它，并不是为了介绍什么象征主义，老实说我也并不怎么喜欢象征主义，某些象征派诗人的那种阴暗情调和晦涩的表现手法我还很反感。不过当时我读了厨川白村的《文艺思潮论》，对于古尔孟所主张的“灵肉一致”的“新享乐主义”颇感兴趣，因而将他的这本代表作携带回国，便翻译起来了。现在看起来，这不过是一种披着美妙的外衣的反动唯心论，不合乎当时中国青年的要求；出版以后没有受到读者的注意，谬种没有广泛流传，还算侥幸。但在一个时期，自己的确受了一定程度的不良影响。我们译的这两部书，一部是德意志“狂飙运动”

的号角，而另一部却是资本主义“世纪末日”的呓语，两种性质绝不相同的书都编在“创造社丛书”里面，仅这一点就可以说明当时创造社并没有一个严格的中心思想的。

在译书的同时，沫若还整理了他已发表过的作品。他的第一部诗集《女神》(原名《女神的再生》)在泰东老板的积极催促之下出版了。《女神》的出版是中国新文学运动的一个重要收获，在当时文学界也引起了一定的反响，而对创造社同人来说更起了莫大的鼓舞作用。我自己很兴奋，曾不揣冒昧，写了一篇评介文章，发表在已故郑振铎同志编辑的《学灯》上。那时候，评介作品的文章似乎还不大流行，我的文章虽然很浅薄，居然受到振铎的称赞和鼓励。由此可以看出，创造社和文学研究会当时似乎是并无芥蒂的。郁达夫的第一部小说集《沉沦》就是受到《女神》出版的鼓舞而编成的，不久也由泰东出版。在出版前后，我也曾答应过达夫，要写一篇评介，后来回到日本，忙于功课，竟没有实现，过后感到很遗憾。《女神》出版以前，沫若改译的《茵梦湖》已由泰东出版了。这部抒情的中篇也曾受到读者的欢迎，还有一些青年作者摹仿过这样的作品。



沫若还标点了《西厢》，也是应泰东老板的请求，在写作之余搞出来的。看见《西厢》的销路不坏，泰东老板便买了一部《元曲选》，希望我们选出几个杂剧，加以标点、印行。沫若忙于《创造》季刊的稿件，已无暇及此；我却借此机会浏览了这部元代杂剧的宝藏，虽然没有从事标点，但如《救风尘》《窦娥冤》《墙头马上》等杰作给我留下了深刻的印象，使我认识到中国戏曲文学的丰富遗产。

“创造社丛书”的畅销，特别是《女神》的即速再版，给《创造》季刊的出版创造了有利的条件。书店老板对于出版刊物的劲头大起来了。对创造社来说，形势显得更加顺利，但刊物的稿子却成了迫切的问题。东京方面朋友们答应的稿子，来的不多，特别是达夫答应的新作品久无消息，更使沫若感到焦虑。他常常对我说，我们的人手太少；我也有同样的感觉，首先感到是自己无能。沫若带来的稿子大都要经他自己修改，我帮不上忙。我从京都带来的稿子不多，除用过“东山”的笔名在创刊号上发表的那篇不成名堂的短东西以外，其他都是别人的长稿，有的根本不能用，有的非大加修改不可，而这些稿子的修改，我又力不胜任，仍然都堆在他的身上，这就更增加了他的负担。

他修改别人的稿子，和对待自己的创作一样，非常严肃认真。为了改好一字一句，他不惜花费很大的工夫，改了再改，有时还要问问我们的意见。特别在修改诗稿的时候，无论是创作或翻译，他总要一面改，一面念，一再推敲，力求字句妥贴，音节和谐。他虽然提倡自由诗，写了不少豪放的诗篇，但对于诗的音节、格调，却非常重视。他对中国古典诗的修养很深，对于歌德、海涅等伟大诗人的艺术作过一定的钻研，因而对于诗的音节、格调的感觉自然锐敏，就在修改别人的诗句时也不肯麻糊，因此，修改工作就更加繁重了。

在这样情况下，我带来的王独清的两部稿子，给他更添了很大的麻烦。王独清原是我的朋友，当时跟创造社毫无关系，跟沫若也素不相识。因为他爱好文学，我想拉他参加创造社，把创造社出版刊物的消息告诉了他，他就从法国寄来厚厚两部长稿，希望发表或出版，藉此和创造社取得关系，并想得点稿费，维持生活。可是他的稿子的确太不高明。一部长诗《支那》写得冗长、凌乱，毫无真实情感，实不能用，我也只好同意放弃。另一部是泰戈尔的《新月集》的译稿，也译得很糟糕。为了满足王独清的愿望，特别为了照顾他的生活，我总希望给他一个机会。沫若碍于我的情面，硬在三伏天，挥着汗水，替他大改特改，等于重译一遍。《新月集》的译稿，就这样列入“创造社丛书”，王独清也因此成为创造社的成员，给他以后在文学活动和社会活动上造成了有利条件。不料王独清狼子野心，后来竟阴谋篡夺创造社，增加反动政治资本；创造社遭反动政府封闭，他又幸灾乐祸，进行诬蔑、破坏。这种种恶劣行为，在后面再详细叙述。追根究底，我当时认识不清，引狼入室，的确应负一定的责任。

沫若不仅认真地替别人修改稿子，为了帮助别人，他还自动地代人翻译作品。当时泰东有一个校对，工资太少，生活贫困，他在酷热的夏天，赶着蚊子，流着大汗，替他翻译了一篇安徒生的童话，不光解救了那个青年的困难，而且使他出了名，后来还靠沫若的著作，当了出版家呢。

沫若待人热诚、坦率、厚重，由此可见，对待比自己年纪轻、阅历浅的朋友，他更是处处关心、照顾、帮助，象个长厚的老大哥。在和他相处的日子里，无论是在日常生活上或旅行中，我总感到温厚的友情。在上海，遇到什么集会，他总拉我一道去参加，让我见见当时上海文化界的世面。他对当时上海文化界的那种浮夸、浅薄的空气不很满意，常常予以批评和讽刺。对于朋友的缺点，他也直言不讳地或者委婉地进行批评。记得有一次，他带笑说：我是唱黑头的，不象你们有那么多的感伤主义。这一句尖锐的批评，恰恰击中了我的弱点。当时感伤的情调在一般的新文学作品中比较泛滥，我那时候也正在写着一些带有感伤气味的小东西，他的话立刻引起了我的警觉。以后我常常回想起这句话，觉得有更深刻的意义。我觉得，感伤主义可能是小资产阶级动摇性的一种表现。就自己来说，这句话现在还可作一个警辟的座右铭。在和他相处的日子里，我得到的教益是很多的，要一一地追记下来，还须在记忆中作更深入的挖掘。

在这炎热的两三个月中，沫若一直忙于改稿、写作和编辑工作，到夏末秋初，除了达夫答应的稿子尚未寄来以外，《创造》季刊的创刊号可算是基本上编成了。这时候，忽然有一天，泰东老板赵南公向沫若提出了一个新建议，他推荐沫若去安庆担任法政学校的英文教师，遥领泰东的编辑。这大概是他在烟瘾过足以后，挖空心思，想出来的妙计。原来，泰东是几个官僚政客拼凑起来的资本空虚的小书店，赵南公又是小政客出身的商人，对于文化运动、文学运动，根本没有多大的兴趣，因此，要他花相当的报酬请一个专任编辑，是不可能的。但他看见沫若在文学界的地位和对读者的影响，他又生怕被别家大书店抢去，总想死死拉着，不肯放手。安庆学校要聘教师，给他送来了一个一举两得的好机会：一方面他可以双方面讨个顺水人情，另一方面他还可以不花钱或少花钱而请到一个非常出色的编辑，并把创造社的刊物掌握在自己的手里。他向沫若提议的时候，心头很得意，以为满有把握的。不料沫若针对他的想法，提出了要回日本，并举达夫以自代的反建议。在沫若这一方面也是经过长期考虑的。沫若一到泰东，就感觉有点上当；但以中国之大，当时只有这一家小书店还表示愿意跟我们合作，因此只好耐心地等待事态的发展。经过了相当曲折的道路，书店老板才下决心，出版创造社的刊物。这是一个初步的胜利，但有许多问题还不能解决。创造社和书店的关系好象没有正式谈过，刊物编辑和书店的关系也不明确。赵南公的江湖式的办法，在我们看来，是一种超额剥削，也接受不了。三个月出版一期的季刊是否编辑需要常驻在书店里？书店的那种嘈杂的环境非常妨碍写作，经常使沫若苦恼。赵南公提出了安庆的事，使沫若下定了决心：让达夫回国主持刊物，自己回日本去继续从事写作。他推荐达夫去安庆任教，至少有两个充足的理由：第一，达夫的英文造诣较高，一贯阅读英国文学，可以胜任而愉快；再则，达夫读政治经济科，将届毕业，无须经常上课。赵南公在他的坚决主张之下，只得同意。他写信给达夫，说明原委，达夫也愿意回来。不久，达夫回到上海，大家研究了以后的计划，决定由达夫完成创刊号的编辑，沫若便回日本去了。临行时沫若还在轮船上被窃，他在《创造十年》中已有详细叙述，这里不再重复。

## 五



郁达夫回国，已经是假期将满，炎暑接近尾声的时候了。

他来到马霍路的编译所，住在我们外间的堂屋，铺位安在靠近楼梯的那一边。堂屋没有门，又靠近楼梯，进出很方便；但是后来也就因此发生了意外的事故。

达夫的家乡是浙江富阳，离上海不远。他家里就有人在上海，亲戚朋友当然更不少。多年不回国了，探望他的亲朋很多，他自己也常出去。就在这样来往纷忙的时候，事故发生了。

一天早上，他发现自己的钱突然失踪了。数目大概是百元上下，对当时靠卖文为生的人来说，这是一笔不小的损失。这一下子惊动了整个编译所。大家议论纷纷，都为达夫抱不平。事情张扬出去了，书店老板也不能置之不理。他向达夫道歉，表示一定要把案情弄个水落石出。他授权他的长子秘密调查。查来查去，重大嫌疑落在老板的姨太太的哥哥身上，以后就没有下文了。

达夫这笔意外的损失似乎没有得到赔偿。好在达夫在上海的亲朋很多，可以挪借，这种事故并没有困倒他。但是我们这些住在一起的穷朋友，却因此生了戒心，对这件无头盗窃案留下了深刻难忘的印象。

沫若向达夫交代了《创造》季刊的编辑事务以后，就去日本了。

我还留了一个时期，和达夫经常在一起，但《创造》季刊创刊号的完成，却是由达夫完全负责的。

达夫对于沫若选用的稿件全部同意，但是觉得创刊号里没有长篇小说，似乎分量不够。他正计划写一个长篇，所以在这期间，他就埋头赶写他的第一部长篇《茫茫夜》。他已经发表过几个短篇，受到读者欢迎，这次也还带了几篇回来，但他并不以此为满足，还要更加努力来作长篇小说的新尝试。他曾读过不少的中国和外国的长篇名著，对于这种新的形式并不生疏；而他又富有才华，写起来好象很顺利。但是他的事业心很强，干劲很大，在写作中，他还是全力以赴，丝毫不苟的。在写成前几章以后，他相当满意，就决定在创刊号上发表了。

前面已经说过，《女神》的出版，对创造社同人是一种鼓舞，同时也引起了出版者的兴趣。达夫的短篇集就在双方积极主动的情况下，得到出版的机会。因此，达夫一方面忙于写新的长篇，一方面还要整理旧稿，准备出版，的确是相当忙的。书店方面，对于这本书的排印和纸张也曾费过一番心思。为了眉目清楚和美观，字与字间留有空隙，标点符号一律放在正文偏旁，这些在当时都算是创举。由于篇幅不多，印纸选用了质量较好的道林纸。老板这样做，固然出于作者的要求，但他这样大方地下本钱，却是出于他的生意经。他一定盘算过，认为这本书是可以大赚其钱的。

果然，《沉沦》一出版就打响了，差不多和《女神》一样地轰动。当时文艺作品出版很少，固然是一个原因，而作品本身仍有很大的关系。这是包含了三个短篇的一本薄薄的集子，除《南迁》外，其他两篇都已发表过。但是，无论《银灰色的死》或《沉沦》在发表的当时，就都曾引起读者的注意。《南迁》为了收入集子而没有发表，但质量并不比前两篇差。不，我当时毋宁是更喜欢《南迁》，而作者在言谈中对它也似乎有些偏爱。这三个短篇都描写飘泊异国的青年的恋爱悲剧，富有浪漫主义色彩：感伤主义和异国情调；但前两篇带有资本主义的都市生活气息，而后者却发挥了田园牧歌式的抒情主义。它也许没有表现出达夫的特点，但却更多地投合了自己当时的那种牧歌式的感伤情调。

《沉沦》一出版就打响了，出版者当然高兴，达夫更高兴。他当时常常半带兴奋半开玩笑地说道："沉沦以斯姆！沉沦以斯姆！"他的意思是说,《沉沦》也许会象《少年维特之烦恼》出版当时那样，形成一时的风气。事实虽不如作者想象那样,《沉沦》并没有成为风行一时的什么主义之类的东西，但它对当时中国的部分青年的确发生过一定的影响。有些爱好文学的青年甚至摹仿达夫的风格，写出过类似的作品。

《沉沦》的出版，给当时文学界吹入了一些与前不同的新空气。我自己很兴奋，曾自告奋勇，要写一篇评介文章；但终于没有实现诺言，一直感到遗憾。现在回想起来，除了时间等等原因以外，自己当时的思想感情和《沉沦》那样的作品还有一定距离，恐怕倒是主要原因，所以自己虽然很喜欢作者的独特风格和他的清新流丽的文体，但是思想感情的距离终于使自己下意识地来了一次怠工。在三十七、八年后的今天，我应该向永眠了的亡友坦白告罪。

沫若去后，我和达夫同住在泰东，一起工作，一起游玩，生活的很愉快。达夫笔下的人物往往象是忧郁的化身，但他本人却是非常活泼，爽朗。他是中等身材，爱着中装，性情平易近人，给人一种亲切的感觉。他爱谈论，说话很随便，但他的一双眼睛却不断地瞅着对方，似乎在追探对他谈话的微细的反应。他的眼睛不大，也不近视，谈话时放射着光芒，显示出他的聪明、机灵和敏感。他的声音有点沙哑，可能是因为他爱吃纸烟的原故。

达夫初回国时，发表过的作品不多，尚未出名，所谓"文坛"知名之士和他往来还不多。所以我们两人经常一道出去。达夫对上海很熟悉，他经常作我的向导，我跟他学了不少东西，长了不少见识。达夫喜欢买旧书，特别是外文书。他常引我去逛旧书店；城隍庙内的小铺子，北京路上的旧货摊，我们都去过。有时我们也到虹口外国人开的旧书店去。达夫能讲一口流利的英语，和那里售书的外国人交谈，好象跟自己人谈家常一样地自由自在。每逛一次，他就要抱一大包书回来。看来这已经成为他生活中的一种趣味了。记得当时虹口有一家犹太人开的旧书店，达夫曾带我去过两三次。那是占三间铺面、规模相当大的店铺，柜台上经常坐着一位十七、八岁上下，漂亮的褐发女郎，默默地照顾全面。有一次我们静悄悄地翻阅架上的图书，达夫忽然向她讲了几句流畅的英语，那女郎的粉脸上登时浮起了两朵红云。

达夫笑了，我也跟着笑了。我虽然不完全了解他讲的什么，我相信一定是饶有风趣的话语。

我们也常常一起散步。马霍路附近向西有一个幽静的所在，是离大路不远的一条曲折的林荫小道，外国名字叫“Love Lane”，按字义应译作“情人巷”，我们两个单身汉常常在饭后或晚间来这里散步。特别是在月夜，月光从树荫流泻地面，远处送来断续的琴音歌声，真使人忘却身在“十里洋场”而悠然生出超尘出世的幻想。我们就在这样梦幻似的环境里，交谈着各自的抱负和见解。有时会遇到一对相依相偎的外国情侣迎面而来，打断了我们的梦呓般的谈话。

有时，当月朗风清的晚间，我们特地乘电车去逛“顾家宅公园”。我们在绿茸茸的草地上，不着边际地漫谈起来。达夫知道我读过法文，总怂恿我跟冷食店的法国侍者讲法语，而我觉得害臊，不愿开口。有一次，也许为了鼓励我的勇气，他便自告奋勇，用法语向侍者要东西。我很意外，他从哪里学来的法语，发音竟如此准确。他笑着向我解释，原来他读英国小说的时候，书中引用的法国话，学会了不少，并且还向会法文的朋友校正过发音。我总佩服达夫有语学天才，不知他是这样勤学好问，因而就更加佩服了。



达夫对于饮食比较讲究，特别喜欢喝绍兴酒。泰东的饭菜本不可口，达夫有时就引我们到外边去吃小馆。饭堂弄是他熟悉的地方，但他也不光上南方馆子，而是喜欢有新的发见。我们去的较多的是四马路的那几家绍兴酒馆。哪一家的花雕味醇，哪一家的竹叶青好吃，哪一家有什么可口的下酒菜，他都向你一一介绍，如数家珍。为了品味，有时我们会连续吃上几家酒馆。他常常喝得面带微醺，就更加议论风发，滔滔不绝。但在这期间，他似乎没有大醉过。当时他还未出校门，他的作品已经博得读者的称赞，他的前途闪耀着光采，他的心情应该是十分舒畅的。

达夫对于文学事业有很大的抱负。对于自己的创作，他有很强的自信心。他很重视自己的创作，不惜付出顽强的劳动。当时大家都很年轻，常常不顾具体情况，以文学史上的人物自况，也以此鼓励别人。达夫喜欢谈英国的王尔德，也常谈到十九世纪初期英国的浪漫诗人，特别以勒汉特（Le Hunt）自许。他说，勒汉特交游最广，和同时代的作家都处得很好。他希望将来在中国文坛上也能作个勒汉特那样的人。达夫的这个愿望很快就达到了。他在当年的文学界中是交游最广朋友最多的一个。不过他对当时中国文学上的影响，恐怕不是那位英国诗人所能比拟的。

达夫在文学上的成就，当然是他在生活上和艺术上不断地钻研磨炼的结果，但是他从早年积累起来的文学修养也对以后的创作发生了一定的作用。达夫的文学修养是相当渊博的。对于中国古典文学，他有较丰富的修养。唐宋的诗词和明清的小说，他读的很多。对于清代的乾嘉文学，他的知识更为丰富。他非常喜爱黄仲则；在他的小说《采石矶》中，隐然以黄仲则自况，绝不是偶然的。达夫的才华和黄仲则可以先后辉映，他的旧体诗也象两当轩的诗那样清丽哀婉。在新诗盛行的时代，他不大写新诗，却一贯好写旧体诗。记得他在日本“八高”读书的时候就爱写旧体诗。他所写的“汉诗”不仅使日本同学惊异，就连该校的汉文教师也表示钦佩，他因此被全班同学推举为校刊编辑的一员。这虽然是一件小事，也可以看出达夫早年的才华。最近遇见一位留日的老同学还绝口称赞达夫的旧诗是真正诗人之诗。达夫是以小说家出名的，诗应该说是他的余技，身后却被人如此称赞，那么，达夫在诗方面的造诣也就可想而知了。至于小说，乃是他的本行，他对中国旧小说的博览、精通，应更无须多讲。

达夫的外国文学知识也是相当渊博的。他在大学读政治经济科，不必按时上课，只要在考试前读读讲义或指定的参考书，就可以应试及格。他利用这样有利条件，读了不少外国文学的书籍。他读书的范围非常广泛，不专读一个作家，也不专攻一国文学，凡是名著杰作，他大都阅读。甚至初露头角的作家，或者不大出名的作品，只要兴趣投合，他也津津乐道。他的兴趣所在似乎是浪漫气息浓厚的、富有抒情味的、艺术性较高的作家。譬如帝俄时代几位大师中，他似乎喜爱屠格涅夫和契诃夫。对于其他国家的作家，情况也大致相同。由于他精通英文，他对于英国文学作品读的更多，了解的更加深广。他的英国文学知识相当丰富、渊博，但他的兴趣似乎偏重于十九世纪末期的作家。他非常喜爱王尔德，也好读道生、汤姆生等人的诗，而王尔德的艺术对他的影响较深。日本现代作家的作品，他阅读的也不少；其中，谷崎润一郎和佐藤春夫等人的小说是他比较喜爱的。他对于自然主义文学一般不大爱好，但在日本的自然主义作家中，他自称葛西善藏对他有一定影响。他的那种深刻的自我分析和他喜欢采用的独白式的手法，的确和葛西有点相近。不过他的清新流丽的笔调，和葛西的那种繁重琐碎的自然主义文体相反，而更接近于王尔德等艺术派的文风。总之，他的外国文学的修养非常丰富，因而他接受外国作家的影响也是比较多方面的。

这里自然而然接触到一个比较重要的问题：郁达夫是不是“颓废派”？达夫常常推崇王尔德，有时自称“颓废派”，据我和他交游的印象来讲，达夫身上，所谓“文人积习”很深，和资本主义“世纪末”的“颓废派”却并无共同之处。年轻的时候，他有时故意放浪形骸，也不出中国旧文人的行径。听说田汉同志曾笑称“达夫是假颓废派”，这倒近乎真实。达夫在文艺思想或创作技巧上，多少受了王尔德等人的影响，这是不容否认的。但他毕竟是五四时期的进步作家，他具有强烈的爱国主义思想感情和反帝反封建的斗争精神。他的作品中有些低沉的调子和某些不健康的因素，应该加以批判。以前有人划定他为“消极浪漫主义作家”，有人甚至指斥他是“颓废文人”，这样完全否定的态度可说是极不公正的。

另外还有一种看法，认为创造社是五四时期的艺术派，郁达夫是这方面突出的作家，这也是值得商榷的。创造社作家曾经强调过文学的艺术性，发挥过某些艺术派的言论，由此就得出结论说创造社是艺术派，艺术至上主义者，那也未免失之过早。所谓艺术派或艺术至上主义者都是逃避现实，否认艺术的社会作用，钻到“象牙之塔”里面，从事“雕虫小技”，“歌舞升平”，为反动统治阶级服务的。创造社的主要作家，包括郁达夫在内，都反映了反帝反封建的现实斗争，怎么能说是艺术派、艺术至上主义者呢？达夫的作品虽然有些调子低沉，但依然暴露现实的黑暗面，咒骂反动统治的恶势力，对当时的反帝反封建运动也起了一定作用。把五四反帝反封建洪流中的一个重要文学流派说成是艺术派，把其中强调艺术性的作家说成是艺术至上主义者，这显然是不符合实际情况的。

以上是由于对达夫的评价而引起的议论，在这里发挥，也许失之过早。现在言归正传，《创造季刊》创刊号，在达夫忙碌了几个星期之后，大体完成了。达夫的《茫茫夜》和《夕阳楼日记》我都读过原稿。以后，达夫到安庆教书去了，我也重去日本。不知为什么，创刊号直到第二年五月才出版，也许是那篇《茫茫夜》以后又经达夫继续加工的原故罢。

## 六

《创造》季刊创刊号于一九二二年五月一日出版。从筹备、编辑到出版，为时将近十个月，比预告出版的日期也推迟了四、五个月。现在看起来似乎有点奇怪，但在当时的具体条件下，一个新成立的文艺团体，既缺乏人手，又没有得力的出版机构的帮助，经过几番曲折，能够印出那样厚的较有分量的刊物，已经是不容易的了。创刊号一出版，立即引起了各方面强烈的反响。沫若、达夫和仿吾的新作品吸引了广大的青年读者。创造社因此奠定了它在文学界的地位。在另一方面，达夫的《夕阳楼日记》和出版预告中的“垄断文坛”的话语也引起了长时期的笔战和无谓的纠纷。

所谓“垄断文坛”，当然指的是文学研究会。实际上，当时中国的新文学运动还在初期阶段，除鲁迅先生以外，五四时期的一些重要作家还都初露头角，“文”还不盛，“坛”于何有？文学研究会象茅盾同志所说的，“只是一块空招牌，没有办事机构，无组织，无纪律”的团体，“垄断”云云，从何谈起？但当时达夫在预告中的影射恐怕也不是“无的放矢”。至少在达夫或者和他同感的人总有这种感觉。现在推想起来，问题可能在于发表作品和出版方面。茅盾同志不是说过吗：“当文学研究会成立后的两三年间，不但从一九二一年起革新的《小说月报》是许多人都知道的文学研究会的代用机关刊物，而且还在商务印书馆出了《文学研究会丛书》。而且，特别引人注目，好几个地方还有分会，分会也有它的机关刊物。”（引文均见《文艺月报》一九五九年五月号，茅盾：《关于文学研究会》）。和这种情况相比，创造社为了编印自己的刊物就不得不忍受泰东书局老板的剥削，未免感觉到太委屈。特别是达夫，他的《银灰色的死》，一直在编辑部压了半年之久，难怪他要发出"垄断文坛"的牢骚了。现在看起来，这样的牢骚给当时的文学界投上了一层暗影，引起了不必要的隔阂和纠纷，依然应该引为遗憾的。

达夫在《夕阳楼日记》中批评余家菊的误译，立刻引起了一场激烈的笔战。达夫对于余译的指责，惹来了胡适的盛气凌人的谩骂，沫若和仿吾不得不连环出马应战。笔战的结果，不仅暴露了胡适的浅薄，同时还证明了重译的不可靠。创造社的刊物一出世马上招来了胡适一派的进攻，也可以说是并非偶然。创造社作者的那种反帝反封建的革命激情和胡适一派的买办资产阶级思想感情是格格不入的。胡适对于达夫指摘误译的短文章，不惜亲自出马挑战，可能是借题发挥，想给创造社这个不顺眼的初生婴儿来一个致命的打击。不料胡适遇到沫若和仿吾的回击，招架不住，张东荪便从旁来参战。张东荪的《形而上学序论》的误译被仿吾揭穿，"手势戏"的笑话轰传一时，落得个无趣。接着陈西滢指摘沫若的《茵梦湖》的译文，徐志摩嘲骂沫若的"泪浪滔滔"的诗句。这些事实说明，创造社成立以来就不断遭受到胡适等新月派的敌视和攻击。现在看起来，创造社和新月派的这一系列的笔战，跟创造社和文学研究会的交锋性质不同，虽然两者在表面上都是文学界内部的争论，若从政治意义来讲，前者应该属于敌我斗争的范围。后来，沫若同志的关于中国古代文化的论著和驳斥胡适的学术性的文章，都可以看作这种论争的重要发展。到那时候，反对胡适的反动思想的政治意义就更加明显了。根据同样的理由，后期创造社反对胡适、梁实秋等的反动资产阶级文艺思想的斗争，当然也可以看作这一敌我斗争的继续发展。这些虽都属后话，但在学习了毛主席的《关于正确处理人民内部矛盾的问题》的文件以后，对于当年创造社的这些斗争，应该重新给予正确的估价。至于这里所提出的看法是否正确，当然欢迎各方面的批评和指正。

当时，创造社胜利地回击了胡适一派的猖狂进攻，博得了广大读者的同情和信任，但也招来了敌对方面的更多的谩骂和攻击。在这样情况下，光凭三个月出版一次的季刊来应战，的确显得太不及时了。恰好，一九二三年春天，沫若、仿吾、达夫都聚集在上海，大家主张另出一个机动刊物来应付斗争的需要。《创造周报》就在《季刊》创刊一周年的五月一日出版了。在《周报》的创刊号上，仿吾的《诗的防御战》批评了当时新诗创作上的一些不良倾向，又招来了所谓“文坛”的各方面的攻击。热烈的论争，引起了读者的注意，周报的销数不断增加，还屡次重版。作者的劲头因而更大。沫若、达夫、仿吾在此时期发表了不少重要的创作和评论。创造社在读者中间的影响不断扩大。当时的《中华新报》想利用这种影响，向创造社提出了合作的要求。在达夫和仿吾的同意之下，同年七月下旬，在《中华新报》上开辟了《创造日》的版面，除星期日外每天发刊，由达夫、仿吾和邓均吾负责编辑。这样，创造社同时编刊着三种刊物：《季刊》《周报》和《创造日》。除了创造社的三个主要作家和新加入的邓均吾经常撰稿以外，还有不少青年作者，如敬隐渔、王以仁、倪贻德等，也团结在这些刊物的周围，不断发表作品。这时候可说是创造社的全盛时期，也是前期创造社最活跃的时期。

但是，好景不常，刊物正在办得热闹红火的时候，达夫要到北京去了，沫若曾劝留过，达夫的态度很坚决，仿吾也表示赞成。达夫去北京是为了到北京大学教几点钟课的。达夫毅然决然地走了。这就留下了以后“离散”的种子。首先是《创造日》由于报社的反动后台老板的指使，在出满了一百〇一号的时候，在报社的请求下，宣告结束。《创造周报》挣扎到第二年——一九二四年五月，满一周年的时候，也宣告停刊。《创造》季刊出到第五期，没有再继续下去。沫若在《周报》停刊以前重去日本，仿吾结束了《周刊》以后南下广州，这样，达夫所预言的“离散”终于实现了。而创造社的前期活动也到此告一段落。

创造社三个主要作家的离散和刊物的停刊，原因当然不止一个；但最主要的原因，现在看起来，仍然应该是创造社和泰东书局的关系，更明确地说，就是泰东书局老板对沫若、达夫、仿吾三人的超经济剥削。他们三人从来没有从泰东书局拿过工资，就连固定的编辑费都没有得过。沫若有很沉重的家累，仿吾和达夫都没有其他职业，专凭老板的高兴，或多或少地施舍一点零用钱，那当然是绝对不能忍受的，而且事实上也绝难长此生活下去。达夫为了教几点钟课坚决去北京，现在想起来，那种心情也是可以理解的了。

一九二三年冬，达夫去北京后，我到了上海。当沫若和仿吾感到消沉的时候，我和他们聚集了一个时期。

我是最早参加创造社的成员之一，但自《创造》季刊出版以后，我的贡献最少。当沫若、达夫和仿吾对敌艰苦奋战的时候，我没有支援。创造社的活动，我也很关心，和大家经常有联系，但除偶尔寄点短稿以外，我并没有做过其他更多的事情。为什么会这样呢？那时候我正在学校读书，缺乏生活实践，又没有写作时间，这些都是事实；但真正原因尚不止此。

首先，当时我对于文学艺术缺乏正确的认识。我总觉得文艺只能业余搞，同时也自惭缺乏文采，更不敢涉想去专搞文学。其次，当时我对一些政治现象很关心，幼稚的爱国心很浓厚，我又参加了“少年中国学会”，由于这种关系，曾经有一个时期，我给《新闻报》担任过日本的特约通讯。日本的政治中心在东京，经济中心是大阪，而我住在京都，是一所寂静的古城，写通讯颇不便利。为了了解情况，找寻新闻来源，我把不少时间花费在读报和看杂志上边。我读了一些用经济观点分析日本政局的文章，认识到少数大财阀对于日本政治外交的作用和影响，因而常常阅读报纸的经济栏和一些经济刊物，曾被人误解为想做生意。但我却由此接触了一些社会主义性质的刊物——由山川均的《社会主义思想》到河上肇的《社会问题研究》——进而逐渐接近了马克思列宁主义思想。列宁的《帝国主义论》（即《帝国主义是资本主义底最高阶段》一书的日本译名）给了我很深刻的影响，把我从幼稚的爱国思想提高到反帝国主义的认识上来了。这对于我以后的思想发展起了一定的良好作用。还有一个重要原因，就是当时我对哲学很感兴趣，进了大学的哲学科，唯物论和唯心论在我的思想上经常发生矛盾，最后决定选修心理学。但是弗洛伊德的精神分析学和里波的感情心理学又对我发生影响。在相当长的时期内，象黑夜迷失路径的行人一样，我只在这些资产阶级的错误思想中间兜圈子，找不到一条出路。有时自己不免发生了一些怀疑思想和消极情绪，对于国内轰轰烈烈的文学运动倒有点隔膜了。

日本大地震给了我一个接触中国现实的机会。那年暑假我回到青岛，在当时新收复的这个海滨胜地上度过了愉快的假期。当我准备重去上学的时候，日本发生了大地震。当时报道的情况非常严重，我估计大学一时不易恢复正常讲课，决计在国内多待一个时期。我到北京，是鲁迅先生和陈西滢笔战正酣的时候。当时国内政局混乱，“国民军”正在酝酿起事。我的童年朋友胡笠僧率领陕西军队驻札京汉路北段，我曾去过那里。直到十一月末，我才到了上海。

我到上海的时候，创造社在表面上还继续保持着蓬蓬勃勃的气象。青年作者的投稿不断增加，刊物的影响不断扩大。每到星期六，总有不少读者在泰东书局的店头等候新出版的《周报》。案头上堆积得厚厚的新刊物很快就卖光了。这些现象都说明创造社的事业大有发展的前途。可是实际的情况却正相反。书店老板的超经济剥削使创造社在上海的主要作家无法生活下去。当时的政治空气也使得沫若和仿吾不能安心专搞“纯文艺”刊物。达夫的北上尤其给沫若留下了深刻的印象。而书店老板已经计划用剥削创造社的血汗钱来搞更大赚其钱的教科书生意了。因此，沫若和仿吾在继续维持刊物的同时，不能不作退一步的打算。



我在国内游转了几个月，接触了一些文艺界的朋友，也接触到不少非文艺圈子里的人，听到了一些对当时文学倾向的批评，自己也有些不成熟的感想，一到上海，没有经过深思熟虑，更没有和朋友们研究讨论，便在《创造周报》上，匆匆忙忙地连续大发起议论来了。在一个多月的时间，《新文学之警钟》和《国民文学论》先后占用了《周报》几期的宝贵篇幅。对于一时流行的模仿日本“俳句”的短诗，描写身边琐事的小说和逐渐抬头的浅薄趣味的小品文，我敲起了“警钟”。我热望反映各阶级人民的生活、表现民族意识和民族感情的“国民文学”。现在回想起来，所谓“国民文学”的主张，无疑的是为了响应不久即将到来的“国民革命”，实质上应该说是民族民主革命的文学，也就是反帝反封建的文学。不过这样明确的认识，那时一点也没有；相反地自己的论点很混乱，充满着矛盾。象我们出生在清末的人，在帝国主义国家学习时又身受欺侮和压迫，爱国心和民族感情自然特别浓厚，甚至或多或少地抱有国家主义思想。但在同时，我们又接受了十月革命的思想影响，在资本主义社会里又目击资本家的残酷剥削，不能不承认阶级斗争这一真理。因而，在民族主义思想感情和阶级斗争理论之间，不能不感觉到强烈的矛盾。由于阶级出身和生活实践的关系，这种矛盾，有些人很快得到解决，有些人却长期不能解决。自己当然属于后一类。《国民文学论》所以显得模糊、混乱，正是当时自己思想矛盾的具体表现。不知道阶级立场可以转化，更不知道思想改造，而只纠缠在“国民”这一个含糊不清的名词上乱做空洞的文章，就更显得越说越糊涂了。发表当时，沫若和仿吾都不置可否，北京方面有人反对，只有留日的少数同学多少表示同感。这就说明那篇文章是多么脱离实际了。

这篇冗长而不明确的文章接连在《创造周报》上登载了三期，我不能不感谢沫若和仿吾对我的期待和鼓励。特别是仿吾，对我的鼓励和帮助更大。他那时候和沫若同住在民厚南里，我仍然住在马霍路的编译所，相去很远，他经常来鼓励我写下去。往往是这一期的稿子大体上都安排好了，他就专等我的文章。我的那篇所谓论文，分上、中、下三部分，并不是一气呵成的，而是一步一步在仿吾的鼓励和督促之下写出来的。文章不成名器，回想起来很惭愧，但朋友的热情厚意，现在想起来还是很可感谢的。



我知道仿吾很早，在创造社还未酝酿以前，我就读过他的《流浪人的新年》，有着深刻的印象。但我们相见很晚，这时候才会面。沫若常常说仿吾朴实热诚、心直口直；我和他相处的印象，也是如此。他身材不魁梧，容颜显得有点苍老；态度朴实象个农民，绝少知识分子的习气，眉宇间却流露出坚强刚毅的气象。他说话很少，有点近乎木讷，声音比较低，还带着一点新化的家乡口音。他待人很诚恳，也很和蔼，不会作无谓的应酬。我觉得在文艺界象他这样的人是不多的。但由于他信念很强，对问题很认真，做文章又很直率，因而得罪了一些人，落了个“黑旋风”的绰号；特别是他几次批评鲁迅先生，都惹起严重的回击，给他带上了一副“极左”的凶恶面儿，这是非常遗憾的。

仿吾常来马霍路，可能他当时正在感到苦闷。书局和创造社的关系，达夫的北上，沫若和他的贫困生活，这一切都会使他伤脑筋的。不过他很严肃、坚强，不发牢骚，因而这苦闷也只藏在他的心里，从没有吐露过。但人的感情，当理智控制不严的时候，总会溢出一点来。有一次，在小饭馆吃酒，仿吾多喝了几杯，脸色发红，两眼湿润，走路有点不稳，对人只发笑。他醉了。虽然没有说一句话，但那种无言的傻笑给人一种凄凉的感觉。在这傻笑的背后，隐藏着难堪的苦闷。

在马霍路和我同住的有邓均吾同志。我第一次来泰东时就和他同住一个房间，这一次就更熟了。均吾是四川人，从语言相貌上，就具有四川人的特点。不过他很文静，喜欢沉默，给人一种忧郁的感觉。他写了不少清新流丽的诗，受到沫若的称赞。他擅长英文，正从英文翻译希腊神话。我们住在一起，谈话的机会自然很多，一同游玩的时候也不少。他常作东道，请我吃大世界旁边的四川小馆，我从那里得到了一点四川菜的知识。他当时也很苦闷。他从 1921 年到上海，就住在泰东编译所，既没有正式名义，也没有固定工资。他家里来信叫他回去，他似乎不愿回到那封建家庭，但他却强烈地怀念乡土。最后，在创造社的刊物停刊以后，他终于回四川去了，一直到现在。

（全文未完）*

原载 1959 年 5、6、8、9 月《文艺月报》第 5、6、8、9 号



* 《文艺月报》以后没有发表续篇。1962 年 8 月上海出版的《中国现代文艺资料丛刊》第 2 辑刊登作者的《创造社后期的革命文学活动》，从内容上看，当为此文的续篇。

# 创造社后期的革命文学活动

郑伯奇

一九二七年冬，在日本的创造社成员先后回国，和原在上海的成员一起，开始了创造社后期的革命文学活动。



大革命时期，李初梨、冯乃超、彭康、朱镜我等同志都正在日本留学。朱镜我比较早一期升学，已在东京帝国大学经济科三年级。其他三人都在京都帝国大学学习。彭康读哲学科，李、冯二人同在文学科，初梨读法文学，乃超读英文学。他们三人是同年考入第一高等学校，预备班毕业后分发到不同的高等学校，毕业后又同时进大学的。他们中间，初梨和我认识较早。远在创造社未成立以前，我去东京访问田汉同志的时候，田汉就约我同去看过他。那时候，他已考入东京高等工业学校，因为爱好文学，不愿学工科，终于半途退学，考入一高。乃超是横滨华侨子弟，在那里读完小学和中学。他们两人在日本时间相当长，日本话讲的非常流利，对于日本文学和当前世界文学情况都很熟悉。那时日本无产阶级文学运动盛行，大学和高校的学生颇有参加者，他们也受了相当的影响。在这以前，他们两人都在《创造月刊》上发表过作品。初梨的充满人道主义感情的剧本，乃超的富有异国情调的抒情诗，都受到同人的重视和读者的欢迎。接触了日本的无产阶级文学运动，学习了马克思列宁主义的文学理论以后，他们的思想起了变化，主张中国的新文学运动应该转变方向。彭康和朱镜我则是在学习自己的专业中，学习了马克思列宁主义的经典著作。朱镜我在东京，见面的机会较少；他们三位进京都帝大时，我正在大学三年级，几乎朝夕相见。初梨和乃超对于我以前发表的《国民文学论》，曾提出过好意的批评。他们也曾通过我对创造社提出过不少的意见和希望。大革命时期，我去广州，他们热情地送别；我由广州重到日本，他们又很热情地来看望。他们非常希望了解大革命的真象。我将我所见所闻的情况告诉了他们。他们特别关心创造社，希望创造社能转变方向，提倡无产阶级革命文学。我对马克思列宁主义和无产阶级文学了解不多，但也受过一点影响，因而表示同意。我们为此开过几次小会，朱镜我还特别由东京来参加。他们希望我把这些意见带回创造社，和沫若、仿吾、达夫商量具体办法，尽快地干起来。我就这样带着大家的意见和希望，乘船回国。

不料，在回国途中，"四·一二"反革命政变爆发了。我坐的是直达香港的太平洋航轮。船靠上海杨树浦码头的那一天，正是蒋介石反动派大肆屠杀上海革命工人以后不久的时候，上海街面笼罩着异常恐怖的气氛。到达香港，从报上看到广州反动当局也在前一天发动了所谓"清党"的血腥镇压。我急于想知道在广州的朋友们的安危，便硬着头皮乘小火轮船去广州。上岸后，我先冒险去昌兴新街的创造社门市部，见到张曼华同志，真是又惊又喜。从他那里，知道仿吾仍在黄埔，王独清仍住在东山，我的心才象一块石头落了地。当天下午，我去东山，在大街上遇见王独清。他一见我就大喊大叫："人家都要走了，你现在来干什么！"我感觉到又吃惊又为难，没有回答他，只是跟着他同到他的住处。他结结巴巴地告诉我许多朋友牺牲的惨况，我听了不免感到心头沉重。当晚就宿在他那里。第二天，听说晚上要挨门挨户地清查，这里实在待不下去了。那天傍晚我就由一位日本朋友山上正义陪同到沙面去暂住。他是日本联合通讯社记者，爱好文学，和创造社同人很接近；以后调到上海，当创造社转变期间，还和我们有来往。他也认识鲁迅先生，曾以林守仁的笔名翻译过鲁迅的小说。我在他那里住了几天，白天去创造社门市部，和仿吾会面，商量以后的行动，决定先后去上海。我在广州待不住，决定先走。因为火车检查很严，我便搭乘一家外国船去香港。在香港码头上，一个英国警察带着一个中国翻译，严密地检查行李。我穿着日本学生制服，自称来广州游历，那个英国警察似乎还不大怀疑，偏偏那个中国通事翻出我的日记，多方盘问刁难。多亏旅馆接客的很机警，叫我拿出几块港币，由他塞进那个中国通事的袖筒，他便再不追问，得以蒙混过去。当晚我就由那个接客的带到一家豪华的旅馆住了一宿。第二天赶快搭乘太平洋航轮直赴上海。

那正是反动派疯狂屠杀的时候，白色恐怖非常严重，特务匪徒到处横行。因政治关系逃到上海的人往往误入罗网。有的一靠到码头就失踪，有的刚进旅馆就被捕；而旅馆又往往是特务的巢窟；危险性更大。我到上海后，既不愿投旅馆，又不敢贸然去创造社出版部，只好带着行李去找一位曾在国民二军作过事的老朋友周耀武先生。就在他住的公寓里暂时住下来。

住定以后，我先去找创造社出版部。这时候，出版部已搬在北四川路横浜桥附近的一个叫麦拿里的半截胡同里，工作人员已经换了一批新人。（他们不认识我，当我道了姓名之后，都很热情地接待我。）郁达夫不住在那里，来的时间也不一定，我去爱文义路他大哥家里找他，没有遇到。他知道我到了上海，就来公寓看我。他简单地告诉我改组出版部的情况，对于周全平等人深表不满。我也告诉他广州朋友的情况。因为仿吾不久就要回来，关于出版部的问题，我们便没有深谈。



仿吾回上海以后，我就搬到创造社出版部附近的北四川路，大家讨论创造社的发展前途。达夫整顿出版部的简单化的做法不能不引起大家的意见。达夫对此颇为愤懑，终于和创造社脱离了关系，这是深可惋惜的。

达夫回上海整顿出版部本来是大家一致同意的。但是他回到上海以后的种种作法却给创造社带来了困难，引起了大家的不满。他一回到上海就在《洪水》上发表了《广州事情》一篇揭露广州政治黑幕的文章，本来，广州方面，自三月二十日事变后，蒋介石的反动面貌已经暴露出来，革命势力已经引起警惕；但当时北伐正在进行，广州政权尚未公开和革命势力决裂，因而也就不便公开反对它。达夫在帝国主义和反动军阀的势力范围的上海，发表攻击广州政府的文章，客观上形成对革命的不利。达夫对广州的政治情况积有愤慨，回到上海以后觉得可以尽情发挥一下，这种心情是可以理解的；但他可能没有考虑到这篇短文会发生怎样的政治影响。沫若同志负责北伐军的政治宣传工作，对他的文章怎能不感到为难？文章又发表在创造社一度被北洋反动军阀封闭之后，自然会引起社会上对创造社的怀疑。我们留在广州的同人对达夫的这种作法也感到诧异和不满。仿吾即时写了一篇反驳的文章，仍送《洪水》发表。这样就形成了达夫和创造社其他同人的一次公开分歧。其次，达夫整顿出版部的作法也使人感到意外。原来大家希望他清查年来出版部的情况，纠正错误，改进业务，编辑《创造月刊》，给将来发展作好准备。而他事前未和大家商量，就全盘改组，这当然不能不引起大家的意见。出版部曾经反动军阀一度封闭，有的同志被捕坐牢，有的同志逃往武汉参加北伐，留下来的同志坚持斗争使出版部得以恢复，而这些青年都和创造社有很深的历史关系，出版部的成立又多由他们筹划奔走才打下基础。如今把他们全部清洗出去，大家固然不同意，沫若同志更感觉不妥。达夫改组出版部以后，半年间《创造月刊》只编印了一期，但他却参加了新月社的编辑会议，这就更引起大家的怀疑和不满。因此仿吾约达夫来和大家一起讨论社务，达夫认为大家有意对付他，便自动地脱离了创造社。他表现得非常坚决，把他的集子全部移交北新书局出版。我们虽然感到痛心，但觉得事情已难挽回，只好尊重他的意志。不过，以后在左联时期和抗战时期达夫仍然和我们站在一起，最后由于爱国活动，在南洋惨遭日本法西斯的毒手。他的一生富有强烈的正义感与爱国主义精神。我们对他始终怀着深切难忘的忆念。

达夫的脱离使创造社失去了一个创始人和一个重要作家，当然是深可惋惜的。但随着革命形势的变化，创造社依然向前发展。经过一个时期的酝酿，创造社终于进入后期的活动。

大革命失败以后，各地反动势力大兴党狱，疯狂逮捕屠杀，全国骚然。不少进步知识分子和革命青年，毅然决然参加革命队伍，在党的领导下，投入艰苦的土地革命战争。同时，许多进步作家和革命知识青年从各地到上海，从事文化活动。蒋光慈、段可情、黄白薇等先后都来了。创造社成了大家经常出入或临时安身的地方，一时顿形活跃。不久，鲁迅先生也由广州来上海。年底前后，沫若同志参加南昌起义，行军潮汕以后，也经由香港回到上海。我们觉得这么多进步作家聚集上海，大家联合起来，共同办一个刊物，提倡新的文学运动，一定会发生相当大的影响。政治革命暂时受了挫折，先从文艺战线上重整旗鼓，为迎接将来的革命高潮准备条件，岂不很好吗？蒋光慈和段可情也有同样的想法。我们取得沫若同志的同意和支持，同去访问鲁迅先生，谈出联合的意思，鲁迅先生立即欣然同意。他并且主张不必另办刊物，可以恢复《创造周报》，作为共同园地，他将积极参加，我们都很高兴。沫若也表示非常欢迎。我为此曾两次访问过鲁迅先生。这计划曾由鲁迅和沫若领衔发表过启事。后来因为仿吾和在日本的创造社同人另有主张，这计划没有实现。

我们在上海和鲁迅先生谈联合计划的时候，仿吾已去日本。他去日本是想和初梨、乃超等同志商谈今后创造社活动的方针的。我和仿吾谈过在日本的同志们主张提倡无产阶级文学的意见，仿吾很兴奋。我们本来就觉得创造社的人力单薄，达夫离开以后，更希望有生力军参加。初梨、乃超已经发表过作品。彭康、镜我研究理论有成就，现在大家提出无产阶级文学，这对于创造社的前途有很大关系，仿吾决定亲自去日本跟他们谈谈，以便制定今后的活动方针，请他们回来共同来搞。我和他们先后同学几年，知道他们在创作方面和理论方面各有专长，更希望他们回来，充实创造社的力量。仿吾要去日本和他们当面商谈，可说是我们上次在京都交换意见的结果，我非常赞成。不过当时他们都正在读大学二、三年级，要回国就非半途退学不可，这是我们担心的一点。不料，仿吾到日本和他们商定了计划以后，大家都愿意退学回国。仿吾来信把这个消息告诉我们，我们都很高兴，以殷切的心情等待他们。沫若和我都同意仿吾的新计划，以前酝酿的联合计划因而无形作罢了。不过此事未向有关各方面作妥善交代，当时由于我的疏忽，遂引起了许多误会。至今回想起来，犹感歉仄。一九二七年底，李初梨、冯乃超、彭康、朱镜我和李铁声五位同志回到上海（李铁声同志原名李声华，三高理科毕业后，刚转入大学文科一年，激于革命热情，也自动退学，一道回来了）。我们在窦乐安路纪家花园找到一座清静的小院落，让新回来的同志一起住在那里。沫若同志在他秘密的环境也和大家见了面，交换了以后工作的意见。现在只等仿吾一回来，就着手改革，开始创造社后期（也可以说是第三期）的活动了。

一九二七年底到一九二八年初，正是反动势力疯狂镇压、革命斗争异常艰苦的时期。上海在所谓“狼虎成群”（人民群众送给特务头子杨虎和陈群的绰号）的血腥镇压之下，不知有多少革命志士和进步工人惨遭屠杀。对于文化界的活动，特务们早已侧目而视，伺机摧残。为了应付这样严重的局面，我们决定采取两道防线。一方面让新发刊的理论性刊物《文化批判》，担负起宣传马列主义学说的任务，战斗在第一线。《创造月刊》则利用历史关系，仍保持文学刊物的特色，将重点转到文艺理论和批评方面，提倡无产阶级文学（为了隐蔽，宣称“普罗列塔利亚文学”），逐渐改变面貌。以新回来的同志为主力办好《文化批判》。创造社的旧同人加上蒋光慈、段可情等同志继续发表作品，充实《创造月刊》。初梨和乃超等同志，除在《文化批判》上写稿以外，仍在《创造月刊》上发表创作及理论批评文章。最初计划的分工大致如此。《创造月刊》第九期上发表了成仿吾的《从文学革命到革命文学》，创造社就这样表明了方向转变的态度。在《文化批判》创刊号上，仿吾的《祝词》说：“这是一种伟大的启蒙”，这可能有些夸张，但也可以说明创造社后期活动的基本特点。的确，当初大家所想的是在广大知识分子中间宣传马列主义学说，而在文艺界中则提倡无产阶级革命文学。创造社以一个文学团体，自发地搞起这种启蒙运动，因而对于文艺界，特别对于进步的文学团体，所发生的影响就比较直接而深刻。这时，已有的文学团体也纷纷发生转变或分裂之后，新的左翼文学团体产生了，广大文艺青年倾向于革命文学运动，甚至直接投身革命斗争。文艺界的面貌发生了与前不同的显著变化。



这一时期，创造社的活动是相当紧张的。新回国的同志中，以李初梨、冯乃超、彭康、朱镜我四位出力最多、贡献最大，原有的成员中，沫若和仿吾仍然发挥了重要作用。其他同志也都作了相应的工作。只有张资平和王独清起了破坏作用，这在后面将另加叙述。

如前面所讲，新出的《文化批判》由新回国的同志担负编辑撰稿的责任，而《创造月刊》的改变面貌也主要由于他们的努力。初梨和乃超负责文艺理论和批评，彭康宣传马克思列宁主义哲学，镜我介绍马克思列宁主义经济理论、分析国际形势。李铁声也作了马克思列宁主义理论的翻译和介绍工作。他们的辛勤工作对于进步的知识青年起了一定的积极作用，对于当时的文艺界尤其发生了强烈的影响。

在创造社的后期活动中，沫若仍然发挥了领导作用。他用麦克昂等笔名发表的论文和创作，起了很大的影响。他的奔放的文风和犀利的见解受到文艺界的注意。根据多年来的斗争经验和文艺界的实际情况，对于革命文学的见解和对于当时各文学流派的评价，他和新归国同志有不同的意见；而这些意见，现在看起来是比较切合实际的，因而也是正确的。可惜那时候他所处的环境不能和大家充分交换意见，使这些意见得到贯彻。假使他的意见事前能使大家充分了解，和鲁迅的一场笔战也许可以不致发生，或者不致发展到当时那样的情况。关于这件事，后面还要讲到。沫若的隐蔽活动终于为反动派所发觉，不能再呆下去了。幸亏由最近逝世的内山完造设法，深夜搭乘日本货船秘密驶往日本。从此，他再没有能够直接参加中国革命文学活动。但在十年的亡命生活中，他不仅在中国古代历史和古代文化方面作了广泛的研究，获得了辉煌的成绩，而且在中国革命文学运动方面仍然作出了卓越的贡献，并团结、培养了一批新生力量。直到七七事变以前，他才逃出日本特务的监视，化装返回祖国，参加了抗战。这些都是人所共知的，这里不再多谈。



在创造社后期活动中，仿吾担负了主要责任。他一方面总揽社务，一方面还经常给《文化批判》写卷头语，并用石厚生等笔名发表评论文章。此外他还须要做一项麻烦的工作，就是对付张资平和王独清的制肘和捣乱。他为人忠厚、木纳、直率，应付这种复杂的内部问题，的确煞费了苦心。以后，他赴法国留学，在出国之前，对创造社的各项工作，还作了周密妥善的安排。

其他创造社的成员差不多都积极的参加了这一时期的活动。有些参加过实际革命斗争的同志，脱去了戎衣，加入到创造社的革命文学队伍中来。跟创造社有关系的作家也有不少人参加了这一运动。下面我将谈谈几位关系较深贡献较大的同志。

在这以前，由国外归来参加创造社的段可情同志，曾和我一道去见过鲁迅先生，赞成共同办一个进步的文学刊物。后期活动开始后，他继续在《创造月刊》上发表创作。他曾先后留学过苏联和德国，对于苏联和德国的无产阶级文学，知道的极多。他常常谈到苏联的白内宜、叶赛宁和马雅可夫斯基，也谈到德国革命作家贝希尔、凯赛尔曼和昂利希·曼等人。他向我们介绍过凯赛尔曼的名作《隧道》，引起我们很大兴趣，我们都希望他翻译出来。由于当时运动的情况，我们没有作好具体安排，使他去作这有意义的工作，回想起来，不免还有点遗憾。

这时，从实际革命战争中脱险出来，加入创造社的活动的有阳翰笙、李一氓和苏怡等同志。阳翰笙同志本名欧阳继修，当过广东黄埔军校入伍生部的教官兼秘书主任，和我那时就认识。以后他到武汉，参加总政治部，和沫若同志一道工作。李一氓同志原名李民治，也是在武汉总政治部工作的。他们都参加过南昌起义，和沫若一道南下潮汕，然后辗转来到上海，参加了创造社。当时，创造社正考虑办一个短小精悍的刊物，以便灵活作战，这个战斗的刊物就由阳翰笙和李一氓共同负责，取名《流沙》，用以纪念潮汕附近一个地方的重要战役。翰笙当时化名华汉，除编辑这个小型半月刊外，还在《创造月刊》上发表作品，并由创造社出版了他的长篇小说《铁轮》。以后，他参加戏剧、电影活动，才用阳翰笙这个名字。这些活动是大家所熟悉的，不用多说了。

苏怡同志原名舒子怡，曾在广东黄埔军校工作。大革命失败后，他几经辗转，才来到上海，加入了创造社。他主要搞出版部的工作，出版部被封时，他在场幸免。接着又在出版部的后身江南书店工作。以后江南书店也遭反动派封闭。他化名苏怡写电影剧本，进入天一公司。从此他一直从事电影工作。

将光慈在《文化批判》刊行之初，还和创造社密切合作，在《创造月刊》上继续发表作品，并由创造社印行他的新著。不久，他和钱杏邨（阿英）、孟超等同志创办“太阳社”，另出《太阳月刊》。他们曾和初梨等同志有所争论，但和创造社仍然采取友好合作的态度。和创造社关系密切的还有“我们社”，这是林伯修（杜国庠同志笔名）和洪灵菲、戴平万共同组织的。他们办了一个月刊，就叫《我们》。有人认为《我们》是王独清办的，那是一种误会。王独清可能在创刊号的主要版面上发表过文章，其实并无什么特殊关系。

当时，各式各样的文学刊物风起云涌，纷纷响应革命文学运动，团结在创造社周围的一批青年作家编印了小型刊物《畸形》，由创造社出版部印行。其他如“光华”、“现代”等书店也争先恐后地刊行新刊物，先后出版的有《洪荒》、《战线》、《澎湃》、《戈壁》、《现代小说》、《摩洛》等，这些刊物都提倡革命文学，和创造社站在一条战线上。这些刊物的主持者，有参加过实际斗争的革命战士，有热心革命的知识分子，当然也不免有一些凑热闹的投机分子。在创造社和鲁迅的笔战中，他们大都站在创造社一边。但也有人推波助澜，起了不良作用。当白色恐怖猛烈来袭的时候，这些刊物都遭受摧残。在这种形势下，个别投机分子甚至摇身一变，投到反动阵营，向革命文学进攻了。

现在谈一下创造社和鲁迅先生的笔战。这场笔战是由创造社作者的几篇文章引起的。乃超和初梨的两篇论文特别引起了鲁迅先生的反击，乃超的《艺术与社会生活》（载《文化批判》创刊号），批评了叶圣陶、郁达夫、鲁迅、郭沫若、张资平五个有影响的作家。初梨在《怎样地建设革命文学》（载《文化批判》第二号）那篇论文里，不仅批评了鲁迅，也批评了郭沫若和蒋光慈。此外，仿吾在《完成我们的文学革命》那篇文章里也触犯了鲁迅先生。平心而论，这些文章或多或少都存在着缺点。对于当时文学界的分析和对于当时著名作家的评价并不完全正确。特别是对于鲁迅先生五四以来的战斗成绩重视不够，而批评的态度又不够严肃，这些都是引起鲁迅先生反击的原因。说老实话，当时我们谁也没有想到会引起那样一场严重的论战。论战开始以后，《太阳》《我们》以及其它刊物都纷纷加入创造社这一边。这样就使鲁迅先生感觉到受了“围剿”。其中某些作者推波助澜，更使论战发生了偏差。幸亏党及时加以纠正，这场论战才告结束。现在回想起来，这场笔战不是不可避免的。至于运动所以发生这种偏差，我觉得可能有以下三个原因。首先因为当时革命斗争非常尖锐，人们无暇分辨敌我矛盾和内部矛盾。而况创造社搞起革命文学运动，完全出于自发，最初没有得到党的正确领导，错误更是难免的。其次，我们出国时间较长，对于当时国内文学界情况不太了解，而又缺乏调查研究，因而在国内文学界的分析、评论方面不能完全正确。由于以上种种原因，这场可以避免的笔战就不免发生了。

在这里补叙一下沫若同志的意见也许还是必要的。在对鲁迅先生展开批评之初，沫若就曾为此提醒过初梨。在以麦克昂的笔名发表的《留声机器的回音》一文中，他以为语丝派的文学家是“不自觉”，“或者有一部分（这里无疑地包括鲁迅——笔者）是觉悟而未彻底”，“实践上”“倒还没有甚么积极的反革命行动。”他揭露新月派的徐志摩“才是有意识的反革命派”的“文学小丑”，“不仅在文学上是反革命，他所有一切思想行动都是反革命。”沫若的这种认识是他从长期斗争实践中得出的结论。历史证明，新月派的徐志摩、梁实秋等文学小丑一直是革命文学、进步文学的最顽强的死敌。对于鲁迅先生的评价虽然还显得不够全面、不够充分，但他明确地告诉我们要分清敌友。创造社和鲁迅的论争，按照毛主席处理人民内部矛盾问题的原则来看，应该是从团结的愿望出发，经过批评而达到团结，而不应该发展成为无情的斗争。可惜论战开始，执笔的人就没有很好地掌握分寸，又有一些人从旁推波助澜，以致发展成为中国现代文学史上一场严重的论战。这一论战我没有参加，主要因为自己曾和鲁迅先生商谈过合作，不愿介入，并不是自己有什么明确的思想认识。



总之，这次论战是有缺点的。但它却起了积极作用。论战的展开引起了文艺界广泛的注意，特别对文学青年发生了强烈的影响，促进了革命文学运动的发展。更重要的是，经过这次论战，鲁迅先生研究介绍了马克思列宁主义文艺理论，翻译苏联文学作品，集合革命青年发刊鼓吹革命文学的杂志，因而加强了革命文学的力量。这样就给革命文学阵营的团结创造了有利条件。一九三〇年初，在党的领导下，鲁迅先生和创造社、太阳社等团体的成员联合起来，组织了“左翼作家联盟”。

创造社的活动不久就连续遭受到国民党反动政府的压迫和摧残。《文化批判》出至第四期，即被禁止，第五期封面改用《文化》发行仍有困难，只得暂停。以后改为《思想》，发行五期，又被迫停刊。后来，由“江南书店”刊行的《新思潮》、《新思想》（《新思潮》第七期改名）虽和《文化批判》、《思想》有一脉相承的关系，但性质已变为社会科学的专门刊物，与“社会科学家联盟”的关系更多。《流沙》半月刊只出了六期。《畸形》则仅仅出了两期。为了适应运动开展和斗争尖锐化的新形势，在一九二八年后半年，创造社还先后编刊过旬刊《日出》

和周刊《文艺生活》，但也都只能出几期，即遭禁止。《创造月刊》也在种种阻碍和摧残下被迫停刊。新出的单行本或遭禁止或被没收。沫若的新著作也不能发行。我的第一部集子《抗争》一出书即遭通令禁止。敌人的压迫越厉害，我们的书刊越受读者欢迎，而我们的斗争也越巧妙，利用种种方法把新出的书刊送到广大读者中间去。但我们预料敌人最后终会伸出残酷的毒手扼杀创造社，我们准备开辟第二战场以便创造社封闭后运动不致中断。“江南书店”就是在这样的目的之下成立的。创造社被封以后，全部书籍的纸型都移交“江南书店”继续印行。此外，在出版部门市部的楼上还成立了“上海咖啡店”，一方面作为文艺界接头、谈话的场所，一方面也可以起耳目的作用。创造社被封的时候，创造社成员没有受到当场逮捕的危险，就因为“上海咖啡店”方面及时通知的原故。这些未雨绸缪的工作应多归功于仿吾。他不单筹划安排，并且提供资金，促其实现。直到一切就绪，他才出国的。



仿吾出国以后，反动派的摧残一天比一天加剧，创造社的环境一天比一天恶劣，而张资平和王独清又在内部制造纠纷，增加困难，但我们并没有畏缩退却，一面对抗反动派的进攻，一面展开了内部斗争，最后张、王二人相继被清除出去了。但，与此前后，沈起予、叶沉、许幸之诸同志从日本回国，给创造社增加了新生力量。叶沉（原名沈学诚）和许幸之都是专攻美术的，并在日本的筑地小剧场实习过，对于中国的左翼戏剧、电影运动和新的美术活动都曾作了一定的贡献。

创造社虽然不断地受到反动政府的压迫，但它的活动更加开展，它在社会上的影响日益扩大。上海艺术大学校长夫妇为了吸收青年学生，要求创造社合作。校长周勤豪曾留法学过美术，他又是广东资本家的后代，有钱财，有房产，就在自己一所大公馆里办起了上海艺术大学，专教绘画，但是学生寥寥无几。他看到创造社在文艺青年中很有影响，便自己找上门来，要求合作。创造社本来也想从事教育工作，深入广大学生群众，扩大影响，觉得这是一个大好机会。在党的大力支持之下，我们就同意了，全力投身这一项新的工作。在上海艺术大学里面，我们开设文学、美术和社会科学三个系，课程全部由创造社同人分担。我和乃超、初梨、起予诸人负责文学课程，彭康、镜我和李铁声负责社会科学系，美术系则由叶沉和许幸之包干。招生广告一登出去，学生纷纷投考，打破了该校历来的寥落局面。校长夫妇非常高兴，我们也很兴奋。学生大都是进步的，其中有不少人曾参加过大革命，有的还有党、团组织关系。开学以后，学生听讲都很热心，师生关系密切，政治空气特别浓厚。法租界电车工人罢工，学生曾募捐援助，因而引起了帝国主义和反动派的注意。一天早晨，正上课间，法租界巡捕房派大批巡捕包围学校，当场捕去学生数十名，其中有学生会的负责人。我和沈起予正在上课，也当场被捕，校长周勤豪不及走避也遭株连。我们都被拘留在卢家湾巡捕房的地下暗室里。校长夫人托人请来法国著名律师辩护，捕房没收了几百元的保押金才把我们三人释放了。学生则陆陆续续被保释出来，有的被拖得时间很长。周勤豪夫妇从此害怕了，对我们采取了冷淡态度，对学校也表示消极了。他们不甘心给捕房敲诈了几百元，便停发我们的薪给，只有王独清例外。王独清因为曾和周勤豪同为留法生，担任教务主任，负责联系工作，他便利用这种关系，向周氏夫妇私下通融。学生看见学校这种半死不活的情况，有的便自动离校，有的转校，不到学期终了，学校就完全停顿了。创造社在上海艺大教学的时间虽不很长，但是绝大多数的学生都受了一定的影响，其中有不少人更进一步地献身于革命事业了，有一部分学生，离校以后，还和创造社经常联系，积极参加各种活动。一些爱好戏剧的学生要求我们成立剧社，后来，就以这些学生作为基本演员，吸收了新归国的石凌鹤同志等人，在党的领导和大力支持下，在夏衍（当时名沈端先）同志的指导和帮助下，成立了“上海艺术剧社”。创造社的乃超、初梨、叶沉、许幸之等，太阳社的钱杏邨和孟超等同志都参加了剧社的各种活动。我被推为社长，实际不过总揽事务和对外联系而已。这是第一个左翼戏剧团体，虽然寿命很短，演出不多，但对各戏剧团体的转变起了一定的促进作用，为“左翼戏剧家联盟”的成立投下了第一块基石。关于“上海艺术剧社”的情况，我已另有专文叙述，这里不再多说了。

创造社的革命文学运动所以能够广泛地开展起来，主要是及时地得到了党的领导和支持。当创造社提出革命文学之后，马上受到党的重视和关怀。党曾派专人到创造社指导，并组织我们一部分人学习。

经过政治理论学习和实际斗争锻炼，彭康、乃超、初梨和镜我先后参加了党。之后，党就通过他们更直接更有力地指导了创造社的活动。创造社在革命文学活动中的偏差能够很快纠正，创造社和鲁迅之间的笔战能够圆满结束，统一的革命文学组织——“左联”能够及时成立，这一切都应该归功于党的正确领导。

创造社从成立之初一直到被封为止，始终充满着斗争。特别在后期创造社，不仅不断遭受外部的攻击，而且内部斗争也很剧烈，从事物发展的规律来看，这些内部的矛盾、斗争，乃至分裂、扬弃，都是必然的过程，不可避免的。创造社本是一个主张“自我表现”，富有浪漫主义倾向的同人团体，要成为一个在马克思主义旗帜下的革命文学组织，这是一个很大的转变。在这转变过程中，思想不同的，立场不稳的，乃至投机取巧的，都不免被时代车轮所抛弃。这些往事陈迹本不值得重提。但是，那些没落者不甘没落，投机分子又惯于造谣生事，特别是当创造社被反动派封闭之后，白色恐怖猖狂肆虐的时候，王独清、张资平之流曾发表了一些歪曲事实的文章，淆乱视听。当时的形势，不容许揭露真相，只好任凭谎言张翅乱飞。如今，真理的光芒已经普遍照耀，我们就不应使谬种流传下去。因此，我愿意在这里，将后期创造社的内部斗争，比较客观地加以叙述分析。



后期创造社的内部斗争，本来应该成为一场严肃的政治思想斗争，但表现出来的都是些人事纠纷和琐屑的经济问题。这当然有它的客观原因，如当时的政治环境不许可，大部分成员的政治觉悟不够高，等等；此外，王独清、张资平等投机分子从中捣乱也不失为一个重要原因。而王独清的挑拨离间、腐蚀、破坏等阴谋活动，更应特别予以揭露。

王独清是我介绍加入创造社的。他是我青年时代的朋友。一九一六年夏天，我在上海读完中学。因为省上的公费取消，失学回家。有人介绍我认识了他。在我到日本的第二年，王独清由我父亲带到上海，又独自搭船到横滨。我接他来东京同住。生活在一起，彼此更熟悉了，我才了解了他的身世。他是没落官僚家庭出身，他母亲是一个小丫头，在生了他以后才被收房作妾，可怜年纪青青就夭折了。他虽是庶出，却是独生子，得到全家的宠爱。王独清从小就染上名士习气，喜欢舞弄笔墨，尤其爱读旧诗词，特别爱好香艳体的诗词。在日本留学期间，他一天到晚哼着李义山、温飞卿以及《疑雨集》《疑云集》等香艳体诗，而自我陶醉着；对于功课，却一点也不感兴趣。考期近了，他自觉考取无望，便借故回国。一部分归国留日学生在上海办了个《救国日报》，他参加了那里的工作，关系搞得不好，待不下去，他便到法国勤工俭学去了。哪晓得，在轮船上，他和一位朋友的未婚妻又搞上了不正当的关系，被同船的乘客发现，揭露出来，弄得声名狼藉。他到法国以后，无人瞅睬，简直孤苦伶仃，形单影只。但是，他并没有从此取得教训，改正错误，反而在"咖啡馆""酒吧间"鬼混，自称"流浪诗人"。我对于这些情况，不大了解，由于友谊关系，一直同情他，关心他。他知道沫若筹办创造社，表示很想参加。我也深知他爱好文学，经常写诗，也愿意介绍他加入。《创造》季刊上发表了他的诗，就是由我转给沫若，经修改后登出来的。他就这样成了创造社的一个成员，并且和沫若同志发生通信联系。在法国待不下去了，他就投奔创造社，回到上海。恰好，沫若同志接了中山大学的招聘，因为他留法多年，经常谈论法国文学，便邀他同去，当一名教授。关于王独清由上海出发赴广州的一段情况，沫若已经作了很生动的描绘，我不再说什么了。

我到中山大学的时候，沫若已赴前方，王独清代理院长。我和他有七、八年没有见面，久别重逢，当然都很高兴。他对我好象特别关心，常常向我传一些小广播，讲一些私房话。有时他还对我提意见，说我太戆、太书生气。久而久之，我渐渐发现我的这位朋友有些变了。他没有以前那样天真、直率和纯厚了。他既不"诚"（他原名工诚）也不"笃"（他原号笃卿），而变成既虚伪又儇薄的一种讨厌性格。我也向他提过忠告，他反笑我迂阔。我发现他野心很大，和别人争地位争名誉。他嫉妒心很强，在竞争的时候往往背后嘲笑别人，说对方的笑话。我感觉到，那时候，他在和郁达夫暗斗，处处都要和达夫暗中较量。这样当然会引起彼此的不愉快，特别可能因此加深了达夫的牢骚情绪。

达夫和创造社发生龃龉，主要原因是在政治思想方面彼此认识不能一致，破裂是很难避免的。但达夫和王独清的不和，也许更加速了这次的破裂。事后，达夫写《二诗人》痛骂王独清，而王独清，在创造社被封以后，自我吹嘘的文章里面，还一再骂达夫是“等于已经死了的人”，可见他们的关系是如何恶劣。

其实，创造社同人对于王独清，谁也没有完全信任过他。他貌似热诚，好行小惠，给人的印象还不坏；但相处日久，他的恶劣品质便会逐渐暴露。他野心大，谎话多，猜忌心重，常好背后嘁嘁喳喳，又利用别人的片言只语来挑拨朋友间相互关系。当大革命时代，住在革命中心地——广州，他却过着无聊的浪漫生活。因此，大家便叫他“王独昏”，什么重要问题都不同他谈。对于创造社的事业，他并不起什么作用。但在人与人的关系问题上，他的那种小殷勤，小心眼，嘁嘁喳喳，日子久了，可能发生一些微小的影响。从以后的情况看来，他所玩弄的花招常常是层出不穷，鬼计多端的。

达夫脱离创造社，王独清当上了《创造月刊》的编辑。他并不按照大家的要求，改进刊物，却只关心投稿青年吹捧他的来信。在《文化批判》出刊以后，王独清更只考虑自己的个人问题，对于如何逐渐改变《月刊》的面貌来配合革命文学运动，他毫不关心。后期诸同志对此屡次提出意见，仿吾也深为不满；第二卷以后，决定解除王独清的编辑，改为编委会，由乃超和初梨多负责任。王独清把他自己被解除编辑，自我吹嘘地说，创造社新旧成员的矛盾由他统一了，这真是异想天开的解嘲。

讲到创造社新旧成员的矛盾，实际上是没有的，有的只不过是王独清、张资平和大家的矛盾。因为旧成员中沫若、仿吾和我，跟新参加的同志，没有什么矛盾。沫若最早提出革命文学的问题，从革命前线回来以后，又以麦克昂的笔名积极参加了活动，在思想认识方面和初梨诸同志并无任何根本性的分歧。仿吾同意后期诸同志的意见，请他们回国同搞运动，自然不会发生什么矛盾。我和后期诸同志很熟悉，生活、学习的环境相同，所接受的思想影响基本一致；在运动中，我跟大家战斗在一起，我们之间更不会存在什么隔阂的。而王独清和张资平就不一样，一个因为经济上的利害关系，一个由于政治野心的驱使，他们和我们之间就发生了不可调和的矛盾。

王独清根本不懂政治，也不关心政治。在法国流浪期间，只在“拉丁区”的咖啡馆、酒吧间鬼混，和当时留法学生的政治运动没有发生什么关系。大革命时期，他在广州也没有参加什么政治活动。他只想利用创造社的关系在文学青年中抬高自己。回到上海之初，他感兴趣的仍然是在文学界窃取地位。后期诸同志回来以后，在这批新生力量面前，他起初有点茫然自失，后来渐渐感到恐慌和烦闷。他怕自己在创造社，乃至在文学界的地位发生动摇。他怕仿吾和后期诸同志一起把他从创造社踢出去。我一再向他说明，这些同志都很忠实、爽朗，诚心和他合作；他总不肯相信，以为我们是同学，没有问题，他的情形不同，不能相提并论。其实，大家对他一点没有见外。有会，总叫他参加；有话，总对他说明；有时，新来的同人还特别去看他，同他谈谈。他也常请大家喝喝咖啡，吃吃广东小馆。表面上，他和大家处的很相得。但是，他的心里却暗怀着鬼胎。张资平到上海以后，他们两人便勾结起来，向我们进攻。

张资平虽然是创造社发起人之一，但是，他的人生哲学和文艺思想却和其他成员毫无共同之点。他在大学教书，不问政治，不谈主义，课余时间，写了些小说，由创造社发表、出版。他的小说都是描写三角、四角的恋爱关系，投合动荡时期落后青年的口味，颇有市场。他的版税很多，都存在创造社出版部，可以说，他是出版部最大的债权人。创造社转变不久，他由武昌来上海，一到出版部，他就要求算清版税。仿吾叫出版部每月先给他送八十元，他碍于老朋友的面子，当时答应下来，可心里很不服。他总以为大家都在吃他的版税，对于新回国的同人，情绪上更多抵触。这是张资平和创造社发生冲突的一个方面。另一方面，张资平对于创造社的革命文学运动心里极不赞成。在表面上，他好象参加了这个运动，翻译了一些日本无产阶级文学的作品，其实，他的态度极不严肃，极不认真，他的翻译非常粗制滥造。很明显，他的目的无非是赶潮流，追求稿费而已。仿吾为了搞好新旧团结，帮助落后进步，经常找他去参加会议，彼此交换意见。但他和大家总是格格不入，找不出共同语言。以后，他索性一言不发，或者借故退席，弄得大家不欢而散。王独清更在背后挑拨离间，扇风点火，使关系更加恶化。他们两人甚至暗地商量要搞什么“创造新社”，来制造分裂。最后，他们竟然暗结同盟，阴谋向仿吾进行敲诈，扮演了一幕卑鄙可笑的丑剧。

仿吾在黄埔军校任职期间，曾受校方委托代购化学用品。仿吾就借此离开广州。后来，跟仿吾有关系的那位负责人已经他调，他把余下的五千元，存放在银行。他曾把银行存摺交王独清代为保存过，因为王独清当时住在一个外国公寓，比较安全些。不料王独清知道了他的秘密，又偷看了他的存摺，就打起坏主意来了。他去找张资平，暗地商量如何敲仿吾的竹杠，他们两人平分使用，他叫张资平向仿吾开口，而他却纠缠在仿吾身边，暗通消息，作为内应。张资平比他更诡，趁他不在的时候，向仿吾揭穿了王独清的阴谋。仿吾不胜感慨，便把真实情况向他公开了。原来，仿吾已经有了出国的计划，把存款划成两份：自己带少数作为路费，余款作为出版部的准备金。张资平听见仿吾的处置正大光明，想敲竹杠不行了，他就硬要仿吾从留给出版部的存款里面，抽还他的版税。仿吾无奈，只得从那里拨给他五百元。他得了钱以后，向王独清保守绝对秘密。仿吾出国的日期一天一天近了，王独清的心里也一天比一天更着急了。他尽管催张资平开口，而张资平却装聋卖傻，不声不响。在仿吾动身的前一晚，大家给仿吾饯行，送他回家以后都散了，王独清还拖着张资平，赖着不走，催着张资平开口，张资平的要求已经满足了，当然不会再理会他，结果弄得不欢而散。张资平出卖了王独清，一直没有泄漏真相，直到创造社被封以后，他们两人互相攻讦，这一幕丑剧才被揭露出来。

仿吾去后，我和张资平、王独清作为常务理事分担创造社的日常工作。张资平负责经济，王独清负责编辑，我负责总务，而出版部的经济实权则为会计成绍宗所掌握。张资平以前为算版税，曾与成绍宗不和，如今又直接过问会计业务，更为成绍宗所深恶痛绝，两人不免经常闹意见。王独清一面勾结他们两人来和初梨、彭康等同志为难，一面又利用他们两人的矛盾，挑拨成绍宗反对张资平，使张不能过问社务。成绍宗和出版部的一个女职员搞男女关系，腐化、堕落，破坏会计制度，同人都不满意，只有王独清怂恿他鼓励他，他之所以和成绍宗这样密切，为了向他买好，以便向他通融，胡乱支钱。我们提议整顿出版部，王独清暗地通风报信，最后让成绍宗勾引女职员携款潜逃。这是王独清破坏创造社的一个小小插曲。

对于创造社的转变，张资平压根儿不赞成。他到上海找创造社是为了算清他的版税。出进步刊物，搞革命文学运动，在他看来，只能招来大祸。创造社团结了一批作家和青年作者，经常出入创造社，他认为搞的一团糟。仿吾叫他参加创造社的工作，他一再推辞，却到“新宇宙”书店当主编去了。仿吾去后，他当上常务理事，掌管经济，因为他是创造社出版部的一个大债权人，利害相关，才积极起来。他想整顿出版部的会计业务，因王独清纵使成绍宗出面抗拒，不能实现。成绍宗潜逃后，他提出了整顿出版部计划，想叫大家编译一些投合市面的书籍，给出版部积累资金。大家认为这是破坏革命文学运动的计划，坚决反对。张资平当面撤消了这个计划，但以后却再不来创造社，无形脱离了。他老早就怕创造社的前途危险，又看清了出版部经济困难，无利可图，所以假借整顿的题目，打了退堂鼓。实际原因还是一个政治立场问题。张资平是根本不赞成革命的，他是个投机取巧，唯利是图的人。所以，脱离创造社不久，他就另找出路，进行投机，抗战时期，终于堕落成为民族叛徒。



张资平离开以后，初梨、乃超、彭康、镜我都先后参加了创造社和出版部的实际工作。环境虽然险恶，经济虽然困难，但大家情绪昂扬，工作积极。除继续出版刊物和书籍以外，大家还到上海艺术大学讲课，社会影响愈益扩大。此时，王独清表面上还积极，和大家也很接近，我们正为此感到高兴。不料，王独清却包藏祸心，想把创造社作为他个人的政治资本，投靠托陈派，出卖革命事业，以满足他向上爬的卑鄙野心。因此，我们不得不向他展开了不调和的斗争。

创造社的转变很快地引起党的注意，初梨、乃超、彭康、镜我等同志也积极靠拢党，先后请求加入组织。创造社整顿以后，党还派干部组织我们学习。在这时候，王独清产生了一种不可告人的野心。沫若、仿吾相继出国，张资平被迫退出，他就俨然以创造社的首领自居，阴谋用创造社来作政治投机。当时，托陈派已被驱逐出党，正在上海文化界活动，王独清和某些托陈派分子在法国曾是相识，就跟他们勾搭上了。他们常找他谈话，商量事情。王独清住在一个白俄老婆开的公寓里，平常最爱拉人到他那里去闲扯，现在忽然神秘起来了，用种种借口，不让熟人去他家里。有天晚上，他约我到他家里去。他接待特别殷勤，神情也特别愉快。他有意无意地谈到初梨他们想要入党的事，问我有什么意见。这虽然不是公开的事，大家经常在一起，都有些感觉到。我自己虽还没有考虑过这个严肃的问题，但对他们的这种请求完全同情和支持。王独清却不以为然。他说：“他们那样请求入党，再努力干，也不过是小喽罗罢了。咱们得要一定的地位，照他们那样办法是不行的。现在党内正在进行斗争，陈独秀一派下了台，有朝一日，他们还会回去，还要当领导。彭述之和我很熟，常到我这里来。咱们加入他们的组织，将来他们上台了，咱们一定会有相当的地位。”(原意大致如此，下同)。听了他这番话，我大吃一惊，他近来行踪诡秘，原来是搞这种鬼名堂。我当时政治水平很低，对党内的斗争情况更不了解，但我却知道陈独秀犯了严重的错误，使革命受到惨重的损失，如今又违抗党的决议，另搞组织活动，分裂革命阵营力量，这是绝对应该反对的。而王独清却想投靠他们，找一条终南捷径，竟把参加革命组织，当作一种投机事业，好象赌棍押宝一样，简直是侮辱革命，特别使人反感。我对他说：“我不想参加党，我也不愿作政治投机。我觉得初梨他们的作法是对的。搞革命还有什么高低。你这样作法很危险，对创造社也极为不利，我不赞成。你好好想一想。”王独清以为我总会和他在一起，他还希望我会帮他拉拢初梨他们几个人，这样，创造社就可以跟着他走了，他就好拿创造社向托陈派作政治投机。不料，我揭穿了他的底，他又急又恼，脸红得象猪肝一样。从那天起，他尽量避着我，见面也不大理睬。不久，初梨、乃超等几个同志也不大看见了。我到他们的家里去，看不见；我到他们常去的地方去，也找不到。我觉得有点奇怪。没有好久，我们又碰在一起了。大家还是和从前一样，那么坦率、爽朗、无话不谈。初梨一见我，就半开玩笑似地说：“你这家伙，近来怎么啦？王独清说你靠不住呢。”我一听，话中有因，便忙问他，王独清说我什么来着，他告诉我，王独清说我跟国家主义派有关系，又和旧军阀有来往，很不可靠，叫大家最好少同我来往。我一时如梦初醒，我才明白，原来，王独清在暗中挑拨我和大家的关系。我想，我应该把事实讲清楚，把王独清的诡计揭穿，粉碎他篡夺创造社、破坏革命的阴谋。我说：“我跟曾琦、李璜、左舜生同学，加入过‘少年中国学会’，但从《醒狮》出版后，我便和他们断绝往来了。我和国民二军的几个旧人是老朋友，现在还有来往，但这些人都是反蒋的，政治上还不反动，我和他们的来往也只是朋友关系，创造社的活动，我从来没有告诉过他们。可是，王独清的活动你们知道吗？”于是，我便把王独清和我的谈话，以及他的阴谋诡计，一五一十的告诉了大家。大家这才恍然大悟，不禁笑了起来，便也把最近的事情告诉了我。最近这几天，王独清常常请他们吃小馆，喝茶，吃咖啡，但总不要我知道，也不到那些熟地方去，原来就是为了避开我，他向大家诬蔑我靠不住，关系复杂云云，也是想叫大家不再和我接近，孤立我。他以为这样他就可以暗中顺利进行出卖创造社的勾当了。他的算盘打错了。创造社自转变以来，已经不是一个单纯的同人组织，大家有了共同的思想，共同的奋斗目标，小恩小惠收买不了，挑拨离间也破坏不了。王独清的阴谋诡计毕竟是徒劳罢了。当我把王独清的阴谋揭露了以后，大家纷纷谈出他最近的活动和言论，觉得非常可疑。他近来行踪异常诡秘，经常和一些陌生的神秘人物来往。他转弯抹角地鼓动人们对中国革命进行批判。他对新来的同志实行拉打吹捧，但在他们之间也进行挑拨离间。大家都认为他这种狂妄、卑鄙的行为，既可恨又可笑，必须坚决予以有力的回击。为了革命利益，最后决定把他从创造社踢出去。

王独清篡夺创造社的阴谋失败以后，恨透了我。有一天，他特别到我家里把以前和他一起拍的照片，和他给我的信都要了回去，甚至把照片上他赠我的题词当面撕碎。以后，我再也没有见过他，虽然同居在一个上海。

王独清被弃出去以后，创造社真正统一起来了，在党的领导下，在共同思想的基础上，统一起来了。而且，也正是在这时候，创造社才完全、彻底转变了。

当创造社遭受封闭的时候，它早已完成了它的历史使命。

〔**附记**〕这篇回忆写得远不够完整，且缺乏细节，遗漏或错误之处，在所难免，希望初梨、乃超、彭康、翰笙及其他有关诸同志予以补充、纠正。

原载1962年8月《中国现代文艺资料丛刊》第2辑，
又载1962年8月1日《延河》月刊7、8月号

# 记《洪水》和出版部的诞生

叶灵凤



创造社出版部在上海开始筹备，是一九二六年的事。招股筹备期间的办事处，设在南市阜民路周全平的家里。那是一座两上两下上海弄堂式的房屋，不过却没有弄堂而是临街的。全平的家人住在楼下的统厢房，另外再租了楼上的亭子间。那里就是出版部的筹备处。同时也是《洪水》半月刊的编辑部。

在这间亭子间里，沿墙铺了两张床，成直角形，一张是我的，一张是全平的。窗口设了一张双人用的写字台，这就是我们的工作地方了。

上海南市的老式弄堂房屋，即使是亭子间，也有四扇玻璃窗，对着大天井。另外一面的墙上还有一扇开在后面人家屋脊上的小窗口，因此十分轩朗，不似一般亭子间的阴暗。不过当时白昼在家的时间并不多，总是在外边跑，大部分的工作总是在灯下的深夜里进行的。

我那时还是美术学校的学生，本来住在哈同路民厚里的叔父家里（最初的创造社和郭先生的家，都在这同一个弄堂内），为了要参加《洪水》编辑部的工作，这才搬来同全平一起住。白天到学校去上课，中午在学校附近的山东小面馆里吃一碗肉丝汤面或阳春面当午膳，傍晚才回来，在全平家里吃晚饭。不过，我那时的兴趣已经在变了。虽然每天照旧到学校上课，事实上画的已经很少，即使人体写生也不大感到兴趣，总是在课室里转一转，就躲到学校的图书馆去看书或写小说。

那时上海美专已有了新校舍，设在西门斜桥路。虽说是新校舍，除了一座两层的新课室以外，其余都是就什么公所的丙舍来改建的。这本来是寄厝棺材的地方，所以始终有一点阴暗之感。图书馆有一长排落地长窗，我至今仍怀疑这可能就是丙舍的原有设备，里面设了桌椅，有一个管理员。书当然不会多，来看书的学生更少。我就是在这么一个冷清清的地方，每天贪婪的读着能够到手的新文艺出版物，有时更在一本练习簿上写小说。我的第一篇小说，就是在这样的环境下写出来的。

当时的上海美专真不愧是“艺术学府”，学生来不来上课，是没有人过问的，尤其是高年级的学生，只要到了学期终结时能缴得出学校规定的那几幅作品，平时根本不来上课也没有关系。不过，学费自然是要按期缴的，可是我后来连这个也获得了豁免的便利，因为我的“文名”已经高于“画名”，就是校长开展览会，也要找我写画评了。

当时就在这样的环境下，白天到美术学校去作画、看书和写文章，晚上回到那亭子间内，同全平对坐着，在灯下校阅《洪水》的校样，拆阅各地寄来的响应创造社出版部招股的函件。



这些函件，正如平时来定阅《洪水》或是函购书籍的来信一样，寄信人多数是大学生、中学教员以及高年级的中学生。但也有少数的例外，如柳亚子先生，他住在苏州乡下的一个小镇上，创造社的每一种出版物，他总是一定会寄信来定购一份的。

当时有几个地方，新文艺出版物的销路特别大，北京和广州不用说了，此外如南边的汕头、梅县和海口，往往一来就是十几封信，显示这些地方爱好新文艺的读者非常多。后来这些地方都成了革命运动的中心，可见火种是早已有人播下了。

也有些个别的特殊情形，使我到今天还不会忘记的，如浙江白马湖的春晖中学，河南焦作的一座煤矿，寄信来定阅刊物和买书的也特别多。后来上海的一些书局还直接到焦作去开了分店。

当时创造社出版部公开招股，每股五元，那些热心来认股的赞助者，多数是爱好新文艺的青年，节省了平日的其他费用来加入一股，因此拆开了那些挂号信以后，里面所附的总是一张五元邮政汇票。

招股的反应非常好。我们每晚就这样拆信、登记、填发临时收据。隔几天一次，就到邮局总局去收款。这些对外的事务，都由全平一人负责。他那时显然已经很富于社会经验，在外面奔走接洽非常忙碌，我则还是一个纯粹的学生，只能胜任校对抄写一类的工作。

我已经记不起出版部预定的资本额是多少，总之是来认股的情形非常踊跃，好象不久就足额，或是已经到了可以成立的阶段了，全平就忙着在外面找房子，准备正式成立出版部。后来地点找到了，不在南市，也不在租界上，而是在闸北宝山路上，那就是后来有名的三德里A十一号了。在这同一条弄堂里，有世界语学会，有中国农学会，还有中国济难会。这些都是当时的革命外围团体。后来一个反动的高潮来到，眼见他们一个一个遭受搜查和封闭，最后也轮到我们头上，出版部也第一次受到搜查，接着就来封闭，并且拘捕了包括我在内的几个小伙计。

在出版部还不曾正式成立以前，这就是说，还不曾搬到三德里新址，仍在阜民路的时期，在那年的岁暮或是年初，总之是旧历过年前后，郭老又从日本回来了一次。特地到阜民路来看我们，并且留下来在全平家里吃晚饭，而且还喝了点酒，兴致特别好。



晚饭以后，大家在客堂里围了桌子掷骰子玩，玩的是用六粒骰子"赶点子"或是"状元红"那一类的古老游戏。我记得那时间正是在旧历过年前后，否则是不会掷骰子的。

参加掷骰子的，还有全平的姊妹。大家玩得兴高彩烈。郭老每掷一把骰子，在碗里转动着还不曾停下之际，他往往会焦急的唤着所希望的点。若是果然如他所唤的那样，就兴奋的用手向坐在一旁的人肩上乱拍。我那晚恰坐在他的身边，因此被打得最多。我想古人所说的"呼么喝六"的神情，大约也不外如此。不过，那晚的桌上却是空的，我们并不曾赌钱，只是在玩。

创造社的几位前辈，我除了从达夫先生后来的日记里知道他有时打麻将以外，象郭老和成仿吾先生，我就从不曾见过他们做过这样的事情。全平是个"社会活动家"，大约会两手。至于那时的我，是个纯碎的"文艺青年"，仿佛世上除了文艺，以及想找一个可以寄托自己感情的"文艺女神"以外，便对其他任何都不关心了。

出版部的筹备工作渐渐就绪之际，阜民路俨然已经成了一个文艺活动的中心。许多通过信的朋友，来到了上海，一定要找到我们这里来谈谈。僻处南市的这条阜民路，并不是一个容易找的地点，但是当时大家都有那一份热情。彼此虽然从未见过面，只要一说出了姓名，大家就一见如故。可见那时创造社所具有的吸引力。

意外的来客之中，令我至今还不曾忘记的是蒋光慈。那是一个风雪交加的晚上，外面有人来敲门，说是要找我们。我去开门，门外的来客戴了呢帽，围着围巾，是个比我们当时年岁略大的不相识的人。他走进来以后，随即自我介绍，这才知道竟是当时正在畅销的那本小说《少年飘泊者》的作者。

当时蒋光慈还叫蒋光赤，刚从苏联回来，那一本在亚东书局出版的《少年飘泊者》已经吸引了无数热情青年。他刚到上海，就在这样严寒的夜晚摸到我们这里来，实在使大家又高兴又感激。

闸北宝山路A十一号的地点租定了以后，创造社出版部就正式开张了。可惜我无法在这里写下开张的日期，以及当天的情形。反正那时是不会有什么“鸡尾酒会”的，同时在不曾正式开张之前，有些读者寻上门来买书的，也早已照卖了。



出版部的招牌是横的，挂在二楼，好象是红地白字。不用说，招牌字是郭老的大笔。他从那时起，就已经喜欢写字了。

三德里的房屋，是一种一楼一底的小洋房，每一家前面有一块小花园，没有石库门，一道短围墙和铁门，走进来上了石阶，就是楼下客厅的玻璃门，这里就是我们的门市部，办事处则设在楼上。这一排小洋房共有十多家，租用的多数是社团。出版部的A十一号是走进弄堂的第二家。第一家住的是老哲学家李石岑，当时正在商务印书馆编辑一种哲学月刊。我们的右邻是一位女医生，没有男子，只有一个女伴与她住在一起，不过时常有一个男子来探访她们。

这是一个古怪的人家。因此这家右邻的动静时常引起我们这一群年轻人的注意。那位女医生和同住的女伴都已经年纪不小了，可是脂粉涂得很浓，每天在家都打扮得象要去作客吃喜酒一样。那个时常来探访她们的男子也是中年人。这两个妇人的生活很神秘，有人说她们是莎孚主义者。两人感情好象很好，可是有时又会忽然吵嘴，而且吵得很厉害，会牵涉到许多小事。有时会深更半夜忽然这么吵了起来。

站在我们这边通到亭子间的吊桥上，是可以望得见她们的后房的。

有时晚上实在吵得太不成话了，哭哭啼啼，数来数去老是不停，这时性情刚烈的诗人柯仲平就忍不住了，总是拿起晒衣服的竹竿去捣她们后房的玻璃窗，并且大声警告，叫她们不可再吵。

由于隔邻而居，已非一日，平时出入也见惯了，因此这一喝往往很生效，她们总是就此收场不再吵了。

这些有趣的小事情，四十年仍如昨日，我还记得很真切。前几年游西安，知道柯仲平正在西安，曾设法去找他，想互相谈谈彼此年轻时候这些有趣的经历，相与抚掌大笑。不料他恰巧出门去了。满以为且待以后再找机会相见，哪知回到香港没有几天，就从报纸上读到他的噩耗，缘悭一面，可说是最令人心痛的事。

阜民路全平家里的那一间亭子间，也就是《洪水》编辑部和创造社出版部筹备处的所在地，我在那里住过的时间并不长，大约不到半年，出版部已正式成立，大家就一起搬到了闸北三德里。



然而在那间亭子间里所过的几个月的生活，却是我毕生所不能忘记的。因为正是从那里开始，我正式离开家庭踏入了社会，也是从那里开始，我第一次参加了刊物的编辑工作，并且亲自校对了自己所写和自己付排的文章。在这以前，我不过曾在《少年杂志》投稿被录取过，又在《学生杂志》上发表过一篇较长的游记《故乡行》而已。

然而这时却不同，我不仅正式参加了《洪水》的编辑工作，给这个创造社同人的新刊物设计了封面，画了不少版头小饰画，而且自己还在上面发表了文章，这意味着我已经正式踏上“文坛”了。因此一面兴奋，一面也非常感激，那些日子的情形实在是我怎样也不会忘记的。

更有，也正是在那间亭子间里，年轻的我，第一次尝到了人生的甜蜜和苦痛的滋味。当时也曾写过几篇散文发表在《洪水》上，抒写自己心中的感情，后来这些散文曾用《白叶杂记》的书名印过单行本，其中有一篇的一节这么写道：

“回想起我搬进这间房子里来的日期，已是四月以前的事了。那时候还是枯寂的隆冬，春风还在沉睡中未醒，我的心也是同样的冷静。不料现在搬出的时候，我以前的冷静竟同残冬一道消亡，我的心竟与春风同样飘荡起来了。啊啊！多么不能定啊，少年人的心儿。”

这种郁达夫式的笔调，现在重读起来，自然不免有一点脸红。然而想到这是将近四十多年前的少作，自己那时不过二十一、二岁，而且再回想到那时的心情，我不觉原谅了我自己。

那时正是我们要从这间亭子间搬到三德里新址去的那几天，当时我个人实在有种种理由舍不得离开这地方，可是事实上既不能不搬，而且我们的房东早已先期搬走了，只剩下全平一家人，整个楼上也只有这间亭子间还有我和全平两人。可是我实在舍不得离开这间亭子间，这正是我要写那篇文章的原因。我曾继续这么写道：

“这一间小小的亭子间中的生活，这一种团聚静谧的幽味，的确是使我凄然不忍遽舍它而去的。你试想，在这一间小小的斗方室中，在书桌床架和凌乱的书堆隙地，文章写倦了的时候，可以站起来环绕徘徊……”



若不是重读自己这样的少作，我几乎忘了我们的全平，有一年他就是那么神秘的失了踪，从此天南地北，谁也不曾再见过他，谁也不再知道他的消息。这位《梦里的微笑》的作者，可说是《洪水》和“创造社出版部”最忠心的保姆。就是我和柯仲平等人，当出版部被淞沪警察厅封闭，并将我们拘捕以后，若不是靠了他在外面奔走，我们这几个小伙计也早已不在人世了。可是新的一代文艺工作者，大约很少会知道《梦里的微笑》这本书（其中还有我的插画），更不知道全平其人了。

在我的那篇写于一九二六年的《迁居》里，其中有几句是写到了他的相貌的。这怕是仅有的资料了，现在特地重录在这里以作纪念：

“我们工作的时间，多半是在夜晚。在和蔼温静的火油灯下，我与我同居的朋友——这间屋子的主人，对面而坐，我追求着我的幻梦，红墨水的毛笔和令人生悸的稿件便不住地在我朋友手中翻动。我的朋友生有两道浓眉、嘴唇微微掀起，沉在了过去的悲哀中的灵魂总不肯再向人世欢笑。虽是有时我们也因了一些好笑的事情而开颜欢笑，然而我总在笑声中感到了他深心的消沉和苦寂，我从不敢向他问起那已往的残迹……”

这里所写的生着两道浓眉的朋友，就是全平。关于他的那些所谓“已往的残迹”，我至今仍不大清楚，因为始终不曾正式向他问过，他也不曾向我谈过，但不外是爱情上的一些不如意事，也就是他的《梦里的微笑》所写的那些本事了。

全平是宜兴人，办事和组织能力特别强，同伴之中是没有一个能及得上他的。若是没有他，创造社出版部是根本不会诞生的。他曾到过广州，筹备出版部广州分部的工作，住过一些时候，因此早期南方的文艺工作者，也许会有人同他见过面的。

全平同郭老的感情特别好。有一年江浙军阀内哄，发生了内战，他的家乡受害惨重，当时有一班进步人士曾组织了调查团去调查这次的战祸，郭老也去参加了，就是由全平陪了同去的，郭老后来曾在《民铎杂志》上写了一篇纪行的长文。

《洪水》的出版和创造社出版部的诞生，我虽然曾经躬与其事，可是时隔四十年，记忆到底有点模糊了，姑且这么信笔的记了一些下来。我相信再过几年，怕连这些也记不出了。



选自叶灵凤著《晚晴杂记》，香港上海书局 1970 年 11 月初版

# 鲁迅与创造社

冯乃超

我从一九二七年十月由日本回国，参与了当时的革命文学运动。现在，时常有同志来访问或来信，也有些同志拿过去别人发表过的有关创造社的文章来，要我讲述当时的情况。我讲过不少次数，也有不少访问记录流布在外。有的我看到了，也有的我至今还没有看到。从已看到的来看，其中不免有些小的出入，也有是误记了我的原意的，这大概是由于我的口音不大好懂而发生的。同时，也有因为别的同志提供的资料和我所说的不尽一致，引起了疑问。

同志们觉得，最好我能把这些材料整理一下，使它更接近于历史的真实，这当然很好。但时间相隔已经半个世纪了，有些事情的印象已经模糊，我也无力搜寻和考查一些当时的材料，所以，现在也就只好凭印象还比较清晰的来谈了。但惭愧的是我长期没有从事文学艺术方面的工作。写作机会很少，文笔拙劣，并不具备写回忆录的条件。但经不起同志们的反复要求及热情帮助，加上印了出来的资料或文章中存在一些相互矛盾的说法，写点提供史料的文字，成为难以推辞的义务。

我现在手上有的记录资料，有比较准确的：如延边大学中文系《二心集》注释组整理的、并经过我审阅过的《我对于三十年代初期文学运动的点滴回忆》一稿；一九七六年八月记录，七七年经我修订的谈话记录一稿，都比较确切。其他的记录稿则比较粗糙，缺点不少。写得比较有系统的文章，有郑伯奇的一、二篇和沈鹏年的一篇题为《鲁迅与创造社交往的两点史实》。

当前狠批“四人帮”并肃清其流毒之际，各地高等院校开展了各种活动，召开了不少的会议，从新总结中国新文学运动的历史经验，这完全是必要的，也已经有了不少比较扎实的文章出现了。

前期创造社成立于一九二一年。它的成员以郭沫若、成仿吾、郁达夫为核心，包括张资平、田汉、郑伯奇、何畏、王独清、陶晶孙、穆木天等人，出版的有《创造》季刊、《创造周报》、《创造月刊》，还有其他一些小刊物。除上述人员外，还有一些年轻的，通常被称为“创造社小伙计”的人们，他们是黄药眠、潘汉年、周全平、叶灵凤、邱韵铎等。还有张立村、梁预人、黄祥光……等一批搞后勤工作的青年。创造社初期，依靠出版商人泰东书局老板的帮助，开始活动，但当时中国的殖民地经济还不可能为新文艺的发展提供足够的养分。作家与老板之间关系搞得不好，后来得到广大读者的帮助成立了创造社出版部，这说明了当时搞文化运动的艰难。到一九二六年，即所谓创造社的第二阶段。出版部的年轻一辈出版了《洪水》半月刊，向当时的广大青年作者提供了争鸣的论坛，真是盛极一时。郭沫若认为这“使整个创造社改涂了一番面貌”。当时的寄稿人冲破了原创造社的小框框，来自各个方面，试举其中有特色的人名，那是李芾甘（巴金）、秦邦宪、陆定一、陈尚友（伯达）等等。我提出这个名单并非想给创造社增加荣誉或者相反，这些人一向也不被人认为是创造社的人；我只说明创造社的框框有时是扩大的有时是缩小的。《洪水》半月刊上发表出来的文章，思想内容是五花八门的，标志着人们开始对共产主义发表了不成熟的意见，有拥护、有反对；陈伯达则是钻进中国共产党里来的反共老手，他要把共产主义这个“思想界的妖怪”“一扫而空”（见王若水的文章《〈国防哲学〉就是投降哲学》一文）。《洪水》半月刊撰稿人之多，思想斗争的异常活跃，为前期创造社成员所意料不及的，致使郭沫若认为创造社此时又出现了。我认为创造社此时是最少“组织”、“集团”气味的时期，也可以说是最少宗派情绪的时期。

创造社的后期大约可以由我们五个人应成仿吾的邀请（也可以说受到他的鼓励）回国以后算起。我们五个人是朱镜我（原名德安）、李初梨、彭康（原名彭坚、字子劼）、李铁声（原名声华）和我。但以后又陆续回来了一些人，他们是王学文、傅克兴、沈起予、许幸之、沈叶沉（《文化批判》第二期以后的封面是他设计的）；郭沫若又介绍了李一氓和华汉。创造社前期的人仍然参加活动的，是郭沫若、成仿吾、郑伯奇、陶晶孙等。成仿吾当时的积极性，是颇受指责的。但他是我们回国参加文化工作的推动者，当然更大的推动力则是革命形势的新发展。我个人倒是高度评价成仿吾这次日本之行的，他不仅找了我们几个人，事实上他当时在东京与京都两地找过的人是相当广泛的。创造社进入第三阶段时，正是这样的一个时刻，广大的知识分子阶层在大革命失败后，不能不在反共与拥共之间作出更明确的选择与表态，不管他们对马克思列宁主义有多少的认识。记得一九二七年暑假前我从东京到京都访问李初梨，他引我去京都帝国大学讲堂参加一个有中日学生出席的大会。对象可能主要是日本听众，李用日本语讲演，最后一句话是："青天白日满地红的旗帜，将因中国无产阶级的血染得更加鲜红。"这是国民党左派转向中国工农革命者的思想反映，这句话经过了五十一年，我仍留下鲜明的印象。成仿吾当时的马列主义知识当然不会很丰富，北伐时期他在广州做了些什么工作，我也不知道，但他并不游离于革命运动之外，则是事实。他直感到大革命失败后需要加强文化工作，我觉得他当时想法和我们是差不多的。他和我们之间是互相推动的。有一份记录（是一九七三年中山大学油印的），说我们回国是为了夺取创造社的领导权，根据上述的经过，得不出这样的结论的。为什么会引起这样的误解，这可能由于我讲话不清楚引起的，也可能记录者脑子里存在着"夺权思想"引起的，在此顺便加以解释。

我们五个人是在人民公敌蒋介石投降帝国主义，屠杀共产党员、进步人士、工农大众时期决定弃学回国的。在日本留学生中差不多有这么一条规律：每当祖国在政治上受到一次外来的凌辱时，就有一些爱国学生起来抗争——弃学回国。这次我们弃学回国和辛亥革命前后的回国运动相仿佛，动机是反对国内的反革命，由于这一行动代表着不少的留学生的倾向，我们临行前受到在京都的一部分留学生的欢送。

我们五个人情况虽然不尽相同，学的专业也各色各样（郑伯奇的一篇谈话记录，对此有些错误，但非重要问题，整个来说，它反映了创造社内部的斗争，是可贵的资料），但我们都认识到中国无产阶级已经登上历史舞台，大革命失败后有必要加强马列主义的传播工作，这是我们心目中的共同想法。至于在文化领域内反对什么人，批判那些思想，我们的认识不是那么明确的。诚然，在《文化批判》中，朱镜我写了一篇文章，批判了资产阶级社会学（国内对象是郭任远之流，这篇文章得到瞿秋白的肯定）；彭康写了一篇批判“人生观论战”的文章（这篇文章得到郭沫若的赏识，称彭为“后起之秀”）；李初梨介绍了自然生长论与目的意识论这样一篇有针对性的文章。但并不等于说《文化批判》的出版是很有计划的，其实我们对于当时国内整个文化界情况并没有较多的知识，或进行过详尽的分析。至于联合什么人，更是心中无数的。鲁迅对此曾作出过原谅的批评，说我们“是未经好好的计划，很有些错误之处的”，是符合事实的。总之，在这样情况下，杂志《文化批判》于一九二八年一月出版了它的创刊号。



真没有想到，一九二八年大半年竟是我们和鲁迅论战的大半年。人们很自然地得出结论，说我们早就有计划要打倒鲁迅的。或者认为成仿吾有意组织我们回国来“围剿”鲁迅的。可不是吗，在仿吾赴日前创造社前期的几个人郭沫若等曾有过联合鲁迅恢复《创造周报》的想法，并公开刊登了启事；但当我们回国后，这个联合鲁迅的计划突然烟消云散了。这不能不引起疑问。应该声明，我们的确没有反对过联合鲁迅的主张。从我个人的记忆来说，我们在回国前后都没有听说过这段准备联合的消息，仿吾也没有和我们谈起这件事，起码我个人对此事的印象就是如此。

从另方面说来，鲁迅对这番变卦，想来不但会感到突然和不可理解，可能还感到痛心的。早在广州时期他就有联合创造社共同作战的念头了，觉得那时期创造社还能在一起做点事似的，但居然事情竟发生了如此大的变化，而这种变化又竟然出现于他在广州经历了使他“目瞪口呆”的反革命政变之后。他对创造社的所作所为能够理解吗？能够原谅而不发生误会吗？这使他对成仿吾以及创造社“元老”们，所谓“解下指挥刀来重理笔墨旧业的旧文人”的成见就更大了。郑伯奇说他没有对联合战线归于失败的问题向鲁迅进行解释感到内疚，但如果我们懂得有必要去解释又能解释，那就不会产生分裂，也不会进行论战了。但事实上经过论战后的，即分裂后的统一，不是更好的统一吗？其中没有一个历史发展的必然性吗？象冯雪峰那样后来对党的文化工作，特别在把党和鲁迅的关系沟通起来作出过贡献的人，也不免反复强调创造社的宗派性，把这次分裂的责任归咎于创造社，特别归咎于创造社“元老”们，但他们是无辜的，郭沫若当时（一九二八年一月）就指出：“文坛上的斗争渐渐到了一个第二阶段了。从前的斗争只是封建式的斗争，是以人或地理上的关系为背景。目前的斗争是进了一步，我们是以思想、行为及一切阶级的背景为背景。拜金主义派的群小是我们当前的敌人。”（见《桌子的跳舞》，《沫若文集》卷十）这个敌人当然指的是新月派之类。我也记得郭沫若曾说过：我们不想批评鲁迅，应批新月派。这意见可能是郭自己的，也可能出自当时党的上层领导同志。后来，我们把批评的矛头指向新月社，彭康写了文章，我也写了。

创造社当然不是没有宗派情绪的，但只能说是“文人的小集团主义”，把它夸大为“宗派主义”，甚至说是“根深蒂固的宗派主义”更是不应该的。冯雪峰作出这样的论断的根据之一就是因为《创造月刊》二卷一期刊登了杜荃的题为《文艺战线上的封建余孽》的一篇文章。杜荃是不是郭沫若？我过去认为不是的，郑伯奇也认为不是的。但仍有不少的人来访，多半都肯定是郭沫若。我曾试图弄清楚它。由于郭沫若一直在患病，不大见客，是不宜于拿这样的问题在这样时候去打扰他。拖到一九七七年十一月十六日，我同几个同志到他家里去，看他精神比较好些了，便问他曾否用过杜荃这个笔名。他有点茫然的样子在回忆后说：他用过杜衎、易坎人……的笔名，杜荃却记不起来了。后来我托他的秘书找出杜荃发表在一九二九年十二月《新思潮》上的那篇《读〈中国封建社会史〉》一文请他看，他看过后说，该文的观点和他相似，但也没有说这篇文章是他写的，杜荃这个人还没有找出来，问题当然没有得到最后解决。我没有为郭沫若掩盖的企图，文章既然发表在《创造月刊》以及和创造社有渊源的《新思潮》，则杜荃与创造社有关系的假设，不能说完全没有点根据。《沫若文集》还在，新版将要重新编辑，将来可能找出结论来。

要说郭沫若和鲁迅之间没有“曾用笔墨相讥”的事，是不符合事实的。郭沫若的《创造十年》中，有“发端”的一段文字，他亲自作了注释：“这篇‘发端’因为和鲁迅的文章有点抵触，有朋友建议删去。但我想鲁迅的《上海文艺之一瞥》既未删改，为了保留事实的真相，我也就把‘发端’仍然保留下来。好在我这篇文章是在鲁迅生前写的。我虽然写了这篇文章，并无改于我对鲁迅先生的尊敬。”郭沫若对鲁迅的尊敬是毫无疑问的，在他所写的文字中或演讲中，找这样的例子是并不困难的。在鲁迅逝世一周年时，他作了《大哉鲁迅，前无古人……》的演说，不是很好的证明吗？“发端”这部分的文字，原来是独立一篇文章，在日译版本中似乎叫《葛洛茨基列传》的（日语 Gorotsuki 是流氓的意思）。这篇文章作为“发端”保留下来是对的，如果删去了则鲁郭之间曾有过“笔墨相讥”的事实也被抹杀了。这不是实事求是的态度。从这个角度看来，即使杜荃是郭沫若也不见得是大问题。能说鲁迅对创造社一点儿误会都没有吗？



沈鹏年在一九六二年《上海文学》第七期上，发表了《鲁迅和创造社交往的两点史实》一文，在文艺界流传着较多的各色各样批评创造社的文章时，竟出现了这篇描写鲁迅与创造社之间的关系较为本质的文章，是难能可贵的。可是这篇文章也存在着一些缺点，那是与我个人有关系的部分，我觉得有点写过头了。这当然不应全由作者负责。只能说他根据的资料本身不够真实。如说左联将要召开成立大会的前夕，鲁迅郑重其事的邀请了我们叙谈，向我们征求关于将在左联成立大会上讲话内容的意见。我对这次叙谈，不但没有记忆，而且认为不可能有这回事，因为这和鲁迅的写作习惯也不符合。又说我们工作之余偶尔同去吃小馆子，喝一点黄酒，这个故事是编造的。这样风趣的故事，听起来很符合鲁迅的脾气，但可惜我和他由于接触太少，确实没有这样的机会。相反，我倒愿意在此补充点我和他的关系中的小事。鲁迅帮助别人故事实在太多了，替别人改稿，替别人的稿件找出路，替别人买书，……以至对待日本的研究生竟如一家人一样等等，是大家都熟悉的。帮助青年作家解决困难，也有很多例子的。我个人也受到过他的帮助。一九三〇年底由于国民党封锁书店，使我们生活发生困难，一次冯雪峰来看我，知道我当时拮据情况，下次来访时，带来日文养羊一类的小册子，分了一半给我翻译，我很快译出来换成稿费，这是鲁迅给安排的。他送书给我的事也是有的，苏联革拉特珂夫的《士敏土》插画集等，我是珍藏过的。我对我和鲁迅有这样一段交情感到幸福；因而觉得交往的时间太短而感到遗憾。我之所以没有继续和他往来，主要由于我于一九三一年初调动了工作。一方面由于鲁迅迁居川北公寓后，由于柔石等牺牲之后不便多接待客人，另方面我也不方便抛头露面，因此我们的交往便中断了。沈文中有一个人名是搞错了的，当时恢复《红旗日报》的主要负责人是罗绮园，而不是陆一远，许多资料版本都写成陆一远，附带在此加以更正。

说到鲁迅和创造社的关系，他对成仿吾的批评态度占着突出的地位。一九二七年以前，鲁迅对成仿吾早就有了一定的看法，主要是在文艺见解上的分歧。《文化批判》问世后，他对成仿吾的批评就变得相当苛刻了。说批得苛刻，我并没有否定鲁迅对我们的批评有其合理核心。但把成仿吾封为“元帅”、“总司令”……等等的说法，是和我们不自觉地破坏了鲁迅与创造社之间本来已经成熟的联合机运有关，反映出鲁迅当时的沉重心情。他指摘成仿吾爬出日本的温泉，住进巴黎的旅馆以及“十万两烟火药”一类的话，为后来批评成仿吾的人们所乐于引用，在文化大革命中，“四人帮”统治时期，我在《人民日报》和一些省级党报上先后发现几篇引用上述字句来批评成仿吾的。拿这些表面现象的片言只语来概括成仿吾的历史，那是很不适当的。事实证明，就是鲁迅在世时亲自经历过的一个重要历史片断，由于当时没有可能写出来，也就不可能记载在《鲁迅全集》里。好在景宋却把这一重要历史片断记下来补上去了。话是这样说的：“成仿吾先生们在创造社时代的批判法，并没有攻击到他（指鲁迅）的致命处，当时予以批评的批评，这也许是不错的吧。但他和成仿吾先生并没有成为死对头，却是事实。在他去世前一二年，成先生忽然秘密来到了上海，接见之下，已经是一位黑实的个子，……在回来之后，他还一直高兴着这一次的会面，称道不置。可见这里绝没有私人恩怨在内。因为他们在根本原则上并不是各走各的路的。”（见景宋：《鲁迅先生对于批评的态度》，一九四一年十一月出版的奔流社版“奔流新集”之一《直入》）。这记述了成仿吾一九三三年从豫鄂皖苏区出来，到上海找党的关系的一段事实。成仿吾通过鲁迅找到了党的关系，因此得以进入中央苏区。

景宋在一九六一年出版的《鲁迅回忆录》上又提起上述那篇文章，称道鲁迅和成仿吾之间曾“有过一段非常愉快的故事”。我之所以在这件事上多费笔墨，是希望在整理创造社史料时，引起批评家们注意不要断章取义，要实事求是地看一个人的历史，也有一点儿想为成仿吾做些平反工作的意思。这可能是多余的，成仿吾的《长征回忆录》的出版已经说明了问题。至于《人民日报》曾刊登许广平一文，其中有大意如下的一句话：还有一个成仿吾在解放后仍然批评鲁迅云云，据说是戚本禹加上去的。



鲁迅和郁达夫的关系是比创造社任何人都好的。他们往来较多，私人感情也好。郁达夫迁居杭州时，鲁迅曾写诗劝阻，可见一斑。但创造社和郁达夫的关系，也不是外传那么僵硬。郭沫若不用说，他们之间曾有过不止一次的龃龉，但当他获悉郁达夫不幸牺牲于南洋时，哀叹：“谁能了解这样不惜自我卑贱以身饲虎的人呢？”这心情我们是能理解的。我们回国前不久，郁达夫离开了创造社，这和他在《洪水》半月刊上发表了一篇文章有关，郑伯奇的文章已有记载，这里不赘说，但我们从来没有因此对他有什么不谅解的心情。李初梨曾被捕，积极为他奔走营救的，其中就有一个郁达夫。李初梨对郁达夫有过比较深刻的评价。郭沫若对此曾加以欣赏，那就是：“达夫是摩拟的颓唐派，本质的清教徒。”一九三八年郭沫若推荐郁达夫为国民党军委政治部的设计委员，使他能够迁居武汉，并参加了“中华全国文艺界抗敌协会”，常常出发前线劳军，一洗他对政治消沉的态度。有人因为我写文章批评过郁达夫，便臆测我和他的关系。其实达夫在我的心目中占有亲密的地位，如同创造社其他的人对他一样。他是日本第八高等学校的学生，和我是先后同学，但学生时代没有会过面。他初期作品中描写的环境，我是熟悉的，他在八高的流风余韵，我也略知一二。其中一个是樱井德文教师盛赞达夫的聪明好学。日本教师能给一个中国学生以表扬，该不是一件常见的事。我在学校附近的一家旧书店里，也得到对达夫的同样品评，这书店老板说：“郁达夫读书很丰富，常常把他读过的外文新书卖给他，也常在他的书店买书。我虽然和他见面很晚，神交却很早。我对他的作品虽然曾经说过一些话，这并不能说我不是他的作品的欣赏者，因此从中不能得出我对他有什么个人恩怨的问题。

有人提到郁达夫参加“左联”是鲁迅介绍的，姑无论这是否事实，便派生出了创造社的人排斥郁达夫参加“左联”的说法；更有人说我主张开除郁达夫出“左联”，鲁迅不同意，我因此受到了批评云云，真是无中生有。我这样写，为的是澄清郁达夫和鲁迅以及创造社的关系。至于郁达夫一生功过尚无盖棺论定，这个题目我不知道有没有人在进行调查研究。日本东京大学东洋文化研究所附属东洋学文献中心已搜集了他的资料印成三册，我在中山大学图书馆只见到第二册，日本方面似乎有专门研究达夫作品的人。

1978年9月4日

原载1978年《新文学史料》第1辑

# 郑伯奇谈“创造社”“左联”的一些情况（摘录）

上海师大鲁迅著作注释组



大革命失败后，郭老从南昌到香港，后因生病秘密回到上海。鲁迅也从广州经香港到上海。当时许多文化人汇集上海，郭老和我都感到应该搞个进步作家的联合战线，共同反对国民党。于是就由蒋光慈和我两人去见鲁迅，建议创造社和鲁迅领导的语丝社等文学团体合作，出版共同刊物。鲁迅高兴地同意了。接着就发表了一个联合宣言，鲁迅、郭老都签了名，鲁迅的名字放在第一位。这份联合宣言不是发表在杂志上（那时《创造月刊》等创造社的刊物还时办时停），而是发表在报纸上，可能是《时事新报》。

我们准备与鲁迅联合时，成仿吾还在日本，我把这事写信告诉他，他不同意。他认为老的作家都不行了，只有把老的统统打倒，才能建立新的普罗文艺。这是受了当时国际共运中左倾思潮的影响。我记得德国的卢森堡、李卜克内西等人当时都比较左，日本也有一个大学教授，名叫福本和夫，他曾参加组织日本共产党，很“左”，当时在日本有很大影响。结果，我们与鲁迅的合作没有搞成，我也没有再跟鲁迅联系，没把停止合作的事通知他。

不久，成仿吾、冯乃超、李初梨、朱镜我等从日本回国，出版《文化批判》，从此创造社、太阳社就发动了对鲁迅的论战。那时郭老已去日本，我也在郭老之后到日本去住了一段时间。由于我在论战以前同鲁迅有过一段接触，在论战中我虽然也有所表现，写了几篇文章，但没有公开攻击鲁迅。

我当时曾到日本去过几次，每次来去时间已回忆不起来。只记得有一次在日本住了半年回国，轮船在上海码头停靠时，正值发生“四·一二”反革命政变，我没有下船，到了广州，王独清那时还在广州，后来我才从广州经香港到上海。在上海与鲁迅联合失败后，我也去过日本。还有一次，似乎是我跟上海《学艺》杂志社（这份杂志是留日学生编的）的人一起去日本，写了一篇《东京观剧印象记》，在《创造》上发表。

成仿吾说当时太阳社的蒋光慈与他商量，准备找鲁迅面对面辩论，这件事我没听说过。创造社与太阳社一起开会是经常有的，但我记得没商量过与鲁迅当面论战的事。创造社与太阳社的性质不一样，创造社在广州时都不是党员，郭老是北伐到武汉时才入党的，后来又失掉关系。成仿吾是在与鲁迅论战后出国时才入党的。其他从日本回来的人在论战时好象也不是党员。创造社当时没有接受谁的领导，是自己活动的。太阳社大部分是党员，当时好象属于闸北支部，由阳翰笙负责。我是在黄埔军校时认识他的。

创造社当时确实出版过《文艺生活》，这是一种小报，象当时上海流行的《晶报》那样大小，也就是说象现在的《参考消息》那样大小，不一定每天出一期，有时三天或一星期出一期。《文艺生活》名义上是我主编，创造社成员大都写稿，创刊日期已记不起来，总是在成仿吾他们从日本回来后不久，办了不久就停刊了。鲁迅批判的《文艺生活》上的那篇文章确实是我写的，我当时也确实看到过别人译的《文艺政策》，在鲁迅之前翻译的。所以我才在文章中那样写，但到底是谁译的，由什么书店在什么时候出版，现在都记不起来了。

文献书房在创造社还没查封时已创办，是我向一个老朋友搞了一点钱办起来的。地点可能在提蓝桥下海庙附近，当时创造社处境已很困难，我办文献书房的目的就是准备万一创造社出了事，好有个退路。书店的负责人还有个邱韵铎，这个人抗战期间在四川。文献书房开始自己没有印书，支持创造社。创造社被封后才出版了一些书籍，其中主要是戏剧集，包括霍普特曼和格列高里夫人的作品。由于戏剧集销路不好，书房赔了钱，自己出书后一年多就关门了。

创造社被查封的具体日期我已记不起来，只记得是在阴历年底，可能是一九二九年二月，文献书房的创办日期大概也在一九二九年之前吧。创造社被查封，实际上只封了门市部，办公地点没有封，许多书籍的纸版得以保存下来。接着就成立了江南书店，由朱镜我负责，继续把这些书籍印行出版。

我在创造社中是分工管总务的，创造社的那个咖啡馆就是我经办的，开办时间约在与鲁迅论战期间，名称叫上海咖啡馆，记得开张后去喝咖啡的人很多。当时上海还有一个公啡咖啡馆，好象是外国人开的，左联成立后开会可能就在这个咖啡馆，因为这个地方一般中国人是不去的，外国人对喝咖啡的人又不大注意，比较安全。在我的记忆里好象没有在创造社的上海咖啡馆里开过什么会。

关于成立左联，当时在沪的党的领导同志有什么指示，我不大清楚。我只知道不是党的领导同志有一次作过什么具体指示，而是通过冯乃超与鲁迅见面商量后才决定成立左联的，至于是谁要冯乃超与鲁迅联系，我就不清楚了。李富春或党的其他领导同志找创造社成员谈话，指出攻击鲁迅是错误的，应该联合鲁迅共同战斗这件事我不知道，当时也没听说过。当时成仿吾已出国，李初梨与彭康也已不再从事文艺活动，他们搞党的地下工作去了。

一九七七年八月八日、十一日。

一九七八年五月经本人修改。

（此稿为上海师范大学鲁迅著作注释组的访问记录。

访问者：王自立、陈子善）

原载1980年10月《鲁迅研究资料》第6辑

# 忆创造社出版部成立及《洪水》半月刊创刊

周全平

近来为了决心写完我的忆旧录——《周全平人海飘流记》，仔细地翻阅过郭老的《创造十年》。

在翻阅中，觉得郭老的文章，其豪迈气息，细致行文和记忆力之强，又一次令我惊叹不止。

可是我仍觉得郭老所写有关“创造社出版部成立及《洪水》半月刊创刊”的经过，就我搜索枯肠所能回忆到的，不免有不大一致的地方。敢以我回忆中的印象，提出几点订正当时史实的意见。

《创造十年》（以下简称《十年》）274页说：“出版部的组织在《洪水》创刊后不久，已曾蕴酿过一次。”“那一次的蕴酿，也曾由周全平计划过。”

就我的记忆所及，我并不曾参加过这一计划。所以，关于“五丨元一小股，五百元一大股”以及“印了四册比较讲究的三联式股票簿”，分由成仿吾在广州，郁达夫、张资平在武汉，郭在上海进行招股等等印象，在我的记忆中，一点也没有留下。

《十年》又说：“但第二次又从新蕴酿起来了。”“从角直回沪不久，全平趁着《洪水》满了半年，便把它收回来了自印。”“就这样在闸北的三德里里面，于当年（全平注：1925年）的四月一日，便看到了创造社出版部的开张。”

就我的记忆所及，应该是：先租住闸北宝山路三德里 A 字 11 号，然后就成立出版部，然后就第二次创刊《洪水》半月刊。同时即在《洪水》半月刊上露布了扩大招股的办法；五元一股。股东免费赠阅《洪水》一份。

我所记得的当时情况是，我和叶灵凤住在上海城内阜民路我家租住的一层楼房的亭子间里，计划着出刊《洪水》和成立出版部。《洪水》的封面就是叶灵凤画的。

当时所以把出版部的房子搬到闸北宝山路三德里，是因为三德里有一个不同寻常的通信图书馆，我曾去过几次，房子就是图书馆的友人介绍的。出版部最初的小伙计，除了叶灵凤、潘汉年和我之外，徐耘阡、丘韵铎二人，我记得都是通信图书馆介绍的。以后又自动地来了周毓英、柯仲平、成绍宗。末了还来了个梁预人，那已是一九二六年春天了。记得就在那个时候，军阀政府的淞沪警察厅搜捕了出版部，捕去了叶灵凤、周毓英、柯仲平、成绍宗四人，但经济难会等营救，不久即释放回来。



《洪水》半月刊的出刊应是一九二五年的八九月间，因手头没有《洪水》，记不真了。是不是先经过光华书局的发行，半年后再由我收回自印，我的记忆中也毫无印象。所记得的是：一开始就是小伙计们忙碌在三德里楼下前间里，包卷《洪水》的紧张而愉悦的劳动场面。还记得那时我同母亲和六妹就住在楼上的后间，直到有一次不慎，帐子着火，烧伤了六妹，我家才搬到后来租下的三德里 B 字 22 号。在那里还创刊了《幻洲》（半月刊）及《A. 11.》（三日刊）。那时我已准备离开出版部到东北垦荒去了。

至于《洪水》第一次的创刊，要追溯到前一年，即一九二四年江浙军阀战争时。当年夏秋间，我同母亲因避战祸，从南翔逃难到上海，暂借居在泰东书局一幢两开间的书栈楼上。那时，严良才、倪贻德、孙伯才等有时到我家闲聊。时《创造周报》已停刊，沫若亦离沪，甚感寂寞。闲聊中就决定由我们几个同创造社有点关系（投稿关系）的人自告奋勇，出版《洪水》周刊。

《十年》249 页上说：“从《洪水》半月刊的刊行，要算是第二期创造社的事实上的开始。（注意：还有第三期。）这个开始可说创造的第二代。因为参加这一期活动的人，都是由国内新加入的一群青年朋友。在那时，第一期的一些成员……只有我一个人在上海，但我却是最不出力的一个。”“《洪水》的第一次创刊还在一年以前，是《创造周报》停刊了，我跑回日本的时候。主持者是周全平、敬隐渔、倪贻德诸人。”这里指的就是我上面所述在泰东书局书栈楼上避难时闲聊的结果。但在一九二四年八月二十日（这日期我在《新文学史料》上查到的。）印行了一期之后，承印的书局不愿再印，刊物就夭折了。

郭老在《十年》249 页上又说，他之所以对复活的《洪水》仍采旁观的态度，是由于洪水这一名词是出于周全平的心裁。而周全平所以有这一心裁，则又是蕴酿于他在当年替某教会校对过一次圣经，而又误解了洪水这一词的涵义。所以他不愿为复活的《洪水》写稿，直到第三期第四期才改变了冷淡的态度。

但就我的记忆所及，当时我丝毫也没有感受到郭老的旁观冷淡态度，因为我衷心对他是十分敬佩而又极其感激的。我从南翔移家到上海城内后，曾又一次因避战祸而同母亲到环龙路他家中楼下前间住了好几天。

至于对洪水一词的涵义的解释，则我确是把它理解为“要冲刷人世间一切罪恶的”。到今天，我还是觉得林彪、“四人帮”的流毒遗害，仍须用滔天的洪水来把它们冲荡洗刷。

郭老写《十年》，大约在一九三七、三八年间，距所写事实，只隔了十几年，所记不致有太大的出入。而我的订正，则已距当时有五十多年，记忆失真是难免的。所以，尽管自信地写了上面的若干订正，仍十分期望有关的当事者，能在工作之余，把回忆所及，写成篇章，订正当时史实，无疑对于保存正确真实的史料，是大有裨益的。

1980. 1. 8. 于矿山

原载 1981 年 2 月 22 日《新文学史料》第 1 辑

# 七 评 论

# 《创造》给我的印象

损

一

《创造》第一期第二栏“评论”里有一篇郁达夫君的《艺文私见》，辟头说：“文艺是天才的创造物，不可以规矩来测量的”；又说：“文艺批评有真假的二种，真的文艺批评，是为常人而作的一种‘天才的赞词’。因为天才的好处，我们凡人看不出来……”又说：“目下中国，青黄未接。新旧文艺闹作了一团，鬼怪横行，无奇不有。在这混沌的苦闷时代，若有一个批评大家出来叱咤叱咤，那些恶鬼，怕同见了太阳的毒雾一般，都要抱头逃命去呢！”又说：“Arnold 也好，Pater 也好，……无论那一个，能生一个在我们目下的中国，我恐怕现在那些在新闻杂志上土持文艺的假批评家，都要到清水粪坑里去和蛆虫争食物去。那些被他们压下的天才，都要从地狱里升到子午白羊宫里去呢！”郁君这一席话真痛快呀！我表万分的同情！我先得声明，我并不是“在新闻杂志上主持文艺的”人，当然不生“批评家”真假的问题，不过我现在却情愿让郁君骂是假批评家，骂是该“到清水粪坑里去和蛆虫争食物去”的假批评家，对于“创造”社诸君的“创造品”说几句类乎“木斗”的话。不过我终不敢自居于“批评家”（不论真假），所以仅题本文曰：“《创造》给我的印象”，而不曰“评论”。

未入正文之前，我还要说几句空话：郁君举了几个人名，说无论那一个生在我们目下的中国，都是好的；我却以为不然。我记得英文本的托尔斯泰的 What is art？里说了法国大天才鲍特来耳（Baudelaire）一些不满意的话，托氏原非郁君所举，但是我想来他和郁君所保举的那个 Belinsky 臭味总还相同。若叫那位 B 先生批评鲍特来耳，恐怕亦未必满意，可知大批评家不一定和个个大天才如鱼如水呀！假使鲍特来耳的《游子》要经过 B 先生的检查，难保不被“压搁”下去呀！自来很少绝无主观的大批评家，现在中国“青黄未接”，若真如郁君所言，无论那一个生一个来，万一生了个象托氏一般的，岂不大屈枉了中国的“狄卡耽”的天才么？所以我敢说郁君这个请愿带些危险性，所以我不以为然。

但这是空话，我所要从这空话里寻出一句象些正经的话，就是：一个真的批评家倒不一定因为屈枉了一个天才而就失其真的资格。中国现在并无所谓批评家，也不见大天才，这话当然是废话啦！

现在书归正传罢。



## 二

《创造》里几位作者的作品，我们有一大半是会面过的；郭沫若君的《女神》出版在二年前，郁达夫君的《沉沦》出版将一年，张资平君的《冲积期化石》出版将半年，田汉君的文章我们也常读过，所以我们可说这几位作者，我们都是素识。照理说，我们读素识的作者的新著，应该比读素不相知的作者的作品，更容易理会得；或者说，“评论”起来，亦较能少杂主观的偏见，而庶几可免于“木斗”之“误覆”。这原是“理论上则然”，事实上并不一定如此。我固不敢自许为能为天才做“赞词”的“批评大家”或“真的批评家”，但是我自信总还能不杂意气，客观的看一件作品，看一句说话。这是我对于一般读者的“自白”；并不是夸给诸位创作者听；或许我的话唐突了，被认为有意唐突天才，我亦没法，并且也不愿自辩。

我先说张资平君两篇小说给我的印象。

我最初看见张资平君的作品，是《学艺》杂志的《约檀河之水》，这篇东西，很使我感动；今年春看《冲积期化石》，觉得反差些，那中间原有几段极能动人，但是那一回忆太长，结构上似乎嫌散漫些，颇有人看得嫌腻烦。如今第一号《创造》里张君的两篇，我也对于其一倾佩，而对于其一不以为佳。《她怅望着祖国的天野》一篇，我以为不如《上帝的儿女们》更好。前者是一篇短篇小说的长短，即以字数而论，是篇短篇小说，但结构不是短篇小说的结构；照他那结构看来，每段该放长了些，作为一篇长篇小说。所以我读完了那篇，就有一种不快的感觉，一种未饱餍时的不快感。我觉得作者未曾畅意的描写，颇有些急就粗制的神气；好象是一个长篇的“节本”或 Outline 而不是长篇的本身；他的段数虽多，而且每段是一“转”，可是每一段里的情节，实在太直，太简，太无曲折；合此数因，就觉得全篇的结构有些板板儿不灵活了。万字以内的短篇大概只能抽出书中人物一生事实的一片来描写，借此显出前事，然后结构紧凑，描写时亦不会有地小不足供回旋之憾；“流水账”似的记述，似乎更宜于长篇。《上帝的儿女们》只登了两段，吸引我的力量比《她怅望着祖国的天野》强了许多。第一第二段的描写法都是很好，书中人物的说话，各依着身分，尤其是 A 所长的那几句：“你们用了一个多礼拜的智慧去想了，有什么有趣的方法告诉我们么？……”欧化的中国话，很传神。我大胆来卖张“预约券”，这篇东西该是杰作。

至于上两篇的思想，第二篇未完，不能先猜，第一篇我是对于作者表敬意的；因为他肯费笔墨为这一个平常的不幸的女子鸣不平。看了秋儿信中“你当我做什么都可以，玩物也好，奴隶也好，只不要再爱上第二个人，来厌弃我”那几句话，谁能有勇气去笑秋儿是“不解放”，没志气呢？

## 三

田汉的《咖啡店之一夜》颇非“佯啼假笑”之类的作品；剧中林泽奇的悲哀，也应是一般好青年的悲哀，不过与其说是国内一般青年的悲哀的心境，不如说是书本子上法国颓废派青年悲哀的心境。我以为国内许多青年灵肉冲突的心境，简直是“出见裘马富贵而艳之，入闻夫子之言而又乐之”的状态。他们自然也有悲哀，不过这只是熊掌与鱼皆我所欲也，而“二者不可得兼”的悲哀；他们只是追求而未得，未尝觉得生之寂寞。至于女子中象白秋英那样人，更少了。所以我怕田君这篇东西未必能有怎样多的读者感受到真的趣味；或者竟至于被误会，以“打野鸡”“拆白”为新式的名士的风流派头；本无“悲哀”，而强要自寻花柳场中的痛苦，那真非田君始料所及吧！

《咖啡店之一夜》的“地”是“某都会”，文中又曾说“他在南开毕了业，便转到这儿来了。……他进了大学，他在大学什么科？”可知其所谓大都会，是有大学的，并且有大旅馆做这咖啡店的紧邻，至少也要有上海那样热闹；但是剧末却又说“外面闻更声橐橐，之（？）与壁上钟机相和”，我觉得有点不合；因为象这样的大都会是没有打更的。或者田君以为这种地方，本不要紧，颓废派本可不拘拘于依照实在的描写罢？



## 四

《茫茫夜》的作者郁达夫君有过一篇小说《沉沦》，想来大家都看过；如今这篇《茫茫夜》里有两句话，“向善的焦躁与贪恶的苦闷”，我看很可以作为《沉沦》的“赞词”。《沉沦》描写上有没有缺陷，对于现代中国青年有没有因被误会而来的恶影响，这些我都不愿多说；只就“向善的焦躁与贪恶的苦闷”这一点上，我觉得《沉沦》的主人翁是可爱的，应得受人同情的。除了是天生的大贤人，或是那些“貌仁义而心蛇蝎”的“自命的贤人”，凡是现代的青年，谁也该觉着“向善的烦躁与贪恶的苦闷”罢？

新犹太小说家宾斯奇说：“现在他方知道人的脆弱，而且人生路上四布的危险是怎样的众多啊，于是他的嘴唇苦涩地自说道：‘住在下界的我们只是待保捍的囚徒罢了，一个“破戒”的网罩在一切的生存上面’。”颇有人说《茫茫夜》里的于质夫决心要“戒酒戒烟戒女色”而终又不能实行，以为是不足道的意志薄弱的人，把这样的人做一篇小说的主人翁，于青年思想上很有妨碍；这话未必是的。或者说这话的老先生自己的意志的薄弱比《茫茫夜》里的主人翁还欲加甚，只是不肯承认罢了；肯自承认而且自知，我以为这就是《茫茫夜》里的主人翁所以可爱的地方，除此点而外，若就命意说，这篇《茫茫夜》只是一段人生而已，只是一个人所经历过的一片生活，及其当时的零碎感想而已，并没有怎样深湛的意义。似乎缺少了中心思想。但描写得很好，使人很乐意的看下去。

《棠棣之花》未曾完，单就所登的第二幕看来，作者似乎想借古事写出满腔的悲愤，但是直用现代人不更好么？不过此剧既未做完，也就不便乱猜。

成仿吾君的《一个流浪人的新年》，后面有一“评”，一“志感”和一“自语”。郁达夫君评道：“……我们中国的读书阶级恐怕还不能够懂得。……”这句完全不是“木斗”而是真赞词的评语，已然肯定的这样说了，还有什么可说呢！中国的读书阶级或者还不能够懂得这种的“散文诗”，但是中国的作者阶级发表这样的“散文诗”，恐怕这不是“破题儿的第一遭”罢。冰心女士的《笑》，动人之力，好象不在此篇之下。郑君伯奇志他的感，说“色彩的字眼，音乐的文章”，色彩或竟然美，音乐则我和友人试过朗读，却没有音乐的同感。并且有些地方，看了得理会，听了却不解。这大概总是中了郁君的预言了。



此外也许我还有些感，但现在来不及说了。却有一些题外的话，想说一说：中国现在青黄未接，真如郁君达夫所说，大家说“介绍”说“创造”，本也有两三年了，成绩却很少，大概是人手缺少的缘故。治文艺的尤其少，更是实情。人手少而事情不能少，自然难免有粗制之嫌。所以无论那本定期出产物，内容总不免蹶竭，我们只能存着“短中取长”的意思，不能认真讲，若一认真，只好什么都不讲了。创造社诸君的著作恐怕也不能竟说可与世界不朽的作品比肩罢。所以我觉得现在与其多批评别人，不如自己多努力，而想当然的猜想别人是“党同伐异的劣等精神，和卑陋的政客者流不相上下”，更可不必。真的艺术家的心胸，无有不广大的呀。我极表同情于“创造”社诸君，所以更望他们努力！更望把天才两字写出在纸上，不要挂在嘴上。这话也许太唐突了，但我确有这感想，而且朋友们中也确有这些同样的感想，所以还是老老实实说出来罢。

原载1922年5月11日、21日、6月1日《时事新报》
副刊《文学旬刊》第37、38、39期

# 两个文学团体与中国文学界

今　心

## （一）

一向就暗无天日，死气沉沉的中国文学界，近几年来经文学研究会与创造社的创作与介绍，虽不能说有什么大成功，以跻于世界文学之列；但现在总算也给他们弄得有声有色了！这一点，我们应该以十二分的诚意向他们致谢。

这两个文学团体，能够吸收国内在文坛上占势力的一切文学者，共同努力，共同研究，实在是他们的好处。但他们因为彼此主张的歧异，却也弄出了不少缺点。原来文学研究会可以代表人生艺术派，创造社可以代表纯艺术派；自来这两派就互相非难——无论在那一国，所以他们的争辩，我们当然能原谅他们都是各各忠于自己底主张，而不肯盲从，探求真理的一种表现。可是他们一涉到争辩，马上就互相谩骂起来，反而把原来所要讨论的大问题，丢开不管了。固然我们不要提倡口是心非的伪君子的态度，尤不要提倡凡事听人指挥，或指东就东，指西就西的盲从者或弱者，而“轻薄儿”（这三个字是随便用来的，请两方不要见气。）的态度总得少发露些，才得以见文学家的大度量。内中尤以我们湖南底成仿吾先生，骂人太不留余地了，批评太不讲理了！关于成君骂人不留余地的事，本报已经好些人说过，想必成先生自己也能承认的；至于成先生批评不讲理，我随便可以找得证据出。《创造周报》第一期，成先生做了一篇《诗之防御战》，批评名家底诗，内中虽说了好一些有趣的话，足以使人看了发笑，但我觉得总失了批评家的态度。例如：

（一）成先生评胡适之先生《乐观》底诗。

成先生评道：

“哈哈！好了！不要再抄胡适之的名句了。”

又评《我的儿子》。

成先生评道：

“这还不能说是浅薄，只能说是无聊。”

（二）又成先生评俞平伯先生底《仅有的伴侣》诗。

成先生评道：

“这是什么东西？滚，滚，滚你的！”

又《山居杂诗》。

成先生评论道：

“这真未免过于葱葱了，然则——不成其为诗罢！”

又《愚的海》。

成先生评道：

“朋友！说你的不是诗，可是吗？恭恭敬敬的回答，先生，正是呢！”

这样不讲道理的评论，成先生不知道说了好多，我不过举几个很有趣的例罢了（附注），我要很诚恳的向读者与两个鼎鼎大名的文学团体的诸位先生申明一句，我所说的话，自信没有什么偏见（虽然也有偏重某方的时候，那是我底良心的主张），更不是替那一个团体作辩护士（当然也不要我这样的残兵弱将）。我不过想就自己所见得到的，把这两个文学团体的长处和短处以及他俩对于中国文学界的关系说明罢了。其实也就是爱之甚切的一种表现。

就我恍惚的记忆，文学研究会骂人，似乎在创造社之前，不过我总觉得文学研究会的人骂人，还稍能近乎人情。并且他们还有一种长处，他们会员的作品，外人的批评，无论说好也好，说歹也好，总还能够容耐别人的意见；至于成先生就差多了，章克标先生批评《创造》第二卷第一号以后，成先生就大兴反对之师，说别人的话一点也不对，他们底作品，总是好的。其实批评别人底作品，总不免有些主观的见解在内，作品在读者身上所发生的影响，以及读者脑中的印象，心坎中的评判，决不能人人一样；创作家自身，又何必定要求人家的恭维呢？他读了你底作品，确乎发生这样的情形，你又能禁止他说？

（二）

文学研究会的出产，大约都刊载在《小说月报》,《文学》(原名《文学旬刊》),《文学旬刊》,《诗》等出版物之上，以及文学研究会底丛书；创造社的出产，大约都刊载在《创造》,《创造周报》等出版物之上，以及创造社丛书。我们就这些出版物看来，创造社的人，确乎有些很有天才的人，如郭沫若先生、郁达夫先生……等；文学研究会的人，天才家似乎少些（注意：文学研究会会员多，而创造社社员少，故以人数为比例，文学研究会的天才家，似乎比创造社少），但谢冰心先生……等人却也是很有天才的。至论到作品的好歹，在结构上说来，创造社的比文学研究会的却差多了（因为这些都是非短文所能征引原文证明的，故只凭我底直觉说说便了。下仿此）。大约是太迷信了“小说是写的”的“写”字了，所以有好些作品，对于题材，不见得有剪裁，有选择……但纯洁的态度却也是很不错的，而且有些儿天才的表现。文学研究会的作品，态度是很庄重的，结构都还不错，但有“老成人”的表现（谢冰心先生底似乎另一个模样）。至于他们共同的缺点，总不外取材太狭了些（如描写农民……等的作品，绝不多见），描写欠周到的地方也不少；至于他们底是不是真正的情感的流露，我却不敢以小人之心，度君子之腹了。可是他们涵养期间很短，会员大半是教员和学生两种人，他们底作品的缺点，当然我们也能够予以相当的原谅的。

创造社有几个人，很富于浪漫色彩，和颓废的色彩，自视也很高；文学研究会的人，大半都是能够说老实话，做事也很切近社会人生，彼此的好处，我们总应得十二分的佩服。

（三）

文学研究会，差不多可说是一个宣传自然主义的机关，而且因为他们是主张人生的艺术的原故，对于社会人生，很是注意，所以介绍文学原理的功效，远在创造社之上。文学研究会与创造社的大区别，大约文学研究会是把社会人生看得重，同时却也能够尊重自己底个性，因为他们是提倡人生艺术的原故；创造社大约是把个人看得很重，同时却也能顾及到社会人生，因为他们是提倡纯艺术的原故。

文学家改造当时的文学界的趋向，本有两条路：

1．专门从创作上入手，使当时的文学界潜移默化；

2．一壁创作，一壁灌输一种文学原理给民众，使当时的文学界改变趋向更快一些。

这两条路都可以走。但在现在的中国，我认为后一条路，是比较的有效力的，观乎文学研究会在社会上发生的影响大，就可以知道了。所以我们若论两个文学团体，在中国文学界的关系，都是很重要的。如定要分重轻的话，文学研究会实在比较的重要，因为他们所说的话，对于中国文学界都是很对症的药。现在我略微说说文学研究会提倡自然主义，到底应不应该。

我是雁冰先生一样认为个人研究与指示民众，终竟是两件事，自然主义在欧洲本已是过去的东西，而且个人研究或创作，本可无须主义的镣铐——或者决不要，自由地发展便好了。但一论到挽救中国文坛的浑沌的时候，实在有提倡自然主义之必要，雁冰先生等人说的很详尽而且很痛快了，我无须再来饶舌，不过在此表明我底态度便是了。

原载1923年8月22日、23日《时事新报》副刊《学灯》

# 欢迎创造社的重来

王　铸

在《创造周报》将要停刊的时候，他们曾说：“我们文学革命，和我们的政治革命一般须重新再来一次。”果然；在不多时前的《现代评论》上郁达夫君的《送仿吾行》的一篇文章里，我知道他们是在办创造社印刷所了。最近：我又知道他们的《洪水》，又要出版了。这是一个伟大的计划，这是一个值得报告的消息；他是使我所以来做这篇文章的理由。

创造社之在中国，好象是个暴风雨的时期。他们的刊物的结实，与猛厉的精神，与态度之庄严与沉静；在现有的文学团体中，不能不说是较好的，象样子的一个团体了。我于是不得不欢迎！我的欢迎；也许有人要说是过分的。不过这自有我的理由，至少在我自己的意见，是这样的；现在就把我所以这样的几条意见来说一下：

创造社的每个分子，都似乎有文学的天才，这在他们的自己作品上，可以见到的。而他们的对于文学的态度，也很正则，到不象礼拜六一派的。还有，他们的外国文都很好，所以在翻译方面，都很忠实；而在批评方面，也很不错；虽然也有人要说他们是吹毛求疵。在这里，我可以一说自己的意见了。我知道批评固然是有戒律的，但现行的我国批评家，亦太怯弱了；只讲的妥协，持中，与不彻底的论调。他们骂那些最严厉的批评者，语调有诅咒的分子者，为粗暴，为挑战；为无理性，为暴徒；而自己却居于斯文的地位。呵呵！我们本来就是讲中庸的国家！这是国粹，这是批评的论理！我不该说上面的话，要这样的家伙，才是真正的国货呢！我真不对，我要在这里认罪了。

但是要一看我国现行文学界，也实在太不象样了，我要说文学界的现形，却是批评家所以不得不持严厉的态度的理由。较大的文学团体，他们大批的瞎译，瞎介绍；却用了无上威力，不许别人说一个不对的话。书馆只要赚钱，却甚么东西都付印，以致现在所有的译籍，都错得不堪入目；除了几部较好的在外。而每一版却要销到几千部，还有那些自命为文学界的先进者呢！他们乱拉某一种人入社：为了爱人或自己的妻子，可以为他出丛书，和单行本，这不但不应该而且无聊，那里不可以出风头，却要来糟蹋文学界呢！

唉！唉！这样我们还要装聋做哑了么？我们要提高翻译界的地位，却不能不对于他们下严厉的攻击。我们要提倡翻译的节产，虽然这样说，有人要加你以阻抑文化的罪名。但尽可不问，坏的翻译，他害了无数的青年，欺负了原著者，阻过了再来的翻译者；这才可以说是阻抑文化呢！说到这里，我于是想到了创造社诸君的严厉的批判的态度了；从他们走后，这样的艰重而又不讨好的工作，却不大有人干了。现在他们又在重来了，怎教我不欢迎他呢？

近来的文学创作，是真多得很哪！但珍重的，却难得有如羽毛，我的私心：总以为文学是需要天才的，虽然怎样的天才，也很难说。不过最近的中国文学界，也太使人悲观了。所谓最大全国的文学杂志，称为正统派的巨擘者，他们用了无上的财力，人力却不能维持一个优美的地位，而愈趋降落低下和投机。一个青年作家，他在每一天内，可以胡诌成一本诗集。有些人竟以为文学可象流水账似的直写下去，无须乎艺术的修练。呵！呵！这是什么现象！这就是我国文学界的现形！

说到这里，我要来讲创造社的诸君了，他们每个人，都似乎有些天才，这看了他们以往的成绩，大概没有不首肯的。他们自入世以来，受尽世人的唾骂。有人说：他们为浅薄无聊，有人又说：他们为堕落派，为野狐禅，这皆是他们的敌派们所赐给的。他们受尽侮辱，摧残，和欺负；到了末了，还是不免投甲抛盔而去。这还有什么话说呢！现在又有了重来的消息了，以他们那样犀利锋快的团体，那样的持久的作战：建设而又破坏，努力而又完成。必然的，在最近的将来，使文艺渗进了一股生力军，成就了一个异派。这是可以预言的。鲁迅先生说：都是小团体，或单身的短兵战，在黑暗中，时见匕首的闪光。使同类者，知道也还有谁在袭击古老的堡垒。这几句话，我要移来为他们祝，并且也就作我所以欢迎的一点意思罢。

末了，我还要附说几句，我并不曾入任何社团，我的文字，只是我自己意见的老实的说出，所以在这里添说几句者，不过使人知道我不是躲在暗地里袭击而已。

原载 1925 年 9 月 18 日《晨报》副刊《新少年旬刊》第 8 期

# 创造社访问记与后记

祖　正

盛暑中在上海羁留期中访问过一次宝山路的创造社。这是一到上海就想而直到很久以后才能实行去访问的。一个人离了少年期愈远，意志的自由也愈少了，看来这是真理。记得那个前几日的一天也到了须搭火车去的江湾一个旧同学C君处，他一见我，说：

“近来很忙么？我前天遇见Y君也说到你呢。我们说这次只知道他来了上海不见他的人，恐怕他交际广了，来不及了。”

我听了默想之下觉得也难怪有“拜客”那一类的恶习气。今天去访创造社，周全平君是我曾与他通过信的朋友，大概不会见怪我什么了，我那么想。一进三德里就给我找到创造社。有一个人坐在那里看书。说周君出去买物事，一回儿就来，那个人说完了就又看书。适巧周君从外面回来了。上海地方比北京要便利而平民的，这我已经知道，看了周君我心里骤然觉得一种愉快。这个愉快实在也费些说明与分析。第一是见到一向在信里认识如今当面见到；第二在文学那个空气里自有一种特殊的和软空气使人愉快。我在那天的日记里写道：“见到他那个文学青年，何以心里很觉愉快，”要不外乎上述的两个主要理由。

我以为就在那间陈列着书籍的房里谈谈的了。周君要我到楼上去，我就走上楼去。楼上是一间办公室，里面三张写字桌，一张上已坐着一个人，见我们走进去，略示招呼后仍旧俯伏在桌上写些什么。周君叫我在一张办公写字桌前坐下，他自己站立着。看到桌上有写着他名字的许多旧信。我与他通信时大概也就在这张桌上披读或是作答的了——我是文学式的想象着。桌旁一个书架上满是英德文及国内新出的本社刊行的一些书籍。没有细看，这大约是周君平时爱读或是研究着的书籍无疑了。

他为我开了一瓶冰汽水。记得那天热得厉害。我从天保里爱国女学走到北车站，与车夫讲价不对，赌气又一直徒步到三德里的。真是汗流浃背。把西服的上装脱下来放在椅子背上看见衣背上湿了一大块。衬衫连衣袖上都已汗透的了。蓬乱的头发，汗流的颜面，我实在不是对客人的心境，更不是对“艺术”青年的心境。但当时也决未懊悔何必去与车夫呕气弄得神情狼狈呢。大概这就是所谓自有特殊的和软空气了。在那空气里什么都不顾忌。

看周君不是常常见到的那种消瘦单薄的文学青年，是硕健镇静同时也擅长于实际工作的青年。言辞也极朴直。口音中似有我极相熟的一种方言音调。询问之后，知道他是常府家乡的人。我小时候同学之中也有好几个常府里的人。此刻见到了周君就把小时候脑里的一个坏影子扫除了。心里觉得奇怪，以为常府里还有象周君那样真纯的人么？因为小时候遇见常府里的几个同学都是刁顽奸险，留下一个很坏很深的坏影子在脑里，到此刻还不能忘记。如今看了周君就觉得非把那个坏影子扫除不可了。大了以后也并不是没有遇见过常府里的人，那是都在外省或是国外，只要一问是江苏就已感到一种亲近，自然记不起前愆来了。周君的谈吐真是非常合我的脾胃。我有新得着一个朋友似的那种久阔的愉快感情。我在那种愉快的情调里和他谈了些随心想到的话。例如什么中国近来纯文艺刊物的日渐稀少啦，批评文学（我在日记本上写批评文字）缺少啦，某某书局出的新书大滥啦，某人的〇〇一书简直无聊已极啦等等的话。这都是信口雌黄，在会审公堂上可以拿去作吃官司证据的胡言乱道，又不象是彼此对初次见面的人可以信托说出来的话。我一头说话一头用一只变了色的草帽作扇子，意思倒并非想把那些胡言乱道快点扇开似的。

周君似乎会意了，走了出去一回儿进来给我一把扇子。不久又进来了三四位也是年青的同志。他们照例也是环立着和我谈话。我用随便的态度请他们就坐。和他们一起再谈了些既无中心又非敷衍的话。我忽然想起似的向周君道：

“有一位常在《创造》上作画的是那一位？”

周君就指着眼面前站着的一位青年道“就是这位叶灵凤君。”我看身穿粗黄夏布短衫裤，戴玳瑁金脚眼镜及一只黑纱压发帽的就是那个精雅的画家叶灵凤君。不知怎的我平素喜欢的诗人画家不是已成名的有了杰作与年纪的，乃是未成名的年青的。因为后者的想象色彩等都有不能限量的富丽。我单能与那些诗人画家们接触，连我自己的生活也从枯寂而变为富丽。眼前的叶君也罢周君也罢以及其余的各位也罢都是年青而有年青人特有的略带羞缩的神情。成了家的文人画家惯于世俗，习知了成功者的秘诀，极难有初创时代的艺术真率性。我看叶君又自有别致的一个画家样的少年——说青年还不及少年可以传神那个画家的羞涩。

周君送我一本新出的《创造》，说上面有我的一篇旧稿已经登出了，我听了骤然间觉得了一阵羞惭的心流。他又把新出的《洪水》也送了我一期，又送了我两册新成书形的小说集。天气热极，我也渴极。我把倒在眼面前的冰汽水喝了两杯，周君又给我倒满一杯。我又要喝的时候，忽然对他们说道：

“你们也一起喝点罢。”其实那一瓶已快给我一个人喝完。他们说：

“还是客人喝罢，我们不要紧的。”

我照例是要想心无半点客气而一不在意又去惰性的表示了客气。一直是那种混沌的心境同他们几位年青的文人画家谈了些时的话，然后拜别出来。

走到楼梯跟前，看见那边亭子间的门是打开的，直可以看到后面随风飘动的窗帏。看到亭子间里并排的面对面铺着好儿张床。知道是这些年青的文人画家们的寝室了。象这样年青人的共同生活时代在我好象是已经过去，再也难于追捉回来的一个愉快安乐的时代。

“这时候天气正热，何不就此地一同吃了午饭等稍微阴凉点再走。”

这是周君说得极自然想要留我中饭的语气。我象觉悟到与那个愉快安乐的共同生活时代早已告了别似的，稍稍觉得肚饿与畏惧日中的炎热，自己振作着从A字十一号出来走在炎威炽烈的闸北街道上。

看到远远地有辆空车，我就大声喊住了，走近去也不讲价钱坐上了。在一头摇摆之中想道方才我忘记对他们谈的还有一句话：

"凡是一切事业，只在还没有成为职业的时代为止是有意义而有兴趣的。"我想这样子鼓励他们为创造社努力。

一九二六，十，五北京。

第一次访问创造社大约是七月底的事。对于那次访问得到了既如上述的好印象，何以没有第二次的访问呢？实在那一次上海生活的匆忙是说也不信的。八月十一日一半象从匆忙，炎热，疫疠中逃生样的在清晨的准七点我从北火车站离开了上海。在下关休息了一天，在十三那天正从下关到浦口的渡江轮上买了一份《时事新报》，偶尔就在封面上看到创造社登的一个标题极大的启事，知道创造社被检查，社员们被拘后已即释放，几天清理故仍可继续营业等的话。心中有非常关心的愤慨。想到那些活泼的"小伙计"们一个个捉到横暴无情的牢狱去，真是何苦来呢。走进了津浦车箱里后从衣袋里摸出一本手记簿来，翻到访问创造社那天临走时好象衙门里去的人似的请里面一位青年把我今天在创造社见到的几位的大名开了下来。此刻就在手记簿上了。一头读他们的名字，一头想象他们的面容，一头气闷着被检那时的情形。

八月中旬到了北京写了一信给全平君，不久接到《洪水》，以此略知当时的情形。又看到登着的预告，阿呀，那些"小伙计"们什么狱中记啦，狱外记啦忙得不得开交。我也正在张开嘴巴听得出神的时候，轰然一个霹雳！阿呀呀，真是危险极了，我在北京九月初头上的一天，好好地在学校里也几几乎做了狱中人，或者再厉害一点是身首异处。为怕说到题外去，不及私事了。总之我们的环境是一瞬间接着一瞬间变进黑暗里去，或是烧进烈火里去。看罢，看我们站在同一防线上的青年的挣撑力，抵耐力，战斗力有多少罢。胜利是可以预期的，不过……。

下面想单对周全平君说几句话，顺便接写下去了。

全平！记得访问创造社的那天从楼上大家走下来站在楼下书籍陈列柜前面我们两人间有一段会话，那时适巧从外面走进来一个人报告接到广东的消息说沫若等一些人都已从军去了，于是你说以后《创造》《洪水》以及单行本的稿件都快告缺乏。

“目下的情形因为还不是我们出去说话的时候。”这是你说的。我因为匆匆想走了，没有静心听懂你那句话，于是就随便接话道：

“我们不是站在同一道线上么，又何必生退却之心。”于是你就申说好象你是尚在修磨时期只作我们的后盾，不愿走上前线来云云的意思。我自己本也不认已站到了前线作指挥是不待说，就是短兵相接的兵士都不配称。我说上一句话时为要拉住你一道之故。后来你说明之后我只象读到你给我的信上不许称你“先生”一样，视为无足轻重。

现在我要向你旧话重提了。你说：“目下的情形还不是我们出去说话的时候。”我当时没有真正听懂就回答道：“我们不是站在同一道线上么，又何必生退却之心。”如今我把那两句话都肯定了作根底，再在上面加添我要说的话罢。我并非对你客气，我自认还没有到我出去说话的时候。我非但不是前线的指挥，又想务必偷懒点一直退伏在补充队里做个小卒。我也并不想退却，而我站的线，认为还只在三四道以内的防线上。假如你也同意，那未你我就说还站在同一道防线上。我以同一防线上的一个小卒的资格向创造社的小伙计说话。我说我们务必要蓄养实力。我说我们在开火以先务请要认清敌人是不待说，连方向都要认清。同一军队里有时也许要发见敌人，而在敌人里面有时说不定也混着同一友军的亲人。不过黑夜里小有误会认不清楚了，彼方来了一排枪，我方还敬了一排枪。但是不久天会亮的，终会认清楚的。稍微静待罢，莫要耗费精力罢。单就我一个小卒的经验上曾有过那种同类的事情，此刻还是相峙着呢。而且确实认为友军中的亲人忽而出于对敌行动的攻击来。我们只好严阵以待其变。尼采怎么告我们的？

> “爱我们的敌人！”
> “把生命过活在忍从里与战斗里！”
> “有那一个武士愿得人家饶恕！”
> “我不饶恕你，我衷心爱你！”
> “Meine Brüder im Kriege！Ich liebe euch von
> Grund aus，ich bin und war euresgleichen.
> Und ich bin auch euer bester Feind…”
> “So lebt euer Leben des Gehorsams und des

Kriegest Was liegt am Lang-Lebeni Welcher Krieger will geschont sein！Ich schone euch nicht，ich liebe euch von Grund aus，meine Brüder im Kriege！”

十月五日夜后记讫

原载 1926 年 12 月 1 日《洪水周年增刊》

# 一年来中国文学界述评

得 钊

文艺不是离开人类社会而独立的“象牙之塔”。无论那一种文艺思潮，都有客观的政治经济的条件为基础。在封建社会制度的社会里，就产生属于少数贵族阶级的古典主义艺术。资本主义开始发展后，新兴的资产阶级向封建贵族举起叛旗，于是歌咏英雄美人，充满着反抗精神的浪漫主义运动风靡一世。但资本主义马上表现他是新的剥削制度，资本家为增加自己的财富，不惜尽量榨取工人阶级的血汗，这样就有写实主义起而指摘现社会的罪恶。到了帝国主义时代，资本主义内部的矛盾迫得自己走上不可避免的死亡程途，世纪末的颓废派便应时而生。一九一七年俄国无产阶级打断了资本制度的锁链，并建立自己的政权，无产阶级文学运动又勃兴起来了。这些，对于马克思主义的我们，正如二五等于一十那样明显的事。

十年来中国的文艺思潮，也随着它客观的政治经济条件的变迁而变迁。在世界大战期间，欧洲帝国主义国家忙于战争，无暇东顾，给中国的土著工业——尤其是轻工业如纺织，丝，面粉等——以相当发展的机会。民族资产阶级因之渐渐形成，空前的“五四运动”首先表示民族意识——资产级阶意识之觉醒。接着到来的新文化运动就建基在这里。当时新文化运动的主要口号，在文学方面是反对文言，提倡白话；在思想方面是反对宗法思想，拥护德谟克拉西与科学。

可是伴着资产阶级之形成，中国无产阶级也成为独立的阶级。一九二二年有香港海员大罢工。一九二三年有京汉路工人反对北洋军阀的流血斗争。一九二四年无产阶级的政治势力促进了国民党的改组。及至一九二五年“五卅”反帝高潮爆发，中国无产阶级正式跃登历史舞台，为民族解放运动中的主力军。上海工人实行总同盟罢工，省港罢工坚持到八九个月以上，凡此都足以使帝国主义和民族资产阶级心惊胆战。

五卅以后不久戴季陶主义之发现和一九二六年三月二十日的广州政变，就是资产阶级与无产阶级争革命领导权之表现。经过广东国民革命军出师北伐，占领整个的长江流域，无产阶级的势力更加澎大。武汉与九江的工人徒手夺回英租界；上海工人三次举行武装暴动，建立市民政府。同时各省的农民运动在无产阶级的领导之下也如火如荼地发展起来，尤其是两湖的农民已经直接要求土地。在这种情形之下，懦弱的中国资产阶级不得不背叛工农，转而与帝国主义及买办地主阶级妥协。一九二七年四月十二日蒋介石在上海开刀屠杀工人。七月，武汉国民党中央也相继叛变。白色恐怖普遍于各地。“八七”会议，无产阶级的政党——中国共产党毅然纠正过去机会主义的错误，因而有南昌暴动与叶贺军南征。各省的农民暴动也不断地爆发起来。十二月十一日广州工农兵英勇的暴动迅雷似的震动全世界。这次爆动虽然在帝国主义豪绅资产阶级的环攻之下惨遭失败，结束中国革命之第一个高潮，但它确实展开了革命的新阶段——苏维埃阶段。阶级斗争至此乃达到短兵相接的肉搏的时期。



从总的民族意识之觉醒到剧烈的阶级斗争这个过程，反映到文艺界来，遂使文艺界起了新的变化。一九二八年的春天，中国文艺界分化为下列不同的三派：第一是无产阶级文学，以创造社为代表；第二是小资产阶级的文学，以语丝派为代表；第三是豪绅资产阶级的文学，以新月派为代表。

### 文艺界的左派——无产阶级文学

一九二八年春天，中国文艺界呈现出一种活泼的气象。左派文艺团体如创造社的《创造月刊》，《文化批判》，《流沙》，太阳社的《太阳月刊》，以及《战线》，《戈壁》，《洪流》，《我们》等不下十余种刊物都先后出版，大有雨后春笋之概。这些刊物的主张（如《创造》之与《太阳》）虽然还稍有出入，但竖起鲜明的革命文学——无产阶级的旗帜，则是一致的。在这里，可以附带地说到中国革命之新高潮问题。广州暴动以后，客观上一切反革命势力暂时团结一致反对革命，主观上无产阶级的政党和群众组织遭受巨大的摧残，因此中国革命第一个高潮已经过去。这是毫无疑义的。但是否此后反动统治能够稳定，新的革命高潮将延缓在很远的将来，象俄国一九〇五年革命一样呢？撇开中国革命的问题全未解决，统治阶级内部的矛盾无法消灭以及世界革命的新时期将给中国革命以有利的形势等主要的条件不谈，我们只看这个无产阶级文学运动之兴起，也就可知自一九二五年至二七年的中国大革命失败后，是和俄国一九〇五年革命后不同的。一九〇五年俄国革命失败后，许多知识阶级的革命者都灰心失望，醇酒妇人起来，结果性的文学盛极一时。有名的《沙宁》的著者阿志跋绥夫便是这个运动的中心人物。而一九二五年至二七年的中国革命失败后，异军突起的却是无产阶级文学呵！



言归正传。创造社自竖起无产阶级文学的旗帜后，首先便从事阐扬无产阶级文学的理论。他们的理论大纲是：第一，统治一时代的思想常常是那时代统治阶级的思想（马克思）；因此，文艺是宣传（辛克来）。文艺不是观照的东西，而是含有实践的意义的。第二，无产阶级在谋解放争斗的过程中，应该创造自己的文学。资产阶级的文学是个人主义的，无产阶级文学的精髓则是集体主义。第三，无产阶级文学不一定要由无产阶级自己去创造，小资产阶级的知识分了在能获得无产阶级意识的条件之下，一样的可以创造无产阶级文学。第四，现在是阶级斗争尖锐化了的时代，一切革命的知识阶级应该克服自己的小资产阶级根性，转变方向，到工农大众这一面来，担任思想战线的一分野（以上散见麦克昂、冯乃超、李初梨、成仿吾等的论文，手边没有《文化批判》和《创造月刊》前几期可参考，或许有遗漏之点）。这样一来，就引起同语丝派的一场恶战。可是谁也没有从正面去反对无产阶级文学。鲁迅在《醉眼中的朦胧》一文中没有这样反对（《语丝》四卷十一期）；侍桁在《评从文学革命到革命文学》文中说的是今后世界上当以无产阶级文学最有发展的希望（《语丝》四卷十九期）；后来的茅盾在《从牯岭到东京》中也说主张是无可非议的(《小说月报》十九卷十期)。

无产阶级文学在理论上渐渐地巩固他的壁垒了。在创作方面又怎样呢？这是用不着讳言的，无产阶级文学的创作确还没有得到相当的收获。鲁迅说：“作品虽然也有些发表了，但往往是拙到连报章记事都不如。”茅盾也说：“可痛心的事，被许为最有革命性的作品却正是并不反对革命文艺的人们所叹息摇头了”。这些话并不是全无根据的讥评。先说散文吧，除了麦克昂的几篇东西如《英雄树》《一只手》等之外，其余长篇和短篇的小说，我们都未能认为满意。诗歌呢，王独清从前过着流浪生涯，唱惯了感伤的歌，现在忽然变调，歌喉总不免还有些生涩。他的《IIDec》并没有给我们什么。至于戏剧，《创造月刊》最近鼓吹演剧运动颇为起劲，同时郑伯奇也在努力编剧，然而比较完美的作品终归还没有。



作品的共同的缺点，我认为第一是内容的空虚。大部分的作品虽都描写工人罢工或农民暴动，然而只根据对工农阶级的同情心，而没有真正获得无产阶级的意识，鼓动读者的争斗情绪。

第二是技巧的拙劣。实在说，这些作品的技巧太差了。文艺是宣传固然不错，但文艺的宣传作用必须在不致使读者觉得自己是被宣传的范围之内才能实践。假使是赤裸裸的宣传，没有一点技巧，那就直接写成传单和小册子好了，又何贵乎文艺呢？人们常以“口号标语文学”非难创造社，这也是有来由的。如便举一个例子，《创造》第四期王独清的《国庆前一日》，就失败在这一点。当我读那篇东西时，我仿佛是在读一张“国庆日告民众书”。这当然不是文艺。文艺作品是决不能缺少技巧的呀！

再，文字的不通俗，也是技巧上的缺点。中国的文和语相差太远，同时因文化落后，工农群众的文化水平线非常低下，要使作品给每个工农都能了解，这在目前是无论如何办不到的。但既然标榜着无产阶级文学，难道作家不应该力求文字的浅近易懂吗？现时的作品不但给工农看不懂，便是中等以上的学生看起来也很费力。苏联共产党中央关于文艺政策决议案的末节说得好：

“党必须主张着以真实的大众读者——劳动者及农民的读者为自己的文艺创造之必要；我们应该大胆地决定的打破在文学上的贵族主义的偏见，同时利用着旧技巧底一切技术成就，创出适应于数百万人所能理解的形式。”（光华书局《新俄文艺政策》）

要战胜后一种缺点比战胜前一种缺点容易些。因为技巧是可以慢慢地锻炼成的；要使内容充实，却非作家自身参加实际革命工作，深入广大的工农群众中去，真正获取无产阶级的意识不可。属于“十月革命”前系统的革命文学家高尔基，是曾经参加过俄国革命运动的。“十月”后新作家之较有名者如玛亚柯夫斯基白地尼等，也都身为共产党员，内战时期转战经年的。有些作家以为致力革命文学，即是参加革命工作之一部。这种见解是不正确的。要记着在社会变革的时期，文学家不能做一个旁观者。

最后还有一点要说到的，就是我们也不能对现时的无产阶级文学要求过高。我们暂时只能期待着较好的作品。伟大的文艺作品是必须有一个掌握政权的强有力的阶级——他有丰富的物质势力和高度的文化——做其依据的。旁的不说，在反动的统治之下，刊物不能自由出版和发行，就足以阻碍无产阶级文学运动的发展。创造社最近不是被封闭了吗？

## 文艺界的右派——小资产阶级文学

小资产阶级的经济地位是动摇不定的。因此他们在革命运动中的态度总是犹豫，不坚决，徘徊革命与反革命两者之间。小资产阶级在文学上的表现也是这样。语丝派的领袖——鲁迅的《呐喊》和《彷徨》，便是最适当的说明。在《野草》第六页上他吐露得尤为明白。他说：“有我所不乐意的天堂里，我不愿去。呜呼呜呼！我不愿意，我不如彷徨于无地。”地狱里他既不愿去，天堂也是不愿去的；对现实的黑暗世界（资本主义世界）固然不满，而将来的黄金世界（共产主义世界）里也有所不乐意的在，小资产阶级的本性原来如此。鲁迅屡次骂创造社不能正视目前的黑暗和暴力，真的，在他指导下的《语丝》，对于现时国民党政府的反动；不惜加以冷嘲热讽，对于残酷的白色恐怖也表示抗议（自然是以人道主义为出发点）；可是另一方面，对于工农阶级的斧头与镰刀，仍然是要敌视的呵。平心说来，语丝派总算还不曾有意识地反动，他的不满于现实世界的成分要比不满于将来黄金世界的成分多些。此所以语丝社曾一度受国民党政府之警告也。

郁达夫自脱离创造社后，便渐渐和语丝社结合在一起。无疑地也是小资产阶级的文艺作家。如果我们说郭沫若代表五四运动以后最进步的青年，那么郁达夫就是一部分最落后的青年的代表。从他的《日记九种》看来，他几次想振作精神，做一番事业，可是终于没有振作起来。未出版的著作《蜃楼》和《春潮》，内容怎样我们不得而知。至于《迷羊》，则除技巧比以前更加精进外，和《沉沦》到底有什么区别呢？《迷羊》的主人和《沉沦》的主人翁，是一样的颓唐与无聊。不管他从前也曾发表过一二篇提倡农民文学甚至无产阶级文学的文章，他在《大众文艺释名》里分明说文艺不是属于那一个阶级，而是属于大众的；他引用了一句西欧资产阶级的口头禅："By the people, for the people"做护符，显然还带着资产阶级的色彩。钱杏村在《现代中国文学作家》里说我们的作者已经开始转移到劳动阶级这方面来，我想是太早了一点；至于借波莫尔斯基的诗——"啊啊，世界的海燕，暴风雨的告知者呵，使万众欢跃者呵！"——来相期许，未免也有过誉之嫌吧。



此外，在同样是小资产阶级文艺团体的文学研究会中，当以茅盾为其杰出者。茅盾（按即沈雁冰）在武汉未反动以前是一个共产党员，武汉反动后，他便怀着满腔的哀怨，闭户不问世事，写成了他所谓"经验人生后的三部作"。正如他自己的说明，《幻灭》描写的只是幻灭，《动摇》描写的只是动摇，《追求》描写的也只是追求。这些——幻灭，动摇和追求——都是小资产阶级知识分子在革命失败后应有的情绪。他并且公开主张："中国革命的先途还不能完全抛弃小资产阶级（看！这正和资产阶级的走狗陈公博施存统谭平山等同一口吻），因此革命文学作品的题材应该多取自小资产阶级的生活，去为小资产阶级"诉苦"，（见《从牯岭到东京》）不消说得，茅盾是从无产阶级革命斗争的营垒中，退回他的老家——小资产阶级文学者的行伍中去了。

## 文艺界的反动派——豪绅资产阶级文学

前面已经说过，代表豪绅资产阶级文学的是新月派。这个只要看《新月》第一期开宗明义的《新月的态度》就可知道。在这一篇宣言里，什么“要铲除恶魔的势力”，“要保持健康和尊严”……综其意思，不外说文艺是至高无上的，文艺只配供高贵的他们去玩赏，我们无产阶级如今也要创造什么文学，这就太侵犯尊严了。布格达诺夫有一段话恰好描画出这般人的真相：“在贵族和资本家，人类及自然之中，想到了长时肉体的紧张，消费的筋肉劳动，凡此一切都视为粗野，非诗的，动物的。他们以纤小的手，嫩弱之足，袅娜窈窕的姿态，及表示数世以来过着非劳动生活的一切特点为美。而夸着高贵的性质之傲慢的意识，支配多人及其运命之权力的意识，——即以大众，单纯之民众为不足齿数之物质的轻蔑——凡此种精神的特征性，他们则观为‘诗的’。”（见《当代》第四期《文艺新论》）事实是怎样呢？胡适之博士在考证他的《红楼梦》；徐志摩诗哲在和陆小曼合编《卞昆冈》；闻一多在翻译白朗宁夫人的情诗；梁实秋也在介绍表现中世纪基督教道德思想的《阿伯拉与哀绿绮思的情书》……够了，够了，不必再浪费笔墨了。

## 前途的预测

一般说来，这三派文艺发展的前途是这样的：无产阶级文学很有随着无产阶级革命的胜利日渐完成的可能；小资产阶级文学当革命斗争达到最高度时，一部分作家必然要滚到反革命方面去，另一部分作家也许要同情革命，成为“同路人”的形式；豪绅资产阶级的文学则无疑的要淹没在未来工农革命的大潮中。

一九二九年二月二十八日

原载1929年3月10日《列宁青年》半月刊第1卷第11期

# 读《仉焕之》(摘录)

茅　盾

四



为什么伟大的“五四”不能产生表现时代的文学作品呢?如果以为这是因为“新文学”的初期尚未宜于产生成熟的作品,那就不是确论。单就作品之成熟与否而言,则上述诸作家何尝没有成熟的作品!问题不在这里。问题是在当时的文坛议论庞杂,散乱了作家的注意。更切实地说,实在是因为当时的文坛上发生了一派忽视文艺的时代性,反对文艺的社会化,而高唱“为艺术而艺术”的主张,这样的人了歧途!

在这里,应该略略提起当时的一番事情。

现在讲到文艺的时代性,社会化,等等话头,所谓革命的文学批评家便要作色而起,大呼是“太旧,太灰色”了;但想来大家也不曾忘记今日之革命的文学批评家在五六年前却就是出死力反对过文学的时代性和社会化的“要人”。这就是当时的创造社诸君。即使人们善忘,总还记得当时创造社诸君的中坚郭沫若和成仿吾曾经力诋和他们反对的被第三者称为“人生派”的文学研究会的一部分人的文学须有时代性和社会化的主张,为功利主义。在当时,创造社的主张是“为艺术的艺术”,说过“毒蕈虽有毒而美,诗人只赏鉴其美,俗人才记得有毒”这一类的话。感情主义和个人主义的调子,充满在他们那时候的作品。

去年成仿吾所痛骂的一切，差不多全是当初他自己的过犯，是一种很有意味的新式的忏悔。当时创造社的主张颇有些从者。何以故？因为那时期正是“彷徨苦闷”的时期，因为那时候“五卅”的时代尚未到临，因为那时期创造社诸君是住在象牙塔里！因为“彷徨苦闷”的青年的恋态心理是需要一些感情主义，个人主义，享乐主义，唯美主义，权当一醉。“五卅”时代的尚未到临，创造社诸君之尚住在象牙塔里，也说明了当时宣传著感情主义，个人主义，享乐主义，唯美主义的创造社诸君实在也是分有了当时的普遍的“彷徨苦闷”的心情，而当时他们的道路却是拾起了他们今日所自咒诅的资产阶级文学的玩意儿以自娱，不但自娱，且企图在人海中拱出一个角儿。可是就在那时候，近在中国，则“五卅”的时代已在酝酿，远在西欧，则新兴的无产文艺已经成为国际文坛注目的焦点。（不过日本的无产文艺运动还是寂然。）假使当时成郭诸君跑出他们的霞飞路的“蜗居”试参加那时的实际运动和地下工作，那么，他们或者不至于还拾起“资产阶级文艺的玩意儿”来自娱罢。再说得显明些，并且借用去年成仿吾的话语，如果那时候他们不要那么“不革命”，不要那么“小资产阶级性”，那或者成仿吾去年的雄纠纠的论调会早产生了几年罢。谁知道此中的机缘呢？怕只有“时代先生”罢哩！

我这一番话，并非是翻旧账簿，不过借此说明了时代对于人心的影响是如何之大，从而也指出了何以六年前板着面孔把守了“艺术的艺术之宫”的成仿吾会在六年后同样地板起了面孔来把守“革命的艺术之宫”，正自有其必然律，未必象有些人的不客气的猜度所说的竟是投机，是出风头。并且借此也说明了当时他们因为不曾参加实际运动和地下工作而错误地拾起了“资产阶级文艺的玩意儿”以自娱的影响，竟造成了“引人到迷途”，象他们今日所切齿诅咒别人的。所以“五四”期的没有反映时代——自然更说不到指导时代——的文学作品，决不是偶然的事。

试看当时“资产阶级文艺的玩意儿”把文坛推进了一个怎样的局面。想来大家还记得，感情主义，个人主义，享乐主义，唯美主义的“即兴小说”充满了出版界；这些作品所反映的，只是个人的极狭小的环境，官能的刺戟，浮动的感情。而“非集团主义”的《少年维特之烦恼》也成为彷徨苦闷的青年的玩意儿，麻醉剂。在这灰色的迷雾中，文艺没有时代性，更谈不到社会化。

直到地下工作的第一次果实的“五卅”运动爆发时，这种迷雾还是使人窒息。但是时代的前进的轮子这一次却推动了象牙塔里的唯美主义者。大概是一年以后罢，创造社有了改变方向的宣言。记得去年春初，《太阳月刊》和《文化批判》（创造社的）还有些互相攻讦的文字，很不能讳饰地在互争“革命文学”的正统，或是“发见权”。健忘的成仿吾不但忘记了五年前的自己的艺术派时代的主张，（自然这个健忘是应该恭贺的），却也忘记了昨天刚学得的辩证法的ABC，正是人的思想乃受社会环境所支配，而社会环境乃受经济条件所支配，因而“正统”或“发见权”之争，实在是很无聊的。不用说，创造社的改变态度的宣言，并没忏悔以往的表示，而是一种“先驱”的，“灼见”的态度；这使得不健忘的人们颇觉忍俊不禁。但是我们也可以了解于从个人主义英雄主义唯心主义转变到集团主义唯物主义，原来不是一翻身之易，所以觉得他们宣言中留着一些旧渣滓的气味，也是不足深责的。

一九二九，五，四日

原载1929年5月12日《文学周报》第8卷第20期

# 上海文艺之一瞥

## ——八月十二日在社会科学研究会讲

鲁　迅

上海过去的文艺，开始的是《申报》。要讲《申报》，是必须追溯到六十年以前的，但这些事我不知道。我所能记得的，是三十年以前，那时的《申报》，还是用中国竹纸的，单面印，而在那里做文章的，则多是从别处跑来的“才子”。

那时的读书人，大概可以分他为两种，就是君子和才子。君子是只读四书五经，做八股，非常规矩的。而才子却此外还要看小说，例如《红楼梦》，还要做考试上用不着的古今体诗之类。这是说，才子是公开的看《红楼梦》的，但君子是否在背地里也看《红楼梦》，则我无从知道。有了上海的租界，——那时叫作“洋场”，也叫“夷场”，后来有怕犯讳的，便往往写作“彝场”——有些才子们便跑到上海来，因为才子是旷达的，那里都去；君子则对于外国人的东西总有点厌恶，而且正在想求正路的功名，所以决不轻易的乱跑。孔子曰，“道不行，乘桴浮于海”，从才子们看来，就是有点才子气的，所以君子们的行径，在才子就谓之“迂”。

才子原是多愁多病，要闻鸡生气，见月伤心的。一到上海，又遇见了婊子。去嫖的时候，可以叫十个二十个的年青姑娘聚集在一处，样子很有些象《红楼梦》，于是他就觉得自己好象贾宝玉；自己是才子，那么婊子当然是佳人，于是才子佳人的书就产生了。内容多半是，惟才子能怜这些风尘沦落的佳人，惟佳人能识坎坷不遇的才子，受尽千辛万苦之后，终于成了佳偶，或者是都成了神仙。

他们又帮申报馆印行些明清的小品书出售，自己也立文社，出灯谜，有入选的，就用这些书做赠品，所以那流通很广远。也有大部书，如《儒林外史》，《三宝太监西洋记》，《快心编》等。现在我们在旧书摊上，有时还看见第一页印有“上海申报馆仿聚珍板印”字样的小本子，那就都是的。

佳人才子的书盛行的好几年，后一辈的才子的心思就渐渐改变了。他们发见了佳人并非因为“爱才若渴”而做婊子的，佳人只为的是钱。然而佳人要才子的钱，是不应该的，才子于是想了种种制伏婊子的妙法，不但不上当，还占了她们的便宜，叙述这各种手段的小说就出现了，社会上也很风行，因为可以做嫖学教科书去读。这些书里面的主人公，不再是才子＋（加）呆子，而是在婊子那里得了胜利的英雄豪杰，是才子＋流氓。



在这之前，早已出现了一种画报，名目就叫《点石斋画报》，是吴友如主笔的，神仙人物，内外新闻，无所不画，但对于外国事情，他很不明白，例如画战舰罢，是一只商船，而舱面上摆着野战炮；画决斗则两个穿礼服的军人在客厅里拔长刀相击，至于将花瓶也打落跌碎。然而他画“老鸨虐妓”，“流氓拆梢”之类，却实在画得很好的，我想，这是因为他看得太多了的缘故；就是在现在，我们在上海也常常看到和他所画一般的脸孔。这画报的势力，当时是很大的，流行各省，算是要知道“时务”——这名称在那时就如现在之所谓“新学”——的人们的耳目。前几年又翻印了，叫作《吴友如墨宝》，而影响到后来也实在利害，小说上的绣像不必说了，就是在教科书的插画上，也常常看见所画的孩子大抵是歪戴帽，斜视眼，满脸横肉，一副流氓气。在现在，新的流氓画家又出了叶灵凤先生，叶先生的画是从英国的毕亚兹莱（Aubrey Beardsley）剥来的，毕亚兹莱是“为艺术的艺术”派，他的画极受日本的“浮世绘”（Ukiyoe）的影响。浮世绘虽是民间艺术，但所画的多是妓女和戏子，胖胖的身体，斜视的眼睛——Erotic（色情的）眼睛。不过毕亚兹莱画的人物却瘦瘦的，那是因为他是颓废派（Decadence）的缘故。颓废派的人们多是瘦削的，颓丧的，对于壮健的女人他有点惭愧，所以不喜欢。我们的叶先生的新斜眼画，正和吴友如的老斜眼画合流，那自然应该流行好几年。但他也并不只画流氓的，有一个时期也画过普罗列塔利亚，不过所画的工人也还是斜视眼，伸着特别大的拳头。但我以为画普罗列塔利亚应该是写实的，照工人原来的面貌，并不须画得拳头比脑袋还要大。

现在的中国电影，还在很受着这“才子＋流氓”式的影响，里面的英雄，作为“好人”的英雄，也都是油头滑脑的，和一些住惯了上海，晓得怎样“拆梢”，“揩油”，“吊膀子”的滑头少年一样。看了之后，令人觉得现在倘要做英雄，做好人，也必须是流氓。

才子＋流氓的小说，但也渐渐的衰退了。那原因，我想，一则因为总是这一套老调子——妓女要钱，嫖客用手段，原不会写不完的，二则因为所用的是苏白，如什么倪＝我，耐＝你，阿是＝是否之类，除了老上海和江浙的人们之外，谁也看不懂。

然而才子＋佳人的书，却又出了一本当时震动一时的小说，那就是从英文翻译过来的《迦茵小传》（H. R. Haggard：Joan Haste）。但只有上半本，据译者说，原本从旧书摊上得来，非常之好，可惜觅不到下册，无可奈何了。果然，这很打动了才子佳人们的芳心，流行得很广很广。后来还至于打动了林琴南先生，将全部译出。仍旧名为《迦茵小传》。而同时受了先译者的大骂，说他不该全译，使迦茵的价值降低，给读者以不快的。于是才知道先前之所以只有半部，实非原本残缺，乃是因为记着迦茵生了一个私生子，译者故意不译的。其实这样的一部并不很长的书，外国也不至于分印成两本。但是，即此一端，也很可以看出当时中国对于婚姻的见解了。

这时新的才子＋佳人小说便又流行起来，但佳人已是良家女子了，和才子相悦相恋，分拆不开，柳阴花下，象一对蝴蝶，一双鸳鸯一样，但有时因为严亲，或者因为薄命，也竟至于偶见悲剧的结局，不再都成神仙了，——这实在不能不说是一个大进步。到了近来是在制造兼可擦脸的牙粉了的天虚我生先生所编的月刊杂志《眉语》出现的时候，是这鸳鸯蝴蝶式文学的极盛时期。后来《眉语》虽遭禁止，势力却并不消退，直待《新青年》盛行起来，这才受了打击。这时有伊孛生的剧本的绍介和胡适之先生的《终身大事》的别一形式的出现，虽然并不是故意的，然而鸳鸯蝴蝶派作为命根的那婚姻问题，却也因此而诺拉（Nora）似的跑掉了。

这后来，就有新才子派的创造社的出现。创造社是尊贵天才的，为艺术而艺术的，专重自我的，崇创作，恶翻译，尤其憎恶重译的，与同时上海的文学研究会相对立。那出马的第一个广告上，说有人“垄断”着文坛，就是指着文学研究会。文学研究会却也正相反，是主张为人生的艺术的，是一面创作，一面也看重翻译的，是注意于绍介被压迫民族文学的，这些都是小国度，没有人懂得他们的文字，因此也几乎全都是重译的。并且因为曾经声援过《新青年》，新仇夹旧仇，所以文学研究会这时就受了三方面的攻击。一方面就是创造社，既然是天才的艺术，那么看那为人生的艺术的文学研究会自然就是多管闲事，不免有些“俗”气，而且还以为无能，所以倘被发见一处误译，有时竟至于特做一篇长长的专论。一方面是留学过美国的绅士派，他们以为文艺是专给老爷太太们看的，所以主角除老爷太太之外，只配有文人，学士，艺术家，教授，小姐等等，要会说 Yes，No，这才是绅士的庄严，那时吴宓先生就曾经发表过文章，说是真不懂为什么有些人竟喜欢描写下流社会。第三方面，则就是以前说过的鸳鸯蝴蝶派，我不知道他们用的是什么方法，到底使书店老板将编辑《小说月报》的一个文学研究会会员撤换，还出了《小说世界》，去流布他们的文章。这一种刊物，是到了去年才停刊的。



创造社的这一战，从表面看来，是胜利的。许多作品，既和当时的自命才子们的心情相合，加以出版者的帮助，势力雄厚起来了。势力一雄厚，就看见大商店如商务印书馆，也有创造社员的译著的出版，——这是说，郭沫若和张资平两位先生的稿件。这以来，据我所记得，是创造社也不再审查商务印书馆出版物的误译之处，来作专论了。这些地方，我想，是也有些才子+流氓式的。然而，“新上海”是究竟敌不过“老上海”的，创造社员在凯歌声中，终于觉到了自己就在做自己们的出版者的商品，种种努力，在老板看来，就等于眼镜铺大玻璃窗里纸人的眣眼，不过是“以广招徕”。待到希图独立出版的时候，老板就给吃了一场官司，虽然也终于独立，说是一切书籍，大加改订，另行印刷，从新开张了，然而旧老板却还是永远用了旧版子，只是印，卖，而且年年是什么纪念的大廉价。

商品固然是做不下去的，独立也活不下去。创造社的人们的去路，自然是在较有希望的“革命策源地”的广东。在广东，于是也有“革命文学”这名词的出现，然而并无什么作品，在上海，则并且还没有这名词。

到了前年，“革命文学”这名目这才旺盛起来了，主张的是从“革命策源地”回来的几个创造社元老和若干新份子。革命文学之所以旺盛起来，自然是因为由于社会的背景，一般群众，青年有了这样的要求。当从广东开始北伐的时候，一般积极的青年都跑到实际工作去了，那时还没有什么显著的革命文学运动，到了政治环境突然改变，革命遭了挫折，阶级的分化非常显明，国民党以“清党”之名，大戮共产党及革命群众，而死剩的青年们再入于被压迫的境遇，于是革命文学在上海这才有了强烈的活动。所以这革命文学的旺盛起来，在表面上和别国不同，并非由于革命的高扬，而是因为革命的挫折；虽然其中也有些是旧文人解下指挥刀来重理笔墨的旧业，有些是几个青年被从实际工作排出，只好借此谋生，但因为实在具有社会的基础，所以在新份子里，是很有极坚实正确的人存在的。但那时的革命文学运动，据我的意见，是未经好好的计划，很有些错误之处的。例如，第一，他们对于中国社会，未曾加以细密的分析，便将在苏维埃政权之下才能运用的方法，来机械地运用了。再则他们，尤其是成仿吾先生，将革命使一般人理解为非常可怕的事，摆着一种极左倾的凶恶的面貌，好似革命一到，一切非革命者就都得死，令人对革命只抱着恐怖。其实革命是并非教人死而是教人活的。这种令人“知道点革命的厉害”，只图自己说得畅快的态度，也还是中了才子+流氓的毒。

激烈得快的，也平和得快，甚至于也颓废得快。倘在文人，他总有一番辩护自己的变化的理由，引经据典。譬如说，要人帮忙时候用克鲁巴金的互助论，要和人争闹的时候就用达尔文的生存竞争说。无论古今，凡是没有一定的理论，或主张的变化并无线索可寻，而随时拿了各种各派的理论来作武器的人，都可以称之为流氓。例如上海的流氓，看见一男一女的乡下人在走路，他就说：“喂，你们这样子，有伤风化，你们犯了法了！”他用的是中国法。倘看见一个乡下人在路旁小便呢，他就说，“喂，这是不准的，你犯了法，该捉到捕房去！”这时所用的又是外国法。但结果是无所谓法不法，只要被他敲去了几个钱就都完事。

在中国，去年的革命文学者和前年很有点不同了。这固然由于境遇的改变，但有些“革命文学者”的本身里，还藏着容易犯到的病根。“革命”和“文学”，若断若续，好象两只靠近的船，一只是“革命”，一只是“文学”，而作者的每一只脚就站在每一只船上面。当环境较好的时候，作者就在革命这一只船上踏得重一点，分明是革命者，待到革命一被压迫，则在文学的船上踏得重一点，他变了不过是文学家了。所以前年的主张十分激烈，以为凡非革命文学，统得扫荡的人，去年却记得了列宁爱看冈却罗夫（I. A. Gontcharov）的作品的故事，觉得非革命文学，意义倒也十分深长；还有最彻底的革命文学家叶灵凤先生，他描写革命家，彻底到每次上茅厕时候都用我的《呐喊》去揩屁股，现在却竟会莫名其妙的跟在所谓民族主义文学家屁股后面了。



类似的例，还可以举出向培良先生来。在革命渐渐高扬的时候，他是很革命的；他在先前，还曾经说，青年人不但嗥叫，还要露出狼牙来。这自然也不坏，但也应该小心，因为狼是狗的祖宗，一到被人驯服的时候，是就要变而为狗的，向培良先生现在在提倡人类的艺术了，他反对有阶级的艺术的存在，而在人类中分出好人和坏人来，这艺术是“好坏斗争”的武器。狗也是将人分为两种的，豢养它的主人之类是好人，别的穷人和乞丐在它的眼里就是坏人，不是叫，便是咬。然而这也还不算坏，因为究竟还有一点野性，如果再一变而为吧儿狗，好象不管闲事，而其实在给主子尽职，那就正如现在的自称不问俗事的为艺术而艺术的名人们一样，只好去点缀大学教室了。

这样的翻着筋斗的小资产阶级，即使是在做革命文学家，写着革命文学的时候，也最容易将革命写歪；写歪了，反于革命有害，所以他们的转变，是毫不足惜的，当革命文学的运动勃兴时，许多小资产阶级的文学家忽然变过来了，那时用来解释这现象的，是突变之说。但我们知道，所谓突变者，是说A要变B，几个条件已经完备，而独缺其一的时候，这一个条件一出现，于是就变成了B。譬如水的结冰，温度须到零点，同时又须有空气的振动，倘没有这，则即便到了零点，也还是不结冰，这时空气一振动，这才突变而为冰了。所以外面虽然好象突变，其实是并非突然的事。倘没有应具的条件的，那就是即使自说已变，实际上却并没有变，所以有些忽然一天晚上自称突变过来的小资产阶级革命文学家，不久就又突变回去了。

去年左翼作家联盟在上海的成立，是一件重要的事实。因为这时已经输入了蒲力汗诺夫，卢那卡尔斯基等的理论，给大家能够互相切磋，更加坚实而有力，但也正因为更加坚实而有力了，就受到世界上古今所少有的压迫和摧残，因为有了这样的压迫和摧残，就使那时以为左翼文学将大出风头，作家就要吃劳动者供献上来的黄油面包了的所谓革命文学家立刻现出原形，有的写悔过书，有的是反转来攻击左联，以显出他今年的见识又进了一步。这虽然并非左联直接的自动，然而也是一种扫荡，这些作者，是无论变与不变，总写不出好的作品来的。

但现存的左翼作家，能写出好的无产阶级文学来么？我想，也很难。这是因为现在的左翼作家还都是读书人——智识阶级，他们要写出革命的实际来，是很不容易的缘故。日本的厨川白村（H. Kuriyakawa）曾经提出过一个问题，说：作家之所描写，必得是自己经验过的么？他自答道，不必，因为他能够体察。所以要写偷，他不必亲自去做贼，要写通奸，他不必亲自去私通。但我以为这是因为作家生长在旧社会里，熟悉了旧社会的情形，看惯了旧社会的人物的缘故，所以他能够体察；对于和他向来没有关系的无产阶级的情形和人物，他就会无能，或者弄成错误的描写了。所以革命文学家，至少是必须和革命共同着生命，或深切地感受着革命的脉搏的。（最近左联的提出了“作家的无产阶级化”的口号，就是对于这一点的很正确的理解。）

在现在中国这样的社会中，最容易希望出现的，是反叛的小资产阶级的反抗的，或暴露的作品。因为他生长在这正在灭亡着的阶级中，所以他有甚深的了解，甚大的憎恶，而向这刺下去的刀也最为致命与有力。固然，有些貌似革命的作品，也并非要将本阶级或资产阶级推翻，倒在憎恨或失望于他们的不能改良，不能较长久的保持地位，所以从无产阶级的见地看来，不过是“兄弟阋于墙”，两方一样是敌对。但是，那结果，却也能在革命的潮流中，成为一粒泡沫的。对于这些的作品，我以为实在无须称之为无产阶级文学，作者也无须为了将来的名誉起见，自称为无产阶级的作家的。

但是，虽是仅仅攻击旧社会的作品，倘若知不清缺点，看不透病根，也就于革命有害，但可惜的是现在的作家，连革命的作家和批评家，也往往不能，或不敢正视现社会，知道它的底细，尤其是认为敌人的底细。随手举一个例罢，先前的《列宁青年》上，有一篇评论中国文学界的文章，将这分为三派，首先是创造社，作为无产阶级文学派，讲得很长，其次是语丝社，作为小资产阶级文学派，可就说得短了，第三是新月社，作为资产阶级文学派，却说得更短，到不了一页。这就在表明：这位青年批评家对于愈认为敌人的，就愈是无话可说，也就是愈没有细看。自然，我们看书，倘看反对的东西，总不如看同派的东西的舒服，爽快，有益，但倘是一个战斗者，我以为，在了解革命和敌人上，倒是必须更多的去解剖当面的敌人的。要写文学作品也一样，不但应该知道革命的实际，也必须深知敌人的情形，现在的各方面的状况，再去断定革命的前途。惟有明白旧的，看到新的，了解过去，推断将来，我们的文学的发展才有希望。我想，这是在现在环境下的作家，只要努力，还可以做得到的。



在现在，如先前所说，文艺是在受着少有的压迫与摧残，广泛地现出了饥馑状态。文艺不但是革命的，连那略带些不平色彩的，不但是指摘现状的，连那些攻击旧来积弊的，也往往就受迫害。这情形，即在说明至今为止的统治阶级的革命，不过是争夺一把旧椅子。去推的时候，好象这椅子很可恨，一夺到手，就又觉得是宝贝了，而同时也自觉得自己正和这“旧的”一气。二十多年前，都说朱元璋（明太祖）是民族的革命者，其实是并不然的，他做了皇帝以后，称蒙古朝为“大元”，杀汉人比蒙古人还厉害。奴才做了主人，是决不肯废去“老爷”的称呼的，他的摆架子，恐怕比他的主人还十足，还可笑。这正如上海的工人赚了几文钱，开起小小的工厂来，对付工人反而凶到绝顶一样。

在一部旧的笔记小说——我忘了它的书名了——上，曾经载有一个故事，说明朝有一个武官叫说书人讲故事，他便对他讲檀道济——晋朝的一个将军，讲完之后，那武官就吩咐打说书人一顿，人问他什么缘故，他说道：“他既然对我讲檀道济，那么，对檀道济是一定去讲我的了。”现在的统治者也神经衰弱到象这武官一样，什么他都怕，因而在出版界上也布置了比先前更进步的流氓，令人看不出流氓的形式而却用着更厉害的流氓手段：用广告，用诬陷，用恐吓；甚至于有几个文学者还拜了流氓做老子，以图得到安稳和利益。因此革命的文学者，就不但应该留心迎面的敌人，还必须防备自己一面的三翻四复的暗探了，较之简单地用着文艺的斗争，就非常费力，而因此也就影响到文艺上面来。

现在上海虽然还出版着一大堆的所谓文艺杂志，其实却等于空虚。以营业为目的的书店所出的东西，因为怕遭殃，就竭力选些不关痛痒的文章，如说“命固不可以不革，而亦不可以太革”之类，那特色是在令人从头看到末尾，终于等于不看。至于官办的，或对官场去凑趣的杂志呢，作者又都是乌合之众，共同的目的只在捞几文稿费，什么“英国维多利亚朝的文学”呀，“论刘易士得到诺贝尔奖金”呀，连自己也并不相信所发的议论，连自己也并不看重所做的文章。所以，我说，现在上海所出的文艺杂志都等于空虚，革命者的文艺固然被压迫了，而压迫者所办的文艺杂志上也没有什么文艺可见。然而，压迫者当真没有文艺么？有是有的，不过并非这些，而是通电，告示，新闻，民族主义的“文学”，法官的判词等。例如前几天，《申报》上就记着一个女人控诉她的丈夫强迫鸡奸并殴打得皮肤上成了青伤的事，而法官的判词却道，法律上并无禁止丈夫鸡奸妻子的明文，而皮肤打得发青，也并不算毁损了生理的机能，所以那控诉就不能成立。现在是那男人反在控诉他的女人的“诬告”了。法律我不知道，至于生理学，却学过一点，皮肤被打得发青，肺，肝，或肠胃的生理的机能固然不至于毁损，然而发青之处的皮肤的生理的机能却是毁损了的。这在中国的现在，虽然常常遇见，不算什么稀奇事，但我以为这就已经能够很明白的知道社会上的一部分现象，胜于一篇平凡的小说或长诗了。

除以上所说之外，那所谓民族主义文学，和闹得已经很久了的武侠小说之类，是也还应该详细解剖的。但现在时间已经不够，只得待将来有机会再讲了。今天就这样为止罢。

选自鲁迅著《二心集》，上海合众书店1932年10月初版

# 附：发端

郭沫若

创造社自一九二九年二月七日遭了封锁以来，已经满了三年了。早就有些朋友要我把他自成立以来的经过追记出来，我也有那样的心事，但总牵延着，一直牵延了三年。我现在终于决了心，要费点工夫来记录出我所知道的创造社，或者更适切地是以创造社为中心的我自己的十年间的生活。牵延了三年，使我终于起了决心的，说也奇怪，却要感谢我们中国的大小说家鲁迅先生。

是本年的正月三号，一位日本朋友K君到我寓里来，谈到了中国的文艺，谈到了鲁迅先生。

他问我，“鲁迅是怎样的立场？”

我说，“鲁迅是一位用写实手法的作家，在前颇带着一种虚无主义的倾向，近年听说是转换到左翼来了。”

“是的，”那朋友说，“我们的右翼之雄的佐藤春夫是称鲁迅为左翼之雄的。”

K的说话显然是含蓄有一些锋芒，但我们也没有作怎样的深谈，因为我对于鲁迅先生的旧作既少研究，他的转换方向以后的新作我也还没曾看见。

在临走的时候，那位朋友取出了一本黄油纸封面的杂志来，递给我，我看时有似篆非篆的“古东多卍”的四个红字。旁边还有一行铅印的标识：

“佐藤春夫编辑　古东多万　第二号　昭和六年十一月五日发行。”

这“昭和六年”是民国二十年，西历一九三一年，更简切的说一句，便是去年。照那标识看来，自然是杂志了。

K把目录揭开，指示着《上海文艺之一瞥》下署着鲁迅的给我看，他说，“这篇文章很有趣，请你留着读一读。”

我多谢了他，问他，“古东多万是甚么意思？”

他说，“这书的表纸背面便有解释。”

翻开表纸背面来看，是从日本的一部字典《言泉》上引用来的一段解说，原来“古东多万”的发音是kotodama，写成汉字是“言灵”；照那解说直译出来是：

“我国之言语之自由地变化，具有一种灵妙的作用之谓。国语之妙用。”

再翻到书后的《编辑余谈》来看了一下，才知道这“古东多万”用的是“万叶假名”——日本的一部古歌集用汉字写的日本字母——竟连日本人都不懂，屡屡质问，问得编辑先生“不耐烦而且冒火”，所以在表纸背面才引用了那一段字典。

我看了着实暗地感叹了一下，我对K说，“要懂一种外国文字，象在这些地方真很困难呢。老实说，我起初看见封面时，我以为你是送了我一本骨董店的广告。”

“哈哈，我初看见的时候我是把它当成了法西斯谛的机关报的。”

“怎的呢？”

“有个卐字啦，德国的法西斯谛希屈拉派打的是这个商标。”

彼此笑了一会，K才告辞着走了，我便把我们鲁迅先生的文章翻了出来，原来是鲁迅的讲述，由一位日本人所译记的。据那译记者“九月十七号在上海”写的短序上说：

"《上海文艺之一瞥》是最近在当地某处，鲁迅秘密的讲演，那讲演的大要在当地的周刊《文艺新闻》上连载了。然而《文艺新闻》在其立场上，顾虑到官边，不能不多少加了一些删削。但是鲁迅又根据那连载于新闻的笔记，更把叙述弄得恳切周到，更适切地把辛辣的骂倒直言出来，改写了这篇《上海文艺之一瞥》。本稿即由改写了的原稿向仆讲说了的译录。"

我看到有"秘密"，有"顾虑到官边"的字样，已经就虔敬了起来，我预想到我们的战士一定是展开了一篇左翼的理论，对于上海的御用文学民族主义派一定加了"辛辣的骂倒"。我如饥似渴地把那二十几页的长文，一口气读下去，看他的确是骂了好些人，骂了鸳鸯蝴蝶派，骂了创造社，甚且对于左翼运动也没有忘记他的"辛辣的"清算，一直读到尾上才看见了这样的几句：



"以上所说之外还有所谓民族主义文学和许久以前便盛行着的武侠小说之类，应该详细解剖，可奈已经没有时间，等到将来有机会时再讲。"

就好象读旧式的章回小说，读到起劲处，却被"欲知后事如何，且待下回分讲"的一段手法欺骗了的一样，我的一口气软了下来。我鼓着劲要跳过一条三尺宽的沟，鼓得一脸通红，仍然跳不过去，立在沟的边上。象这样的讲演我不知道有什么"秘密"的必要，更不知道有什么地方要"顾虑到官边"。在《文艺新闻》上所发表过的内容，我不曾看见。我们鲁迅先生所"改写"成的中文原稿，似乎也还没有发表出来。我现在暂以一个准鲁迅崇拜者的资格，把日译文中骂到创造社的地方要忠实地——我特别在这"忠实地"下加着注意点——重译成中文。前后的文脉自然要稍稍顾虑着，但我不好便把全部都整译出来：因为我们鲁迅先生的改写稿一定有发表的机会，即使没有，将来也一定有鲁迅先生的忠实的——又来加上注意点——崇拜者来重译全文，我是不好把这一笔稿费替人夺掉的。

讲演的开头是说到上海过去的文艺，旧式的才子佳人派；其次是说到新式的才子佳人鸳鸯蝴蝶派。这鸳鸯蝴蝶派“因《新青年》的流行才渐受打击”。“那时有易卜生的脚本之介绍，有胡适之先生的《终身大事》那样取着俊俏的形式之婚姻问题剧出现。”以下便论到创造社来了。

> “此后有新才子派的创造社出现。创造社尊重天才，是艺术至上派，尊重自我，崇创作，恨翻译，尤憎恨重译，与同时在上海的文学研究会相对立。其出阵最初之广告上，言有垄断文坛者，即指文学研究会也。”

在创造社的头上加上了一顶瓜皮小帽，轻轻地便把创造社的一群穷小子化成了鸳鸯蝴蝶。我们鲁迅先生的确不愧是绍兴人，他的一枝笔实在有点刀的风味。是的，“新才子派”又等于“艺术至上派”，鲁迅先生似乎很是学贯中西，大约王尔德，波陀勒尔一类的人物，又是欧洲的鸳鸯蝴蝶派罢？是的，“创造社尊重天才，尊重自我，崇创作”，这倒不是什么罪过。无论在怎样的社会里，天才是不能否认的，不同的只是天才的解释罢了。马克思昂格尔斯列宁不是绝大的天才吗？就是我们鲁迅先生不也是一位文学上的天才吗？特别在“辛辣的骂倒”上其才是尤天的啦！就在“重自我，崇创作”的一点上，创造社的那些穷小子似乎都还没有我们的大天才鲁迅先生的那么“专”，不信你请去尝试一下罢，只要你有胆量敢把“先生”两个字误排成“老生”，或者对于《呐喊》没有摇旗呐喊一下，你看他先生会是怎样地慷慨，他至少是会恭维你是“才子”的。“恨翻译”？“尤憎恨重译”？我自己似乎也是创造社里面的一个人，我自己便“翻译”过不少的东西，并也“重译”过不少的东西啦！是的，那些东西怕没有值得我们鲁迅先生的大眼之“一瞥”。不过不负责任的翻译和重译，似乎是在可“恨”可“憎恨”之例，创造社也干过些受指摘的事情，鲁迅先生大约就是根据的这些罢？这好象是在说“你恨酸败了的面包的人，便是恨面包”。吾无以名之，名之曰“阿Q式的逻辑”。至于广告的一件，那是要请达夫先生负责的，说详本文。

“文学研究会与创造社反对，主张为人生之艺术，一面创作，一面重视重翻译，并注意介绍了被压迫民族的文学，因为彼等小国谁也不知道他们的文字，所以差不多全部都不得不靠着重译。而且文学研究会声援了《新青年》，遂为新敌与旧敌所夹，受了三方面的攻击。一方面是创造社，他们既尊重天才的艺术，以主张人生流之艺术的文学研究会为没头于闲事，为“俗”（此字原译文有引用符，不知鲁迅先生引用的是那一位创造社员的话），且为无能，所以一发见了一个误译，有时便要大卖气力地写一篇很长很长的专论。”

第二方面说的是吴宓所代表的《论衡》一派，第三方面是所谓鸳鸯蝴蝶派，在这儿鲁迅先生又不费力地（？）把创造社来和论衡派鸳鸯蝴蝶派归为了一类，而使文学研究会承继着《新青年》和《终身大事》的正统。似乎创造社之成为文学研究会的“新敌”，是因为该研究会，声援了《新青年》。是的，鲁迅先生到底不愧是文学研究会的发起员之一人，在这些地方却很能替本店发卖膏药。“货真价实，只此一家，”——只有文学研究会是文学的正统，是最革命的团体。我们在这儿来高呼几声口号：

革命的文学研究会万岁！
拥护文学的正统！
打倒一切反动的文学团体！
拥护我们的文坛总司令鲁迅先生！
反对文学研究会的就是反革命！
反对鲁迅先生的就是反革命！

是的，还有一个“被压迫民族的文学”，也是该得高呼几声万岁的。我们贵大民国的贵大百姓，要算是不折不扣的“被压迫民族”了。我们贵被压迫民族的贵民族主义的文学呢？？？？在这儿我很抱歉，可惜我们鲁迅先生沾染了点子章回体的小说派头，要等到“下回分讲”；于是乎让我们的“万岁”也就不好明目张胆地叫出来，我们须得学学我们的先生“顾虑到官边”啦。打个折扣，叫他妈个半声罢。好的，我们再来呼叫起来：

“被压迫民族的民族主义文学卐!”

在这儿要加一个注解，这个屁股上的卐字，就和“古东多卐”的屁股上的那个字一样，是当作“万”字在使用。“万岁”的一半自然就是卐，但有聪明的读者定要把它连想到法西斯谛，那也是他的自由。

是的，创造社那一批“反动派”——这个罪状不自今日起，据鲁迅先生的“一瞥”看来，从与文学研究会反对以来便已经是反动了的——是的，创造社那一批“反动派”真真是罪该万死!!! 公公然敢反对“声援《新青年》”“介绍被压迫民族文学”的文学研究会，要指摘他们的误译，真真是罪该万万死!!! 哼，你们不知道像“雅典主义”和“手式戏”一类的翻译，不正是中华民国的国宝吗？你们不知道那些名译，纵不“百世”，也会“万年”的吗？我“鲁迅先生”正告你们：文学研究会者人生之人生也，艺术之艺术也，如此之如此也，这般之这般也；“俗”云何有？岂是“无能”？“无能”者天下之大能也，“俗”者不俗也。“错误”之仅仅“一个”便足使汝辈之“专论”做出“一篇”，谁能谁不能哉？——好了，我摹仿我们先生的笔调似乎有点不类，然而不类者类也。好象通，又好象不通，然而不通正是大通。此亦 ·“阿Q式的逻辑”。

“创造社的这番起事，在表面上看来是胜利了。数多的作品既投合于当时的自称才子辈的心情，加之以出版者之帮助，势子遂盛。势子一盛，大商店，例如商务印书馆，也就把创造社的译著来出版了——这是说的郭沫若张资平两先生之原稿也。自此以来，据我所记得的，创造社便再没把商务印书馆的出版物之误译来审查，来写专论了。在这样的地方，不好说得，岂不就是才子加珂罗茨基式乎？”（日本文的珂罗茨基 Gorotsuki 译成中文是“流氓痞棍”。）

这一段文章做得真是煞费苦心，直言之，便是“郭沫若辈乃下等之流氓痞棍也”；但要看我们鲁迅先生的文字是怎样的“曲”。先生全靠他那空灵的推想和记忆，便把一群人的罪状在“一瞥”之中宣布了出来，这是何等折狱如神的名手呀！但先生在这儿也隐隐泄漏了一点天机，他在上面骂创造社攻击文学研究会的误译，在这儿把文学研究会的五个字写成了商务印书馆。哦，原来文学研究会就是等于商务印书馆！文学研究会的一些“君子大人”(这是鲁迅先生的言外之意，因为是和“才子痞棍”相对)，特别是属于文学研究会的我们的鲁迅先生，是很清而且高，高而且清，没有受过“大书店”的买贿的!(至于说到我和商务印书馆发生买卖关系的详情呢，那是私人的事情，与创造社无涉，我要在本书中提供些事实出来，在这儿暂不赘述。)



“却说，因为新上海到底不是旧上海之敌，创造社员在凯歌声里终自觉得自己替自己的出版书店写商品，虽是种种的努力，然从老板一方面看来，就和眼镜铺的 Show-window(门面玻璃窗)中装饰着的纸扎人物之活落活落的眼睛一样，不外是以广招徕的广告而已。”

这一段把创造社员叙得又如此有自觉：因为就到现在也还有很不少的人在替书店老板写商品，在 Show-window 中做着广告人物，而自己却在扬扬得意的!

“于是乎才希图独立出版，书店老板便把他们向裁判所告发了。”

这一句话却要算是天外的奇文！这儿所说的“书店老板”自然就是泰东书局的赵南公。幸好赵南公还没有死，创造社的几个人也都还活着的，创造社设出版部时，原来赵南公是提起过诉讼的吗？老实说，我对于我们鲁迅先生这位大“大人君子”的脑筋不免有点怀疑。鲁迅先生或者不会是有意的捏诬，因为受书店老板告发，倒不是什么大不名誉的事；我想怕是脑筋中的记忆有点混线，在这儿把新青年社和创造社扯在一道了。新青年社由群益书局独立时，书局的老板提起过诉讼，这是人众皆知的事体。

“后来终竟独立了，一切的书籍大加改订，改印刷，新开起店子来，然而旧老板方面也永远地用着旧板，一味的印刷，贩买，年年闹着甚么‘纪念大廉卖’。”

这几行倒很近于事实，甚么“纪念大廉卖”——这是九州万国凡百商行所惯用的骗钱调门，自然不限于上海，不限于上海的书业，不限于泰东；然而这种极普遍极陈套的现象，落到我们大小说家鲁迅先生的手里是怎样地“着手成春”了！因为这个现象一局限到这儿来，便是说：创造社的作品狗钱不值！

“在作为商品上虽是怎么也忍耐不过，然而独立了也没有如意地赚出钱来，创造社的人们之走头自然是朝比较有希望的，革命的策源地，广东跑去了。于是乎便有‘革命文学，这个东西出现。然而怎样的作品也没有。在上海呢，连那样‘革命文学’的名字都还没有出来。”

这段的首两句，我是很忠实地翻译出的，然而意思是摸不准确，不知道鲁迅先生的原文是怎样。不过这全段的意思是很明白的，便是创造社的几个“流氓痞棍”想赚钱没赚成，又才跑去革命。所谓“革命文学”也就是那几个“流痞”所想出的骗钱的幌子。我们这位“左翼之雄”的鲁迅先生的唯物的解释真可要算是超马克思主义的。但可惜那几个“流痞”所闹出的事实和先生的推论全不相符。创造社出版部的独立是在一九二六年的四月一日，流痞的一员成仿吾是在一九二五年的六月到的广东，当的是广州大学的理科教授。还有几位流痞便是郭沫若郁达夫，和一位新入流后又拆了伙的王独清，是以一九二六年三月十八日从上海出发往广东的。这“三一八”是一个纪念日，在这儿自然是用不着我来做“宣传大纲”的，几个流痞刚好在这个纪念日上动身，所以这个日期也就留在了我的脑里。

我记得那天在下雨，在黄浦滩码头上送我们上船的有一位楼建南。走的不只我一个人，又还有送行的人做见证，可恨这个日期不好自由创作。就这样我们在这儿还是应该痛骂那几位创造社的痞棍，他们为甚么那样早的便跑向广东去了，没有停一下造些事实出来和我们鲁迅先生的“一瞥”相符，使得我们的“大人君子”又来形同捏诬的自由创作了一下。

“到了前年（译文中说的是“一昨年”大约是指一九二七年），‘革命文学’这个名称才旺盛了起来，主张它的人是由‘革命的策源地’回来了的几个人的创造社的元老和若干新分子。革命文学之旺盛了起来，不消说是有它社会的背景，是因为一般的民众和青年们中有了那样的要求。从广东开始北阀的时候，一般积极的青年都奔走于实际运动在那时还没有甚么显著的革命文学，然而到政治环境突然改变，革命遭了挫折，阶级的分化非常地鲜明了起来。国民党以‘清党’之名大大地屠杀共产党和革命群众，活剩下的青年们又入了被压迫的境遇。在这儿，革命文学才在上海成了强烈的活动。所以这革命文学之旺盛了起来，从表面上看来是和别国不同，不是由于革命之高扬而盛，而是由于革命之挫折。（这儿的革命两个字有点混线）其中虽也有几位旧文人投了指挥刀又来干笔墨的旧业，有若干的青年由实际活动赶了出来，不得不借此以谋生路，然而实际上具有社会的基础，新分子中极坚实而正确的人多所存在。然而这时候的革命文学运动，据我(!)的意见看来，是还没有经过十分适切的计划，错了的地方怎么也很多。（沫若案：最大的错处就是骂了鲁迅先生）例如，第一，他们对于中国的社会并没有加以细密的分析，在苏维埃政权下才能够运用的方法，便想机械地拿来运用。（这大约是责备那时的运动过激了的意思，在这儿正表示着鲁迅的认识之极不正确，苏维埃政权成立后的文艺政策多少可以自由，在成立前的左翼文艺是只有纯粹的战斗。）第二，他们，特别是成仿吾先生把革命使一般人看成很可怕的东西，以一种极左的凶恶的面貌，简直好象是只要革命一到来，一切的非革命者立即便要镰杀干净，使人对于革命只是只是怀着恐怖。（这一节不知道是根据成仿吾的那一篇文章，恕区区浅学，指不出出处来。）其实革命决不是杀人的东西（阿弥陀佛），而是活人的东西（再来一个阿弥陀佛）。象这种教人以‘革命之可恐怖’（这句话原有引用符，未详出处）而自行痛快的态度，这也不好怎么说得，只好说是中了才子加流氓痞棍的毒。”

这一段文章说得倒还风凉，不过先生的苦心我们是不好看过的。便是一九二七年连到一九二八年的革命文学运动，有好些新分子是很坚实而正确，只是创造社的几位旧人都是投机的家伙，而且带着“极左的凶恶的面貌”，反使革命生了障碍。就这样，我们鲁迅先生自始至终是要把创造社的几位流痞打进阿鼻地狱里去的。在未革命以前他们是流氓痞棍，在既革命以后他们还是流氓痞棍！在以前的文学革命运动中没有他们的分子。在以后的革命文学运动中也没有他们的分子。我们的鲁迅先生真是有一手遮天一手遮地的大本领呀，而且文中的神髓更不好忽略地看过，那是在这样说的：“中国的新文学中无论革命的与反革命的，都只有我鲁迅一个人的！”

是的，我们的鲁迅先生的确是天上地下最最伟大的一个创作家，他的小说是创作，他的批评是创作，他的讲演也是创作，他在“一瞥”之间便替创造社创作出了一部“才子加流氓痞棍”的历史。（须要注意：“才子”者轻薄之谓也。）

鲁迅的一瞥是很长的一瞥，他以下还把近年来的左翼文学运动“瞥”了一下，在这次的运动上最可庆幸的是我们的鲁迅先生在榜上有名，所以他也说得象煞有介事。不过他叙述创造社的地方就停止在这儿，以下的我不便再多事征引了。创造社遭了封锁的一节，鲁迅先生是绝口没提的，当然这在“大人君子”看来是那痞棍集社的恶贯满盈了。日本有一位“左翼作家”和暴力团的团长一样的前田河广一郎从前到过一次上海，因为创造社的人没有欢迎他；待他回国之后听说创造社遭了封锁，他便大大地称快，在他的机关报《文艺战线》上做了一篇痛骂创造社的文章，说是中国的 Ultra 派（即鲁迅先生所说的极左派）被中国社会清算了。我看这位日本的“左翼之雄”实在赶不上我们中国的“左翼之雄”，因为象那样鼓睛爆眼地表示出自己的立场来，何如闭着眼睛连不加以“一瞥”的高妙呢。

总之我是应该感谢鲁迅先生的，我读了他那篇一瞥，才决心要来做这部《十年》。但我在这儿还要附带着声明一笔。我这《十年》并不是小说——记得国内另一位大小说家宣言过我是没有做小说家的资格的：因为我的笔太直，不曲，没有象鲁迅先生的那样曲。是的，这层我自己是很承认的，假使要曲才配做小说，那我实在是不配做小说家。据说小说是“寒带”，那吗只适宜于 Eskimo 那样的小人去住，我也就敬谢不敏。

还有，我这《十年》也不好就说是历史，因为自来的历史其实就只是小说，是由阶级的立场或个人的私怨所写出的小说。象鲁迅先生的那篇一瞥，那才是真正的历史，是上海最近二三十年的文艺史——至少可说，是史料，后代的文艺史家一定要在那儿取材的。所以我这部《十年》也不敢僭分地说它是历史。



究竟是个甚么东西呢？——说本色些，就说它是一个珂罗茨基的自叙传之一部分罢。

选自郭沫若著《创造十年》，上海现代书局
1932 年 9 月 20 日初版

**说明：**鲁迅讲《上海文艺之一瞥》的主要内容记录稿，原载 1931 年 7 月 27 日、8 月 3 日上海《文艺新闻》周刊第 20、21 号，未经作者校阅。改写稿收入 1932 年 10 月上海合众书店初版的《二心集》。改写稿先于 1931 年 9 月 17 日被译成日文，刊于同年 11 月 5 日东京《古东多万》第 2 号。郭沫若写《创造十年发端》时，没有看过《文艺新闻》稿，鲁迅改写的中文稿又尚未出版，文中引语是据日文稿译成中文的，故与《二心集》稿稍有出入。

本书编者

# 创造社访问记

张若谷

八月二十九日的下午，在良友公司编校完了第二十二期《艺术界周刊》，正想到法国公园去逛一下。忽然从外面走进了包罗多与史维罗两先生，他们都想去看郁达夫，于是大家走出良友公司，徒步走向靶子路去。

刚踏进平滑整洁水门汀地 FT 里，看见从第五家门口走出一个穿短衣袂的少年，手里拿了一把茶壶，从他一副平正的脸，细小的眼睛与一个粗大的鼻子望上去，知道这就是《茫茫夜》中于质夫的替身郁达夫。他也看见了我们，笑容可掬地同我们打招呼，迎接我们到隔壁一个门口，走进一间精致的小客厅里去坐。

他一面唤楼上的佣妇下来冲茶飨客，一面同我们随意搭讪，因为彼此都已有相当的交情，所以不再问长说短。劈头第一句，我就问他道：

——X 先生来看过你没有？

——没有。

——昨天晚上，我到他家里去，他问我你寓所的门牌，说要来看你，向你讨债。

——讨什么债，阿是要我做稿子？

——不是吧。他说你以前曾答应送他一本你的全集第一卷《寒灰集》，现在已出版了好久，还没有送给他，所以要向你追讨。

——原来如此。

——我们今天来也想向你讨一本。

——可惜现在手头一本都没有了，等一会到创造社去拿吧。

——“好好！”我们三个人同答应。好象歌剧中的唱“众唱”（Chorus）一般。

——你近来大约很努力于着作吧？——包君问。

——是的，自从我卸了创造社的责任以来，外间来问我要稿子者日有数起。最近替朋友们的作品作了四五篇序文；为良友公司出版的某某两杂志写了几篇论文与小说；为日本新出版的《大调和》杂志编了一期“支那号”；此外还把我的旧稿，象日记一类的给几家书局出版，先抽到了几百元钱的版税。

大家听了都露出很羡慕的神情，包君老实不客气地说：

——你的本领真强，叫人非常佩服，那么这一来，你的生活大约可以安定了吧！可以卖文度日子，旁的事情也不用再干了。

他听了，一语不发，好象别有所思。忽然外面进来了一位客，这是已久不相见的郑吻冰君。

我接着问达夫道：



——你每月平均可以有多少收入呢？

——平均有二百元钱左右。只要每天不很吃力地凑写一些东西好了。

——咳！包君叹了一口气，这个数目当然不能够话伊坏。但是与欧美的著作家比较起来，相差得实在太远了。在中国做了一个文人，真也倒霉。他们西洋的文人，尤其是在美国，著作等于工业制造品，五卷十卷一大批的出版，真是多么迅速容易。一个不很知名的作家出起全集来，说是好几十帙卷。他们著作有打字机器代劳，不象我们要一个字一个字好象画图案画一般地用手写的。但是所得到的酬报，又是论每千字几元钱计算的，在中国，我想没有几个著作家可以靠卖文度活的吧？

——有是有的，不过是很少数的吧？即就近日最得读者欢迎的张资平氏而言，他每年大约可以抽得版税五千多元钱。还有鲁迅氏，他一年可坐享抽版税一万余元。……

大家都大吃一惊，异口同声喊起来道：“有这样一回事么？”

包君接着说道：“愿诸位在座的仁兄，大家努力！”

大家又“言不及义”地谈了许多久。郑君先告辞了去，我们四人，也一伙儿出了 TF 里，搭乘电车到创造社新屋子去。

在横滨桥下了电车，北行至麦拿里，郁君在前领导。麦拿里住的大半是异国人，所以收拾得很清洁，地上也没有垃圾破纸盒壳水果皮一类的捞什子。而且地点很幽静，走经过几家人家门口的时候，隐约听得一阵阵从蓄音机放出来的音来，我们大家不禁赞美了几声。包君说：

——要是这里住了不知趣的中国人家，只消有一只胡琴嘈杂地拉起来，就可以叫里内所有的异国房客，搬走得一个不留。

同行的史君，破了他的静默，也插言道：

——不要再说起那怪厌的东西了，我有个朋友，他的家也住在一个弄堂里。前面后面旁边有三个窗口，一朝到夜只听见拉胡琴夹杂唱着，“小放牛”“梆子调”……一类的歌声乐声。象那样的地方，怎样住得下呢？

我们一面谈话，一面踏步。霎间看见前面有一座红砖洋房，墙壁上挂着一块“平原屋”大招牌。郁君走到隔壁一家门口就停住肃我们进去。

仰头一看，一只蛋圆形的电灯上，漆着“创造社”三个黑字。这是一座三楼小洋房，建筑还很壮美，外面有一个小空廊，望得见长形的百叶玻璃窗。拾级而登，门口站着四五个人，中间只认识两位，胖长的王独清与瘦短的成仿吾。



走进发行部，看见中间安放着一只方写字台，旁边两面有几只书架子，杂放着许多颜色封面的书本杂志，墙壁上贴着几张很触目的新书图案广告。

包君一看见王独清君，就说：“我每一次见你，就每一次觉得你比上次更好看。”

——幸亏你不是女子。王君笑着答应道。

——如果我是女子呢？

——那么怎么样？

——我一定爱你。

——哈哈哈。

大家随便无拘束地谈话，旁边站着成仿吾君，那天我还是初次见面，虽没有人介绍，但是我早已在相片上认识了他。据后来包君告诉我，成君文章骂起来是最厉害不过的，但是他同人家谈起话来，也是特别地和气虚怀。可惜他的话，人家不容易懂。他呢，见了无论谁只要能够话得相契的，不管你懂不懂，他终是滔滔不绝操着湖南音的国语对你谈话。

还有一位赤着双脚拖了草鞋在室中徘徊踱走的青年，很引起我的注意。后来知道这是仿吾君的侄儿成绍宗君。他新近同张人权君译成了阿尔封斯都德的《磨坊文札》，已由创造社出版。

包君的谈锋，专门集注在王独清君一人。他称赞王君的诗道：

“你的诗的确好，并不是当面恭维，《圣母像前》可以说是民国十六年以来第一本诗集。”

——最近我出版了一本《死前》，还要请诸位指教批评。

话犹未了，郁君已从书架上拿了几本《寒灰集》，授给我们每人一册。他对我说：“请你做篇介绍。”

他又回头要求包君等也写一点批评。在《艺术界周刊》或其他杂志上发表。



刚接受了《寒灰集》，未及道谢。王君也把他的新诗集《死前》，送给我们，授书时也特别声明道：

——里面的插画是倪贻德君所作的。

郁君回头对创造同人道：

——以后我们有新书出版时，应都送给他们，请他们替我们登免费广告。

——好，好，我们极欢迎各位替我们吹嘘。王答应道。

他随手又在书架上拿了两本新书：郭沫若译的英国高尔华绥的《法网》，与穆木天的诗集《旅心》。他指着《旅心》道，“外边知道这本书的还不多，务请你们要特别地宣传一下。”

这时楼上走下一个穿汗衫背心黄裤的青年来，过来与我们紧紧地握手。来者就是尼特君，他第一个招呼我道：

——张先生，你也来了，好极了。

——你现在就住在这里么？

——是呀，就在楼上。

——我们同去参观你的新房吧。

一阵楼梯响，我们到了二楼，瞥见有两间布置很精致的书房兼卧室。大约成君等就住在这里的吧？更上一层楼，扶梯变成狭窄了，梯尽就走进屋顶的气楼，满屋堆满了几大叠书的。旁边放着一只卧榻，榻的对面墙壁底下放着三幅油画，这就是尼君的卧室了。

“这里大有《波希米亚人》中画家罗道夫的住屋的风味。”我笑对倪君说道：“可惜缺少了一个米米 Mimi 来作你的伴侣。”

“这里并且有许多图书可恣君翻阅，看了一遍不妨再看一遍，要看多少遍，就有多少书。”史君也讲起笑话来了。

“这个房间也不能话伊坏，这要收拾好了，就很舒服。”包君说。

五分钟后，我们一同下了楼，在会客室里小坐了一会儿，王独清问包君道：

——你现在住在什么地方？

——仍在城里，在 YZ 园对面。

——什么园？

——YZ 园，也可以算是个花园的 YZ 园。去年你不是来过一次么，临走时还留下一个圣迹哩。

大家不懂什么意思，只有我和包君史君三人默会，相视作微笑，包君还问王君道：

——你现在住在什么地方？

——在 SD 里。

——你们那边住的人材很多吧？所有文坛星宿都聚在一起了。

——那里来这样许多人材？那边只有我一个人住，没有什么旁的相识者。

——你一个人已经很够了，包君立刻改正过来说。

——你正会讲话！王君笑答道。

大家听了，都笑起来。那时因为天色已晚，我们都很高兴地走出创造社。

我掖下夹的皮包又膨胀起来了，增添了许多重量。同行五人，加入了送行者尼特君。

十六、八月、三十日

选自素雅编《郁达夫评传》，上海现代书局 1931 年 10 月初版

# 论郭沫若（摘录）

沈从文

创造社对于文字的缺乏理解是普遍的一种事。那原因，委之于训练的缺乏，不如委之于趣味的养成。初初在日本以上海作根据地而猛烈发展着的创造社组合，是感情的组合，是站在被本阶级遗弃而奋起作著一种复仇雪耻的组合。成仿吾雄纠纠的最地道的湖南人恶骂，以及同样雄纠纠的郭沫若新诗，皆在一种英雄气度下成为一时代注目东西了。按其实际，加以分析，则英雄最不平处，在当时是并不向前的。《新潮》一辈人讲人道主义，翻托尔斯太，做平民阶级苦闷的描写（如汪敬熙陈大悲辈小说皆是）。《创造》后出，每个人莫不在英雄主义的态度下，以自己生活作题材加以冤屈的喊叫。到现在，我们说创造社所有的功绩，是帮我们提出一个喊叫本身苦闷的新派，是告我们喊叫方法的一位前辈，因喊叫而成就到今日样子，话好象稍稍失了敬意，却并不为夸张过分的。他们缺少理知，不用理知，才能从一点伟大的自信中，为我们中国文学史走了一条新路，而现在，所谓普罗文学，也仍然得感谢这团体的转贩，给一点年青人向前所需要的粮食。在作品上，也因缺少理知，在所损失的正面，是从一二自命普罗作家的作品看来，给了敌对或异己一方面一个绝好揶揄的机缘，从另一面看，是这些人不适于作那伟大运动，缺少此向前更需要认真的一点平凡的顽固的力。

选自沈从文著《沫沫集》，上海大东书局1934年4月初版

# 中国新文艺运动及其统制政策（摘录）

贺玉波

## 四　创造社和革命文学



比文学研究会稍迟而产生的文学团体是创造社。那时郭沫若，郁达夫曾先后从日本归国，他们便和成仿吾，张资平等组织创造社；出版《创造日报》，《创造周报》和《创造》季刊。他们的杂志初由泰东书局出版，不久因故一时停刊，迨后，时势转变，他们又恢复创造社，成立创造社出版部，出版《创造月刊》。他们不仅仅出版杂志，还先后地出版了不少“创造社丛书”，如郭沫若的《女神》，《橄榄》，《落叶》，《瓶》，《三个叛逆的女性》，及其翻译《少年维特之烦恼》；如郁达夫的《沉沦》，《茑萝集》；张资平的恋爱小说，如《飞絮》，《苔莉》，以及成仿吾的文艺批评等等。当时为他们的杂志撰稿的人有不少，如周全平，段可情，穆木天，李初梨，冯乃超，潘汉年，以及淦女士等人。他们的作品以短篇小说，新诗，和批评文学为多。

后来，创造社出版部又被国民政府所封闭，而他们的出版物都被禁止出售；于是，创造社这个文艺团体从此便解散了。郭沫若因参加了政治工作，而走避日本；郁达夫也宣告脱离该社，而任学校教职；其他各社员都已星散，于是，这个团体只留着它自己所谓的光荣的历史，而长此消灭下去。

虽说创造社到现在已不复存，但是，他们从事于文学革命运动的功劳，仍然是可佩的。

……

## 十 昙花一现的普罗文艺运动

……

在这个第二个时期里，新文艺运动是走上了思想改革的道路；但是，也可说是一种荆棘满地的混杂道路。因了苏俄与日本的赤化文艺思潮之侵袭，国内一般自命为前进的分子，便从事附和，建设所谓的普罗文艺。他们专以反抗统治阶级，怂恿工农暴动为能事。这是当时思想上的错误现象。

现在，为了更加明瞭当时错误的文艺运动的内幕起见，我们且把那时期的文艺团体和刊物说明出来，然后一一加以正当的批评和检讨。为了讨论的便利计，请读者先注意下面这个表：



所谓普罗文艺团体
- （一）创造社
- （二）狂飙社
- （三）太阳社
- （四）幻洲社
- （五）南国社
- （六）其他

现在，我们就来按照上列的秩序，把那些所谓的普罗文艺组织，一一加以简单的介绍，和严格的检讨。第一，创造社，这个社在上面是已经论及过了的。那末，为什么这里又要说到它呢？

这是因为创造社，是可以从两面来说明它的。一是前面的说法，即是从新文艺之解放与形成这方面的说法。不错，在初期的创造社，它的确一度在这方面努力过的，即是努力于文学的革命运动。在这时候，它在新文艺的技巧之形成这点上，也不无一番功劳。其另一种说明法，就是这里所采用的；即是从新文艺的思想改革这点来说明的意思。

实在，创造社在完成了它的最初任务之后，渐渐走上了思想过激的道路，它的机关杂志如《创造日报》,《创造周报》,《创造月报》和《创造》季刊等，这时候尽量刊载一些含有阶级意识，和阶级斗争的文艺作品，以及一些所谓普罗文学的理论。此外，他们的社员，还出版了不少的创造社丛书，其中的思想，是和前述的刊物相同的。

至于他们的（成）员，也已经在前面说及过，这里可不必重复。这里只把他们所造成的错误影响概论一下就够了。严格地说，他们后期的工作，给刚刚萌芽的新文艺运动一种巨大的伤害。他们毫不顾及它的初具的基础，突然施以猛烈的毒化政策；也不看看国内的政治背景，和我们这个与苏俄不同的社会状况，竟背道而驰地大提倡其变化文艺，这是极大的错误。

所以，我们说：创造社的一点微波，很可惜被它的大错所糟踏；不仅此也，而且种下了一个很毒的种子，即是自命的普罗文艺。它不啻一个罪之魁，祸之首，直接间接酿成新文艺运动的混乱现象；在当时有不少的同样的文艺团体，受它的滋长即产生，难怪后来毕竟被政府所封闭，而它的刊物和丛书也多半被禁售，也算是应得的处罚吧。



原载1934年8月1日《前途》月刊第2卷第8期
“文化统制专号”

# 给郭沫若的信（摘录）

瞿秋白

这期间看见了你的甲骨文字研究的一些著（作),《创造十年》的上半部。我想下半部一定更加有趣：创造社在五四运动之后，代表着黎明期的浪漫主义运动，虽然对于“健全的”现实主义的生长给了一些阻碍，然而它确实杀开了一条血路，开辟了新文学的途径。而后来就象触了电流似的分解了，时代的电流使创造社起了化学的定性分析，它因此解体，风化。这段历史写来一定是极有意思的。……

瞿秋白

一九三五·五·廿八·汀洲狱中

转录自1940年1月20日香港《大风》半月刊第60期。

题目为本书编者所加。

# 我要说的话（摘录）

周恩来

第三是勇敢的战斗生活。郭先生是富于战斗性的，不仅在北伐抗战两个伟大的时代，郭先生是站在战斗的前线，号召全国军民，反对北洋军阀，反对日本强盗和逆伪的；便在二十五年的文化生活中，郭先生也常常以斗士的姿态出现的。正因为这样，他才能成为今日革命文化的班头。也正因为这样，初期创造社才能为革命文学开辟了一条新的道路，才影响了后期创造社在思想意识上的一些论争。自然后期创造社的争论已多少表现着“文人的小集团主义”（秋白语），可是鲁迅先生也说：“我有一件事要感谢创造社的，是他们‘挤’我看了几种科学底文艺论，明白了先前的文学史家们说了一大堆，还是纠缠不清的疑问。……以救正我——还因我而及于别人——的只信进化论的偏颇。”（《三闲集·序言》）同时，这里必须为周郭两先生辩白的，他们在北伐期中，谁都没有“文人相轻”的意思，而且还有“同声相应，同气相求”的事实。周先生在《两地书》（六九）中明说：“其实我也还有一点野心，也想到广州后，……第二是与创造社联合起来，造一条战线，更向旧社会进攻，我再勉力写些文字。”在广州发表的文学家宣言，周郭两先生均列了名的。广州事件后，郭先生曾邀鲁迅先生参加创造刊物，列名发表宣言，不幸因新从日本归来的分子的反对联合，遂致合而复分，引起了后来数年两种倾向斗争的发展。这从“切磋”的观点上看来，未尝不是一件有收获的事，但是，因此而引起许多不必要的误会和无聊的纠葛，一直影响到在鲁迅晚年时候的争论，那真是不应该的了。……

民国卅年十一月十六日晨

原载1941年11月16日重庆《新华日报》

# 记创造社

史　蟫

不久以前，日文《大陆新报》上曾刊出一篇关于创造社的回忆文字，是内山完造与陶晶孙二人的对谈，内山完造虽是日本人，但旅居中国多年，和中国文化界过从甚密，并且还是鲁迅的老友，陶晶孙则是创造社的一份子，由他们二人来谈创造社的情形，想来该有餍饫我们见闻的地方。可是失望得很，那篇关于创造社回忆的谈话，舛误和疏漏的地方竟然随在可见，不但对创造社的成立，发展，消灭的过程不能原原本本的作系统的叙述，甚至对几个重要的问题（《大陆新报》问的），都回答不出所以然来。例如《大陆新报》问："左联成立时，已有创造社了吗？"陶说："已有了。"内山说："已有了吗？田汉被拉入……好象是入了那里的暧啦儿。"事实上，左联的成立还在民国十九年，左联成立时，创造社不但早已有了，而且已经过了它的黄金时代遭到被查封的命运了。又如《大陆新报》问："当初创造社和鲁迅的关系不是很坏吗？不知和左联的结合又是怎样的经纬呢？"内山的回答却是："并没有理由的。"实际上，和创造社笔战过的鲁迅，一变而成左联的盟主，这其间确实有很大的经纬，在两方面互相斡旋，使得本来如冰炭不相容的两方，终于释嫌修好的结合起来的，完全是冯雪峰（画室）一人的功劳。倘若内山氏对这还不大清楚，那么陶晶孙一定更不清楚了。因为陶晶孙虽是创造社的一份子，创造社丛书中也列有他的《木犀》和《音乐会小曲》两部创作。但他在创造社中，不论是前期和后期，都未居过重要地位，他比较活跃的时期倒是在创造社被封和左联成立以后，由他来回忆创造社，其语焉不详，正是无怪其然的。作者和创造社虽然没有什么渊源，但寝馈新文学已有十余年历史，旁观者清，对于创造社的始末情由倒比较熟稔，同时觉得创造社这文学团体在新文学运动中所建立的功绩的伟大，及其在青年群中影响的雄厚，都有较详细地把它的历史录下来的价值，所以遂作这篇《记创造社》，目的倒并不在于补正内山完造和陶晶孙二人对谈的舛漏，而是想为中国的新文学运动保留一部份珍贵的史料。

创造社的成立，大约是在民国十年，成立的地点并不在中国，而是在日本东京，原来发起组织创造社的几个人如郁达夫，张资平，郭沫若，成仿吾，王独清，穆木天，郑伯奇等，差不多全是当时的留东学生，他们所学的虽然并不完全是文学，但因个性多半喜欢和文学接近，课余也常常有作品寄到国内各大刊物上去发表，彼此的兴趣相同，大家集合在一起，遂有组织文学团体和出版刊物的计划。至于把社名定为“创造”，则是出于郭沫若的提议。



创造社虽然成立于东京，但是刊物却不能不到国内来出版，于是大家便公推郭沫若和郁达夫二人回国主持刊物出版事宜。当时国内新文化的空气虽然非常浓厚，但出版新文化书籍的书局却还寥寥无几，许多新文化团体所出的刊物，不是自己集资印刷，就是附在报纸里面发行，唯一的大出版机关只有一家商务印书馆。创造社初时也曾和商务接洽，想由商务来出版他们的刊物，但商务自己也早已出有一种文艺刊物，就是把出过十一卷的《小说月报》加以革新，派请沈雁冰主持编务，并且还设立了一个文学研究会的团体，商务当局对郭沫若和郁达夫二人虽很重视，却无意另出新刊，郭沫若等无法可施，不得已而求其次，只好改和泰东书局的主人赵南公接洽。泰东书局虽是一家小书局，但泰东主人赵南公的眼光却很远大，当上海许多小书局都还在竞出鸳鸯蝴蝶派的书籍刊物时，他早已改变方针，在出新文化的书籍刊物了，不过因为找不到人才，所以出的东西多半没有销路，这时见郭沫若等肯来和他合作，正是求之不得，连忙一口答应，不过因为经济比较困难，不肯出月刊，要出三个月一次的季刊，郭郁二人也同意了，因为这在集稿方面可以比较从容一些，并且他们同时还在《中华日报》附出一个《创造日》，时间方面也忙不过来。

《创造》季刊是采取的轮流编辑制，第一期由郁达夫编，第二期由郭沫若编，第三期出版时成仿吾恰好也回国了，便由成仿吾主编。创刊号出版于民国十一年八月，内容有郭沫若，王怡庵，何畏，成仿吾等的诗，张资平的短篇小说《她怅望着祖国的天野》和长篇小说《上帝的女儿们》，田汉的独幕剧《咖啡店之一夜》，郭沫若的诗剧《棠棣之花》第二幕，郁达夫的短篇小说《茫茫夜》，这些作品虽还不能说是成功之作，但比较起初期《小说月报》里面的作品来，水准却要高得多了，所以出版后销路很好，不多几天便销售一空。泰东方面没有料到会有这样好的销路，反而懊悔季刊出版日期相距过远，于是便自动降格相求，请郭沫若等代他另编一份周刊，这便是继《创造》季刊而出的《创造周报》。

《创造周报》创刊于民国十四年五月十三日，版式是十六开本，较《创造》季刊为大，篇幅却薄得很，每期只有八页，至多只能刊四五篇文章，文字却短小精悍，引人入胜，例如创刊号中成仿吾的《诗的防御战》，第三期中灵光的《致青年的一封信》，都曾引起青年莫大的同情。创造社的声誉，也由此蒸蒸日上了。

创造社最初是主张“为艺术而艺术”的，其实他们本来没有什么立场，郭沫若在动身回国办杂志前对陶晶孙说：“我们握住新浪漫主义而做吧。”这话也许可信，因为《创造》季刊创刊号中就有郁达夫译唯美派（即新浪漫主义）作家王尔德的《杜连格雷画像》的序文，同时因为文学研究会一派提倡写实主义，主张“为人生而艺术”，有心想和他们对垒遂以浪漫主义相标榜，也正是情理之中的事，恰好当时的青年们刚从旧礼教的旗帜下解放出来，正都深刻地感觉性的苦闷，对于郁达夫张资平等充满浪漫气息的恋爱小说，可谓投其所好，遂都表示热烈的欢迎，同时他们也欢迎郭沫若王独清的热情横溢的诗歌，成仿吾的大胆泼辣的批评，创造社拥有这许多受青年欢迎的作家，所以他们的声势凌驾同时的各种文学团体以上，实在也是无怪其然的。

可是创造社所出的几种刊物寿命却都很短，《创造》季刊出至二卷二期停刊，共六期，历时一年有半，《创造周报》则出满一年五十二期后终刊，《创造日》仅出百期，只有三个月零十天的寿命。这几种刊物，除了《创造日》是附在《中华新报》内发行，不得不受报馆方面的支配外，其他两种刊物的停刊，都是由于泰东书局方面藉口经济上的原因，其实泰东出版创造社的东西不但没有亏本，而且大获其利，他所以要这样藉口，乃是发行创造社的刊物利息不及如发行创造社的丛书来得优厚，商人只知道牟利，那里顾什么文化不文化，因此便宁愿发行丛书而不愿再出刊物了。

说到创造社丛书，可谓自有新文学运动以来以作家被书贾剥削得最厉害的一次，同时也是创造社和泰东书局的关系破裂的因素。原来泰东书局主人赵南公，是个工于心计的商人，他见创造社所出的刊物深受读者欢迎，便把郭沫若郁达夫请入哈同路民厚里泰东书局编译所，要求他们代他另编一套创造社丛书，郭沫若等因为这工作非常容易，只要把刊物上已发表过的作品搜集起来出单行本，另外把几部未发表的长稿凑进去充数就可以，所以也就慨然的答应了。这一套创造社丛书包罗很广，先后共计出有十余册，创作方面计有郁达夫的短篇小说集《沉沦》，郭沫若的诗集《女神》和《星空》，张资平的长篇小说《爱之焦点》，周全平的童话集《烦恼的网》，倪贻德的短篇小说集《玄武湖之秋》等。翻译方面最著名的是郭沫若译的德国歌德的《少年维特之烦恼》，和德国施托姆的《茵梦湖》，曾经风魔了不少青年男女的心，此外还有郑伯奇译法国古尔蒙的长篇小说《鲁森堡的一夜》，穆木天译英国《王尔德的童话》，及法国法朗士的童话集《蜜蜂》，印度诗人泰戈尔的诗集《新月集》等多种。此外还出有一种创造社小丛书，内有郁达夫的短篇小说《茑萝集》，郭沫若的《诗经》今译《卷耳集》等。这一套丛书，因为发行方面不象刊物那样的具有时间性，所以销数非常之广。可是销数虽广，利益却全入泰东主人赵南公的囊橐，郭沫若、郁达夫等一批作者的版税竟然毫无着落，每次在赵南公面前提起版税来，他总是笑嘻嘻的说："你我自己朋友，何必计较，要多少钱用只管向我拿就是了，版税可以等将来再算。"郭沫若等毕竟都是文人，没有应付市侩的经验，加之赵南公在表面上对他们优礼有加，隔几天给他们一些零用钱，他们也就不好意思再开口了，这样久而久之，创造社丛书的版税竟成了一笔滥污账。无如他们虽肯让步，其他作家却不愿使自己的心血化成虚牝，屡次来信催索版税，郭沫若等无法可施，只好去和赵南公商量，赵南公却仍一味推诿，不肯拿出钱来。郭沫若等这时也看出赵南公意在剥削他们，也不免有些愤愤不平，便严厉地向他提出最后交涉，要他把创造社丛书的版税结算清楚，否则不辞和他决裂。赵南公这时已把郭沫若等利用了个足够，靠着这几本丛书刊物的纸版，也已够他享用这一辈子，没有再利用创造社的必要，并且估量郭沫若等几个无拳无勇的文人，也没奈他何，对于他们的最后交涉，居然竟显出一种爱理不理的神气。郭沫若等见交涉无效，一怒之下，便相率脱离了泰东书局，准备自己来成立创造社出版部。

不过他们毕竟都是些文人，缺少资财，赤手空拳的要想成立起一个出版部来，确实不是容易的事。便是赵南公也估量他们不会成功，有恃无恐。谁知到了民国十五年，创造社出版部居然竟宣告成立，继续发行起书籍刊物来了，而且完全是自力更生，并未凭藉什么大腹贾的资助，这一番功绩，要归之于创造社的一位小伙计周全平的身上。周全平和创造社本来并无什么渊源，不过因为他性喜文艺，当他在南翔做事的时候，间或也写一些作品，向创造社各刊物投稿，这样便受知于郭沫若，把他援引到创造社中来。其实周全平的文章写得并不很好，他最擅长的还是做生意，当郭沫若和他谈起成立创造社出版部的事情时，他竟一力担承了下来，原来他早知道创造社业已在一般青年群众中留下很好的印象，正不妨加以利用。他的计划是先把创造社出版部的名义揭出来，然后再用这名义去向青年们募股，股额定得很低，每股只要五元，入股后的利益却很大，凡是创造社的股东，定阅创造社出版的刊物都可以得半价优待，购买创造社出版的书籍则可得六折或七折的优待，这就是利用青年们的金钱来印自己的书籍刊物，再从中获取利润。这办法确实很巧妙，当时醉心于创造社那一班人的作品的青年为数很多，所以创造社在很短的时期内就已募足了股份，正式进行起他们的事业来了。

当创造社业已和泰东书局决裂，创造社出版部却还没有成立的中间一段过渡时期里，恰好有一个新书业商人乘机崛起，这便是前光华书局主人后来又开上海杂志公司的张静庐，他本来也曾在泰东书局任过事，亲眼看见创造社的书籍刊物受一般青年读者的欢迎，等到创造社和泰东书局决裂以后，他便乘机集资创办光华书局，接受创造社各作者的稿件，先后出版的计有郭沫若的《文艺论集》，戏剧《三个叛逆的女性》，张资平的短篇小说集《蔻拉梭》与《梅岭之春》，王独清的诗集《圣母像前》，周全平的短篇小说集《梦里的微笑》和《苦笑》，成仿吾的文艺批评集《使命》和短篇小说集《流浪》，以及《创造日百期汇刊》，另外还出有一种半月刊，名叫《洪水》，由周全平主编，直到创造社出版部正式成立后，《洪水》和其他几种书籍才移归创造社去出版。

创造社出版部成立后所出的几本书籍，确实非常精彩，尤其是张资平的长篇小说《飞絮》，和郭沫若的长篇小说《落叶》，几乎成为青年们的枕畔珍宝，人手一编，行销钜万。这不但由于内容的动人，就是形式方面，也非常美观，封面和装帧的图案，统出于叶灵凤的手笔，可说自有出版物以来，装璜没有如此精美过的，自然更使青年们爱好了。可惜以前交泰东书局出版的几本丛书，行销已久，读者众多，没有更大的销路，不值得收回版权来重排，不过《少年维特之烦恼》一书，因受青年欢迎的关系，曾重印过一次，和泰东的那一本闹成了个双包案。创造社出版部最初的出版计划，虽偏重于出版丛书，但也没有忘记继续《创造》季刊和《创造周报》的未竟之业，所以在成立后不久，就出版《创造月刊》这同人杂志，以继续过去的精神。《创造月刊》创刊号出版于民国十五年三月一日，内容有成仿吾的《文艺批评杂论》，郭沫若的《论节奏》，王独清，穆木天，冯乃超的诗，张资平的短篇小说《密约》，郁达夫的短篇小说《寒宵》与《街灯》。篇幅虽较《创造》季刊略薄，文字却更为精彩，发刊词是由郁达夫写的，内有"创造社脱离各资本家的淫威而独立"，和"在这个弱者处处被摧残的社会里，我们若能坚持到底，保持我们弱者的人格，或者也可为天下的无能力者被压迫者吐一口气"等语，足以表示他们对泰东书局的积怨未消，以及终于获得自力更生的欣慰。

可是这时正是北伐的前夜，创造社的作家，除了一部分留日未归的以外，其余的几个，在这日内政治形势日益紧张的时期，都纷纷各奔前程，郁达夫成仿吾受广州中山大学之聘，前往担任教职，郭沫若则更飞黄腾达，在当时总司令部政治部主任邓演达的手下当起科长来，对于创造社出版部的事务，都无暇兼顾，只好交给一群小伙计去干。这一群小伙计，便是周全平，叶灵凤，潘汉年，周毓英四人，而以周全平为其中最主要的人物，叶灵凤和潘汉年二人另外代光华书局编有《幻洲》半月刊，对创造社的事情也很少过问，所以周全平遂得上下其手，从中舞弊，创造社各作家风闻周全平有揩油中饱的事情，遂公推郁达夫回沪查账。周全平得知郁达夫来沪的消息，索性先下手为强，悄悄的卷了社中的一笔钱，不辞而别，到关外办农场去了，等到郁达夫来沪，早已人去楼空，幸亏本外埠的存账还多，加之关心创造社的青年日增月盛，所以稍加整顿，便恢复原状，不过《创造月刊》已因此脱期了五个月，《洪水》半月刊竟告停刊了。

《洪水》停刊以后，郁达夫的意思颇想复活《创造周报》，已经在报上登出了预告，征求定户，不料这时国内形势又复转变，清党事起，郭沫若从武汉铩羽归来，匿居于北四川路附近，除了翻译歌德的名著《浮士德》第一部外，复想利用创造社来做政治性的文化宣传的策源地，这在郁达夫是很表反对的，由于双方主张的不同，于是在这两个多年的好朋友之间，竟发生了龃龉，郁达夫开始登报声明脱离创造社。不久郭沫若亦亡命赴日本，嗾使京都派河上肇博士幕下的一群门生回国接收创造社，而创造社也就从这时候起，开始由前期转入后期，提倡起革命的普罗列塔里亚文学来了。

后期创造社的人物，除了化名麦克昂的郭沫若，和成仿吾，王独清等人外，郑伯奇，陶晶孙，穆木天等也都在这时回国了，这些都是由前期转入后期的，另外还有一批新的人马，则是冯乃超，黄药眠，龚冰庐，洪灵菲，沈起予，段可情，邱韵铎，华汉，林伯修，李初梨，彭康，朱镜我，李铁声。尤其是华汉以下的这几个人，不但有高深的文艺理论的修养，而且还有丰富的社会科学的知识，后期创造社得有这样一批新的生力军加入，声势之盛，远过往日，当时他们的计划，是把已经登报预告过的《创造周报》停止出版，改出《文化批判》月刊，后来又嫌仅有这两种刊物还不足以发挥所长，续出专载哲学社会科学文字的《思想》月刊，和小型的一般性读物《流沙》半月刊两种，色彩也一天比一天明显了。

不过他们事先也曾顾虑到这样大举宣传和三民主义不相容的主义，说不定会遭受当局的干涉，所以特地聘了位刘世芳律师做他们的法律顾问，以资保护，然后开始来进行他们的出版计划，内部改采编辑委员会制，负责较多的人物是王独清，成仿吾，李初梨三人。为吸引青年的兴趣起见，还举办了一次创造社文艺奖金，以一千元的代价征求一部长篇创作小说，获得这笔文艺奖金的人名叫汪锡鹏，他的得奖小说的名称叫做《结局》。

现在要说到创造社与鲁迅的笔战了。本来创造社在上海，鲁迅在北方，两下如风马牛之不相及，谁知事有凑巧，鲁迅所主持的《语丝》，因为在北方备受奉系军阀的压迫，南迁来沪，鲁迅本人也到厦门广州去教了几个月书，回到上海，就在上海住将下来，恰好创造社内部发生分裂，脱离了创造社的郁达夫，无所归属，竟到北新书局去，和鲁迅一同编起《奔流》月刊来。两人在文坛上享名都很盛，如今合在一起，自然很有号召青年的力量，这使后期创造社的一班人很觉看不过去，他们都是“初生之犊不畏虎”，同时又自恃立场正确，便开始联合起来，在文章中对鲁迅极尽冷嘲热讽的能事。鲁迅这时还充满了个人主义的思想，把自己的声名看得很重，并且素来经人趋奉惯了，那里容忍得住，于是便在《语丝》上写了一篇文章，题名《醉眼中的朦胧》，痛斥创造社提倡革命文学的不当，这一来，便引起了一场轰轰烈烈如火如荼的大笔战。



首先是成仿吾，化名做石厚生，在《创造月刊》上发表了一篇《毕竟是醉眼陶然罢了》，以为反攻，接着创造社的姊妹刊物《太阳月刊》，也发表了钱杏邨的一篇《死去了的阿Q时代》，批评鲁迅所著《呐喊》中的《阿Q正传》小说，那篇说阿Q的时代业已成为过去，还有其他大大小小的许多刊物，一致向鲁迅取着攻击的态度。在这大举围剿之下，鲁迅却不慌不忙的从容应付，他先根据当时报纸上所载的一件和《阿Q正传》中的社会背景人物意识差不多的新闻，以证明阿Q的时代实在还没有过去，接着又把其余的攻击一一驳斥倒了。他的杂感随笔素来以笔锋犀利著称，不消三言两语，已使当之者啼笑皆非。创造社见不能以偏锋取胜，便想从理论上攻倒鲁迅，于是便由成仿吾出马，写了一篇《从文学革命到革命文学》，把五四到一九二七为止中国新文艺界随时代的进展而递嬗转变的必然趋势，说得头头是道，无懈可击。成仿吾本来擅长写文艺理论，这篇文章更写得出色当行，可是篇末无意间加上了一行“一九二八年某月某日于修善寺”的小字，却被鲁迅据以为反攻的藉口。原来这修善寺乃是东京有名的避暑胜地，以革命文学家自居的人，不和大众同甘共苦，却独自逍遥自在地躲在有名的避暑胜地修善寺里，写他提倡革命文学的大文，岂非太觉言不顾行？鲁迅当然不肯放过这良好的口实，便在《语丝》的随感录里写了篇《革命文学家于修善寺》，虽只轻描淡写，却已挖苦备至。另外又写了一篇《匾》，引他故乡绍兴一则有名的故事以为比喻，大意是说有两个秀才到某庙去看匾，这两个秀才都是近视眼，到了庙门前，甲秀才大赞匾上的字写得如何龙蛇飞舞，乙秀才则大赞匾的形式如何富丽堂皇，正在一搭一挡大吹大擂得意非常的当儿，不料旁边却有一人冷冷的提醒他们说："匾还没有挂上呢！"两秀才大惭而退。这一则比喻，言外之意，等于说创造社那一班人尽管大吹大擂的提倡革命文学，实际上却好象近视眼看匾一样，匾还没有挂上，换一句话说，也就是提倡革命文学还没有到时候。这两篇文章发表后，创造社那一班人分外恼怒，索性在某期的《文化批判》上，出了个"噔·鲁迅"专号，比鲁迅为十六世纪西班牙小说家西万提斯笔下的"噔·吉诃德"，说他是个顽固不化，愚而好自用的人物，这不但不能攻倒鲁迅，反而显出他们这一班人业已成为强弩之末，势不能穿鲁缟了。这一场大笔战，直到民国十七年年底才告结束，鲁迅当时不肯甘服。不过创造社对他的攻击，也并非全无益处的，便是他自己后来也说，当初要是没有创造社那班人挤逼他，使他发奋去读社会科学的书籍，恐怕思想的转变也未必会有这样快呢。

民国十八年春天，创造社正想重整旗鼓，刚把二卷六期的《创造月刊》新年号送将出来，不料已遭当局注意，把设立在北四川路麦拿里四十一号的创造社出版部查封，从此这在新文学运动中曾起过巨大影响和作用的文学团体创造社，便成为历史上的名词了。

创造社被封以后，创造社那一班作家，虽如陶晶孙所说那样，在左联里面，仍以创造社而凝结着，但声势已远不如往日之盛，因为创造社的几个主要作家如李初梨，彭康，朱镜我，华汉，林伯修等均已被捕，成仿吾出国赴欧，郭沫若在日本不能回来，在左联里面比较活跃的，仅有陶晶孙，郑伯奇等有限的几个人物，到了民国十九年下半年，艺术剧社被封，民族文艺抬头，创造社才真的烟消火灭了。

至于创造社那一班作家现在的下落，据我所知，除了王独清病死，洪灵菲殉国，彭康，朱镜我，周全平等不知去向外，成仿吾，潘汉年在赤都延安，郭沫若，冯乃超，黄药眠，李初梨，华汉，沈起予，林伯修等在重庆和桂林，张资平，陶晶孙，周毓英，龚冰庐，邱韵铎均已参加和运，郁达夫远走南洋，叶灵凤羁旅香港，郑伯奇在西安，穆木天在昆明，云散风流，提起来也足以使人生沧桑之感哩！

原载1943年6月1日上海《文友》半月刊第1卷第2期

# 郁达夫与创造社

于　昀

郁达夫是中国“五四”新文学团体创造社的主要创始人之一。但是，他也是后来公开宣告脱离创造社的唯一成员。从他召集创造社酝酿期的第一次会议起，直到他脱离时止，始终是创造社活动的重要人物。所以，围绕郁达夫这一时期的文学活动，也能看到创造社的成立与前期活动的经过。

一九一九年，当中国“五四”运动爆发以后，全国掀起了一场“反对旧道德，提倡新道德；反对旧文学，提倡新文学”的文化革命运动。随着运动的深入发展，新文学作品，犹如雨后春笋，不断刊行，猛烈地冲击着维护封建统治的旧思想、旧道德和旧文化。郁达夫这时正在日本留学，由于受到国内这一运动的影响，加上他在国外亲身感受到作为一个弱国国民，到处遭受歧视和凌辱的痛苦，更激起了他强烈反帝反封建的爱国主义思想。于是他决心要组织一个新文学团体，以实际行动来唤起民众拯救中国，投入全国的斗争。

早在一九二〇年春，郁达夫还在东京帝国大学经济学部求学时，就和同校地质科的张资平，还有造兵科的成仿吾，一起商议要组织一个以反帝反封建为主旨的新文学团体，创办一种文学杂志。后来在他当时寄宿的“不忍池”畔“池之端”二楼寓所，召开了第一次会议。郁达夫回忆那次会议情况时说：

“那一天午后，我和资平，二人合起来出了一块钱买了一块钱的桔子，打算开会的时候，大家吃的。等到午后二点多钟，仿吾如约来了，而田汉终究不到。我们把桔子吃完，看电灯上了火，田汉还是不来。我与资平，只好自认晦气，白化了一块钱，会终究开不成功。仿吾背上书袋，临走的时候，也只叫了几声‘马鹿！马鹿！’

这时候，沫若在九州帝大的医科，他时常有信和诗寄来，竭力的促成我们结一个团体，来出一种杂志。所以那一天他虽然没有从几千里路跑来参预这一块钱的桔子会，但仿吾却把他的信和诗稿，一齐带来，作他对于我们的提议。”（《创造社出版部的第一周年》，刊《新消息》周刊第一期）

这一次的“桔子会”，虽没有得出什么结果，该说是创造社酝酿期的最早一次会议。



接着，郁达夫和成仿吾等，又接连召开过几次会，具体研究了成立组织和出版杂志的计划，还邀请京都的郑伯奇、穆木天、张凤举和徐祖正等人加入，推派田汉回国找寻出版处。郭沫若在一九二一年一月十八日给田汉信中所说：

“成仿吾君你近来会过没有？他去年有信来，说有几位朋友（都是我能信任的）想出一种纯文艺的杂志，要约你和我加入。他曾经和你商榷过没有？他的来信上说：‘新文化运动已经闹了这么久，现在国内杂志界的文艺，几乎把鼓吹的力都消尽了。我们若不急挽狂澜，将不仅那些老顽固和那些观望形势的人要嚣张起来，就是一班新进亦将自己怀疑起来。’他这个意见，我很具同感，所以创刊的建议，我也非常赞成，不消说我们创刊杂志另外还有更大的目的和使命了。京都方面的朋友也可有三四人加入。我在二月间拟往京都——我昨天写到此处便住了笔，今天往校内去取信，成仿吾君竟有一封信来，我才知道他已经和你商量过。其后的进行怎么样了？

我等你来信，再商量以后的办法。”（刊《南国月刊》二卷一期）

指的就是这一时期的活动。但是后来，因为在国内找不着出版处，一切活动只好暂告停顿。这是创造社成立前的酝酿时期。

一九二一年，当郭沫若在上海向泰东书局经理赵南公提出创办杂志的计划得到同意后，即于七月初回日本与大家商议杂志的名称、出版时间和稿件来源等问题。他先到京都会见郑伯奇、穆木天、张凤举等人，但都没有得到解决。于是便到东京找郁达夫。这时候郁达夫正因胃病和发烧，住进了东京神田骏河台的杏云病院，郭沫若找到病院去和郁达夫商谈，结果两人初步商定杂志用名“创造”，出月刊还是季刊，根据稿源情况再作决定。郭沫若在《创造十年》中说：“我看见他这种热情，觉得到东京的目的是已经达到了。”郁达夫后来也用他们这次会见的题材，写过一篇小说《友情与胃病》（后用名《胃病》）。

郁达夫在郭沫若去看他的第三天便出院。出院后，于七月中旬在他住所召开了会议，出席者有：张资平、郭沫若、何畏，以及自京都来的徐祖正等。会上一致通过了用“创造”作为杂志的名称，决定先出季刊，稿件由大家分担，限于暑假中交出。创造社也就在这一次会上宣告成立。

出季刊事一经决定，先由郭沫若回国筹办。但郭沫若回到上海，又遇到了不少困难。所以当他把新诗集《女神》作为创造社第一本集子编出后，即写信要求郁达夫回国主持季刊的出版事项。郁达夫接信于九月初回到上海，郭沫若将已经集成的稿件交给了郁达夫，自己便回日本继续他的医科学业。郁达夫承接了季刊的编辑出版任务，首先写出出版预告，刊一九二一年九月二十九日上海《时事新报》。预告说：

“《创造》第一期，一九二二年一月一日出版，社址：上海马霍路德福里三百二十号。

自文化运动发生后，我国新文艺为一二偶像所垄断，以致艺术之新兴气运，澌灭将尽，创造社同仁奋然兴起打破社会因袭，主张艺术独立，愿与天下之无名作家，共兴起而造成中国未来之国民文学。

创造社同人：田汉、郁达夫、张资平、穆木天、成仿吾、郭沫若、郑伯奇。”

郭沫若在日本见到这一预告刊出，十分钦佩郁达夫的果敢精神。他在十月六日给郁达夫的信中说：

> “‘创造’预告我昨日早在时事新报上看见了。同人们都在希望我们的杂志早出版，资平日前正在写信来问。我在上海逗留了四五个月，不曾弄出一点眉目来，你到不两礼拜，便使我们的杂志早有诞生的希望，你的自信力真比我坚确得多呢！”（《沫若书信集》）

又在《创造十年》中说：

> “预告上说季刊准于明年元旦出版……。那一方面使我佩服着我们达夫的勇气，同时也使我感觉着分外的不安。我在上海呆了将近半年总不敢登出的预告，达夫接事仅仅三天，便把它登出来了。旗鼓一张便不能不有实质相副，我始终感觉着同人们的力量实在并不充足。”



由于在预告中提出了“我国文艺为一二偶像所垄断”的指摘，引起当时另一新文学团体“文学研究会”（一九二一年一月在北京成立，主要发起人有：沈雁冰、郑振铎、王统照、许地山等）一些成员的不满，使得双方一度产生隔阂。

郁达夫在编辑季刊过程中，为了解决生活问题，曾去安庆法政专门学校任英文教师。在这期间，泰东书局于一九二一年十月十五日出版了郁达夫的第一本著作《沈沦》，是创造社出版的第一本小说集，列为“创造社丛书第三种”（第一种《女神》，郭沫若著，第二种《革命哲学》，朱谦之著），内收小说《沈沦》、《南迁》和《银灰色的死》三篇，另有《自序》。郁达夫于一九二一年底来上海，将季刊编出发稿后，复于一九二二年三月一日动身回日本东京，参加帝国大学的毕业考试。季刊创刊号的出版，最后拖到一九二二年五月一日，较预告日期延迟了四个月。郁达夫在季刊创刊号上，除发表他的《〈杜莲格来〉的序文》（译文）、《〈一个流浪人的新年〉跋语》、《艺文私见》和小说《茫茫夜》

外，还用笔名 T. D. Y. 写了《编辑余谈》。

《创造季刊》的创刊，受到青年读者的欢迎，也引起了文学界的反响。创造社的声望随之扩大。季刊接连刊出，其中第二期由郭沫若主编，第三期由成仿吾主编。郁达夫在季刊上，前后共发表了十余篇作品，包括他唯一的剧作《孤独的悲哀》（后用名《孤独》）。

一九二二年四月，郁达夫在东京帝国大学经济学部经济学科毕业，获得经济学士学位，七月中旬离开东京回国，结束了他在日本的十年留学生活。

回国之后，郁达夫先到安庆，不久便于暑假来上海，和郭沫若同住哈同路民厚南里的泰东书局编译所新址。这期间，他为消除新文学团体间的隔阂，使大家团结起来，共同致力于中国新文学的发展，曾发起在郭沫若新诗集《女神》出版一周年之际，于八月五日假一品香旅社召开"《女神》纪念会"。这一创议，得到文学界各方的支持。开会那天，"文学研究会"的成员前来参加者也不少，诸如沈雁冰、郑振铎、谢六逸、庐隐等都出席了会议。会上原想再提议组织"作家协会"，终因某些原因而未能实现。

由于《创造季刊》一卷二期（于一九二二年九月出版）刊出了郁达夫的《夕阳楼日记》，文中指摘余家菊自英文重译德国威铿所著《人生之意义与价值》一书的错误，引起了创造社和胡适派文人的一场激烈笔战。胡适亲自出马，在《努力周报》第二十期发表他的《骂人》，大肆攻击郁达夫和创造社其他成员，郁达夫则以《答胡适之先生》（刊一九二二年十月三日《时事新报》副刊《学灯》）来回敬。接着创造社其他成员群起反击。通过这一场论战，创造社不仅经受了一次考验，在斗争中显示出它的活力，而且还产生了几篇可贵的作品。郁达夫的《采石矶》就是其中的一篇，诚如郭沫若在《论郁达夫》（《历史人物》）中所说：

"我们是'异军苍头突起'，对于当时旧社会毫不妥协，而对于新起的不负责任的人们也不惜严厉的批评，我们万没有想到以'开路先锋'自命的胡适竟然出以最不公平的态度而向我们侧击。这事在胡适自己似乎也在后悔，他在当时只把我们当成了一批上海的洋场恶少，轻易的树下了一批敌人。但经他这一激刺，倒也值得感谢，使达夫产生了一篇名贵一时的历史小说，即以黄仲则为题材的《采石矶》。这篇东西的出现，使得那位轻敌的‘开路先锋’也确切地感觉到自己的冒昧了。”

一九二二年九月，郁达夫再度去安庆法政专门学校任教，后来又去北京小住，直至一九二三年四月初才回上海。这时候，郭沫若和成仿吾都在上海，三人共同主持创造社的编辑工作，是创造社力量最强的时期。当时为了应付创造社日益兴盛的局面，在《创造》季刊创刊一周年之际，又办起一种小型灵活的《创造周报》，于五月十五日创刊。之后，上海《中华新报》见创造社的社会声誉日高，经主笔张季鸾提出，要他们每天再在《中华新报》上编半版副刊，言明编辑权归创造社，每月支付一百元编辑费。对这一建议，郁达夫和成仿吾都主张接受，认为在那样的形势下，能有一个日刊对付，不仅可以争取更多的读者，而且还可以吸收一些外来稿件，唯独郭沫若有不同意见，感到力量不足。但是最后仍以多数意见为决定，将日刊定名《创造日》，由郁达夫、成仿吾和后来加入的邓均吾负责编辑，自一九二三年七月二十一日起，除星期日外，每天在《中华新报》上刊出。一百元编辑费三人分用，其中郁达夫六十元，成、邓各二十元。至此，创造社同时刊出了“季刊”、“周刊”和“日刊”三种期刊，对读者的影响是很大的。其中特别是《创造周刊》最受欢迎，刊行数由初刊每期三千份增加到后来的六千份，仍不敷销售，还要经常再版。郁达夫在这一阶段的创作力也最旺盛，除在季刊上继续发表中篇小说如《茑萝行》、《春风沉醉的晚上》外，还在周报与日刊上不断撰写短篇小说和论文。他自己在《五六年来创作生活的回顾》中曾说：“一九二三年的一年，总算是我的 most productive 的一年，在这一年之内，做的长短小说和议论杂文，总有四十来篇。”

创造社在这时候，虽说已发展到极盛时期，但除《中华新报》每月一百元的编辑费之外，并无其他固定收入。出版的季刊和周报，泰东书局连稿费和编辑费都不给，更何况工资，只是经常五元十元不定期地支付一点零用。所以大家一面忙于应付三种期刊的编辑出版，一面又感到经济压力很大。正在这进退维谷之时，北京大学的陈豹隐（启修）要去苏联留学，邀请郁达夫去接替他的统计学讲课。郁达夫这时觉得这么多人一起工作下去，终难持久，倘若自己去北京任教，可以把他的一份收入分给大家，解决一部分困难。于是他就和大家商议。成仿吾赞成他去北京，郭沫若则不以为然，劝留过郁达夫。但最后，郁达夫还是决定离去。临行前夜，创造社同人借上海振华旅馆聚会饯行。这是一次不愉快的“离散”。郁达夫曾把大家离散前的悲痛情景，构思成小说《离散之前》。文中“发行业者的堆栈”即指民厚南里泰东书局编译所；主人公于、邝、曾三人，是他自己和郭沫若、成仿吾的化身，笔调感伤，十分动人。

郁达夫于一九二三年十月五日离开上海，从海路经天津去北京。在他离开上海不久，他自编的《茑萝集》，作为创造社“辛夷小丛书第三种”（第一种《辛夷集》，第二种《卷耳集》）由泰东书局于十月底出版。其中除收入小说《血泪》、《茑萝行》和《还乡记》外，并有郁达夫的《献纳之辞》、《茑萝集自序》和《写完了茑萝集的最后一篇》。是郁达夫继《沈沦》所出版的第二本小说集。

郁达夫离开上海后，创造社由于人手减少，再要应付三种期刊的出版，感到力量不足。同时《中华新报》也因某些方面的压力，希望结束副刊《创造日》的刊出。于是就在一九二三年十一月二日，当《创造日》刊出第一百期后，成为创造社刊物中第一个夭折者而停刊，前后经历了一百零四天（其间最初四个星期日没有出版）。

在《创造日》停刊的第二年（一九二四年）二月下旬，《创造》季刊接着也因各方面的原因，出完第六期后停刊（第一卷四期，第二卷二期）。这时候，创造社的三种期刊，所剩只有奄奄一息的《创造周报》，由郭沫若和成仿吾继续维持着，还经常闹稿荒。当时北京“太平洋社”曾向郁达夫提议，停办该社的《太平洋月刊》，与创造社合办《创造周报》，每期前半政论由“太平洋社”编辑，后半文艺由“创造社”编辑，仍在上海发行。郁达夫把意见转到上海后，郭沫若不赞成这种文艺为政论附庸的办法，主张一期政论一期文艺。结果因双方意见不能统一而没有实现。

后来郭沫若于一九二四年四月初去日本，《创造周报》就由成仿吾一人勉力维持。为了和成仿吾共同商议周报的结束工作，郁达夫复于五月中旬来上海，并把“太平洋社”第二次提出与“创造社”合办新周刊的意见带来讨论，经大家同意，便在《创造周报》第五十二期上刊出了“太平洋社与创造社合办新周刊”的预告。《创造周报》则于出版第五十二期后停刊。

《创造周报》的停刊，宣告了创造社初期活动的结束。以后虽由周全平等人在清理余稿时编出过一期小型周刊《洪水》，于八月二十日由泰东书局出版，但仅出一期便停刊。所说“创造社”和“太平洋社”合办新周刊的事，也没有实现。一九二四年十二月在北京创刊的《现代评论》周刊，事实上是由“太平洋社”主编，郁达夫和创造社的其他成员，只在该刊发表过几篇作品，当他们发觉“太平洋社”有其背景势力和另外的政治目的时，就停止了寄稿。

一九二五年初，郁达夫离开北京大学，随石瑛去武昌担任武昌师范大学文科教授。那时候，创造社创办人之一的张资平，也在武昌师范大学任生物系教授。郁达夫到达之后，便与张资平共同商议复活创造社，重建他们与黑暗社会和反动势力斗争的阵地。后来成仿吾在这年夏天来到武昌，三人便进一步讨论了筹备工作。为了吸取上一次的教训，不愿再寄人篱下任凭摆布，他们决定自己筹办一个“创造社出版部”，郁达夫是这一意见最积极的主张者。接着一方面把复活创造社的打算转告上海的郭沫若和周全平，要他们展开活动；一方面三人就在武昌开始印章程、集股金。但是这一次的筹备活动，因提出股金的金额太大，没有成功。



郁达夫在武昌师范大学，由于受到国家主义派和守旧势力的攻击、排挤，不到一年，便于一九二五年十一月离去。当郁达夫回到上海，又为创造社的复活而奔走。他计划着在“创造社出版部”建立后，一面恢复《创造》和《洪水》等期刊的出版，一面再编印一些文艺书籍。可是不幸的是，这时候郁达夫由于长期生活的压榨和奔波的疲劳，开始咳嗽咯血。最初他仍不肯放弃为成立创造社出版部的努力，直到发现自己是肺结核症，才于十二月去杭州进肺病疗养院疗养。郁达夫走后，上海成立创造社出版部的筹划工作，就由郭沫若和周全平承担下来。他们租下闸北宝山路三德里 A11 号的一幢老式房子，作为出版部办公地，又印发了五元、十元的小额股票，一切都进行得比较顺利。所以当郁达夫于一九二六年二月出院回上海，即和郭沫若等商议出版《创造月刊》，作为《创造季刊》的继续。这时郁达夫的病体虽未痊愈，但他还是抱病承担了月刊创刊号的编辑工作。他在《卷头语》中，坚定地提出《创造月刊》的革命立场和宏伟目标时说：

> 现在我们所以敢卷土重来，再把创造重兴，再出月刊的原因，就是因为（一）人世太无聊，或者做一点无聊的工作也可以慰藉人生于万一。（二）我们的真情不死，或者将来也可以招聚许多和我们一样的真率的人。（三）在这一个弱者处处被摧残的社会里，我们若能坚持到底保持我们弱者的人格，或者也可为天下的无能力者被压迫者吐一口气。
>
> 我们的志不在大，消极的就想以我们无力的同情，来安慰安慰那些正直的惨败的人生的战士，积极的就想以我们的微弱的呼声，来促进改革这不合理的目下的社会的组成。

这是郁达夫二年来经受了黑暗社会的种种欺压，一改他过去的沉默态度。正如他自己所说：

> 在这一个熬煎的地狱里，我们虽想默默的忍受一切外来的迫害欺凌，然而有血气者又那里能够！（《创造月刊》一卷一期《卷头语》）

所以他抛开了消极的彷徨，开始用他“微弱的呼声”去“为天下的无能力者被压迫者吐一口气”，进而想“促进改革这不合理的目下的社会的组成”。

通过郭沫若和郁达夫等的努力，创造社出版部终于在一九二六年三月成立。《创造月刊》创刊号，也在三月十六日出版。与此同时，出版部还从光华书局把《洪水》半月刊接了过来（《洪水》于一九二四年八月出了一期周刊停刊后，又在一九二五年九月改为半月刊由光华书局出版。创造社出版部成立后，自二卷十三期起改由创造社出版部出版）。自此，创造社开始进入它的新阶段，也就是第二期的开始。

当时，全国正在北洋军阀统治下，反对军阀反动统治的呼声，日益高涨；各地群众的反抗斗争，十分激烈，广东已经迅速发展成为革命的根据地，为即将开始的北伐战争作最后部署。北洋军阀政府，也在作垂死挣扎，他们依仗帝国主义势力，对革命人民进行了血腥屠杀，妄图挽救摇摇欲坠的反动统治。处在这样一个大动荡的暴风雨前夕，郁达夫怀着无比的革命激情，决心投入到革命的洪流中去，想以实际行动，为革命作一番贡献。这时候，广州中山大学聘请郭沫若去担任文科院长，郭沫若就邀郁达夫同去担任文科教授。郁达夫欣然同意，他编完《创造月刊》创刊号后，又把第二期编出，在他们接到广州中山大学寄来的聘书和路费时，即于三月十八日急迫地坐船南下。

郭沫若和郁达夫在三月二十三日早晨抵达广州。成仿吾到码头迎接。上岸后他们先在一家旅馆安顿下，然后同去中山大学接洽，并在三月二十八日搬进学校宿舍。这时由于创造社的主要成员，如郭沫若、成仿吾、郑伯奇、穆木天、王独清以及郁达夫等，都集中在广州，所以又在广州成立了创造社出版部广州分部。《创造月刊》的第三、四期，就是由成仿吾在广州编出的。



郁达夫在广州中山大学，开始只担任文科教授，后来又兼任了中山大学出版部的主任，打算创办“中山大学小丛书”。但这时候，上海“创造社出版部”自成立以来，一直无人负责，造成期刊停刊，账目不清等混乱现象，一度遭到北洋军阀当局的封闭，倘若长此下去，势将难以维持。于是经大家商议，一致希望郁达夫回上海重整出版部，主编《创造月刊》和《洪水》半月刊。郁达夫当然也不愿看到自己亲手创建的园地荒芜下去，就毅然接受大家的要求，决意放弃中山大学的教职，去上海主持“创造社出版部”。他在把《中山大学小丛书出版计划书》交出后，便于十一月三十日向学校提出了辞呈。

辞去中山大学教职和出版部主任之后，郁达夫在广州留住十多天，和大家一起研究了回上海整理出版部的打算。行前，创造社同人及友好二十余人，于十二月七日晚，在广州为郁达夫举行三十生辰庆祝宴会。席间郁达夫拿出《风流子·卅初度》词一阕，提议“最好是，题诗各一首，写字两三行”；留作大家临别纪念。

一九二六年十二月十五日，郁达夫告别广州诸友，登上去上海的客轮。由于风大，客轮延至十七日启航。

郁达夫自一九二六年三月到达这个革命根据地——广州以来，时间虽不长，但已敏锐地觉察到那里的政治气候在转变。当时，北伐队伍刚从广州开出，但当地的一切景象，都已沉浸在黑暗与恐怖之中，使郁达夫感到愤慨。他在临别广州时的日记中写着：

> 行矣广州，不再来了。这一种龌龊腐败的地方，不再来了。我若有成功的一日，我当肃清广州。肃清中国。(《病闲日记》)

又在《鸡肋集题辞》中失望地说：

> 在那里本想改变旧习，把满腔热忱，满怀悲愤，都投向革命中去的，谁知鬼蜮弄旌旗，在那里所见到的，又只是些阴谋诡计，卑鄙污浊。一种幻想，如儿童吹玩的肥皂球儿，不待半年，就被现实的恶风吹破了。

所以，当他于十二月二十七日到达上海后，即以笔名“曰归”写出他第一篇政论《广州事情》（作于一九二七年一月七日，刊《洪水》半月刊三卷二十五期），揭露当时革命队伍中的种种不良倾向和存在问题，指出这一次的革命，“仍复是去我们的理想很远”，要求大家“尽我们的力量来作第二次工作的预备”，以便早日消灭“这种畸形的过渡现象”。

北伐军进驻上海之后，种种迹象更显示出，革命成果有被篡夺的危险。郁达夫迫不及待地向人民敲起警钟。他在蒋介石公开叛变革命的前四天，写出了另一篇政论《在方向转换的途中》（作于一九二七年四月八日，刊《洪水》半月刊三卷二十九期）。文中除揭露革命队伍中的右倾投降主义路线和帝国主义、蒋介石破坏革命的罪行外，更进一步把马克思主义关于阶级斗争、暴力革命和武装斗争的基本原理，与中国革命实际情况相联系，阐述了中国革命的性质和前途，要求民众起来夺取武装，打倒“足以破坏我们目下革命运动的最大危险”的“封建时代的英雄主义”（指当时蒋介石的独裁专制）。这时候郁达夫还写出提倡无产阶级专政，号召打倒革命队伍中的新军阀、新官僚、新资产阶级的几篇政论，都刊载在创造社的《洪水》半月刊上。

郁达夫回到上海，一面着手整理创造社出版部，一面立即编出停刊已久的《洪水》半月刊三卷二十五期和《创造月刊》一卷六期，还连续编出了《洪水》半月刊三卷二十六至三十二期。在创造社出版部成立一周年的一九二七年三月，为纪念起见，他又创办了一种小型周报《新消息》，专门向读者介绍进步文学和报导创造社的活动（共出三期，其中第一二两期由郁达夫编出）。在这些刊物上，郁达夫告诉读者："创造月刊，虽则有时过于文雅，不免引起人家的误会，然而我们相信，我们的宗旨，是始终没有变过。我们的不平与攻击，就是无产阶级者对资产阶级的不平与攻击，我们的喜怒，就是无产阶级者在心的深处所感到的喜怒。我们所想走的路，是一般无产阶级者事实上被环境所迫，不得不走的路。"（《公开状答日本山口君》，刊《洪水》半月刊三卷三十期）；他重申《洪水》半月刊的使命是："……在这一个缺憾很多的社会里，补上一两个窟窿，或都将外面的纸糊的表面，打破一两个……"（《洪水》半月刊三卷二十五期《编辑后》）；他还向读者提出："在这一个时代，我们所渴仰着的文学，并不是仅仅乎煽起一点反抗的心情，或叫喊一阵苦闷的那一种革命先驱文学。若文学是时代的反映这一句话是真的时候，那么我们在这一个时代里所要求的，是烈风雷雨般的粗暴伟大，力量很足，感人很深的文学"（《〈鸭绿江上〉读后感》，刊《洪水》半月刊三卷二十九期）。他更要编者同行"把胆量放大来，竭力的介绍些有时代性而能够鼓吹煽动，使人家读了不得不兴奋起来的东西"（给《世界日报副刊的编者》，见《奇零集》）。这些慷慨激昂的言词，充分体现了他无比的爱国热忱和大无畏的斗争精神。

郁达夫一篇接一篇地写出痛斥反动派，鼓吹革命的战斗檄文，无疑使国民党反动当局感到恐慌。他们对他进行了利诱和威胁，妄图使他就范。我们从郁达夫的日记中，知道在"四·一二"反革命政变前的三月二十八日，有人告诉郁达夫，当局有意邀他去接收东南大学，被他拒绝了；"四·一二"反革命政变后的五月十日，于一次宴会中，又有人告诉郁达夫说："当局可以保证创造社的不封"，但要郁达夫一个交换条件，即："去为他们帮助党务"，又被他拒绝；五月二十三日在新新酒楼吃晚饭时，郁达夫说："主人李君极力想我出去做个委员，我不愿意。后来他又想请我教周某及其他几个宁波新兴权势阶级的儿子的书，我也没有答应。"反动当局对郁达夫利诱不成，便开始在报刊进行攻击，最后是在五月二十九日搜查他所主持的"创造社出版部"，逮捕职工三人。郁达夫幸而事先得到风声，于五月二十八日离开上海到杭州避难，才免遭毒手。后来他于六月二十五日潜回上海，继续主持"创造社出版部"。

郁达夫对反动当局的高压手段，不仅没有屈服，相反当他看清了这些军阀、官僚和政客们的狰狞面目之后，更坚强了他的革命斗志。但是，使他感到失望的是，当时自己的同伴对他并不了解，纷纷指责他不该在那样的时机，发表那些激烈的文章，以致连累创造社。他始终认为那时"是应该代民众说话的时候，不是附和军阀官僚，或新军阀新官僚争权夺势的时候"(《新生日记》)。所以他觉得创造社的一些伙伴，书生气太足，不敢起来和那些新军阀、新官僚作斗争。于是就在一九二七年八月十五日的上海《申报》和《民国日报》登出启事，从此郁达夫脱离了创造社。在以后的几篇作品中，郁达夫曾向读者说明自己所以要脱离创造社的原因，毫不掩饰他当时的立场和观点。如在《对于社会的态度》中他说：

> 我的要和创造社脱离关系，就是因为对那些军阀官僚太看不过了，在《洪水》上发表了几篇《广州事情》及《在方向转换的途中》等文字的原因。当时的几位老友，都还在政府下任职，以为我在诽谤朝廷，不该做如此的文章。后来又有几位日本《文艺战线》社的记者来上海，我又为他们写了一篇更明显的《诉诸日本无产阶级》的文章，这些文字，本来是尽人欲说的照例的话。而几位老友，都以为我说得过火了。……我看了左右前后的这些情形，深恐以后再将以文字而招祸，致累及于创造社出版部的事业经营，所以在去年八月十五日的申报、民国日报上登了一个完全与创造社脱离关系的启事。这是我和创造社所以要分裂的实情实事。(刊《北新半月刊》二卷十九期)

郁达夫离开“创造社”后，即和鲁迅合作，两人合编《奔流》月刊，还在鲁迅的大力支持下，主编《大众文艺》等刊物。“创造社”不久吸收了留日学生冯乃超、李初梨、朱镜我、李铁声和彭康等人，成立了文学部，继续出版《创造月刊》，停刊《新消息》周刊，后来又于一九二八年一月创刊了《文化批判》月刊，自此从它的第二期转入第三期文学活动，也就是一般所称创造社的后期活动。

〔附〕郁达夫在“创造社”期刊发表的著译

一、《创造》季刊

第一卷　第一期：《茫茫夜》（小说）
《艺文私见》（随笔）
《杜莲格来的序文》（译文［英］王尔德作）
《〈一个流浪人的新年〉（成仿吾著）跋语》
《编辑余谈》（用笔名“T. D. Y.”）

第一卷　第二期：《风铃》（后用名《空虚》）（小说）
《夕阳楼日记》（随笔）

第一卷　第三期：《孤独的悲哀》（后用名《孤独》）（独幕剧）
《春潮》（小说，未完稿）

第一卷　第四期：《采石矶》（小说）
《郁达夫启事》

第二卷　第一期：《茑萝行》（小说）

第二卷　第二期：《春风沉醉的晚上》（小说）
《中途》（后用名《归航》）（散文）

二、《创造周报》

第3号：《文学上的阶级斗争》（论文）

第6号：《Max Stirner的生涯及其哲学》（后用名《自我狂者须的儿纳》）（论文）

第7号：《艺术与国家》（论文）

第8号：《青烟》（小说）

第10号：《批评与道德》（论文）

第 14 号:《文艺赏鉴上之偏爱价值》(论文)

第 15 号:《秋河》(小说)

第 16 号:《赫尔惨》(论文)

第 19 号:《落日》(小说)

第 20 号:《THE YELLOW BOOK 及其他》(上)(后用名《集中于黄面志的人物》)(论文)

第 21 号:《THE YELLOW BOOK 及其他》(下)(同上)

第 24 号:《海上通讯》

第 46 号:《北国的微音》(散文)

三、《创造日》

1923. 7. 21.《创造日宣言》

1923. 7. 24.《艺术家的午睡》(随笔)

1923. 8. 8.《立秋之夜》(散文)

1923. 8. 13.《诗人的末路》(随笔)

1923. 8. 19.《还乡后记》(散文)

1923. 9.?《苏州烟雨记》(散文，未完稿)

四、《洪水》半月刊

一卷　八期:《牢骚五种》(杂文)

二卷　十三期:《小说论及其他》(随笔)

三卷　二十五期:《广州事情》(论文，用笔名“曰归”)

三卷　二十六期:《清冷的午后》(小说)

《无产阶级专政和无产阶级的文学》(论文，用笔名“曰归”)

三卷　二十七期:《小说的技巧问题》(译文)

《打听诗人的消息》(散文)

三卷　二十八期:《春天的离别》(译文,〔德〕婆塞作)

三卷　二十九期:《在方向转换的途中》(论文)

《〈鸭绿江上〉读后感》(书评)

三卷　三十期:《公开状答日本山口君》(论文，山口即日本山口慎一)

三卷　三十一期:《杂评曼殊的作品》(书评)

三卷　三十二期：《日记文学》（论文）

五、《创造月刊》

一卷　一期：《卷头语》

《寒宵》（小说）

《街灯》（小说）

《给沫若的旧信》（后用名《给沫若》）（散文）

《尾声》

一卷　二期：《历史小说论》（论文）

《怀乡病者》（小说）

《〈瓶〉（郭沫若著）附记》（序文）

《编辑者言》

一卷　三期：《南行杂记》（散文）

一卷　四期：《蜃楼》（小说，未完稿）

一卷　五期：《〈达夫全集〉自序》

《一个人在途上》（散文）

《非编辑者言》

一卷　六期：《过去》（小说）

《关于编辑、介绍以及私事等等》（杂文）

一卷　七期：《劳生日记》

六、《新消息》周刊

第一期：《创造社出版部的第一周年》（杂文）

第二期：《告浙江的教育当局》（杂文）

原载1979年11月《新文学史料》第5辑

# 复杂而紧张的生活、学习与斗争（摘录）

茅　盾

一九二二年十一月十日的《文学旬刊》上登载了汪馥泉的一篇文章，题目是《“中国文学史研究会”底提议》，这篇文章有一个很长的“附言”，专门讲了当时正进行得火热的文学研究会与创造社的论战。汪馥泉是以第三者的面目出现想来充当和事老的，在他看来，这场论战主要是门户之见和意气用事。当然，汪的“调解”没有结果。后来，对于这场论战还有其他各种说法，譬如说，这是为人生的艺术和为艺术的艺术两种文艺思潮的论争，或者说，这是现实主义与浪漫主义两种创作方法的争论，等等。究竟是什么？还是留待研究中国现代文学史的专家们去解决罢，我在这里只是回顾一下当时的经历和感受。由于我是论战的一方，回忆往事，免不了有片面性，加之事隔太久，挂一漏万也势所难免，这要请读者见谅，也要请了解当时情况的同志补充、纠正。我的日的只是通过回忆保存一部分史料。

文学研究会与创造社的论战是在一九二二年初夏，我们正与“礼拜六”派进行激烈的论战，接着又与“学衡派”进行论战的时候突然发生的，说它“突然”，是因为我们确实没有想到会同创造社发生冲突；当时我和郑振铎对创造社诸君，尤其郭沫若是很敬佩的。

郭沫若是创造社的主将，我是一九二一年夏在上海半淞园才与郭沫若第一次见面，但在这之前，我已从《时事新报》副刊《学灯》上发表的他的一些诗认识他了。我记得最早引起我注意的是他在一九一九年底发表的长诗《匪徒颂》，诗的开头有小引，说“匪徒有真有假”，然后引用《庄子》胠箧篇盗跖之徒问盗亦有道乎的一段文字，最后作结论："象这样身行五抢六夺，口谈忠孝节义的匪徒是假的。照实说来，他们实在是军神武圣的标本。物各从其类，这样的假匪徒早有我国的军神武圣们和外国的军神武圣们赞美了。小区区非圣非神，一介'学匪'，只好将古今中外的真正的匪徒们来赞美一番吧。"

这首长诗共分六段，第一段赞美"一切政治革命的匪徒们"，引的人名是克林威尔、华盛顿、黎塞尔。

第二段赞美"一切社会革命的匪徒们"，举了罗素、哥尔栋、列宁。（按：《沫若文集》版改为马克思、恩格斯、列宁。）

第三段赞美"一切宗教革命的匪徒们"，举了释迦牟尼、墨家巨子、马丁路德。

第四段赞美"一切学说革命的匪徒们"，举了哥白尼、达尔文、尼采。

第五段赞美"一切文艺革命的匪徒们"，举了罗丹、惠特曼、托尔斯泰。



第六段赞美"一切教育革命的匪徒们"，举了卢骚、丕士大罗启、太戈尔。

这首诗的叛逆精神是那样突出，的确深深地打动了我。后来我又接连读到了他在一九二〇年初发表的《凤凰涅槃》、《天狗》、《晨安》诸诗，当时我就同编辑《新青年》的陈望道和李汉俊议论过这些诗，对于作者这种热情横溢敢于创新的气魄十分钦佩。

一九二一年八月，郭沫若把"五四"前后写的这些诗作辑成作者的第一部诗集《女神》，以单行本形式出版。这单行本有一首《序诗》，开头就说："我是个无产阶级者，因为我除个赤条条的我外，什么私有财产也没有。《女神》是我自己产生出来的，或许可以说是我的私有，但是，我愿意成个共产主义者，所以我把她公开了。"

在诗集上公然写出"我是个无产阶级者"，"我愿意成个共产主义者"，在当时还没第二人。郭沫若后来自己承认，"那只是文字上的游戏，实际上连无产阶级和共产主义的概念都还没有认识明白。"（引见《沫若文集》七卷一三三页）

尽管如此，《女神》中的诗和诗剧，绝大部分洋溢着破坏旧传统，提倡新创造的精神，这是极端吸引人的。而且作者的热情奔放，“昂首天外”的气魄，在当时也是第一人。（按“昂首天外”四字，是郭沫若曾用以称赞田汉的，我以为用以称赞郭沫若也是恰当的。）

就《女神》的创作方法而论，它是“五四”以后最早的也是特出的浪漫主义思潮。作者大概受了十九世纪法国浪漫主义的影响，他的诗和诗剧大抵取材于古史乃至神话传说。例如《女神之再生》是采用女娲炼五色石以补天，其后共工与颛顼争为帝，共工败，怒而触不周之山，天柱折，地维绝的神话传说而加以变化的。《女神之再生》发表时，我曾在《文学旬刊》第二期上写了一则介绍：“《民铎》第五号出版，其中文学作品，最好的是《女神之再生》一篇。这是一篇诗体的剧本，用了古代的传说来描写现代思想的价值与其缺陷。委实不是肤浅之作。近来国内很有些人乱谈什么艺术，然而了解艺术的人，实在很少。对于郭君此篇我不能不佩服为‘空谷足音’。”

《女神之再生》开场是女神们从壁龛中走出来，迭相歌唱，大意是：当初补好了天时，把黑暗驱逐了一半，世界是优美的；但是现在恐怕又有浩劫要来了，远远喧嚷的声音，愈来愈近；有武夫蛮伯之群，从不周山下经过，争做元首；这五色天球恐将被破坏。接着是众女神的“合唱”，大意是：不能再在壁龛之中做神像，要去创造个新鲜的太阳。于是女神们向山阙后海中消逝，共工与颛顼登场大战。共工及其党徒碰坏北方的天柱，天盖倾倒，共工及颛顼（还有他们的党徒）全都压死。于是女神们的声音在黑暗之中传来，大意是：再炼五色石来补天，恐怕不中用了，就让它这样破坏罢，要造新的太阳，照彻天内的世界，天外的世界。

这诗剧的末尾是，台上突然光明，只现一张白幕，舞台监督登场，对观众致辞；大意是：你们在黑暗世界中恐怕坐倦了吧，现在渴慕着光明吧？作这诗剧的诗人在此搁笔，真正逃往海外去造新的光明和新的热力了。你们要望新生的太阳出现，还是自己去创造！

《女神之再生》的寓意很明显。共工和颛顼之争霸，象征着中国的南北战争，共工是象征南方，颛顼是象征北方，最后都要灭亡。创造光明（新的中国）有待于诗人的努力。剧中女神象征着诗人；女神们不愿再在壁龛中做神像，象征着诗人不应再住在“象牙之塔”。

但作者却没有说明新的光明的世界是怎样的一个世界，只用空洞的词句加以赞美而已。

《凤凰涅槃》是长诗。“涅槃”是佛家言，谓形骸蜕化，或不蜕化，神识达到不生不灭，不始不终，不净不垢，不边不中等等，即无一切相对性而只有绝对性之境界。凤凰必先自焚，化为灰烬，然后更生，更生以后，鲜美异常，不再死。题为《凤凰涅槃》大概取其类比之意。

诗的大意如下：凤凰积聚香木，煽起了火，将自焚，一群凡鸟自天外飞来观葬。

首先是“凤歌”。开头，强烈地诅咒这冷酷、黑暗、腥秽的宇宙；然后问宇宙：为什么存在，从哪儿来，坐在哪儿？是个有限大的空球，还是个无限大的整块？宇宙之外还有些什么存在？被宇宙拥抱着的空间是从哪儿来的？宇宙之中为什么又有生命生存？宇宙到底是个有生命的交流，还是个无生命的机械？诗人问天，天无知识；问地，地无呼吸；问海，海正扬声呜咽。



这一连串的问句，表示诗人要穷究宇宙之秘奥。下面又强烈诅咒宇宙是屠场，是囚牢，是坟墓，是群魔跳梁的地狱，东南西北都一样，“生在这样的世界中，只好学着海洋哀哭”。

“凤歌”的情调是激昂的；以后是“凰歌”，情绪转为悲哀。感慨于年青时的新鲜、甘美、光华、欢爱都一去不返，只剩下悲哀、烦恼、寂寥、衰败。

观葬的凡鸟之群：岩鹰说，凤凰死后，“该我为空界的霸王”；孔雀说，“今后请看我花翎的威光”；鸱枭说，“是哪儿来的鼠肉的馨香”？家鸽说，“今后请看我们驯良百姓的安康”！鹦鹉说，“今后请听我们雄辩家的主张”！白鹤说，“今后请看我们高蹈派的徜徉”！

最后是“凤凰更生歌”，以鸡鸣开始。鸡报道：“潮涨了，死了的光明更生了；春潮涨了，死了的宇宙更生了；生潮涨了，死了的凤凰更生了！”接着是“凤凰和鸣”，赞美一切的一，一的一切，都更生了；赞美一切是火，赞美“新鲜、净明、华美、芬芳”，赞美“热诚、挚爱、欢乐、和谐”，赞美“生动、自由、雄浑、悠久”。而且反覆咏叹“火”是一切，“火便是你，火便是我，火便是他，火便是火”。

这便是《凤凰涅槃》的梗概。这首长诗也是象征的，可以说还带着神秘的色彩，总之，这是象征着诗人对于祖国现在的黑暗、腥秽的诅咒，对于祖国未来的光明、和谐，亦即祖国新生的渴望罢。

《天狗》也是象征意义的诗。这条天狗吞了日、月、一切星球，而且不但是日、月、一切星球的光，还是X光线的光，是全宇宙底能的总量，然后，飞奔，狂叫，燃烧，剥自己的皮，食自己的肉，吸自己的血，啮自己的心肝，终于“我便是我呀！我的我要爆了”！

《天狗》象征着自我，无限的自我；在无限夸大自我以后，又自我毁灭。这是否定之否定。从自我扩张到自我否定，最后的弦外之音，则是自我更新。这首《天狗》与《凤凰涅槃》寄托的意义是相似的，可谓异曲同工。

《晨安》先向“常动不息的大海，明迷恍惚的旭光，平匀明直的丝雨——诗语，热情一样燃着的海山，梳人灵魂的晨风”，一一问了晨安，最后说：“晨风呀，你请把我的声音传到四方去罢！”这是全诗的第一章。（按：“你请把我的……”是作者为了诗的音节而这样写的。）

第二章致以晨安的，是年青的祖国，新生的同胞，浩荡荡的南方的扬子江，冻结着的北方的黄河——希望黄河胸中的冰块早早融化，万里长城，我所敬畏的俄罗斯，孟加拉的太戈尔翁，幻想着飞的达·芬奇，半工半读团的学员，比利时的遗民，华盛顿的墓，太平洋上的诸岛……，等等，一一致以晨安，然后，以如下的呼唤，结束此长诗：“还在梦里裹着的扶桑呀，醒呀，……快来享受这千载一时的晨光呀！”

此诗上下古今，气象万千。它所歌颂者有伟大的自然，伟大的人造的第二自然（长城、金字塔），有古今的伟大美术家、诗人等等，然而作者绕地一周而致以晨安时，特别提到印度、埃及（当时还是大英帝国的殖民地）、太平洋上诸岛（当时也是殖民地），特别向华盛顿（从英国殖民统治下以革命战争获得美国独立的）、林肯（为解放黑奴而发动美国南北战争的）致以晨安，最后希望还在睡梦中的日本人民（扶桑）快快醒来。作者对祖国称为“年青”，对同胞称为“新生”，这是对五四运动后的祖国和同胞致以热烈的祝贺和莫大的希望。而当时日本人民却还在睡梦之中。长诗最后一句“快来享受这千载一时的晨光”，意味是隽永的。

此诗写于一九二〇年一月间，正当五四运动的怒潮奔腾于祖国各地之后。

《巨炮的教训》以日本博多湾海岸上两门巨炮起兴。这两门巨炮是从前日俄战争时被打败了的沙皇军队遗留下来，而成为博多湾海岸上的“幽囚者”。作者与巨炮对话，问道：你们为什么都把面皮红着，你们还是羞，还是怒？你们的故乡早已改换了从前的故步，你们往日的冤家却又闯进了你们的门庭大肆屠刳。(此指十月革命后日本与美国出兵西伯利亚。)

作者对巨炮的话还未说完，“清凉的海风吹来了些睡眠”，有两个人形前来相见，一个好象托尔斯泰，一个好象列宁。托尔斯泰称赞中国的“墨”与“老”，又宣传他的无抵抗主义；列宁“却只在一旁喊叫”，“为自由而战哟！为人道而战哟！为正义而战哟！至高的理想只在农劳！最终的胜利总在吾曹。他这霹雳的几声，把我从梦中惊醒了”。

这里，“自由、人道、正义”是资产阶级民主革命的口号。作者赞颂十月革命，却让列宁喊出资产阶级民主革命的口号，原也不足为奇。当时，作家们为十月革命所惊醒而对十月革命的性质并不了解的，不止一郭沫若。后来《沫若文集》把这三句改成“为阶级消灭而战哟！为民族解放而战哟！为社会改造而战哟！”反倒失了本来面目。



《女神》里还有许多好诗，表现着否定旧我，追求新我的精神；但本文不是专门研究《女神》的，只能举其最重要者，论述如上。总而言之，我认为《女神》是在浪漫主义创作方法的基础上，以郭沫若所独有的形象思维方式，反映了作者对当时社会现实的观点和立场，以及作者当时对理想社会的浪漫蒂克的描绘或期望。《女神》里的诗剧和诗，真可以说神思飙举，游心物外，或惊采绝艳，或豪放雄奇，或幽闲澹远。这样的思想内容和艺术风格，在当时未见可与对垒者。

正因为我和文学研究会的同人（主要是郑振铎）对郭沫若的诗有这样深刻的印象，所以还在文学研究会发起之时，郑振铎就曾写信给在东京的田寿昌（田汉），邀他和郭沫若一同加入发起人之列，但田汉没有答复。一九二一年五月初，我和郑振铎听说郭沫若到了上海，就由郑振铎发了请柬，由《时事新报》副刊《青光》的编辑柯一岑先容，请郭沫若在半淞园便饭。

那时郑振铎从北京来到上海不久，才接编《时事新报》副刊《学灯》，他曾和我商议，打算办一个文学研究会的会刊，叫《文学旬刊》，附在《时事新报》上。此事已与张东荪说好，准备在五月中旬创刊。因为《小说月报》虽由文学研究会的人主编，毕竟要受商务当局的掣肘，办会刊又是文学研究会成立时就确定了的。我们约请郭沫若，除慕名想一见外，就是想当面邀他加入文学研究会，以便把《文学旬刊》办得更有声色。我们还商定，由郑振铎出面谈这件事，因为在交际方面他比我能干得多。

现在上海中年以下的人，恐怕都不知道半淞园了，在二十年代，这半淞园还是上海很出名的休憩游乐场所。园址在南市郊区，脱离了都市的喧嚣。园内有池塘，有亭子，有假山，草木葱茏；还有茶座、饭店以及零星摊贩，供游客方便。我们约定在半淞园门口见面，因为我们中间只有柯一岑认识郭沫若。九时，我们先到，不一会郭沫若也来了。这天，郑振铎和我都穿长衫，柯一岑是一身当时时新的学生装，就是郭沫若穿了笔挺的西装，气宇不凡。我们在园内边走边谈，无非触景生情，天南地北地闲聊，有时也在道旁的长椅上坐一坐。午饭就在园内的一家餐馆里用，餐厅紧临池塘，从窗口望出去能见到一池荷花。饭后，我和柯一岑在一边饮茶，郑振铎就和郭沫若走到池塘边去谈话。事后郑振铎告诉我，郭沫若答应给《文学旬刊》写点文章，但对于加入文学研究会却婉词拒绝了，理由是：他昨天才从成仿吾那里知道，半年前田寿昌曾收到郑振铎的一封信，邀请田和郭沫若一同加入文学研究会，但田寿昌没有把信转给郭，也未答复，显然是他没有合作的意思。现在郭沫若又来加入，觉得对不起朋友。郭表示愿意在会外帮助。当时我和郑振铎都认为郭沫若既如此表示，就不便再劝驾了。不加入团体，也可以合作，这是郭沫若当时回答郑的话，我们也以为是这样。那时候我们不知道郭沫若他们正在酝酿成立另一个文学团体。六月上旬郭沫若回到日本，七月初就在东京成立了创造社。

半淞园会面时，文学研究会成立还不到半年，知道的人不多；到了一九二二年春成立一周年时，不少地方都成立了文学研究会的分会，它的“名气”才大起来。于是就有人在背后说文学研究会“太会拉人”，成了“文学阀”了等等（我是从汪馥泉的文章里才知道的）。其实，这些分会都是各地一些有志于新文学的青年、学生自行组织的，他们给《文学旬刊》寄来一封信，表示愿意成为某地的分会，如此而已。他们的活动，总会是从来不管的，也管不着。我们“名气”扩大的另一个原因是得力于商务印书馆和《时事新报》遍及全国的发行网，老板要赚钱，也就连带替我们扩大了影响。在这半年多时间里，《小说月报》和《文学旬刊》上陆续登了一些评论文章，宣传我们的主张，如提倡“为人生的艺术”，提倡写实主义（自然主义），郑振铎还提出写“血与泪的文学”。我们还引导读者对作品进行讨论，我自己就写过几篇评论创作的文章，又以编者身份经常在《小说月报》、《文学旬刊》的“通信”栏内发表意见，例如上文提到的对《女神之再生》的介绍。记得在一则“通信”中我说过这样的话：“做小说犹之学画学唱，不先试去，不知道自己究竟能不能的；试而失败，也不算什么一会事。但是试之前，先须具备一个条件：就是的确已经从现实人生中看见了一些含有重大意义的事。‘某生’体小说之所以要不得，（一）因为技术是因袭的模仿的，（二）因为思想是肤浮而守旧的；一篇小说若犯了这两层缺陷，不论用文言写，用白话写，总一样的要不得。”又说：“主观的描写常要流于夸诞，不如客观的描写来得妥当。我们现在试创作；第一，要实地精密观察现实人生，入其秘奥，第二，用客观态度去分析描写。至于成功之大小，那就关系于个人的天才，莫能勉强；不过有一句话我们要明白，历来成功的文学家并非人人都是大天才。”我又在另一则“通信”中评论过郁达夫的《沉沦》和鲁迅的《阿Q正传》，对《沉沦》我指出其长处，也表示了自己的不满意；对《阿Q正传》（当时尚未发表完，署名巴人）则认为是一部杰作。那时候我还没有搞过创作，一个没有创作经验的人来评论创作，受人讥笑也是难免，可是，真正的创作家们都是埋头创作不屑于写评论文章的，而读者与现实又需要，所以我只好“毛遂自荐”了。上述种种情况，会引起“礼拜六”派或“学衡”派的攻击，原在我们意料之中，我们也准备他们进攻时加以迎头痛击；却万没想到反对之声会来自另一方，——我们曾力争与之合作的创造社。

一九二二年五月一日出版的《创造》季刊创刊号刊登了郁达夫的《艺文私见》和郭沫着的《海外归鸿》。郁达夫的文章大意是：“文艺是天才的创造物”，而“天才的作品……以常人的眼光来看，终究是不能理解的”，只有“大批评家”才能看出其好处。然而中国“现在那些在新闻杂志上主持文艺的”却是些“假批评家”，他们是“伏在（天才这颗）明珠上面的木斗”，只有把他们送“到清水粪坑里去和蛆虫争食物去”，“那些被他们压下的天才”，才能“从地狱里升到子午白羊宫里去”。郭沫若那篇文章是谈的歌德的诗，可是中间却夹了这样一段：“我国的批评家——或许可以说是没有——也太无聊，党同伐异的劣等精神，和卑陋的政客者流不相上下，是自家人的做作译品，或出版物，总是极力捧场，简直视文艺批评为广告用具；团体外的作品或与他们偏颇的先入之见不相契合的作品，便一概加以冷遇而不理。他们爱以死板的主义规范活体的人心，甚么自然主义啦，甚么人道主义啦，要拿一种主义来整齐天下的作家，简直可以说是狂妄了。”

我和郑振铎见到这两篇文章，实在吃惊！我们想，一年来我们努力提倡新文学，反对鸳鸯蝴蝶派，介绍外国进步文艺，结果却落得个“党同伐异”和压制“天才”的罪名，实在使人不能心服。而且，直到此时，无论《小说月报》或《文学旬刊》都没有收到创造社诸公来稿而被“压制”。那时我们都是二十来岁的青年，血气方刚，受不得委屈，也就站起来答辩。

为了表示我们并不是对创造社“一概加以冷遇和不理”，就由我以“损”的笔名在《文学旬刊》第三十七期（一九二二年五月十一日出版）上写了《“创造”给我的印象》。文章开头，针对郁达夫的文章，我举出托尔斯泰不满意“法国大天才鲍特莱耳”的事，证明“大批评家不一定和个个大天才如鱼得水”，“自来很少绝无主观的大批评家”，因而天才“难保不被‘压搁’下去”，“一个真正的批评家倒不一定因为屈枉了一个天才而就失其真的资格”。不过中国现在既然“并无所谓批评家，也不见大天才”，所以我也就“情愿让郁君骂是假批评家，骂是该‘到清水粪坑里去和蛆虫争食物去’的假批评家”，也要“对于创造社诸君的‘创造品’说几句类乎‘木斗’的话”。接着我就尽可能客观地逐篇谈了我对《创造季刊》创刊号上登的其他各篇文章的“印象”，指出它们的长处和不足。当然，我不认为这些作品是天才的作品，所以贬词看来用得多了一些。我在文章最后说：“中国现在青黄未发，真如郁达夫君所说；大家说‘介绍’，说‘创造’，本也有两三年了，成绩却很少，大概是人手缺少的缘故。治文艺的尤其少，更是实情。人手少而事情不能少，自然难免有粗制之缺。所以无论那本定期刊物，内容总不免蹶竭，我们只能存着‘短中取长’的意思，不能认真讲，若一认真，只好什么都不讲了。创造社诸君的著作恐怕也不能竟说可与世界不朽的作品比肩罢。所以我觉得现在与其多批评别人，不如自己多努力，而想当然的猜想别人是‘党同伐异的劣等精神，和卑陋的政客者流不相上下’，更可不必。真的艺术家的心胸，无有不广大的呀。我极表同情于创造社诸君，所以更望他们努力！更望把天才两字写出在纸上，不要挂在嘴上。这话也许太唐突了，但我确有这感想，而且朋友们中也确有这些同样的感想，所以还是老老实实说出来罢。”

这篇《“创造”给我的印象》大概冒犯了创造社主要人物的自尊心。我应当表示遗憾。但当时也是箭在弦上，不得不发。



郁达夫的《艺文私见》，本属随笔之类，还不能说就是创造社的文艺理论，直到八月四日的《时事新报》副刊《学灯》上登出了郭沫若的《论国内的评坛及我对于创作上的态度》，才比较详细地提出了创造社的文艺理论。文章开头说：“我国的批评界中，我觉得有一种极不好的习气充溢着。批评家每每藏在一个匿名之下，谈几句笼统活脱的俏皮话来骂人，我觉得这真不是一种好习气。”这是指我以“损”署名的《“创造”给我的印象》一文。其实“损”本是我的一个公开的化名，当时我们又规定《文学旬刊》的编辑在旬刊上写文章都用化名。可是他不提他们自己那一大堆骂人的话，而说我用俏皮话来“骂”人了。接着就用了千把字极力论证用化名之为不好习气。然后说他自己是一个偏于主观的人，“想象力比观察力强；又是一个冲动性的人，回顾自己所走过了的半生行路，都是一任自己的冲动在那里奔驰。”然后又说他“对于艺术上的见解，终觉不当是反射的，应当是创造的。前者是纯由感官的接受，经脑筋的作用，反射地直接表现出来，就譬如照相的一样。后者是由无数感官的材料，储积在脑筋中，更经过一道过滤作用，酝酿作用，综合地表现了出来，就譬如蜜蜂采取无数的花汁酿成蜂蜜一样。所以锻炼客观性的结果，也还是归于培养主观性，真正的艺术品当然是由于纯萃的主观产出。”类似的观点在郭沫若当时的其他文章中也有，例如在一九二三年五月写的《文艺之社会使命》中说："艺术本身无所谓目的"，"文艺也如春日之花草，乃艺术家内心之智慧的表现。诗人写出一篇诗，音乐家谱出一个曲，画家绘成一幅画，都是他们天才的自然流露：如一阵春风吹过池面所生的微波，是无所谓目的。"在《论国内的评坛及我对于创作上的态度》中又论及"艺术上的功利主义"，这是创造社诸君第一次攻击艺术上的功利主义。他说："假使创作家纯以功利主义为前提从事创作，上之想借文艺为宣传的利器，下之想借文艺为糊口的饭碗，这个我敢断定一句，都是文艺的堕落，隔离文艺的精神太远了。"但是下文就有更惊人的话："这种功利主义的动机说，从前我也曾怀抱过来；有时在诗歌之中借披件社会主义的皮毛，漫作驴鸣犬吠"，"但是我在此处如实地告白：我是完全忏悔了。"在这里，郭沫若自己否定了《女神》。郭沫若"以今日之我，反对昨日之我"，真正出人意外。最后，他又说："总之我对艺术上的功利主义的动机说，是不承认他有成立的可能性的。我这种主张或者有人会说我是甚么艺术派的艺术家的，说我尽他说，我更是不承认艺术中会划分出甚么人生派与艺术派的人。这些空漠的术语，都是些无聊的批评家——不消说我是在说西洋的——虚构出来的东西。"郭沫若此时还有唯美主义的观点，虽然不过偶而一现。例如《创造季刊》第四期有他的《曼衍言之二》，全文如下："毒草的彩色也有美的价值存在，何况不是毒草。人们重腹不重目，毒草不为满足人们的饕餮而减其毒性。'自然'亦不为人们有误服毒草而致死者遂不生毒草。'自然'不是浅薄的功利主义者，毒草不是矫谲媚世的伪善者。"

后来，成仿吾在《创造周报》第二号上发表了《新文学之使命》（作于一九二三年五月九日，即在上述郭文发表之后约一年光景），在《创造周报》第五号上发表了《写实主义与庸俗主义》，都是引申或发挥郭沫若的文学无目的论和反对文艺上的功利主义的论点的。应得说明一下："文艺上的功利主义"是创造社诸公的用语，翻译为我们现在通行的用语，就是："文艺作品应当是社会生活的反映，创作是要为人生为社会服务的。"而反对文艺上的功利主义翻译为我们通用的话，就是："文艺作品应当是作家主观思想意识的表现，创作是无目的无功利的。"

正如郭沫若“以今日之我反对昨日之我”，成仿吾这两篇文章都是以后半篇反对前半篇的；前半篇赞美功利主义的文艺观，后半篇则从纯艺术、有时是唯美的观点反对亦即取消了前半篇的论点。有原文可以查考，我在这里就不再详细论述这两篇文章了。

全面研究创造社诸公当时的理论和实践，总觉得他们在理论上尽管强调非功利的主观创造（他们从没说过反映社会现实），但在实践上，张资平当时的小说反映了部分现实，固不待言；田汉的剧作，郁达夫的小说，也都从各种角度，反映了社会现实。即如郭沫若，在宣告“完全忏悔”以后，他的诗和戏剧难道当真没有人间烟火味么？作品具在，可以覆按。因为既然不是隐居深山，与世隔绝，就不能绝对高蹈，忘情于社会现实。不过表现的手法有时间接，有时直接，有时明显，有时隐晦而已。

但是，到了一九二三年下半年，郭沫若的观点又有了改变。《创造周报》第十八号有郭写的短评《艺术家与革命家》，其中有这样的句子：“艺术家把他的艺术来宣传革命，我们不能议论他宣传革命的可不可，我们只能论他所借以宣传的是不是艺术。”写此文这一年，中国的工人运动大为高涨，其中二月七日的京汉铁路大罢工震撼了全中国，也震撼了世界。革命形势的迅速发展，大概也影响了郭沫若的文艺观，特别是革命与艺术的关系。



相距不久，成仿吾在《创造周报》第四十号发表了《艺术之社会的意义》一文，其中说：现在“为艺术的艺术”“尤为研究社会问题的人所集矢”，这不能说是公允的，因为“它至少有给我们的美感。我们不能因为它的社会的价值低微便责备它”。又说：“我们以前是不是把人类社会忘记了，可不必说，我们以后只当更用了十二分的意识把我们的热爱表白一番”。“我们不是怕见血的懦夫，……我们来，来恢复我们的社会意识”！“至关于艺术之根本的意义，……我们就暂且怀疑，待我们从怀疑之中证出新的信仰”。此文写于一九二四年二月二十日，已经不谈功利主义是艺术的死敌，而开始承认“为艺术的艺术”社会价值低微，提出要“恢复我们的社会意识”，并且对于自己旧信仰的艺术观也表示要“暂且怀疑”，以便证出新的信仰了。

文学研究会与创造社论战的“第一个回合”——也是主要的方面，

就如上述。

“第二个回合”是我与郭沫若关于如何介绍欧洲文学的讨论。问题起因于读者万良濬在《小说月报》第十三卷七号（一九二二年七月一日出版）的“通信栏”中，提出现在可以翻译《浮士德》、《神曲》、《哈孟雷德》等“虽产生较早，而有永久之价值”的著作，他不同意认为这样做是不经济的。我在答复中表示：“翻译浮士德等书，在我看来，也不是现在切要的事；因为个人研究固能惟真理是求，而介绍给群众，则应该审度事势，分个缓急。”我的这个观点，实际上在《小说月报》上已经实行多时了，譬如着重介绍十九世纪的俄国文学，被压迫民族的文学，以及十九世纪各国的批判现实主义作家的作品。而对于其他外国的古典名著只作一般的介绍。不料我这个简单的答复，却引来了郭沫若的一篇长文。

郭的文章即发表在同年七月二十七日《时事新报》副刊《学灯》上的《论文学的研究与介绍》。郭文先引了我答万良濬的话，然后说：《神曲》有没有人翻译过，他不知道（他似乎没有看到《小说月报》第十二卷第九期登过钱稻孙翻译的《神曲一脔》，这是从意大利文直接译出，而且按原诗的三三用韵法的。），至于《哈孟雷德》，田汉君正在翻译，已发表过一部分，《浮士德》呢，他曾零星翻译过，而张东荪又在不久前劝他全译出来。接着说：“说翻译以上诸书是不经济的人，我记得是郑振铎君。郑君在去岁夏季的《文学旬刊》上，发表过一篇《盲目的翻译者》的一段杂谈，其中便说的是这么一回事。”（这里郭沫若忘记了“去岁夏季”正是半淞园约会之后，也是他与郑振铎关系最好之时。参见《创造十年》。）以下，郭沫若就“文学的研究”与“文学的介绍”两个问题发表他的意见，大致谓“文学研究”不论研究作品或研究作家，都属于个人的自由；至于“文学的介绍”当然比个人从事研究，“多生出三个因子来，便是（一）文学作品，（二）介绍家，（三）读者。但在这三个因子之中，介绍家是顶主要的。因为他对于文学作品有选择之权能，对于读者有指导的责任。”然后，郭沫若就介绍家（翻译家）的态度论述了“翻译的动机”和“翻译的效果”，认为如果翻译家对于自己要译的作品能涌起创作的精神，有精深的研究和正确的理解，“视该作品的表现和内函，不啻若自己出，乃从而为迫不得已的移译”，那么，“他所产生出来的译品，当然能生莫大的效果，当然会引起一般读者的兴味。他以身作则，当然能尽他指导读者的义务，能使读者有所观感，更进而激起其研究文学的急切的要求。……这种翻译家的译品，无论在什么时代都是切要的，无论对于何项读者都是经济的，为什么说到别人要翻译神曲、哈孟雷德、浮士德等书，便能预断其不经济，不切要，并且会盲了甚么目呢？”又说：“文学的好坏，不能说它古不古，只能说它醇不醇，只能说它真不真，不能说十九世纪以后的文学通是好文学，通有可以介绍的价值”等等。

在同年八月一日出版的《文学旬刊》第四十五期上，我对郭文作了答复，文章名曰《介绍外国文学作品的目的》。

此文开头先说，研究古今中外的一切文艺作品，人人有其自由，人人也有自由去介绍古今中外的一切文学作品，“并且，人尽可随一己的自由意志，随个人所感得是切要的，对第三者说述，或竟宣传他个人的介绍外国文学作品的目的论。”其次，就郭文所说，翻译要有创作的精神等一段议论，表示同意。然后申说：“郭君这段议论，解释主观一面的翻译动机，诚为详尽，但是我们再细细一想，就要问翻译的动机是否还有客观的一面？换句话说，我们翻译一件作品除主观的强烈爱好心而外，是否还有‘适合一般人需要’，‘足救时弊’等等观念做动机？”有人纯依主观爱好而翻译，是他的自由，但有人为适合一般人需要，足救时弊而翻译，也是他的自由。“对于文学的使命的解释，各人可有各人的自由意见，而且前人，同时代人，已有过不少的争论。我是倾向人生派的。我觉得文学作品除能给人欣赏外，至少还须含有永久的人性和对于理想世界的憧憬。我觉得一时代的文学是一时代缺陷与腐败的抗议或纠正。我觉得创作者若非全然和他的社会隔离的，若果也有社会的同情的，他的创作自然而然不能不对社会的腐败抗议。我觉得翻译家若果深恶自身所居的社会的腐败，人心的死寂，而想借外国文学作品来抗议，来刺激将死的人心，也是极应该而有益的事。我觉得，翻译者若果本此见解而发表他自己的意见，反对与己不同的主张，也是正当而且合于‘自由’的事。有些作家，尤其是空想的诗人，……对扰攘的人事得失，视为蛮触之争，曾不值他的一顾。这种精神，我当然也很佩服。但如果大部分的其余的人，对于扰攘的人事得失感着切身的痛苦，要求文学来做诅咒反抗的工具，我想谁也没有勇气去非笑他们。处中国现在这政局之下，这社会环境之内，我们有血的，但凡不曾闭了眼，聋了耳，怎能压住我们的血不沸腾？从自己热烈地憎恶现实的心境发出呼声，要求‘血与泪’的文学，总该是正当而且合于‘自由’的事。”“我以为现在我们这样的社会里，最大的急务是改造人们使他们象个人。社会里充满了不象人样的人，醒着而住在里面的作家宁愿装作不见，梦想他理想中的幻美，这是我所不能了解的。”

当时，同样使我们不能理解的一件事，是创造社诸君的大多数对于鸳鸯蝴蝶派十分吝惜笔墨，从来不放一枪。也有一个例外，就是成仿吾在《创造》季刊第二期上曾写了一篇《歧路》，对“礼拜六”派狠狠地开了一炮。不过在《编辑余谈》中他承认“这是我个人的紧急的独断的一弹，关于这一方面的行动，我还不曾与同志商量，然而我深信他们一定会承认我这一弹是很得当的。”他又说：“对于我们前面的妖魔，也应当援助同志们，……固然不免可惜了我们很贵重的弹药。”从这里可以见到，创造社诸君是憎恶“礼拜六”派的，他们见到了我们与“礼拜六”派的斗争，认为我们是“同志”，但是，他们却不想“援助”我们（除了成仿吾个人的紧急独断行动）。为什么呢？想必是创造社诸君认为围剿“礼拜六”派也是文艺上功利主义的一种表现，所以不屑去做，免得变成了浅薄的艺术家，又浪费了贵重的弹药。

文学研究会与创造社的论战，还反映在创作评论上。曾由创造社加给文学研究会的各种罪名，如“党同伐异”，“自家人的做作译品，或出版物，总是极力捧场”，“团体外的作品……便一概加以冷遇”等，不久就由创造社本身表现了出来。创造社的批评家和理论家是成仿吾，所以他也就成了这方面的代表，以至得了个雅号“黑旋风”。我这里不能一一叙述当时的论争，只谈一谈成仿吾的《〈呐喊〉的评论》。此文写于一九二三年十二月，发表在《创造》季刊第二卷第二期上。

对于鲁迅的创作，我也写过几篇评论文章，就在成仿吾发表《〈呐喊〉的评论》之前，我正好也写了一篇《读〈呐喊〉》，发表在《文学》周报第九十一期上，所以成仿吾的文章一发表，就引起了我的注意。但看过以后，很觉失望。下面就抄录《〈呐喊〉的评论》的几段原文：

“共计十五篇的作品之中，我以为前面的九篇与后面的六篇，不论内容与作风，都不是一样。……如果我们用简单的文字把这不同的两部标明，那么，前九篇是‘再现的’，后六篇是‘表现的’。”“前期的作品都有一种共通的颜色，那便是再现的记述，不仅《狂人日记》、《孔乙己》、《头发的故事》、《阿Q正传》是如此，即别的几篇也不外是一些记述。这些记述的目的，差不多全部在筑成各样的典型的性格；作者的努力似乎不在他所记述的世界，而在这世界的住民的典型；所以这一个个典型筑成了，而他们所住居的世界反是很模糊。世人盛称作者成功的原因是因为他的典型筑成了，然而不知作者的失败，也便是在此处。作者太急了，太急于再现他的典型了，我以为作者若能不这样急于追求‘典型的’，他总还可以寻到一点‘普遍的’出来。我们看这些典型在他们的世界不住地盲动，犹如我们跑到了一个未曾到过的国家，看见了各样奇形怪状的人在无意识地行动，没有与我们相同的地方可以猜出他们的心理的状态，而作者偏偏好象非如此不足以再现他的典型的样子，关于这一点，作者所急于筑成的典型本身固然负责任，然而作者所取的再现的方法也是不能不负责任的。”这一段议论，实在奇怪，我不想多说，因为关于典型塑造的理论，从事创作者都能言之。成仿吾此文下面具体批评各篇：“《狂人日记》为自然派所主张的纪录，固不待说，《孔乙己》、《阿Q正传》为浅薄的纪实的传记，亦不待说；即前期中最好的《风波》亦不外是事实的记录，所以这前期的几篇，可以概括为自然主义的作品。”又说：“前期的作品之中，《狂人日记》很平凡；《阿Q正传》的描写虽佳，而结构极坏；《孔乙己》，《药》，《明天》皆未免庸俗；《一件小事》是一篇拙劣的随笔；《头发的故事》亦是随笔体；惟《风波》与《故乡》实不可多得的作品。”又说：“作者描写的手腕高妙，然而文艺的标语到底是‘表现’而不是‘描写’，描写终不过是文学家的末技。而且我以为作者只顾发挥描写的手腕，正是他失败的地方。”我想不必再抄下去了。因为，只看他对于《狂人日记》和《阿Q正传》的评价，就知道他的眼光是与众不同的。此下，他又讲到后面的六篇：“我读了《端午节》，才觉得我们的作者已再向我们归来，他是复活了，而且充满了更新的生命。”“作者由他那想表现自我的努力，与我们接近了。”又说：“《白光》一篇使我联想到达夫的《银灰色的死》，可惜表现实在不足，薄弱得很。”又说：《不周山》“是全集中第一篇杰作”，“作者由这一篇可谓表示了他不甘拘守着写实的门户，他要进而入纯文艺的宫庭。这种有意识的转变，是我为作者最欣喜的一件事。”这两段文字，叫人莫名其妙。无怪当时鲁迅读了这篇评论后，劝我们不要写文章与之辩论，因为如果辩论，也不过是聋子对话。

附带说一句，成仿吾是个直性子人，有什么想法，肚里搁不住，就直说出来。但他也是个正直的人，他与鲁迅打过不少笔墨官司，但一九三六年他在延安听到鲁迅逝世的消息后，特地写了一篇悼念文章，千里迢迢地寄给在上海的我，要我想办法发表（后发表在一九三九年一月二十五日上海出版的《鲁迅风》第二期），表达了对鲁迅深深的怀念、敬佩和沉痛的哀悼。

与创造社论战的另一个内容是关于翻译错误问题，这类问题量最大，占了论战的大部分时间。其中直接与郭沫若有关的就有《意门湖》（茵梦湖）的错译和《少年维特之烦恼》的错译问题。中国用白话文翻译介绍外国文学作品，始于一九一九年五四运动以后，到论战发生的一九二二年才只三年。翻译家们的幼稚，水平不高，经验不足，自不待言，因而译品中有错误、误译、死译等也不足为奇。善意地交换意见，互相帮助、探讨、批评，是完全应该的，而且是提高翻译质量的重要方法。可是，关于翻译问题的论战却夹进了太多的意气和成见，以至成了一场护自己之短，揭他人之痂，讽刺、挖苦乃至骂人的混战，徒伤了感情。而且，郭译《茵梦湖》也有错误，朱偰的《漪溟湖》（这是原书的第三种从德文译出的译本）逐条指出错译十多处。可惜创造社诸公丈八灯台只照见了别人。

一九二四年七月郭沫若因《文学》周报登载了梁俊青对他译的《少年维特之烦恼》译文的批评，给《文学》周报编辑部写了一封长信，指责我们是“借刀杀人”等等。我和郑振铎以编者的名义作了答复（见《文学》周报第一三一期），其中有一段论及当时学术界的现象，原文如下：“我们记得有一段寓言说：有一个人遇见一位仙人；仙人给他两口袋，一个是装自己的过失的，别一个装别人的过失的。那人受了这两个袋，挂在身上，却把别人过失的袋儿挂在前面，把装自己过失的袋儿挂在背后；因此，这个人便只看见别人的过失，不见自己的过失了。‘只寻别人错头，忘记自己过失’，这是我们所见近年来学术界的一种现象。凡把装自己过失的袋儿挂在脑后的人们，每每对于同一事件，作两样的看法：譬如说杂志上收用稿件，他们自己报上刊登青年作家的作品是‘提携青年作家’，然而别人报上刊登青年作品却便是‘以青年伟进之心为钩钓读者之饵’了；又如互相批评，在他们自己骂人的时候，骂人便是‘防御战’，是极正当的行为，然而别人若一回骂，可就成了‘大逆不道’了。我们老老实实说罢，当我们想起这种现象时，每不禁连想到近二年来《创造》季刊与《创造周报》的言论。”最后，我们说：“本刊同人与笔墨周旋，素限于学理范围以内，凡涉于事实方面，同人皆不愿置辩，待第三者自取证于事实。”今后“郭君及成君等如以学理相质，我们自当执笔周旋，但若仍旧羌无左证谩骂快意，我们敬谢不敏，不再回答。”



由于我们挂出了“免战牌”，持续三年的文学研究会与创造社的论战，也就结束了。

这里再插一段涉及我个人的事。一九二二年十二月我在《小说月报》上以佩韦的笔名写了一篇《今年纪念的几个文学家》，其中在介绍雪莱的一段文字中错译了一个哲学名词。到了一九二三年七月，承蒙成仿吾在《创造》季刊上发表长篇文章来订正，而且备加嘲笑。对于成的嘲笑，我没有答复，我想：读者自会衡量轻重，辨明是非，不会因为错译了一个字就否定整篇文章，更不会因之否定我这个人。而且那时我已经不编《小说月报》，大量的社会活动使我无暇也无意再去打这种笔墨官司。

关于翻译问题论战的其他情节，我就不再讲了，因为这是整个论战中最无积极意义的一部分。当然，它在客观上也还是起了一点作用，例如刺激了大家去学好外文，去努力提高译品的质量等。我及商务编译所的几个同事，就因此而发愤自学日、德、法三种外文。学日本文，是想能够读德日文对照、注释完备的《茵梦湖》一类的书。读德、法文，是因为创造社诸公常说编译外文书必须从原本，不能依靠转译。当时，我们找到了教师，每星期有三次学习，时间都在晚上。我学日、德两种文字（法文呢，我在北大预科时学过三年，此时尚未还给先生），可惜后来别的社会活动多了，不能坚持。但同时学习之人，有一位唐敬杲，日文学得很好，此人现尚健在。另有一位郑太朴，德文学得好，后来留学德国，专攻数学，一九二七年后回国，参加过当时谭平山组织的第三党。

原载 1979 年 11 月《新文学史料》第 5 辑

# 附：创造社与文学研究会

成仿吾

第五十五期的《文学旬刊》上，馥泉君在《中国文学史研究会底提议》里，说及创造社与文学研究会的打架，雁冰君与振铎君也在后面排了许多的文章，我看了，觉得不仅于事实不合，并且有许多地方把两方面都冤枉了，所以我在这里想同馥泉君说说。



关于创造社与文学研究会的交涉史，馥泉君似乎没有听见说过，所以他所举出来的理由完全错了。我现在把他的错误一条条指点出来，除去一切的误解。

第一，馥泉君说："创造社后起"，这确是错的。沫若与我，想约几个同志来出一种文艺上的东西，已经是三四年以前的事。那时候胡适之才着手提倡国语的文学，文学研究会这团体还没有出世。我们的进行很缓，然一直等我们渐次积极进行的时候，文学研究会才如春笋一般，钻出了土。这谁先谁后的问题，本来无说及之必要，不过与下文有关，不得不从这里说起。

第二，馥泉君说："他们起初不大接近，这是最大的原因"，这与事实恰恰相反。记得在东京时，有一天在田寿昌那里看见了文学研究会的一个人（郭绍虞君？叶绍钧君？沈泽民君？或别的什么人，我都记不清了）给寿昌的两封信。一封是求他转约沫若同入文学研究会的，一封是骂他为什么不回信的。骂他的那封信，厉害得很，寿昌为了那封信，好象很不好过。由我们旁观的人看起来，田寿昌接了人家的信，既不回答，也不转告郭君，使人家觉得他骄傲，也使人家疑到郭君也骄傲，在道德上说起来，实在是很不好的事，然而因为这一点，就大骂特骂起来，也不是绅士应取的态度。至于田君没有写回信，我想大约是因为他已经入了创造社的缘故。总而言之，我们由这地方看起来，可以知道馥泉君所说的不是事实，可以知道文学研究会也曾向我们社里拉人，也可以知道文学研究会与创造社打架的远因，不在起初不大接近，而在起初他们来拉人时，有了这么一个不幸的 Prologue，也可以知道因为有了这么一个不幸的 Prologue，文学研究会对于我们才不惜他们种种无聊的军事行动。他们对于我们所怀着的敌忾心，完全是发源于这一点。这种经过，达夫恐怕还是一点都不知道，沫若也是去年我才告诉他，资平更是一点都不知道的了。这些地方，因为与下文有关，要请馥泉君特别注意。

第三，馥泉君说："文学研究会提倡自然主义，创造社底重要分子，很明白颓废派。"文学研究会提倡自然主义，只要他们不挟多数来压迫他人，我们是不必出来反对的。至于创造社与颓废派的因缘，完全是馥泉君的误解。沫若在《创造》第二期的编辑余谈中，也曾说过，我们并不主张什么派什么主义，我们只须本着内心的要求，把我们微弱的努力，贡献于我们新文学的建设就是了。我们同人之中，有"狄卡丹"的嫌疑的，就只有郁达夫一人，其余都是很健全的吧。我们的取材，多关于两性问题的，这是因为我们都是一些求活的青年都还没有达到鼓吹严肃的教训的道德之高龄吧。并且"狄卡丹"这名称，原是旧派嘲笑新派时用的，译为废颓二字，本来就不好，郁达夫的小说也没有几多"狄卡丹"的气味，更说不到颓废了。他自己所描写的质夫，不过是一个青年的赤条条的自白吧；关于他的作品，一般的人都把他误解了，我在《创造》第三期内有致沫若的一函，关于这一点稍微说了几句，《创造》第三期不日可以出版，请馥泉君参考参考吧。

第四，馥泉君说："对于文学研究会没有好创作，也是很瞧不起。"文学研究会（只据他们的会章，莫论他们中一部分人的行事）总要算是我们的同志吧。我们希望他们有更好的创作出来，他们就没有好创作，只要他们诚心在那里创作，我们是决不会瞧他们不起的。馥泉君这几句话很有语病。好象我们创造社的同人也害了中国文人的遗传病——文人相轻——了。我们创造社的同人，最厌恶一般文人社会的种种劣迹，所以我们都怀有不靠文字吃饭的意志。（因为一靠文字吃饭，就难免不堕落了。）虽说是偶然的现象，我们同人中差不多各有各的专门科学，所以决不至于故意相轻，故意瞧他们不起。即如现在有许多人笑沈雁冰君只会批评别人，自己不能创作，我现在正在这里作一篇《批评家与创作家》，说明批评家自有他的职务，并不要同时是一个创作者。总而言之，我们只爱真理，也不自矜，也不记人家的旧恶。

第五，馥泉君说："《创造》创刊号郁达夫兄出来开了一炮，就是暗暗的意见变成亮亮的打架了。"据馥泉君这样说起来，似乎这场打架是衅自我开了，馥泉君大把前后的事情忘记了罢。馥泉君！打开窗子来说亮话，由文学研究会的一部分人看起来，我们真的是一些闯入者（不瞒你说，有时候我们自己也觉得好笑得很）。他们觉得我们是一些可恶的闯入者，所以只等我们现出头来，他们就恶狠狠地要加我们以凶猛的打击。郁达夫是受他们的攻击最多的了，所以《创造》出世时，他也就开始了他的防御的炮击。达夫的这种行为，在当时或实在是忍无可忍，然而我想是可以不必的。我们的使命在把他们的大帝国打倒；我们的格言是"沉默"与"战胜"。

第六，馥泉君说："郁达夫疑心很重。"文学研究会的一部分人对于我们不怀好意，已经是隐无可隐，加之善于变化的沈雁冰君，实在那里指挥一切，这时候，假使馥泉君处了达夫的地位，不知馥泉君终能不怀疑否？关于《小说月报》的那篇《自然主义与中国现代小说》我还没有听见达夫说过什么；不过我想馥泉君若真是达夫的好友，听达夫说了那样的话，便应当指出他的误解，使他不至于一误再误；即不然，也可不必告诉那些等着在的人，因为这不仅使两方面更加隔离，且活活地使达夫陷入了他们的陷阱，更送给他们一个快心的话柄；并且他们也不是做不出那种事情的人呢！馥泉君怎的忘了达夫所处的地位，怎的把在他前面的敌人的种类也忘了？馥泉君既这般宣布出来了的时候，我倒要再多谈几句：入陷阱的人是好人，是最后的胜利者！可怜的人们，你们的处心积虑，不过是对于胜利者的无益的反噬啊！

综合以上所说各条看起来，文学研究会的那一部分人，所以拚死拚命地与我们打架的原因，一是因为田寿昌没有理他们，所以疑及我们的全体，二是因为文学研究会成立的时候，气焰正盛，一见我们没有理会他们，很觉得我们是一些大胆的狂徒，无聊的闯入者，就想只等我们把头现出来，要加我们以凶狠的猛击。我们对于这种天外飞来的奇冤与无故相加的狂暴，据我一个人的意思，实在没有值得去理会的价值；不过郁达夫或者实在忍不下去了，才开始了我们的防御工事；而我们的行为，始终是防御的——正当的防御的。以后他们的攻击一天天加劲起来，达夫才有时候取了攻势的防御。本来防御自己是很正当的事情，并且在这种暗无天日的社会里，我们若不出来主张自己，盲目的人们，说不定不真的把我们当做了劣败者；然而我一个人始终不赞成这种行动，我认为这种事情把宝贵的光阴可惜了。所以虽说他们与我们打架，其实还没有正式打过，我想也永不会有，因为他们只从黑暗里放冷箭，我们却要求他们到光明底地方来对打，一个不敢出来，一个不屑进去，热心观战的人们呀！恕我们不能如你们所希望！

馥泉君！你虽然也说了许多未经人道过的公道话，可惜你还是把他们对于我们的不正义（unjustice）与他们的卑鄙的战术忘记了。我们没有他们那么多的人数，与他们那么多的机关，但是我们随便到那里，都用我们的真名字，他们却今天用一个假名，明天又新造一个，这边放一枪，那边放一炮，馥泉君！这可说是绅士的行为吗？我们都是一些很真挚的青年，正义的面孔，道德的衣裳，一刻都不许我们取与他们同样卑鄙的态度。然而他们当面很笑嘻嘻的，转过脸皮，却又忙着去赶造假名，忙着去安排冷骂，馥泉君！不料文学研究会真被他们弄得似政党一般了！象那署名“损”的先生，如果有人说起就是《小说月报》的某君，我初听了一定不相信，一定以为是政潮中的一个老手，本来他真未免是大才小用呢！

然而我很感谢馥泉君，我也替他们感谢，因为馥泉君把他们似政党，把他们没有好创作，把他们蹩脚的译本都揭出来了，可以使他们觉悟，可以使他们迁改。不过当《意门湖》被沫若驳得体无完肤的时候，“损”先生还在那里高吹他的“半斤八两”，可见这些人是已经不可救药了的；所以我个人倒希望馥泉君以第三者的资格，为以下的事情：

一，以第三者的资格要求他们用真姓名或一定的雅号。

二，以第三者的资格，忠告文学研究会早自振起，慎选几个能真为文学界出力的人来严校会员的翻译品，如《意门湖》之类的书，可以不必再出。

这里面的第二条若有涉及他们的内政之嫌疑，我情愿即刻取消，或负荆请罪，然而我觉得我们新文学的前途很暗怛，我们这个弟兄不大得力，别的人又没有我这般蠢，不肯出来做丑，说这样的话，所以我竟不及避什么嫌疑，在这里把我的希望写下了。馥泉君如能做到这两件事情，我相信他对于文学界的功劳，一定有可以大书特书的。

馥泉君不要以为我说了这些话，有什么矜高的意思。我们才是真的弱者，并且也很甘心是这样。他人对于我们所加的不正义，我们不能把一只眼睛来还一只眼睛，他人对于我们的欺侮，我们只好无言地忍受。一切不正义的行为，我们是被禁止了的。我们但愿我们有容人之雅，但愿我们有创作之能。此外只希望压迫我们忌妒我们的人，也早归正路，与我们一路唱着战胜的军歌前往。



关于创造社与文学研究会的交涉史，几回想要写出来，一方面告诉我们的同人，要他们以后原谅文学研究会会员诸君的误解，一方面也使文学研究会会员诸君，洞悉此中的真象，不要被几个好事的人播弄了；然而我至今没有写出来。我很感谢馥泉君给我一个绝好的机会。我还希望馥泉君恕我文中许多不妥当的话，恕我有许多地方唐突了他，恕我扯住他说了这许多的话。因为只好同他谈谈，文学研究会的那一部分人，我实在怕了他们的人多，怕了他们的变装术，怕了他们的冷箭，一句话，我真望见了他们的背都有一点心寒，而且我也犯不着同他们说话。

关于我这些话，馥泉君或别的人有什么意见时，我都可以领教。只是文学研究会的那一部分人，若出来多言，纵有千万个“损”先生来辱骂，我是只以免战牌对付的。我是口直心直的人，恕我在这里先说明白了。

十一年十一月十二日

这篇东西是我看了馥泉君的文章，马上写好，想在报纸上发表的，最初我把它送到了《时事新报》《学灯》栏的柯一岑君那里，不料过了将近十天，柯君忽把它退了回来，说是我的误会。我又把它送到别的一家报馆，这一家的主笔竟说是“恶声必反，恐又引起文坛长时间的笔战”，也把它退回来了。这种经过，我在这里发表出来，我自己不仅不觉得有什么可耻，我还觉得不可不表示我的感激于这两位很亲切的主持笔政的先生。他们不仅只使用了他们自有的权利，他们还热心地把我所不曾知道的，社会的情形告诉我了。象我们这种才从学校门口跳了出来的，才在国外长大了回来的人，应得受一种切实的教训才是。而就我一个人说起来，关于我们的社会现形的知识，我简直是连一个小学程度都够不上，这回的事情，倒实在有屈他们两位先生为小学教员了。

然而我始终不承认我这篇东西是出于误解，我始终不承认他是恶声，所以我把他在这里发表了。我深信从此我们大家都可以除去以前的误会，可以明白是什么人在穿着黑衣激起风波。至于那些生就了色眼的人，我们大家也只听他们去瞎闹吧。

这篇东西虽然现在才登了出来，然而送到了柯君那里之后，不久，那位善于变化的沈雁冰君居然就指定了“玄珠”二字的雅号，这是自动的行为也好，是他动的行为也好，我这篇东西的任务，算已完就了一部分，所以我现在就在这里把前面希望馥泉君做的两件事情撤回了吧。

我想在这里同馥泉君还说几句话。我觉得馥泉君说的话，未免太不汼憓了。不论关于什么事情说什么话，总要先把他调查清楚。若是没有查得清楚，最好是不说，就说也不要说某某兄长，某某兄短的，使人家看了以为是千真万真。馥泉君说话用什么字，固然有他的自由，然而因为他所用的字与所说的话，致伤及事情的真像，却断断乎不可。我此刻连馥泉君的贵姓，还没有知道的光荣，以后我们还要互相多知道一点才好。

最后我要在这里同我们创造社的朋友们说说，人生不是用蔷薇铺好了的广道，在我们中国的社会，尤其是荆棘多得很。象我们没有经过这种特别的锻工房烤炼过的人们，只有同“失败”结了婚，不则趋那孤竹君之二子的后尘吧。不论对于一种什么事情，能随时随地，把

Cynicism，Mac hiavellism 等等尽量地发挥出来，象我们黄帝子孙的，是再没有的了。我们只要任意把社会的任意一角拿来查看，就可以知道他是政局的忠实的缩写。我们的文学界又安得不是一个政界的舞台？然而我们决不要为这种原因，先自短气了。纵令我们的前途，阳光还是很熹微的，这不仅不足使我们悲观，反益发可以鼓舞我们，使我们自己去创造些光明来，充满我们的前路。假使这是我们的命运啊，假使与恶魔死战，终竟还归于失败，是我们的命运啊，我们却也不要由他逃避了。就让我们与“失败”姑娘成了百年的好事吧，就让我们与孤竹君之二子，结了万古的佳缘吧！

于我搁笔之先，我还要说几句很紧要的话。凤举兄教我“人家逼迫我们去打笔墨官司，是一件最不艺术的事，最不合算的事。有时候实在无法。然而我还望我们能够高超，能移这个和 Dilettante 和 Philistine 角力的时间到生产方面去。他们未免太够不上了。”这么一来，我未免又开了戒了。然而我决意使这回为最初的，同时又为最后的一回事。以后非有关于文艺本身上的事情，我决不再浪费我的纸笔，也决不再耗费我们的篇幅，致扰乱读者诸君的澄净的心境。但是以后遇有攻击我们的非文艺的文章，如果他说的不错，我们自己出来承认，出来感谢他，如果他说的不对，我们却决不牺牲宝贵的光阴，去与他理论，那时候大家不要以为我们认错了——这一点我要请亲爱的读者诸君牢牢记在心上。

一九二三，一，九日。

原载 1923 年 2 月 1 日《创造》季刊第 1 卷第 4 期

# 八 其 他

# 悼北京十八日的死者

编　者

血钟响了！血钟响了？昏睡的中国青年，请快从自私的，依赖的，旁观的迷梦中觉醒转来吧！！！

从五卅惨案发生以后，国外的帝国主义者与国内的资本主义者因为利害相同的缘故，已不惜抹去假面，联合而向具有反抗精神的热血青年加以残暴的攻击，各地的热血青年，已经牺牲了不少；而这次北京的大屠杀案，更把国内军阀官僚的媚外辱国，敌对民众的心理完全暴露出来了！

该醒了，在官僚军阀面前哀求着的人们！该醒了，在敷衍苟且中躲避着的人们！他们的施与只有无情的枪刀，你们的乐土也只是朝不保暮的囚牢。想进自由的王国的青年，应该把周围的恶劣环境打破！

这些勇敢的民众的战士，他们已尽了他们的巨大责任；他们努力，奋斗，想把昏迷的民众唤醒，他们已流尽了赤血，抛去了生命！

对于这些已死的战士的悲壮的行为，后死者的我们谨先在此表示最大的哀感，最高的敬意！我们希望他们的血汇成一股红流，浸润着我们这些后死者；他们的生命化作千万精灵，鼓励着我们这些后死者。后死者的我们，是应该更勇敢，更猛烈地向我们的敌人进攻。我们要继续那些先死的勇士们的工作，我们也要分受那些先死的勇士们的荣誉！

醒啊！醒啊！血钟响了！在屠刀下流着眼泪哀求的人们，请奋起到枪林中喷着热血叫敌人战栗吧!!!

三月二十上午

原载1926年4月1日《洪水》半月刊第2卷第14期

# 资本主义对于劳动文学的新攻势

编辑委员

读者诸君：

我们不能不给你们报告一件消息，这不单是世界普罗列塔利亚文学家要晓得的，一般抱有自由思想的人们也不能不知道的事情。

德意志共和国，谁都晓得是立宪的民主国，然而，她的人民究竟有言论自由及出版自由的权利么？不！没有！！自由是资产阶级的特权，对于其它的一般人只是剥削的自由。金璧焕皇地装饰着的德国法官对于诗人 J.R.Baecher 的起诉，我们可以晓得资产阶级的攻势是怎么样疯狂，又可以知道困兽的穷余的暴威，是怎样的无理，同时也可以推测他们进入墓穴的时间的距离。

一九二八年一月十六日 J. R. Baecher 因为他的作品，尤其是以毒瓦斯战争为主题的小说《唯一的正当的战争》犯了"对于共和国准备谋叛"及"冒渎上帝"而受起诉。

这小说的根本思想决不是带着色眼镜的顽固的检阅官所能理解的。他们把整个的艺术品支离灭裂地粉碎，一字一句从作品的碎片用他们的近视眼及突出的鼻子要嗅出"准备谋叛"的痕迹。一切事都出发自他们的偏见，恐怖于他们自身的幻影的犯罪心理及牵强附会这一点。而且这作品所叙述的，同时法官们以为是犯法的地方，——即 Baecher 所描写的内乱，实则这是对于毒瓦斯战争的一种警告，内乱又是这战争的必然的结果。同时，艺术要求严正的客观的描写，Baecher 的手法又是"影相机"的方法，里面免不了有左翼的急进的言语。当局引以为犯法的而且要使他们的起诉命令化为正当的地方（凡十三条），都是忠实于现实的手法所视为重要的。

Baecher 的律师把法官们的阴谋的本体暴露后，提出很宝贵的问题。

艺术家的热心在发见艺术地表现他的现实的环境的形式及言词——能够改变可咒骂的现实社会的形式及言词。然而，布尔乔亚的法律是要禁止的。那末，所谓“谋叛的准备”这法律上的概念这一次能否放在作品行动的里面？这是应该吟味的问题。

总之，这是“力和力的冲突”，正义，法律没有一点功效的。

德国的革命普罗列塔利亚著作家联盟，当然不肯沉默的，他们成为主体勇敢地为此事争斗。本志所介绍的《群众＝人》的作者 E.Toller 及其他作家均愤起和资本的这个新攻势宣战。

高尔基对于这次的裁判提出如火的抗议文。

全日本的左翼文艺家总同盟对于这暴举也表示绝对的反对的意志。

其他如 U. Sinclair，R. Rolland 等世界的著名的 Intelli-gentsia 也发送电报表示反对这个裁判。

然而，裁判依然还没有终结。

3rd、9、1928

原载 1928 年 10 月 10 日《创造月刊》第 2 卷第 3 期

# 《现代评论》出版了！

已经筹备了半年的《现代评论》，因为种种原因，到此刻才得出版，真对不起许多望眼欲穿的朋友们啊！现在他不先不后，正当干戈始戢，百废待兴的时候，哇的一声，产生出来，他应当觉悟他的责任是很重大的了。《现代评论》是一个内容丰富的周报，关于政治，经济，社会，哲学，文学，美术，科学各问题，都有专家主撰，执笔的人本着独立的精神，发表无顾忌，无偏党，无阿附的言论。他们不鼓吹空泛的主义，多讨论实际的问题；不管人家爱听什么，只说自己想说的话。现代评论撰述人，包含“太平洋”“创造”两社全部社员和其他国内有名杂志的执笔者。朋友们！你们不是讨厌言论界的庞杂和沉寂吗？就请你们给这新产生的《现代评论》一个赞助——一个有力的赞助。

原载1924年12月31日《学艺》月刊第6卷第6号

# 创造社戏剧部成立通告

我们以前虽然在季刊上刊布过好几个剧本，但我们没有专门办理戏剧的事务的一部，所以常常会有剧本已经给人家拿出演了，而我们自己还没有知道。这不但于我们自己一方面觉得不快乐，我想即是演我们的戏的人也有一些抱憾，因为戏剧当中也有许多地方要与我们相酌的。现在为谋双方的便利起见，将戏剧部成立起来。以后凡有要演我们的戏剧的，务祈预期通知，让我们有一个参加的机会。

通讯处：上海宝山路三德里A十一号

原载1926年7月1日《洪水》半月刊第2卷第20期

# 创造社第一次文学奖金缘起

时局的混乱，与生活的不安使我们的文艺界陷入了死一般的消沉的状态。文艺应该是时代的呼声，尤其应该是我们青年的热诚的叫喊。现在这种消沉的状态，我们决不可以任其久延，我们应该要叫喊出来，从生活的烦闷中狂吼疾呼，打破这种阴气侵人的消沉，努力与万恶的社会奋斗。我们青年中间决不会绝无特出的才能来表现自己，表现这个伟大的时代。我们希望我们年青的天才赶快起来，把我们要说的话，用艺术的手段，大胆地描写出来，昭告我们的民众。现在我们提出一种奖励的方法，希望我们年青的朋友们大家起来参加，我们稍备奖金，略表我们酬劳的微意。规约数条，附录于后：

### 附规约

一、自今年起以后每年举行一次或数次

二、第一次奖金定额共四百元

奖金凡三等共四名

第一等奖　一名　二百元

第二等奖　一名　一百元

第三等奖　二名　各五十元

三、第一次征文为长篇小说一篇不限题但以能表现时代精神者为合格字数须在六万字以上

四、得奖各作由本社出版版税抽百分之二十此外如有佳作亦可由本社出版

五、所收稿件由本社特别组织委员会审查

六、原稿除得奖文及佳作应由本社发表并保存外其余一概挂号退还

七、应征文稿字迹须填写清楚注明第一次奖金征文字样并须用真名姓附记详细通讯地址

八、收稿截止期一九二八年三月底

发表期一九二八年四月底

九、收稿处上海创造社出版部

十、凡本社同人概不得投稿

原载1927年9月16日《洪水》半月刊第3卷第34期(附页)

# 编辑事项及其他（摘录）

王独清

最后，我想借这儿把创造社文学奖金的事件略为一说。

去年六月间我由广东到上海以后，约有三个月的时光，仿吾也急急地赶到了。我们决意要把创造社切实地整顿，切实地光大；我们第一步的工程便是想招致现时的青年作家和我们携手同行。但是我们都是在沙漠中游行的骆驼，费尽了许多的心力，还寻不出几株青葱的树影。不过我们决不失望，我们始终相信在我们这样大的国家中，一定潜伏着有伟大的人才，同时我们承认我们现在所处的时代是一个最有意义的时代，处在这样的时代若没有认清时代的作家，那怕便是我们民族死灭的先征！这样，我们才决定了文学奖金的办法：我们是想藉此能多招引些同志，同时也好藉此鼓舞青年作家去努力。

可笑的是我们中国的社会，一件事体若是还没有见人做过的时候，便要惹起许多无聊的误会。文学奖金在外国固然到处都是，然而中国却怕是一个创举，因此便有些人竟然把这件事作为他们造谣的材料。其实这件事是最平常不过的，我们自信在我们现有的能力以内，总算是替青年作家设想了许多了。那些谣言想来也没有人会去相信。

有的人说，我们应该只备奖金，不一定要作品由创造社出版，若是作品要由创造社出版，那么奖金就应该多筹备一些。这话听去似乎很对，其实事实上却是很难做到。第一须先知道我们自己就是些没有余裕的群集，我们很想大规模地去奖励青年作家，但是你教我们从何处去筹办呢？唉，诸君！你们要说我们底行事欠公道时，我们也愿意承认，不过你们要知道在这种资本制度之下，我们也没有方法使我们公道，最好是我们一同去斗争，把这个万恶的资本社会打破后，再来寻公道的所在！

原载1928年3月1日《创造月刊》第1卷第10期

# 悬赏征文审查报告

征文审查的结果展缓至今天才能向外间发表，我们是十二分的表示歉意。

四月中由文学部选出审查委员六名当审查责任。

应募稿十三种中，从形式及内容双方的标准下只能选出两种。能够全部符合本社征文的条件的作品，很遗憾的，还是没有。经审慎的讨议的结果，决定下列两名当选。

二等当选　　汪锡鹏《结局》
三等当选　　周阆凤《农夫李三麻子》

汪锡鹏君以多彩的笔触描绘一女子的流离转变的命运，配以变乱多端的时代背景之一角。从手法上看来，是成功的作品。同时，作者自身的告白也是很老实的，这篇只把时代的一角描写出来。这就是说从侧面观看时代潮流的奔潮。取材和态度是制约作品之能否成为伟大的一关键，对于我们这位前途灿烂的青年作家的艺术的素质，我们不能不希望他能再进一步认识社会的真相。

周阆凤君以朴素的手法描写农村零落过程中的农民的忧郁。手法上虽有多少未成熟的地方，然而农村生活的卷轴重以纡徐的拍子展开，对于他的取材的态度是我们所引为满意的。我们希望他能够再把农民的生活，感情及共通的他们的烦闷具体地表现出来。

至于其他未得入选的倾向大抵因为表现技术的未熟，同时流贯内部的，只是个人主义的 Sentimentalism。《落叶》和《少年维特之烦恼》深深支配着青年的心情，从审查的经过我们发见这结论。表现形式取日记或手札体裁的倾向，不过是外面地说明这个事实。

我们明白这个报告会使一部分的读者不惬意。当选中缺去一等，原来不是我们希望的，但是，事实上，能够充分满足我们征求的条件的作品还是没有出现，我们这个办法是万不得已。同时我们在最近未来中，会有第二次征文的计划。我们希望每次征文之内可以把二三个有为的青年作家出现到社会里来。

审查委员：

张资平

王独清

段可情

李初梨

傅克兴

冯乃超（负本文责）



原载 1928 年 10 月 10 日《创造月刊》第 2 卷第 3 期

# 郁达夫启事

人心险恶公道无存此番创造社被人欺诈全系达夫不负责任不先事预防之所致今后达夫与创造社完全脱离关系凡达夫在国内外新闻杂志上所发表之文字当由达夫个人负责与创造社无关特此声明免滋误会

原载1927年8月15日《申报》

# 对于社会的态度

达　夫

《文化批判》创刊号里有一篇批评我的文字，说我对于社会的态度是和另外的两人一样的。只怕转述得不正确，现在我把原文抄出：

> 从主张提倡自然主义的一派——文学研究会的团体中，可以抽出叶圣陶。他是一个静观人生的作家，他只描写个人（——当然是很寂寞的有教养的一个知识阶级）和守旧的封建社会，他方面和新兴的资产阶级的社会的“隔膜”。他是中华民国的一个最典型的厌世家，他的笔尖只涂抹灰色的“幻灭的悲哀”。他反映着负担没落的运命的社会。别一方面他的倾向又证明文学研究会标榜着自然主义的口号的误谬，这是非革命的倾向。
>
> 鲁迅这位老生——若许我用文学的表现——是常从幽暗的酒家的楼头，醉眼陶然地眺望窗外的人生。世人称许他的好处，只是圆熟的手法一点，然而，他不常追怀过去的苦日，悲悼没落的封建情绪，结局他反映的只是社会变革期中的落伍者的悲哀，无聊赖地跟他弟弟说几句人道主义的美丽的说话。隐遁主义！好在他不效 L. Tolstoy 变作卑污的说教人。
>
> 郁达夫的悲哀，令一般青年切实地同感的原因，因为他所表现的愁苦与贫穷是他们所要申诉的，——他们都是《沉沦》中的主人公。但是，他对于社会的态度与上述二人没有差别。

我头脑昏愚，看了这批评之后，不晓得作者究竟是在褒我的呢，还是在贬我？抑或是褒有所不甘，贬有所顾忌，而最后是很巧妙地说出来的这一个似褒却贬的评断。可是我看了总终究有点不解。照作者的意思，明细叙说出来，则底下的一个公式是可以成立的：

郁达夫＝叶圣陶＋鲁迅

他所表现的愁苦与贫穷是一般青年所要申诉的＝反映着负担没落的运命的社会＋社会变革期中的落伍者的悲哀，无聊赖地跟弟弟说几句人道主义的美丽的说话。

本来批评家批评人家的作品，是绝对自由的，不过遇到了模棱不决的评断的时候，则被批评者当然有点难受，而一般读者怕也有点张天师着鬼迷之感，所以我想在此地为这批评加上一个注释，可以使读者明瞭一点这批评背后的事实。这批评的索隐当然要从我与创造社的关系说起，因为《文化批判》是创造社出版的缘故。



原来创造社是我和成，张，郭四人发起的。成立在十几年前我们的学生时代。后来回国之后，就为人作嫁，以创造社的名义出了许多丛书，许多刊物。中间忧患丛生，分离转变，四个人为创造社也着实吃了些苦受了些气。到了前两年的春天，得了许多同情者的资助，才设立了一个出版部，创造社总算得脱离了书贾们的压迫而完全造成了一个自由独立的基础。谁知风云变起，出版部成立之后不及一年，又有几个外人来搅乱内部的事件发生了。

这件事就是那位在创造社服务，现在是老在向租界及政府当局告密，而当时正在和一位同事的同性作家出《比目集》的艺术家想在创造社内另立一社，而以这社的名义出书出杂志的事情。

他们都是创造社出版部的服务人员，除住房子吃饭拿薪水不计外，他们所出的书和杂志的包装堆栈及印刷的校对等营业杂费，都由创造社负担，而这些书和杂志的纯利，全由这另一个社来收受的。所以结果弄得变成了创造社耗费了基金在养另外的一个社了。

这消息传到了当时我们都在那里当教员的广州，大家合议的结果，要我牺牲了教员的地位，到上海来整理出版部的事情。关于这“牺牲”

两字，现在我又听到了一件事情，不得不在此夹叙一叙。

前年暑假以后，我担任的是广州中山大学的出版部的事务。这当然还是经致渊氏在那里当校长的时候并没有征求我的同意而为我决定的职务。当我到了广州，致渊已经去职，换了戴传贤氏顾孟馀氏朱家骅氏丁惟汾氏等五委员在那里负责。这几位委员，直接间接或在北京或在上海，都与我有点认识的，所以当我到了广州之后，在他们的那施行那种彻底手段发表解散中大命令之后的第二天晚上，就送了一个仍留原职的聘书过来。当时广州正在混乱之中，我也不想再在那里混饭吃，可是因为欠薪未发，而委员们对我的意思，似乎也不是恶意，却之不得，所以也就马马虎虎的住了一月。一月之后，承骝先朱委员的好意，欠薪发给我了，我托了种种人去关说，并且又对戴委员面述了许多苦衷，才返还了聘书，奔回到上海来整理创造社的事情的。所以这事情在我说来，当然是一种“牺牲”，而当时在场劝我的诸人，也是说“非要我来牺牲一下不可”的，但是现在怎么样？据一位前几天我遇到的C君之所说，则现在的创造社内部的诸公，却都在说，我是因为当时在中大被五委员革职了，所以不得不到上海的创造社出版部来混饭吃的。听到了这一句话之后，与前情来对照一下，我想无论何人，总也免不了惊愕的罢？所以我的要在纸面上掩出这么些个伟人的名姓来，并不是想在这里夸一夸大口而卖阔绰，不过是想证明现代的人心的如何险恶而已。好在这革职不革职的问题，现在是还有几位和我当时同来的人在，大约他们的心里总该明白的，我在此地可以不必说了。并且不被革职，也并不是什么荣誉，由昆仑顶上的人看起来，正是要笑煞人的。还是闲话少说，让我再来说到本题上去罢！

从广州到了上海，和那位青年——因为他老在替我登广告，说老人某某某某，要出什么什么杂志云云——的比目艺术家办了许多的交涉，将社内之社肃清，把创造社全部的财产，托付了成仿吾氏的一位亲族管理，我就于去年夏天，完全脱离了创造社的关系。

和创造社脱离关系前后的事情，我记得曾在本年的二月里的一篇《翻译说明就算答辩》里拉杂说起过的，现在若不嫌重复，请读者恕我再来叙说几句。

我的要和创造社脱离关系，就是因为对那些军阀官僚太看不过了，在《洪水》上发表了几篇《广州事情》及《在方向转换的途中》等文字的原因。当时的几位老友，都还在政府下任职，以为我在诽谤朝廷，不该做如此的文章。后来又有几位日本《文艺战线》社的记者来上海，我又为他们写了一篇更明显的《诉诸日本无产阶级》的文章，这些文字，本来是尽人欲说的照例的话。而几位老友，都以为我说得太过火了。究竟不晓得是不是这几篇文字的原因，在去年的七月里，居然来了一位自称暗探的司令部的人员，到创造社出版部来说要拿人拘办。弄得出版部里的人员逃散一空，后来由郭复初氏去司令部说明了原委，由胡适之氏向黄膺白辨剖了究竟，创造社出版部才由我自己到警察厅去接受回来。而在这一场悲喜剧结束的时候，正由广州带了重大使命去日本的成仿吾氏，却对我说了这几句话：

“这都是你的不是。因为你做了那种文章，致使创造社受了这样的惊慌与损失！那些纸上的空文，有什么用处呢？以后还是不做的好！”

因为这几句警告的结果，成氏的那位亲族，现在是在管理创造社的全部财产的那位亲族，本来就厌我监督的太严的这位成氏，竟对我很明显的表示了反抗的态度。我看了左右前后的这些情形，深恐以后再将以文字而召祸，致累及于创造社出版部的事业经营，所以就在去年八月十五日的《申报》《民国日报》上登了一个完全与创造社脱离关系的启事。这是我和创造社所以要分裂的实情实事，由此看来，也尽足以证明创造社诸公的如何稳健持重，如何的是现在革命政府的忠实同志了。而最可笑者，却有最近的一个名《青年战线》的刊物上，还在大大的登载，说他们是共产党的机关，说他们是在替第三国际宣传主义，致弄得他们搬地方请律师，乱得一塌糊涂。他们想获得青年的崇拜，想在文坛上作一个墨索利尼，作一个专卖机关的事情是有的，至于说他们是共产党徒，那我就可以为他们出来证明，证明他们决没有这样的胆量。而尤其是可笑的，是前几天当我遇到C君的时候的那一番对我怒骂的话。他的意思，是因为那个名《青年战线》的刊物上利用了鲁迅，来骂了他们是共产党的结果，以为鲁迅是怕了他们的文学理论，所以暗中作鬼，想利用了政治的势力来压迫他们，似乎现在的各级党部和中央政府及那个《青年战线》社的人们，都是由鲁迅在指使似的。而对我哩，因为我最近在和鲁迅合出一个杂志，似乎也在为鲁迅奔走，与他共同谋算，在借了政治上的势力压迫他们。其实政治上的势力，究竟有没有被那个刊物《青年战线》所动，还是一个疑问，而鲁迅若有这样的大势力，那我就相信他早可以不做文章而去做总总司令了。至于我对鲁迅哩，也是无恩无怨，不过对他的人格，我是素来知道的，对他的作品，我也有一定的见解。我总以为作品的深刻老练而论，他总是中国作家中的第一人者，我从前是这样想，现在也这样想，将来总也是不会变的。所以对于C君的那一种偏见，我是始终想为鲁迅在这里辩白，辩白他没有那么大的势力，辩白他没有那一种恶伏快变之才，不管你骂我是鲁迅的共谋犯也好，骂我“没有辩护的余地”也好。



因为想为那篇批评我的文字，做一个背景的索隐，枝枝节节，竟写了这么一大堆，我在此地想对读者告一个罪，总之归结起来，我是创造社前身的一个发起者，现在是已经与创造社完全脱离关系了，对创造社虽没有什么大功，但自家想想也决没有什么大罪，创造社的所以能有今日，我想或许也与我前半生的无补事实的一点努力，有丝毫的关系，这就是我对于那个半吞半吐的批评想说的几句话。也就是对那批评所想提出来供大家参考的一点事实。

末了我更想对他们所主张的阶级文学的理论来表明我的态度。

我对中国无产阶级的抬头，是绝对承认的。所以将来的天下，是无产阶级的天下，将来的文学，也当然是无产阶级的文学。可是生在十九世纪的末期，曾受过小资产阶级的大学教育的我辈，是决不能作未来的无产阶级的文学的一点，我是无论如何，也不想否认的。这些主张，我都已经在一本小著名《奇零集》的那册书里说过了，大约读过那册书的人，总已经知道得很明白，我也无须来再述。不过我对于不是工人，而可以利用工人，来组织工会，不是无产阶级者，而只教有一个自以为是无产阶级的意识，不管你有几千万家财，有几十乘汽车，有几十间高大洋楼，只教你有一个自以为是无产阶级的心，你就可以变成一个无产阶级者的这一种理论，我是绝对否认的。

言尽于此，别的话我不想再说了。我只希望秋凉一点的时候，能够做一点真正的翻译或创作的工作。

一九二八年八月一日

原载 1928 年 8 月 16 日《北新》半月刊第 2 卷第 19 号

# 出版部的幸不幸二事（摘录）

全　平

出版部从三月到今，已整半年了。这半年六个月中，幸与不幸的事，遇着实在不少。其中最足称幸的，自然是创造社出版部能得着国家内外许多青年的同情；而最是不幸的，便是出版部楼上失火，曾烧坏了我的十个手指。



要是把出版部半年来的幸不幸完全写起来，便是三册本刊那么厚的篇幅也还是载不下，而且会叫人看了也不耐气，但至最近这个八月——多事的八月，突然的发生了两件既幸又不幸，既不幸又幸的事；这在我，觉得颇与从前所遇的幸不幸大异。而颇有写在纸上让读者也要费三分钟来看它一下的价值的，所以便要在趁轮船赴粤的前夜把这两事记下了，而且马上送到印刷所去添在《洪水》的屁股上。“这就是自己有了刊物的便利了！这就是把曾经被压的大腿压在别的身上的明证焉。”（这两句是隐语，不明白的人便由他不明白就是。）

（一）创造社出版部小伙计被捕入狱五日事

大概《洪水》的读者已都知道创造社出版部被查，职员被捕的消息了。但是其间的经过详情，恐怕知道的还不多吧！这实在是我们上海的新闻纸的价值太高了，不肯把我们的消息告诉给诸君，所以现在我只好自己来宣了。

先是在出版部被查之前二日，即八月五日，《新申报》上载有一条特讯，如下：

请看赤党扰沪的秘谋（本报特讯）

某方面报告之确讯　　袒赤者之淆混名实

粤蒋奉赤俄命令。称兵北犯。除军事上积极进行外。并分派党员。潜入内地。假借名义。扰乱治安。务达破坏目的。兹得某方报告二则。披露于左。有维持地方秩序之责者。不可不加以注意也。

据报称中国共产党上海特别市党部。假国民党名义。实行赞助粤方军队北犯事宜。除电促粤政府限九七纪念前会师武汉。俾沪上同时响应。于反帝运动日即九七纪念。当率工人三十万。学生四万。与帝国主义者作最后之战斗。其筹备情形与组织方法。容后再另为披露。又查辣裴德路永裕里八十三号国民党市党部于昨日成立北伐军行动委员会。为办事缜密起见。其重要机关总务处暂设市党部外。计交通处设于闸北福生路之国民通讯社。秘书处设于宝山路三德里之创造社内。此二处非党中重要人物不得阑入云。

《新申报》这份东西，实在是臭烂到不可遐迩的东西，所以看的人真少，我们更不必说了，既没得这种闲钱，也没得这种闲暇。所以到昨日市党部和通讯社统去函更正了，我们还是不知道。

直到七号午前，有位宰白兄从杭州来诘问我们，我们才知道《新申报》造这谣言，其时已是午饭时候了。饭后小伙计汉年赶出去买《新申报》，毓英等在部里打包，我复回到家里闲谈。二时左右，灵凤来我家，说，出版部被警探检查。灵凤说的时候带着笑，我初先还以为他在说笑呢。二时半，汉年买了《新申报》来，看了又好气又好笑，于是我们商量一面去更正，一面去出版部把银钱要物拿出来。三时不到，灵凤去了。三时许，我和汉年把更正信和新闻报拟好，到部里预备盖章送出去。不料到门前时，站了一个警察，门已锁上了。要进去，不准，倒还算未再抓进去，只得退回。当天奔走了一个下午，从门前的警察起，打听到五区警署，算得着了一个消息是：厅里来的公事！人呢？已经带到厅里去了！

啊！厅里去了！经验和我一样少的汉年只会和我对坐着叹气。

晚间想起了一条活路。上海的总办不是丁文江么？新来的炼钢厂长不是胡庶华吗？胡庶华是丁文江的朋友，胡庶华又是出版部的股东，那么这件事情只要股东先生到总办去疏通一下就好了。

我不认识胡庶华，我便恳请一位表兄去作说客——表兄曾与胡庶华同事。

等了他一天半。——你们能想象出我和汉年那时在外面等候消息时的焦心吗？表兄回信来了；说是胡庶华不肯帮忙，因为他也是股东，所以要避嫌疑。

一条路已经断了，因为表兄也是股东，我不敢强他也处在嫌疑地位。

同时因为济难会的帮忙，一面请了律师，一面也从拘留所里探得一些消息出来。消息里面有一则是：有两学生形状的人假若再来警厅门前探望时，把他们也带起来。于是我和汉年更是一筹莫展了。（其初算会到警厅门前去转转）



第三天的午后，因了胡愈之和叶圣陶两位的提示，突然又摸着了大路了。第五天的早晨，我便从沪上最高长官的手里接到了被捕诸人的赦状。当日的午后二时到警厅——本来说是要传该部经理全平审讯的警厅，现在全平在他们的手里，他们非特不逮捕他，反请吃茶了。于是，在大家的愉快中，我从拘留所里把被捕的四个伙计请到我们自备的汽车——阔么？“既富且贵”呢！——上，兴匆匆地迎到家了。

这件事，对于出版部当然是不幸，可是，从另一面说，也可以算是出版部的大幸：

第一是因这次事变而使我对于友人和敌人的认识更加深进一层，第二是使我们的革命观念更加彻底一些，第三是使我们格外认识了中国上等社会之污秽和那批只知要钱而不负责任的上流讼棍，第四是使我们格外明瞭上海新闻报的无价值与作恶，第五是使我们知道了的平常生活中永远不能遭遇的智识。

这是出版部不幸事之一（附注：关于这事的详情，请看本刊周年增刊上的《狱中五日记》及《狱外五日记》。）

……

原载 1926 年 9 月 1 日《洪水》半月刊第 2 卷第 23、24 期合刊

# 说几句话

艾 藜

近来有许多关心于出版部的朋友们，时常写信来问这里些可怕的消息。这是大家过于爱护本部的原故所以时时不放心了。在大家心目中都以为创造社在中国文艺界里，的确是占有重要地位的，（不过事实明明白白地放在这里，我们也不虚谦了。）万不能在那奇异的花苞未开之前，就遭摧残。是的，朋友们，我们也希冀着这朵花果的实现呢。在可能努力的范围里，我们当然要努力的，绝不会负了诸位的殷望。诸位爱护本部的朋友们，你们尽管放心。

说到创造社出版部是“赤化”机关吧，这是无稽之谈，在军阀时代，那是没有理可讲的，遭了小人的陷害，曾经来查封过五天。后来野蛮性养成的当局也明白出版部是什么一个机关了，随时就启封了。诸位朋友，我想无论一个什么人没有不爱文学的，更没有不爱专门研究文学的团体的，除了未开化的野蛮性成的人类。就是毫不讲感情的军阀，因一时的误会，后来也看在“研究文学的机关”的情面上，一句也不说什么，交保释放了被捕的小伙计，自己撕去他们来封闭的纸条。谈到现在，你们可以放心，虽然当局在做清党的工作，我们出版部绝不会被他们清的。因为创造社在社会上的功过，这是大家有良心的都可以明白，当局绝不会不问功过而来摧残，更不会在青天白日下来无理由的封闭创造光明的出版部。

现在我把诸位关于来问本部的许多的问题，集合成五个答案，写在下面，关心出版部，爱护创造社的朋友们，你们放心吧，我们的团体要与诸君不朽呢！

1. 出版部的成立，是集聚国内外多少爱护创造社文艺的热血青年的股金开办的（就是你们写信来问消息的诸君里面也有五元或十元的股东吧），不是受某个人或某团体的津贴而成立的。这是要股东们和爱护创造社的先生们释疑的。

2. 谈到现在被通缉的郭沫若，他的确是创造社出版部发起者之一人，可是他未到广东之前，本部就已经成立了，不能因了他发起人的关系，我们就把许多股东寄来的钱不问而关门吧？更不能因为他个人思想和行为的关系而影响到许多青年崇拜的文艺机关吧。（在去年被封的时候，军阀就这样说"你们机关里有人在广东做事"。和他们不可理喻，只好去坐牢，所幸坐了五天。这是只认识个人而不认识团体的弊病。现在不会有这样的事实发生的。）

3. 关于《洪水》的话，在那一般无知识不懂道理只知道鱼肉小民的军阀统治的区域之内，的确不准《洪水》销行的，可是现在不同了，也能在珠江和长江流域范围内追随着光明的革命军而飞行呢。谈到一二卷《洪水》的时代，每个作者因为处在压迫环境中太久的原故，不无说话过火，其实理论的研究而不是行为的表现，这又何足害怕呢？诸位，请你们再看看三卷的《洪水》吧。（《洪水》改名的问题，似乎不成问题，所好"洪水"不是"红水"，无庸改换。至于用红色的封面那是无意识的，你们万不能把无意识的举动当作有意识看，那就要"疑心生鬼"了。）



4. 再说到去年的被封。简单的说，那是我们不会逢迎的原故。别人说我们傲慢，同行说我们自大，无形中遭了小人的陷害，故意造谣，引起了当局的猜疑，便不问青红皂白封了五天也就启封了。老实说，创造社出版部要是他们所谓的"赤化"机关，在讨赤最利害的孙联帅和张大帅的手隙里，绝对不会漏过来支持到现在的。诸位放心！股东放心！决不拿你们扶助出版部的血汗钱和拥护创造社的诚恳心而来干这无聊有危险的勾当。

5. 至于问到我们的态度，在从前大军阀孙张两帅统治江苏的时候，我们的确感受到痛苦，为要求自己的解脱，日日心里是在欢迎着为人民谋幸福的革命军呢。所以言谈之间，不无愤愤，无形中似乎革命者的口吻。所以就有许多人奉送了革命文学团体的创造社的美名，我们小伙计呢，也就跟随着变为革命者了。现在革命军来了，从前压迫的痛苦，好象也就忘了，似乎谋痛苦的解脱，已经交给了最能革命的军队去了，你们假使能到本部来逛逛，也许能听到久而不闻的“姑娘，我的姑娘……”的声调呢。据此，你们也该知道我们的态度了。

诸位朋友们，我们把最重要的几个问题答覆过了，其他的恕我不多说了，请看小消息吧！

总之，你们爱护创造社的诸位朋友们呀，创造社在军阀猖獗的时期里都没有因赤化嫌疑而被封，可是在这次清党运动中，更不会把本部清掉的。以过去的事实验之，这是我们可担保的。

末了，祝诸位爱护创造社，扶助出版部的朋友们康健!!

——5. 12 上海

原载 1927 年 3 月 26 日《新消息》周刊第 3 号

# 创造社及创造社出版部重要启事

本社纯系文艺的集合。本出版部亦纯系发行文艺书报的机关。与任何政治团体从未发生任何关系。其从事政治运动之社员如郭沫若等。久与本社无关。此事早经一再声明。社会想已洞悉。乃最近本出版部南京分部忽被搜查。结果毫无所获。当局亦知出自误会。准予恢复营业。在此青天白日旗下。文学团体当无触法之虞。惟日来谣诼颇盛。诚恐以讹传讹。多滋误会。故特登报郑重声明。此后如有诬毁本社及出版部者。决以法起诉。以受法律之正当保障也。

上海北四川路

创造社　创造社出版部　同启

*ZA666Z*

原载 1927 年 11 月 19 日《申报》

# 刘世芳律师代表创造社及创造社出版部重要启事

据敝委任人创造社及出版部声称本社纯系新文艺的集合本出版部亦纯系发行文艺书、报的机关与任何政治团体从未发生任何关系其曾从事政治运动之旧社员如郭沫若等久与本社脱离关系此事早经一再声明（见旧年十一月十九号申报及同日民国日报）社会想已洞悉在此青天白日旗下文艺团体当无触法之虞此吾人从事文艺事业之同志所极端相信者乃日来谣诼繁兴竟至有某种刊物伪造空气淆乱听闻果长此以往诚恐以讹传讹多滋误会除去函更正特再登报郑重声明此后如有诬毁本社及本社出版部者决依法起诉以受法律之正当保障云云嘱为代表通告此后如有毁坏该社名誉者本律师当依法尽保障之责

事务所北京路一百号

原载 1928 年 6 月 15 日上海《新闻报》

# 魏文翰律师受任四马路江南书店常年法律顾问启事

兹本律师受任江南书店法律顾问嗣后如有人侵害该书店信誉及一切应享法益者本律师当依法尽保障之责特此通告

事务所南京路二十七号　电话一一六三六

原载1929年8月6日上海《申报》

# 附一：
# 国民党政府查禁《喇叭》、《未明》等十种进步刊物及命令查封上海创造社的文件

## 一、国民党中央执委会秘书处致国民党政府文官处函

（一九二九年一月十六日）

径启者顷据中央宣传部函称案据浙江省党务指导委员会宣传部呈请查禁共产党刊物《喇叭》《未明》《创造月刊》《思想》《流荧》《IIDEC》《湖波》《战迹》《出路》《白华》等情到部查上项十种刊物确系共产党宣传刊物自应从严查禁以遏乱萌谨拟具办法如次请由中央函交国民政府（一）通令全国各省市政府严禁辖境内书肆售卖上项十种反动刊物违者封闭（二）令饬上海特别市政府淞沪警备司令部南京特别市政府勒令辖境内书肆不得售卖并将现有上项十种反动刊物全数缴出烧毁各印刷所不得再行承印违者封闭（三）令行上海特别市政府并令江苏省政府转饬上海临时法院将印发共产党反动刊物之上海北四川路创造社即行查封（《喇叭》《未明》《创造月刊》《思想》《流荧》《湖波》《白华》七种均系该社出版部印发）以上各项办法是否有当敬请
鉴核施行等情经呈奉
常务委员批准如拟办理等因在案除函复外相应据情录批函达即烦查照转陈分别办理为荷此致

国民政府文官处

中国国民党中央执行委员会秘书处

中华民国十八年一月十六日

## 二、国民党江苏省政府致国民党政府文官处公函

（一月二十九日）

江苏省政府公函　第二八九号

径启者案奉

国民政府第四四号训令为准

中央执行委员会秘书处函据

中央宣传部请查禁《喇叭》《未明》等十种共产党宣传刊物奉批交府训令遵办等因除令行民政厅饬属严密查禁如有仍敢售卖上项十种刊物之书肆即行封闭并令行上海临时法院迅将创造社查封具报外所有办理情形相应函请

贵处查照转陈为荷此致

国民政府文官处

江苏省政府委员会主席　钮永建

中华民国十八年一月二十九日

## 三、国民党南京市长呈文

（二月十六日）

为呈复事案奉

钧府第四四号训令内开案据本府文官处签呈准中央执行委员会秘书处函开顷据中央宣传部函称案据浙江省党务指导委员会宣传部呈请查禁共产党刊物《未明》《思想》《创造月刊》《湖波》《战迹》《出路》《白华》等情到部查上项十种刊物确系共产党宣传刊物自应从严查禁以遏乱萌除原文有案邀免冗叙外尾开合亟令仰该市政府即便遵照办理并将

办理情形具报查考等因奉此遵经转饬社会公安两局遵办在案兹据社会局呈复遵即饬派科员冯邦文前往各书局严密检查兹据复称窃职奉谕密查共产党刊物《喇叭》等十种遵即于昨日下午前往本市各大书店如金陵图书局公益书局天一书局花牌楼书店群众书局太平洋书店新民书店中国图书公司公民书局文化书局世界书局中央书局南洋书局商务印书馆中华书局共和书局南京书店等十七家严密调查所有各该书店有曾经代销该种刊物而现已停止或售完者有从未经售该项书籍者内有金陵图书局尚存有《出路》二册花牌楼书店有《未明》九册即经职出据没收并示知以该项刊物有干违禁以后不得再行代售各该店亦允以后决不再为经售所有调查经过情形并没收《出路》《未明》共十一册理合据情报告等情据此除将没收之共产党刊物《出路》《未明》计十一册封存外所有奉令饬查情形合具文呈请核转等情前来除指令外理合具文呈复仰祈鉴核备查实为公便谨呈

国民政府

南京特别市市长　刘纪文



中华民国十八年二月十六日

〔国民党国民政府档案（一）二八五八〕

录自中国科学院历史研究所第三所南京史料整理处选辑：

《中国现代政治史资料汇编》第2辑（1927—1939）第42册

# 附二：
# 江南书局反动书籍之审查其有反动言词者并予没收

上海特别市公安局、前以公共租界福州路江南书局、藏有共产书籍、知照总巡捕房、速往搜查、业由该捕房派探至该书局抄出《恢复》等六种书籍一百廿一册、呈由临时法院、谕候审查核办、已志本报、兹悉该项书籍、已经周先觉刑庭长逐一详细审查竣事、内除书名《无神论》、《奔流》、两种外，其余四种、实有反动言词、应予取缔、以免流传、故特谕令将该四种、并予没收、惟捕房以既审查明晰、遂请票传该书局经理人黄一民到案讯究、周庭长对此请求、则命捕房另案起诉、听候核夺、

原载 1929 年 8 月 5 日上海《申报》

# 关于马克思主义文艺批评底任务之大纲

A. Lunatcharsky 著　朱镜我　译

## 一

我国——指苏俄——的文学现在正经着其发达上的一个决定的时机。国内正建设着新的生活。文学渐次地学得了去反映这个尚未曾决定了的，正在变转的途中的生活，而似乎有移行到较高级的任务，即能移行到对于建设底过程自身之某特定的政治的，尤其是日常生活的道德的作用去。

我国与其余的诸国家相比较，则阶级底对立的状势可说是非常鲜少，但我们不能因此就以为它底构成是单一而纯粹的。即使不说及农民的和普罗列塔利亚的文学底倾向是有多少差异性之必然，在国内却仍残存着有旧习性的要素——即残存着或与普罗列塔利亚的专政全然地不能和解的，或怎么也不能与普罗列塔利亚底社会主义的建设之最根本的倾向相适合的要素。

斗争在这旧与新之间继续着。我们可以感觉到欧罗巴底影响，过去底影响，旧支配阶级底残存的影响，某程度为止又有展开于新经济政策底地盘上的新布尔乔亚汜底影响。凡此种种不但可在个个的集团及个人的支配的气分之中，而且更可在一切种类底混合之中感觉出来。除了有布尔乔亚的意味的，直接地意识地敌对于我们的潮流之外，尚有恐怕更危险的，明白地更难克服的要素，——即我们不宜忘却了有小布尔乔亚的日常生活的现象之要素。这小布尔乔亚的要素深刻地浸入于普罗列塔利亚特自身底日常生活的诸关系之中，不，即康民尼思特自身的本性都往往受这种要素之浸食。正惟这个原因，所以负肩着普罗列塔利亚特底社会主义的努力之旗印的，为建设新的日常生活所采取的斗争形式的阶级斗争，不单单没有衰弱下去，且还在以前的力量之上，更采用着一种纤微的深酷的形式。这等事情是使艺术——尤其是文学——底武器在现在成为极重要的东西。但这种种的事情除形成普罗列塔利亚及近似于此的文学底出现之外，同时又唤起着那对敌于我们的要素——即其中包含着不但意识地，决定地，反对于我们的东西，而且还包含着由其消极性，悲观主义，个人主义，偏见，歪曲等等而发生的，无意识地，敌对于我们的的东西，——底文学的反映。



## 二

在这样的状况之下，因文学在它所不得不扮演的，伟大的脚色之条件上，从批判之责任上来说，马克思主义文艺批评是占着极高的地位。到了现在，文艺批评无疑地，是与文学相并地负肩着以强力的精力的参与者底资格去促进新的人类及新的日常生活底生成过程底使命。

## 三

马克思主义文艺批评第一在不得不含涵社会学的性质，即不待说的含涵马克思及列宁底科学的社会学之精神底一点上，就与其他一切的种类的批评是根本不相同的。

常常有人设立文学底批评与其历史间的任务底差别；但与其说以过去底研究与现在底研究去区别其差别；毋宁说是这样地区别着似的，——即以为文学史家有对于所与的一定的作品底根据，它在社会的构成中的位置，及其对于社会生活底影响之客观的研究之必要，而批评家却有从其形式的或社会的价值及缺点之见地去评价所与的某作品之必要。

这样的区别对于马克西斯特批评家是毫无意义的。虽然说批评这句话自身的特殊的意义在马克思主义者底完成了的批评作品之中是一个必需的要素，但无论如何，比较地更必要的基本的要素依然是社会学的分析。

## 四

批评家马克西斯特应依从怎样的精神去实行这社会学的分析呢？马克西斯特这样地观察社会生活——即以社会生活底个个的部分为相互地连系着的有机的全体，而以扮演其决定的脚色的为最物质的，最合法则的经济关系，即首先为劳动底形态。例言之，当广泛地分析究明某一定时代之际，马克西斯特必需努力于浮雕出这特定的全社会发达底完全无缺的光景。但若以个个的作家或作品为问题时，却不必一定有去究明根本的经济的条件之必要。为什么呢？因为在这里特别强力地出现着那可称为普列哈拿夫（Plekhanov）的原则的常常作用着的原则。他（Plekhanov）说：——艺术作品只在很微小的比率上，直接地依据于所与的社会底生产形态。它间接地是依据于其他的连环，即成长于社会底阶级构成与阶级的利害对立之地盘上的阶级心理。文学作品常是意识地或无意识地反映着某一作家所代表的这阶级底心埋，或者反映着常有的多少的混合，——这是种种的阶级对于作者底作用之表白，应有极注意地去分析之必要。

## 五

各艺术作品与若干的阶级或包有广泛的社会的性质之偌大的集团底心理间的连系首是由其内容所决定。语言的艺术，而且顶近于思想底艺术的文学与其他的艺术相较，则内容比其形式占着较多的意义是文学底特征。在文学上，艺术的内容，即被包涵于形象之中的或与形象相结合着的思想与感情底川流是全作品底决定的契机。内容自然会向一定的形式去努力的。对于所与的一切的内容只有最后的形式是适合的。作家必能找出这样的，——即把多少使他自身感动起来了的思想，现象及感情最明快地表示出来，并给予这作品自身所要求着的读者以一种最强烈的印象的——表现形式。

批评家马克西斯特因此首先第一要以作品底内容及其中所涵含的社会的本质为其究明之对象。他（批评家）先应决定某一作品与若干的社会的集团间的关连和此作品中所涵含着的暗示底力量将要给予社会生活的诸作用，然后才可转眼去考察形式——即最初第一应去究明上述的基本的目的与这作品所取的形式间底适应之程度是否吻合，即应从阐明此形式是否有用于最高度的表现性，是否有用于将所与的内容最高度地传染给读者之能力底观点去考察其形式。



## 六

但，马克西斯特不应否定这不宜忘却的文学的形式底研究之特殊的任务。实际上一切所与的作品底形式决不是单被其内容所决定的，决定其形式尚有余外的若干的要素。思考，会话底阶级的心理的习惯，可称为所与的阶级（或影响于作品底阶级的集团）底生活方式，所与的社会底物质文化底一般的水准，邻国底影响，表现于生活底诸方面的过去底惰性或更新底渴望——凡此一切都为决定此形式之补足的要素而作用于形式的。形式常常不与作品，却与全时代及全流派相结合的。这有时是要与内容相矛盾而变成损害内容之力量，有时会离开了内容而采取独自的，幻影的性质。这样的事情是文学作品反映着这样的——即失掉内容，恐惧活生生的生活，用大言壮语的饱满了的或反对地屑少的有趣的形式底空虚的游戏，努力想把自身从现实的生活隔离开来的——阶级底倾向之时所产生的。马克西斯特不得不将这一切的要素计入于自己的分析之中。如读者所知的，在一切的优良的作品上，形式是全然被内容所决定的，而一切的艺术作品向着这样的优良的作品努力下去。——在这个直接的公式中所脱落了的前述的种种的形式的诸要素决不能将其自身从社会生活中分离开来；这也不得不被找出了其社会的解释。

## 七

以上我们首在当作文艺科学的马克思主义批评底领域内议论着。在这里马克西斯特批评家是当作以马克思主义的分析底方法特殊地适用于这领域即文学之社会学者而行动着。马克思主义文艺批评底建设者布列哈拿夫（Plekhanov）力调着这才是马克思主义者底真实的任务。他断言马克思主义者，例如，所不同于“启蒙学者”的是“启蒙学者”课文学以一定的目的，一定的要求，而从一定的理想底观点去批评文学，反于此，马克思主义者是说明某一作品底出现底合法则的原因。

布列哈拿夫在不得不利用客观的，科学的马克思主义的批评底方法去与陈旧的主观主义或耽美的气分及食伤对立起来的范围以内，他常常不但是正确而合理的，而且在确定未来的马克思主义批评底真实的道途上做了巨大的工作。

然而无论如何我们总不能说只以究明及分析外的事实为普罗列塔利亚特底特性，马克思主义决不单是社会的教义。马克思主义也是建设底积极的程序（Program）我们不能无事实上的客观的响导去思考这建设。假若马克西斯特没有感觉这围绕于他的周围的诸现象之内的连关底客观的决定之能力，那末，它当马克西斯特是已经寂灭了。但是我们对于真实的，完成的马克西斯特可以要求他对十这环境有一定的作用能力。批评家马克西斯特不是说明最大的起至最小的为止的文学的星座底运动之必然的法则的文学的天文学者。他是一个斗士，一个建设者。照这意义来讲，在现代马克思主义批评上不得不将评价底要素高调起来。

## 八

文学作品底评价底基础中不得不设置的规范是什么？这不得不

是当面的问题。我们第一先从内容来说明。在这里，普遍的问题是很明白的。基本的规范在这里与在普罗列塔利亚的伦理所说的是同样的，——即能助力于普罗列搭利亚的事业底发达和胜利之一切东西是善，有害于它的是恶。

批评家马克西斯特不得不努力去找出所与的作品底基本的社会的倾向——即意识地或无意识地所志向的，或表白出了的倾向。适应于这个根本的，社会的，力学的基调的批评家马克西斯特必需做这一般的评价。

然而，即在这所与的作品底社会的内容底评价之领域中，问题亦决不是单纯的。我们要求马克思主义者应有多大的熟练与尖锐的感觉。问题在这里不单单关系于一定的马克思主义的教养，却是关系没有它就不得成为一种批评之一定的才能。倘若问题是关于真实地伟大的艺术的作品之时，我们必需计算许多许多的不同的方面。这里若要依赖某种检温器或药局底天秤是非常之困难的。这里要有可称为社会的感觉这东西。倘若不是这样，误谬是必然要发生的。譬如说，批评家马克西斯特不应该以为只有完全关及于实际的问题之作品是有意义的。不是否定当面的问题底提起之特殊的重要性，但我们绝对不能否认这样的——即一见好似非常一般的或者问题外的，然实际若注意很深地去检讨一下，则对于社会生活是极有影响的——问题底提出之有巨大的意义。

于是，我们有与关于科学相同的现象。要求科学去完全地埋头于实际的任务是一深酷的谬见，即最抽象的科学的问题若有了解决之时，则它常常是最有实际利益的，这是现在已经尽人皆知了。

然若作家，诗人本质上（若他是一个普罗列搭利亚的作家）一面努力于文化之基本的出发点底普罗列搭利亚的再评价，且置一般的任务于自己的肩上之时，这时候批评家是容易走入歧路的。第一，对于这样的情状我们还常常没有正当的规范。第二，在这里，假说，而且最大胆的假说，能成为有价值的东西。因为问题不在于问题底决定的解决，反在于问题底提起与其加工。但以某程度为止，则这一切都可并入于纯实际的文学作品之中。以自己的作品去说明我党底纲领之既成的条文底艺术家——是不好的。艺术家之所以可贵的是因他能够采取新的东西，能够由他底直觉而浸入于统计学和论理学所不能浸入的领域之故。要判断艺术家是不是对的或者他是不是将自己与真相，共产主义的基本的努力相结合着的，决不是容易的事，恐怕这里要有真实的判断只有在个个的批评家及读者之间的意见冲突之中方能发见出来。但这并没有减少批评家之事业底重要性与必要性之意义。

在文学作品底社会的内容之评价上极为重要的问题是我们对于这样的作品——即在最初的分析之时，对于我们很疏远的，有时且可数入于敌对于我们的作品之中的，——底价值之第二段的审议。理会敌人底心意，实际上，是非常重要的，因而利用非我们的同志所产出的证人亦是极重要的。这些事实有时会使我们获得一个深酷的结论。而且无论如何总可使我们关于我们的生活现象之智识的宝库非常丰富起来。批评家马克西斯特，因此，在无论什么时候，不应以为某作家或某作品是代表着小市民的现象——例如——就不去注意这作家或作品的。我们有时不得不从这里寻出很大的利益。所以批评家马克西斯特底直接的任务不在于从某一作品底现成的产生及倾向之见地去评价它，而在于从它对于我们底建设有利用之可能之见地去再评价它。



这里应讲明白的还有次述的一事，即在文学底领域中，对于我们很疏远的，因而更不消说那敌对于我们的现象，纵令在这现象之中包含着上面所指出的几分的利益，然而有时不消说是会变成非常有害而有毒的东西，不，甚至于可以变成为反革命的宣传底危险的前兆。这时候，不待说的，登场的角色不是马克思主义的批评而是马克思主义的检阅。

## 九

批评家，马克西斯特，从内容底评价移行到形式底评价之时，问题怕要更加复杂起来。

这任务是非常重要的，Plekhanov 亦力调着这个重要性。那末，什么是这种评价底一般的规范呢？形式能最大限度地适应于其内容，给予内容以最大的表现力，而且不得不对于作品所欲求的读者底范围以最大最强的影响之可能性。

我们在这里第一先要想起，Plekhanov 所说过的，这最重要的形式的规范——即文学是形象底艺术，一切的赤裸裸的思想，赤裸裸的宣传之侵入于文学之中是常常意味着这所与的作品底失败，——底必要。

这个 Plekhanov 式的规范不消说不是绝对的东西。明明犯了这个规范的作品，例如 Sichecdoris，Usbensky 及 Furmanov 的却是优秀的作品。但，这事实不外是意味着美文学的政论的性质底混合型之文学现象有存在之可能。从全体说，我们总不得不警戒这种现象。当然，包含着灿烂的形象的性质底政论是宣传及广义的文学底善美的形式。但反于此，充满着纯政论的要素之艺术的文学，虽其判断非常的确而精采，大概总是使读者冷却起来的东西。所以，若内容在艺术作品之中不被铸成于形象之溶解了的灿烂的金属底姿态里，而只在这液体之中突出其大的冰冷的硬块，则批评家在上述的意义上有指摘作者对于内容之艺术的加工底不充分之完全的权利。

从上述的一般的（规范）所流出来的第二之部分的规范是作品的形式之独创性。这独创性是什么呢？这是所与的作品底形式的肉体溶合于与其构想及内容互相不可分离的全体之中。真实的艺术作品之内容当然不得不是新的。若作者没有新鲜的内容，则其作品底价值是鲜少的。这是自明的。艺术家不可不表现出不曾被人表现过的东西。被表现过了的东西底返覆（这事在某种画家们是不能理解的）不是艺术。这不过是屡有的极琐屑的小技。从这个见地来讲，作品底新的内容要求新的形式。



怎样的现象对立于这真实的形式底独创性？第一是妨害新的构想之真实的具象化底模型。某一个作家有时会做从前所用过的形式之俘虏，这时候，他虽有新的内容，但却被装饰于陈裘之中。这样的缺点是不得不被指摘出来的。第二是形式过于微弱的时候。即艺术家虽有着新的有兴味的构想，然还未曾把言语——即在话语底富丰性，文句底构成之意义上的，在统一的短篇，或长篇，戏曲等等底建筑的构成之意味上的，又诗底话语底律韵及其他的形式之意味上的；形式的富源当作自己的东西而活用着的时候，就是其例。凡此一切都不得不被批评家马克西斯特所明示出来。真实的批评家马克西斯特，即所谓最高级的批评家不得不当教师，尤其不得不当青年的或初参的作家底教师。

最后，关于形式底独创性之上述的部分的规则之第三的最大的误谬是形式底独自化。这里，人们只以外面的一转念及装饰去隐蔽其内容底空虚性。被布尔乔亚的颓废派底典型的表现者的形式主义所蒙蔽了的作家，虽有着非常正直的，非常有价值的内容，然因他蛇足了种种的把戏和镀金而损害了他自己的作品的亦属不少。

形式的性质底第三的规范——即关于作品底大众性的问题，我们不得不取慎重的态度。对于创造以大众为目标及能向生活底创造者的大众诉说的文学感着最上的兴味的我们，对于这样的大众性底问题因而亦有极高度的兴味。隔离了的，切断了的一切形式，以专门家的耽美家底狭窄的范围为目标的一切的形式，一切的艺术的条件性及洗练性等等不得不被马克西斯特所批判起来。马克思主义者能指示，亦不得不指示出过去及现在的这样的作品底某种的内面的价值，但同样地不得不摘发出艺术家正努力于由这样的形式的诸要素而离开活生生的工作之心地。

但，如既述的，我们对于大众性底规范是应保持极度的慎重。好象在我们底新闻纸，我们底宣传文书里，我们存着可向读者求得极大的要求似的从最复杂的书籍，杂志及新闻至最初步的通俗化为止的种种东西那样，我们却不应以文化的意义上程度极低的农民或劳动者之广泛的大众底水准去平均化我们底文学。这是最大的误谬。

能以强大的艺术的单纯性去表现出复杂的，贵重的社会的内容而使百万千万的人们感动起来的作家，真的应得荣誉！虽以比较地单纯的，比较地初步的内容，然若能使这几百万的大众感动起来的作家，亦应得其荣誉！马克思主义批评家不可不极力誉扬这样的作家。这里有批评家马克西斯特底特别的注意与特别的，正当的援助之必要。但这当然不是否定这样的作品底意义，——即虽不能使个个识字的人充分地了解，而以普罗列搭利亚特底上层部分，完全意识的党员，已经获得了高度的文化的水准的读者为目标的作品底意义。对于为社会主义的建设底工作担当着巨大的任务的这部分的一切人们之前，生活课赋着许多有活气的问题，然若只以这种种的问题还未成为广泛的大众底问题，又或以此不能艺术地作成于大众的底形式之中为理由而不去做艺术的回答，则这当然是不行的。但在我们这里（即俄国文坛）却犯着与此相反的罪过，即我们不得不说我们底作家们过于集中其注意于比较地容易的任务——集中其注意于创作为高度的文化所有者的读者范围之任务。但我返覆地说，为劳动者农民起见的文学的工作，若这是成功的，有才能的时候，在其评价上我们不得不置之于较高的地位。

## 十

如既述的，批评家马克西斯特是带着颇浓厚的教师底色彩。若其批评没有什么 plus，或者没有什么使之前进的要素，那末这样的批评是无益的。然则，批评有怎样的 Plus 可以加进去呢？第一，批评家马克西斯特对于作家不得不是教师。这样一说，或许有人会带着怒气说我们不是给予批评家以一种上位于作家之权利么等等的；但这样的反驳，若能正当地把握问题，完全不能成立。第一，从批评家马克西斯特不得不是作家底教师的命题，我们可以抽出这样的结论——即他不得不是极坚实的马克思主义者，又有优良的趣味与该博的知识的人。或许有人会说，我们完全找不出这样的批评家，或者会说，即有（这样的批评家）亦不多见。第一说是完全不对的。第二说容或近于真理。但这只能发生一种我们"有用功之必要"之结论。苟有善良的意志与才能，则在我们伟大的国家之中，必不会缺乏这种人材底辈出吧。第二，批评家当然不是单单地去教训作家，亦不但他不想着自己的地位是较高于作家的，他更要从作家中学习很多的东西。最良的批评家能以热心与感激去对待作家，而且在无论怎样的时候能象对兄弟那样的亲切去对待作家。马克西斯特批评家在二个意义上不得不是，而且能够是作家底教师，——即第一，他不得不向青年作家，一般地最有犯冒许多的形式的误谬之可能的作家，指出其缺点。

我们已经没有 Belinsky 之必要了；因为我们的作家们已经没有忠告之必要了；这样的意见曾传布过的。这在革命前或许是对的。但这在革命以后，即在我国现在有几千，几百的新的作家从国民底下层发生出来了的今日，这样的意见只值人一笑。这里。确固的指导精神无疑地是必要的，即只晓得真实的优良的文学底骨格之一切人等为止的所有的大小 Belinsky 无疑地是有必要的。

他方面，批评家马克西斯特关于社会性的问题不得不是作家底教师。对于社会性底认识极幼稚，关于社会生活底法则只有幼稚的观念之结果，又对于我们现在的时代底基本的无理解等等的结果，犯着最素朴的误谬的决不仅是非普罗列搭利亚的作家，马克西思特作家，普罗列搭利亚的作家，亦到处犯着同样的误谬。这没有侮辱作家之意义，部分地反是赞美作家。作家——他是极度地敏感的，依从现实的直接的作用的存在。作家在许多时候，对于抽象的科学的思考没有特别的才能，亦没有特别的兴味。因此，当然作家有时不能忍耐地拒绝那批评家，政论家方面所发生的助力底提议。但，这大多数可由其提议采用着衒学的形式而说明的。实际上只有由大作家与有大才能的文艺批评家底协力，真实地伟大的文学才见成长过来的，即今后亦依此成长下去吧。

一一

批评家马克西斯特一边努力去使自己化为作家底有益的教师，他面又不得不成为读者底教师。是的，批评家不得不教授读者如何读法。当作注释家的批评家，有时当作口吐毒舌而警告作者的批评家，为指示出伟大的核心及破碎硬固的外壳去提示给读者的批评家，开示出被荫藏着的宝物的批评家，在i之上置一圈点，而以艺术的材料为基础去一般化的批评家——这才对于我们的时代——想拥抱巨大的数目的最可尊敬的，然而没有经验的读者正在发现的我们的现代——是必要的指南者。他对于我国及世界底过去之文学是不得不这样的，对于现代的文学亦不得不是这样的。所以我们再度力调我们的时代对于批评家马克西斯特提出着如何地特殊的要求。我们决不愿我们底大纲去惊他人。从最简单的工作开始起来亦无不可。但初初开始的批评家马克西斯特不宜忘却自己不得不登攀非常高峻的阶段，即使他只为到达使他能荣膺高足的权利的最初的场所。然而我们想起我们的广泛的文化之巨大地增高上去的波浪，象泉水那样地到处涌进出起来的有才能的文学，使我们不由不相信马克思主义批评底现在的无力的状态将会转换到更良更善的方向去。

一二

这里我们还要追补地说及二个问题。第一，对于批评家马克西斯特现在有一种非难，说他们除了从事摘发以外，别无能事。实际在现在的时候，关于某一个作家，说他底倾向无意识地或“半意识地”是“反革命的”颇有些危险。某个作家即令当作远离于我们的要素，当作市民的要素，或当作远立于右翼的同伴者而被评价起来的时候，又我们的阵营内的某个作家因带着恶倾向而被非难之时，问题决不是很纯粹的。或许会有人说——检讨某个作家底政治的罪业，政治的疑惑，政治的恶质或缺陷怕是批评家底工作么？我们不得不尽全力去除却这种抗议。用这种方法去遂行某个人的目的或意识地用恶意将某一作家归到这样的罪过的批评家——是恶汉而不是批评家。这样的险恶的阴谋早晚必被曝露出来的。不仔细思谅，不仔细考虑，做着这种类的告发的批评家是不值钱的，轻率的人。但怕将自己的正当的社会的分析底结果大声地去发表出来而歪曲马克思主义批评底本质的人不得不说他是怠慢的，政治地消极的人们。

问题决不在于批评家马克西斯特去叫喊——“领事，要张开你的眼睛！”这里不是在于诉告于国家机关。所必要的是决定某一作家对于我们的建设之客观的价值。从这里引出结论而纠正自己的方向是作家底任务。大体上我们是在思想的斗争之领域。拒绝现代的文学与其评价间的斗争底性质不是一个忠实而正直的康民尼思特所应为。



## 一三

最后，最后的问题——应该允许激烈的，尖刻的论争底形式么？

大体上，尖锐的论争固能惹起读者底注意一点说是有益的。论争的性质之论文，——尤其在相互地都有误谬之时，——和其他的条件，是更有影响，更会深刻地被读者所摄取的。而且革命家的马克思主义者批评家底战斗的 Temperament 自然地会采取其思想底激烈的表现。但这时候，我们不应忘却以论争底美态去隐蔽自己的议论底弱点，这是批评家底最大的罪恶。一般地议论本来是不必多费的时候，使用种种的恶取笑的诗，比喻，嘲笑的叫喊及狡猾的质问，这样虽然能予人以热闹的印象，然而要成为非常不诚实的批评。批评不得不被适用于批评自身。何则，马克思主义的批评同时是科学的，又在独特的意义上是艺术的事业，所以在批评家底工作里激怒是险恶的忠告者，而且很少能表白正当的见地。但有时应该允许从批评家底心脏所迸涌出来的辛辣的讽刺与愤怒的话语。其他的批评家或读者及多少有敏感的耳朵的作家因此可以理解何处有愤怒底自然活动，何处只是单单的恶意。阶级的怒愤决定地打动人心，但这犹如地上之云高超于个人的恶意之上。批评家马克西斯特全体地不可陷入于当作批评家底最大的罪恶之马虎与妥协，但不可不先验地 Aprio ú 是有善意的。他底伟大的喜悦不得不是指示优良的方面与其全价值而提供给读者。他底其余的目的是援助，匡正及警告作者，只有在例外的时候，为根本地绝灭吹牛的虚伪的要素，有努力去使用嘲笑，或侮蔑，或使用能压灭一切似的批评底坚强的矢去压杀没用处的一切之必要。

（附记：本篇重译自《战旗》九月号藏原维人氏底日译；有许多地方，译者感觉非常的不安，不过现在实无法把它改正。如能赐教，则可在下期改正。镜我。）

9，12，1928。



原载 1929 年 1 月 10 日《创造月刊》第 2 卷第 6 期

# 关于马克思及马克思主义中文译著书目试编

李德谟

小例三则：

1．凡见于杂志中的零篇论文或记载不编入。

2．凡应用马克思主义而未直接以马克思或马克思主义为主题者，不编入。

3．凡社会主义思想史或运动史及经济思想史中就令其涉及马克思，亦不编入。

目录

## 一　马克思传记

1. 马克思传

李　季著　平凡书店

这只是上卷。我们知道这本书在1926年时是已经出版而畅销过的。它是参考已出版的各种文字的马克思传记而综合下来的成绩，其容量也较之已出版各书为丰富；而且著者是在欧洲有长期间的马克思研究的人，这本书当然是好的。亟希望下卷能够赶快出版，以成完璧。

2. 马克思评传

Ulianoff著　黄剑锋译　启智书局

这是乌利亚诺夫为俄国百科全书的“Karl Marx”一项目写成的。内容分两部，一是马克思的略传，一是马克思主义的简述。不须乎说甚么，这是世界上复述马克思主义之最扼要的一本书。惜乎译者把后的策略一节略去了。尚有泰东图书局出版之《科学社会主义概要》一书，译者画室，原著也就是这本书，不过译文是换了一个书目罢了。

3. 马克思恩格斯合传

Яiazanoff著　李一氓译　江南书店

这本书如译者所说，是一本自英国产业革命起至恩格斯之死的一百三十五年间之欧洲劳动运动史，但是这部劳动运动史是以马克思与恩格斯为主角的。

## 二　马克思著作

1. 价值价格及利润

　李　季译　商务印书馆

　朱应祺译　泰东图书局

2. 工钱劳动与资本

　人民社（绝版）

　朱应祺译　泰东图书局

3. 哥达纲领批评

李春蕃译（绝版）

4. 哲学之贫困

杜竹君译　水沫书店

5. 共产党宣言

陈望道译　人民社（绝版）

6. 政治经济批评

李达译　昆仑书店（尚未出版）

7. 资本论

陈豹隐译　昆仑书店（尚未出版）

8. 马克思论文选译

李一氓译　沪滨书店（尚未出版）

9. 革命与反革命

李一氓译　江南书店（尚未出版）



10. 法国内战

李铁声译　江南书店（尚未出版）

11. 拿翁政变记

凌鹏云译　江南书店（尚未出版）

## 三　关于马克思主义的著译

A　经济

1. 资本论解说

Kautsky著　戴季陶译　民智书局

这是1914年以前的考茨基的著作，在许多《资本论》入门书中，这必然算是一本好书，虽然中译本是由日文转译来的。

2. 资本论概要

Emmett著　汤澄波译　远东图书公司

本书原名《马克思经济学手册》，与上面考茨基的著作，同是《资本论》第一卷的解说。这本书好在有七百个《资本论》上的名词解释。

3. 资本论解说

Borchardt 著　李云译　昆仑书店

这本书的好处不是只解说第一卷，而是解说《资本论》的全三卷，并且书中词句，都是直接从《资本论》上摘述下来加以贯串的。英译本题名《人民的马克思》，前有李季所译之《通俗资本论》，也即此书。

4．资本论要旨

Untermamn 著　陈影清译　春潮书局（尚未出版）

5．资本论入门

河上肇著　刘野平译　晨曦书店

按此书尚未出齐，只出上卷第一，第二两册。

6．学生的马克思

Aveling 著　吴曲林译　联合书店（尚未出版）

7．马克思主义经济学

河上肇著　温盛光译　启智书局

这本书据说是好的，这译本据说却不配这原书。

8．马克思经济学

吴曲林译　联合书店（尚未出版）

因为未出版，只看见广告，不知原著何人。

9．马克思经济学的发展

河西太一郎等著　樊仲云等译　新生命书局

这是三个日本作者的三篇长文之合译本，题为《马克思经济学的发展》，我不知是何用意。

10．马克思经济概念

朱应祺等译　泰东书局

11．马克思经济学方法论

邢墨卿等译　新生命书局（尚未出版）

B　马克思主义

1．马克思主义的根本问题

Pleak hanoff 著　彭康译　江南书店（尚未出版）

这是蒲列哈诺夫的最优著作之一，尤其是在马克思主义哲学上，有极精透的见解。

2．马克思主义与社会史观

威廉著　刘庐隐译　民智书局

3．马克思主义时代社会主义史

Beer著　胡汉民译　民智书局

柏尔的《欧洲社会斗争史》共分五卷，为古代，中世纪，近古，近代，最近代，胡译本书即为第五卷《最近代》的一部（胡译尚有第四卷，称《产业革命时代社会主义史》）。诚然，这时期的社会斗争是以马克思主义为支点的。全书是许多社会主义中的一部名著。

4．马克思伦理概念

朱应祺等译　泰东图书局

5．马克思民族，社会及国家概念

朱应祺等译　泰东图书局

6．马克思与唯物史观

东方文库之一　商务印书馆

7．马克思主义与列宁主义之研究



李　逵编　华通书局（尚未出版）

李逵，当然非李达，但不知是否《水浒传》上吃大碗酒大块肉之此君。

8．马克思理论的基础

晨曦书店（尚未出版）

C　反马克思主义

1．反科学的马克思主义

郭任远著　民智书局

2．反马克思主义

Sinkhoviteh著　徐天一译　民智书局

3．马克思主义的谬误

义尔高逊著　丘勤修译　启智书局（尚未出版）

关于反马克思主义的书中文只有这三四本（好象无政府主义者某君还有一本），但是他们说的甚么呢，我们无所理解，尤其是道地国产的郭任远君，更错得一塌糊涂，本志上期，已经有一篇驳论了，我在此敢郑重的介绍。

## 四 附 录

恩格斯著作中译本书目：

1. 宗教，哲学与社会主义
   林超真译　沪滨书店
2. 农民问题
   陆一远译　远东图书公司
3. 社会主义的发展
   朱镜我译　创造社（绝版）
4. 马克思主义的人种由来说
   陆一远译　春潮书店
5. 费尔巴哈与德国古典哲学之没落
   彭嘉生译　南强书局（尚未出版）
6. 家族，私有财产与国家之起源
   李膺扬译　新生命书局
7. 反杜林论
   王学文朱镜我彭康合译　江南书店（尚未出版）

一九二九，十二，十三，

原载 1929 年 12 月 15 日《新思潮》月刊第 2、3 期合刊

# 附　录

# 创造社大事记

（1921—1930）

创造社是中国现代文学史上的著名的文学团体，它的主要成员，前期有郭沫若、郁达夫、成仿吾、张资平、郑伯奇、王独清、周全平等，后期有李初梨、冯乃超、彭康、朱镜我、李铁声、阳翰笙、李一氓等。该社从一九二一年正式成立起至一九三〇年实际停止活动止的十年间，先后出版过十八种刊物和多种丛书。它的活动，前期主要在文学方面，最初倾向浪漫主义，有鲜明的反帝反封建色彩；后期倡导无产阶级革命文学，同时开展马克思主义哲学、政治、经济、社会等方面的理论研究和宣传工作。创造社对中国新文学的建立和发展起了重大的作用，对马克思主义的宣传介绍也作出了积极的贡献。

创造社的成立，经过一个相当长的酝酿时期。远在五四运动前一年即一九一八年的八月间，郭沫若在日本福冈与张资平相遇，谈到“找几个人来出一种纯粹的文学杂志，采取同人杂志的形式，专门收集文学上的作品”，并商定邀请郁达夫、成仿吾参加。九月，成仿吾到福冈，郭沫若即将与张资平两人的拟议向他提出。成仿吾甚表赞同，但主张“慢慢地征集同志，不要着急”，组织工作因而未具体进行。此后，他们四人不断通信联系，努力进行创作，积极“征集同志”。一九二一年四月初，郭沫若和成仿吾从日本回到上海，成仿吾不久去湖南，郭沫若则留沪，在泰东图书局担任未正式受聘之编辑，一面筹备出版同人杂志。因人力单薄，两个月仍无结果，后泰东同意出版他们的杂志，郭遂决定再去日本，“巡访各地的朋友们，定出一些具体的办法”。郭沫若到日本后，先去京都访郑伯奇、张凤举、穆木天等人，后至东京会见郁达夫、田汉，最后与郁达夫等人开会讨论出版杂志计划、杂志名称及刊期等问题，并作出具体决定。关于创造社成立的时间问题，历来说法不一。郭沫若认为在日本东京召集的“这个会议或者可以说是创造社的正式成立”；会议的时间是一九二一年七月上旬。但据近年国内学术界研究，不少人认为应在六月下旬，因为郭沫若七月初已经从日本回到上海❶。本《大事记》从此说，即创造社成立于一九二一年六月下旬。

## 1921 年

**6 月下旬**

郭沫若在东京与郁达夫、张资平、何畏、徐祖正等商谈酝酿已久的组织文学团体、出版杂志计划，议决杂志定名为《创造》，暂出季刊；创刊号稿件在暑假期间准备好。这次会议可以说是创造社正式成立的会议。

**7 月上旬**

郭沫若回上海后，正式担任泰东图书局编译所编辑职务，并着手筹办创造社丛书及刊物出版工作。

**8 月 5 日**

郭沫若的第一本诗集《女神》由上海泰东图书局初版刊行，列为“创造社丛书”第一种。

**9 月 1 日**

朱谦之的《革命哲学》由泰东图书局初版刊行，列为“创造社丛



❶ 引文均见郭沫若《创造十年》。郭沫若在书中提到他从日本回到上海的第二天曾在《时事新报·学灯》上刊登过一个“启事”，现已发现此即该报七月三日和四日刊登的《郭沫若启事》，署“七月二日”，可知郭沫若于七月二日已回到上海。又据书中所叙到日本后的行程，可推知东京聚会应在六月下旬。

书”第二种。

**9月初**

郁达夫回到上海，接替郭沫若负责杂志编辑出版工作。

**9月上旬**

郭沫若去日本福冈，继续学医。

**9月29日**

郁达夫在上海《时事新报》刊登《创造》季刊将于一九二二年一月一日出版的预告。预告说：“自文化运动发生后，我国新文艺为一二偶像所垄断，以致艺术之新兴气运，澌灭将尽。创造社同人奋然兴起打破社会因袭，主张艺术独立，愿与天下之无名作家共兴起而造成中国未来之国民文学。”预告中所列创造社同人是：田汉、成仿吾、郁达夫、郭沫若、张资平、郑伯奇、穆木天。社址为上海马霍路德福里三百二十号。

**10月15日**

郁达夫的第一本小说集《沈沦》由泰东图书局初版刊行，列为“创造社丛书”第三种。

## 1922年

**2月10日**

穆木天译的《王尔德童话集》（〔英〕王尔德著）由泰东图书局初版刊行，列为“世界儿童文学选集”第一种。

**3月15日**

《创造》季刊创刊[1]，十六开直排（一九二三年六月二十日再版时改为横排，以后各期均为横排），先后由郁达夫、郭沫若、成仿吾等编辑，泰东图书局发行。郭沫若作诗《创造者》为代发刊词。

本期发表郁达夫的《艺文私见》，认为“文艺是天才的创造物”，要大批评家才能看出其好处，而中国“现在那些在新闻杂志上主持文

[1] 本《大事记》中提到各种杂志的出版日期，均据版权页所署。但实际上常有延期出版情况，除个别加注说明外，不一一加以考证。

艺”的都是“假批评家”，只有把他们送“到清水粪坑里去和蛆虫争食去”，“那些被他们压下的天才”，才能“从地狱里升到子午白羊宫里去”。郭沫若也在《海外归鸿》一文中指责中国的批评家“党同伐异的劣等精神，和卑陋的政客者流不相上下”。

同期发表郭沫若的《〈少年维特之烦恼〉序引》，介绍德国伟大诗人歌德及其书信体小说《少年维特之烦恼》。文中列举译者与歌德思想种种共鸣之点，其中有“泛神思想”，说“泛神便是无神。一切的自然只是神底表现，我也只是神底表现，我即是神，一切自然都是我的表现”。

**4月1日**

郭沫若译的《少年维特之烦恼》由泰东图书局初版刊行，列为“世界名家小说”第二种。

**5月10日**

张资平的小说《冲积期化石》由泰东图书局初版刊行，列为“创造社丛书”第四种。



**5月11日**

茅盾在《时事新报》副刊《文学旬刊》第三十七期起连续三期，以笔名“损”发表《〈创造〉给我的印象》，评论《创造》季刊创刊号上的主要作品，并针对郭沫若、郁达夫的文章说：“创造社诸君的著作恐怕也不能竟说可与世界不朽的作品比肩罢。所以我觉得现在与其多批评别人，不如自己多努力，而想当然的猜想别人是‘党同伐异的劣等精神，和卑陋的政客者流不相上下’，更可不必。”创造社与文学研究会之间，由此发生一场论争。

**6月下旬**

《创造》季刊编辑部迁至上海哈同路民厚南里东五弄一二一号泰东图书局编译所新址。不久郁达夫回上海，亦居于此。郑伯奇从日本回上海，协助编辑刊物。

**8月5日**

郁达夫在一品香旅社举行“女神会”，纪念《女神》出版一周年。为了消除隔阂，邀请文学研究会成员参加，应邀出席者有郑振铎、沈雁冰、谢六逸、庐隐等人。

8月25日

《创造》季刊第一卷第二期出版。郭沫若在《编辑余谈》中说：“我们这个小社，并没有固定的组织，我们没有章程，没有机关，也没有划一的主义。我们是由几个朋友随意合拢来的。我们的主义，我们的思想，并不相同。我们所同的，只是本着我们内心的要求，从事于文艺的活动罢了。”

本期发表郁达夫《夕阳楼日记》，指摘余家菊译文的错误，由此引起创造社和胡适派文人一场激烈笔战。胡适本人在《努力周报》第二十期发表《骂人》一文，攻击郁达夫和创造社其他成员。

10月16日

朱谦之的《无元哲学》由泰东图书局初版刊行，列为“创造社丛书”第五种。

本月

成仿吾从长沙回上海。

11月25日

《创造》季刊第一卷第三期出版，发表郭沫若的《反响之反响》和成仿吾的《学者的态度》二文，反驳胡适的责难。

同期发表郭沫若的《波斯诗人莪默伽亚谟》，介绍中世纪波斯大诗人伽亚谟的生平及其著名的四行诗Rubaiyat（“鲁拜”），并据Fitzgera'd的英译本重译了一百首，说“读者可在那诗里面，寻出我国刘伶和李太白的面孔来”。

## 1923年

2月1日

《创造》季刊第一卷第四期出版。本期为“雪莱纪念号”，辟专栏，发表张定璜、徐祖正评介英国诗人雪莱的文章、郭沫若的《雪莱年谱》和所译雪莱诗作《西风歌》等七题，译诗《小序》说，雪莱“是自然的宠子，泛神宗的信者，革命思想的健儿”。

同期发表成仿吾的《创造社与文学研究会》一文，评述两个文学团体的关系。

4月

郭沫若等人的诗文合集《辛夷集》由泰东图书局初版刊行，列为“辛夷小丛书”第一种。

5月1日

《创造》季刊第二卷第一期出版，发表郭沫若诗歌《我们的花园》，纪念季刊创办一周年。

5月13日

《创造周报》创刊，由郁达夫、郭沫若、成仿吾等编辑，泰东图书局发行，这是“偏重于评论介绍而以创作副之”的刊物。郭沫若在发刊词《创世工程之第七日》中说：“我们是不甘于这样缺陷充满的人生，我们是要重新创造我们的自我。”

郭沫若译尼采的《查拉图司屈拉》开始在周报连载。

由于本期周报发表成仿吾的《诗之防御战》，批评了胡适以及文学研究会几个诗人的作品，徐祖正和张凤举因此与创造社脱离关系。



5月15日

胡适致函郭沫若、郁达夫，为他攻击创造社的《骂人》一文辩解，说文中“只有诤言，而无恶意”。又说，“我对你们两位的文学上的成绩，虽然也常有不能完全表同情之点，却只有敬意，而无恶感”。

5月17日

郭沫若、郁达夫分别函复胡适。郭沫若在复信中说：“目下士气沦亡，公道凋丧，我辈极思有所振作，尚望明晰如先生者大胆尝试，以身作则，则济世之功恐不在提倡文学革命之下。”十月间，胡适与徐志摩等到民厚南里访问郭沫若等；郭沫若、郁达夫、成仿吾亦曾去法租界杜美路胡适寓所回访。

5月20日

《创造周报》第二号发表成仿吾的《新文学之使命》，认为新文学应有三种使命：对于时代的使命，即对现代生活中的“不公的组织与因袭的罪恶，我们要加以严厉的声讨”；对于国语的使命，“要在我们的语言创造些新的丰富的表现”；文学本身的使命，“我们要追求文学的全！我们要实现文学的美！”

**5月27日**

《创造周报》第三号发表郭沫若的《我们的文学新运动》，指出：“中国的政治生涯几乎到了破产的地位。野兽般的武人之专横，破廉耻的政客之蠢动，贪婪的外来资本家之压迫，把我们中华民族的血泪排抑成黄河扬子江一样的赤流。”“我们反抗资本主义的毒龙。”“我们的运动要在文学之中爆发出无产阶级的精神，精赤裸裸的人性。”“我们的目的要以生命的炸弹来打破这毒龙的魔宫。”

同期发表郁达夫的《文学上的阶级斗争》，试图从文学现象来解释黑格尔关于“自有文化以来的政治社会史，所记录者不过是人类的阶级斗争而已”的论断。

**6月3日**

《创造周报》第四号发表闻一多的《〈女神〉之时代精神》，说：“若讲新诗，郭沫若君底诗才配称新呢，不独艺术上他的作品与旧诗词相去最远，最要紧的是他的精神完全是时代的精神——二十世纪底时代的精神。有人讲文艺作品是时代底产儿。《女神》真不愧为时代底一个肖子。”文章还认为《女神》“不独喊出人人心中底热情来，而且喊出人人心中最神圣的一种热情”。

**6月10日**

《创造周报》第五号发表闻一多另一篇评论《女神》的文章《〈女神〉之地方色彩》，认为“《女神》不独形式十分欧化，而且精神也十分欧化”，而“薄于地方色彩”，即缺乏东方的或中国的地方色彩。

**7月中旬**

郭沫若、郁达夫、成仿吾、邓均吾、陶晶孙、何畏等商量决定接受《中华新报》主笔张季鸾的请求，为该报编辑一个文学副刊，定名《创造日》；随即于七月十六日至十九日《时事新报》副刊《学灯》上刊登《〈创造日〉发刊的预告》。预告说，《创造日》“专以学理为根据，对文艺社会政治，下严正的批评”。除第一个月的星期日外，《创造日》每天一期。

**7月21日**

《创造日》创刊，由郁达夫、成仿吾、邓均吾负责编辑。郁达夫作《〈创造日〉宣言》，说：“我们想以纯粹的学理和严正的言论来批评文艺政治经济，我们更想以唯真唯美的精神来创作文学和介绍文学。现代中国的腐败的政治实际与无聊的政党偏见，是我们所不能言亦不屑言的。”

8月26日

《创造周报》第十六号发表郁达夫的《赫尔惨》，介绍俄国革命民主主义者、批判现实主义作家赫尔岑的生平和著作。

本月

郭沫若用语体翻译的古诗集《卷耳集》由泰东图书局初版刊行，列为“辛夷小丛书”第二种。

9月2日

《创造周报》第十七号发表郭沫若的《未来派的诗约及其批评》，介绍英国诗人兼诗论家亨利·纽波得关于未来主义诗歌的宣言并加以评论，认为“未来派的基础只建筑在人类的感觉（Sensibility）上。它是对于现在的肯定，对于过去的否定”；但它“毕竟只是一种彻底的自然主义”。“未来派的音乐，未来派的诗，我敢断言它莫有长久的生命”。又指出，“现实的一切我们不惟不能全盘肯定，我们要准依我们最高的理想去否定它，再造它，以增进我们全人类的幸福”。



9月23日、30日

《创造周报》第二十号、二十一号连载郁达夫《The Yellow Book及其他》，介绍十九世纪末英国《黄面志》（The Yellow Book）杂志诗人道生（E. Dowson）、大卫生（J. Davidson）和画家毕亚兹莱（A. Beardsley）等人的生平和作品。

10月7日

《创造周报》第二十二期转载郭沫若草拟的《中华全国艺术协会宣言》，指出：“艺术的起源本与民众有密切的攸关；然自私产制度发生，艺术竟为特权阶级所独占”；“艺术失却了民众的根株，艺术亦因之而凋灭”；“今日的艺术已经是不许特权阶级独占的时候”，应该把它“救回，交还民众”。

10月14日

《创造周报》第二十三期发表郭沫若的《太戈儿来华的我见》，认为泰戈尔的思想，“是一种泛神论的思想，他只是把印度的传统精神另外穿了一件西式的衣服。‘梵’的现实，‘我’的尊严，‘爱’的福音，这可以说是太戈儿的思想的全部，也便是印度人从原始以来，在婆罗门的经典《伏婆泥塞图》‘Upanisad’与吠檀陀派‘Ved ā nta’的哲学中流贯着的全部”。

同期发表田汉的《艺术与社会》，说“在我们创作艺术时的态度言之，当然只能象时花好鸟一样开其所不能不开，鸣其所不得不鸣，初不必管某种艺术品成后将来会发生什么社会的价值。并且即算要管也管不着”。

**10月下旬**

《中华新报》总理殷柱夫到民厚里访郭沫若，以报馆经费支绌为理由，建议结束《创造日》。郭沫若与成仿吾商量后同意停刊。

**本月**

郁达夫应北京大学之聘前往任教，暂时离开创造社。

郁达夫第二本小说集《茑萝集》由泰东图书局初版刊行，列为“辛夷小丛书”第三种。

郭沫若第二本诗集《星空》由泰东图书局初版刊行，列为“创造社丛书”第六种。

**11月2日**

《创造日》第一百号[1]刊出郭沫若的《〈创造日〉停刊布告》和成仿吾的《终刊感言》，宣告停刊。

**本月**

《创造周报》编辑部迁至上海哈同路民厚南里六九二号。

**12月10日**

张资平的第二本小说集《爱之焦点》由泰东图书局初版刊行，列为“创造社丛书”第七种。

**12月23日**

《创造周报》第三十三号开始连载郑伯奇的《国民文学论》（连载三期），提倡“国民文学”，即所谓“作家以国民的意识着意描写国民生活或抒发国民感情的文学”。

---

[1] 实际上共出版一〇一期。该刊历时一〇五天，最初四个星期日停刊，从第五个星期日起连续出版，其中第二三期编号重出而未加更正，故最后编号为一〇〇期。

## 1924年

**1月1日**

郭沫若译的诗集《鲁拜集》(〔波斯〕莪默·伽亚漠著)由泰东图书局初版刊行，列为“辛夷小丛书”第四种。

**1月6日**

《创造周报》第三十五号发表黄仲苏的《梅特林的戏剧》(连载两期)，介绍比利时戏剧家梅特林克的主要作品，说梅特林克“不仅是个诗化的戏剧家，他还是个音乐化的戏剧家”。

**1月20日**

《创造周报》第三十七号开始连载仲苏的《法国最近五十年来文学之趋势》，介绍十九世纪后半期以来法国文学思潮和主要作家及其作品。



**2月24日**

《创造周报》第四十一号发表成仿吾的《艺术之社会的意义》，认为艺术是一种社会现象，“真的艺术，必有它的社会的价值”；从大的方面说，艺术的社会的价值至少有两种：“1. 同情的唤醒。艺术由她所必有的社会的成分，利用人类对于美的憧憬，唤起在人类中间熟睡了的同情。2. 生活的向上。艺术由她所反映的生活，提醒我们的自意识，促成生活的向上。”

**2月28日**

《创造》季刊第二卷第二期出版。至此停刊，共出两卷六期。

**3月**

周全平的小说集《烦恼的网》由泰东图书局初版刊行，列为“创造社丛书”第八种。

**4月初**

郭沫若离上海去日本，在福冈翻译河上肇的《社会组织与社会革命》。

**本月**

倪贻德的小说集《玄武湖之秋》由泰东图书局初版刊行，列为“创造社丛书”第九种。

**5月19日**

《创造周报》第五十二号出版，发表成仿吾的《一年的回顾》，宣告停刊。

本期《周报》附发一份“太平洋社与创造社合办新周刊”的预告。此事是太平洋社在北京向郁达夫提出，再由郁达夫到上海与成仿吾商量决定的；其时郭沫若已赴日本，事先并不知情。

**5月下旬**

创造社及成仿吾由民厚南里六九二号迁至贝勒路。在此期间，成仿吾与周全平、倪贻德、敬隐渔、严良才等商量出版新周刊，定名《洪水》。

**6月**

成仿吾离上海赴广州，任广东大学理学院教授，后兼任黄埔军官学校兵器处技正。

**8月9日**

郭沫若致函成仿吾，宣布自己“现在成了个彻底的马克思主义的信徒了！”认为我们的文艺必须是“能够促进社会革命之实现”的“革命的文艺”。（此信后以《孤鸿》为题，发表在《创造月刊》第一卷第二期。）

**8月20日**

《洪水》周刊创刊，周全平、倪贻德编辑，泰东图书局发行。发表周全平的《撒但的工程》，说“没有创造，便没有世界”，但“破坏是比创造更为紧要。不先破坏，创造的工程是无效的。彻底的破坏，一切固有势力的破坏，一切丑恶的创造的破坏，恰是美善的创造的第一步工程！”《洪水》周刊仅出一期；第二期编成后，因卢齐战争（浙江督军卢永祥与江苏督军齐燮元之间的军阀混战）而未刊印。

**11月11日**

郭沫若由日本回到上海，住环龙路四十四弄。

**12月1日**

郭沫若应孤军社的邀请，与周全平同往江苏宜兴调查卢齐战祸，为时一星期。后将调查经过写成《到宜兴去》长文，编入《水平线下》一书。

12月31日

《学艺杂志》月刊第六卷第六号刊出《〈现代评论〉出版了》消息一则，说该刊的撰述人“包含‘太平洋’‘创造’两社全部社员和其他国内有名的执笔者”。此即《创造周报》终刊时预告的两社合办的新周刊。其实该刊并非两社合办，只是发表过郁达夫、郭沫若等人的一些文章。

## 1925年

年初

武昌师范大学聘请郁达夫和郭沫若任教。郭沫若未去，留在上海参加中华学艺社主办的学艺大学的筹备工作。



3月13日

郭沫若作《哀感》，纪念孙中山逝世，刊同月二十八日《现代评论》第一卷第十六期。

5月30日

郭沫若在上海南京路目睹群众反帝示威游行、西捕开枪杀人的“五卅”惨案。后为此写了两幕剧《聂嫈》（即后来的《棠棣之花》的最后两幕），并由上海美专演出三天，得款数百元，全部捐献上海总工会。不久又为四川旅沪学界同志会作五卅案宣言（刊《晨报副刊》），号召全民大团结，废除一切不平等条约，实行对英、日经济绝交的持久战。

夏

洪为法由扬州到上海，周全平与之商谈恢复出版《洪水》事，决定九月复刊。

9月16日

《洪水》复刊，改为半月刊，先后由周全平、郁达夫等编辑，编辑部设在上海南市阜民路二九五号，光华书局发行。发表《〈洪水〉复活宣言》，重申“不先破坏，创造的工程是无效的”，并说因为要破坏包围青年人热烈情绪的“黑漆漆的浑沌”，所以要恢复出版《洪水》。

11 月 1 日

郭沫若在《洪水》半月刊第一卷第四期发表《穷汉的穷谈》，驳斥学艺大学董事、国家主义者林灵光对共产党和共产主义的污蔑，引起与“孤军”派国家主义者论战；郭沫若随后辞去学艺大学职务。

11 月 16 日

《洪水》半月刊第一卷第五期发表霆声（周全平）的《怎样去清理出版界》，提出“应当由读者和著作家合作出版事业”，办法之一是“由喜读书和愿著述的人集些股子起来，组织一个出版机关”。

12 月 1 日

《洪水》半月刊第一卷第六期报道关于组织创造社出版部的消息，说出版部“不是一个商业化的书局，它是读者和作家的公开的合作机关”。出版部开始招募第一期股金，每股五元。出版部筹备处设在上海南市阜民路二九五号。

同期发表成仿吾的《读章氏〈评新文学运动〉》，批判章士钊复古派的谬论。郁达夫亦在《现代评论》上发表《咒〈甲寅〉十四号的〈评新文学运动〉》，批评章士钊。

12 月 16 日

《洪水》半月刊第一卷第七期发表郭沫若的《〈文艺论集〉序》，说：“我从前是尊重个性，景仰自由的人，但在最近一两年之内与水平线下的悲惨社会略略有所接触，觉得在大多数人完全不自主地失掉了自由，失掉了个性的时代，有少数的人要来主张个性，主张自由，总不免有几分僭妄。”“在大众未得发展其个性，未得生活于自由之时，少数先觉者无宁牺牲自己的个性，牺牲自己的自由，以为大众人请命，以争回大众人的个性与自由！”《文艺论集》于本月二十七日由上海光华书局初版刊行。

年末

瞿秋白、蒋光慈同访郭沫若。瞿秋白支持郭沫若与国家主义者论战所持观点，并建议郭沫若翻译托尔斯泰的《战争与和平》；随后又推荐郭沫若往广东大学任教。

## 1926年

2月23日

创造社出版部先行在北京设立分部，办理认购股票、预订书刊等事宜。地址最初设在北京大学一院《现代评论》社，后迁北河沿四十六号、景山东街中老胡同十七号、亮果厂五号。

3月1日

创造社出版部营业课在上海闸北宝山路三德里A11号设立，开始营业。周全平、叶灵凤由阜民路迁来，后又加入潘汉年、周毓英、柯仲平、成绍宗、邱韵铎、梁预人等人，共同负责出版部业务。

《洪水》半月刊自第二卷起从光华书局收回，改由出版部出版发行。

本月份内分别在武昌、绥定、扬州、长沙和日本设立创造社出版部分部。日本分部设在京都和东京，由李初梨、冯乃超、穆木天等人负责。



3月15日

创造社出版部批发部和门市部开始营业。

3月16日

《洪水》半月刊第二卷第十三期出版。出版部刊登启事：一、第一期招股于二月底结束，“除日本及北京二地因路远尚未报告外，计上海、长沙、武昌三地共募得八百六十二股，凡股东一百三十人”（附名录），决定筹组股东会；二、从三月十六日起至同年八月三十一日止为第二期招股时间，股款总额五千元。

《创造月刊》创刊，先后由郁达夫、成仿吾、王独清、冯乃超等编辑，创造社出版部发行。郁达夫作《卷头语》，说月刊的创办，“消极的就想以我们的无力的同情，来安慰安慰那些正直的惨败的人生战士，积极的就想以我们的微弱的呼声，来促进改革这不合理的目下的社会的组成”。

3月18日

郭沫若、郁达夫、王独清三人应广东大学之聘，同赴广州。郭沫若任该校文科学长。

**4月1日**

《洪水》半月刊第二卷第十四期出版，刊《悼北京十八日的死者》的编者文章，指出“三·一八”大屠杀是继五卅惨案之后，国外帝国主义和国内军阀官僚“已不惜抹去假面，联合而向具有反抗精神的热血青年加以残暴的攻击”，号召“想进自由的王国的青年，应该把周围的恶劣环境打破!”“奋起到枪林中喷着热血叫敌人战栗吧!!!”

**4月12日**

创造社出版部广州分部成立，地址在广州昌兴街四十二号二楼。

**4月28日**

《A. 11》周刊创刊，潘汉年等编辑。刊名《A. 11》是取自当时出版部地址的门牌号码。该刊是出版部职员（“小伙计”）所办，主要刊登重要消息、启事、作家通信、书刊介绍，读者来函和短小的杂文等。初为非卖品，免费赠送读者，后成为“正式的小刊物”。

**5月1日**

《洪水》半月刊第二卷第十六期发表郭沫若的《文艺家的觉悟》，说:“我们现在所需要的文艺是站在第四阶级(即无产阶级——编者)说话的文艺，这种文艺在形式上是写实主义的，在内容上是社会主义的。”

同期刊登柳克述的《三月十八》一文，作者以亲身经历详尽报道了北京“三·一八”惨案的经过。

**5月16日**

《创造月刊》第一卷第三期发表郭沫若的《革命与文学》，提倡“革命文学”。文章说：“文学是革命的前驱”，“文学和革命是一致的，并不是两立的”，“我们所要的文学是表同情于无产阶级的社会主义的写实主义的文学”；作家应该“把自己的生活坚实起来”，“到兵间去，民间去，工厂间去，革命漩涡中去”。

同期发表梁实秋的《拜伦与浪漫主义》，认为浪漫主义的特点是：“(一)自我表现之自由；(二)诗的体裁之自由；(三)诗的题材之自由”；其精髓，“便是‘解放’两个字”。拜伦主义是浪漫主义的一个派别，其“精髓即是反抗精神”。

成仿吾在本期《编辑后话》中提出：“我们的使命是二重的：一方

面我们须从事于以永恒的人性为基调的表现之创造，他方面我们须努力于同以永恒的人性为基调的生活之创造。”“什么是永恒的人性？那便是：对于真善美的热爱；假如没有值得我们热爱时，对于伪恶丑的痛恶。”

**5月26日**

《A. 11》周刊第五期出版。上海宪兵司令部以该刊没有“登记备案”为借口，禁止其继续发行。

**6月1日**

《创造月刊》第一卷第四期刊登穆木天的《写实文学论》，认为“写实文学是静者的产物，是理性的艺术”；“写实并不是要写得象，写实是要写得实”，“写实并不是事实对不对的问题，这是事实实在不实在的问题”，“不管他真不真，只要是一种实在的世界，令我们感出写实味来，那就是好的写实文学”。



**6月12日**

《幻洲》周刊创刊，潘汉年、周全年编辑，内容与《A. 11》相似。“幻洲”是世界语 OAZO 的译音兼译意，即沙漠中的绿洲。仅出两期。

**7月1日**

《创造月刊》第一卷第五期开始连载穆木天长文《Alfred de Vigny 与其诗歌》，介绍十九世纪法国浪漫主义诗人维尼的生平及其主要作品。认为维尼的作品不象一般浪漫诗人那样表现冲动的感情，“他所表现的，是一种思想。他把感情化成一种思想，他的思想自成一种象征。这是维尼异于一般浪漫作家的”。“他不是一个即吟的诗人，他是一个思想家。”“维尼用他的思索，他的理智，在法国诗歌史上造成了新的诗歌，那就是哲学诗。”“维尼是高蹈派的先驱。”

创造社戏剧部成立，在《洪水》半月刊第二卷第二十期刊登通告：“以后凡有要演我们的戏剧的，务祈预期通知。”

**本月下旬**

郭沫若在广东参加北伐，初任政治部宣传科科长，后兼行营秘书长，再后任国民革命军总政治部副主任。

郑伯奇从日本回国，到广州任广东大学教授兼黄埔军官学校政治教官和入伍生部政治教官。

**8 月 5 日**

上海《新申报》刊登“本报特讯”《请看赤党扰沪的秘谋》，造谣说：“中国共产党上海特别市党部，假国民党名义”组织“北伐行动委员会”，其重要机关“秘书处设于宝山路三德里之创造社内”，“非党中重要人物不得阑入云”。

**8 月 7 日**

上海军阀政府的警察厅查封创造社出版部，并逮捕叶灵凤、周毓英、成绍宗、柯仲平四人，拘留五天，于十二日“保释”，出版部启封。

**9 月 1 日**

《洪水》半月刊第二卷第二十三、二十四期合刊出版。该刊曾决定从第三卷起迁广州印行，但未成事实。周全平离上海去广州，不久重回上海编印《洪水周年增刊》。

**本月**

创造社出版部第一次理事会在广州分部举行。在会上，一、选出创造社总社第一届执行委员会：总务委员郭沫若，编辑委员成仿吾、郁达夫，会计委员成仿吾，监察委员张资平、王独清；二、选出出版部总部第一届理事会：主席郭沫若，常务理事成仿吾（会计兼总务）、王独清（编辑），理事郁达夫、张资平、周全平、周灵均、穆木天、李初梨；三、选出出版部总部第一届监察委员何畏、王独清、张资平、郑伯奇；四、通过《创造社社章》；五、通过《创造社出版部章程》。

**10 月初旬**

周全平、叶灵凤、潘汉年等组织“幻社”于上海宝山路三德里 B22 号，并创办《幻洲》半月刊，出版“幻洲丛书”。

**10 月 11 日**

周全平发表启事，脱离创造社出版部，声明“以后请不要把关于《洪水》和出版部的信件寄来给我”。月底即离沪去北京，下月访狂飙社。

**11 月 1 日**

创造社出版部招募第三期股金，总额为五千元。收款处：出版部上海总部、广州分部、北京分部、扬州第五师范学校洪为法、日本京都帝大文科李初梨、日本东京帝大文科冯乃超。

11 月 21 日

郁达夫、成仿吾、王独清在广州就改组创造社出版部问题交换意见，决定以郁达夫为总务理事，回上海出版部清算存帐，整理内部，为此，郁达夫不久即辞去中山大学文科教授及学校出版部主任的职务。

12 月 1 日

《洪水周年增刊》出版。发表《创造社社章》、总社第一届执行委员名录、《创造社出版部章程》、总部第一届理事名录、监察委员名录和《创造社出版部第一次营业报告》等重要文件；发表周全平《关于这一周年的〈洪水〉》等纪念文章；又发表叶灵凤、成绍宗等《狱中五日记》等文，揭露上海警察厅查封出版部、逮捕职员事件。

12 月 15 日

郁达夫离广州赴上海。



1927 年

1 月 2 日

郁达夫在上海开始到出版部查账。

1 月 7 日

郁达夫召集出版部同人开会，讨论“新建设的事情”。

1 月 16 日

《洪水》半月刊第三卷第二十五期出版。郁达夫以笔名“曰归”发表政论《广州事情》，揭露革命队伍中的不良现象和存在问题，指出这一次的革命“仍复是去我们的理想很远”，提出要“尽我们的力量来作第二次工作的预备”，以便早日消灭“这种畸形的过渡现象”。

1 月 29 日

郁达夫从上海艺术大学迁入创造社出版部。

2 月 1 日

《创造月刊》第一卷第六期出版，内刊《创造社启事》，说明周全平去北京是“个人行动”，《幻洲》“与创造社无关”。

《洪水》半月刊第三卷第二十六期发表曰归（郁达夫）的《无产阶级专政和无产阶级文学》，认为“在无产阶级专政的时期未达到以先，无产阶级的文学是不会发生的”。“真正无产阶级文学，必须由无产阶级者自己来创造，而这创造成功之日，必在无产阶级握有政权的时候。”

2 月 12 日

郁达夫收到郭沫若来信，指责《广州事情》一文“倾向太坏”。

2 月 16 日

《洪水》半月刊第三卷第二十七期出版。刊物出厂时曾在英华交界（指租界）地段“受了英国的丘八先生的严重检查，送书人遭了一番的毒打”。

本月

郑伯奇去日本与李初梨等联系，讨论“转换方向，改变立场”，提倡无产阶级革命文学问题。四月回国。

3 月 1 日

《洪水》半月刊第三卷第二十八期发表成仿吾的《读了〈广州事情〉》，批评郁达夫。郁达夫对此极不愉快，曾在日记中说：“我觉得这时候，是应该代民众说话的时候，不是附和军阀官僚，或新军阀新官僚争权夺势的时候。”

3 月 16 日

《洪水》半月刊第三卷第二十九期发表郁达夫的《在方向转换的途中》，文中影射抨击蒋介石，说：“处在目下的这个世界潮流里，我们要知道，光凭一两个英雄，来指使民众，利用民众，是万万办不到的事情。……若有一二位英雄，以为这是迂阔之谈，那么你们且看着，且看你们个人独裁的高压政策，能够持续几何时。”

3 月 19 日

《新消息》周刊创刊，成绍宗、邱韵铎等编辑。这是以“流通消息”为主要内容的小刊物。创刊号发表郁达夫的《创造社出版部的第一周年》，概述创造社成立经过。

同期刊登《火山剧社宣言》及《招股简章》。该社由倪贻德、夏绿蒂等人发起组织。剧社计划：一、发行戏剧丛书；二、剧本的表演；三、建设剧场。股额十万元，每股一元，分期招集。

3 月 26 日

《新消息》周刊第二号发表许幸之的《艺术家与农民革命》，认为

“现在既是农民向贵族资本家革命的时代，我们为我们的艺术适合于时代性的要求”，就应一方面“参加农民的革命”，一方面“创造出壮大的有内容的农民生活的纯粹艺术来”。

4月1日

《洪水》半月刊第三卷第三十期出版，发表《中国文学家对于英国知识阶级及一般民众宣言》，签名者：成仿吾、鲁迅、王独清、何畏等。宣言声讨帝国主义和中国反动军阀互相勾结镇压中国革命的罪行；呼吁英国工人阶级和进步知识分子与中国人民团结一致，“全世界的无产民众合作起来，打倒资本帝国主义”。

4月12日

蒋介石在上海发动“四·一二”反革命政变，疯狂屠杀共产党人和革命群众，国共两党的统一战线破裂。前此不久，郭沫若发表《请看今日之蒋介石》揭露蒋介石的反革命罪行，指出：“蒋介石已经不是我们国民革命军的总司令，蒋介石是流氓地痞、土豪劣绅、贪官污吏、卖国军阀、所有一切反动派——反革命势力的中心力量了。”郭沫若因此被通缉。



4月15日

创造社出版部汕头分部成立不久即被查封。

4月27日

郁达夫会见日本文艺战线社的代表里村欣三、小牧近江。第二天为他们写了《诉诸日本无产阶级同志》一文。

5月10日

郁达夫应邀赴宴，会见杨端六、杨杏佛等人，得知“当局者”要求郁达夫“为他们帮助党务”作为“交换条件”，以“保证创造社的不封”，郁达夫“托病谢绝了”。

5月26日

《新消息》周刊第三号刊登创造社出版部紧要启事：“创造社系纯文艺团体，出版部系营利集股公司，并不带有丝毫政治性质，亦并不与任何个人有关，近因各小报记载失实，恐惑众听，特此声明。”又刊登《达夫启事》，说因“旧病复发，拟暂赴乡间静养”，“出版部编辑事务，暂由王独清君负责”。[1]郁达夫随即于二十八日离沪去杭州。

**5月29日**

上海国民党当局派人到创造社出版部搜查，并调查郁达夫在杭州的地址。

**本月**

创造社出版部迁至上海北四川路麦拿里四十一号。

**7月1日**

《新消息》周刊第四、五号合刊出版；从此停刊。

**7月15日**

《创造月刊》第一卷第七期出版，发表郁达夫一九二六年十一月在广州时的日记《劳生日记》。

**7月31日**

成仿吾到上海。郁达夫往访，商谈整理出版部事；又谈了北京分部事情，决定“将创造社出版部事务全部交出”，“从此脱手”。

**8月15日**

郁达夫在《申报》和《民国日报》刊登《郁达夫启事》：“人心险恶公道无存此番创造社被人欺诈全系达夫不负责任不先事预防之所致今后达夫与创造社完全脱离关系凡达夫在国内外新闻杂志上发表之文字当由达夫个人负责与创造社无关特此声明免滋误会”。（原件无标点）

**本月**

创造社出版部北京分部因“成绩不佳”暂行歇业。

**9月16日**

创造社举办第一次文学奖金。《创造社第一次文学奖金缘起》随《洪水》半月刊第三卷第三十四期附发。《缘起》说：“时局的混乱，与生活的不安使我们的文艺界陷入了死一般的消沉的状态。”“文艺应该是时代的呼声”，“我们应该要叫喊出来，从生活的烦闷中狂吼疾呼，打破这种阴气侵人的消沉，努力与万恶的社会奋斗”。附约规定第一次的

[1] 《新消息》第三号出版日期和第二号一样署三月二十六日。但第三号刊有《说几句话》一文，里面已提到国民党“清党”，文末作者自署写作日期为五月十二日。由此可见，第三号实际出版日期不是三月二十六日；疑为五月二十六日。本条暂列于此。

征文为长篇小说，“不限题，但以能表现时代精神者为合格”；奖金凡三等共四名：一等奖一名二百元，二等奖一名一百元，三等奖二名各五十元；一九二八年三月底截稿。

**10 月下旬**

郭沫若参加南昌起义失败后经香港秘密到达上海，住窦乐安路。此时，郑伯奇、蒋光慈、段可情等联络在上海的进步作家，计划发起新的文学运动，并征得郭沫若同意，邀请鲁迅合作，创办新的文艺刊物。郭沫若介绍李一氓、阳翰笙参加创造社。同时，成仿吾赴日本邀请冯乃超、李初梨等人回国，不久，冯乃超、朱镜我回到上海。下月初李初梨、彭康、李铁声等亦回上海，一同参加后期创造社工作。

**11 月 9 日**

郑伯奇、蒋光慈、段可情同访鲁迅，商谈合办杂志事，鲁迅欣然同意，并认为不必另出杂志，恢复《创造周报》即可。



**11 月 19 日**

为恢复出版《创造周报》问题，郑伯奇、段可情再访鲁迅。

上海《申报》和《民国日报》刊登《创造社及创造社出版部重要启事》，为避免反动当局的迫害，声明“本社纯系文艺的集合。本出版部亦纯系发行文艺书报的机关。与任何政治团体从未发生任何关系”。“以后如有诬毁本社及本出版者。决以法起诉。以受法律之正当保障也。”同时揭露出版部南京分部被无理搜查。

**12 月 3 日**

《时事新报》刊登“《创造周报》优待定户”广告，预告《周报》准于一九二八年一月一日出版；列编辑委员成仿吾、王独清、郑伯奇、段可情；特约撰述员鲁迅、麦克昂（即郭沫若）、蒋光慈、冯乃超、张资平、陶晶孙、赵伯颜等三十余人。

**12 月 15 日**

《洪水》半月刊第三卷第三十六期出版，从此停刊。成仿吾作《〈洪水〉终刊感言》，回顾了《洪水》半月刊创办以来的历程后说，由于“国民革命已经到了一个新的阶段，社会的条件已经尖锐化”，“《洪水》已经完成了它的使命”，应该停止出版；又说“我们回顾过去的遗踪，注视茫茫的前路，我们深深感觉任重而道远”，我们“新的使命从此开始”。

**本月**

李初梨、冯乃超、朱镜我、彭康、李铁声等与成仿吾商量，决定停止恢复《创造周报》，创办《文化批判》，与鲁迅联合办刊物一事没有实现。

## 1928 年

**1 月 1 日**

《创造月刊》第一卷第八期初版本出版。封三刊登《〈创造周报〉复活了》的预告，封底仍载《〈创造周报〉优待定户启事》。但紧接着又出版了同一期的另一版本，封三换成《〈创造周报〉改出〈文化批判〉月刊紧要启事》，并刊登《文化批判》出版预告。启事说，“因为本报同人拟一心致志于《创造月刊》的编辑关系，故议决先将《周报》停办，同时改出《文化批判》月刊一种”。出版预告说，《文化批判》的内容“包含哲学、政治、社会、经济、艺术一般以及其余有关系的各个方面的研究与讨论”。又在启事末尾加“附注”说：“后面关于《创造周报》定价广告一则，显系误印，当即声明取消。”

郭沫若以麦克昂笔名在本期月刊发表《英雄树》一文，其中论及无产阶级文艺说：“社会上有无产阶级便会有无产阶级的文艺。有人说：要无产阶级革命成功，才有真正的无产阶级的文艺出现。这犹如说：要饭煮熟了，才有真正的米谷出现。有人说：要无产阶级自己做的才是无产阶级的文艺。这是反革命的宣传，不管他是有意识的，或者无意识的。这犹如‘反对非工人组织工会！’”

蒋光慈的长篇论文《十月革命与俄罗斯文学》在《创造月刊》连载五期后到本期告一段落。文章比较详细地介绍了十月革命前后苏联文坛情况及其主要作家作品，宣传了无产阶级革命文学理论。

**1 月 15 日**

《文化批判》月刊创刊，朱镜我、冯乃超编辑，这是创造社后期的重要理论刊物。成仿吾作《祝词》，引用列宁“没有革命的理论，就没有革命的行动”的名言，强调革命理论的重要性，提出《文化批判》的任务就是“从事资本主义社会的合理的批判”，“贡献全部的革命的理论”；“它将解答我们‘干什么’的问题，指导我们从那里干起”。

创刊号发表冯乃超的《艺术与社会生活》，提倡革命文学、“新兴艺术”。论文用马列主义观点，论证“人类的思想是受着生活过程底规定和制约的，不论任何思想也不能超越时间和空间底制限，历史上怎样伟大的思想也不能脱离该当时代的生产关系的制约”。文中批评了叶圣陶、鲁迅、郁达夫等人。不久鲁迅作《“醉眼”中的朦胧》加以反驳，由此在进步文艺界展开一场关于无产阶级革命文学问题的论争。

2月1日

《创造月刊》第一卷第九期发表成仿吾的《从文学革命到革命文学》，系统地论述了文学革命的社会根据、历史意义、文学革命的经过、现阶段以及今后的进展；认为要搞无产阶级革命文学，必须“努力获得辩证法的唯物论，努力把握唯物的辩证法的方法”；文学家“还得把自己否定一遍（否定的否定）”，“努力获得阶级意识”，“使我们的媒质接近农工大众的用语”，“以农工大众为我们的对象”。我们今后的文学运动应该“从文学革命到革命文学”。王独清在本期月刊编后记《今后的本刊》中说，成仿吾的这篇论文“简直可以说是今后同人要从事于新努力的一篇宣言”。



2月6日

郑伯奇在创造社内的“社会科学研究会”讲列宁的《马克思的价值论》。

2月14日

郭沫若与阳翰笙、李一氓商谈出版一个新周刊，郭沫若提议刊名为《流沙》。

2月15日

《文化批判》月刊第二号出版，发表李初梨的《怎样地建设革命文学》一文，文章强调“一切的文学，都是宣传。普遍地，而且不可逃避地是宣传；有时无意识地，然而常时故意地是宣传”。“无产阶级文学是：为完成他主体阶级的历史使命，不是以观照的——表现的态度，而以无产阶级的阶级意识，产生出来的一种斗争的文学”；要建设这样的斗争文学，就要求文学家“同时是一个革命家。他不是仅在观照地‘表现社会生活’，而且实践地在变革‘社会生活’。他的‘艺术的武器’

同时就是无产阶级的‘武器的艺术’”。至于无产阶级革命文学的形式，则应“随它的内容的发展而决定”。

**2月24日**

郭沫若用南昌大学教授吴诚的假名，秘密离沪去日本。

**3月1日**

《创造月刊》第一卷第十期发表成仿吾的《全部的批判之必要——如何才能转换方向的考察》，认为“我们的文艺现在已经到了应该实行方向转变的阶段”；“文艺决不能与社会的关系分离，也决不应止于是社会生活的反映，它应该积极地成为变革社会的手段”。

**3月15日**

《流沙》半月刊创刊，李一氓、华汉编辑。《前言》说“我们所处的时代是暴风骤雨的时代，我们的文学就应该是暴风骤雨的文学”，“唤起阶级意识的一种工具”。

《文化批判》月刊第三号发表麦克昂（郭沫若）的《留声机器的回音——文艺青年应取的态度的考察》，号召文艺青年“多多接近些社会思想和工农群众的生活”，“获得无产阶级的精神”，克服资产阶级意识。郭沫若不同意有些人对“语丝派”的错误看法，认为徐志摩等人才是“有意识的反革命派”。

同期刊登李初梨的《一封公开信的回答》，就钱杏邨在《太阳月刊》三月号《关于“现代中国文学”》中提出的有关中国现代文学与社会生活和革命文学的历史等问题进行讨论。

**4月上旬**

创造社和太阳社举行了一次联席会议，讨论如何采取统一步骤，结成联合战线，开展革命文学运动问题。出席者，创造社方面有成仿吾、冯乃超、李初梨、彭康、朱镜我、李铁声、郑伯奇、华汉（阳翰笙）、李一氓、王独清、张资平、龚冰庐等，太阳社方面有蒋光慈、钱杏邨、杨邨人等人。会议由成仿吾主持。在会上，双方解释了对无产阶级革命文学的见解。最后决定：每星期开一次联席会议，进行批评与自我批评，协同作战。

**4月15日**

《文化批判》月刊第四号出版，刊登李初梨的《请看我们中国的

Don Quixote 的乱舞》、冯乃超的《人道主义者怎样地防卫着自己？》、彭康的《“除掉”鲁迅的“除掉”》以及读者来信等，对鲁迅的《“醉眼”中的朦胧》进行反批评。李初梨的文章说鲁迅“对于布尔乔亚汜是一个最良的代言人，对于普罗列塔利亚是一个最恶的煽动家”。

**5月1日**

《创造月刊》第一卷第十一期发表麦克昂（郭沫若）的著名论文《桌子的跳舞》，对革命文学论争中涉及的一些问题再次表明自己的观点。认为无产阶级文艺不一定只描写无产阶级，“要紧的是看你站在哪一个阶级说话”。关于作家的世界观转变，则认为“不怕他昨天还是资产阶级，只要他今天受了无产者精神的洗礼，那他所做的作品也就是普罗列塔利亚的文艺”。

本期月刊登载了《文学奖金延期发表启事》。

**5月初旬**

成仿吾离上海赴日本，曾在郭沫若家中小住，与郭沫若一起和日本左翼文艺“战旗社”作家藤枝丈夫、山田清三郎谈中国文艺运动情况（后藤枝在《战旗》杂志上发表了会见记录）。不久，成仿吾由敦贺到海参威转赴欧洲。

**5月30日**

《流沙》半月刊第六期出版，从此停刊。

《畸形》半月刊创刊，邱韵铎、龚冰庐等编辑。

**本月**

《文化批判》第五号改名《文化》出版❶，此后停刊。

**6月5日**

《畸形》半月刊第二期出版，后停刊。

**6月15日**

创造社聘请律师刘世芳在上海《新闻报》刊登“重要启事”，再次声明创造社“与任何政治团体从未发生任何关系”，“此后如有诬毁本社及出版部者，决依法起诉，以受法律之正当保障”。

**7月10日**

❶ 未署出版日期，根据本期文章内容，暂列本月份。

《创造月刊》第一卷第十二期出版。从本期起改由文学部编辑。发表彭康的《什么是“健康”与“尊严”——〈新月的态度〉底批评》，指出“新月派”提的所谓“健康”与“尊严”两大原则，是为“支配阶级”服务，与新兴势力的思想和文艺为敌的。因此，“‘折辱’了他们的‘尊严’，即是新兴的革命阶级获得了尊严，‘妨害’了他们的‘健康’，即是新兴的革命阶级增进了健康”。并论证了文艺是为一定的阶级服务的。

**本月**

创造社出版部迁至上海北四川路老靶子路北首五一八号。

**8月1日**

郭沫若被日本东京桥区警察局拘留，三日释放。

**8月10日**

《创造月刊》第二卷第一期出版，以文学部名义发表《编辑后记》声明：“从这一期起，我们从新开始我们的步武”，“建设解放的艺术，建设人类解放的艺术，建设无产阶级的艺术，这是我们的原则；同时，我们不能不廓清一切俗流的批评家的见解，克服一切反动的艺术的污秽的存在，这是我们的责任。本志以后不再以纯文艺的杂志自称，却以战斗的阵营自负”。

本期发表冯乃超的《冷静的头脑——评驳梁实秋的〈文学与革命〉》，就革命与人性、天才是什么、文学的阶级性、浪漫主义文学批判、革命文学等五个问题对新月派梁实秋的文章进行批驳。

同期，郭沫若以杜荃笔名发表《文艺战线上的封建余孽》一文，批评鲁迅的《我的态度气量和年纪》，说鲁迅是“资本主义以前的一个封建余孽”；“资本主义对于社会主义是反革命，封建余孽对于社会主义是二重的反革命。鲁迅是二重性的反革命的人物”，是“一位不得志的 Fascist（法西斯蒂）!”

**8月15日**

《思想》月刊创刊，思想社编辑。《编辑后记》说：本刊站在谋求民族解放和探讨科学真理的立场上，“把纯正的、科学的思想，在合理的形式之下，介绍给青年们；并以这样的态度和科学的方法去研究及解剖中国底过去的及现存的社会现象，指出一个正确的答案给青年们做参考”。

8月16日

郁达夫在《北新》半月刊第二卷第十九期发表《对于社会的态度》，文中谈到脱离创造社事，说：“我的要和创造社脱离关系，就是因为对那些军阀官僚太看不过了，在《洪水》上发表了几篇《广州事情》及《在方向转换的途中》等文字的原因。当时的几位老友，都还在政府下任职，以为我在诽谤朝廷，不该做如此的文章。后来又有几位日本《文艺战线》社的记者来上海，我又为他们写了一篇更明显的《诉诸日本无产阶级》的文章，这些文字，本来是尽人欲说的照例的话。而几位老友，都以为我说得过火了。……我看了左右前后的这些情形，深恐以后再将以文字而召祸，致累及于创造社出版部的事业经营，所以在去年八月十五日的《申报》、《民国日报》上登了一个完全与创造社脱离关系的启事。这是我和创造社所以要分裂的实情实事。”



9月10日

《创造月刊》第二卷第二期发表冯乃超的《中国戏剧运动的苦闷》，探讨了一、所谓国剧运动，二、旧剧评价的态度，三、怎样地扬弃旧剧，四、戏剧运动的歧途，五、怎样地建设革命的戏剧等问题；认为我们的新剧，必须“站在民众自身的社会的关系上，代表他们自己阶级的感情，意欲，思想”，“成为民众自身的戏剧”。

9月20日

郁达夫脱离创造社后主编的《大众文艺》创刊，发表《大众文艺释名》一文，说“我们只觉得文艺是大众的，文艺是为大众的，文艺也须是关于大众的”；“文艺应该是大众的东西，并不能如有些人所说，应该将它局限隶属于一个阶级。”

10月10日

《创造月刊》第二卷第三期出版。征文委员会公布《悬赏征文审查报告》，当选作品二等是汪锡鹏的《结局》，三等是周阆风的《农夫李三麻子》。审查委员为张资平、王独清、段可情、李初梨、傅克兴、冯乃超。

本期刊登编辑委员的《资本主义对于劳动文学的新攻势》，抗议德意志共和国当局迫害作家 J. R. Baecher.（Baecher 因其所著揭露毒瓦斯战争的小说《唯一的正当的战争》一书，被指为犯了“对于共和国准备谋叛”及“冒渎上帝”罪而受到起诉）。

同期发表列宁的《列夫·托尔斯泰是俄国革命的镜子》译文，译者嘉生（彭康），译题为《托尔斯泰——俄罗斯革命的明镜》。

同期发表冯乃超的《革命戏剧家梅叶荷特的足迹》，介绍苏俄戏剧家梅叶荷特（Meierhold）进行戏剧改革运动的情况，及其在理论和实践方面的贡献。

**11月5日**

《日出》旬刊创刊，日出社编辑出版，八开小报形式，每期八版。《校后补记》说：“本刊以启蒙为目的”，介绍系统的浅近的政治、经济、社会的理论；评介社会科学出版物；介绍重要的国际事件，“使读者得点正确的远大的观念”。

冯乃超作《他们怎样地把文艺底一般问题处理过来》，全文七章，系统地介绍俄国十月社会主义革命后文化革命和文艺理论发展的情况，刊载于《思想》月刊第四期（未署出版日期）。

**11月10日**

《创造月刊》第二卷第四期发表彭康的《革命文艺与大众文艺》，对郁达夫的《大众文艺释名》一文进行批评。文章论证了在阶级社会中文艺必有阶级性之后说：“郁达夫不愿文艺隶属于某一阶级因而否定它底阶级性，这不是对于理论的盲目，便是有意识的反动！”文章认为，郁达夫主张“大众文艺”，所谓“大众”，“其实还是从‘小我’出发的‘大众’，而其用意是在以这两字偷偷地替换‘普罗列塔利亚’来攻击革命文学”。

**11月25日**

《日出》旬刊第三期起连载（共三期）沈绮雨的《日本的普罗列塔利亚艺术》一文，介绍日本无产阶级艺术运动情况。

**本月**

张资平自己开设乐群书店，出版《乐群》半月刊。

**12月1日**

《文艺生活》周刊创刊，郑伯奇、葛埃朋编辑。出至四期停刊（第三、四期未署出版日期）。

12 月 10 日

《创造月刊》第二卷第五期发表克兴的《小资产阶级文艺理论之谬误》，批评茅盾的《从牯岭到东京》。创造社编辑委员会在文后加按语说："茅盾的《从牯岭到东京》这篇文章，显然与普罗列塔利亚文学尖锐地对立着，我们对于他的意见，应该从各方面去批评分析。克兴这篇文章，在一般理论上，我们认为正确。然而茅盾的文章，同时提出了许多现实的具体的问题，这些问题，我们不应该抹杀它，而应该正当地去解决它。关于这一点，编辑委员会认为克兴的文章，还有充分讨论的必要，并希望一切同志来参加这个讨论，使我们的文学运动因此得一个更进一步的具体的展开。"

12 月 15 日

《日出》旬刊第五期出版，此后停刊。

12 月 30 日

中国著作者协会成立。是日下午在上海北四川路广肇公学开成立大会，选举执行委员九人，其中有创造社成员郑伯奇、李初梨、彭康三人；监察委员五人，其中有创造社成员冯乃超、王独清、潘汉年三人。



## 1929 年

1 月 10 日

《创造月刊》第二卷第六期出版，至此停刊，共出两卷十八期。

本期发表李初梨的《对于所谓"小资产阶级革命文学"底抬头普罗列塔利亚文学应该怎样防卫自己——文学运动底新阶段》，针对茅盾《从牯岭到东京》一文，讨论了以下八个问题：一、普罗列塔利亚文学运动底回顾，二、所谓"小资产阶级革命文学"，三、"小资产阶级革命文学"发生底社会的根源，四、"小资产阶级革命文学"发展底今后的预测及其社会的任务，五、茅盾怎样地理解了普罗列塔利亚文学，六、所谓"读者对象"问题，七、什么叫"标语口号文学"，八、形式问题。

同期译载卢那察尔斯基的《关于马克思主义文艺批评底任务之大纲》，译者朱镜我。

同期发表沈起予的《H·Barbusse之思想及其文艺》，介绍法国当代革命作家巴比塞的思想、作品及其“光明团”运动、与罗曼·罗兰关于“革命暴力”问题的论争。

**1月16日**

中国国民党中央执行委员会秘书处函国民政府文官处：通令全国各省市政府“查禁共产党刊物《喇叭》、《未明》、《创造月刊》、《思想》、《流荧》、《11Dec》、《湖波》、《战迹》、《出路》、《白华》等”十种刊物；“令行上海特别市政府，并令江苏省政府转饬上海临时法院，将印发共产党反动刊物之上海北四川路创造社即行查封”。

**1月29日**

国民党江苏省政府委员会主席钮永建转发国民党政府关于查禁《创造月刊》、《思想》等十种刊物和封闭创造社的密令。

**本月**

《思想》月刊第五期[1]刊载《中国著作者协会宣言》，谴责封建统治者“钳制自由的批评与讨论”，要求言论出版自由。列名发起人四十二人，其中创造社成员有沈起予、朱镜我、李铁声、王独清、张资平、彭康、冯乃超、郑伯奇、潘汉年、龚冰庐、周毓英等人。

**2月7日**

创造社及其出版部被国民党反动政府封闭。

创造社被封后，出版部的全部书籍纸型都移交江南书店继续印行。江南书店设在上海四马路三十号，是创造社同人预先开辟的“第二战场”。

**7月29日**

创造社和日出社、文化批判社、思想社、文艺生活社与太阳社等三十多个文化团体联名发表《非战宣言》，揭露帝国主义“借口中东路事件，企图夺取中国作进攻社会主义国家苏联，在太平洋爆发第二次大战的根据地”；号召一切文化团体“起来反对第二次世界大战，争得全人类的解放”；“还要积极去争取言论、出版、思想、集会及一切文化上之自由，反对帝国主义的文化侵略”。《宣言》见七月二十九

[1] 《思想》月刊第四、五两期均未署出版日期，第五期约于本月出版，从此停刊。

日《时报》。

**8月5日**

《申报》报道，国民党政府上海特别市公安局，勾结帝国主义公共租界总巡捕房搜查江南书局，抄去《恢复》等六种书籍一百二十一册，由反动法院审定其中四种“有反动言词，应予取缔”，“并予没收”，并叫捕房另案起诉，传讯书局经理黄一民。

**8月6日**

江南书局聘请律师魏文翰为法律顾问，并在《申报》刊登启事，声明“嗣后如有人侵害该书店信誉及一切应享法益者，本律师当依法尽保障之责”，与国民党作合法斗争。

**本月**

《新兴文化》创刊号出版，编者向明在《编辑后记》中说：“被压迫者是谁也不给他解放的，除去他自动手起来干，无权者是谁也不给他权利的，除非他自动手的起来战取！”本刊的任务是站在“唯一正确的科学的视角来介绍学说思想，批评过去现在的俗恶的破廉耻的理论，并分析解剖国内及国际所生起的一切重要的事件来给它一个正确的解答。这样的任务因而只由新兴阶级的立场才能遂行的，所以我们也就命名它为《新兴文化》”。《新兴文化》仅出一期。

**11月15日**

创造社最后一个刊物《新思潮》月刊创刊，新思潮社编辑，江南书店发行。这是一个社会科学刊物，出至一九三〇年七月一日第七期改名《新思想》，后停刊。

## 1930年

**3月1日**

中国自由运动大同盟发表成立宣言，谴责在国民党统治下“无丝毫自由之可言”，号召“感受不自由痛苦的人们”，“团结到自由运动大同盟旗帜之下来”，“坚决为自由而斗争”。列名发起人的有创造社成员郁达夫、郑伯奇、周全平、彭康、潘汉年、叶灵凤等。

**3月2日**

中国左翼作家联盟在上海成立，创造社前后期的主要成员郭沫若、郁达夫、郑伯奇、穆木天、潘汉年、周全平、李初梨、冯乃超、彭康、朱镜我、阳翰笙等人都参加了“左联”，创造社从此正式停止活动。

# 创造社资料索引*

（1922年7月——1980年10月）

论文学的研究与介绍（郭沫若）
1922年7月27日《时事新报》副刊《学灯》

女神之生日（郁达夫）
1922年8月2日《时事新报》副刊《学灯》

读王独清先生底《未来之艺术家》的我见（冷启英）
1922年8月7日《国民日报》副刊《觉悟》

骂人（适）
1922年9月1日《努力周刊》第20期

答胡适之先生（郁达夫）
1922年10月3日《时事新报》副刊《学灯》

读了《创造》第二期后的感想（摄生）
1922年10月12日《时事新报》副刊《学灯》

中国文学史研究会底提议（馥泉）
1922年11月21日《文学旬刊》第55期

读了《创造》三期以后（杨鸿杰）
1922年12月23日《时事新报》副刊《学灯》

《创造》第三期小说漫评（施蘅）
1922年12月29日《民国日报》副刊《觉悟》

评郭著《卷耳集》（梁绳祎）
1923年2月6、7日《晨报副刊》

* 凡已收入本书的文章和创造社主办刊物中的文章，均不列入。

通讯：成仿吾致戈乐天
1923年5月30日《时事新报》副刊《学灯》

通讯：钱蔚华致成仿吾
1923年6月5日《时事新报》副刊《学灯》

通讯：（一）郭沫若致钱蔚华（二）成仿吾致钱蔚华
1923年6月9日《时事新报》副刊《学灯》

通讯：钱梅魂致郭沫若
1923年6月14日《时事新报》副刊《学灯》

《创造》二卷一号创作评（章克标）
1923年6月17日《时事新报》副刊《学灯》

所谓批评者（为评《创造》创作答成仿吾君）（章克标）
1923年8月2日《时事新报》副刊《学灯》

再论《卷耳》（俞平伯）
1923年12月24日《时事新报》副刊《学灯》

印象与表现——在上海美专自由讲座讲演（郭沫若）
1923年12月30日《时事新报》副刊《艺术》第33期

国内文坛消息（记者）
1923年《小说月报》第14卷第11期

评《创造》季刊二卷二号（誉嘉）
1924年3月26日《时事新报》副刊《学灯》

评《创造》季刊二卷二号（钟仪）
1924年5月3日《时事新报》副刊《学灯》

评郭沫若译的《少年维特之烦恼》（梁俊青）
1924年5月12日《时事新报》副刊《文学》周刊第121期

来信：与沈雁冰（梁俊青）
1924年5月19日《时事新报》副刊《文学》周刊第122期

通信：（一）郭沫若与梁俊青（二）成仿吾与郑振铎（三）编者按
1924年6月9日《时事新报》副刊《文学》周刊第125期

通信：与郑振铎、郭沫若、成仿吾（梁俊青）

1924年6月16日《时事新报》副刊《文学》周刊第126期

通信：答梁俊青君（成仿吾）
1924年6月23日《时事新报》副刊《文学》周刊第127期

通信：与成仿吾（梁俊青）
1924年7月7日《时事新报》副刊《文学》周刊第129期

通信：（一）与编者（二）编者按（郭沫若）
1924年7月21日《时事新报》副刊《文学》周刊第131期

读了上海一百三十一号的《文学》而作（郁达夫）
1924年7月29日《晨报副刊》

我对于郭沫若致《文学》编辑一封信的意见（梁俊青）
1924年8月4日《时事新报》副刊《文学》周刊第133期

读了郭沫若的《星空》以后（周开庆）
1924年8月15日《时事新报》副刊《学灯》

给一位文学青年的公开状（郁达夫）
1924年11月16日《晨报副刊》

读了郁达夫先生的《给一位文学青年的公开状》以后（彭基相）
1924年11月20日《晨报副刊》

读《茑萝集》（萍霞女士）
1924年12月29日《晨报副刊》

现代中国社会与革命文学（光赤）
1925年1月1日上海《国民日报》副刊《觉悟》

生活的艺术化（郭沫若）
1925年4月12日《时事新报》副刊《艺术》第98期

关于《创造周报》的消息（郭沫若）
1925年5月12日《晨报副刊》

诗的意义（郁达夫）
1925年5月20日《晨报副刊》

古典主义（张资平）
1925年7月1日—7日《晨报副刊》

浪漫主义（资平）
1925年8月4日《晨报副刊》

评《洪水》一卷一期（毛一波）
1925年9月3—7日《时事新报》副刊《学灯》

介绍一个文学的公式（郁达夫）
1925年9月10、11日《晨报副刊》

《洪水》复活感言（曹钧石）
1925年9月20日《国民日报》副刊《觉悟》

六年来文艺团体兴亡一览（周风）
1925年10月2—7日《时事新报》副刊《学灯》

评《洪水》一卷一期（毛一波）
1925年10月3—7日《时事新报》副刊《学灯》

创造可以休矣——评《洪水》半月刊（顾正洪）
1925年10月15日《时事新报》副刊《学灯》

说几句话（郁达夫）
1925年10月17日《现代评论》第2卷第46期

读了《漆黑一团的出版界》后（叶青蔼）
1925年10月21日《民国日报》副刊《觉悟》

答周全平君（毛一波）
1925年10月24日《时事新报》副刊《学灯》

未开眼的乳犬——读《洪水》后（马致祥）
1925年10月30日《民国日报》副刊《觉悟》

咒《甲寅》十四号的《评新文学运动》（郁达夫）
1925年10月31日《现代评论》第2卷第47期

论国民文学书（王独清）
1925年11月23日《语丝》周刊第54期

创造社启事
1925年12月19日《民国日报》副刊《觉悟》

罗曼罗兰评鲁迅（柏生）
1926年3月2日《京报副刊》

《沉钟》半月刊为创造社出版部启事
1926年8月10日《沉钟》半月刊第1期

“无聊事”——答创造社的周全平（陈炜谟）
1926年9月25日《沉钟》半月刊第4期

沉钟社启事
1927年1月26日《沉钟》半月刊第12期

五六年来创作生活的回顾（郁达夫）

1927年2月《文学周报》第5卷第9号

创造社出版部分部（钟敬文）
1927年9月上海北新书局版《荔枝小品》

翻译说明就算答辩（郁达夫）
1928年2月6日《北新》半月刊第2卷第8号

关于《现代中国文学》通信（钱杏邨）
1928年3月1日《太阳月刊》3月号

“醉眼”中的朦胧（鲁迅）
1928年3月12日《语丝》周刊第4卷第11期

文艺与革命（鲁迅）
1928年4月16日《语丝》周刊第4卷第16期

路（鲁迅）
1928年4月23日《语丝》周刊第4卷第17期

通信（鲁迅）
1928年4月23日《语丝》周刊第4卷第17期

太平歌诀（鲁迅）
1928年4月30日《语丝》周刊第4卷第18期

我的态度气量和年纪（鲁迅）
1928年5月7日《语丝》周刊第4卷第19期

《达夫代表作》后序（钱杏邨）
1928年7月上海泰东图书局版《现代中国文学家》第1卷

郭沫若及其创作（钱杏邨）
1928年7月上海泰东图书局版《现代中国文学家》第1卷

革命咖啡店（鲁迅）
1928年8月13日《语丝》周刊第4卷第33期

文坛的掌故（鲁迅）
1928年8月20日《语丝》周刊第4卷第34期

《剪报一斑》拾遗〔备考〕（鲁迅）
1928年9月10日《语丝》周刊第4卷第37期

大众文艺释名（郁达夫）
1928年9月20日《大众文艺》月刊第1卷第1期

革命与智识阶级（画室）
1928年9月25日《无轨列车》月刊第2期

《农夫》译后附记（一）（鲁迅）
1928年11月20日《大众文艺》月刊第1卷第3期

《奔流》编校后记（七）（鲁迅）
1928年12月30日《奔流》月刊第1卷第7期

国内文坛消息（鲁亚）
1929年1月6日《海风周报》第2号

致《近代美术史潮论》的读者诸君（鲁迅）
1929年2月25日《北新》半月刊第3卷第5号

现今的新文学的概观（鲁迅）
1929年4月25日《未名》半月刊第2卷第8期

《壁下译丛》小引（鲁迅）
1929年4月28日北新书局版《壁下译丛》

《新时代的预感》译后附记（鲁迅）
1929年5月15日《春潮》月刊第1卷第6期

叶永秦作《小小十年》小引（鲁迅）
1929年8月15日《春潮》月刊第1卷第8期

冯乃超与穆木天（卜蒙龙）
1929年10月《开明·诗歌批评号》第2卷第4号

我和《语丝》的始终（鲁迅）
1930年2月1日《萌芽月刊》第1卷第2期

我的诗歌创作之回顾（穆木天）
1930年2月《现代》月刊第4卷第4期

“硬译”与“文学的阶级性”（鲁迅）
1930年3月1日《萌芽月刊》第1卷第3期

中国自由运动大同盟宣言
1930年3月1日《萌芽月刊》第1卷第3期

安排发起“创造社”时代给田寿昌的信（1921年1月18日）（郭沫若）
1930年3月20日《南国月刊》第2卷第1期

对于中国左翼作家联盟的意见
——三月二日在左翼作家联盟成立大会上讲（鲁迅）
1930年4月1日《萌芽月刊》第1卷第4期

中国新文艺运动（华汉）

1930年4月10日《文艺讲座》第一册

中国新兴文学论（钱杏邨）
1930年4月10日《文艺讲座》第一册

《中国文艺论战》序言（李何林）
1930年4月中华书局版《中国文艺论战》

中国普罗文学概观（顾凤城）
1930年8月上海光华书局版《新兴文学概论》

十年来的中国文坛（克川）
1930年10月15日南京《文艺月刊》第1卷第3号

论中国创作小说（沈从文）
1931年4月30日，6月30日南京《文艺月刊》第2卷第4号，第5、6号合刊

郁达夫印象记（匡亚明）
1931年6月10日《读书月刊》第2卷第3期

王独清印象记（李白英）
1931年6月10日《读书月刊》第2卷第3期

文艺思潮（张资平）
1931年6月10日光华书局版《文艺创作讲座》第1卷

我的创作经过（张资平）
1932年5月1日《文艺创作讲座》第2卷

创造十年（郭沫若）
1932年9月20日现代书局初版

《三闲集》序言（鲁迅）
1932年9月北新书局初版《三闲集》

文学与革命（陆侃如　冯沅君）
1932年10月《中国文学史简编》第二十讲

评《创造十年》（般乃）
1932年12月8日《北平晨报》副刊《北晨学园》第426号

创造社和中国文学运动（顾凤城）
1932年12月光华书局版黄人影编《创造社论》

创造社的自我批判（郭沫若）
1932年12月光华书局版黄人影编《创造社论》

书报介绍：《创造十年》
1933年1月1日《读书月刊》第2卷第4号。

评郭沫若的《创造十年》（杨凡）

1933年1月5日《微音》月刊第2卷第9期

文坛情报（八）：创造社是金字招牌（力昂）
1933年1月5日《橄榄月刊》第28号

《竖琴》前记（鲁迅）
1933年1月良友图书公司初版《竖琴》

致许广平（1926年11月7日、20日，12月24日，1929年6月1日）（鲁迅）
1933年4月上海青光书局初版《两地书》

光慈的晚年（郁达夫）
1933年5月1日《现代》月刊第3卷第1期

《鲁迅杂感选集》序言（何凝）
1933年7月青光书局初版《鲁迅杂感选集》

太阳社与蒋光慈（杨邨人）
1933年8月1日《现代》月刊第3卷第4期

《中国新文学运动史》第四、七、十章（王哲甫）
1933年9月杰成印书局出版

《伪自由书》前记（鲁迅）
1933年10月青光书局初版《伪自由书》

离沪之前（郭沫若）
1933年11月1日——1934年1月《现代》月刊第4卷第1—3期

二十年来中国文学运动线（李骅括）
1934年2月3日《中华季刊》第2卷第3期

中国新文艺运动及其统制政策（贺玉波）
1934年8月10日《前途》月刊第2卷第8期“文化统制专号”

郁达夫论（苏雪林）
1934年9月1日南京《文艺月刊》第6卷第3期

现代中国文学运动的趋势（汪膺闻）
1934年12月1日《正中》半月刊第1卷第1期

廿三年来的中国文化运动及其前途（李旭）
1935年1月《文化与教育》第41卷第42期

《中国文学史纲要》第十二章（郑作民）
1935年3月上海合众书局出版

《新编中国文学史》第二章（谭正璧）

1935年8月上海光明书局初版

《中国新文学大系·诗集》导言（朱自清）
1935年10月15日良友图书公司版《中国新文学大系·诗集》

七请（郭沫若）
1935年12月15日《质文》月刊第1卷第4期

《中国文艺思潮》第八章（蔡振华）
1935年12月上海世界书局初版

中国文艺思潮（蔡振华）
1936年8月世界书局初版《中国文学八论》

最近二十年文坛鸟瞰（霍衣仙）
1936年8月广州北新书局版《最近二十年中国文学史纲》

《中国新文学大系·文学论争集》导言（郑振铎）
1936年10月15日良友图书公司版《中国新文学大系·文学论争集》

不灭的印象（郑伯奇）
1936年11月15日《作家》月刊第2卷第2号

坠落了一个巨星（郭沫若）
1936年11月16日上海《现世界》第1卷第7期

当代文艺（胡云翼）
1936年11月正中书局初版《我们的文艺》

中国文艺思潮的演变（徐懋庸）
1936年12月生活书店版《文艺思潮小史》

论创造社诗人（宋琴心）
1937年6月15日武汉《文艺月刊》第4卷第6期

论郭沫若的诗（蒲风）
1937年11月15日《中国诗坛》第1卷第4期

创造十年续编（郭沫若）
1938年1月上海北新书局初版

五四到现在的中国诗坛鸟瞰（蒲风）
1938年3月15日诗歌出版社初版《现代中国诗坛》

《郭沫若传》第三章《创造时代》（杨般夫）
1938年6月1日初中国出版社版《郭沫若传》

新文学运动的越来（杨荫深）
1938年6月商务印书馆初版《中国文学史大纲》

《近二十年中国文艺思潮论》第一编第四章、第二编第二章（李何林）
1939年3月生活书店初版

《中国小说史》下册第八章（郭箴一）
1939年5月初版

中国文艺思潮史略（朱维之）
1939年6月合作出版社初版

新文学发展阶段（王任叔）
1940年11月珠林书店初版《文学读本续编》

郭沫若与鲁迅（秀而）
1941年11月20日香港《大风》半月刊第101期

与郭沫若在诗歌上的关系（田汉）
1941年12月15日桂林《诗创作》第6期

创造社（郑学稼）
1942年1月胜利出版社广东分社出版《由文学革命到革文学的命》

论郭沫若（郑学稼）
1942年1月胜利出版社广东分社出版《由文学革命到革文学的命》

论张资平与郁达夫（郑学稼）
1942年1月胜利出版社广东分社出版《由文学革命到革文学的命》

今天创作的道路（郭沫若）
1942年3月15日桂林《创作月刊》第1卷第1期

创造社的几个人（龚持平）
1943年7月25日上海《风雨谈》月刊第4期

创造社（李一鸣）
1943年11月世界书局初版《中国新文学史讲话》

新中国文学运动的进路——文学运动与文学者团体（吕奇）
1944年3月20日北京《中国文学》第1卷第3期

关于郁达夫（复）
1945年11月10日上海《月刊》创刊号

郭沫若论（郭丰）
1946年7月10日上海《月刊》第2卷第1期

致李霁野（1927年9月25日）（鲁迅）
1946年10月鲁迅全集出版社版《鲁迅书简》上册

致韦素园（1928年7月22日，1929年4月7日）（鲁迅）
1946年10月鲁迅全集出版社版《鲁迅书简》上册

拙劣的犯罪（郭沫若）
1947年1月27日上海《文汇报》

文学革命与新文学的建设（宋云彬）
1947年3月桂林文化生活供应社版《中国文学史简编》

关于创造社和鲁迅先生的争论（冯乃超）
1947年7月16日《青年知识》第24期

记郁达夫（王任叔）
1947年10月1日、12月20日上海《人世间》月刊第2卷第1期，第2、3期合刊

《中国人民文学史》第七章（蒋祖怡）
1950年上海北新书局初版

回顾与学习（郑伯奇）
1950年10月19日西安《群众日报》

《中国新文学史研究》（李何林等）
1951年7月1日《新建设》杂志社初版

中国左翼作家联盟的成立及其和反动政治的斗争（丁易）
1951年7月16日《新中华》第14卷第14期

《中国新文学史稿》第1编第1章（王瑶）
1951年9月中国图书发行公司初版（上册）

鲁迅和中国新文学的成长（王瑶）
1952年3月上海平明出版社《新时代文丛》第二辑《鲁迅与中国文学》

《中国新文学史讲话》第三讲（蔡仪）
1952年11月上海新文艺出版社初版

《文学初步》第七编（巴人）
1952年新文艺出版社版

中国新文学运动的主潮（王西彦）
1953年7月新文艺出版社版《伟大的人和伟大的作家》

《中国现代文学史略》第一章第三节（丁易）
1955年7月作家出版社初版

“五四”以来新文学发展的道路——社会主义现实主义（李何林）

1956年8月新文艺出版社《关于中国现代文学》

《中国新文学史初稿》第二编第三章（刘绶松）
1956年作家出版社版（上卷）

《中国现代文学史》第一章（孙中田等）
1957年9月吉林人民出版社初版（上卷）

回忆艺术剧社（郑伯奇）
1957年11月27日《戏剧论丛》第4辑

左联时期的文学（刘绶松）
1958年2月19日《语文学习》月刊第2期

郭沫若文艺思想的发展道路（杜毅伯）
1958年4月25日《人文杂志》双月刊第2期

试论郭沫若前期思想的发展（艾扬）
1958年9月新文艺出版社版《跃进文学研究丛刊》

《中国现代文学史》第一编第一章（北师大中文系）
1958年11月北京师范大学初版

宝贵的《诤言》——读秦邦宪给《洪水》编辑部的一封信（屈正平）
1959年2月28日《语言文学》双月刊第1期

略谈创造社的文学活动（郑伯奇）
1959年4月《文艺报》半月刊第8期

郭沫若同志答青年问（戎笙整理）
1959年5月8日《文学知识》月刊第5期

创造社三题（郑伯奇）
1959年5月8日《文学知识》月刊第5期

郭沫若和郁达夫（郑伯奇）
1959年5月9日《光明日报》

中国现代文学中革命浪漫主义的萌芽（唐光瑞）
1959年7月10日《语言文学》双月刊第3期

《中国现代文学史》第五章（复旦大学中文系）
1959年8月新文艺出版社初版（上册）

五卅与《棠棣之花》（瞿光熙）
1960年5月30日《新民晚报》

时代与作家——夜谈杂拾（楚天舒）

1960年12月15日广州《羊城晚报》

《中国现代文学史》第一编第六章（北京大学中文系）

1960年北京大学版

郁达夫的《广州事情》（瞿光熙）

1961年12月12日《新民晚报》

鲁迅和创造社的交往（陈中朝）

1962年3月18日上海《解放日报》

瞿秋白论创造社——关于他在1935年5月28日给郭沫若同志的一封信（沈鹏年）

1962年5月4日《文汇报》

鲁迅和创造社交往的两点史实（沈鹏年）

1962年7月5日《上海文学》月刊第7期

创造社期刊介绍（陈中朝）

1962年8月《中国现代文艺资料丛刊》第2辑

创造社期刊目录（上海古旧书店）

1962年8月《中国现代文艺资料丛刊》第2辑

《中国现代文学史》第二章（吉林大学中文系）

1962年吉林人民出版社初版

对于早期创造社文学主张的几点理解（蔡师圣）

1964年8月《厦门大学学报》（社会科学版）第2期

烟花三月下扬州（叶灵凤）

1970年11月香港上海书局初版《晚晴杂记》

读郑伯奇先生的《忆创造社》（叶灵凤）

1970年11月香港上海书局初版《晚晴杂记》

胡适与我们的《小物件》（叶灵凤）

1970年11月香港上海书局初版《晚晴杂记》

达夫先生二三事（叶灵凤）

1970年11月香港上海书局初版《晚晴杂记》

敬隐渔与罗曼罗兰的一封信（叶灵凤）

1970年11月香港上海书局初版《晚晴杂记》

创造社（曹聚仁）

1970年香港新文化出版社版《文坛五十年》（正编）

致章廷谦（1928年5月4日，30日，6月6日）（鲁迅）

1976 年 8 月人民文学出版社初版《鲁迅书信集》（上卷）

谈有关鲁迅的一些事情（十二）（冯雪峰）
1976 年 10 月文物出版社版《鲁迅研究资料》第 1 辑

对“革命文学”论争性质的一点看法（孙玉石）
1977 年 12 月 15 日《北京师院学报》第 5、6 期合刊

关于“革命文学”论争的历史评价问题（袁良骏）
1977 年 12 月 15 日《北京师院学报》第 5、6 期合刊

谈谈“革命文学”论争（易新鼎）
1977 年 12 月 15 日《北京师院学报》第 5、6 期合刊

关于无产阶级革命文学运动两个问题的看法（陈子艾）
1977 年 12 月 15 日《北京师院学报》第 5、6 期合刊

评“革命文学”论争（陈育德）
1978 年 3 月《安徽师大学报》第 1 期

关于鲁迅和创造社、太阳社的一场论争（倪墨炎）
1978 年 4 月《山东师院学报》第 2 期

评一九二八年无产阶级文学的倡导和论争（严家炎）
1978 年 4 月 25 日《文学评论》双月刊第 2 期

对鲁迅作品某些注释的异议（九）——创造社是不是革命的？薛绥之
1978 年《陕西教育》双月刊第 4 期

访问段可情同志（上海师大中文系）
1978 人民文学出版社版《新文学史料》第 1 辑

郁达夫生平事略（冯雪峰）
1978 年人民文学出版社版《新文学史料》第 1 辑

现代中国文学运动（《活的中国》附录一）（尼姆·威尔士）
1978 年人民文学出版社版《新文学史料》第 1 辑

《中国现代文学史》第一编第一章第二节（九院校编写组）
1978 年 9 月自印初版（上册）

郭沫若早期的文学活动（余惠）
1979 年 1 月 10 日香港《海洋文艺》第

6卷第1期

关于创造社的成立日期（丁惠娴　尚侠）
1979年《吉林师大学报》第1期

关于太阳社（任钧）
1979年2月人民文学出版社版《新文学史料》第2辑

大时代中一个小人物的侧影——自纪篇（黄药眠）
1979年2月人民文学出版社版《新文学史料》第2辑

周扬笑谈历史功过（赵浩生）
1979年2月人民文学出版社版《新文学史料》第2辑

从“五四”以后文学流派的形成和发展想到的（叶子铭　易冰）
1979年5月12日《文艺报》月刊第5期

五四以来散文发展的轮廓（三）（林非）
1979年5月30日《社会科学战线》季刊第2期

现代文学史上富有生气的一页——谈“五四”以后大量涌现的新文学社团（严家炎）
1979年5月《新港》月刊第5期

郭沫若、郁达夫与胡适通信三件
1979年5月中华书局初版《胡适来往书信集》（上册）

发扬“五四”文学革命的优良传统（王保生　孟繁林）
1979年6月25日《文学评论》双月刊第3期

《中国现代文学史》第一章第三节，第五章第一节（唐弢主编）
1979年6月人民文学出版社初版（第一册）

论创造社时期郭沫若文艺观的发展（王剑丛）
1979年7月《四川大学学报丛刊·郭沫若研究专刊》

谈郭沫若与郁达夫的友谊（谢励武）
1979年8月《开封师院学报》第4期

《中国现代文学史》第四章、第五章（田仲济　孙昌熙主编）
1979年8月山东人民出版社初版

关于两个文艺界联合宣言——学习周恩来同志《我要说的话》丁景唐
1979年9月20日《学术月刊》9月号

《中国现代文学史》第六章（林志浩主编）

1979年9月人民教育出版社初版（上册）

《中国现代文学史》第一编第二章（中南七院校）
1979年10月河南人民出版社初版（上册）

鲁迅论左翼文艺运动（马良春）
1979年10月《中国现代文学研究丛刊》第1辑

关于革命文学论争的若干问题（西羽）
1979年10月《中国现代文学研究丛刊》第1辑

鲁迅和创造社成员联名发表的三个文件（陈友雄）
1979年10月上海《社会科学》季刊第3期

与鲁迅论战的“杜荃”是不是郭沫若？（单演义　鲁歌）
1979年10月《西北大学学报》增刊

复杂而紧张的生活、学习与斗争（下）——回忆录（五）（茅盾）
1979年11月人民文学出版社版《新文学史料》第5辑

三叔郁达夫（一）（郁风）
1979年11月人民文学出版社版《新文学史料》第5辑

马克思主义文艺理论在中国——学习中国现代文学史札记（马良春　李葆琰）
1979年11月上海文艺出版社《文艺论丛》第8辑

冯雪峰谈“左联”（冯夏熊整理）
1980年2月22日《新文学史料》季刊第1期

左翼作家在上海艺大（杨纤如）
1980年2月22日《新文学史料》季刊第1期

三叔达夫（二）（郁风）
1980年2月22日《新文学史料》季刊第1期

“左联”成立前后（夏衍）
1980年3月15日《文学评论》双月刊第2期

中国左翼作家联盟成立的经过（阳翰笙）
1980年3月15日《文学评论》双月刊第2期

“革命文学”论战与鲁迅思想的变迁（顾农）
1980年3月25日《齐鲁学刊》双月刊第2期

杜荃是谁？（史索）
1980年3月湖南《鲁迅研究文丛》第1辑

中国新文学史讲座（薛绥之）
1980年山西《语文教学通讯》第2期

郭沫若与河上肇及其《社会组织与社会革命》（朱受群）
1980年《江西师院学报》第2期

郁达夫到汕头（许峨）
1980年6月19日广州《羊城晚报》副刊《花地》

关于创造社的一些问题（张超）
1980年黑龙江《求是学刊》第3期

创造社横遭国民党政府查封的前前后后（陈颂声）
1980年《中山大学学报》（哲学社会科学版）第3期

郁达夫的思想和创作述评（李永寿）
1980年《天津师院学报》第5期

# 编 后 记

创造社是中国现代文学史上著名的文学团体，对中国新文学的建立和发展作出过重大的贡献。在它的后期，又多方面地开展了马克思主义理论的研究和宣传，成绩卓著。根据《中国现代文学史资料汇编》（甲种）《中国现代文学运动、论争、社团资料丛书》规定的体例，本书主要选辑创造社文学活动方面的资料。所收资料，力求做到翔实准确，使能比较全面真实地反映其历史面貌。

郭沫若的《创造十年》和《创造十年续编》二书，是关于创造社前期活动的极为重要的资料，但由于篇幅太大，摘录为难，本书只收入《创造十年》的《发端》一章，其余皆未选用。好在此二书较易得到，读者可以随时拿来参阅。

本书所收文章资料，尽量从最初发表的报刊或书籍中选录，文末均注明出处；除了改正其中明显的印刷错误之外，不作任何内容或文字的更动，以保存历史资料的原貌。对于资料中的史实错误或互有出入之处，亦不加考证注释。但关于书中鲁迅《上海文艺之一瞥》和郭沫若《创造十年·发端》两文，则因情况特殊，加了一个简单的说明。各类文章资料一般按发表时间先后排列。个别资料是编者综合整理的。

在本书选编过程中，曾得到不少有关单位和个人的支持帮助，我们在此表示衷心的感谢！

编 者

1982 年 7 月

# 《中国文学史资料全编·现代卷》总目

| | | |
|---|---|---|
| 1 | 冰心研究资料 | 范伯群　编 |
| 2 | 沙汀研究资料 | 黄曼君　马光裕　编 |
| 3 | 王西彦研究资料 | 艾以　等编 |
| 4 | 草明研究资料 | 余仁凯编 |
| 5 | 葛琴研究资料 | 张伟　马莉　邹勤南　编 |
| 6 | 荒煤研究资料 | 严平　编 |
| 7 | 绿原研究资料 | 张如法　编 |
| 8 | 李季研究资料 | 赵明　王文金　李小为　编 |
| 9 | 郑伯奇研究资料 | 王延晞　王利　编 |
| 10 | 张恨水研究资料 | 张占国　魏守忠　编 |
| 11 | 欧阳予倩研究资料 | 苏关鑫　编 |
| 12 | 王统照研究资料 | 冯光廉　刘增人　编 |
| 13 | 宋之的研究资料 | 宋时　编 |
| 14 | 师陀研究资料 | 刘增杰　编 |
| 15 | 徐懋庸研究资料 | 王韦　编 |
| 16 | 唐弢研究资料 | 傅小北　杨幼生　编 |
| 17 | 丁西林研究资料 | 孙庆升　编 |
| 18 | 夏衍研究资料 | 会林　陈坚　绍武　编 |
| 19 | 罗淑研究资料 | 艾以　等编 |
| 20 | 罗洪研究资料 | 艾以　等编 |
| 21 | 舒群研究资料 | 董兴泉　编 |
| 22 | 蒋光慈研究资料 | 方铭　编 |
| 23 | 王鲁彦研究资料 | 曾华鹏　蒋明玳　编 |
| 24 | 路翎研究资料 | 杨　义　等编 |
| 25 | 郁达夫研究资料 | 王自立　陈子善　编 |
| 26 | 刘大白研究资料 | 萧斌如　编 |
| 27 | 李克异研究资料 | 李士非　等编 |

| | | |
|---|---|---|
| 28 | 林纾研究资料 | 薛绥之　张俊才　编 |
| 29 | 赵树理研究资料 | 黄修己　编 |
| 30 | 叶紫研究资料 | 叶雪芬　编 |
| 31 | 冯文炳研究资料 | 陈振国　编 |
| 32 | 叶圣陶研究资料 | 刘增人　冯光廉　编 |
| 33 | 臧克家研究资料 | 冯光廉　刘增人　编 |
| 34 | 李广田研究资料 | 李岫　编 |
| 35 | 钱钟书 杨绛研究资料集 | 田蕙兰　马光裕　陈珂玉　编 |
| 36 | 郭沫若研究资料 | 王训诏　等编 |
| 37 | 俞平伯研究资料 | 孙玉蓉　编 |
| 38 | 六十年来鲁迅研究论文选 | 李宗英　张梦阳　编 |
| 39 | 茅盾研究资料 | 孙中田　查国华　编 |
| 40 | 王礼锡研究资料 | 潘颂德　编 |
| 41 | 周立波研究资料 | 李华盛　胡光凡　编 |
| 42 | 胡适研究资料 | 陈金淦　编 |
| 43 | 张天翼研究资料 | 沈承宽　黄侯兴　吴福辉　编 |
| 44 | 巴金研究资料 | 李存光　编 |
| 45 | 阳翰笙研究资料 | 潘光武　编 |
| 46 | “两个口号”论争资料选编 | 中国社会科学院文学研究所现代文学研究室　编 |
| 47 | “革命文学”论争资料选编 | 中国社会科学院文学研究所现代文学研究室　编 |
| 48 | 创造社资料 | 饶鸿競　等编 |
| 49 | 文学研究会资料 | 苏兴良　等编 |
| 50 | 鸳鸯蝴蝶派文学资料 | 芮和师 等编 |
| 51 | 左联回忆录 | 中国社会科学院文学研究所《左联回忆录》编辑组编 |
| 52 | 中国现代文学总书目·散文卷 | 贾植芳　等编 |
| 53 | 中国现代文学总书目·诗歌卷 | 贾植芳　等编 |
| 54 | 中国现代文学总书目·小说卷 | 贾植芳　等编 |
| 55 | 中国现代文学总书目·戏剧卷 | 贾植芳　等编 |

| | | |
|---|---|---|
| 56 | 中国现代文学总书目·翻译文学卷 | 贾植芳　等编 |
| 57 | 中国现代文学期刊目录汇编 | 唐沅　等编 |
| 58 | 抗日战争时期延安及各抗日民主根据地文学运动资料 | 刘增杰　等编 |
| 59 | 老舍研究资料 | 曾广灿　吴怀斌　编 |
| 60 | 文学的“民族形式”讨论资料 | 徐迺翔　编 |
| 61 | 陈大悲研究资料 | 韩日新　编 |
| 62 | 刘半农研究资料 | 鲍晶　编 |
| 63 | 曹禺研究资料 | 田本相　胡叔和　编 |
| 64 | 成仿吾研究资料 | 史若平　编 |
| 65 | 戴平万研究 | 饶芃子　黄仲文　编 |
| 66 | 丁玲研究资料 | 袁良骏　编 |
| 67 | 冯乃超研究资料 | 李伟江　编 |
| 68 | 柯仲平研究资料 | 刘锦满　王琳　编 |
| 69 | 李辉英研究资料 | 马蹄疾　编 |
| 70 | 梁山丁研究资料 | 陈隄　等编 |
| 71 | 马烽 西戎研究资料 | 高捷　等编 |
| 72 | 邵子南研究资料 | 陈厚诚　编 |
| 73 | 沈从文研究资料 | 邵华强　编 |
| 74 | 司马文森研究资料 | 杨益群　司马小莘　陈乃刚　编 |
| 75 | 闻一多研究资料 | 许毓峰　等编 |
| 76 | 萧乾研究资料 | 鲍霁　等编 |
| 77 | 徐志摩研究资料 | 邵华强　编 |
| 78 | 袁水拍研究资料 | 韩丽梅　编 |
| 79 | 周瘦鹃研究资料 | 王智毅　编 |
| 80 | 苏区文艺运动资料 | 汪木兰　邓家琪　编 |
| 81 | 文艺大众化问题讨论资料 | 文振庭　编 |